HUGO CLAUS

DER KUMMER VON FLANDERN

AUS DEM NIEDERLÄNDISCHEN
ÜBERTRAGEN VON JOHANNES PIRON

ROMAN / KLETT-COTTA

ERSTER TEIL / DER KUMMER

I
DER BESUCH

Dondeyne hatte eines der sieben Verbotenen Bücher unter seinem Kittel versteckt und Louis mitgelockt. Sie saßen unter den Schlingpflanzen der Grotte der Bernadette Soubirous.

Dondeynes Beitrag war ABC, ein Wochenblatt der Sozialisten, das bestimmt auf dem Index des Vatikans stand und das er von seinem Bruder geschenkt bekommen hatte, als er im Krankenhaus lag. Er war mit einem scharlachroten Ohr entlassen worden, an dem er ständig zupfte. Tagsüber lag die Zeitschrift unter seinem Schrank, seine Stiefeletten standen davor.

Die vier Seiten, die nun darin fehlten, lagen meist glänzend, unzerknittert, aber an den Rändern ausgefranst unter dem blauen Packpapier in der Schublade von Dondeynes Pult. Nun aber schimmerten die auseinandergefalteten Seiten in der Sonne und wurden in der Mitte durch den Schatten und den ausgezackten Riß empfindlich gespalten. Louis hätte seine eigenen Verbotenen Bücher nie auseinandergerissen, nicht einmal bei drohender Gefahr, erwischt zu werden. Aber Dondeyne war ein Hottentotte.

Die vier Apostel hatten sieben Verbotene Bücher. Vlieghe hatte drei: *Liebe im Nebel,* ein Programm der Operette ›Rose-Marie‹ und das gefährlichste, eine Lebensbeschreibung von G. B. Shaw, dem Ketzer und Freimaurer. Byttebier hatte *Erzählungen aus der Südsee* und ein Foto von Deanna Durbin im Unterrock, schlimm genug, um als Buch anerkannt zu werden. Das Buch von Louis hätte diesen vielleicht nicht in Verruf gebracht, wenn die Schwestern es gefunden hätten, er hätte es auch offen zwischen die abgegriffenen, gutriechenden Davidsfonds-Bücher stellen können, die er aus den Osterferien mitgebracht hatte, aber reichte nicht schon die Absicht, heimlich ein Buch, in ein Nachthemd gewickelt, in die hohen Mauern des Internats zu schmuggeln? Es hieß *Die Flämische Flagge,* Papa hatte es selbst in rotbraune Pappe gebunden, man konnte Papas Art zu binden sofort erkennen, denn er hackte die Ränder unter der Schneidemaschine, die er wie eine Guillotine handhabte, unbarmherzig dicht neben dem Text ab. In der *Flämischen Flagge* ging es um aufständische Seminaristen am Ende des vorigen Jahrhunderts, die, aufgehetzt von langhaarigen Priestern mit Pincenez, in tiefer Nacht in einem Geheimbund, dem *Schweigeschwur,* Komplotte gegen die belgischen, also flämischfeindlichen Minister und Bischöfe schmiedeten. Louis hatte das Buch zuhause aus dem Bücherschrank geklaut, weil er Papa hatte behaupten hören, daß die Pfarrer, die diese Texte bei ihren Pfarrkindern fanden, sogleich mit dem Bann der Heiligen Kirche drohten. Als sie dieses dürftige Buch ohne Illustrationen gesehen hatten, waren die drei anderen Apostel nicht gerade beeindruckt gewesen. Nur weil Louis übertrieben feurig Herkunft, Inhalt und Gefahr heraufbeschworen hatte, hatten sie das unförmige Ding als Verbotenes Buch akzeptiert und es neben die anderen gelegt, an jenem Abend auf das Kopfkissen von Byttebier, und sich dreimal bekreuzigt und geflüstert: »In jedem schwarzen Buche – suche, suche, suche. Das verlangt genau – unsere heilige Jungfrau.« Keines der Verbotenen Bücher durfte gelesen werden, ohne daß nicht mindestens ein anderer Apostel mitlas.

Dondeyne und Louis betrachteten die unscharfen Bilder vom Prozeß des Bordfunkers vor dem Schwurgericht in Brügge. Der Vater des Opfers, ein zusammengesunkener Mann mit einem weißen Spitzbart, trug eine Uniformmütze und glich dem russischen Zaren, als der Rasputin anflehte, seinen blutkranken Sohn zu retten. Die Mutter war ein altes Weiblein, das kurzsichtig und herausfordernd den Mörder außerhalb des Bildes anstarrte und die schwarze Handtasche erhoben hatte, als wollte es damit zuschlagen oder werfen; der Advokat trug einen Talar, der dieselbe Sepiafarbe hatte wie sein Lockenschopf, ein Fotograf mit einer karierten Mütze hielt einen Apparat wie eine Ziehharmonika mit einem gähnenden viereckigen Loch fest, und dann, und dann, der Bordfunker selbst, der Mörder, der, sagte das Gericht, seine Freundin lebendig in den Dünen begraben hatte. Er stand lachend da, mit buschigem Schnurrbart, die Hände auf dem Rücken, den Bauch herausgestreckt, denn das Foto war natürlich früher aufgenommen worden, nicht im Augenblick der Angst und des Zitterns am Strand oder später zu Zeiten der Gewissensbisse und Alpträume.

»Lebendig im Sand«, sagte Dondeyne. »Und so ein hübsches Mädchen!«

»Woher weißt du das?« fragte Louis. »Vielleicht war sie häßlich oder einäugig.«

»Hast du sie denn nicht gesehen?« Dondeyne schlug das Blatt zu, drehte es um und zeigte auf die Titelseite, auf eine glänzend schöne Frau, die, in Satin oder Seide gehüllt, den Leser anlachte. Ihre Iris hatten dieselbe Farbe wie ihre unscharf gezeichneten Lippen, blaßorange. Mitten auf ihrer Stirn war ein entstellender Riß im Papier.

»Hottentotte«, sagte Louis mutlos. »Das ist eine Filmdiva. Hier, in fetten Buchstaben, steht ihr Name, Wynne Gibson. Die Sozialisten setzen immer eine Filmdiva auf die Titelseite.«

»Ach so«, sagte Dondeyne, aber er glaubte es nicht. Er streichelte sein durchsichtiges rotes Ohr.

»Sie war ein Monstrum«, sagte Louis, »diese Freundin des Bordfunkers. Das schreiben sie nicht in der Zeitung, aber sie hat es herausgefordert. Sie hat sein Leben kaputt gemacht.«

»*Sein* Leben?«

»Natürlich«, sagte Louis.

»Freundin«, sagte Dondeyne, »heißt das ...?«

»Daß sie nicht verheiratet waren.« Ein Loch in den Sand zu graben, die sich sträubende unschuldige Frau hineinzustoßen, das schien ihm richtig zu sein. Freilich: ›Freundin‹? Es konnte auch bedeuten, daß die Frau eine Bekannte war, jemand aus der Nachbarschaft. Denn warum stand da nicht: ›Verlobte‹ oder ›Geliebte‹ oder das schlüpfrige, zotige Wort ›Mätresse‹?

Louis sah in die bernsteinfarbenen Locken von Wynne Gibson gedruckt: »31. März 1935, 4. Jahrgang, 1 F. 25.«

»Dieses ABC ist schon vier Jahre alt«, sagte er.

»Das macht doch nichts.«

»Vielleicht ist Wynne Gibson inzwischen gestorben.«

»Davon hätten wir gehört.«

Wer? Wir? Dondeyne, Hottentotte! Wie hätten wir davon gehört? Wer hat übrigens je etwas von Wynne Gibson gehört?

Die Kleinen sangen im Musiksaal zum zwölften Mal ›Das Roß Bayart‹.

In dem Augenblick, in dem Louis heftig dachte: ›Ich werde ihm gegen alle Regeln, Apostel oder nicht, das Buch aus den Händen reißen und damit in den Gemüsegarten rennen‹, reichte Dondeyne ihm das ABC. »Guck«, sagte er, »genau wie Dobbelaere mit seinen Pickeln.« Ein stümperhaft gezeichnetes Mädchen starrte verzweifelt einen schwarzen Dolch oder eine Klinge oder die Hälfte eines Ebenholzkegels an. Da erst merkte Louis, daß es ein Spiegel sein sollte, seitlich gesehen. Auf dem Gesicht des Mädchens waren schwarze Flecken und Tupfen. Eine Frau mit überaus langen Fingern berührte die Wange des Mädchens. ›Der Rat einer Mutter‹ stand darüber.

»Sie wußte, daß ihre Mutter das Geheimnis ihrer Beschämung erraten hatte, gerötete Flecken, schwarze Poren und ein schmutziggelber Teint ließen sie sich wie eine Verstoßene fühlen. Sie wußte nicht, was die meisten Mütter wissen: daß ein einfaches Rezept manchem jungen Mädchen eine unverhoffte Erleichterung bringen kann.«

Er gab das Blatt Dondeyne zurück. Der ließ es aufgeschlagen auf seinen Knien liegen. ›Was die meisten Mütter wissen‹! Nichts wissen sie, die Mütter.

Da trat, während Dondeyne vorlas, in einem steifen Hochflämisch, das dem des Nachrichtensprechers von Radio Walle glich, aber etwas von dem Singsang der Psalmen während der Vesper hatte: »Ein Topf kostbarer reinigender und stärkender Essenzen wirkt wie ein Zaubermittel auf den häßlichsten Teint, Sie werden entzückt von Ihrer neuen Schönheit sein« – da trat Schwester Adam hinter der Dornenhecke hervor. Louis war sicher, daß er kurz vor ihrem Erscheinen das Rascheln ihrer Tracht gehört hatte, als diese die Dornen streifte. Schwester Adam blieb stehen, mit verschränkten Armen, so daß ihre weiten Ärmel vor ihrer Taille einen kleinen Altar bildeten. Dondeyne sah sie auch.

»Eu, eu, eu«, sagte er. »Da ist sie, ich wußte es.« Und dann mit Piepsstimme: »Ich habe mir zweimal Reisbrei genommen, sie hat es gesehen.«

»Wann?«

»Gestern abend bei Tisch. Und zweimal braunen Zucker, sie hat es gesehen.«

»Du Dummkopf«, sagte Louis, »sie kommt meinetwegen.« Denn er hatte Schwester Adams Lippen gesehen, die sich nicht kräuselten und lächelten, o nein, die aber jeden Augenblick lächeln *konnten,* wenn ihr einfiel, daß sie, aus taktischen Gründen, lächeln, verführen, einwickeln mußte, hinterhältig und skrupellos, und er sah, daß ihr Gesicht, dieser bleiche Fleck, der von dem grellen Weiß ihrer Haube überstrahlt wurde, diesem Helm aus Licht, ausschließlich ihm zugewandt war. Das Gesicht bekam Farbe, es näherte sich mit fahlen Augen und viereckigen Zähnen.

»Louis«, sagte Schwester Adam und streckte ihren langen Arm aus dem schwarzen Wollärmel, und der Duft des frischgemähten Grases vom Rasen hinter der Grotte der Bernadette Soubirous verflog, wurde verscheucht von etwas Süßem, Pfefferkuchen, warmem Teig mit Zucker, als sie nochmals »Louis« sagte.

»Ja«, sagte Dondeyne, der das fatale Buch offen und bloß vor sich hielt. Aber Schwester Adam richtete ihre ganze Aufmersamkeit auf schneller erreichbare Beute und legte die Hand auf Louis' Schulter, neben seinen Nacken, er spürte ihren Daumen. Er folgte ihrem Schatten, ihr fast dankbar ausgeliefert; der Sonnenschein war prächtiger als der Goldbrokat eines Dogen, weicher als der Samt des Grafen von Flandern, als er sich dem König von Frankreich unterwarf. Während er ihr durch die Taxusallee, die Dornenhecken entlang, an den Giftbäumen vorbei folgte, sagte sie, daß er Besuch bekommen habe, und er fragte nicht von wem, wie erwartet wurde, und sie sagte: »Komm, komm«, und er sagte sich im stillen: »Komm, Komma, komm.« Der Schlafsaal war leer, und im Waschraum rieb sie ihm mit einem Waschhandschuh, der zum Trocknen auf der Fensterbank lag, nicht seinem, sondern dem von Den Dooven, übers Gesicht. Distanziert, nicht schnell und nicht träge rieb sie, als schrubbte sie einen Topf, und er glühte. Danach goß sie eine Handvoll Wasser über sein Haar – Taufwasser – und kämmte es kräftig.

»Roß Bay-a-art macht seine Runde in der Sta-adt Dendermonde!«

Sie überquerten den Spielplatz. Sie blieb plötzlich stehen, so daß er, aufgesaugt von ihrem beweglichen Dunkel, gegen sie prallte, was sie lächeln ließ, während ihre Stirn gerunzelt blieb – Doppelgesicht, Göttin der Rache und der Liebe –; sie spuckte in ihre hohle Hand und drückte ein Haarbüschel direkt über seinem linken Ohr platt. Da sah er, auf der anderen Seite des Spielplatzes, bei dem unbeweglichen eisernen Karussell, auf dem einer der Kleinen mit baumelnden Beinen saß, Vlieghe. Der ihn auch sah, sich aber nicht rührte, eine pastellfarbene Porzellanfigur zwischen den weißen Stangen des Karussells.

Louis miaute, schlug Schwester Adams Hand von seinem Ohr weg und ging zwei Meter neben ihr her.

Ihr Herumfummeln an seinem Haar muß wie eine Liebkosung ausgesehen haben, so hat Vlieghe das gesehen; er wird nie etwas darüber sagen, nicht Vlieghe, aber es muß in seinen schrägen haselnußbraunen Augen einem Verrat geglichen haben, der sich nicht wiedergutmachen läßt, und beschwöre ich es auch noch so heftig, heute abend, nachher. Er steckte ein Stück Süßholz in den Mund, kaute wütend. Ihm wurde wärmer, und er wich weiter aus, zur

Trennungsmauer hin, und erblickte durch das offene Tor den safrangelben DKW seines Vaters. Ein riesiger schlafender Mann saß am Steuer, den er noch nie gesehen hatte. Trotzdem kenne ich ihn.

Schwester Adam blieb stehen, das Kruzifix baumelte an ihrer Seite, sie winkte, sagte: »Komm schon, sie warten.«

Sie? Also sein Vater und seine Mutter zusammen,gleichzeitig? Etwas Neues. Er schaute sich nochmals flüchtig nach dem DKW um, als wollte er sich alle Details einprägen, die er heute abend, nachher, Vlieghe erzählen würde, der versessen war auf Autos und Flugzeuge. Aber er sah nur, daß das Auto erstaunlich sauber war und daß eine runde Plakette auf der Heckscheibe klebte.

Noch immer vor Scham glühend (Vlieghe! Vlieghe! Es war anders als du denkst!) trat er in den kühlen breiten Korridor. Schwester Adam rannte los, als wollte sie, die Engelsbotin, die allererste sein, um seine Ankunft zu verkünden. So lief die heilige Anna eine Backsteinmauer entlang, um die frohe Botschaft zu verkünden. Anna raste. Ja, auch im Kopf. Louis spuckte das laue Süßholz in seine Hand, der goldockerne faserige Pfropfen hatte die Farbe von Vlieghes Augenbrauen. Er steckte ihn in die Tasche seines Kittels, zu den Schnürsenkeln, den Murmeln, den Fünfundzwanzig-Centimes-Stücken.

Der Korridor roch nach Salmiakgeist. Vor nicht allzu langer Zeit hatte die kleine Schwester Engel beim Sonntagsbesuch in ebendiesem Korridor etwas getan, das noch am gleichen Abend im Schlafsaal in das karierte Heft mit dem Etikett *Akten der Apostel* geschrieben wurde. Vlieghe, der Apostel mit der schönsten Handschrift, hatte geschrieben: Schwester Marie-Ange, DEMUT, 8 Punkte von 10. Eine sehr hohe Note für eine gewöhnliche Nonne.

Denn ohne daß etwas darauf hingewiesen hatte, völlig unversehens, hatte die Schwester sich in dem Korridor vor Dobbelaers Füße hingekniet und mit beiden Händen, während die Sonntagsbesucher die Augen aufsperrten, die schwarzen Strümpfe von Dobbelaer bis zu den Knien hochgezogen. Woraufhin Dobbelaers Mutter, eine Bäuerin aus Anzegem, violett angelaufen war und ihren Sohn angeschnauzt hatte: »Schämst du dich nicht, Omer?« Mutter Oberin hatte gezischt: »Schwester Marie-Ange, das reicht, vielen Dank, geh jetzt.« Und Schwester Engel war davongetrottet, gehorsam, aber ungebrochen.

Seitdem sagten die Apostel jedesmal, wenn Dobbelaer irgendeine Dummheit anstellte oder beim Spielen als letzter anschlug und außer Puste gegen den Efeu der Außenmauer prallte: »Schämst du dich nicht, Omer?«

Louis' Vater stand breitbeinig am Portal des Internats, hinter dem der Lärm der Dorfstraße zu hören war. Er winkte mit gekrümmtem Zeigefinger.

»Da ist er, Herr Seynaeve, Ihr Taugenichts«, sagte Schwester Adam, es hallte zwischen den Zwergpalmen und den marmorn gestrichenen Wänden wider.

»Ein Taugenichts. Das kann man wohl sagen, Schwester«, sagte der kahlwerdende, rosige Kopf.

»*Allez*, Louis, gib die Hand«, sagte Schwester Adam. Nach dem Händedruck wischte sich der Vater die Hand an seiner grauschwarz karierten Jacke ab.

Schwester Adam hat mein Gesicht zu kräftig gerieben, deshalb glühe ich so. Deshalb. Und aus keinem anderen Grund. Ihre knochigen Fingerspitzen, die durch den verschlissenen Waschhandschuh von Den Dooven drückten. Nur deshalb. Vlieghe wartet noch immer am weißlackierten Karussell.

»Nun, wie geht es dir, mein Junge?«

»Gut.«

»Gut, zu wem?« sagte die Nonne.

»Gut, Papa.«

»Das ist gut«, sagte Papa und nickte viermal. Nun wird er etwas über seine Frau, meine Mutter sagen. Warum ist sie nicht mitgekommen? Zwar hatte sie bei ihrem letzten Besuch gesagt: »Es wird nun eine Weile dauern, mein Süßer, ehe ich wiederkomme«, aber Louis hatte das für eine Taktik gehalten, eine selbstverständliche Vorsorge, falls sie nicht kommen würde. Und nun?

Schwester Adam griff zwischen seine Kittelzipfel und zog an seinem rechten Hosenträger, der Zwickel seiner kurzen Hose schoß nach oben. Papa betrachtete die Eichentür von Schwester Economes Büro, die unhörbar aufschwang. Schwester Econome blieb unsichtbar, hielt sich hinter einem Türpfosten verborgen. Der Pate erschien, Louis' eigener Taufpate, in seinem üblichen schwarzen Tuchanzug mit der üblichen taubengrauen Seidenkrawatte. Wie üblich liegt auf den Schuhen des Paten, mit ihrer stumpfen Spitze, mit den runden kupfernen Schnürsenkelösen, kein Staubkörnchen. Die Schuhe bleiben stehen, die Hacken sind fast zusammengeklappt, es scheint, als würden die Zehen sich nach oben krümmen, die Schuhe sich im nächsten Augenblick vom Boden lösen.

»Er ist gewachsen«, sagte der Pate. Das sagte er jedesmal.

Wenn in diesen Klosterkorridor eine Ratte losgelassen würde, könnte er nicht davonlaufen. Alle Fugen der Wände, Kacheln und Scheuerleisten sind fest verschlossen. Die Schuhe des Paten könnten ihre Arbeit bequem verrichten, könnten trampeln, zermalmen.

Der Kopf des Paten war in dem Zelluloidkragen wie angeschraubt, ein runzliges gegerbtes Äpfelchen mit gerade gestutzten Stoppeln unter der Stupsnase. Ein gequetschter Apfel mit einem Schnurrbart. Deutlich unbedeutender als der Mann mit dem Vollmondgesicht auf dem Gemälde hinter ihm, der selige Achille Ratti, der Papst und Führer der christlichen Welt bis vor ein paar Monaten.

»Bestimmt fünf Zentimeter«, sagte der Pate mit einer Aussprache, über die sogar zurückgebliebene Bauern und Hottentotten lachen mußten.

»Das liegt am Frühling«, sagte Papa.

Durch das hohe schmale Fenster war der Birnbaum zu sehen, der in der Mitte des Spielplatzes stand. Warum lugte Vlieghe nicht kurz herein? Louis grinste. Vlieghe kümmerte sich nie um etwas, man kümmerte sich um ihn.

»Wie ich sehe, amüsierst du dich«, sagte der Pate.

»Ja, mein Pate.«

»Man hat genug Zeit, traurig zu sein, wenn man alt ist, was, Vater?« sagte Papa, und der Pate nickte wohlwollend.

Louis sah sich weglaufen, über die unüberblickbare Fläche des Spielplatzes, er duckte sich unter den Fenstern des Musiksaals – »die von Aalst sind so unstet, weil es um Roß Bayart geht« – und erreichte den Gemüsegarten, in dem eine Küchenschwester herumhackte und erschrak und schrie: »Seynaeve!« und er sah, wie er an der Regentonne und den Steinklippen und Sandbänken vorbeirannte, seine Schlappohren fingen den Wind, seine Ohren, von denen Papa behauptet, daß sie nachts mit Reißzwecken an seinem Schädel festgesteckt werden müßten.

»Komm, Louis, wir wollen etwas frische Luft schöpfen«, sagte der Pate.

Auf dem Spielplatz drehte sich das Karussell mit leisem Quietschen. Vlieghe hatte ihm noch einen wütenden Schubs gegeben, ehe er wegging.

Papa hielt die Hand über seine dünnen Augenbrauen, als betrachtete er das Meer bei Blankenberge (letzten Sommer, Hunderte von in den Wellen johlende Leute mit nacktem Oberkörper) und nicht den Glockenstuhl der Kapelle (in der Vlieghe nun niederkniete und die Heilige Jungfrau wegen seines Mißtrauens und seiner Querköpfigkeit um Vergebung bat).

Der Pate befühlte einen der unteren Äste des Birnbaums. In der Kellerküche lungerten einige Kleine herum. Vor nicht allzu langer Zeit stand auch Louis da, in der Reihe, umweht von Küchendünsten, zehn Zentimeter kleiner, mit Vlieghes Hand in der seinen.

»Wir sind sehr zufrieden mit unserem Louis«, sagte Schwester Adam. »Er ist der erste im Religionsunterricht und in Erdkunde.«

»Und im Rechnen?« fragte der Pate.

»Das ist noch ein Problem«, sagte die Nonne.

»Das hat er von seinem Vater«, sagte der Pate.

»Das stimmt«, sagte Papa. »Wir können nicht alle so gescheit sein wie du.«

Der Pate zog ein weißes Taschentuch hervor und betupfte seine Stirn, seine schütteren Haare. Dann stopfte er das Taschentuch zwischen seinen faltigen Hals und den Zelluloidkragen. Die Perle auf seiner grauen Krawatte funkelte.

»Louis«, sagte er, »ich bin nicht unzufrieden, aber du mußt dich seriös hinter dein Rechnen klemmen. Und dein allgemeines Betragen ist auch nicht gerade famos, habe ich gehört.«

»Aus gut unterrichteten Kreisen«, sagte Louis.

Der Pate steckte die Spitze seines beringten Fingers in die Nase und bohrte grimmig. Er ließ die sehr dehnbare Nase los. »O, du Teufel«, sagte er.

Papa war beunruhigt. Er kniff seine Augen halb zu. Kurzsichtig? Nein, so blickte Wilhelm Tell, als er seine Armbrust spannte und auf seinen Sohn unter dem Apfelbaum zielte.

»Denk daran«, sagte der Pate und klopfte Louis auf den Oberarm, »daß ich dein Zeugnis prüfen werde, wenn du in den Ferien nach Hause kommst. Und, mein Junge, denk an den Namen Seynaeve.« Er schritt davon. Zum ersten Mal sah Louis, daß er krumme Beine hatte wie ein Reiter. »Apropos«, sagte Papa, »das hier ist für dich.« Louis erkannte den Duft sofort, er nahm die bekannte Papiertüte mit den silbernen verschnörkelten kursiven Buchstaben entgegen: Es waren Pralinen vom Bäcker um die Ecke des Internats, die Tüte war zerknittert. Zur Sicherheit schaute er hinein, manche der dunkel- und hellbraunen Pralinen klebten aneinander. Er legte die Tüte in Schwester Adams ausgestreckte Hand.

»Heute abend bekommt er zwei«, sagte die Nonne. »Es ist doch kein Alkohol drin, nicht, Herr Seynaeve?«

Papa stieß ein Wiehern hervor. »Wie kommen Sie denn darauf, Schwester«, sagte er und wurde sogleich sittsam, fast fromm. »Niemals zuviel Alkohol, Schwester. Ab und zu eine Molle, wenn es warm ist oder weil man unter Leuten ist. Aber zuviel Alkohol?« Er blickte Louis energisch ins Gesicht. »Sollte ich je erfahren, daß er später dem Alkohol verfällt, hacke ich ihm beide Hände ab.«

»Ja«, sagte die Nonne. »Mutter Oberin hat einmal aus Versehen bei einer Beerdigung zwei Pralinen mit *Elixir d'Anvers* gegessen. Und das stieg ihr sofort zu Kopf.«

Das war gelogen. Es war ihr, Schwester Adam, passiert. Mit fünf oder sieben Pralinen. Louis suchte nach Spuren der Lüge in dem unnahbaren Oval, das von der Haube eingerahmt war.

»Na schön«, sagte Papa und hüstelte.

»Geh noch nicht«, sagte Louis. »Noch nicht.«

»Nein«, sagte Papa und wartete. »Ach ja«, sagte er dann, »Mama geht es gut. Das heißt: gut und nicht gut. Du hast vielleicht gedacht, daß sie kommen würde, aber das ging nicht. Was ich dir sagen wollte, ich soll dir herzliche Grüße von Mama ausrichten.«

»Sie *will* nicht kommen«, sagte Louis. Gegen seine Absicht klang es fragend. (Vor einundvierzig Tagen, als Mama ihn das letzte Mal besuchte, meinte sie: »Was habe ich hier eigentlich zu suchen? Ich vernachlässige meinen ganzen Haushalt, und wenn ich hier bin, sagst du nichts. Wenn ich dich etwas frage, heißt es ›ja‹ oder ›nein‹ und sonst starrst du mich an wie eine dumme Gans. Wenn es dir lieber ist, daß ich nicht mehr komme, brauchst du es nur zu sagen. Es ist doch wahr, nie sagst du etwas von dir aus.«)

»Natürlich will sie kommen«, sagte Papa, »aber wie soll ich es dir erklären?« Er wandte sein rosiges, üppiges Gesicht hilflos Schwester Adam zu und sagte dann bissig zum Birnbaum: »Wenn sie nicht kann, dann kann sie nicht, basta und Amen.«

»Louis ist ein bißchen kribbelig«, sagte die Nonne. »Es liegt auch am Wetter. An dieser plötzlichen Schwüle.«

»Ja. Ein Gewitter ist im Anzug«, sagte Papa.

Sie selbst ist kribbelig. Warum? Du sollst dir keine Fragen stellen. Du sollst dir auch nicht die Frage stellen, warum du dir keine Fragen stellen sollst.

»Die Pralinen stammen von dem Bäcker um die Ecke«, sagte er.

»Das stimmt«, sagte Papa.

»Und durch die Hitze sind sie geschmolzen.«

»Was macht das schon?« sagte die Nonne. »Es kommt doch auf den Geschmack an.«

Im Büro von Schwester Econome hing das handkolorierte Foto von Henricus Lamiroy, dem Bischof von Brügge, von dem Papa behauptete, daß er ein entfernter Verwandter der Seynaeves sei, von Tante Margos Seite. Der Bischof hielt den Kopf schief, seine Ellbogen stützten sich auf einen Schreibtisch aus dem Mittelalter, auf dem ein Tintenfaß aus Bronze, ein Telefon und ein leerer Aschenbecher standen.

Durch das Fenster mit den dicken runden verrosteten Stangen konnte man den DKW sehen. Der Pate saß mit verschränkten Beinen schräg vor dem Kamin, er wippte mit seinem stumpfen Schuh und rauchte eine Zigarre. Schwester Economes strenge Mine änderte sich kaum, als sie Louis erblickte.

»Lou-ies-chen«, sagte sie, und Louis wird einmal diesen Brieföffner mit dem kongolesischen Elfenbeingriff, der dort auf dem moosgrünen Löschblatt liegt, ergreifen und ihr damit drohen. Aufschreien wird sie, Schwester Econome, piepsen, bis sie pißt.

Er trat ans Fenster und sagte: »Warum steht REX an deinem Auto?«

»Ja«, sagte Papa, aber man konnte es fast nicht hören, denn der Pate krähte: »Was? REX? Wo?« und sprang auf. Der Zigarrenrauch wehte Louis ins Gesicht. Der Pate murmelte ganz nah: »Das ist doch nicht möglich!« Auch Papa trat ans Fenster. Aufmerksame Wirtshausbesucher in der Gaststube von ›Het Witte Paard‹ auf der anderen Straßenseite konnten nun drei Generationen Seynaeves hinter Gittern sehen.

»Da du es erwähnst«, sagte Papa. »Auf der Heckscheibe.«

Die Worte des Paten prasselten nieder, seine Aussprache war vornehm und distanziert, sein Atem spie zwischen den Lauten Feuer und Schwefel: »Staf, du wirst mir den großen Gefallen tun und sofort, also sofort diese Plakette entfernen!«

»Sofort«, sagte Louis vor sich hin.

»Staf!« schnauzte der Pate.

»Das muß Holst getan haben«, sagte Papa und ging zurTür.

»Vielleicht«, sagte der Pate. »Etwas anderes kann ich mir jedenfalls nicht vorstellen.«

»Ist das Holst?« fragte Louis. Auf einen unhörbaren Befehl von Papa hin kroch der riesige Mann mühsam hinter dem Steuer hervor.

Als er auf der Straße stand, sah Louis, unbillig froh, daß der Hüne einen Kopf größer war als sein Vater.

»Dieses Gesindel heutzutage, Schwester Econome...« seufzte der Pate.

»Der Erzbischof hat so dringend im Radio vor den REXisten gewarnt«, sagte Schwester Econome. »Aber es scheint, daß König Leopold nicht absolut dagegen ist. Obwohl er das natürlich nicht offiziell verlauten lassen kann.« Sie lächelte. Louis hatte sie so noch nie zuvor gesehen: Auf einmal saß da eine Frau mit einem kindlichen, bäurischen Gesichtsausdruck. Und auch ihre Hände, die einen smaragdgrünen Füller drehten, hatten etwas Mädchenhaftes.

»REX auf unserem Auto«, sagte der Pate grollend.

»Es ist jedenfalls besser als eine Plakette der Sozialisten«, sagte Schwester Econome.

»Das fehlte gerade noch«, sagte der Pate. Brüsk ging er zum Schreibtisch und klopfte mit seinem Siegelring darauf. »Das wird noch Folgen haben«, sagte er und verschwand ohne Blick oder Gruß. Schwester Econome erhob sich.

»Dein Großvater«, sagte sie, »wird dieser Tage noch eine Gehirnblutung bekommen, bei all seinen Aufregungen.«

Auf der sonnigen Straße wollte der Hüne Holst die Plakette mit einem Taschenmesser abkratzen, aber Papa hielt ihn zurück und popelte dann, behutsam und schwitzend, mit den Fingernägeln zwischen Glas und Papier an ihr herum. Der Pate kam zum Auto, brüllte unhörbar und schmiß seine Zigarre auf die Pflastersteine.

Schwester Econome ging hinaus, nachdem sie die Kokosmatte zwischen Tür und Türpfosten geschoben hatte.

Obwohl es nicht erlaubt, niemals erlaubt war, stand Louis dann unbewacht, unbeschattet draußen auf der Straße, unter der Platane, die von Mücken sirrte. Papa hatte die runde verhaßte Plakette offenbar unbeschädigt in die Tasche gesteckt. Der Pate setzte sich vorn ins Auto, neben das Steuer. Er hatte einen dunkelgrauen Filzhut auf. Der Hüne Holst streichelte die Motorhaube.

»*Allez*, mein Junge«, sagte Papa munter. Draußen sah er kräftiger und breiter aus als am Gängelband des Paten, im Internat. »Das nächste Mal wird alles anders und besser sein. Du solltest dir wegen Mama nicht solche Sorgen machen. Es wird alles gut gehen.«

»Hat Mama die galoppierende Schwindsucht?« fragte Louis.

»Also, Lou-ies-chen«, sagte Schwester Econome.

Papa betrachtete seinen Jungen wie ein Waisenkind, das am Dreikönigsabend vor der Tür singt. Er tat so, als bekäme er einen Lachanfall, und trommelte auf seinen Bauch, als wollte er das unwiderstehliche Lachen unterdrücken.

»Aber was für eine seltsame Idee!« stieß er hervor. »Was, Schwester? Aber Kind, du bist mir ein komischer Kauz. Seit fünfzig Jahren hat es bei den Seynaeves keine Schwindsucht gegeben, was, Schwester?« Die wußte nicht, ob sie es bejahen sollte. Papa räusperte sich und beugte sich vor. »Was passiert ist, ist völlig unbedeutend, Mama ist bloß die Treppe hinuntergefallen, das ist alles, sie muß im Bett bleiben.«

»Die Treppe hinunter?«

Papa suchte verstört Unterstützung bei Schwester Econome, die die Straße entlang schaute, als erwartete sie jemanden. Der Hüne Holst hielt die Tür des DKW auf.

»Sie muß eine Weile das Bett hüten, aber nicht mehr lange«, sagte Schwester Econome daraufhin.

»*Allez*, mein Junge«, sagte Papa. »Wenn du Mama wiedersiehst, wird sie ein schönes Geschenk für dich haben.«

»Ganz bestimmt«, sagte Schwester Econome.

»Was denn?«

»Das ist eine Überraschung«, sagte Papa.

»Du wirst Augen machen«, sagte Schwester Econome. Im Auto lehnte sich der Pate zur Seite und hupte. Sogleich kläffte der Hund von ›Het Witte Paard‹.

»*Allez*, mein Junge«, sagte Papa.

»*Allez*, Papa«, sagte Louis, aber es klang nicht so hämisch, wie er gewollt hatte.

»Bis zum nächsten Mal . . .«, sagte Papa und schlurfte zum DKW. Als er sich auf den Rücksitz setzte, begann der Pate heftig auf ihn einzureden. Es war ein breiter Platz neben Papa frei. Louis hätte bequem mitfahren können. Auf dem ganzen Heimweg hätte er seine Hand auf Papas Knie gelegt. Er winkte dem Auto noch nach, als es schon um die Ecke gebogen war und die Staubwolke über der Dorfstraße sich auflöste.

Der Spielplatz war verlassen und staubig. Aus der Kellerküche erklang das Geplapper der Kleinen.

Vandezijpe kam zu ihm. Er knabberte an einer Karotte.

»Ugh, Bleichgesicht«, sagte er.

»Ugh, Hottentotte«, sagte Louis. Und obwohl er es überhaupt

nicht wollte, sagte er zu Vandezijpe, der die orangefarbenen Stückchen in seinem aufgesperrten Mund zermalmte: »Meine Mutter ist die Treppe hinuntergefallen.«

»Bei dir ist auch immer was los«, sagte der Knirps.

II
HÖREN UND SEHEN

Schnaufend fährt der DKW durch das Dorf, an gelbglänzenden Klinkerhäusern mit lila und beige gestrichenen Balkons, an Schuhgeschäften, einer Schmiede, einem Friedhof vorbei, auf dem eine Frau in Trauerkleidung an ihrem Daumen lutscht.

Surrend fährt das Auto über eine verlassene Asphaltstraße, an den haushohen Halden der Lehmgruben vorbei, und was keift denn da der Pate? Man kann es von seinen Lippen ablesen. Der Pate ist wütend, er, der bei Louis' Taufe dem Pfarrer den Weihwedel aus den Händen nahm und ihn über dem Würmchen schwenkte, das erschrak; es hatte damals einen schrumpeligen Kopf, wie das noch auf einem Foto im Wohnzimmer am Oudenaardse Steenweg 10 zu sehen ist. Das Foto steckt schief unten in dem Rahmen des ›Guten Hirten‹. Der Pate, der jedesmal, wenn Louis tapfer ein Neujahrsgedicht aufgesagt hatte (was er mit einer Verbeugung und einem erleichterten triumphierenden Ausruf ›dein liebstes Patenkind, das dich liebt‹ beendete), Louis beim Handgelenk packte, die kleine geballte Faust aufbog und, während er sich abwandte, fünf Francs hineindrückte, den Mammon. Der Pate, der sich früher ›Professor Seynaeve‹ genannt hat. »Ich dachte, Sie seien Lehrer. In welchem Fach sind Sie denn Professor?« – »In der Lebenskunst, gnädige Frau!« Dieser Pate beschimpft nun seinen eigenen Sohn, der sich in dem engen heißen Auto auf dem Rücksitz entsetzt nach hinten lehnt. Nach den Lehmgruben kommen die Roggenfelder, dann wird das Land weniger hügelig, und es tauchen die Wegweiser nach Kuurne, Lauwe, Verdegem auf.

Dann spricht der Pate noch immer nicht besänftigt, sondern nur müder. Er ist zu hören. »Staf«, sagt er, »ich begreife sehr gut, daß du Meinungen hast, einen Mann ohne eigene Meinung kann man von mir aus in den Mülleimer schmeißen, aber *enfin,* Staf, *il y a la manière.«*

»In Flandern flämisch«, schreit Papa. Den Mann am Steuer kann man grinsen sehen, obwohl es die beiden anderen nicht merken. Doch, der Pate sieht nun die Schultern des Mannes beben.

»Holst, schau geradeaus«, zischte der Pate.

Ein Trauerzug kommt vorbei. Eine betrunkene Nonne wird von zwei Offizieren mit Trauerkränzen um den Hals gestützt. Ein Musikkorps. Die Leute in dem sich dahinschleppenden Trauerzug scheinen Stück für Stück aus Pappe ausgeschnitten, bemalt zu sein und von einem ungeschickten Jungen an unsichtbaren Fäden fortbewegt zu werden. Der Junge läßt sie hüpfen, trippeln, tanzen. *Dies irae,* tschingtaratata, *dies illa,* bumbum!

»Staf«, sagte der Pate gelassen, »du bist ein braver Kerl, aber kein *commerçant.*« Das ist die denkbar schwerste Beleidigung, und Papa weicht noch tiefer ins Autopolster zurück.

»Staf, es ist so, als spräche ich zu Kühen.«

Der schwarze Trauerzug mit den schluchzenden Frauen hat den Friedhof erreicht, verschwindet hinter den Kreuzen und kommt dann wieder bei einem frischgeschaufelten Grab zum Vorschein, an dem die Frau in Trauer so erbärmlich jammert, daß die um sie Herumstehenden erröten, sich gegenseitig anstoßen.

»Staf, du hast dich vorhin mit deiner REX-Plakette gräßlich daneben benommen. Habe ich dich dafür großgezogen?«

»Nicht du hast mich großgezogen, sondern Omama.« So etwas würde Papa nie zu sagen wagen. Er würde seine eigene Mutter auch nicht Omama nennen. Und Papa unterbricht den Paten, seinen eigenen Vater, nie.

». . . daß ich eigens für dich, meinen Nachfolger, ein Geschäft aufgebaut habe, das in Westflandern seinesgleichen nicht hat?«

»Vater, es gibt in ganz Westflandern keinen anderen Großhandel in Lehrmitteln.«

»Das sage ich ja eben. Wir haben nicht unseresgleichen.«

Auf dem Friedhof streichen Schwärme von Krähen flatternd nieder und scharren in der aufgeworfenen Erde. Ein Mann in Schwarz verjagt sie mit einem Regenschirm.

»Staf, warum hast du mich in allen Klöstern von Westflandern lächerlich gemacht? Denn du kannst sicher sein, daß Schwester Econome jetzt am Telefon hängt. Bis zu den Maricolen-Schwestern in Deinze werden sie erfahren, wie lächerlich . . .«

»REX ist nicht lächerlich.«

»REX wird siegen«, sagt der Mann, der mit riesigen geschwollenen roten Händen federleicht das Steuer lenkt.

»Holst, schau geradeaus.«

»Belgien wird REXistisch sein oder nichts.«

»Holst, ist jetzt Schluß damit?«

Der Pate holt einen nach Minze riechenden Flakon heraus, dreht ihn auf und steckt ihn sich in die Nase. Seine Augen tränen. Er jammert: »Was habe ich denn verbrochen? Du im Himmel, sag es mir. Ich habe immer das Beste für meine Familie und meine Enkelkinder und vor allem für Louis gewollt.«

Ob Papa letzteres gut gehört hat? Er läßt sich nichts anmerken. Holst pfeift ›Die schöne blaue Donau‹, sein Fuß wippt im Walzertakt mit, löst sich vom Gaspedal. Ruckelt und schuckelt dadurch der DKW? Vlieghe danach fragen.

»Staf.«

»Ja, Vater.«

»Daß ich es im Leben weit gebracht habe, daß ich als jemand, der seinen Mann steht, allgemein anerkannt werde, nicht nur von den Filips in der Elzaslaan, sondern weit über Walle hinaus, bis in die kleinsten Dörfer, in denen es eine Schule oder ein Kloster gibt, verdanke ich meiner Nase. Ich *rieche,* wo Geschäfte zu machen sind, und dann mache ich sie. Darum werde ich als *commerçant* und als Mensch respektiert. Eigentlich mehr als Mensch, denn in gewissem Sinn bin ich wie ein Priester, habe ich nicht sogar eine Sondergenehmigung vom Bistum, meine Waren in Konfessions- und Privatschulen an den Mann zu bringen? Ja oder nein? Und jetzt ist meine Zukunft und deine und die von Louis gefährdet, weil du, Staf, mit deiner politischen Propaganda den Narren spielst. Und dann ausgerechnet für REX. Mein Junge, ich hoffe, daß Léon Degrelle dich dafür reichlich entlohnt hat, wieviel, fünftausend Francs? Mehr? Dreißig Silberlinge à tausend Francs, um mich *en plein public* zu demütigen?«

»Es war fast niemand dabei, der es gemerkt hat.«

»*Tiens, tiens.* Du bezeichnest also dein eigenes Kind als ›fast niemand‹? Sauber, sauber. Ich werde es Louis' Mutter mitteilen. Die wird große Augen machen, wenn sie hört, daß sie ›fast niemand‹ geworfen hat.«

»Geworfen?«

»Geboren, ist das deutlicher? Staf, antworte! Man bringt kein Kind auf die Welt für nichts und wieder nichts.«

Seit der Pate das Internat verlassen hat, spricht er Platt-Flämisch. Der Pate hat ein Lehrerdiplom; jahrelang bestand er darauf, unter allen Umständen Hochflämisch zu sprechen, sogar, zu ihrem großen Ärger, mit Omama, die längst vergessen hatte, daß seine gebildete Sprache einer der Gründe war, aus denen sie ihn geheiratet hatte. Dann hat der Pate eines Nachmittags – ›einer der entscheidensten Augenblicke in meinem Leben‹ – mit Freunden Herman Teirlinck, den Fürsten der flämischen Literatur, in dessen Villa in Oostduinkerke besucht. Dort hat er sich das schnarrende ›r‹ und das langgezogene hohe ›aa‹ angewöhnt, was sich auch Louis zu eigen gemacht hat und wodurch er den Spott der Schwestern und Schüler im Internat des Heiligen Josef hervorruft. Aber nach diesem Nachmittag der Gespräche über Kultur und Wissenschaft in Oostduinkerke fing der Pate zur Verblüffung vieler an, zu Hause und in seinem Stammlokal ›Groeninghe‹ auch Ausdrücke aus Walle im Dialekt von Walle zu benutzen. Nicht oft, denn er wollte natürlich nicht für jovial gehalten werden, aber unversehens, beim Kartenspielen oder wenn die Umstände etwas Forsches verlangten. Wie kam das? Er hat es vor einem Jahr beim Weihnachtsessen erzählt: »Hermann Teirlinck holte Zider aus dem Keller, und als er einschenkte, kam seine Frau in den Salon, und wißt ihr, was dieser große Mann, dieser verfeinerte, um nicht zu sagen dekadente Geist da tat? Er ging auf sie zu, gab ihr einen schmatzenden Kuß auf die Backe und sagte: ›Ach Dern, kümm to mi! Dat sünd Stümper vom ›frien Unnerricht‹. Blos giv mi ierst enen Söten.‹ Wir waren perplex. Und später haben wir darüber diskutiert, und wir sind uns einig geworden, daß er, den man in unseren Kreisen so heftig angreift, gerade den Beweis tiefster Volksverbundenheit geliefert hatte, indem er unsere Volkssprache in ihrer ursprünglichen Mundart respektierte.«

Wo ist die Witwe, die durch ihre eigene Schuld Mann und Kind verloren hat? Das Musikkorps spielt leise zu dem Gesang: *»Quantus tremor est futurus, quanto-o ju-udex est venturus, cuncta-a stricte discussurus.«* Das Grab klafft, der Boden stinkt. Das Kind im Sarg ist noch warm, während sein Vater in dem Sarg darunter längst aus eiskaltem Beton ist. Zwischen die Lippen des Kindes ist ein Goldstück geklemmt worden, ein Louis d'Or.

Der Pate befiehlt Holst wortlos, mit dem Auto in der Nähe des Grabes zu halten. Der Pate tritt mit seinen vorne abgerundeten glänzenden Schuhen an den Rand der Grube. Papa schleicht heran, und sobald er den Rücken seines Vaters erreicht, streckt er seine behandschuhten Fäuste aus, spreizt die Finger und packt seinen Vater bei den Hüften. Der wankt.

Papa stößt den Lehrmittelpotentaten nicht in die Grube, sondern er kitzelt ihn. Der Pate windet sich in Hüften und Schultern. Die beiden Seynaeves kichern wie zwei Brüder. Werden sie sich jetzt mit der lockeren Erde bewerfen?

Holst bleibt beim Auto und wischt mit einem Lederlappen unter der Motorhaube herum. Obwohl er so tut, als bemerkte er Louis nicht, signaliert er: »Schau nur, ich bin viel zu groß und zu stark, um jemandem, nicht einmal dir, weh zu tun. Weißt du, wer ich bin? Ich bin zu dir gesandt worden, Louis, um dich zu beschützen.«

Der Pate steckt sich eine Tonpfeife an, die ihm seine Lieblingstochter, Tante Mona, aus Bayern mitgebracht hat.

»Holst!«

»Ja, Professor?«

»Warum hast du diese REX-Plakette an unser Auto geklebt?« (*Unser* Auto, denn der Pate hat es bezahlt.)

Der Mann antwortet nicht. Er findet es unter seiner Würde. Er ist mit einem anderen Auftrag gesandt worden.

»Es muß ein Kind gewesen sein, eine dieser externen Rotznasen«, sagt Papa.

»Ein ein Meter fünfzig großes Kind«, sagt der Pate nachdenklich, »sonst hätte es die Heckscheibe nicht erreichen können.«

»Oder ein Verbrecher«, sagte Papa.

Der Pate rümpft verächtlich die Nase, wie es der französische König im Jahr vor der Goldsporenschlacht beim Anblick der flämischen Edelleute in ihren prächtigen Mänteln, mit ihrer franken Haltung, ihrem selbstverständlichen noblen Auftreten tat.

»Verbrecher«, sagte der Pate und meint damit die Gruppe der Leute um das offene Grab, denn sie wehklagen nicht, sie raufen sich nicht aus Kummer die Haare oder zerreißen ihre Kleider, sie seufzen nicht einmal, sie stehen kalt und nach vorne gebeugt da wie die hier und dort über den Friedhof verstreuten Pietàs aus weißem Marmor. »Genug«, sagt der Pate, und zwei Motten fliegen aus seinem Mund. »Genug«, sagt der Pate und beugt sich vor und sagt »Genug« zu dem noch lauwarmen Kind im Sarg, das schon vom Grundwasser durchweicht ist. Und das Auto biegt in den Oudenaardse Weg ein und stottert und verstummt vor der Tür, auf deren Schwelle Mama fröstelnd steht, nein, das kann nicht sein, denn Mama liegt unter dem Plumeau in ihrem unordentlichen Schlafzimmer, weil sie wegen ihrer geprellten oder zerschrammten Beine oder ihrer angeknacksten Rippen das Bett hüten muß.

Louis schnappte nach Luft. Hinter den Sträuchern kamen zwei Schwestern vorbei; an den Schritten war Schwester Kris zu erkennen. In der Ferne hallte das Gejohle der Hottentotten wider, die vom Fußballspielen zurückkamen. Louis glitt weiter, auf nassen Knien tiefer in das Gebüsch, hockte sich dann auf seine Fersen und preßte das Gesicht an die bitteren Blätter.

Daß Mama verletzt war, war seine eigene Schuld, einzig und allein seine. Es wäre nie passiert, wenn er zuhause gewesen wäre, dann hätte er sie in jenem schrecklichen Augenblick aufhalten können, in dem sie durch den Flur neben ihrem Schlafzimmer schlafwandelte und hinfiel und sich beide Ellbogen brach.

Es wäre nie passiert, wenn er hier im Internat an sie gedacht hätte. (Nicht flüchtig, sondern mit einem gezielten, genauen, kaltblütigen und zugleich inbrünstigen Gedanken, der sie in dem Augenblick erreicht hätte, in dem ihre um Schutz flehende Gestalt den Gang dicht vor der Treppe mit unsicheren Schritten abtastete.) Wenn sein Gedanke, sein Gebet sie umgeben hätte, als sie noch schlief. Sie wäre aufgewacht und hätte geflüstert: »Ja, mein Louis, ja, sag es doch Mama«, und seinen Nacken gestreichelt. Es wäre nie passiert, wenn er nicht existiert hätte. Denn wäre er nicht geboren worden, hätte sie keinen Schwindelanfall bei dieser Treppe bekommen. Denn als er geboren wurde, war etwas in ihr Blut eingedrungen, das hatte sie zu Tante Nora gesagt. Wenn er nicht existiert hätte, wäre ihre durch seine Geburt geschwächte, angegriffene Seele nicht zu dem entscheidenden Augenblick gelangt, in dem sie ihn, ihren gefährlichen Sprößling und ihr lästiges Kind, mit Sack und Pack in das Internat geschickt hatte.

Gebären tut auch weh. Louis konnte es sich nicht vorstellen, obwohl er es sofort glaubte. Er wollte es sich übrigens gar nicht vorstellen, es hatte etwas mit Bettüchern voll Kacke zu tun, mit Stöhnen, das die Nachbarinnen herbeirief, und mit Widerstand und Unerbittlichkeit und ›Forcieren‹.

»Du darfst nie und nimmer forcieren, Constance«, sagte Tante Nora.

»Aber was soll man denn sonst tun, wenn der Professor dauernd ruft: ›Pressen! Pressen!‹« (Mama, dem Lachen nahe.)

»Ich hätte gesagt: ›Herr Professor, pressen Sie doch selbst, lassen Sie mich in Ruhe, pressen Sie selbst mal Ihr Loch!« Mama lachte, es war gegen vier, sie aß Butterbrote mit Quittenmarmelade in Gesellschaft von Tante Nora, die fand, daß zuviel Zichorie im Kaffee sei. Er hörte Mama im Wohnzimmer lachen und spielte auf dem Küchentisch weiter mit seinen ausgeschnittenen Rittern und Jungfrauen.

»Ich kann mich nicht mehr daran erinnern«, sagte Mama, »ich weiß nur, daß es schrecklich weh getan hat, das wohl, daß ich aus dem Fenster springen wollte, daß ich aufgerissen wurde, aber andererseits muß es in einer Frau eine Art Mechanismus geben, der das alles auslöscht, wenn sie es hinter sich hat.«

»Wie man behauptet, tut das Geborenwerden auch weh. Aber das vergessen sie genauso, die Neugeborenen, wenn sie es hinter sich haben. Unser lieber Herr hat das so arrangiert.«

»Es ist auch das Beste, daß man es vergißt.«

»Ja, sonst würde niemand mehr Kinder kriegen wollen.«

»Wenn es nur eine Frage des Willens wäre.«

»*Enfin,* bei mir ist es freilich gut zugewachsen.«

Das war in den letzten großen Ferien, schon so lange her. Milde helle Stimmen, von der Sonne durchtränkt. Frauen wachsen zu. Oder werden zugenäht.

»Ich hab' noch ein paar Hämorrhoiden«, sagte Mama.

»Ach, die gehen auch weg.«

»Durch Tremasin. Oder Premasin. So eine blaue Tube.«

»Ich habe eine Salbe vom Weißen Kreuz.«

»All diese Salben stammen aus der selben Fabrik. Sie kriegen bloß andere Namen und andere Tuben. Für den *commerce*.«

»Unsere Mutter ging deswegen immer zu Jules Verdonck.«

»Ein Quacksalber?«

»Wenn du so willst. Er sammelte Kräuter und Nesseln im Wald und machte daraus einen Brei. Zwei Francs. Der sei gut für alles, sagte er, für die Tiere ebenso wie für die Menschen: Gut für den Magen, gegen Krämpfe, gegen Kopfschmerzen, gegen Verstopfung. Man könne gar nicht genug davon essen, sagte er, dieser Brei sei das Leben selbst.«

»Madameke Vandenbussche ist auch zu einem Quacksalber gegangen, sie hat ihm völlig vertraut.«

»Ja, Constance, aber das war ein Scharlatan. Und dabei war doch nichts mehr daran zu ändern.«

»Es scheint ein Junge gewesen zu sein.«

»Im wievielten Monat war sie?«

»Im sechsten.«

»Daß sie die ganze Zeit damit herumgelaufen ist . . .«

»Ja, ich habe mich auch gefragt, wieso sie das so weit hat kommen lassen. Madameke Vandenbussche war zwar ein bißchen nonchalant, immer fiel ihr das Haar in die Augen, aber man merkt doch, wenn etwas nicht stimmt. Vor allem, wo sie doch Zucker hat.«

»Und was mit der Schilddrüse.«

»Auch das.«

»Andererseits, Constance, spürt man es nicht immer. Bei meinem Alfons habe ich nichts gemerkt, überhaupt nichts. Ich gehe nach hinten, setze meine Brille auf, sage: ›*Tiens,* was haben wir denn da?‹ und er flutscht heraus.«

»Du hast ihn Alfons nennen wollen.«

»Ja. Es war eine Idee des Kaplans. ›Nennen Sie ihn nach mir‹, sagte er. ›Alfons.‹«

»Das mit Madameke Vandenbussche«, sagte Mama mit gedämpfter Stimme.

Louis verstand sie nur mit Mühe. »Ich erzähle nur das, was man mir gesagt hat, es scheint nicht von ihrem Mann gewesen zu sein.«

»Aber Constance!«

»Ich plaudere nicht aus, von wem es war, ich sage nur, daß es von einem schrecklichen Säufer war. Pernod, wenn du es wissen willst. Aber mehr verrate ich nicht.«

»Von einem Pernodtrinker«, sagte Tante Nora. »Soso. Ich kann mir schon denken, wer es ist.«

Ein Stuhl scharrte über die Fliesen. Der Wasserkessel wurde vom Herd genommen.

»Du darfst nicht zuviel Zichorie hinein tun, Constance. Er ist zu bitter.«

»Es ist Zichorie von der ›Sarma‹. Es scheint, daß die Leute dafür Schlange stehen. Und der Kaffee wird immer teurer.«

»Ich kenne hier in der Straße welche, die bestimmt hundert Pakkungen Kaffee gekauft haben. Und säckeweise Salz. Für den Fall, daß etwas passiert.«

»Ja, nach diesem Unglück in der Tschechoslowakei.«

»Es wird jedenfalls nicht besser, das steht fest.«

»Laß uns lieber darüber schweigen.«

Sie schwiegen nicht. Sie redeten über die Schilddrüse von Nicole, Tante Noras Tochter. Louis kam aus der Küche herein, und Tante Nora sagte:

»Mensch, was bist du gewachsen.«

Was sollte sie sonst sagen? Sie alle, Papas Seynaeves, Mamas Bossuyts, alle Fremden über ein Meter fünfzig sorgen sich um das Wachsen des Weizens, um Louis. Aber du auch, Louis! Gib zu, daß es ein tolles Gefühl war, Tante Nora ›Mensch‹ zu dir sagen zu hören, auch wenn du weißt, daß ›Mensch‹ nicht nur auf dich zutrifft, sondern ein Ausruf ist, der die ganze Menschheit umfaßt, einschließlich Schwestern, Aposteln, Hottentotten (sogar Mieserike, die keine Menschen sind, sondern Kötel heidnischer Götter, die nie Menschen werden.)

»Mensch«, sagte Louis und richtete sich auf, denn in dem Gebüsch, das seinen Schweiß auffing und verbreitete, ließen sich Mücken nieder. Er überlegte, ob er zur Kapelle gehen und beten sollte. Es war ein sündiges Vorhaben. Es war keine plötzliche Eingebung der Gottesfurcht, wie sie der heilige Jan Berchmans, dieser Glückspilz, oft hatte, sondern ein Trick, um seine Abwesenheit vom Remter zu erklären. Oder war ein Gebet aus minderwertigen Beweggründen auch gültig? Jesus in seiner Barmherzigkeit – Meerke sagte immer ›Barmherzensheit‹, weil sie ziemlich herzlos war – akzeptiert jedes Gebet. Schließlich ist er nicht gekommen, um die Gerechten zu rufen, sondern die Sünder. Und außerdem hatte er mit seiner unermeßlich klugen, allgegenwärtigen Kontrolle aller Seelen längst die böse Absicht von Louis erkannt und sie wieder einmal in seiner Güte in ein echtes Gebet verwandelt.

Zur Kapelle oder nicht?

Ehe er einen Entschluß fassen konnte, fiel ihm etwas ein, das so überdeutlich wurde, daß er sich wieder in das Gebüsch mit den Schweißmücken kauerte. Holst war ein Engel. In der Gestalt eines Freundes von Mama. Jedenfalls jemand aus der Gegend von Mama. Denn als Louis die Stimme von Holst gehört hatte, als das Lippenlesen des Bilds auf der Straße von vorhin von Tönen, Klängen, Wörtern begleitet wurde, hatte er deutlich den Dialekt von Bastegem gehört, der Gegend von Mama und Meerke und den zahlreichen Familienangehörigen der Bossuyts.

Das bedeutete also, daß der Engel Holst Mamas Geheimbote war. Daß die Männer, die Seynaeves, Holst gezwungen hatten, in und bei dem Auto zu bleiben, um ihn daran zu hindern, Mamas Botschaft weiterzugeben. Holst hatte keine Gelegenheit gehabt, in Louis' Nähe zu gelangen und ihm schnell schiefmäulig zuzuflüstern: »Deine Mutter ist hingefallen, aber sie lebt«, oder »beide Knie deiner Mutter sind aufgeschrammt, aber sie denkt an dich«, oder »deine Mutter blutet, aber sie vergißt dich nicht«.

Natürlich! Daß er nicht eher daran gedacht hatte! Holst war, ebenso wie Mama, der Gefangene der Gefängniswärter Großvater und Vater Seynaeve, eben wie Frauen, Chauffeure und Kinder jederzeit von Männern und von Schwestern unter Kontrolle gehalten werden. Aber wenn Holst ein Engel in Menschengestalt war, war er dann nicht mächtiger?

Unbemerkt – es sei denn von den Schwestern hinter den Fenstern im zweiten Stockwerk des Schlosses – richtete er sich auf, rieb sich die dunkelgrün gefärbten Knie. Er schlurfte zum Krankenzimmer, in dem ein Hottentotte nach seiner Hottentottenmutter plärrte, die Dutzende von Dörfern weiter wohnte.

Aber vielleicht hatte Holst ihm doch ein Zeichen gegeben. Und er hatte es, wie üblich, nicht erkannt. Vielleicht würde ihm das Zeichen erst heute am späten Abend oder morgen in seiner ganzen gleißenden Helle einfallen? Was könnte das Zeichen des Engels gewesen sein?

Während er versuchte, die große Gestalt von Holst heraufzubeschwören, neben den Seynaeves oder hinter ihren Rücken, drang eine Wärme unter seine Haut, die dort zu einem Duft und einem Ton und einer grellroten Dunkelheit wurde.

Louis fühlte die Arme von jemandem wie Holst um seine Rippen. Es waren die fetten, muskellosen, wie mit einer Luftpumpe aufgeblasenen Arme von Holst. Sie glitten seine Brust hinauf, umklammerten seinen Hals. Holst war es, der ihn in die Höhe hob, vor langer Zeit, als er der kleinste unter den Kleinen war, und der ihn, leicht wie ein Netz Tomaten, einem mindestens genauso großen Hünen neben ihm reichte. Holst war es, der in all den Jahren Mamas Handlanger gewesen war. Mama hatte den Engel die ganze Zeit über verbannt und in der Gegend bei Deinze unter verstreuten Stammesgenossen der Bossuyts verborgen gehalten, bis sie ihn brauchte.

Der andere Hüne, der noch größer als Holst war, nahm Louis mit Händen entgegen, die aus scharlachroten Ärmeln mit Goldbrokatborten ragten, sein Siegelring kratzte über Louis Nackenhaut. Ein riesiges Gesicht mit einer Kartoffelnase, von weinroten Nerven geädert, prangte zwischen einer Wolke aus faseriger Watte, gesponnenem Zucker und Schnee unter einer funkelnden Mitra. Die Lippen öffneten sich, eine belegte Zunge und ockerfarbene Zähne wurden sichtbar, der Hüne atmete Essig und Tabak aus und fragte:

»Wie heißt du, Männeken?« Mama, unsichtbar, weit weg, sagte: »Mein Louis ist brav«, und Louis schrie und zappelte, schlug nach dem Gesicht, das unerreichbar blieb. »Guck doch, Louis, es ist Sankt Nikolaus.« Er wurde gegen den knisternden Mantel gepreßt, auf ein Knie gesetzt. Holst, Mamas Spion und Handlanger, war wahrscheinlich später auch im Internat aufgetaucht. Von jedem gesehen und begrüßt, außer von Louis. Holst, der Zwillingsbruder eines hinter weißwallenden Flocken verborgenen Mannes, der sich jahrelang für einen Heiligen, einen Bischof, einen Schutzpatron der Matrosen, Zöllner und Kinder ausgegeben hatte und so tat, als hätte er die drei Kinder, die zerstückelt und in ein Faß voll Pökel gesteckt worden waren, gerettet. Kinderhackfleisch, wieder zum Leben erweckt.

Der Engel Holst, also auch vor Jahren in den schlaflosen stockfinsteren Nächten voll greinender Kinder, piepsender Hottentotten, kläffender Schwestern im Schlafsaal umgehend.

Holst hatte ihn vielleicht selbst auf Mamas Befehl ins Internat gebracht. Nein, Mama hat Louis selbst dorthin gebracht: Mama läuft in ihrem flatternden Spitzennégligé davon, verfolgt von Unbekannten. Sie wiegt Louis zitternd in den Armen, während sie durch die leeren Straßen von Haarbeke rennt. Sie erreicht die weitgeöffnete Tür des Internats und wirft dort das Bündel hin, in das Louis pitschnaß eingeschnürt ist, sie schlägt nervös ein Kreuz über meinen Locken. Sie verschwindet kichernd und läßt mich auf den Fliesen liegen. Die Mondfliegen lassen sich auf meinen feuchten Lippen nieder. Die Augenmotten nisten sich, wie immer zu zweit, auf meinen Lidern ein. In meinem Schlaf höre ich ihre warmen Flügel vibrieren.

III
DIE KUH MARIE

Hinter der niedrigen Mauer mit dem Immergrün harkte Baekelandt. Er hieß Baekelmans, aber die Apostel nannten ihn Baekelandt nach dem Räuberhauptmann, der, weil er das Gold der Reichen gestohlen und es an die Armen verteilt hatte, auf dem Marktplatz von Brügge geköpft worden war. Nach Papas Meinung war dafür der eigentliche Grund, daß Baekelandt ›Flamigant‹ war, so daß die Franzosen ihn und seine zweiundzwanzig Kumpane unter dem feigen Jubel der frankophilen Bürger und Edelleute guillotiniert hatten.

Dieser Baekelandt, der Gärtner, war alles andere als ein Rebell. Er, der Zwerg, zitterte aus Ehrfrucht vor den Schwestern. Er klagte über Asthma, das er sich angeblich Vierzehn-Achtzehn durch das Gas in den Schützengräben zugezogen hatte. Doch da log er.

Der gebeugte Kopf von Baekelandt ragte gerade noch über das Backsteinmäuerchen, so als glitte er enthauptet darüber. Dann wurde Baekelandt harkend an der Stelle ganz sichtbar, wo das Mäuerchen eingestürzt war (nach der Überlieferung hatte eine von Napoleons Soldaten verfolgte Schwester die Mauer vor ihrer betenden Nase einstürzen sehen, so wie das Rote Meer sich vor Moses teilte). (Aber das ist nicht wahr. Jeder denkt sich etwas aus. Wir sind Erscheinungen. Wir sind nie das, wofür andere uns halten. Ich lebe, aber ich lebe nicht. Jesus lebt in mir.)

Bernadette Soubirous, die in einem kornblumenblauen Betonkleid, mit einem runden rosigen Gesicht und karmesinroten Lippen Louis und Dondeyne gegenüberstand, war bestimmt auch nie so gewesen, wie Louis sie jetzt sah.

Bernadette sagte zu den anderen Schwestern: »Ich setze meine Arbeit fort.«

»Welche Arbeit?«

»Krank zu sein.«

Das erzählte Schwester Engel drei- bis viermal im Jahr. Bernadette wurde vor sechs Jahren kanonisiert, nicht weil sie die Heilige Jungfrau gesehen hatte oder Wunder um sie herum hervorsprudelten, sondern weil sie sich aufgeopfert hatte. Obwohl sie von der

Welt mit Unverständnis und Mißtrauen und Verdächtigungen fürchterlich gemartert wurde, war sie doch keine anerkannte Märtyrerin.

»Meine Mutter ist die Treppe hinuntergefallen«, sagte Louis. »Auf ihren Rücken. Sie ist völlig zerschunden.«

»Soso«, sagte Dondeyne, als riefe er eine Katze, und grinste. Louis fragte sich, warum. Aber es war unter Louis' Status als Gründer und Anführer der Apostel, darauf einzugehen. Er rief dem harkenden Gärtner zu: »Baekelandt, kriegen wir was?«

»Und ob, und ob, alle beide!«

»Was denn?«

»Prügel, Männekens, Prügel!«

Die beiden Apostel prusteten los, stießen einander an. Wenn man wollte, konnte man Baekelandt Drohungen entlocken, immer die gleichen, und jedesmal klangen sie wie das erste Mal, wütend und heftig. Seine Frau Trees, die genauso mager war wie er und noch krummere Beine hatte, hatte das nach all den Jahren mit ihm zusammen übernommen und keifte oft zurück. Puter und Pute.

Baekelandt hatte nicht in der Armee gedient, er war dafür zu dürr und zu schwächlich. Obwohl Vierzehn-Achtzehn neben Kindern auch Zwerge gebraucht wurden, um unter dem Stacheldraht hindurchzukriechen, der die Deutschen von den belgischen Schützengräben abhalten sollte. Wenn Baekelandt je Soldat gewesen war, so höchstens in einem früheren Leben, als einer der lästerlichen Söldner, die auf dem Hügel Golgatha um Jesu Gewänder würfelten.

Schwester Adam hatte einmal die Nase gerümpft und zu Den Dooven gesagt, daß er genauso schlimm stinke wie Baekelandt, der sich nie wasche.

»Natürlich wäscht sich Baekelandt nicht«, sagte Louis. »Warum sollte er? Er wird doch gleich wieder schmutzig, wenn er arbeitet.«

»Meine Mutter wäscht sich manchmal zweimal am Tag«, sagte Dondeyne. (Soso. *Meine* Mutter ist die Treppe hinuntergefallen. *Seine* Mutter wäscht sich.)

»Wo?«

»In der Küche. Am Spülbecken.«

»Nein, wo wäscht sie sich? Im Gesicht?«

»Ja. Und ihre Hände.«

»Und die Füße?«

»Das habe ich noch nie gesehen«, sagte Dondeyne. »Frauen waschen sich öfter als Männer, denn sie haben es nötiger. Sie stinken viel schneller.«

Woher wußte Dondeyne das? Sein Onkel war Apotheker.

Baekelandt stand in der abgebröckelten Mauerbresche. Er hatte seine Mütze nach hinten geschoben, über seine Augenbrauen lief ein blutroter fingerdicker Streifen. Er schulterte die Harke wie ein Gewehr. Nach Schwester Engels Meinung konnte der Krieg im nächsten Augenblick auf dem ganzen Planeten ausbrechen.

»Ihr seid doch so starke Burschen«, sagte Baekelandt. »Unser Leon ist in der Stadt, und ich und Trees müssen allein fertig werden. Ihr könnt mir bei Marie, die bald kalben wird, unter die Arme greifen. Alles, was ihr tun müßt, ist ziehen. Beim Ziehen mithelfen. Wenn es meine Kuh wäre, würde ich sagen, ich schaffe es allein, aber schließlich ist es eine Kuh des Klosters ...«

»Du kannst mir den Buckel runterrutschen«, sagte Louis.

»Mir auch«, fügte Dondeyne sofort hinzu.

»Ihr Feiglinge!« Baekelandt nahm die Harke unmilitärisch von der Schulter und stützte sich darauf. Er roch nach Rüben.

»Es ist uns verboten, den Stall zu betreten«, sagte Louis. »Wenn eine Schwester uns dabei ertappen würde!«

»Ihr Feiglinge!«

»Wie viele Kälber sind denn drin?« fragte Dondeyne.

»O jemine«, rief Baekelandt. »Du bist ein Witzbold. Du denkst wohl, daß eine Kuh eine Fabrik ist? Das erzähle ich nachher Trees. O jemine!«

»Schwester Imelda kann dir helfen«, sagte Louis.

»Ach, die. Die kommt mir nur in die Quere. Die hat zwei linke Hände.«

»Sie hat Landwirtschaft studiert«, sagte Louis.

»Gerade deshalb«, sagte Baekeland und kratzte sich ausgiebig zwischen den Beinen.

»Ihr Scheißer«, sagte er dann. »Und mit sowas sollen wir das Vaterland verteidigen. Wenn wir uns Vierzehn-Achtzehn auf Kerle wie euch hätten verlassen müssen!«

Er steckte sich einen zerknautschten braunen feuchten Zigarettenstummel in den Mundwinkel. In Kairo und Assuan warten zerlumpte Leute mit Luchsaugen darauf, daß ein Fremder seine Zigarette auf den Boden wirft, um sich dann blitzschnell auf die Beute zu stürzen. Aber wenn sie dabei von der Polizei erwischt werden, kann sie das eine Geldstrafe von 25 türkischen Pfund kosten. Zuhause, in Walle, hatte Louis einmal fünf Züge an der Zigarre des Paten gemacht, als dieser auf dem Klo war, und alles vollgekotzt. Mama hatte schimpfend sein Gesicht gewaschen. Papa raucht nie. Wer keine Pfeife rauchen kann, der ist kein Mann.

»Wenn mit Marie etwas schiefgeht, ist es eure Schuld«, sagte Baekelandt.

»Was kann denn schiefgehen?« Louis lief es kalt über den Rükken. Der heilige Franziskus hätte nie wissentlich oder willentlich ein Tier sterben lassen.

»Vielleicht können wir, Dondeyne und ich, uns nach dem Abendessen davonschleichen. Aber du kennst ja das Reglement.«

Baekelandt zog seine Mütze in die Stirn, genau bis zu dem blutroten Streifen. Louis hatte Lust auf die Pralinen, die jetzt schon im Remter in dem wandhohen Schrank lagen, in dem alles verschimmelte oder vertrocknete, jedenfalls verdarb.

»Das Reglement! Wenn wir uns Vierzehn-Achtzehn an das Reglement gehalten hätten, dann läge unser ganzes Regiment längst unter der Erde. Gas über unseren Bäuchen. Tiere stehen über dem Reglement, so wie Menschen, wenn Not am Mann ist. Ihr Kerle habt keinen Respekt vor Tieren. Und es ist bitter sagen zu müssen, daß ihr schlechter seid als der deutsche Kronprinz, der im Krieg bis zuletzt, während seine Männer Zuckerrüben und trockenes, mit Spreu vermischtes Brot aßen, seine Pferde mit dem besten Hafer fütterte. Ich gehe noch weiter. Während seine Soldaten Arme und Beine verloren, weil es keine Reifen und kein Benzin mehr für ihre Autos gab, hat der Kronprinz in ganz Europa Autos und Chauffeure mobilisiert, um eine Äffin zu finden, die mit dem Affen getraut werden konnte, den Enver Pascha, der türkische General, dem Kronprinzen geschenkt hatte. Das Affenpaar wurde mitten im Krieg getraut, unter Orchesterklängen und in Anwesenheit von Prinzen und Gesandten.«

Die Kuh Marie starb an diesem Abend um halb zehn. Ihr Gebrüll und das Geschrei von Baekelandt und Trees drangen bis in den Schlafsaal und übertönten das Wimmern der Kleinen und das Schnarchen von Schwester Kris. Gegen Morgen stürmte eine fette aufgedunsene weiße Kuh auf Louis zu. Er rannte bis zum Stacheldraht, der nicht nachgab, der sich nicht öffnen wollte. Die Kuh hielt ihren Kopf mit den anklagenden, von weißen Wimpern umrahmten blutunterlaufenen Augen gesenkt, sprang dann schwerelos in die

Luft und landete mit Hufen aus Marmor und Eisen auf Louis' Bauch. Drei Tage lang trug Louis einen schwarzen Wollfaden zur Trauer um sein Handgelenk, die ganze Woche bat er den heiligen Franziskus um Vergebung.

IV
SCHWESTER SANKT GEROLF

Das Reglement mit seinen schwindelerregenden Verästelungen von Vorschriften ist nie einem Schüler ganz und gar deutlich geworden, weil ein Schüler nie einen Einblick in das Reglement hat haben dürfen, wie es in das umfangreiche, in Kalbsleder gebundene Buch mit kupferbeschlagenen Ekken niedergeschrieben worden ist, das die Schwestern in ihrem Schloß aufbewahren und bei jedem, auch dem geringsten Streitpunkt konsultieren. Die Schwestern streiten sich wenig, denn sie haben unter anderem deshalb Abschied von der Welt genommen, um das feierliche Gelübde zu halten, in Frieden miteinander zu leben.

In diesem Reglementbuch, das samstags abends von Schwester Econome oder, wenn sie krank ist, von Schwester Sapristi ergänzt wird, steht zu lesen, wann die Schwestern und die Gefangenen, nämlich die Schüler, aufstehen müssen, wieviel Zeit zwischen dem Aufstehen, Waschen und dem ersten Biß in ein Butterbrot vergeudet werden darf, an welchen Tagen es Schokoladenmilch, Buttermilchbrei, Blutwurst gibt, welches Fleisch man notfalls freitags essen darf, wenn man völlig ausgehungert in einer Oase in Lebensgefahr schwebt, wie hoch eine kurze Hose über dem Knie sein darf und wie weit sie im Winter darüber hinausreichen soll, ob und wie laut man während der Rekreationszeit lachen darf, wenn ein Familienangehöriger vor zwei Wochen gestorben ist, an welchen Tag und zu welcher Stunde der Zelluloidkragen angelegt werden muß und wie dunkel das Blau der Lavallière sein darf (denn wenn sie beinahe schwarz ist, trägt man unnütz Trauer, und das ärgert das Auge Gottes), wann zum erstenmal im Jahr ein Strohhut getragen wird, und es ist nicht immer automatisch zu Ostern, daß Sanktionen gegen einen Schüler verhängt werden müssen, der kein Kleiner mehr ist und in sein Bett gemacht hat, oder ob man drei Tonmurmeln gegen eine bunte aus Glas tauschen darf, oder ob man mehr als drei Stück Kaugummi zugleich in den Mund stecken darf, wann genau die Vespern beginnen und warum, usw., usw.

Je nach ihrem Thema haben die Vorschriften verschiedenfarbige

Buchstaben. Die Gotteslehre zum Beispiel ist natürlich rot wegen des Blutes des Heiligen Herzens. In diesem Teil findet man die Glaubenspunkte und die Liturgie festgelegt, was und wann und weshalb und wie gesungen und gebetet wird, wie man einen nicht ablassenden Feind mit Gesang bezwingen oder mit Gebeten abwehren kann, ob man ihn erst glauben lassen darf, daß man sein Freund sei, um dann seine Gutgläubigkeit wirksam zu vernichten, erst mit Stoßgebeten und dann mit einer Litanei und danach mit Entsagung und schließlich mit Märtyrertum. Man kann als Schwester, die Zweifel befällt oder die vergeßlich wird, in den Listen der Heiligen, der Seliggesprochenen nachschauen, wer die wahren Freunde des Heilands und wer die Ketzer sind, die Überläufer und Apostaten, oder wer sich den Gesetzen Gottes und Belgiens gegenüber gleichgültig verhalten hat, wer zum Beispiel Verleumdungen gegen Seine Majestät den König Leopold verbreitet hat, wie die Sozialisten und Liberalen es tun, wer öffentlich oder heimlich erklärt hat, nie für König Christus kämpfen zu wollen, wer zum Beispiel (wie dieser Schafskopf Byttebier vorige Woche) über die Mitglieder der spanischen Arbeiterjugend in kurzen Hosen gespottet hat, die es mit Jagdflinten gegen die internationalen Kommunisten aufnahmen, welche in Spanien die Herrschaft der Paladine Jesu angriffen, wer als Feigling dem Bösen gegenüber die Hände in die Taschen steckt, wer nicht auf die täglichen Provokationen des Bösen reagiert – und hierüber besagt eine Vorschrift, daß man in besonderen Fällen besser auf das Böse eingehen und ihm nachgeben soll, um es danach um so heftiger zu bekämpfen, als daß man so tut, als bestünde das Böse nicht –, und im Kampf gegen das Böse können sogar die Kleinen uns dienlich sein, denn die Kleinen wirken auf den ersten Blick unschuldig und können deshalb geschickter in das Böse schlüpfen, wie Vierzehn-Achtzehn unter dem Stacheldraht der Schützengräben hindurch.

Die Teufel sind in diesem Buch mit der Beschreibung ihrer Erscheinungsform eingetragen, da man sie sonst nicht auseinanderhalten kann, die gefallenen Engel, die seit ihrem Aufstand Gott nicht mehr unter die Augen treten dürfen, oder genauer, Gott nicht mehr mit ihren Augen sehen dürfen, sie, die am zweiten Tag der Schöpfung geschaffen wurden, hell und weiß wie eben Engel, aber darauf gepfiffen haben. Alphabetisch werden die Teufel vermeldet: Mit einem Annex der Land- und Himmelskarten, in denen verzeichnet ist, wo man sie mit einem Quäntchen Glück – oder Unglück – antreffen kann, denn die meisten lungern im Nebel herum. Manche nisten in der Sonne und in den Eingeweiden der Erdkugel, aber sie sind alle numeriert und in Reihenfolge geordnet, die sechstausendsechshundertsechsundsechzig Legionen mit ihren Fürsten, Marquis, Prälaten und Grafen, die die vierundvierzig Millionen Soldaten des Bösen befehligen. Denn es gibt die Teufel des Feuers, die weit weg hausen, die der Luft, die um uns herumschwirren wie Fliegen und Unwetter verursachen, die der Erde, die sich als Menschen unter uns mischen und uns verführen, die des Wassers, die unter der Erdoberfläche, die den Ätna und den Stromboli anfachen oder die Bergleute in Limburg belästigen, und die Teufel in Frauenleibern, und von manchen Teufeln weiß man das Alter, das auch notiert ist, und das alles wurde von Hunderten von Schwestern, Generation für Generation, bis zum heutigen Tag sorgfältig weitergeführt.

Die Spione Gottes stehen natürlich nicht in diesem Buch, denn das ist das geheimste Geheimnis, das nur der Papst und drei besondere Kardinäle kennen, die über ihrem Herzen ein Skapulier tragen, in dem sich ein winziges Buch befindet, dessen Texte nur mit Hilfe einer starken Lupe und einem nicht zu entschlüsselnden Kode zu entziffern sind. Louis fragte sich, in welcher Form der Name von Holst darin vorkam.

Was stand noch in dem Reglementbuch? Wahrscheinlich die wirkliche Buchhaltung des Internats, denn darauf hatte Tante Violet angespielt, die sich in Gelddingen genau auskennt. Ihrer Meinung nach führe das Internat doppelt Buch, und das sei auch gut so, denn angenommen, daß alle Beträge an Einkünften und Ausgaben jedem zur Einsicht freigegeben würden, dann würde das Internat Beute allerlei böswilliger Elemente im Steuerministerium sein, wo die Freimaurer die Fäden in der Hand haben.

Es gibt auch einen Erdkundeteil mit auseinanderfaltbaren Karten, in die die Grenzen der katholischen Gebiete und der Länder eingezeichnet sind, die noch bekehrt werden müssen und auf Missionare warten. Bis vor zwei Jahren habe ich inständig gehofft, daß Louis Seynaeve zum Orinoko oder, wenn das nicht möglich wäre, zu den Irokesen gesandt werden würde.

Ein besonderes Heft behandelte die Juden, die, schwer kontrollierbar, ausschwärmen und sich überall einnisten, in Hollywood und in den diamantengefüllten Kellern von Antwerpen. Wie Nissen, sagte Papa.

»Aber Jesus war doch auch ein Jude«, sagte Vlieghe.

»Kein echter.« Louis hoffte, daß Vlieghe sein Zögern nicht bemerkt hatte. »Er war nur einer, weil sein Vater wollte, daß er erniedrigt und mißhandelt wird, und deshalb wählte sein Vater die jüdische Rasse für ihn.«

»Na so was«, sagte Byttebier.

Schwester Sapristi erzählte, daß vor Jahren einmal ein jüdischer Junge ins Internat aufgenommen worden sei, der sich für einen gewöhnlichen Jemand aus Varsenare ausgegeben habe. Sie habe ihn entlarvt, als er, sich unbeobachtet wähnend, die Heilige Hostie mit einem unbeschreiblich vor Haß glühenden Gesicht zwischen seinen Eckzähnen zermalmt habe.

»Stehen wir auch in dem Reglementbuch?« fragte Dondeyne.

»Nein. Das über die Schüler wird von Schwester Econome in verschiedenen Heften vermerkt.«

»Alles?«

»Alles, was sie wissen. Die Notizen befinden sich in dem linken Eckschrank ihres Büros: Zettel, Briefe, Hefte, Kartons voller Informationen.«

Spinnwebartige Drähte waren über das Internat gespannt, die vibrierten und Signale an das Schloß weitergaben.

»Daher schreibt Schwester Econome dauernd.«

»Sie notiert auch alles, was im Dorf passiert.«

»Alles?«

»Alles.«

»Doch nicht, daß der Fußballverein von Haarbeke 4:1 gegen Sporting Waregem verloren hat?«

»Auch das. Und Verkehrsunfälle, und daß ein Pferd sich das Sprunggelenk verstaucht hat, das vierzigjährige Jubiläum des Zeitungszustellers, und daß der Klub ›Da oder Daneben‹ 250 Kilometer auf dem Fahrrad zurückgelegt hat.«

»Na so was!«

»Und daß wir Apostel sind?«

»Das nicht«, sagte Louis und dachte: Vielleicht doch. Schwester Econome ist ein elektrisch geladenes, schwammartiges Gehirn, das alles empfängt. Also auch die Schwingungen, die die Mieserike hervorrufen, welche die Teufel der Apostel und, obwohl sie keine Namen haben und keine Spuren zurücklassen, allgegenwärtig sind. Schwester Econome spürt die Schwingungen, entschied er, aber die Mieserike selbst, nein, die spürt sie nicht.

»Wie sieht das Dicke Buch aus?« fragte Wardje, Vlieghes Bruder, ein Kleiner, der Vlieghes haselnußbraune, manchmal bernsteinfarbene Augen und viereckige Fingerspitzen hatte.

»Es ist in Kalbsleder gebunden. Der Rücken ist kaputt, Würmer haben Löcher ins Pergament gebohrt. Auf der ersten Seite ist ein Totenkopf. Die Tinte ist manchmal schwarz, manchmal braun.«

»Und wo liegt es?«

»Das weiß niemand.«

Später am Abend setzte sich Wardje zu Louis, der unter der Laterne des Karussells in ›Gezelles Leben und Werk‹ las, das der Davidsfonds herausgegeben hatte, ein Geschenk des Paten zu Weihnachten vorigen Jahres.

»Wenn niemand weiß, wo es liegt, wie können dann die Schwestern darin lesen?«

»Du bist ein Schlaukopf, Wardje. Als ich niemand sagte, meinte ich: niemand außer den Schwestern. Niemand von uns, meinte ich. Wir wissen zwar, daß das Buch bis zum Jahre 1935 in einem leeren Zimmer gelegen hat, denn der Bischof von Brügge hatte angeordnet, daß das Buch in einem leeren Raum ausdünsten solle. Aber 1935, als die sozialistische Dockarbeitergewerkschaft im Dorf ihr fünfundzwanzigjähriges Jubiläum gefeiert hat, haben die Ketzer hier vor dem Tor ein großes Geschrei organisiert. Da hat Mutter Oberin beschlossen, eine Schwester als Wächterin in das Zimmer zu setzen, die Alarm schlagen sollte, wenn Fremde allzu nahe kämen.«

. . . und wie eine Gans im alten Rom schnattern, dachte er, aber er sagte nichts, sonst hätte er wohl Wardje die ganze Geschichte des Römischen Reichs erklären müssen.

»Wer war die Wächterin?«

»Im ersten Jahr war es Schwester Sankt Gerolf.«

»Ich kenne sie nicht. Ist sie tot?«

»Fast.«

»Wo ist sie?«

»In der Kammer des Schlosses. Sie war früher eine adlige Dame. Sie hatte vier Familiennamen.«

»Welche?«

»Hm . . . die hat sie selbst längst vergessen. Ihr Mann, ein Herzog, hat sie verstoßen, und um seine Sünden abzubüßen, hat sie Abschied von der Welt genommen. Sie kann sich nicht bewegen.«

»Warum nicht?«

»Weil sie eine ganze Zeitlang festgebunden auf einem Thron gesessen hat, auf dessen Lehne ein Adler aus Eichenholz saß.«

»Der König der Vögel«, sagte Wardje eifrig. »Womit war sie festgebunden?«

»Mit drei Schnüren um die Krallen dieses Adlers und um ihren Hals, dreien um ihre Beine und zweimal dreien um ihre Arme. Nach einigen Jahren hat Schwester Engel, der sie leid tat, sie einmal heimlich losgeknüpft, aber es war zu spät, Schwester Sankt Gerolf konnte sich nicht mehr bewegen, sie stand auf und fiel sofort auf die Nase, ihr ganzes Gesicht war zerschunden.«

»Sitzt sie auf einem Kackstuhl?«

»Natürlich. Es geht nicht anders.«

»Warum wurde sie festgebunden?«

»Weil sie sich selbst die Augen mit einem Küchenmesser ausgestochen hat. Weil sie an den Wänden ihres Zimmers so lange leckte, bis ihre Zunge und ihre Lippen rohes Fleisch waren. Deshalb haben die Schwestern sie aus Mitleid festgebunden.«

»Und wie hieß sie vorher?«

»Madame Herzogin Kateriene, mehr weiß ich nicht.«

»Kateriene, faule Trine«, sang Wardje.

»Eine Zeitlang ist sie von zwei Knechten versorgt worden, die ab und zu in der Küche mithalfen, zwei Brüdern, jeder Zwilling wog mehr als hundert Kilo. Aber das hat Mutter Oberin nach einer Weile verboten, weil die beiden unkeusch waren.«

»Was haben sie getan?«

»Unkeusche Dinge, mehr kann ich nicht verraten. Sie sind noch tagelang um das Internat gestreift und haben nachts unter dem Fenster von Schwester Sankt Gerolf wie die Hunde gewinselt. Allem Anschein nach zogen sie sich dabei aus.«

»Und dann haben die Mieserike sie sicher weggejagt?«

»Was? Die Mieserike? Wer sind die Mieserike? Wer hat dir davon erzählt?«

Wardje hob abwehrend die Hände vors Gesicht.

»Wer?« schrie Louis. »Sag es! Dein sauberer Bruder? Ja? Sag es!«

»Ich darf es keinem sagen.«

»Was hat er erzählt? Ich will alles wissen. Jetzt, auf der Stelle!«

»Daß . . . daß die Mieserike überall herumfliegen, aber daß nur ihr vier, die Apostel, sie sehen und hören könnt.«

»Stuß! So was gibt es nicht. Es gibt keine Mieserike. Aber sag trotzdem kein Wort darüber. Keinem. Sonst kannst du was erleben. Dein Bruder ist ein kopfloses Huhn.«

Louis schaute wieder in sein Buch: »... das westflämische Bewußtsein«, las er, »und das Flämische zu verflechten und ihm als Teil des großen niederländisch sprechenden Vaterlands gleichberechtigt Geltung zu verschaffen.«

»Erzähl mir noch mehr von Schwester Sankt Gerolf.«

»Warum?«

»Weil du sie magst. Das höre ich an deiner Stimme.«

»Du Schmeichler«, sagte Louis wie ein Pate zu seinem Patenkind und schlug sein Buch zu. »Sie ist die rechtschaffenste, die edelste der Schwestern, und deshalb kann sie sich nicht bewegen.«

»Das ist traurig. Was tut sie denn den ganzen Tag?«

»Sie hält ihr Brevier fest und tut so, als läse sie. Sie drückt ihre Eiterpickel aus, denn sie ist durch ihr Büßergewand aus Ziegenhaar mit wunden Stellen übersät.«

»Sie wird bald sterben.«

»Im Geruch der Heiligkeit. Was jetzt so nach faulem Fisch stinkt, wird wie Weihrauch und Blumen duften. Mutter Oberin wird zu Tode erschrecken und lange Nächte kein Auge zutun, aus Gewissensbissen, weil sie eine echte Märtyrerin in ihrem Haus hatte, ohne es zu erkennen.«

»Sie kann sich nicht bewegen«, sagte Wardje vor sich hin.

»Keinen Zentimeter. Sie empfängt die Kommunion auf ihrem Stuhl. Die Schwestern sind sehr höflich zu ihr, weil sie blaues Blut hat. Sie wird morgens vor allen anderen gewaschen und versorgt.«

Letzteres hatte Louis natürlich nie gesehen, weil kein Schüler seit der Gründung des Internats je ins Schloß vorgedrungen war und niemand es ihm erzählt hatte, aber er wußte es. Wenn im Winter vor Tagesanbruch die für das Heizen verantwortliche Schwester die Öfen des Internats anzündete und, eine rauchende Schaufel schwelender Kohlen wie eine Opfergabe vor sich haltend, mit ihrem langen Schatten an den Wänden, beim Knistern der Kohlen mit einem Rascheln ihrer Röcke durch die Gänge schritt, während die rötliche Glut ihr Gesicht von unten beleuchtete, so ging sie zunächst zum Schloß, und wo trat sie zuerst ein, wenn nicht bei ihrer geknechteten Schwester? Liebevoll, andächtig und zufrieden schob sie dort die Kohlen in die Öffnung unten am Ofen, die Wärme erreichte die fiebrigen Augenhöhlen von Schwester Sankt Gerolf, die sogleich flüsterte: »Danke, danke, danke für die Wärme, Schwester des Feuers, die Grenzen der Welt der Finsternis sind wieder verschoben. Danke, weil ich, die ich für immer durch unseren Herrn Jesus geblendet bin, deine Wärme besser fühle.«

Eines Tages wird es geschehen. Vor Morgengrauen. Unbemerkt wird Vlieghe in dem Augenblick, in dem die Schwester sich auf der Schwelle, auf der Grenze zwischen dem Schloß und der Welt befindet, eine Prise Myrrhe auf die brennenden Kohlen streuen. Betäubt sinkt die Schwester zu Boden, die Apostel steigen, von Louis angeführt, auf Socken über sie hinweg und schleichen wie die schnellsten Sioux, dem Geruch folgend, zu der Zimmertür, die mit einem Tomahawk zertrümmert wird. Wir knieen vor Schwester Sankt Gerolf nieder, ich küsse ihre Hand, sie fuchtelt blind in der Luft herum und findet mein Haar, einen Moment glaubt sie, daß ihre beiden mißgestalteten nackten Diener zurückgekommen seien, aber ich flüstere: »Vier Apostel melden sich, fürchten Sie sich nicht, mein Kuß ist nicht der des Judas«, und dann stehen wir stramm, was sie nicht sehen kann, aber das ist nicht sicher, denn wir sehen Jesu Barmherzigkeit doch auch nicht mit irdischen Augen, und im Chor nennen wir unsere Namen, sieben Nonnen eilen klappernd mit Wurfnetzen und Ketten herbei, aber wir bleiben stramm stehen und erwarten das Urteil. Schwester Sankt Gerolf sagt: »Danke, danke, danke, danke, Seynaeve, Vlieghe, Dondeyne und Byttebier! In diesem Dunkel habe ich Jahr für Jahr gelebt, und meine Schwestern wußten kaum mehr, daß ich noch unter ihnen, in ihrer Welt lebte. Danke! Nun mag man ruhig damit beginnen, die Totenmesse für mich zu singen.« Ebenso dankbar wie sie werden wir in den Kohlenkeller geschleift. Wir leisten keinen Widerstand, während wir die Baßstimme von Schwester Sankt Gerolf widerhallen hören: »Nun sei willkommen, Jesus, lieber Herr.« Dann würde das Tribunal folgen mit dem Verhör, bei dem Mutter Oberin mit ihrem rabenschwarzen Lineal auf den Tisch und auf vierzig Finger schlagen würde.

V
OLIBRIUS

Seinen Antrag, Apostel zu werden, hatte Goossens mit Vlieghe als Bürgen gestellt, wie es in den Annalen vorgeschrieben war, auf einem Zettel, der zu einem vierzackigen Stern zusammengefaltet war und auf dem stand (mit Bleistift hingekritzelt, ein schlagender Beweis der Unfähigkeit und eine Schande für Vlieghe – was Louis gleich als ersten Einwand zur Sprache bringen wollte): »Ich, Goossens, Albert, Sohn des Theodorus, auf Erden wohnhaft in Lovendegem, lege Zeugnis von der Güte Christi ab. Vom heutigen Tag an, dem Tag des Petrus Canisius, des Kirchenlehrers und Verfassers der drei Katechismen, werde ich Schweigen über alle Wunder bewahren. Das schwöre ich auf die Verbotenen Bücher. Ich werde mich der Anbringung des heiligen Sterns auf meinem Leibe durch die vier angewiesenen Apostel unterziehen. Meinen Antrag begründe ich damit, daß fünf Apostel besser sind als vier und daß fünf die Anzahl der Provinzen von Flandern ist.«

»Angewiesenen?« sagte Louis zu dem kreidebleichen Goossens.

»Ja. Oder nicht?«

»Angewiesenen. Anwesenden. Eines von beiden. Apostel, dieses Gesuch ist schlampig und muß nochmals ins reine geschrieben werden.«

Als Goossens sich getrollt hatte, bemühten sich die drei, Louis umzustimmen. Goossens müsse es nicht zu schwer gemacht werden, denn sonst sei die Chance groß, daß er enttäuscht werde und ihnen gar nicht mehr beitreten wolle. Was sei das denn für ein Fehler? Nur ein paar Buchstaben zuviel. Louis solle nicht so pingelig sein, fanden sie, und Byttebier sagte sogar: »Nur weil du ein Spezialist für Hochflämisch sein möchtest und dein Pate in seinen frühen Jahren einmal eine Goldmedaille für Vortragskunst gewonnen hat.«

Louis musterte dann das neue, schludrig zusammengefaltete Formular. Die Buchstaben waren krumm und schief, mehrere Punkte und Kommas fehlten, aber da stand, unterstrichen: angewiesenen. Er steckte den Zettel in die Mappe mit dem Etikett ›Apostolische Briefe‹.

Die Apostel setzten sich nebeneinander auf Vlieghes Bett und hoben ihre bloßen Füße. Vlieghes Zehen waren lang und schlank, als trüge er nie Schuhe. Die Byttebiers waren entsetzlich schmutzig. Goossens küßte ihre Füße und mußte das bei Dondeyne wiederholen, der fand, daß er es zu rasch und flüchtig getan habe. Dann schwor Goossens den Eid ›Auf Treu und Ehre‹, raffte sein Nachthemd hoch und legte sich mit zusammengekniffenen Pobakken auf den Boden. Louis als erster, dann Vlieghe, dann Dondeyne und dann ein jubelnd quiekender Byttebier kneteten und zwickten den blassen Hintern. Goossens hielt sich mannhaft und gab keinen Laut von sich. Louis bemerkte, daß Vlieghe stolz auf seinen Schützling war, und verdoppelte seine Mißhandlungen. Als die Haut mit roten Flecken und Streifen übersät war, sagte Louis: »Amen.« Goossens stand auf, bekreuzigte sich dreimal und kniete dann vor Byttebier nieder, der, ohne zu zögern sagte: »Mit Kreuz und Salz und brennendem Wasser hast du nun deine bisherigen oder künftigen Sünden bereut«, schürzte sein Nachthemd und pißte ausgiebig auf Goossens' Haar. Goossens wartete, bis das Wasser von seinen Schultern abgetropft war, rutschte dann, gemäß Vlieghes Belehrung, auf den Knien zum Kopfende des Bettes, fand dort ein Handtuch und wischte schweigend den Boden auf.

Aus dem Gemeindehaus war die Dorfkapelle zu hören, die endlos eine Reihe von Trommelwirbeln wiederholte.

Byttebier sah nach, ob Schwester Engel ihre Runde schon begonnen hatte. Als er zurückkam, sagte Vlieghe: »Die Zahlen auf der Stelle«, und Goossens zählte, so rasch er konnte, bis hundert. »Jetzt die Buchstaben auf die schnelle«, sagte Byttebier, und Goossens sagte das ABC auf, stockte, stotterte, leckte sich mehrmals die Lippen und leierte es dann hintereinander herunter.

»Nun ein Hundegebelle, sagte Louis. Goossens steckte sich sein Taschentuch in den Mund, mußte husten und bellte dann erstickt.

»Dreh dich dreimal auf der Schwelle«, sagte Dondeyne.

Die Dorfkapelle spielte nun mit voller Lautstärke ›Zar und Zimmermann‹.

»Was ist dein Beitrag zur Schatzkiste?« fragte Louis. Goossens kramte unter Vlieghes Kopfkissen ein Päckchen verblaßter, abgegriffener Farbfotos von Radrennfahrern hervor. Obenauf lag, eingeschnürt von einem roten Gummiband, ›Poeske‹ Scherens, sechsmaliger Weltmeister.

»Nein«, sagte Louis, »das kann nicht angenommen werden. Das

ist Lösegeld auf dem Spielplatz, das ist Spielzeug. Unsere Schatzkiste kann damit nichts anfangen.«

»Aber Vlieghe hat gesagt, daß ...«

»Vlieghe? Wer ist das?« So sprach Petrus und verleugnete mit geheuchelter Nonchalance den Heiland wie ich nun meine Liebe, meine Schönheit.

Verblüfft hob Goossens sein Kinn zu Vlieghe hin, der zwischen seinen Zehen herumpopelte.

»Der Name Vlieghe ist in dieser Runde unbekannt. Apostel haben Apostelnamen bei ihren Sitzungen.« Was nicht ganz stimmte, denn die Apostel, allen voran Byttebier, vergaßen ihre Apostelnamen recht oft.

»Ich weiß«, sagte Goossens hastig. »Du bist Petrus, und Vlieghe ist Paulus.«

»Und ich?« fragte Dondeyne. Goossens wußte es nicht.

»Matthäus«, sagte Dondeyne stolz. »Weil ich Flügel habe.« Er streichelte seine Schulterblätter.

»Ich bin Barnabas«, sagte Byttebier. »Merk dir das ein für allemal, sonst gibt's was auf die Finger!«

»Und ich, wie soll ich heißen? Wißt ihr es schon?« Goossens schwitzte und war noch naß von der Pisse.

»Das kommt erst an die Reihe, wenn du aufgenommen bist und deinen Beitrag geleistet hast.«

»Das hättest du mir sagen müssen, hm, Paulus«, sagte Goossens fast weinend.

»Der Beitrag«, sagte Vlieghe fest, ja fast überlaut, »wird morgen nachgeliefert.« Er sucht nach Entschuldigungen, er will, daß ich zugebe, daß ich diesen Lump Goossens sofort aufnehmen möchte, weil ich ihn gern habe, mein Leben für ihn opfern würde. Louis zuckte mit den Achseln und schlug mit seinem Pantoffel auf Goossens Nacken. »Goossens, Hottentotte, werde Gottes Gesandter.« Er holte das Annalen-Heft hervor und las mit einem Kloß in der Kehle vor: »Wahrlich ich sage euch: Viele Propheten und Gerechte haben begehrt zu sehen, was ihr seht, und haben's nicht gesehen, und zu hören, was ihr höret, und haben's nicht gehört.« Er fügte ein »Amen« hinzu, obwohl das nicht in den Annalen stand.

»*Voilà*«, sagte Byttebier, »das hätten wir.«

»Und wer bin ich jetzt? Wer? Wie heiße ich denn?«

»Olibrius«, sagte Louis.

»Das ist kein Apostel«, sagte Vlieghe.

»Das ist eine Senfmarke«, sagte Byttebier.

»Olibrius hieß der Landvogt, der die heilige Margareta heiraten wollte und Abgötter verehrte.«

»Aber . . .« Goossens war entgeistert.

»Solange der Beitrag noch nicht geleistet ist, kannst du noch keinen Apostelnamen tragen. Aber du brauchst dir deswegen keine Sorgen zu machen, da dein lieber Kamerad Paulus gesagt hat, daß dies morgen geschieht. Oder nicht?«

»Du bist mir ein komischer Kauz«, sagte Vlieghe.

Er sah, daß Byttebier zu Louis' Ärger in einen Apfel biß. Einen Apfel, der, den Annalen zufolge, von ihnen geviertelt hätte gegessen werden sollen, die Frucht des Paradieses. Die Eintracht der Apostel und ihr Ritual waren angekränkelt.

»Ich habe ein Buch mitgebracht, wie Paulus es mir aufgetragen hat«, sagte Goossens. »Soll ich es holen? Gleich?«

Als er weg war, sagte Vlieghe: »Ich kann nichts dafür. Er kommt aus Lovendegem, und da sind sie so, so . . .«

Das Buch, das nie im Leben als Verbotenes Buch fungieren konnte, war ein feuchtes Heft, in das jemand vor langem englische und amerikanische Zeitungsausschnitte geklebt hatte. Sein gewölbter Umschlag war aus schwarz-weiß geflammter Pappe und hatte das Etikett: *Compositions.* Darunter stand ein unleserlicher Name und *53rd St. Brooklyn NY.* Darin waren vergilbte und gewellte Fotos auf liniertes Papier geklebt worden. Gesichter von Verbrechern, Soldaten, Sheriffs, Frauen mit Topfhüten und schlechten Zähnen.

»Es ist aus Amerika«, sagte Goossens.

»Keine einzige Schwester kann Amerikanisch lesen. Also kann es nie ein Verbotenes Buch werden.«

»Es sind Abbildungen von lockeren Frauen drin«, rief Goossens verzweifelt.

»Ich werde es mir ansehen.« Louis steckte das Heft unter den Arm. »Laßt uns beten.«

Sie schlossen die Augen und sprachen ein Ave Maria im Takt von ›Zar und Zimmermann‹.

VI
VON EINEM ANDEREN KIND

Schwester Kris gab Louis zwei Pralinés aus dem halb offenen Wandschrank, in dem die vielen Pakete und Dosen, beschriftet und numeriert, aufbewahrt wurden. Die Schokolade war bereits beschlagen und schmeckte muffig. Goossens gab ihm die Hälfte seiner *Côte d'Or*-Tafel.

Dann setzte sich Schwester Kris an das Ende des langen Tisches und sagte, daß die Lage kritisch sei, denn nachdem der Krieg in Spanien zuende sei, würden Banden der besiegten roten Mörder nach Norden flüchten. Da König Christus die Kommunisten schwer gestraft habe, würden sie sich in unserer Gegend revanchieren. Sie seien versessen auf das Abschlachten von Priestern, die Verhöhnung von Nonnen, das Töten von Kindern mittels stumpfer Bajonette. Schwester Kris erzählte gern von Spanien, nicht nur, weil sie merkte, daß die Schüler sich bei ihren Geschichten genüßlich still verhielten, sondern auch, weil es sie selbst erregte, wie Louis an den roten Flecken erkannte, die auf ihren sonst wachsbleichen Wangen erschienen.

Vor allem die Arbeiterschaft, sagte Schwester Kris, sei, durch die Propaganda verdummt, außer Rand und Band geraten und trinke oft das Blut aus den Halsschlagadern ihrer Opfer. Eine Frau, die den Namen ›Frau‹ nicht verdiene und die La Pasionara genannt werde, sei berüchtigt, weil sie mehreren Seminaristen die Kehle durchbissen habe. Verwesende Leichen von Mönchen seien aus ihren geweihten Gräbern gezerrt und geschändet worden. Es seien Fotos von Flamen bekannt, die bei derartigen Monstrositäten ertappt worden seien, und diese Hyänen würden, da man ihre Namen wisse, nach ihrer Rückkehr auf heimatlichen Boden kein Pardon kennen. Deshalb, Jungens, ist es unsere Pflicht, jedes verdächtige Zeichen von Fremden, die um unser Institut herumstreifen, unverzüglich zu melden.

Sehr unvorsichtig zeigte Goossens, der inzwischen den Namen Bartholomäus erhalten hatte, das Zeichen des Sterns auf seinem Oberarm. Es war ein unappetitlicher Seestern mit gelblichen Pusteln. Louis hoffte, daß er nie mehr heilen würde, so daß man gezwungen wäre, Goossens' Hand und Unterarm zu amputieren. Schließlich war der Apostel-Märtyrer seines Namens auch bei lebendigem Leibe gehäutet worden. Aber gleichzeitig mißbilligte Louis, daß Vlieghe das Zeichen unordentlich mit einer Federspitze und lila Tinte tätowiert hatte. Bei den anderen Aposteln war das Sternzeichen nach fünf Monaten verschwunden.

»Weg damit«, zischte Louis. »Weg mit dem Stern!«

Goossens zog hastig den Ärmel seines Kittels bis über seine Finger. Draußen sangen die Kleinen ›Roß Bayart‹. Der gekrönte Ritter, der hoch auf dem Schimmel die Kavallerie der himmlischen Heerscharen anführt, hat auf dem Oberschenkel eine Tätowierung mit der Inschrift: ›König der Könige, Herr der Herren‹. Wie oft mußte er wohl sein Rittergewand herabziehen, damit die Heiden das Zeichen nicht sähen? Wahrscheinlich häufig. Schwester Kris hatte Goossens' Stern nicht gesehen. Zum Glück nicht. Denn sie gehörte zu dem gefährlichen Quartett, das in dem Internat die Regie führte.

An erster Stelle SIE, die mehr als eine Schwester ist und den Titel Mutter trägt: Mutter Oberin, die durch Abwesenheit regiert. Auch wenn sie einem vor der Nase steht, ein blasses Gesicht, das meistens irgendwie erstaunt ist über die Schlechtigkeit ihrer Untertanen, scheint sie nicht ganz anwesend zu sein. Sie korrespondiert mit vielen Würdenträgern und sammelt ausländische Briefmarken. Sie gärtnert leidenschaftlich gern, muß das freilich wegen ihres Status Schwester Imelda überlassen. Sie stammt aus dem heruntergekommensten Hafenviertel von Antwerpen, so daß man, wenn man sie sprechen hört, sie nur schwer verstehen kann.

Ihre drei Minister sind: Erstens Schwester Econome, die man nur dann sehen kann, wenn man auf dem Spielplatz an ihrem Fenster vorbeigeht, wenn dieses Fenster offen ist und wenn man es wagt, lange genug davor stehenzubleiben, um sie zu betrachten, was aber streng verboten ist. Dann erblickt man, wenn sie von ihren Papieren und ihrer Schreiberei aufschaut, eine böse Brille und einen schmalen Mund. Sie addiert alles mit ihrer Brille, subtrahiert alles mit kurzen Fingern, mulitipliziert mit ihren aufgekrempelten Ärmeln und dividiert mit ihren abgefeilten Zähnen die Welt in lauter kleine Teile.

Zweitens Schwester Adam, die mütterliche, verräterische Glukke. Sie nimmt die Kleinen oft auf den Schoß, schaukelt sie und drückt ihr Tripelkinn an ihre Wange. Ihre bäurische Stimme wiegt in Schlaf, wickelt ein. Sogar ein Hottentotte weiß, wie gefährlich eine Mutter aus solchem Holz ist, wie schnell sich dieses mütterliche Monstrum in eine Furie verwandeln und einem die Ohren umdrehen kann, beide Ohren zugleich.

Drittens Schwester Kris, so genannt, weil sie messerscharf ist. Die macht keine Umschweife, sondern geht schnurstracks auf ihr Ziel los, und dieses Ziel ist man selbst. Immerhin hat Louis sie einmal mutterseelenallein im Turnsaal singen hören.

Wie geringschätzig diese drei Minister der Mutter Oberin auch voneinander sprechen mögen, sie bilden *eine* Regierung. Man sehe sich nur an, wie sie, wenn sie einander begegnen, zum Beispiel in der Kapelle, sich gegenseitig bedeutungsvolle Blicke zuwerfen, wie sie aufeinander zusegeln, als zögen Magnete unter ihren Leibchen sich gegenseitig an, wie verschlagen sich ihre Ellbogen streifen, wenn sie aneinander vorbeigehen. Im Schloß müssen sie zu dritt eine eigene Konklave bilden, Becher voll *Met* trinken, den Trunk aus Hefe und Honig im Lande Kanaan und bei den alten Belgiern, durch den sie einen klaren Einblick in das sonst unübersehbare Netz von Gesetzen, Vorschriften, Bestimmungen erhalten, das sie verwalten. Vier starke Frauen, die mehr als alle anderen Schwestern die Bräute Christi sind.

»Ich würde mir gern mal die Ringe der drei ansehen, um festzustellen, was da Besonderes eingraviert ist.« (Byttebier)

»Sie sind aus reiner Gehässigkeit an der Macht.« (Dondeyne)

»Oder sie haben einen größeren Brautschatz mitgebracht als die anderen.« (Goossens)

»Oder fleißiger studiert.« (Vlieghe)

Die Apostel sangen nach der ›Roß Bayart‹-Melodie der Kleinen: »Roß Scheißhart hat zwei Lippen, eine zum Saufen, ei-ei-eine zum Nippen«, und trennten sich mit erhobener Rechter. »Ugh!«

Während der Erdkundestunde von Schwester Sapristi fühlte Louis sich unbehaglich. Unzufrieden über die mißglückte Inthronisation von Goossens. Goossens hatte alles viel zu selbstverständlich gefunden, er hätte mehr Ehrfurcht, Schmerz, Angst empfinden müssen. Wahrscheinlich hatte Vlieghe bei der Vorbereitung abschätzig über die Sache gesprochen. Louis popelte an den Rotzkrusten herum, die an der Schulbank klebten. Die Grenzen der Vereinigten Staaten. Das Nördliche Eismeer, der Stille Ozean im Westen. Das Klima: eiskalt, tropisch, gemäßigt. Wann kommt am 5. Oktober ein Telegramm aus Chicago in Antwerpen an? Über welche Länder erstreckt sich der Wendekreis des Steinbocks? Chile hat Salpeter, die Seenplatte Kupfererz.

Auf dem Spielplatz standen Schwester Imelda und Schwester Kris, sie wirkten sehr betrübt. Sie schwiegen, als Louis vorbeikam. Weil er nicht hinter ihnen zurückstehen wollte, sagte er: »Schwestern, ich bin traurig. Denn meine Mutter ist die Treppe hinuntergefallen.«

Beide Schwestern sahen erst ungläubig drein, und dann brach Schwester Imelda in ein für sie ungewöhnlich schallendes Gelächter aus. »Ja«, sagte sie. »Natürlich.«

»Wie hoch war denn diese Treppe, Louis?« fragte Schwester Kris.

Er zeigte zu dem Fenster über dem Eingang des Remters.

»Und hat sie sich dabei weh getan?« Schwester Imelda konnte ihr Lachen nicht bändigen. Auch Schwester Kris hielt sich die Hand vor den Mund. »Wo?«

»Ja, wo hat sie sich verletzt?«

»An den Knien und am Hals«, sagte Louis.

Schwester Imelda wischte sich die Augen. »Und woanders sicher nicht?« sagte sie, als schluchze sie. Wieder schloß sich eine Dunstwand um Louis. Er würde nie lernen, was diese Anspielungen, diese Lachkodes bedeuteten. Es war ein den Schwestern oder Erwachsenen vorbehaltenes Gebiet, in das man, auch wenn man achtzehn Stunden am Tag studierte, nicht einzudringen vermochte. Er spürte, daß ein blödes Lächeln auf seinen Lippen erschien – wie ein Maulkorb. Er nickte den Schwestern zu und wartete. Doch dann läutete es, und die Schwestern schlurften zur Kapelle.

Louis verübelte es seiner Mutter, daß ihr Sturz ein mißverständliches, unergründliches Gelächter ausgelöst hatte. Was tat sie wohl gerade in Walle? Bestimmt nichts im Haushalt. Sie lag im Bett und lackierte ihre Fingernägel, während sie Radio Walle zuhörte: den Komikern Wanten und Dalle.

An diesem Abend nahm Schwester Engel ihn beim Arm und führte ihn in den Innenhof mit den Koniferen. »Ich werde dir etwas erzählen, aber du mußt mir schwören, daß du nicht herumposaunst, daß ich es dir gesagt habe.«

»Ich schwöre es. Beim Kopf meines Vaters.«

»Bei dir zuhause ist nichts Schlimmes passiert. Ich sehe dir an, daß du bedrückt bist, daß deine Mama die Treppe hinuntergefallen ist, aber das ist nur eine Redensart. Erwachsene finden, daß sie es so ausdrücken müssen, statt einfach die Wahrheit zu sagen. Deine Mama ist nicht die Treppe hinuntergefallen, sondern nur ins Krankenhaus gebracht worden, weil sie ein Kind erwartet. Du wirst ein Schwesterchen oder ein Brüderchen bekommen. Das muß der liebe Gott noch entscheiden. Freust du dich nicht?«

»Ein Schwesterchen?« Louis sah ein winziges Wesen in Nonnentracht jauchzend über den Spielplatz in Mamas ausgebreitete Arme rennen.

»Oder ein Brüderchen? Was hättest du lieber?«

Wuttränen rannen aus seinen Augen. Diese Erniedrigung, wie in einem schlechten Witz.

»Sicher ein Brüderchen, das auch aufs Internat kommt, wo du dich darum kümmern kannst?«

Louis stammelte etwas. Zu seiner eigenen Beschämung entrang sich seinem Mund ein unterdrückter Schrei. Er rannte davon. Sah aus seinem Augenwinkel, daß Schwester Engel ihm nachlaufen wollte. Rannte schneller über den trügerischen Spielplatz, den feigen Schulhof, an den hämisch lachenden Rindviechern von Hottentotten vorbei, die mit dem Finger auf ihn zeigten. Ach, wie einfach, wie leicht hatten sie ihn alle betrügen können! Mama am schlimmsten, die sich wie üblich mit ihrem Mann gegen ihr einziges Kind in der Festung der Nonnen verschworen hatte.

Im Remter starrte Louis unentwegt auf den Buttermilchbrei, von dem er drei Teller aß. Schwester Adam sprach über das Marienjahr, über den Segen Urbi et Orbi, den der Heilige Vater, bedrückt durch die Kriegswolken über Europa, in der Basilika Maria Maggiore, die Unserer Lieben Frau geweiht ist, gesprochen hatte. Die Jungfrau hat ein Kind vom Heiligen Geist empfangen, meine Mutter ist nicht besser als die niedrigsten Tiere des Feldes.

Vor noch nicht allzu langer Zeit dachte er (und Vlieghe und Dondeyne glaubten es auch), daß Mütter Bauchschmerzen bekommen, die Wehen, dann rasch zum Klo wanken, sich draufhocken, kakken, daß der Haufen von Nachbarinnen aus dem Wasser gefischt wird, ehe er sich auflösen kann, und auf das Wachstuch des Küchentischs gelegt wird, auf dem er von den zärtlich miteinander plaudernden Eltern zu einem Kind gemodelt wird, wonach, durch ein inniges Gebet herbeigerufen, der Wind durch das Fenster oder den Schornstein hereinweht und über den braunen Ton streicht, der Atem Gottes, der der Scheiße Leben einbläßt, die Farbe annimmt und sich wie Gummi ausdehnt und dann nach seiner Mama plärrt, damit sie ihm die erste Nuckelflasche gibt.

Das dachten sie, von geringfügigen Variationen abgesehen, alle, als sie noch Hottentotten und keine Apostel waren und genauso dumm wie die Schwarzen in Belgisch-Kongo, die, wie es im Erdkundebuch steht, unterentwickelt sind und im Trott alter Bräuche dahinvegetieren, denn sie vermögen nichts zu erfinden oder zu verbessern. Es war ein ebenso dummer Aberglaube wie der eingewurzelte Aberglaube der Schwarzen, der, neben ihren verdorbenen Sitten und ihrem undisziplinierten Leben, die Hauptursache für den Niedergang der Negerrasse darstellte.

Louis stahl sich in den Schlafsaal, ergriff ein Heft mit schwarzmoiriertem Umschlag und schrieb in fliegender Hast hinein: »Mein Pate ist der größte Pharisäer. Genauso wie sein Erstgeborener, mein Vater, will er meine Unwissenheit ausnützen, um mich dumm zu lassen. Ich will kein Schwesterchen und kein Brüderchen, es sei denn, daß man mich dafür in eine Schule schickt, wo die Lehrerinnen keine feigen Lügnerinnen sind. Außer Schwester Engel, die es gut meint.«

Danach ging er wieder nach draußen, setzte sich zu Vlieghe auf das Karussell und sagte, ohne in die mandelförmigen Augen zu sehen, daß seine Mutter bald wieder gesund werde. »Wie schön«, sagte Vlieghe, und Louis wollte ihm die Wahrheit enthüllen, die soeben wie eine Eiterbeule aufgeplatzt war, sie lag ihm schon auf der Zunge, und wem konnte er mehr vertrauen als Vlieghe, der die Schönheit der Güte besaß? Keine Unschuld, sondern (wie beim hl. Jan Berchmans) eine Überwindung der Bosheit. Aber er hörte sich sagen:

»Mein Großvater, der zugleich mein Pate ist, wie das bei Erstgeborenen Sitte ist, hat meine Mutter die Treppe hinuntergestoßen. Er glaubt, daß er straffrei davonkommt und daß es unbeobachtet geschehen ist, aber Madame Piroen von Gegenüber, die ihre Fenster putzte, hat gerade durch das Oberlicht im Treppenhaus geschaut. Sie wagt nicht zur Polizei zu gehen, weil mein Pate Beziehungen hat, auch unter Polizeikommissaren. Muß ihm das nicht heimgezahlt werden?«

»Die Beine sollen ihm mit einem Schürhaken gebrochen werden«, sagte Vlieghe, der Gütige.

»Oder Gift in seine Suppe getan werden, jeden Tag ein bißchen, so daß sein Magen zusammenschrumpft und lauter Brandlöcher kriegt.«

Byttebier, den sie nicht hatten kommen hören, hing wie ein Affe an einer Stange des Karussells.

»Lupinensamen«, sagte er. »Die lähmen ihn.« Sie suchten welche in Schwester Imeldas Garten, fanden aber keine. Es stellte sich auch heraus, daß Byttebier nicht genau wußte, wie sie aussahen. Im Spielsaal malten sie zu dritt mit Buntstiften eine Karte von Deutschland an. Vlieghe, der den Norden hellgrün malen sollte, kritzelte natürlich über die Grenze, so daß die Ränder der sommerhimmelblauen Ostsee Tang bekamen, Louis färbte die Schwäbische Alb und Kärnten sepia. Als Schwester Adam vorbeikam, streichelte sie Vlieghes Haar. Das durfte sie. Obwohl er mein Vlieghe ist, dürfen sie ihn bewundernd berühren.

Dieses Kind, dieses Kind, das in Walle auf die Welt kommen wird. Wenn es ein Mädchen wird, wird es sich mit Mama zusammentun. Wie kommt es auf die Welt, was ist daran so sündhaft, daß sie vom Klapperstorch, von Kohlköpfen und vom Treppehinunterfallen reden? Vorigen Sommer sagte Onkel Omer – der den Ruf hat, ein Komiker zu sein, und Mama ähnlich sieht –, während er auf die Kohlköpfe in Meerkes Gemüsegarten zeigte: »Guck, zwischen diesen Blättern wachsen die Kinder. Und der größte Kohlkopf auf der Welt steht in Amerika im Garten der Dionnes, da waren fünf auf einmal drin.«

Aber wie ging die Geburt vor sich? Erst war so ein Kind unter den Fettschichten eines Bauches, und dann tat es weh und es zerriß etwas, und dann lag ein rosa Würstchen in den Armen der Heiligen Jungfrau, mit Schlitzaugen und in Windeln gewickelt, und dieses Etwas griff nach Marias Strahlenkranz. Und was genau zerriß? Diese vorquellende viellippige Öffnung, die man bei Kühen sieht und auf den Zeichnungen von Den Dooven, die er, wenn eine Schwester unversehens auftaucht, zerknüllt und herunterschluckt. Und wenn dieser neue Verwandte, der so aussehen wird wie der Pate mit einer Stupsnase, wie Papa mit dünnen Augenbrauen, wie ich mit meinen Ohren, und der einen Namen bekommt und getauft wird, nun einen Buckel hat? Die Griechen schlugen so einem den Schädel ein. Oder setzten ihn auf den Felsen als Findling für die Bergziegen aus, die dort Fleischfresser sind.

Wo wird übrigens so ein Kind gemacht? Laut Dondeyne im Bett, aber das war Hottentottengeschwätz, im Bett knutschen sie sich ab, die Erwachsenen, reiben sich aneinander, weil sie das schön finden, aber wenn ein Papa seinen Pißstrahl auf die Öffnung einer Mama richtet und sie bespritzt, tun sie das doch im Badezimmer oder, wenn sie kein Badezimmer haben, in der Küche, damit die Mama es bequem aufwischen kann.

Dieser Bruder, der geboren werden sollte, beschwor viele Ungewißheiten herauf, die Möglichkeiten waren vielfältig, unklar, verschwommen. Nach Gottes Ebenbild. Aber wie? Eigentlich war ich nicht unzufrieden mit der Erklärung über den aus Kot gekneteten Zwerg. Es hat mich nie gestört, ich fand es sehr einleuchtend, übersichtlich, deutlich. Diese neue Erklärung wird sich später vielleicht als ebenso falsch erweisen. Ein Kind flutscht unter viel Gekreisch der Mütter aus dieser Falte, nun gut, dann erscheinen die Engel bei der Taufe, der Engel des Knochengerüsts, der Engel der Muskeln, der Engel der Nerven und noch ein wirres Häufchen namenloser Engel, die sich alle, unsichtbar wie Mieserike, durch die Haut und die Eingeweide des Kindes winden und darin eine faserige Masse bilden, die körperlos bleibt und Seele genannt wird. Durch das Wasser, das der Priester über den Schädel sprengt – in dem sich ein Loch befindet, das erst nach der Taufe zuwächst, weil der Heilige Geist sonst nicht in die Hirnschale gelangen kann –, zischt diese heiße körperlose Masse und verteilt sich als Dampf durch den ganzen Körper. So erging es auch den ersten zwei auf Erden, die an der Betonmauer, die das Paradies umschloß, vor Angst jammerten. Gott tat so, als wäre er nicht zuhause, und machte nicht auf; erst nach vielen Wochen bekam er Mitleid mit den sich graulenden beiden vor seiner Tür und taufte sie im Jordan, woraufhin Adam in Evas Bauch pißte und dann Abel, die Güte in Person mit dem Gesicht eines blutjungen Füchschens, und Kain, der behaart war wie ein schwarzer Pudel, geboren wurden. Kain, einer der ersten Teufel in Menschengestalt.

»Niemals soll der Teufel mein Herr sein.«

»Meiner auch nicht«, sagte Vlieghe.

»Wir müssen der Versuchung widerstehen.«

»Sonst schmoren wir in der Hölle«, sagte Vlieghe. An diesem Abend schworen sie zum soundsovielten Mal, daß sie beide Missionare im Kongo werden wollten, wo die Protestanten, mit mehr Geld und mehr List als die Katholiken, das Übergewicht zu bekommen drohten. Aber sie konnten sich nicht über ihre Missionsstation einig werden. Louis versprach sich mehr von reich bewässerten Gebieten mit dichten Wäldern, Vlieghe dagegen mehr von dürren Gegenden mit harten stacheligen Pflanzen, die man *la brousse* – den Busch – nennt.

VII
DIE MIESERIKE

Es war Vandenabeele, der auf die Kuh hinwies. Vandenabeele multiziplierte den ganzen Tag. Seit er es gelernt hat, tut er nichts anderes mehr: auf dem Rand von Buchseiten, auf schmutzigen Zetteln, bei der schwächsten Morgendämmerung, unter der Laterne des Spielplatzes, wo man manchmal weiße Kaninchenkötel aus zusammengeknülltem Papier findet, die, wenn man sie auseinanderpopelt, Vandenabeeles Multiplikationen enthüllen; wenn man Vandenabeele bei seiner Beschäftigung etwas fragt, schnauzt er einen an, während er verbissen mit seinem Bleistift graue schmuddelige Zahlen und Malkreuze und Gleichheitsstriche hinkritzelt und soundsoviele Kartoffeln mit soundsovielen Schnürsenkeln multipliziert.

Auf den Spaziergängen versucht er alles im Kopf zu multiplizieren, aber es gelingt ihm nicht.

»Du«, sagte Vandenabeele, »siehst du die Kuh da?«

»Na und?«

»Siehst du denn nicht die eine Kuh da?«

Louis sah es sofort: es war die tote Kuh Marie. Natürlich nicht in Wirklichkeit, aber zwischen den braunroten Ungetümen auf der Weide hatte Baekelandt eine weiße Kuh schlampig schwarz angestrichen, zum Zeichen der Trauer, um an die tote Marie zu erinnern.

»Der Spinner!«

»Warum hat er sie dann nicht ganz schwarz gestrichen?«

»Er hatte keine Farbe mehr«, sagte Louis.

Sie brüllten vor Lachen, die Hottentotten, die sich für Apostel ausgaben. Louis lachte mit. »Nein«, sagte er dann, »das war nur ein Witz. Der wahre Grund ist, daß es sich um eine doppelte Trauer handelt. Um eine flämische, in schwarz, und um eine chinesische, deren Trauerfarbe weiß ist.« Das fanden sie allerdings zu albern. Sie lachten nicht.

»Es ist eine holländische Kuh und sonst nichts«, sagte Byttebier. Die Kuh kam auf Louis zu.

Gewöhnlich wurde bis zur Grenze von Markegem spazierengegangen, bis zu dem Hügel, auf dem die Villa von Doktor Gevaert stand. Doktor Gevaert wollte mit sozialistischer Propaganda Bürgermeister von Haarbeke werden. Kein einziger ernsthaft Kranker ließ sich von ihm behandeln. Laut Byttebier, dessen Vater voriges Jahr auf der Zeppelinwiese in Nürnberg gewesen war, wo Tausende von Parteigenossen im Fackelzug an ihrem Führer vorbeimarschiert waren, wird Doktor Gevaerts irgendwann dieser Tage eine tüchtige Tracht Prügel von den flämischen Nationalisten beziehen. Eines Abends eins mit dem Gummiknüppel in seine volksfeindliche Fresse. »Wir haben ihn gewarnt«, sagte Byttebier, »aber er pfeift drauf. Wenn wir mit ihm abgerechnet haben, wird der Herr Doktor sich selbst kurieren müssen.«

Aber diesmal schaffte der Schulausflug es nicht bis zum Hügel, denn die Kleinen ließen die Füße schleifen und sich zu Boden fallen. Jongbloed und Pauwels mußten sie hochreißen und hinter sich her ziehen. Die Kleinen plärrten, und die Großen ahmten sie nach, Iahen und Miauen auf der Weide, Gezeter von Schwester Adam.

Die Kuh kam auf Louis zu, der die Marie ermordet hatte, indem er Baekelandt nicht hatte helfen wollen. Das haarige Weiß ihres Felles wurde grau, ohne daß sich eine Wolke vor die Sonne geschoben hatte. Sie nickte und schüttelte dann den Kopf: »Nein, nein.« Danach drehte sie Louis ihren Hintern zu, spreizte die Hinterbeine und kniete sich auf die Vordergelenke, muhte, während das Hinterteil mit den angetrockneten Dreckkrusten aufrecht stehenblieb. Die Kuh sah sich, mit den weißen Wimpern zwinkernd, nach Louis um.

»Marie«, sagte Louis leise.

Die Kuh hob den Schwanz, die Arschöffnung und die Lippen der gefleckten Spalte darunter weiteten sich, schwollen an, wurden lila, als würden sie von innen mit einer Fahrradpumpe aufgeblasen, Häute stülpten sich vor, ein roter Fleischklumpen zwängte sich hinaus, ein zerquetschtes und blutüberströmtes Babygesicht, das ein Tripelkinn hatte und schwulstige Tränensäcke und zwischen aufgedunsenen Lidern zwei pechschwarze Perlenaugen, die aufglommen und sofort wieder erloschen. Die Kuh sackte zusammen und begrub die Erscheinung unter ihren Flanken.

»Hast du das gesehen?«

»Was?« fragte Dondeyne und fummelte an seinem großen kranken roten Ohr herum.

»Was unter dieser Kuh liegt.«

»Was denn?«

»Ein Kind.«

»Ein Kalb?«

»Ein Kind.«

»Seynaeve«, sagte Schwester Adam bissig, »hilf den Kleinen etwas. Wir kommen viel zu spät zur Andacht.«

Nach der Andacht, als es zu dunkeln begann, beruhigte sich Louis, er fand viele Erklärungen für das, was er gesehen hatte.

»Ich habe die Königin der Mieserike gesehen«, sagte er zu Vlieghe.

»Wie sah sie denn aus?«

»So wie die Königin der Ameisen, die hundertmal dicker ist als eine Ameise ...«

»Bei den Bienen ist das so, du Trottel.«

»Sie hat ein Kindergesicht. Ich glaube, daß mein Pate so ausgesehen hat, als er geboren wurde, im Jahre 1880 oder so.«

»Und was tat sie?«

»Sie erblickte mich und befahl der Kuh sofort, sie wieder zu verstecken, in ihrem eigenen ...« Er wagte es nicht auszusprechen: »Arschloch. Das heißt, daß, wenn sie sich sehen läßt ...« Seine Stimme überschlug sich.

»Wenn sie sich offenbart ...« Er stockte angesichts Vlieghes ungläubiger Miene, fuhr aber dann doch fort: »Die Mieserike haben sie gebeten, sich zu offenbaren ...«

»Im Arsch einer Milchfabrik?«

»In der heiligen Kuh Marie.«

Vlieghe seufzte und ging in den Aufenthaltsraum, in dem die anderen Apostel zeichneten. Häuser. Für später, wenn sie in die Außenwelt kommen. Kommen werden, denn es besteht die Aussicht auf Befreiung. Sie dürfen nicht länger als bis zu ihrer feierlichen Ersten Kommunion im Internat bleiben, jedenfalls nicht ohne eine Dispensation des Bischofs. Wie bei Mortelmans, der schon den Anflug eines Schnurrbarts hatte. Louis hatte eigenhändig den von Rotz durchtränkten Flaum berührt. Mortelmans durfte bleiben, weil sein Onkel, der Domherr, geltend gemacht hatte, daß Mortelmans' Vater als Witwer nicht für seinen Sohn sorgen könne. Mortelmans blieb eines Tages, ohne irgendwelche Erklärung, weg. Die Schwestern wollten nicht sagen, warum und wieso.

Das einzige Lebenszeichen von Mortelmans nach seinem unerklärlichen Verschwinden war eine Todesanzeige, die in einem Kuvert ohne Absender an Byttebier adressiert war. Der Tote war Ew. Mgr. Kamiel van Ronslé, Erster apostolischer Vikar von Belgisch-

Kongo und Leopoldstadt, verstorben am 14. November 1938. Unter dem gedruckten Text stand in blauer, etwas verlaufener Tinte: ›M. M.‹, was nichts anderes bedeuten konnte als Marcel Mortelmans.

Die Häuser der Apostel hatten alle möglichen Formen. Die von Vlieghe waren krumm, weil Vlieghe keine geraden Linien ziehen konnte, alles bog und kräuselte sich. Auch seine Grundrisse. Byttebier machte zu hohe Zimmer, seine Häuser glichen Kathedralen. Dondeyne zeichnete Hütten, Katen, deren Wände mit Ornamenten verziert waren, meistens in Kreuzform. Louis zeichnete Schachteln, die übereinander geschichtet waren, weil er viele Zimmer für eine kinderreiche Familie entwarf, die Schachteln konnten auch Kegel oder Kuben sein. Goossens hatte eine Schwäche für Landhäuser in der Form von Schuhen, eines seiner Häuser hatte die Umrisse des italienischen Stiefels.

Eines verrät Louis niemandem, nämlich daß er ab und zu heimlich das Schlechte Haus zeichnet, das links am Waldrand steht, wenn die Schule in Richtung Walle spazierengeht. Unweigerlich zeigt, wenn der Zug Schüler auf dessen Höhe kommt, die begleitende Schwester zur anderen Seite. »Oh, seht nur die Tauben da drüben!« – »Oh, der Rauch aus der Ziegelei!« – »Oh, was für ein goldiges Geißlein!« Die Schwester kontrolliert dann, ob alle Schüler in diese Richtung schauen, zwanzig Schritte lang, bis die Silberpappeln das Schlechte Haus der Sicht entziehen. Das Schlechte Haus ist beige gestrichen, und mit roten geschnörkelten Buchstaben steht daran ›Titanic‹, es hat undurchsichtige Fenster, hinter denen man bei einem bestimmten Sonnenstand eine weißgekleidete Frau hätte sehen können. Diese Frau empfängt viele Reisende und läßt sie für ein einfaches Glas Wasser 50 Francs zahlen. Louis zeichnet die Fassade, die Buchstaben, die Faltenvorhänge im ersten Stock, ein großes Zimmer mit sechs Sesseln um einen niedrigen Tisch, aber mit der Perspektive hapert es immer, auch die Gestalt in dem weißen Kleid gelingt ihm nie so recht. Zwar hat er die Frau auf ein Extrablatt gezeichnet, sie hält einen Dackel im Arm, und dafür hat Louis ein Bildchen vom Guten Hirten mit einem Lamm kopiert. Aber als er die Falten des Kleides mit einem weichen Bleistift Caran D'Ache Swiss made schattierte, brach ihm plötzlich der Schweiß aus, Gott sieht dich, er zerknüllte die Zeichnung und beobachtete drei Tage lang seine rechte Hand. Ob die nicht an den Fingerspitzen zu verdorren begann. Als dies nicht geschah, ritzte er mit seiner Stahlfeder ein Kreuz in die schlaffe Haut zwischen Daumen und Zeigefinger und rieb Tinte hinein.

Das Schlechte Haus beherbergt schlechte Menschen, aber die kommen und gehen, die einzige, die dort fest bleibt, ist die weiß gekleidete Maria Magdalena, die Jesus die Füße wusch und mit ihrem üppigen roten Haar abtrocknete. Eine Zeitlang haben die Apostel gedacht, daß Mortelmans in den ersten Tagen seiner Flucht Unterschlupf in dem Schlechten Haus gefunden und dort in Sünde gelebt habe, bis die Eigentümerin ihn aus dem Tempel verjagte, weil er in seiner Sündhaftigkeit sogar die sündigsten Besucher entsetzt hatte. Aber davon sind die Apostel abgerückt, Mortelmans war zu dumm, um ein Sünder von Format zu sein. Louis glaubt, daß er in einem fernen Land gestorben ist, zum Beispiel an der Grenze von Tirol, Mortelmans geht durch ein Rübenfeld, ein deutscher Doppeldecker entdeckt ihn aus der Luft, taucht hinunter, flitzt über Mortelmans hinweg, der vor lauter Angst über einen Felsblock stolpert, mit der Schläfe auf einen großen Stein prallt, so daß das Hirn ihm aus dem Ohr spritzt.

Wir hätten es voraussehen können, müssen. Denn mit Mortelmans stimmte etwas nicht. Er konnte die Luft im Internat nicht vertragen, nicht den Staub, der aus den Backsteinmauern wehte oder aus der abblätternden Farbe der Fenster. Hatte er nicht einmal Blasen im Gesicht bekommen, die wie gewölbte Centimestücke aussahen? Oder lag es an dem Geruch, der den Nonnentrachten entströmt? Oder war es die erste Offenbarung der Mieserike (ohne daß man sie sah)?

Die Mieserike waren vor zwei Jahren aufgetaucht. Wie nach der Herkunft von Kindern, so ist auch nach ihrem Ursprung verbissen gesucht worden. Sie kommen aus den Sonnenstrahlen, die hängen bleiben, wenn die Sonne untergegangen ist. Aus den unsichtbaren Köteln, die die Engel verstreuen, wenn sie Durchfall haben. Aus den Tautropfen. Aus den Schweißtropfen Gottes. Tausende werden jede Sekunde geboren, von denen achtzig Prozent sofort sterben. Alle Mieserike zusammen bilden nur ein Sandkorn in den Wimpern des Heiligen Geistes.

Mieserike lachen immer, was auch geschieht, auch beim Schlimmsten, das man sich ausdenken kann. Unhörbar, unsichtbar, dennoch weiß man, daß sie lachen.

»Erzähl noch mehr von den Mieseriken«, sagte Vlieghe.

»Bitte«, sagte Vlieghe vor langer Zeit.

»Komm, Louis«, sagte Vlieghe und streichelte mein Knie.

»Die weiblichen Mieserike haben eine Haut aus Blumen. Die Farbe ihres Haares ändert sich nach dem Gefühl, das sie gerade haben.«

»Nur bei den Frauen?«

»Nur bei den Frauen.«

»Was für Farben?«

»Wenn eine Mieserikin böse wird, lacht sie natürlich, aber ihre Haare, Augenbrauen und Wimpern werden tomatenrot. An so etwas kann man das Alter einer Mieserikin schätzen, denn wenn sie jung ist und ihren Haarfarbenwechsel noch nicht richtig gelernt hat, bleibt ihr Haar rosa. Wenn sie trauern, zum Beispiel wenn die Sonne aufgeht und sie feststellen, daß sehr viele ihrer Schwestern gefallen sind, wird ihr Haar pechschwarz mit silbernen Tupfen.«

»Und wenn sie glücklich sind?«

»Grasgrün.«

»Und wenn sie eifersüchtig sind, wie Schwester Kris?«

»Gelb. Wie ein Eidotter.«

»Mieserike essen alles, was sie sehen. Außerdem alles, was sich horizontal fortbewegt, wie, nur um etwas zu nennen, Würmer oder Kröten, denn sie sind aus dem vertikalen Fall der Sonnenstrahlen entstanden. Aber sonst verschlingen sie auch Zigarren, Schnürsenkel, die Süßigkeiten der Kleinen und Wäscheklammern.«

»Aber was *tun* sie?«

»Sie kümmern sich nicht um uns, gewöhnlich nicht, es sei denn, wir verstoßen gegen ihre Vorschriften, aber es ist schwierig für uns, zu wissen, was ihre Vorschriften sind.«

»Was *tun* sie?«

»Meistens starren sie stumm vor sich hin und beten.«

»Während sie weiterlachen?«

»Bernadette Soubirous betete auch lachend.«

»Warum kümmern sie sich nicht um uns?«

»Weil das sehr gefährlich für sie ist, denn wenn man einem zufällig in die Augen blickt, schmilzt er sofort.«

»Können sie sprechen?«

»Sie plappern die ganze Zeit, aber sie würden, wenn wir sie hören könnten, nichts verstehen. Sie sprechen ein Kau-Kautschuk-Kauderwelsch.«

Die Apostel lachten. Louis war stolz, ließ es sich aber nicht anmerken.

»Mieserike putzen sich nicht die Zähne, schnüren ihre Schuhe nicht, knöpfen auch ihre Zelluloidkragen nicht zu. Sie kauen den ganzen Tag auf etwas Süßem herum. Sie haben eine Schokolade erfunden, die nicht schmilzt und nicht vergeht. Oft singen sie, wobei sie eine Backe an die Erde drücken. Ihre Nationalhymne ist das *Tantum ergo.* Sie sind sehr gesund, vor allem deshalb, weil sie sich nicht waschen.«

»Genau wie du«, sagte Byttebier.

»Sie haben Läden, in denen man Gefühle kaufen kann. So und so viele Francs für eine Stunde Traurigkeit oder Stolz oder Ärger. Die Mütter der jungen Mieserike dürfen für sie sorgen, das wohl, aber sie müssen immer zwei Meter Abstand von ihrem Kind halten. Außerdem müssen sie alles tun, was ihr Kind will. Sie müssen sogar erraten, was ihr Kind verlangt. Ihr Nationaldenkmal ist eine Mutter, die für ihr Kind stirbt. Ihr Nationalgericht ist Kohl. Was ihre nationalen Tugenden sind, weiß ich nicht. Nur, daß sie schnell verlegen werden. Eine Kleinigkeit schon bringt sie aus der Fassung, und dann stammeln und lallen sie, lachen dabei aber natürlich weiter, wie Hyänen. Oder sie flüstern wie Nonnen. Es gibt auch viele, die keinen Abschied von ihren toten Familienangehörigen nehmen können und manchmal drei, vier Tanten oder Vettern mit sich herumschleppen, manche Tote sind Gerippe, so daß man so einen Totenträger schon aus der Ferne scheppernd und klappernd nahen hört, aber die meisten Leute glauben dann, daß es eine Birke ist, die sich spaltet, oder ein Parkettboden, der knarrt. Mütter tragen manchmal vier, fünf tote Kinder im Arm und sind dann glücklich, denn sie brauchen nicht mehr zwei Meter Abstand zu halten und können ihre Kinder abknutschen. Übrigens dürfen Mieserike in ihren jungen Jahren ihre Mütter treten und schlagen. Es genügt, daß sie danach gleich ein Vaterunser beten, und ihnen wird vergeben.«

»Treten, schlagen und Vaterunser aufsagen – das nenne ich ein schönes Leben!« sagte Byttebier.

Er war damals, als das ganze Interesse der Apostel noch den Mieseriken galt, blöder und einfältiger denn je.

»Manchmal«, sagte Louis damals, »hockt ein Mieserik, den Kopf zwischen den Knien, einfach da, Rotz und Tränen tropfen auf den Boden. Das dauert drei Wochen, sein Haar fällt büschelweise aus, er häutet sich, seine Mutter macht einen Bogen um ihn, denn er fängt an, schrecklich zu stinken, danach fallen seine Zähne aus und er hustet unentwegt. Eine Woche später kriecht er auf allen vieren und schmiert sich seine Kacke als Pomade ins Haar.«

»Das habe ich auch getan, als ich klein war«, sagte Byttebier.

»Ich habe sie aufgegessen«, sagte Dondeyne.

»Warum benimmt sich eigentlich dieser Mieserik so komisch?« fragte Vlieghe.

Louis wartete und prustete es dann heraus. »Er ist verliebt.«

»O du Blödmann!« Byttebier stieß einen Apachenschrei aus, sie brüllten alle und tanzten einen Kriegstanz mit Tomahawks. Das war zur Zeit der Mieserike, die nun nur noch sporadisch auftauchten und ausschließlich bei Louis. Wie heute nachmittag bei der Offenbarung im Kot der Kuh Marie.

Louis hörte, wie ein Kleiner im Krankenzimmer behandelt und von Schwester Engel getröstet wurde. Warum hatte Schwester Engel ihm die Wahrheit über Mamas Kind gesagt? War es die Wahrheit, die ganze Wahrheit, so wahr mir Gott helfe? Um ihren Mitschwestern, der grinsenden, heimtückischen Schwester Imelda und Schwester Kris eins auszuwischen, oder um ihn nicht dumm dastehen zu lassen? Aber die Wahrheit sagen, das ist doch eher etwas für Anfängerinnen in einer Klosterschule, für Novizinnen, Postulantinnen, und nichts für eine mit allen (Weih-)Wassern gewaschene Nonne?

Er war davongelaufen, als er es hörte, das mit dem Kind. Schwach, schwach. Wann würde er es lernen, unerschütterlich in der Brandung zu stehen, dem Bösen zu trotzen wie Karl von Dänemark oder Jeanne d'Arc? Aufgepaßt! So wie man nicht der erstbesten Versuchung nachgeben darf, darf man auch nicht Angriffen aus dem Wege gehen. Auch nicht, wenn sie einem wie Ohrfeigen ins Gesicht knallen.

»Unerschütterlich«, sagte Louis laut.

Sich wehren. So wie Felicien Vervaecke sich voriges Jahr in den Alpen wehrte – Papa saß neben mir auf dem Sofa, das Radio knackte, Papa sagte: »Das ist einer der großen Augenblicke Flanderns«, Felicien Vervaecke hatte zwei Minuten und 45 Sekunden Vorsprung vor Bartali, am 23. Juli, alle Fabriken, Schulen, Büros hatten die Arbeit eingestellt, und im Radio lagen Bartali und der pfiffige Wardje Vissers an der Spitze, und Bartali setzte sich ab, Vervaecke fiel zurück, aber er wehrte sich – das müßte ich jederzeit auch tun. Warum glaube ich, daß dies das letzte Frühjahr ist, obwohl ich genau weiß, daß es nicht stimmt, denn der Herr Jesus hat noch viel mit mir vor, wenn ich Ihm diene und Ihn preise.

VIII
MÄRTYRER

Dann gab es einen ›Ausläut-Tag‹, die Fancy-Fair und den jährlichen Besuch des Dorfkinos ›Diana‹, eines heidnischen Tempels mit einer Vorhalle voller Fotos und Plakaten von vielzahnigen amerikanischen Stars der Leinwand, Männern mit gelackten Haaren, Damen glatt wie Seide, Cowboys, die sich gegenseitig die Kiefer in Stücke schlugen. Schwester Adam lotste ihr unwilliges und vor den Fotos herumtrödelndes Trüppchen in den Saal. Die Kleinen johlten und versuchten einander zu fangen. Louis saß neben Vlieghe, das Licht erlosch, der blöde Dondeyne rief: »Oje, ojemine, ich werde blind!«

Eine Karavelle, die zwischen schwarzglänzenden Klumpen, Rücken riesiger Seehunde, auf See schaukelte. An Bord spähte der Kapitän zum Ufer, wo ein Edelmann im Frack winkte.

»Das ist Wilhelm Tell«, sagte Schwester Kris zu den Kleinen. Zwischen den Tannen fächerten Sonnenstrahlen hervor. Auf der ganzen Leinwand schneite es. Ein Wasserfall dampfte. Auf einem Bauernhof mit tief herabhängendem Reetdach quietschte ein Gatter. Kreideweiße Risse blitzten über das Bild und ein dumpfes Gerassel begleitete die schwankenden Gestalten, die etwas Böses im Schilde führten.

Die Kleinen sagten, daß sie lieber die Laterna magica im Aufenthaltsraum sahen. Louis erinnerte sich, wie begeistert er und Vlieghe von den ungelenken kitschig-bunten Bildern, von den zähen Geschichten über einen Gärtner, dem ein Blumentopf auf den Kopf fiel, oder von der Gans, die dem Fuchs in den Schwanz biß, gewesen waren, während die selige Schwester Gabrielle die Tiere nachmachte, die sich dauernd auf Westflämisch zankten.

Dieses Geflimmer in Schwarz-Grau war viel finsterer und rätselhafter. Vlieghes Profil mit der herabhängenden Unterlippe war zur Leinwand gewandt. Schwere Wolken. Ein Mönch eilt an einer einsamen Eiche vorbei, an einem Friedhof, die Küste entlang. Er versteckt sich. Ein Dutzend Pferde trabt heran. Nonnen in flatternden härenen Mänteln sitzen darauf. Aber wenn es sich um Wilhelm Tell handelt, wie kann denn da das Meer sein? Man sehe sich doch mal die Karte der Schweiz an.

»Es ist ein See«, sagte Goossens. »In der Schweiz sind die Meere Seen.«

»Es geht um den Kurier des Zaren«, sagte Byttebier, »ihr werdet es sehen.« Schlanke Gipfel, Felsen mit Eis und Moos. Die Nonnen, die Bärte trugen, sprangen von ihren dampfenden Pferden, stellten sich breitbeinig im Halbkreis auf und schworen einen Eid, während der Sturm tobte und Buchstaben vor den Gesichtern erschienen: »8. November 1307 auf dem Rütli.« Das war fünf Jahre nach der Goldsporenschlacht.

Dann folgte ein Streit mit einem Einäugigen im Pelzmantel. »Der Landvogt Geßler«, sagte Schwester Adam, als wäre er ein Bekannter von ihr.

Die Leindwand knatterte. Eine Vierergruppe in Kellergewölben zwischen Fackeln. Ein dünner kleiner Mann wurde auf die Folterbank gelegt, Beinschrauben wurden in Betrieb gesetzt, Daumenschrauben, der Folterknecht schüttete einen Eimer Wasser über den unscheinbaren schlaffen Körper, die Kleinen johlten. Der Landvogt Geßler nahte, er war nervös, die Adern auf seiner Stirn schwollen an, er legte die Wange zärtlich auf die nassen Brusthaare des Gefolterten, lauschte liebevoll, nickte dann grinsend. Der Folterknecht, der die Nase von Schwester Kris und die vollen Lippen von Schwester Imelda hatte, gehorchte; mit knorrigen Händen packte er den Hals des Halbtoten und drückte ihm die Kehle zu, bis der Schweiß über sein Kinn lief, alles unter dem schrillen Jauchzen der Kleinen. Danach steckten Soldaten mit flachen Helmen wie die Tommies (die Papas Lachlust hervorriefen: »So ein Helm taugt höchstens dazu, Suppe daraus zu trinken«) Hütten in Brand. Das wurde voller Schmerz von Wilhelm Tell beobachtet, der hinter reglosen Schilfrohren und flimmernden Buchstaben lauerte, die von den Hottentotten im Chor vorgelesen wurden: »Tell versteckt sich in Küsnacht.«

»Ruhe!« rief Schwester Adam. »Ruhe, oder . . .«

»Dort ist die Königin gestorben«, flüsterte Louis.

»Wo?«

»In Küssnacht.« (Küss, Nacht, Vlieghe.)

»Ich habe noch keine Königin gesehen«, sagte Vlieghe.

»Königin Astrid, du Esel.« Louis betonte ›strid‹ wie Tante Violet, die einen muffigen Koffer voller Zeitungsausschnitte und Zeitschriften über den Tod und das Leben des schwedischen Schwans hatte, der aus dem Norden gekommen war, um König Leopold zu heiraten und daran zu sterben.

Als Louis von Vlieghes Profil wieder zur Leinwand schaute, hatte sich etwas verändert. In dem schwarzgrauen Bild erschienen rosa Tupfen, blaugrün schillernde Tönungen. Tartarische Reiter galoppierten über einen zugefrorenen See und hetzten einen knochigen Koloß in einem Bärenpelz, der sich, als er sich auf das bläuliche Eis fallen ließ und Dampf aus seinen Nasenlöchern stieß, als Holst entpuppte. Holst machte abwehrende, warnende Gebärden, aber die schlitzäugigen Reiter ergriffen ihn und steckten ihn in eine Zwangsjacke aus grobem Leinen. Das unerschrockene, schneebepuderte Gesicht von Holst füllte die Leinwand und sagte etwas zu Louis, das, auch wenn es kein Stummfilm gewesen wäre, unverständlich geblieben wäre, denn die Kleinen johlten. Der Anführer der Tartaren ließ einen Krummsäbel in einem blitzschnell errichteten Reisigfeuer erhitzen und hielt das weißglühende Metall quer vor Holstens Augen, die tränten und zu schmelzen schienen.

»Nein!« rief Louis. Vlieghe puffte ihn in die Seite.

Auf Louis' Ruf hin wackelte das Filmbild und stockte. Lichter flammten im Saal auf, in dem hinten der Lärm von beiseite gerückten Stühlen und rauhen Raucherstimmen zu hören war. Schwester Adam sprang von ihrem Stuhl auf. Sechs Bauern schlenderten durch den Saal, sie schienen betrunken zu sein. »Klosterkino!« »Schluß damit!« »Alle raus!«

»Herr Servaes«, sagte Schwester Adam, »das ist eine geschlossene Vorstellung. Ich bitte Sie.«

»Hü, Schwester«, sagte der Bauer. »Hü«, wie zu seinem Pferd.

Ein jüngerer Bauer setzte die Mütze ab und sagte: »Schwester, wissen Sie, wir müssen den Ball des Bauernverbands vorbereiten, die Lampions aufhängen . . .« Die graue Leinwand, auf der als letztes Bild der weinende Engel Holst erschienen war, stand nun leer und verlassen. Die Kleinen begannen wieder zu schreien. Es entstand ein wirres Gespräch zwischen den säuerlich riechenden Bauern, die erklärten, daß das Datum für ihren Ball schon vor einem Jahr festgesetzt worden sei, und den beiden Schwestern, die daraufhin wütend in die Hände klatschten.

In der Vorhalle des Kinos sagte Vlieghe, daß es schade sei, es habe gerade angefangen, spannend zu werden mit diesem einen blinden Jäger. Hatte er denn nicht gemerkt, daß wie jedes Jahr Teile verschiedener Filme willkürlich aneinandergeklebt worden waren? Louis war nie dahintergekommen, warum das geschah, wahrscheinlich waren die Schwestern und Schüler schon froh, daß etwas zu sehen war, das sich in einem schwarz-weißen (und nun seltsam gefärbten) fleckigen Licht bewegte; und vielleicht könnte ein zusammenhängendes Ganzes, wie es bei einer normalen Vorstellung am Sonntagabend im Kino ›Diana‹ gezeigt wurde, mit Titeln und Musik und einem Anfang, Steigerungen und einem Ende, unbekannte gefährliche Folgen für die Schüler haben, die dann in Verwirrung aufwachsen würden, Gefangene von Rätseln, Bruchstükken, quälerisch unbegreiflichen, undurchdringlichen Spiegelscherben.

»Dieser Blinde, das war der Kurier des Zaren, das habe ich doch gesagt, es ist derselbe Film wie vor zwei Jahren«, sagte Byttebier.

»Ein blöder Film«, sagte Goossens.

Schwester Kris winkte ihnen, sie gingen in Reih' und Glied. Schwester Kris fragte: »Hat er dir gefallen?«

»Ja, Schwester.«

»Wenn diese Russen dich gefangen genommen hätten, welches Auge würdest du dann lieber verlieren?«

»Keins von beiden, Schwester«, sagte Louis.

»Und du, Dondeyne?«

»Das rechte«, sagte dieser unterwürfig.

Sie rümpfe ihre gebogene Nase. »Ich ein Hühnerauge!« rief sie triumphierend. Es wurde gemurmelt. Selbstentsagung, dachte Louis. Über alberne, unschuldige Witze der Schwestern lachen – das muß sein. Viele kleine Selbstentsagungen ergeben eine große Liebe. In das Buch der Kinder-Märtyrer wird mein Name eingetragen, aber ich muß mich beeilen. Mein ungehobelter Riese und Schutzengel Holst fleht mich unter Tränen um etwas an, um was? Daß ich meine komfortable Mission in warmen Gegenden aufgebe. Eine Eisfläche soll der Schauplatz meines Todes sein. Erfrieren und, während die Wölfe an den Zehen knabbern, lauthals das *Tantum ergo* anstimmen. Nach dem Abendgebet sagte Schwester Kris, daß sie in diesem lehrreichen Film hätten sehen können, daß die Freiheit des Vaterlandes über alles gehe. »Auch wir müssen schwören, daß wir Belgien, dieses kleine Land, das nie jemandem etwas zuleide getan hat, sondern, ganz im Gegenteil, immer erobert, erniedrigt und besetzt worden ist, um jeden Preis verteidigen werden. Mit Hilfe des Schutzheiligen Belgiens, des heiligen Josefs. Im Laufe des nächsten Trimesters ist ein Ausflug zum See von Dikkebus vorgesehen, anschließend werden wir die Schützengräben und den Eisernen Turm besichtigen.« (Dann würde sie uns alles erklären, denn sie stammte aus der Gegend des oftmals zerstörten und wiederaufgebauten Ypern.)

»Laßt uns nun alle mit besonderer Inbrunst für Seine Majestät König Leopold beten, der in diesen schweren Zeiten schwere Entscheidungen treffen muß, während ihm gar nicht danach zumute ist, denn er hat die Prüfung durch den Tod von Königin Astrid noch nicht überwunden.« Sie beteten.

König Leopold saß ganz allein am Kamin, der erloschen war, aber das merkte er nicht. Sein Hofmarschall wagte ihn bei seiner trauernden Grübelei nicht zu stören, behielt seinen Fürsten freilich im Auge.

»Gute Nacht, Astrid«, murmelte König Leopold. *»Adieu, ma belle reine-claude.«*

»Wir müssen unerschütterlich hinter unserem König stehen«, sagte Dondeyne auf dem Spielplatz.

»Ja, dazu ist jetzt der Augenblick«, sagte Goossens.

»Unerschütterlich mit der Flagge«, sagte Den Dooven. Weil dieser sich ungebeten zu den Aposteln gesetzt hatte, sagte Louis: »Die belgische Flagge, damit putzt sich mein Papa die Nase«, und genoß die Verwunderung der Apostel. Byttebier sagte: »Und meiner wischt sich damit den Arsch ab.« Den Dooven ging, zu Tode erschrocken.

»Mein Vater ist flämisch gesinnt«, sagte Vlieghe. »Aber wenn er euch so reden hörte, würde er zur Gendarmerie gehen und euch einlochen lassen, euch beide, weil ihr die Flagge beleidigt habt.«

»Mein Vater würde das auch tun«, sagte Goossens. »Aber wenn ich ihn höflich darum bitten würde, ließe er es sein.«

»Warum?«

»Weil er mein Kamerad ist.«

Das brachte die Apostel zum Schweigen. Sie glaubten kein Wort davon. Obwohl Goossens zu sehr Hottentotte war, um sich so etwas auszudenken. Also war Vater Goossens ein Pharisäer, der seinem Sohn alles, was er wollte, weismachen konnte. Wie mein Vater, der mich glauben läßt, daß seine Frau auf der Treppe gestolpert ist, während sie ... während sie ... schlechter ist als die Wirtin des Schlechten Hauses.

»Meine Mutter stirbt wahrscheinlich in diesem Sommer«, sagte

Louis. »Seit sie gefallen ist, ist alles in ihr kaputt. Vor allem die Nieren.« Über Nieren sprachen Tante Mona und Mama häufig, blokkierte Nieren, geschwollene Nieren. Die Mieserike haben keine Nieren.

»Hör nur, ein Maikäfer«, sagte Vlieghe, und sie liefen zum Birnbaum und sprangen in die Höhe und schlugen gegen die unteren Äste. Louis schlenderte zum Musiksaal, wo Schwester Engel mit ihrem unschuldigen Porzellangesicht am offenen Fenster stand.

»War es ein schöner Film, Louis?«

»Ja, Schwester.«

»Freust du dich, daß bald Ferien sind?«

»Ja.«

»Hast du heute abend schon ein Bittgebet gesprochen?«

»Ja.«

»Für wen?«

»Für meine Mutter«, sagte er, weil sie das erwartete.

»Brav«, sagte sie und wollte gehen.

»Schwester.«

»Ja, Louis.«

»Ich seh Sie gerne an.« Sie erschrak, schaute nach links und rechts.

»Du bist ein komischer Kerl«, sagte sie dann, beugte sich vor, um den ganzen Spielplatz überblicken zu können, und blies in ihre Trillerpfeife. Die Apostel und die Hottentotten stellten sich in einer Reihe auf. Schwester Engel glich im Fenster Karl dem Kühnen. Karl der Kühne war nach einer Schlacht im Jahre Soundsoviel bei Nancy auf einen zugefrorenen See geraten. Die Wölfe haben ihn aufgefressen, während er Psalmen sang. Trotzdem stand er nicht im Buch der Märtyrer.

Ostern nahte von ferne, und damit die Osterferien.

Die vier Apostel – denn Goossens war schon abgereist – halfen auf Schwester Economes Befehl dem Gärtner, der zwischen Küken und übermütigen Schweinen, die gerade herausgelassen wurden, im Obstgarten herumwirtschaftete.

»*Allez*, Baekelandt, bis nach den Ferien.«

»Was sagst du da?«

»Pardon, Baekelmans.«

»Ihr Lümmel!«

»Baekelandt, vergessen Sie ihre Manieren nicht«, sagte Byttebier dreist. Baekelandt schubste Louis beiseite, hob einen geplatzten Apfel auf und biß hinein. Er aß stets alles Fallobst auf.

»Ihr habt Glück, daß ihr nicht in Deutschland geboren worden seid, ihr Scheißer, wo die Kinder vormittags lernen und nachmittags auf dem Feld arbeiten müssen. Dann hättet ihr Kartoffeln stecken, Roggen einbringen und düngen müssen. So ist das in Deutschland, und darum siegen sie. Ich laß mir nichts vormachen über die Deutschen, es sind Dreckskerle, aber sie sind gründlich, ihr Land ist in Ordnung, die Leute haben Arbeit, während die Belgier, die dem schlechten Beispiel der Franzosen folgen, nie zufrieden sind, streiken und stempeln gehen. Zuviel Wohlstand, sage ich.«

Dann mußten sie Hände und Gesicht waschen, sich kämmen, ihre Koffer packen. Der Geruch von Lux-Seife und der Schuhcreme *Ça-va-seul* hing im Waschraum.

Im Gemüsegarten pißten sie zum letztenmal um die Wette. Dondeyne gewann wie immer. Louis kam am wenigsten weit und schämte sich zutiefst. Das war die Strafe dafür, daß er die belgische Flagge verspottet hatte.

Schwester Kris stand bei den Kleinen und streichelte mit einem großen groben Schlüssel ihre Wange. Mit der anderen Hand fuhr sie über den kahlgeschorenen Kopf eines Kleinen, der Läuse gehabt hatte.

»Üb täglich deine Schrift, Seynaeve. Eine schöne Schrift muß täglich geübt werden.«

Louis nickte.

»Und dein Rechnen ist das Allerwichtigste. Ohne Rechnen kommt man in der Welt nicht voran. Rechnen ist die Grundlage für später.« Sie steckte den Bart des Schlüssels in den Mund.

»Seynaeve, vielleicht werden wir uns nicht mehr wiedersehen, denn der Mensch denkt und Gott lenkt. Unter den gegebenen Umständen könnte es sein, daß wir schließen müssen.« Sie stieß den Kleinen, der sich die ganze Zeit an sie geschmiegt hatte wie der Hund an den verwundeten Schenkel von Sankt Rochus, von sich. »Ja, es könnte sein, daß wir unseren Laden zumachen müssen, wenn der Führer sich weiter so lächerlich aufführt.«

»Aber er hat doch geschworen, daß er Belgien in Ruhe lassen wird.«

»Worauf kann schon ein Heide schwören?«

Sie lutschte an dem Schlüssel. Dann drückte sie mit einem nassen kühlen Daumen Louis ein Kreuz auf die Stirn. Was war in sie gefahren, in sie, die doch nicht für nichts und wieder nichts *Kris* genannt wird, nach dem Dolch der Javaner?

»Wirst du ein bißchen an uns denken, Seynaeve?«

»Ja, Schwester. Bestimmt.«

»Auch an mich?«

»Auch an Sie. Ich schwöre es beim Haupte meiner Mutter.« Man kann niemandem trauen, das ist selbstverständlich, und man kann auch nicht voraussehen, wie Menschen oder Nonnen sind, denn Schwester Kris lächelte wahrhaftig, ihre unregelmäßigen Zähne wurden sichtbar.

Der Nachmittag zog sich unerträglich in die Länge. Sie sahen Schwester Imelda Gladiolen pflanzen und Schwester Sapristi vorbeirauschen, während sie den Takt zu einem unhörbaren Lied schlug, sie sahen die Schüler nach ihren Koffern grapschen und einen nach dem anderen jauchzend davonrennen.

Es war diese gräßliche Woche des Leidens Unseres Lieben Herrn, in der nicht gesponnen werden durfte, weil man, ohne es zu wissen, womöglich Fäden spinnen konnte, die Unseren Lieben Herrn festbinden würden. Den Dooven las Witze aus *Bravo* vor und mußte häufig mittendrin aufhören, weil er sich vor Lachen schüttelte. Auch für Den Dooven war Jesus am Kreuz gestorben.

Sie sahen Schwester Econome vorbeikommen, die ein riesiges Farbfoto in einem schweren Goldrahmen an die Brust preßte, und folgten ihr bis zum Gang und bettelten so lange, bis sie ihnen das Foto zeigte. Es war das Porträt des neuen Papstes.

»Ihr könnt an seinen Augen sehen, daß er sehr klug ist. Seht ihr das, Jungens?« Sie nickten. Es stimmte. Pacelli hatte einen verbissenen Schlitz von einem Mund und starrte hohläugig und eindringlich aus seinen Brillengläsern. Der Friede ist das Werk der Gerechtigkeit, war sein Motto.

»Er will Frieden, seht ihr das nicht? Friede auf Erden für alle Menschen, das ist an seinem Gesicht abzulesen.«

Da hupte das Auto von Vlieghes Vater. Louis hielt Vlieghe zurück.

»Was ist denn?«

»Du gehst weg«, sagte Louis. Er begleitete Vlieghe in den Gang.

»Du doch auch.«

»Aber du zuerst.«

»Immer der Reihe nach.«

Louis segnete ihn, wie es in den Akten vorgeschrieben war. *»In* *nomine Patris.*« Obwohl Schwester Adam sie vom Eingang aus sehen konnte, küßte er Vlieghe auf die Backe.

»Du Schwachkopf«, sagte Vlieghe. So etwas würde auch Papa über die schmutzige französische und jüdische Gewohnheit sagen, daß Männer sich küssen.

»Vielleicht schließen sie das Internat.«

»Ich würde deswegen keine Tränen vergießen.«

»Nein«, sagte Louis. »Ich auch nicht.«

Vlieghe winkte noch Schwester Adam, dem Birnbaum, dem weißen Karussell zu. Mir nicht. Natürlich nicht.

IX
IN WALLE

Dann war er daheim in Walle, und sie, die nie für ihn da war, die ihn wochenlang im Stich gelassen, ihn mit Lügen und Versprechungen betrogen hatte, war wohl da, und es stimmte, sie hatte einen dicken Bauch. »Mama«, sagte er, und sie antwortete: »Mein Liebling.«

Obwohl sie unter ihrem blauen Kleid mit weißen Noppen ein Kind trug, das ihr und Papa ähnlich sehen würde, eine proportionale Mischung aus ihnen beiden (und das also auch ihm, Louis, ähnlich sehen würde), flog er ihr doch um den Hals, er murmelte etwas, das auch ihm selbst unverständlich blieb, er roch ihr gelocktes Haar und sagte: »Mama.«

»Vorsicht«, sagte sie. Sie hatte eigens für seine Heimkehr ein Sonntagskleid angezogen, das konnte er sehen, es war blau mit weißen Tupfen. Eigens für ihn hatte sie blaue Porzellanohrringe angelegt. Für ihn hatte sie sich die Lippen scharlachrot geschminkt. Auch für ihn hatte Papa das Vorderzimmer mit einem Sonnenblumenmuster neu tapezieren lassen. Ein neu gebundener Jahrgang von *Ons Volk Ontwaakt* – ›Unser Volk erwacht‹ – stand neben dem schwarz und beige gelackten, grinsenden buckligen Rigoletto aus Gips auf dem Kaminsims.

Louis setzte sich in die *cosy corner.* In der Ecke ihm gegenüber stand Guido Gezelles Kopf auf einem dunkelbraun gebeizten Dreifuß. Die Plastik war tiefgrün, mit einem abgebrochenen Ohrläppchen, aber lebensecht nachgebildet, denn Gezelle hatte einen Wasserkopf, der eine allzu große Hirnmasse umschloß, was dem Dichter sein Leben lang Kopfschmerzen verursachte. Das vordere Zimmer war vollgehängt mit schmiedeeisernen Kandelabern, Kupferplatten, auf denen stand: ›Es klingt das Flämisch süß und gut, wenn man ihm nicht Gewalt antut‹ oder ›Eigner Herd ist Goldes wert‹, mit Aquarellen von Onkel Léon, die Mühlen und Veilchen darstellten, mit Federzeichnungen des Belfort von Gent, des Minnewater von Brügge. Über dem Kamin hingen fächerförmig allerlei verrostete Pfeile mit seltsamen Spitzen und Widerhaken, die die Eingeborenen Pater Wiemeersch, Mamas Priesteronkel, geschenkt hatten, der noch immer tapfer, mild und väterlich im Busch von Kasai Negerstämme bekehrte.

Mama brachte Kakao mit viel mehr Zucker als im Internat.

Papa blieb an der Verandatür stehen und musterte seinen Sohn, seinen eigenen, einzigen verlorenen Sohn, der endlich ins Haus seines Vaters zurückgekehrt war.

»Louis«, sagte Papa. »ich werde dir unsere neue Maschine zeigen. Du wirst staunen. Es gibt keinen Drucker in Westflandern, der so etwas besitzt. Sie möchten zwar schon, aber sie wagen es nicht. Sie kommt aus Leipzig.«

»Laß ihn doch erst seinen Kakao austrinken«, sagte Mama.

Vater wandte gekränkt den Blick ab, fort von ihnen beiden, dem neuen Bündnis, das da vor seinen Augen entstand. Er drückte den Rücken gegen die Tür mit der Bleiverglasung.

»Na gut«, sagte er. »Sehr gut. Dann gehe ich erst zum Friseur Felix.« Papa ließ sich jeden zweiten Tag von Felix rasieren. Als Mama die Haustür zuschlagen hörte, kramte sie in ihrem Nähkasten, fand ein Päckchen *Belga.* Sie atmete den Rauch tief ein. Dann machte sie, als fiele ihr plötzlich etwas ein, hastig das Fenster auf und blies den Rauch in Richtung Veranda gegen den Paravent, auf dem Mandarine sich verbeugten und Damen mit flachen breiten Hüten in Booten saßen und auf Lauten spielten.

Mama streckte ihren Bauch weit vor. Oder war es das Kind, das ihren Unterleib so nach vorne drückte? Das Kind konnte natürlich über Mama und ihre Bewegungen bestimmen.

»Diese Maschine«, sagte Mama, »ist eine Misere. Ich müßte eigentlich sagen: Maschinen. Denn Monsieur ist nach Leipzig gefahren, zur Handelsmesse, und er kommt nach Hause und tut unschuldig. Ich frage ihn: ›Hast du Geschäfte machen können?‹ ›Ja‹, sagt er, ›es geht‹, aber ich sah an seinem albernen Grinsen, daß er irgend etwas im Schilde führte, und ja, ja kannst du es dir vorstellen, Louis? Plötzlich gerät unsere ganze Straße in Aufruhr, da kommen zwei Autos mit deutschen Nummernschildern und dahinter ein riesiger Lastwagen, er konnte nicht in unserer Straße drehen, sie mußten die Polizei rufen. Zwei deutsche Mechaniker mußten die ganze Aktion leiten, und was sehe ich? Diese Maschine, Louis, dieses Monstrum, das nie im Leben in die Werkstatt paßt, ein zweijähriges Kind hätte das voraussehen können, aber dein Papa natürlich nicht, und sie haben eine Seitenwand einreißen müssen, diese beiden deutschen Mechaniker haben zwei Wochen auf unsere Kosten im Hotel de la Paix gewohnt, um die Maschine zu montieren, Tag für Tag hier im Haus, und sie aßen hier im Salon und gaben sich nicht mit einem Kotelett zufrieden, nein, es mußte Wurst obendrein sein und morgens zum Kaffee Schinken.«

»Schinken?«

»Ja, Schinken.« Mama steckte sich hastig eine neue Zigarette an.

»Druckt diese Maschine gut?« fragte Louis, um Mama und dem abwesenden Papa gefällig zu sein.

Mama setzte sich auf den Rand des Eichentischs in mittelalterlichem Stil. An so einem Tisch saßen die flämischen Ritter und planten 1302 den Untergang des falschen französischen Reiches. Das Welsche heißt Fälsche, schlagt sie tot!

»Die Deutschen sind heimgefahren«, sagte Mama. »Die Maschine war montiert. Wir mußten alle Setzkästen und die Schneidemaschine umräumen. Ich dachte, er ist mit seinem Spielzeug zufrieden. Und auf einmal höre ich Lärm in unserer Straße, ich höre die Leute aufgeregt oh und ah rufen. Da ist wieder dieser Lastwagen, mit Polizeibegleitung, und er probiert wieder in unserer Straße zu wenden, und dieselben deutschen Mechaniker halten den Verkehr an. Ich sage mir: ›Seh ich doppelt oder schnapp ich über?‹ Ich renne nach unten und sag: ›Staf, was passiert denn hier? Erklär es mir. Seh ich richtig oder dreh ich durch? Ist das noch eine Maschine?‹ ›Ja, Constance‹, sagt er. Ich sage ›Dieselbe?‹ Und der Kindskopf lacht und sagt: ›Natürlich nicht dieselbe. Eine steht in der Werkstatt, und die hier in unserer Straße kann nicht dieselbe sein.‹ Ich sage: ›Staf, ich knalle dir eine, du weißt genau, was ich meine. Ist es eine zweite vom selben Modell?‹ ›Ja‹, sagt er, ›es ist eine zweite.‹ Ich sage: ›Staf, warum?‹ ›Constance‹, sagt er, ›diese zweite ist dazu da, falls die erste kaputt geht.‹«

Sie schwieg. Ihr Gesicht schwebte im Zigarrettenrauch, der Rauch blieb in ihren Locken hängen. Die schönste aller Frauen.

»Kapierst du es nicht?« Sie kniff die Augen zusammen, inhalierte tief. »Eine Maschine, die eine Unmenge Geld kostet und für die er keine Arbeit hat!«

Es kam Louis so vor, daß sie, wie üblich, übertrieb und daß sie Papa gegenüber sehr ungerecht war, der zwar unberechenbar und unzuverlässig war, aber vielleicht ein Gebiet beherrschte, von dem Mama, eine Bauerntochter und Hausfrau, keine Ahnung hatte.

»Ich sehe schon. Du ergreifst Partei für ihn. Du findest, daß er recht hat.« Sie drückte ihre Zigarette in einem kupfernen Aschenbecher aus, den Louis noch nicht gesehen hatte. Er hatte die Form einer flachen Muschel und am Rand ein kleines Hakenkreuz.

»›Du verstehst nichts davon. So eine Maschine ist speziell zum Drucken von Zeitungen konstruiert und kostet eben so viel‹«, sagt er. Ich sage: ›Staf, aber niemand hat eine Zeitung bei dir bestellt.‹ ›Das macht nichts‹, sagt er, ›dann geben wir selbst eine heraus.‹ Und das tat er auch. Eine Nummer. Für eine zweite Nummer hat er kein Geld.« Wieder blies sie ihren Rauch, ihren Widerwillen, ihre Enttäuschung ihrem denkfaulen, begriffsstutzigen, gerade erst wiedergefundenen Sohn ins Gesicht.

In der Werkstatt lagen mannshohe Stapel von Papas Zeitung, *De Leie*, vier Seiten mit allerlei Anzeigen in verschiedenen Formaten und hier und da einem Witz, grau und unscheinbar. Auf der Titelseite stand: ›Energie durch Frischkost – dank SOLO‹. Über die fetten schrägen Buchstaben sprang ein Heinzelmännchen wie über eine Hecke, darunter stand: ›Der Arbeitskittel ihres Mannes wird blitzsauber! Nur SOLEIL wäscht Fettflecken heraus!‹ und ›Er war wie ein Willenloser, dem man aus dem Mantel helfen mußte. Jetzt ist er energischer denn je durch Kruschen-Salz‹.

Die Automaten in der Werkstatt zischten. Keiner der Arbeiter in ihren langen grauen Kitteln gönnte dem verloren geglaubten Prinzen, der aus der Verbannung des Internats zurückgekehrt war, einen Blick. Hatte Papa eine Anordnung gegeben? Schaut nicht in das Gesicht meines Sohnes, sonst wird er euch blenden? Vandam, der Werkmeister, zwickte Louis in den Ellbogen.

»Mensch, was bist du gewachsen! Wenn du so weitermachst, wirst du noch ein Halbschwergewicht!«

Vandams ledernes Gesicht mit der Boxernase war immer ernst. Er war Meister von Südwestflandern gewesen. Manchmal zog er vier-, fünfmal rasch hintereinander die Nase hoch. Oder er machte blitzschnelle Scheinbewegungen direkt vor Louis' Gesicht. Er roch nach Käse und Druckerschwärze. Kid Vandam.

»Wie findest du sie?« fragte Vandam, als sie vor der Maschine standen.

»Schön«, sagte Louis.

»Schön? Wunderschön! Sie kommt aus Deutschland.«

Louis ging um das stumme Ungetüm herum, es glitzerte mit all seinen Gliedern, Scheiben, Saugnäpfen, Haken, Zahnrädern, Federn, Knöpfen, Stangen und Zylindern.

»Sie macht an die zwanzigtausend Umdrehungen in der Stunde. Schnell, rasend schnell!«

»Laß sie sich mal drehen.«

»Nichts lieber als das, Louis, aber es ist verboten. Nur der Chef darf sie in Gang setzen. Der Sohn des Chefs nicht.« (Also doch erkannt. Immerhin als Sohn anerkannt.)

Die Riese Papier in ihren meergrünen Verpackungen. Die über ihre Setzkästen gebeugten Setzer. Die blinden Fenster mit dem Ruß, der an den eisernen Leisten klebt. Der mit Öl und Druckerschwärze bespritzte Boden. Der eisige Glanz des Fallbeils der Schneidemaschine. Ich bin von einem langen Kummer zurückgekehrt.

»Ja, da steht sie nun und funkelt prächtig, unsere Koenig & Bauer«, sagte Vandam düster.

Bei einem der drei ›Heidelberger‹, das dröhnende Lattenwerk bezwingend, stand Raspe, der Louis voriges Jahr auf den Schoß gezogen, ihn an verbotener Stelle gekitzelt und gerufen hatte: »Wo ist denn der hübsche Spatz?« Als Raspe Louis erblickte, streckte er eine lange belegte Zunge heraus. Vandam sah, daß Louis sich abwandte, und packte ihn beim Oberarm.

»Und wie steht es mit der Liebe?« fragte er.

Louis errötete. Die andern hatten es nicht gehört.

»Wie alt bist du jetzt, Louis?«

»Elf . . . Am 5. April geworden.«

»Du kannst nicht früh genug damit anfangen. Früh begonnen, halb gewonnen«, sagte Vandam. Louis ging so träge wie möglich aus der Werkstatt. Vandam war ein Hottentotte mit schmutzigen Gedanken. Vergib ihm, Herr, er weiß nicht, was er sagt.

In der Küche sagte ein glattrasierter und gepuderter Papa: »Das ist für dich. Ich habe es von der Leipziger Messe mitgebracht.« Er wickelte aus einem gelblichen Zeitungspapier mit merkwürdigen spitzen Buchstaben einen Gummijungen mit kurzen Hosen und braunem Hemd. Zufrieden vor sich hin brummend, stellte Papa die Figur auf die Anrichte und fummelte so lange daran herum, bis der rechte Arm gestreckt, die Beine gespreizt waren. Dann zupfte Papa den lockeren filzartigen Stoff, die Armbinde mit dem Hakenkreuz, das braune Schiffchen und den Dolch am Koppel zurecht.

»So, was sagst du nun?«

»Vielen Dank«, sagte Louis.

»Wem vielen Dank?«

»Vielen Dank, Papa.«

Mama nahm die Puppe, einen Augenblick lang dachte Louis, daß sie sie aufessen würde, sie hielt sich das weiße grinsende Gesicht vor die Nase. »Wir stellen sie vorläufig in den Schrank in unserem Schlafzimmer.«

»Warum?«

»Es ist besser, wenn die Leute sie nicht sehen.«

»Warum?« fragte Papa zehnmal drohender, forscher als Louis.

»Unter den heutigen Umständen . . .«

»Aber ich werde sie, ihn niemandem zeigen«, sagte Louis ernsthaft. »Ich hebe ihn oben in meinem Zimmer auf, und wenn ich wieder ins Internat gehe, lege ich ihn in deinen Schrank.«

»Lieber nicht, Louis. Wir müssen Scherereien vermeiden, die Leute klatschen schon mehr als genug über uns und die Deutschen.«

»Laß sie doch«, rief Papa. »Das ist menschlich!«

Mama knetete die Puppe achtlos. Louis sah zu seinem Entsetzen, daß der Junge ganz krumme Beine bekam, wie die Cowboys im Wilden Westen. Bald wird sie ihr Kind auch so knuddeln, während es wehrlos in seiner Wiege liegt. Was hatte sie mit diesen brutal knetenden Händen bei ihm angerichtet, ehe er ins Internat geschickt wurde?

Gegen vier Uhr kam Tante Mona mit Butterkeksen zu Besuch und sagte, sie habe vormittags dreißig Pakete Würfelzucker, dreißig Kilo Kaffee und dreißig Kilo Zichorie gekauft.

»Mein Mann hat es mir verboten«, sagte Mama. »Er nennt es Ausnutzen von Krisen.«

»Aber die Umstände verpflichten uns dazu, Constance! Wer wird der erste sein, der später, wenn es keinen Kaffee mehr gibt, darum betteln kommt? – Du hast dein gutes Kleid angezogen, gehst du ins Kino?«

»O ja!« rief Louis.

»Nein«, sagte Mama matt. »Ich habe mich gelangweilt und den ganzen Vormittag in meinem Peignoir herumgehockt. Ich dachte: Nein, heute ziehe ich meinen Umstandskittel nicht an. Bauch oder kein Bauch, diesmal ziehe ich etwas Hübsches an.«

»Du wirst Tag für Tag jünger, Constance.«

Louis durfte die Butterkekse schmieren und den Kaffee eingießen. Er vergaß das Internat. Ich vergesse das Internat. Diese Mutter, mit Mühe und Not meine, die sich nicht für mich dieses helle schicke Kleid angezogen hat, und diese Schwester von Papa, die zum Glück nicht gleich losgequatscht hat, wie groß ich geworden sei, und nicht nach meinen Noten gefragt hat, diese beiden sind zwei Feen im Wald, die mit einem Zauberstab das ganze Internat verschwinden lassen. Feen? Das war ein Mädchengedanke.

»Was fängst du mit ihm an, Constance?« (Ihm, das bin ich, Louis, ihr Kind.)

»Ja, was soll ich mit ihm anfangen?«

»Ich kann sofort ins Internat zurückkehren«, sagte Louis. »Wenn du es willst.«

»Du Dummerchen«, sagte Tante Mona, »wir freuen uns doch alle, daß du bei uns in Walle bist. Omama wird große Augen machen, wenn sie dich sieht. Wenn sie sieht, wie du gewachsen bist. Er ist enorm gewachsen, nicht wahr, Constance? – Omama hat heute morgen noch gesagt: ›Wo bleibt denn unser Louis, unser Bravster? Von allen meinen Enkelkindern ist er der einzige, den ich sehen möchte.‹ « Tante Monas verlogenes Gesicht war faltenlos und durchsichtig-weiß, als hätte sie ein Trimester in einem Keller gehaust, zwischen Pilzen und glänzenden mannshohen Schwämmen.

»Redselig bist du auch nicht gerade«, sagte sie. »Wie er da sitzt. In deinem Alter. Statt vor Freude in die Luft zu springen, daß du noch nicht zwanzig bist, denn sonst wärst du mobilisiert worden, Männeken! Hundertzwanzig Millionen kostet uns das, diese Mobilisierung. Und wer soll das bezahlen?«

»Honoré der Gerupfte«, sagte Mama. Sie bröselte an dem Butterkeks, den Louis für sie extra dick bestrichen und vor sie hingelegt hatte.

»Enfin«, sagte Tante Mona, »zum Glück haben sie Paul-Henri Spaak mit seinen bolschewistischen Ideen abgeschoben. Was war das, bei seiner Statur, für ein Ministerpräsident? Und mit diesem fetten Gesicht? Man konnte die Unfähigkeit ja mit Händen greifen! – Wohin führt das, wohin gehen wir nur?«

»Ins Kino«, sagte Louis.

»Ja, wohin gehen wir?« sagte Mama.

»Geradewegs auf den Krieg zu, Constance. Schnurgerade!« rief Tante Mona. Sie hatte Glotzaugen, weil ihre Drüsen durcheinandergeraten waren, als ihr Mann, Onkel Ward, davongelaufen war.

(»Es ist kurios«, hatte Omama gesagt, »denn Ward und sie waren füreinander wie geschaffen, der passende Deckel auf den Topf! Und stellt euch vor, Ward hatte solche Glotzaugen, wie ein Frosch, und kaum ist er weg, bekommt sie auch solche Augen.« Onkel Ward hatte seine Frau übrigens häufig geschlagen. »Was? Mein Hemd ist nicht gebügelt?« – »Doch.« – »Wieso? Sieh dir den Kragen an, wie eine Ziehharmonika!« Und patsch! Gegen ihre Schläfe! – »Was? Meine Schuhe sind nicht geputzt?« – »Doch.« – »Wieso? Einmal draufgespuckt und mit dem Ärmel darübergerieben!« Und klatsch! Gegen ihr Kinn.

Aber Tante Mona rührte sich nicht. »Eine Beule, ein blauer Fleck, was ist das schon? Wir Frauen müssen eben leiden, das müssen wir wohl, es sind die Mannsbilder, die beim Anblick eines Blutspritzers ohnmächtig werden!« Tante Mona blieb aus Beton, und aus reiner Verzweiflung darüber hatte Onkel Ward ihr noch einen letzten Uppercut verpaßt und war mit all seinen Sachen und einer taubstummen Näherin davongelaufen.

Tante Mona wohnte mit ihrer Tochter Cécile am Paardenmarkt, hinter einer Fassade aus weißblauen Klinkern, hinter weißgelackten Fenstern, auf deren Scheiben in gotischen Buchstaben WARD stand. Cécile nahm teure Ballettstunden. Sie wollte nach Amerika, nach Hollywood gehen, sobald Shirley Temple zu alt und verbraucht für Kinderrollen wäre. Cécile konnte bereits verblüffend echt ›Over the Rainbow‹ und ›La Cucaracha‹ nachsingen. Im Vorderzimmer hing ein Foto von Cécile, von Onkel Léon handkoloriert, ein Mondgesicht mit Perlenaugen, ein mageres Körperchen in einem Tutu.)

Der Nachmittag verging. Geplauder über Ministerien, über den Bauernverband, über die Freimaurer, Polen, Spanien, über Hitler, der weiter durch den Dreck marschiert, aber was bleibt ihm sonst übrig? Die Franzosen, die Engländer, die Russen möchten ihn am liebsten erwürgen! Als Tante Mona merkte, daß Louis auch noch existierte, fragte sie: »Bist du froh, eine Zeitlang zuhause zu sein?«

»Ja.«

»Bist du schon in der Werkstatt gewesen?«

»Ja.«

»Und was haben sie gesagt? Daß du gewachsen bist?«

»Die meisten haben mir nicht einmal Guten Tag gesagt.«

»So ist das bei Arbeitern«, sagte Mama.

Tante Mona lachte, der Knubbel in ihrer Kehle bewegte sich so, als befände sich ein murmelgroßes zappelndes Kind darin. »Was hast du denn gedacht? Daß sie dich wie einen Prinzen empfangen würden?«

»Nein.« Er bekam einen roten Kopf und stand auf, um Tassen und Teller abzuräumen.

»Das mußt du verstehen«, sagte Tante Mona. »Diese Jungs sind mit ihren Gedanken nicht mehr bei der Sache, sie können jeden Augenblick mobilisiert werden und jeden Augenblick ihre Arbeit verlieren. Und ob nun der Sohn des Chefs da ist oder nicht, darauf scheißen sie, mit Verlaub. Es ist nicht mehr so wie früher, als die Arbeiter Respekt vor demjenigen hatten, der ihnen den Wochenlohn ausbezahlte. Für die Sozialisten sind alle gleich, alle sind der Chef. Und die Arbeiter denken nur: Wie kann ich, mit Verlaub, dem Chef ein Ei ausreißen.

Und unser Staf, Constance, will das nicht sehen. Er ist herzensgut, aber das wird sein Untergang sein. Ich bin seine Schwester und ich habe ihn gern, aber hierin ist er ein großer Eierkopf. Er müßte an Prinzipien festhalten, und die Prinzipien lauten so, daß der eine der Herr ist und der andere der Knecht. Stimmt's, Louis? – Schreib dir das hinter die Ohren. Prinzipien.

Du hast es doch selbst gesehen, Constance, Anfang des Jahres, diese Affäre mit Doktor Martens? Er hat Vierzehn-Achtzehn mit den Deutschen zusammengearbeitet – warum? Für uns, für die Flamen, für die flämischen Prinzipien. Und jetzt ist er in die Akademie für Medizin berufen worden. Nein, sagen die Liberalen, das darf nicht sein, denn er ist ein Landesverräter gewesen, er muß wieder raus! Und die Veteranen spielen die ›Brabançonne‹ und sind damit nicht einverstanden, und Paul-Henri Spaak steckt mit den Flamen unter einer Decke, um sein Pöstchen als Ministerpräsident zu retten – er würde seine eigene Mutter verkaufen, dieser Schlappschwanz –, nun gut, Streit und Aufruhr auf der Straße, und was ist passiert? Die Flamen haben an ihren Prinzipien festgehalten, sie haben die Liberalen schreien lassen: ›Entweder Doktor Martens raus aus der Akademie oder wir treten aus der Regierung aus!‹ Die Flamen haben geantwortet: ›In Ordnung, Herrschaften, dann tretet ruhig aus, und *voilà*, Herr Spaak fiel auf seinen fetten Arsch.«

»Dieser Doktor Martens ist nicht gerade der Sauberste«, sagte Mama. »Es scheint, daß in seiner Klinik ... *enfin,* du verstehst mich ... daß sie von überall herkommen, aus Deutschland und Frankreich, die reichen Frauen, um ... du verstehst mich schon ...«

»Ich verstehe dich, Constance. Schweig lieber darüber. Ratten sitzen auf dem Dach.«

(Das bin ich, zwölf Ratten und ein Rattenfänger, die auf dem Dach herumschnüffeln, auf Mamas und Tante Monas Dachboden voller Geheimnisse, Anspielungen und jäh abgebrochener Sätze herumscharren.)

»REX wird siegen«, sagte Louis unvermittelt.

»Aber Kleiner!« sagte Tante Mona. »Woher hast du denn das? Mit REX ist es längst aus. Sechsundreißig, ja, da hat er noch seinen Senf dazuzugeben, der schöne Léon Degrelle mit seinem pomadisierten Haar, aber jetzt, wie viele Sitze haben sie noch von den einundzwanzig, die sie sechsunddreißig hatten? Vier! – Ist das alles, was sie dir in der Klosterschule beibringen? Ehrlich? REX? Sind die Schwestern noch immer in den schönen Léon vernarrt?«

»Nein.« Louis hatte Angst, daß er, überwältigt vom ersten Tag zuhause, in Lachen oder Tränen ausbrechen, daß er, die Backe auf Mamas Schenkeln, gegen ihren geschwollenen Bauch stoßen würde. Er sah die Nonnen des Internats wild, *närrisch* um Degrelle herumtanzen, der zusammenschrumpfte, bis er die Maße eines der Kleinen auf dem Spielplatz hatte, die Nonnen walzerten mit flatternden Röcken über den Kleinen hinweg, der piepste: REX, REX.

»REX hat niemanden in Flandern«, sagte Tante Mona. »Keinen Führer, keinen, der Haare auf den Zähnen hat. Ihr einziger Chef ist dieser – wie heißt er doch gleich? Komm, hilf mir, Constance! Wie heißt er? – dieser Senator, dem Vierzehn-Achtzehn beide Beine abgeschossen worden sind. Es ist grausam, so etwas zu sagen, aber die Flamen trauen keinem Mann ohne Beine.«

»Und Roosevelt?« sagte Louis. »Der sitzt doch auch in einem Rollstuhl.«

»Das ist etwas anderes«, sagte Tante Mona. »Außerdem kennen die Amerikaner nur eine Politik, die des Geldverdienens.«

»Eigentlich sind wir nicht wesentlich anders«, sagte Mama.

»Aber Constance!« rief Tante Mona. »Was sagst du da? Wir haben doch Ideale.«

Mama lächelte und rieb über den Fußball unter ihrem Kleid.

»Sie sollten dich zum Senator machen, Mona.«

»Ich würde die Sache schon deichseln«, sagte Tante Mona. »Sofort all die Roten, die in Spanien gewesen sind, um dort die Priester zu massakrieren, an die Wand stellen. Sofort das ganze Kapital, das sich in den Händen von Fremden und Freimaurern befindet, beschlagnahmen und gerecht unter die Leute verteilen, die für ihren Lebensunterhalt arbeiten.«

Dort an dieser Wölbung, an dem gespannten weiß-blauen Kleid liegen, dem Gurgeln und Plätschern des darin treibenden, schwimmenden Kindes lauschen. Als er mit Vlieghe rang: das leise Knurren in Vlieghes Magen.

»Wohin schaust du, Louis? Auf meinen Bauch?«

»Deine Brosche.« Ein silbernes Plättchen mit der lila Silhouette eines springenden Rehbocks oder einer tänzelnden Gazelle, durch ihr Kleid hindurch mit dem Geweih an ihrer weichen Haut festgesteckt.

»Sie hat sie von einem Verehrer geschenkt bekommen«, sagte Tante Mona. »Aber das darfst du nie deinem Vater verraten. Sonst kriegt er einen Gehirnschlag.«

»Aber Mona!« sagte Mama matt.

»Ein Mensch darf doch mal lachen«, sagte Tante Mona. »Louis, hol mir bitte zwei Butterkekse aus dem Schrank.« Sie knabberte und kaute. »Ein Mensch auf sich gestellt, eine Frau so ganz allein will doch auch mal lachen.«

»Du hast doch Cécile«, sagte Mama.

»Ach, die.«

»Sie ist doch lieb.«

»Eine Frau auf sich gestellt, Constance. Sie sagen immer: ›ein Mann auf sich gestellt‹, von einer Frau reden sie nicht. – Aber wenn es dunkel wird und man mit dem Putzen, Wischen, Abwaschen fertig ist und die Tage kürzer werden ... *Enfin,* wir wollen nicht klagen.«

»Nein«, sagte Mama. Und dann, bitter: »Sonst würden wir mit dem Klagen nicht aufhören.«

»Ein Mensch muß doch ab und zu seinem Herzen Luft machen, Constance.«

»Louis«, sagte Mama entschlossen, »willst du nicht einen kleinen Spaziergang machen? Ja? Aber nicht zu weit. Und nicht durch die Toontjesstraat.«

An den niedrigen Reihenhäusern aus dunkelbrauen Backsteinen vorbei. Er hätte tanzen können. Seit Wochen ging er zum erstenmal wieder allein durch die Straßen, ohne die plappernden Seinesgleichen in der Internatsuniform neben sich, ohne die Riesinnen in den vielschichtigen flatternden Gewändern.

Am Friseur Felix rannte er vorbei, man konnte nie wissen, ob dort nicht ein Brüllaffe mit Rasierseife auf den Backen herausstürzte, einem die Hand schüttelte und allerlei intime Details über das Internat oder Mama wissen wollte. Beim Zaun von Groothuis, dem Textilfabrikanten, sprang er, so hoch er konnte, und sah im Garten eine Frau auf der Terrasse liegen, auf den Fliesen. Sie hatte einen Strohhut auf, eine Perlenkette um den Hals und sonst nichts an. Er wagte es nicht, ein zweites Mal hochzuspringen. Die Frau hatte auf dem Bauch gelegen. Vielleicht hatte sie sogar in dem Augenblick, als er in der Luft schwebte, kurz den Kopf gehoben. Wer war sie? Hatte Herr Groothuis im letzten Trimester geheiratet? Irgendwie war das ausgeschlossen. Papa sagte: »Georges Groothuis mag zwar ein Liberaler sein, aber er steht seinen Mann.« Und da hatte Mama ein verschmitztes Ziegengemecker von sich gegeben. »Geh nicht zu nah an ihn ran. Staf.« – »Warum nicht?« – »Ich sage nur eins, Georges Groothuis wird nicht heiraten, merk dir meine Worte.« – »Warum nicht?« – »Georges Groothuis und die Frauen passen nicht zusammen, mehr sage ich nicht. Und ich weiß es aus zuverlässiger Quelle.«

Vlieghe, der Freund, Halt, Paladin, Apostel, fehlte Louis. Schildknappe Vlieghe, der nun die ganzen Ferien ohne ihn in Wakkegem verbrachte, einem obskuren Dorf, wo Vater Vlieghe Notar der Kleinbauern war. Er hätte Vlieghe beibringen, erläutern, beweisen können, wie er, Louis, der durch einen scheußlichen Zufall in dem Internat gelandet war, hier in Walle, seiner eigenen Stadt, seine natürliche Umgebung wiedergefunden hatte. Walle, Prinzessin von Südwestflandern, deren Spuren bis ins 5. Jahrhundert zurückreichen, Vlieghe, an der Heerstraße der Nervier. Die Reiter von Walle trugen damals schon einen roten Schild mit einer weißen Halbkugel in der Mitte, um die sich ein weißer Drache wand. Weiß und Rot, Vlieghe, die Farben des *Walle Sporting Club,* bei dem mein Onkel Florent Ersatztorwart ist.

Er kam an der Tonntjesstraat vorbei, wo der Pöbel wohnt, der von der Fürsorge lebt und das ganze Geld versäuft, die Frauen saßen mit grindigen Kindern auf der Türschwelle, eine ewige Schande, daß diese Gasse so nah bei der Kirche des Heiligen Antonius liegt, die sie nie betreten, es sei denn, um dort Zuflucht zu suchen, wenn die Polizei sie verfolgt. Louis betrachtete voll Mißgunst die herumtollenden Jungen mit ihren rauhen Erwachsenenstimmen, Kohlenstaub in Ohren und Wimpern, sie kickten einen Ball aus verschnürtem Papier, sie fluchten. Obwohl er wußte, daß es eine Sünde war, schaute er ihnen weiter zu und wurde von ihrer Sünde infiziert und ahmte einen der fluchenden Jungen nach und kratzte sich zwischen den Beinen, angesteckt von den Bazillen des Bösen. Vlieghe, siehst du mich? Louis rannte hinter die Kirche, in den

Schatten der vielen Kinder-Märtyrer, die solchen Versuchungen bis zur Folterung und zum Tod widerstanden hatten, blickte umher, ob niemand ihn sehen konnte, und bekreuzigte sich hastig. Zur Sicherheit bekreuzigte er sich nochmals, als er an der Kirche auf dem Beestenmarkt vorbeikam, in der die Trauung seiner Eltern stattgefunden hatte und er getauft worden war.

Auf dem Markt machte er einen Bogen um das Café ›Rotonde‹, wo sein Pate wahrscheinlich Bridge spielte.

Vlieghe, komm. Er nahm Vlieghe bei der Hand und zog ihn mit nach oben, die rußschwarze Eisentreppe hinauf, sie blieben beide auf der Bogenbrücke stehen, sie warteten, aber dann war Vlieghe auf einmal nicht mehr da, es hatte wenig Sinn, auf den heißen, fauchenden Dampf eines Zuges zu warten, wenn Vlieghe nicht dabei war. Louis dachte: Lieber das Internat mit Vlieghe als Walle ohne ihn, aber auch das war nicht von Dauer, er ließ Vlieghe versinken, verwehen und betrachtete jedes Schaufenster im doornikschen Viertel.

Aus der offenen Tür eines Cafés hörte er die vertrauten Stimmen von Wanten und Dalle, die in raschem, schrillen Dialekt einen Witz über eine Schwiegermutter erzählten. Er hörte das Ende nicht, weil sich ein junger Bullenbeißer im Overall neben ihn stellte, ihn mit einem Rad beiseite schob, um sein Fahrrad unterzustellen, und fragte: »Sind das Wanten und Dalle?« Louis nickte und schlenderte davon, weg von dem begeisterten, langsam entschwindenden Beifall.

Papa war begeistert von Wanten und Dalle, denn dies sei die Stimme unseres Volkes, sagte er oft. Die echten Wanten und Dalle sind Figuren aus dem Mittelalter, die in einem der vier Türmchen des Belfort aufbewahrt werden. Die Komiker der Rundfunkserie ›Walle lebt‹, die sich Wanten und Dalle nannten, waren Menschen wie du und ich.

Wenn ›Walle lebt‹ gesendet wurde, mußte jeder im Wohnzimmer mucksmäuschenstill sein, Papa lehnte sich unbeweglich in die *cosy corner* zurück, während der Anflug eines Lächelns bereits um seine Mundwinkel spielte.

»Männeken«, sagt Bankier Geldsack, »ich habe gehört, daß Sie meine Tochter heiraten wollen. – Ja, ich, mein Herr. – Und wenn ich sie Ihnen ohne einen roten Heller Mitgift geben würde, wollen Sie sie dann immer noch heiraten? – Und ob, mein Herr! – Also, Männeken, Sie kriegen meine Tochter nicht! – So? Warum denn nicht, mein Herr? – Weil ich keinen Trottel in meiner Familie haben will!«

Papa lacht. Mama sagt: »Wie kommen sie nur auf so etwas?«

»Sei still, Constance«, schnauzt Papa. »Sie machen weiter.«

Wanten ist schwerfällig und kapiert nie etwas. Dalle, seine Frau, ist schnippisch und meistens überlegen. Aber Wanten übertölpelt sie manchmal.

»Es ist doch kurios, was, Wanten, wie man sich irren kann? Da lese ich eben, daß Kolumbus, als er nach Amerika kam, dachte, daß er Indien entdeckt hätte – ach, Dalle, als ich dich geheiratet habe, dachte ich, daß ich das Paradies entdeckt hätte.«

»Der ist gut«, sagt Mama.

»Ja«, sagt Papa, »und zutreffend. Lachend sagt dieser Tölpel, was er denkt.«

Louis salutierte schneidig vor der glanzlosen Büste von König Albert, einem Mann mit Brille, die an seinen Helm festgeschweißt war. Zwölf Meter tief ist er in eine Schlucht gestürzt, der Ritter-König, der das Bergsteigen so leidenschaftlich liebte. Kammerdiener van Dijck wartete am Fuße des Felsens, aber der Fürst kehrte nicht zurück. Um zwei Uhr nachts stolperte Baron Jacques de Dixmude über das Seil, an dem noch die Leiche des Königs hing. Louis' Paten zufolge sind es die Kommunisten gewesen, es gibt davon viele in der Gegend von Namur und den Ardennen, wo Wallonen und Ausländer leben. Und bei der Untersuchung hat die Staatsanwaltschaft viel vertuscht. Die Staatsanwaltschaft schützt die Frankophilen und jeden, der gegen die Kirche und die Flamen ist.

Sootjes Eiswagen ratterte vorbei, das Pony blieb stehen, sabberte. Sootje blies in sein kupfernes Horn. Louis hatte kein Geld dabei, er verfluchte die Bande lärmender Jungen vom Collège, die bei dem pastellfarbenen Wagen pastellfarbenes Eis aßen. Die Schüler vom Collège trugen Ranzen unterm Arm, die mit Büchern und Heften vollgestopft waren. Demnächst trage ich auch so einen Ranzen, er kann gar nicht schwer genug sein. Die Umschläge dieser Hefte sind dunkelblau, die des Internats ziegelrot. Ich muß zurück. Mama knabbert schon an ihren Fingernägeln. Nein, das tut Mama nie. König Albert hat sich im Schlamm der Schützengräben während des Weltkriegs heldenhaft benommen, der ausbrach, als die reiselustige Majestät gerade eine lange Autofahrt quer durch Europa antreten wollte. Er wollte inkognito reisen, die Mitgliedskarte des Autoclubs von Belgien existiert noch, auf den Namen des Grafen de

Rethy, Leopold. Natürlich sind es nicht die Kommunisten gewesen, die den Ritterfürsten getötet haben. Mein Pate lügt. Oder mein Pate ist ein Dummkopf, doch das ist er nicht.

Marche-les-Dames, ein unheilvolles felsiges Gebiet. Der König ist kurzsichtig, er hängt senkrecht am Seil und hievt sich hinauf, seine Brille beschlägt, er tastet mit der rechten Hand die zerklüftete Wand ab, er wühlt im nassen Efeu. In diesem Augenblick erscheint in einer Felsspalte ein Mann mit einem verstümmelten Gesicht, die Hälfte seines Gesichts ist eingedrückt, das eine Auge liegt tiefer als das andere und scheint gelähmt zu sein. »Hängt Ihr gut, Sire?« fragt der Mann. – »*Merci, mon vieux*, ich hänge ausgezeichnet.« – »Gut so, Sire«, sagt der Mann und zieht aus seinem verschlissenen Soldatenmantel ein Brotmesser hervor. »Erkennt Ihr mich nicht, Sire?« – »*Non, mon brave.*« – »Dennoch war ich an Eurer Seite in den Schützengräben an der Ijzer.« – »Belgien dankt Euch dafür, mein Werter.« – »Ihr habt mich am zwölften Oktober 1917 auf eine Mission hinter den feindlichen Stacheldraht abbeordert. Aber trotz meiner flehenden Bitte, schnell meine Brille aus der Blockhütte holen zu dürfen, habt Ihr mir befohlen, besagte Mission unverzüglich auszuführen. Ihr gabt den Befehl auf Französisch, Sire.« – »*Et alors, Flamand?*« – »*Alors, alors* bin ich aus dem Schützengraben gesprungen und, kurzsichtig wie Eure Majestät, auf einer Mine gelandet. Sire, das ist ungerecht gewesen und das muß gerächt werden.« – »Tut, was Ihr nicht lassen könnt, schlechter Belgier«, sagt König Albert der Erste. »Adieu, schlimmer König«, sagt der Verstümmelte und schneidet das Kletterseil durch, er wartet den dumpfen Aufprall unten nicht ab, sondern flitzt wie eine Gazelle über die Felsen.

Als Louis zu der vermaledeiten Toontjesstraat kam, fuhr ein Junge auf seinem Roller dicht an ihm vorbei. »Schieler«, sagte der Junge. »Mach Platz, Schieler!« Louis blickte stur vor sich hin. Ich schiele nicht, das ist ungerecht, albern und unwahr. Der Junge fuhr weiter, wobei er sich mit einem sehr geschmeidigen lockeren linken Fuß abstieß, während der andere Fuß wie festgenagelt auf dem Holzbrett stehenblieb. Wenn ich demnächst ein Brüderchen bekomme, wird es meinen Roller haben wollen, das läßt sich nicht vermeiden.

Er sah auf der Fensterbank im Oudenaardse Steenweg, Nummer zwölf, Tetje in einer Fußballhose sitzen.

»He«, sagte Tetje, ein dreizehnjähriger Ausländer vom Balkan, ein Zigeuner, jedenfalls kein reinrassiger Flame, der mit dunkelbraunen Beinen und Füßen in gelben Gummischuhen mit ovalen Löchern wippte.

»He.« Louis konnte die Fassade seines eigenen Hauses sehen, die Sonne im Gitterfenster der Haustür.

»Du bist wieder da.«

»Ja.«

»Für länger?«

»Bis zum Ende der Ferien.«

»Kommst du mit zu *Walle Stade?*«

Das war unmöglich. *Stade* mit lila und weißgestreiften Trikots war der Klub für Stümper, Habenichtse, Feiglinge. In Walle gibt es nur einen anständigen Klub, *Walle Sporting*, bei dem Onkel Florent Ersatztorwart ist. Tetje war ein Anhänger von *Stade*, weil sein Vater am Eingang Eis verkaufte. Tetjes Schwester Bekka kam mit ihren Zigeuneraugen und vollen Lippen aus dem Haus. Sie war zwar gewachsen, blieb aber für ihre elf Jahre zu klein. Seit den letzten Ferien waren ihre Bewegungen flinker, glatter, und sie sagte ziemlich herausfordernde Dinge.

»Man würde dafür bezahlen, dich zu sehen«, sagte sie. Sie trug die gleichen Gummischuhe wie ihr Bruder, ein zerknittertes geblümtes Kleid und einen Gürtel aus rissigem weißen Leder.

»Kommst du am Donnerstag mit uns ins Kino?«

»Wenn seine Mutter es erlaubt«, sagte Tetje.

»Er braucht doch nicht zu sagen, daß er mit uns kommt.« Sie hüpfte auf ihren kurzen braunen Beinen herum.

»Warum nicht?« fragte Louis.

»Weil«, sagte sie und kam ihm so nahe, daß er ihren *Lutti*-Karamellenatem riechen konnte, »weil deine Mama ihre Nase rümpfen und sagen würde: ›Mein Junge, daß ich dich nicht mehr mit diesem gemeinen Volk sehe!‹«

»Das würde meine Mutter nie . . .«

»Gemeines Volk«, sagte Bekka. »Ich habe es aus ihrem eigenen Mund gehört. Aber vielleicht war sie voll.«

Louis brach in Lachen aus. Bei dem Gedanken, daß seine Mutter betrunken sein könnte! Wie kam diese kleine, dunkelhäutige, in drei Monaten fast fraulich gewordene Göre nur darauf? Er sah an seiner Haustür, wie die Sonne weitergewandert war.

»Ich muß gehen.«

»Ja, beeil dich«, sagte Bekka gedehnt. »Sonst wird sie böse.«

»Da irrst du dich«, sagte er, als er losrannte.

»Beeil dich und träum von mir«, sagte sie und lachte schrill, Rebekka Cosijns, Miniatur-Wahrsagerin auf der Kirmes, Wüstenweibchen.

»Geh rein, du Stänkerin«, sagte ihr Bruder.

»Tschüß«, rief Louis mit Byttebiers Stimme.

X
OMAMA

Die Glocken waren aus Rom zurückgeflogen worden. Mama hatte ein Schokoladenei hinter dem Klo versteckt, Louis fand es sofort und aß es auf, was er im Internat nicht gedurft hätte, denn die Schwestern hielten zuviel Schokolade für schlecht. Mama dachte, daß er noch an Eier glaubte, die aus dem Bauch der Glocken fielen, an Klapperstörche, an den Nikolaus, an Kohlköpfe mit Kindern darin. Oder an das Märchen, daß die Deutschen Vierzehn-Achtzehn die Kirchenglocken ihres Dorfes, Bastegem, gestohlen hatten, um daraus Kanonen zu gießen.

Die Glocken läuteten den ganzen Morgen, und als Louis Butterkekse und *pistolets* holen mußte, bemerkte er an den Passanten, die ihre Osterkleidung angezogen hatten, keinerlei Anzeichen von Ehrfurcht oder Verwunderung dem Bimbam gegenüber, das die Luft erbeben ließ und um Freude bat, weil Jesus nach allem Schmerz und Elend auferstanden war. Die Welt werde Tag für Tag unchristlicher, sagte Schwester Econome, ihre Seelen gingen verloren und sie erkannten es nicht.

Papa zog seinen hellbeigen Anzug an, sagte: »Komm, mein Junge.«

Louis mußte mit zu Omama, Papas invalider Mutter. Papa ging sehr schnell, verlangsamte aber bald seine Schritte auf dem Beestenmarkt und blieb dann in der Vorhalle des Kinos ›Vooruit‹ – ›Vorwärts‹ – stehen, in dem sich die Rote Jugend regelmäßig versammelte und, aufrührerische Lieder singend, mit Flagge und Trommeln durch dic Zwevegemstraat zog. Papa betrachtete eingehend die Fotos des Films der Woche, grell geschminkte Mädchen in Unterwäsche umarmten sich da und schauten Louis verstört an. Matrosen grölten so, daß man ihre Gaumen sah. Eine dicke Blondine im Abendkleid wurde von einer verwitterten Hand ermordet, die aus einer gestärkten weißen Manschette ragte, das Messer drang in die Wölbung ihrer üppigen Brust, sie erkannte den Täter, ihr hellblondes Haar leuchtete wie eine Aureole.

»Schon wieder so ein französisches Vaudeville«, sagte Papa, sein Körper verließ die Vorhalle mit den teuflischen Fotos, aber sein Blick ging unwillkürlich noch mehrmals zurück.

»In diesen französischen Filmen kann man nie etwas Erbauliches sehen«, sagte Papa zu Omama. »Es muß immer albern oder gemein sein, *l'Amour toujours.* Daß die Regierung das zuläßt! Aber naja, es sind Filme, die aus Frankreich kommen, und dort ist der Jude Blum der Chef. Und unser Ministerpräsident, dieser Pierrot Pierlot, der tanzt auf dem Seil, ja, und im Takt französischer Musik.«

»Ach, hör auf damit, Staf«, sagte Omama. »Die Leute sehen doch lieber ein schönes nacktes französisches Frauenzimmer als Tineke van Heule.«

»Also, weil du meine Mutter bist, respektiere ich dich, aber du hast unrecht. Natürlich sieht ein gewöhnlicher Mensch, ein Arbeiter, lieber etwas Schlüpfriges, aber das liegt daran, daß er es nicht besser weiß. Und deshalb müssen wir ihm ein Vorbild geben und verhindern, daß unsere flämische Jugend weiter von diesem französischen Schund vergiftet wird.«

Omama verschob ihre breite üppige Figur in dem Korbsessel und lächelte Louis an, der sie in diesem Augenblick lieber sah als sonst irgend jemanden auf der Welt. Als er hereingekommen war, hatte sie sich ans Herz gegriffen, hatte ihn sechs-, siebenmal schlabbrig auf seine Backen und auf seinen Hals geküßt. »Mein Kleiner, mein Kleiner«, hatte sie gerufen, und wie mollig fest ihre Arme auch waren, er hatte sich nicht gesträubt.

Vor vier Jahren hatte sie sich ihre Hüfte gebrochen und saß meistens in dem Korbsessel am alten Löwener Kachelofen. Sie glich einer Bulldogge mit wäßrigen, alerten verschmitzten Augen und Hängebacken, die in den vielen ledernen Falten ihrer Halssäule versanken. Flache rote Ohren, über die seidiges, dünnes weißes Haar fiel.

»Läßt du dich vergiften, Louis? Was hören wir da?« fragte sie grinsend.

»Ja«, lachte Louis verschwörerisch.

»Mutter«, sagte Papa, »gibt es hier kein Butterbrot mit was drauf?«

»Hélène«, rief Omama, und Tante Hélène trampelte, als hätte sie auf der Treppe gewartet, ins Zimmer. Sie schlug Louis auf den Popo.

»Was für ein Kadett! Es wird Zeit, ihn ins ›Montecarlo‹ mitzunehmen. Wir machen einen blendenden *danseur* aus ihm.«

»Hélène, der Junge kommt vor Hunger um«, sagte Omama, und Louis wußte nicht, ob sie ihn oder Papa meinte. Eine Steingutschüssel voll eingelegter Heringe wurde auf den Tisch gestellt. Papa aß sofort, nach vorne gebeugt, hastig drei Heringe unter dem billigenden Blick seiner Mutter. Die Mutter füttert das Kind.

»So kann sie deine Constance nicht zubereiten, was?« sagte Omama.

»Noch nicht mal in zwanzig Jahren«, sagte Papa, der verräterische Gatte.

»Mama legt sie nicht sauer ein, sondern in Aspik mit Zitrone«, sagte Louis.

»Warum nicht?« sagte Omama. »Das kann gelegentlich auch gut schmecken.«

Papa trank drei Gläser Bier. Tante Hélène betrachtete sich in einem ovalen Spiegel mit herzförmigem Eisenrahmen, sie zog eine Grimasse und drehte sich dann mit einem Totenkopfgrinsen um und zeigte auf ihr (für die Familie Seynaeve unnatürlich heiles und weißes) Gebiß. »Wie findet ihr es?« stieß sie hervor, während ihr Mund aufgesperrt blieb.

»Famos«, sagte Papa und fischte den dicksten Hering aus der Schüssel.

»Sie hat ihren Vater darum gebeten«, sagte Omama grimmig, »erst zu Neujahr, dann zu ihrem Geburtstag, dann zu Ostern. Sie hat höflich darum gebeten. ›Bitte, Vater.‹ Und wißt ihr, was er daraufhin sagte: ›Jemandem, der ein Beefsteak so essen kann wie du heute mittag, fehlt nichts an den Zähnen!‹ Ich habe es aus meiner eigenen Tasche bezahlen müssen, das Kind traute sich nicht mehr auf die Straße. Louis, spricht ein Vater so mit seiner Tochter?«

Der Pate sprach schon seit zwei Jahren nicht mehr mit seiner Frau. Er schlief neben Omama, aß an dem Tisch neben dem Korbsessel, las zwei Meter neben ihr Zeitung, sprach mit seinen Söhnen und Töchtern, aber er richtete nie das Wort an seine rechtmäßige Gattin. »Florent, sag deiner Mutter, daß sie am Donnerstag meine Wäsche bereitlegen soll.« – »Hélène, hier sind sechs Francs, gib sie deiner Mutter für Pulver vom Weißen Kreuz.« Das, während sie vor Wut kochend dabei saß. Am Anfang, vor zwei Jahren, hatte sie noch geantwortet: »Du Scharlatan, ich bin nicht taub« oder »Eierkopf, kannst du mir das nicht selbst sagen?«, aber dem kühlen Gesicht (der Eisernen Maske) gegenüber war sie hilflos. Eine Zeitlang hatte sie noch »Lümmel«, »Rohling«, »Mistkerl« gerufen.

»Du mußt ihn verstehen«, sagte Papa.

»Verstehen? Was gibt es bei einem Unmenschen zu verstehen,

der so etwas zu seiner Tochter sagt, der schon mit zwanzig die Zähne ausfallen?«

»Zweiundzwanzig«, sagte Tante Hélène.

»Guck mal, wenn ich anfange von ihm zu reden, stockt mir der Atem und ich kriege Herzklopfen.«

»Du müßtest etwas abnehmen«, sagte Papa. »Das ist es, nichts anderes.«

»Es ist alles Wasser«, sagte Omama, »sonst bin ich nur Haut und Knochen.«

»Und du nimmst deine Pillen nicht«, sagte Tante Hélène, genau so wie eine Schwester zu dem Allerkleinsten auf dem Spielplatz im fernen Internat.

»Warum soll ich sie eigentlich nehmen? Warum? Alles liegt doch in den Händen Unseres Lieben Herrn«, sagte der wabbelnde pralle Wassersack. »Oder in den Händen von Hielter.«

»Hit-ler, Mutter.«

»Was meinst du, Staf, können sie Hielter aufhalten? In der letzten Zeit dreht er durch.«

»Sie müssen von sehr weit kommen, um ihn aufzuhalten. Schlag dir das aus dem Sinn, Mutter, einem Ideal ist man nicht gewachsen. Wenn jemand oder ein ganzes Volk bereit ist, für seinen Glauben zu sterben, kann man nichts dagegen tun.«

»Hast du in der Zeitung das Foto des Königs gesehen? Er ist immer noch traurig. Bestimmt weint sich dieser Mensch die Augen aus. Und ein König, der kann nun einmal nicht in ein Café oder zu einem Fußballspiel gehen, der verzehrt sich in seinem Palast.«

König Leopolds Trauer übertrug sich auf ihren Hundeblick. Ich muß mich um sie kümmern, dachte Louis, sie wird bald sterben, der Wassersack wird platzen.

»Er scheint zum ›Landjuweel‹ zu kommen«, sagte Papa, »und das ist schade für unseren Verein ›De Leiezonen‹, denn unser Vorsitzender hat gerade beschlossen, nicht am ›Landjuweel‹ teilzunehmen, weil durch die Mobilisierung den Leuten nicht nach seriösem Theater zumute ist. Wir wollen im Festsaal des Wohltätigkeitsvereins ›Der Prozeß Unseres Herrn‹ oder ›Kinder Unseres Volkes‹ spielen, aber unser Vorsitzender sagt, wir dürften in Augenblicken der nationalen Krise den Leuten keine schwere Kost vorsetzen, sondern nur etwas Leichtes, damit viele Leute kommen und wir ein hübsches Sümmchen für die ›Liebesgabe für den Soldaten‹ einnehmen. Wir wirken bei ›De Breydelzonen‹ als Figuranten im ›Fidelen

Bauern‹ mit. Denn zu einer Operette rafft man sich noch immer auf. Schöne Kostüme, schöne Stimmen, mitreißende Musik. Dabei grübelt man nicht, und die Zeit vergeht angenehm.«

»Da ist was dran«, sagte Omama ohne Überzeugung. Sie ist so wie Schwester Sankt Gerolf: abwesend, heimgesucht, zerbrechlich, aber dem Feind gegenüber widerspenstig. Ich werde mich um die beiden Frauen kümmern, das ist mein Auftrag. Papa schaute in *De Leiegalm*.

»Schaut euch das nur an. Die ganze Reklame. Was das nicht einbringt! Silvikrin fürs Haar. Aspirin. Cirio-Tomaten. Die Landeslotterie. Und wenn man als seriöser unabhängiger Drucker um eine Annonce für ein Werbeblatt bittet, das auf der modernsten deutschen Maschine hundertmal deutlicher und schöner gedruckt ist, heißt es ›O, Herr Seynaeve, wir haben schon in *De Leiegalm* inseriert, denn wir sind vor allem Katholiken, nicht wahr.‹ – ›Und ich, bin ich etwa kein Katholik?‹ – ›Doch, natürlich, Herr Seynaeve, aber Sie sind mehr ein katholischer Flame.‹ Alles ist Politik«, brüllte Papa, »die Politik macht uns krank!«

Omama zwinkerte Louis zu.

»Mach dir nichts draus, mein Kleiner«, sagte sie, »nichts aus der Politik und dem ganzen Wirrwarr der Erwachsenen. Sorg lieber dafür, daß du einen regelmäßigen Stuhlgang hast, möglichst täglich. Wenn nicht, Backpflaumen, und du bist gerettet und sauber. Alles andere ist Torheit und Verderbtheit im Gehirn.«

Tante Hélène begleitete sie die Stufen hinauf, zur Haustür.

»Nicht vergessen, Louis, wir gehen zusammen im ›Montecarlo‹ tanzen.« Sie wollte ihm wieder auf den Popo schlagen, aber er wich ihr aus. Kurz bevor sie die Tür zumachte, zeigte sie nochmals schnell ihr neues Gebiß.

Draußen machte Papa einige entschlossene Schritte und drehte sich dann um. Er musterte die Fassade des Hauses (das er einmal Mutter Oberin gegenüber ›das Patrizierhaus meines Vaters‹ genannt hatte) von oben bis unten, als schätzte er dessen Wert, um es nach dem Tod seiner Eltern zu verkaufen. Oder er suchte Risse im Putz, Tauben, die die Dachrinne verstopften oder kaputte Scheiben. Dann hockte sich Papa hin und schaute durch die Fenster der Kellerküche. Omama mußte ihn zweifellos nun auch sehen, denn sie blickte immer noch etwa drei Minuten, nachdem die Haustür zugeschlagen worden war, auf die Straße. Also sah sie ihren Sohn nun von vorne und hinter ihm Radfahrer und Platanen zur Hälfte, und

Louis mußte sie erraten, denn ihr allerliebstes Enkelkind nahm sich nicht die Mühe, sich vorzubeugen, und blieb unsichtbar.

»Winkt sie uns zu?«

»Nein«, sagte Papa. Er richtete sich mit einem kläglichen Seufzer auf. »Tja, tja, mein Mütterken.«

Sie schlugen die Richtung zum Markt ein. Also nicht nach Hause, nicht zu Mama. Papa lockt mich in eine Falle, führt mich irgendwo hin.

»Meine Mutter ist eine Heilige«, sagte Papa, es klang drohend und duldete keinen Widerspruch.

Deshalb sagte Louis nicht, was er davon hielt. Omama war vielleicht wegen der Quälereien ihres teuflichen Gatten, meines Taufpaten, eine Märtyrerin, aber eine Heilige? Es war lächerlich und nur durch Papas blinde Liebe zu seiner Mutter zu erklären. Aber konnte man eine Märtyrerin sein, ohne heilig zu sein? Schwester Engel würde ihre fast durchsichtigen Finger, mit denen sie meistens an ihrem Kruzifix herumfummelte, auf den Mund legen, mit dem Zeigefinger über ihre Unterlippe streichen und sagen: »Das ist eine gute Frage, Louis.«

Schwester Engel konnte auch schön vortragen, dann skizzierten jene gekrümmten zarten Finger ganze Kornfelder, Meere, Schiffe in die Luft. »O Belgien, teures Vaterland. Wie wild sich hohe Wogen wälzen. Sie werfen Schiffe auf den Strand. Doch du bleibst aufrecht wie die Felsen.«

»Louis, wie lange, glaubst du, wird Omama noch leben? Es ist eine merkwürdige Frage, das weiß ich, aber ich möchte deine Meinung darüber wissen.«

»Noch lange«, sagte Louis.

»Ja, aber wie lange?«

»Fünf Jahre?«

»Ich weiß es nicht«, sagte Papa. »Sie ist ziemlich verbraucht. Und sie sagt manchmal so sonderbare Dinge. Manchmal betrachtet sie mich, und dann ist es so, als wäre ich nicht mehr da. – Aber naja, der Mensch denkt und Gott lenkt.«

Hatte Gott es so gelenkt, daß Omama meinen Paten und keinen anderen Mann heiraten sollte? Natürlich. Aber hatte damals Gott seinen guten Tag? Natürlich. Er hat seine Gründe, und das sind meistens Rätsel, und man darf nicht daran zweifeln, aber trotzdem . . .

(»Dein Pate«, sagte Omama, »hatte, als ich ihn das erste Mal sah, einen Anzug an, der bestimmt noch von seinem Vater stammte, er glänzte an den Ellbogen und an den Knien. Ich sah ihn kommen und sagte zu meiner Schwester: ›Er kommt zu uns, deinetwegen.‹ ›Nein‹, sagt sie, ›Agathe, deinetwegen.‹ Er hatte damals noch ein paar Haare, so braunrot gekräuselt, und die klebten vor Verlegenheit auf seinem Kopf. Sein Mika-Kragen mit dieser grauen Hemdbrust war ihm viel zu eng, und er hatte vergessen, seine Hosenklammern abzunehmen. ›Mein Fräulein‹, sagte er, ›Sie kennen mich nicht, wie sollten Sie auch? Ich bin niemand, aber ich kenne Sie wohl.‹ – ›Woher, mein Herr?‹ – ›Ich habe Sie bei der Preisverleihung für Rhetorik im Sankt-Amandscollège gesehen, wo Ihr Bruder, glaube ich . . .‹ Ich sage: ›Unser Honoré?‹ – ›Ja‹, sagt er, ›Honoré, ich habe ihm doch Nachhilfeunterricht in Rechnen und Chemie gegeben. Und seitdem komme ich sehr oft an Ihrer Tür in der Burgemeester van Outryvelaan vorbei.‹ Ich sage: ›Unser Honoré ist mit Ihrem Unterricht sehr zufrieden!‹ Und Margo, diese alberne Trine, sagt: ›Ja, er hat im Rechnen große Fortschritte gemacht.‹ Was Quatsch war, denn Honoré war mit 45 Punkten von 100 sitzengeblieben. ›Wenn es Sie nicht derangiert‹, sagt er, ›möchte ich Sie, mein Fräulein, einladen, falls es Ihnen paßt, man kann nie wissen, mit mir in die Oper zu gehen, ich habe zufällig noch eine Eintrittskarte übrig.‹

Louis, mein Kleiner, das ist die größte Torheit meines Lebens gewesen, *Der Liebestrank* von Donizetti ist mein Untergang gewesen. Offenbar ist Donizetti im Irrsinn gestorben, aber ich war noch irrer.

O, er war so charmant, dein Pate. Pralinen, Blumen. Aber mein Vater sagt: ›Agathe, ein Lehrer, auch wenn er Nachhilfeunterricht gibt, ist doch nichts für eine Demarche.‹ Aber tja, man ist Kind, hat keine Ahnung, ist von Familie und Freundinnen gelangweilt und glaubt, daß es wie bei Racine im Pensionat ist: ›*Il faut que j'aime enfin . . .*‹, und ehe man sich's versieht, sind Kinder da und einer läuft im Haus herum, der grausam wie ein Tiger und eifersüchtig und lästig ist. Man denkt: Jeder muß sein Kreuz tragen, aber nach ein paar Jahren fragt man sich, warum eigentlich? Und es ist so wie bei Racine, allerdings in einer anderen Szene: ›*Et moi, je lui tendais les mains pour l'embrasser, mais je n'ai trouvé qu'un horrible mélange.*‹ Und es kommen immer neue Kreuze dazu. Wie vorige Woche, als dein lieber Pate absichtlich neben das Klo pinkelte, nur um mich und Hélène zu zwingen, es aufzuwischen. Hélène sagt: ›Mama, es ist vielleicht die Prostata‹, aber Louis, mein Kleiner, ich kenne ihn durch und durch, er tut es absichtlich.«

Der Ammoniakgeruch in der Veranda in der Filips van Elzaslaan. Die Klotür steht immer offen. Das bewußte Becken ist ein verrostetes, hellgrün gestrichenes Pissoir mit irisierenden Farben um die eingelassene Scheibe mit dem fast verstopften Abfluß.

»Aber ich habe mir von Georges, dem Elektriker, sagen lassen, daß es möglich ist, einen elektrischen Draht an diesem Becken zu befestigen, so daß dein netter Pate durch seinen Strahl einen Schlag bekommt, den er nie vergessen wird.«

»Aber Omama, du hast doch gesagt, daß er daneben pinkelt.«

»Natürlich nicht alles. Es reicht, daß ein dünner Strahl mit dem Draht Kontakt hat . . . Nun gut, man spielt mit dem Gedanken und tut es dann doch nicht, man hat zuviel Respekt, schließlich ist er der Vater deiner Kinder.«

Tante Hélène kicherte. »Mama, man müßte ihn besonders dort strafen, woher diese Kinder gekommen sind.«

Louis war entrüstet, daß Omama derartig intime Geheimnisse mit einem Elektriker besprochen hatte, lachte aber dann doch mit den beiden Frauen mit.

»Er würde sich zu Tode erschrecken«, sagte er. »Es wäre wie ein Blitz.«

»Ja, was?« sagte Omama, und ihr Gesicht erhellte sich. »Vielleicht sollten wir es doch einmal ausprobieren. Georges sagt, daß man den elektrischen Draht schön blank kratzen muß.«

»Nein«, sagte Louis entschieden. »Man darf nicht Böses mit Bösem vergelten. Jesus hat das auch nicht getan, nicht einmal als die Juden Nägel mitten durch seine Hände und Füße geschlagen haben.«

»Ja, aber ich bin nicht Unser Lieber Herr«, sagte Omama und legte dann eine Patience. Es waren neue Karten. Als sie sie mischte und hinlegte, war es so, als galoppierte in der Ferne ein Pony über vereiste Pflastersteine, nein, als radelte ein Junge vorbei, gegen dessen Speichen ein Stück Pappe klapperte.

»Und was er getan hat, als ich Marie-Hélène erwartete – Gott sei ihrer Seele gnädig!

Es war mitten im Winter, und ich lag mit einem Bauch von hier bis da im Bett. Er schickt Mona weg, angeblich um eine Menge Besorgungen zu machen, und er schickt auch die Putzfrau nach Hause, damit ich ganz allein bin, und er macht die Schlafzimmertür auf, dann die Gangtür, dann die Flurtür im ersten Stock und dann noch die Haustür, alle sperrangelweit, so daß der eisige Wind aus unserer Straße hereinweht, und dann mußte ich in meinem Nachthemd aufstehen, die ganzen Treppen hinuntergehen, um die Türen zuzumachen, ich mußte mich am Geländer festhalten, um mit diesem Bauch nicht nach vorne zu kippen, und dann die ganzen Treppen wieder hinaufsteigen. Und das nennt sich selbst: Vater meiner Kinder! Jetzt bist du dran, Louis! Und wird er von deinem Lieben Gott gestraft? Niemals im Leben! Ich dagegen wohl! Durch den Tod unserer Marie-Hélène und durch meine Hüfte, die unheilbar kaputt ist.«

Letzteres war natürlich Gotteslästerung, aber Jesus, vergib ihr, sie meint es gut, sie kann sich nur nicht richtig ausdrücken! Er sagte: »Gott wird auch ihn heute oder morgen strafen.«

»Glaub es nicht, mein Kleiner. Es ist ungerecht verteilt. Durch uns, aber auch durch Unseren Lieben Herrn. Er zieht manchmal *absichtlich* die Taugenichtse vor.«

»Das ist nicht wahr. Warum sollte er das tun?«

Auf ihrem Gesicht erschien ein mädchenhafter, schelmischer Ausdruck. Sie verschob ihren aufgedunsenen Körper, der Korbsessel quietschte wie ein junges Kaninchen.

»Wenn er alles ist, dein Lieber Gott, dann ist er auch dann und wann ein schöner Dreckskerl.«

Schockiert rief Louis: »Das mußt du sofort, heute noch beichten!«

»Aber, mein Kleiner«, rief sie triumphierend, »ich habe es schon zehnmal dem Kaplan gebeichtet, und er sagt: ›Madame Seynaeve, hadern Sie nicht so damit, in den Augen Unseres Herrn ist es längst vergessen und vergeben, aber wenn ich Ihnen einen Gefallen tun kann, nun, dann sagen Sie zwölf Vaterunser und zehn Ave-Maria!‹ Ich sage: ›Herr Kaplan, das ist zu billig.‹ – ›Quengeln Sie nicht, Madame Seynaeve‹, sagt er.«)

Als Papa den Weg am Rathaus vorbei einschlug, wurde seine Falle deutlich. Er puffte mit dem Ellbogen gegen Louis' Oberarm. »Louis, laß deine Füße nicht so schleifen. Und halt dich gerade. Wir kommen zum Grote Markt. *Allez,* ein bißchen *tenue*.« Es war also schon vorher verabredet, wahrscheinlich schon vor drei Tagen geplant worden, daß sie, die beiden jüngeren Seynaeves, Vater und Sohn, auf dem Grote Markt im Café ›Rotonde‹ als Leibeigene und Lehnsmänner dem Landvogt Reverenz erweisen sollten, dem Paten, der um diese Zeit dort seine tägliche Partie Bridge spielte.

Danach ging er in sein anderes Stammcafé: ins ›Groeninghe‹, an dem die Löwen-Flagge hing.

Und richtig, im Schatten des Belfort sah Louis seinen Paten durch die Scheibe mit den Palmen des Cafés ›Rotonde‹. Ob sein Pate hier auf dem Klo wohl auch danebenpinkelte?

Vater und Sohn Seynaeve wateten durch den beißenden Zigarrenqualm zum Großvater. Der Pate starrte die Karten in seiner Hand an, seine andere Hand, die mit dem Siegelring, lag mit gespreizten Fingern, als suchte sie Halt, auf einer Zeitung. Es war einfach ausgeschlossen, daß er seinen Sohn und seinen Enkel nicht bemerkt hatte. Sie näherten sich dem Tisch mit der grünen Decke, den drei Aschenbechern und den vornehm gekleideten Herren, und blieben stehen. Dann warf der Pate plötzlich seine Karten hin, woraufhin die drei anderen Herren eifrig zu zählen begannen. Der Pate streckte die Hände in die Luft, als wäre es Louis' Schuld, daß er verloren hatte. Aber gleich danach schien der Landvogt der ›Rotonde‹ sich mannhaft mit seinem Pech abzufinden, er sagte: »Aha, unser Louis.«

»Guten Tag, Pate.«

»Nun, bist du hergekommen, um dein Neujahrsgedicht vorzutragen?« Die Herren schmunzelten.

»Nein«, sagte Louis ruhig.

»Kein Neujahrsgedicht, kein Taschengeld!«

»Ich habe es schon vor vier Monaten aufgesagt.«

»*Parbleu!* Das stimmt. Bei der ganzen Misere heutzutage vergißt man sogar die Jahreszeit.« Der Pate schlug auf die verschlissene grüne Plüschbank neben sich. Louis setzte sich, die Karten wurden erneut verteilt. Papa war nicht mit der Art einverstanden, wie sein Vater spielte, sein Körper zuckte nervös, als wollte er dem Paten die Gewinnkarte aus der braunfleckigen Hand reißen.

Der Pate verlor und zahlte.

Dann redeten die Herren über den Grafen d'Aspremont Lynden, der wieder Landwirtschaftsminister werden sollte, wie unter Paul-Henri Spaak, aber was verstand dieser frankophile Adlige schon von der Landwirtschaft? Der hat Tomaten bis jetzt nur in einem Hors-d'œuvre gesehen! Und die Deutschen, die die Trommel rühren, sie sind ein lästiges Volk, doch tüchtige Arbeiter, zugegeben, und größere Patrioten als wir hier in Belgien, zugegeben, aber man kann ihnen nicht so recht trauen, man sehe sich nur an, wie sie sich eins, zwei, drei die Tschechoslowakei einverleibt haben. Wir dürfen alles freilich nicht zu schwarz sehen. Chamberlain hat saubere Arbeit geleistet, sie werden ihm den Nobelpreis verleihen. Saubere Arbeit, das ja, aber viel hat es nicht genützt, denn Hitler will noch immer Danzig zurück haben und eine Autobahn nach Ostpreußen bauen. Hitler ist ganz versessen auf Autobahnen.

Aber sollen wir nun aufrüsten, wie es unser König will, oder nicht? Wir müssen einfach neutral bleiben, das ist das Vernünftigste. Herr Daele, der Vorsitzende der Öffentlichen Fürsorge, behauptet, daß die Schwingungen in Hitlers Stimme auf 228 in der Sekunde geschätzt werden, während ein gewöhnlicher Mensch in seiner heftigsten Wut nicht einmal 200 schafft.

Dann fegte der Pate den Zigarrenrauch weg, als verjagte er eine Fliege. Das war das Signal. Die Herren begannen wieder gehorsam Karten zu spielen. Papa und Louis durften gehen, was durch eine ebenso achtlose Handbewegung des Paten angezeigt wurde. Papa fragte ihn, ob er morgen abend zum Essen käme. Louis trank hastig den Rest seines Kakaos aus, er verschluckte sich. Der Pate schämte sich vor seinen Bridgepartnern, hielt die Karten dicht vor seine Weste, hustete, als wollte er das Kläffen seines Enkels übertönen, und sagte: »Morgen? Vielleicht. Wenn ich Zeit habe. Was gibt es denn?«

»Constance dachte an Kalbsbraten.«

»Mit Karotten«, sagte der Pate. »Keine schlechte Idee.«

Auf der Straße sagte Papa leise: »Hast du dir diesen rothaarigen Herrn gut angeschaut, der neben dem Paten saß und dauernd gewonnen hat? Das ist Herr Tierenteyn. Bei seiner Figur und seiner blöden Visage würde man es nicht annehmen, aber er ist einer vom Geheimdienst. Er spioniert für die Engländer. Ja: Von solchen Leuten ist ganz Belgien verseucht. Sie nörgeln zwar über die fünfte Kolonne der Deutschen, aber es gibt viel mehr von diesen Spionen, die auf der Seite der Franzosen und Engländer stehen. Darum rate ich dir, zu deinem Besten und für später, Louis, paß immer auf, mit wem du es zu tun hast, und denke siebenmal darüber nach, ehe du den Mund aufmachst.«

Papa setzte seinen Hut ab und wischte sich die Stirn mit einem rot-weiß karierten Taschentuch, dem klassischen Bauerntaschentuch unseres Volks seit Jahrhunderten. Der Pate hatte schneeweiße Taschentücher, die wie ein Kartonstreifen knapp aus seiner Brusttasche herausragten. Einmal benutzt und zerknüllt, verschwand das Taschentuch im rechten Ärmel. Taschentücher benutzt man zum Winken, als Signal- und Geheimzeichen. Wenn ich groß bin, werde ich darüber aufgeklärt. Das Taschentuch, mit dem man bei einem Abschied winkt, muß natürlich weiß sein, dann sieht man es besser. Moses winkte von seinem Berg herab den Stämmen unten zu. Die rot-weißen Karos von Papas Taschentuch bedeuten: Schlichtheit, Verbundenheit mit den Ärmsten, Abkehr von den französischen Spitzenfummeln. Das Taschentuch ist auch ein Hilfsmittel, um nicht zu sagen eine Waffe für einen Kaufmann wie Papa. Das hat Louis schon zweimal im Internat beobachtet, als Papa zu Besuch kam. Zweifellos von dem Paten ausgebildet, ist Papa auf seine Art ein Zauberer. Erster Vorgang: Schwitzend sagen: »Wie heiß es hier ist!« und sein Taschentuch suchen. Zweiter Vorgang: »Oh, da ist es ja!« und das Taschentuch aus der Hosentasche ziehen. Dritter Vorgang: Mit dem Taschentuch den Rosenkranz herausziehen, so daß dieser auf den Boden fällt. *»Tiens, o pardon.«* Vierter Vorgang: Verlegen über die eigene Frömmigkeit lächeln, den Rosenkranz aufheben, wieder einstecken, in sich gekehrt dreinblicken, als hätte die Fingerberührung mit den Ebenholzperlen einem neue Kraft zum Weiterleben verliehen. Diese Manöver kann sich Papa unmöglich selbst ausgedacht haben, Papa ist zu nervös, zu launisch dafür. Nein, wenn es um etwas Systematisches geht, muß man sich an den Paten wenden.

Louis schleifte absichtlich mit den Füßen, aber Papa merkte es nicht einmal.

XI
DER ELCH

Tetje und Bekka und Louis spielten in den Lehmgruben, die ein vorweltlicher Riese in einem Wutanfall mit seinen Bergschuhen in die gelbe Erde gestampft hat: Der Boden barst und ockerfarbene Risse erschienen in der Erde, dann kamen die Nervier und haben die Erde abgetragen, um damit ihre Öfen zu bauen und ihre Hütten abzudichten, später ist ein alter Belge auf die Idee gekommen, kleine Blöcke Lehm zu Backsteinen zu brennen, während die alten Griechen Marmor benutzten, so ist es immer gewesen, die Belgier basteln lieber mit Baukästen und Streichholzschachteln, die anderen bauen mit Granit und Porphyr und Marmor.

Sie ließen einen Drachen steigen, den Tetje in einer Viertelstunde mit seinen geschickten braunen Fingern zusammengebastelt hatte. Louis probiert es auch, aber es gelingt ihm nie, der Mehlkleister bleibt zu dünn, die Zeitungen werden naß, die Schnur schließt sich nicht fest, wie bei Tetje, um das Kreuz aus Schilfrohr.

Dann erkundeten sie die Umgebung und sangen. Bekka am lautesten. Niemand verjagte sie. In der kleinen Baracke, in der die Vorarbeiter der Lehmgräber Karten spielen, wenn es regnet, fanden sie leere Konservenbüchsen, mit denen sie Fußball spielten, Tetje versuchte einen elektrischen Bohrer anzuschalten, aber der war verrostet oder kaputt, Tetje stach mit der gedrehten Spitze in die Wände, aber es entstand kein Loch. Bekka zog einen schmutzigen Overall an, krempelte Ärmel und Hosenbeine hoch, lief wie Charlie Chaplin breitfüßig mit übertrieben nach außen gestreckten Zehen herum. Ein Mann erschien und sagte: »He, ihr Dreckspatzen!« Sofort schnauzte Bekka: »Sehen Sie denn nicht, daß wir beschäftigt sind?«

»Das sehe ich.« Der Mann trug graue Socken und Sandalen, einen pflaumenblauen Pullover und eine flaschengrüne Hose, die sich eng um seinen mageren Unterkörper spannte. Um seinen Hals hing ein Medaillon des heiligen Antonius. Etwas stimmte nicht mit seinem gewellten wolligen Haar, es saß wie eine Mütze, die von den Ohren aufgehalten wurde, auf seinem Kopf. Der Mann hatte gerade Schokolade gegessen, seine Lippen waren bräunlich.

»O, ihr Dreckspatzen.« Seufzend setzte er sich auf die Schwelle der Baracke. Er sah Louis an. »Ich kenne dich«, sagte er. »Du brauchst dich nicht zu verstellen, ich kenne dich.«

»Kann sein.«

»Bist du nicht einer dieser Turner, die auf dem Grote Markt beim Goldsporenfest geturnt haben? Mit einer weißen Turnhose?«

»Nein«, sagte Louis und wich dem eindringlichen klaren Blick aus. Bekkas rauhes Lachen. Tetje schlug Nägel in die Barackentür.

»Nein? Dann war es jemand anders. Aber du kommst aus einer guten Familie. Das sehe ich sofort. Nicht wie die beiden Zigeuner da.«

»Hören Sie auf, Sie Schmutzfink!« Wie eine alte Frau preßte Bekka ihre Lippen zu einem Schmollmund zusammen.

»Ich bin zehnmal sauberer als sie. Nicht wahr, Tetje?« Der schlug weiter verbissen Nägel ins Holz, in Herzform.

Der Mann streichelte seine Brust, die Innenseite seiner Schenkel.

»Ist es wieder so weit?« fragte Bekka beiläufig. Schmutzfink Sef brummelte etwas. Ein niedergeschlagener Ausdruck erschien auf seinem Gesicht, der Louis sogleich an Bernhard erinnerte, einen Kleinen, der auf dem Spielplatz bei den größeren Jungen herumlungerte, als wäre er immer im Begriff, etwas Wichtiges zu erzählen, aber aus Bernhards Mund kam nie ein Wort, zum Ärger von Schwester Adam und zum Mitleid von Schwester Engel, die sich bemühte, ihn zum Sprechen zu bringen. Bernhard wurde immer magerer, rannte zehn, zwölf Schritte und blieb dann wieder eine Viertelstunde unbeweglich stehen, gelähmt in hilflosem Schweigen. Als Louis einmal zu ihm sagte: »Bernard, warum benimmst du dich so albern?« hatte Bernard ihm nur zugenickt. »Bernard, du hast auch nicht das Pulver erfunden, was?« Bernard nickte, und sein Kummer wurde noch kummervoller. Wenn man ihm einen Schubs gab, fiel er um. Louis klopfte Bernard auf die Schulter. Der Junge nickte. Louis piekte mit dem Zeigefinger gegen Bernards Hals, spürte den Adamsapfel. »Mach nur«, sagte Bernard. Daraufhin gab ihm Louis einen Tritt gegen den Knöchel. Tagelang verfolgte ihn Bernard mit traurigen Kuhaugen, wurde immer magerer, schließlich kreidebleich. Dann holten seine Eltern ihn ab. Schwester Imelda erzählte, er liege noch immer im Bett.

»Wie heißt du?«

»Louis.«

»So was habe ich mir gedacht. Ein Name aus einer guten Familie. Und wo gehst du zur Schule?«

»Lassen Sie ihn in Ruhe«, sagte Tetje, hob seinen Hammer und ließ ihn zwei Zentimeter neben dem gewellten rotbraunen Haar des Schmutzfinks Sef niedersausen. Der Mann streichelte seine Hose weiter, als er aufstand.

»Oh, er ist eifersüchtig. Er duldet es nicht, daß . . .«

»Zehn Francs«, sagte Tetje und ließ den Hammer fallen, direkt vor Louis' Füße.

»Du wirst aber täglich teurer.« Schmutzfink Sef äffte eine alte Marktfrau nach, die den Kunden zurief: »Sieben Francs und keinen Centime mehr! Nehmt oder laßt es bleiben!« Bekka packte Louis beim Handgelenk und zog ihn in dem Augenblick mit, in dem Tetje nickte und mit Schmutzfink Sef in die Baracke ging. »Komm«, sagte sie.

Eine Zeitlang warfen sie flache Steine über die Oberfläche eines stinkenden stillstehenden Wassers, aber die Steine hüpften nicht.

»Was machen denn die beiden?«

»Was meinst du?« Sie balgen sich, dachte Louis, denn ab und zu drang ein erstickter Schrei und etwas Gepolter zu ihm.

»Ach, sie balgen sich«, sagte Bekka. Sie zogen ihre Schuhe aus und stapften in dem gelben Schlamm herum, über dem Wölkchen von Mücken schwebten. Der Boden war saftig und kühl zwischen den Zehen. Bekka erzählte, daß ihr Vater demnächst zur Weinlese nach Frankreich gehe und sie gebeten habe, auf ihre Mutter und Tetje aufzupassen.

Die Kampfhähne kamen aus der Baracke. Schmutzfink Sef ging sofort, ohne aufzublicken, zur Chaussee. Als er an dem himbeerroten Kran vorbeikam, schlug er heftig auf eine der Stangen. Tetje hob den Hammer auf, steckte ihn zwischen sein Hemd und seine bloße brotkrustenbraune Haut und sagte, daß sie allmählich nach Hause müßten.

»Aber wir sind doch gerade erst hergekommen!« Auch hier, auf dem traumhaft schönen Lehmgrubenspielplatz, der tausendmal größer war als der des Internats, reißt plötzlich etwas ab, ohne ersichtlichen Grund, warum wird dieser Nachmittag abgebrochen?

Bekka tat auf dem Heimweg so, als wäre ihr Bruder Luft für sie. Bis sie plötzlich einen leisen Schrei ausstieß. »Was für komische Kerle seid ihr zwei! Ihr seht mich hier in diesem schmutzigen Overall herumlaufen und sagt kein Wort.«

Sie zog den Overall aus und schmiß ihn über einen Baumstumpf wie eine abgeknallte Vogelscheuche.

»Hat man so etwas schon erlebt! Um ein Haar wäre ich so zu unserem Vater gegangen.« Aber es klang so, als wäre das überhaupt keine Katastrophe gewesen und als sagte sie es nur, um das Schweigen zu brechen, das von Tetje ausging, oder um Zeit zu gewinnen, um . . . Bekka ist eine Schwester, Schwester Rebekka.

»Ich dachte, du wolltest ihn mit nach Hause nehmen, für Vati«, sagte Tetje gutmütig, zerstreut.

»Unser Vati in so einem schmutzigen Zeug? Willst du, daß unser Vati etwas anzieht, was aus dieser Baracke stammt?« sagte Bekka bissig. »Wir sind nicht alle so wie du!« Als sie ihre Straße in der Ferne liegen sahen, beschleunigte Tetje seine Schritte. »Ich kaufe dir ein *Prince Valiant*-Heft«, sagte er zu seiner Schwester. Ein Sühneopfer.

»Und eine Tüte saure Drops«, sagte Bekka sofort. »In allen Farben.«

»Na gut.« Tetje ging, den Kopf vorgebeugt, noch schneller. Es lagen viele Schachteln, Büchsen, Flaschen auf dem Weg, aber er dachte nicht daran, sie wegzukicken.

Mama brach in Kreischen aus, als sie Louis' Schuhe und Socken voll ockergelber Krusten und Klumpen sah. »Du hast wieder mit diesem Lumpenpack gespielt.«

»Das ist nicht wahr.«

»Du bist gesehen worden, Männeken, Lügner. Schau nur, du wirst ganz rot. Du hast ja einen roten Kopf vom Lügen bekommen.«

Er mußte sich in der Veranda hinknien und auf den Handflächen seiner vorgestreckten Arme zwei gebundene Jahrgänge von *Ons Volk Ontwaakt!* halten. Als er eine Zeitlang so gekniet hatte, kam sie, mühsam schlurfend, den dicken Bauch herausgestreckt, zu ihm. Er wollte aufstehen, aber sie stellte einen Blumentopf mit einer gelb und rosa gefleckten Hortensie auf seinen Kopf. »*Voilà*. Und rühr dich nicht, sonst kriegst du eine Tracht Prügel mit dem Teppichklopfer.«

Außer Atem ließ sie sich aufs Sofa plumpsen. Ab und zu fühlte er ihren Blick in seinem Nacken.

Papa und Raspe kamen vorbei und schleppten ein Ries Papier. Raspe sagte: »Schau nur, Staf, ein moderner Blumentopfständer.« Sie blieben stehen, das Ries Papier bog sich etwas durch. Papa keuchte. »Diese Blume muß mal gegossen werden«, sagte Raspe, brüllte vor Lachen und zog an dem Ries. Papa folgte ihm. Louis konnte es nicht mehr aushalten. Seine Arme schmerzten, im Hals bekam er einen Krampf, aber das war das geringste Übel, er fühlte Tränen über sein Kinn rinnen. Er versuchte, keinen Mucks von sich zu geben, aber ein hoher Schluchzer entschlüpfte ihm, wie einem Kleinen, der allein im Bett liegt. Dann hörte er das Sofa knarren, sie stellte sich vor ihn.

»Jetzt spürst du einmal, wie das ist«, sagte sie.

Ich muß jemand anderes sein. Ich bin nicht hier. Dieses Ungetüm vor mir, dieser pralle Sack in dem geblümten Kleid mit dem schönen Kopf darüber, den ich nicht anzuschauen wage, weil ich sonst noch mehr weinen muß, sie, sie, sie sieht einen anderen Jungen an. Raspe hat meinen Vater, der schließlich sein Chef, sein Arbeitgeber ist, beim Vornamen genannt. Das werde ich nie dulden. Das Kind in ihrem Bauch betrachtet mich durch die fleischigen Wände hindurch und glaubt, daß es seinen Bruder sieht. Nichts davon. Sein Bruder Louis ist woanders, in der vertrauten, sicheren Umzäunung des Internats, viele Kilometer weit weg.

Mama sagte allerlei, es klang entschuldigend, er hörte es nur mit Mühe, als würden seine Ohren von Tränen überspült. Sie sagte, daß dies die Strafe in der Pädagogischen Akademie gewesen sei, wo sie oft unschuldig verurteilt worden sei.

»Verurteilt?« sagte er.

»Nun gut«, sagte Mama bitter, »du machst dich über mich lustig, gut, wir werden sehen, wer am längeren Hebel sitzt.«

Nach schätzungsweise einer halben Stunde begannen seine Arme zu zucken, zu zittern. Er ließ sie sinken, blieb mit dem wackeligen Tonhut hocken, die Popobacken auf den Fersen, und rief ihr zu: »Verzeihung. Ich bitte dich um Verzeihung, Mama.«

Sie wusch sein Gesicht mit einem Küchenhandtuch. Er setzte sich an den Tisch und schnitt Bilder aus *Bravo* aus, die er später in ein Heft kleben und Vlieghe zeigen wollte.

»Ich tue das zu deinem Besten«, sagte sie. »Verstehst du das oder nicht? Denn sonst wächst du ja wie ein Wildfang auf.«

Um vier Uhr saßen sie zusammen Butterkuchen.

»Das Kind wird eine Schönheit. Mit blonden Locken und blauen Augen. Ich sehe es oft vor mir. Ich schaue mir drei-, viermal am Tag das Bild von Gary Cooper an, es scheint Einfluß zu haben. Ich sollte mir auch Jean Harlow anschauen, falls es ein Mädchen wird, aber ich glaube, daß es ein Junge wird. Was meinst du? Natürlich nichts, es ist immer das gleiche mit dir, es ist zuviel verlangt, daß du deiner Mutter antwortest. Bringen sie dir das im Internat bei? Du freust dich überhaupt nicht, daß du ein Brüderchen bekommst. Dabei nehme ich deinetwegen so viele Beschwerden auf mich. Damit du nicht allein aufwächst und einen Spielkameraden hast.«

Meinetwegen brauchst du das nicht zu tun. Er hielt den Satz gerade noch zurück. Sie rieb über ihren Bauch, in Gedanken, wie Schmutzfink Sef heute nachmittag. Wenn sie nur nicht das Kind hier in meiner Gegenwart herausdrückt.

Als sie draußen das Rattern des Muschelkarrens hörte, durfte er einen Eimer Muscheln holen. Mühsam schleppte er mit schmerzhaft versteiften Armen den Eimer in die Küche. »Du wirst ein starker Bursche«, sagte sie. Er durfte Zwiebeln schneiden, sie steckte ihm gegen die Tränen ein Streichholz in den Mund. Als hätte er noch Tränen übrig.

Peter Benoit, der größte flämische Komponist aller Zeiten, der in einem baufälligen Loch am Markt von Harelbeke geboren wurde, aß am liebsten rohe Muscheln. Er hatte einen Löwenkopf mit einem Bart, und sein Freund, der gewaltige Dichter Emmanuel Hiel auch. Zusammen saßen sie auf einer Terrasse und schlürften Muscheln, wobei der eine dichtete und der andere seine unsterblichen Melodien sang, zur Verwunderung der Passanten, die dennoch ehrfürchtig ihre Hüte oder Mützen lüfteten.

Im Radio hörten sie die kehligen Laute einer deutschen Stimme.

»*Jetzt*«, sagte Mama. »Hast du es gehört? Er sagte: *Jetzt*. Das sagte der Deutsche, der mir Vierzehn-Achtzehn Klavierunterricht gab, auch immer. Wir spielten zusammen *quatre-mains*. Und wenn ich an der Reihe war, rief er: *Jetzt! Jetzt!*, und jedesmal erschrak ich, weil das ein so merkwürdiges Wort ist. Ich wollte, daß ich *jetzt* ins Entbindungsheim könnte.«

Sie spielten das Gänsespiel. Der Abend brach an. Louis schummelte, Mama merkte es nicht.

»Ich habe diesen Kerl gesehen, der mit Papa und dem Paten im Auto saß, Holst.«

»Ein braver Bursche, aber ein wenig seltsam. Wie hast du ihn gefunden? Ein hübscher Kerl, was? Er ist früher hinter mir her gewesen.«

»Saß er im Klassenzimmer hinter dir?«

Ihr Lachen perlte hoch in Kaskaden wie ein Trillergesang im Radio: Mimi Colbert, Papas Lieblingssängerin, Koloratur, in ›Die Glocken von Charleville‹.

»Aber nein, Dummerchen. Er ist mir hinterhergelaufen, um mit mir zu gehen. Ich glaube, es wird Zeit, daß dich jemand aufklärt. Du weißt doch was es heißt, wenn Jungen mit Mädchen gehen?«

»Natürlich.« Ich wurde rot.

»Aber siehst du, das war natürlich unmöglich.«

»Warum?«

»Er war viel jünger als ich. Und außerdem hätte mich mein Vater grün und blau geschlagen.«

»Warum denn?« rief Louis ungehalten.

»Mach mich nicht nervös.« Sie fegte die Figuren von dem Brett in einen Karton. »Holst gehört zu den Waldmenschen. Sie wohnen im Wald. Sie kennen nur den Wald. Und es wäre besser, wenn dieses Gesindel im Wald bliebe.«

»Er saß doch in Papas Auto.«

»Dein Vater ist viel zu gutmütig. Holst kam hierher, um Kindersachen zu bringen. Und er wollte unbedingt in Papas Auto sitzen und herumkutschieren, das kommt bei Waldmenschen eben vor. Und dein Vater wollte natürlich angeben und hat ihn mitgenommen. Die Kindersachen waren häßliche altmodische Fetzen, ich habe sie in den Mülleimer geschmissen. Mein Kind soll keine abgelegten Sachen von anderen tragen.«

»Von wem waren denn die Sachen?«

Sie legte gerade das Gänsespielbrett in die Büfettschublade zu den Karten und dem Damebrett, da richtete sie sich schnell auf, griff sich an die Hüfte und rieb sie.

»Da du es erwähnst . . . Von wem? Ich habe mir nie den Kopf darüber zerbrochen. Meerke wird sie noch von früher haben. Nein, dann hätte ich sie zu Hause gesehen. Ich werde mich danach erkundigen.«

Plötzlich rief sie: »*Nom de Dieu*! Ich weiß es. Es ist nicht möglich. Weißt du, Louis, die Sachen könnten absolut von Jeannette sein! Nein, das würden sie nicht wagen . . . *Nom de Dieu*! Sie hat es doch getan, es waren die Sachen von der kleinen Jeannette!«

Jeannette war das tote Töchterchen von Tante Berenice, Mamas Schwester, die in Wallonien wohnte und mit einem Araber verheiratet war; oder war es ein Ägypter? Jedenfalls eine, die sich zum Islam hat bekehren lassen, zu dieser ekelhaften Religion, die Europa unter dem Zeichen des Halbmonds bedroht und der Karl Martell Einhalt geboten hat. Louis fand es genauso schändlich, daß Meerke, Mamas Mutter, seinen künftigen Bruder in Mädchensachen stecken wollte, die noch nach Islam stanken. Und nach einer Toten.

»Ich dachte, daß Tante Berenice nicht mehr in Meerkes Haus kommen darf, weil sie mit einem Heiden verheiratet ist und ihren Glauben verraten hat.«

»Ach, Louis, das ist längst eingerenkt. Du liest die Zeitungen vom vorigen Jahr.«

»Im Internat gibt es keine Zeitungen«, sagte Louis patzig.

Als er gerade ins Bett mußte und seine nassen und von allen Lehmspuren gereinigten Schuhe neben Mamas karierte Pantoffeln zwischen die toten bleifarbenen Ofenfüße stellte, kam Papa herein.

»Es ist schrecklich.« Papas Hut fiel ihm vom Kopf, als er sich in die *cosy corner* setzte, sein kirschrotes rundes Gesicht glänzte vor Schweiß. »Hol mir schnell ein Pils.«

Louis rannte in die Küche, suchte fieberhaft unter der Anrichte. »Es ist kein Bier mehr da«, schrie er und verwünschte seine schlampige Mutter, die Papa dermaßen vernachlässigte, nur weil sie ein Kind erwartete.

»Hinter dem Vorhang, du blinde Eule!« rief Mama und tuschelte weiter unverständlich mit Papa. Mir entgeht das Allerwichtigste, der Anfang.

»*Merci.*« Papa leerte gluckernd das Glas Bier in zwei Zügen und fuhr fort: »Und ich hatte gerade eine Annonce von einem Dentisten in Kuurne ergattert, ich komme zur Chaussee und sehe, daß die ganze Straße in Flammen steht. Lichterloh brennt. Sie war schwarz von Leuten, sie war schon schwarz vom Rauch, die Gendarmen wollten mich durchlassen, aber die Leute auf der Straße rührten sich keinen Zentimeter von der Stelle, ich hupte wie wild, die Gendarmen winkten, daß ich durch dürfe, denn sie hatten gesehen, wer ich bin, und dann wichen die Gaffer endlich zur Seite, zum Brand hin, und, Constance, ich sehe, daß diese große Scheune an der Kreuzung von Harelbeke in Flammen steht. Es war zum Heulen, der ganze schöne Flachs brennt, ich forciere ein bißchen, ich gerate zwischen die Leute und den Brand, und die Flammen schlagen aus, genau auf mein Auto zu – und guck nur, fühl doch nur, die Hälfte meines Barts ist weg, die ganze rechte Seite ist versengt!«

Sie, die Sklavin, die sich das mit offenem Mund angehört hatte, stand auf, ohne daß ihr ihr aufgedunsener Bauch dabei beschwerlich war. Papa nahm ihre Hand und rieb sie über seine Wange.

»Fühlst du es? Louis komm her! Fühl mal!«

»Dir ist warm«, sagte Mama.

»Nein, aber fühlst du, daß da weniger Stoppeln sind als auf der anderen Seite, Louis?«

»Ja«, sagte Louis, das Schmirgelpapier unter seinen Fingerspitzen. Er ließ das Gesicht seines Vaters los. Papa lehnte sich zurück, den Nacken in die Kissen.

»Die Flammen schossen also auf dein Auto zu«, sagte Mama.

»Meine Reifen und meine Karosserie sind völlig schwarz.«

»Wieso hattest du dein Fenster nicht hochgekurbelt?«

»Die Hitze war doch zum Ersticken. Da kurbelt man eben sein Fenster runter!«

»Du bist ganz zerschunden«, sagte Mama. Papa richtete sich auf, stützte die Hand aufs Kissen und kniff seine Augen zu Schlitzen zusammen.

»Lach nur, Constance. Aber ich hätte dabei draufgehen können. Denn ich mußte diesen blöden Leuten ausweichen, und um ein Haar wäre ich schnurstracks in diese brennende Scheune gefahren.«

Mamas Bauch scheuerte am Tisch entlang, sie beugte sich über ihren Mann und streichelte, ohne daß er darum bat, über die heile rote Backe des Angebers. »Man stelle sich nur vor – du in einer brennenden Scheune!« Papa schien das witzig zu finden und zwinkerte der Schmeichlerin zu.

»War es in Harelbeke?« fragte Louis.

»Ganz in der Nähe von deinem Hirsch.«

Louis' Hirsch war ein Elch aus Bronze, der zum Gedenken an die gefallenen kanadischen Soldaten aufgestellt worden war, ein Tier, das abends mit seinen riesigen Geweihblättern wie echt wirkte. Jedesmal, wenn die Familie zu Meerke nach Bastegem fuhr, kam das Auto daran vorbei, und dann leckte Louis an seinem Daumen, rieb damit über seine Handfläche und schlug mit der Faust klatschend auf die nasse Hand.

In dieser Nacht gab Louis dem ungeheuer schweren Elch die Sporen und ritt mitten durch die Flammen. Seine Mutter in einem blauen Kleid mit weißen Gasflämmchen als Muster breitete die Arme aus, als er auf seinem Elch an ihr vorbeidonnerte. Im selben Augenblick fingen die zottigen gekräuselten Haare auf der Stirn des Elchs Feuer, die Flammen leckten an dem Geweih, an dem sich

Louis festhielt, dann brannte das ganze Geweih, der Elch wurde weich und weiß wie die Kuh Marie von Baekelandt und bäumte sich auf, Louis fiel von der Flanke und wurde in Bettüchern wach, auf die der Elch gesabbert hatte.

XII
ONKEL FLORENT

Nach dem Mittagessen mit Schweinebraten, Schwarzwurzeln und Bratkartoffeln gingen Vater Staf und Sohn Louis Seynaeve an diesem Sonntag zum Café ›Groeninghe‹, reichlich früh vor dem Freundschaftsspiel *Walle Sport (-ing Club)* gegen *Club Brugge*. Viele Getreue saßen schon in dem mittelalterlichen Saal mit den bleiverglasten Fenstern, den Eichenmöbeln, den Kupferpfannen, den Fotos vom Landtag des VNV – des flämisch-nationalistischen Verbands – und den Schildern in gotischer Schrift: ›Möhreneintopf‹, ›Blutwurst wie bei Muttern‹, ›Bleib sauber‹, ›Kopf hoch‹.

Papa wurde allem Anschein nach nicht so empfangen wie gewöhnlich. Man begrüßte ihn flüchtig und quatschte, die Molle in der Hand, weiter. Natürlich merkte Papa das nicht. Mein Vater ist aus Beton. Papa erzählte Noël, dem Wirt hinter der Theke, ausführlich von seiner Verbrennung neulich auf der Chaussee bei Harelbeke. Mit großen Gebärden und selbstsicherer, lauter Stimme – denn der Pate war nicht im ›Groeninghe‹ – schilderte er, wie der funkelnagelneue Hut auf seinem Kopf Feuer gefangen hatte, wie seine Armbanduhr geschmolzen war, wie ein Vorderreifen durch die höllische Hitze geplatzt war, aber Noël hatte mit dem Zapfen alle Hände voll zu tun und sagte nur: »Ja, das ist vielleicht 'n Ding! Was es nicht alles gibt heutzutage.«

Louis hatte zuviel Bier bei Tisch getrunken und mußte, mit der Limonade obendrauf, die ihm sein Vater jetzt spendierte, schrecklich dringend pinkeln, wagte es aber nicht, den Saal zu durchqueren, hin zur lockenden Eichentür, in die die Silhouette eines Ritters eingebrannt war und zu der die Groeninghers minütlich gingen, manchmal schon die Hand am Hosenschlitz.

Herr Leevaert, Lehrer am Atheneum, gesellte sich an der Theke zu Papa. Sein verwüstetes, fast violettes Gesicht beugte sich zu Louis. »Ist das derselbe Louis, der noch auf meinen Knien gesessen hat?«

»Ja, *Monsieur*«, sagte Louis. (Wenn ich ihm damit eine Freude machen kann.)

Papa hat große Ehrfurcht vor Herrn Leevaert, weil der viele

Bücher liest und der Busenfreund von Marnix de Puydt ist, dem Dichter, Klavierspieler und berühmtesten Sprößling von Walle. Die beiden sind untrennbar wie siamesische Zwillinge.

»Noël, ein Pils ohne zuviel Schaum für unseren Louis!« Papa wollte protestieren, kam aber nicht weiter als bis zu einem gedämpften: »Weil heute Sonntag ist.«

Louis ist weltgewandt, er hebt das Glas zu Herrn Leevaert hin. »*Santé*.«

»Zum Wohl«, ruft Papa.

»Zum Wohl, Herr Leevaert.« Nicht zu schnell trinken. Sich nicht verschlucken. Schon wieder ein Patzer, in diesem Café auf Französisch zuzuprosten. Das werde ich nie und nimmer vergessen, es ist Byttebiers Schuld, der im Internat sein Glas Wasser oder Milch hebt und »*Santé*« ruft, wobei die Hottentotten immer vor Lachen prusten. Wann wird es meine eigene Schuld sein? Später.

»Staf.« Herr Leevaert kramt in seiner Innentasche und zieht einen hauchdünnen gefalteten Zettel heraus, den er mit zarten Pianistenhänden entfaltet. Mama, die *quatre-mains* mit einem Ulanen (*Jetzt!*) spielte, behauptet, daß echte Pianisten keine langen schlanken Finger hätten, sondern, ganz im Gegenteil, meist Wurstfinger, allerdings *breite* Hände. »Staf, ich habe hier ein Dokument von Joris erhalten, das unsere doch schon so schwankende Welt auf den Kopf stellen wird.«

Louis fragte sich, was passieren würde, wenn er jetzt, mit aneinandergepreßten Schenkeln, in die Hose pissen würde. Ob jemand es merken würde? Sind die Groeningher nicht durch die Bank weg in ihre Geschichten vertieft? Ich tue es auch noch. Nein, er versuchte Herrn Leevaerts Geschichte zu folgen, um sich gegen den Druck in seinem Unterleib, der zu schmerzen anfing, zu wehren. Joris war Joris van Severen, der Führer der ›Dinasos‹, die auf der Suche nach dem idealen Reich waren, dem aller Niederländischsprachigen. Von Französisch-Flandern bis nach Friesland, das waren die Großniederlande, Holland, Belgien, Luxemburg und hier und da noch etwas: das war der Burgundische Staat.

Aber nun sollte sich – dem schlampig getippten und mit winzigen Bleistiftkritzeln versehenen Zettel zufolge – die Partei unter der Flagge von Belgien, unter der Mütze unseres Königs und seiner Dynastie zusammenscharen. Joris rief dazu auf, einem unabhängigen, neutralen Belgien zu dienen, ein solidarisches Volk zu sein, ohne Klassenkampf, in einer aristokratischen Ordnung.

»*Tiens, tiens*«, sagte Noël, ein Tablett voller Gläser unbeweglich vor der Brust haltend.

»Ein Bollwerk des Friedens«, las Herr Leevaert vor, »aber auch der Ordnung und echter Kultur und Zivilisation.«

An den Nebentischen war es still geworden. Louis rannte zu der Tür, stieß dagegen, aber die Tür, die so oft für die Groeningher Pisser aufgeschwungen war, rührte sich nicht. Das Blut stieg ihm in den Kopf, er rüttelte an der Klinke, sah das Grinsen eines bebrillten und bärtigen Mannes, der auf die Tür daneben zeigte, merkte dann, daß er sich vor den zierlichen, ins Holz eingebrannten Umrissen einer Jungfrau abplagte, und warf sich gegen den Ritter, der bei dem Anprall zurückwich.

Als Louis zurückkam, sagte ein Groeningher, daß die ›Dinasos‹ nicht konsequent seien, daß aber, nun ja, politische Sauberkeit nicht immer eine Tugend sei. Ein anderer meinte, daß, wie immer auch der belgische Staat zusammenbrechen würde, der Untergang unvermeidbar sei. Das konnte Louis begreifen, sein Geschichtsbuch berichtete von einer Reihe von Reichen, die untergegangen waren, aber meistens dauerte es doch einige Zeit. Der nächste meinte, daß die flämische Sprache das einzige Kriterium sei. Ein neues Wort, jedenfalls eine neue Bedeutung, denn ein Kriterium war bisher ein Rundrennen mit Karel Kaers und Marcel Kint, den beiden Adlern, gewesen.

Louis sah auf der Standuhr, daß das Spiel Walle-Brügge in einer Stunde anfangen würde und daß Papa keine Anstalten machte, aufzubrechen, so sehr hing er an den Lippen von Herrn Leevaert, der über die Schicksalsverbundenheit der Germanen redete.

Kann man von einem Glas Bier betrunken werden? Kann man eine Stunde, nachdem man sich mit Schweinebraten, Schwarzwurzeln, Bratkartoffeln und Apfeltorte vollgestopft hat, einen Bärenhunger haben?

Verschwommen sah Louis, wie das geäderte Gesicht von Leevaert durch einen Brauknecht mit einer Lederschürze verdrängt wurde, der Papa mit einem Wurstfinger bedrohte. Was stellte sich heraus? Was erklärte die scheuen, verlegenen Blicke der Stammkunden, als die Seynaeves hereingekommen waren? Eine erniedrigende, schockierende Tatsache, die der Brauknecht, dieser Schreihals, dieser rachgierige und empörte Fan, in Worte faßte: Gestern hatte man Florent Seynaeve, Papas jüngsten Bruder, von der Reservebank von *Walle Sport* weggekauft. Unter dem Vorwand, daß ihr

Stammtorwart, Herman Vanende, eingezogen worden war, hatte *Stade Walle* viel Geld geboten und gezahlt, damit der Überläufer schon heute zwischen den Torpfosten stand.

»Viel Geld, viel Geld . . .« Louis erkannte, daß Papa nicht auf dem laufenden war, daß er versuchte, Zeit zu gewinnen, um sich etwas auszudenken.

»Es ist die Rede von einem Motorrad, Marke *Indian*!«

»Und nicht zu reden von dem, was er unter dem Tisch erhält. *Ni vu ni connu*.«

»Sprich deine Muttersprache, Hanssens!«

»Treffender kann man es nicht ausdrücken, Willemijns«, sagte Papa. »Es handelt sich hier, wie bei allem, um ein Sprachproblem.«

Herr Leevaert kräuselte die Stirn, musterte Papa mit dem Anflug eines spöttischen Lächelns. Er trank sein sechstes Bier.

»Ich habe mit meinem Bruder oft darüber diskutiert. Ich habe ihm gesagt: ›Florent, *Walle Sport* ist eigentlich, wenn man es richtig besieht, ein *Cliquen-club*. Ein guter Klub, ein schöner Klub, das wohl, auf sportlichem Gebiet kann man nichts gegen ihn einwenden, aber . . .«

Papa schaute umher, sah aber Louis nicht an.

»Aber volksfeindlich. Ja, ja, ja. Spricht etwa der Vorstand zu Hause nicht französisch? Und sogar in den Umkleidekabinen? Haben die Spieler nicht ein Air von Rühr-mich-an? Sind es keine *fils-à-papa*, die die Nase über das gemeine Volk rümpfen? ›Staf‹, sagt mein Bruder, ›wenn ich darüber nachdenke, hast du recht. Denn was du nicht weißt, nächste Saison kommen zwei Spitzenspieler hinzu, einer aus Charleroi, der kein Wort Flämisch kann, und ein reinrassiger Franzose von *Stade Reims*.‹«

Die Groeningher redeten darüber, alle zugleich. Es war wahr, daß die Spieler von *Walle Sport* sich mehr um ihre schicken weißroten Trikots kümmerten als um ihr Publikum. Daß sie eher elegante Kunststücke mit dem Ball zeigten als gute Resultate aufwiesen.

Und soll man nicht lieber einen Klub unterstützen, der zwar etwas weniger leistet, aber uns gehört, dem Volk?

Papa ist ein Redner, der im Handumdrehen die Massen dazu bringt, ihre Meinung zu ändern. Papa, der dort, schwitzend und selig, Reden schwingt, ist der Anlage nach jemand wie Danton oder Hitler. Louis strahlte vor Stolz.

»Und darum gehe ich nun mit unserem Louis zu *Walle Stade*, um meinem Bruder den Rücken zu stärken.«

Die Leichtigkeit, mit der ihm diese Lüge über die Lippen kam. Die Selbstverständlichkeit, mit der er seine Lieblingsmannschaft abschüttelte. Die Waghalsigkeit eines so ungeheuren, aus dem Augenblick geborenen Verrates! Louis packte seinen Vater beim Arm und sagte laut:

»Es ist Zeit, Papa.«

»Du hast recht, mein Junge.«

Auf der Straße fragte Louis, ein Schwindelgefühl im Kopf und eine Leere im Magen: »Gehen wir jetzt zu *Stade*?«

»Das hast du doch gehört.«

»Gegen wen spielen sie?«

»Das werden wir sehen«, sagte Papa und rülpste, was höflich ist – nach einem Essen bei Beduinen in deren Zelten.

»Ein stolzes Volk«, sagte Papa, als sie sich hinter das Tor und die schmalen Schultern und breiten Hüften von Onkel Florent stellten. »Manche mögen sagen: Ein armes Volk, ich aber sage: Es ist *mein* Volk.«

Onkel Florent hatte einen grobgestrickten Pullover an und eine beige Mütze auf. Er machte ein paar Kniebeugen und sprang, sich hochreckend, an die Querlatte. Er trug dickere Beinschützer als seine Mannschaftskameraden.

»Das liegt daran, daß er schwache Knöchel hat«, sagte Papa. »Ein Familienleiden. Das und empfindliche Därme. Sonst sind wir aus Granit, wir Seynaeves, was, mein Junge?«

Zwischen den zusammengepferchten Menschen verwandelte er sich in einen pfeifenden, lärmenden Arbeiter. Er winkte mit schlapper Hand rechts und links Leuten zu, die er nicht kannte. Er ist froh, daß ich dabei bin, vielleicht sogar ein bißchen stolz. Sonst läßt es sich nicht erklären, daß er dann und wann in Gegenwart des gemeinen Volks mit seinen Mützen, Bierstimmen und selbstgedrehten Zigaretten in den Mundwinkeln den Arm um meine Schulter legt. *Stade* spielte gegen den *S.K. Waregem*.

»Tritt ihn reif fürs Krankenhaus!« »Du Flasche!« »Nach vorne, Van Dorne!«

»Abseits!« »Elfmeter!« Eine dicke Frau stieß, wenn das Tempo etwas nachließ, heisere Laute aus, ein unmenschlicher Gesang, als würde ein Lumpensammler auf seiner Runde gefoltert: »Was ist das für ein Scheißspiel?«

Wenn der *S.K. Waregem* angriff, hörte man nur den trocken widerhallenden Fußtritt gegen den Ball. Wenn *Stade Walle* vor dem gegnerischen Tor auftauchte, brüllte Papa lauter als alle anderen.

Onkel Florent wehrte Bälle lieber mit der Faust, dem Knie, dem Fuß ab, als sie zu fangen. »Seynaeve, halt deinen Kasten sauber. Seynaeve, denk an unsere Kinder!« Die Fullballkenner gaben zu verstehen, daß *Stade* einen guten Einkauf gemacht hatte. »Und ob!« sagte Papa, aber er wagte noch nicht zu sagen: Er ist mein Bruder.

Erst als Onkel Florent in seinen karierten Knickerbockern und mit pitschnassem Haar nach dem Spiel im Stadioncafé erschien und die erhitzten *Stade*-Fans ihm auf die Schulter klopften, drängelte sich Papa vor. Onkel Florent bot ihm eine englische Zigarette an. Papa paffte sie ohne zu inhalieren, wobei er das vollendet rundgerollte Stäbchen zwischen Daumen und Zeigefinger hielt wie ein Mädchen. »Florent, du mußt deinen rechten Fuß weiter vorstrekken, wenn du herausläufst, du klebst noch zuviel auf der Linie.«

»Staf, du kannst mich am Arsch lecken«, sagte Onkel Florent. »Haben wir gewonnen oder nicht? Ist einer in meinem Kasten gelandet?«

»Du hast Glück ...«, sagte Papa zu den johlenden Saufbrüdern um sich herum, » ... daß du mein jüngster Bruder bist, sonst ...«

»Was sonst?«

»Sonst würde ich dich übers Knie legen.«

»Du, Staf? Und wie viele Männer brauchst du dazu?«

Die Fans stupsten sich. Louis fühlte sich als Bruder von Papa und Onkel Florent. Warum war Vlieghe nicht da? Oder notfalls Dondeyne, ja sogar Dobbelaere?

Ein Lümmel mit einer Stupsnase sagte, daß Onkel Florent, wenn der Linksaußen des *S.K. Waregem* dabei gewesen wäre, der jetzt an einem Abwehrgeschütz an der deutschen Grenze stehe, keine Chance gehabt hätte, denn der Linksaußen schieße die Bälle flach über den Boden.

»Und du kannst vielleicht einen hohen Ball wegfausten, aber bis dein träger Körper auf dem Boden landet, habe ich schon zehn Vaterunser aufgesagt.«

Er wurde fast gelyncht, spendierte aber schnell einen. Er murmelte Louis etwas zu, der mit hochrotem Kopf nickte und dann eine schäumende Molle in die Hand gedrückt bekam.

»Nein doch!« rief Papa und knallte das Glas mit einem schrill klirrenden Geräusch auf den Glastisch. »Bist du übergeschnappt?« Das verschüttete Bier floß auf den Boden. »He«, sagte der Waregam-Fan, »ist das hier in Walle so Sitte, wenn jemand eine Molle spendiert?« Onkel Florent sagte: »Komm, Staf, laß den Jungen doch . . .«

»Niemals!« brüllte Papa wie auf dem Fußballplatz.

»Lieber hackt er mir die Hände ab«, sagte Louis, die Leute um sie herum lachten. Onkel Florent am lautesten.

»Du machst einen Waschlappen aus ihm.«

»Er hat doch schon die Erste Kommunion hinter sich.«

»In Frankreich geben sie den Kindern schon mit vier Jahren ein Gläschen Wein.«

»Und ob! Gegen Blutarmut.«

»Nein, nein und nochmals nein«, sagte Papa. »Sollen sie sich doch in Frankreich zu Tode saufen, Frauen und Kinder und *Clochards* in der Gosse, soviel sie wollen, je mehr, desto lieber, aber bei uns in Flandern . . .«

»Walle ist malle!«

»Deinze ist auch nicht das Feinste«, rief jemand trocken.

Onkel Florent sagte: »Staf, hörst du endlich auf?«

»*Er* hat angefangen«, sagte Papa wie ein Hottentotte, und dann: »Komm, mein Junge.« Mein Junge. Es hatte noch nie so zärtlich geklungen. Aber es dauerte lange, bis es der Kellnerin beliebte, mit der Rechnung zu kommen. Papa kehrte seinem jüngsten Bruder und dessen Verehrern den Rücken und stach mit dem dazu vorgesehenen Holzstäbchen Löcher in einen mit braunem Papier überklebten Karton, der neben dem Bild von Königin Astrid hing. Der Hauptpreis war ein Porzellanteller mit einer orientalischen Tänzerin, die lauter goldene und schwarze Fransen um die Hüften trug. Papa stach zwölfmal Nieten und erhielt als Trostpreis zwölf Täfelchen Schokolade. Er aß auf dem Heimweg sechs davon auf, Louis drei.

»Jetzt hast du selbst gesehen, war für ein ordinärer Klub *Stade* ist. Armes Volk. Unser flämisches Volk ist sauber. Ich tue es nur für unseren Florent, sonst würde ich keinen Fuß mehr ins Stadion von *Stade Walle* setzen. Diese Mannschaft ist es nicht wert.«

»Und Onkel Florent?«

»Der ist auch nicht gerade Klasse. Für diese flachen Bälle ist er viel zu dick.«

XIII
ONKEL ROBERT

Louis schlüpfte hinaus, aber als er vor dem Haus von Tetje und Bekka Cosijns stand, waren die Fensterläden zu. Er wagte nicht zu klingeln und wartete vor der Haustür. Auf der anderen Straßenseite, beim Schuhmacher, half ein alter Mann einem jungen Mädchen beim Aufsetzen einer Gasmaske, er glättete das blonde Haar des rundäugigen Rüsseltiers. In der Snellaertstraat war das sirrende Geräusch des Scherenschleifers zu hören. Plötzlich dachte Louis – und der Gedanke wuchs, ein Wirsingkohl, der anschwoll, bis er sein Innerstes ausfüllte –, daß Bekka in dieser Nacht gestorben und die Familie Cosijns zu ihrem Begräbnis gegangen war.

In der nach dem Maschinenöl von Bekkas Overall stinkenden Küche palte das Mädchen Erbsen und sah, wie der riesige Todesengel durch das offene Fenster hereinstieg, sich auf die Fensterbank hockte, nachdem er seine breiten weißen raschelnden Flügel unter sich gesteckt hatte. Seine ellenlangen durchsichtigen Finger glitten in die Erbsen. Der Engel aß sie auf, schneller, als Bekka sie palen konnte.

»Laß das, Holst«, sagte Bekka. »Bitte, meine Mutter wird . . .« Der Engel glitt von der Fensterbank, schüttelte die Schultern, so daß sich seine Flügel wieder prächtig aufrichteten, und breitete die Arme aus. Bekka ließ den Blechnapf mit den spärlichen Erbsen fallen und sprang an dem Engel hoch, um sich an seine gnädige Brust zu schmiegen, aber in diesem Augenblick wurde Holst unsichtbar und schwebte davon, so daß sie auf dem Boden landete und mit dem Mund auf den Rand einer Metallschüssel aufschlug, die in der Baracke bei den Lehmgruben gestanden hatte; ihre Zähne kullerten über den Boden wie weiße Erbsen.

Louis rannte zu Mimi, der Bäckerin, die mit verschränkten Armen in der Tür ihres Ladens stand.

»Ein Roggenbrot und ein Weißbrot«, sagte sie.

»Nein.« Aus dem Laden strömte Vanillegeruch.

»Was denn?«

»Nichts. – Die Straße ist so leer. Findet vielleicht ein Begräbnis statt?«

»Nicht daß ich wüßte ... Es könnte natürlich sein.«
»Aber dann hätten Sie doch etwas davon gehört.«
»Du bist so zappelig. Fehlt dir was?«
»Die Cosijns sind nicht zu Hause.«
»Sie sind zur Kirmes gegangen.«

Vor Wut bebend rannte Louis aus der Zwevegemstraat. Nie mehr. Nie mehr werde ich ihnen Guten Tag sagen. Es sind *bohémiens*, Fremde. Zigeuner. Kein Wort haben sie mir von der Kirmes gesagt. Aber Papa und Mama auch nicht, wie ist das möglich? Bekka und Tetje sitzen jetzt juchzend auf der *montagne russe*, mit dem Puderzucker von Krapfen im Gesicht.

Er kam an dem Schlößchen ›Flandria‹ vorbei, wo die Französischsprachigen Tennis spielten. Er krallte seine Finger in die Drahtmaschen. Die jungen Männer mit gelacktem Haar und langen weißen Hosen spielten das anmutige, unbegreifliche Spiel mit den weißen Bällen, reckten sich, schwangen die gebräunten Arme und riefen den Damen, die auf der Terrasse saßen und Eis aus Kristallbechern aßen, französische Wörter zu. Angesichts dieser unbekümmerten, unbestraften, arrogant von sich selbst eingenommenen spielenden Welt fühlte er sich Papa verbunden, der das ›Flandria‹ als ›Burg unserer Volksfeinde‹ bezeichnete. Wenn ich groß bin, werde ich dort auch in so einer weißen Kluft spielen, ich werde diese verhaßte Sprache, nämlich Französisch, beherrschen, besser als sie. Bald, demnächst, gut aufpassen in den Französischstunden von Schwester Engel.

Obwohl er es ohne Papa oder Mama nicht durfte, ging er zu Omamas Haus. Wo soll ich denn sonst hin? Zur Kirmes? Wo ist die Kirmes? Ich kann unmöglich einen Passanten danach fragen. Der würde sagen: »He, Kleiner, du bist wohl nicht von hier?« Außerdem habe ich keinen Franc in der Tasche.

Tante Hélène sagte, Omama liege im Bett, der Zug habe sie niedergeworfen. Ist sie überfahren worden? Kommt sie nieder? Nein, das geht nicht bei einer alten Frau, die schon mit einem Fuß im Grab steht, so ein Kind wird blind geboren. Also Zugluft! Eine Erkältung! Tante Hélène sagte, es habe nichts zu bedeuten, es sei sogar wahrscheinlich, daß Omama nichts fehle, sondern daß sie nur eine Erkältung vortäusche. Warum? Das sagte Tante Hélène lieber nicht, sie runzelte die Stirn in Richtung Onkel Robert, der das Kreuzworträtsel in *De Standaard* zu lösen versuchte. Er hatte Louis kaum begrüßt, mit dem Bleistift zwischen den Zähnen hatte er etwas gebrummt.

Onkel Robert war ein Jahr älter als Onkel Florent, sah aber zehn Jahre älter aus. Er wog über hundert Kilo.

»Ein Schwein«, sagte Papa. »Kein bißchen Disziplin, er läßt sich gehen, er mästet sein eigenes Fett, er wird völlig verfetten.« Mama sagte, daß Onkel Roberts Sichgehenlassen begonnen habe, als in einer Sommernacht seine Verlobte unauffindbar gewesen sei und sich am nächsten Tag geweigert habe, eine Erklärung dafür zu geben, sondern nur behauptet habe, sie habe ein reines Gewissen; aber Onkel Robert habe die Haustür aus den Angeln gerissen und sei nie mehr zu der zurückgekehrt, mit der er sein Dasein auf Erden zu teilen geschworen habe. In den Wochen darauf habe er Pickel bekommen, von denen noch Spuren zu sehen seien, rosa Unebenheiten auf den Backen und am Hals.

Alle Fenster standen offen. Ein Ammoniakgeruch hing in der Luft. Tante Hélène nahm das Großreinemachen in Angriff. Oder war es der Gestank des eisernen Pissoirs?

»*Voilà*.« Onkel Robert schob die Zeitung beiseite. »Wie geht es deiner Mama? Setzt ihr die Schwangerschaft noch so zu? Meiner Meinung nach werden es Zwillinge.«

»Was verstehst du schon davon?« sagte Tante Hélène und steckte einen kleinen Schal zu einem Turban.

»Man sieht es an ihren Augen.«

»Was ist mit ihren Augen?«

»Sie stehen so.« Er wurde zu einer aufgedunsenen debilen Frau mit aufgesperrten Schielaugen und zog die Backen ein, so daß sein Doppelkinn hervorquoll. Wie bei Papa im ›Groeninghe‹ schien die Abwesenheit des Paten, des Patriarchen und allmächtigen Gebieters, einen gewissen Übermut in diesem Sohn auszulösen. Wenn die Katze aus dem Haus ist, tanzt die dicke, verpickelte Maus.

»Constance muß es selbst wissen, sie ist groß genug, aber ich hoffe, daß sie es unserer Mutter mit ihren sieben Kindern nicht nachmacht«, sagte Onkel Robert und schielte weiter. »Was, Junge?« Sein Blick wurde wieder normal und richtete sich auf Louis wie auf einen Erwachsenen.

»Das muß sie schließlich selbst entscheiden«, sagte Tante Hélène schnippisch. »Unser Bruder hat da auch ein Wörtchen mitzureden.«

»Mitzureden, du hast gut reden.« Onkel Robert starrte einen Schwarm Spatzen an, der sich in dem kleinen Garten niedergelassen hatte. Tante Hélène schälte eine Banane, gab Louis eine Hälfte und ihrem albernen fetten Bruder die andere.

»Kinder! Warum kaufen sie sich keinen Hund, keinen Dackel? Oder einen Papagei? Wenn sie unbedingt Leben in der Bude haben wollen. Was, Junge?«

Eines Morgens wird Onkel Robert aus dem Bett steigen, in den Spiegel schauen, um sich zu rasieren, und entdecken, daß alle Pickel seines früheren Kummers wieder zu kleinen Kratern, Blasen, Eiterbeulen ersprossen sind. Ein Aussätziger, dem kein Pater Damian helfen kann. Das ein für allemal gezeichnete Schwein in seinem grauen Anzug wird sich nicht mehr auf die Straße oder zur Bank wagen, sondern mit seinem Kreuzworträtsel auf seinem Stuhl angenagelt bleiben. Aber das würde Omama zuviel Kummer bereiten. Nein. Wir wollen gnädig sein und ihn verschonen.

Omama hatte sieben Kinder, wie die sieben Farben des Regenbogens, wie die sieben Plagen in Ägypten, wie die sieben Brüder vom Däumeling. Wir zählen dabei auch die erste Hélène, genauer gesagt, Marie-Hélène mit, ein zwei Tage altes Kind zählt auch als numerierte Seele in den Registern Unseres Lieben Herrn. Es war übrigens unverantwortlich und eine Herausforderung Unseres Lieben Herrn, einem Kind (Tante Hélène, die noch immer herumfummelte, um ihre Nackenhaare unter den Turban zu stecken) denselben Namen wie einem gestorbenen Kind zu geben. Also sagte Omama zu Gott: »Du hast dich schlecht benommen, indem du eine Hélène von mir genommen hast, ich werde das selbst in Ordnung bringen, ich habe ein Ersatzrad auf Lager, eine andere Hélène.« – Wenn ich Kinder habe, werde ich ihre Namen mit Bedacht verschieden wählen, damit Gott sie mühelos auseinanderhalten kann. Dann kann er mit ihnen immer noch tun, was er will.

»Andererseits«, sagte Onkel Robert, »muß der Bund kinderreicher Familien am Leben bleiben. Wir wollen doch nicht, daß wir bei der Eisenbahn keine Ermäßigung mehr bekommen. Was, Junge?«

Ein Flugzeug flitzte über das Haus. Louis rannte in den Garten, aber es blieb unsichtbar, nur Luft zitterte noch. Onkel Robert versperrte die Tür. Sein Bauchumfang glich dem von Mama.

»Wir fliegen raus, du und ich. Unsere Hélène hat mal wieder ihren Sauberkeitsfimmel. Dann werden Weibsbilder gefährlich. Komm, wir räumen das Feld.«

»Du brauchst mich nicht nach Hause zu bringen, Onkel.«

»Ich begleite dich ein Stück.«

Tante Hélène hielt einen Besen in die Höhe, als wollte sie damit Louis zum Ritter schlagen. Sie ließ ihn sinken, zog ihre Lippen weit auseinander und zeigte ihre weißen Zähne. »Wann mußt du wieder nach Haarbeke?«

»Wir gehen zusammen tanzen. Sobald ich Zeit habe. Glaub nur nicht, daß ich es vergessen habe.«

Onkel Robert schlug die Richtung zum Vogelmarkt ein. Louis hielt sich an die Hauswände, was ein Fehler war, denn der kolossale Onkel rempelte ihn dauernd an, aus Angst vor einem eventuell vorbeifahrenden Auto. Onkel Florent kam auf einem Fahrrad heran. Er hielt, stand auf einem Bein und sah seinen Bruder nicht an, der sofort sagte: »Wir machen eine Runde.«

»Er darf nicht mit ins Café, Robert. Von mir aus schon, Louis, aber wenn das dein Vater erfährt, wäre es wieder meine Schuld.«

»Wir gehen zu den ›Verlorenen Weiden‹.« Onkel Robert hatte Angst vor dem neuen Torwart von *Stade Walle*.

»Ein paar Schritte tun euch gut.« Onkel Florent stemmte sich auf beide Pedale und balancierte. So stehen Sprinter, die Prinzen des Radsports, bei einem *sur-place*. Aber auch die Kletterer der Tour de France, auf einem Zeitungsbild erstarrt, im Hintergrund himmelhohe beschneite Berge.

Felicien Vervaecke mit seiner Mütze. Eine Grimasse des Schmerzes furchte sein Gesicht mit schwarzen Falten. Dieses Jahr wird er die Tour gewinnen. Onkel Florent sauste los, rief über die Schulter: »Sei rechtzeitig zum Kartenspielen zurück, du Mehlsack!«

Schweigend trabte Onkel Robert weiter. Louis verlangsamte seine Schritte bis zum Park, wo sein Onkel auf eine Bank sank und nach Atem rang.

»Wir haben eine tüchtige Strecke zurückgelegt, was, Junge?«

Ein sehr alter Polizist kam vorbei, der durch Onkel Robert hindurch schaute, nach seinem Halfter griff und hinter den Rhododendrons verschwand. »Kaersemaekers vom Zweiten Revier. Er tut so, als ob er mich nicht kennt, weil du neben mir sitzt und er nicht weiß, wer du bist. Ein seriöser Mann, aber wenn er voll ist, dann halt dich am Gras fest. Er geht immer mit mir zu den Pferderennen in Waregem. In Zivil. Nach seinem Dienst tapeziert er bei den Leuten. Schreib dir eins hinter die Ohren: Es verstößt zwar gegen das Reglement, aber man kann fürs Streichen und Tapezieren keine besseren Arbeiter als die Polizei finden. Die Gendarmen für die Bleigießerei. Und die Feuerwehrleute für die Elektrik. Man muß natürlich seine Haustür abschließen, denn wenn eine Kontrolle kommt ...«

Ihnen gegenüber, zwischen Dahlien und Rosen, stand das blütenweiße Denkmal der Königin Astrid. Unser König hätte anwesend sein sollen, als es voriges Jahr enthüllt wurde, ganz Walle strömte hin, um die Trauer des Landesfürsten zu begaffen, aber er hatte etwas mit dem Rücken, ein General, ein Graf, kam an seiner Stelle und überbrachte die Grüße des Königs.

»Du sagst auch nicht gerade viel. Und doch bin ich sicher, daß du im Internat die erste Geige spielst. Hast du Angst vor mir?«

»Nein, Onkel.«

»Die meisten Menschen fühlen sich mit mir wohl.«

Er holte ein Stück ockergelben trockenen Käse aus seiner Hosentasche und knabberte daran. »Die meisten Menschen glauben, daß ich ein Faulpelz bin, sie meinen, daß die Arbeit in einer Bank reine Faulenzerei ist. Das stimmt nicht. Wir arbeiten seriös in der Bank. Auch wenn es nicht mein Geschmack ist. Ich wäre lieber Schlächter geworden. Ich habe ein Diplom von der Hotelfachschule, vergiß das nicht. Aber dein Pate sagt: ›Robert, heirate erst, dann richte ich dir sofort einen Laden ein.‹ Aber zum Heiraten gehören nun mal zwei, gottverdammt. Und so wie er, mein Vater, dein Pate, verheiratet zu sein, ist auch nicht gerade ein gutes Vorbild. Außerdem, warum sollte ich heiraten? Ich fühle mich wohl, ich sitze meine Stunden ab, und abends höre ich Radio oder gehe ins Kino. Oder lese meine *Lord Listers*.«

»Mein Papa liest die auch.«

»Es sind die von ihm.« Onkel steckte sich noch einen Käsehappen in die leise mahlenden Backen.

»Heiraten. Die haben leicht reden. Wir sind hier nicht im Kongo, wo man Frauen kaufen kann.«

Drei aufgeregt plappernde Krankenschwestern kamen vorbei. Onkel Robert blickte ihnen nach und wühlte nervös in seiner Hosentasche; er hatte Käsekrümel unter den Fingernägeln, die er sich mit einem Streichholz saubermachte.

»Sitzen wir hier nicht gemütlich?«

»Ja, Onkel.«

»Ich habe hier einmal zwei Möwen gesehen. Stell dir nur vor, so weit von der Küste entfernt! Und einmal« – er rutschte herum, rang nach Atem – »einmal haben wir hier auf derselben Bank, auf der wir jetzt sitzen, unserem Chef einen tollen Streich gespielt: Der setzte sich früher in der Mittagspause auch immer hierher, mit seinen mit Gehacktem belegten Brötchen, um die Rosen zu betrachten. Und zwei Taugenichtse von der Devisenabteilung kamen vorbei und taten so, als hätten sie unseren Chef nicht bemerkt. Sie gingen auf ihn zu, hier auf diese Bank, und babbelten so laut, daß er es verstehen konnte. Das war in der Zeit, als Thérèse, die Frau des Chefs, ein Kind in der Klinik der Maria Mittlerin erwartete. ›Also‹, sagt der eine, ›Tavernier ist wieder in der Klinik gewesen.‹ ›Wieso?‹ sagt der andere. ›Was hat denn Tavernier in der Klinik zu suchen.‹ – ›*Allez*‹, sagt der erste, ›du willst doch nicht etwa behaupten, daß du nicht weißt, daß Tavernier täglich hinter dem Rücken des Chefs dessen Frau in der Klinik besucht!‹ ›Aber‹, sagt der andere, ›weiß denn der Chef nichts davon?‹ ›Natürlich nicht‹, sagt der erste. ›Tavernier wartet, bis er den Chef brav hinter seinem Schreibtisch sitzen sieht, und rennt dann mit frischem Obst und einem Veilchensträußchen zu Thérèse.‹ ›Das heißt also, daß dieses Kind von Thérèse ...‹ ›Aber, *allez*‹, sagt der erste, ›das weiß doch die ganze Bank.‹ Und sie schlenderten weiter. Der Chef sprang wie ein Tiger in die Bank und zerrte Tavernier hinter der Kasse hervor. Tavernier, der sah, daß sich der Chef wie tollwütig aufführte, dachte, daß er Maul-und-Klauenseuche hätte, und schrie nach einem Arzt. Wir krümmten uns vor Lachen. Wir lachten uns tot.« Onkel Robert versank in langes Schweigen.

»Und dann, was war dann ...?«

»Dann haben sie es zugegeben, die beiden. ›Chef, wir wollten Ihnen nur ein Bären aufbinden und darüber lachen.‹ Aber es spukte dem Chef doch weiter im Kopf herum. Es scheint, daß er zu Hause gräßlich ist. Und in der Bank spricht er kaum noch mit uns.«

Onkel Robert schüttelte den Kopf, die Speckfalten über seinem Kragen bewegten sich. Er pfiff eine Melodie aus ›Der fidele Bauer‹, sagte dann:

»Und da wollen sie, daß man heiratet!«

Arbeiter kamen vorbei, gehetzt, wortlos. Warteten auf die Trambahn.

»Also sitzen wir hier nicht gemütlich?«

»Sehr gemütlich, Onkel.«

»Weißt du, wenn du verheiratet wärst, müßtest du nun sofort nach Hause gehen. ›Wo hast du gesteckt, Louis? – Wieso kommst du so spät? – Hast du dich wieder mit Weibern herumgetrieben? –

Zieh die Schuhe aus, du zerkratzt mir das Parkett! – Leg deinen Schirm nicht auf diesen Sessel, Louis!‹«

Onkel Robert nickte ein paarmal billigend, als hätte jemand anderer das gesagt, und stemmte sich von der Bank hoch. »*Allez*, heb deinen Hintern hoch!«

Hinter dem Pavillon entlang, wo sonntags die Musikkorps aus Südwestflandern miteinander wetteiferten. An einem Garten mit Sträuchern und exotischen Pflanzen vorbei, deren flämische und lateinische Namen Tante Berenice, die Gelehrte unter Mamas Geschwistern, alle kannte. Zu einer Schaukel.

»Setz dich drauf!« Onkel Robert zeigte auf das abgewetzte Brett.

»Wir müssen nach Hause, Onkel.«

»Stell dich nicht so kindisch an!« Onkel Robert bückte sich, schwang das Brett, fing es wieder mit seinen breiten Händen auf. Louis setzte sich darauf und zog die Beine an. Begeistert jauchzend stieß Onkel Robert gegen Louis' Schulterblätter. Louis flog in die Luft, seine Schuhe hingen höher als seine Nase, die Welt voller Bäume schwankte, kippte fünf-, sechsmal. Louis fühlte, wie ihm eiskalt wurde, der Wirsing in seinen Eingeweiden wurde weich und naß, breitete sich wie eine Qualle mit hundert gierigen Fangarmen über seine Brust, seinen Mund aus. Er sah das Grün, die Zinnen des Postamts, den vergitterten Pavillon, die marmorne Königin dreifach, er wurde immer wieder von dem jauchzenden Onkel Robert in eine grauenhafte Leere gestoßen, er schrie, wollte sich nach vorne fallen lassen, wagte es nicht, Angstkrämpfe zuckten durch seine Arme, und dann kotzte er schwingend und schwankend, ihm wurde säuerlich und heiß und eiskalt. Onkel Robert fluchte, zog an einem der Seile, wodurch Louis von dem Brett herunterwirbelte, sich an das Seil klammerte, aber dann doch hinfiel, mit aufgeriebenen Händen. »Laß mich«, rief er, aber seine Kehle hielt jeden Laut zurück, sie brannte. Er plumpste in den Sand und wurde von dem Brett im Nacken getroffen und schluchzte. Die Erniedrigung war nicht mehr zu schlucken, sein Heulen sprudelte aus ihm hervor, während er mit der Backe über den Sand rieb. Er sah die aufgeblähte Figur im grauen Anzug, die hilflos das Seil festhielt und etwas zu zwei Damen mit einem Kinderwagen sagte.

Louis wischte sich mit dem Ärmel Augen, Nase und Mund ab, rappelte sich auf, aber die Knie wurden ihm weich, er taumelte zur Seite, kroch auf allen vieren.

Onkel Robert hob ihn auf und drückte ihn an seinen Bauch.

»*Allez*, beruhig dich. He, Junge! *Allez*, ja?«

»Es ist nicht meine Schuld, Onkel, es ist . . . mein Körper . . .«

»Ja, du hast noch nichts gegessen, das ist es. Das kommt davon. Und ich hatte noch so freundlich zu unserer Hélène gesagt: ›Gib doch dem Jungen ein paar Butterbrote mit Preßkopf.‹ – Du wirst doch deinem Papa nichts davon erzählen, was, Junge? Sonst schiebt er mir wieder die Schuld zu. Und Constance denkt dann, daß ich es absichtlich getan habe, dabei wollte ich Dir doch nur eine Freude machen, weil du darum gebeten hast, schaukeln zu dürfen.«

Louis räusperte seine säuerliche Kehle. Holte tief Luft. »Komm nach Hause! Und schnell«, sagte Louis, wie einen Befehl. Onkel Robert wollte ihm die Hand geben, aber Louis tat so, als wischte er Kotze an seiner Hose ab. Sie durchquerten den Park. Louis pfiff ganz laut die Melodie aus ›Der fidele Bauer‹.

»Ich habe mich zu Tode erschrocken«, sagte Onkel Robert. »Ich verstehe jetzt, warum die Leute rauchen. Oder dem Suff verfallen.«

XIV
DAS LAND DES LÄCHELNS

Papas Ansicht nach war ›Die Liebesgabe für den Soldaten‹ (eine Freiwilligenorganisation, die sich bemühte, etwas Sonne in das eintönige Leben unserer Soldaten zu bringen, die unsere Grenzen bewachten) seine eigene Erfindung und aus der Paketaktion entstanden, die sich die Ladenbesitzer aus allen Vierteln von Walle, als sie Spielsachen und Süßigkeiten und Wollsocken und Unterzeug an die Grenzen schickten wollten, nur nach gründlichen Überlegungen mit ihm ausgedacht hatten.

So hatte er den *Koko* (*Ko-op Kompagnie*)-Geschäften geraten, ihr Paket mit *Lutti*-Karamellen, Zahnpasta und Schuhcreme durch lehrreiche Artikel aus seiner Werkstatt zu ergänzen, durch Schulbücher, Briefpapier, das einmal vom Regen naß geworden war (aber würden unsere Landser, die mit im Schlamm verfaulenden Füßen an der Grenze zu Deutschland Wache hielten und nach dem wahrscheinlich doch bald einmarschierenden Monstrum auspähten, auf die paar Krumpeln im Papier achten, ehe sie ihrer Mutter oder ihrem Schatz schrieben?), durch Zeitschriften aus den Jahren 1935 und 1936, die Broschüre ›Das Leben der Heiligen Rita‹, die kürzlich erschienene einzige Nummer des Werbeblatts *De Leie* und vor allem durch die unscheinbaren, also handlichen Notizbücher (so praktisch für Adressen und Tagebuchgedanken), auf deren sämtlichen Seiten oben in verschiedenen Schriftarten allerlei Firmennamen mit einem Linienklischee standen, das einen Motor, eine Packung Zigaretten, Mobiloil-Büchsen, Damenschuhe mit Riemen um nicht vorhandene Knöchel, Brillen und Schirme darstellte.

Louis half in der Werkstatt beim Verschnüren der Pakete, dem Falten der Umschläge, dem Zukleben, dem Stapeln. Ab und zu kam ein Ladenbesitzer oder Fabrikant, um persönlich die Schriftart für seine ›Reklame‹ auszuwählen, meistens unweigerlich die fettesten, größten Lettern.

»Sie werden sehen, Monsieur«, sagte Papa, »daß die Jungs, wenn sie im Urlaub heimkommen, in den Schützengräben unser Notizbuch so oft gelesen und Ihren Firmennamen täglich in dieser prächtigen Schrift gesehen haben, daß sie, sobald sie zuhause sind, mit Frau und Kind zu Ihrem Geschäft förmlich *fliegen*.«

Am dritten Abend bevor Louis ins Internat zurück mußte, fand eine von der ›Liebesgabe für den Soldaten‹ veranstaltete Galavorstellung im Stadttheater statt.

Mama saß vor dem Spiegel ihres Toilettentischs und trug ungeschickt, als täte sie es zum erstenmal, Lippenstift auf ihren zusammengekniffenen Mund auf, sie leckte darüber hin und nippte an ihrem kelchförmigen Glas Cinzano. Mit einem Fettstift färbte sie ihren Scheitel dunkler und zog dann noch ihre Augenbrauen nach.

»Soll ich meinen Astrachan anziehen, Louis? Ich kann ihn ja offen lassen.«

»Du hast keine andere Wahl.«

»Es ist häßlich, wie?« Sie drückte beide Seiten ihres Bauchs, während sie sich im Spiegel betrachtete. War ›es‹ ihr Bauch oder ihr Kind? Obwohl sie das Gegenteil hören wollte, sagte Louis: »Es macht nichts.«

»Soll ich nun meinen Astrachan anziehen oder nicht?«

»Es ist viel zu warm für ihn.«

»Das macht nichts.« Ihre Nase war rosa und glänzte. Louis faßte sich selbst an die Nase, die, wie es hieß, der ihren ähnlich war. Nur Männer mit großen gebogenen Adlernasen sind zu großen Dingen, zu Abenteuern fähig. Natürlich von einigen Ausnahmen abgesehen. Mama zog seine Krawatte etwas fester, preßte seine Ohren gegen seinen Kopf, musterte ihn, ließ seine Ohren wieder los, die zu flattern begannen wie die eines Elefanten, der im Busch kilometerweit Gefahr wittert.

Unter dem Fenster wurde gehupt.

»*Viens, mon beau cavalier*«, sagte Mama.

Onkel Florent fuhr sie in einem Chevrolet zum Theater. Er selbst wollte die Galavorstellung nicht sehen. Das sei nichts für ihn, sagte er. Erwachsene, die so täten, als seien sie Chinesen, und sängen, daß sie stürben oder verliebt seien. Mama streckte Louis den Ellbogen entgegen. Er reichte ihr den Arm und zog sie die Marmortreppe hinauf, wobei sie sich auf das Geländer stützte. Einmal oben, wo Wallener in dunklen Anzügen und Abendkleidern plaudernd herumstanden und sich gegenseitig belauerten, schlug sie seinen unbeugsamen, eisernen, gepanzerten Arm herunter und schnauzte: »Laß mich in Ruhe!«

Der *poudre de riz* auf ihrer Wange hatte nasse Flecken.

Während sie mit einem verkrampften Lächeln zwischen die Leute glitt, sah Louis, daß sie in Gedanken gotteslästerliche Flüche und Verwünschungen ausstieß.

Sie plumpste auf den Sessel der Loge, die Papa mit viel Mühe für sie hatte reservieren lassen. »Du bekommst den besten Platz im Theater, Constance, auch wenn ich ihn selbst bezahlen muß.« Louis beugte sich über den roten Plüschrand des Balkons. Über dem zu Dreivierteln gefüllten Saal ein Dunst, als hätten die Anwesenden kurz vor der Vorstellung alle zusammen Pfeife geraucht oder ein Feuerchen angezündet.

Mama schaute in ihren Taschenspiegel und puderte sich, was sonst keine einzige Frau im Saal tat, es war ein wenig wie in einem französischen Vaudeville. Nuttenhaft.

Das Programm mit einem belgischen Helm auf dem Umschlag lag auf ihrem Bauch, er wagte nicht, danach zu greifen.

Applaus. Ein hochgewachsener Herr zwängte sich mühsam zwischen den Falten des Vorhangs hervor und begrüßte »uns alle, für das schöne Ziel Anwesende, das den edelsten unserer Söhne im Felde zugute kommen wird, voll und ganz, Herr Gouverneur, Herr Vorsitzender der ›Breydelzonen‹, Herr Direktor des ›Groeninghe-Museums‹, Herr Vorsitzender der ›Leiezonen‹, und um keinesfalls den zu vergessen, der sich trotz seiner vielen Pflichten unermüdlich eingesetzt hat, den großen Leiesohn und Hüter unserer geistigen Lebenswerte, den Autor belletristischer, aber auch volkstümlicher Bücher, unser aller Marnix de Puydt«. In der fünften Reihe stand ein molliger kleiner Mann mit einer *lavallière* und langen blondgrauen Locken auf und winkte.

»Wie ein Weibsbild«, sagte eine angewiderte Stimme neben Louis.

»Schau ihn dir nur an, genau wie ein Weibsbild.« – »Gerard, vergiß deine Manieren nicht!« Marnix de Puydt winkte weiter mit seiner possierlichen Hand. Mama starrte mit funkelnden Augen den Pöbel an und wedelte mit dem Programm seinen verhaßten Geruch weg. Der Redner sagte, Belgien werde dem Sturm trotzen, und verschwand, hastig und gebeugt, als verjagte ihn der Applaus. Der rote Vorhang glänzte, Musik ertönte, nistete sich in alle Winkel und Nischen, überspülte alle Anwesenden.

Ein schicker Salon, dessen Möbel goldenes Licht ausstrahlten. Menschen in Abendtoilette, schlanker, zierlicher als die Leute soeben im Foyer, plauderten. Ein General hob sein Glas und redete über die Tochter von irgend jemandem, die einen Prachtoffizier abgegeben hätte, wenn sie nicht bedauerlicherweise ein Mädchen gewesen wäre.

Dragoner wirbelten mit Lisa herein, von der gerade die Rede war. Sie hat ein Springreiten gewonnen. Hoch soll sie leben! Lisa spricht von der Liebe. Nicht flirten, sondern lieben. Sie trennt sich von Graf Gustav von Pottenstein, von Gustl, aber sie wollen gute Freunde bleiben.

»Jetzt«, sagte Mama. Sie legte die Hand in dem weißen gehäkelten Handschuh auf Louis' bloßes Knie. »Jetzt paß auf!« Ihr wie ein nasser Kieselstein glitzerndes Auge richtete sich auf den Mann, der unter dem Applaus des Saals auftrat.

Er ist so klein wie Napoleon, Hitler, Schwester Kris. Sein Gesicht ist gelb wie alte Klaviertasten. Sein gelacktes, stramm nach hinten gekämmtes Haar ist aus Ebonit, seine Augen sind die Schlitze des unergründlichen Ostens. Auf schwarzen Schnabelschuhen gleitet er in das Licht eines unsichtbaren Scheinwerfers, schaut schmerzlich in den Saal, holt tief Luft und spreizt die Beine.

Prinz Sou-Chong heißt er. Er trete ins Zimmer, singt er, das sei der heilige Raum. Sein Herz solle nicht so stürmisch klopfen. Er, Prinz Sou-Chong, habe es *das Schweigen* gelehrt. ›Doch wenn uns Chinesen das Herz auch bricht, wen geht das was an? Wir zeigen es nicht.‹

Louis möchte gleichzeitig der Arie des gequälten Chinesen folgen, sich keine Silbe des jammernden Tenors entgehen lassen, sich aber auch vor Mama verbergen; den Ellbogen auf dem Knie, beugt er sich vor, seine Hand bedeckt seine Backe, seine Braue, sein brennendes Auge, und das genau in dem Augenblick, in dem auf der Bühne, in dem schicken Salon sein gelber Zwillingsbruder, der Prinz, sich selbst und ihn ermahnt, sich *nichts* anmerken zu lassen. ›Immer nur lächeln, trotz Weh und tausend Schmerzen . . . Sie soll es nicht merken!‹

Und dann kommt sie herein, die oberflächliche Abendländerin. Ob Seine Hoheit etwas möchte? Ja, sagt Seine Hoheit, ein Täßchen Tee. Nun stellt sich heraus, daß dieser Salon sich in einem Palais in Wien befindet. ›Wir plaudern so charmant, und Sie sind so galant‹, singen sie im Duett bei anschwellenden Geigen und werden ein Liebespärchen.

Graf Ferdinand Lichtenfels, Feldmarschalleutnant, findet, daß Europa und China wie Feuer und Wasser seien. Das kümmere sie nicht, rufen Prinz Sou-Chong und Lisa aus. Obwohl . . . Sie finden auch, daß jeder von ihnen doch aus einer anderen Welt sei. ›Siehst du nicht mein fremdes Gesicht? Siehst du die fremden Augen nicht?‹ fragt der Prinz. In einer Mondnacht im April legt er ihr einen Kranz aus Apfelblüten zu Füßen. Sie küssen sich, während der Vorhang fällt.

»Na?« fragt Mama.

Louis will sagen: Schön, das Schönste auf der Welt. Ich werde jeden Augenblick in lächerliche Heulsusentränen ausbrechen. Ach, warum redet sie mit mir?

»War es wieder nicht gut genug für dich? Oder? Warum siehst du so mürrisch drein? Warum ziehst du so ein trübes Gesicht? Was soll ich nur mit dir anfangen?« Sie grüßte eine Dame mit einem von lauter Früchten beladenen Hut. »Sag Guten Tag«, zischte sie. Louis, der seine Knie und Oberschenkel betrachtet, wundert sich, daß sie nicht safrangelb sind, aber er fühlt, wie seine Augen sich zu schmalen Schlitzen heben, wie er der fruchtbeladenen Dame wie ein Prinz zunickt.

Harfen, Glöckchen, Pauken hallen im Halbdunkel wider. Aus dem dröhnenden Dunkel leuchtet ein östlicher Palast auf, Bögen, Vorhänge, Pfauen. »Oh!« rufen die Leute im Saal. Lotosblume, singt der Prinz; seine Schwester Mi, die ihm nicht ähnlich sieht, obwohl sie die gleichen schrägen Striche in den Augenwinkeln hat, trillert ›Zig, zig, zig, zig ih!‹ Mama summt zu Louis' Entsetzen mit, wenn der Prinz und seine Lisa singen: ›Meine Liebe, deine Liebe, die sind beide gleich.‹ Und wieder legt sie die Hand auf Louis' Knie. Prinz Sou-Chong singt: ›Dein ist mein ganzes Herz! Wo du nicht bist, kann ich nicht sein.‹ Tosender Beifall, Bravos. Das kann nicht gut ausgehen. Wer so hoch, so unmenschlich erhaben singt, muß dran glauben und ja, da sagt auch schon Lisa, sie wolle ihre Heimat wiedersehen, die sie rufe: ›Komm nach Haus'‹! Komm zu mir!‹

Drachen mit Krötenmäulern und den Glotzaugen von Tante Mona erscheinen, winden sich. Mandarine, Mädchen mit Spitzhüten voller Perlen, Priester. Und nun merkt man, woher der Rauch vor der Vorstellung stammte: aus dem Weihrauchfaß, das ein kahler dicker orangegekleideter Priester in den Saal schwenkt. Die ersten Reihen hüsteln. Sklavinnen, zierliche Bräute. Walle hat sowas noch nie gesehen.

»Ach!« »Oh!« »Schön, was?«

»Ja, Mama.«

Louis versteht nicht so recht, wer bei dem ganzen Trubel auf der Bühne heiratet. Warum ist Lisa so nervös und drückt ihre gespreizten Finger auf die Brust? Die Musik gibt keine Auskunft darüber. Warum streuen diese geschminkten Chinesenkinder Mohnblumen auf den Weg, die wie Murmeln hochhüpfen? Prinz Sou-Chong tritt auf, er hat die Brust voller Orden wie Hermann Göring. Violette und goldene Männer umringen ihn, wedeln mit Pfauenfedern vor seinem nachdenklichen Gesicht herum. Oh, jetzt kapier ich es. Er heiratet drei Prinzessinnen zugleich, und das findet Lisa ärgerlich. Zu Recht weist der Prinz sie zurecht. »In China haben Frauen nichts zu sagen«, flüstert Mama.

›Du hast mich eingesponnen in ein Lügenmärchen‹, singt Lisa. ›Du bist so grausam, wie nur China ist! . . .‹ ›Du kannst mich schlagen, du kannst mich quälen, doch meinem Herzen kannst du nicht befehlen.‹ Der Prinz schlägt wütend auf einen Gong. Sie wird weggeschleppt. Der Prinz sinkt in sich zusammen. ›Was hab‘ ich getan?! Was hab‘ ich getan?!‹ Denn er ist sich der grausamen östlichen Sitten nicht bewußt. So unwissend sind wir. So sündigen wir dennoch. Ob wir wollen oder nicht. Noch nie ist es Louis so herzzerreißend deutlich geworden, was in dem Internat, in dem Oudenaardse Steenweg, in der ganzen Welt vorgeht.

Im Foyer, in dem die Theaterbesucher herumplappern, statt ernsthaft über das Dargebotene nachzudenken, trinkt Mama einen Mandarinenlikör, den ihr Herr Messidor vom Blumengeschäft angeboten hat, der sich erkundigt, ob Louis später Medizin studieren werde.

»Er hat kräftige Hände«, sagt Mama ausweichend. »Das schon.«

Herr Messidor sagt, er habe aus zuverlässiger Quelle gehört, daß in Deutschland die Offiziere mehr denn je Fremdsprachen lernen müßten, darunter auch Flämisch. Das sind Zeichen an der Wand, Madame Seynaeve. Und eigentlich spielt ›Das Land des Lächelns‹ sich in Deutschland ab, denn Wien ist jetzt deutsch, und Franz Lehár ist auch ein Deutscher, obwohl er in Komorn in Ungarn geboren wurde, und ob es wohl eine gute Wahl war, wegen ›De Leiezonen‹ in unserer neutralen Zone?

»Ich finde, daß ›Der Graf von Luxemburg‹ menschlicher ist«, sagt jemand.

»Eigentlich ja«, sagt Mama.

»Gefühlvoller«, sagt jemand.

»Da ist was dran.« Louis begreift nicht, daß Mama diesem Geschwätz so rückgratlos beistimmt. Oder liegt es daran, daß sie ihr Kind, das neue, das sie in ihrem Bauch hat, fühlen lassen will, daß sie gut ist, allen Menschen gegenüber nachgiebig?

Herr Messidor sagt, daß Mama aufpassen müsse, wenn sie Spielsachen für Louis kaufe, denn aus zuverlässiger Quelle habe er gehört, daß die berühmten Spielsachen aus Nürnberg auf Hitlers persönlichen Befehl mit Krankheitserregern bespritzt und zum halben Preis an Schmuggler verkauft würden, die sie dann in unserem Vaterland, in Frankreich, in Holland verhökerten.

Nach der Pause ist Lisa traurig. Die Tänzerinnen versuchen sie aufzuheitern, es gelingt nicht. Sie klagt, daß alles vorbei sei. Auch Mi, die Schwester von Prinz Sou-Chong, die so überschwenglich ›Zig, zig, zig, zig ih!‹ sang (was Louis lautlos mitzusingen versuchte, weil er es bestimmt demnächst, in drei Tagen, den Aposteln im Internat vorsingen mußte), ist unglücklich und winkt ihrem weißen Verlobten oder Freund oder Kameraden, dem Gustl vom Anfang, Lebewohl. Lisa will nach Wien zurück. Sou-Chong versperrt den Ausgang. Aber dann überkommt ihn die Gnade Unseres Lieben Herrn, denn er sieht ein, daß er sie gehen lassen muß, dieser gelbe Heilige.

Dann bleibt er allein, mutterseelenallein und singt, daß er trotzdem nicht weine, und wieder erklingt diese gefährlich schmelzende Melodie, die dem schrecklichen Gesetz huldigt: ›Immer nur lächeln, trotz Weh und tausend Schmerzen!‹

Neuer Rauch, der diesmal Morgennebel darstellen soll. Die ersten Reihen hüsteln, husten. Ein Garten voll kreischender Kinder; Kulis, die Wägelchen schieben; Soldaten, chinesisches Gequengel ›Zig, zig, zig, zig ih!‹ Miauen in Brokat. Mama ist lästig, unerträglich. Sie zupft Louis am Ärmel. »Siehst du ihn?«

»Ja, natürlich.« Der Prinz schlüpft in die goldene Jacke, die ihm der Herr der Zehntausend Jahre hinterläßt, mit verschlossenem Gesicht, immer nur lächeln.

»Nein. Dort.« Sie zeigt hin. (Tu das nicht, Mama, man sieht dich.)

»Wo?«

»Der rechts.« Sie grinst, meine Mutter, reibt sich vor Vergnügen im Takt der Musik den Bauch. »Dummerchen!« Sie zeigt wieder hin, weiß sie denn nicht, daß man nicht mit dem Finger auf jemanden zeigen darf, wenn ein ganzer Saal einen sieht? (»Man kann sich mit ihr nicht sehen lassen«, sagte Papa.) Mama pufft Louis mit dem

Ellbogen in die Rippen, und er sieht daraufhin rechts einen Kuli mit einem wabbeligen Bauch, der tonrot bemalt ist (so wie Rot erscheint, wenn man eine Zeitlang in der Sonne gesessen hat und plötzlich im Schatten etwas Rotes sieht). Der Mann mit Papas Nase und Mund singt, hüftwackelnd in einer weiten fernöstlichen Hose, über der der Bauch heraushängt, sein Gesang wird vom ganzen Chor lautstark übernommen.

Ein Kuli. Ein Vater. Halbnackt und bemalt. Warum läuft er zu Hause nicht so herum? Sie, neben mir, mit ihrem Bauch, ist stolz auf ihn, jedenfalls lacht sie zärtlich über ihn, über seine Hingabe, seine plötzlich federleichten Tippelschrittchen. Verkleidet wagt er das, Papa-Kuli. Applaus. Papa verbeugt sich, nicht weit von dem abendländisch breit lachenden Prinzen Sou-Chong, in dem wir nun Alfred Lagasse, den Tenor und Apotheker erkennen, und sucht seinen Sohn, findet ihn jedoch nicht.

Mama winkt, aber der Kuli ist viel zu aufgeregt, er entdeckt seine schwangere Frau nicht. Während die Leute hinausströmen, bleibt Mama sitzen.

»Komm, Mama.« Denn die Leute fragen sich, was ihr fehlt, ob sie krank ist oder ob sie jetzt ihr Kind zur Welt bringen wird. Begleitet von den Nachklängen der fernöstlichen Tempelglöckchen.

»Nein.«

Da weiß Louis, was sie tun wird, diese wahnwitzige Mutter. Sie wird dasselbe tun wie er, vor Jahren, als er, noch ganz klein, zum erstenmal dieses Theater besuchte und die Operette ›Der Bummelbaron‹ sah. Als der Saal, Bravo rufend, applaudierend, ›Laß den Kram nur laufen, und laß den Rummel nur zu‹ mitsang, hatte er geweint, weil er spürte, daß es fast zu Ende war, und als das Rampenlicht, nach zehnmaligem An- und Ausgehen, endgültig erlosch und die Leute den Saal verließen, war er auf seinem Platz sitzengeblieben, wollte nicht hinausgehen, wollte nicht begreifen oder hinnehmen, daß die Götter und Göttinnen in dem himmlischen Licht, in ihren Smokings und Brillanten und rauschenden Ballkleidern ihn im Stich ließen. Er trampelte mit den Füßen, seine Finger, die seine Lehne krampfhaft umklammerten, wurden losgerissen. Papa zerrte ihn an Kragen und Haaren hinaus.

»Komm doch jetzt. Wir müssen gehen.« Sie pudert sich die Nase und zwinkert ihm zu. Frauen können nicht zwinkern. Nur Omama. Sie steht nonchalant auf, strafft ihre weißen Handschuhe, geht schnell an seinem Arm durch den leeren Gang. Louis sieht, daß ihr

Kleid an den Beinen klatschnaß ist. Er lächelt sie mit schmalen gelben Lippen an, und sie, sie erkennt den Prinzen nicht, der sich nie und nimmer anmerken läßt, was sein unergründlich fernöstliches Herz verzehrt. Immer nur lächeln.

Am letzten Ferientag erzählte Bekka Cosijns, daß ihr Großvater gestern abend gestorben sei. Er sei schon seit Jahren blind gewesen, weil er einmal eine schlechte Frau gestreichelt und sich danach über die Augen gestrichen habe. Bekka hatte sich bereits einen schwarzen Schal um die Stirn gebunden, wie ein Seeräuber, und trug Schuhe ihrer Mutter, die ihr zu groß waren, mit denen sie jedoch zum Begräbnis gehen mußte.

Onkel Florent kam auf seinem Fahrrad gerade in dem Augenblick vorbei, als Bekka sich auf Louis' Hüfte stützte, um ihre Schuhe abzustreifen. Er bremste.

»Am Knutschen, Louis?«

»Der? Der ist doch noch nicht trocken hinter den Ohren«, sagt Bekka.

»Ich muß zur Armee. Der König ruft mich«, sagt Onkel Florent.

»Ohne Sie wäre die belgische Armee auch nicht komplett«, ruft Bekka herausfordernd.

Sie schauten zu dritt zu dem Mädchen auf der anderen Straßenseite, das Tag für Tag seine Gasmaske aufsetzte; es hatte die Hände im Haar und redete vor sich hin, denn der monströse gerillte Rüssel baumelte hin und her. Als Onkel Florent die Kippe seiner englischen Zigarette auf dem Fenstersims ausdrücken wollte, grapschte Bekka nach ihr. Sie inhalierte tief, den roten Stummel gefährlich nah an ihrer Nase.

»Du fängst früh an«, sagte Onkel Florent.

»Womit?«

»Mit dem Rauchen. Unter anderem.«

»Das ist gut für die Nerven«, sagte die Zigeunerin. Sie trat die Kippe mit ihrer bloßen Ferse aus.

Am letzten Ferienabend sagte Mama zu Tante Mona, während Louis in der *cosy corner* in einem von Papas *Lord Listers* ›Das Testament des Doktor Witherspoons‹ las: »Sieh ihn da sitzen, meinen Louis. Der sitzt einfach da oder läuft herum, und man weiß nicht, was er denkt, sein Gesicht ist völlig leblos.«

»Shirley Temple, die ist ein aufgewecktes Kind«, sagte Tante

Mona. »Man kann alles, was sie fühlt, an ihrem Gesicht ablesen. – Aber vielleicht ist das ihre neue Methode im Internat, den Kindern von früh an beizubringen, so . . .«

Mama war beunruhigt. »Louis, bringen sie dir in Haarbeke bei, so eine Miene aufzusetzen?«

»Aber nein. Mein Gesicht wächst nur so, das ist alles.«

»Ich kann nicht sagen, daß ich mich darüber freue.«

Danach redeten die beiden Frauen über neue Gardinen für die Zeit, in der das Kind da sein würde, über die Mode, die viel Schottenmuster vorschrieb, und abends Organza und Crêpe de Chine mit recht großen Blumen, und über ein Korsett aus Satinlastex ohne Fischbein, wenn das Kind einmal da sei. Mama sagte, alles verlaufe so, wie es solle, das Kind solle am Todestag ihres Vaters geboren werden, und darüber werde sich Meerke sehr freuen. »Obwohl man das bei meiner Mutter nie weiß«, sagte sie.

XV
DAS PIMMELCHEN

Morgens erneut in der Reihe, wieder gehorsam, wieder umringt von Hottentotten. Der Spielplatz wirkte kleiner, viereckiger, geschlossener. Schwester Sapristi sagte: »Seynaeve, halt den Mund«, obwohl er kein Wort gesagt hatte. Aber Louis begriff es, sie hatte ihn gestern abend spät von Papa in Empfang genommen, ja, wie einen Postsack im Wilden Westen, der aus einer staubigen Kutsche geladen wird. Sie hatte gegähnt. »Ich hatte schon geglaubt, daß Sie nicht mehr kommen würden, Herr Seynaeve.« Papa hatte sich geräuspert und geschmunzelt. »Schwester, die Seynaeves besitzen die Höflichkeit der Könige. Sie verspäten sich zwar gelegentlich ein wenig, sind aber stets zur Stelle.« Schwester Sapristi nickte todmüde. Sie brachte Louis in den Schlafsaal, eine späte Haushaltsschwester war noch in der Küche mit Töpfen beschäftigt, Hottentotten schnarchten, jemand ganz in der Nähe – Dondeyne? – sagte im Schlaf: »Oi, oi, es schneit!«

Die Kieselsteine des Spielplatzes waren vom Regen der Vornacht naß. Die Reihe der Kleinen war gelichtet. Kleine durften manchmal ein paar Tage länger Ferien machen. Vlieghe ist auch nicht da. Während der ganzen Ferien habe ich ihn vergessen. Wie ist es möglich, daß er mir jetzt so fehlt? Kann er allein, kann ich allein im Internat gedeihen? »Was ich in den Ferien erlebt habe, war Klasse!« sagte Byttebier neben ihm.

»Und war es das bei dir auch . . .?«

»Wieso auch?« Sich wieder an die Geheimsprache gewöhnen, die Hinweise auf etwas, das es zu raten gilt.

»Bei mir war es auch Klasse«, sagte Dondeyne. »Ich wurde immer ausgelacht. Als käme ich aus einem Zoo. Sie lachten über meine Kleidung.«

»Trägst du denn die Sachen auch zu Hause?« fragte Louis. Die langen schwarzen Strümpfe, die lange kurze Hose, den Matrosenkragen, den Strohhut?

»Ich habe nichts anderes.«

Das erstaunte Louis. Er war dankbar, daß Mama ihm das ersparte, daß sie einen Unterschied machte zwischen einem uniformierten

Louis im Gefängnis und einem fast verspielten, jungenhaften Kind, das bei ihr zu Hause in normalen Sachen – und auch in nicht so verdreckten, lotterigen wie denen von Tetje – herumtollen durfte. Mama war gestern traurig gewesen, daß er fortging. Oder nicht?

Er wollte ihr heute abend einen Brief schreiben, mit der runden Feder, dabei auf alle Kommas und Punkte und großen Buchstaben achten. Liebe Mutter, warum müssen wir uns immer (oder: stets?) so rasch (oder: bald?) verlassen? Wenn ich Dich nächsten Monat mit meinem neuen Brüderchen (oder: Brüderchen oder Schwesterchen?) wiedersehe, werde ich Dir mündlich sagen, wie sehr ich Deine Zuneigung schätze und bis zu meinem Tod schätzen werde, Dein Kind (oder: Dein erstes Kind?), das Dich liebt, Louis Seynaeve.

Abends saß Vlieghe auf seinem üblichen Platz im Remter. Er war braungebrannt, hatte breitere Schultern bekommen, sein Haar war gescheitelt und zur Seite gekämmt. Als er Louis erblickte, machte er das apostolische Zeichen für Not und Gefahr – langsam zog er mit dem Daumen eine horizontale Linie über seine Kehle –, aber sogleich zwinkerte er. Es drohte doch keine Gefahr.

Sie aßen Roggenbrot mit Schmalz und Erdbeermarmelade, während Schwester Kris die Botschaft von Papst Pius dem Zwölften vorlas, es war die gleiche Botschaft wie immer, nämlich daß der Glaube im Streit gegen Material, Materialismus siegen, daß die Zivilisation triumphieren werde, die, die meinten, daß sie die Niedrigen erhöben, seien im Grunde Gotteslästerer. Vlieghe schien die Worte des Heiligen Vaters zum erstenmal zu hören oder zu begreifen. Als ob er ein Kleiner geblieben wäre. Wie damals, als er und Louis Kleine waren und eines Tages von Schwester Kris in der Klasse mitgeteilt bekamen, daß es einen Wettbewerb gebe, wer die schönsten Blumen zeichnen und mit Wasserfarben kolorieren könne. Man könne sich selbst die Blumen auswählen. Der Gewinner sollte – man halte sich fest – auf Kosten des Vatikans nach Rom reisen und dort in den Gemächern Seiner Heiligkeit vom Papst höchstpersönlich empfangen werden und einen Roller mit dem Nummernschild des Vatikans überreicht bekommen, und davon gebe es nicht viele. Die Wahl der Blumen sei, wie gesagt, frei, aber jeder wisse, daß der Heilige Vater am liebsten das schlichte Veilchen möge. Wenn er selbst auch immer rote Rosen auf das Grab seiner Mutter lege. Louis malte, davon war er überzeugt, das schönste Bild. Er hatte alle Tönungen des Malkastens miteinander vermischt, hauptsächlich Rot und Blau. Wenn er die Augen halb zukniff – und er hoffte, daß dies auch der Papst und seine Kardinäle tun würden –, hatte er das Gefühl, daß er so eine Blume vom Papier pflücken konnte. Wenn der Papst ihn später nur nicht fragen würde, welche Blume es sei. Schwester Kris ging durch die Reihen. Blieb etwas länger vor seiner Bank stehen. Sie wollte nichts verraten. (Wie sie auch jetzt nichts verrät, während ihr messerscharfes Profil, das eines Adlers, die Botschaft des Papstes vorliest. Eines wilden Adlers. Wie Hitler einen vom ganzen deutschen Volk zu seinem Geburtstag geschenkt bekommen hat. Aus Bewunderung für den tapferen Vogel hat er ihn sofort in den deutschen Himmel freigelassen.) »Gar nicht übel«, sagte Schwester Kris an der Bank von Vlieghe. Es geht zwischen ihm und mir. Vlieghe darf nicht gewinnen. Quälend langsam geht Schwester Kris zur Tafel, sie dreht sie um, und verdeckt schreibt sie lange zu viele Namen. Gibt sie jedem Punkte? Sie kommt hinter der Tafel hervor, wirft die Kreide in den Behälter, wischt sich die rechte Hand an ihrer oft gewaschenen, blaßblauen Schürze ab. »Wer, o wer?«, sagt sie. Der – Louis – der! Mit heftigem Schwung drehte sie die Tafel um. Darauf ist mit Kreide ein Männlein gezeichnet, es hebt die riesige gespreizte Hand an die Nase, der Daumen berührt die Nase, und aus ungeheuren Negerlippen quillt eine Blase, in der ›1. April‹ steht, und tatsächlich ist es der Erste April, der Tag, an dem man andere reinlegt, wo man nur kann. Schwester Kris lachte, sonst niemand.

So zahm, so putzig ebendieser Schwester ausgeliefert scheint nun Vlieghe zu sein. Die erste Versammlung der Apostel fand in dieser Nacht in dem Raum statt, in dem die Wäsche in Körben gestapelt war.

»Ave Dondeyne«, »Ave Byttebier«, »Ave Vlieghe«, »Ave Seynaeve«, »Ave Goossens«. Vlieghe hatte ein neues Nachthemd an, weiß mit kirschroten Borten an Hals und Ärmeln. Er holte ein schlampig aus einer Zeitschrift ausgeschnittenes Bild zum Vorschein.

»*Voilà.* Deshalb sind die Deutschen die Stärksten auf der Welt«: Ein waldgrüner Grashüpfer aus Metall mit einem karierten Maul und einem türkisfarbenen Unterleib.

»Die Dornier, 355 Kilometer in der Stunde.«

»Wie viele Deutsche passen da rein?«

»Sechs. Sie nennen es ›Der Fliegende Bleistift‹.«

Die anderen Apostel nickten stumm. Goossens hatte die Verbotenen Bücher auf dem Schoß, er ging behutsam mit ihnen um.

»Bei mir zu Hause war es wieder einmal Klasse«, sagte Byttebier. »Was ich alles erlebt habe!« »Ich habe zu Hause eine verbotene Figur«, entgegnete Louis sofort. »Nach den großen Ferien bringe ich sie mit. Sie stellt einen deutschen Jungen dar, der den Eid auf Hitler ablegt. Das ist gottlos, denn Hitler glaubt, daß er selbst Gott ist.«

Sie nahmen es als selbstverständlich hin. »Ich habe auch noch einen Dolch von Hitlers persönlicher Leibwache.« Sie wurden etwas aufmerksamer. »Er ist aus rostfreiem Stahl.« Er wartete, sagte dann verzweifelt: »Wenn man ihn genau betrachtet, ist noch Blut dran.«

»Das stammt dann wohl von der deutschen Blutwurst«, sagte Goossens. Die Apostel grölten los, und Byttebier klopfte Goossens dreimal auf den Rücken. »Du bist vielleicht ein Witzbold!«

»Psst!« sagte Louis ärgerlich. »Wollt ihr, daß Schwester Kris uns hört?«

»Heute dreht Schwester Imelda die Nachtrunde.« Ach, dieser Goossens! Wußte er denn nicht, daß von allen Schwestern Schwester Kris die gefährlichste ist? Auch wenn sie jetzt im Schloß schläft, ein Kopfkissen auf ihrem Kopf, kann sie noch die Tonschwingungen durch die Festungsmauern hindurch hören, dann beginnt ihre Nase zu wittern wie die eines Kaninchens, und sie schleicht sich plötzlich ganz nahe heran.

»Bei mir zu Hause ist es auch Klasse gewesen«, sagte Dondeyne zu Byttebier. Louis, der Gründer und Anführer, sagte: »Goossens, nimm die Akten und schreib.« Vlieghe, der wegen seiner schönen Handschrift der offizielle Evangelist war, blickte nicht einmal auf. Es dürfte eigentlich keine Ferien geben, die alles trüben, zerkrümeln, kaputt machen. Louis diktierte: »Ein neues Zeitalter bricht an. Die hier anwesenden Apostel werden Schritte unternehmen . . .«

»Nach gemeinsamer Beratung«, sagte Byttebier.

»Werden nach gemeinsamer Beratung Schritte unternehmen . . .« Er wußte nicht annähernd, wie er fortfahren sollte. Vlieghe inspizierte sein Flugzeug. Aus großer Ferne war der Springbrunnen vor dem Denkmal des heiligen Josef zu hören.

». . . unternehmen, um eine Heilige, die wegen ihres unerschütterlichen Glaubens gefangen gehalten wird, nämlich Schwester Sankt Gerolf . . .« Goossens schrieb schwungvoll. Louis posaunte das Ende des Satzes heraus: ». . . zu besuchen!«

»Das wird nicht so leicht sein«, sagte Byttebier.

»In ihrer Zelle?« fragte Dondeyne ängstlich.

»Man kann nicht von der Außenmauer hineinklettern«, sagte Vlieghe. »Jedenfalls du nicht.«

»Du aber wohl!«, sagte Louis.

»Ich wohl!« sagte Vlieghe leichthin, und sein ungeheurer Hochmut überspülte Louis wie eine Welle Salzwasser. (Voriges Jahr in Blankenberghe war ihm eine sich brechende Welle mitten ins Gesicht geklatscht.)

»Schwester Sankt Gerolf ist keine Heilige«, sagte Goossens.

»Es war bildhaft gemeint. Dann schreib: eine Selige.«

»Ist sie auch nicht.« Goossens legte das Heft auf die Fensterbank, zog eine Socke aus dem nächsten Wäschekorb, roch daran, streifte sie wie einen Handschuh über seine rechte Hand. Rebellion. Wollte also nicht mehr weiterschreiben. Was war nur in den Ferien passiert? Ein lammfrommer Schmeichler, der in einen Rebellen verhext wurde, während er gerade erst zu einem Apostel gewählt worden war! Wie bändigte der Landvogt Wilhelm Tell? Ein Anführer darf alles, aber wie? Ich krieg dich klein, ganz klein. Louis schlug einen harmlosen Nachtfalter tot. »Der Plan, den ich euch allen (als richtete er sich an einen Spielplatz voller Schüler) unterbreiten möchte, ist der folgende . . .«

Goossens zog zwischen den Verbotenen Büchern, die Louis so gehegt hatte, ein doppeltgefaltetes Blatt Papier hervor, entfaltete es und zeigte es Vlieghe (ein weiterer Verstoß). Vlieghe legte das Blatt für alle sichtbar auf einen Wäschekorb. Ein Mann, der zur Hälfte gehäutet war, gähnte oder schrie breitbeinig mit aufgesperrten Kiefern. Aus seinem kahlen Schädel flogen Strichellinien und Zahlen wie eine Aureole, Bündel gelber, orangefarbener und ziegelroter Muskeln und Nerven waren zu sehen, Rippen, entzweigehackte Adern kreuzten sich.

»Sein Piepmatz ist auch gehäutet worden«, sagte Byttebier.

»Sag lieber: sein Uhu«, sagte Goossens, der natürlich in den Ferien darauf gekommen war. Als Louis dieses schamlose rote Glied sah, in das rote Nerven eingezeichnet waren, begann er mit den Zähnen zu klappern. Er fühlte, wie kalte Zuckungen seinen Körper durchfuhren. Er sprang auf, nahm das Blatt Papier und hielt es hinter seinen Rücken.

»Nicht zerreißen!« rief Goossens.

»Nein. Das ist verboten.«

»Ganz richtig«, sagte Byttebier. »Ein Verbotenes Buch.«

»Das ist doch der Zweck der Übung«, sagte Dondeyne.

»Das ist kein echtes Verbotenes Buch«, sagte Louis unsicher. »Das ist gemein, schmutzig ...«

»Ach, Seynaeve, scher dich mit deinem Geschwafel zur Hölle.« Seit Jahren hatte Vlieghe Louis nicht bei seinem Nachnamen genannt.

»Alle Namen der Nerven stehen drauf, auf Flämisch und auf Lateinisch.« Goossens machte einen Schritt in Louis' Richtung. Wie eine Bergziege wird er sich auf mich stürzen.

»Goossens, du solltest dich schämen«, sagte Louis. Er legte das Blatt auf die Fensterbank. Auf der Rückseite war ein gekrümmtes Rückgrat abgebildet, das eines Herings. Er setzte sich auf das Papier.

Draußen stolperte jemand über einen Eimer.

»Gib dieses Papier her!« sagte Vlieghe und streckte die Hand aus, packte Louis beim Nachthemdkragen und zog ihn von der Fensterbank hoch. In dem Augenblick, als die resoluten harten Fingerknöchel über seine Brust scheuerten, fühlte Louis, wie etwas Behagliches, etwas Warmes wie laues Wasser über seinen Unterleib floß, sich ausbreitete, zusammenzog. Er erschrak so, daß er Vlieghe nachgab, der das Blatt Papier Goossens reichte, er suchte, und seine Finger stießen unter dem Leinen auf ein Pimmelchen, das sein eigenes Leben zu führen begonnen hatte, es war ein stumpfer weicher Holzsplitter, nein, ein Gelenk, das von innen heraus in seinen Spatz gewachsen war, es sollte nie mehr verschwinden, sondern an seinem Bauch festgeschraubt bleiben, eine Schande, eine Strafe, endlich. Er las an den Blicken der anderen ab, daß er von den Engeln gestraft worden war. Von Panik ergriffen, wollte er um Hilfe rufen, unwiderstehlich glitt seine Hand wieder zwischen seine Beine, das Stigma war da noch immer aufgepflanzt. Der Engel der Schmutzigkeit flatterte herein und drückte zwei Finger in Louis' Augenhöhlen. Der Engel hob Louis hoch und schmiß ihn mit wahnsinniger und tödlich stummer Wucht gegen die Tür, die aufflog. Louis fiel gegen das Geländer des Treppenhauses, rannte die Stufen hinunter, hielt erst unten inne, beruhigte sich nicht. Er preßte seinen Unterleib gegen die marmorne kühle Wand, zerdrückte die Wurzel, die der Engel in sein Glied gepflanzt hatte, an der Oberfläche, die zu warmem Wasser wurde, sich aber nicht öffnete wie das Rote Meer vor Moses.

XVI
DAS SKAPULIER

Baekelandt kam, um zwei eisenharte Gehilfen zu holen. Selbstverständlich wählte Schwester Imelda Byttebier aus, den sie als Rindvieh betrachtete, das möglichst schnell aus dem Internat entfernt werden mußte, und Louis, weil sie merkte, daß der überhaupt keine Lust dazu hatte. »Nimm den auch noch dazu«, sagte Schwester Imelda und zeigte auf Vlieghe.

»En avant, marche!« schnauzte Baekelandt und setzte sich in Marsch, wobei er stirnrunzelnd die Dächer des Internats musterte, ob da nicht vielleicht Fallschirmjäger drauf landeten.

Die drei mußten mithelfen, an einem kleinen Graben Stacheldraht anzubringen. Doppeltdick, quergeflochten, rostfrei. Baekelandt pries seinen Stacheldraht, den er mit hübschem Rabatt bei Bekaert erstanden hatte. Gegen September sollte das ganze Kloster davon umgeben sein. Die Nonnen hätten keine Ahnung, was das kostete. »Schwester Econome fängt immer gleich an, zu zetern. Aber wenn ihr euch nicht sichert, kostet das noch viel mehr, stimmt's oder nicht?«

»Ein Tank durchbricht doch Ihren Stacheldraht wie nichts«, sagte Vlieghe. »Es braucht noch nicht einmal ein Panzer der Deutschen zu sein.«

»Ja, Männeken, aber das Fußvolk muß auch noch durch!«

»Das Fußvolk«, sagte Vlieghe spöttisch.

Baekelandt kaute Tabak, spuckte ihn aus. »Wir haben schlimme Dinge gesehen, und wir werden noch viel grausamere Dinge zu sehen bekommen.«

Sie arbeiteten in der Sonne, tranken die stark verdünnte Buttermilch, die Trees brachte, hörten sich die Prahlereien von Baekelandt an, die Frösche im Graben hörten nicht zu quaken auf. Sie schwitzten, Byttebier wurde wegen seiner Geschicklichkeit und Kraft von Baekelandt mit Komplimenten überhäuft. Irgendwann zog Louis den Draht in einem Augenblick, als Vlieghe nicht aufpaßte, etwas zu fest an. Vlieghe stieß einen leisen Schrei aus, sein Daumen war gehäutet worden. »Wenn du das man aushältst«, sagte Baekelandt, als er die Wunde inspizierte. Vlieghe zog ein schmutziges Taschentuch hervor und wickelte es um seinen Daumen.

»Ich habe es nicht absichtlich getan.«

»Mit dir ist es immer das gleiche«, sagte Vlieghe.

»Wieso?«

»Reden wir nicht mehr darüber.« Vlieghe nahm seinen Hammer und schlug Krampen in einen Pfahl, als zerschmetterte er Mieserike. Nein. Vlieghe glaubte nicht an Mieserike. Wer schon. Louis sah, daß sein Taschentuch ziemlich sauber war; er biß hinein und riß zwei Streifen davon ab und band sie um Vlieghes Daumen. Er brauchte lange dazu. Als die Bänder straff gespannt waren, nahm er die Hand, hob sie an sein Gesicht, betrachtete die rosa Fingerspitze, die mit dem gewölbten Nagelansatz aus dem Streifen herausragte und leckte daran.

»Hör auf!« Vlieghe zog den Finger nicht zurück.

»Es ist gegen *Tetanus*«, nuschelte Louis, »der Rost muß raus, sonst wird dir noch die Hand amputiert.«

»Rost«, rief Baekelandt. »Das ist funkelnagelneuer Draht von Bekaert, direkt aus der Fabrik!«

»Wir haben eine richtige *infirmière*«, sagte Byttebier. »Baekelandt, wenn Sie nochmal ein Malheurchen mit einer Kuh haben, können Sie unsere *infirmière* hinzuziehen.« Woraufhin Vlieghe seine Hand losriß.

»Ich tue es nur für dich«, flüsterte Louis.

»Ja, ja. Das kennen wir«, sagte Vlieghe.

Als sie zur Mauer des Klosters zurückgingen, auf das Tor zu, hinter dem Schwester Sapristi vergeblich zu den Ästen hochsprang, um eine Birne zu pflücken (die übrigens nicht reif sein konnte), sang Louis: »Dein ist mein ganzes Herz! Wo du nicht bist, kann ich nicht sein, so, wie die Blume welkt, wenn sie nicht küßt der Sonnenschein.«

»Die singende *infirmière*«, sagte Byttebier.

»Es ist aus dem Land des Lächelns.«

»Wo liegt das?«

»In China.«

»Die Chinesen kriegen eins auf den Deckel. Die laufen nur weg, und die Japaner sitzen ihnen auf den Fersen«, sagte Byttebier und ging auf Schwester Sapristi zu. »Aber beim Weglaufen machen sie alles kaputt. Die verbrannte Erde,« sagte Louis und nahm Vlieghes Hand. »Du mußt damit zur *infirmière*.«

»Seynaeve, du stinkst«, sagte Vlieghe.

»Ich?« Verdattert ließ Louis die Hand los. Vlieghe schnupperte, schnüffelte, seine Nase bewegte sich auf und ab wie die von Schwester Kris, wenn sie etwas Sündiges witterte, wie die eines Kaninchens. (Das Kaninchen hat von Gott bei der Schöpfung ein Lächeln mitbekommen und es aus Unachtsamkeit verloren. Seitdem sucht es schnüffelnd vergeblich nach diesem verschwundenen Lächeln.) »Dein Hals stinkt.« – Ich fange an zu verfaulen. Am Hals, wie die verschimmelten Füße der Soldaten in den durchweichten Stiefeln in den Schützengräben.

»Das ist es.« Vlieghe hakte seinen Mittelfinger in den Halsausschnitt. »Dein Skapulier.« Louis riß sich das Skapulier vom Hals, einen grauen durchweichten fettigen Fetzen, der einmal zu Ehren der Unbefleckten Empfängnis blau gewesen war. Der roch nach nichts. Es war eine List, eine Prüfung, die Vlieghe ihm auferlegen wollte und die besagte: »Du sollst kein Zeichen tragen, das nicht mir geweiht ist!« Louis warf das Skapulier zu Boden, er wagte nicht darauf herumzutrampeln und kickte es hinter einen Holunderbusch, vor Angst schwitzend, ich wage alles, die Käfer, die Tausendfüßler, die Raupen werden das hingeworfene Zeichen auffressen.

»Du kommst in die Hölle.«

Louis nickte. Es war unwiderruflich geschehen. Aber der Garten veränderte sich nicht, die Sträucher rührten sich nicht, keine Wolke zog schneller vorbei, von ferne quakten die Frösche, quengelten die Kleinen.

»Und hör gut zu, laß lieber deine Finger von mir!« sagte Vlieghe und rannte mit langen Sprüngen los, wie der Neger bei den Olympischen Spielen vor ein paar Jahren, der in einer dreisten negroiden Anwandlung Hitler die Hand schütteln wollte. Louis setzte Vlieghe nach, hatte aber nicht die geringste Chance, ihn einzuholen. Vlieghe flog über die Gräben, Louis geriet außer Puste, er gab seinem kanadischen Bronzeelch die Sporen, und das dampfende Tier wirbelte Erdklumpen auf, holte jedoch den Jungen nicht ein; Louis warf verzweifelt seinen Tomahawk, aber Vlieghe rannte mit dem scharfgeschliffenen Beil in seinem blutenden Kopf einfach weiter und schrie, nicht vor Schmerz, sondern aus Triumph, weiter über die Weiden, wo Baekelandt aus seiner Umzäunung aufblickte.

Während der Freizeit spielten die Apostel Karten. Goossens gewann, wie in letzter Zeit so oft. Usurpator. Ein Wort aus der Geschichtsstunde. (Nächstes Jahr lerne ich Latein.) Louis suchte nach

Spuren seiner Sünde am Holunderbaum, nach dem Ekel, den Vlieghe über diese Sünde empfinden mußte, entdeckte aber nichts in dem Gesicht, das sich wie das eines Fuchses auf die Karten konzentrierte. Warum heißt er nicht Voske – Füchschen? Er ist doch fuchsig. Allerdings haben meine Katzen auch so eine Farbe.

Ein fuchsiger Gestiefelter Kater, der, Milch in seinen Schnurrhaaren, Befehle erteilt. Vlieghe ist meine Todsünde. Er weiß nicht, was er tut. Ist das nicht denen eigen, die geliebt werden, Mama, Omama, Sankt Franziskus, Bekka und anderen? Daß sie nicht sehen, wer sie liebt? Daß nur der, der liebt, jedes Fältchen und jeden Atemzug am anderen wahrnimmt, liebgewinnt? Vlieghe bekam dauernd schlechte Karten.

Eines Tages hatte Byttebier von einem Kartenspiel der Erwachsenen erzählt, ›Hose runter‹ genannt, bei dem der Verlierer die Hose ausziehen mußte. Louis hatte den Gedanken so schmutzig gefunden, daß er beichten ging.

»Hast du mir nicht mehr zu sagen«, fragte der Kaplan griesgrämig, »als daß du das Wort ›Hose runter‹ gehört hast? Hast du selbst deine Hose ausgezogen?«

»Ja, doch«, log Louis.

»Und dann? Schmutzige Dinge getan?«

»Nein, nein, nein.«

»Was denn?«

»Nur meine Hose ausgezogen. Und dann wieder angezogen.«

»Bist du sicher? Ist das alles? Was haben die anderen getan?«

Fieberhaft suchte Louis nach einer denkbaren Betätigung für die anderen. »Sie haben nicht darauf geachtet«, sagte er lahm.

»Schreib zweihundertmal: Ich werde meinen Beichtvater nicht mehr mit meinem Geschwätz belästigen.« Nachdem er schon etliche Seiten vollgeschrieben hatte, guckte ihm Schwester Adam über die Schulter und sagte: »Er ist modern, unser Kaplan, wirklich modern.«

Vlieghe schmiß seine Karten hin. »Kein einziges Bild. Heute läuft alles schief. Das liegt an Seynaeve. Dieses Schiefmaul zieht das Pech an!«

»Du, bitte etwas höflicher, ja!« sagte Louis automatisch.

»Halt die Klappe, denn du bist im Stand der Todsünde. Das weißt du ganz genau.«

»Ich kann kaum noch zur Beichte gehen heute abend.«

»Etwas Reue könntest du schon zeigen, auf Verdacht.«

»Was soll ich denn tun? Mir die Augen mit einem Kartoffelmesser ausstechen wie Schwester Sankt Gerolf?«

»Schon wieder Lügen«, sagte Vlieghe. »Das bist du: Lügen, Lügen, nichts als Lügen! Du bestehst nur aus Lügen. Schwester Sankt Gerolf hat das nie mit einem Kartoffelmesser getan. Du hast das nur ...«

»Aus *deinem* Daumen gesaugt!« rief Louis begeistert. Aber Vlieghe tat so, als wüßte er nicht, was die Anspielung sollte.

»Schwester Sankt Gerolf ist nicht einmal blind.«

»Wetten?« Louis schlug mit seinem Handrücken auf den Tisch. Es tat weh.

»Um was?«

»Um alles, was du willst, ungläubiger Thomas!«

»Ich wette nie«, sagte Vlieghe ruhig. Sein Onkel hatte fürchterliche Schulden beim Pferderennen in Ostende gemacht, die er in seinem Leben nie zurückzahlen konnte.

»Wir könnten nachschauen, dann wissen wir es«, sagte Dondeyne.

»Wo?«

»In der Zelle von Schwester Sankt Gerolf.«

»Da kommen wir nie rein«, sagte Goossens.

»Doch«, sagte Vlieghe ölig. Der Stratege voller List und Wagemut. »Erst müssen wir erkunden, wo sie liegt, wann die beste Zeit ist, wie der Rückzug organisiert werden kann, und so weiter.«

Anderntags im Beichtstuhl. »Vater, ich habe gesündigt, es ist meine Schuld – aber nicht ganz, ein Schüler, den ich nicht nennen darf, hat mich zur Sünde verführt.«

»War es wieder ›Hose runter‹?«

»Nein.«

»Aber etwas in dieser Art?«

»Nein. Aber ich habe doch etwas getan, was verboten ist.«

»Was denn jetzt schon wieder?«

»Das heilige Skapulier.«

»Das darfst du ablegen, so oft du willst.«

»Ich habe es hinter einen Holunderbaum geschmissen.«

»Weggeschmissen? Das ist ein *Sakrament*!«

»Ich kann es wiederfinden.«

»Such es.«

»Es war abgetragen. Darf ich es waschen, wenn ich dabei vorsichtig bin?«

»Ja, sicher. Warum hast du das getan?«

»Aus einer Hauptsünde. Aus Wut.«

»Du weißt doch, daß es ein Vorrecht ist, ein Skapulier tragen zu dürfen? Daß es früher nur Bruderschaften zugestanden wurde ...« Oblaten, Tertiariern. Er schwitzte noch mehr als sein Beichtkind und sagte schließlich: *»Deinde te absolvo.«*

In dieser Nacht saß der stämmige Engel am Fußende von Louis' Bett. Im Schatten glitzerten und raschelten die weißen Schwanenfedern. »Du denkst, daß du noch mal davongekommen bist, was, Schiefmaul? Mit deiner unvollkommenen Reue. Denn du hattest hauptsächlich Angst vor der Strafe, das kann nie eine vollkommene Reue sein. Und all die anderen Todsünden, die sich in letzter Zeit häufen und die du nicht beichtest und die deine Schuld mehren? Du setzt dir doch nicht etwa in den Kopf, am Sonntag zur Kommunion zu gehen?«

»Ich kenne dich«, sagte Louis. »Du gibst dich als Engel aus, weil du noch die Aufmachung aus der Zeit vor deinem Fall hast. Du gibst dich auch als Holst aus, der Mama Kindersachen gebracht hat, aber dein wirklicher Name ist Beelzebub.«

Die Flügel rauschen, als führe der Wind hinein, dann flattern sie, dann sausen sie durch die hölzerne Zwischenwand hindurch, hinter der Dondeyne schläft, und verschwinden, und dadurch scheint Louis wach zu werden, denn er legt die Hand auf die wäßrige Wärme auf seinem Unterleib und reibt darüber. Bis er den Engel meckern hört und aufschrickt. Er zerreißt das Band seines neuen Skapuliers und bindet es um den fleischigen Zweig, der aus ihm wächst. Er zieht den Knoten fest zu, bis ihm ein leises Wimmern entschlüpft. Der Zweig schrumpft zusammen. Louis leiert lauter Ave-Marias herunter, bis er in Schlaf sinkt.

XVII
EINE ERKUNDUNG

Die gesunden Wangen von Schwester Imelda könen im Nu scharlachrot werden. Frauen mancher Rassen, vor allem die aus dem Norden, aus der Gegend der Fjorde und Gletscher, haben eine zu dünne Haut.

Die Kleinen schälen Kartoffeln, wischen den Boden auf. Schwester Imelda hockt breit wie eine Glucke auf einem Melkschemel und gibt ab und zu herzlich brummend eine Anweisung. Die Apostel fragen, ob sie helfen können, und sie findet das ganz selbstverständlich. »Nachher dürft ihr die Töpfe in den Remnter bringen.«

»Schwester Imelda, wie geht es Schwester Sankt Gerolf?«

»Ach, Jungs, was wollt ihr? Der eine Mensch ändert sich rascher als der andere.«

»Sie sind sicher noch jung, was, Schwester Imelda?«

»Jungs, manchmal glaube ich, daß ich nie richtig alt werde und meine Schwestern noch viele Jahre Scherereien mit mir haben werden. Aber ich laufe auch mehr in der frischen Luft herum als meine Mitschwestern, ich fasse überall mit an, ich scheue mich nicht, mal eine Nacht durchzuarbeiten.«

»Und Schwester Sankt Gerolf . . .?«

»Die stammt aus einer vornehmen Familie, die hat nie gewußt, was arbeiten heißt, hat das nie gelernt, und in einem gewissen Alter rächt sich das.«

»Sie kommt nie aus ihrer Zelle heraus, was?«

»*Jamais*. Wir sind ihr zu sehr entgegengekommen. Aber das war lange vor eurer Zeit.«

»Ihre Zelle, ist das die links neben der Kapelle?«

»Nein, das ist die von Schwester Econome. Die möchte einen Ausblick auf die Nußbäume haben. Sie ist ganz versessen auf Nüsse. Weil das Nußöl gut für das Gehirn ist. Das meint sie zumindest.«

»Ist es die zweite Zelle, vor der immer ein Vorhang hängt?«

»Das ist das Studierzimmer. Nein, wenn ihr es unbedingt wissen wollt, ihr Naseweise, es ist die Zelle, an der die Glyzinie wächst. Ich bete täglich für Schwester Sankt Gerolf. Ihr Leben lang ist sie gottesfürchtig und gut gewesen, und dann wird sie so gestraft. Sie war steinreich, das schon, aber immer gottesfürchtig und gut. Aber tja, woher kommt so was? Aus dem Gehirn. Und dann macht der restliche Mechanismus nicht mehr mit. Wenn man sich zuviel mit seinem Gehirn beschäftigt, muß das schiefgehen. Man kann Unserem Lieben Herrn auch ohne Gehirnarbeit dienen. Wenn man gesund bleibt und viel betet, reicht das, Jesus weiß das.«

»Und ist ihre Tür immer abgeschlossen?«

»Was geht dich das an, Byttebier?«

»Man darf doch mal fragen, Schwester Imelda?«

»Schwester Sankt Gerolf, Jungs, ist ein Fall für sich. Sie kommt aus Moeskroen, aus einem Haus mit drei Klavieren. Früher plauderte ich mit ihr über Pferde. Ihr Vater züchtete sie. Natürlich nicht solche Bauerngäule wie bei uns auf dem Hof. Aber nach einer Weile war nicht mehr mit ihr zu reden. In solchen Familien kommt das öfter vor. Es ist erblich, heißt es. Natürlich wußte Mutter Oberin darüber Bescheid, als Schwester Sankt Gerolf bei uns eintrat. Aber jemanden aus so einer Familie weist man natürlich nicht ab. Und ich muß hinzufügen: sie ist jahrelang immer gottesfürchtig und gut gewesen. Sie war immer ziemlich allein. Und dann fing sie an, sich seltsam zu benehmen, bei der Konsekration kippte sie um. Dann hat sie sich selbst angezündet.«

»Ihr Schloß, Schwester Imelda, muß von innen sehr schön und gepflegt sein.«

»Weil wir dort versuchen, uns durch Arbeit und Entsagung von unseren Sünden zu reinigen.«

»Es gibt da sicher viele Flure, nicht, und Keller und Dachböden, nicht wahr, wie in einem Spiegelpalast?«

»Wie kommst du auf so was? Es sind ganz gewöhnliche Gänge mit Zellen.«

»Weil«, sagte Louis, »sich die Schwestern, wenn eine Glaubensverfolgung stattfindet und sie vom Feind für vogelfrei erklärt worden sind, verstecken müssen, und deshalb sollte so ein Schloß Geheimkeller und unterirdische Gänge haben, falls . . .«

»Wer sollte uns denn verfolgen?«

»Die Bolschewisten.«

»Vorläufig kommen die noch nicht. Man mag von den Deutschen sagen, was man will, und unsere Kirche hat es nicht leicht in Deutschland, aber sie werden die Kommunisten schon aufhalten.«

»Und warum sind eigentlich alle Fenster des Schlosses vergittert, Schwester Imelda?«

»Eher deshalb, um es denen von draußen zu erschweren, hineinzugelangen, als die drinnen daran zu hindern, hinauszugelangen. *Allez*, helft mir ein bißchen bei diesen Töpfen mit Kartoffeln.«

»Sofort, Schwester Imelda, sofort.«

XVIII
EIN GOLDENER FINGERKNÖCHEL

Byttebier, der kräftige Apostel, ging in die Knie und verschränkte die Hände, auf die Vlieghe seinen bloßen Fuß setzte. Vlieghe schmiegte sich an Byttebiers Brust, drückte die Hüfte gegen Byttebiers Bauch, und dann hievte der bäurische Christophorus Byttebier den Jungen die Mauer hinauf. Vlieghe fand den Fenstersims, zog sich hinauf, kletterte dann ein verrostetes Rohr hoch, schwang sich auf den Altan. Geschafft. Die Apostel unten erwarteten ein Geschrei, das die Nacht zerreißen würde, einen plötzlichen Angriff versteckter Nonnen, Ohrfeigen, Hilferufe, aber nichts rührte sich. Grillenzirpen. Von dem Altan aus, wie unter einem Baldachin auf dem Petersplatz in Rom, segnete Vlieghe die staunenden Gläubigen zu seinen Füßen.

»Dalli«, sagte Dondeyne. »Dalli, dalli.« Obwohl streng angeordnet worden war, daß während der ganzen Aktion niemand ein Wort sagen durfte.

Sie rannten dicht hintereinander die Mauer entlang. Byttebier an der Spitze. Dann die Wendeltreppe hinauf, bis sie vor der Verbotenen Tür des Verwunschenen Schlosses standen. Grillen. Das rasselnde Atemholen von Schamphelaere, der der Tür des Schlafsaals am nächsten schlief.

»Wo bleibt nur dieser Trottel?« lispelte Dondeyne. Im spärlichen Licht hatte er jettschwarze Perlenaugen. Schwester Adams gleichmäßige Schritte, abwechselnd mit dem Geraschel beiseitegeschobener Vorhänge, die sie bei jedem Verschlag aufzog, kamen näher. Wie vorausgesehen. Wie vorausgesehen auch klammerten sich die Apostel aneinander, als sie um die Ecke bog. Sie sanken zu viert in stummer Umarmung hinter den Wandschirm, der übereinandergestapelte Federbetten und einen Berg von Matratzen verdeckte. Louis' Backe lag an einer Eisenstange, Goossens kniete unbequem, Byttebier lag wie ein Sack auf Dondeyne.

Vlieghe tauchte nicht auf. Dondeyne sperrte die Augen auf, als Schwester Adam, die wahrscheinlich schon vorher die Kleinen inspiziert hatte, zum Tor des Schlosses schritt. Sie muß das Hämmern meines Herzens gehört haben, ganz sicher. Wenn sie nur nicht das

Tor des Schlosses in dem Augenblick öffnet, wenn Vlieghe auf der anderen Seite davorsteht. Die wallende Tracht der Nonne wirbelte Staub und Kühle unter dem Wandschirm auf. Ich muß niesen. Schwester Adam röchelte, spuckte, nicht in ein Taschentuch, denn gleich darauf scharrte ihr Schuh über den Bretterboden. Dann ging sie, von einer plötzlichen Eingebung ergriffen, zu der Wendeltreppe, stieg hinunter, verschwand. Unsichtbarer, unhörbarer Vlieghe, was treibst du nur! Die Apostel befreiten sich aus ihrem Knäuel, der Bretterboden knarrte. Wurde Vlieghe im Schloß mit verbundenen Augen, geknebelt, von unhörbar flüsternden Schwestern in Schach gehalten, die auf seine Mittäter warteten?

Louis wollte weg. Goossens hielt ihn zurück. Goossens fühlt sich als neuer Anführer. In einer Saison zum Apostel Nummer Eins.

Dann teilte sich die Mauer vor ihnen, völlig unerwartet, in zwei lautlose Flügel, so wie der Vorhang des Tempels an jenem Karfreitag zerriß. Louis sprang zurück, prallte gegen Goossens, der leise fluchte. Das hatten sie überhaupt nicht vorhergesehen. Was sich öffnete, war ein Fenster, das, mattweiß gestrichen wie die Mauern, seit Menschengedenken nicht aufgemacht worden war. Das Fenster öffnete sich erstaunlich still weiter, Vlieghe erschien, grinste und winkte. Das Schloß erwartete sie.

Noch weißere Wände als die Gänge der Schlafsäle.

Heiligenschändend gingen sie zögernd weiter und folgten Vlieghe, der vor einer offenen Tür stand, durch die er als erster hineinging. Und es geschah in der Zeit der Kriege in Europa und Asien, in meiner Zeit auf Erden, daß wir sie auf einem Eichenthron voll verschnörkelter Ornamente sitzen sahen, Schwester Sankt Gerolf, in der Welt Georgine de Brouckère. In Armlänge von Louis sitzt sie auf ihrem edlen Kackstuhl, schlafend, mit weiß-braun geflochtenen Seilen festgebunden. Niemand darf sie eher berühren als ich. Louis stieß Vlieghe beiseite wie einen Passanten auf der Straße. Sie sieht Omama ähnlich, genauso bleich und blutlos. Ein Gesicht voller Runzeln und Falten, das sie schief hält, als ließe sie Wasser aus ihrem Ohr fließen. Sie singt in ihrem Schlaf, aber das können nur die Mieserike – wenn es sie gibt – hören. Die Zelle ist klein. Die Apostel sind darin zuviel, ihr Keuchen hallt von den sich verengenden Wänden wieder.

Ist sie nun blind oder nicht? Vlieghe zieht mit behutsamen Fingern ein Lid hoch. Die Augen öffnen sich, matte, milchige Murmeln ohne Pupillen. Ich habe gewonnen. Oder liegt es am schwachen Licht, daß nur das Weiße glimmt.

Schwester Sankt Gerolf wird wie durch einen kleinen elektrischen Schlag wach. Sie sabbert. Sie sucht links und rechts, die blutlosen Finger grapschen, sie rüttelt an ihren Seilen.

»Schwester Sankt Gerolf«, sagt Louis.

»Ja, Schwester«, sagt sie klar und deutlich auf Hochflämisch. »Ja, Schwester. Der Herr sei mit dir.«

»Schwester Sankt Gerolf«, sagte Goossens.

Ehe sie etwas mit ihrem zahnlosen Mund sagen kann, hat Vlieghe seinen Zeigefinger hineingesteckt. Sein Daumen – auf dem noch der bleiche Ring zu sehen ist, um den Louis die Streifen seines zerrissenen Taschentuchs herumgebunden hat – ruht auf ihrer pockennarbigen Wange.

Sie saugt am Zeigefinger, und Vlieghe läßt es zu mit dem unantastbaren Ernst, mit dem ein Hottentotte zum erstenmal Meßknabe ist. Ihr Gelutsche verläuft friedlich. Sobald Vlieghe seinen Finger mit einem kleinen Ruck zurückzieht, stöhnt Schwester Sankt Gerolf und schüttelt den Kopf. Vlieghe tritt einen Schritt zurück, und Goossens steckt zwei Finger in den offenen, totenstillen, suchenden Mund. Sie nuckelt, das Geräusch eines Kleinen, der im Remter Suppe schlürft.

»Hau ab. Ich will auch.« Byttebiers Stimme ist zu laut, zu verfremdet. Schwester Sankt Gerolf versucht ihren Leib aufzurichten, die Seile glänzen, spannen sich, knirschen, und der Gestank der Schwefelgas speienden Hölle verbreitet sich schnell in der Zelle.

Goossens drückt Schwester Sankt Gerolf nieder. *»Olà«*, sagt er freundlich.

Dondeyne, der den Auftrag hat, an der Mauer das ganze Schloß im Auge zu behalten, schlurft heran. »Wir müssen sie um ihren Segen bitten.«

»Hottentotte«, sagt Louis. »Schwestern dürfen nicht segnen. Sie sind dazu nicht geweiht.«

»Wir dürfen nichts, rein gar nichts«, sagt Schwester Sankt Gerolf wieder mit dieser klaren gebildeten Stimme.

»Und das ist auch gut so«, sagt Byttebier.

»Das ist wahr, Schwester«, sagte Schwester Sankt Gerolf. Auf ihrem schmalen Eisenbett liegt eine weiße gehäkelte Decke, und darüber breitet sich ein leuchtendweißes Trapez, das von der Glühbirne im Gang stammt. Auf ihrem Nachttisch steht ein verstaubter

Aschenbecher mit der Aufschrift ›Roman-Biere‹, in dem sich zwei Würfel aus Blei befinden. Louis klaut einen davon, ohne daß es jemand merkt, und sagt leichthin, wie zu Besuch bei einer Tante: »Wir dürfen nicht zu lange bleiben, Schwester.«

»Der Herr sei mit dir, Schwester.« Sie wirft ihren Leib nach vorne, Thron und Gestank wackeln. Sie beißt mit ihrem nackten Zahnfleisch nach nicht vorhandenen Fingern.

»Ich schwöre, daß wir wiederkommen werden«, sagt Louis.

»Es ist Zeit«, zischelte Dondeyne an der Tür.

»Nicht schwören, Schwester. Er hat auch geschworen. Er sagte: ›Stehe auf, nimmt dein Bett und gehe hin!‹« Daraufhin sank sie in Schlaf oder Ohnmacht; die Apostel schubsten sich, drängelten zur Tür, rannten auf den kühlen, nach Kalk riechenden Gang.

Als sie anderntags zusammen nach dem Mittagessen mit einem Meccano-Kasten einen Kran bauten, sagte Louis: »Wir müssen jetzt etwas unternehmen. Ihr habt es selbst gesehen. Aber wir können es uns in den nächsten Tagen in aller Ruhe überlegen. Inzwischen müssen wir jede Nacht wieder hin. Denn ihr habt selbst gesehen, wie sie für den Rest ihres Lebens in diesem Loch sitzt. Wir müssen unserem Nächsten helfen.«

»Und ich muß jede Nacht diese Mauer hinaufklettern?« fragte Vlieghe hämisch.

»Gefangene besuchen ist eine Tat der Barmherzigkeit.«

»Das stimmt«, sagte Dondeyne, »aber nicht jede Nacht.«

»Das Gute nicht zu tun, heißt auch das Böse tun.« Aber dann kümmerten sie sich wieder um den Kran. Louis zwinkerte dreimal Vlieghe zu, das apostolische Zeichen für: ›Folge mir, auch durch das Feuer!‹

Hinter der Küche sagte er später: »Hier« und streckte seine Faust aus. »Willst du wissen, was das ist?« Sie setzten sich nebeneinander auf einen zerschnittenen und zerfaserten Autoreifen.

»Was ist das?«

Er öffnete die Finger.

»Ein Würfel?«

»Du wirst es in der Welt nie weit bringen«, sagte Louis. »Nie. Denn du gehst durch die Welt wie ein Blinder. Glaubst du etwa, daß das einfach ein Würfel ist, nicht mehr und nicht weniger?«

Vlieghe schaute neugierig zum Himmel, wo ein Flugzeug brummte.

»Soll ich dir sagen, was das für ein Würfel ist?«

»Schieß los!« Vlieghe zog eine Faser aus dem Autoreifen und kaute darauf herum.

»Schwester Sankt Gerolf stammt aus einer guten Familie.«

»Sicher wie du?«

»Soll ich dir die Details erzählen oder nicht?«

»Nur zu.«

»Die Familie de Brouckère ist liberal, das heißt, eine Familie von Freimaurern. Aber sie, Georgine ...«

»Wer ist denn das – Georgine?«

»Paß doch ein bißchen auf! Schwester Sankt Gerolfs Name ist Georgine. Und in ihrer Familie war sie nicht gern gesehen, weil sie als einzige gläubig war und heimlich zur Messe ging. Und um sie loszuwerden, zwang sie ihr Vater, einen Baron zu heiraten, Stanislaus hieß er, von polnischer Abkunft, ein prätentiöser Schwachkopf. Sie bekamen ein Kind, die beiden, aber anstatt daß dieses Kind ihre Liebe fester aneinanderschmiedete ...«

»Schmiedete? War denn dieses Kind ein Schmied?«

»Hör zu. Es war genau das Gegenteil. Dieses Kind war ein hübsches, braves Kind, das nie jemandem etwas zuleide tat, es schwindelte natürlich manchmal und war unartig, aber ansonsten war es ein Vorbild an guten Manieren. Nur konnte es nicht so gut sprechen, es stotterte, weil es zuviel Zeit dazu brauchte, um darüber nachzudenken, was es sagen wollte.«

»Nicht wie du«, sagte Vlieghe. Aus den Wolken war nichts mehr zu hören.

»Aber das Komische daran war, daß der Vater des Kindes, der Baron Stanislaus, das Kind meist schnöde behandelte, es auslachte oder schlug.«

»Warum?«

»Warum? Weil er dachte, daß dieses Kind nicht von ihm sei, sondern von einem Teppichhändler aus Ägypten. Denn dort hatten sie übernachtet. Am Nil. Und dieses Kind ...«

»Wie hieß es?« fragte Vlieghe rasend schnell.

»Gerolf. Das habe ich dir doch schon gesagt.«

»Nein.«

»Gerolf, der Stümper, hatte eine krumme Nase und eine ziemlich dunkle Haut. Deshalb setzte sich was in Baron Stanislaus fest: Eines Tages, oder genauer, eines Nachts, als sie von einem Ball heimkamen, fing Baron Stanislaus davon an: ›Dieses Kind ist von einem anderen. Von einem 'Suk-suk' aus Ägypten. Sieh dir doch nur seine

Nase an, seine Haut. Und du willst Ferien am Suezkanal machen, du dreckiges Weib!‹ Aber was sie nicht wußten, war, daß das Kind, also der kleine Gerolf, dies alles in seinem Bett hörte. Erst wollte er in die Gegend der Pyramiden laufen, um seinen eigenen echten Vater zu finden, aber er hatte nicht mehr die Kraft dazu, er blieb in seinem Bett liegen und siechte dahin. Was passierte? Eines Nachmittags brach ein Sturm los, die Fenster des Schlafzimmers flogen auf, der große Kaktus, der auf der Fensterbank stand, fiel um, genau auf Gerolfkes Gesicht, seine Mutter, die ihm gerade Bouillon brachte, erschrak sich zu Tode, denn all die Kaktusstacheln steckten in seinem Gesicht. ›Ach du lieber Gott‹, ruft sie und will die Stacheln herausziehen. ›Nein, Mama‹, sagte Gerolf, ›laß sie nur drin, es lohnt sich nicht mehr‹, und er starb im selben Augenblick. Aus ganz Europa sind sie zu seinem Begräbnis gekommen, haufenweise Adlige. Aber ich erzähle die Geschichte zu übereilt. Ehe Gerolf begraben werden sollte, hatte die Mutter den Bischof, der ihr Beichtvater war, gebeten, ob sie ihren kleinen Knaben nicht einbalsamieren und in ihrem Schlafzimmer aufbewahren dürfe. ›Tun Sie das nicht, Madame‹, sagte der Bischof, ›wenn Sie dieses Kind täglich sehen, bekommen Sie davon zuviel Herzweh.‹ ›Aber ich will ihn nicht in der Gruft haben‹, rief sie, ›im Familiengrab der Familie von Stanislaus, die meinen Kleinen so schnöde behandelt hat.‹ ›Madame‹, sagte der Bischof, ›Sie täten besser daran, eine Klitzekleinigkeit von Ihrem toten Sohn zu behalten, und damit basta.‹ ›Was denn?‹ fragt sie. ›Eine Locke seines Haars in einem Medaillon um meinen Hals?‹ ›Nein‹, sagte der Bischof, ›etwas, das Sie anfassen können.‹ ›Seinen rechten Arm, den er immer vor dem Schlafengehen um mich schlang?‹ Aber das war auf Reisen zu unbequem, jedenfalls, um es kurz zu machen . . .«

»Ja, fasse dich kurz«, sagte Vlieghe.

»Um mich kurz zu fassen, sie wußten nicht, was sie aussuchen sollten, sie haben das Kind abgekocht, Haut und Fett abgezogen, und dann durfte die Mutter wählen, welchen Teil des Gerippes ihres Kindes sie aufbewahren wollte, ehe das Ganze wieder in den Sarg kam. Eine ganze Nacht hat sie beim Gerippe ihres Kindes gesessen und pausenlos geweint, und dann sagte sie: ›Das Stückchen da, den Fingerknöchel. Denn er sieht aus wie ein Würfel, und unser Gerolf würfelte so gern.‹ Sie haben Gold um den Fingerknöchel gegossen, und *voilà,* das ist er, er ist für dich.«

»Ist das Gold?«

»Sie haben um das Gold eine Schicht Blei gelegt, damit die Zimmermädchen ihn nicht stehlen. Aber heb ihn gut auf, notfalls kannst du das Gold bei der Bank einwechseln.«

Louis warf den Würfel mehrmals in die Luft, ließ ihn auf seinen Handrücken fallen, warf ihn wieder in die Luft, fing ihn mit einer mähenden Bewegung auf und gab ihn Vlieghe.

»Er lag auf ihrem Nachttisch. Jetzt gehört er dir.«

»Sie wird ihn suchen.«

»Das ist sehr gut. Denn sie fing an zu vergessen, daß er da lag. Sie hat ihn eine lange Zeit nicht mehr in die Hand genommen, denn es lag Staub darauf. Jetzt wird ihr Kummer, weil er nicht mehr da ist, wieder neu erwachen. Und sie muß wieder an ihr Kind denken, das für immer und ewig und für alle verschwunden ist.«

»Du bist mir ein schöner Schuft.«

»Ja, nicht wahr?« sagte Louis gierig.

»Nicht nur ein Schuft, sondern auch ein gemeiner Lügner.« Vlieghe ließ den Würfel in die Brusttasche von Louis' Kittel fallen, stand von dem Autoreifen auf und ging davon.

In der Erdkundestunde, in der es um Albanien ging, erzählte Schwester Sapristi, daß Mussolini, einer der schlimmsten Ketzer, die das Christentum je gekannt habe, schon deutlich die göttliche Strafe fühle, denn er bekomme recht oft Ticks und seltsame Anfälle, wegen nichts und wieder nichts beginne er in seinem Palast herumzubrüllen und nervös herumzurennen, lange könne das ein Mensch nicht aushalten.

Louis fragte sich, was Papa davon halten würde, der ihm Fotos gezeigt hatte, auf denen die kräftige kahlköpfige Gestalt mit nacktem Oberkörper inmitten unansehnlicher, unrasierter Bauern die Ernte einzubringen half, und gesagt hatte: »Sieh dir das an, das ist jemand an seinem richtigen Platz. Für das Volk, durch das Volk. Kannst du dir Paul-Henri Spaak mit einer Heugabel vorstellen?« Mussolini war in Albanien absichtlich am Karfreitag eingedrungen, um zu zeigen, daß er am Tag der Kreuzigung Jesu die Albanier kreuzigen wollte, der Feigling, der hunderttausend Mann, hundertsiebzig Schiffe und vierhundert Flugzeuge gegen eine Handvoll Bergbewohner ohne irgendwelche Gegenwehr eingesetzt hatte. Mussolini, sagte Schwester Sapristi, sei bereits von Corneille beschrieben worden, als dieser sich gefragt habe: *»Si l'on doit le nom d'homme à qui n'a rien d'humain, à ce tigre altéré de tout le sang romain.«*

Was Louis idiotisch fand, denn den Duce dürstete es nicht nach römischem Blut, sondern nach dem der blauschwarzen Äthiopier und der Albanier. Und wenn er am Mittelmeer das Reich von Julius Cäsar wiederherstellen wollte, was war daran denn falsch? Sie hatten doch gelernt, daß Cäsar einer der größten Männer der Geschichte war.

Die rosa Zunge von Vlieghe wurde sichtbar, als er gähnte. Du hast Glück, Vlieghe, daß ich kein Leutnant in Mussolinis Armee bin. In deiner Unterhose würde ich dich in die Wüste von Äthiopien schicken.

»Warum, Herr Leutnant?«

Weil du jemand bist, der seinem Leutnant blauen Dunst vormacht, der behauptet, seinem Leutnant durch dick und dünn zu folgen, und der, wenn ein Beweis für diese Zuneigung erbracht werden muß – etwas, das ein Leutnant in jeden Augenblick, wo auch immer, fordern darf –, ablehnt, ja mehr noch, den Leutnant beleidigt, erniedrigt. *En avant, marche!* Rein in den Sand. Streng dich an, vor Sonnenuntergang eine Oase zu finden, Renegat!

Mussolini sei dumm, sagte Schwester Sapristi, denn er äffe Hitler nach und verfolge und trieze die Katholiken. Aber Hitler habe eine neue Religion, wie ketzerisch und teuflisch die auch sein möge. Mussolini dagegen habe *nichts*. Und sei es nicht ultra-dumm, Seine Heiligkeit den Papst, der dem Tyrannen nie einen Stein in den Weg gelegt habe, auf die Palme zu bringen? »Wer am Papst rührt, muß sterben«, flüsterte Schwester Sapristi.

Auf dem Weg zum Schlafsaal gönnte Vlieghe Louis keinen Blick.

Louis konnte nicht schlafen. In seinem Bett, wie der Graf von Montechristo auf seiner Pritsche in der feuchten unterirdischen Zelle, überlegte er allerlei Fluchtmöglichkeiten aus dem Internat; er sah sich in dem Schlechten Haus auf dem Weg nach Walle landen oder in Walle an der dunklen Fassade klingeln, hinter der Mama lag. Er betrachtete vom Fenster aus das weiß aufblitzende Gitterwerk des Karussells. Oft hatte er darauf gesessen, früher in den geborgenen warmen Tagen, und in den Besuchsstunden stur auf Mama und Papa gewartet, die manchmal kamen. Einmal hatte er als Kleiner, obwohl die Schwestern ihn darauf vorbereitet hatten, daß Mama nicht kommen würde, dennoch trotzig weiter gewartet, während die Eltern der anderen durcheinander redeten. Bis es dunkel wurde und kalt. Ich habe doch nichts getan, Mama. Die Schwestern, die erst mitleidig vorbeikamen, wurden böse. »Seynaeve, benimm dich nicht so kindisch!« – »Louis, sie kommt nicht!« – »Bist du noch ein so kleiner Junge, der nicht einen Tag ohne seine Mutter auskommen kann?« – »Wenn du nicht sofort mitkommst, sperr ich dich in den Kohlenkeller!« – »Na gut, bleib da.« Schwester Kris löste seine Finger von der Metallstange und zog ihn an den Haaren fort.

Vlieghe sieht mich nicht hier stehen. Sein Kopf dröhnt von dem zwölfzylindrigen Delahaye ohne Kompressor, auf der Rennstrecke von Pau gibt es siebenhundert Kurven, Durchschnittsgeschwindigkeit 88 Kilometer, das beste Öl ist Veedol, reagiert beim kleinsten Druck auf den Starter, sogar bei zwanzig Grad unter Null . . .

Louis kroch wieder in sein Bett. Vlieghe hat kein Herz. Ein Herz funktioniert bei jedem Menschen anders. Bei Vlieghe ist es ausschließlich ein kleiner Mechanismus, ein Zylinder, ein Antrieb. Bei mir ein Nachtlicht, jedem Durchzug ausgesetzt, wie sieht ein Herz aus? Katzen essen Herz. Jesus zeigt auf sein Herz, ein Säckchen voller Flammen. Richard Löwenherz. Das Herz, hämmernd, ungestüm, aber verschenkt von Prinz Sou-Chong: »Dein ist mein ganzes Herz.«

Er wußte, daß er halb schlief, als er zum Bett von Vlieghe schlich, durch den Spalt des Vorhangs schaute, nur einen langgestreckten Körper unter der Decke sah. Er zog den Vorhang vor der Schlafnische von Dobbelaere, Omer, zurück. Der dicke eklige Junge schlief mit geballten Fäusten. Louis zerrte an seinen Haaren. Dobbelaere wachte mit einer Art Niesen auf und stützte sich auf seinen Ellbogen. Er trug ein Nachthemd mit Rüschen und Fältchen auf der Brust, wie manche Schwesternorden in fremden Gegenden.

»Dobbelaere, du bist ertappt.«

»Ja?«

»Ja. Wir haben gesehen, daß du deine Schnürsenkel gekreuzt gebunden hast.«

»Ich?«

»Warum, Dobbelaere?«

»Weil du das auch tust.«

»Nur Apostel dürfen ihre Schnürsenkel so binden!«

»Ja.«

»Als erster der Apostel bin ich die Gnade. Bitte um Gnade.«

»Gnade.«

»Du meinst es nicht. Nicht wirklich.«

Dobbelaere kroch auf allen vieren, die Decken fielen von ihm herunter.

»Schleimscheißer!« Louis packte grob die Rüschen, drehte seine Hand herum, ein linnenes Knäuel in der Faust; er zerrte, der Stoff zerriß, er zog fester, die gewölbte weiße Brust von Dobbeleare wurde entblößt.

»Schämst du dich nicht, Omer?« sagte Louis. Der rituelle Satz von Dobbelaeres Mutter im Gang, als Schwester Engel vor ihrem Sohn niederkniete. Der dicke Junge legte zögernd die Hand auf den zerrissenen Ausschnitt. Louis schlug die Hand beiseite.

»Rück ein Stück!« Louis legte sich in das schmale, nach Schlaf riechende Bett, direkt unter das Sepia-Foto eines Gendarms, Vater Dobbelaere.

»Du darfst nichts Schmutziges tun, Louis.«

»Ich bin die Gnade, Hottentotte!« Louis sah, daß die rosa Brustwarze von Dobbelaere erigiert war, er zog daran. Wie an den Zitzen von Mirza, der Hündin von Tante Violet, wenn ihn niemand beobachtete.

»Au!«

»Halt die Klappe!« Er zog fester, drückte zu, lockerte den Griff wieder. »Meine Gnade wird mild sein, nicht weil ich dich gern habe, aber weil ich die Gnade bin. Leg dich hin. Flach, sage ich.«

Louis saugte lang an der Brustwarze.

Da begann Dobbelaere sein Haar zu streicheln. Louis ließ es zu, zählte bis elf, richtete sich auf.

»Wenn ich dich noch einmal mit gekreuzten Schnürsenkeln sehe, Fettwanst!«

Auf dem Gang zog es. Er sah den Großen Bären, das Siebengestirn. Mama warnte immer vor Zug. Er betrachtete die Sterne, bis ihm die Augen zufielen und sein Kopf gegen den Fensterpfosten bumste. Schlich dann zu seinem Bett, wie ein Löwe in den Busch, kurz bevor er brüllt.

XIX
SEIN GEMEINES MUNDWERK

Die Königin des Internats, Mutter Oberin, kam mit ihrem Gefolge während der Stunde von Schwester Engel herein, und dieses Gefolge bestand aus dem Paten (der natürlich woanders hin als in meine Richtung schaute) und seinem Busenfreund, dem dickbäuchigen Kanonikus Vanhorre, weltberühmt durch seine anfeuernden flämischen Jugendlieder. Sie hatten Schwester Engel nicht benachrichtigt, denn sie erschrak, zupfte ihre stets tadellose Tracht zurecht, musterte schnell die Klasse, ob nichts Schändliches vorgefallen war, während sie das österreichische Regime erklärt hatte, und stieg vom Podium herunter, wurde aber mit einer königlichen Handbewegung wieder hinaufgejagt. Regentin samt Gefolge begaben sich wie in der Wohnstube eines Lakaien zum hinteren Teil des Klassenzimmers.

Schwester Engel setzte ihren Unterricht fort, die Eigennamen mehr denn je übertrieben artikulierend, es wurde unbehaglich. Minister Mercy d'Argenteau wurde durch Graf Met-ter-nich-Win-ne-burg ersetzt.

Louis wagte nicht sich umzuschauen, aber er hatte in den wenigen Sekunden, in denen der Pate, dessen Freund und die Oberin an seinen Pult vorbeigerauscht waren, immerhin einen seltsamen Blick eines eigenartigen Paten erhascht. Gewöhnlich zeigte sich der Pate, wenn er ins Internat kam und sich unter die Schüler begab – natürlich immer in Begleitung einer Schwester, denn niemals darf ein Fremder, mag sein Rang und Stand auch noch so hoch sein, ohne eine Schwester im Internat herumlaufen –, aufgeräumt, beinahe verspielt. Verspielt? Doch, schon. Weißt du noch, wie er voriges Jahr mit seinem Herzensfreund, dem Kanonikus, in den Salon der Mutter Oberin zum Mittagessen kam und über Zahnweh klagte: »Ich könnte die Wand hochgehen, Mutter, es ist die Strafe Gottes, und ich muß mich ihr fügen, ich weiß es, aber es tut so weh.« Mutter Oberin geriet außer sich, sie wollte eine Schwester zur *infirmière* schicken, um Aspirin zu holen. »Aspirin, Mutter? Nein. Lassen Sie das. Ich habe ein besseres Heilmittel. Kurzen Prozeß!« Und er nahm sein falsches Gebiß aus dem Mund und legte es neben seinen

Teller Suppe. Mutter Oberin habe sich schief gelacht. Krumm und schief, sagte der Pate.

Gerade eben war eine Spur Verdrossenheit an seinem gefurchten Gesicht abzulesen gewesen.

Als die Stunde vorbei war, klatschte der Kanonikus schlaff mit dem Rücken seiner einen Hand auf die Fläche der anderen. »Gut, sehr gut, Schwester, ich habe eine Menge dazugelernt.«

»Jungens«, sagte Schwester Engel und stieß ein herrlich tiefes Geräusch aus: »Uhuhu.« Die Jungen stimmten mit ein und sangen das bekannte Lied, das Kanonikus Vanhoore geschrieben und Papa gedruckt hatte, auf seegrünes Glanzpapier mit einem rosa Einband: *Lieder für unsere Jugend*.

»Uhuhuhuhu macht der Wind. Tocketocketocke machen die Regentropfen.«

Als die Gesellschaft wohlwollend lächelnd zur Tür ging, entstand eine Meinungsverschiedenheit zwischen dem Paten und dem Kanonikus, denn sie flüsterten miteinander; der Kanonikus legte die Hand auf den Unterarm des Paten, drängte ihn, beschwor ihn, aber der Pate schüttelte zornig den Kopf. Es hat etwas mit mir zu tun. Sie wollen etwas von mir.

Der Pate, der schon die Türklinke in der Hand hatte, machte ein paar Schritte ins Klassenzimmer, suchte und schaute kurzsichtig – so kurzsichtig, daß die Klasse lachte – in Louis' Richtung. Er musterte ihn übertrieben neckisch und sagte: »Ich glaube, daß hier jemand sitzt, den ich schon einmal gesehen habe.«

Louis errötete bis auf die Innenseite seiner Backe.

»Ja. Ich glaube ... Sie da, Monsieur mit dem Lockenkopf. Sie brauchen nicht rot zu werden. Sind Sie nicht ein entfernter Verwandter von mir?«

Die Klasse, der Kanonikus, Mutter Oberin lachten schallend.

»Komm mal her.«

Louis kroch aus seiner Bank. »O, jetzt sehe ich es, *parbleu*, es ist ein Seynaeve ...«

»Das kann er nicht leugnen«, sagte der Kanonikus.

»Sag einmal, Seynaeve, was ist der Unterschied zwischen einer Fliege und einer Mücke?«

»Eine Mücke kann fliegen, aber eine Fliege kann nicht mücken.«

»Sehr gut. Hundertprozentig.« Ein bitterer, gemeiner Zug erschien unter dem viereckigen Schnurrbart des Vorvaters. »Das war, um dich in Sicherheit zu wiegen. Paß nun gut auf. Wo wurde Cyriel Verschaeve geboren?«

»In Ardooie.«

»Sehr gut. Und wann?«

»Vor 1900.«

»Nicht falsch. Aber nicht genau. Denk nach. Streng dich an.«

»1880.«

»1874, am 30. April«, sagte der Pate bedächtig. »Aber du lagst nicht weit daneben.«

»Sechs Jahre. Eine Lappalie«, sagte der Kanonikus.

Der Pate ist Lehrer gewesen, man kann es an der Art sehen, wie er jetzt, die Hände auf dem Rücken, hin und her geht. Er merkt nicht, wie unbehaglich sich Schwester Engel fühlt, da er nun ihre Funktion übernimmt.

»Jungs, heute morgen habe ich auf dem Weg hierher – denn wir, der Herr Kanonikus und ich, waren schon sehr früh auf den Beinen – einen Kampf gesehen, einen schrecklichen Kampf, und die eine kämpfende Partei war schwarz und die andere weiß, und dann wurde dieses Schwarz grau und das Weiß rot. Ich sah das, und mein Herz machte einen Sprung, so schön war dieser Kampf, den ich doch jeden Tag sehe und der jeden Tag stattfinden muß, ob man will oder nicht.«

Er wischte sich mit dem schneeweißen Taschentuch, das er aus seinen Ärmel zog, den Schweiß von der Stirn. »Was ist das für ein Kampf?«

Die Klasse schwieg. Erstarrt. »Nun?« Ein Kampf? Louis sah schwarze Ritter, Cowboys in Weiß, weißgepuderte römische Wagenlenker vor sich. Niemand hob die Hand.

»Ich werde euch ein bißchen helfen. Ich habe gesagt: sehr früh morgens. Und er findet täglich statt.«

»Ich finde das sehr schwer.« Schwester Engel versuchte, die Klasse zu retten.

»Och, och, Schwester«, sagte der Kanonikus, aber man sah, daß er es auch nicht wußte. Der Pate schüttelte mitleidig den Kopf. »Soll ich es euch sagen? Ja? Dieser tägliche Kampf, meine Lieben, ist der zwischen der Sonne und den schwarzen Wolken der Nacht!«

»Ach ja«, sagte die Klasse. »Natürlich. Jetzt, wo Sie es sagen.«

Der Kanonikus sagte: »Ich dachte an zwei Spatzen, die um einen Pferdeapfel kämpfen.« Die Klasse lachte schallend. Dieser Kanonikus!

Der Pate nahm Louis wieder aufs Korn, winkte ihm und führte ihn auf den Gang.

»Wir lachen, Louis, aber nur über das, was in unserem Herzen vorgeht ... das verstehst du doch?«

»Ja, Pate.«

»Wir müssen auf Prüfungen gefaßt sein ... das verstehst du doch?«

Louis nickte. Was meinte er damit? Was tat er hier, außer Landkarten, Klassenbücher, Lehrmittel verkaufen? Der Pate nahm Louis' Kopf in seine knochigen Hände und murmelte etwas. Räusperte sich.

»Tante Nora ist im *parloir*.« Er ließ Louis los und drehte dann zwei Knöchel auf Louis' Kopf, das tat nicht weh, es war eigentlich ein unbeholfenes Streicheln. Louis dachte: Er fühlt, daß ich sein Patenkind bin.

»Sie wird es dir erklären.« Es klang wie ein Schluchzer. »Geh jetzt in den *parloir*.« Tatsächlich stand dort Tante Nora, Papas häßlichste Schwester, und neben ihr, wie eine Freundin, Schwester Econome. Tante Noras Trompetennase mit den Nasenlöchern, in die man hineinschauen konnte, ihre aufgeworfene Oberlippe, ihre weißen Wimpern, all das wirkte traurig und hilflos. »Louis-chen, Louis-chen!« Schwester Econome nahm ihre Hand, als wollte sie heimlich ein kleines Geschenk hineinstecken. Vor noch nicht allzu langer Zeit hob Tante Nora mich immer hoch und schwang mich im Kreis.

»Louis-chen.« Sie zog die Nase hoch.

»Unser Louis ist ein großer Junge«, sagte Schwester Econome.

»Louischen, ich will gleich mit der Tür ins Haus fallen: Du bekommst kein Brüderchen.«

Dann ist es ein Schwesterchen. Ein Mädchen.

»Etwas ist schiefgegangen, und Unser Lieber Herr hat gedacht, es sei vielleicht besser, daß deine Mama ...«

»Was ist mit Mama?« schrie Louis.

»Sie kommt übermorgen nach Hause.«

War sie denn auf Reisen gewesen? Was hatte Unser Lieber Herr gedacht?

»Sie ist noch ein bißchen krank, aber die Ärzte meinen, daß sie sich zu Hause schneller erholen wird.« Tante Nora setzte sich, erschöpft nach vollbrachter Tat. Schwester Adam stand mit einem Ordner in der Türöffnung, machte »Psst!«, Schwester Econome schlurfte zu ihr, sie bildeten *ein* pralles schwarzes Ungetüm. Mit ihrem schlanken Finger ging Schwester Econome die Zahlenreihen in dem aufgeschlagenen Register durch. »Aber dann müssen die Unkosten für Kleidung hiervon abgezogen werden«, sagte sie gedämpft.

»Es ist grausam«, sagte Tante Nora. »Aber so ist nun mal der Lauf der Welt.«

Die Schwestern tuschelten, rechneten, eine Litanei von Zahlen.

»Das nächste Mal klappt es sicher besser«. Tante Nora wischte ihre Tränen ab.

»Ist Mama traurig?«

»Es geht.«

»Natürlich ist sie traurig, was ist das für eine Frage«, sagte Schwester Adam.

»Es war eine Schönheit. Ich habe es gesehen. So ein schönes Männeken. Aber Unser Lieber Herr hat es nicht gewollt.« Seine Tante zog Unseren Lieben Herrn hinzu, weil sie sich im Sprechzimmer eines Klosters befand, unter den forschenden Blicken der Nonnen und von Papst Pius XII.

Zwischen ihren weiß-gelben Augenbrauen standen dicke Schweißtropfen oder Tränen, die sie mit dem Ärmel hineingewischt hatte. Ja, vor allen törichten Jungfrauen war Tante Nora auserkoren, diese unfrohe Botschaft zu überbringen. Papa, dieser feige Gatte, schickte seine unappetitliche Schwester und seinen Vater. Warum kommt er nicht selbst, um mir das mitzuteilen? Tante Nora mußte das Register unterschreiben. Sie hatte die runde, schräge, verschämte Handschrift von Papa.

»Wie üblich über die Bank von Brüssel?« fragte Schwester Econome. Tante Nora sagte: »Ja, Schwester«, wie ein Hottentotte.

In der Konditorei auf der anderen Straßenseite aß Louis ein Stück Schokoladentorte, Tante Nora drei *Eclairs*.

»Haben sie mein Kind getauft?«

»Wieso dein Kind?«

»Ich meine, Mamas Kind.«

»Dein Brüderchen? Natürlich.«

»Wer hat es getauft?«

»Hm . . . der Pfarrer des Krankenhauses.«

»War er denn da, als es geboren wurde?«

»Ja. Nein. Sie haben ihn angerufen. Er ist sofort gekommen.«

»Wußte er, daß es sterben würde?«

»Wie konnte er das wissen?« Sie schmatzte ungeduldig. »Denk nicht mehr darüber nach. Das hab ich auch zu deiner Mama gesagt. Vergiß es. Möglichst schnell. Es ist ein Malheur. Es ist die Natur.«

Das Kind, aufgedunsen und schrumpelig wie der kleine Jesus, der mit den gleichen großen Porzellanaugen auf dem blau und goldenen Unterarm Marias sitzt, richtete sich auf, schlug nach einer Fliege, schaute Papa an und begann zu strampeln. Mama sagte: »Staf, meinem Kindchen fehlt was.« – »Aber nein, Constance.« – »Doch, es ist nicht zufrieden.« – »Dann muß es eben lernen, zufrieden zu sein.« Das Kind hörte das und wandte sich ab, es legte sein Köpfchen hin, hielt den Atem an, hielt den Atem so lange an, bis seine Porzellanaugen brachen und bluteten.

»Oh, mein frisches sauberes Kopfkissen«, rief Mama, »und die Sachen, die Holst gebracht hat, voller Blut!« Aber das hörte das Kind nicht mehr. Es hatte seinen letzten Atemzug getan, mein Brüderchen.

Tante Nora schaute auf ihre Armbanduhr und bestellte noch zwei *Eclairs,* fragte: »Wie ist das, wenn all die Jungen abends beisammen sind? Spielen sie noch zusammen im Schlafsaal?«

»Wir dürfen bis zum Abendgebet im Remter spielen.«

»Und schlafen diese Jungen, wenn die Schwestern zu Bett gegangen sind, brav, oder treiben sie dann noch Unfug?« Sie leckte die Vanillecrème von ihren Fingern und wischte sie am Tischtuch ab. Ihre Wangen waren so rot wie die Erdbeertorte, die hinter ihr auf dem Kaminsims stand. Sie hat meine Mutter völlig vergessen. Mama sagt von ihr, sie wird mit Onkel Léon nie glücklich sein. Onkel Léon hat schon einmal in der Zeitung gestanden, in *Het Laatste Nieuws*, als Gewinner eines Dame-Turniers.

»Es gibt doch bestimmt welche, die seltsame Manieren haben. Nein? Wie alt sind die ältesten Jungen? Dreizehn, vierzehn. Sind schon welche darunter, die einen Schnurrbart haben?«

»Ja.«

Sie wollte etwas sagen, tat es aber nicht, weil die Frau von der Konditorei auf dem Weg zur Tür vorbeikam. Auf der Straße war das Knattern eines Autos zu hören, das Louis aus der fernsten Ferne vertraut vorkam.

»Wie geht es Onkel Léon, Tante?«

»Du kennst ihn ja. Immer gemütlich. Nie ein lautes oder vorschnelles Wort. Wenn man ihn in Ruhe läßt. Wenn er keine Dame-

Probleme löst, liegt er mit geschlossenen Augen auf dem Kanapee und hört den Spatzen zu.«

Sie schaute wieder auf ihre Uhr. »Wo bleibt er nur? Wenn ich etwas nicht ausstehen kann, so sind es Leute, die zu spät kommen. Und ich muß um sechs Uhr zu Hause sein, ehe unsere Nicole vom Katechismusunterricht heimkommt.«

»Wer soll denn kommen?«

Sie sah ihn durchdringend an, ein wenig schief, und brach in ein hinterlistiges Lachen aus, fürwahr, sie war eine Tochter des Paten. »Schau dich einmal um.«

Papa setzte seinen Hut ab und kam näher.

»Das hättest du nicht gedacht, wie?« krähte Tante Nora. »Ich habe dich schön reingelegt!«

Papa sank auf den Stuhl neben Louis. »Seid ihr schon lange hier?«

»Seit einer Stunde!« rief Tante Nora. Papa bestelle ein *mille-feuilles* und einen Kaffee.

»Ich konnte nicht weg. Der Bürgermeister will ein Klischee zehn mal zwölf für den Preis eines Klischees sechs mal acht haben! Ich kriege überall Rabatt, sagt er.«

»*Enfin*, du bist da. Das ist das Wichtigste.«

»Ist er fertig?« fragte Papa. Als ob ›er‹ (ich!) sich in einem anderen Zimmer, in einem anderen Land befände.

»Ich muß noch seinen Koffer holen, Schwester Imelda packt ihn gerade.«

»Du hast wieder einmal Glück«, sagte Papa zu Louis. »Du darfst vor allen anderen nach Hause.«

Er aß sein *mille-feuilles* in drei Bissen auf.

»Nach Hause?« Das war unmöglich. Sie logen. Es war wieder eines ihrer vielen verräterischen Spiele.

»Ja, in die Ferien.«

»In die großen Ferien? Aber die fangen doch erst in zwei Wochen an.«

»Ganz richtig. Freust du dich nicht?«

»Aber warum?«

»Wegen der Sache . . . mit Mama . . .«

»Siehst du, Louis, man kann auch Glück im Unglück haben. Stimmt's oder nicht? Noch eine Tasse Kaffee, Staf?«

»Nein. Kein Kaffee mehr für mich. Ich bin mit den Nerven fertig.«

»Du frißt dich selbst auf«, sagte Tante Nora wie eine Ehefrau.

Daraufhin gab Papa ihr mit den Augenbrauen und einem fast unmerklichen Nicken einen Wink. Sie nahm ihre Tasche und stand auf. Die Glocke an der Konditoreitür klingelte, schwang nach.

»Ich muß es dir erklären, Louis«, sagte Papa unverzüglich. »In dem Zustand, in dem ich mich befinde, völlig fertig mit den Nerven, kann ich den Fuß nicht ins Kloster setzen, keinen Fuß. Denn ich müßte den Nonnen lang und breit alles explizieren, und du weißt genauso gut wie ich, daß sie nichts, absolut nichts von dem kapieren, was los ist, wenn in einem guten Haushalt so ein Drama passiert. Sie würden davon quasseln und faseln, daß Unser Herr alles so gefügt hat und daß unsere Prüfungen (er dehnte das Wort und bestellte ein Konfitüretörtchen) uns stärken et cetera, et cetera. Und danach ist mir überhaupt nicht zumute. Ich würde, glaube ich, unhöflich werden, und in meinem *commerce* kann ich mir das nicht permittieren.«

Das Konfitüretörtchen kam, er schnitt ein Achtel davon ab und gab es Louis.

»Hast du dir Mühe gegeben?« sagte Papa. »Hast du dein Zeugnis mit? Wie steht es mit dem Rechnen?«

»Gut.«

»Gut.«

Papa kaute, schmatzte, wartete auf Tante Nora. Sagt nichts über das andere Kind, nichts über das Kind vor seiner Nase.

»In Geschichte habe ich nicht viel Punkte.«

»Und darin warst du mal so gut.«

»Das liegt daran, daß Schwester Kris uns nichts von der Geschichte von Flandern erzählt. Wir müssen nur französische Schlachten behalten und den Aufstieg der französischen Industrie. Und darüber habe ich nie etwas gelernt oder gelesen.«

Louis' Lüge hatte einen größeren Effekt, als er je erwartet hatte. Papa richtete sich sofort auf, seine Schläfrigkeit war plötzlich verschwunden, er trommelte auf die Tischdecke.

»Die französische Industrie!«

»Ja, Herr Seynaeve?« sagte die Frau von der Konditorei.

»Was ja?«

»Ach, ich dachte, Sie hätten mich gerufen.«

»Da Sie schon hier sind, Madame, bringen Sie uns noch zwei *boules de Berlin*. Ich gehe hin.« Aber Papa blieb sitzen, fegte die Krümel des *mille-feuilles* auf seine Handfläche und steckte sie in den Mund. »Ich habe es schon immer gewußt. Mit der französischen Geschichte fangen sie an. Um die von Kindheit an unseren flämischen Jungen einzupauken. Alles die Schuld von Napoleon. Denn der ist der erste gewesen, der in seinen besetzten Gebieten *maisons de la culture française* gegründet hat, um Propaganda für Frankreich zu machen und Spionage zu treiben. Ja, Monsieur Bon-apart läßt seine Bohnen in den Klöstern keimen. So geht das. Aber, *o lala*, das ist nicht das letzte Wort!«

»Was du auch noch wissen mußt...«

»Sag es! Sag es!«

»In der Freizeit bekamen wir früher ›Sonnenland‹ gezeigt und jetzt ›Mickymaus‹. All die Trickfilme sind auf französisch.«

»Das ist nicht wahr!«

(Ich sollte christliches Mitleid mit dem Gutgläubigen haben, der da vor mir sitzt. Aber ich kann nicht darüber hinwegsehen, daß er vergißt, mir auch nur ein Wort über Mama und ihr Unglück zu sagen. Dagegen Lügengeschwätz über eine Treppe, die sie hinuntergefallen ist.)

»Schwester Engel«, sagte Louis. (Wenn ich seine Lügen übertreffen will, darf ich niemanden verschonen. Auch die Liebste, die Sanftmütigste muß mit in den Dreck gezogen werden.) »Schwester Engel behauptet, daß es nicht die Flamen gewesen sind, die die Goldsporenschlacht gewonnen haben.«

Erst jetzt war Papa verblüfft. Er sperrte den Mund mit den an seinen Lippen klebenden Krümeln auf.

»Was? Wieso?«

»Schwester Engel sagt, daß auf der flämischen Seite hauptsächlich Deutsche und Friesen und Holländer und sogar französischsprechende Hennegauer standen.«

»Das ist Verleumdung«, sagte Papa.

»Deshalb habe ich in Geschichte so wenig Punkte.«

Ich kann ihn wie ein Jojo tanzen lassen. Wenn ich nur hart bleibe. Louis summte ›Immer nur lächeln‹ aus dem ›Land des Lächelns‹, aber Papa erkannte die Melodie nicht.

Tante Nora erschien auf der Straße. Sie trug Louis' zu schweren Koffer. Sie hielt den Kopf aufrecht, die Schultern steif nach hinten, aber ihr Untergestell wankte und wackelte. Louis sprang ihr entgegen. Neben ihm rannte Papa, keuchend und geduckt wie ein Spion, zu seinem Auto. »Rasch, Nora, damit sie mich nicht sehen!« Er hatte Mühe mit dem Wagenschlüssel, fummelte nervös herum, während er sich hinter dem Auto zu verstecken versuchte.

Drei Tauben strichen nieder und setzten sich auf den Fenstersims von Schwester Economes Zimmer. Im ersten Stock des Schlosses öffnete sich ein Fenster, und ein Ärmel mit einem flatternden Staubtuch erschien. Die Straße war leer.

Für mich haben die großen Ferien angefangen. Vlieghe ist noch eingesperrt. Das wird ihm eine Lehre sein. Wo ist er jetzt? Wahrscheinlich vor dem Scheunentor, an das Baekelandt Fledermäuse gegen Unwetter und Blitz nagelt. Wenn ich heute nacht in Walle aus meinem Fenster zu den Sternen schaue, wird er das auch tun, auf der Fensterbank sitzend wie die Tauben bei Schwester Econome, aber den Rücken am Fensterpfosten. Er reibt daran seinen Rücken in dem weißen Nachthemd mit der kirschroten Borte und fällt, fällt in die Arme des Satans.

Die Sonne schien auf das Kopfsteinpflaster. Das Auto fuhr los, dröhnte am Internat aus Backstein entlang. Als Louis sich zu den Türmchen und dem bemoosten Dach des Internats umschaute, verschwand die Sonne hinter einer Wolke. Gott will nicht, daß ich seinen Glanz auf Erden erblicke. Er zieht sich hinter die Wolken zurück, um mein gemeines Mundwerk nicht sehen zu müssen.

XX
IN BASTEGEM

Louis ließ den Zug los und warf sich in den heißen Dampf, sprang in die Arme seines Onkels Florent, prallte gegen ihn. Der Zug schnaufte davon und der Mann mit dem Rußgesicht, der auf dem Tender Kohlen schaufelte, winkte dem Stationsvorsteher, der, die Mütze mit der Goldtresse auf seinem Kopf wie festgeschraubt, zwischen Rosensträuchern stand. Der Beamte nahm ihre Fahrkarten entgegen und sagte: »Da steht sie schon. Dort drüben.« Bei der geschlossenen Schranke stand Tante Violet. Der Stationsvorsteher steckte die Daumen hinter seine breiten grauen Hosenträger, die umfangreiche Hose rutschte hoch.

»Sie hat mir dauernd in den Ohren gelegen. ›Bakels, wo bleibt denn dieser Zug?‹ Ich sage: ›Fräulein, dort hängt die Uhr.‹ ›Aber diese Uhr geht nach‹, ruft sie. Ich sage: ›Fräulein, beruhigen Sie sich!‹ ›Es wird doch kein Unglück passiert sein, das hätten Sie sicher gehört, nicht wahr?‹ Ich sage: ›Fräulein, wir sind hier nicht in Spanien, wo die Kommunisten die Züge zum Entgleisen bringen.‹ Sie sagt: ›Aber Bakels, warum stellen Sie diese Uhr nicht?‹ Ich sage: ›Fräulein, wenn Sie eine Uhr haben wollen, die richtig geht, dann kaufen Sie sich eine.‹ ›Ich habe eine‹, sagt sie, ›aber die ist kaputt.‹ «

Onkel Florent schubste Louis zur Schranke, auf Bauernkarren, spielende Kinder, einen Seminaristen und Tante Violet zu. Mistgestank verdrängte den Rauchgeruch. Tante Violet trug Trauer. Für Mamas Kind. (Oder noch immer für Königin Astrid, die vor Jahren von ihrem Mann, dem König, in den Tod gefahren worden war.) Sie wog über hundert Kilo, etwas mehr als Onkel Robert.

»Das wäre nicht so schlimm«, sagte Mama, »wenn die Proportionen stimmen würden.«

»Jetzt ist das Fleisch noch fest«, sagte Papa, »aber mit den Jahren . . .«

»Kümmer dich um deine eigenen Angelegenheiten«, sagte Mama, solidarisch mit ihrer Schwester, mit der sie früher jeden Abend *quatre-mains* gespielt hatte. »Meiner Meinung nach funktioniert ihre Schilddrüse nicht.« – »Das ist immer noch besser als bei Mona, bei der sie eine Überfunktion hat.«

Unter Geklingel hob sich die weiß-rot gestreifte Schranke. Tante Violet wabbelte auf sie zu und bot ihre Wange dar. »Du bist mir aber groß geworden!« Sie hatte eine Stupsnase mit schwarzen Flekken und die strengen Glotzaugen einer Lehrerin.

»Mein Junge, mach mal meinen Schuhriemen zu!« Er kniete nieder, die erste unerträgliche Reverenz in diesem Bauerndorf, in dieser Luft, die von Mücken sirrte, und er spannte den Lederriemen und preßte den Druckknopf hinein, unter dem die beiden geschwollenen Knöchel glänzten, zugleich eingezwängt und hochgedrückt.

»Ich dachte, du wärst eingezogen worden, Florent.«

»Ja. Auf, an die Front«, sagte Louis.

»Da müssen andere kommen, um mich in Khaki zu stecken. Das ist nicht meine Farbe.«

»Du bist ein Roter, das wissen wir schon.«

»Nein. Ich bin für Violett«, sagte der Charmeur.

Tante Violet hob, wie bei ihren Bauernkindern in der Klasse, ihren Finger: »Florent, der Augenblick ist gekommen, in dem jeder Belgier seine Pflicht tun muß!« Vielleicht sagte sie das so nachdrücklich, weil sie gerade an ihrer Schule vorbeigingen, einem freundlichen Gebäude neben dem Kirchturm. Es waren keine Gitter zu sehen und auch keine Nonnen.

»Nicht für einen Franc pro Tag«, sagte Onkel Florent.

Und vielleicht lag es ebenfalls daran, daß sie an ihrer Schule vorbeigingen: Onkel Florent streichelte Tante Violets wackelnden Hintern, als wollte er sie wie ein monströses Baby hochheben und im Triumph über den Spielplatz tragen. »Wie steht es mit der Liebe, Violet?« »Aber, Florent. Benimm dich!« Er wuschelte in dem Haar unter ihrem lächerlichen runden schwarzen Hut herum und wich aus, erwartete eine Ohrfeige.

»Florent, hör auf! Mein *mise-en-plis*.« Ihr halbherziger und nekkischer Protest glich dem, was Mama in so einem Fall tun würde. Sonst gab es keine Ähnlichkeit mit Mama. Auch nicht mit Tante Berenice, der Jüngsten der Bossuyts, die zu ihrer Schande mit einem bulgarischen Ketzer verheiratet ist. Vor einiger Zeit dachte ich, daß er Mohammedaner sei.

»Du hast sicher schrecklich geweint, als deine Mama ihr Kindchen verloren hat. Du hättest doch sicher gern ein Brüderchen gehabt?«

»Ja, Tante«, sagte er gehorsam.

»Ich darf gar nicht daran denken, daß dies mir passieren würde.«
Villen mit Efeu an den Fassaden. Schräggewehte Pappeln.

Kopfweidenreihen in den ungleich aufgeteilten Weiden. Als könnte je die Rede davon sein, daß Tante Violet ein Kind bekam. Warum fängt sie also von dieser Möglichkeit an, aufs Geratewohl? Einmal wird Louis, das weiß er genau, all diese unbeendeten Sätze und Anspielungen verstehen. Wenn man gut aufpaßt und wachsam ist, werden die Rätsel, die sie sich körnchenweise in ihren Witzen und Lügen entschlüpfen lassen, ans Licht kommen. Jetzt noch nicht. Bis jetzt sagen sie immer: »Die Ratten sitzen auf dem Dach«, wenn ich vorbeikomme – die bleiche nasse Ratte mit den am Kopf klebenden gespitzten Ohren und mit schuppigem, wedelndem Schwanz –, wo es doch im stillen von ihren Heimlichtuereien wimmelt.

»Soll ich deinen Koffer tragen?«

»Nein danke, Tante.«

»Laß ihn nur, Violet, er muß noch Muskeln entwickeln.«

Onkel Florent zwinkerte. War es ein Tick? Wie zwinkert man, wenn man ein Einäugiger ist wie der Altmeister der Brügger Webergilde um Dreizehnhundert, Pieter de Coninck, der Listige?

Bei Bauer Liekens' Hof, dessen Strohdach nun mit flacherem, in sich zusammengefallenem Stroh weiter vorragte als das letzte Mal, als Louis es gesehen hatte (auf dem Weg zum Bahnhof, letztes Bild von Bastegem, das gold-und-bernsteinfarbene meterdicke Roggenstroh), spielten die vier Liekens-Kinder mit einem Ferkel, sie stocherten mit gegabelten Zweigen in dem rosa und weißen Bauch. Ivo, der Älteste, grinste und rief »Hoi«, kam aber nicht zur Hecke.

»Weitergehen, Louis«, sagte Tante Violet. »Tu so, als ob du sie nicht siehst.« Trotzdem schaute er hin, ob er nicht zwischen den Verschlägen aus Eternit-Platten oder hinter dem Misthaufen *Iwein die Kuh* sehen könnte.

Es war verboten, mit den Liekens-Kindern zu verkehren und vor allem, ihren Hof zu betreten. Obwohl man früher täglich hinging, um Milch und Eier zu holen. Aber Vater Liekens hatte etwas so Schändliches angestellt, daß es nicht einmal in *De Scheldebode* abgedruckt werden konnte: Sonntagnachmittag auf dem Dorfplatz. Die Bauern, die unter den Platanen vor dem Wirtshaus ›Das Damebrett‹ Whist spielen, starren bestürzt Iwein Liekens an, der stolpert, hinfällt, sich wieder aufrappelt, weitertorkelt und gegen den Betonrand des Gefallenendenkmals knallt und in einer Lache Blut, das aus seinem blauen Leinenhosenboden strömt, liegenbleibt. Er murmelt, daß ein brünstiger Stier ihn angegriffen habe. Seitdem wird er *Iwein die Kuh* genannt.

Tante Violet hatte eine kleine lila Warze unter dem Kinn. In ihrer Trauerkleidung wabbelnd, glich sie den verschnörkelten Zeichnungen von Dubout in der Zeitschrift *Hebdo* (eines der Verbotenen Bücher der Apostel): aus ihrem Fett platzende Riesinnen mit Erdbeernasen, Warzen und strähnigem Haar, die immer bereit waren, ihre Zwergmänner mit Teigrolle oder Regenschirm zu bearbeiten. Louis zeigte auf sein Kinn. Onkel Florent ging näher an Tante Violet heran und schaute hin, lächelte, doch sie bemerkte es; er schneuzte sich zwischen den Fingern.

»Das kommt vom Rasieren«, flüsterte er. Onkel und Neffe bekamen einen Lachanfall, der, auf und ab sprudelnd, bis zur Villa der Bossuyts anhielt. Der Weg neben dem Haus war von Dahlien in allen Farben überwuchert, Hummeln surrten darüber. Bei der Scheune, die ›Garage‹ genannt wurde und in der Louis einmal von Onkel Omer zwölf Schläge auf den Hintern bekommen hatte, erkannte Hector, der Truthahn, seinen Spielgefährten, er kratzte sogleich im Sandboden und trappelte auf der Stelle, dann schüttelte er den Kopf, das Klatschen der Kehllappen war deutlich zu hören.

Meerke saß mit karierten Pantoffeln auf dem runden Nickelrand unten am Kanonenofen, als wärmte sie ihre Füße; es war eine alte Gewohnheit, Meerke war alt. Sie sprang auf und wischte sich zerstreut die Hände an ihrer Schürze ab. Erst jetzt merkte Louis, wie sehr er gewachsen war, er war nun fast ebenso groß wie Meerke.

»Wen haben wir denn da?«, sagte sie. Zahnloses, besorgtes Meerke-Mütterchen. »Setz dich, setz dich, setz dich doch«, und sie zeigte auf einen Korbsessel, in dem ein von Tante Violets gewaltigem Hinterteil zu einem Pfannkuchen platt gedrücktes schottischkariertes Kissen lag. Stullen mit Schmalz und Quittengelee. Weil Onkel Florent (der, seit sie hereingekommen waren, linkisch höflich und still blieb) versessen auf Quittengelee war. Auf dem Dach der Garage tippelten Onkel Armands Tauben, die abscheuliche Krankheiten hatten, die, wenn man sie als Mensch bekommt, unheilbar sind: Winzige Taubenläuse kriechen einem in die Poren und richten im Fleisch Verheerungen an. Als Mensch wird man trübselig, griesgrämig, und man stirbt gurrend und mit bizarren Schulterzuckungen. Aber der Pate aß gern junge Tauben. Eine der Tauben von Onkel Armand hieß Coco, ein Papageienname.

»Hast du gute Noten?«

»Ja, Meerke. In Erdkunde habe ich achtzig Prozent.«

Der Kaffee wurde aus dem gerillten blau-weißen Service getrunken, das Onkel Armand beim Bogenschießen gewonnen hatte, früher, bevor er ein sittenloser Trunkenbold wurde.

»Und in Religion?«

»Siebzig Prozent.«

»Und Rechnen?«

»Fünfzig Prozent.«

»Das ist schwach«, sagte Tante Violet. »Sehr schwach.«

»Dabei ist das das einzige, was du für später können mußt«, sagte Meerke. »Das und die französische Sprache und Grammatik.«

»Ja«, rief Onkel Florent, »sonst führen sie dich dein Leben lang an der Nase eherum. Im Unterricht wird nicht genug aufs Rechnen geachtet, was, Violet?« Sie antwortete nicht. Gleich nachdem sie hereingekommen waren, war sie, ohne ihren Hut abzusetzen oder ihre Tasche loszulassen, zu dem ovalen kleinen Fenster neben dem Büfett gegangen. Sie war vertieft in das, was auf der leeren Dorfstraße zu sehen oder zu erwarten war. Meerke erklärte, daß Pastor Mertens in das Haus neben der Milchfabrik gegangen sei, bestimmt schon vor über anderthalb Stunden. In letzter Zeit hätten sie bemerkt, daß er dort immer länger bleibe, bei einer Frau mit sechs Kindern.

Tante Violet hatte von ihrer Mutter eine totale Verehrung für Priester geerbt, hatte sie aber in ihrem beleibten und einsamen Dasein durch Gottesfurcht und Gefräßigkeit noch angereichert; für sie war Pastor Mertens zu einer übermäßigen Leidenschaft geworden, sie verfolgte sein Tun und Lassen mit dem Zerrfeldstecher der Liebe. Pastor Mertens war ihr Idol und ihre Qual.

Im Jahre Soundsoviel war Mama ein Mädchen, das Constance Bossuyt hieß und mit seinen Schwestern Violet und Berenice in das Pensionat der Maricolen-Schwestern ging, als Externe. Die Spatzen fallen vom Himmel, dampfend liegen die Kühe auf der Weide, und Maurits, der älteste Sohn aus dem alten Bauerngeschlecht Coppenolle auf der anderen Seite der Leie, sagt keuchend und stammelnd zu Tante Violet – die damals natürlich noch nicht meine Tante war –, er könne nicht ohne sie leben; sie hört sich das geschmeichelt an, er glaubt, daß sie seine Liebe erwidert, denn sie rennt nicht quietschend wie ein Schwein weg, und er schlingt die Arme um sie und küßt sie. Zu Hause überkommt sie freilich ein ängstliches Gefühl, die Sünde der Unkeuschheit brennt in ihrer Seele – denn seine Zunge steckte in ihrem Mund –, und schluchzend beichtet sie es Meerke, ihrer Mutter, die sofort ihren selbstgestrickten Schal umlegt und zur Pfarrei eilt. Aber der Pfarrer, den sie anbetet und der mit Wünschelruten über die Äcker geht, ehe die Bauern einen Acker kaufen, und der Elektrizität in den Händen hat, wenn er den Schwestern Bossuyt verspielt über die Haare streicht, ist nicht da. Meerke ist gezwungen, ihre Kummergeschichte dem frischbackenen Kaplan Mertens zu erzählen, und dieser sagt: »Madame, das muß im Keim erstickt werden«, oder »an der Wurzel gepackt werden«, oder »ausgerottet werden«, oder »wie ein Wespennest ausgeräuchert werden«. Der Abend senkt sich über den Bauernhof, die Petroleumlampe kokelt, und an dem Tisch, der nach Teig riecht, sitzen auf der einen Seite Bauer Coppenolle, seine Frau und seine Eltern, auf der anderen Seite Meerke mit der zitternden schuldigen Violet. Maurits, der Täter, der in der Ecke der Wohnküche bei den Besen und Bürsten kniet, hat die Augen gesenkt. Zwischen den Familien sitzt Kaplan Mertens und nippt Branntwein mit Kirschen. Lucie, die Magd, stochert wütend im Ofen herum, um ihren Unmut zu zeigen und die Stimme des Priesters zu unterbrechen. Sie wird hinausgeschickt.

»Wer hat angefangen? Nein, nicht mit dem Küssen, sondern wer hat als erster dazu Anlaß gegeben? Wohin hat er seinen Arm gelegt, wohin genau. Zeig es. Wie lange lag der Arm dort? Wenn man jemanden küßt, legt man doch gewöhnlich den Arm nicht so tief um ihn. Und was hast du dann gefühlt, Violet? Sag es ruhig, ich habe in meinem Beichtstuhl schon öfter solche Dinge gehört. Etwas Warmes? Du weißt es nicht. Das ist eigenartig, alles andere weißt du so gut. Wie lange hat der Kuß gedauert? Drückte er seine Lippen schnell auf deine, wie ein Bruder seiner Schwester einen Kuß an ihrem Namenstag gibt? Es war anders. Wieso anders? Sprich es frei aus. Hast du dich nicht gewehrt? Ihn nicht zurückgestoßen? Was wollte er noch? Denk daran, daß du unter Eid stehst.«

Die kleinsten Kinder von Bauer Coppenolle quengeln. Der Knieende wird beauftragt, sie in der Kammer über dem Keller zu Bett zu bringen.

»Sprich es frei aus, er kann dich nicht hören. Du brauchst dich nicht zu schämen, er ist nicht mehr da. Hat er beim Küssen die Hand auf deinen Hals, um deine Kehle gelegt, als wollte er dich würgen, dich zwingen, seine unzüchtigen Handlungen über dich ergehen zu lassen? Was hat er gesagt? Das weißt du nicht mehr? Sagte er nicht: ›Liebling, mein Herzensschatz, mein Augapfel‹? Warum eigentlich nicht? Antworte! Wir wissen, daß mehr vorgefallen ist. Wir sind daran gewöhnt, daß unsere Pfarrkinder zunächst nur die Hälfte erzählen!«

Monoton, ohne nachweisbare Drohung, insistiert und tastet und bohrt Kaplan Mertens, er bekommt noch einen Branntwein und dann noch einen. Meerke nickt bekümmert, Bauer Coppenolle schlägt mit der flachen Hand auf den Tisch, das quälend träge Verhör geht weiter. Maurits gibt störrisch Antworten, zu Tode geängstigt, und Violet, ach, Violet . . .

Kaplan Mertens sagt, daß viele Dinge verborgen geblieben seien, aber daß wir in erster Linie vergeben müßten, daß die Würde der beiden Familien gewahrt werden müsse, in jedem Haushalt komme es zu irgendeiner Zeit zu einer Krise, die wir mit dem Mantel der Liebe bedecken sollten. Während Meerke ihm in den Mantel hilft, sagt er: »*Te absolvo*, meine Tochter«, und verschwindet in der Nacht voller Sterne und furzender Kühe.

»Und seit diesem Abend«, sagte Mama zu den atemlos lauschenden Damen von der ›Liebesgabe für den Soldaten‹, »ist meine Schwester nicht mehr die gleiche gewesen. Sie spielte nicht mehr Klavier, sie sang nicht mehr ›Violetta‹, sie, die doch einen so schönen Sopran hatte, und das einzige, was ihr noch Spaß machte, war, Berge von Stullen mit Speck und Teller voll Kartoffeln mit Grieben zu vertilgen, aber nicht dadurch ist sie dicker geworden, sondern durch die Schande und die Panik jenes Abends, die ihr auf die Schilddrüse geschlagen sind, so daß die Schilddrüse nicht mehr funktionierte, ganz im Gegensatz zu Mona, der Schwester meines Mannes, bei der sie zu stark funktioniert, mit den Folgen, die wir kennen und über die wir lieber nicht reden sollten, es scheint, daß Mona jetzt einen Elektriker hat, der zehn Jahre jünger ist als sie, *enfin.* Nein, unsere Violet bekam einen Schreck vor allem, was mit Männern zu tun hatte. Den hat sie immer noch. In ihrer Klasse schlägt sie nie die Mädchen, nur die Jungen. Und seit jenem Abend quoll sie allmählich auf und klammerte sich an diesen Kaplan und half bei der Kongregation mit. Manchmal hört sie natürlich, daß man über sie lacht oder jemand sie ›Luftballon‹ oder ›Walfisch‹ nennt, dann ißt sie noch mehr Stullen. Ich habe Mitleid mit ihr. ›Constance‹, sagt sie, ›und wenn ich sterbe, ohne je . . .‹« Mamas Stimme im Salon wird leicht wie ein Schmetterling, »›. . . einen

Mann gehabt zu haben?‹ Ich sage: ›Du dumme Trine, du stehst noch in der Blüte deines Lebens, und es gibt Hunderte von Männern, die lieber einen tüchtigen Fleischkloß haben.‹« Die Damen von der ›Liebesgabe für den Soldaten‹ pflichteten dem bei.

Tante Violet, in der Blüte ihres Lebens, lauerte am ovalen Fenster, ihr breiter Rücken war schwarz und verschlossen wie der einer Nonne. »Er ist da«, flüsterte sie. »Er geht zur Pfarrei. Er beeilt sich. Es ist Zeit zur Andacht. Nein, er beeilt sich nicht. Er reißt ein Büschel Unkraut aus und wirft es hinter die Hecke. Er hat seine Schlüssel nicht mit. Oh, doch.« Sie kam zum Ofen und setzte ihren drolligen Hut ab.

Onkel Florent sagte, er könne nicht lange warten.

»Ach, du mußt bleiben, bis Armand zurückkommt«, rief Meerke, »das wird er dir nie verzeihen.« Sie stieß ein Röcheln aus. Sie hat sieben Kinder gehabt, von denen fünf am Leben geblieben sind, die anderen zwei sind früh gestorben: die gerade zweijährigen Zwillinge wurden vom Husten blau, ihr Hals wuchs zu, ließ nur noch Schleim und Luft durch und dann nichts, auch kein Röcheln mehr.

»Armand wird es sehr schlimm finden, er sieht schon so wenig Leute.«

»Nein, er sieht keine Leute in den fünf, sechs Kneipen, die er täglich aufsucht«, sagte Tante Violet.

»Leute, mit denen er sich seriös unterhalten kann, meine ich.«

»In diesem Fall ...«, sagte Onkel Florent und bekam ein *Elixir d'Anvers.* Er fand es zu süß. Er bekam ein Glas Pils. Das fand er zu schwach. Er bekam einen Jenever. Der war gut.

»Der Papst möchte zwischen den Regierungen vermitteln und ihnen seine Gedanken über die Probleme unterbreiten, aber Mussolini erlaubt es ihm nicht, der Lanternan- oder Lateranvertrag verbietet es ihm, sich in weltliche Angelegenheiten einzumischen.«

»Das ist auch besser so, Meerke. Denn wo kämen wir sonst hin?«

»Dann soll sich Hitler nicht mit der Kirche in Deutschland anlegen«, rief Tante Violet. »In den deutschen Kirchen sitzt immer ein Polizist in Zivil, der die Gläubigen in sein Notizbuch einträgt.«

»Dann können sie ja Märtyrer werden«, sagte Louis. Eine Taube auf dem Dach der Garage pickte gehässig nach den anderen. Wahrscheinlich war das die Taube Coco.

»Es ist nicht schön von dir, Louis, über die Katholiken zu spotten«, sagte Meerke.

»Aber ich habe das nicht gesagt, um zu spotten«, sagte Louis verdutzt.

Zwölf braune Kühe und eine weiß-schwarze, eine holländische, trotteten durch die Dorfstraße, zwei barfüßige Jungen schlugen sie mit Gerten.

»Der König von England hat eine grandiose Amerikareise gemacht. Er und die Königin haben mit dem Präsidenten Tee getrunken.«

»Im Weißen Haus?« fragte Louis.

»Könnte sein«, sagte Meerke. »Und nicht nur der Tee, sondern auch das Wasser kam aus London. Aber das haben sie nicht benutzen können, weil die Amerikaner es erst untersuchen ließen, und es muß wohl Tierchen enthalten haben, jedenfalls haben sie von ihren Chemikern amerikanisches Wasser entsprechend nachmachen lassen, so daß die Königin den Unterschied nicht schmeckte. Sie war sehr angetan davon, die Königin.«

»Es war eine taktvolle Aufmerksamkeit«, sagte Tante Violet. »Wir Belgier hätten uns einen Dreck darum geschert. Wasser ist Wasser, hätten sie bei uns gesagt.«

»Hitler hat, seit er an der Macht ist, vierhundertdreißig Reden gehalten. Man muß eben sein Handwerk verstehen.«

»Und noch jedesmal war sie anders. Jedesmal muß so eine Rede etwas anderes enthalten.«

»Oh, der Narr sagt lachend seine Meinung«, sagte Onkel Florent.

»So einen Narrn find ich einen Schmarrn«, sagte Meerke.

»Und doch scheint er es zu wagen, sich für uns zu interessieren.«

»Du hast doch von dem deutschen Touristen gehört, der den Gendarmen seinen Paß vorzeigen mußte. ›Schauen Sie sich meinen Paß gut an‹, sagte er. ›Es ist das letzte Mal, daß Sie ihn sehen, denn demnächst sind *wir* es, die *Ihre* Papiere verlangen.‹«

»Na, so was!«

»Es scheint, daß sie in Deutschland kaum genug zu essen haben. Sie machen Margarine aus lauter chemischem Zeug, ohne einen Tropfen Milch. Das Resultat: sie haben alle Maul- und Klauenseuche.«

»Und sie sind so mit ihren Befestigungsanlagen beschäftigt und müssen derart viele Leute hinschicken, daß es in den Cafés von Berlin keine *garçons* mehr gibt.«

»Und die Frauen müssen auf dem Land arbeiten, so daß sie sich nicht um ihre Kinder kümmern können.«

»Aber da machen sie eben neue Kinder. Im Korn. Was, Violet?«

»Also, Florent, kannst du nicht einmal an etwas anderes denken?«

»Die Deutschen werden uns belästigen. Sie können es nicht vertragen, daß wir Belgier uns *entre nous* wohl fühlen.«

»Wir haben andere Länder nie behelligt. Nie in unserer ganzen Geschichte. Es sind immer die anderen gewesen, die ihre Misere hier ausgefochten haben.«

Der Himmel wurde schiefergrau mit Blautönungen. *»L'heure bleue«*, sagte Mama. Oft hatte Louis in der Abenddämmerung *›l'heure bleue‹* auf dem Spielplatz geflüstert, der Birnbaum wurde zur verästelten Struktur, ein Riesenschwamm, in dem es von Nachttieren wimmelte und von unsichtbaren Mieseriken.

»Nein, es wird zu spät, ich muß den letzten Zug kriegen«, sagte Onkel Florent und trank seinen letzten Jenever aus. »Sag deinem charmanten Armand, daß ich auf ihn gewartet habe und daß ich ihm böse bin. Sag ihm, daß er mir fortan den Buckel runterrutschen kann.«

»Es ist nicht seine Schuld«, flehte Meerke. »Er achtet nie auf die Zeit. Er vergißt immer, wo er ist.« Armand, der Älteste, ist ihr Sorgenkind, ihr Liebling. (Wenn Mama dieses Brüderchen bekommen hätte, wäre ich jetzt auch der Lieblingssohn.)

Meerke stieß wieder ihre merkwürdigen Laute aus. Wie ein Schakal, der sich an einem zu großen Brocken von einem bereits verwesenden Zebra verschluckt.

Tante Violet legte ihr Strickzeug hin und setzte ihre goldumrandete Brille ab. »Grüß deine Mutter von mir. Vergiß es nicht.«

Onkel Florent sagte: »*Allez*, laßt es euch gutgehen.« Da bemerkte er Louis in seiner Besonderheit und Einzahl und Einmaligkeit, er wuschelte in Louis' Haar wie bei Tante Violet am Bahnhof und brummte: »*Allez*, Kleiner. *Salut*. Und daß mir keine Klagen zu Ohren kommen!« und darin ähnelte er dem Paten, der genauso, fast verlegen, als Oberhaupt der Seynaeves gebrummt hätte. In diesem fremdartigen Bauernlümmelreich der Vorfahren von Mama.

Nach dem Buttermilchbrei setzte sich Louis an den kalten Ofen und sah sich die Zeitschriften und Zeitungsausschnitte an, die Tante Violet ihm gab, und die das Leben, den Tod und das Begräbnis von

Königin Astrid betrafen. Das Papier war klamm und roch nach den Mottenkugeln in dem Kasten mit dem blauumrandeten Etikett: ASTRID.

»Einen Schwan aus dem Norden nannten sie sie, und das stimmte. Unser Lieber Herr wollte sie möglichst bald zu sich rufen, anders ist das nicht zu erklären. Sie führten eine so glückliche Ehe, Leopold und sie, so schöne Menschen, guck nur, sie in Weiß und er in seiner Uniform.«

»Die Lakaien des Schlosses Laeken haben gesagt, daß sich die beiden nie gestritten haben«, sagte Meerke.

Als Onkel Armand nicht erschien und Meerke nervös wurde, sagte Tante Violet, während sie Butterkekse aß: »Du solltest ihm lieber ein für allemal die Leviten lesen, Mutter. Aber das wagst du nicht. Und er, er weiß, daß er von dir immer recht bekommt, und das nutzt er aus.«

»Dieser Junge müßte heiraten, das ist alles.«

»Warum sollte er? Er wird hier versorgt wie Prinz Karl, sein Essen steht täglich für ihn bereit, auch wenn er es, wie schon wieder, auf dem Herd eintrocknen läßt. Seine kleine Wäsche, seine große Wäsche, seine Anzüge, seine Plastrons, alles wird rechtzeitig gewaschen und gebügelt – und für wen? Für diese Weibsbilder, aus deren Schande die ganze Gemeinde kein Hehl macht, und für die Mädchen, denen er den Kopf verdreht, so daß sie zu mir kommen und jammern: ›Violet, kannst du nicht bei deinem Bruder ein gutes Wort für mich einlegen? Warum ist er so häßlich zu mir, wo ich ihm doch zu Willen gewesen bin?«

»*Violette, je t'en prie, devant le garçon...*«

»*Le garçon*«, sagte Louis gähnend. Seine heiße Backe lag auf seinem Unterarm auf der Nickelstange des Ofens. Es wurde angenehm schwül, grau und lau und dunkel, die Mieserike flatterten lautlos durch Tante Violets und Meerkes Geplauder, durch den Geruch der Zeitungsausschnitte, jemand zog an ihm und hob ihn halb auf, jemand mit einer rauhen spöttischen Stimme, die halb sprach, halb summte: »In sein Nestchen muß das Bübchen, ohne Westchen in dem Stübchen.«

Ein fröhlicher Onkel Armand erschien zum Frühstück. Er hatte ein gefurchtes Gesicht voller Lachfalten, eine lange Oberlippe und sah Marcel Kint, dem Schwarzen Adler von Zwevegem ähnlich, wenn dieser nach einem Endspurt strahlend und superstark zwischen den erschöpften, atemlosen Tröpfen fotografiert wurde. Onkel Armands schwarzes, scheitellos nach hinten gekämmtes Haar glänzte von Brillantine. Er popelte an den Kalknägeln seiner Zehen, und seine heisere Raucherstimme sagte, daß er Louis einen dieser Tage hinten auf seinem Motorrad mitnehmen wollte. »Dann geben wir Gas, Kleiner!« Dann kratzte er lange in den grauen Locken auf seiner Brust, aß Eier mit Speck, ohne ein Wort an seine ihn anhimmelnde Mutter oder seine eifersüchtige Schwester zu richten. Seine Augen waren kobaltblau mit langen schwarzen Wimpern, die gefärbt aussahen wie die von Alfred Lagasse, dem Tenor und Prinzen Sou-Chong. Als er auf seinem Motorrad davonfuhr, hupte er ohrenbetäubend lange, so daß die Dorfbewohner fluchten oder sich bekreuzigten.

Am Nachmittag besuchte Raf de Bock, der Sohn des Eisenwarenhändlers, Louis. Sie balancierten wie Seiltänzer über die Eisenbahnschienen. Raf sollte, wenn er nächstes Jahr ins Collège ging, in die KSA aufgenommen werden, sagte er stolz, mit dem Metallglanz des elterlichen Ladens auf Gesicht und Händen.

Im Internat hätte Louis Raf bestimmt zum Apostel erklärt, sogar in Rafs heutigem Stand der Unschuld, unberührt von Hinterlist und Tücke, denn das lag an seiner Erziehung in Bauernlandschulen. Aber sein brennender Wunsch, in die *Katholieke Studentenactie* eingegliedert zu werden, stimmte nachdenklich. Die KSA, die Schildwachen Jesu Christi, unterschieden sich nicht besonders von den Pfadfindern: sie hatten ein glanzvolleres Ideal, das wohl, aber das war keine Kunst, die Pfadfinder haben nämlich überhaupt kein Ideal, außer dem, Zelte aufzuschlagen und Knoten zu knüpfen. Die Pfadfinder hatten eine französische Lilie auf ihrem Koppel und wurden übrigens von den Engländern regiert (wegen ihres Gründers Baden-Powell), die ihnen englische Bräuche aufzwangen: Tee zu trinken, unsere Stammbrüder in Südafrika hinter Stacheldraht verhungern zu lassen, unsere Glaubensbrüder in Irland zu mitraillieren, und *fair play* – reine Scheiße.

Raf und Louis krochen unter dem verrosteten Stacheldraht hindurch, überquerten eine Weide mit Kühen, die näher kamen. Doch sie beschleunigten ihre Schritte nicht. Louis' Herz klopfte. Es waren keine gefährlichen Stiere, natürlich nicht, nicht einer von diesen Kolossen, von denen einer den Bauer *Iwein die Kuh* mit bestialischer Wollust besprungen hatte, wodurch der arme Mann bis zu seiner Todesstunde ausgelacht werden würde, aber die Hörner und blutunterlaufenen Augen kamen doch allzu nahe. »Milchfabriken!« rief Louis und erreichte den Stacheldraht.

An der Koppel, am Sanatorium vorbei, wo reiche Leute in ihren Seidenpyjamas sonnenbadeten, an dem Fußballplatz von *Bastegem Excelsior* vorbei. Auf dem das Gras zwischen kreuz und quer wachsenden Sträuchern hoch stand. Raf fiel auf die Knie. Louis folgte seinem Beispiel. Sie krochen durch die Sträucher und näherten sich dem Schlößchen aus rotem Backstein. »Nicht so schnell«, schnauzte Raf. Louis hätte natürlich nie ein weißes Hemd anziehen dürfen, sondern an eine Tarnung denken müssen wie Raf, der einen dunkelgrauen Pullover anhatte.

Eigentlich war es schade, daß ihre Expedition tagsüber stattfand, sonst hätten sie sich mit Schlamm einschmieren können. Nur das Weiß ihrer Augen hätte dann im Schein des Lagerfeuers geflimmert. Und der Glanz von Silberbüchse und Tomahawk. Auf ihren Ellbogen robbten sie weiter, weder aus dem Schlößchen, noch aus den Nebengebäuden war etwas zu hören. »Verflixt, sie sind nicht zu Hause.« Raf richtete sich auf und lief durch den ausgetrockneten Bach, schlug die Sträucher beiseite und rannte, ohne sich um den flinken Sioux an seiner Seite zu kümmern, plötzlich zu einer Eiche. Aus den Fenstern mit Bleiverglasung im ersten Stock wurde kein Winchestergewehr auf sie gerichtet. Der Kies der Auffahrt knirschte unter Louis' Schuhsohlen, seine Mokassins hatte er im Zelt gelassen. Hinter der Eiche prallte er gegen Raf. In der Nähe stand ein Sportwagen, dessen linke Tür offen war. Auf der Freitreppe aus Quadersteinen waren keine Blutspuren zu entdecken. Raf folgte seinem Kundschafter. Überaus nonchalant, die Hände in den Hosentaschen, in denen er sicher die Fingernägel in sein Fleisch grub, bis es blutete, überholte Raf Louis. Louis trat auf Rafs Schatten. Das Schlößchen wirkte verlassen. Louis schaute in ein Zimmer.

Die Linden dufteten. Raf wühlte im Mülleimer, stöberte zwischen Konservendosen, Kaffeesatz, nassen Zeitungen, hundert braunen Zigarettenkippen herum und zog einen dünnen, zerknautschten und zerfaserten Satinfetzen heraus. Der Deckel des Mülleimers klappte mit einem entsetzlichen Metallknall zu, der Schlag eines Schwertes auf einen Harnisch, der Stimmen aus der Kellerküche wachrief, einen brüchigen unsicheren Baß, der unverständlich fluchte, und eine schrille Frauenstimme, die sagte: »Ach du lieber Gott!« Einen Augenblick sah es danach aus, als wollte Raf in das Haus stürzen, denn der Schlingel setzte den Fuß auf die bemooste Freitreppe und hielt sich am verwitterten Geländer fest, aber zum Glück rannte er dann, ohne jegliche Deckung, wieder in die Sträucher zurück.

Auch im ersten Stock des Hauses war Lärm zu hören gewesen, als ob dort ein Schrank umgerückt würde. Als die beiden kläglichen Angreifer keuchend und schnaufend in den trockenen Graben fielen und wie Backfische kicherten, hörten sie aus dem unsichtbaren Schlößchen schmetternde Marschmusik, die schon bald den prallen Trompetenklängen wich, die der Pate ›tierisch‹ nannte, die von amerikanischen Negern stammten und die, wenn wir uns nicht dagegen wehren, unsere Kultur unterwandern.

Das Zimmer, das er durch die verzerrende Scheibe des Erkers zu seinem ängstlich bebenden Entzücken gesehen hatte, war ein hoher Raum mit einem gewaltigen, vielfach verzweigten Kronleuchter aus Kupfer, mattglänzenden rotbraunen Sesseln mit grünen Sitzen, einem ovalen Marmortisch, der Büste eines Mannes mit Perücke aus der Zeit von Louis dem Soundsovielten und dem Gemälde einer nackten blonden Frau auf einem grellroten Bett über dem Kamin. Susanna ohne die beiden Alten. Mit glitzerndem Porzellan in einer Vitrine. Einem antiken Kruzifix. Am Mammon war nicht gespart worden. In so einem Zimmer, ohne das Bild der Susanna, wohnte Seine Eminenz Hendrikus Lamiroy, der Bischof von Brügge. Warum bin ich kein reicher Adlatus? Ich will alles aufgeben und Ihm folgen, aber muß ich dann nicht erst ein reicher Jüngling in so einem Zimmer sein? Raf scharrte mit den Füßen, ab und zu schlug er mit einem Ast auf die Sträucher ein.

»Sie war doch zu Hause, Madame Laura. Morgen gehen wir wieder hin. Man muß sie gesehen haben, ehe man stirbt. Mit etwas Glück hätten wir sie in aller Gemütsruhe auf der Terrasse sitzen sehen können. Kapierst du das? Sie kommt hier her, um frische Luft zu schöpfen und ihren Frieden zu haben, ohne Telefon, ohne Kunden, und kaum ist sie da, schließt sie sich schon in ihrem Schlafzimmer ein. Sie geht nie spazieren, meistens sitzt sie auf der Veranda und manchmal im Schatten auf der Terrasse und raucht Zigaretten. Aber wir lassen uns nicht abwimmeln, was, Louis? Morgen gehen wir wieder hin, und dann vorsichtig. Wir können einen Feldstecher mitnehmen. Denn wenn sie uns entdeckt, jagd sie uns weg oder läßt uns von Holst verprügeln. Diese Madame Laura ist arrogant, sie hält große Stücke auf sich selbst, und man fragt sich, warum eigentlich? Was bildet sie sich denn ein? Sie kommt aus dem niederen

Volk, ist eine Vandeghinste aus Meerhem. Ihr Vater hatte einen Schlaganfall, als sie mit seinen sämtlichen Ersparnissen nach Brüssel durchgebrannt ist, *adieu Papa, et merci*. Frag einmal deinen Onkel Armand danach. Vielleicht will er nichts mehr davon wissen, aber er kennt Madame Laura durch und durch, denn er ist einen Sommer lang ganz vernarrt in sie gewesen, es war sogar die Rede vom Heiraten, zum Glück ist daraus nichts geworden, denn für deinen Onkel wäre es ein Unglück gewesen – was sage ich? Sein Tod –, denn dein Onkel Armand, man würde es hinter seiner lachenden Fassade nicht vermuten, ist für die viel zu seriös. Man könnte meinen, daß er nur ein charmanter Angeber ist, aber warum, glaubst du wohl, stürzt er sich in den Suff? Weil er Probleme hat, dein Armand, das sage ich dir, und darum ist es das Beste, daß er rechtzeitig erfahren hat, woran er bei Madame Laura war, die die Männer mit ihrem *cinéma* um den Verstand bringt.«

Ihr *cinéma*, das wußte Louis, war das, was Frauen unter ihren Röcken haben, das, dessen Anblick manche Männer (wie Onkel Armand?) erstarren läßt, wie geblendet oder hypnotisiert.

Auf der Terrasse des Sanatoriums hatte eine Krankenschwester eine Bettpfanne in der einen Hand und winkte ihnen mit der anderen zu.

»Frauen kennen den Unterschied zwischen Gut und Böse nicht«, sagte Raf. Woher hatte er diese selbstbewußte Wahrheit? Raf war Meßdiener. Raf bekam oft Prügel von seinem Vater, dem Eisenwarenhändler, einem kleinen Mann mit einem Clark-Gable-Schnurrbart, der oft Kopfschmerzen hatte. Und wenn er Kopfschmerzen hatte, schlug er.

Sie trennten sich bei der Koppel. Louis betrachtete noch kurz eine falbe Stute mit flachsartigen Büscheln an den Knöcheln, er rief sie, aber sie kam nicht. Dann sah er in der Ferne, zwischen den Akazien, Raf an dem Fetzen schnuppern, den er aus dem Mülleimer gezogen hatte. Nein, zum Apostel eignete er sich nicht.

Tante Violet sagte, Mama habe aus den Alpen angerufen, wo sie sich mit ihrer Freundin, Madame Esquenet, ausruhe. Sie habe Wasserfälle gesehen und Rehbraten gegessen, obwohl keine Jagdsaison sei.

»Hat sie noch etwas Besonderes gesagt?«

»Was sollte sie denn sagen, Männeken?«

»Hat sie nicht gefragt, wie es mir geht?«

»O doch. Ich habe ihr gesagt, daß es uns freut, daß du hier logierst. Daß du gehorsam und höflich bist.«

»Hat sie sonst nichts gesagt?«

»Aber was denn, Louis?« fragte Tante Violet kribbelig.

»Hat sie mir keine Grüße bestellt?«

»Natürlich, Louis, das habe ich doch schon gesagt.«

»Nein.«

Mama hatte nichts über sein ermordetes Brüderchen berichtet. Sich nicht nach Holst erkundigt, der den Mord begangen hatte, Holst, der Erzengel, der seine pechschwarzen Flügel heimlich weiß gestrichen hat, der von den himmlischen Mächten den Auftrag erhalten hat, Louis durch dick und dünn in Wind und Wetter gegen das Böse zu schützen, und der Mamas Kind mit teuflisch schwirrenden, schwingenden Flügeln in den Tod gefächelt hat, damit ich nicht an diesem Brüderchen hängen, es gern haben sollte, was ich bestimmt getan hätte, wenn es am Leben geblieben wäre. So daß ich nun völlig in der Liebe Unseres Lieben Herrn aufgehen kann, was meine Berufung ist, das vergesse ich allzu oft.

Er half Meerke beim Erbsenpalen. Sie weichte ihre grauen, verschrumpelten Füße in einem Bad mit *Saltraten Rodell*. Louis versuchte, während er heimlich Erbsen naschte, einen Blick von den geheimnisvollen Dingen zu erhaschen, die Meerke ihre ›Hühneraugen‹ nannte, aber sie wickelte (verschämt?) ihre Füße sofort in das karierte Handtuch. Louis schüttete das milchige Wasser in Hectors, des Truthahns, Richtung, traf ihn aber nicht.

»Endlich ist Constance einmal vernünftig. Sie sollte das öfter tun, Staf und sein ganzes Trara schießen lassen und verreisen, denn Tag für Tag Essen kochen und einem Kerl die Unterhosen waschen, die Socken stopfen ... O was ich bin froh, daß mir das erspart geblieben ist.« Mißgünstige Mieserike hockten in Tante Violets Kehle.

»Sie hat noch keine Ansichtskarte geschickt«, sagte Meerke. »Dabei tut sie das gewöhnlich gleich nach ihrer Ankunft im Urlaub.«

»Sie wird etwas anderes im Kopf haben«, sagte Tante Violet.

»Wir haben prächtige bunte Ansichtskarten von deiner Mama bekommen«, sagte Meerke, »aus Holland, aus Lourdes, aus Paris, vom Sacré Cœur, vom Pantheon, aber das ist lange her, wie lange, Violet? Diese Ansichtskarte mit Napoleon hoch zu Roß?«

»Ja, aus Paris«, sagte Tante Violet mürrisch, die nur mit dem Bund flämischer Lehrerinnen in Fatima gewesen war. Sie hatte einen preußischblauen Keramikhahn von dort mitgebracht. Onkel Armand hatte ihn in die Arme genommen und war damit im Hühnerstall schlafen gegangen, besoffen gackernd. »Ungefähr zehn Jahre.«

»Ach, was bist du doch für eine dumme Trine!« sagte Meerke. »Das ist doch nicht schwierig. Wie alt bist du jetzt, Louis?«

»Im April bin ich elf geworden«, sagte er widerwillig.

»Das muß man alles zusammenzählen. Plus neun Monate. Verflixt, was bin ich doch für ein Schafskopf.« Sie rechneten beide, Meerke und Tante Violet, die mit einem Ringfinger, an dem nie ein Ring gesessen hatte, auch nie einer sitzen würde, auf ihre Fingerspitzen tippte.

»Aber Mutter«, rief sie plötzlich, »jetzt weiß ich es wieder, Constance hat diese Karte am 15. Juli geschickt, denn es stand drauf, daß die Pariser wegen ihres *Quartorze Juillet* in den Straßen tanzten, und Constance hatte mitgetanzt, um die Erstürmung der Bastille 1789 zu feiern. Staf hat später noch darüber gemault, weil sie mit einem Tunesier getanzt hatte.«

»Es war das erste Mal, daß deine Mama aus Belgien herauskam. Die war vielleicht nervös! Sie hatte Hummeln im Hintern! ›Was soll ich anziehen, wenn wir in die Oper gehen? Ich weiß es einfach nicht. Oder zu den Folies Bergère, wo alle Neuvermählten hingehen?‹ Es war der schönste Tag ihres Lebens.«

»Dein Vater war damals auch glücklich«, sagte Tante Violet. »Sie hielten Händchen, meine Süße hier, mein Engelchen dort. Aber sie sind doch früher nach Hause gekommen als erwartet.«

»Wahrscheinlich war's zuviel«, sagte sie, die Mama geboren hatte.

Mama hat Papa, Constance Bossuyt hat Staf Seynaeve zum erstenmal im Zug von Walle nach Gent gesehen. Im Hintergrund der mit Efeu und Rosensträuchern aufgeputzte Bahnhof von Bastegem. Constance steigt mit Ghislaine ein, der Tochter des Farbengeschäfts, die vier Jahre später an Leberkrebs gestorben ist, obwohl die Arme nie einen Tropfen Alkohol getrunken, ja nicht einmal Schokolade gegessen hatte.

Papa besuchte die Druckerschule. Und Constance die Pädagogische Akademie, weil ihr Vater, der Schleusenmeister Basiel Bossuyt, noch auf seinem Sterbelager (nachdem er von einem Apfelbaum gefallen war) befohlen hatte: »Amelie, sorge dafür, daß sie in den Staatsdienst treten, alle fünf. Berenice vielleicht ausgenommen, die wahrscheinlich ins Kloster gehen wird. Aber für die beiden anderen das Unterrichtswesen, viel Ferien, saubere Arbeit. Und man lernt noch täglich etwas von den Kindern dazu.« Sein Rückenmark war geschädigt, das ließ sich nicht mehr reparieren.

Dann kam der göttliche, nämlich vorbestimmte Moment, daß Constances Blick den von Staf kreuzte, während sie, die spottlustige, kicherige freche Bauerngöre, die Vorlauteste im Eisenbahncoupé war. Die neckische Göre sah, daß der verpickelte Knülch eine Pfundtüte *Lutti*-Karamellen auf dem Schoß hatte. Seine Backen blähten sich förmlich von ihnen. Schon seit Wochen, und jedesmal läuft ihr das Wasser im Mund zusammen. Wie konnte der Nascher dem gierigen Schielen der Naschsüchtigen entgehen? Es dauerte Wochen, ehe Papa sagte: »Sie sehen meine *Luttis* so seltsam an. Möchten Sie vielleicht eine?« Die ersten Worte aus Amors Pfeilarsenal. Ghislaine fand es nicht *comme-il-faut*, aber Constance nimmt eine Karamelle an, die im Süßwasserteich ihres Mundes schmilzt, und er hält ihr, vor Verlegenheit fast verdrossen, nochmals die zerknitterte Papiertüte hin, und sie nimmt gleich zwei. Vor dem Bahnhof von Gent trennen sich die Trambahnwege.

»Au revoir, Monsieur.« – »O nein, *à bientôt*«, sagt der Student des graphischen Gewerbes am Rande des Übermuts, und anderntags winkt er ihr aus einem dampfumzischten Fenster und bietet ihr, außer *Luttis*, Windbeutel und Törtchen, Marzipan und Pfefferminze an; Ghislaine ist wohl oder übel gezwungen, um ihn nicht zu beleidigen, mitzukauen und zu – lutschen. Anderntags ist es Pflaumenkuchen, von dem er behauptet, seine Mutter habe ihn eigens für sie gebacken, aber ist er einfältig oder was? Wir können doch die blauen verschnörkelten Buchstaben, schräg in einer Ecke des Papiers mit dem Spitzenrand, sehen: ›Patisserie Merecy, Walle‹. Fünfzehn Kilometer ist es von Bastegem nach Gent, und Constance wird auf dieser Strecke gezähmt, sie beißt an, jedesmal in den folgenden Tagen.

Ghislaine petzt es Berenice und Berenice ihren Eltern. Basiel Bossuyt, der bestrebt ist, sich den gleichen Zwirbelbart wie Wilhelm II. wachsen zu lassen, der in seinem holländischen Exil jeden Morgen vor seiner Villa Holz hackt, Basiel Bossuyt, der gegen den Kaiser gekämpft hat, indem er für die Alliierten aus seiner idealen Position als Schleusenmeister spionierte, sagt, daß dieser Bursche aus Walle sich am Sonntagnachmittag um half fünf im Schleusenhaus vorstellen solle.

»Es ist eines dieser Söhnchen mit viel Taschengeld, ich werde ihn einmal unter die Lupe nehmen.«

»Die denken, daß sie sich den Mädchen vom Land gegenüber alles permittieren können«, sagt Meerke.

»Er kommt also aus Walle«, sagt Basiel Bossuyt nachdenklich, seine Pfeife qualmt.

»Ganz richtig«, ruft Meerke. »Einer, der zu dumm ist, in seiner eigenen Stadt zu studieren, und der von allen Schulen in Walle geflogen ist und deshalb mit dem Zug nach Gent fahren muß, mit Taschen voll Karamellen, um die Frauenzimmer zu verführen. Sie ist noch viel zu jung.«

»Stell dich nicht wie eine Betschwester an«, sagt Basiel Bossuyt, aber Meerke kann es nicht lassen: Pastor Mertens, der erst seit kurzem dieses Amt bekleidet, wird konsultiert. »Madame Bossuyt, Ihr Gatte hat recht, wenn er die Situation überschauen möchte. Es ist sicherer, daß dieser Bursche zu Ihnen ins Haus kommt, als daß er mit Ihrer Tochter nach dem Unterricht in verrufenen Lokalen von Gent herumlungert. Inzwischen werde ich mich einmal bei dem Dechant in Walle informieren, aus was für einer Familie dieser Bursche kommt und ob er seriöse Absichten hat.«

Constance murmelte anderntags hochrot, daß Staf, falls es ihm passe, am Sonntag zum Vier-Uhr-Kaffee ins Schleusenhaus kommen möge.

Wie muß Papa zwischen den dröhnenden Druckmaschinen seiner Schule herumgehüpft sein und getanzt haben! Wie zittert der Setzstab in seiner von Druckerschwärze beschmierten Hand! An diesem Sonntag bringt er ein Veilchensträußchen für sein Täubchen, ein Bukett roter Rosen für Meerke mit – denn er kommt aus Walle, man vergesse das nicht, aus Walle nahe der französischen Grenze, das merkt man, ein gewisser Schick, ein gewisses *Savoir-vivre*, eine gewisse Frivolität und Prätention, daher die roten Rosen – und eine Schachtel holländische Zigarren für Mamas Vater, der ihm einen Platz anweist und sagt: »Setzen Sie sich. Können Sie Whist spielen?« Mamas Schwestern kommen auch ganz zufällig ins Wohnzimmer und geben dem naschsüchtigen Fremden ein sittsames Händchen. Sie fänden ihn nur kurios und linkisch, sagen sie zu ihrer Schwester, die das auch findet und diesen Whistspieler (der übrigens von ihren gewieften Eltern vernichtend geschlagen wird) am liebsten möglichst schnell verschwinden sehen würde. An den zwei nächsten Sonntagen sitzt er wieder da. Rosen und Zigarren, und für sie einen Feldblumenstrauß, den er niemals selbst gepflückt hat, wie er behauptet.

Sie setzt sich mit Ghislaine in das letzte Coupé des Zuges, aber er findet sie, mit Likörpralinen und Zuckerplätzchen.

Am nächsten Sonntag ist sie nicht im Wohnzimmer des Schleusenhauses. Vom Schlafzimmer aus, das sie mit Berenice teilt, hat sie ihn kommen sehen, Blumen an der Brust, Mappe in der Hand und mit jenen unerbittlichen, unwiderruflich spitzen Schuhen in ihre Richtung stolzierend, zu ihr, die von einem überlegenen, aus einer austernfarbenen Zigarettenspitze rauchenden südländischen Typ träumt, der den Rauch vor ihrem erhitzten Gesicht wegfegt und dann mit der samtenen Stimme von Tino Rossi ›Marinella‹ singt und sich mit einer Smoking-Schulter an den Türpfosten lehnt und unverschämt selbstbewußt mit rauher Stimme sagt: »Komm mal her, schönes Weibchen.«

Sie hört, während sie die Türklinke festhält, die Frage: »Und wo ist Constance?« und die Entschuldigungen ihrer Mutter, die ihre Hände an ihrer Schürze abwischen muß, hört Violets triumphierendes Gekläff und ihren Vater, der sagt: »Constance ist ein bißchen krank.« »Komm, Vater«, sagt Violet, »komm komm, sag's doch offen. Sie will ihn nicht sehen, basta und Amen!« Woraufhin der Blumenmann tapfer schluckt und sagt, das sei schade, denn er habe gerade ein passendes Geschenk mitgebracht. »Oh, das ist etwas anderes«, sagt Meerke. »Ein schönes Geschenk«, sagt der unsichtbare Freier. Constance drückt ihr zierliches rosa Ohr, ihre braunen wilden Locken an die Tür, aber nun ist nur das Rücken von Stühlen, das Rascheln von Packpapier zu hören und dann vielstimmige Aufschreie und ein Gebrumm des Erstaunens und der Bewunderung. Neugier kitzelt sie. Sie meint, es könnte ein Ring sein . . .

»Constance!«

»Laßt mich in Ruhe!« brüllt sie gegen die beige gelackte Tür.

Ihre Mutter kommt und legt auf der anderen Seite der Tür das Ohr an das Paneel.

»Laß mich in Ruhe! Warum ich und nicht irgend eine andere?«

»Du könntest doch wenigstens Guten Tag sagen. Sei es auch nur für eine Minute. Hast du denn keine Manieren, du Bauerntrampel?!«

»Nein!«

»Constance, muß ich kommen?« brüllt ihr Vater.

»Lassen Sie sie nur«, sagt der, der das Geschenk mitgebracht hat.

»Ich gehe schon. Ich gehe. Ich habe verstanden, sehr gut verstanden.«

Sie sitzt im vordersten Coupé. Ghislaine berichtet von ihrem Ausguck, daß Staf gleich zur Mitte des Zuges gegangen ist und weder nach links noch nach rechts geschaut und sie nicht gesucht hat. Er hatte allerdings eine Tüte *Luttis* dabei, ungefähr ein halbes Pfund. Und am letzten, am nächsten Sonntag sieht sie ihn wieder von ihrem und Berenices Jungmädchenzimmer aus, sein Gang ist entschlossen, sein weiches Gesicht streng gerunzelt, das Rosenbukett trägt er wie einen Knüppel in seiner Hand. Er sinkt in den Korbsessel und spricht. Er wolle ein letztes Mal mit ihr reden. Er wolle sie heiraten. Sie habe sein ganzes Leben zum Guten gewendet. Sie habe ihn für den Rest seines Lebens auf Erden verzaubert.

»Ich will Sie nicht sehen!« schreit Mama im Treppenhaus.

Er springt von seinem Sessel auf, umarmt die knochigen arthritischen Knie derer, die seine große Liebe geboren haben. Basiel schnaubt mißbilligend. Er möchte den glimmenden Kopf seiner Pfeife auf dem dünnen Haar des Knieenden ausklopfen. »Ich kann nichts dafür«, schluchzt der junge Staf, der bisher nur einmal so geflennt hat, nämlich als er bei dem Spiel zwischen der Reservemannschaft von *Walls Sporting Club* und den Junioren der *Athletic Association Ghent* nicht eingesetzt wurde.

»Constance!« befiehlt Basiel Bossuyt.

»Constance, bitte«, kreischt Meerke.

Staf rappelt sich mühsam auf und sagt mit verzweifelter Grimasse: »So sei es denn.« Er verläßt das Haus, klettert über die niedrige Dornenhecke und geht die Uferböschung zur Leie hinunter. Nach zehn Minuten sieht Mama Papas Strohhut mit dem blauen Band (die Farbe Unserer Lieben Frau) auf dem Wasser der Leie treiben und zuckt nicht mit der Wimper. Auch die Familie unten zwischen den Bohnenstangen am Hang hat den stillen Burschen mit Blicken verfolgt und belauert. Er sitzt zehn Meter von dem strudelnden rauschenden Wasser der Schleuse entfernt, zieht eine Pistole hervor und hält sie vor sich, als wollte er damit Barsche schießen.

Die Schwestern Berenice und Violet poltern jammernd die Treppe hinauf. »Er will sich erschießen.«

»Sein Blut wird über uns kommen«, schreit Berenice.

»Er tut es ja doch nicht.«

»Aber wenn er es nun tut?«

»Dann hätte er es schon getan. Hört ihr einen Schuß?«

»Constance, muß ich kommen?« brüllt Basiel Bossuyt.

Dieses Jammern, Lamentieren, Wehklagen hält eine Stunde an, und laut den Bossuyts wurde durch den Druck ihres Gezeters der Riegel vor die Tür geschoben. Aber ich weiß es besser. Holst kletterte an der Rückseite des Hauses eine Leiter hinauf und schwang sich durch das Fenster. Er kaute auf einem Grashalm und sagte zu meiner entgeisterten Mama: Du triste trübselige Trine, schämst du dich nicht? Ich schäme mich für dich. Da hat dich einmal jemand gern, den müßtest du auf bloßen Knien um Verzeihung bitten, du, die diese Bücher über die Liebe liest und sich diese Filme über die Liebe anschaut und dabei vor Rührung weint, du hast sie hier vor deiner Rotznase und willst sie nicht erkennen, du blöde Zicke. – Warum heiratetst du mich nicht, Holst? Das wäre mir lieber. Wir können noch diese Woche zum Pfarrer und zum Standesamt gehen. – Ich täte nichts lieber, Constance, aber du weißt doch, daß ich mein ruhiges und dennoch feuriges Herz Madame Laura vom Schlößchen verpfändet habe. – Das eine schließt das andere nicht aus. Du darfst es verpfändet lassen, wenn wir verheiratet sind. – Nein, Constance, so können wir nicht heiraten. Außerdem weißt du, daß ich nicht leichtfertig daherrede, wenn ich sage, daß du für diesen Mann vorbestimmt bist. Geh zu ihm, denn jeden Augenblick kann der Schuß fallen, und eigentlich habe ich ihn schon mit meinen Engelsohren gehört, die keinen Unterschied zwischen Gestern und Morgen kennen. Und ich werde dir einen Gefallen tun, ich werde Tag und Nacht unsichtbar und unhörbar über dein erstes und wahrscheinlich einziges Kind wachen, es wird Louis oder Lodewijk heißen, ganz wie du willst, und es wird ihm nie etwas zustoßen, höchstens eine gebrochene Rippe oder zwei und eine Grippe. – Meinst du das ernst, Holst? – Mein Ehrenwort, sagt Holst und faltet seine Flügel eng um seinen Riesenleib, und Mama hört das geweihte Rauschen, sie schiebt den Türriegel zurück und geht mit ihren weit geöffneten, gefährlich grauen Ziegenaugen zu der Schleuse, sie merkt nicht, daß ihre wie Apachen jauchzenden Schwestern sie mitzerren, Constance Bossuyt sinkt in Staf Seynaeves Arme, während der Ausflugsdampfer ›De Schelde‹ mit johlenden Bauerndirnen, pfeifenden Bauernlümmeln, die dem Liebespaar zotige Glückwünsche zugrölen, angefahren kommt. So wird er gezeugt, der es gegen alle Fürsten der Finsternis aufnehmen wird, Louis der Schöne.

»Reisen, reisen«, sagte Tante Violet, »ich träume davon.«

»Träume sind Schäume«, sagte Meerke.

»Aber nicht *das* Träumen«, sagte Tante Violet.

Er ging mit Raf an dem Fußballplatz vorbei, der verlassen dalag.

Ein einsamer Mann mit einem Regenmantel und einem Filzhut stand im Tor, die Beine weit gespreizt. Er fing unsichtbare Bälle in einem nichtexistenten Übungsspiel.

»Guten Tag, Herr Morrens«, sagte Raf höflich.

»Bastegem Excelsior!« rief der Mann, als wäre gerade ein Tor gefallen. »Auf in die Zweite Liga!« schrie Raf. Der Mann lachte breit. Seine belegte spitze Zunge blieb an seiner Unterlippe hängen.

»Ja, so ist's richtig«, sagte er und kickte in den staubigen Sand vor dem Tor, eine kahle Stelle auf der gründlichgrauen Weide. Dann streichelte er einen der Torpfosten.

»Jantje Vandervelde«, flüsterte Raf.

»Hier«, sagte der Mann, »habe ich im Jahre Fünfunddreißig Jan Vandervelde einen Eckball direkt verwandeln sehen. Dieser Eckball hatte so einen Effet, daß er ins Tor drehte, ohne daß jemand ihn berührt hatte.«

»Kaufen Sie noch einen Engländer, Herr Morrens?« fragte Raf überaus unterwürfig, was nichts Gutes verhieß.

»Dazu ist nicht der richtige Zeitpunkt, mein Junge«, sagte der auf seinen Zehen wippende Mann. »Aber immerhin sind die jungen englischen Fußballer die besten der Welt.«

»Und Sie brauchen ja nur einen Scheck auszuschreiben, Herr Morrens.« Der Mann berührte seine Zehen mit den Fingerspitzen, wobei der Filzhut wunderbarerweise sitzen blieb, die Finger betasteten den Sand neben seinen Schuhen. Raf wartete, bis der Mann sich nach zehn forschen Beugen aufrichtete und am Torpfosten festhielt.

»Und es wäre auch gut für Ihre englische Aussprache, denn eine Sprache muß man pflegen.«

»Ach, mein Junge«, sagte der Mann. »Habe ich nicht schon genug Scherereien gehabt?«

»Man muß halt etwas dafür übrig haben«, sagte Raf.

»Wir haben einen linken Verteidiger dringend nötig, und ich kenne einen Burschen bei Chelsea, ein Traum«, sagte der Mann versonnen.

»Also, was hält Sie dann davon ab . . .«

Der Mann seufzte tief und ließ den Pfosten los. »Nie mehr«, sagte er. Er musterte Louis, der flüchtig ganz heftig hoffte, eventuell linker Verteidiger zu werden. Später. Kein Stürmer, dazu bin ich nicht schnell genug.

»Er ist im Internat«, sagte Raf.

»Nicht mehr lange«, sagte Louis sofort.

»Bei den Nonnen«, sagte Raf.

»Das ist etwas anderes«, sagte der Mann. »Kondition lernt man nicht bei den Nonnen. Sich zu Tode rennen und drauflos bolzen, das wohl, aber keine Kondition.«

»Und die Engländer«, sagte Raf, »fangen gleich mit Konditionstraining an, oder?«

»Von Kindheit an. Und vor allem«, er zeigte mit dem Finger resolut auf Louis, »suchen die Engländer ihre Jungens unter der Arbeiterschaft aus, denn mit *fils à papa* setzt man sich in die Nesseln. Kein blaues Blut. Nur das nicht. Das blaue Blut lassen wir besser Golf und Kricket spielen. Oder Tennis. Ich verstehe viel davon. Denn ich habe es selbst ausprobiert.«

»Das kann niemand abstreiten«, sagte Raf. »War der letzte Spieler, den Sie gekauft und mit dem Sie so viele Scherereien gehabt haben, nicht ein Baron?«

»Ein Earl«, sagte der Mann, und das Träumerische bekam wieder die Oberhand, aber er verjagte es, indem er die Hände in die Hüften stemmte und seinen Oberkörper kreisen ließ. »Ein Earl, der mein Untergang gewesen ist. Zwei Wochen im Gefängnis von Gent, bei Wasser und Brot. Hätte Notar Baelens nicht mit seinen Liberalen, bis rauf zum Minister, eingegriffen, säße ich immer noch dort, zwischen Mördern und Brandstiftern. Nur weil ich mich für die Interessen von *Bastegem Excelsior* eingesetzt habe und für die Interessen dieser jungen Spieler, die ausgebeutet wurden.«

»Aber der Earl wurde nicht ausgebeutet«, sagte Raf unterwürfig.

»Mein einziger Fehler ist, daß ich zu freundlich gewesen bin, zu gutgläubig, zuviel Zuneigung zu der heranwachsenden Jugend gehabt habe, was heutzutage ein großer Fehler ist.«

Er richtete seine forschenden Blicke lange auf Raf – was er sah, gefiel ihm nicht. Raf grinste ihn an und zog Louis am Ärmel mit. »*Allez*, Herr Morrens, *goodbye*.«

»Auf in die Zweite Liga!« schrie der Mann ihm nach und kickte wild ins Leere.

Herr Morrens wohnte bei seiner Mutter und hatte von seinem Vater, einem Textilkaufmann, Millionen geerbt. Das große Leid seines Lebens war, daß er nach einer schmutzigen Geschichte, über die sich Raf nicht auslassen wollte – »später werde ich sie dir einmal haarklein erzählen« –, und durch die er im Gefängnis gelandet war, nie mehr zum Training oder zu den Spielen seiner geliebten Mannschaft kommen durfte. Freilich wurde ihm erlaubt, die Klubkasse aufzufüllen und an den Vorstandssitzungen teilzunehmen.

Madame Laura war nicht da. Das Haus totenstill, flimmernd leer.

Bauer Santens, von dem bohrenden Raf listig ausgefragt, behauptete, sie sei in dieser Woche eines Nachts in einem Taxi mit einer hochstehenden Persönlichkeit und zwei jungen Freundinnen nach Hause gekommen. Das übliche Geschrei und Klirren von Gläsern und schmetternde Tanzmusik waren zu hören gewesen. Von seinem Acker aus hatte Bauer Santens im Morgengrauen Holst gesehen, der den schicken weißhaarigen Herrn aus der Stadt zu dem Taxi halb geschleift, halb getragen hatte. Und die beiden Freundinnen? Ungefähr drei Stunden später derangiert mit Madame Laura in einem anderen Taxi abgefahren. Wie sah Madame Laura aus? Der war nichts anzusehen, vielleicht ein bißchen blaß, aber kerzengerade in ihrem weißen Mantel. Dem mit dem grauen Nerzkragen? Nein, diesem weißen Pelzmantel, aus einer Art Kaninchenfell. Weißt du sicher, daß es ein anderes Taxi war? Denn wenn es dasselbe war, sind sie alle zusammen nicht weit von hier, vielleicht bei Professor Doktor Vandenabeele, auch einem Liebhaber von kleinen Festen, und das ist normal, sogar der gelehrteste und frömmste und aufrichtigste Flame muß, wenn er den ganzen Tag Frauen aufgeschnitten und geflickt und zugenäht hat, abends etwas Abwechslung haben.

»Ein anderes Taxi«, sagte Raf nachdenklich, als er mit Louis zum Dorf zurückging.

»Also wieder in ihr Appartement in Brüssel.« »Wo ist Holst jetzt?« fragte Louis. »Ach, der wird wieder einmal in den Wäldern herumstreifen, um in der frischen Luft den Zigarrenrauch von Madame Lauras verwöhnten Kunden aus seinen Kleidern zu vertreiben. Jeder Topf findet seinen Deckel, heißt es, aber ich habe es noch nicht oft erlebt. So wie Holst jetzt, ein Waldmensch, der seit seinem vierzehnten Lebensjahr in Madame Laura vernarrt ist, und der ihre Schuhe putzt, sie auf Händen trägt und auch, wenn es gelegen kommt, ihre Kunden – was kann daraus werden? Vor allem, da Madame Laura heißblütig ist.«

Madame Laura, die so fieberhaft entflammt, daß ihr Kaninchenpelzmantel in Brand gerät und Flammen, gold und rot, aus ihrem

Zwerchfell schlagen und qualmen wie bei Jeanne d'Arc, die schmerzlich weinend ihren Beichtvater aufsucht.

»Sie kann auch keinen Tag ruhig zu Hause bleiben«, sagte Raf bei den Eisenbahnschranken.

»Das sagt Pascal: alles Elend komme daher, daß der Mensch nicht vierundzwanzig Stunden in seinem Zimmer bleiben könne.«

»Pascal Geeraardijn?«

»Nein, der Philosoph.« Schwester Kris hatte von ihm erzählt, von seiner Rechenmaschine, wie er seinem weltlichen Leben Adieu sagte und wie krank er war, weshalb er so gut das Elend und die Größe des Menschen nachempfinden konnte.

»Sie ist so heißblütig«, sagte Raf, »daß sie ihre eigenen Schwestern nicht in Ruhe lassen konnte«, was Louis nicht verstand. Es war wahrscheinlich so etwas wie die heftige störrische Ruhelosigkeit von Schwester Sankt Gerolf, die wegen dieser Heißblütigkeit von ihren Schwestern gegeißelt wurde. Deine eigenen Schwestern kannst du nicht in Ruhe lassen, mußt sie mit deiner Gottesfurcht und dem Anspruch deiner Seele schikanieren und foltern.

XXI
ONKEL ARMAND

Abends wurde es frischer, und weil der Winter plötzlich vor der Tür stehen konnte, strickte Meerke einen Pullover für Onkel Omer, der dieser Tage vom Albertkanal zurückkehren sollte. Tante Violet zerschnitt und faltete Packpapier, das in feste Schutzhüllen für die Bücher der Bibliothek verwandelt wurde. Louis durfte die lila umrandeten Etiketts darauf kleben, dann schrieb sie mit der runden Feder die Titel und Nummern darauf, ›Die Erlebnisse von Bruder Alfus‹, ›Vater Regeltreu‹, ›Wie bekämpfen wir unsere Selbstsucht?‹, ›Der Rekrut‹. Louis' Zunge hatte vom Leim eine klebrige Schicht bekommen. Tante Violet hatte ihm verboten, in die Bücher zu gucken, denn sie gehörten zur Abteilung für Erwachsene. Er erkannte *De Bliekaerts* von Edward Vermeulen, ein Buch, das Papa sicher schon zehnmal gelesen hatte. Vermeulen war ein Lieblingsautor von Papa, weil er regelmäßig unter jeden seiner Titel schrieb: ›Aus unserem Volk für unser Volk.‹ Es kamen viele Bauern darin vor, die plötzlich zu toben anfingen und mit der Faust auf den Tisch schlugen, so daß die Töpfe tanzten, wobei sie Flüche und Verwünschungen ausstießen. ›Der Irre vom Abeelenhof.‹

»Später, wenn du ein Urteilsvermögen hast, darfst du lesen, was du willst. Jetzt würden ungeeignete Bücher deiner Seele nur schaden«, sagte Tante Violet.

»Wenn du etwas Lehrreiches lesen möchtest, oben liegen noch haufenweise Bücher aus Onkel Omers Studienzeit. Geschichte und Erdkunde«, sagte Meerke.

»Ich kenne alle Hauptstädte von Europa«, sagte Louis und leierte sie herunter. Er war bei Lettland Riga, Litauen Kaunas angelangt, als Onkel Armand hereintorkelte. Meerke stand sofort auf. »Wir haben mit dem Essen gewartet, ich muß nur noch die Koteletts braten.«

Onkel Armand plumpste in den quietschenden Korbsessel, starräugig, sabbernd. *»O làlà, o làlà«*, brachte er hervor und strich seine glänzenden platten schwarzen Haare noch platter.

»Ich habe es doch bis nach Hause geschafft.« Ein zufriedener

Ausdruck huschte über sein Gesicht. Er versuchte vergeblich, seine Stiefeletten aufzuknüpfen. Louis wollte helfen, aber Tante Violet sagte, ehe er eine Bewegung gemacht hatte: »Tu so, als ob du ihn nicht siehst.« Meerke klapperte mit Töpfen und Pfannen. Onkel Armand schlief.

»Polen Warschau, Rumänien Bukarest, Ungarn Budapest...«

»Picardie«, sagte die schlaftrunkene Stimme. Das Knittern und Rascheln von Tante Violets Bibliothekspackpapier.

»Pi-car-die.« Onkel Armand sperrte mühsam die blutunterlaufenen Augen auf, befahl: »Nun, du Schlaukopf, was ist die Hauptstadt der Picardie? Nein, erste Frage: Wo liegt die Picardie?«

Mit einem flinken Fernrohr die Staatenkarte von Europa im Maßstab absuchen: hundertachtundzwanzig Millionen. Rechts eigelb: Rußland, Norwegen rosa wie Belgien und Griechenland, Finnland, Frankreich und Polen hafergrün, unscheinbar weinrot gestrichelt: Monaco, Andorra, Danzig und ein winziges Feldsalatblättchen: Luxemburg.

»Pi-Picardie.«

»Sie liegt nicht auf unserem Erdteil«, sagte Louis. Onkel Armand lachte wie der Irre vom Abeelenhof, es ging in Geröchel über.

»Laß ihn«, sagte Meerke, die mit den Tellern hereinkam.

»Tu so, als ob du ihn nicht gehört hast«, sagte Tante Violet.

Auch jetzt, auch hier erniedrigt. Auf der Höhe seines Wissens wird der Erdkundekundige bedrängt. Haben die Deutschen gar in den letzten Monaten Österreich (rotocker) und die Tschechoslowakei (violett) in Staaten mit neuen Hauptstädten geteilt, warum wurden wir im Internat nicht davon unterrichtet? Oder hätte ich es nicht schon längst im Radio hören müssen, statt bei den *Ramblers* herumzuhüpfen? Hilfloser wütender Mercator.

»Es gibt keine Picardie«, sagte er trotzig. »Picardie«, nörgelte er abfällig.

»Ach nein?« Onkel Armand war hellwach, er zog eine Zigarette heraus und drückte sie gegen den rotglühenden Kanonenofen.

»Soll ich dir einmal die Nationalhymne der Picardie vorsingen?« grinste er überheblich, ein französisch gesinnter flämischer Edelmann, der den unwissenden Jungen aus dem Volk im jungen Haferfeld mit seinem unsauberen Bariton mit Rosen in der Picardie herausfordern wollte.

Meerke gab ihrem betrunkenen Lieblingssohn einen Puff. »Hör auf, was sollen denn die Leute auf der Straße denken?«

»*Le pic-hardi*, das sollte dich auf die Spur bringen, Schlaukopf, die kühne Pike.«

Tante Violet drückte einen Stapel Bücher in Schutzhüllen an ihre Brust. Der Balkon von Europa. Wo lag das Konfettiblättchen Picardie? Der alte Hottentotte grinste weiter. Ich sitze in der Patsche.

»In Australien gibt es Koalas, Pandas und Känguruhs», sagte Louis. Onkel Armand, der an seinem Kotelett knabberte, hielt den krummen Knochen, ein Bumerang, zierlich vor sein Kinn. »Das stimmt, aber danach habe ich nicht gefragt.«

»Wo liegt die Picardie?« sagte Louis gelassen.

»Schreib es dir hinter die Ohren. Auf dem Weg nach Hingene, kurz hinter den Mühlen, dann die erste Straße rechts, nach den Pappeln, fast gegenüber der Ziegelei.«

»Und dort leeren sie seine Taschen, ohne daß er es mit seinem besoffenen Kopf merkt.«

Tante Violet aß ihr viertes Kotelett, »aber sie sind so klein«, in ihrem Kinngrübchen funkelte ein Fettdiamant.

Daß Onkel Armand, ein fast Vierzigjähriger, der Landwirtschaft studiert hatte, ihn so reingelegt, die widerliche Kneipe ›Picardy‹ auf die gleiche Ebene mit den mysteriösen, vielverheißenden, wohllautenden Hauptstädten des bunten Europa gestellt hatte, ließ Louis vor Wut zittern. Immer nur lächeln.

»Ich bin beim Schlößchen gewesen«, sagte er.

»Welchem Schlößchen?« fragte Tante Violet, als wüßte sie es nicht, als meinte er ein Schloß, etwa Castel Gandolfo.

»Dem von Madame Laura, die immer heiß ist.«

Meerkes Kopf wurde hochgerissen. Tante Violet ließ die Unterlippe hängen, ihre bröckligen Zähne glichen Rübenstückchen.

»Nom de Dieu«, rief Onkel Armand. »Eine Heißblütige?«

»Das weiß doch jeder«, sagte Louis.

»Nom de Dieu, nom de Dieu!«

Tante Violet wollte etwas sagen, sie sah verzweifelt ihre Mutter an, die fragte: »Was hast du dort gewollt?«

»Madama Laura Guten Tag sagen.«

Onkel Armands regelmäßig gerunzeltes Gesicht mit den schwülstigen Lippen, mit den grüngrauen Flecken der Iris in dem blutunterlaufenen Weiß der Augen, konnte Schlangen und Frauen und Landwirte beschwören und im Zaume halten, aber mich nicht. Tante Violet schnaubte aus ihren runden Nasenlöchern.

»Und was hat sie gesagt?« fragte Onkel Armand.

»Sie war nicht da.« (Leider, leider.)

»Du hast da nichts zu suchen«, sagte Onkel Armand wie zu einem Erwachsenen und wischte sich die Lippen mit dem Ärmel seines Sonntagsanzugs ab, etwas, was er im ›Picardy‹ nie tun würde, denn dort ist er als Dandy bekannt, als ein Junker mit Charme und Manieren, als ein Willem van Gulik, der Kanonikus-Soldat, der die flämischen Ritter in der Goldsporenschlacht 1302 angeführt hat.

»Sie ist mit einem Taxi weggefahren«, sagte Louis.

»Sprich von etwas anderem«, rief Meerke.

Später fragte Onkel Armand, ein wenig nüchterner, ihn aus: »Wer ist der Präsident von Frankreich?«

»Daladier.«

»Falsch! Leclerc mit seinem albernen *moustache*.«

»Und wer ist der Herrscher in Italien?«

»Mussolini.«

»Wieder falsch. Du weißt nichts. Was bringen dir denn die Schwestern bei? Die höchste Autorität ist noch immer König Viktor Emanuel, das Siebenmonatskind! Spanien?«

»Franco.«

»Richtig. Der Generalissimo. Ein schlauer Fuchs. Man würde es nicht meinen, bei diesem Rattenkopf unter seiner Mütze, aber er hat seine Lektion gelernt, dieser Franco. Denn er kriegt von der Banque de France all das Gold zurück, das dort vor dem Bürgerkrieg für die Republik als Garantie lagerte. Denn nun sind die Franzosen gezwungen, seine rechtmäßige Regierung anzuerkennen, also kommt dieses Gold in das einzig rechtmäßige Geldinstitut, kapierst du? Und Japan?«

»Hiranuma.«

»Korrekt. Du kannst deine Lektion.«

»In Erdkunde ist er das Klassenbeste«, sagte Meerke.

»Davon hat er nicht viel. Die Erdkunde ändert sich wie das Wetter von Tag zu Tag. Sogar ich kann ihr nicht mehr folgen. Er sollte lieber Deutsch lernen, denn morgen oder übermorgen stehen sie hier in unserer Küche. Wie heißt *hesp* auf deutsch, Ludwig?«

Louis haßte Onkel Armand, den mißratenen Landwirtschaftsingenieur, der im Staatsdienst gewesen und wegen seiner widerlichen Trunksucht vom Staat auf die Straße gesetzt worden war. Papa hatte recht, Menschen wie Armand Bossuyt, also die meisten sich dumm saufenden Franzosen, sollten in Arbeitslager eingesperrt werden, wie das Hitler tut, der nie ein Gläschen Alkohol angerührt hat, als Vorbild für sein erwachtes Volk.

»*Hesp* auf deutsch, habe ich gefragt.«

»Schinken!«

»Nein!« brüllte Onkel Armand. »Schweine-Kack-Fleisch!«

Und Tante Violet, die aufgeblasene Jungfrau, lachte mit ihm mit. Sogar Meerke konnte ein Lächeln nicht unterdrücken.

Später zog Meerke ihrem im Korbsessel schnarchenden Sohn die Schuhe aus. »Geh jetzt schnell nach oben«, sagte sie zu Louis, »du mit deinen schmutzigen Reden. Wo hast du die gelernt, von dieser heißen Madame Laura? Oder verkehrst du hier im Dorf in schlechter Gesellschaft, oder bist du gar selbst schlecht?«

»Es sind keine Kinder mehr«, sagte Tante Violet. Onkel Armand schnarchte rauh, er träumte von verruchten Frauen, die hinter weinroten Vorhängen schallend lachten, während er ihnen erzählte, wie er seinen naseweisen Neffen mit seinen Deutschkenntnissen zur Schnecke gemacht hatte.

XXII
EIN SCHREINER

Wieder hatte Mama angerufen und Louis wieder unglaublich viele Grüße ausrichten lassen: Sie ruhe sich aus und erhole sich, aber es gebe noch ein paar Komplikationen, so daß Louis noch etwas länger bei seiner Tante und seiner Großmutter logieren müsse, wo er es, das wisse sie, aber gut habe. Ja, das waren ihre Worte von jenseits der Alpen, und jetzt gehst du zu Jules dem Schreiner und sagst: »Jules, meine Tante hat mich geschickt, um dieses Fläschchen abzuholen, denn sie hat wieder Herzkrämpfe.«

»Aber ich kenne diesen Mann nicht.«

»Er wird dich schon nicht beißen.«

»Und wenn das Fläschchen nicht fertig ist?«

»Seine Fläschchen sind immer fertig, Louis, du bist doch groß genug dazu. Hol dieses Fläschchen und bring es her. Ohne davon zu naschen, sonst liegst du mit solchen Löchern in deinem Magen monatelang im Krankenhaus. Und solltest du Raf treffen, dann sage ihm: ›Meine Tante will nicht, daß du je wieder einen Fuß auf unser Anwesen setzt.‹ Ohne weitere Erklärung. Wenn er zu Madame Lauras Haus gehen will, muß er allein die Folgen tragen.«

Von der Fassade des Schreinerhauses stieg Schweinegestank auf, aber in der verglasten Werkstatt, die an den Bauernhof angrenzte, und die schludrig gebaut war wie nach einer von Dobbelaeres Zeichnungen (die papierenen Traumgebäude aus dem Internat standen bestimmt über die Erde verstreut, wenn man nur lange genug danach suchen könnte), roch es nach frisch gesägtem Holz. Louis stand in der Türöffnung vor den Haufen Hobelspänen und Sägemehl, den Hobelbänken, der glitzernden Bandsäge, den Reihen staubiger Beitel, als er hinter sich ein lautes Quietschen hörte, ein schlechtgeöltes Tor oder ein Ferkel. Eine nach vorne gebeugte Gestalt in einem schwarzen Tuchmantel ging wie gegen den Sturm dicht an der Mauer entlang und verschwand, die weißgetünchte unebene Mauer hatte den Mann verschluckt, der einen schwarzen Hut aufgehabt und mit den Händen ein rotweiß gewürfeltes Handtuch oder ein Stück Vorhang gegen sein Gesicht gepreßt hatte.

»Hoi.« Jules der Schreiner kam durch den Obstgarten auf ihn zu, hochgewachsen, mit gegerbtem Gesicht und buschigem weißen Schnauzbart. Er priemte, schlüpfte in der Küche aus seinen Holzschuhen. »Setz dich. Wie geht es unserem Violetje?«

Auch drinnen entströmte den Wänden der saure Schweinegestank. Auf dem Ofen, auf dem Tisch, auf der Fensterbank standen Fläschchen, Töpfchen, Retorten, die meisten schienen mit Pisse gefüllt zu sein. Louis setzte sich neben einen Käfig, in dem ein Dutzend weißer Mäuse herumwimmelte, das Geräusch war dem nicht unähnlich, das die Zorro-Gestalt vorhin von sich gegeben hatte.

»Wir wollen mal sehen«, brummte Jules und reichte Louis ein verstaubtes moosgrünes Fläschchen mit einem feuchten Fetzen als Stöpsel. »Das ist für Violetje.« Er nahm Louis' Kinn zwischen zwei Finger und sagte: »Sellerie. Kiloweise Sellerie mußt du essen, und in einem Monat bist du gesund.«

»Aber ich bin nicht krank.«

»Das meinst du. Mir kannst du nichts vormachen.«

»Hat meine Tante oder mein Onkel Ihnen gesagt, daß ich krank bin?«

»Die brauchen mir nichts zu sagen.« Die zwei Finger ließen sein Kinn nicht los, ein Schraubstock. Der irrsinnige Blick des Schreiners drang in ihn, er ergreift Besitz von meiner Seele, dieser Hexenmeister. Holst, steh mir bei. Ich hätte nie allein hierher kommen sollen. Louis riß sein Kinn los, sah sich selbst in einem ovalen Spiegel, der von Elfenbeinblumen und -zweigen umkränzt war, sah einen Jungen mit vor Schweiß nassem und plattgedrücktem Haar, mit der gedrungenen Nase der Seynaeves und dem unförmigen schmalen Mund, der offenstand.

»Sellerie und Lauch«, sagte der Schreiner, »soviel du kannst, und das hier.« Louis nahm ein kleines gewölbtes Kuvert im Visitenkartenformat entgegen.

»Ein Teelöffel in kochendem Wasser aufgelöst auf nüchternen Magen. Du darfst einen Zuckerwürfel hineintun, wenn du es zu bitter findest. Jeden Sonntag, drei Monate lang. Und du wirst schlafen wie eine Rose, all deine schwarzen Gedanken werden verschwinden.«

Die Mäuse lauschten mit schiefen Köpfchen und angelegten Öhrchen.

»Das macht zehn Francs für das Fläschchen. Das Pulver schenke ich dir.«

Louis stotterte. »Meine Tante ... nichts gesagt ... kein Geld mitgegeben.«

Jules' weißer Schnauzbart kräuselte sich. »Es ist immer das gleiche mit Violetje. Aber ich kriege meine zehn Francs schon. Und wenn ich sie mit der Peitsche eintreiben müßte.«

Neben dem Elfenbeinspiegel, der aus einem Patrizierhaus gestohlen oder auf einer Auktion gekauft worden war, hing das sepiafarbene Foto eines Priesters, unter dem eine Öllampe brannte. »Pastor van Haecke«, sagte Jules. »Den kennt man sicher nicht in Walle? Nein? Und doch wird einmal für diesen Mann eine Kirche gebaut werden, vielleicht sogar eine Basilika, an dem Tag, an dem die Regierung all diese Ärzte und Chirurgen mit ihren Mördermethoden in den Knast steckt. Niemand hat so viel Übel in Belgien angerichtet, niemand hat so viele Kindermorde auf dem Gewissen, nicht einmal die Juden.« Es war ein Text, den er aus der Zeitung seines Gehirns vorlas. »Und weil er dies angeprangert und darüber gepredigt hat, haben sie Pastor van Haecke fertiggemacht. Aber seine Leiche wird wieder ausgegraben und in eine Basilika gebracht und unter eine Marmorplatte gelegt werden.«

Um dies zu unterstreichen, kratzte er mit einem Holzschuh über die Bretterdiele über seinem Kopf. Der Schreiner betrachtete ängstlich die schwarz und braun verräucherten Planken. Sein wortloses Gebet wurde erhört. Oben wurde es still. Er steckte einen neuen Priem in den Mund.

Louis begann zu zittern. Zu seinem Grauen beugte sich der Schreiner mit seinem Schweinegestank vor, direkt zu ihm. Über ihnen kniete Zorro sich hin und legte das Ohr an die Planken.

Louis hätte ihm am liebsten das Wunderfläschchen und das Kräuterpulver an den Kopf geworfen, die Hand seines schlechten Kameraden Raf ergriffen und sich aus dem Staub gemacht. Der Schreiner spreizte die Knie und legte eine Hand auf den Käfig mit den lauschenden Mäusen.

»Ja, du bist wahrhaftig ein Kind von Constance, die gleiche gerissene Fresse. Gerissen, aber blind. Ich habe ihr oft gesagt: ›Constance, du betrügst dich selbst, wo du auch bist. Du weißt, wo die Wahrheit im Leben zu finden ist, und du suhlst dich genüßlich im Lügen und Betrügen.‹ Aber hat sie auf mich gehört? Nein. Sie hat in Anwesenheit von Zeugen gesagt: ›Ich will nicht auf Jules hören, ich habe mehr Vertrauen zu Snoeks Almanach!‹ Und dieser Ausspruch ist nicht auszulöschen, sondern für immer festgeschrieben. Sie hat nicht hören wollen, und du siehst, wohin das geführt hat. Nicht einmal ein zweiter Wurf!

Ich sage es nicht gern, aber sie wird noch vieles erleiden müssen. Nicht durch Schwindsucht, Brustentzündung oder Krebs, sondern durch sich selbst. Denn die Deutschen mit ihrem Antichrist werden zusammen mit den Kommunisten kommen, und Constance wird nicht die Seelenkraft haben, ihnen Widerstand zu leisten. Denn sie hat schon jetzt keinen Widerstand leisten können, während die Prüfung nur ein Furz in einer Flasche war. Denn sie hat Leib und Seele einem dieser jungen Ärzte ausgeliefert, der erst vor drei Wochen von der Universität kam und Tanzmelodien aus dem Radio summte, während er sie ausschabte.«

Der Schreiner war irrsinnig. Louis, der nicht mehr zuhören wollte, sagte schnell: »Werden die Deutschen kommen?«

»Die Deutschen haben die besten Ärzte der Welt, die besten Mechaniker, die besten Ingenieure. Von Belial in seinen Tanks voll Feuer und Schwefel gesandt, der achtzig Legionen kommandiert und sich jetzt Generalfeldmarschall Göring nennt.«

Daß dieser Fanatiker den Beruf des Pflegevaters von Jesus ausüben durfte, war unerhört. Die Gilde der Zimmerleute hätte ihn im Mittelalter hohnlachend aus dem Gildehaus verjagt. Durch das verstaubte Fenster waren drei am Scheunentor hängende Rebhühner zu sehen. Drei bis vier Tage müssen sie hängenbleiben. »Trotzdem hat es nie so viel Diphterie in Deutschland gegeben wie in letzter Zeit, so viel Masern, Durchfall, Kinderlähmung. Die Männer kippen auf ihren Äckern um. Aber das steht nicht in den Zeitungen.«

Auf der Bretterdiele über Jules' Kopf verschob der horchende Mann seinen Ellenbogen oder sein Knie. Jules schaute zu der Stelle des Geräuschs. »Er kann nicht schlafen«, sagte er besorgt.

»Aber werden nun die Deutschen nach Belgien kommen oder nicht?«

»Ja. Wahrscheinlich schon. Es bleibt ihnen nichts anderes übrig. Ihr Antichrist befiehlt es ihnen. Das steht schwarz auf weiß da. Mit Pillen und chemischen Mitteln vergiftet, werden sie kommen. Merk dir das. Daladier und Chamberlain glauben es nicht. Sie sollten lieber die alten Bücher lesen, in denen es angekündigt wird. Und die drei Schwestern Bossuyt, die mich als ›Quacksalber‹ verlachen, werden daran glauben müssen, sie werden die Bäume anknabbern.«

»Sie lachen Sie nicht aus!«

»O doch! Deine Mutter. Mir mitten ins Gesicht! Und ich habe

dabei nur meine Pflicht getan, ihnen mit Rat und Tat beigestanden, wenn sie zu mir kamen und mich anflehten: ›Jules, Sie sind der einzige, der uns helfen kann!‹«

»Wie?«

»Später«, sagte der Schreiner. »Später werde ich es bekanntgeben, daß ich allen dreien geholfen habe.«

»Sagen Sie es mir jetzt«, befahl Louis. Der Quacksalber erkannte den eiskalten Befehl von Herzog Louis dem Schönen und sagte beinahe demütig: »Bei ihren Frauenkrankheiten.« Louis wandte den Blick von ihm ab.

»Ich habe sie alle drei geheilt«, sagte Jules. »Und ich habe sie alle, eine nach der anderen, gebeten, mich zu heiraten, nach dem Tod meiner Bertha, und alle drei, eine nach der anderen, haben mich ausgelacht, deine Mutter mir mitten ins Gesicht.«

»Auch Tante Violet?« rief Louis.

»Auch die. Auch Violetje.«

Es war drollig und unbegreiflich zugleich.

»Du schläfst doch nicht im selben Bett wie sie? Lach nicht, du Rotznase. Es sei denn, du willst wie all die jungen Burschen lachen, die in der Blüte ihres Lebens dahingesiecht sind, keinen Blutdruck mehr hatten, weil der Schweiß der Frauen sich mit ihrem Schweiß vermischt hat. Warum, glaubst du wohl, werden Frauen viel älter als Männer? Weil sie dem Körper der jungen Burschen das Wasser entziehen und es aufsaugen.«

Auf einmal wußte Louis, daß der leise irreredende Mann recht hatte, denn es fiel ihm ein (wie eine Einflüsterung des Mannes über Jules' Kopf durch die Bretterdiele), daß in den zwanziger Jahren ein rumänischer Junge im Haus der Bossuyts erschienen war, geschickt von einem Flüchtlingskomitee, und er hatte bei Tante Violet geschlafen, denn Tante Violet und Meerke erzählten ungläubig und spöttisch, daß der Junge in der ersten Nacht aus dem Bett seiner neuen Pflegemutter Tante Violet kletterte und sich in die Ecke des nachtdunklen Zimmers stellte und einen pfeifenden Wind fahren ließ, denn das war ihm in seiner vornehmen ausgerotteten rumänischen Familie beigebracht worden. Und dieser Junge hatte nach seiner Rückkehr in sein Vaterland nie mehr auf die zehn, zwölf Briefe von Tante Violet reagiert und war also im Osten dahingesiecht, für immer gezeichnet von den giftigen Ausdünstungen des Körpers seiner Tante. Seiner Tante, die noch ein rumänisches Wörterbuch hatte und das Ave-Maria auf rumänisch aufsagen konnte.

Louis beschloß, nie mehr allzu lange neben Tante Violet auf dem Sofa zu sitzen.

»Wie geht es Berenice?«

»Gut.«

»Gut. Ist das eine Antwort?«

»Ich habe sie eine Zeitlang nicht gesehen.«

»Von den dreien hätte ich am liebsten sie geheiratet. Aber nein, sie mußte einen jüdischen Ketzer heiraten, um mich zu affrontieren.« Er versank in trübseligem Schweigen. Über ihnen das leise Schleifen von bestrumpften Füßen. »Erst Berenice, dann Violet und zuletzt Constance. Wie geht es Constance? Ich denke oft an sie. Sie war etwas fahrig, aber sie konnte gut Schnecken sammeln.« Louis holte tief Luft, Mama und Schnecken. Er wollte den Schreiner um eine Erläuterung bitten, eine Erklärung für diesen wahrscheinlich beleidigenden Satz verlangen. Der Mann merkte seine Verblüffung. »Beim Schneckensammeln war sie die Flinkste«, sagte er, »denn ich gab ihr zwei Francs für zwanzig Schnecken.« Er sah, daß Louis' Unmut anhielt. »Für Hustensirup«, sagte er wie zu einem Kind. »Sag ihr, wenn du sie siehst: ›Jules sagt, daß niemand so flink Schnecken sammeln konnte.‹ Das wird sie freuen.«

Die Mäuse wimmelten wieder herum und piepsten. An diesem Abend, als er Raf heimlich im Lager der Eisenwarenhandlung aufsuchte und seinen einzigen Bastegemer Freund über den Mann ausfragte, der sein Gesicht hinter einem Handtuch verborgen hatte, während er, Louis, hastig die Fassade entlang geflüchtet war, sagte Raf: »Das muß Konrad sein, der aus Deutschland verjagt worden ist.«

Louis erschrak. »Ein Spion?«

»Ja. Bei Jules gehen noch mehr seltsame Leute ein und aus. Angeblich, um zusammen Esperanto zu lernen.«

»Aber gehören sie der Fünften Kolonne an?«

»Nein, du Dummkopf. Sie sind gegen Hitler.«

»Aber dann werden sie in den Knast gesteckt oder füsiliert, wenn die Deutschen kommen!«

»Ja, an die Wand gestellt«, sagte Raf. »Obwohl bis dahin ...«

»Demnächst.«

»Noch lange nicht.«

Louis wettete mit seinem Freund, daß Belgiens Neutralität geschändet würde, wie es die Presse formulierte, und zwar innerhalb von drei Monaten. Er setzte zwölf Murmeln ein, die zu vollkommenen Kugeln geschliffenen, seinen Fingern gehorchenden Klikker, die alabasternen Augäpfel in dem Satinbeutel mit dem silbernen geflochtenen Unterwäscheband, den Mama eigenhändig für ihn genäht hatte. Wenn Raf verlor, müßte er Louis das geben, was er aus Madame Lauras Mülleimer geklaut hatte. Sie schlugen die Handflächen fest aufeinander.

»Wer ist da?« rief eine erschrockene Männerstimme. Raf schubste Louis hinter ein Regal mit getüpfelten Kochtöpfen. Gummistiefel quietschten durch das Lager. Rafs Vater verrückte einen Tisch und verschwand. Er müsse sich nächste Woche melden, denn die Reserveunteroffiziere der Artillerie sollten in Lüttich auf der Gartenschau eingesetzt werden und, als Römer verkleidet, die Kampfwagen flankieren. In Lüttich sollten auch algerische Reiter eine Fantasia vorführen, in flatternden Burnussen, Salven in die Luft feuernd. Es war ein listiges Manöver, um auf belgischem Boden bereits französische Elitetruppen für die Verteidigung der belgischen Grenzen zur Verfügung zu haben.

XXIII
MEERKE

Louis hatte auf dem Heimweg das Kuvert, das Jules ihm gegeben hatte, wegwerfen wollen, und was für ein Glück, daß er es nicht getan hatte, denn durch ein Mißverständnis – eines der vielen – wäre das dem Schreiner wohl zu Ohren gekommen. Bei dem fragte man sich, wie er je imstande war, einen solide geschreinerten Schrank oder einen nicht wackelnden Tisch abzuliefern. Das gemahlene Unkraut oder Kraut war für Meerke und ihre schwarzen Gedanken bestimmt. Sie nippte das heiße Gebräu mit schmerzlich verzerrtem Gesicht. Louis sagte nicht, daß sie einen Zuckerwürfel hineintun durfte. Sie las ab und zu etwas aus dem *Zondagsvriend* vor und murmelte:

»Wackelige Gesundheit. Mein Haushalt hat nie etwas anderes getan, als gewackelt. Vermögen für Jules' Pulver und selbstgedrehte Pillen ausgeben. ›Wechseljahre. Kritischer Zeitpunkt für den Mann wie auch für die Frau. Gegen trübsinnige Gedanken. Wenn müde Organe nicht mehr regelmäßig funktionieren. Blut beladen mit Nahrungsabfällen und Giften eigener Herstellung‹«, las sie ohne Brille in dem Blatt.

»›Wenn Sie körperlich und moralisch angegiffen sind, zwingt Kruschen-Salz Leber und Nieren sanft, aber sicher, die Verunreinigungen abzubauen, die düstere Stimmung wird verscheucht, hundertzwanzig kleine Dosen für zweiundzwanzig Francs.‹

Die lügen wie gedruckt, mein Junge.

Natürlich werden die Deutschen in unser armes Belgien und zu seinem König kommen, wie Vierzehn-Achtzehn, Ulanen hoch zu Roß vor den Tanks, und sie brauchen nicht nach dem Weg zu fragen in unseren neuen Provinzen, denn unser König Albert ist mit einer Deutschen verheiratet, und es ist nur gut, daß dieser Trottel es nicht mehr erlebt, wie sie ihre Gunst jungen Favoriten aus seinen verschiedenen Regimentern schenkt, wie sie ihnen danach Uhren und Zigarettenetuis mit ihrem eingravierten Vornamen zukommen läßt; sie kauft sie dutzendweise auf einmal wegen des Extrarabatts über den Rabatt hinaus, den sie als Fürstin erhält. Und natürlich telefoniert sie jeden Abend mit Hitler: ›Führer, die Belgier leben gerne gut, die belgische Armee ist schwach, die Soldaten gehorchen ihren Offizieren nicht und pfeifen sie aus, kommen Sie in aller Gemütsruhe, Führer, und kleben Sie dieses Stück Land an Ihr Reich, damit Sie die Nordsee als Grenze haben.‹

Es fängt in den Beinen an. Man will aufstehen, aber die Beine sind weich wie Flanell. Man spricht ein Stoßgebet. Aber es fährt kein Leben in die Waden. Zwanzig Kilo hängen an jedem Bein. Es waren die Beine, die mir verrieten, daß es Zwillinge sein würden, Marc und Mariette. Marc ist eine Viertelstunde eher gekommen, das machte nicht viel aus, aber danach war ich doch froh, daß er eine Viertelstunde länger gelebt hat. Damals herrschte *Pleuritis*, nasse Pleuritis, ohne Pardon. Mein Kerl, Basiel, wollte, als unser Omer geboren wurde, das Kind wieder Marc nennen. Ich wollte das nicht.

Ich wollte nie das, was Basiel wollte. Erst ganz zuletzt, als er seinen Rosenkranz in den Händen hatte, am Tag mit dem Apfelbaum, habe ich eingesehen, wie ich ihn sein Leben lang getriezt habe. Ich war auf seinen Schatten eifersüchtig. ›Wie lange bleibst du heute abend weg, Basiel?‹ ›Du wirst mich schon heimkommen sehen‹, sagte er. ›Wie lange, frage ich dich?!‹ quengelte ich in meinem Eifersuchtskoller. ›Willst du es auf die Minute genau wissen?‹ schrie er, und ich: ›Ja, ja, ja. Auf die Minute genau!‹ Er durfte nicht einmal zu lange fortbleiben, wenn er Kaninchenfutter holte, ich rechnete aus, wie viele Minuten er dazu brauchte, wie viele Schritte hin und her, und wenn er nicht rechtzeitig fertig wurde und viel zu spät nach Hause kam, tat ich so, als sähe ich ihn nicht dastehen mit seiner Sichel und dem Klee in den Händen, und dann schleuderte er seine Holzschuhe so heftig von den Füßen, daß ich jedesmal dachte, sie würden auseinanderbrechen.

Als er dann hierher an die Schleuse von Bastegem versetzt wurde, geschah das gegen seinen Willen, denn ich hatte hinter seinem Rükken den Antrag gestellt und unterschrieben: Basiel Bossuyt, Schleusenmeister, und dann war es zu spät, er konnte seine Vorgesetzten nicht beleidigen, indem er sagte, er ziehe diesen Antrag zurück, und für zehn Francs im Monat mehr habe ich ihn hierher nach Bastegem umziehen lassen, wo er keinen kannte und mit keinem Karten spielen konnte, für diese zehn Francs mehr habe ich ihm die Luft abgeschnitten.

Und hier in Bastegem sah ich ihn immer länger seine Stiefeletten putzen, das tat er gern, er hatte das aus seiner Militärzeit übrigbehalten, bis seine Schuhe so glänzten, daß man sich darin spiegeln konnte. ›Um dabei nachzudenken‹, sagte er, ›wenn man Schuhe putzt, kann man gut nachdenken‹, und ich rief natürlich: ›Du mußt nur über mich und unsere Kinder nachdenken, über sonst nichts!‹

Er naschte so gern, darum verstand er sich so gut mit deinem Vater, die zwei knabberten immer zusammen. Er aß auch den Buttermilchbrei mit braunem Zucker auf, wenn die Kinder ihn stehen ließen, rasch rasch hinter meinem Rücken, und die Kinder ließen absichtlich einen Rest übrig. Erst nach seinem Begräbnis aßen die ihre Teller ganz leer. Ich habe ihnen dafür noch hinterher Ohrfeigen gegeben. Damals konnte ich einfach nicht weinen, und es war so, als müßte ich den ganzen Kummer von Flandern tragen.

Ich war streng zu mir selbst, ich hatte bei mir zu Hause nichts anderes gelernt, und darum war ich auch streng zu ihm, und er, seinerseits, streng zu den Kindern, schon beim geringsten Anlaß flogen sie gegen seine Hand, und ich war damit einverstanden, außer wenn es sich um Armand handelte, den ich immer vorgezogen habe, weil er mein Ältester war, und deshalb ist er jetzt ein Waschlappen, der sich im Leben nicht selbst wehren kann. Weil ich zu gut zu ihm war, habe ich ihn verdorben, daran ist nichts mehr zu ändern; das hat Basiel mir prophezeit, der jetzt glücklich ist, denn er ist, ohne durchs Fegefeuer zu müssen, schnurstracks in den Himmel gekommen.

Warum konnte ich nicht vertragen, daß er zufrieden war mit etwas, das nicht von mir kam? Ich war sogar neidisch auf die Orden, die er bekommen hat. Wenn er zum Veteranentreffen ging und sich im Spiegel betrachtete, ob seine Orden richtig saßen, wäre jede andere Frau stolz auf so einen Kerl gewesen, der solche Auszeichnungen von Seiner Majestät höchstpersönlich erhalten hatte, und ich hätte am liebsten seinen Schnurrbart vom Spiegel weggezerrt, weil er sich selbst im Spiegel so anlachte und ich mir ausmalte, daß es einem anderen Weibsbild galt. Warum habe ich ihn die ganze Zeit auf Erden getriezt und warum hat er mir nie eine Maulschelle gegeben, was er ohne weiteres gekonnt hätte, denn er wog dreißig Kilo mehr als ich? Lag es daran, daß er sich gern bis aufs Blut schikanieren ließ? Daß er, statt ein angesehener Herr im Dorf zu sein, denn das war ein Schleusenmeister damals, lieber ein simpler geschurigelter Kerl mit einer Xanthippe zu Hause war? Oder lag es daran, daß er mir – es ist fast nicht möglich – verzieh, daß er mich bis ins Grab gern hatte?«

Sie knipste die schwache Lampe auf der Fensterbank an, setzte sich und steckte ihre Hühneraugen in das *Saltraten Rodell*-Fußbad.

»Es sind grausame Zeiten«, sagte sie. »Und daß ich Violet bis zu meinem Grab auf dem Hals habe, das ist meine Strafe.«

Sie zupfte an ihren Zehen, um die verdammten bösen Warzen auszureißen. »Zum Glück steht uns Pastor Mertens bei. Denk daran, Louis, für den Rest deines Lebens: Regierungen kommen und gehen, aber die Kirche wird ewig da sein, und wer sich gegen die Kirche wendet, wird untergehen.«

XXIV
IN GOTTES WEITER NATUR

Onkel Omer streckte den Arm mit der glitzernden Armbanduhr in die Luft und schlug die Hacken zusammen. »Heil Hitler!« rief er und ließ seinen Koffer fallen.

»Sei nicht so albern«, sagte Tante Violet zärtlich.

Onkel Omer trug eine schwarze Hornbrille, die seine feuchten braunen Augen stark vergrößerte. »Du wirst so groß werden wie dein Vater«, sagte er. Es war boshaft gemeint, denn Papa war nicht so groß, das hatte Louis in den letzten Wochen entdeckt, die imponierende Gestalt auf dem Spielplatz des Internats war, in Walle auf der Straße, neben Tetjes Vater oder der Bäckerin auf Mittelmaß geschrumpft.

»Wo ist unser Armand?« rief Onkel Omer fröhlich.

»Er hat sich etwas verstpätet«, sagte Meerke.

»Immer dasselbe«, sagte Tante Violet und half Onkel Omer aus seinem Mantel, der moderne Falten auf dem Rücken hatte. Dann holte sie seine Uniform aus dem Koffer, musterte sie und hängte sie über einen Stuhl.

»Hitler wird sich nun wohl eine Weile von seinen Annexionen ausruhen«, sagte Onkel Omer mit vollen Mädchenlippen. »Er hat der Welt gezeigt, was er kann und was er wagt, und jetzt reicht's erst einmal.« Onkel Omer sprach fast Hochflämisch, er war Vorsteher in dem Internat ›Unser Lieben Frau Unbefleckte Empfängnis‹ in Deinze gewesen. »Und sollte es deutsche Generäle geben, denen die Erfolge ihrer Heere zu Kopf gestiegen sind, wird Hitler ihnen einen Knüppel zwischen die Beine werfen. Denn er kümmert sich in erster Linie um Arbeit für jeden und um die Ernährung seines Volkes. Es ist nicht so wie bei uns, wo unsere Minister nur an Schwarzgeld und daran denken, Pöstchen unter ihre politischen Freunde zu verteilen.«

Er schlug Louis auf den Schenkel. »Sind die Nönneken noch immer so vernarrt in dich?«

»In mich?«

»Aber Junge, ich habe dich doch letztes Jahr besucht. Die Nönneken scharwenzelten um dich herum wie um das Kind in der Krippe! Mein Gott, was sehe ich denn da? Er bekommt schon einen Schnurrbart!«

»Ich?« Unwillkürlich schnellte Louis' Hand zu seiner Oberlippe. Es war völlig aus der Luft gegriffen.

»Es ist erst ein Anflug, aber es paßt doch nicht zu einer kurzen Hose. Violet, wir müssen ihm einen meiner Knickerbocker anprobieren.«

Ungläubig starrte Louis seinen Onkel an, der mit ihm wie mit Seinesgleichen scherzte, während er voriges Jahr Louis noch wie einen Kleinen in der Garage verprügelt hatte.

»Wie geht es deiner Mama?«

»Ihr Kind ist tot.« Gezwungenes Schweigen.

Onkel Omer strich sich übers Haar und wischte seine glänzenden Finger an dem lila- und grüngeblümten Kissen neben seinem Schenkel ab.

»Komm«, sagte er. »Louis, auf in Gottes weite Natur!«

»Wir essen um sieben Uhr«, sagte Tante Violet. »Hammelragout, das kriegst du nicht am Albertkanal.«

Durch die Felder. Sie sprachen über Bartali, der dieses Jahr bestimmt wieder die Tour de France gewinnen würde, gegen diesen Mann ist kein Kraut gewachsen. Felicien Vervaecke würde das Zeitfahren gewinnen, das war auch schon geregelt, voriges Jahr hatte er dabei Bartali zwei Minuten abgenommen. Und wie kindisch sind doch die Franzosen, voriges Jahr kamen Magne und Leducq zusammen im Prinzenpark an und fuhren Arm in Arm über die Ziellinie.

Onkel Omer breitete die Arme aus, sein Brustkorb weitete sich, seine Hosenträger würden gleich mit einem Knall reißen, er schnaubte wie ein Pferd.

»Die Luft von Bastegem«, sagte er. »Verdammt noch mal, das ist etwas anderes als das Kempenland!«

Dieser Fluch! Die Sittenverwilderung unserer flämischen Jungen, die in den Kasernen ohne Aufsicht, ohne erbaulichen Unterricht herumhockten, hatte auch Onkel Omer infiziert, ihn, der noch voriges Jahr eine riesige Fahne, auf die PX und die Buchstaben ›KSA Gau Ostflandern‹ gestickt waren, an der Spitze der Prozession bei den Festlichkeiten für den heiligen Jan Berchmans getragen hatte; das Foto stand auf Meerkes Nachttisch: Onkel Omer in Knikkerbockern mit Schulterriemen und Halstuch, ein starrer Paradeschritt mit angezogenem Knie, neben ihm trugen Chorknaben auf einem Samtkissen das Herz des heiligen Jan Berchmans, und dahinter froren im Wind die Gewänder und weißen Flügel der Jungfrauen, die die Statue Unserer Lieben Frau von Diest trugen, vor der der Heilige täglich stundenlang gekniet hatte.

»Dein Schutzengel hat dich fluchen hören, Onkel.«

»Ach, ich glaube nicht, daß er darüber erschrocken ist. Wenn ich überhaupt einen Schutzengel habe.«

»Jeder hat doch einen. Sogar die Heiden. Aber die wissen es nicht.«

»In letzter Zeit sehe ich meinen Schutzengel nicht mehr so oft. Du deinen wohl?«

»Manchmal«, sagte Louis verlegen.

»Wie sieht er denn aus?« fragte Onkel Omer sachlich, wie vor der Klasse.

Sie blieben an einem Graben stehen, aus dem Dampf aufstieg. Ein Unwetter war im Anzug. »Mein Gott«, sagte Onkel Omer erschrocken, er bückte sich und tat so, als knüpfte er einen Schnürsenkel zu.

Ein roter Sportwagen fuhr vorbei, am Steuer saß eine blonde Frau. Ihre Haare flatterten, sie hatte die hohlen Wangen von Marlene Dietrich, einen erstarrten Augenblick lang blieben ihre schrägen, mascara-umrandeten blaßblauen Augen auf Louis gerichtet. Die Handschuhe auf dem Lenkrad waren aus kanariengelbem Leder, sie trug einen Kamelhaarmantel mit hochgeschlagenem Kragen aus langhaarigem Pelz. Die Lippen herabgezogen, mißbilligend oder verkrampft vor Konzentration auf den kurvenreichen, mit Weiden und Silberpappeln gesäumten Weg. Sie fuhr in Richtung ihres Schlößchens. Es fing an zu regnen, die Tropfen waren dick und kühl.

»Sieh dir das nur an«, sagte Onkel Omer. Das rote Auto flitzte durch die Allee und verschwand hinter dem Sanatorium, über dem Fahnen wehten.

»Sie wird eines Tages mit ihrem besoffenen Kopf gegen einen Baum rasen«, sagte Onkel Omer.

»Dann ist sie sie los«, sagte Louis.

»Wen?«

»Die Männer.«

Onkel Omer raffte seine Hosenbeine hoch und sprang über einen Graben. »Welche Männer?«

»Alle die Männer, die sie heiraten wollen.«

»So viele sind das nicht«.

»Onkel Armand zum Beispiel.«

»Dein Onkel Armand«, sagte Onkel Omer, »ist eine romantische Seele.«

Was bedeutete das? Daß er schmutzige französische Romane las. Romantisch ist französisch. Wir sind germanisch. Gott hat das auf Erden so verteilt. Es gibt verschiedene Rassen, manche liegen ihm mehr am Herzen, aus Gründen, die nur Er kennt. Madame Laura erweckte also in Männern deren romantische Seele.

»Ist romantisch gut oder schlecht?«

»In seinem Alter sehr schlecht«, sagte Onkel Omer. »Hat sie mich gesehen?«

»Ich glaube nicht.«

»Bist du sicher?«

»Sie hat dich vielleicht gesehen, aber nicht erkannt. Sonst hätte sie doch angehalten.«

»Vielleicht hatte sie es eilig, nach Hause zu kommen.« Onkel Omer beschleunigte seine Schritte, er schlug einen Pfad ein, der zu der Allee führte.

»Gehen wir zu ihr?«

»Nein. Nie im Leben.«

Louis hatte Mühe, ihm zu folgen.

»Ich glaube, daß sie wieder schmuggelt, daß sie von der holländischen Grenze kommt, bei Sas-van-Gent. Denn sie fuhr sehr gehetzt. Das würde ich auch tun, wenn ich diese Diamanten in meinem Auto hätte. Das ist es, sie saust mit holländischen Diamanten in ihrem Schlüpfer nach Hause.«

Das muß wehtun, die Haut im Schlüpfer wundscheuern, oder wickelte sie sie erst in Hirschleder oder Watte? Wahrscheinlich. Jetzt kapierte Louis, warum Raf so eifrig nach Madame Lauras Schlüpfer gesucht hatte: er dachte, daß vielleicht noch ein Edelstein daran klebte.

»Es saß doch niemand neben ihr im Auto?«

»Nein, Onkel.«

»Auch nicht auf dem Rücksitz?«

»Jemand hätte neben ihr flach auf dem Bauch liegen können.«

Wieder fluchte sein Onkel, schritt noch schneller als beim Marsch mit seinen ebenso gottlos fluchenden entarteten flämischen Soldaten. Flüchtig dachte Louis daran, sich unter den Linden unterzustellen, denn der Regen war stärker geworden, aber Onkel Omer rannte quer über die Weiden, kroch keuchend unter dem Stacheldraht hindurch, er rannte, bis er das Schlößchen sah. Der Sportwagen stand in einem Schuppen. Holst erschien, Gemecker und Geblöke aus den Ställen hinter sich.

»Sie ist zuhause«, sagte Onkel Omer.

»Sie hört in ihrem Bett Radio«, sagte Holst, und seine grobknochige Gestalt ging ihnen voran in ein niedriges muffiges Zimmer in einem Nebengbäude. Er war unrasiert, sein strähniges Haar stand zu Berge. Er raffte seine Cordhose und zeigte zu dem Korbsessel beim Ofen, kehrte ihnen den mächtigen Rücken zu und zog seine Holzschuhe aus. Das Zimmer war fast leer, an der Wand hing ein Fahrrad. Ein verdorrter Palmwedel. Weißer Sand auf roten Fliesen. Eine Schüssel Milch, in der eine lila-goldene Fliege trieb.

»Ich sage mir«, sagte Onkel Omer, plötzlich Platt sprechend, »schaust du mal bei Holst rein und sagst ihm Guten Tag.«

»Recht hast du gehabt«, sagte Holst und schenkte sich und Onkel Omer ein Gläschen Jenever ein.

»So, sie hört Radio.«

»Die Nachrichten in drei, vier Sprachen.«

Regen, Regen. Die Schafe. In seinem Haus wirkte Holst anders, jünger als in dem Auto vor dem Internat. Er schien sich in seinem eigenen Zimmer nicht zurechtzufinden, stocherte im Feuer herum, suchte seine Pantoffeln, hielt Abstand zu der weißgetünchten Wand und den Fenstern, fand in einem Kirschholzschrank eine rote Flasche, goß daraus eine Kaffeetasse ein und reichte sie Louis.

»Hier«, sagte er. »Du bist ja pitschnaß, das wird dir guttun.« Es war ein herbsüßes Holundergetränk mit Zitrone.

»Ich habe einen Hasen für dich, wenn du willst, Omer. Zwanzig Francs.«

»Frisch?«

»Von vorgestern. Sie will ihn nicht. Sie ißt nicht.«

»Hat sie was mit dem Magen?«

»Ich weiß nicht«, rief Holst.

Sie schwiegen. Bäume rauschten und Läden schlugen gegen eine Mauer.

»Du hast meiner Mutter Kindersachen gebracht«, sagte Louis. Holst zählte an seinen Fingern ab: »Drei Strampelhosen, vier Leibchen, zwei Mützen, eine Wolljacke mit einem Karomuster. Und nicht von der *Sarma*, ich habe das Etikett gesehen, sondern aus einem Geschäft in der Avenue Louise. Kleidungsstücke für ein Königskind.«

»Hat Madame Laura sie ausgesucht?«

»Sie oder eines ihrer Mädchen.«

»Aber sie sahen nicht neu aus.«

»Sie hat ein paar Tage damit gespielt.«

»Aber wenn sie dauernd mit den Ohren am Radio hängt«, rief Onkel Omer ungeduldig, »heißt das, daß sie über alles auf dem laufenden sein will. Hört sie die Börsenberichte?«

»Das auch.«

»Es hat etwas mit ihrem Notar zu tun«, entschied Omer.

»Notar Baelens, der in Brüssel ganz allein Hitler schlagen und am liebsten mit seinen ardennischen Jägern sofort in Deutschland einmarschieren will. Und wegen solcher Leute muß Belgien jetzt mobilisieren und dann wieder demobilisieren, ein Häufchen Elend auf Staatskosten.«

Die Erwähnung des Notars hatte einen merkwürdigen Effekt auf Holst. Er packte den Schürhaken und schwenkte ihn, seine Augen wurden heller, die Knöchel der Hand um den Schürhaken wurden weiß, er nahm die Flasche Holunderbeerensirup, trank daraus und hustete. Dann sagte er ruhig: »Der Notar, der Notar, ich höre nichts anderes mehr.«

»Will sie ihn noch immer heiraten?«

»Frag sie doch selbst«, sagte Holst. »Fragen kostet nichts.«

Louis' Schutzengel fühlte sich nicht wohl in seiner Haut, Gott gab ihm Winke und Befehle, die er nicht verstand. Holst war von den himmlischen Heerscharen einfach nicht gut genug für seine Aufgabe als Schutzengel gedrillt worden.

In ihrem Schlafzimmer lag Madame Laura im Negligé mit nassen Haaren auf ihrem Bett und spielte mit den Diamanten in ihrem Schoß. Da sie keine Kindersachen mehr hatte.

»Sie hat eine reiche Auswahl«, sagte Onkel Omer, »Minister, Bankiers, Senatoren, sie braucht nur den Finger zu heben und schon steckt ein Ehering daran. Alles hängt davon ab, wer als erster zugreift. Der Notar?«

»He du«, sagte Holst. »Du spielst mit deinen Eiern.«

Onkel Omer erschrak und streckte beschwörend seine Hand mit der funkelnden Armbanduhr aus.

»Heb deinen Arsch hoch«, sagte Holst. Onkel Omer stand auf.

»Scher dich weg«, sagte Holst. Onkel Omer trank sein Gläschen

Jenever aus und sagte dann: »Bei Laura Vandeghinste hängen für dich die Trauben zu hoch. Merk dir das.«

»Kümmere dich um deinen eigenen Dreck«, sagte Holst tonlos.

Louis trank seine Tasse mit dem süßen Sirup aus. Der Regen ließ nach. Holst nickte Louis mehrmals zu. »Grüß deine Mutter.«

»Ich werde es nicht vergessen«, sagte Louis und zwinkerte dem Hünen zu, der pockennarbig und gelbbraun wie der blasseste Pfefferkuchen weiter nickte und dann den Hasen mit den gebrochenen Augen holte. »Versprochen ist versprochen«, sagte er.

Onkel Omer betrachtete den Kadaver, streckte die Hand aber nicht aus.

»Willst du ihn nicht?« fragte Holst.

»Ich schon, aber nicht mein Portemonnaie.«

»Nimm ihn mit, du kannst ihn mit Madame Seynaeve verrechnen.«

Onkel nahm, ohne zu fragen, *Het Laatste Nieuws* vom Tisch und wickelte das Tier ein. Holst, der den Hasen und auch Mamas Kind, mein Brüderchen, getötet hatte, Holst, der für mein Seelenheil verantwortlich war, wollte mir etwas Dringendes, etwas Entscheidendes sagen, tat es aber nicht, weil Onkel Omer dabei war.

»Mama ist in der Schweiz«, sagte Louis.

»Ich kann warten«, sagte Holst. »Die zwanzig Francs brauche ich nicht dringend.«

Wahrscheinlich würde Holst heute abend Mama anrufen und ihr sagen: »Ich habe Ihren Sohn getroffen, Constance, er liebt sie. Warum verstecken Sie sich in den Alpen, warum ziehen Sie die Gesellschaft dieser Zicke, dieser Madame Esquenet, der von – wie heißt er doch gleich? – Louis vor?«

XXV
DAS FEIGENBLATT

Als sich Louis zu früh von Meerke verabschiedete, denn er mußte noch neben seinem Koffer warten, bis Onkel Armand mit dem Rasieren in der Küche fertig war, spielte im Radio das Mandolinen-Ensemble ›Unser Streben‹ das Lied: ›Schließt die Reihen!‹ Dann erzählte ein Professor die wahre Begebenheit, daß ein Okapi aus Belgisch-Kongo seit dem Einmarsch der Deutschen in Polen das Futter ablehne und an den Augen des Tieres ein unsäglicher Kummer abzulesen sei. Der Direktor des Zoos in Paris hatte mit eminenten Tierärzten die ganze Nacht gewacht, Bananen in der Hand. Aber gegen Tagesanbruch hatte das Okapi, am grauen französischen Himmel vergeblich nach einem Sonnenstrahl ausspähend, seinen Geist aufgegeben.

»Wie traurig«, sagte Meerke.

»Daß ich abreise?«

»Das auch, Louis, das auch. Aber das arme Tier.«

»Heute gibt's in Paris Okapisteak!« Onkel Armand wischte sich die Schaumreste von seinem Gesicht.

Über den Hof schlenderte Raf heran, trotz Meerkes Verbot.

Er bewegte sich wie ein Mädchen. Louis sagte: »Noch eine Minute, Onkel Armand, bitte«, und rannte zu seinem Freund, der bei Hector, dem Truthahn, stand. »Hallo, Hector«, sagte Louis, *»au revoir,* ich werde dich nicht lebend wiedersehen.« Der Truthahn kollerte, spreizte die Flügel und schüttelte sie.

»Weißt du den Unterschied zwischen einer Frau und der Stadt Brügge?« fragte Raf.

»Nein. Sag's schon.«

»Die Stadt Brügge hat nur einmal im Jahr eine Blutprozession.« Raf prustete es laut heraus und hielt seine schlaffe Hand vor den Mund, Hector übertönte ihn mit seinem kehlzerreißenden Schrei.

»Jaja«, sagte Louis. Er verstand die Auflösung des Rätsels nicht. Gingen denn Frauen zu einer anderen Blutprozession, in ein anderes Land, mehrmals im Jahr? Es war so, als säße er in einem Kubus aus Milchglas, gegen den Raf lachend von außen seine Nase drückte.

»Du kannst von mir behaupten, was du willst, aber ich bin fair«, sagte Raf. »Ich habe es heute morgen im Radio gehört, das rauhe Spiel beginnt in Polen. Unser König und der Papst wollen eingreifen, aber Hitler schert sich einen Dreck darum. Deshalb, *voilà* ...«, er kramte in seiner Hosentasche und drückte Louis den Seidenfetzen mit der Spitzenborte in die Hand. Louis steckte ihn sofort in seine Manteltasche. Niemand, nicht einmal Hector, hatte es gesehen. »Du hast gewonnen. Die Deutschen werden kommen. Wie du siehst, bin ich fair.«

»Ein Mann, ein Wort«, sagte Louis.

»Wie immer. Wer weiß, wann wir uns wiedersehen. Sorge gut für Madame Lauras Feigenblatt.«

»Nehme ich dir nicht zuviel weg?«

»Ich habe noch zwei zu Hause«, sagte Raf. Sie gaben sich die Hand, Kreuzfahrer Louis mit der Axt, der seinen Lehnsmann in dem dörflichen Nest Bastegem zwischen Kühen zurückließ.

Meerke sagte: »Wirst du auch brav sein? Immer gleich, ohne Widerspruch, das tun, was deine Mama sagt?«

Tante Violet watschelte mit zum Tor und fragte Louis, ob er Meerke einen großen Gefallen tun und einen *lettre de château* schreiben wolle. Ein Rätsel. Schon wieder eins. Ein Brief des Schlosses? Des Schlosses von Madame Laura, die in Weiß auf der Freitreppe steht, ihren neuen Bräutigam, den Notar, hochmütig anlächelnd?

Tante Violet las das Rätsel von seinem Gesicht ab. »Einen schönen Brief, gut leserlich, in dem du Meerke für ihre Gastfreundlichkeit dankst. Das ist ein *lettre de château*«, sagte sie, die bis zu ihrem Tod eine Lehrerin und Bibliothekarin bleiben würde.

Onkel Armand preßte sein Gesicht in eine lederne Fliegerkappe, zog Handschuhe an und schlüpfte in das Auto, das er von Mireille vom ›Picardy‹ geliehen hatte. Sie winkten dem Haus und den Dahlien und der prallvollen Tante Violet, die gerade aus Kummer über Louis' Abreise ein halbes Pfund Sülze mit Senf gegessen hatte.

»Halt dich fest«, sagte Onkel Armand. »Wir schaffen achtzig Stundenkilometer.« Hupend fuhr er durch das Dorf. Als sie am ›Picardy‹ vorbeikamen, drosselte er das Tempo, hielt Ausschau, aber in dem anrüchigen Haus mit den geschlossenen Fensterläden war kein Lebenszeichen zu sehen. »Das nächste Mal nehme ich dich dahin mit«, sagte Onkel Armand, »es wird allmählich Zeit, daß du die Welt kennenlernst. Aber nicht am Samstag oder Sonntag, denn dann kommt das Gesindel von den Pferderennen hin. Nein, an einem ganz gewöhnlichen Wochentag. Wir werden uns beide schief lachen.«

Auf dem Weg nach Walle geriet das Auto so in Fahrt, daß Onkel Armand schreien mußte: »Wer wird deiner Meinung nach Herr der Welt?«

»Jesus Christus«, sagte Louis.

»Aber nein doch, du Betbruder. Die Kommunisten oder Hitler?«

Es war undenkbar, daß die Kommunisten, die in Spanien Priester und Nonnen zu Tode gefoltert hatten, die wollten, daß es kein Vaterland und keine Religion mehr gäbe, über die Völker herrschen sollten. Das würde Gott nicht zulassen. Oder doch, eine Zeitlang, als Prüfung?

»Hitler«, sagte er.

»Einverstanden. Das geringere von zwei Übeln.« Unterwegs, während Louis sich vornahm, Mama am besten um eine lederne Fliegerkappe zu bitten, erzählte sein Onkel von den verschiedenen Kneipen am Straßenrand, wo er Kind im Hause war: Von Marie-José von der ›Goldenen Glocke‹, der einen Gast gebissen hatte und im Gefängnis gelandet war, denn ein Menschenbiß ist äußerst gefährlich, das wissen die Herren vom Gericht nur allzu gut, gefährlicher als ein Schweinebiß, soviel Schmutz haben wir in unserem Speichel; von Adrienne vom ›Mercator‹, einmalig, zuckersüß, aber wenn sie betrunken war, eine Nervensäge, die immer über ihren Mann jammerte, einen Elektriker mit einem Bein; von Michou, die ihrer Schwester Corinne so ähnlich sah, daß sie damit die Gäste zum Narren halten konnten, ich erspare dir die Details, von Barbe-à-papa, einem Ziegenbock, der Bier trank und täglich gewaschen und mit Eau-de-Cologe eingerieben werden mußte.

Louis erhielt einen Auftrag. In dem scheppernden, ratternden Auto, mit Vlieghe neben sich, dessen süßer Duft zu ihm drang, war eine im Rhythmus der rasenden Räder summende Stimme zu hören, schnell, lispelnd: Louis Seynaeve, du bist auserkoren, deinen Onkel zu retten, ihn, der allen zweifelhaften Weibsbildern gefällt, ihn, der in diesem Augenblick seine verruchte Plauderei albern kichernd fortsetzt. Mit Hilfe der Heiligen Jungfrau wirst du ihn von dem schrecklichen Übel, das Trunksucht heißt, befreien, und dazu muß die Ursache mit der Wurzel ausgerissen werden wie die Hühneraugen deiner Großmutter: Madame Laura nämlich, denn ihre Seele ist bis ins Mark verdorben, und sie ist es, die die Männer dazu bringt, sie durch ruinösen Suff zu vergessen.

Louis' Antwort auf diese gehetzte Singsangstimme war wortlos; er betastete in seiner Manteltasche den glatten dünnen Stoff mit der weichen zerfaserten Spitzenborte. Onkel Armand drehte sein Fenster herunter, um seine Zigarettenkippe wegzuwerfen. Der nach Flachs riechende Windstoß, der hineinblies, ließ Louis niesen, er suchte sein Taschentuch, der Schlüpfer fiel zwischen die Sitze, Louis nieste drei-, viermal, und inzwischen hob Onkel Armand den Fetzen Unterwäsche auf. »He, was haben wir denn da? Wo kommt das her? Ich weiß schon, Solange muß es liegengelassen haben, sie ist zuletzt mit Mireilles Auto gefahren. Zum Rotary-Klub. Also, *nondenonde*! (Die Nonne, die Nonne! Solange!) Louis betrachtete die gewundene Leie, die Mühlen, die Getreidesilos, den Fußballplatz vom *Walle Sporting Club*.

Zu Hause im Oudenaard Steenweg, wo die Nachbarn Mireilles Auto bewundernd betrachteten, küßte Mama ihren Bruder länger und inniger als ihren Sohn. Sie war dünner geworden und hatte eine hellrosa Farbe bekommen.

»Es tut mir leid, Armand«, sagte sie. »Ich hätte dir gern mit einem Neffen eine Freude gemacht. Und dir, Louis, mit einem Brüderchen.«

»Dann eben das nächste Mal, Constance.«

»All die Schmerzen und das ganze Warten für nichts und wieder nichts.«

Papa hatte einen hellgrauen Anzug an, Mama zog seine Krawatte fester um seinen Hals, Papa gab einen Laut von sich, als würde er erwürgt. Er mußte nachher zu dem Jubiläum der ›Schwestern der Liebe‹ in Hulle. Der Bischof von Brügge sollte auch bei der akademischen Sitzung anwesend sein.

»Lieber du als ich, Staf, zu all diesen Schwarzröcken«, sagte Onkel Armand.

»Hat er unterwegs getrunken?« fragte Mama, als sie in der Küche Butterbrote mit Käsescheiben und Schalotten machte.

»Nein, Mama. Keinen Tropfen.«

»Seid ihr nirgendwo eingekehrt? Nicht lügen.«

»Vielleicht wollte er es, aber er hat der Versuchung widerstanden.«

»Du fängst an, immer häufiger wie dein Pate zu reden«, sagte sie. »Mit diesen Rathausausdrücken.«

Aus dem Vorzimmer erklang Gekicher und Gelächter, Papas hohe Stimme rief jodelnd: »Olalalei.« Mama lief auf das Gekrähe von Onkel Armand zu: *»Paris, c'est une blonde, Paris, reine du monde.«* Papa tanzte kichernd und gackernd mitten im Zimmer herum, die Krawatte, die Mama so sorgfältig geknotet hatte, war schief und krumm, und auf seinem kahl werdenden Kopf saß der Schlüpfer von Laura Vandeghinste, der Schloßdame und künftigen Notarsgattin; sein schütteres, rötlich-blondes Haar ragte aus den Spitzenbeinlöchern hervor, und er glich einer robusten Großmutter aus früheren Zeiten, die in einen alles verwüstenden Wirbelsturm geraten war und in dem vertrauten flämisch-antiken Wohnzimmer der Seynaeves wieder zu Atem kommen wollte.

Was Louis nicht erwartet hatte, war Mamas Lachen. »Aber, Armand, was stellst du nur mit meinem Mann an? Kaum bist du hier, da...«

Papa setzte den Fetzen ab, betrachtere ihn, zog daran, das Gummiband dehnte sich sehr weit.

»Läufst du immer mit sowas in der Tasche herum, Bruderherz?«

»Ja, Schwesterherz. Ich habe ihn immer bei mir. Aus Spaß.«

»Er kommt aus Paris«, sagte Papa.

»Es ist ein Geschenk für dich, Constance«, sagte Onkel Armand aufgekratzt.

»Alors, merci.«

»Es ist ein Feigenblatt«, nein, Louis sagte es nicht laut.

Sie aßen an diesem Abend Karotteneintopf, obwohl das Wetter nicht danach war. Das Radio berichtete von den neun kläglichen polnischen Divisionen, die an der Grenze auf noch mehr nahendes Unheil warteten, ohne Nachschub oder Luftabwehr.

XXVI
SCHWESTER ›KOEDDE‹

Schwester Engel schüttelte mitleidig ihre Haube, aber es war reiner Betrug, um Schwester Adam und Schwester Kris, die zuschauten, zu zeigen, wie engelhaft mitleidig sie doch in ihrer Rolle als Schinder war.

»Louis«, sagte Schwester Engel, »ich bin gezwungen, dich zu strafen. Wie weh mir das auch tut. Eine Null für Betragen, eine Stunde auf den Knien in der Kapelle, dann zweihundert Zeilen: ›Ich muß lernen, demütig zu sein, vor allem in Zeiten der Not.‹«

»Das geht nicht auf eine Zeile.«

»Dreihundertmal.«

»Aber Schwester, das sind zweimal dreihundert Zeilen, also sechshundert.«

»*Tiens*, plötzlich kann er rechnen«, sagte Schwester Kris.

»Dreihundertfünfzig«, sagte Schwester Engel. »Und dabei bin ich noch mild. Was ist nur in dich gefahren? Seit deinen Ferien bist du nicht mehr zu bändigen. Du willst dich durch Unfug hervortun.«

Louis trottete an den beiden beipflichtenden Schwestern vorbei. Schwester Engel hatte recht, er war aufsässig. So wie der Graf von Monte Christo in seiner Zelle rebellisch war. So wie Schwester Sankt Gerolf irgendwo in ihrer Zelle hinter Schloß und Riegel lästig war. (Ungeachtet der Gerüchte, daß sie in ein Krankenhaus für Nonnen in Limburg eingeliefert worden sei. Aber das waren die allzu bekannten Ablenkungsmanöver, die durchschaubare Fünfte-Kolonnen-Taktik: Es gab viel mehr Gründe, anzunehmen, daß die Kohorte der Schwestern aus dem ganzen Land in eilig einberufenen Geheimsitzungen während der Ferien beschlossen hatte, sie in einem dreimal drei Meter großen Loch unterzubringen, das nächtliche Maurer in aller Eile wie einen lichtlosen Erker an der Schloßmauer gebaut hatten.

Louis hatte Vlieghe wiedergesehen. Vlieghe, der Fuchs hätte heißen müssen wegen seines funkelroten Borstenhaars, das sich viel weicher anfühlte, als es aussah, wegen seiner unruhig hin und her schweifenden Raubtieraugen und seines spitzen, feuchten Mundes.

Vlieghe hatte ihm die Hand gegeben, »oh, da bist du ja wieder!« und damit die Begrüßungsregeln der Apostel geschändet. Auch die anderen Apostel hatten die Gesetze und Gewohnheiten ihres Bundes in der nun schon wieder entschwindenden Fata Morgana der Ferien zurückgelassen und plapperten wie gewöhnliche Schüler, wie Hottentotten eben. Der Apostel Petrus, der Gründer und Stifter, stand allein da.

Polen war überrant worden. Und nun? Daß dort im aufgewirbelten Sand der fernen Wüste tapfere Kürassiere und Ulanen für ihr lächerlich bewaffnetes Vaterland samt Hengst von den unbesiegbaren und unglaublich wendigen Tanks des gestählten Feindes niedergewalzt wurden (in den Tanktürmen: unbarmherzige Apostel, auf den todesverachtenden Köpfen Mützen mit dem Totenkopf), das war das Gesetz.

»Es liegt am Krieg, daß sie so lästig sind«, sagten die Schwestern, Riesenfledermäuse, die an der Kapellenmauer hingen.

»Die Ferienhausaufgaben ... eine Schande ...«

»Sogar ihre Handschrift ist schlechter geworden.«

»Die Eltern ... keine Zeit ... und so schlampig ...«

»Ein Grund mehr, ihre Kinder zur Besinnung zu bringen.«

»Die Geschichte ist eine Lektion. Besonders die Geschichte von heute.«

Mutter Oberin im Remter nach dem Gebet: »... ich dulde es nicht mehr, dieses aufsässige Benehmen. Ab heute abend werden unsere Vorschriften strenger angewandt. Die Widerspenstigen werden nicht mehr bis zum Ende des Trimesters bei uns bleiben, sondern auf der Stelle relegiert werden. Auch wenn dadurch unser Internat ins Gerede kommt. Dieser Gefahr bin ich mir genau bewußt. Aber das Böse muß ausgerottet werden.«

Schwester Econome: »Sogar wenn wir uns dadurch ins Fleisch unserer Finanzen schneiden.«

Schwester Kris: »Wir sind ein bettelarmes Kloster, und die Existenz unserer Gemeinschaft ist bedroht. Dennoch werden wir es tun ... mit der Wurzel ...«

Schwester Sapristi: »In einer Zeit wie der unseren muß Zusammengehörigkeit herrschen, Jungs, bitte. Tut euer Bestes.«

Schwester Econome: »Maßnahmen. Vor allem jetzt.«

Schwester Sapristi: »Hört nicht auf das Böse. Nicht auf schlechte Freunde, die meinen, daß im Krieg alles erlaubt ist.«

Und die neue Schwester (eine Bohnenstange, die aus einem strengeren Kloster geflüchtet oder aus einem Brügger Hospital weggejagt oder mit einer unsichbaren Form der Lepra aus Belgisch-Kongo zurückgeschickt worden war, die Schwester Thérèse hieß, die aber schon bald wegen ihres kalten Gesichts Schwester Koedde – ›Kälte‹ – genannt wurde; im Brügger Dialekt ist ›Koedde‹ ein knapper Fluch) – sie tauchte in der Kapelle auf, in der Louis auf den Hacken saß, wobei sie sich aus der Wand wie die heilige Theresa aus ihrer Niesche löste.

»Nicht sitzen.« Ein Geraschel und die Hand, die ihn bei den Schultern packte. Drei Tage danach, auch plötzlich aus einer lautlosen kalten Tür: »Seynaeve.«

»Ja, Schwester.«

»Was habe ich dich da sagen hören? Soeben auf dem Spielplatz? Dieses Wort. Sag es nochmal, wenn du es wagst in meiner Gegenwart!«

»Welches Wort?«

»Das Wort für Exkremente. Sprich es aus, Seynaeve. Oder schämt sich deine Unkeuschheit so vor sich selbst, daß . . .«

Im Nu fiel ihm das Wort ein, die Unschuld in Person. Behutsam triumphierend sagte er: »Ich sprach über *Kaka,* Schwester.«

»Ja, und . . .«

Er unterbrach sie sofort. »Der Kaka ist ein australischer Papagei, Schwester.« Er wollte erklären, daß er das Wort so laut gerufen hatte, weil Dondeyne es in das Kreuzworträtsel aus *Zonneland* einsetzen sollte, als sie ihn schlug, ohne daß sich eine Falte vom Oberteil ihres Gewandes bewegte; der Fingerknöchel und der Ring trafen seinen Kieferknochen. Sie schien ihm einen Tritt versetzen zu wollen, ihr hinteres Bein hob sich. Er hielt die Hände vors Gesicht und wartete.

»Hände runter!«

Er gehorchte und sagte: »Ein australischer Vogel, der Kaka, Kakadu. Wie der Lori.«

»Mach daß du wegkommst, du Pharisäer.« Schwester Koedde war von ihrem himmlischen Bräutigam unter die Unzüchtigen gesandt worden, um zu verhören, nicht um zu lehren oder Einsicht zu gewinnen.

In den folgenden Tagen trat Louis die Kleinen gegen die Knöchel, bemächtigte sich im Aufenthaltsraum der Meccano-Schachteln und Baukästen der Hottentotten; nachts wimmelte sein Bett von unkeuschen Mieseriken.

»Vlieghe.«
»Was ist denn jetzt schon wieder?«
Sie hatten Nachlaufen gespielt, hockten verschwitzt im Schatten des Birnbaums, hinter dem sich Schwester Koedde unmöglich verstecken konnte. Sie saß auch nicht in den Ästen.
»Eines Tages . . .«
»Weiter.«
»Eines Tages habe ich vor keinem mehr Angst.« Vlieghe sperrt den Mund auf, seine Zunge ist rosa wie ein Lutscher.
»Nichts wird mich kleinkriegen. Keine Petzen werden meine Seele ablenken können.«
»Fängst du schon wieder an zu spinnen?«
»Das einzige . . .«
»Weiter.«
». . . wovor ich Angst haben könnte, ist, daß in meiner Seele kein Platz mehr für dich sein wird.«
»Du liest zu viele alberne Bücher.«
»Eines Tages werde ich ein Haus mit vielen Zimmern haben, und darin will ich keine Eltern, keine Tanten oder Onkel oder Schwestern sehen. Keine Stockschläge werden mich daraus vertreiben können. Der einzige, den ich hereinlasse, bist du, notfalls nachts. Denn deine Seele ist wie meine. Ich sehe meine Mutter nicht lieber als dich. Und wenn du in mein Haus kommst, werde ich dein Knecht sein, du darfst mich herumkommandieren und meine Briefmarken mitnehmen. Du darfst in meiner Seele ein und aus gehen wie in einem Taubenschlag. Ich werde einen Turm haben und mich darin mit meinem Colt und meiner Armbrust einschließen, und jeder, der dich mir nehmen will, muß daran glauben. Sie können mich natürlich besiegen, aber vorher müssen sie bluten, merk dir das, sagt dir Seynaeve.« Er wußte, daß er irre redete wie ein Ritter im Mondschein vor den Zinnen und Schießscharten einer Burg, wie im selben Mondschein der Truthahn Hector. Die Worte klebten wie die billige Schokolade, die Papa im Café ›Groeninghe‹ kaufte, an seinem Gaumen, ehe sie hervorsprudelten.
»Wir kommen zusammen in den Himmel. Wenn sie dich nicht einlassen, warte ich in der Kälte vor dem Tor auf dich, bis du deine Zeit im Fegefeuer abgesessen hast. Und ich werde Unsere Liebe Frau anflehen, daß sie dir bald ihre Gnade schenkt. Sie wird mich erhören.«
Schwester Koedde kam hinter dem Birnbaum hervor, aber sie las

in ihrem Brevier und sah sie nicht. Vlieghes Fingernägel hatten Trauerränder, auch seine Halbmonde. Er streichelte seine Kniescheibe, auf die ein scharlachroter Stern gemalt war.

»Faselst du noch lange so?« fragte Vlieghe. »Erzähl deinen Senf lieber einem anderen.« Aber das klang zögernd und unaufrichtig.

»Erzähl weiter«, sagte Vlieghe.

»Nein.«

Anderntags hob der Pastor den Kelch und die Hostie in die Höhe, und Louis überkam es, daß in diesen zittrigen Händen Sein Leib und Sein Blut nicht zugegen waren. Er schaute, zu Tode verängstigt, umher: Ich bin besessen, jemand muß den Teufel in mir austreiben, aus den Kirchenfenstern wirbeln Staubteilchen, die jeden Augenblick gebündelt werden zu einem dicken, alles vernichtenden Blitzstrahl, der mich treffen wird, hier in der Falte zwischen meinen Brauen, jeden Augenblick wird der Kaplan dem alten Mann den Kelch abnehmen, sieh, die Hände des Pastors zittern, denn mein Unglaube flimmert durch die Kapelle, wenn der Kaplan richtig zielt, wird der Kelch, den er auf mich schleudert, gegen meine Zähne knallen, der Wein schwappt über, spritzt in mein Gesicht, ich werde es kosten müssen, dieses Blut Jesu, es schmeckt salzig wie Pökel, ich werde die Tropfen herunterschlucken, ich verschlucke mich und ersticke in ewiger Ungnade.

Jesus hat existiert. Sogar Voltaire, der von seinem Sterbelager mit seinem ketzerischen Maul in seinen Nachttopf fiel und darin ertrank, stritt das nicht ab. Aber ist Er wirklich diese Oblatenscheibe? Ist das nicht reine Erfindung?

Louis ging, wie immer hinter Byttebier, mit gefalteten Händen und gebeugtem Kopf zum Altar, jeden Augenblick konnte der Gesalbte, der allgegenwärtig ist, sein Tomahawk werfen und ihn im feuchten Nacken treffen. Oder der Wurfpfeil Seiner versengenden, rotglühenden Rache konnte, schneller als der Schall, von vorne zwischen Kehle und Kinn eindringen, so daß er gegen Vlieghe hinter ihm fiel, Vlieghe, der barmherzige Samariter, ihn hochhob und behutsam auf die Stufen des Altars legte, neben die Radlerschuhe des Kaplans.

Louis schlurfte weiter, betete, streckte die Zunge heraus, betete, und der Herr Jesus hatte Mitleid mit seinem Irregeführten und mit dem Zweifel, der jedes seiner Christenkinder überkommt, und der Gott in der Kapelle von Haarbeke riß Louis nicht die herausgestreckte Zunge mit gußeisernen Fingerzangen aus. Louis klapperte mit den Zähnen. »Vergib mir bitte!« »Mund auf!« zischte der Kaplan, der neben dem Pfarrer stand (sprungbereit, um auf der Stelle den wackeligen alten Mann zu vertreten, falls der zusammenbräche, schnell das Ziborium mit seinen forschen Händen, die sonst die Lenkstange seines *Indian*-Motorrads umklammerten, noch in der Luft aufzufangen). Die Hostie, Sein lebendiger Leib, lag wie ein Seidenpapierchen auf Louis' Zunge. Louis erhob sich, ohne sich auf die Kommunionsbank zu stützen wie der plumpe Faulpelz Dondeyne neben ihm. Er ging nach hinten, ohne Vlieghe anzuschauen, und auf diesem verwirrenden Weg geschah es, daß er, die Oblate gegen das Zahnfleisch hinter seinen Zähnen drückend, die Güte von Jesus, der ihn vor Blitz und Tod behütet hatte, verneinte, ja vernichtete. Du hast es nicht gewagt, mich auf deinem Altar niederzustrecken, weil du einfach nicht da warst, sonst hättest du es getan. Er kaute und lutschte. Ein gewaltiger, hitziger Stolz schwoll in seinem ganzen Körper an, ich könnte vor Stolz pissen. Er schluckte den feigen oder nicht anwesenden Jesus herunter. Wie die Juden, dachte er, wie die Juden werde ich durch die ganze Welt gehetzt werden; Jesus, der existiert hat und immer existiert, wird mich mit seinen Engeln verfolgen – sollen sie nur kommen!

Jemand hatte alles beobachtet. Schwester Koedde, die Bohnenstange mit dem langen weißmetallenen Gesicht, mit zusammengefalteten schwarzen Flügeln, die sich neben dem Beichtstuhl an die Wand lehnte. Sie schnalzte mit der Zunge und winkte ihm. Er folgte ihr.

Sie blieben stehen, als Schwester Koedde ihn vor der Tür der Bibliothek anhielt. Sie spähten den Gang entlang. Dann schubste sie ihn in den muffigen Raum voll Buchrücken in blauen Schutzhüllen. Wie in einer Turnstunde – turnten die Schwestern hinter den vierfach verriegelten Türen des Schlosses? – hopste sie auf den Tisch, plötzlich ein sorgloses Wesen, und ließ die Beine von dem daraufliegenden kleinen Perserteppich baumeln.

»Gesteh!«

»Was?«

»Was hast du in der Kapelle getan? Gesteh!«

»Ich bin zur Kommunion gegangen.«

»Wie gewöhnlich? Wie immer?«

»Ja.« Ein zinnoberrotes Kreuz begann auf seiner Stirn zu glühen.

»Seynaeve, ich stand zwei Meter von dir entfernt. Ich bin nicht blind.«

»Wenn Sie doch schon alles wissen, warum soll ich dann noch gestehen?« sagte Louis. (Der erzürnte Herr hatte sogleich eine seiner Bräute gesandt.)

»Ich weiß mehr, als du glaubst.«

»Ich gestehe«, sagte er und erwartete sein Schicksal. Christus verleugnet. Mit welchem Bann werde ich belegt?

»Wer ist es gewesen?« fragte sie. Und unwirsch, als er nicht antwortete: »Welcher Junge hat dich angefaßt?« Mich angefaßt. Mich.

»Dondeyne«, sagte er. Dondeyne, der immer die Neigung hatte, sich dicht an einen zu stellen, wenn man mit ihm redete, hatte ihm, kurz vor dem Niederknien, einen Puff gegeben.

Schwester Koedde war plötzlich nicht mehr kalt, sie atmete tief und vergrub ihre Hände in den lila und roten Härchen des Tischteppichs.

»Und das geschieht vor den Augen der Gläubigen? In der Kapelle selbst? In der Anwesenheit Unseres Lieben Herrn?«

Louis nickte. Schwester Koedde verhörte ihn, das lag in ihrer Natur, oder genauer, in der Natur ihres Amts.

»Hast du gewußt, daß Unser Lieber Herr dich in diesem Augenblick sah?«

»Er sieht uns überall.« Seine Antwort kam wie im Katechismusunterricht. Sie suchte in den vielen schwarzen breiten Falten ein Taschentuch und tupfte ihr Gesicht damit ab.

»Komm her.«

Sie packte seine beiden Ohren mit knochigen Fingern. »Wie heiße ich?«

»Schwester Thérèse.«

»So nennst du mich nicht, wenn du unter deinen Kameraden bist.«

»Nein.«

»Ich weiß alles. Ich weiß, was du über mich erzählst. Daß ich nicht zum Orden zugelassen wurde, weil ich keine Mitgift hatte, und daß man mich nur dul-det.« Sie ließ seine Ohren los.

»Duldet?«

»Weil das Kloster in Balen aufgelöst worden ist und man hier in Haarbeke Arbeitskräfte gebrauchen kann. Sonst hätten sie mich nicht aufgenommen.«

»Ich habe nichts Böses getan«, sagte Louis.

Sie schmunzelte, es war ein Wunder. Ich werde es Vlieghe erzählen, er wird es nicht glauben. Ich erzähle ihm nie mehr etwas unter dem Birnbaum.

»Dondeyne«, sagte sie nachdenklich. »Und wer noch?«

»Sonst keiner.«

»Lügner! Komm her! Was hat Dondeyne getan? Wohin hat er seine Hand gelegt? Zeig es mir! Führ es vor!«

Louis' Hand, die von Dondeyne, gab ihrer Hüfte einen Puff.

»Und dann?«

»Nichts.«

»Mehr nicht? Und was tut er mit dir im Schlafsaal? Auch nicht mehr?«

Oh, sie suchte nach Unkeuschheit! Dieses heimliche Stöbern nach dem sechsten Gebot, diese abartige Vermutung der Sünde der Unkeuschheit.

»Schwester!«

»Komm her!« sagte sie zum drittenmal, und ihre Stimme überschlug sich beim *e*, so wie der Hahn zum drittenmal den Apostel Petrus ankrähte, und wieder änderte sich nichts an den schwarzen Wellen und Falten ihres Gewandes, als sie sein Handgelenk ergriff und ihn zu sich zog. Der Stoff, an dem er lag, war nicht rauher oder armseliger als der der anderen Schwestern, wie man es bei jemandem hätte vermuten können, der Christus keine Mitgift gebracht hat.

Schwester Koedde klemmte Louis' Taille zwischen ihre Knie wie zwischen zwei riesige Daumenschrauben, die seine Rippen umschlossen und dann zusammendrückten. Ihr Ärmel flatterte auf, sie legte die Hand in seinen Nacken, er sah, daß zwei dünne Bahnen Schweiß unter ihrem Stirnband hervorrannen, neben ihren Brauen, wo sich blaue geschwollene Adern verästelten, sah die Farbe der Ringe unter ihren eiskalten Augen, und dann preßte sie ihn an ihre nach Kühle, Muskat und Stärke riechende Brust. Sie *preßte,* Vlieghe. Er wurde förmlich zermalmt. Eine merkwürdige Strafe. Die Knie öffneten und schlossen sich schneller, dann klafften die Knie auf, als gähnte ihre ganze Tracht, und sie blieb rücklings liegen, einen roten Streifen quer über ihrer Kehle, von der das Halstuch weggerutscht war, er glich einer erst kürzlich verheilten Narbe. Mit gedämpften Klatschen schlug sie die Beine zusammen.

Als sie sich auf einen Ellbogen aufstützte, schielte sie ein wenig. Sie ließ die Perlen ihres Rosenkranzes durch ihre Finger gleiten, fummelte an ihrem Ledergürtel herum, nahm ihr Kruzifix und legte es auf Louis' Mund. Seine Lippen berührten die metallene Brust Jesu.

»Er hat dich gern«, sagte sie. »Und bist du auch ein noch so großer Sünder.«

»Ja, Schwester.«

Sie küßte sogleich mit gespitztem, farblosen Mund die Dornenkrone und die gewellten Haare ihres Gottes und sprang vom Tisch, klopfte Staub oder Fusseln von ihrem Gewand. Als sie, plötzlich gehetzt, die Tür der Bibliothek für ihn aufhielt, wie eine Dienerin, sagte er: »Und doch ist der Kaka ein australischer Papagei, Schwester.«

»Pharisäer«, murmelte sie, diesmal fast heiter, ein Wunder.

Ein faltenloser rotblonder Mann mit einem gewellten Bart, der ganz genau in zwei identische Spitzen geteilt und gekämmt war, schalt Louis auf Lateinisch. Während er doch Aramäisch sprach? Oder war es Galiläisch? Er trug ein milchweißes Nachthemd, das in der Herzgegend ein kleines gewölbtes Samtkissen in Herzform hatte, aus dem goldene Flammen schlugen. Im Feuer seiner kirchenlateinischen Rede, die mit hämischen Bemerkungen durchsetzt war, verrutschte seine Dornenkrone voll goldener Tüpfelchen, so daß die Wunden in seiner Kopfhaut aufbrachen und zwei dünne Blutbahnen unter seinem Haar neben den Brauen hervorrannen, wo geschwollene blaue Äderchen hervortraten.

»Bist du es?« hörte Louis sich fragen.

»Das geht dich nichts an. Die Frage ist, ob du es bist«, sagte der Mann mit einem Brügger Akzent.

»Ich bin es.«

»Dann bin ich es auch.«

»Tut es weh?«

»O weh!«

Louis warf sich auf die durchbohrten Füße des Mannes und küßte die langen eleganten Zehen, an denen vier zierliche Hühneraugen waren. Der Mann hatte doch nie zu enge Schuhe getragen? Die Zehen krümmten sich. »Du darfst mich nicht so kitzeln«, sagte der Mann strenger, als es seiner schwachen, melodiösen Stimme anstand.

Wind kam auf, der Sand und Schnee durch die Straßen einer Stadt jagte, die aus *lucifers* – Schwefelhölzern – gebaut zu sein schien, so zerbrechlich dünn waren die Gebäude in Luzifers Stadt.

»Du behauptest, ein Auserkorener zu sein«, sagte der Mann, »schämst du dich nicht, du Feigling, du Schismatiker? Wo sind deine Zeichen, Wunder und Kräfte?«

»Hier.« Auf Louis' Wink hin kamen elf Offiziere, die fünfeckige Mützen trugen, angeritten, die Lanzen zum Horizont gerichtet, wo die Umrisse von Tanks und Stukas zu sehen waren.

»Diese Trottel«, sagte eine entrüstete Stimme ganz in seiner Nähe.

»Sie sind dir ergeben, Rabbi.«

»Das ist nicht genug.«

»Herr, wie kann ich dir dienen?«

»Zum Beispiel als Missionar. Du scheinst mir dafür geeignet zu sein.«

»Du sagst es.«

Louis sah Louis. Er hate eine KSA-Uniform an, unter der Achsel eine Lanze, den Schaft einer Fahne, auf der PX stand. Er stieg von seinem Pferd und ging auf die Riesenfarne und graubehaarten Kletterpflanzen zu. Der Urwald dampfte. Neger mit gefeilten Zähnen, die spitzen Kokosnußstückchen glichen, hockten in den rauschenden Büschen. Er rief sie, segnete sie und schlug sie mit seiner Fahne zu Rittern; Tränen traten ihnen in die Augen, um ihn, den weißen Jüngling, der gekommen war, um sie vor dem ewigen Feuer zu retten. Dann war Louis plötzlich allein in einem Niemandsland zwischen Savanne, Selva, Steppe, Dschungel, Taiga (rezitierte er). Nur das Summen riesiger Maikäfer und Libellen, das Knirschen von Krokodilszähnen und das Kreischen der Kakadus, dann das tiefe traurige Brummen von Tankschildkröten.

»Sie wollen nicht zuhören, sie sind geflüchtet«, rief Louis verzweifelt, »sie fürchten sich vor dir und vor mir, die Eingeborenen, denn sie erinnern sich noch allzu gut daran, daß Mussolini ihre Stammväter ermordet und ihre Hütten niedergebrannt hat.«

»Mussolini?«

»Das sagt Schwester Engel.«

»Die kenne ich nicht.«

»Sie heißt Schwester Marie-Ange.«

»Ach die. Die kenne ich gut. Ein ernsthaftes Mädchen.« Der Mann zog die Nase mit einem katzenhaften Fauchen hoch. Er kam aus Brügge und war erkältet. Ich muß ihm ein Taschentuch geben. In Brügge nennen sie das ›Schneuztuch‹. Wie können wir die Heiden zwingen, ihn zu lieben? Das frage ich mich, und gleichzeitig schlafe ich wahrscheinlich.

»Du hast die Pharisäer aus dem Tempel geprügelt, was?« fragte ein fünfjähriger Louis.

»Ja. Ich hatte immer viel Scherereien mit den Pharisäern.« Er nieste, wischte sich die Nase mit seinem milchweißen Ärmel ab. »Komm her.« *Er, er, er* widerhallte es in den Tälern zwischen den türkisblauen Bergen mit den Schneegipfeln. Da Louis sich nicht von der Stelle rührte, kam der Mann näher und zerriß mit einem schneidenden Geräusch sein Nachthemd, eine weiße gewölbte Brust mit einer ebenso weißen Brustwarze wurde sichtbar, wie die einer Marmorstatue, ohne Adern.

»Leg deinen Finger auf die Wunde.«

»Aber da ist gar keine Wunde.«

»Weil du sie nicht sehen willst. Weil du genau wie deine Mutter Constance bist, die nur das sieht, was sie sehen will.«

Louis hatte Mühe, seine Augen offenzuhalten, aber er suchte und starrte, bis er eine schwache Verästelung im Alabaster sah – es war Alabaster, kein Marmor, Alabaster –: wie die acht geknickten Beine eines Weberknechts. Gegen seinen Willen hob sich sein Zeigefinger, und ja, ein Riß entstand in der Brust, ein aufgeworfener Schlitz, der fettig glänzende Alabasterlippen bekam, die sich vorstülpten. Es wird doch nicht mir passieren, daß seine Haut platzt. Sein Zeigefinger drang zwischen die kühlen, beweglichen, geschürzten Lippen, die sich um den ersten, den zweiten Knöchel schlossen und wie der Rüssel eines – eines – eines –. Wie bei einem elektrischen Schlag zog Louis seinen Finger zurück, sein Fingernagel wölbte sich, riß. Stöhnend, ich bin wach, es ist passiert, wo?

In der Dorfstraße klapperte schon der Milchmann mit seinen Kupferkannen, aber als Louis die Gardine zurückschob, war er bereits um die Ecke verschwunden. Die Dorfstraße lag friedlich da; obwohl kein Wölkchen zu sehen war, könnte es heute durchaus regnen. Rauch aus dem Schornstein der Bäckerei. Die Ulmen und der Kirchturm, aus dem die Glocke erschallen würde, um den Tag einzuläuten. Die grauen gotischen Gebäude der Brauerei fingen die ersten Sonnenstrahlen in ihren mattglänzenden Fensterscheiben auf.

Louis dachte, daß er dankbar sein müßte, hier bleiben (nicht wohnen) zu dürfen, wie vorläufig auch immer, in dieser geschützten Stätte in Flandern, während der Antichrist und die Kommunisten woanders ihre wilden barbarischen Triebe austobten, eine verheerende Orgie, Tänze auf unbewaffneten Leichen.

Wie ich – es verblaßt, je höher die Sonne steigt – mit meinem Finger in den Leib Jesu gesaugt wurde. Dagegen kommt das stumpfsinnige ängstliche Lächeln von Prinz Sou-Chong nicht an. Bei weitem nicht.

»Du bist schon früh auf.« Dondeyne stand in seinem Nachthemd neben ihm und zupfte an seinem kranken roten Ohr.

»Du auch.«

»Ich kann nicht schlafen.«

»Wegen deiner Sünden.«

»Das wird es wohl sein.«

»Weil du nicht genug bereut hast.«

»Meinst du, Seynaeve?«

»Weil du weißt, daß du später im ewigen, unauslöschlichen Feuer brennen wirst, in einer Gasflamme, die vierundzwanzig Stunden am Tag, also Tag und Nacht auf deine Haut gerichtet ist.«

»Wirklich, Seynaeve?«

Die bloßen schmutzigen Füße von Dondeyne glitten über das Holz, er stellte sich ans Fenster, zitterte. Er hat bestimmt Gänsehaut, dieser Hottentotte. *Chair de poule.* Gemeine, flinke Mieserike schwirrten am Fenster herum, Käfer oder Stäubchen, die schnarchten, sich spalteten, Verzweiflung und Angst verbreiteten, durch Dondeynes krankes Ohr in sein Gehirn eindrangen.

»Geh wieder ins Bett«, sagte Louis. »So schlimm wird es nicht werden. Wenn du nur Reue zeigst.« (Zeigst, nicht: hast.) »Noch ist es nicht zu spät. Und dieses Höllenfeuer ist vielleicht nur eine Redensart. Nein, Dondeyne, du wirst in den Himmel kommen, in die Sonderabteilung für Einfaltspinsel.«

»Meinst du, Seyaeve?«

»Dort wirst du dich mit den anderen Einfaltspinseln über die Typen krumm lachen, die sich wegen ihrer Hoffart im Feuer winden.«

»Wer sind diese Typen?«

»Einer vor allem. Einer entrinnt dem nicht. Der wird wie ein Hähnchen am Spieß braten.«

»Und wer?«

»Vlieghe.«

Als Louis den Namen ausgesprochen hatte, überkam ihn Traurigkeit, der Name schwebte in dem immer heller werdenden Schlafsaal mit den ersten stöhnenden Lauten der Hottentotten. Louis versuchte, den Namen zu verscheuchen, sich wieder in die geheimnisvolle dumpfe Nacht von soeben zu versetzen, in der kein Platz für Vlieghe gewesen war. »Für Vlieghe wäre es besser«, sagte er, »wenn er nie geboren worden wäre«, aber es klang nicht überzeugend, es war die griesgrämige Stimme seiner Tante Violet.

Karren ruckelten über das Kopfsteinplaster, die Dorfglocke läutete, das ganze Internat wurde wach.

XXVII
DIE BANDE
DER SCHANDE

In den nächsten Tagen sah man die Schwestern mehr denn je zuvor miteinander munkeln, sie flüsterten in den Gängen, manchmal fing man einen erschrockenen Ausruf auf *(Athenia!)*.

Hitler, der bisher durch eine Klostermauer mit einem Rand von Glasscherben auf Distanz gehalten worden war, drang durch die Risse in das Internat ein, er brüllte, daß er der erste Soldat Deutschlands sei, was war verkehrt daran? Er konnte kaum sagen, er sei der letzte. In Belchatow wurde das Kloster der Unbefleckten Empfängnis von drei Bomben getroffen. (Einer der Kleinen sagte immer: Das unbefleckte Gefängnis.) Ballons, mit unbekanntem Gas gefüllt und mit elektrischen Zündern ausgerüstet, fielen auf Europa.

Krankenwagen mit weithin sichtbarem Rotem Kreuz auf ihrem Dach wurden mitrailliert. Und immer wieder die tollkühnen polnischen Ulanen mit ihren nutzlosen Lanzen, hoch zu Roß. Sie wurden einfach niedergemäht.

Hatten nun dreißig polnische Flugzeuge mit ihren Bomben Berlin dem Erdboden gleichgemacht oder nicht? In Frankreich war jeder verpflichtet, seine Gasmaske bei sich zu haben, auch neben seinem Bett, sonst machte er sich strafbar. Wenn Alarm ertönt, legt euch, wo immer ihr auch seid, hin und rührt euch keinen Millimeter, Jungens, verstanden? Das Wetter bleibt schlecht, Hunderte von Hektar sind im Rheinland überschwemmt, wie kann das deutsche Heer je durch diesen Schlamm waten? Die erste Enzyklika von Papst Pius dem Zwölften besagt, daß Friedensverträge Meilensteine der Gerechtigkeit und Gleichberechtigung seien (das erzählt Schwester Kris, die einmal in Rom gewesen ist), und daß Polen, das Märtyrerland, wieder auferstehen werde und daß Italien (wo sie eine Woche lang täglich nur Spaghetti, eine Art dünne Makkaroni, vorgesetzt bekommen hätten) der große Garten des Glaubens sei, den die Apostel angelegt und bepflanzt hätten.

Die Apostel, die ihren Bund verraten, die in den Ferien ihre Vorschriften vergessen hatten, umringten Baekelandt. Der Mann hatte den Stacheldraht um das Internat verdoppelt und ließ Nacht für

Nacht seine Hunde und Schweine los, die in diesen bedrohlichen Zeiten auch ihre Pflicht tun mußten, denn sie konnten den Feind kilometerweit riechen.

Vlieghe, das Großmaul, der geliebte und gehaßte Rühr-mich-nicht-an, war am vorlautesten, als Baekelandt über das schlechte Wetter klagte. Die Überschwemmungen im Rheinland seien ein Segen, sagte er, denn sie hätten die Holländer auf die Idee gebracht, im Notfall selbst noch größere Überschwemmungen auszulösen.

Baekelandt nickte. »Wassermanöver, wie Vierzehn-Achtzehn.« Was Vlieghe, den Ingenieur, ermutigte. »Das einzige, was der holländische Minister zu tun braucht, ist, zu telefonieren: Männer, hört mit dem Pumpen auf! Und das ganze Land versinkt im Wasser. Kein schweres Geschütz kann mehr über die Straßen fahren, man kann die großen Pfützen nicht einmal mehr mit dem Fahrrad durchqueren. Das einzige, was über Wasser bleibt, sind große Betonblöcke, auf denen die Kanonen, Maschinengewehre und Abwehrgeschütze stehen. Die feindlichen Flieger können sie nur beschießen, indem sie einen Sturzflug machen, aber dann sind sie auch leichter mit den automatischen Kanonen abzuschießen.«

»Vlieghe, sie sollten dich zum General ernennen«, sagte der Schmeichler Byttebier.

»Weil er Vlieghe heißt, weiß er alles vom Fliegen«, sagte der Schleimscheißer Goossens.

»Aber wenn sie so schnell über die Stellungen fliegen, wie erkennt man dann, was für Flugzeuge es sind?« fragte Dondeyne, der Hottentotte.

»Die Franzosen haben eine blau-weiß-rote Kokarde, die Engländer haben an den Seiten einen roten Punkt in der Mitte, die Deutschen haben an den Seiten ein schwarzes Kreuz in einem weißen Feld und am Bug ein Hakenkreuz mit einem weißen Kreis auf einem roten Viereck. *Voilà.*«

»Du weißt das so gut«, sagte Baekelandt mißtrauisch.

»Es steht überall in den Zeitungen.«

»Ich würde an deiner Stelle nicht zuviel damit angeben, sonst halten dich die Leute noch für einen Spion.«

Das war es. Dieser fliegersüchtige Vlieghe mußte festgenommen werden. Handschellen angelegt bekommen. Sieben Jahre Festungshaft. Nach zwei Jahren, wenn er mürbe gemacht worden ist, besuche ich ihn mit Büchern und Bananen.

»Göring ist imstande, seine Hakenkreuze zu übermalen und sie durch die belgischen Farben zu ersetzen, um die Luftabwehr zu täuschen«, sagte Baekelandt. »Dem trau ich alles zu.«

»Das würden sich die Engländer auch herausnehmen«, sagte Louis. (Im Wohnzimmer in Walle spitzte Papa die Ohren und pflichtete mir bei, stolz auf mich. Und Vlieghes Vater, der zwar ein flämischer Nationalist, aber gegen Hitler ist, gibt mir auch recht.)

»Göring hat auf Hitlers Befehl lügen und betrügen gelernt, denn Vierzehn-Achtzehn war er ein anständiger hochdekorierter Flieger«, sagte Baekelandt, »aber seit er Hitler gefolgt ist, tut er alles, was sein Antichrist sagt, und er hat auf Hitlers Befehl bei Goebbels täglich Unterricht im Lügen und Betrügen genommen. Oh, die Deutschen sollen mich kennenlernen.«

»Sie werden nicht aus reinem Übermut hierher kommen«, sagte Goossens.

»Mussolini, das ist wenigstens ein Kerl«, sagte Baekelandt. »Der bringt zusammen mit seinem Volk das Heu ein und baut Deiche und legt Sümpfe trocken.

Mussolini weiß, daß alles seinen Preis hat, daß man Schweiß vergießen und auf manches verzichten muß, um etwas aus dem eigenen Land herauszuholen und es im Griff zu behalten. Aber Hitler, das ist ein Landstreicher aus Österreich, der jongliert leichtfertig mit seinem Volk. Die aus den Bergen steckt er aufs platte Land, die vom Lande steckt er in die Bergwerke. Er denkt weder an sein Volk noch an seine Tiere.«

Nach der Französischstunde ließ sich Schwester Adam über die Barbarei der Kommunisten aus. Und wie schändlich es sei, daß Stalin, weil er angeblich neutral sei, nun von katholischen Königen und Präsidenten als Gleicher betrachtet werde, auf einer Stufe mit unserem König Leopold stehe, der im Grunde seines Herzens wirklich neutral sei, vor allem seit er unsere Königin in Küsnacht, Schweiz, verloren habe.

»Und doch muß etwas dran sein«, sagte Schwester Kris, »wenn Hitler behauptet, daß er selbst Deutschland sei, denn die Deutschen stehen doch alle hinter ihm, und darunter sind doch auch viele Katholiken.«

»Nicht unter den Preußen«, sagte Schweser Koedde, »und die geben den Ton an.«

»Die englische Bibelgesellschaft hat aus Flugzeugen Hunderte von Kilo loser Seiten aus der Bibel über Deutschland abwerfen lassen. Die Protestanten helfen einander über die Grenzen. Daran sollten wir uns ein Beispiel nehmen.«

Und Vlieghe? Er blühte in dieser Zeit auf, malte Flugzeuge, Tanks, Kanonen in sein Zeichenheft, mit präzisen, geraden, durchgehenden Linien auf glattem Papier, und dann floß kein Millimeter Wasserfarbe über diese Linien, nicht wie bei Louis, der seine Zeichnungen immer so schludrig vollklekste. Und während Vlieghe geduldig darauf wartete, daß die Wasserfarbe trocknete, berichtete er, welche Schiffe, ohne vorherige Warnung, versenkt worden waren, die englische *Athenia* zum Beispiel, und wo das stattgefunden hatte, zweihundert Meilen westlich der Hebriden, vierzehntausend Registertonnen in die Tiefe geschickt. »Die ganze englische Flotte muß daran glauben«, erklärte er den Ex-Aposteln, die den Mund aufsperrten, »denn die Deutschen sind bereit, zweihundertfünfzig Flugzeuge in der Woche zu opfern, um *einen* Kreuzer zu zerstören. Jetzt können die Deutschen tausend Flugzeuge im Monat bauen. Während die Engländer *drei* Jahre für einen Kreuzer benötigen. Rechnet es euch selbst aus.« Und der Apostat betrachtete sein Bild eines U-Boots, preßte sein buntes Löschblatt darauf und ergriff wieder seinen Pinsel, seine Zungenspitze erschien, er malte weiter. Während er Vlieghe belauerte, drang Louis durch die Mauer des Schlosses, weckt Mutter Oberin, indem er ihr sanft ins Gesicht blies. Seynaeve? – Nein, Nick Carter, sagte Louis, ich bin gekommen, um Ihnen zu melden, daß besagter Vlieghe ein lebensgefährlicher Intrigant und Spion ist, der Belgien an den Kragen will. – Arbeitet er für die Fünfte Kolonne, mein Kind? – Für den deutschen Geheimdienst, wie auch für den russischen. Er versteht alles von Maschinen und Motoren, aber er hat nicht das geringste Ehrgefühl. Er ist ein Agent des Satans, der nichts von der Liebe wissen will. – Aber sein Vater ist doch, obwohl er Sekretär des Flämisch-Nationalen Verbands ist, Mitglied der Kirchenfabrik? – Nur ein Deckmantel, Mutter Oberin, für Vater und Sohn.

Unbeirrt zeichnete Vlieghe auch an dem Abend, als die Russen in das arglose Finnland einmarschierten, mit Zirkel und Lineal im Aufenthaltsraum. Goossens zupfte am Kegel einer Silbertanne, Byttebier schlief, Dondeyne las in einem Buch des Davidsfonds, ›Aus Gezelles Leben und Werk‹, das Louis von seinem Paten geschenkt bekommen hatte, und Vlieghe zeichnete eine Messerschmitt, während er Dobbelaere, dem Höfling, erzählte, daß das ganze deutsche Material minderwertig sei, das hätten die Schweizer erfahren, als sie Messerschmitts gekauft hätten, die Motoren taugten weder vorne noch hinten etwas. Kürzlich seien auch dreizehn Stukas – das sind Eindecker, Dobbeleare, mit einer Fünfhundert-Kilo-Bombe unter dem Rumpf – mit fünfhundert Stundenkilometern im Sturzflug durch den Nebel getaucht und alle zerschellt, ein Riesenkrater im polnischen Lehmboden. Natürlich habe das nicht in der Zeitung gestanden, und diese dreizehn Piloten seien als Helden deklariert worden. Um ihre Mütter zu beruhigen. Louis wollte das besserwisserische Gefasel nicht mehr mit anhören und setzte sich neben Dondeyne, der, von Byttebier angesteckt, am Eindösen war. Um Vlieghe zu vertreiben, las er in seinem Gezelle-Buch. ›Nein, liebstes Kind meiner Gebete und Tränen, niemand auf Erden soll . . .‹ ›Und wahrlich, wahrlich, wie ich hier sitze, ohne Mittagsmahl, ohne Mittagsmahl, ohne irgend etwas, verlange ich nur nach einem, dem Ewigen, das mich wieder glücklich machen kann, daß du zurückkehren mögest, du und kein anderer, um einzig und allein mein Freund zu sein.‹

Doch nur ein Engel, nicht Holst der Schutzengel, sondern einer dieser frei herumflatternden Postbotenengel dritter Klasse, konnte das vor seine Augen geschoben haben, diese Formulierung dessen, was ihn, Louis, quälte. Von der flämischen Geistesgröße par excellence! Er wagte noch kurz weiterzulesen. ›. . . Habe ich dir je Unrecht getan, hör zu, so bitte ich, ein Priester, dich um Vergebung.‹ Das Zeichen war unverkennbar. Wenn Gezelle, der heilige, wundertätige Künstler und das zum Priester geweihte Genie sich so auf dieser mit ockerfarbenen Flecken gesprenkelten Seite erniedrigte, dann durfte das auch Seynaeve, der Wurm ohne Worte! Er richtete sich halb auf, um einen Kniefall zu machen und die pedantischen Bilder zu bewundern, als Einleitung, um Vlieghe um Vergebung zu bitten, als er merkte, daß Vlieghe ihn ansah (schon die ganze Zeit? So wie nicht einmal in den letzten Tagen!), während er weiterredete. Und dann, wie es in den Büchern steht, stand mein Herz still. »Und dann«, sagte Vlieghe, »ist dieser Junker auf Constanze, schmutzig wie immer, gestürzt.«

Das ist genau der Tropfen. Der Engel mit der Botschaft ist Belial. Vlieghe hat sein eigenes Todesurteil unterschrieben.

»Sag das noch einmal!« rief Louis, während er aufsprang.

»Was?« (Scheinheilige Fuchsschnauze!)

»Das von eben . . . den letzten Satz . . .«

»Bist zu schwerhörig, Seynaeve? Du solltest deine Ohren besser waschen.«

»Ein tauber Petrus«, sagte Goossens.

»Wiederhol diesen Satz! Auf der Stelle!«

Vlieghe tat so, als versuchte er sich an etwas zu erinnern. »Ich habe gesagt, ein Junker sei auf Konstanz am Bodensee oder, auf Französisch, *Lac de Constance,* gestürzt. Eine dreimotorige JU 52.«

»Jetzt sprichst du es anders aus!«

»Wieso?«

»Wann ist das passiert?« fragte Louis völlig sinnlos.

»Am Donnerstag voriger Woche.«

Louis nahm wieder sein Buch, die Buchstaben tanzten vor seinen Augen. Ein Junker (jung, Jäger) ist auf Constance (die üppige Tochter von Meerke) am Bodensee (Sumpfboden) gestürzt oder gefallen (wie ein gefallener Engel). Die Buchstaben flossen ineinander über, verdoppelten sich. Dennoch drängte dieser Wirrkopf Gezelle mit seinem Gebet weiter. ›... Alles zwischen dir und mir geschah Jesus zuliebe und mit der reinsten Absicht, und so behandelst du mich? Oh, ich bete ...‹ Louis klappte das Buch zu und warf es Dondeyne zu, der die Knie schloß und es auffing.

»Du ... du ...« stammelte Louis zu Vlieghe, der ablehnend und erstaunt sitzen blieb, den Pinsel quer zwischen den Zähnen.

»Du ... Matthäus, der Zöllner ... du wirst noch zu Füßen meiner Mutter um Vergebung bitten ...«

Er ließ ihn erstaunt murmelnd zurück, für immer.

In dem eiskalten Remter wurde an diesem Abend für Finnland gebetet. Es war eine ewige Schande, daß die Bolschewiken ein Land angriffen, das fünfundvierzigmal geringere Streitkräfte hatte. Schwester Kris erzählte, daß die Deutschen Tanks und Truppen, die in Polen gekämpft hatten, nun an unsere Grenze verlegten unter dem verlogenen Vorwand, daß sie diese nicht alle in ihren Stellungen an der Siegfriedlinie unterbringen könnten.

Unser König und die Königin von Holland haben sich in Den Haag getroffen und gemeinsam ein rührendes Telegramm an die kriegführenden Nationen geschickt. Denn, Kinder, schon bald könnten wir an der Reihe sein. Wir müssen beten. Und uns ein Beispiel an Bürgermeister Adolphe Max von Brüssel nehmen, der erst kürzlich in Christo entschlafen ist, dem Vorbild eines kleinen, aber tapferen Belgiers: Vierzehn-Achtzehn wollte ein deutscher General ihm – während der Besetzung! – die Hand geben. Nie im Leben, sagte Adolphe Max. Der deutsche General zog seine Pistole aus dem

Halfter und legte sie auf den Tisch. Woraufhin der Bürgervater in aller Gemütsruhe seinen Füllfederhalter aus seiner Brusttasche zog und ihn neben die Waffe legte. Er wurde dann ins Gefängnis geworfen, ist aber mit einem falschen Paß entflohen, den er aus der Schreibtischschublade des Kommandanten geklaut hatte. Am Tage des Sieges Vierzehn-Achtzehn, als rings um das Rathaus Beifall und Jubel erschallten, ging er schnurstracks in sein Arbeitszimmer, rief die Beigeordneten zusammen, klatschte in die Hände und sagte: »Und jetzt, meine Herren, an die Arbeit!«

Louis machte ›Psst‹ zu Dobbelaere, wie eine Nonne, er winkte Goossens und Dondeyne und kräuselte die Stirn zu Byttebier hin. Sie kamen, Byttebier und sein kleiner Bruder René, der trotz seines zarten Alters von acht Jahren als ›weise‹ galt, weil er seiner Mutter, als sie in der Küche einen Herzschlag bekam, das letzte Sakrament erteilt hatte. Er hatte schon etliche Male nachgespielt, wie er prompt Maschinenöl von seinem Vater geholt und damit ein Kreuz auf ihre Lider, ihre Ohren, ihre Nase und ihre in den letzten Zügen liegenden Lippen gemacht hatte, wobei er murmelte: »Der Herr möge dir deine Sünden vergeben. Amen.«

Sie versammelten sich im kalten Wind hinter der Küche und flüchteten zusammen in ein Klo, zusammengepfercht zwischen den stinkenden Trennwänden aus Quadersteinen mit gebleichten Flekken in dem Schwarzblau.

»Hört gut zu, du auch, René«, sagte Louis. »Es gibt eine Natter an unserer Brust, einen schlechten Belgier unter uns, der Militärgeheimnisse an den Feind weitergibt. Er hat die ganze Zeit die Gestalt eines Apostels angenommen, jetzt ist er entlarvt.«

»Das ist schlimm«, sagte das Weichtier Dobbelaere.

»Schlimmer als schlimm«, sagte Goossens.

»Was fangen wir mit ihm an?« sagte Byttebier. »Zeigen wir ihn bei der Polizei an?«

»Nein«, sagte Louis. »Apostel bringen so etwas selbst in Ordnung.«

»Wer ist es?« fragte René. »Kenne ich ihn?«

»Es ist besser, daß wir seinen Namen nicht laut aussprechen«, sagte Louis.

»Er soll dafür büßen!« rief Dondeyne.

Louis, Petrus der Fels, führte sie in die totenstille Küche. In seiner grausamen Überlegenheit sah er, wie der kleine René, der noch soeben im Klo rot wie ein Apfel war, vor Aufregung kreideweiß war. Wie Dondeyne wortlos stammelte, wie der plumpe Byttebier ängstlich nickte. Er gab seine Anweisungen, schickte Goossens als Wachtposten nach draußen, versteckte René hinter den Aluminiumkochtöpfen und drückte ihm ein Brotmesser in die Hand, Dondeyne stellte er hinter die Tür, Byttebier und Dobbelaere in die Abwaschküche, er holte tief Atem wie Julius Cäsar auf der Paßhöhe, kurz bevor er die Belgen in den Hinterhalt lockte. Er sagte: »Treu bis in den Tod!« Nur Dondeyne ächzte etwas zurück. Dann überquerte er den Spielplatz, die Platanen des Klostergartens waren pechschwarz, aus dem Musiksaal fiel ein Trapez aus Licht auf die Pflastersteine, und er fand Vlieghe und dachte: Ich muß nachher zuerst und vor allem anderen in den Akten notieren, wie spät es war, was das Opfer sagte, wie es sich benahm, bevor es büßen mußte.

»Ich muß dir etwas zeigen, Vlieghe«, sagte er und ertappte sich bei einem schlampigen und Julius Cäsars unwürdigen Verhalten, denn er hatte seine Anrede überhaupt nicht vorbereitet, ein Anführer improvisiert nicht, es sei denn in der Hitze des Gefechts. Cäsar plante alles, besonders die ersten Manöver, bis aufs i-Tüpfelchen.

»Was ist denn jetzt schon wieder?« (Vlieghes Lieblingssatz.)

»Etwas.«

»Was?«

»Etwas, bei dem du große Augen machen wirst.«

»Du mußt dir schon was einfallen lassen, damit ich große Augen mache.«

Louis fiel nichts ein.

»Ja«, sagte er. »Das soll das letzte Wort sein. Der Befehl des Schweigenden Schwurs.«

Und dann war keine Gehirnarbeit mehr nötig. Vlieghe wurde im Spinnennetz seiner Neugier gefangen. Er spielte mit einem nicht vorhandenen Stückchen Holz Himmel und Hölle, er zuckte mit den Achseln und tat gleichgültig. »Wo?«

»Komm mit.«

Es war kinderleicht, der Fuchs folgte, die Hände in seinen Kitteltaschen, dicht neben Louis. Im Licht des Musiksaals: das zerschrammte Knie mit dem Kreuz, eine geschwollene gefleckte Elfenbeinscheibe. Noch konnte Louis ihn zurückhalten oder zurückschicken, ›es war ein übler Hottentottenstreich, einer meiner vielen albernen Einfälle‹, aber die Arglosigkeit von Vlieghe selbst schrie nach Vergeltung. Daß er Louis und seine Mutter beleidigt hatte, das verblaßte – seine Unschuld mußte bestraft werden.

Das Portal mit den Stufen zur abendstillen Küche war noch dunkler geworden. Dein Grab, Vlieghe. Das Geländer glänzte. Louis ging voran. Dondeyne atmete lautlos hinter der Tür. Was höre ich? Das gedämpfte Hämmern meiner Schläfen.

»Nun?« Vlieghe tat so, als sähe er Dobbelaere nicht, der in der Abwaschküche am Tisch saß und aus irgendeinem unerfindlichen Grund die blaßblaue Arbeitsschürze einer Küchenschwester angezogen hatte und eine Gabel in der Hand hielt, als wollte er damit auf das Holz schlagen; aber er hatte – bei Julius Cäsar!, – er hatte die Tür offengelassen! Was als taktischer Hinterhalt gelegt worden war, glich dem idiotischsten Versteckspiel der zurückgebliebenen Kleinen!

»Setz dich!«

»Nein.«

Louis lehnte sich an die Eingangstür, spürte durch das Holz den ungehobelten Klotz Dondeyne und sagte ruhig: »Vlieghe, für wen hälst du dich eigentlich?«

»Ich mich? Jedenfalls nicht für so einen Sterngucker, wie du einer bist.«

»Es ist deine Schuld«, sagte Louis und wollte fortfahren: ». . . daß der heilige Bund der Apostel plötzlich ungültig ist, daß unsere Freundschaft vertrocknet ist, daß . . .«, aber er stockte, der Fuchs vor ihm war mißtrauisch, im Schein der Lampe draußen funkelten die klaren mandelförmigen Augen, nicht in die Enge getrieben, sondern auf der Hut, um sein Leben grimmig zu verteidigen, und Louis wurde einen süßlichen Geruch gewahr, der aus seinen Sachen aufstieg, ein sanftes weiches Gefühl überspülte ihn, etwas Sündhaftes.

Die Tür hinter ihm knarrte, oder war es Dondeynes Kehle? Louis trat einen Schritt vor, die Tür schwang auf, Dondeyne hatte einen Schürhaken in der Hand.

»Was ist das für eine Narrenposse?« sagte Vlieghe.

»René!« befahl Louis, und der kleine Junge zwängte sich, wieder mit rotglühendem Kopf, zwischen den Kochtöpfen hervor und hielt das Brotmesser mit beiden Händen vor sich, wie eine Gabe für das Kind in der Krippe.

Dobbelaere kam in die Küche und sagte: »Jaja« und leckte an seiner Gabel.

»Vlieghe, wir essen dich auf«, sagte Louis.

»Aber Seynaeve«, sagte Vlieghe, »Wann hörst du endlich mit deinem Theater auf?«

»In Stücke schneiden«, sagte René. Dobbelaere stach entschlossen in Vlieghes linken Oberschenkel, die Gabel blieb nicht in der Wölbung stecken. »Warte!« rief Louis. »Warte!« schrie Vlieghe vor Schmerz oder Verblüffung, ein französischer Ritter, der in der Goldsporenschlacht einen schmerzhaften Pikenstich verspürt.

Aber Dondeyne, der die Schlachtung nicht den anderen Paladinen überlassen wollte, der als Apostel mehr Rechte hatte . . .

Aber Dobbelaere, der seinen ersten Stich verbessern wollte . . .

Aber René, der bedingungslos an dieses Letzte Sakrament glaubte und das Brotmesser einmal ausprobieren wollte . . .

Aber Byttebier, der sich nicht blicken ließ . . .

Aber Louis schlug auf Renés Handgelenk, und das Messer klirrte zu Boden, und im selben Schwung packte er Vlieghe, der ihm seit Monaten nicht so nah gewesen war, beim Kragen seines Kittels und stieß mit der anderen Faust in seine Magengrube und ließ den Kragen los. Erstaunlich leicht fiel der Junge rücklings auf den glänzenden Küchentisch, breitbeinig wie Schwester Koedde, und blieb liegen.

»Und dann?« fragte der Kaplan, »Nachdem du deinen Freund mit Kannibalismus bedroht hast?«

»Dann . . .« sagte Louis in dem dumpfen Loch. Er hatte, obwohl der Kaplan drohend darauf gedrängt hatte, die Namen seiner Mitschuldigen nicht genannt.

»Die Wahrheit!« sagte die Jungmännerstimme, und Louis antwortete nicht: »Was ist die Wahrheit?«, wie Pilatus, der Händewäscher.

»Dann haben wir ihn in Ruhe gelassen, Ehrwürdiger Vater.«

»Weil du zur Besinnung gekommen bist?«

»Ja. Ja. Das war es, Ehrwürdiger Vater.«

Der Kaplan schnaubte vor Unbehagen oder aus Langeweile oder Ärger über diese schäbige Hottentottenübertretung. Wußte er denn nicht, daß der Sünder ihm gegenüber eine falsche Beichte ablegte, machte es ihm nichts aus, daß der Ketzer ihm gegenüber hinter dem Holzgitter wissentlich und willentlich das Sakrament der Beichte mit Apostatenstiefeln trat? Meinte er, die Sache mit einem bestimmten Strafmaß und den üblichen Formeln als Kindersünde erledigen zu können?

Da Louis an diesem Morgen die Nachricht erhalten hatte, daß sein Vater unterwegs war, um ihn von dem Internat abzuholen, weil nun die Wolken des Krieges dunkler wurden und die Friedenstaube aus unserem kleinen, aber teuren Land zu verjagen drohten, vermutete er verdrossen, daß der Offiziant an der anderen Seite des fettigen und verstaubten Gitters mit seinen Gedanken mehr bei der Karte von Europa war als bei jenem anderen schlüpfrigen inneren Bürgerkrieg in seiner Seele, bei dem die Finsternis siegte, und er sagte hastig: »Ehrwürdiger Vater, wir haben ihn nicht in Ruhe gelassen, ich und meine Mitschuldigen haben in der Sünde verharrt, der Dicke hat seine Gabel mit entsetzlicher Wucht in die Herzgegend gestoßen, der Plumpe hat einen Suppenlöffel in die Augenhöhle des Opfers gesteckt, das daraufhin ohnmächtig wurde, und dann hat der Plumpe mit dem Löffel in ihm wie in einer Pellkartoffel herumgeschaufelt.«

Der Kaplan erhob sich, das Holz knarrte.

»Während der Kleine, der durch den Anblick seiner sterbenden Mutter bis ins Mark verdorben ist, dem Opfer jauchzend die Kleider vom Oberkörper riß, mit dem Brotmesser ein Kreuz machte, wie es seine tote Mutter tat, ehe sie einen Laib Brot anschnitt, und dann schräg von der nackten Brust die Pelle abschnitt.«

»Die Pelle?«

»Verzeihung, Ehrwürdiger Vater, so drücken wir das in Westflandern aus. Ein Stück Haut und Fett. Der Kleine schnitt es ab, um diesen Körperteil zu verzehren, aber ein angeborenes Gefühl des Mitleids mit seinem Nächsten hat ihn davon abgehalten, worauf er niederkniete und bitterlich weinte.« Louis keuchte, er hatte zu schnell, in einem Atemzug, gesprochen.

»Und du? Und du, mein Sohn, wie hast du dich bei dieser Untat verhalten?« Die Stimme klang forsch, ja sogar schneidend, aber sie imitierte nur spottsüchtig den Ton und den Stil meiner Geschichte.

»Ich habe das Brotmesser der Hand des Kleinen entwunden und damit dem Opfer das Herz durchbohrt, das bösartig war.«

»Aber Kind, da steckte doch schon eine Gabel drin, die des Dikken.«

»Daneben! Daneben! In einem Herzen ist genug Platz für Messer und Gabel.« Ein Blutgeruch wehte durch den Beichtstuhl, der Gestank eines Bottichs voll dampfenden Schweinebluts, woraus man Blutwurst mit Zwiebeln oder mit Rosinen macht.

Der Kaplan gab ein dreimaliges zischendes Sauggeräusch von sich, als saugte er eine Fleischfaser zwischen seinen Zähnen hervor.

»Seynaeve!« Sein Name schallte bis weit in das Schiff der Kapelle. War das erlaubt? Darf der Beichtvater sein Beichtkind so direkt anreden? Soll ich rufen: »Kaplan Johannes Maes, was ist los?«

»Seynaeve«, wiederholte der Priester milder. »Du bist mir einer! Du kannst uns nichts vormachen, du nicht! Meinst du vielleicht, ich hätte nichts Besseres tu tun, als mir dein Geschwätz anzuhören? Weißt du eigentlich, wo du bist, du Rotznase? Ich kann dich deswegen von der Schule entfernen lassen.«

»Das tut mein Vater schon morgen oder übermorgen.«

»Viel Glück«, sagte die Stimme. »Du wirst es mit deiner Phantasie weit bringen. Es würde mich nicht wundern, wenn du später für die Zeitung schreibst. Oder Bücher. Aber dann mußt du deinen übertriebenen Stil etwas mäßigen. Nimm dir ein Beispiel an Filip de Pillecijn. Hochtönend und zugleich schlicht. Ich werde dir *Pieter Fardé, Roman eines Minderbruders,* mitgeben.«

»Ich habe es schon gelesen.«

Dies schien den Priester zu ärgern. Er rutschte herum, Louis hörte seinen Magen knurren, ganz nahe, als wäre es sein eigener. Der Priester murmelte:

»Ich möchte nicht sagen, daß im Himmel mehr Freude über einen Sünder herrschet, der Buße tut, als über neunundneunzig . . . Ich sage nicht: Geh hin und fürchte dich nicht . . . Seynaeve, mach in Gottes Namen, daß du wegkommst!«

Louis ging zur Grotte der Bernadette Soubirous. Er war totmüde. Die Krone einer Eiche leuchtete blutrot. Die Frostluft war still, ohne Vögel.

»Wartet«, rief Louis. René ließ sein Messer sinken, Dondeyne legte seinen Schürhaken dicht neben den zitternden Vlieghe, der von Dobbelaere in Schach gehalten wurde. Louis entwand das Brotmesser der feuchten Kinderhand und hielt es quer vor Vlieghes Kehle.

»Tu das nicht, Louis, sonst kommst du schnurstracks in die Hölle«, sagte die zu Tode geängstigte raubtierartige Schnauze.

»Sag, daß es dir leid tut«, sagte Louis erstickt.

»Daß es mir leid tut.«

»Daß du deine Strafe verdienst.«

»Daß ich meine Strafe verdienst.«

»Ohne *st*.«

»Ohne *st*. Verdien.«

René zerrte an Vlieghes Kittel. »Ja«, sagte Dobbelaere. Während Louis die stumpfe Seite der Klinge gegen Vlieghes Kehle drückte, zogen Dobbelaere und Dondeyne kichernd Vlieghes Hose bis zu den Schuhen herunter. René riß die schmuddelige Unterhose herunter. Louis schlug die Hand, die zum Unterleib glitt, weg.

»Seht nur das da«, sagte er.

»Ein hübscher Spatz«, rief René fröhlich.

»Er soll eins auf seinen nackten Arsch kriegen«, sagte Byttebier, der erst jetzt mit einem nassen Scheuerlappen aus der Abwaschküche erschien.

Unter den allsehenden Augen von Louis, dem Scharfrichter von Flandern, wurde Vlieghe von gierigen Händen umgedreht; die blassen Pobacken mit dem rosa Streifen da, wo das Gummiband gesessen hatten, waren wehrlos, unschuldiger, als es Vlieghes Gesicht je sein konnte. Ist das nicht die Demut, die Armut, die die Heilige Jungfrau von uns verlangt? »Wartet«, sagte Louis. Sofort stützte sich Vlieghe auf seinen Ellbogen, der Märtyrer war nicht im mindesten ergeben, er dachte sich schon wieder neue Listen aus. Das merkte sogar René, die unbarmherzige Rotznase, er drückte Vlieghes Backe wieder auf das abgenutzte glänzende Holz.

Weil er es Byttebier nicht gönnte, der sich in der Abwaschküche abseits gehalten, vielleicht sogar auf ein Dazwischentreten der Schutzheiligen oder einer Schwester gehofft hatte, und der nun grinsend seinen Scheuerlappen schwenkte, sagte Louis: »Wir werden ihn nicht schlagen.« Er schleifte einen Henkelkorb, der halb mit Renetten gefüllt war, zum Tisch. Vlieghe wurde über Kopf und mit verschränkten Armen vornüber gekippt, er winselte: »Bitte.«

Sein Hintern und seine mutlos zappelnden Schenkel ragten aus dem Korb hervor, was Louis an das Fragment eines Bildes erinnerte, auf dem allerlei Gestalten Sprichwörter darstellten, es stand in Verschuerens Modernem Wörterbuch, nein, in einem Buch des Paten, und die Redensart lautete: ›Er ist nur ein halber Mensch‹ oder ›Er geizt nicht mit seinen Reizen‹, nein, ›Leck mich am Arsch‹. So etwas.

»*Voilà,* er hat einen Korb bekommen« sagte Louis. Daß es zutreffend war, entging den anderen, die unschlüssig herumstanden. Byttebier wrang seinen Scheuerlappen aus. René fragte, ob Vlieghe die ganze Nacht drinbleiben müsse.

»Dann müssen wir ihn fesseln«, sagte Dondeyne.

»Und knebeln.«

Alberne, nutzlose Helfershelfer. Es mußte noch etwas Zwingendes, Notwendiges, Reglementarisches geschehen. Goossens schaute aus der Nacht durch das kleine Fenster und stand dann mit sperrangelweit aufgerissenem Mund in der Türöffnung.

»Aber, das ist . . .«

»Das ist eine Hottentottenzurschaustellung«, sagte Louis. Keiner lachte. Louis kramte den lauwarmen Würfel, den er von Schwester Sankt Gerolfs Nachttisch stibitzt hatte, aus seiner Hosentasche und stopfte ihn in die Öffnung zwischen Vlieghes Popobacken. Bis kein Blick mehr von dem unedlen Metall zu erhaschen war. Vlieghe heulte, sein halbierter weißer Körper zuckte, der Obstkorb quietschte.

»Versiegelt«, sagte Louis. Die Mitschuldigen sahen ihn ehrfurchtsvoll an. Vlieghe bat um Verzeihung, aber die Wörter stolperten übereinander, und er verhaspelte sich.

Und Louis stammelte sie nach, vor der Grotte. Er wagte es nicht, das abgeblätterte verwitterte steinerne Gesicht der Heiligen Jungfrau zu betrachten, und als er dann doch den Mut dazu aufbrachte, sah er, daß sie betrübt war; er sagte drei-, viermal das Sündenbekenntnis auf, aber eine Melodie behielt, wie das Bruchstück eines Abzählreims, die Oberhand: »Die Bande der Schande, die Bande der Schande.«

Er plauderte mit Baekelandt bei der Hecke, in der der Gärtner Stacheldraht angebracht und in die er verrostete Kochtöpfe, Flaschen und Stangen gehängt hatte, gegen die die Helme, Gewehre und Gamellen der in der Dunkelheit heranschleichenden Deutschen schlagen und einen Höllenlärm verursachen würden – als Schwester Koedde und Schwester Engel die Arme schwenkten.

Louis ging zu ihnen und zu Mama, die in der matten Sonne einen Koffer auf den Rand des Karussells stellte. Sie hatte ein lächerliches Samtbarett mit einer Fasanenfeder auf. Schwester Koedde und Schwester Engel beobachteten, wie sie ihrem Sohn die Hand gab.

»Ich hole dich ab.«

»Das sehe ich.«

»Ich bin mit dem Omnibus gekommen.«

»So?«

»Mußt du dich nicht mehr von deinen Kameraden verabschieden?«

»Das habe ich schon getan.«

»Freust du dich nicht, mich zu sehen?«

»Doch. Doch, Mama« (Gebenedeite unter den Frauen).

Die Schwestern plauderten mit ihr über die verfolgte Kirche. In München war ein alter gebrechlicher Kanonikus verhaftet worden, weil er gegen das Regime gepredigt hatte. In Deutschland darf kein Religionsunterricht mehr in den Schulen gegeben werden. Die deutschen Frauen müssen im Entbindungsheim eine Erklärung unterschreiben, daß sie ihr Kind nicht taufen lassen. In den Kirchen darf nur noch eine Kerze brennen. Und dann der Affront, den sie dem Papst angetan haben, als er anfragte, ob Priester die Gefangenenlager besuchen dürften. »Kümmern Sie sich nicht darum, Heiliger Vater, dafür ist das Rote Kreuz da«, hatten sie ihm gesagt, ihm, der doch zehn Jahre Nuntius in Deutschland gewesen und dort beliebt war.

Vlieghe gab Mama die Hand. »Guten Tag, Madame Seynaeve.« Louis nahm ihn beim Ellbogen und zog ihn mit.

»Ich komm dir *au revoir* sagen, Louis.

»Das ist . . . nett von dir.«

»Du hast mir weh getan, Louis.« Vlieghe steckte die Hand in seine Tasche, und einen entsetzlichen Augenblick lang dachte Louis, er würde den widerlichen Würfel herausholen, aber was zum Vorschein kam, war ein Federhalter aus Elfenbein. In dem flachen Stiel war ein kleines Loch, durch das man die Sacré Cœur von Paris sehen konnte, in pastellfarbenen Details.

»Der ist für dich. Um dir zu zeigen, daß ich dir vergeben habe.«

»Merci.«

»Ich verstehe nicht, warum du das getan hast.«

»Ich auch nicht.«

»Aber ich bin dir nicht böse. Ich glaube, daß dein Herz nicht schlecht ist.«

Louis schämte sich seiner wüsten, grausamen Gedanken, die wie Mieserike unter seiner Haut herumwirbelten. Sollte der Würfel aus seinem Mund herausgekommen sein? War das möglich? Wenn man Leute erniedrigte, baten sie dann nicht, wie Vlieghe jetzt hier, um noch mehr Schande von der Bande?

»Ich werde immer an dich denken«, sagte er, und ehe Tränen fließen konnten, lief er zu seiner Mutter und nahm den Koffer vom Karussell.

»Laß es dir gut gehen!« rief Vlieghe ihm nach.

An den von Schwester Imelda sorgfältig gestutzten Koniferen vorbei. Dem kupfernen Wetterhahn. Den Blumentöpfen auf den Fensterbänken des Schlosses. Durch eine Lücke in der Dornenheckte winkte Vlieghe unter dem Birnbaum, winkte und winkte.

ENDE

Louis Seynaeve
November 1947

ZWEITER TEIL / VON FLANDERN

Die Zeiten sind schlecht, sagt das Radio, sagen die Zeitungen. Nein, sie werden nicht besser, ganz im Gegenteil.

Ein Flugzeug mit zwei deutschen Offizieren, die so besoffen sind, daß sie die Maas für den Rhein halten, landet mitten zwischen den Fahrrädern der 13. Division. Die Offiziere kriegen Maulschellen, bis sie nüchtern sind, und werden dann verhört, Karbidlampen vorm Gesicht, Verhör dritten Grades, lieber du als ich.

Sie antworten höflich, diese Offiziere, aber plötzlich springt der deutsche Major auf und wirft ein kleines Papierbündel, das er auf der Brust getragen hat, in den brennenden Ofen. Unser belgischer Kommandant rast herbei, verbrennt sich fürchterlich die Hand, auch dritten Grades, aber er kann dieses deutsche Papierbündel doch noch aus den Flammen ziehen. Was ist noch auf diesen versengten Seiten zu lesen? Daß die Zweite Deutsche Luftflotte Belgien, Holland und Nordfrankreich angreifen wird, daß Fallschirmjäger landen, die Brücken über die Maas besetzen werden et cetera, et cetera.

»Und wann?«

»Das steht nicht da.«

Das Radio knistert von schlechten Nachrichten. Auch aus Gebieten, über die man sonst nie etwas hört. Zum Beispiel aus Kanada, das seine Truppen ungeniert in englischen Häfen landen läßt, das aus seiner eigenen Staatskasse dem Engländer 55 Millionen Pfund für eine Kriegsanleihe gibt, man rechne sich das einmal in belgischen Francs aus.

»Aber warum sollten die Deutschen bei uns einmarschieren, mal ernsthaft? Die sind doch nicht völlig blöde. Sie müßten dann ihre ganze Front, die jetzt an der französischen Grenze gut gestaffelt ist, kilometerweit ausdehnen. Und die Front der Alliierten würde dann mit unserem belgischen Material und unseren belgischen Streitkräften noch verstärkt werden. Und etwas ganz anderes, pardon, Gaston: Machen die Deutschen gegenwärtig etwa keine guten Geschäfte mit uns? Um nur etwas zu nennen: diese zehntausend Eisenbahnwaggons, die wir ihnen möglichst schnell liefern sollen, die sie dringend benötigen. Geschäfte haben Vorrang, Isidoor.«

»Strategisch betrachtet«, sagte der Pate, »wäre es für die Deutschen nicht schlecht, wenn sie uns angreifen würden. Denn die französische Armee, die jetzt in ihren Forts und Kasematten eingefroren ist und dort Karten spielt und Pernod trinkt, wäre dann gezwungen, sich zu verzetteln, und es ist ja zur Genüge bekannt, daß die Deutschen Spezialisten der Überrumplungstaktik sind, man sehe sich nur Polen an.«

»Habt ihr übrigens schon von der Mobilisierung der deutschen Hunde gehört? Jeder Deutsche mit einem Hund muß diesen einer Sonderprüfung unterziehen lassen. Ja, organisieren können sie, diese Burschen.«

»Ich weiß nicht so recht, Piet. Man braucht doch Material, um organisieren zu können. Und die Deutschen haben einfach nicht genug Benzin. In ganz Berlin bekommt man kein Taxi mehr.«

»Sie werden England angreifen, das sicher. Denn sie drucken schon geraume Zeit englische Banknoten.«

Die Zeiten sind schlecht. Außer für die Radiogeschäfte. Und für die Herzogin von Windsor. Sie hat für ein Vermögen bei der Modenschau von Lucien Lelong in Paris eingekauft. Vor allem Turbane. Delfter Blau ist jetzt hochmodisch, Constance! Und ein neues Blau, das Finnischblau heißt, es ähnelt dem Delfter Blau, geht aber etwas mehr ins Graue.

Enfin, Finnland liegt am Boden. Dem Papst, der vorige Woche den Jahrestag seiner Investitur feierte, scheint es nicht gutzugehen.

Jedenfalls war es nicht der geeignete Augenblick, ohne Auto zu sein.

Mama schnitt Papa die Haare, damit er etwas gepflegter aussah, wenn er seinen peinlichen Besuch bei Major Nowé de Waelhens machte. Papa war durcheinander. Louis kannte die Anzeichen – das Gefummel mit den Fingern, das Zischen durch die Zähne, die unsichere Stimme, mit der er Mama anschnauzte und ihr die Schuld für die Katastrophe gab.

»Noch nie hatte ich Scherereien mit meinen Autos oder Motorrädern. Dieser Gilette, ein Traum! Diese Harley-Davidson, eine Perle! Wie ein Flugzeug! Mein Modell-T-Ford, an dem war nie etwas kaputt! Und jetzt auf einmal war mein DKW nicht mehr gut genug. Deine Mutter fand plötzlich, daß er zu stark schuckelt, daß er zuviel

Krach macht, daß es ihr zu kalt darin ist. Und ich Narr höre auf sie! Und ich bin so hirnverbrannt, das zu tun, was sie will!«

»Staf, sitz still, sonst schneide ich dir ins Ohr!«

Papa blieb steif sitzen. Den DKW (von dem Mama nicht nur behauptete, daß es darin ziehe, sondern auch, daß er keine gute Straßenlage habe, seit sie auf einer Landstraße, auf der Rübenkarren Schlamm und Schmutz zurückgelassen hatten, tüchtig ins Schleudern geraten waren) – den DKW hatte Papa nach ihrem Gezeter gegen einen Fiat getauscht, der Thiery, dem Sohn von Major Nowé de Waelhens, gehörte. Plus dreitausend Francs. »Ich hole das Geld gleich von meiner Mutter«, sagte Thiery. »Darf ich inzwischen den DKW auf der Straße nach Tournai einmal richtig ausprobieren, Herr Seynaeve?«

»Aber natürlich, Thiery.«

Thiery sauste los, winkte schwungvoll Papa, der neben dem Fiat (dem ordinärsten Modell) stand, und kam nicht mehr zurück. Nachdem Papa ein paar Stunden fluchend gewartet hatte, fuhr er zur Fiat-Garage, weil ein leichtes Rasseln im Motor zu hören war.

»Sie kommen mir wie gerufen«, sagte der Garagenbesitzer. »Stellen Sie den Fiat brav dort in die Ecke.«

»Wieso?«

»Aber Monsieur, weil ich seit drei Monaten auf die zweite und die dritte und die vierte Rate für dieses Auto warte.«

Papa starrte finster vor sich hin. Mama klapperte mit der Schere. Louis freute sich auf die Konfrontation mit dem betrügerischen Thiery.

»*Violà*«, sagte Mama und faltete das Handtuch mit Papas Haaren zusammen.

»*Voilà*«, sagte Papa. »Das hat man davon, wenn man den Leuten traut und zu gutmütig ist.«

»Gutmütig?« rief Mama. »Sag lieber: dumm. Thiery hat den DKW längst verkauft und das Geld für Weibsbilder ausgegeben.«

Die Villa des Majors war ein gedrungenes Gebäude aus gelben Steinen mit schwarzen Fugen. »Die flämischen Farben«, sagte Papa bitter, als sie in die Auffahrt einbogen. Er erschrak, als ein Hund im Haus ohrenbetäubend bellte.

Frau Nowé machte höchstpersönlich auf, sie war eine schüchterne hagere Frau mit langer Nase und einem mageren Hals. Sie durften auf einer geblümten Bank Platz nehmen. Papa hielt seine Knie geschlossen, während er den peinlichen Vorfall schilderte.

»Ich weiß, ich weiß, Monsieur«, sagte Frau Nowé mit französischem Akzent. »Ich mache schon seit drei Tagen kein Auge mehr zu. Kein Auge. Seit Thiery verschwunden ist. Sie wissen, wie das ist, nicht, Monsieur, wenn man nur ein Kind hat.«

»Bei mir verhält sich das auch so, Madame«, sagte Papa und sah Louis vorwurfsvoll an.

»Es ist so, als würden sie riechen, daß Thiery fort ist, Monsieur. Von allen Seiten kommen sie an die Haustür, rufen an oder fragen mich auf der Straße und in der *Sarma*. Aber er muß es in einer *folie* getan haben, unser Thiery, in einer *folie*. Ich würde Ihnen das Geld mit Freuden – was sage ich? – auf bloßen Knien zahlen ...«

»Oder mir mein Auto zurückgeben«, sagte Papa. »Mein Auto zurück, und wir reden nicht mehr davon.«

»Ach, das Auto!« sie blickte gen Himmel und legte eine knochige Hand auf ihr spitzes Schlüsselbein. »Von Kindheit an war er versessen auf Autos.« Sie schaute zerstreut in den Garten.

»Was sollen wir tun, Madame?«

»Ich will ehrlich zu Ihnen sein, Monsieur. Momentan ... die schlechten Zeiten, verstehen Sie ...? *Surtout,* da mein Mann jetzt in Greben-Smael mithelfen muß, das Fort zu kommandieren. Und Sie sind Patriot genug, nicht wahr, um zu wissen, daß ich diesen Menschen in so einem Moment, wenn die Deutschen uns jeden Moment attackieren können, nicht wegen eines geringfügigen Geldbetrags belästigen kann.«

Ihre nun ungeteilte Aufmerksamkeit galt wieder dem Garten. Ein langhaariger junger Soldat sprengte dort mit einem Gartenschlauch.

»Ich möchte natürlich nicht gleich zur Polizei gehen«, sagte Papa brüsk.

Sie spreizte ihre dürren beringten Finger auf der schrumpligen Haut ihres Halses. »Aber, Monsieur, was hören wir da? Haben Sie denn überhaupt kein Herz für Ihr Vaterland?«

»O doch! O doch!« sagte der Mann, der im Café ›Groeninghe‹ so oft schrie: »Diese belgischen Nichtsnutze!«

»Warum also einer anständigen Familie wegen einer Lappalie mit der Polizei drohen?«

»Ein DKW ist keine Lappalie, Madame.«

Sie musterte Papa vom Scheitel bis zur Sohle.

»*Tiens*. Dabei sehen Sie wie ein redlicher Herr aus, Monsieur.«

Papa wartete. Der junge Soldat schwenkte den leertröpfelnden Gartenschlauch auf und ab.

»Ich würde Ihnen nicht raten, zur Polizei zu gehen«, sagte die hagere Frau. »Sie würden schlecht dabei fahren. Die Familie Nowé de Waelhens hat einen langen Arm.«

»Madame, ich habe auch meine Beziehungen«, sagte Papa.

»Diese Beziehungen werden Ihnen nicht viel nützen. Denn wir kennen Ihre Art Beziehungen, Monsieur, und diese Beziehungen könnten vielleicht dieser Tage an die Wand gestellt werden. Sie sind durchschaut, Herr Seynaeve. Wir wissen, wer in diesem Moment in Belgien verläßlich ist und wer nicht.«

»O Sie häßliche hagere Schlapphaut!« Papa sprang mit hochrotem Kopf auf. »Wir werden Leuten von Ihrem Schlag eine Lektion erteilen. Das flämische Volk wird Rechenschaft verlangen, Madame, es ist genug ausgebeutet worden! Und meinen DKW werde ich zurückbekommen, und müßte ich Ihre belgische Flagge . . .«

Was er damit tun wollte, blieb offen. Er würgte und schluckte. Frau Nowé de Waelhens rannte zum Fenster, winkte und rief wie in Lebensgefahr den jungen Soldaten: »Arsène! Arsène!«

Arsène trabte zum Haus, kletterte durch das offene Fenster, plumpste mit breiten Plattfüßen auf den Teppich und stand keuchend mit flammendem französischen Blick vor ihnen.

»Arsène, schmeiß dieses Pack raus. Und zwar rasch!«

Papa verbeugte sich. »Dieses Pack geht schon, *Madame la Majorette. Mes hommages.*«

Weil die Engländer die Eisenbergwerke von Schweden besetzen wollen, sind die Deutschen gezwungen, in Norwegen und Dänemark einzumarschieren. Im Handumdrehen ist das geschehen.

Mussolini behauptet, daß von ihm auch noch einiges zu erwarten sei. Aber erst im Frühjahr.

In Polen dürfen nur die Deutschen Lederschuhe tragen. Das Gesetz des Siegers. Wie würde man sich selbst verhalten?

An unseren Grenzen zappeln die Franzosen vor Ungeduld, Belgien zu erstürmen. Angeblich, um den Deutschen zuvorzukommen. Die Franzosen waren schon mit fliegenden Fahnen und Trompeten unterwegs, als wir sie angehalten haben.

»O, Pardon«, sagten die Franzosen. »*Excusez*, wir dachten, daß Ihr König Leopold uns gerufen hätte. Pardon.«

Ein ungeniertes Volk. Aber was wir von den Franzosen gesehen haben, hat tiefen Eindruck gemacht. Unter anderem können sie ihre Zelte als Regenmäntel benutzen.

Unsere Regierung will, falls die Deutschen doch kommen sollten, das *ganze* Land, ohne Ausnahme, evakuieren. Wohin? Darüber muß die Regierung noch diskutieren.

Theo van Paemel, ein Polizist in Zivil, der jedes Jahr mit Papa an der Wallfahrt zu den Schlachtfeldern an der Ijzer teilnimmt, sitzt breit im Wohnzimmer.

»Die Nowé de Waelhens haben einen langen Arm«, sagte er. »Und außerdem, Staf, ist jetzt nicht der geeignete Moment. Angesichts der allgemeinen Situation solltest du dich lieber etwas kusch halten, Kamerad.«

»Ja, aber das Unrecht . . .«, sagte Papa.

»Das renkt sich von selbst ein«, sagte van Paemel. »Ich werde mich persönlich mit diesem frankophilen Affen Thiery befassen. Und wenn er wieder auftaucht, geht es ihm an den Kragen. Aber du, Staf, du mußt auf dich selbst aufpassen. Denn du hast bei uns im Büro ein Dossier, faustdick.«

»Worüber?« rief Mama.

»Constance, hast du vergessen, daß ihr die Deutschen ins Haus geholt habt, als ihr diese Druckmaschinen in Leipzig gekauft habt? Es gibt Leute, die behaupten, daß ihr die Maschinen von Goebbels geschenkt bekommen hättet, um Nazipropaganda damit zu drucken. Wir haben auch einen Brief erhalten, in dem steht, daß ihr ein Bild von Hitler auf euren Kaminsims gestellt habt. Oder war es eine Figur?«

»Eine Puppe«, sagte Louis. »Eine Hitlerjungen-Puppe.«

»Die Leute sehen da keinen Unterschied, Kleiner. Nein, Staf, du stehst auf der Liste, als gefährlich für die Staatssicherheit.«

»Na, *merci*«, stieß Papa hervor.

»Und du darfst dich nicht erwischen lassen, Staf, dann können wir als zivile Polizei nicht viel für dich tun. Du fällst unter die militärische Gerichtsbarkeit, weil wir in Kriegszeiten leben.«

»Aber in Belgien ist doch noch kein Krieg!«

»Kriegszeiten fangen an, wenn die Armee mobilisiert wird. Nach dem Gesetz von 1899.«

»Na, *merci*.«

»Ein anderer Brief spricht von einem Aufkleber an deiner Heckscheibe. Einem REX-Aufkleber. Und vergiß auch nicht, daß dein DKW ein deutsches Auto ist. Solche Details spielen alle eine Rolle.«

»Alle sind gegen mich«, sagte Papa und schenkte Theo van Paemel noch einen Jenever ein, den fünften.

Die Deutschen haben den Krieg verloren. Sieben Zerstörer sind bei Narvik gesunken, ein Drittel der gesamten deutschen Flotte. Das können sie nicht mehr aufholen.

Ministerpräsident Pierlot bietet den Rücktritt seiner Regierung an, es geht um das Budget. Aber unser König akzeptiert den nicht. »Wo denken Sie denn hin, Pierlot! Dafür ist wirklich nicht der geeignete Moment.«

In Finnland schreien die auf den zugefrorenen Seen liegenden verwundeten Soldaten stundenlang. Elche und Wölfe schleichen sich heran. In Polen werden Schüler in Louis' Alter geköpft, weil sie eine Hakenkreuzfahne zerrissen haben.

In der Lichterstadt Paris laufen die Huren mit roten Taschenlampen durch die verdunkelten Straßen.

Die Straßen von Walle bevölkerten sich mit Fremden in überaus trägen Autos, auf die Kisten und Matratzen gebunden worden waren und aus denen Koffer, Fahrräder, Kinder quollen. Unter ihnen, aber in einem Chevrolet, der nicht im geringsten verriet, daß sie ihr Hab und Gut mitschleppten, befanden sich Mamas fromme Schwester, Tante Berenice, und ihr Mann, Onkel Firmin Debeljanow, der aus Bulgarien stammt, einer Gegend, in der die Leute sehr alt werden, weil sie Joghurt essen und der Orthodoxen Kirche angehören. Sie fuhren im Oudenaardse Steinweg vor. Die beiden Schwestern schluchzten. Onkel Firmin nickte barsch. Als Louis die Hand ausstreckte, schaute er zur anderen Seite.

Tante Berenice hatte ein breiteres, bäurischeres Gesicht als Mama. Sie trug auch keine Spur von Schminke, denn ihr Mann war äußerst eifersüchtig, seit er mit fünfzehn Jahren Adventist geworden war. Tante Berenice lachte oft mit papierweißen viereckigen Zähnen. Ihr Mann war finster. Wenn er einmal, gegen seinen Willen, lachen mußte, erklang ein undeutliches Meckern. Er sagte nicht viel, unter anderem deswegen nicht, weil, neben einer Reihe anderer Organe, seine Stimmbänder beschädigt worden waren, als eine Mandeloperation für ihn fast tödlich verlaufen wäre. Er wurde in der Nacht vor seiner Entlassung aus dem Krankenhaus wach. Neben seinem Bett stand ein emaillierter Spucknapf. In den hatte an diesem Abend ein Mondkalb von einer *infirmière Eau de Javel* geschüttet und darin stehen lassen. Onkel Firmin hatte halb wach und halb verdurstet den Blechnapf – der in seinem schlaftrunkenen Gehirn der Eßnapf aus seiner Kindheit in einer bulgarischen Laubhütte war – ausgetrunken. Die Bleichlauge hatte alles in ihm verbrannt.

Sie blieben ein paar Tage, schliefen auf einer Matratze im Wohnzimmer. Sie hatten große Eile, Frankreich zu erreichen, ehe die Grenze geschlossen wurde, aber Mama drängte ihre Schwester zu bleiben, und Tante Berenice hatte Mitleid mit ihr und blieb.

»Warum wollen sie Belgien denn unbedingt verlassen?« fragte Louis.

»Weil dein Onkel Firmin Jude ist«, sagte Papa. »Juden flüchten immer mit ihrem Geld. Oder genauer: mit *unserem* Geld!«

Onkel Firmin war der erste Jude, den Louis mit eigenen Augen sah. In Bastegem hatte Raf einmal auf einen dunkelhäutigen, griesgrämigen Typ gezeigt, der neben einem Lieferwagen voller Teppiche stand: »Guck, ein Jude!« Aber Louis hatte es nicht ganz geglaubt. Onkel Firmin war mit seinen schwerlidrigen Augen, seiner tatsächlich krummen Nase, seinen vollen, feuchten Lippen beträchtlich mehr ein Jude. Weil dieser Jude beim Abendessen wehrlos am Ofen vor sich hin brütete, sagte Louis: »Onkel, dein Volk wird verfolgt, das ist nicht gerecht.«

Der Jude krächzte. Ein mißtönender Aufwand, der wie das Kratzen eines Steinchens in der Kreide an der Tafel endete. Sagte dann heiser: »Mein Volk, mein Volk! Was Hitler mit den Juden anstellt, muß er selbst wissen!«

»Firmin hat einen belgischen Paß«, sagte Tante Berenice.

»Warum läuft er dann weg?« fragte Mama.

»Weil die Belgier genauso beschränkte Geister sind wie die Deutschen, Constance«, sagte der heisere Jude-oder-nicht. »Und deshalb ist es für Leute meiner Art, auch wenn sie nicht jüdisch sind, vernünftiger, sich in Zeiten der Not möglichst weit von ihnen zu entfernen.«

»Vielen Dank, Firmin«, sagte Mama. Später dann, in der Küche, während Louis auf dem Flur mucksmäuschenstill in Tante Berenices Handtasche herumstöberte, meinte sie zu Papa: »Ich weiß nicht, was ich von diesem Firmin halten soll. Denn schließlich ist er beschnitten.«

»Woher weißt du das?« fragte Papa sofort.

»Berenice hat es mir erzählt.«

»Ihr sprecht über solche Dinge? Eine saubere Geschichte! Und das in meinem eigenen Haus!«

Louis fand nichts Aufregendes in der Tasche, klaute zwanzig

Francs, ging auf Zehenspitzen zur Haustür, schlug sie übertrieben laut zu, schleifte mit den Füßen durch den Flur, wobei er *A long way to Tipperary* sang. Als er in die Küche platzte, sprachen seine Eltern über einen Hamsterkauf von Kaffee, Zucker und Kohlen.

»Was könnten denn die Deutschen in Gottes Namen von uns wollen?«

»U-Boot-Basen. Flugplätze anlegen. Um nach England zu gelangen.«

»Die Donau ist immer noch zugefroren.«

»Frankreich muß sein Herz schützen, und dieses Herz liegt zwischen Paris und Brüssel. Deshalb wird Frankreich heute oder morgen mit Tanks und schmutzigen Büchern bei uns eindringen.«

»Nicht, solange wir neutral sind.«

»Unsere Prinzessin Marie-José hat im Königlichen Palast von Neapel ein Kind bekommen. 31 Kanonenschüsse, Constance. Und Prinz Umberto, dieser Müßiggänger, ist zu spät aus Rom eingetroffen. Es lag schon in der Wiege. Ein Mädchen. Sie hat schon zwei Kinder. Die fünfjährige Maria-Pia, die bereits Schals für Mussolinis Soldaten strickt, und den kleinen Herzog von Neapel, der die sanften Augen seines Großvaters, unseres Königs Albert, hat.«

Vor dem Essen saßen Tante Berenice und Onkel Firmin sicher eine Minute mit geschlossenen Augen vorgebeugt da. Sie dächten dann an die vielen verhungernden Kinder in den Ländern am Äquator, erklärte Tante Berenice, erst dann erkenne man, wie dankbar man sein müsse, daß Gott einen auserkoren habe.

Durch Frömmigkeit hatte es sich gefunden, dieses Paar. Damals ging Tante Berenice mit Hespe Renard, einem korpulenten Lehrer, der sie zum Narren hielt, denn er kam jedesmal schändlich spät zu Verabredungen, oder gar nicht. Nach einer dieser Verabredungen war sie verzweifelt und irrte allein ziellos durch die Weltstadt Gent, als sie eine innere Stimme hörte, nur mühsam verständlich, als entströmte sie einem üppigen weißen Bart. »Geh auf die andere Straßenseite und biege in die zweite Straße links ein.« Sie war freilich wegen des nicht erschienenen Hespe (so genannt, weil er in Kneipen oft erklärte, daß das Schönste an einer Frau ihre *hespen*, auf Deutsch also ihre Schinken, seien) noch so durcheinander, daß sie in die zweite Straße rechts einbog. Dort fand sie eine baufällige Fassade mit einer offenen Tür, aus der ein rosa Schimmer drang, wie von einer Öllampe über dem Altar. Furchtlos trat sie ein und gelangte in einen kleinen Saal, in dem vier alte Frauen, ein Briefträger und ein Arbeiter, der ein zugeschwollenes blaues Auge hatte und von seiner elfjährigen Tochter gestützt wurde, einem Prediger mit einer rasiermesserscharfen Stimme lauschten. Dieser Prediger, Firmin Debeljanow, vernichtete Tante Berenice mit jüdisch-bulgarischen Blicken, während er den Genuß von Alkohol und Tabak verurteilte, während er die Ankunft Gottes, den Advent, ankündigte, während er erklärte, daß diese Ankunft bereits einmal fälschlicherweise von dem Gründer seiner Kirche für das Jahr 1843 prophezeit worden sei, wohingegen er die endgültige Ankunft um 1982 datiere.

Kurz darauf heirateten sie, und Tante Berenice verkaufte Enzyklopädien, Atlanten und religiöse Nachschlagewerke an die Honoratioren der west- und ostflämischen Dörfer, während Onkel Firmin im Auto wartete und betete. Onkel Firmin fand, die Belgier seien ein grobes und dreckiges Volk, und weigerte sich, aus einem Glas zu trinken, von einem Teller zu essen oder ein Besteck zu benutzen, wenn diese nicht vorher von seiner Frau gespült worden waren.

Eines Samstags brachte Papa Schweinekoteletts mit. »Nur um sein Gesicht zu sehen.« Mama briet sie. Als der Geruch zu Onkel Firmin ins Wohnzimmer drang, wo er ›Gibt es ein Leben nach dem Tod?‹ las, stand er aus seinem Sessel auf, kam in die Küche, warf einen entsetzten Blick in die Pfanne und rannte auf die Straße, bulgarische Flüche brüllend.

»Siehst du, daß er ein Jude ist«, krähte Papa. »Er hat sofort auf ein unreines Tier reagiert!«

Der Pate knabberte an einem Kotelett und sagte: »Wenn er ein Christ ist, so hat er jedenfalls jüdische Angewohnheiten.«

»Und dann diese gedrungene Gestalt«, sagte Papa. »Juden werden alle mit Dreißig dick und rund. Weil sie keinen Sport treiben. Wer hätte je etwas von einem jüdischen Sportler gehört?«

»Er wiegt nicht viel mehr als du, Staf.«

»Aber er hat eine ganz andere Figur, Vater. Daß du das nicht siehst!«

»Berenice ist nicht mehr die alte«, sagte Mama. »Ich habe keine Schwester mehr.«

Unser König Leopold zum Beispiel ist ein Sportsmann. Schlank, obwohl er von seinen Vorvätern kräftige Knochen hat. Obwohl

Herr Tierenteyn ihm die Hand gegeben hat und über deren Schlaffheit erschrak.

Unser König ist auch ein Träumer. Er träumt vorwiegend von früher, von der Geschichte seiner Familie. Für einen König ist das zu empfehlen, denn dann kann man die Lehren der Geschichte auf die Gegenwart anwenden. Obwohl die Welt sich dauernd ändert und man keine gerade Linie entdecken kann. Aber wenn er nicht träumt, spitzt Seine Majestät doch die Ohren. Aber ja, was hört man da? Hauptsächlich die Sozialisten Spaak und de Man, die ihm einflüstern, daß wir uns aus der Misere der uns umgebenden Länder heraushalten, exklusiv integral belgisch unsere eigenen Angelegenheiten ins reine bringen müssen. Die Kommunisten und die Wallonen sind natürlich dagegen. Wenn es an ihnen läge, sollten wir sofort unsere sogenannten Alliierten zum Logieren einladen. Nein, unser König fragt dauernd: »Was ist meine Pflicht? Was hätte unter diesen Umständen mein ritterlicher Papa beschlossen?« Und Graf Capelle, sein Sekretär, sagt dann: »In erster Linie unbedingt die Dynastie bewahren, Sire.«

Was soll er sonst sagen? Immerhin.

Louis saß mit Teje und Bekka im Kino, in dem gerade der Vorfilm angefangen hatte, mit Patt und Patachon (der kleine Dicke hieß Harold Madsen und der lange Hagere Carl Schenström), und die beiden Komiker diskutierten, mit spasmischen Bewegungen in einem Kornfeld stehend, wie und wo und wann sie jemandem, der sie beleidigt hatte, den größtmöglichen Schaden zufügen könnten, als ein betrunkener junger Soldat vor der Leinwand erschien und dort herumtanzte und -trampelte. Seine Bierflasche schwenkend, brüllte er mit gewaltiger, dann brechender Stimme: »Scheißbauern, glaubt nur nicht, daß ich mir meine Eier für einen Franc am Tag abschießen lasse, für den Preis eines großen Biers!« Unter dem Johlen des Saals wurde er von Tarara, dem Portier, mit ein paar Arschtritten weggejagt.

Louis sah, daß Bekka leichenblaß war, an ihrem Daumen knabberte und sich die Augen rieb.

»Bist du krank?« fragte er. Sie nickte.

»Sie glaubt, daß der Krieg jeden Augenblick ausbrechen kann«, sagte Teje, sehr besorgt für seine Verhältnisse.

Anderntags glitten, ohne jeglichen Lärm, es sei denn dem Rascheln von Engelsflügeln, zehn verräterische, von keinem einzigen Mitglied unseres Generalstabs vorausgesehene Segelflugzeuge mit achtzig deutschen Fallschirmjägern über das Fort Greben-Smael. Das Fort wurde eingenommen. Major Nowé de Waelhens verlor sein rechtes Bein und mancher Soldat sein Leben in dem plötzlichen Rauch, der Knallerei, dem Gedonner, den Flammen.

Es war soweit, endlich. »Endlich«, flüsterte Louis vor dem Spiegel seines Schlafzimmers.

Schon am ersten Tag, als Guderians Tanks heranrollten, als die belgische Luftwaffe in wenigen Stunden von 171 Flugzeugen auf 91 reduziert wurde, als Louis vor dem Radio saß, überwältigt von einer unsinnigen, ungeduldigen, jubelnden Kälte, schon an diesem ersten Tag drangen die Franzosen, die seit der Zeit Napoleons darauf gewartet hatten, in unser Land ein.

Sie hielten sich in der Gegend von Walle auf, nicht gerade erpicht auf die Verteidigungsanlagen, die sie am Fluß Dijle bei Löwen errichten sollten, während die Belgier inzwischen mit ihren schlampig geölten Gewehren den Hunnen Widerstand leisten sollten.

Die Franzosen mit ihren schief und krumm sitzenden Helmen, nach Knoblauch und Pernod stinkend, vergriffen sich an flämischen Witwen und Waisen, drangen, ohne anzuklopfen, in unsere Häuser, verlangten Alkohol und Frauen, ja, genauso wie im Mittelalter. General de Fornel de la Lourencie bemerkte, daß sich unsere verwahrlosten Reservisten in ihrer halb zivilen, halb militärischen Kleidung zwischen die Flüchtlinge mischten, und befahl, daß die Deserteure erneut in die Kompanien gesteckt werden sollten. *Manu militari!* Unter französischem Kommando!

Also bitte! Für wen hält er sich, und wo glaubt er zu sein!

»Staf, ich plaudere aus der Schule, und sollten meine Vorgesetzten das erfahren, lande ich mit meinen Siebensachen im Kittchen, aber du darfst keine Minute mehr verlieren«, sagte Theo van Paemel, das Gläschen Jenever in der Hand. »Du mußt sofort die Stadt verlassen, Staf!«

»Ernsthaft? Aber ich habe kein Auto. Thiery ist damit durchgebrannt!«

»Das ist egal. Mach, daß du wegkommst. Sonst sind wir gezwungen, dich abzuholen. Denn diese neue Behörde, der Staatssicherheitsdienst, dreht durch. Gestern haben sie einen Bauern verhaftet, weil der Papiere auf seinem Acker verbrannte, er liegt jetzt ohne einen Zahn im Mund in seiner Zelle. Und auch einen jungen

Studenten, der eine Brille auf ein Plakat für Babypuder gemalt hat.«

»Eine Brille?«

»Sie glauben, daß es Geheimzeichen sind, für die Fallschirmjäger oder für Spione der Fünften Kolonne. Wenn wir dich nicht festnehmen, kann es passieren, daß das Gesindel aus der Toontjesstraat dich belästigt. Gestern haben sie einem Pfarrer die Soutane ausgezogen, um nachzusehen, ob er darunter eine deutsche Uniform trägt. Du stehst auf der schwarzen Liste, Staf. Wie all diejenigen, die die vierbändige *Geschichte von Flandern* subskribiert haben.«

»Aber wo soll er denn hin?« schrie Mama.

»Nach Frankreich, wenn das noch möglich ist.«

»In die Höhle des Löwen«, sagte Papa erschrocken.

»In den Stall des Hahns«, sagte Louis. »Der Franzose ist ein Hahn. Der Löwe steht für Flandern und England.«

Papa betrachtete verstört sein pedantisches Kind. Durch das Fenster waren Neger in lumpigen Uniformen zu sehen, die mit ihren wie Lanzen aufgepflanzten Gewehren den Lambeth-Walk tanzten. Tommies mit drolligen flachen Helmen auf dem Kopf machten es ihnen vor. Andere afrikanische Tirailleurs verschanzten sich hinter *Roman-Pils*-Kästen gegen die heranrückenden motorisierten deutschen Divisionen.

»Louis, mein Sohn, ich muß weg.

Constanze, meine Frau, vielleicht sehen wir uns nie mehr wieder. Aber ich glaube schon.«

Mama streichelte Papas feuchte Backe. Papa trug einen grünen Regenmantel mit Schulterklappen, wie Gary Cooper als Kriegsreporter in einem orientalischen Land.

»Hätte ich noch mein Auto, dann würde ich dich mitnehmen, Louis, aber Thiery . . .«

Louis unterbrach ihn. »Wer soll denn sonst für Mama sorgen?«

»Du hast recht. Du bist brav.« Papa machte ein paar Schritte auf den funkelnden roten Feuerwehrwagen zu, den Tetjes Vater geliehen, gekauft oder gestohlen hatte. Tetjes Vater hatte gesagt: »Herr Seynaeve, *à la guerre comme à la guerre*. Zerbrechen Sie sich nicht den Kopf darüber. Die *pompiers* haben sowieso zu viele Autos. Und der ist bis zum Rand vollgetankt.«

Bekka umarmte ihren Vater, der dann schluchzend hinter das Lenkrad kletterte.

Papa sagte: »Ich gehe nicht gern, Constance, das weißt du, aber Königin Wilhelmina von Holland ist auch abgereist.« Als sich Papa neben Tetjes Vater setzte, wehrlos, unbehaglich lächelnd und winkend, sah Louis, daß vor der Windschutzscheibe des Autos, in Reichweite seines flüchtenden Vaters, eine Doppeltafel *Côte d'Or*-Milchschokolade und eine große Schachtel *Lutti*-Toffees lagen.

Alle winkten. Der Feuerwehrwagen hatte Startschwierigkeiten, was die Nachbarn zum Lachen brachte.

»Er ist nicht daran gewöhnt«, sagte Bekka dumpf und starrte unentwegt ihren gedrungenen Zigeunervater am Steuer an.

»Es ist nur zu hoffen, daß die beiden auf ihrer *voyage* einigermaßen miteinander auskommen«, sagte die Frau von der Bäckerei. Als das rote Fahrzeug hupend verschwand, nahm Louis seine Mutter beim Arm.

»Komm!« sagte er wie ein Mann.

Die Deutschen werfen als Soldaten verkleidete Puppen ab. Das lähmt stundenlang den heroischen Widerstand unserer Tuppen. Müssen sich unsere Truppen bis an die Ijzer zurückziehen, wie Vierzehn-Achtzehn? Sie wollen schon, aber wo sind die Generalstabskarten?

Alle deutschen Soldaten haben schwimmen gelernt. Wie Wasserratten schwimmen sie, wobei ihre Tornister und Gewehre strohtrocken bleiben, über unsere Kanäle und Flüsse.

Die Belgier müssen sich zurückziehen. Nehmt dann wenigstens eure Munition mit! Wie denn, Marilou? Es sind keine Lastwagen da! Dann verpulvert alles auf die Spatzen! Der Frühlingshimmel ist schwarz vor Rauch.

Was in den Ministerien, bei der Administration arbeitet, hat bis zum Rande mit Koffern und Kindern vollgestopfte Autos. Aber unsere Straßen, perfekt gepflastert, perfekt für Kirmesrennen, sind dem starken Verkehr nicht gewachsen. Die berittene Artillerie, die Transportkolonnen, die Truppen auf Fahrrädern schlängeln sich zwischen den Flüchtlingen hindurch. Die Motoren dampfen, überhitzt vom trägen Tempo, die Fahrer schlafen ein, die Pferde schnauben. Jeder glaubt, daß niemand mitten in der Nacht fährt. Im Dunkeln wird auf alles geschossen, was sich bewegt. Wer am Straßenrand kackt, stirbt.

Brücken stürzen durch die Überbelastung ein, Kommandant Serthuysen de Branchard ist zwischen Eisenpfeilern eingeklemmt und bläst, die Pfeife im Mund und die Hose voll Scheiße, seinen letzten Tabakatem aus.

Über die Dender. Über den Meulebeek. Über den Maalbosbeek. Zurück!

Durch die leeren Dörfer schlendern die Kinder, kriechen in die zurückgelassenen Autos, die noch von Blut triefen.

In Bastegem, wo Meerke, Tante Violet und Onkel Omer im kühlen Keller sitzen, verteidigt sich unsere Armee tapfer. Schade, daß die Soldaten nicht in den Kasematten Schutz suchen können, die dafür gebaut worden sind, denn die Schlüssel sind nirgendwo zu finden. Unsere Truppen stehen vor den Betonmauern, hinter Stacheldraht. Unsere Kanonen sind perfekt, aber wenn man zuviel damit schießt, sind sie schnell verstopft.

Die Deutschen lassen die Maginot-Linie links liegen und rücken quer durch Belgien schnurstracks auf die Munition unserer Armee vor, die in Flandern lagert und von Ardenner Jägern bewacht wird, die, als Frauen verkleidet, im ersten Stock der Dorfhäuser mit dem Mitrailleur auf der Fensterbank warten.

Durch die ländlichen Straßen trappeln arabische Pferde mit wackligen Karren, auf denen *Players* rauchende Tommies auf dem Schoß anderer *Players* rauchender Tommies sitzen.

Bei Mondschein nähert sich der Feind in Gummibooten und besetzt einen Friedhof. Nähert sich unserem geliebten Walle.

Aber die Leie, ›der Jordan meines Herzens‹, hält stand. Die Leie hat einen niedrigen Wasserstand, sie ist mit Planken und Pflanzen übersät.

Unsere Truppen haben Schwierigkeiten, die Verbindung miteinander herzustellen, wer hatte denn voraussehen können, daß so viele Telefonleitungen gebraucht würden?

Die Kuriere mit den rettenden taktischen Plänen sind Burschen aus Limburg, die kein Westflämisch verstehen, die, Salami kauend, die Orientierung verlieren und sich in den Feldern verirren.

Louis darf nicht auf die Straße, schlüpft aber doch hinaus. Am Rande von Harelbeke, wo die unsterbliche Musik im bärtigen Kopf von Peter Benoit geboren wurde, hängen Aufklärungsballons und schaukeln im Takt des Mörserfeuers.

Louis hockt sich hin, streckt den Zeigefinger aus und ruft:

»Peng!« Ein Ballon platzt und stürzt versengend auf winselnde Deutsche.

Walle wird zur offenen Stadt erklärt. Das verkünden Polizisten in allen Vierteln. Haltet euch kusch, Leute! Aber unsere Infanterie will, aufgehetzt durch das infame Radio, weiterkämpfen. Was nun? Die Leute von Walle können nicht flüchten, denn die französische Grenze ist von launischen französischen Zöllnern abgesperrt worden, die in fremden Städten von Gespenstern abgestempelte Papiere verlangen. Die Einwohner von Walle buhen die belgischen volksfremden Offiziere aus. »Ihr Lumpenpack! Wenn ihr sterben wollt, dann tut es gefälligst woanders! Hunderte von schweren deutschen Geschützen sind auf uns gerichtet, auf unseren Belfort, unsere Cafés, unsere Häuser!«

Die Einwohner von Walle weigern sich, ihre Häuser zu verlassen, sie wollen nicht, daß ihre Brücken gesprengt werden. Frauen laufen mit weißen Oberhemden an Besenstielen herum.

Die Offiziere sperren den Mund voller Goldzähne auf. *Que faire,* Robert? Dann stellen Sie sich vor, *mon colonel,* daß sich die Deutschen, feige und hinterlistig, wie sie nun einmal sind, unter die zusammengetrommelten Leute hier bei uns mischen, dann können wir doch nicht auf sie schießen! Denn, wer weiß, vielleicht trifft man einen Unternehmer aus Walle mit sechs Kindern und Schulfreund von Paul-Henri Spaak. *Mais non,* Gaston!

Im niedrigen, grünen Korn bricht das Feuer der Mitrailleurs aus. Es sind belgische Repetiergewehre, man hört es, zehn Schüsse in der Minute. (Die der Deutschen: 540 Schüsse in der Minute.) Dann im Haus, in den Gängen, im Keller, durch alle Mauern hindurch Gedonner und Geknatter, Scherben und Explosionen. »Louis, bleib hier, Louis, laß mich nicht allein«, ruft Mama. Aber er rennt die Treppe hinauf und findet die Straße in Sonnenschein und Brand vor. Er lehnt sich an die Fassade der Bossuyts. Ein Flugzeug taucht geradewegs auf ihn zu. Louis hebt den Kopf, um besser sehen zu können, etwas, das man nie im Leben tun darf, denn der Schütze da oben sieht einen hellen Fleck und richtet sein Bordgeschütz darauf. Was dieser Schütze auch tut, Louis fordert es heraus, fleht gleichsam darum. Die Scheibe der Bossuyts zersplittert, der Backstein zerschellt neben Louis' im allerletzten Augenblick zurückgerissenem Kopf. Das Flugzeug kurvt wieder in die Höhe. Ein Schauder des allmächtigen springlebendigen Lebens durchfährt Louis' Körper. Bestürzt hebt er die gekrümmten warmen Granatsplitter auf.

Mit einer gezackten Kante fügt er sich einen entschlossenen, wilden Schmerz und Triumph hervorrufenden Schmiß an der Backe zu. Er stürzt schreiend ins Haus und rennt die Treppe zum Keller hinunter, wo seine Mutter die Finger mit dem Rosenkranz von ihrem Gesicht sinken läßt. Sie guckt. Sie kreischt. Sie nimmt Louis in die Arme, stößt ihn zurück, untersucht die blutende Schnittwunde. »Es ist nichts, überhaupt nichts, tapferer Junge.« sagt sie zittrig. »Das heilt bald. Wasch es mit Wasser aus. Sofort.«

»Ich wage mich nicht nach oben«, sagt er. Und wieder drückt sie ihn an ihren warmen Busen und leckt dann mehrmals mit der Zunge seine Backe ab, schluckt das Blut herunter. Tränen treten ihr in die Augen, sie perlen hervor wie bei einem Kleinen.

Die Deutschen kommen. Die Bürger von Walle werden gezwungen, mit Decken in ihren ausgebreiteten Armen vor ihnen herzulaufen. Aber unsere Infanterie gibt nicht auf. Um diese englischen Hasenfüße über den Ärmelkanal zu ihrem Scheiß-Churchill zurückkehren zu lassen. Die Engländer behaupten, daß sie nur deshalb vorübergehend weglaufen würden wie Diebe in der Nacht, damit taufrische kanadische Truppen sie sofort ablösen könnten. Mach das deiner *mother* weis, Tommy!

Flugblätter werden über Walle abgeworfen, auf französisch und englisch, in denen es heißt, daß wir uns lieber ergeben sollten, daß die Situation hoffnungslos sei, daß unsere Anführer mit dem Flugzeug geflohen seien.

Ist unser König denn geflohen? Aber nein doch, René, das ist ein Mensch, der auf seinem Posten bleibt, und der ist bei uns. Seine Proklamation lautet: »Offiziere, Soldaten, was auch immer geschehen möge, mein Schicksal ist das eure. Unsere Sache ist gerecht und rein.« Unser König hat sogar einen Brief an seinen königlichen Kollegen, George von England, mitgegeben. »Lieber George, du weißt so gut wie ich, daß ein König nicht von seinem Volk weglaufen darf, wie es manche getan haben, deren Namen ich nicht nennen möchte, die aber meine Minister waren.«

Churchill, der gewartet hat, bis all seine Tommies unter den Flammen von Zehntausenden von Brandbomben eingeschifft waren, erklärt feierlich: »*Bon, all right, okay,* sagt den Belgiern, daß wir gut nach Hause gekommen sind und daß sie jetzt den Dreck hinter uns aufwischen können!«

König George schickt eine Antwort. »*Dear* Leopold, stell Dich nicht so kindisch an, komm nach London, hier wird gut für Dich gesorgt werden.«

»No, Sir«, sagt unser Sire.

Holland ergibt sich.

Das Postscheckamt arbeitet nicht mehr.

Es ist kein Mehl für Brot mehr da. Die Dreckskerle nehmen Kartoffelmehl dazu!

In einem auf dem Bahnhof von Walle stehenden Lazarettzug brüllen Hunderte von Verwundeten. Ein blutjunger Medizinstudent rennt zitternd hin und her mit dem Schrei: »Wasser, Wasser, Mutter!« Jeden Augenblick wird die Cholera ausbrechen.

Vier Tage lang macht Onkel Florent Riesengeschäfte mit dem Verkauf der Autoreifen, die er von zurückgelassenen Wagen abmontiert, und dann ergibt sich Belgien. Die ersten Deutschen werden beim Gentse Steenweg in Walle gemeldet, auf diesen seltsamen, unbequemen, hohen holländischen Fahrrädern.

Die meisten Fahnen unserer Regimenter werden verbrannt. Die restlichen in der Benediktinerabtei Sint Andries versteckt. Der Abt, Dom Nève de Mevergnies, nimmt sie feierlich entgegen und gibt sie an Dom de Meeüs d'Argenteuil weiter, der über sie wachen wird wie über Reliquien. Die Standarte des 18. Pionierregiments wird in Stücke geschnitten; die Offiziere tragen sie unter ihrem Hemd, die einen den Löwen, die anderen die Seide, die Stickerei und die Borte.

Tetje, Bekka und Louis, die nun öffentlich miteinander verkehren dürfen, da ihre Väter in unwirtlichen französischen Gegenden herumirren, kommen an der *Sarma* vorbei, aus der das Gesindel von der Toontjesstraat jauchzend und hastig herumrennend Radios, Pelzmäntel, Kleider und Brotschneidemaschinen wegschleppt. Sie sind im Begriff, zu dritt durch das zertrümmerte Schaufenster einzusteigen, doch da verjagt ein Trupp unheimlich behelmter Deutscher in grünen Fliegeruniformen alle, und der Krieg ist vorbei.

Mama räumte den Tisch nicht mehr ab, legte die Bettdecken nicht mehr zurecht und ließ den Blumenkohl anbrennen.

»Soll ich die Betten machen, Mama?«

»Wie oft soll ich dir das noch sagen? Laß mich in Ruhe!«

Durch die Straßen von Walle, an den scheuen Blicken der Leute vorbei, die die Häuser wiederaufbauten, zog das deutsche Heer gen

England. Die gebräunten fröhlichen jungen Soldaten marschierten in schnurgeraden Reihen im Gleichschritt mit entsprechendem Armschwung und sangen zweistimmig von Erika, keinem Mädchen, sondern einer Blume. In den Tanktürmen saßen Ritter mit schwarzglänzenden Joppen, auf ihren Mützen funkelten Totenköpfe.

Behelmte Motorradfahrer mit Sonnenbrillen trugen Metallschilder auf der Brust.

»Diesem Volk ist nichts gewachsen«, sagte Onkel Robert. »Weil sie das heilige Feuer besitzen. Wir besitzen es nicht. Haben es nie besessen. Nehmt einmal das Radio. Wir sagen: ›Meine Damen und Herren, es folgen die Nachrichten!‹ Sie sagen: ›Der Oberbefehlshaber der Wehrmacht . . .‹ Wehrmacht, das Wort sagt alles, sich mit aller Macht wehren.«

»Müssen wir nun alle Deutsch lernen?« fragte Omama. »Dazu bin ich zu alt. Und meinem Mund liegt das Französische mehr.«

»Schweine-Kack-Fleisch«, sagte Louis. »Das heißt *hesp*.«

»Die Fälle sind besonders schwer«, sagte Tante Hélène.

»Wir müssen uns fügen«, sagte Omama.

»Wir haben uns immer fügen müssen. Wir haben in unserer vaterländischen Geschichte nie etwas anderes getan!«

»Ja, aber erst einmal sind wir unter Germanen. Vom selben Stamm, unter uns.«

»Darüber können wir uns freuen. Wenn ich jemand sagen höre ›unter uns‹, weiß ich, was die Uhr geschlagen hat.«

»Hitler tut doch sein möglichstes, die flämischen Kriegsgefangenen eher nach Hause zu schicken als die wallonischen. Er begreift also unsere flämische Situation, er weiß Bescheid, daß wir jahrhundertelang ausgebeutet worden sind.«

»Hitler ist mit Göring in Aardooie gewesen, in Langemark, in Ypern, wo noch der kleine Bauernhof besteht, in dem er Vierzehn-Achtzehn als Soldat einquartiert war, und er sagte zu der Bäuerin, die ihn noch von damals gekannt hat: ›Und, Madame, womit kann ich Ihnen einen Gefallen tun?‹

›Ach, Herr Hitler, mein Neffe ist bei Ihnen in Gefangenschaft, und wir brauchen ihn so bei der Ernte. Könnten Sie vielleicht ein gutes Wort für ihn einlegen?‹ ›Aber, Madame, wenn es weiter nichts ist!‹ Und er gab sofort seine Befehle, und die Sache war geregelt. Das ist doch ein ›Heil Hitler‹ wert.«

Mama hatte – ausgerechnet heute – Migräne, und so sehr er sie auch drängte, sie weigerte sich mitzukommen, an diesem ersten gräßlichen Tag im Collège.

Er hatte sich im Laufe der Woche schon etliche Mal die Gebäude mit den Türmen angesehen, das Eigentum des Bischofs von Brügge. König Leopold der Erste, hatte der Pate erzählt, habe der ersten Preisverleihung beigewohnt, und das Collège habe Staatsmänner, Wissenschaftler, Dichter, Großindustrielle hervorgebracht. »Also, Louis, denk an unseren Namen.«

Er ging zwischen Dutzenden von Jungen, die, wie er, eine Mappe trugen und, nicht wie er, unverschämt nahe an den Priestern vorbeirannten. In dem großen Korridor, der zu seinem Klassenzimmer führte und der heller, breiter, schmutziger war als die Gänge im Internat (so daß man einen besser im Auge behalten konnte), erwartete ihn ein hochgewachsener, kahlköpfiger Priester. Seine feuchten dunklen Augen hinter einer besonders dicken Fassung sahen, daß Louis flüchten, die Leie entlangrennen und, in seinem Alter, zu seiner Mama zurück wollte. Sie lasen auch die Sünde in Louis' Augen.

»Komm mal mit.« Louis ging neben dem gutgeschnittenen, eleganten, tatellos gebügelten Talar her. »Ein Enkel meines Freundes Seynaeve hat mehr Pflichten als ein anderer Schüler. Ja?«

»Ja, Ehrwürden.«

»Ich werde dich nicht willentlich und wissentlich zurücksetzen, aber auch nicht vorziehen. Ja?«

Der Priester blieb vor einem riesigen Kruzifix stehen. Er musterte Louis mit jettschwarzen, durch die Gläser geschwollenen Pupillen.

»Er heißt de Launay«, erzählte Louis Omama in der Abenddämmerung, nachdem er hüpfend und singend hereingekommen war, denn der erste Tag war wundervoll verlaufen: Er war in die tratschende Gruppe der Schüler auf dem Schulhof wie einer der Ihren aufgenommen worden, keiner hatte gemerkt, daß er aus einem rückständigen Nonneninternat kam.

»De Launay, de Launay, das sagt mir nichts. Er muß aus der Brügger Linie sein, ich werde mich einmal bei Tante Margo informieren.«

»Aber wir nennen ihn den ›Granit‹.« (Wir!)

Sie hörte sich seine lateinischen Deklinationen an. Danach aß er drei große Scheiben Seerochen in Aspik. Als er nach Hause ging, versuchten Feuerwehrleute an der Leie mit Stöcken und Haken einen prallen Sack ans Ufer zu ziehen. Es war ein toter Soldat mit einer Halbkugel voll roter Löcher als Gesicht. Seine aufgedunsenen Finger paddelten herum. Um seinen irrsinnig geschwollenen Bauch war ein Seil gewickelt. Der Briefträger (der seine Abendrunde vergaß) erzählte, es handele sich um einen Deserteur, der so viel Angst vor den Deutschen und seinen Vorgesetzten gehabt hatte, daß er Selbstmord begangen hatte. »Denn schaut euch nur dieses Seil an. Er hat es erst mit einem Betonklotz dran um sich gewickelt und dann damit seine beiden Handgelenke gefesselt, weil er Angst hatte, daß das Seil durch den Betonklotz reißen könnte und er dann doch zu schwimmen anfangen würde, und daran wollte er sich selbst hindern. Man muß vor Angst wahnsinnig sein, um so etwas zu tun. Aber wenn man es tut, dann lieber auf seine Art.«

Dann kam, nach drei Wochen, ein Fremder mit einem Schlüssel ins Haus. Mama stand linkisch im Flur, in dem die Glühbirne durchgebrannt war, umarmte ihn und zog ihn herein, und in der Küche wurde ein abgemagerter, verjüngter, dunkelrot verbrannter Papa sichtbar, der Melonen und Parfum mitbrachte. Er schüttelte Louis die Hand und ließ sie nicht los.

Weil Louis dachte, daß die durch das Kriegsgeschick so lange getrennten Eheleute ihr Wiedersehn allein erleben wollten, ging er auf die Straße, wo Tetjes Vater, Papas treuer Weggenosse, an einen zitronengelben Strandwagen gelehnt stand und weinte. Bekka schlang ihre Arme um seine Taille und rief, das Gemurmel der Nachbarn übertönend: »Papi, Papi!«

Louis kroch in den Wagen, am liebsten hätte er auf die Pedale getreten, um einmal um den Block zu fahren, aber Vater und Tochter Cosijns klebten weiter aneinander, ihre Freude hörte sich an wie Gejammer.

»Was wir alles erlebt haben, ist nicht zu beschreiben, nicht in fünfundzwanzig Jahren.

Quer durch die Linien, nur fünf Zentimeter von den Tanks entfernt.

In Lagern, mit Läusen und Flöhen, von anderem ganz zu schweigen.

In widerlichem französischem Dreck, sage ich, mehr sage ich nicht.

Die Franzosen, die uns mit Steinen bewarfen, weil wir kapituliert hatten. Die unseren König einen stinkenden Fisch nannten. Die sich selbst ergeben haben, mit einer Flasche Wein am Hals.

Sie wollten uns arbeiten lassen! Ich sagte: ›Pardon, wir sind doch keine Arbeiter.‹

Daß wir unser Zuhause lebend erreicht haben, ist ein Beweis, daß es Gott gibt.

Daß wir nicht ermordet worden sind, ist ein Wunder.

Denn der belgische Staat hat sich nicht geniert, mit den Franzosen gemeinsame Sache zu machen. Ohne die geringsten Skrupel. Einen noblen Mann wie Joris van Severen in Ketten zu legen und an das französische Lumpenpack auszuliefern! Du siehst, Louis, daß unsere belgischen Nichtsnutze uns Flamen glattweg ausrotten.

Aber van Severens Blut wird über sie kommen!«

»Denk nicht mehr daran, Staf«, sagte Tante Hélène. Mama betrachtete noch immer etwas erstaunt den Fremden, der mit seiner Klage die Küche erfüllte und dann, als hätte er etwas vergessen, sagte: »Sag mal, wie geht es denn in der Schule?«

Die lärmenden Jungen, die beim Schultor aufeinander einschlugen, riefen ihn, aber der Granit hielt ihn zurück. Die Sonne spiegelte sich auf seiner glatten Schädeldecke. Er zog seine Schärpe höher. »Setz dich dorthin«, sagte der Granit in der kreidigen dumpfen Luft des Klassenzimmers.

»Nein, dorthin.« Der Granit zeigte auf die Bank von Maurice de Potter, er wußte, daß Maurice Louis' Busenfreund war.

»Du wirst sicher bemerkt haben, daß ich dich ab und zu beim Unterricht oder in der Pause beobachte.«

»Ja, Ehrwürden.«

»Warum wohl, glaubst du?«

Die Antwort lag so nahe, daß Louis zögerte, dann aber doch nur sagte: »Weil ich meinem Großvater versprochen habe, daß ...«

»Nein«, sagte der Granit. Seine Wangen und sein Kinn waren genauso glatt wie sein Schädel. Hatte er keinen Bartwuchs oder rasierte er sich stündlich? Das Johlen beim Tor verstummte, ein Schiff tuckerte auf der Leie zwischen den vielen aufgedunsenen Leichen, die noch im Schlamm an Beton festgenietet waren. Der Talar des Granits, Mama könnte den Stoff benennen, ist zu elegant für einen Lehrer, der Kragen elfenbeinweiß, ohne das geringste Stäubchen. Manchmal schiebt er beim Diktat seine Nagelhaut mit einem kleinen silbernen Instrument zurück. Warum redet er nicht weiter?

»Was ich sehe, Louis, gefällt mir nicht. O gewiß, du tust dein Bestes und bist begabt genug, deine Begabung ist unser geringstes Problem, nein, um deine Seele mache ich mir Sorgen.« (Kümmer dich doch um deine eigene Seele!)

»Kommst du gut mit deinen Kameraden aus?«

»Ziemlich gut, Ehrwürden.«

»Mit wem am besten?«

»Mit Maurice.«

»Das glaubte ich auch zu bemerken. Und wer kommt danach?«

»Martelaere.«

»Nicht eher Simons?«

»Auch. Ja, vielleicht erst Simons und dann Martelaere.«

»Ja, diesen Eindruck hatte ich auch. Es wundert mich nicht. Du bist listig genug, um dich der Zuneigung von Jungen zu versichern, die unschuldiger sind als du. Jaja. Du wirst es weit bringen. Danke, du kannst gehen. Ach ja, noch ein Wörtchen. Du weißt, daß du in Kürze das Examen des Fonds für Hochbegabte machen mußt. Ich würde mich gut darauf vorbereiten. An deiner Stelle würde ich mich nicht zu sehr darauf verlassen, daß dein Großvater in der Kommission sitzt. Was ist denn? Meinst du, daß ich dein Feind bin, Louis? Wie könnte ich das sein? Glaubst du mir?«

»Natürlich, Ehrwürden.«

»Natürlich, sagt er. Das ist überhaupt nicht natürlich. Warum solltest du mir glauben? Ich bin doch nicht unfehlbar wie der Heilige Vater.«

»Der ist nur unfehlbar, wenn er von seinem Thron spricht!« rief Louis. Worauf wollte dieser Priester hinaus, diese aalglatte Variante der sieben gefährlichen Schwestern? Mich einwickeln oder verwirren?

»Gut, Louis. Das Konzil von 1870. Ausgezeichnet.«

»Papst Pius der Neunte!«

»Die Nonnen von Haarbeke haben dich gründlich unterrichtet, bravo! Übrigens ein interessantes Konzil. Unter uns gesagt, hat Papst Pius es ganz in seinem Sinne geführt. Vierhundertdreiunddreißig Stimmen dafür und zwei dagegen. *Faut le faire*. Natürlich kann man an der Zurechnungsfähigkeit unseres Heiligen Vaters zweifeln, und in gewissen Kreisen tut man das auch; Louis, vergiß nicht, daß er damals schon über Achtzig und durch sein Jugendleiden vage epileptischer Art ziemlich unterminiert war, aber dennoch, Louis, was für eine Unbeugsamkeit, was für ein taktisches Geschick! Findest du nicht?«

Er drehte an seinem zu großen mattgoldenen Siegelring, seinem Familienwappen, mit dem er durch unsichtbare Strahlen jeden treffen konnte: Fliegen, Schüler oder Soldaten.

Ein Pedell in einem bleigrauen Kittel stieß, zwei Eimer in den Händen, die Tür mit dem Fuß auf und entschuldigte sich.

»O nein, das macht nichts, komm ruhig herein, Coorens, hier braucht nichts das Tageslicht zu scheuen, wirklich nicht! Nein, wir sind mit unserem Gespräch fertig! Mach nur deine Arbeit. Wir sind schon weg.«

Der Granit schubste Louis zur Tür, und auf dem Korridor stolzierte er sofort davon, dieser unberechenbare Mann, von dem der Mathematiklehrer behauptete, daß er ein großer Gelehrter, aber kein Lehrer sei.

Er machte seine schwierigen Chemieaufgaben, Papa wusch mit viel Geklirre ab, als Mama, die schon ein paar Stunden früher zu Bett gegangen war, ›Der Wind hat mir ein Lied erzählt‹ anstimmte.

»Es geht wieder los«, sagte Papa, während er das Küchenhandtuch ordentlich vierfach faltete.

»Was geht wieder los?«

»Wer soll das je wissen? Und es ist nicht einmal Vollmond.«

Louis traf seine Mutter in ihrem Unterrock auf dem Bettrand sitzend an, auf ihren Knien lag ein fülliger, glänzender Pelzmantel.

Ihre Stimme war unsicherer und schriller als die von Zarah Leander in ›La Habanera‹.

»Sie können dich auf der Straße hören«, sagte Louis.

»Na und? Was ist daran schlimm?«

»Nichts.« Er sank in einen niedrigen Sessel, der zwischen herumliegenden Unterröcken, Negligés, Handtüchern stand; er setzte die Füße behutsam neben die Seiden-, Satin- und Wollfummel.

»Ich bin mit meinen Hausaufgaben fertig«, log er.

»Ich auch«, kicherte sie. Die Schere in ihrer Hand bewegte sich und fing mit den Spitzen Licht auf. »Was tut er?«

»Er wäscht ab.«

Sie dachte darüber nach. Auf ihren Schultern und in ihrem Nakken waren dunkelrote Flecken zu sehen, als hätte sie sich mit verdünnter roter Tinte betupft.

Über das Bett verstreut lagen aus dem Fell eines unbekannten Tiers gezupfte Pelzbüschel. Mama schnitt weiter, links und rechts in die Ärmel des Pelzmantels hinein.

»Warum tust du das, Mama?«

»Ich bin erst zufrieden, wenn er völlig zerfetzt ist, dann stopfe ich all diese Büschel in einen Beutel, gehe damit zur St.-Anna-Brücke und klettere dann die Stufen des Belfort hinauf und streue sie hinunter, dann haben die Wallener zum erstenmal in ihrem Leben schwarzen Schnee gesehen.«

Ein tiefes Glucksen, das in Prusten endete.

»Es ist Pferdehaar«, sagte Mama, »von einem Füllen, das wahrscheinlich falb war und das sie dann schwarz gefärbt haben.«

»Was wird der Pate dazu sagen?«

»Wenn man jemandem ein Geschenk macht, darf der damit tun, was er will. Außerdem hatte er dieses Füllen Tante Mona geschenkt. Sie ist doch seine große Liebe.«

»Wessen, des Paten?«

»Schweigen wir lieber davon.« Sie schnitt Dreiecke aus dem Kragen.

Dann hob sie eines der dreieckigen Büschel vom Parkettboden auf, schaute in den Spiegel des Kleiderschranks, hielt den schwarzhaarigen Fetzen vor ihren Unterleib und brach in ein ersticktes Kichern aus. Louis wandte den Blick ab, vor seinen Füßen lag die Titelseite von *Volk en Staat*: Während aus der Kathedrale von London Rauchwolken und Flammen schlugen, zupfte Churchill mit einer Zigarre zwischen den schmollenden Lippen und einem Lorbeerkranz auf dem kahlen Kopf eine Leier.

›Ein moderner Nero‹, stand darunter.

Unter dem Fenster marschierten Deutsche vorbei. Jugendliche Stimmen quer durch das Dröhnen der Stiefel. Mama lief zum Fenster, zog den Vorhang ein paar Zentimeter zurück und spähte hinaus. Ihr Popo spannte den lachsfarbenen Unterrock.

»Paß auf! Daß sie kein Licht sehen!«

»Und mich dann ins Kittchen stecken.« Sie ließ den Vorhang los.

»Du bist verrückt!«

»Ja, aber nicht nach dir!«

»Das weiß ich.« Sie erschrak über seinen bitteren Ton und kam mit ihrem lauen, weichen Geruch zu ihm. »Es ist nicht wahr, mein Kleiner, ich habe das nur so gesagt.« Vielleicht wollte sie seine Wange streicheln, aber ihre Bewegung war zu brüsk, er bekam von ihrer Hand mit einem Ring eine kleine Ohrfeige.

»O! rief sie. »Tut es weh? Nein, wie? Ich kann nichts dafür. Ach ich mache alles verkehrt!« Vor dem Spiegel untersuchte sie ihren

Nacken, ihre Schultern, drückte auf die Flecken, die inzwischen noch röter geworden waren. »Aber schau nur, auch hier schon!«

Vor dem Spiegel des Kleiderschranks standen sie beide wie auf einem Foto in *Cinémonde*, eine Filmdiva mit zerzaustem Haar und einer Spalte zwischen den Brüsten und ein Junge mit kurzer Hose, der gesetzwidrig in ihrer Nähe weilt, schändlich in ihr Schlafzimmer eingedrungen ist, eine wohlig-schuldbewußte Fieberhitze im ganzen Leib.

»Geh jetzt wieder nach unten.«

»Warum?« fragte Louis.

»Sieh nach, was dein Vater treibt.«

»Ich kann doch noch ein bißchen hierbleiben.«

»Nein«, sagte sie, wie gegen ihren Willen.

Louis warf Kieselsteine nach Bekka, die hinter die eingestürzte Mauer einer Hausruine sprang. Er traf sie einmal, und die Straße hallte von ihrem Geplärr und seinem gefürchteten Sioux-Triumphschrei wider. Sie behauptete, daß eine ihrer Kaninchenrippen gebrochen sei, er wollte sie wie der ewig betrunkene Doktor mit dem Zylinder in alten Cowboy-Filmen auskultieren, doch sie sagte: »Laß gefälligst die Finger von mir!« Danach gingen sie zur Gulaschkanone und bekamen von den Deutschen einen Napf Suppe.

Bekkas Vater hatte geschrieben. Es ging ihm in Essen sehr gut, die Baracken waren flämisch, die Küche auch, er konnte jede Woche dreißig Mark nach Hause schicken, er bat um Haaröl, zwei Stücke *Sunlight*-Seife, einen Rosenkranz und Hosenknöpfe von der Art, die ›Junggesellenknopf‹ hieß und die man in den Stoff drücken konnte.

Papas Geschäfte gingen schlecht, die Wallener ließen wenig drukken, es gab nur wenig Papier, für jede fünfzig Kilo mußte man eine Zuteilung beantragen, aber ob man die auch bekam?

»Ich möchte dir gern gefällig sein, Staf, aber ich kriege einen Arschtritt, wenn ich dir Papier gebe, ohne daß du Mitglied des VNV oder von so was bist.«

»Aber ich bin mein Leben lang an der Spitze mitmarschiert, unter dem Flämischen Löwen, in der ersten Reihe, davon gibt es Fotos, ich kann sie dir zeigen. Und das Veteranentreffen habe ich nicht ein einziges Mal versäumt!«

»Du brauchst eine Mitgliedskarte, Staf.«

»Muß ich trockenes Brot essen, ich, der gegen die Gendarmen für Flandern gekämpft hat?«

»Aber warum wirst du nicht Mitglied, das verstehe ich nicht, du, der du mit Leib und Seele Flame bist?«

Ohnmächtige Verwünschungen ausstoßend, stürzte Papa aus dem Büro. Wenn Papa Mitglied würde, ließe der Pate ihn fallen, »und ich werde einmal dieses ganze Bündel Wechsel hervorholen«.

»Aber, Vater, das galt vor dem Krieg, weil wir dann Scherereien mit dem belgischen Staat und dem katholischen Unterrichtswesen hätten bekommen können, aber jetzt breitet Flandern seine Flügel aus, warum darf ich also nicht dabei sein?«

»Staf, versprochen ist versprochen. Du hast es an dem Tag geschworen, an dem ich dir das Darlehen von Hunderttausend gegeben habe. Ich mußte dem Bischof schwören, daß keines meiner Kinder offiziell Mitglied einer anti-belgischen Gruppierung werden würde.«

»Ich könnte ihn ermorden«, sagte Papa zu Hause, »ich wäre im Recht, das ist legitime Selbstverteidigung, denn er will mich und meinen Haushalt verhungern lassen.«

»Wer? Der Pate?«

»Der Bischof von Brügge. Und der ist ein ferner Verwandter von uns! Und der legt Dossiers darüber an, wer Mitglied von diesem oder jenem ist. Die sollen nicht schlecht von der Gestapo oder der GPU reden, hier ist es genauso schlimm.«

»Wir sollen unsere kirchlichen Vorgesetzten ehren und lieben und ihnen gehorchen.«

»Louis, lern deine Lektion und halt den Mund!«

»Das *ist* die achte Lektion, Papa.«

»Wieso?«

»Aus dem Katechismus.«

Papa starrte verstört vor sich hin und begann in ›Vom Winde verweht‹ zu lesen, aber Mama riß ihm das Buch aus den Händen. »Das lese ich gerade.« Er begann zum vierten Mal *De Vlaschaard* von Stijn Streuvels. Um das Gespenst der Armut und des Hungertodes von der Fassade in dem Oudenaardse Steenweg zu verscheuchen, wurde beschlossen, daß Mama arbeiten gehen sollte. Durch Empfehlung des Dechanten bekam sie eine Stelle im ERLA, im Ersatzteillager, sie wurde Sekretärin des Direktors, Herrn Lausengier, und sprach in einem Monat fließend Deutsch. Mit korrekten Fällen. Sie wurde schlanker, schminkte sich auffälliger, kicherte aber nicht mehr so viel.

Im Café ›Groeninghe‹ spielten Männer der Schwarzen Brigade Karten. Marnix de Puydt und sein Kamerad Leevaert saßen hinter den Palmen, die den Nebenraum vom Café trennten. Beide hatten gerötete Gesichter. Marnix de Puydts Fliege hing schief, seine üppigen Locken fielen ihm in Strähnen in die Stirn. »Hallo, *Houzee*!« murmelte er.

»Houzee!« sagte Papa.

»Einen Whisky, Staf?«

»Nein, danke. Zwei Limonaden, Noël!«

»Doktor Borms«, sagte Marnix de Puydt, »für den zu stimmen ich die Ehre hatte, als er im Jahre Achtundzwanzig in einem belgischen Gefängnis saß, vergißt den Dichter nicht, der ihm treu geblieben ist, und heute abend, Staf, trinke ich auf sein Wohl, aber nicht mit Limonade.«

»Noël, bring mir ein Glas *Geuze*!« rief Papa. »Wenn es für Borms ist, ja dann ...«

»Doktor Borms hat mir die Ehre erwiesen, mich zu bitten, einen Sitz in der Kommission zur Entschädigung der Aktivisten von Vierzehn-Achtzehn anzunehmen, um auszurechnen, was diesen Leuten, die für Flandern gelitten haben, zusteht. Ich werde mich nicht scheuen, gerecht zu sein.«

»Ich weiß nicht, ob das eine gute Idee ist«, sagte Leevaert, ein persönlicher Feind des Paten, der es ihm übelnahm, daß er seine Frau Lea schlug. Laut Omama hatte der Pate einmal die Absicht, mit Lea an die Côte d'Azur zu reisen, wo Leas Schwester eine Villa hatte, die im Winter leerstand.

»Warum nicht, Renegat?« rief de Puydt.

»Warum sollen wir in der Öffentlichkeit die Aktivisten mit der Entfaltung des ganzen flämischen Volkes in Verbindung bringen, die wir jetzt erhoffen dürfen?«

»Erhoffen? Das bleibt offen!« schrie de Puydt. Einer der Männer der Schwarzen Brigade, die Karten spielten, rief noch lauter: »Etwas Ruhe gefälligst!« Sein Nebenmann, der zwei Silberstreifen auf seinen Schulterklappen hatte, sagte: »Puydt, du solltest lieber nach Hause gehen und dort dichten und mitnichten richten.«

De Puydt betrachtete überheblich das laute Café, er beugte eine Palme beiseite, ein schwitzender roter Zwerg im Dschungel, und hob drohend den Zeigefinger. »Ich dulde nicht, daß in diesem Haus die Erinnerung an den Aktivismus in den Schmutz gezogen wird. Die Aktivisten haben den Grundstein gelegt ...« Der Rest ging in

Hohngelächter und Gejohle unter. Marnix de Puydt legte seine zerzausten und feuchten Locken auf seinen Unterarm auf dem Tisch. »Mein Volk, mein Volk«, sagte er dumpf.

»Marnix«, sagte Papa. »Letzthin war die Rede von deinem Vortrag in Wannegem, etwas über Cyriel Verschaeve, glaube ich, und daß du dafür Plakate und Programme und Flugblätter brauchst. Und da ich gerade eine Lücke von ein paar Tagen habe und meine Maschine in der roten Tinte sitzt, dachte ich, daß wir uns kurz darüber unterhalten könnten . . . Ich habe eine Reihe von Modellen mitgebracht!« Das Altweibergesicht hob sich. »Modelle? Zeig her! Ich werde sie am Vollkommenen, am Kanon der Schönheit messen!«

»Sicher an deiner Kanone!« rief der Gruppenführer der Schwarzen Brigade.

Der Granit drückte Louis eine Rolle Biskuits in die Hand. »Hier, mir fällt es leichter zu fasten als dir. Ich bin daran gewöhnt. Natürlich ist dadurch mein Verdienst auch etwas geringer.«

»Vielen Dank, Ehrwürden.« Er zerbröckelte ein Biskuit, die lokkeren schaumigen Krümel schmolzen sogleich in seinem Mund.

»Ich glaubte, dein erster Gedanke wäre, dies mit deinem Busenfreund de Potter zu teilen.«

»Sie haben recht, Ehrwürden. Ich habe nicht daran gedacht.«

»Es ist nicht schlimm, aber ich glaubte, daß er dir sehr am Herzen läge.«

»Maurice ist noch ein Kind.«

»Vielleicht solltest du ihn deswegen noch mehr verwöhnen.« Durch seine schwarze Hornbrille wirkten seine Augen doppelt so groß. Aber er scheint mich nicht zu sehen. Oder sieht er mich umgekehrt? Der Pate sagte: »Nimm das Auge eines Salamanders heraus, so daß der Sehnerv zum Gehirn reißt, und setze das Auge wieder umgekehrt ein, dann wächst der Nerv wieder an, aber das Tier wird alles umgekehrt sehen.« Louis wollte, daß er flott und mühelos einen Kopfstand machen könnte, wie Vlieghe.

»Warum lachst du?« fragte der Granit.

»Nur so. Es tut mir leid.«

»Ach, lach ruhig«, sagte der Granit ungewöhnlich mild. »Ein so ernster Mann wie der heilige Hieronymus lachte, wie es heißt, auch oft grundlos. So, glaube ich, lacht auch manchmal Gott. Denn wenn er die Finsternis in uns ist, muß er auch das Licht in uns sein. Also manchmal auch unsere Freude.« Plötzlich überkam ihn, wie ab und zu in der Lateinstunde oder beim Religionsunterricht, Müdigkeit, eine Flügellahmheit, die seinem übermäßigen Fasten, Beten, Buße-Tun zuzuschreiben war.

»Je länger und schärfer ich dich betrachte, desto weniger kann ich mich selbst sehen. Das erschwert es mir, mich selbst weiterhin demütig in Jesu Christo zu lieben.«

Wie gewöhnlich flüchtete der Granit jäh. Er lief an den Schülern vorbei, die sich bedrohlich nah bei den jungen Bäumchen balgten, die in viereckigen Einfassungen zwischen den Fliesen des Schulhofs standen.

Es hieß, daß die Mutter des Granits in ihrem Todeskampf dauernd gerufen habe: »Granit, Granit, wo bist du?« während sie normalerweise ihren Sohn mit »Evariste, Evariste« hätte rufen müssen.

Omama klagte über das klitschige Brot und die glasigen Kartoffeln, wo doch, so meinte sie, der Pate und seine Kumpane Bankette im Haus des Textilfabrikanten Groothuis veranstalteten, wo nicht nur bis zum Umfallen gefressen wurde, sondern wo nach der *crème caramel* und dem Champagner die Frauen den Männern auf den Schoß krochen.

Tante Hélène war munter geworden, denn samstags und sonntags durfte wieder im ›Swing-Club Flandria‹ getanzt werden. »Was findet sie denn an diesen Negertänzen? Sie ist doch nicht so erzogen worden?« sagte Papa. Onkel Florent formte mit der Hand einen Schalltrichter und ahmte ein Saxophon nach.

»Wann wirst du endlich erwachsen?« schnauzte Papa seinen jüngsten Bruder an.

»Nächste Woche«, (denn dann fuhr er zum Arbeiten nach Bremen, zusammen mit Onkel Léon, der natürlich sein Damespiel und seinen Tuschkasten mitnehmen würde).

»Willst du das wirklich tun, Florent?« sagte Mama. »Ich kann dich doch ohne weiteres beim ERLA unterbringen.«

»Nein, Constance. Wenn ich schon mein Brot verdienen muß, will ich lieber etwas von der Welt sehen.«

»Und er lernt ein Handwerk. Schlosser oder Fräser oder Elektriker, das kommt einem später immer zugute«, sagte Tante Hélène.

Onkel Léon zwinkerte hinter Tante Noras Rücken. »Und wir sind unsere Frauenzimmer los. Es wird uns guttun, einmal eine andere Suppe zu kosten. Es muß nicht immer Porreesuppe sein. Uns ist versprochen worden: hoher Lohn und die gleichen Rechte wie die deutschen Arbeitskollegen. Gelegenheit zu Sport und Vergnügungen. Vergnügungen, was heißt das wohl? Daß sie für das sorgen, was ein junger Mann braucht.«

»Wenn du nur sauber zurückkommst«, sagte Tante Nora.

»Ständige medizinische Kontrolle«, sagte Onkel Florent. »Es steht auf den Plakaten.«

Tante Mona seufzte. »Wenn ich unsere Cécile nicht mit ihren Tanzstunden hätte, würde ich sofort mitreisen. Als Typistin. Die Deutschen sind charmant und galant. Sie wissen, wie eine Frau behandelt werden muß.«

In Begleitung seines von dem Granit mit scheinbar beiläufigen, gemeinen Seitenhieben bedachten Freundes Maurice de Potter (Bester in Latein und Mathematik, wie sollte es auch anders sein, wenn man vier, fünf Lektionen vorauslernt, ehe die Klasse soweit ist, und alles behält?) klingelte Louis bei Marnix de Puydt, Mitglied der Entschädigungskommission. Louis hatte den Probedruck eines Flugblatts bei sich. Oben, in Rondo, im Schriftgrad Petit zwischen Anführungszeichen: »Mich erwürgt meine Weite, ich ersticke an Endlosigkeit, Cyriel Verschaeve.« In der Mitte, in einer breitfetten Hidalgo: Flandern, Wirklichkeit und Urbild. In der Egmont darunter: Vortrag von M. de Puydt, Schriftsteller und Dramatiker. Unten, in Rondo kursiv, in der Größe zwölf Punkt: Eintritt frei. Saal Groeninghe, Wannegem. Das Datum hatte Papa vergessen einzusetzen.

Der Dichter glitt auf absatzlosen, rotledernen Pantoffeln vor ihnen her, knüpfte den geflochtenen Gürtel seines Morgenrocks fester und arrangierte sein Haar.

Das Eßzimmer hing voller Bilder von Greisen mit Bärten und Brillen, sie sahen sich alle ähnlich, wohlgenährt, buschige Augenbrauen, nachdenklich. Louis erkannte Ernest Claes. Und natürlich Stijn Streuvels, der hing auch bei Papa in der Werkstatt. (Denn Papas Geheimnis ist, daß er Bauer Vermeulen, den grilligen, griesgrämigen Greis aus *De Vlaschaard,* nachahmt, diesen Fels des Bauernstolzes, vom Sturm des Lebens gefurcht wie ein Acker, und so weiter.)

»Das sind alles flämische Köpfe, oder, Herr de Puydt?«

»Wem sagst du das?« Er steckte eine Meerschaumpfeife zwischen seine nassen schmatzenden Lippen. »Zum Glück besitze ich die Gabe der Bewunderung. In diesem Land wird nicht genug bewundert. Ein Kennzeichen für ein kleines Land. Darum ist Verschaeves Titel so erhebend: ›Stunden der Bewunderung‹.«

Seine Waden waren unbehaart und kreideweiß, die Knöchel hatten einen violetten Schimmer. Er hielt sich den Probedruck dicht vor die Nase.

»Ausgezeichnete Arbeit, dein Vater ist ein begnadeter Künstler, in der Linie unserer großen Drucker, die leider in unserer unseligen spanischen Zeit nach Holland abgewandert sind.«

»Sind Fehler drin?«

»Beim besten Willen ... nein, ich kann keinen Fehler entdekken.«

»Aber muß nicht das Datum Ihres Vortrags ...«

»Verdammt noch mal, natürlich, ojemine, das hätten wir fast ... ojemine! ...«

Er setzte sich an den Tisch, dessen Decke überall Brandlöcher hatte, er keuchte, als wäre er fünfhundert Meter gelaufen. Maurice sagte nie etwas, also auch jetzt nicht, aber er war schon beeindruckt.

»Setzt euch, setzt euch.«

»Stören wir Sie nicht?«

»Junger Mann, ich habe die ganze Nacht geschuftet, eine gewisse Ruhepause steht mir sicherlich zu. Obwohl ... ausruhen ... wenn das möglich wäre ... ist der Grundton des Menschen nicht das *irrequietum*?« Zum Glück wartete er keine Antwort ab, er bließ Maurice dicke Rauchwolken ins Gesicht.

»Ich würde euch gern einige Passagen aus dem dritten Akt des Stückes, an dem ich gerade arbeite, vorlesen, eine recht genaue Evokation von Zannekin, dem Freiheitshelden. Doktor Leevaert, der ein eminenter Kenner des Vierzehnten Jahrhunderts ist, versichert mir, daß ich der historischen Wahrheit keine Gewalt antue, aber, Jungens, ich bin fix und fertig. Obwohl ich mir realisiere, daß ihr, die Jugend von Flandern, größtes Interesse haben könntet, meine Betrachtung unserer Vergangenheit kennenzulernen. Ihr lest doch Bücher, ich meine, außer eurer schulischen Pflichtlektüre?«

Sie nickten beide folgsam. Maurice rutschte unbehaglich auf seinem Stuhl herum, er mußte wahrscheinlich pinkeln. Deshalb mußte auch Louis plötzlich sehr dringend.

»Erinnert mich daran, daß ich euch nachher meine ›Psalmen und Palinodien‹ mitgebe, ihr werdet einige Hexameter bestimmt amüsant finden. Und es ist ärgerlich, daß der Verlag de Kogge mich jämmerlich im Stich gelassen hat, angeblich aus Papiermangel, sonst hätte ich euch als Erstdruck meinen ›Descartes' Tod‹ überreichen können: Fünf Akte, in denen ich, vom germanischen Gedanken ausgehend, definitiv mit der lateinischen Quasi-Argumentation abrechne, die unser Volk, durch die französische Fremdherrschaft, so lamentabel verseicht, um nicht zu sagen ausgedorrt hat.«

Ohne Luft zu holen, brüllte er: »Ma-ri-a!«

Ein spindeldürres Wesen, eine hundertjährige Waise mit einer knackig gestärkten weißen Schürze erschien und warf Louis einen haßerfüllten Blick zu.

»Maria, schenk diesen jungen Leuten ein Gläschen Portwein ein! Eigentlich sind sie noch nicht alt genug, aber wir können ihnen gar nicht früh genug Ausschweifungen beibringen, wer weiß, was der morgige Tag bringt, nicht wahr, meine Herren?« Sie schenkte ein. Der Portwein war honigsüß und lau.

»Na?«

»Etwas zu warm«, sagte Maurice.

De Puydt nippte. »Verdammt, das stimmt. Maria, stell diese Flasche sofort in den Keller. Nein, laß nur. Wie viele Flaschen stehen noch unten?«

»Vier.«

»Hier ist doch jemand, der hinter meinem Rücken ...« Mit einem Knall, der die flämischen Köpfe an der Wand beben ließ, schlug sie die Tür zu.

»Sie trinkt«, flüsterte Marnix de Puydt. »Von mir aus soll sie, aber nicht diesen Portwein. Denn ich habe nach meinem Récital bei Herrn Groothuis davon zwölf Flaschen bekommen.«

»Mein Großvater hat mir davon erzählt«, sagte Louis, »er fand es herrlich.«

»Ja, unser Seynaeve hat eine Schwäche für Debussy.«

De Puydt schenkte sein Glas wieder voll und leerte es in einem Zug.

»Mein Freund Joris Diels vom Königlich Niederländischen Schauspielhaus in Antwerpen hat meinen ›Descartes' Tod‹ natürlich erst im Manuskript gelesen und mir aufrichtig große Komplimente darüber gemacht.«

»Ihr Stück hat fünf Akte?« fragte Louis, denn schließlich mußte er etwas sagen, besonders in Gegenwart von Maurice dem Schweigsamen.

De Puydt nickte lange. Er trank aus der Flasche. »Ich sehe, junger Mann, daß du dich fragst – ist das nicht zu klassisch? Und darauf antworte ich dir, ja, es ist klassisch, die Zeit des Experimentierens liegt hinter uns, jetzt bricht die Zeit des Re-kon-stru-ie-rens an, nicht nur, was unsere Gesellschaft angeht, sondern auch, was ihre Formen betrifft. Ich habe das Recht, so zu reden, denn ich komme aus dem Lager derer, die etwas wagen, die die Grenzen der Sprache verlegt haben, die den Fußstapfen meines zutiefst betrauerten Weggefährten van Ostaijen folgen. Was mir unter anderem die Ehre verschafft hat, weder in ›Süd und Nord‹ von Pater Evarist Bauwens Esjee, noch in ›Das Goldene Tor‹ des Sozialisten Julien Kuypers aufgenommen worden zu sein. Ersteres kann ich verstehen, unser braver Pfarrer stieß sich offensichtlich an meiner ziemlich libertinischen und frivolen Auffassung, letzteres kann ich mir nur damit erklären, daß ich nicht der Genossenschaft der Großen Taubstummen angehöre, wenn ihr versteht, was ich meine.«

Er trank zwei tüchtige Schlucke aus der bauchigen Flasche.

Die Großen Taubstummen? Ich muß jemanden danach fragen ... ja, aber wen? Louis merkte, daß Maurice, der alles wußte, dies auch nicht begriff. »Mein ›Descartes' Tod‹, eigentlich Descartes der Tod! ist nicht in Alexandrinern geschrieben, nein, nur keine Bange, ich begebe mich nicht auf Verschaeves Gebiet, mein Stück ist auch nicht vom Heimweh der Seele erfüllt, das Grundlage, Einschlag und Triebfeder so vieler Kunst ist, nein, es ist eher, fast, in gewissem Sinne, und jetzt werdet ihr erschrecken, eine klassische Komödie.«

Maurice tat so, als erschräke er. »Über Descartes?«

De Puydt knurrte vor Vergnügen und schlug seine kreideweißen Beine übereinander. »Ja, ja! Ich brauche euch Descartes' Lebenslauf nicht zu schildern, der wurde euch von euren Lehrern auf dem Collège vortrefflich beigebracht, aber ich möchte euch doch auf die höchst bizarren letzten Monate seines Daseins hinweisen, als er nach seinem elenden Herumstreifen, bei dem er von allerlei klerikalem Gesindel verfolgt wurde, Asyl bei Königin Christine suchte.«

Maria stieß die Tür einen Spalt auf und sagte: »Das Klo ist verstopft.«

»Schon wieder!« schrie de Puydt. »Aber Maria, was stellst du nur damit an?«

»Ich?« Der uralte abgetakelte Engel in Waisenuniform klapperte mit den Zähnen.

»Ja, du, wer sonst?«

Marias Zahnstummelgrinsen spaltete ihr Gesicht. »Es ist Amadeus gewesen!«

»Lüg nicht! Wie kannst du es wagen, meinen Sohn zu beschuldigen?«

Sie grinste weiter. »Dann ist es Madame gewesen.«

Diese Möglichkeit ließ de Puydt nachdenken. Er fummelte an den Zipfeln seines Morgenrocks und zog sie über seine Knie.

»Das haben wir schon mal gehabt«, drängte Maria mit teuflischem Genuß weiter, »voriges Jahr, mit Madame, Sie wissen doch, daß es verstopft war durch – na Sie wissen schon.«

»Maria, laß uns bitte mit diesen Weibersachen in Ruhe! Sorg dafür, daß es in Ordnung kommt, basta...«

»Ich werde es mit einer Bürste probieren«, sagte Maria.

»Die Königin von Schweden«, fuhr de Puydt fort, »besaß nicht nur eine erstaunliche Geisteskraft, sondern auch einen merkwürdigen Charakter, wodurch die weiblichen Sachen, hm, Reize, die sie zweifellos hatte, oft durch das verdrängt wurden, was wir par excellence männliche Züge nennen dürfen, zum Beispiel die Neigung, die uns Männern eigen ist, die Grenzen der Vernunft, aber auch die der körperlichen Leistungsfähigkeit zu erkunden. Sie ritt, um nur etwas zu nennen, um vier Uhr morgens in eisiger Kälte aus.

Nun war Descartes, der, wie ihr wißt, eigentlich du Perron hieß – ja, wie der holländische Essayist, der voriges Jahr gestorben ist und uns Flamen durch seinen üblen Skeptizismus, sein süffisantes Parisertum viel Schaden zugefügt hat –, nun war Descartes natürlich lateinisch, lateinischer ging es nicht, betrachtet euch nur einmal aufmerksam sein von Frans Hals gemaltes Bild, leberkrank olivgrün rabenschwarz, und also dem eisigen nördlichen Klima gegenüber überhaupt nicht widerstandsfähig, der Mann, der gegen Zugluft überempfindlich war, *vide* seine Briefe, der im hohen Norden von morgens bis abends zitterte, blau vor Kälte...« De Puydt zog den Kragen seines Morgenrocks zu, als wollte er sich erwürgen, und begann mit hochgezogenen Schultern zu frösteln, ließ dann seinen Morgenrock los und wippte mit einem unbehaarten blassen Bein. »Aber unsere Wikingerin, Königin Christine, war unerbittlich. Sie verlangte, daß er im Morgengrauen im Sattel saß und ihr beim Ausritt erklären sollte, wie es sich eigentlich mit zwei ungleichen Substanzen wie Materie und Bewußtsein verhalte, und was blieb ihm anderes übrig, wenn sie, als Königin...«

»Nichts«, sagte Maurice erregter, als Louis ihn je gesehen hatte.

»Nichts!« schrie de Puydt wie im Café ›Groeninghe‹. Die Portweinflasche war leer, sein Finger glitt über die Innenseite seines Glases, er leckte ihn ab.

»Also ist er gestorben, das geschieht im fünften Akt, in dem noch ein kurzer Blick auf das letzte geworfen wird, was dieser arme Mann konzipiert hat, nämlich kein mathematisches oder philosophisches Traktat, sondern ein Ballett in Reimen, ›Der Triumph des Friedens‹, Nymphen in vielerlei Gestalt treten tanzend auf, das empfindet das Publikum, das meinen vielschichtigen historischen Nuancen nicht immer folgen kann, als willkommene Ablenkung; aber indessen spuckt Descartes in einer Ecke Blut, während er erkennen muß, daß seine verschnörkelte Intelligenz lateinischer Herkunft nichts als Dürre ist, die Eleganz der Versteinerung hat...«

»Er glaubte, daß die Luft flüssig sei«, sagte Maurice de Potter. »Die Sonne und die Sterne seien auch flüssig, sonst könnten sie nicht existieren, glaubte er.«

»Ja, das glaubte er«, sagte de Puydt kribbelig. »Und genau diese Aberrationen in seinem Denken werden durch die Lebenskraft, den Blutstrom von Königin Christine selbst vernichtet. Man kann sich auch noch fragen, ob René, Sieur du Perron Descartes, nach seinem von Frans Hals gemalten Porträt zu urteilen, nicht jüdisch war, doch ich habe es vermieden, das hervorzuheben, es ist nicht der geeignete Augenblick dafür.«

Louis und Bekka hatten vergessen, welche Spiele sie bei den Lehmgruben gespielt hatten, oder sie waren ihnen entwachsen. Sie lungerten herum, warfen Kieselsteine, aber nicht weit, denn in ihrem ockerfarbenen Paradies mit Erdwällen und Gräben liefen deutsche Ingenieure herum, mit Gummistiefeln und Meßinstrumenten. Bekka fehlte ihr Bruder, der bei seinen Großeltern in Roeselare untergebracht worden war, einer unerreichbaren Stadt, wo Teppichweber und Bürstenmacher mit olivgrünem Teint wohnten, die Ägypter genannt wurden.

Eines Tages tauchte Schmutzfink Sef in der Holzbaracke auf, an beiden Händen schmutzige Verbände.

»Ich bin im ›Patria‹, kümmer mich um nichts, lese meine Zeitung, und da kommen diese Männer von der Schwarzen Brigade herein, sternhagelbesoffen, sie wollten ein Fest feiern, sie singen, und plötzlich erscheint da einer, Scharführer nannten sie ihn, der tritt auf mich zu: ›Warum grüßt du nicht, wenn wir hereinkommen!‹ ›*Houzee,* Kamerad...‹, und ich hebe meinen rechten Arm. ›Das ist nicht vorschriftsmäßig‹, sagt er, ›du mußt erst strammstehen und dann deinen Arm ausstrecken.‹ Ich sage: ›Ausstrecken? Aber Ihr Führer macht es auch so: die Hand nach hinten gekippt.‹ ›*Allez*, strammstehen!‹ sagt er. Ich sage: ›Kleiner, du kannst mich mal am Arsch lecken‹, und da haben sie mich gepackt und ich mußte meine Hände auf den Tisch legen. Mit ihrem Gummiknüppel haben sie die zu Brei geschlagen.«

»Es wird schon wieder heilen«, sagte Bekka.

»Meine Freunde raten mir, zur Polizei zu gehen. Aber die kennen mich bei der da. Ich habe kein Leumundszeugnis. Wie geht es deinem Bruder?«

»Er ist bei meiner Großmutter.«

»Kriegt er da genug zu essen?«

»Deshalb ist er ja hingegangen.«

»Ich hätte für ihn sorgen können. Ihm hätte nichts gefehlt.«

»Du kannst für Louis sorgen«, sagte Bekka vielsagend, hundsgemeine Hexe!

»Bitte!« rief Louis.

Auf dem stillstehenden Wasser der Lehmgrube, auf der grünen Oberfläche ließen sich Schwärme von Libellen mit ihren geäderten Flügeln und ihren metallfarbenen Leibern nieder, auf denen das Licht glitzerte.

»Du wirst sicher ein Schlaumeier«, sagte Schmutzfink Sef. Louis zuckte mit den Achseln. Wenn dieser Dreckskerl glaubt, daß ich Tetjes Stellvertreter werde!

»Was lernst du im Collège?«

»Latein und Griechisch.«

»Du willst doch nicht etwa Pfarrer werden?«

»Der!« sagte Bekka höhnisch, was Louis freute.

»Ich werde Schriftsteller wie Cyriel Verschaeve oder Guido Gezelle.«

»Aber das sind doch Pfarrer.«

Sein Schnitzer schrie zum Himmel. »Kümmer dich nicht um mich«, schnauzte Louis.

»Wir können doch darüber reden. Deine Zukunft ist doch nicht unwichtig. Wenn sich jemand um meine Zukunft gekümmert hätte, in deinem Alter, dann wäre mit mir alles anders verlaufen. Worüber willst du schreiben? Über das Bauernleben und so was?«

»Nein, eher wie Jack London.«

»Schriftsteller«, sagte Schmutzfink Sef. »Damit verdienst du nicht die Butter auf deinem Brot. Sieh dir nur Herrn Vrielynck an.«

Herr Vrielynck war ein Tattergreis mit einem breitrandigen Hut auf gelbweißen schulterlangen Strähnen, der die flämische Sprache studiert hatte, bis er dadurch fast blind geworden war. Er kam oft bei den Filips in der Elzaslaan vorbei, mit seinem weißen Stock. Kinder liefen ihm johlend hinterher, berührten seinen schmutzigschwarzen Mantel und riefen: »Das Löwe, das Löwe!«, weil er einmal in Radio Walle vorgeschlagen hatte, das Emblem des Löwen von Flandern, auf Fahne oder Schild oder Buch, *das* Löwe zu nennen, da dieses Tier kein Geschlecht habe, sondern ein Begriff sei, also ein Neutrum.

»Was hat Herr Vrielynck damit für einen Erfolg gehabt? Eine Medaille der Stadt, das ist alles.« Schmutzfink Sef wischte sein Gesicht mit dem schmutzigen Leinenlappen in seiner Hand ab.

»Na und?« rief Louis. (Wenn ich je in Sepiafarbe abgebildet werde, hinten in dem Standardwerk ›Flämische Köpfe‹, weil ich der jüngste bin, Pfeife im Mund, das Haupt schräg gehalten, einen Finger tief in die Backe gedrückt, trübe dreinblickend. Vielleicht mit einem Schnurrbart. Nein, einem Stutzbart.)

Schmutzfink Sef: »Die Kerle von der Schwarzen Brigade kann ich in gewissem Sinn verstehen. Nach dem, was ich gehört habe, hatten sie zuviel getrunken, weil sie traurig waren, daß ihr Anführer Staf de Clercq es nicht mehr lange machen wird, mit seinem Leberkrebs.«

Mama, die gesehen hatte, wie er sich von Bekka vor ihrem Haus verabschiedete, sagte: »Dieses Mädchen hängt an unserem Louis! Das wird ja was Schönes geben, was, Louis?«

»Hör auf, Mama!«

»Ja, hör auf, Constance!«

Mama hatte in diesen Tagen etwas Heiteres an sich, sie kam häufig spät nach Hause, weil sie gezwungen war, mit Herrn Lausengier und seinen Mitarbeitern im Restaurant ›De Gouden Kroon‹ am Markt zu dinieren, wobei, typisch deutsch, Dossiers besprochen wurden. Mama sagte auch mitten in einem flämischen Satz deutsche Wörter wie ›zweifellos‹, ›wunderbar‹ oder das seltene ›ähnlich‹.

»Profitiere davon, Constance«, sagte Tante Nora. »Du bist nur einmal im Leben jung.«

»Sie sind so korrekt«, sagte Mama. »Das kannst du dir gar nicht vorstellen, immer Frau Seynaeve hier, Frau Seynaeve da.«

»Was? Sagen sie nicht Constance zu dir?« fragte Papa.
»Doch, gelegentlich«, gestand Mama.

Der Granit behandelte Lucrez, der von den Theologen seiner Zeit als toller Hund abgetan wurde. Der heilige Hieronymus urteilte etwas nuancierter. Nach ihm war Lucrez durch einen Liebestrank wahnsinnig geworden.

Die Schüler lachten heuchlerisch.

Louis tat sein Bestes, aufzupassen, aber in der Klasse war es heiß, außerdem hatte er das Gefühl, daß der Granit die ganze Stunde nur für ihn gab; die manchmal verdoppelten Augen hinter den Brillengläsern schwammen in durchsichtigem Öl und verfolgten ihn.

Meiner Meinung nach probiert der Granit irgendeinen Vortrag an dieser sklavischen Klasse voller Versuchskaninchen aus, die dieses unverständliche Geschwätz akzeptieren. Eine Vorlesung, die er demnächst gelehrten pfeiferauchenden Priestern halten wird.

»So daß wir wohl daraus schließen dürfen, daß die meisten Lebensanschauungen ästhetisch sind.« Es klingelte, pünktlich bei der letzten Silbe.

»Du hast geträumt«, sagte der Granit auf dem Schulhof.

»Sie geben Stunden, die die andern nicht verstehen.«

»Die andern?«

»Ich auch nicht. Das ist nichts für unser Alter.«

»In deinem Alter sprach man früher fließend Griechisch und Latein.«

»Früher, früher«, sagte Louis. Einige Jungen betrachteten sie aus der Entfernung – vor allem mich, den Lieblingshöfling.

»*Plus est en vous*«, sagte der Granit.

»Sie wollen nur eines, nämlich daß ich Jesuit werde.«

»Ich will es nicht. Ich hoffe es nur.«

»Dennoch sind Sie nicht glücklich.« (Wie zu einem Hottentotten, in einem Fort, in dem Schwestern ohne Gewehre Wache hielten.)

»Ich denke nicht in solchen Kategorien. Obwohl ich glücklicher wäre, wenn du etwas mehr Ehrfurcht vor den Möglichkeiten hättest, die der Herr dir gegeben hat.«

»Mehr als den anderen?«

»Louis, warum willst du es nicht lernen? Warum nicht so, wie man es neuerdings lauthals proklamiert, die Natur gewähren lassen, jedem Impuls seinen Lauf lassen, die Kraft, die Machtwollust, die

Zerstörungswut, alles, was die Natur und den Krieg verherrlicht, widerstandslos akzeptieren?«

»Wer proklamiert das?«

»Unsere neuen Herrscher«, sagte der Granit. »Sie verherrlichen das Blut. Sie wollen zurück zu einer finsteren, blutbesudelten Vergangenheit. Merkst du das denn nicht?«

»Was soll ich dem entgegenstellen? Entsagung?«

»Dich nicht sarkastisch geben. Nicht mir gegenüber.«

Auf dem Schulhof entstand plötzlich ein Getöse: Ein quietschendes Schwein torkelte vorbei, schmerzerfüllt, die Schüler und einige Priester rannten, sich dabei anrempelnd, zu einem Bäumchen. Maurice de Potter war beim Nachlaufen in voller Fahrt über die Einfassung gestolpert und auf eine der Spitzen des Eisenzauns gefallen, der das Bäumchen beschützte, die herzförmige Spitze war in sein linkes Auge gedrungen; Maurice blieb, den Kopf aufgespießt und die Arme um den Zaun geklammert, halb liegen, halb hängen, ein leichenblasser Unbekannter. Lief das Auge aus? Lag es auf seiner Wange? Maurice wurde von den gegeneinander prallenden Priester und Schülern, die kreischten wie bei einer Bombardierung zu Kriegsanfang, losgehakt und fortgetragen. Eine Reihe Schüler aus der fünften Lateinklasse gingen dem dicken Voordekkers, der Maurice nachgelaufen war, wie eine Meute zu Leibe.

Mit seiner Klasse defilierte Louis an der aufgebahrten wächsernen Leiche mit der schwarzen Augenklappe und den geblähten Nasenlöchern vorbei, in denen Wattepfropfen steckten.

»Nimm doch seine Hand, Louis«, sagte Mauricens Mutter, »du brauchst doch keine Angst zu haben, er war dein Freund.«

Er bildete sich ein, daß die Hand, wie kühles Gummi, Kälte ausstrahlte, die ansteckend war; er befürchtete, daß der zarte gefallene Seeräuber ihm aus den fast durchsichtigen Lippen, die behauptet hatten, daß auch Sterne flüssig seien, den Hauch des Todes zublies.

Mauricens Mutter stützte den Ellbogen auf den Rand des Sarges. »Er scheint zu schlafen, nicht Louis?« Spuren von Lippenstift in ihren Mundwinkeln. Gerade noch nachgezogen, wo sie doch weiß, daß ihr Kind es nicht mehr sehen kann. Es sei denn, daß das Jüngste Gericht verkündet würde. Ich muß trauern. Nagelt doch den Sarg zu! Wo ist sein Heft, in das er Fotos von Piloten aus dem *Adler* klebte? Er hat den Anflug eines sarkastischen Lächelns, merkt man das denn nicht? Warum verjagt niemand die Fliege von seinem Hals?

Weil er sie doch nicht merkt. Und wenn er sich aus dem Himmel selbst sieht?

»Das hat er sicherlich getan«, sagte der Granit einige Tage später in der Kapelle; vor ihm stürzte ein muskulöser Jesus zum zweitenmal auf dem Fresko von Dolf Zeebroeck, einem der Berühmtheiten von Walle, er stellt in Brüssel aus, seine Todes- und Geburtstagskarten werden bis nach Amerika verkauft, sie sind zwar modern, aber sehr gefragt.

»Obwohl du das nicht wörtlich nehmen darfst«, sagte der Granit hastig, weil er das Dickköpfige, Lästige, Spitzohrige in Louis wahrnahm. »Du kannst auch glauben, daß jemand nach seinem Tod ein Teil im Ganzen der Milliarden Gedanken und Gefühle wird, die in das All eingegangen sind. Louis, du bist viel zu *terre-à-terre*.«

»Maurice ist jetzt *terre-à-terre*.« Louis spürte einen Lachanfall in sich aufsteigen und bekam zum erstenmal seit Jahren eine Ohrfeige. Sein Ohr dröhnte, Tränen traten ihm in die Augen. Verschwommen sah er, wie der Granit eine halb schützende, halb abwehrende Gebärde machte.

»Ich lebe schon seit Wochen im Stand der Todsünde«, sagte Louis.

»Das will ich nicht hören.«

»Aber Sie müssen es hören! Als Seelenhirte!«

»Willst du noch eine Ohrfeige haben?«

Louis bedeutete ihm mit seinem beweglichen Zeigefinger: Na, komm schon! Wie das Jungen auf dem Schulhof tun, um eine Rauferei zu provozieren.

»Benimm dich, Louis Seynaeve, vor dem Altar!«

»Ich glaube schon seit Wochen nicht mehr an Gott.« (Weil du dann der Vertreter, der Überbringer der un-frohen Botschaft sein würdest!) »Ich habe erst gestern die Hostie in meine Hand gespuckt, ein Kügelchen daraus gedreht und darauf herumgetrampelt.«

»Du lügst.«

»Ja«, sagte Louis matt. (Denn es gibt ein Übel, das Gott heißt, es hat Todesengel – zum Beispiel den, der Maurice hochgehoben und auf die eiserne Speerspitze gespießt hat –, die jetzt suchend herumflattern, um geifernd ein neues frisches Kind aufzustöbern, und es gibt auch gestiefelte behelmte gebräunte Engel in Tanks und Stukas, die, ohne jegliche Verantwortung, töten dürfen.)

»Knie nieder!« sagte der Granit und zeigte zum Beichtstuhl.

»Und richte an Jesus den Herrn ein Dankgebet, daß du noch am Leben bist.« Er stand hinter Louis' Rücken und legte Louis die Hand auf den Nacken. »Du«, hörte Louis. »Du!« Er wollte sich erheben, aber die kühle Hand drückte ihn herab. »Du, der du gut und schön bist, ein Ebenbild deines Schöpfers, du willst dich aus Überdruß, den ich besser begreife als jeder andere, ausliefern.«

(Die deutsche Wissenschaft hat einen tödlichen Strahl entwickelt, der alles durchdringen kann, zum Beispiel den Backstein und die Mörtelwand meines Zimmers; dieses Gerät ist unsichtbar auf die Hornbrille dieses Mannes hinter meinem verletzlichen Rücken montiert worden und wird mich im nächsten Augenblick festnageln.)

»Sie sind unrein. So wie ich«, rief Louis in der Kapelle.

Finger kniffen seinen Nacken. Festgenagelt von Ming dem Unerbittlichen in seinem Raumschiff, der genauso kahl ist wie der Granit und auch so eine schwarze Uniform trägt! Louis wurde *Flash Gordon* und drehte sich um, er erblickte einen verdatterten ratlosen Mann mit einer schiefsitzenden Brille.

»Grapsch rein in mein Gekröse, Granit!« rief Louis und rannte durch den Kreuzgang zum Licht der offenen Tür. G, g, g, das war ein Stabreim, ein Steigbügel, auf den sich die Stimme stemmt, *dixit* Guido Gezelle.

Onkel Robert, den der Metzger Spinel aus dem doornikschen Viertel ausgebildet hatte, fing an, die Kniffe des Metzgerhandwerks kennenzulernen. Seine Pastete war noch etwas bitter, zuviel Leber, aber sein Schweinskopf . . .

Omama sagte, Louis solle seine Hausaufgaben mitbringen. »Wenn du hier am Ofen sitzt und ab und zu etwas zu mir sagst, wäre ich mehr als zufrieden.«

An dem Tag, an dem er mit Onkel Léon nach Essen (oder war es Bremen?) hätte abreisen sollen, war Onkel Florent nicht auf dem Bahnhof erschienen. Onkel Léon, außer sich, wollte nicht allein abreisen, aber Zeugen sagten aus, daß Tante Nora ihren Scheißkerl buchstäblich in den Zug gequetscht hatte, als die Blechbläser ›Muß i denn, muß i denn‹ anstimmten.

Andere Zeugen munkelten, daß Tante Mona mindestens dreimal im Tearoom ›Michelangelo‹ mit einem blutjungen deutschen Gefreiten gesehen worden sei, der ihr wie ein perfekter Gigolo aus dem und in den Mantel geholfen habe.

»Lieber einen Gigolo im Bett als einen Backstein.«

»Ach, du Närrin«, lachte Mama, und plötzlich brach ihr Lachen ab.

Der Pate behauptete, er habe aus zuverlässiger Quelle erfahren, daß es demnächst im Osten rumoren werde. Obwohl es ihm schwerfalle, zu glauben, daß Hitler Stalin angreife, denn, wie Herr Tierenteyn sage, ›werde ein Nichtangriffspakt nicht umsonst geschrieben‹.

Papa wurde ins Sprechzimmer geführt. An den Wänden hing genarbtes braunes Papier, das altes Leder vortäuschen sollte. Papa gab Ehrwürden Prinzipal die Hand und hörte sich das Urteil an. Sein Sohn sei unerziehbar, ja eine moralische Gefahr für die anderen Schüler, denn er versuche sie zu beeinflussen. Das Collège habe zwar Geduld und Toleranz auf seine Fahne geschrieben und natürlich den höchsten Respekt vor dem Stammvater der Seynaeves, aber wenn nicht in nächster Zukunft eine grundlegende Änderung zu erkennen sei, mit öffentlicher Buße, müßten Maßnahmen getroffen werden, und zwar drastische. Schließlich müsse man, wie fortschrittlich das Collège auch mitunter genannt werde, das Reglement höherer Ordnung respektiert werden.

Der Granit stand mit verschränkten Armen am Kamin, neben der Marmorbüste des Kanonikus Germonprez, der das Collège nach der schmählichen Aufhebung des Jesuitenordens im Jahre 1773, ein heiliges Datum, 1814 wieder zur Blüte gebracht hatte.

»Ordnung«, sagte Papa. »Aber mir ist nichts lieber als Ordnung! Ich werde sofort dafür sorgen, daß Louis unverzüglich das tut, was Sie ihm auferlegen. Er ist von uns christlich erzogen worden, er wird es kapieren, und kapiert er es nicht, schlage ich ihn grün und blau!«

Aus der theatralischen Aufwallung hörte Louis das Gebettel heraus. Eines Pavians wegen einer Banane.

»Denn seit seiner frühesten Kindheit haben wir darauf geachtet, Herr Prinzipal! Auf ein christliches Leben. Denn Sie wollen doch nicht meinen, daß wir ihn in das Internat des Heiligen Josef in Haarbeke geschickt haben, um ihn dort falsch erziehen zu lassen?«

»Was hast du dazu zu sagen, Louis?« fragte der Prinzipal, ein Büroangestellter mit einem goldenen Zwicker.

»Antworte, wenn der Herr Prinzipal etwas fragt«, schrie Papa. »Haben wir dich nicht zur Ehrfurcht den Priestern gegenüber erzogen?«

»Ja, wenn sie flämisch waren.«

Papa rieb sich über die Glatze, um den dort wütenden Brand zu löschen, wandte sich flehend an den Granit, der keinen Mucks von sich gab, er schlug die Hände zusammen, die Fingerspitzen bildeten einen kleinen Spitzbogen.

»Es ist nur gut, daß die Ehrwürdigen Herren dich durch und durch kennen, Louis, und daß sie verstehen, daß du manchmal ein Witzbold bist. Das hat er von seiner Mutter, Herr Prinzipal, ihre seltsamen Scherze sind mir manchmal auch ein Rätsel.«

»Du solltest lieber dein Ostern einhalten«, sagte Louis fromm.

»Mein Ostern . . . mein Ostern . . .?« stammelte Papa.

»Du hast in diesem Jahr dein Ostern nicht eingehalten.«

»Ich? Ich? Ich mein Ostern nicht . . . Ich will auf der Stelle tot umfallen, Ehrwürdige Herren, wenn ich . . .«

»Wo hast du Ostern gefeiert, Papa?«

»In Frankreich«, rief Papa. »Ich bin extra nach Lille gefahren, um mein Ostern auf französisch zu begehen.«

Das war so kraß, daß die beiden Priester sich ungläubig ansahen.

»Ja, ich weiß, es klingt merkwürdig aus dem Mund eines überzeugten Flamen, aber ich hatte erfahren, daß es in Lille einen Prädikanten gebe, einen Dominikaner, der so großartig predigt, einen zweiten Lacordaire, wenn Ihnen das etwas sagt . . .«

»Wir haben davon gehört«, sagte der Prinzipal salbungsvoll.

»Sie meinen doch den Freund von Lamennais, der nach der Revolution in Marseille in die Nationalversammlung gewählt wurde?« fragte der Granit.

»Nein«, sagte Papa, »ich meine den Dominikaner.«

»Das ist derselbe«, sagte Louis, der die widerliche Milde hinter der Hornbrille erraten hatte.

»Das ist jetzt egal«, sagte Papa, »jedenfalls hat er herrlich gepredigt, ich war wie im Himmel, ich bin völlig erbaut aus der Kirche gekommen, ich spürte den Boden unter meinen Füßen nicht mehr.«

Aber das Unglück war schon geschehen, die seynaevische Lüge wurde wie ein Schmetterling auf Pseudo-Cordoba-Leder aufgespießt, und der Prinzipal sagte kurz angebunden, daß die Sache weiter behandelt werde, inzwischen dürfe Louis das Grundstück des Collège nicht mehr betreten. Wie lange nicht? Er werde benachrichtigt.

»Der Herr sei mit Euch«, sagte der Prinzipal. Der Granit gab Louis ein Buch mit, den *Traité de la Considération* des heiligen

Bernhard, und sagte, daß Louis ein Resumé davon machen solle.

Auf dem Heimweg schleppte Papa sich dicht an den Fassaden entlang, als lastete auf ihm die Bürde der ganzen Welt. Zu Hause sank er, noch immer völlig verstört, in die *cosy corner*.

»Constance, ab heute keinen Speck mit Eiern mehr. Ab heute muß jeder Franc zehnmal umgedreht werden. Dafür hat dieses dein Kind gesorgt. Denn sämtliche Druckaufträge für das Collège kann ich mir aus dem Kopf schlagen. Ab heute gibt es in diesem Haus nur noch Wasser und Brot.«

»Mit Konfitüre«, sagte Mama. »Ich habe heute gerade ein Glas bekommen, Reineclauden, von einem neuen Burschen, dem Sohn eines Zahnarztes. Sie tun alles, um sich gut mit mir zu stellen, denn sie wissen, daß ich darüber entscheide, ob sie nach Deutschland müssen oder nicht.«

»Sie müssen doch alle nach Deutschland, um dort ausgebildet zu werden.«

»Man kann das in die Länge ziehen. Wenn man nur gut mit Doktor Lausengier steht. Und dazu müssen sie an mir vorbei.«

»Laß mich diese Konfitüre mal probieren«, sagte Papa. (Aber er bettelte: Wer muß an dir vorbei? Warum hebst du, wenn ich hereinkomme, nicht einmal dein satanisch schönes *Poudre de riz*-Gesicht?) »Sind das Reineclauden?« Er kostete. »Schmecken eher nach Mirabellen.«

Warum war Onkel Florent an jenem fatalen Nachmittag nicht aufgetaucht, an dem Tante Nora ihren Mann so hartnäckig ins Gelobte Land schickte und danach, aus Gewissensbissen und zur Stärkung ihrer Nerven, mit zwei schluchzenden Frauen, die ihren Männern nachgewinkt hatten, zur erstbesten Kneipe zog und dort von zwei jämmerlich kleinen und schwachen Jenevern betrunken wurde und sich den Fuß verstauchte? Tante Nora zeigte drohend in die Richtung des Feiglings. »Das ist alles deine Schuld, Florent! Guck nur!« Ihr Bein flog in die Höhe. »Das wird nie mehr heilen. Ich fühle es. Ich habe zu wenig Kalk in meinen Knochen.«

»Ich kann nichts dafür.«

»Und ich habe seinen Koffer gepackt«, sagte Omama. »Seinen Rasierapparat, seine Pyjamas, sein Unterzeug, seinen Arbeitsausweis, seinen Paß, seine Mundharmonika . . .«

»Ich konnte einfach nicht«, sagte Onkel Florent.

»Er wollte mich nicht allein lassen«, schrillte Omama, die in zwei, drei schwarze selbstgestrickte Schals gehüllt war, als schneite es draußen und flimmerte nicht vor Hitze.

»Ich kam nicht los. Ich dachte die ganze Zeit, es ist unmöglich, daß ich dort arbeite.«

»Aber für meinen Léon reicht es!«

»Nora, dein Léon ist daran gewöhnt, für einen Chef zu arbeiten, seine acht Stunden am Tag abzusitzen und dann Dame zu spielen und seine Aquarelle zu malen. Ich kann das nicht.«

»Nein, aber mir auf der Tasche liegen, das kannst du wohl«, sagte Omama. »Er hat heute abend sicher ein Kilo Kartoffeln verputzt.«

»Und Louis?« rief Onkel Florent. Niemand konnte so köstliche Bratkartoffeln machen wie Tante Hélène. Braune Krusten, kurz vor dem Verbrennen. Mit Zwiebelsauce. Louis spürte, wie sein Bauch sich spannte.

»Dieser Junge muß noch wachsen!« schrie Omama.

»Und ich muß sicher schrumpfen!«

»Er will seinen Schatz nicht verlassen.« Omama grinste, als schmeckte sie eine zwischen ihren wenigen Zähnen hängengebliebene Gewürznelke aus der Kohlsuppe, deren Duft im Haus hing.

Tante Nora kicherte. »Sie laufen ihm doch alle davon. Ist es noch immer diese Jeannot vom Friseur?«

»Laß Jeannot aus dem Spiel.«

»Ich habe sie mit Thiery de Waelhens getroffen, und sie spielten nicht Bruder und Schwester.«

»Wo?«

»Im Park. Ich dachte noch bei mir: Es kann noch nicht so lange her sein, daß sie sich begegnet sind, und schon erwacht eine süße Weise in ihren Herzen.«

»Für so etwas ist Jeannot noch viel zu grün«, sagte Onkel Florent, und: »Ich glaube, ich gehe lieber nach Frankreich. Sie suchen Camionchauffeure für den Atlantikwall, und ein Chauffeur verdient mindestens . . .«

»Florent!«

»Ja, Mutter?«

»Sag, womit du hinter dem Berge hältst!« rief Omama erschrokken und streng.

»Ich?«

»Ja, du!«

»Von der Normandie aus kann man leicht nach England gelangen.«

Die Frauen waren todstill. Omama steckte den Zipfel eines ihrer Schals in den Mund. Onkel Florent sah Louis durchdringend an, die Zigarettenkippe tanzte zwischen seinen Lippen auf und ab.

»Ach, du, verdammt noch mal«, stieß Tante Nora hervor, und Omama bekreuzigte sich sofort.

»Louis, du mußt schwören, daß du das niemandem, absolut niemandem ...«

»Ich schwöre es, Onkel Florent.«

»Aber im Meer wimmelt es von U-Booten«, sagte Omama, »und Zerstörern.« Sie kannte das Wort, weil sie ab und zu Schiffeversenken mit Louis spielte, auf karierten Seiten aus seinem Rechenheft.

»Ich hätte es mir denken können«, sagte Tante Nora. »Erst meinem Léon den Kopf verdrehen, daß er nach Deutschland fährt, und dann selbst, wie alle Feiglinge ...«

»Aber wenn die Deutschen in England landen, werden sie dich füsilieren.«

»Mutter, sie werden nie bis nach England kommen.«

»*Tiens*. Hat Hitler dir das am Telefon gesagt?«

»Wenn er gleich losgeschlagen hätte, dann ...«

»Aber was hast du in England zu suchen?« fragte Tante Nora.

»Er will von zu Hause weg.« Omamas Tränen glitzerten. »Nach Deutschland oder England, das ist ihm ganz egal, wenn er nur von mir wegkommt. Und ich, ich packe auch noch seinen Koffer!«

»Er hat keine Prinzipien«, sagte Louis.

»Du hast recht, Louis«, sagte Tante Nora. »Er weiß nicht, was Ideale sind.«

»Ich werde das ganze Jahr kein Auge mehr zumachen!« rief Omama.

Louis erzählte es Mama, die erschrak. »Wir werden ihn nie mehr wiedersehen. Ein Vogel für die Katze. Wir müssen dafür sorgen, daß dein Papa es nicht erfährt, er ist imstande, Florent bei der Kommandantur zu denunzieren.«

Papa erfuhr es drei Tage später, sein Bruder war mit vier Spielern von *Stade Walle* verschwunden. »Er ist immer englischgesinnt gewesen, mit diesen englischen Zigaretten und den Schlagern von der Sorte Eieieilafju. Ich will seinen Namen in diesem Haus nicht mehr hören. Und ich habe ja schon immer gesagt, daß *Stade Walle* ein Klub ist, mit dem keine Ehre einzulegen ist.«

Die Deutschen fuhren nicht gegen Engeland, wie sie es so oft zweistimmig gesungen hatten, wenn sie durch den Oudenaardse Steenweg marschierten, sondern zogen in die entgegengesetzte Richtung, nach Jugoslawien und danach nach Rußland, an dem Tag, an dem Louis seine ersten Knickerbockers trug, dunkelblaue mit grünen Tupfen.

»Hitler muß ein Stein vom Herzen gefallen sein, seit er Rußland auf den Pelz rückt«, sagte Papa. »Denn diese gemeinsame Sache mit Stalin ging ihm doch gegen den Strich, er saß da tüchtig in der Klemme, jetzt wird reiner Tisch gemacht, hart auf hart. Das ist nun einmal so, wie bei mir: Wenn ein Mann nicht geradewegs auf sein Ideal zusteuern kann, kriegt er Magengeschwüre, das rächt sich eben.«

»Bin ich dein Ideal?« sagte Mama fröhlich. »Das höre ich zum ersten Mal.«

»Dumme Gans«, sagte Papa, und nach einer kurzen Pause, bitter: »Der Engländer wird zufrieden sein. Es ist immer dasselbe. Die ganze Weltgeschichte beweist das. Der Engländer läßt die anderen den Kopf hinhalten. Jetzt sind es die Russen, die für ihn die Kastanien aus dem Feuer holen. Und es wird nicht mehr lange dauern, dann mischen sich auch die Amerikaner in den Reigen.«

»Le plus beau de tous les tangos du monde«, sang Mama, *»c'est celui que j'ai dansé dans tes bras.«*

»Churchill wird heute abend einen doppelten Whisky trinken«, sagte Papa verdrossen.

Der lange kahle Priester in seinem schicken schwarzen Gewand ließ sich wie ein Geier in der beigegekachelten Küche der Seynaeves nieder. Er wollte nichts trinken, er hatte nicht viel Zeit.

»Meine Frau ist nicht da«, sagte Papa, »sie kommt erst später, sie machen gegenwärtig so viele Überstunden, und durch die Sache mit Rußland muß die Produktion natürlich auf vollen Touren laufen.«

»Mich brauchen sie auch nicht«, sagte Louis, blieb jedoch sitzen; er hoffte, daß der Granit das Buch des heiligen Bernhard auf der Fensterbank liegen sah. (Ich lese jeden Tag darin, Ehrwürden, aber ich habe noch keine Zeit gehabt, ein Resumé zu machen.)

»Ich bin mit dem Fahrrad gekommen, es ist zwar abgeschlossen, aber ...«

»Oh, das wagen sie nicht, sie wissen, daß ich ...«

»In diesem Fall ...«

»Ich würde schon rasch . . .«
»Es ist zwar nur ein Fahrrad, aber heutzutage . . .«
»Ich wüßte sofort, wer es gewesen ist, in der Toontjesstraat . . .«
(Seine kalten Fisch-, nein Froschaugen, Edelsteine des Bösen.)
»Eine Zigarre, Ehrwürden?«
»Nein, danke.«
»Nur zu, genieren Sie sich nicht. Ich kriege sie schachtelweise von meinem Schwager.« (Onkel Armand, Inspektor bei der Fahndungskommission gegen Tabakschmuggel, von den Bauern der Umgebung mit Geschenken überhäuft.)
»Nein, danke.«
»Nehmen Sie ein paar für den Herrn Prinzipal mit.«
»Aber nicht doch. Also weswegen ich gekommen bin, Herr Seynaeve. Mir ist zu Ohren gekommen, daß Ihre Frau im ERLA ein recht hohes Ansehen genießt. Doch. Gewiß. Und um mit der Tür ins Haus zu fallen, (was man bei einem Jesuiten nicht erwartet): Meine Frage ist, ob sie mit ihrem beträchtlichen Einfluß bereit wäre . . . zu unterstützen . . . zu helfen. Es handelt sich um einen Freund. Wenn sie ihn empfehlen könnte. Einen entfernten Neffen von mir. Ich würde notfalls finanziell . . .«
»Aber nie im Leben«, rief Papa. »Selbstverständlich sorgen wir dafür, ohne einen einzigen Franc. Wir sind doch auf der Welt, um einander zu helfen.«
»Und könnte das in sehr absehbarer Zeit . . .? Mein Freund, mein Neffe wurde nämlich schon für nächste Woche einberufen, Bestimmungsort: Leipzig.«
»Aber Ehrwürden, natürlich.«
»Er ist sehr fleißig.«
»Wenn Sie ihn empfehlen, Ehrwürden! Sie können in Seelenruhe schlafen. Das kommt in Ordnung.«
Endlich sah der Granit Louis an, etwas Demütiges in den bösen Augen. »O ja, weswegen ich eigentlich gekommen bin, Louis wird morgen früh wieder in der Schule erwartet.«
»Das ist schön«, sagte Papa.
»Eine Hand wäscht die andere«, sagte Louis.
»Das ist schön. Schwamm drüber, wir fangen von vorne an, als wäre nichts geschehen, was, Ehrwürden?«
»Ja«, sagte der Granit (Wucherer im Tempel).
»*Tu quoque*?« sagte Louis.
»Ich auch«, sagte der Granit. Zum erstenmal sah Louis im schwa-

chen Licht der Glühbirne, wie müde und traurig er war, im Bann von etwas Ungeheurem, das ihn allmählich erdrückte; seine Schultern waren gebeugt, seine glattrasierten Backen eingefallen. Ich werde für ihn sorgen.

»Kein Auge zugemacht«, sagte Omama. »Nicht eine Minute. Oder doch, eine halbe Stunde gegen Morgen, kurz bevor ich aufstehen muß. Daß ich das durchmachen muß. Und nicht nur durchmachen, sondern auch von dem schrecklichen Wissen geplagt, daß alles noch viel schlimmer wird. Wo ich doch schon mit meinen beiden Füßen im Grab stehe, wenigstens schon mit den Zehen. Das einzige, was mir nicht passieren kann, ist, daß ich vor lauter Kummer umfalle und in mein Grab taumele. *La tombe finit toujours par avoir raison.* Wenn sie mich nur nicht verbrennen, wie das heutzutage Mode ist, daß sie mir das nicht antun, dafür sorgst du doch, ja, Junge? Denn heutzutage wird ein Mensch möglichst schnell gewaschen, angesteckt, und weg damit, ein Kehrblech mit Asche, rein in den Mülleimer. Versprichst du mir, daß du das verhinderst? Denn so bin ich nicht erzogen worden, außerdem hat meine Schwester die Grabplatte schon bestellt, kein Marmor, das ist zu protzig, ein Toter soll die Nase nicht zu hoch tragen, dazu hat er sein Leben lang Zeit gehabt; meine Schwester, Tante Margo aus Zegelsem, hat alles schon bezahlt, ewige Messe am Samstag und den ganzen Zirkus, ich schenke dir noch Ablässe aus dem Grab. Aber daß ich noch in solcher Angst leben muß, hätte ich nie im Traum gedacht, ich, wo ich mich einen Dreck um alles schere, oder zu scheren glaubte, es ist alles die Schuld von diesem Hielter, nein, ich bin schon wieder zu voreilig und ungerecht, ich bin zu alt, um jemand anderem die Schuld zuzuschieben. Komm, komm, wir sind doch selbst keine Engel, *allez, allez,* dann kann man genausogut sagen, daß es die Schuld Unseres Lieben Herrn ist. ›Mutter‹, sagt Hélène, ›du mußt essen, du kriegst nicht genug Proteine, ich werde dich zur Waage schleppen, damit du es selbst siehst. Und dir werden die Haare ausfallen, iß wenigstens ein bißchen Kalbsleber!‹ Und Mona, die ein Herz aus Stein hat, sagt es auch: ›Mutter, schau nur in den Spiegel, sieh dir deinen Hals an, wie da die Haut herunterhängt wie bei einem Truthahn.‹ Hélène ist mir natürlich böse, weil ich Mona für die kleine Cécile meine Lebensmittelmarken gegeben habe, und Nora ist mir böse, weil ich meine Ringe und Broschen zu Foquet, dem Juwelier auf dem Markt, gebracht habe, aber ich konnte doch nicht unseren Florent ohne einen Centime gehen lassen, es ist schon schlimm genug, daß er in England ist, soll er da auch noch verhungern? ›Wir haben ein Recht auf diese Bijous‹, sagt Mona, ›sie müssen gerecht verteilt werden!‹ Ich sage: ›Was? Was muß verteilt werden, diese fliegendreckgroßen Diamanten, die ich von deinem Vater bekommen habe?‹ ›Nein‹, sagt sie, ›diese Brosche, es geht nicht um den Geldwert, sondern um den Erinnerungswert, die hätte in der Familie bleiben müssen!‹ Ich sage: ›Was? Diese Brosche, die ich von deinem Vater bekommen habe, weil ich ihm davonlaufen wollte, als ich hinter diese Affäre mit Alice kam, dieser Schulmeisterin, die Lehrerin an einer Mittelschule werden wollte, und dieser Steinkauz bildete sich ein, daß sie ihn gern habe.‹ ›Und dieses Medaillon?‹ sagt sie. Ich sage: ›Welches Medaillon? Du kannst es haben!‹ ›Aber Foquet auf dem Markt hat es schon‹, sagt sie. ›Also das darfst du von ihm zurückholen, ich gebe dir das Geld dafür.‹ ›Laß nur‹, sagt sie, ›es ist nur so, daß ich dieses Medaillon mein ganzes Leben lang als etwas angesehen habe, das die Liebe zwischen Vater und dir zeigt, denn darin klebte doch ein kleines Foto von Vater als Baby.‹ Ich sage: ›Aber Mona, armes Schaf, das war doch nicht dein Vater!‹ ›Das dachte ich aber‹, sagt sie. Ich sage: ›Es wird Zeit, daß du zum Augenarzt gehst, es war ein Foto von unserer seligen Marie-Hélène als Baby. Nein, nicht von der seligen Marie-Hélène, meinem Kindchen, sondern von Marie-Hélène, meiner Schwester. Gott sei ihrer Seele gnädig.‹ Sie sagen oft: ›Die Kinder gehen über alles, und ein Mensch hat immer das älteste am liebsten und das jüngste‹, aber ich glaube, daß ich meine Schwester am liebsten hatte, zumindest hatte ich ihretwegen das meiste Herzweh. Sie kam in der Schule nicht mit, unsere Marie-Hélène, ein bißchen wie unser Robert, auch keine Leuchte in der Schule, und unsere Mutter dachte: ›Dieses Kind muß doch im Leben etwas lernen, vielleicht können wir aus ihr eine Näherin machen‹, und sie schickte sie zu den Christiaens, wo sie Mädchen das Nähen beibrachten, das war auf einem Bauernhof, wo sie oben kleine Kammern gezimmert hatten, und Marie-Hélène fühlte sich dort wohl. Nun war da ein Mädchen, Solange, das kein Flämisch sprach und einen Vater hatte, der Geiger war und sich mit seinem Orchester dauernd im Ausland aufhielt, und die Eltern waren geschieden, glaube ich; *enfin,* diese Mutter kümmerte sich nicht mehr um ihr Kind, und es war darüber sehr traurig, und Madame Christiaens sagt: ›Marie-Hélène, du sprichst doch so gut Französisch, kümmer dich ein bißchen um Solange, damit das Kind ein wenig Gesellschaft hat, denn ich habe den Eindruck, daß sie dahinsiecht.‹ Nun konnte dieses Mädchen nachts nicht schlafen, es hörte die Fensterläden gegen die Wand schlagen und kroch zu unserer Marie-Hélène ins Bett, weil es Angst hatte. Unsere Marie-Hélène kommt nach einer Woche nach Hause und sagt zu unserer Mutter: ›Mutter‹, sagte sie, ›erzähl einmal Christiaens, denn ich wage es nicht, daß Solange nachts so an mir klebt, und sie schwitzt so, sie ist jede Nacht pitschnaß, und ich traue mich nicht, es zu sagen, aber ich ekle mich davor, denn ich werde davon auch ganz naß.‹ *Enfin,* um es kurz zu machen, eines ergibt das andere, sie lassen Solange untersuchen, und ja, Kleiner, dreimal darfst du raten. Tuberkulose. Sie untersuchen Marie-Hélène, und ja, die hat sie auch. Aber Doktor Martens, unser Doktor, ein einfacher Hausarzt, aber ein vortrefflicher Mensch, der lange im Kongo war, sagt: ›Tuberkulose? Das gibt es nicht. Wie kommen Sie nur darauf? Das gibt es nicht. Sehen Sie sie doch dort sitzen, unsere kräftige Marie-Hélène, was wiegt sie? Schätzungsweise achtundsechzig Kilo. Sehen Sie ihre rosigen Wangen, eine echte Demarchie, und die Demarchies kriegen keine Tuberkulose, Sie irren sich!‹ Und der Kaplan sagt zu unserer Mutter, er hatte einen leichten Sprachfehler: ›Madame, esch ischt gansch schimpel, dieschesch Mädschen ischt blosch unterernährt, schagen Schie den Chrischtiaens, dasch schie dieschem Mädschen jeden Morgen Speck mit Eiern geben schollen.‹ Unsere Mutter sagt das natürlich den Christiaens, die waren sogar noch pikiert, aber dreimal darfst du raten. Marie-Hélène geht es nicht besser, und unsere Mutter behält sie zu Hause, sorgt für sie. Speck mit Eier und schönes rotes Fleisch und ab und zu ein Glas Bourgogne, um das Blut zu vermehren, aber nein, sie hatte immer Fieber, sie war wackelig auf den Beinen, und eines Tages sagt sie: ›Mutter, ich gehe zur Andacht, zur Beichte!‹ Aber das war nur, weil sie den ganzen Tag eingesperrt gewesen war, sie wollte frische Luft schöpfen, das verstehst du doch? Und sie geht bis zum Viersprong, und da kann sie keinen Fuß mehr vor den anderen setzen, sie taumelt zu Hortense vom Café ›De Viersprong‹ hinein. ›Hortense, gib mir bitte eine Limonade, ich komme um vor Durst, aber sage es bitte nicht meinem Vater, denn ich bin angeblich zur Andacht gegangen und habe kein Geld dabei!‹ Hortense sagt: ›Ach, Kind, wenn dein Vater hier Karten spielt, setze ich eine Limonade auf seine Rechnung, das merkt er nie!‹ Und sie kommt nach Hause. Unsere Mutter sagt: ›Marie-Hélène, du schwitzt ja so!‹ Aber sie geht schnurstracks in ihr Zimmer, das sie damals mit Ariane teilte, und wir hören sie nicht mehr, und meine Mutter sagt nach einer Weile zu mir: ›Agathe, ruf deine Schwester‹, und ich rufe: ›Marie-Hélène, du sollst sofort kommen, dein Brei steht auf dem Tisch, du mußt deinen Brei essen.‹ Keine Antwort. Ich gehe nach oben, und was sehe ich? Sie liegt in ihrem Bett, und ihre Kleider hat sie auf den Boden geschmissen, sie, die so ordentlich war und so sorgfältig mit ihren Kleidern umging,

warte eine Minute, es geht mir so zu Herzen, eine Minute, Kleiner, wo ist mein Taschentuch?

es ist so lange her und

einen Moment

ich sage: ›Mutter, du mußt selbst kommen‹, und unsere Mutter, sie kannte es nicht anders, sie war vom alten Schlag, ruft: ›Du faules Ding, meinst du, weil du ein bißchen krank bist, daß du

daß du‹

oh, Kleiner, unsere Mutter hat für den Rest ihres Lebens darüber geweint,

viel mehr als ich jetzt, viel mehr –

Unsere Mutter hat sie dann geschlagen, auf beide Backen, mit voller Wucht, und sie rief: ›Heb deine Kleider auf‹, und Marie-Hélène hat es getan, dieses Lamm unseres Herrn, ihre Kleider ordentlich über einen Stuhl gehängt

einen Moment

und sie kroch wieder ins Bett, und unserer Mutter tat es doch leid, sie ging wieder nach oben und brachte ihr den Brei, aber Marie-Hélène konnte nichts dazu, sie spuckte alles wieder aus aufs Plumeau, und Doktor Martens sagt: ›Ich weiß mir keinen Rat mehr.‹ Denn die Krankheit war schon zu weit fortgeschritten, Marie-Hélène war eigentlich zu kräftig, und weil sie so kräftig war, ist dieser Virus ihr aufs Gehirn geschlagen, sie fing an, Schatten an der Decke zu sehen. ›Dort, Agathe, siehst du es nicht, ein alter Kerl, der gekrümmt geht!‹, und sie wurde böse auf mich, weil ich es nicht sah. ›Gib mir den Staubwedel, sofort!‹ rief sie, ›sofort!‹, und mit dem Staubwedel zeigte sie darauf. Auch auf dem Flur, auf dem Balatum, das marmoriert war, sah sie Löwen und Drachen und Zwerge. ›Also, Agathe, du willst das wohl nicht sehen?‹, und sie verlangte, daß ich Pauspapier holte, aus dem wir Muster schnitten, um sie auf die Zwerge und Tiere zu legen und sie abzuzeichnen, und dann ist sie rasend geworden, sie kratzte nach den Leuten, auch nach mir. Doktor Martens sagt: ›Es sollte eigentlich ein Spezialist aus Brüssel hinzugezogen werden‹, aber wir haben diesen Spezialisten nicht hinzugezogen, und dann war sie tot, und unsere Mutter hat unseren Gerard geholt, der gerade aus der Schule der barmherzigen Brüder geflogen war, und sie sagte: ›Sieh dir deine Schwester gut an und paß auf, daß du in der Schule lieber dein Bestes tust‹, und er beugt sich über sie, um ihr einen letzten Kuß zu geben, aber er wurde weggezerrt, weggestoßen von unserem Honoré, diesem plumpen Dickwanst, der jetzt Major ist, man braucht sich nicht zu fragen, warum die belgische Armee am 10. Mai zusammenbrach, und Honoré ließ sein ganzes Gewicht auf das Totenbett fallen, auf die Leiche drauf, wobei er ›Vergebung, Vergebung‹ schrie und brüllte, denn er hatte ihr seine Liebe erklärt, der dicke fette dumme Hanswurst, wir haben später Briefchen gefunden, in ihrem Schrank, die er ihr geschrieben hatte. ›*Adieu, je pars, mais dans mon coeur j'emporterai le souvenir de tes beaux yeux, de tes baisers*‹, und ich sage zu ihm: ›Was soll das heißen, du Affe?‹ ›Ach‹, sagt er, ›das ist der Text eines Lieds, um den sie mich gebeten hat.‹ Ich sage: ›So, so, und diese anderen Briefchen: ›Ich werde Dich immer lieben und stürzte auch der Himmel ein‹, und hier: ›Du, nur Du allein bist mein Licht auf Erden‹? An deine eigene Schwester, du Mastkalb!‹

›Ich schrieb das, wenn ich weg mußte‹, sagt er, ich sage: ›Weg?‹ ›Ja‹, sagt er, ›sie konnte es nicht ertragen, daß ich zu lange wegblieb.‹ Ich sage: ›Wann?‹ ›Na‹, sagt er, ›wenn ich zum Metzger oder zum Bäcker mußte, um einzukaufen, sagte sie: ›Schreib mir etwas, das mich tröstet, während du weg bist . . .‹«

Im Café ›Groeninghe‹ wird so manches Glas auf den Kreuzzug (in Form des Blitzkrieges) gegen die Kalmücken gehoben.

Im Café ›Rotonde‹ sagte Herr Santens, der Kohlenhändler, am Bridgetisch: »Kreuzzug? Ich weiß nicht so recht. Das Abendland wird von den Bolschewisten bedroht, das ist wahr, aber auch von anderen heidnischen Mächten.«

»Herr Santens, die Wände haben Ohren«, sagte der Pate beiläufig. Herr Tierenteyn breitete seine Karten auf dem Tisch aus, musterte sie und starrte dann in die Steppe, die Tundra. »Napoleon, ich sage nur Napoleon«, meinte er. »Bitte, Herr Tierenteyn, nicht so laut«, sagte der Pate.

Und es ist auch die Rede von einem unabhängigen Staat Flandern. Die VNV-Mitglieder sind dagegen, die wollen die Groß-Niederlande (als ob die Holländer darauf so versessen wären, auf einen

Schlag so viele Katholiken im eigenen Nest). Die Dinasos sind dagegen, die wollen das Burgundische Reich. DEVLag ist dagegen, denn die wollen uns dem Großdeutschen Reich einverleiben, das bald das Großeuropäische Reich wird und danach noch bälder das Tausendjährige Weltreich. Wer will also diesen unabhängigen Staat Flandern? Jedenfalls will ihn einer: Papa, bei Friseur Felix.

»Damit wir endlich nach all diesen Jahrhunderten, in denen wir unterjocht und kujoniert worden sind, einmal unter uns sind. Aber dann unter einer entschlossenen Führung, die weiß, wo es lang geht. Nicht wie im Belgien von gestern, das in sechs Jahren zwölf Regierungen gehabt hat, und keine dieser Regierungen ist ordnungsgemäß vom Parlament gestürzt worden. Nein, jedesmal war es diese Narrenposse ›Ach, ihr Liberalen, ihr profitiert von diesen Machenschaften, nun gut, wir kündigen sie auf‹ oder ›Aha, ihr Sozialisten, ihr laßt so etwas gegen Bestechung wie geschmiert laufen, also da steigen wir aus.‹ Und pardauz, da lag wieder eine Regierung auf der Nase, und das einzige, worin sie übereinstimmten, war, wie viele Pöstchen sie ihren Freunden zuspielen konnten. Setzt du dich dahin, dann setze ich mich hierhin, der Tanz um die Stühle!«

»Ach, wie wäre man selbst?« sagte Felix der Friseur, und er seifte den Paten ein.

»Eine straffe Hand brauchen wir. Aber eine intelligente und gefühlvolle Hand«, sagte Papa.

»Das sind zu viele Hände für einen Menschen«, sagte ein Rechner.

»Staf, so ein Pöstchen als Führer von Flandern, das wäre doch etwas für dich«, sagte ein Witzbold.

»Er würde sofort Brüssel den Krieg erklären«, sagte ein Stratege.

»Brüssel ist immer eine flämische Stadt gewesen!«

»Das mußt du denen dort auf französisch deutlich machen«, sagte ein Praktiker.

»Denen werde ich Flämisch beibringen!« schnaubte Papa.

»Staf, das ist alles Kacke«, sagte Felix der Friseur. Papa schaute hilflos zu dem steinernen gefurchten Gesicht seines Vaters im schneeweißen Schaum.

Mama brachte Louis ein Geschenk von ihrem Chef, Doktor Lausengier, mit. Einen Tintenkuli mit einer beweglichen Nadel als Feder. Papa betrachtete ihn.

»Das hat Hand und Fuß! Es sieht nach nichts aus, aber es ist aerodynamisch, damit haben sich Ingenieure befaßt, und nicht die dümmsten. Ein Tintenkuli, ein Kuli, der Tinte trägt. Die Deutschen sind Ingenieure und Dichter in einem.«

»Wie findest du ihn, Louis? Du sagst ja gar nichts.«

»Aber ich kenne diesen Mann überhaupt nicht, Mama, warum schenkt er mir etwas?«

»Nur so.«

»Weil du das Kind seiner Sekretärin bist«, sagte Papa, »ist das so anomal?«

»Darf ich ihm sagen, daß du dich darüber gefreut hast?«

»Ja, Mama. Natürlich.«

»Sag Herrn Lausmich, daß Louis . . .«

»Staf, sei doch mal seriös.«

»Du solltest diesen Mann mal abends zu uns einladen, auf ein Gläschen«, sagte Papa nachdenklich.

»Wir haben nichts im Haus.«

»Dann hole ich eine Flasche aus dem Café. Was trinkt er am liebsten? Schnaps?«

»Courvoisier.«

»Also, zum Beispiel am Freitagabend.«

»Am Freitagabend geht es nicht, denn da findet ein Diner zu Ehren des Generalkommissars für Rüstungsarbeit im ›Wallensteen‹ statt.«

»Dann am Sonntag.«

»Staf, er besucht nicht gerne Belgier zu Hause.«

»Wir sind keine Belgier, Constance, wir sind Flamen, das heißt aus einem germanischen Brudervolk.«

»Er will sich nicht aufdrängen. Glaube ich.«

»Aber er ist doch willkommen! Angenommen ich wäre an seiner Stelle, fern der Heimat, ich würde das sehr zu schätzen wissen.«

»Ich glaube, daß er es nicht will, wegen des Klatschs der Nachbarn und so.«

»Der Krieg ist grausam«, sagte Papa. »Im Krieg fallen die besten Pläne ins Wasser.«

Allem Anschein nach behandelte der Granit Louis genau so wie die anderen Schüler, aber er schob etwas auf, bereitete den Nackenschlag vor, auch in diesem Augenblick, während er kerzengerade in seinem Talar hin und her schritt, auch als er die blutenden Gipsfüße des Gekreuzigten kurz anstarrte, wobei er sich wahrscheinlich die

Argumente ausdachte, die er gegen diejenigen vorbringen wollte, die behaupteten, daß auf Golgatha kein Nagel benutzt worden sei und daß man bei einer Kreuzigung Hände und Füße festgebunden habe.

Es herrschte eine träge und unsichere Atmosphäre in der Klasse, weil die Schüler, die das schon bald zu unterscheiden vermochten, wußten, daß man in dieser Stunde nicht so sehr aufpassen oder Dinge behalten mußte, weil der Granit Fragen darüber stellen würde, sondern eher eine dieser Expeditionen ins Niemandsland stattfand, bei denen der Granit in monotonem Gemurmel buchstäblich über ihre Köpfe hinweg predigte, weder Frage noch Einwand erwartend. Man wird daraus nicht klug, es sind Aufwallungen, Hinweise auf ein Gebiet, unerforschlich weit entfernt von jedem denkbaren Lehrplan.

Der Granit ist bereits auf höheren Befehl dafür getadelt worden, aber er kann es offenbar nicht lassen, dieses Delirium, dem zu folgen Louis sich weigert, obwohl er spürt, daß es für ihn, einzig für ihn bestimmt ist.

Dann stand der Granit vor dem Kreuzfenster. In der linken Ecke unten, hinter dem schmutzigen Glas, schwankten die Äste und Zweige und Sprosse des kümmerlichen Bäumchens, dessen Stamm unsichtbar blieb ebenso wie das eiserne Schutzgitter, auf dem der tölpische Maurice de Potter gekreuzigt worden war. »Daß nur ein Gott uns retten kann«, sagte der Granit. Es klang wie der Schluß seiner Darlegung, aber so klangen alle seine Sätze, als geriete er bei jeder Ausführung außer Atem, als schnappte er wie bei einem Wasserballspiel nach Luft. »Wir müssen ihn in unseren Gedanken vorbereiten und *in poeticis*. So daß wir alsdann, vielleicht schon sehr bald, auf seine Erscheinung vorbereitet sind und zur Verfügung stehen,« und dann nannte er Gott (wie gewöhnlich in den letzten Wochen) bei seinem jüdischen Namen, nicht Jehova, was eine Verballhornung, ein Mißverständnis ist, sondern Jahve, und dieser Jammerschrei in unserer Sprache, dieses *Weh* von *Ja*! *Weh*! klang bäurisch und derb. Der Granit richtet einen kohle-jett-eisigen Blick geradewegs auf mich, er hat sich unverschämt abenteuerlich aus diesem verstaubten Käfig voller Schüler hinausgewagt, um seinen Freund und Neffen und Nächsten und pluto-aristokratischen Schützling der Fürsprache Mamas anzuvertrauen, dieses Vertrauen ist sonderbar, was hat er nur in letzter Zeit?

»Zur Verfügung stehen, auch wenn er, in unserem Niedergang, abwesend ist.«

In dem Priestergewand schien die Gestalt zerbrechlich geworden zu sein. Er bewegt sich, wenn auch immer noch stramm wie ein Offizier, träger, behutsamer, wie ein Schlafwandler, er schläft nicht genug.

»Wie ihn erreichen? Nur durch die Vermittlung der Menschen, das kann in dieser schlimmen Zeit gar nicht genug betont werden; ich selbst habe dies erst kürzlich zutiefst erfahren, nur die Menschen können ihm einen Namen geben, und unter den Menschen die Meisterniedrigten, denn das vergaß Meister Eckehart, als er sagte, ›Er erscheint nur denen, die ihn benennen‹, vergaß es oder konnte sich keine Vorstellung davon machen, was für Tiere die Menschen werden sollten, alle, denn alle sind heutzutage schuldig, alle.«

(Der Pate sagte beiläufig: »Granit, die Collègewände haben Ohren.«)

»Wir dürfen ihn nur in der Wüste erwarten, und deshalb ist er nahe, denn die Wüsten werden vermehrt, wenn auch die herrschende Dimension um uns herum die der Ausdehnung, der Mannigfaltigkeit zu sein scheint, in der die bestialische Herde herrscht, und die zur Theorie erhobene Mittelmäßigkeit.« (In Gottes Namen, fahr nicht fort, sei still, psst, widerrufe, beschwor der Pate aus der Ferne.)

Die schlafwandlerischen Worte des Granits hatten die Form seiner manikürten Finger, und die streichelten Louis' Wange, berührten den Flaum neben seinen Ohren, und der Granit schlief im Stehen, während der einwiegende leise Singsang weiter aus ihm floß, und die Herbstsonne wurde wärmer, Fliegen schwirrten um Louis' schlafende Stirn, es waren funkelnde Schmeißfliegen, denn Vlieghe war unter ihnen.

Als die deutschen Kohorten wieder einmal durch die Leiestraat und über den Grote Markt marschierten, fand Louis mit Mühe zu seiner ersten Begeisterung zurück, dieser Mischung aus Angst und Entzücken, die ihn erfüllt hatte, als sie, alle im gleichen Alter, alle mit dem gleichen bronzebraunen Gesicht (eigentlich Jungen wie er, nur etwas älter) in die Stadt Walle einzogen – »wie durch Butter«, sagte Tetje. Nun glichen sie dressierten, für die gute Sache in Uniform gesteckten Männern. Der Überfall auf Belgien lag hinter ihnen. Weil sie keinem Feind mehr gegenüberstanden, war ihr katzenartiger wilder sprungbereiter Trieb erloschen. Er fühlte sich durch diese gewöhnlichen Männer in Feldgrau irgendwie betrogen. Als hätten sie damals, in diesen flimmernden Maitagen voller Schüsse und Geschrei, ihren Auftritt in einer Operette gehabt, Tambourmajore mit Totenkopfmützen. Nun wurden diese Totenkopfengel in Schnee und Eis eingesetzt, um die tartarischen Muschike, die von gottlosen Volkskommissaren aufgehetzt wurden, auszurotten.

In das mit mittelalterlichen Nägeln beschlagene Eichentor des Rathauses, über dem eine Löwenflagge und zwei Hakenkreuzfahnen wehten, war eine kleine Tür eingelassen.

Jetzt oder nie. Jetzt.

Louis zog die Tür auf und fand auf dem Innenhof das Schild mit der Sol-Rune, Segen und Sonne, und den gotischen Buchstaben ›Nationaal Socialistische Jeugd Vlaanderen‹. Er ging die von Mönchen, Kriegern und Magistratsbeamten seit Jahrhunderten ausgetretenen Stufen aus blauem Granit hinauf, in Richtung des Geräuschs, das wie das unregelmäßige Echo seines pochenden Herzens widerhallte, jemand schlug mit Fäusten gegen eine gepolsterte Wand.

Ein sommersprossiger Junge in einem grünen Hemd mit schwarzem Schlips saß an einem kleinen Tisch mit Zeitschriften und Prospekten und dem Bild des Führers in seinem eisernen Harnisch. Er sagte: »Heil Flandern!« – »Heil Flandern«, antwortete Louis und dann den Satz, den er in den letzten Tagen vor dem Spiegel geübt hatte: »Seynaeve, Louis, meldet sich zur NSJV.« Der Junge verschränkte seine behaarten Arme, musterte den Rekruten, stand auf, zog die Beine seiner kurzen Hose herunter und verschwand. Auf dem Tisch lagen: ›Zingende Vendels‹ – ›Singende Wimpel‹, ›Kamp om Volkse Waarden‹ – ›Kampf um Völkische Werte‹, ›De Dietse Toekomst‹ – ›Die Großniederländische Zukunft‹. Ich habe den Schritt gemacht, den ersten. Ohne jemanden um Hilfe oder Fürsprache oder Rat zu bitten. Wenn das keine Überzeugung ist.

»Das kann doch nicht wahr sein! Wen haben wir denn da?« Ein jovialer, schwergebauter Bursche in schwarzer Reithose mit Stiefeln und Khakijoppe, dessen volles rosiges Gesicht Louis bekannt vorkam, wahrscheinlich weil er Carl Raddatz in *Stukas* ähnlich sah, kam näher. Es war der junge Mann, den Louis ab und zu auf dem Schulweg in einem hellgrauen dreiteiligen Anzug im Schuhgeschäft Genevoix an der Onze Lieve Vrouwestraat stehen sah.

»Genevoix. Scharführer. Du bist doch der Jüngste von Drucker Seynaeve?«

»Ich bin Einzelkind.«

»Hat dein Großvater dich geschickt?«

»Nein. Ich bin gekommen, um mich anzumelden, Scharführer.«

»Und dein Großvater ...«

»Der hat nichts damit zu tun«, sagte Louis schnippisch. (Gleich meine Position bestimmen.) Der Ton gefiel dem sommersprossigen Jungen nicht. Ein Hottentotte.

»Wie heißt du?«

»Seynaeve, Louis.« (Ich habe mich doch schon vorschriftsmäßig gemeldet!)

»Also gottverdammt.« Der Scharführer stemmte die Hände in die Hüften, stellte sich breitbeinig hin, ähnlich wie Mussolini in der Wochenschau, und traf Louis mit einem verzögerten Haken seiner gestreckten Faust in die Magengrube. Es tat nicht weh, der Bursche hatte den Schlag abgebremst.

»Sofort, sofort die Bauchmuskeln spannen, sofort, wenn du meine Hand losschnellen siehst.«

»Ich habe sie nicht gesehen.«

»Natürlich nicht«, sagte Genevoix.

In einem staubigen kleinen Saal mit romanischen Bögen, den Louis von Ansichtskarten kannte, saßen fünf Jungen im Turntrikot mit gespreizten Beinen auf dem Boden und drückten, die Hände im Nacken, ihr Gesicht zwischen die Beine. Schnaufend zählten sie laut, sie waren bei dreiundzwanzig angelangt; einer konnte dem Tempo nur mit Mühe folgen, er hieß Haegedoorn und saß in der vierten Lateinklasse, er schaffte die Fünfzig nicht und blieb atemlos und benommen sitzen.

Genevoix stellte Louis vor. Zwei der Jungen versuchten seine Hand zu zerquetschen. Haegedoorn sagte: »Seynaeve, wer hätte das gedacht?« Dann mußten sie sich hinknien und dem Scharführer zuhören, der – wahrscheinlich ein eisernes Programm durchziehend, denn er schaute dauernd auf seine Armbanduhr – einen Vortrag über Runen hielt, Zeichen, deren grandiose Bedeutung wir durch unser rückständiges Unterrichtswesen nie gelernt hätten. Es sei seltsam, daß ein Scharführer dies erläutern müsse. Jedes Kind wisse doch, daß Runen, vom gotischen *runa* (was bedeutet: ›verlorene Dinge‹) abgeleitet, von den Skandinaviern benutzt wurden, um sich an ihren Gott zu wenden. Der Scharführer nannte sie ›die Schrift, durch die man zum Kern des Wesens gelangt‹, so konnte man es auch ausdrücken. Der Scharführer konsultierte ab und zu ein graues Büchlein und sagte, daß Odin von dem Berg herab, auf dem er zwischen Todeskampf und Wiedergeburt lebte, gesprochen habe: ›Ich habe die Runen erhoben, die Zweige, in welche die Zeichen des Schicksals eingeritzt sind.‹ »Kapiert, Bosmans?«

Bosmans, ein schmächtiger, ärmlich aussehender Junge, zweifellos aus der Toontjesstraat, nickte erschrocken.

»Erzähl es mal auf deine Art. Wie wirst du es, wenn du ›Stürmer‹ bist, den ›Knappen‹ weitergeben? Fang an bei Seynaeve.«

Bosmans sah Louis mit einem gehässigen rattenhaften Blick an. »Dieser Odin hat zwei Raben, und die erzählen ihm alles, ein Pferd mit acht Beinen und zwei Wölfe, er hat nur ein Auge, und meistens sieht man sein Gesicht nicht, das er unter einem breiten Hut versteckt.«

»Bosmans, wir sind nicht hier, um zu blödeln. Es geht um die Runen!« brüllte der Scharführer. »Kapiert?«

»O ja. Also dieser Odin kennt die Runen.«

»Natürlich!«

»Weil er neun Tage ohne Essen und Trinken an einem Baum gehangen hat.«

»Und von einem Speer verwundet«, sagte Haegedoorn.

»Die Runen, Haegedoorn!«

»Dieser Odin«, sagte Bosmans lahm, »hat die Runen, hm, diese Zeichen, hm, des Schicksals, hm, in die Wurzeln, äh, geschlagen, hm.«

»Du wirst noch beim ›hm‹ Wurzeln schlagen, Bosmans«, sagte der Scharführer. Alle lachten. Auch Louis. Genevoix, der Scharführer, war ein Kamerad. Er seufzte.

»Fechten wir jetzt, Scharführer?« fragte einer der stämmigen Jungen.

»Mansveld, erst kommt die Theorie. Außerdem bin ich es, der hier die Befehle gibt!«

»Jawohl, Scharführer.«

Genevoix schaute auf seine Armbanduhr und dann in sein graues Büchlein. »Was besagt die Proklamation von Kortrijk? Es ist zwar eine Frage, die nur Stürmern gestellt werden soll, aber ich stelle sie euch trotzdem.«

Keiner wußte es. Louis hatte noch nie etwas davon gehört. Hatten die Sieger der Goldsporenschlacht 1302 in Kortrijk etwas ausgerufen, eine Art unabhängige Grafschaft?

»Ein Volk, eine Jugend!« rief Genevoix »›Die Gemeinschaft, die wir aufbauen, wird keine Parasiten kennen. Sondern nur funktionierende Teile im Ganzen einer Volksgemeinschaft. Jeder Kastengeist und jede Parteipolitik müssen un-er-bitt-lich aus dem Weg geräumt werden.‹ Das sagte unser Jugendführer, Doktor Edgar Lehembre, und ich stand nur einen Meter neben ihm. Sind noch Fragen?«

Weil niemand etwas sagte und es unhöflich war, dem Scharführer nicht zu antworten, und weil Louis sofort den Eindruck eines unverzagten mannhaften ganzen Kerls machen wollte, fragte er: »Im Collège sagt man, daß die NSJV gegen den Katholizismus ist. Was soll ich darauf erwidern?«

»Wer sagt das? Wer ist *man*?« Genevoix' volles Gesicht wurde rot.

»Lehrer.«

»Welche Lehrer? Namen!«

»Ja, Namen!« sagte Mansveld, als wollte er, den Hitlerjugenddolch zwischen den schlechten Zähnen, die Festung des Collèges stürmen.

Haegedoorn sagte: »Du kannst ganz offen reden. Louis. Ich kenne die Namen auch.«

»Evariste de Launay de Kerchove«, murmelte Louis.

Genevoix schrieb hinten in sein Lehrbüchlein: »De Launay, de Kerchove, wer noch?«

»Das ist derselbe«, sagte Haegedoorn. »Er hat zwei Namen.«

»Oh, ein Adliger. Den werden wir Mores lehren.«

»Was hast du vor?« sagte Louis und dann schnell: »Scharführer.«

»Dein Collège wird zu gegebener Zeit ersetzt werden; wir werden eine Burg der NSJV daraus machen, der politische Katholizismus muß mit der Wurzel ausgerissen werden.«

»Das sagen wir dem Prinzipal, was, Seynaeve!« (Duckmäuser Haegedoorn hat *hier* eine große Klappe!)

»Er weiß es. Er weiß es ganz genau«, sagte Genevoix drohend. Er las vor: »Wer nicht erkennt, daß sein Leben und das Leben seines Volkes durch die Vorsehung in bestimmte Bahnen gelenkt wird, ist kein Nationalsozialist. Wir erkennen den christlichen Charakter unseres Volkes an und streben nach dessen Erhaltung und Förderung.‹ Ich könnte es nicht besser ausdrücken. Denn was sind wir, Kameraden: Produkte eines vulgären, sinnlosen Materialismus?«

»Nein«, sagte Haegedoorn feurig.

»Sind wir nur blinder Instinkt?«

»Nein«, sagte Louis.

»Oder ein Instinkt, aus dem der Wille entsteht?«
Keiner antwortete.
»Was sagen die Griechen?«
Keiner wußte es. Louis suchte, fand *agape*, ein Wort des Granits, er flehte den Granit um mehr Licht, Hilfe, Kenntnis an, aber nur das blöde *agape* blieb hängen, und Griechisch sollte er erst nächstes Jahr lernen. Genevoix sagte: »Daß alles ein Kampf ist, von Anfang an ist alles *surtout* ein Kampf gewesen. Und was sagt Darwin?«
»Er sagt so einiges«, meinte Mansveld.
»Daß das Leben ein Kampf ums Dasein ist. Verstanden? Also ist das Ziel auf der Welt für uns, für die Nationalsozialistische Jugend Flanderns, nicht als Feiglinge vor dem Kampf davonzulaufen! Das ist doch sonnenklar? Ja? Aber dieser Kampf muß sublimiert werden, und in was?«
»In den Übermenschen«, sagte Bosmans wacker.
»Nein, Bosmans, in das menschliche Genie.«
»Aber, Scharführer, vorige Woche hast du gesagt: in den Übermenschen.«
»Bosmans, das war vorige Woche. Kapiert? Kurzum, sind wir Tiere, Kameraden?«
»Nein«, rief Bosmans.
»Nein. Und jemand muß das Bild des Menschen in seiner ganzen Größe und Kraft hochhalten.«
»Das sind wir.«
»Ganz richtig.« Genevoix tastete an seiner Jacke herum, er suchte etwas. Zigaretten? Aber nein doch. Er zog einen kupfernen Zahnstocher hervor und popelte damit herum. »Und die Moral ist eine Gewohnheit, die durch unsere Kraft bestimmt wird. Das kapiert ihr doch? Gut und Böse stammen aus derselben Quelle. Wenn du Pfarrer bist, Seynaeve, und dein Leben deinem sogenannten Gott opferst, wenn du unbedingt gerecht sein willst wie die meisten Menschen ab und zu, oder wenn du ›*Merci*‹ zum Leben sagst, dann steckt immer Kraft dahinter. Ja?«
»Ja«, sagte Louis. »Das stimmt. Aber im Collège ...« begann er.
»Dein Collège ...« sagte Genevoix, zog den Zahnstocher aus dem Mund und rülpste laut. »Das ist meine Antwort.«
Alle lachten. Man lachte Louis aus. Genevoix aber wurde gleich danach der Kamerad, der alles begreifende Freund, der zu oft in dem stahlharten Führer verborgen blieb.
»Du bist ein Denker«, sagte er. »Das wird dir nichts schaden,

denke, denke ruhig, soviel du kannst. Aber du darfst nicht nur denken, sondern du mußt auch ein Soldat des Denkens sein, ein Dieb, ein Plünderer des Denkens. Hast du verstanden?«

»Ja«, sagte Louis feurig.

In der selben Woche klaute Louis Geld aus dem Portefeuille in Papas Jackett, das im Flur an der Garderobe hing. Er zahlte davon einen Vorschuß für seine Uniform: grünes Hemd, schwarze Samthose, orangefarbener Schlips, schwarze Mütze mit Sturmband, Koppel mit Schulterriemen, Brotbeutel und die Schnalle mit dem Delta-Zeichen. Er putzte die Schnalle und warf sich in Schale, wusch sich, kämmte sich in Haegedoorns Zimmer, und als er das erste Mal durch die Straßen von Walle schritt, wußte die ganze Stadt Bescheid, neidische Jungen vom Atheneum sperrten den Mund auf, junge Mädchen lächelten, ein Gefreiter grüßte ihn, »Heil Hitler«, Dackel kläfften ihn an, die Löwenflagge auf dem Belfort flatterte. Dabei war seine Uniform noch längst nicht komplett, der HJ-Dolch fehlte und irgendein Leistungs- und Sportabzeichen. Haegedoorn, der neben ihm ging, merkte nichts, dieser Hottentotte.

In dem Büro im Rathaus saß Genevoix, eine Zigarette im Mundwinkel, und las im *Adler.* Sein Gesicht verriet größtes Erstaunen, als er den neuen Knappen erblickte, Louis schwoll bereits vor Stolz an, als Genevoix zu lachen und zu fluchen begann. Bosmans, der allein Fechtübungen mit einem Holzdegen machte, schloß sich dem Lachen an. Danach auch Haegedoorn, der sich von Louis löste und kichernd auf ihn zeigte. Da sah Louis es auch, erst da, er hatte – wie war das, in Gottes Namen, nur möglich? – vergessen, seine Stiefel anzuziehen, er trug noch die lächerlich spitzen Lackschuhe, die Tante Hélène aus Onkel Florents Schrank genommen hatte, als sie, trotz Omamas jammernden Protests, in Onkel Florents Zimmer gezogen war.

»Dabei habe ich es dir noch gesagt«, sagte Haegedoorn, dieser Abschaum.

»Nichts hast du gesagt«, schrie Louis.

»Ein richtiger *danseur mondain*«, sagte Genevoix mit geckenhaftem Falsett. Louis riß Bosmans den Holzdegen aus der Hand und richtete ihn auf Haegedoorn, der ihn vor dieser Schmach hätte bewahren müssen. Mit einem Katzensprung, des HJ-Leistungsabzeichens auf seiner Brusttasche würdig, ergriff Genevoix einen der zwei Sportsäbel, die an der Wand hingen, links und rechts von Albrecht Rodenbachs Bild, und schlug mit einem Hieb Louis den armseligen Degen aus der Hand. Haegedoorn duckte sich. Der Degen krachte auf den Boden. Louis wollte ihn aufheben, bekam aber einen Tritt in den Hintern, eine Ohrfeige, und dann packte Genevoix ihn bei seinem neuen Schlips. »Man unterbricht nicht den Fechtunterricht ohne meinen Befehl, ja?«

»Ja, Scharführer.«

Er mußte dreißig Liegestütze machen.

Bei diesem gequälten Auf und Ab kümmerte sich niemand um ihn.

Er stemmte sich hoch und knickte weg, das Kinn fast auf dem Boden, und schaffte keine zwanzig, seine Arme schrien vor Schmerz und zitterten, er schnappte nach Luft, der staubige Raum drehte sich, ein Krampf fuhr in seine Waden und blieb darin stekken, er ließ sich fallen.

»Dreißig«, sagte Genevoix. »Ja?«

Er fing von vorne an. Das Internat mit den unberechenbaren Nonnen hatte Louis auf so etwas nicht vorbereitet. Der Pate auch nicht. Niemand. – Von Kindheit an hätte man mir diese eiserne Disziplin eintrichtern müssen. Ich werde der Härteste von euch allen werden, meine Arme werden wie geflochtene Stahlkabel sein, mein Kopf wie ein Stahlhelm, meine Seele wird ihre Flammen mit einer Asbesthülle bezwingen. – Aber sein Rumpf kam keinen Zentimeter höher. Tritt mich, tritt mich mit vorschriftsmäßigen Stiefeln, ich bin unwürdig.

»Du kannst dir nächste Woche ein Paar Stiefel in unserem Geschäft abholen«, sagte Genevoix, als sie allein waren. »Ich konnte dir das nicht in Gegenwart der anderen sagen. Und dein Haar – das geht so auch nicht.« Ehe Louis nach Hause durfte, schnitt Genevoix ihm die Haare so wie es sich gehörte, streichholzlang. Mit sanften Fingern, denen eines Kameraden.

Mit seinen neuen ungeschmeidigen Stiefeln mit stumpfer Spitze (er hatte dem eifersüchtigen Haegedoorn versprochen, daß der sie auch ab und zu tragen dürfe) hielt Louis, die Beine gespreizt, den Wimpel umklammernd, Wache. Das ›Flandria‹, das Gebäude des anglofrankophilen Tennisklubs von einst, in dem ein Hauptmann der Division ›Götz von Berlichingen‹ wegen einer Auszeichnung an der Ostfront gefeiert wurde, lag in einem Park mit Hunderten von

Gelb- und Grüntönungen und Bäumen, die Maurice de Potter alle beim Namen hätte nennen können. Die Autos, deren Marken Vlieghe hätte nennen können, waren vollgestopft mit Offizieren; sie fuhren bis kurz vor die Freitreppe und bremsten quietschend. Alle Offiziere sprangen die Stufen hinauf, das war ihnen so beigebracht worden, seit Generationen. Omamas Bruder Honoré, der Major, könnte von ihnen etwas lernen. Belgier springen nie, seit Generationen. Genevoix ist drinnen und sorgt für das Buffet. Keine Aufgabe ist minderwertig, wenn sie dem Erfolg der Sache dient. Louis fragte sich, wann er wohl Jef van de Wiele zu sehen bekäme, ob er seinen Spitznamen Jef Cognac verdiente, ob es ihm anzusehen wäre wie Onkel Armand. Jef van de Wiele sei ein Busenfreund der Familie Genevoix, behauptete der Scharführer. Er hatte eine persönliche Leibwache, fünfzig Mann in Schwarz und Silber, die Feuerwaffen tragen durften. Wann käme ein günstiger Augenblick, um Papa endlich zu eröffnen, daß er in die Dienste der NSJV getreten war? In dem Augenblick, in dem Papa den Diebstahl entdecken würde? Es mußte jedenfalls vor dem nächsten Monat geschehen, denn dann fuhr die ganze Abteilung mit einem Bus der Organisation Todt nach Köln, um an den Deutsch-Flämischen Kulturtagen teilzunehmen.

Die Brücke zwischen Geistesarbeitern und Handwerkern. In Köln sollte Wies Moens reden, ein flämischer Kopf wie kein zweiter, der, in einen belgischen Kerker eingesperrt, seine herzergreifenden *Zellenbriefe* geschrieben hatte, die Louis sich zu Tränen gerührt allein vor dem Spiegel vorlas. Kunst, die Schönheit sucht. Denn wir haben zu lange gemeint, daß das Geheimnis des Lebens im Dunklen und Haßerfüllten zu suchen sei. Was wir als Schönheit erkennen müssen, entströmt dem Urgrund des Lebens, und der ist elementar und gefährlich – ja? –, aber dadurch bezaubert und überwältig sie die Menschen, eine helle Flamme – ja? –, eine versengende Sonne, und es ist kein Zufall, daß eine kreisende Sonne das Symbol des deutschen Volkes und teilweise nun auch des flämischen ist. Cyriel Verschaeve sagt: Unsere schwere Zeit erfordert die schnelle, ganze, entscheidende Tat! Also, genialer Priester, ich habe mich gemeldet, ich stehe hier und tue meine Pflicht.

Sinnend (sagte Louis unhörbar), den Verkehr und die Natur betrachtend (sagte er zu sich), träume ich, Wachtposten Seynaeve, ›und ich sehe durch den Nebel der Zeiten dem wilden Streiten der Riesen ein großes Volk entsteigen‹.

Und dort, was sind das, Maurice, Eichen? Laubwald, jahrhundertealt, goldumwallt. Drei*as*. Sommereiche? Steineiche? Maurice, du fehlst mir sehr. Du wärst an jenem tapferen Tag bestimmt nicht mit mir in das Büro im Rathaus mitgekommen.

Durch die Sträucher erblickte Louis seine Mutter. Sie trug ein elegantes, bisher noch nie gesehenes beiges Deux-pièces. Zog sie sich wie er woanders um? Im ERLA? Sie führte einen glitzernden Metallöffel mit Pistazieneis zum Mund, und nachdem sie die Hälfte des grünen Klümpchens mit sichtbar hin und her schnellender Zunge abgeleckt hatte, führte sie den glänzenden Löffel zu den Lippen eines Mannes mit kurzgeschnittenem Haar, einem langnasigen Vierziger in einem weißen Hemd mit kurzen Ärmeln. Der Mann klemmte den Löffel zwischen seine Zähne, lachend versuchte Mama ihn herauszuziehen.

Der Fahnenschaft in der Faust des Wachtpostens rührte sich nicht, der Wimpel mit dem Delta in den Krallen des Blaufußes flatterte nicht, aber der Wachtposten, der den Auftrag hatte, Wache zu halten, geriet in Panik. Was tut meine Mutter hier? Wie komme ich von hier fort? Was mache ich übrigens, wenn ich pinkeln muß? Ich muß jetzt un-be-dingt pinkeln. Er rief Haegedoorn, als der mit einer silbernen Schale voll Schaumgebäck vorbeikam, wie die Nonnen im Internat im Winter vor Sonnenaufgang mit ihrer Schaufel voll glühender qualmender Kohlen. »Psst. Psst. Hmhm.«

Haegedoorn trat zu ihm und sagte: »Jetzt nicht. Ich habe sechs beiseite gelegt. Für nachher.«

»Was?«

»Von diesen Nonnenpupsen hier. Drei für jeden, nachher.«

»Haegedoorn, kannst du nicht meinen Platz einnehmen?«

»Bist du verrückt?«

»Mir ist nicht wohl.«

Haegedoorn ging. Louis bat seine Mutter: Geh weg, ohne mich zu sehen, bitte, es ist nicht fair, ich kann nicht von hier weglaufen und mich vor dir verstecken, weil ich dem Befehl gehorche, und das muß unbedingt sein, ich darf darüber nicht nachdenken.

Drinnen sang man: »Mein Schatz muß ein Matrose sein, so stürmisch wie die See, und treu sein muß er mir allein, denn ich sag ihm sonst ade!«

Stürmisch. Kalte Schauder. Ich kriege Durchfall. Denn der Mann im Tennisdreß ist aufgestanden. Und Mama auch. Louis wandte sein Gesicht möglichst weit ab, ein Wachtposten im Profil, der zufällig in der entgegengesetzten Richtung, auf der fernen See etwas Drohendes sichtet; er erblickte Bosmans, der eine für ihn viel zu große Landsknechttrommel vor dem Bauch trug. Das empfand der Wachtposten, dessen Eingeweide sich verkrampften.

Die Schritte näherten sich zusammen mit dem Kläffen eines kleinen Hundes und dem Knirschen des Kieses. »Dann schmeckt doch jeder Kuß von ihm nach mehr, nach mehr, nach mehr«, sang Mama mit den fernen Soldaten mit, die verwundet und verstümmelt von der Ostfront zurückkehrten und also das Recht hatten, so etwas zu singen. Der Mann war größer als Papa, und der war ein Meter fünfundsiebzig. An der Spitze seiner langen dünnen Nase war eine Narbe. Er hatte einen Goldzahn. Seine schmalen Augen standen schräg, und an seinem bloßen kurzgeschorenen Schädel klebten zwei Mädchenohren. Auf seiner sonst fleckenlosen weißen langen Hose war auf der Höhe seines rechten Knies ein rotbrauner Fleck von der Größe und Form einer Kinderhand. Er sagte mit einer ruhigen, leicht spöttischen Stimme: »Was ist los, Constance?«

Und die Beständige, Unveränderliche, Treue redete ihn in schnellem hellem Deutsch an – nein, es galt dem schmutzig-weißen Kläffer, der an Louis' Stiefeln leckte.

Mama stellte sich direkt vor ihn, wie vor einen Käfig im Zoo von Antwerpen, in den mit ihm zu gehen sie versprochen hatte. Ihre großen zärtlichen Augen. Ihre beweglichen, scharlachrot geschminkten Lippen in Herzform.

Schweißperlen in Louis' Wimpern. Er wagte es nicht, seinen Ärmel an sein Gesicht zu heben, seine Hand blieb unerschütterlich in seine Hüfte gestemmt, ein schmelzender tropfender Schneemann ist dieser Wachtposten.

»Oh«, sagte Mama. Und dann: »Sag mal, Junge, wie heißt du?«

»Louis.«

»Er heißt Louis. Wie mein Sohn.«

»Ach so«, sagte der Mann.

»Ist dir nicht zu warm, mit diesen dicken Strümpfen?«

»Nein.« (Nein, Madame. Nein, Mama, Mama.)

»Du hast so schicke Stiefel an. Sie sind neu, sehe ich. Drücken sie nicht? Kein bißchen? Denn du hast ziemlich große Füße, wie es scheint.«

»Heil Flandern!« sagte Louis bissig.

»Heil! Und mach weiter so, mein Junge.« Mamas Parfum weht ihm ins Gesicht, sie zieht seinen Schlips mit dem Lederknoten fester, bis die beiden Zipfel auf gleicher Höhe hängen. »Nichtsnutz«, flüstert sie und schaut sich nicht mehr um. Die Nähte ihrer Strümpfe sitzen gerade. Der kleine Hund springt an der weißen schlotternden Hose des Mannes hoch. »Tschüß«, sagt der Mann noch.

Als er mürrisch mit allerlei Erklärungen auf der Zungenspitze nach Hause kam, gab sie keinen Mucks von sich. Erst als sie karamelisierte Kohlrabi auf seinen Teller tat, zwinkerte sie ihm zu. Später kam sie in Louis' Zimmer, ohne anzuklopfen, wie sie es sonst immer tat, weil er darum gebeten hatte. (»Du hast recht, du bist kein Kind mehr«, hatte sie, ernst nickend, gesagt.) Sie setzte sich auf sein Bett, er erschrak, ihr Bein mit dem rosa Pompon des Pantoffels wippte zehn Zentimeter vor dem Handtuch auf und ab, in dem der Samen noch nicht getrocknet sein konnte.

»Heute nachmittag war so schönes Wetter, und mein Chef sagte: ›Was bin ich doch für ein Tor, drinnen zu hocken, wo doch kaum noch etwas wegen des Transports zu tun ist, der gestern abging, ich gehe Tennis spielen, kommst du mit?‹ – Nichtsnutz, wie lange bist du schon bei der Hitlerjugend?«

»Es ist nicht die Hitlerjugend.«

»So, nicht?«

»Nein. Es ist die NSJV.«

»Das ist doch dasselbe.«

Wie dumm konnte doch eine Frau sein! »Die haben erst einmal eine andere Fahne, ein Hakenkreuz auf der Armbinde, eine Koppelschnalle mit ›Blut und Ehre‹, eine Siegesrune ...«

»Warum hast du es uns verheimlicht?«

»Ich will erst mein Sportabzeichen machen.«

»Wie findest du ihn?«

»Wen?«

»Henny.«

»Henny?«

»Ja. Ich habe zuerst auch darüber lachen müssen. Aber in Deutschland ist Henny auch ein Männername.«

»Er ist groß.«

»Ist das alles?«

»Ja.«

Sie drückte ihren Zigarettenstummel auf dem Untersatz des Kaktustopfes aus. »Ich höre es schon. Mit dir kann man nicht reden. Du muckst wieder einmal auf. Was habe ich denn nun schon wieder falsch gemacht?«

Sie guckte über seine Schulter in sein Heft, in dem er Karikaturen Churchills, Roosevelts und Stalins nachzeichnete.

»Ein aufdringlicher Kerl«, sagte sie. »Aber wir kommen miteinander aus. Du sagst deinem Vater nicht, daß ich im ›Flandria‹ war, denn er ist in den letzten Tagen sowieso schon nervös, und ich sage nichts von deiner Uniform und deinen neuen Stiefeln. Einverstanden? Sind wir nicht verschworene Kameraden? – Ja? Diese Kluft steht dir wirklich ausgezeichnet. Ich habe dich sogar erst nicht erkannt. Ich dachte, mein Gott, was für ein fescher Bursche hält da Wache!«

»Laß das Geschwätz.«

»Aber es ist wahr, ich schwöre es.«

»Sicher beim Haupt deines Kindes?«

»Mensch, was machst du es dir doch selbst schwer. Du bist genau wie dein Vater.«

»*Merci*, Mama.«

»Gern geschehen, mein Kind.«

Papa reinigte in der Werkstatt, die nach einer neuen Art säuerlicher Druckerschwärze roch, die Druckerpresse mit einem schwarzen Öllappen. Papa liebte den ›Heidelberger‹. Weniger die Zylinderpresse mit ihren vielen Metallnerven, die staubig grau wie ein krankes Ungetüm auf bessere Zeiten wartete.

Vandam, der Werkmeister, druckte eine Todesanzeige auf der Tiegeldruckpresse. Eine Zeichnung von Dolf Zeebroeck, dem Künstler, der schon seit den zwanziger Jahren volksverbunden war und der das sinn-lose Moderne dem Kunstsinn unseres Volkes angepaßt, es den unkunstsinnigsten unter uns verständlich gemacht hat.

Marnix de Puydt nannte ihn den Toorop von Westflandern. Er wohnte in der Kanunnik Vanderpaelstraat in einem modernen Haus mit überflüssig vielen Zimmerpflanzen und einer Frau und sechs Kindern. Er wurde nicht so geschätzt, wie er es verdient hätte, weil er einfach als Wallener unter uns wohnte, ein Künstler muß tot sein oder abgelegen wohnen, man kann sich Rubens oder Arno Breker nicht in Begleitung von drei plärrenden Kleinkindern mit einem Einkaufskorb vorstellen.

Vandam sah nicht von seiner Arbeit auf, er war verdrossen, weil dem Boxverein, den er in der Zwevegemstraat gegründet hatte, dem Kid Vandam-Klub, nach sechs Monaten der Bankrott drohte, während doch, vor allem jetzt, gesundes Sport-und-Spiel die Leute zusammenbringen, sie ihre Sorgen vergessen lassen konnte; aber es war immer dasselbe Lied, die Leute, besonders die von Walle, wollen keine Solidarität, man muß sie ihnen beibringen, sie dazu zwingen, notfalls mit harter, boxender Hand. Wahrscheinlich betrachtete Vandam, der die Todesanzeigen fingerfertig wie ein Gaukler zwischen Tiegel und Tintenwalze herauszog, den leidenden Christus, der an die schwarze Fläche des Balkens genagelt war, wie ein ungenügend durchtrainiertes Weltergewicht. Dolf Zeebroeck hatte den Heiland längst nicht mit so gewölbten, unmenschlich gespannten Muskeln gezeichnet wie zum Beispiel den Diskuswerfer auf dem Plakat, von Papa vorigen Monat für den Sportwettkampf gedruckt, bei dem Scharführer Genevoix das Degenfechten mühelos gewonnen hatte. Jesus steht übrigens auf einem Fußbrett, und das hat Dolf Zeebroeck gut gesehen, denn die Handflächen eines Mannes von solchem Gewicht – wieviel wog Jesus? – würden sonst reißen, er würde nach vorne kippen, auf die zwei trauernd gebeugten Frauen im Profil, die ihm verblüffend ähnlich sehen. Darunter stand in neugotischer Schrift, die Zeebroeck entworfen hat: »Er wurde wegen unserer Missetaten zerschmettert, und durch seine Wunden werden wir geheilt.« Es waren keine Striemen zu sehen.

»Was höre ich da?« sagte Papa. »Daß du bei der NSJV bist? Und du sagst mir nichts davon? Ich muß es von Wildfremden erfahren?«

»Von wem denn?«

»Von Theo van Paemel.«

»Der ist kein Fremder.«

»Ich weiß, daß du es tust, um mir eins auszuwischen. Widersprich mir nicht. Ich habe deinem Spatzenhirn klargemacht, daß wir unser Ehrenwort gegeben haben, kein offizielles Mitglied irgendeiner Organisation zu werden, abgesehen vom Roten Kreuz. Du zwingst mich jetzt, nach Brügge zu fahren, sieben acht Stunden mit dem Zug, um dem Bischof zu erklären, daß du dich in einer Anwandlung von Wahnwitz oder bloßer Dummheit in eine Uniform geworfen hast. Ich werde Seiner Eminenz lieber nicht erzählen, daß du es getan hast, um mich lächerlich zu machen.«

»Lächerlich? Bei wem?«

»Bei meinen Kameraden vom VNV! Naessens, der Gauleiter, hat mich schon zwanzigmal gefragt: ›Warum ist dein Louis nicht beim Großniederländischen Blaufußfähnlein?‹, und jedesmal habe ich ihm geantwortet, daß ich dich nicht dazu zwingen wolle.«

»Aber das Blaufußfähnlein ist doch in die NSJV eingegliedert worden.«

»Aber wir Seynaeves dürfen so etwas nicht tun. Sonst zieht der Bischof seine Hände von meinem Vater zurück!« Der verzweifelte Klagegesang von Papa glich dem, den Klageweiber in arabischen Ländern bei einem Begräbnis in einem Vorfilm von *Hallo Janine* (mit Marika Rökk) anstimmen.

»Staf, schick ihn am Donnerstag nur zum Klub. Ich werde ihn schon zähmen. Nach drei Stunden Schattenboxen wird er keinen Pieps mehr von sich geben können«, sagte Vandam.

Papa putzte weiter am Wagen der Druckerpresse herum.

»Als ob ich in letzter Zeit nicht schon genug Ärger am Hals hätte.«

Bekka Cosijns sagte, daß ihr Vater kein Lebenszeichen mehr aus Bayern von sich gebe und daß ihre Mutter sich Sorgen mache, denn nun werde er kein Geld und keine Lebensmittelmarken mehr schikken. Wenn ihr Vater nur nicht davongelaufen sei! »Denn er ist so dickköpfig, er will sich nicht herumkommandieren lassen.«

Louis sah vor sich, wie Bekka in zehn, zwanzig Jahren sein würde, mollig und blutarm, eine zigeunerhafte Arbeiterfrau, er liebte sie nicht mehr. Sie hatte die vier Ecken eines Apfelsinenpapiers zu grauen Spitzen zusammengedreht und es über eine Billardkugel gestülpt. Wenn die Kugel rollte, bewegte sich eine Schildkröte ohne Kopf und Beine unter der zerknitterten Haut.

Louis las in Pietje Bells albernen Hottentottenabenteuern. Als die Billardkugel losschoß und ihre Membrane wie eines der vielen kaputtgewaschenen Taschentücher zurückließ, die neben Omamas Sessel herumlagen, bückte sich Bekka, um sie unter dem Buffet hervorzuholen. An ihrem fadenscheinigen Schlüpfer und den Innenseiten ihrer Schenkel waren Blutspuren. Louis stieß einen Schrei aus, den er sofort unterdrückte.

»Was ist denn?«

»Hast du dir weh getan?«

»Ich? Nein.«

»Und da?«

»Wo?«

»Da, hier.«

»Ach, du«, sagte Bekka zärtlich. »Das ist die Prozession.«

Und zu seinem verblüfften Gesicht: »Die Blutprozession.«

Die Heilige Blutprozession in Brügge, jedes Jahr, Umzüge in historischen Gewändern, Ritter, Gilden, Lilienbanner, der Schrein?

»Du darfst nicht hinsehen«, sagte sie. Sie warf ihr blau-schwarzes Haar zurück.

Raf im fernen Bastegem hat einmal gesagt – Abenddämmerung, Nebel um das Sanatorium, lose Satzfetzen, ich passe nicht gut genug auf –, daß, wenn Madame Laura blutete, die Hunde auf den Bauernhöfen in der Gegend wie verrückt an ihren Ketten zerrten. Ich dachte damals: wenn sie sich mit einem Kartoffelmesser aus Versehen in den Finger geschnitten hat.

Louis verstand nicht, daß Bekka Cosijns nicht sofort zu ihrer Mutter oder zum Arzt rannte. Es beschäftigte ihn tagelang. Er liebte sie nun bestimmt nicht mehr, mit ihrer sonderbaren Zigeunerkrankheit. Allerdings verstand er nun besser, was Rodenbach schrieb, der reine Jüngling, der mit seiner gen Himmel gehobenen Möwe als Denkmal auf dem Markt von Roeselare steht (wo Tetje bei den Zigeunern, die man ›Ägypter‹ nannte, andere Zigeunerübel verbreitete): »Ich will nichts von diesen südlichen Frauenseelen wissen.«

Onkel Omer war sehr abgemagert. Ab und zu grinste er schmerzlich, was sein blasses Gesicht verzerrte, als hätte er plötzlich schreckliches Zahnweh. Er hatte zwei Mappen bei sich, darin echte Butter, zwei Fläschchen von Jules dem Schreiner, ein Stück Ziegenfleisch und Blutwurst. Und die Grüße aus Bastegem, nur nicht von Onkel Armand. Denn Onkel Armand habe sich als ausgesprochenes Schwein entpuppt.

»Du bist mit Armand nie gut ausgekommen«, sagte Mama.

»Ich weiß zwar, daß er dein Lieblingsbruder ist, aber was er getan hat, ist schlimmer als Mord.«

Onkel Armand hatte nämlich hinter dem Rücken seines Bruders mit Thérèse, Onkel Omers Verlobter, poussiert. Sie sei mit ihm, Onkel Omer zählte es an seinen Fingern auf, im ›Picardy‹, im ›Cocorico‹, im ›Zes Billekes‹ oder ›De Zwaan‹ und im ›Mirador‹ gewesen. Sie habe ihn sogar auf seiner Inspektion zu den Bauern begleitet.

»Du kannst es ihr nicht übelnehmen, daß sie etwas bei den Bauern ergattern will. Thérèse hat es so dick auch nicht.«

»Aber von mir kriegt sie alles, Weißbrot, Pferdesteaks!«

»Und was sagt Armand selbst dazu?«

»Das ist es ja. Nichts. Er weiß, daß ich mich verzehre, und jeden Morgen beim Frühstück grinst er mich mit seiner falschen Visage an. Ich melde mich zur ›Vlaamse Wacht‹. Aber erst versetze ich ihm einen Tritt in sein Gekröse.«

Er zitterte vor Erregung und trank vier Tassen Malzkaffee. Er hatte das gleiche zurückgekämmte Haar mit spitzen Geheimratsecken wie Onkel Armand, freilich ohne soviel Brillantine.

»Warum tut sie das?« rief er verzweifelt.

Er beruhigte sich beim Abendessen. Mama und er sprachen von früher, von Haferbrei der Marke *De Drie Molens* und von ihrem Vater, der absolute Ruhe verlangte, wenn er sich die ›Berichte für Taubenliebhaber‹ anhörte.

»Quiévrain, bewölkt, warten. La Perivaule, windstill, warten«, sagte Mama.

Das Ziegenfleisch war ein Balsam, die Blutwurst ein Wunder. »Es muß alle werden«, rief Mama.

»Ziegenfleisch«, sagte Papa und brach in Lachen aus.

»Das ist lange her«, sagte er glucksend. »Ich werde es nie vergessen, jedesmal wenn ich Ziegenfleisch esse ...«, brüllte er. »Es ist ... es ist ... es ist grausam, es zu sagen, aber ich habe nie so gelacht, wie in diesen Tagen, als ich mit Cosijns unterwegs war, drüben, in Frankreich.«

»Cosijns ist von seiner Stelle in Bayern weggelaufen«, sagte Louis.

Aber Papa ging nicht darauf ein. Aus den Augen, aus dem Sinn. Cosijns lief nun nachts geduckt die Böschungen der Reichsbahn entlang, von der Gestapo verfolgt, er befeuchtete seinen Zeigefinger, streckte ihn in den Wind und rannte weiter, verzehrt von Heimweh nach seiner blutenden Tochter Rebekka.

Papa saß breit da und holte tief Atem. »Hört zu. Am Vierundzwanzigsten um neun Uhr abends sind wir aus dem Lager verduftet. Cosijns wagte es nicht. Ich sage: ›Wir lassen uns doch nichts von den Franzosen gefallen?‹, denn die Franzosen fingen an, darüber zu reden, uns Pflastersteine klopfen und Latrinen graben zu lassen. Ich sage mir: So weit wird es nicht kommen, Herr Generalstaatsanwalt Ganshof van der Meersch, meine Haut kriegen Sie nicht, wie die von Joris van Severen.«

»Aber die Polizei hat dich doch gar nicht aufgegriffen«, sagte Mama. Ganshof van der Meersch hat dich doch nicht verhaften lassen.«

»Constance, ich stand vielleicht nicht in seinen Büchern, aber wenn er meinen Namen und meine Adresse gehabt hätte, hätte er mich bestimmt füsilieren lassen, dieser Bluthund. Außerdem«, rief Papa wütend, »saß ich in einem Lager, oder etwa nicht?«

»Was hat das nun mit Ziegenfleisch zu tun?« sagte Onkel Omer zerstreut.

»Hört zu! Als wir nach Veurne kamen, sah ich einen Strandwagen vor der Sankt-Niklaus-Kirche stehen. Ich sage: ›Cosijns, der ist für uns.‹ Cosijns wagte es zuerst nicht. Ich sage: »Cosijns, nach allem, was sie uns angetan haben, ist jetzt die Zeit dafür, daß wir an uns denken!‹ Nun gut, wir gelangen bis Poperinge, und dort durften wir bei einem Bauern in der Scheune schlafen, wenn wir nicht rauchten. In die gehen wir also zum Schlafen, Cosijns und ich, und ich sage: ›Cosijns, hör auf!‹ – ›Womit?‹ fragt er. Ich sage: ›Mit diesem Klopfen!‹ – ›Ich und klopfen?‹ sagte er, und was sehen wir? Dreimal dürft ihr raten!

Da springt, wippt, schüttelt und stößt und bockt eine Ziege an unserem Strandwagen, kein Bock, eine Ziege! *Enfin*, die Sonne schien schon ein bißchen, ich sage: ›Wir können genausogut weiterfahren‹, und wir binden diese Ziege an die Wand. Nach etwa zehn Kilometern ging die Sonne strahlend auf, ihr kennt diese Gegend, eine Traumlandschaft, und wir hatten von dem Bauern Speck und ein paar Eier bekommen, und Cosijns sagt: ›Staf, ich habe heute nacht kein Auge zugemacht, wir haben es doch nicht eilig, bei diesem schönen Wetter nach Hause zu kommen, wollen wir nicht hier im Korn ein Nickerchen machen?‹ Nun gut, wir legen uns hin, wir schließen die Augen, wir schnarchen, und plötzlich sage ich: ›Also, Cosijns, hör doch endlich mit diesem Klopfen auf‹, denn – dreimal dürft ihr raten – die Ziege war wieder da, sie war uns gefolgt, bitte, verliebt in unseren Strandwagen, die beiden Vorderbeine auf der Motorhaube, stößt und bockt sie. ›Das ist ein Zeichen Gottes‹, sagt Cosijns, der wahrhaftig kein Frömmler ist, ›es ist der Widder Abrahams‹, und er packt sie bei den Hörnern und schaut ihr in die glasigen Glotzaugen.

›O du geile Geiß‹, sagt er. ›Was? Willst du mit unserem schönen Vehikel vögeln?‹, und im Handumdrehen schneidet er ihr die Kehle durch, und wir haben die besten Stücke, saftiges weißes Fleisch, im Freien geröstet, so als kampierten wir.«

»Ihr hattet es nicht eilig, nach Hause zu kommen«, sagte Mama.

»Ich will damit sagen, Constance . . .«

»Sag lieber nichts.«

Onkel Omer blieb unbeweglich, mit glasigen Ziegenaugen in sich gekehrt, sitzen. Später, als Papa zu der Versammlung des neuen Theatervereins gegangen war (eigentlich einer Auferstehung einer der ältesten ›Kammern der Rhetorik‹ von Flandern: ›Sint Jans Lam‹ mit der Devise: ›Devot und profitlich‹), bei dem er in ›Zirkusliebe‹ die Hauptrolle eines versoffenen alten Clowns spielen sollte – später also kam Louis, nachdem er mit seinen Hausaufgaben fertig war, in die Küche. Onkel Omer saß auf Mamas Schoß, er hatte geweint, sie strich ihm über das Haar, das ihm in Strähnen zu Berge stand. Onkel Omer wollte aufstehen, aber Mama hielt ihn zurück. »Es ist nichts«, sagte sie. »Louis, geh wieder nach oben.«

Er horchte an der Treppentür. Onkel Omer schluchzte erneut.

»Wie haben sie das nur tun können, hinter meinem Rücken?«

»So ist das Leben eben«, sagte Mama, aber sie selbst glaubte kein Wort davon.

Der Granit legte seine Alba wie ein alter Mann ab und warf sie dann, ehe Louis, der in die Sakristei gerufen worden war, sie ergreifen konnte, schlampig über die Brokatkasel. Die Goldfäden und das Scharlachrot wurden durch das mit weißen Spitzen umsäumte Leinen gedämpft. Jemand hatte – im Beichtstuhl? – ausgeplaudert, daß Louis der neuen Ordnung beigetreten war.

»Wenn Gut und Böse dasselbe sind«, sagte der Granit müde, »wie dein Hauptmann behauptet« (Hauptmann! Wir sind keine Römer oder keine Pfadfinder!), »wenn das Böse, weil es ein Zeichen des Lebens ist, der Schwäche vorzuziehen ist, wenn, wenn ...«

Er schnalzte mit den Fingern. Louis reichte ihm sein Brevier. »Wenn unmenschliche Qualitäten die Basis, der Humus für das sein sollten, was der Mensch zu vollbringen vermag, dann, dann ...«

Sie gingen im Gleichschritt zu der Eichentür, an der jemand vor nicht allzu langer Zeit einen indezenten faserigen bleichen Kratzer in Kreuzform angebracht hatte. In welcher Raserei? Der Granit selbst?

»Wenn ein schlechtes Gewissen mit einer Krankheit gleichgestellt wird, dann höre ich darin die Stimme des Feindes.«

»Ich bin nicht Ihr Feind.«

Der Granit hatte blaue Ringe unter den Augen. In seiner Kinnfalte waren zum ersten Mal weiße Stoppeln zu sehen, ein verletzend ungepflegter Fleck. Auch seine Schuhe waren zum ersten Mal staubig.

»Nein?«

»Nein!« rief Louis und konnte weder seine einknickenden Beine noch seine Hände aufhalten, er kniete nieder und lehnte sich kurz an das Bein des Priesters im unbefleckten Talar und wischte mit seinem Ärmel die Schuhspitzen sauber. Hart und rasch riß der Granit ihn beim Kragen hoch.

»Wenn du das nochmal tust ...«

»Ja?«

Der Granit stieß ihn beiseite und flüchtete mit flatterndem Gewand. Allein in dem kalten Weihrauchgeruch. Warum habe ich das getan? Weil niemand es sehen konnte? Ich wollte ihm sagen, daß er auf sich aufpassen, daß er nicht so viel fasten und büßen solle, vielleicht auch, daß er achtgeben müsse, denn man munkelt, daß er in einer Scheune wie die ersten Christen eine Messe für englische Flieger gelesen habe, die, als Bauern verkleidet, auf einer Weide in Moorsele gelandet seien, um ›Schwarze‹ abzuknallen.

Louis zog die Alba an. Die Rasierseife des Granits verdrängte den kalten Weihrauchgeruch. Es war kein Spiegel da. Er knöpfte seinen Hosenschlitz auf. Bei jeder Messe in dieser Woche wirst du, Evariste de Launay de Kerchove, meine Spur, mein Kennzeichen bei dir tragen.

Fußspitzen berühren, Kniebeugen, Hanteln an die Achseln, an die Schenkel, über den Kopf, Holzhacken auf einem nicht vorhandenen Klotz, Beinscheren, auf dem Rücken in der Luft radeln, Liegestütze, bis es hinter seinen Augen rot flimmerte. Danach gingen Louis und Haegedoorn in Uniform zu Haegedoorns Haus. Die Stadt war inzwischen an Louis in Uniform gewöhnt, es waren auch besonders wenig Leute auf der Straße. In der Toontjesstraat, deren Männer und Burschen fast alle nach Deutschland gefahren waren, saß ein alter Mann, die Mütze fast bis zu den Brauen in die Stirn gezogen, auf dem Bürgersteig. Louis blieb vor ihm stehen. Haegedoorn, der den Bürgersteig verlassen hatte, kehrte um.

»Na?«

»Na was?« sagte der Alte.

»Weg mit diesem Stuhl. Aber schnell!« rief Louis.

»Die Straße gehört jedem.«

»Eben darum. Darum muß das Trottoir für jeden frei sein.«

Der Alte schleifte seinen Stuhl zur Fassade seines kleinen Hauses, murmelnd und stöhnend. Louis zog seinen HJ-Dolch aus der

Scheide und richtete ihn auf die schmutzige, kariert gerunzelte Kehle.

»Komm, Louis, komm«, sagte Haegedoorn in seinem Rücken.

»Sag ›Schild und Freund‹. Aber rasch!« schnauzte Louis und hoffte, daß der Mann einen spanischen, französischen, Zigeuner- oder Negerakzent hatte, aber das *sch* und das *f* kamen ihm mühelos über die Lippen. Louis steckte, wie er es oft bei Genevoix beobachtet hatte, mit einem schnellen, routinierten Schwung den Dolch wieder in die Scheide.

»Ich habe noch die Hochzeitsanzeigen unseres Gaston bei deinem Vater drucken lassen«, sagte der Alte. »Frag ihn nur. Gaston van Remoortere. Und auch Visitenkarten, vor dem Krieg.«

»Ein Kunde von deinem Papa«, sagte Haegedoorn schmunzelnd.

»Daß ich diesen Stuhl nie mehr auf dem Trottoir antreffe«, blaffte Louis.

Der Nachmittag, der eben noch so triumphierend gestrahlt hatte wie die Flämische Legion in den Schneefeldern der Muschiks, war zum Teufel. Bei der Eisenbahnüberführung wollte er in die Toontjesstraat zurückgehen, einen Backstein in das Elendsquartier des Alten werfen, aber Haegedoorn hielt ihn zurück: sie müßten ein Vorbild sein, dürften die Benachteiligten des flämischen Volkes nicht in noch größeres Elend stürzen. In seinem Zimmer fragte Louis Reinhard Tristan Eugen, den Obergruppenführer, dessen Bild neben dem von Kolbe, ›Mutterschaft‹ betitelt, an der Wand hing, um Rat. »Die Benachteiligten, die Benachteiligten«, brummte der Obergruppenführer. »Wenn du dich mit denen abgibst.«

»Meiner Meinung nach hetzt der Granit die Benachteiligten gegen uns auf.«

»So, so«, sagte der Mann kühl und befingerte sein Ritterkreuz, das er nach siebenundneunzig Flügen in einer ME 110 über England und Frankreich erhalten hatte.

»Meiner Meinung nach funkt der Granit Berichte über unsere Verbände nach Rußland, über die Grenze, meine ich, über die Grenze der Feindseligkeiten, auf die andere Seite, zu den Mongolen. Und er lacht mich aus.«

»Mit der Schlangenzunge losem Spott?«

»Ja!«

Hitler selbst findet, daß dieser Mann zu lange gefährliche Stunden im Flugzeug sitzt, aber dieser Mann kann es nicht lassen, die Gefahr kitzelt ihn, er hält es auch nicht in dem Schloß aus, wo er über Böhmen und Mähren regiert. Sein ovales Gesicht (die schrägen blassen Augen, die eng beieinander stehen, der Adler auf seinem Ärmel, der Totenkopf und die gekreuzten Knochen, das Eichenlaub) sagt: »Schild und Freund, ich spiele Scherzos von Schumann, Schubert, Schmoll, ich bin ein Schnauzer, ich schwebe und schieße, und du, du bist ein Schoßhund. Schwach! Ist es dein Schicksal, ihm die Schuhe zu schlecken?«

»Jawohl, Obergruppenführer.«

»Scheiße«, sagte Mama, sie sagte es in den letzten Tagen oft. Sie hielt ihre Hüften fest, als bewegte sich dort ein Kind.

Papa hatte es wieder einmal vermasselt. Er hatte von seinem Bruder Robert etwas Undefinierbares mitbekommen. »Das Feinste vom Feinen«, hatte Papa gerufen, als er damit hereinkam, einem einfach aus einem Schwein herausgerissenen Stück Eingeweide mit Klumpen und Lappen, er hatte es mit zu wenig Margarine und zu vielen Zwiebeln gebraten, gedünstet, gekocht, geschmort. »Scheiße«, rief Mama und rannte alle zehn Minuten nach hinten.

Sie rieb über ihre Hüften und ihren Bauch. »Und ich muß nachher zur Kommandantur«, rief sie, »ich kann doch nicht hereinkommen und gleich aufs Klo gehen. Du mit deinem fürchterlichen Fraß. Pfui! Mein Gott, ich muß schon wieder!«

»Es ist doch merkwürdig«, rief Papa ihr nach, »daß Louis und ich, die wir viel mehr von diesem fürchterlichen Fraß gegessen haben, nichts davon merken.«

»Warte nur bis heute abend«, schrie Mama. Sie kam zurück, kreidebleich. Sie tupfte Parfum hinter ihre Ohren. »Ich werde zwei Tage fasten.«

»Keine schlechte Idee«, sagte Papa. »Das wird deinem Körper guttun. Aller Dreck raus!«

»Aha«, rief Mama, »du gibst also zu, daß es Dreck war!«

»Was?«

»Was Robert dir mitgegeben hat, damit wir davon Durchfall bekommen.«

»Aber Kind, es ist das Feinste vom Feinen! Fandst du nicht auch, Louis?«

»Du willst also behaupten«, kreischte Mama, »daß der Dreck von mir ist, aus mir kommt, daß ich innen dreckig bin?«

»Aber, Constance, wo nimmt du das schon wieder her?«

Sie stürzte aus der Tür.

»Daß wir weniger essen«, sagte Papa bedächtig, »ist nicht das Schlechteste. Doktor de Lille aus Brügge sagt es schon seit Jahren. Rohkost und Getreide, kein Fleisch, oder nur sehr wenig.«

In diesem Augenblick erklang draußen die Hupe von Sootjes Eiswagen. Papa rannte hinaus. Sie aßen das Eis gleich beim Wagen. Das Pony gähnte unentwegt, man konnte seine Rippen zählen.

»Sootje, nimm es mir nicht übel, aber du tust zuviel Wasser in dein Eis.«

»Das ist die neue Mode, Staf«, sagte Sootje. »Auf italienische Art.«

Vanille-, Pistazien- und Schokoladeneis mit Wasser zubereitet, und zwar von Sootje, der uns sein Leben lang wie Fürsten gedient hat, wo kommen wir da hin?

Wir, das heißt jeder, der noch etwas für das Abendland und seine Vergangenheit und Kultur empfindet, wir marschieren nach Rußland, durch die Steppen Rußlands wie durch Butter hindurch. Die russischen Bauern und Bürger tanzen zufrieden, wenn die Flämische Legion vorbeizieht. Es ist nur eine Frage von Monaten, dann liegt der bolschewistische Untermensch auf der Nase.

Die Finnen beschießen schon Kronstadt, der Name sagt es, die Kronstadt, die die Hafeneinfahrt von Leningrad schützt. Sie sind schon an Karioka und Knokkala vorbei. Wo, Oskar? Wie ich sage: Karioka und Knokkala.

Und Briansk haben wir auch schon, hier im Süden, wo Timoschenko eine Gegenoffensive versucht. Noch südlicher, hier, folge meinem Finger auf der Karte, in Kiew, der Mutter der russischen Städte, kriegen die Ukrainer auch schon eins auf den Deckel.

Die Russen haben keine Luftwaffe, das ist es. Bei schlechtem Wetter können sie nicht fliegen. Nur fünfundzwanzig Prozent ihrer Piloten haben gelernt, bei jedem Wetter zu fliegen, woran du sehen kannst, was für Flugschulen sie haben! Und dazu kommt, daß der russische Soldat nicht gern angreift, Ronald. Marschall Mannerheim sagt das. Der russische Soldat ist eher jemand für die hintere Linie, ein Verteidiger, der sich kurz vor dem Tor eingräbt. Der einzige Vorteil, den sie haben ist, daß sie so viele sind. Schade für sie, aber es geht nicht um Quantität.

Ausgesprochen peinlich ist, daß die Wallonische Legion schon jetzt bessere Resultate zu verbuchen hat als die Flämische Legion. Warum, Jérôme? Weil bei ihr mehr belgische Berufsoffiziere sind,

Kader, die wiederum Kader ausbilden können. Und die Flamen haben niemanden vom Kaliber von Léon Degrelle, der als einfacher Soldat gedient hat und es meines Erachtens zum General bringen wird, nicht im Büro irgendeines Hauptquartiers, sondern überall vorne, an der Spitze, bei seinen Männern.

Daels, der neue Niederländischlehrer, der aussah wie ein Amerikaner und der, obwohl es streng verboten war, ab und zu in der Klasse eine stinkende, qualmende, schlechtziehende Tonpfeife rauchte, kam auf seine schwungvolle Art ins Klassenzimmer und setzte sich auf die Ecke von Bruynincks Pult in der ersten Reihe, dem Pult, von dem aus vor Jahren einmal ein Interner ein Tintenfaß an die Tafel geschmissen hatte, weil er in der Nacht zuvor entdeckt hatte, daß er nicht mehr an die Existenz von Jesus Christus glaubte.

Daels klopfte mit dem Ende seiner Tonpfeife gegen seine Zähne und gab Punkte für den Aufsatz ›Frühling in der Stadt‹. Baetens bekam achtzehn von zwanzig, Robert Smetjens, ebenfalls ein Rivale von Louis, bekam sechzehn Punkte. Louis verstand es nicht. Es war das erste Mal, daß Daels Aufsätze nachsah. Hatte er denn nicht von seinem Vorgänger Snotje gehört, daß Louis Seynaeve der Primus inter pares bei Aufsätzen war? Immer wieder hielt Daels ein Heft vor seine Nase und seine Pfeife, las die Punkte vor und legte das Heft auf den wackeligen Stapel neben seinem Hintern.

Der letzte Aufsatz, den er in die Hand nahm und mit dem er die Tabakwolken wegfächelte, distanziert und kokett wie eine chinesische Hofdame im letzten Akt in einem überhitzten Schauspielhaus, war der in Louis' Heft mit der dunkelblauen Schutzhülle. Daels schaute zum Schulhof, auf dem eine Estrade gezimmert wurde. »Es ist eine Arbeit«, sagte er zu den Zimmerleuten, »für die ich keine Punkte gebe ...« (weil sie aus jeder Kategorie herausfällt, weil meine Leistung sich nicht in Punkten ausdrücken läßt, weil man sie nicht mit hölzernen, braven Machwerken der anderen vergleichen kann), »... weil null von zwanzig noch eine Wertschätzung meinerseits beinhalten würde. Nein, ich möchte dieses Produkt ohne weiteren Kommentar der völligen Vergessenheit anheimgeben.«

Er drehte sich um und zeigte mit der Pfeife auf Louis. »Herr Seynaeve junior hat geglaubt, mich auf die durchsichtigste Art zum Narren halten zu können. Ich weiß nicht, was mich am meisten anekelt, seine Faulheit oder seine dünkelhafte Dummheit.«

Louis stand auf. Wie in einem leeren Raum hörte er eine höhnische Bemerkung von Robert Smetjens.

»Seynaeve, setzen Sie sich. Ich habe dem nichts mehr hinzuzufügen. Sie etwa?«

»Nein, nein.«

Daels warf das Heft geschickt und schwungvoll in den Papierkorb neben seinem Katheder. Louis hielt sich an seinem Pult fest.

»Seynaeve, glauben Sie wirklich, daß Ihr Lehrer ein Bauerntölpel ist, der nicht sofort merkt, wenn ein Satz aus einem Buch abgeschrieben worden ist, geschweige denn ein ganzer Aufsatz, Sie Einfaltspinsel?«

Daels strahlte eine blinde selbstverständliche Allmacht aus. Was war passiert? Hatte Robert Smetjens ihm heimlich in seinem Heft einen anderen Text oder eine Reihe von Sätzen, in seiner Schrift, unterschoben, etwas ganz anderes als das, was er zwei Abende lang erst mit einem Bleistift hingekritzelt und dann mit Tinte ins reine geschrieben hatte: diesen einen andächtigen Spaziergang von seinem Haus zum Park, in dem er den Briefträger, die Dienstmädchen und die aufgehende Sonne geschildert, ja heraufbeschworen hatte? Die Wörter, Sätze, Absätze flitzten an ihm vorbei, oh, da war ein Satz, bei dem er gezaudert hatte, das stimmte, weil er ihn an etwas aus dem Buch, das er gerade las, erinnerte: *Das Lied der feuerroten Blume* aus der Phönix-Reihe, da stand etwas über den Tag, der wie eine Blume aufblühte.

»Seynaeve, setzen Sie sich, sage ich Ihnen.«

»Sie haben recht, Herr Daels.«

Das strahlende Lächeln des Lehrers. Fred Astaire, der mit Ginger Rogers tanzt, ein Franc, am Donnerstagnachmittag, vor dem Zweiten Weltkrieg.

»Ganz recht, Herr Daels, ich habe ihn Buchstabe für Buchstabe abgeschrieben.«

»Den ganzen Aufsatz? Nicht aus reiner Faulheit ein paar Adjektive weggelassen?«

»Nein, Herr Daels. Alles stammt wörtlich aus einem Buch.« Louis ließ sich auf seine Bank fallen, ein ertappter Betrüger, ein ordinärer Scharlatan. Der Tag blühte auf wie eine Rose.

»Noch ein letztes Wort dazu, Seynaeve. Damit kein Mißverständnis entsteht. Ich nehme es Ihnen übel, daß Sie geglaubt haben, sich einen so plumpen Betrug leisten zu können, nur weil ich die gleiche politische Gesinnung wie Ihr Vater habe. Männeken, merken Sie sich das, ich stehe hier als unparteiischer Lehrer, und als nichts anderes.«

Robert Smetjens applaudierte. Die anderen folgten seinem Beispiel. Daels, der zu glatt, zu jung, zu schwungvoll war, um einen Spitznamen zu verdienen, fegte den Beifall mit der Pfeife beiseite. Louis stieß seine Feder mit aller Kraft in Daels' Hintern.

Der Interne, der das Tintenfaß geschmissen hatte, war von zwei Aufsehern und zwei Lehrern weggetragen worden. Auf dem Weg zur *infirmerie* erwachte er aus seinem Koma und verwandelte sich in einen Werwolf, der seine Begleiter kratzte und biß. Sie brachten ihn mit vereinten Kräften in den Keller, der damals noch keine blaugestrichenen Verdunklungsscheiben mit Sandsäcken davor hatte. Später war dieser Interne in das Kleine Seminar von Roeselare aufgenommen worden. Auch dort flog er wegen seiner weibischen Tobsuchtsanfälle raus. Und eines Nachts ist er dann ins Collège zurückgekehrt, zu der Stätte, wo das Unheil seiner Erniedrigung begann und hat, teuflisch lachend, das Kreuz in die Eichentür der Sakristei gekratzt.

Papa machte einen Pudding aus Rüben, drückte den gekochten Brei mit einer Gabel flach, gab Eier, Mehl und Milch hinzu. »Noch ein Stündchen im Ofen, und der Festschmaus ist fertig.«

Der Pate sah es nicht gern, daß sein Sohn Frauenarbeit vor den Augen seines Enkels verrichtete, zumal letzterer ein schlechtes Zeugnis heimgebracht hatte. Der Ofen war rot, das Gesicht des Paten auch.

»Schlechte Noten«, sagte er. »Damit legst du keine Ehre ein.«

»Das habe ich ihm auch gesagt«, sagte Papa sofort.

»In Latein bin ich der Zweitbeste in der Klasse.«

»Und hier? Mathematik? Was sind das für Noten?«

»Und in Deutsch bin ich der Beste. Und auch in der Muttersprache!«

»Muttersprache, Muttersprache«, Papa leckte an dem Teller, drehte ihn, schluckte, leckte, ein kahles seltsames Tier in einem Hemd mit Hosenträgern.

»Was soll denn in Gottes Namen aus dir werden?« seufzte der Pate.

Der Pate kam lieber zu Besuch, wenn Mama nicht zu Hause war. »Ich weiß nicht warum, aber ich habe den Eindruck, daß Constance mir lieber nicht unter die Augen kommt.«

»Das bildest du dir ein, Vater.«

»Ich weiß, was ich sage, Staf. Nicht daß ich etwas gegen sie habe, das weißt du, Constance ist bisher immer eine brave Schwiegertochter gewesen, was ich an ihr schätze, aber in letzter Zeit . . .«

»Was ist denn in letzter Zeit, Vater?«

»Ich weiß es nicht«, sagte der Pharisäer.

»Aber sag es doch, Vater. Louis, geh in dein Zimmer und mache deine Hausaufgaben.«

»O nein, der Junge braucht nicht wegzugehen. Aber es ist doch merkwürdig, daß ich in letzter Zeit Constance so oft lachen höre, ohne daß es einen Grund dafür gibt, jedenfalls keinen mir ersichtlichen.«

»Du hättest also lieber, daß meine Mama weint.«

Der Pate grinste. »Das habe ich gern, daß ein Kind für seine Mutter Partei ergreift. Sehr gut, Louis. Übrigens, Louis, Louis . . .« Er kostete den Namen und spuckte ihn aus. »Ich bin immer gegen diesen Namen gewesen.«

»Er ist so nach Constances Paten genannt worden, Vater.«

»Und nach Saint Louis, dem König von Frankreich!«

»Frankreich, Frankreich«, Papa schaute nach dem Pudding im Ofen.

»Du könntest dich auch Lode nennen.«

(Lode! Jemand aus Loden? Niemals!)

»Das ist natürlich flämischer«, sagte Papa.

»Und es paßt auch zu Seynaeve«, sagte der Pate und, so verräterisch leichthin: »Solltest du zum Beispiel, nur um etwas zu nennen, in der National-Sozialistischen Jugend Flanderns sein, dann würden sie dich, glaube ich, zwingen, dich Lode zu nennen.«

Der Pate klopfte mit dem Kopf seiner Pfeife auf den Tischrand, Asche fiel auf Mamas Boden. »Aber das ist natürlich ein alberner Gedanke, du würdest doch nie in eine solche Organisation eintreten, was, Louis?«

»In Kiew«, rief Papa, »sind zwanzig bolschewistische Divisionen umzingelt, und Kiew ist eigentlich noch mehr die Hauptstadt von Rußland als Moskau!« Er blätterte heftig raschelnd in der Zeitung. »Fünfzigtausend Gefangene, dreihundertzwanzig Panzerwagen, sechshundert Geschütze in unseren Händen.«

»In wessen Händen, Staf?«

»Ich will damit sagen . . .«

»Du willst immer soviel sagen, Staf.« Der Pate seufzte wieder und steckte sich die Pfeife an. »Ich habe von Mona auch gehört, daß Constance sich ziemlich viele neue Kleider kauft.«

»Sie spart dafür«, sagte der gequälte, sich in seiner Haut nicht wohl fühlende Ehemann, der dann wieder zum Ofen ging, aus dem ein süßer Duft stieg, bei dem einem das Wasser im Munde zusammenlief.

»Sie macht sicher Überstunden?«

»Ja, Vater«, sagte Papa in den Duft hinein.

Mama weinte. Sie war nicht zu beruhigen. Ihre Schultern zuckten, und sie bekam einen kindlichen Schmollmund und rote Augen. Denn an diesem Morgen, als Herr Lausengier mit seinem Hündchen im Park spazierenging, hatte sich ein Ungetüm von einer Dogge lautlos herangeschlichen und grundlos Herrn Lausengiers Hündchen Bibi angegriffen. Ehe jemand dazwischen konnte, war Bibi zerrissen worden, sein Gedärm war in den Kies geklatscht. »Wir sind sofort zur Klinik gefahren«, heulte Mama, »aber die Chancen stehen zehn zu eins, daß Bibi nicht mehr zu retten ist.«

»Und wem gehört das Raubtier?«

»Es ist entsetzlich. Herrn Groothuis. Der Mann war völlig erschüttert. Denn er hat zugeben müssen, daß seine Dogge schon geraume Zeit etwas merkwürdig war.«

»Warst du dabei, Mama?« Louis kannte die Antwort, natürlich war sie dabeigewesen. Raf, sein verdorbener Bastegemer Freund, hatte es gesagt: Wo deine Mutter hinkommt, wenn sie blutet, werden die Hunde rasend.

»Natürlich.« schluchzte Mama. »Und Bibi war ein so kluges Hündchen, immer zufrieden. Er hatte mehrere Preise gewonnen. Für das Aussehen und auch für die Dressur. Denn er gehorchte wie ein Kind. Man konnte ihm *filet américain* vorsetzen, ohne Befehl rührte er es nicht an, wenn er auch vor Appetit darauf sabberte.«

»Und dein Herr Lausengier?«

Mama bemerkte den sarkastischen Ton nicht. »Er war weiß wie eine Leiche. Aus Kummer und Wut. Er wollte diese Dogge, die ihre fünf Sinne nicht beisammen hatte, auf der Stelle erschießen, glaube ich, aber er konnte es nicht, weil sie Herrn Groothuis gehört, der schließlich ein Kamerad von ihm ist und der auch nichts dafür kann.«

»Hat er dieses preisgekrönte Tier hier in Walle gekauft?«

»Aber nein! Er hat Bibi von Zuhause mitgebracht. Es war noch ein Geschenk von seiner ersten Frau!«

»Wie? Ist er denn schon einmal verheiratet gewesen?«

»Nein.«

»Weil du sagst: seine erste Frau!«

»Ich will damit sagen: die Frau, von der Henny getrennt lebt, Staf!«

»Wie? Er lebt getrennt? Das hast du mir nie erzählt.«

»Ich will damit sagen: die Frau, von der er jetzt getrennt lebt. Sie wohnt doch in Bremerhaven und er wohnt hier. Dann leben sie getrennt. Ach, Staf, du machst mich noch völlig verrückt!« Sie lief nach oben, in ihren neuen Schuhen.

»*Filet américain*«, sagte Papa verträumt. »Mit Kapern.«

Der Granit stand wie üblich am Fenster, er tat sein möglichstes, sich von Louis fernzuhalten, er machte Bogen und Kurven zwischen den Pulten, aber immer wieder landete er bei der Aussicht auf den Schulhof und erwartete dort etwas: Leute, die ihn suchten, die ihn brauchten (den Boten eines Notars, der ihm melden würde, daß der uralte Edelmann de Launay de Kerchove gestorben sei und daß sein priesterlicher Sohn Millionen erbe, woraufhin der Granit jauchzend seinen Talar ausziehen und in seiner kurzen Satinhose Tanzschritte machen würde).

»Manche von euch werden mit den Achseln zucken und es altmodisch finden, aber spricht denn nicht etwas dafür, daß der Teufel existiert? Könnte es nicht sein, daß die Menschheit unter den Einfluß teuflischer Mächte geraten ist? Daß die Menschheit an einer teuflischen Krankheit leidet? Und daß wir mit diesen Kranken Mitleid haben, das Werk der Barmherzigkeit ausüben, die Kranken pflegen müssen?«

Der Talar umflatterte sein Knochengerüst, er flüchtete vom Fenster weg, aschgrau ließ er sich auf seinen Stuhl fallen. Er drehte den Siegelring an seinem mageren Finger.

»Ist es denn Verfolgungswahn, an den Teufel so zu denken wie an jemanden, dem man auf der Straße begegnet, unversehens, an einer Ecke, in Uniform? Daß das Böse, das von den Menschen auf unsichtbare Art begangen wird, Gestalt angenommen hat?« Unverständliches Gemurmel. Gestammel. Er sprach immer häufiger mit sich selbst, meistens in der Frageform. Kürzlich hatte er, tonlos fragend, mit der Kreide einen sechszackigen Stern auf die Tafel gemalt und ihn dann, als sähe er den Stern zum ersten Mal, wie von einem anderen gezeichnet, scheu mit dem Ärmel (mit seinem Ärmel!) weggewischt.

»So daß man zu denken wagt, daß es ein sonderbarer Gott sein muß, der das nicht verhindert . . . Nein? So daß man sich in seiner Verzweiflung nach einer unseligen Lösung sehnt . . . Oder nicht?«

Warum, zum hundertsten Mal, warum sagte er nicht deutlich, was er meinte? Was hielt ihn davon ab?

»Außerhalb des Glaubens sucht man dann . . . nein, man ersetzt den Glauben an Jesus Christus durch einen anderen Glauben . . .«

Das war vertrauteres Gebiet, Priestersprache. Das Vorhergehende, das über die unseligen Lösungen, bezog sich wohl auf den Nationalsozialismus. Und der andere Glaube, das ist der Glaube an die neue Ordnung, den ich in meiner Uniform verbreite. Hat er Angst, daß ich ihn verpetze? Während ich nichts lieber will, als ihm gefallen? Wenn er Mathematiklehrer wäre, würde ich wie wahnsinnig büffeln, um ihm einen Blick der Zuneigung zu entlocken; und warum läuft er so mühsam im Kreis um dieses Fenster herum, als hätte er Einlagen oder Hühneraugen?

Nach der Stunde sagte Louis: »Sie haben von mir gesprochen.«

»Wenn du so willst.«

»Sie glauben, daß der Teufel mich reitet.«

»Wen nicht?«

»Daß ich mich dem Bösen ausliefere.«

(Und nun kann ich noch raten, was in seinen Augen böse ist: das heidnische Marschieren hinter einer Fahne, die nicht die Gottes ist, oder das banale Böse wie zum Beispiel die heimliche Lektüre von *Houtekiet*, dem Buch von Gerard Walschap, das auf dem Index steht.)

»Sie glauben, daß ich freiwillig das Böse tue! Nun gut, in diesem Fall hat Gott mich so geschaffen, basta!«

»Nein. Er hat dich mit Bösem und Gutem geschaffen.«

»Warum?«

»Wenn du nur gut wärst, wäre es kein Verdienst, das Gute zu wählen.«

Der Granit zog ein schneeweißes Taschentuch heraus und putzte seine Brille, die schwarzen Pupillen waren die des Polypen auf der Farbillustration in *Signal*. Jesuiten bekamen Unterricht im Durchschauen von Sündern.

»Baudelaire sagt . . .«

»Nein«, sagte Louis. (Nein! Nicht wieder in diesem Mülleimer nach Sätzen wühlen, in den die formuliersüchtigen Schwachköpfe der Vergangenheit gekotzt haben.)

»Ja«, sagte Louis. »Was sagt er?«

»Daß es nur drei ehrbare Berufe gibt, den des Priesters, den des Soldaten und den des Dichters.«

»Ich will kein Priester werden.«

»Natürlich nicht. Bei meinem Vorbild.« Es war sarkastisch gemeint, klang aber wie der Schluchzer Mamas um Bibi. Louis sah, wie der Priester sich ermannte und die Brille wie eine Maske aufsetzte.

». . . sondern Soldat«, sagte Louis.

Der Granit nickte müde.

Im Chlorgeruch des Schwimmbads. Bosmans paddelte schnaubend auf dem Rücken. Haegedoorn zog seine übliche Anzahl Bahnen. Genevoix reckte sich auf dem Sprungbrett und musterte, was von seiner Schar übriggeblieben war. Drei Mann. Seynaeve saß am Rand. Der Kopf eines Deutschen trieb auf dem Wasser, denn so blond, so gebräunt, so muskulös ist kein Flame. Nicht einmal Champion Karel Sijs, der vor seinem Boxkampf den *Houzee*-Gruß absolviert und der Portier im Kasino von Ostende ist. Genevoix tauchte ohne einen Spritzer ins Wasser. Ein Delphin. Leistungsabzeichen.

Dann erklang aus einer der Kabinen ein unverzagt lauter Baß, der sang: »*Go down, Moses*.« Das Schwimmbad, das zu dieser Stunde bevorrechtigt von Kameraden bevölkert war, erschrak darüber. War ein englischer Flieger, den bisher Kommunisten verborgen hatten, vor Übermut wahnsinnig, von Todesverlangen überwältigt worden? Louis erkannte die Stimme, die Halbtür schwang auf und Schmutzfink Sef trat in einer orangefarbenen Badehose heraus. Er stellte sich breitbeinig hin und stemmte die Hände in die Hüften. Louis sprang sofort ins Wasser, er sah durch seine nassen Wimpern, wie Schmutzfink Sef einen Handstand machte, die langen gespreizten Zehen an der ockergelben Mörtelwand.

»Schmutzfink Sef? Was tat denn der im Schwimmbad?« fragte Papa.

»Singen.«

»Hatte er einen Berechtigungsschein?«

»Weiß ich nicht.«

Louis versuchte, Schmutzfink Sef und Louis Armstrong nachzuahmen, »*Go down, Moses*«, aber seine Stimme klang längst nicht kratzig genug, sie war viel zu hoch. Seine Kehle brannte, er hustete.

Genau wie er erwartet hatte, sagte sein Vater: »Neger nachäffen, das ist heutzutage unsere Kultur.«

Und zu Theo van Paemel: »Über Moses singen! Nicht nur wie ein Neger, sondern auch noch über einen Juden. Das ist zuviel.«

Van Paemel sagte: »Dieser Schmutzfink Sef wird noch mal eingelocht. Denk an meine Worte.«

Der erste Ausflug der NSJV-Abteilungen Walle und Idegem im Bus galt Wierebeke, einem malerischen Dorf in den flämischen Ardennen, das unter anderen Alice Nahon besungen hatte, die, während sie an Schwindsucht starb, noch dichtete, und auch Karel van de Woestijne, der dekadente flämische Kopf mit den breiten herabhängenden Halbblutlippen (»Die Gärten widerhallen im Wallen des Herbstes . . .«), der, so erzählte der Pate, besoffen Vorlesungen an der Universität hielt, noch mit Spuren der Zechgelage an seiner Kleidung. Im Bus, am Fenster direkt hinter dem Rücken des dicken Chauffeurs, saß ein schwarzhaariges Mädchen, das vage Bekka glich, allerdings eher im Kultivierten, Bürgerlichen, Zahmen. Sie war die einzige im Bus, die keine Uniform trug, sondern ein kunstseidenes Kleid mit Herbstblumen. Sie starrte unentwegt nach draußen, ohne der wechselnden Landschaft zu folgen, die, hügelig und zum Teil bewaldet, mit ihren Äckern bis zum Horizont reichte. Sie dachte zweifellos an die Patrizierwohnung, die sie unbemerkt vor Tagesanbruch verlassen hatte und in der ihre Mutter, von einer schleichenden Krankheit befallen, im Sterben lag; denn sie wollte ihren Vater, der sich angesichts des Schicksals tapfer und würdig benommen hatte, mit seiner Frau allein lassen, damit er ungestört deren letzte Worte hören konnte, die sicher nicht für ein Kind bestimmt sein würden, und nun überließ sie sich dem oft unbestimmten, aber in ihrem Fall ganz konkreten Kummer eines Einzelkindes. Louis wollte sich neben sie setzen, ihre Hand halten, sie trösten und ihr zum Beispiel zuflüstern: »Es ist traurig, aber es liegt nun einmal in der Natur der Dinge: Lebewesen entstehen, aber sie müssen natürlich auch wieder vergehen.« Wie man das halt in den Büchern von Gulbranssen oder John Knittel sagt, weniger bei Jack London. Aber dann würde er sie in ihrer Grübelei stören. Vielleicht könnte er ihr, beim Aussteigen aus dem Bus, ein Briefchen in die Hand drücken: Dein Aussehen hat mich getroffen. Du hast ein von mir selten (nie?) wahrgenommenes (gesehenes?) Profil, es ist edel? vornehm? treu? nein: *innig*.

Das Mädchen bohrte in der Nase, wie man es tut, wenn man durch großen Kummer geistesabwesend ist.

In der Turnhalle der Gemeindeschule von Wierebeke wurden sie von dem Rektor, einem Onkel von Genevoix, begrüßt. Er freue sich über den Zusammenschluß der flämischen Jugend in der NSJV, die den ›Algemeen Verbond van de Vlaamse Jeugd‹, die ›Dietse Meisjesscharen‹, ›Jong Dinaso‹, die ›REX-Jeugd Vlaanderen‹, die ›Vlaamse Jeugd‹, das ›Vlaams Instituut voor Volkskunst‹ und noch viele andere in sich vereinige. In gewandtem und vertrauenserweckendem Deutsch sprach dann ein erkälteter, bebrillter Vierzigjähriger, Doktor Bühlen, über die neue Ordnung in Europa nach völkischen Grundsätzen. Bosmans, der neben Louis stand, konnte dem Deutsch nur schwer folgen, er sperrte den Mund vor Anstrengung auf. Es ging darum, daß ›Dietsch‹ und ›Deutsch‹ dieselbe Wurzel hätten und daß die neue germanische Ordnung im völkischen Schicksalsinteresse jedem die Verpflichtung auferlege, Deutsch und ›Dietsch‹ nicht sprachlich-philologisch als Antithese, sondern geschichts- und zukunftsbildend als Synthese zu sehen. Als starkes rückhaltloses Bekenntnis zur Zusammenarbeit mit dem großen deutschen Brudervolk.

»›Nach Osten wollen wir reiten‹, das war das Lied unserer Vorväter, und das bleibt der Weg der Natur.«

Danach tanzte Louis die Quadrille von ›Mie Katoen‹ und einen Taschentuchtanz, bei dem ihn eine mollige, strohblonde Maid mit einer runden Brille anquatschte.

»Ich habe dich schon in Roeselare gesehen«, sagte sie.

»Das könnte sein.« (Nie in Roeselare gewesen, der Stadt von Tetje, den ›Ägyptern‹ und Rodenbach.)

»Auf dem Nieuwmarkt. Du hast mich die ganze Zeit angestarrt.«

»Ja. Ich erinnere mich genau.«

»Was für ein Kleid hatte ich an?«

»Ein blaues.«

»Ja, ein hellblaues.« Hopsasa, trallala. Schweiß. Hops, hops. Ihre Zöpfe flogen, peitschten durch die Luft. Schwung. Drehung.

»Du hast noch nicht oft Volkstänze getanzt, was?«

»Ich lerne es gerade«, sagte Louis.

»Du bist begabt dafür, das sehe ich sofort.«

»Vielen Dank.«

Sie setzte sich neben ihn auf die flachen Steine eines Freilufttheaters. Eine Anhebung und eine Arena in einen Hügel gegraben, hinter der Bühne standen dichte Tannen, wie auf den Illustrationen zu den Märchen der Gebrüder Grimm, sanfte Aquarelle, wie Onkel Léon sie nie malen könnte.

Sie tranken dunkles Oudenaardsches Bier und aßen Käsebrote, die Genevoix verteilte. Plötzlich erkannte Louis das Theater wieder: er ist vier oder fünf, sein Vater hebt ihn zwischen drängelnden Leuten hoch, setzt ihn auf einen flachen Stein, um den herum nasses Gras wächst. Mama nimmt ihn auf den Schoß und zieht eine gelbschwarz gestreifte Strickmütze über seinen Kopf. Vor dem Hintergrund der phosphoreszierenden Tannen steht der Schmied Smedje Smee und stößt ein goldenes Schwert gegen den funkelnden Harnisch des französischen Tyrannen Chatillon, der auf französisch um Gnade schreit. Louis schreit auch und wird beruhigt. Er schreit wieder, wenn viel später Chatillon, der als Franzose zu erkennen ist, weil er eine Lilie auf dem Rock trägt, seine Streitaxt hebt und damit auf Smedje Smees Mutter einhaut, die einen blutroten Streifen quer über den Hals und von Blut glänzende Hände hat. Geschrei. Getrappel. Mama beruhigt ihn. Streichelt ihn behutsam. Nicht genug. Nie genug. Nie mehr.

»Es ist Käse aus dieser Gegend«, sagte das Mädchen, das Hilde hieß und mit seinen Brüdern Oboe spielte und Karten lesen und am schnellsten in der *Runde* den Ranzen packen konnte.

»Runde?«

»Die Runde, die Riege, das Fähnlein, der Gau und das Gebiet«, rezitierte sie.

Bosmans ging herum, um Reste und Brotrinden einzusammeln. Mit prallen Backen und mahlenden Kiefern ließ er sich nieder und gab Hilde ein Stückchen Käse.

»Hm, hm«, sagte sie. »Es ist Käse aus dieser Gegend.«

»Wenn du willst, bringe ich dir nachher noch mehr«, sagte Bosmans flirtend.

»O ja? Du bist lieb.«

»Gern geschehen.«

»Und noch ein Butterbrot.«

»Zwei«, sagte der Eroberer Bosmans.

»Ich habe eine Tante«, sagte Louis, »meine Tante Nora, die einem immer Streiche spielt. Als meine Eltern gerade verheiratet waren, hat sie einmal einen Stinkkäse, Herve, unter deren Bett gesteckt.«

»Ich mag Hervekäse nicht«, sagte Hilde, »man riecht danach den ganzen Tag aus dem Mund.«

»Das hat man auch bei Camembert«, sagte Lebemann Bosmans.

»Ach ja?« gurrte Hilde.

»Ja, man muß gleich danach eine Kaffeebohne knabbern.«

»Nützt auch Malzkaffee?« Die beiden Verliebten lachten schallend. Louis ging zur Bühne, wo Genevoix Limonade ausschenkte.

»Bosmans ist verliebt«, sagte Louis verächtlich zu Haegedoorn.

»Sie ist nicht übel«, sagte Haegedoorn. »Ein strammes Hinterteil.«

»Ja, aber dieses Mondgesicht.«

»Darüber legt man dann ein Handtuch.«

Das Mädchen in Zivil, das Bekka ähnlich sah, saß mit angezogenen Beinen, über denen das geblümte Kleid spannte, im Schatten. Jedesmal, wenn sie in ihr Butterbrot biß, verzog sich ihr Gesicht zu einer wilden Grimasse.

»Die da«, sagte Louis, »die wär was für mich.«

Sofort trat Haegedoorn zu dem Mädchen. Mit glühender Beschämung sah Louis, wie Haegedoorn sie ansprach und dabei auf ihn zeigte.

Das werde ich melden. Haegedoorn muß aus unseren Reihen geprügelt werden, denn er verstößt gegen die elementarsten Regeln der Kameradschaft.

Scharführer, hast du übrigens gesehen, daß Haegedoorn *zwei* Flaschen Oudenaardsches Bier getrunken hat statt der vorschriftsmäßigen Ration von einer Flasche pro Mann, und, Scharführer, Haegedoorns Vater schmuggelt Speck und Butter, auch sein Sohn steckt mit den schlimmsten Feinden unseres Volkes unter einer Decke. Haegedoorn streckte die Hand aus und zog das Mädchen hoch, das ihm unbegreiflich willig folgte, zu Louis.

»Da ist er«, sagte Haegedoorn. Das Mädchen war fast so groß wie Louis.

»Es scheint, daß du mir etwas Dringendes sagen möchtest.« Sie kaute.

»Also ich will sagen . . . ja, daß es hier herrlich ist, die reine Luft der Wälder . . . diese Gegend . . . aus der der heutige Käse kommt . . .« Sie starrte ungläubig Louis' Magengegend an, das blitzende Koppelschloß mit der Möwe, die das Delta-Zeichen umklammerte. Heute morgen wie wahnsinnig mit Kupferputzmittel blankpoliert. Hilde verließ die Reihe bei Genevoix und reichte ihm eine Flasche Limonade. (Geh weg, du Fettsack!) Ein Pfeifsignal ertönte, man versammelte sich.

»Wenn du mir das nächste Mal etwas sagen möchtest«, sagte das Mädchen, das graublaue Augen hatte, »denk erst gut drüber nach.« Sie ging zum Hintergrund der Bühne, mit langen, athletischen Schritten, die nicht zu ihrem schlanken Körper paßten.

»Gott, ist die hochnäsig«, sagte Hilde.

»Und warum trägt sie keine Uniform?«

»Die?« Hilde lächelte friedlich. »Die gehört nicht zu uns. Sie ist mit ihrem Vater mitgefahren, das ist alles.«

Genevoix brüllte, man trat an, der Oberscharführer erschien, Knappen und Burschen bildeten einen Kreis. In ihre Mitte trat ein Mann mit einer braunen Samtjacke und einer Flanellhose. Er hatte rotes ungewaschenes Haar, das in fettigen Locken an seinem Schädel klebte. Er blickte energisch nach links und rechts, wartete, bis kein Atem mehr zu hören war, streckte das Kinn vor, suchte etwas in der Ferne, zwischen den Lämmerwölkchen, breitete die Arme aus und verschränkte sie.

»Es heißt ...« sagte er bitter, räusperte sich und rief dann schrill: »Es heißt, daß das Flämische zugrunde geht – nie und nimmer! Daß das wallonische Geschwätz die Oberhand gewinnt – nie und nimmer! Das sagen und das schwören wir, solange wir uns wehren, wir ...«

Vögel antworteten, Kühe muhten. Er übertönte sie, schnauzte, schrie, streckte seine verkrampften Finger zum Horizont, wo die lodernden Reime von Guido Gezelle (Priester und Dichter, zwei der drei ehrbaren Berufe) das bisher unterjochte Volk wachriefen. Klatschen. Der Mann wischte sich den Schweiß ab, glättete seine Locken und beugte sich erschöpft vor.

»Er kann es so gut ausdrücken«, sagte Bosmans.

»Er ist fanatisch.«

»Ich habe Gänsehaut davon bekommen«, sagte ein kleines Mädchen, und das war an ihrem dünnen Arm, direkt unter der orangefarbenen Rune der Treue, auch zu sehen.

»Ich habe dauernd Spielschardienst, sonst ginge ich zu seinen Abendvorträgen.«

»Es ist kaum zu glauben, daß es derselbe Mann ist, der im Rundfunk Dalle spielt!«

»Von Wanten und Dalle? Ist der das?«

»Ja. Der Apotheker Paelinck.«

Das Mädchen, das einer eleganteren Bekka ähnlich sah, ging zu dem Apotheker, hakte sich bei ihm ein und führte ihn wie einen Kranken weg.

Danach sollten wir Geerten Gallens besuchen, dessen Werke manchmal farbig in *Ons Volk* abgebildet wurden. Einer unserer berühmtesten Landschaftsmaler, sagte Genevoix, der, wie es immer in kleinen Ländern der Fall sei, im Ausland mehr geschätzt werde als bei uns; seine eigenen Leute unterstützten ihn nicht, doch er trage sein Los in frei gewählter Einsamkeit und im Vertrauen auf seine Kunst.

Sie stiegen singend einen Hügel hinauf, zum ländlichen Wirtshaus ›Schampavie‹, das von dem Künstler in der serenen flämischen Waldluft betrieben wurde. Hier gab der Oberscharführer die Erlaubnis zu einem weiteren Glas Bier.

Geerten Gallens war ein mönchsähnlicher kleiner Mann, der händereibend zwischen den Tischen hin und her schlüpfte. Gelber Flaum bedeckte kreuz und quer seinen kahlwerdenen gewölbten Schädel. Pfiffige Augen hinter einer Stahlbrille. Seine abgeknabberten Fingernägel wiesen noch Farbspuren auf, zwischen den Zähnen hielt er eine gebogene Pfeife.

In Sechsergruppen durften sie sein Atelier besichtigen. Gallens zeigte durch die breiten Fenster, die vor allem das für einen Maler so wesentliche Nordlicht hereinließen, auf die Hügellandschaft. Im Atelier standen zwei Staffeleien, mit Tausenden von Farbflecken bekleckst. Gallens posierte, seine Palette in der Hand, als Hilde Fotos von ihm und ihrer Riegenführerin machte. »Du mußt mir aber eins schicken, du Nichtsnutz«, sagte er.

»Selbstverständlich, Meister«, sagte die Riegenführerin.

»Jaja, das sagen alle.«

Die Bilder glichen sich, meistens stellten sie eine Schneelandschaft mit Ästen und Zweigen und den grellroten Himmel einer untergehenden Sonne dar. Eines davon hing im Salon von Marnix de Puydt.

»Na, was haltet ihr davon? Ehrlich. Kommt, kommt, ziert euch nicht.«

»Es ist schön«, sagte Haegedoorn.

»Das weiß ich auch«, knurrte der Maler. »Aber was fühlt ihr, was empfindet ihr, wenn ihr mein Werk seht? Ist es eine stille Ergriffenheit, wie man in *De Gentenaar* geschrieben hat, oder ist es eher eine ästhetische Gemütsbewegung? – Steht nicht so stumm rum! Also, *merci*, das ist die Jugend von Flandern?«

»Es liegt daran, daß unsere Jugend nicht gewohnt ist . . .« begann die Riegenführerin.

»Dann muß unsere Jugend lernen, ihre Gedanken auszudrükken!« rief Gallens.

»Nun, wie ist es? Spuckt es aus! Ist mein Werk vielleicht nicht modern genug für euren Geschmack? Aber, meine werten Besucher, das Moderne, die sogenannte Moderne hat unser Leben vergiftet, das meiner Frau und meiner Kinder und mein eigenes. Was hat die Moderne uns denn beigebracht? Nur modische Verrücktheiten! Und das soll das Bild des heutigen Menschen sein?«

Er ergriff die Lupe, die neben seiner Palette lag und drückte sie Louis in die Hand.

»Los! Guck durch. Hier. So guck doch, *nom de Dieu*!«

Louis zitterte, richtete die Lupe auf das Bild und sah die zarten Zweige und die winzigen Verästelungen der Bäume in dem klumpigen Schnee.

»Das ist Handwerk, mein Bester! Und was tut dieser Lump von Permeke, den notabene Pater Stubbe rühmt? Was tut er? Er nimmt eine Bürste und einen Eimer, ich will es unumwunden ausdrücken, einen Eimer Scheiße und schmiert sie auf die Leinwand und sagt: ›meine Damen und Herren, das ist Expressionismus, so sehe ich die Welt!‹ Ich, Gallens, sage: ›wenn du die Welt so siehst, Permeke, dann mußt du schleunigst zum Augenarzt und anschließend schnurstracks zum Psychiater!‹«

Man kicherte gezwungen.

Er kniff in Hildes molligen Arm. »Komm mal her. Ich will dir ein Geheimnis verraten. Was ich sonst nie tue. Ein Koch läßt keinen in seine Küche. Nun, Gallens dagegen wohl. Guck hier. Siehst du diese Mondsichel, siehst du, wie das gemalt ist, wie zart? Also, wie ist das gemalt?«

Mit der Hand um ihre Hüfte wühlte er im Wust von Tuben, Pinseln, Lappen, Zeitungen, Lackfläschchen, Terpentinbüchsen und hielt ein Streichholz vor ihr rundes Gesicht mit der runden Brille.

»Damit! So einfach ist das. Mit einem Streichholz! Einen Mond, einen Himmelskörper mit einem Schwefelholz erstrahlen lassen. Da machst du große Augen, was? Mit den einfachsten Mitteln kommt man am weitesten. Selbstverständlich nur, wenn man seinen Stil kennt!«

Er schaute auf seine Armbanduhr. »Der nächste«, sagte er. Und während sie zur Tür gingen: »Wenn ihr nach Hause kommt, meine Lieben, dann erzählt ruhig Vater und Mutter, was ihr bei Gallens gesehen habt. Und wenn sie an einem originalen Geerten Gallens, signiert und mit Zertifikat, interessiert sind, können sie, wann sie wollen, zum ›Schampavie‹ kommen, ein Gläschen trinken und mein Werk besichtigen. Was das Kaufen betrifft, oh, damit verhält es sich anders. Sie müssen schnell zugreifen, denn die guten Gallens gehen weg wie warme Semmeln, noch ehe sie trocken sind. Ja, sie müssen sich schnell entscheiden, denn Gallens macht es nicht mehr lange, bei seinem Herz. Er hat zuviel entbehren müssen. *Allez*, meine Werten, *au revoir* und *Houzee*!«

»*Houzee*, Meister, ist der Gruß des VNV!«

»Mein Gott, stimmt ja. Wer seid ihr doch gleich? Die NSJV. Ja, natürlich! Dann ist es ›Heil‹, oder?«

»Heil Flandern«, sagte Bosmans.

»Richtig. Natürlich. *Allez*, Heil Flandern.«

Sie schliefen im Stroh, in einer kirchenähnlichen Scheune. Die Mädchen wurden in der Dorfschule untergebracht. Ein Sommerregen fiel. Louis konnte nicht schlafen. Der Apotheker streifte nun mit seiner schlanken dunkelhaarigen Tochter durch die Felder unter dem mit einem angespitzten Streichholz umrandeten Mond, sie fiel in einen Graben, die Schenkel weit gespreizt, ihr schneeweißer Bauch leuchtete, sie richtete sich auf und sank drei-, viermal langsam und willig zurück, jedesmal gingen ihre Knie auseinander. Die Scheune zerfloß und wurde ein Wald mit einem Freilufttheater. Louis' Atem entfachte eine feuchte Hitze. Nachdem er eine Weile auf dem Bauch gelegen hatte, drehte er sich zu dem schlafenen Bosmans hin, nahm dessen Hand und legte sie auf seinen Unterleib. Er krümmte die kühlen Finger um das harte steil aufgerichtete Ding, und fast sofort ergoß er sich; dann schmiß er die Hand von sich. »Laß die Finger von mir, du Schwein«, sagte er zu dem Schnarcher und verjagte grimmig das Bild der Apothekerstochter, wie sie im Bus auf dem Weg nach Wierebeke hinter dem Chauffeur gesessen hatte, mit dem ganzen Kummer von Flandern in ihren Augen, die groß ins widerspiegelnde Fenster schauten wie zu ihm. Durch einen Spalt in den rissigen Brettern des Scheunentors betrachtete er die

Sterne, die nicht dort sind, wo wir glauben, weil das Licht manchmal seltsam gekrümmte Bahnen beschreibt, ehe es uns erreicht.

Tante Mona schenkte auf der Veranda Tante Nora Malzkaffee ein; sie warteten auf Mama, um mit ihr zusammen in die Stadt zu gehen. Weil Louis in der Küche saß, sprachen sie nicht über Mama.

Tante Mona wurde dicker. »Aus Liebe«, sagte sie. »Denn was dem einen sein Tod ist, ist dem anderen sein Brot. Ich weiß, es sind grausame Zeiten, aber ich kann nichts dazu, ich bin mit einem Gefreiten glücklich, wir passen zusammen wie Speck und Eier, und ich vergesse das ganze Spektakel, die Bomben und Kanonen. Ulli sagt oft: ›Mein Liebes, was wollen wir mehr?‹ Er ist so fürsorglich, Nora! Er betet die Frauen an, wie alle Deutschen. Denn wenn sie in den Krieg ziehen, wollen sie zu ihrer Frau heimkehren, und die ist das Sinnbild des Haushalts. Finde das erst einmal bei den Belgiern. Es ist ganz einfach, Nora, ich bin im siebten Himmel.«

»Solange es währt.«

»Das ist egal. Wie lange es hält, weiß nur Unser Lieber Herr!«

»Du hast immer Glück gehabt.«

»Aber, Nora, du bist doch nicht etwa auf deine eigene Schwester eifersüchtig!«

»Ich bin nicht eifersüchtig.«

»Aber traurig?«

»Ein bißchen.«

»Manchmal wage ich sogar, vom Heiraten zu reden, und daß ich mit ihm nach Wachenburg gehen würde, um seine Eltern kennenzulernen, aber er ist dagegen. Ich sage: ›Aber, Ulli, man kann einen Mann doch nur richtig kennen, wenn man seine Mutter kennt.‹ ›Nein‹, sagt er, ›später, wenn der Krieg aus ist.‹«

»Das kann noch eine Weile dauern, bei dieser zweiten Front. Und mit dem Kaukasus.«

»Ja.« Stille. Die Tassen werden weggerückt. Flüstern sie? Machen sie einander Zeichen? Zeigen sie zur Küche, in der eine Petze sitzt?

»Aber, Mona, du denkst doch nicht ernsthaft ans Heiraten?«

»Warum nicht? Er hat eine gute Pension zu erwarten, denn er ist Ingenieur für Brücken- und Straßenbau.«

»Sagt er. Dann wäre er doch Offizier.«

»Nein! Das will er nicht.«

»Er hat nichts zu wollen. Sie werden gezwungen.«

»Meinst du?«

»Frag ihn doch danach.«

»Das wage ich nicht.«

»Hat er ein anständiges Einkommen?«

»Sein Vater ist Bürgermeister von Wachenburg, und das ist kein Amtsbezirk wie bei uns Sankt Rochus.«

Louis versuchte seine Lektion zu lernen. Man hat Somazellen und Geschlechtszellen, die ersten sind nicht erblich. Also sterblich. Lamarck sagt das Entgegengesetzte, er spricht von der Erblichkeit erworbener Eigenschaften.

»Wovor ich Angst habe, Nora, ist, daß er erfährt, daß ich eine geschiedene Frau bin. Denn ich habe ihm weisgemacht, daß mein Mann im Mai Vierzig mit dem Maschinengewehr in der Hand gefallen ist. Und daß dies eigentlich ein bißchen seine Schuld ist, als Deutscher. Zum Glück ist er gläubig.«

»Also ein Frömmler.«

»Aber nein. Ich will damit sagen: er glaubt leicht, was man ihm erzählt. So sind die Deutschen. Das Ehrenwort ist ihnen heilig.«

»Er geht nicht zur Messe?«

»Nein. Er ist Protestant.«

»Eu, eu, sag das nicht unserem Vater.«

»Nein, ich lasse ihn nicht los. Zumal er Céciles Tanzstunden bezahlt und immer will, daß sie Papi zu ihm sagt. Nein, es ist besser, ihn im Glauben zu lassen, daß ich eine Witwe bin.«

»Eine was?«

»Eine Witwe. Es klingt zwar albern, aber das bin ich doch, ohne Kerl. Wenn das auch nicht beim Standesamt eingetragen ist. Eine Witwe und dazu noch lustig.«

»Ach, du närrisches Ding. Du hast immer Glück gehabt. Und ich, ich bin verloren geboren. Mit meinem Asthma.«

Louis stand in der Nische der Bank, die gerillte Granitfassade als Rückendeckung. Auf der anderen Straßenseite trat ab und zu eine Frau in die Apotheke.

Paelinck ging in einem weißen Kittel hinter der Theke hin und her, reichte Fläschchen, Schachteln, nickte bedächtig mit seinem rothaarigen ernsten Kopf und wog Pulver ab. Ich könnte einfach als Kunde hineingehen, um eine Salbe oder Aspirin zu kaufen, aber wenn sie dann gerade aus der Milchglastür tritt . . . – Guten Tag,

Simone, wie geht es dir denn so, wenn ich das mit Verlaub so unbescheiden und so unhöflich fragen darf? – *Tiens,* woher kennst du meinen Namen? – Ich habe Nachforschungen angestellt, mich umgehört, die Nachbarn ausgehorcht. – Das kann ich mir vorstellen.

Die runde Hilde hatte mit gehässiger Stimme erzählt, daß Simone Paelinck sich zu gut vorkomme, um sich der Bewegung anzuschließen, daß sie zu große Füße habe und nur mit Mühe lesen und schreiben könne.

– Aspirin für meine Mutter, Herr Paelinck. – Oder Doktor Paelinck? Apotheker haben Medizin studiert. – *Tiens*, Simone. Apropos, Simone, sollten wir morgen nicht vielleicht in den Film ›Wunschkonzert‹ mit Ilse Werner gehen? Natürlich nur, wenn Doktor Paelinck es erlaubt!

Er trat entschlossen, als hätte er es schrecklich eilig, in die Apotheke und kaufte Aspirin, doch der Mann beachtete ihn kaum. Louis zögerte, tat so, als interessierte er sich für ein Mittel gegen Schuppen, las lange das Etikett und zog dann die klingelnde Tür vorsichtig hinter sich zu – sie war mit einem anderen Jungen aus, der auch nur mit Mühe lesen und schreiben konnte, ihr aber feurig und erfahren den Hof machte.

Mit seinem HJ-Dolch kratzte er weiße Rillen in die Mauern. Als er nach Hause kam, warf Papa seine Zeitung *Volk en Staat* auf den Tisch und stand halb auf.

»Hast du gedacht, daß es Mama sei?«

»Nein«, sagte Papa. »Sie hat . . .«

». . . sich verspätet. Sie muß Überstunden machen.«

»Sie mußte zu einer Versammlung. Sie kam nicht drum herum.« *Volk en Staat* war allzu achtlos hingeworfen worden, die verblichenen Farben des Umschlags eines *Lord Lister*-Romans waren sichtbar.

»Hast du Hunger? Aber das brauche ich eigentlich nicht zu fragen. Du hast immer Hunger!«

Papa briet zwei Heringe. Bei ihrem Anblick lief Louis das Wasser im Mund zusammen. Blitzschnell zermalmte er die Gräten. Er hatte immer noch Hunger. Er zog den *Lord Lister*-Roman hervor: Ein maskierter Mann im Smoking sprang aus einem fahrenden Zug in den blaßtürkisfarbenen Nebel.

»Gehst du morgen zur Messe, Louis?

»Natürlich.«

Louis ging jeden Morgen in der frühen Dämmerung hin: Die Öllampe, der leise Gesang, Gott im Tabernakel, das jämmerliche Harmonium, die alten Frauen, Gott in der Hostie, Weihrauh, die anderen durchfrorenen Schüler aus dem Viertel, Gott auf der Zunge.

»Wenn die Messe aus ist, fangen sie dann schon an zu arbeiten, auf der anderen Straßenseite, im ERLA?«

»Das hängt davon ab, wann die Messe aus ist. Manchmal stehen schon Leute vor dem Tor.«

»Was für Leute?«

»Die Arbeiter. Die Angestellten kommen später. Wie Mama. Um halb neun.«

»Aber die Chefs?«

»Welche Chefs?«

»Die Direktoren!« sagte Papa ungeduldig.

»Wie soll ich denn wissen, wann die kommen?«

»Hast du sie morgens früh nie gesehen, Herrn Lausengier und die anderen Direktoren?«

»Ich habe nicht darauf geachtet.«

»Du achtest nie auf was!«

Neben seinem *Lord Lister* standen eine Dose Würfelzucker und ein Glas Wasser für Papa bereit. Die Dose war schon dreiviertel leer.

»Sie kommen morgens natürlich zu spät zur Arbeit. Wie sollte das auch anders sein? Wenn sie nachts feiern und saufen, dann können sie nicht pünktlich aufstehen. Sie, die doch auf verantwortliche Posten gesetzt werden, weil sie kompetent sind. Nun kann man dem entgegenhalten, daß es nur Ersatzteile sind, die dort gelagert werden. Aber jedes Ersatzteil einer Messerschmitt zählt. Wenn die Chefs ihre Pflicht nicht tun, ist der ganze Krieg im Eimer.«

Er trank, behielt das Wasser im Mund, schob einen Zuckerwürfel hinein und lutschte.

»Du kennst sie doch, die Direktoren?«

»Die Chefs von Mama?«

»Ja. Herrn Lausengier und diesen anderen, den sie auch ab und zu erwähnt, Doktor Knigge. Du hast sie doch sicher schon gesehen?«

»Ich? Nie.«

»So. Ich dachte. Ich dachte, daß du sie gesehen hättest, als sie Törtchen auf dem Grote Markt aßen, alle drei.«

»Nein«, sagte Louis dickköpfig.

Nach einer halben Stunde hielt es Papa nicht mehr aus. »Komm.« Er setzte seinen Hut auf. Im Kino war ›Wunschkonzert‹ bereits abgesetzt worden. Sie sahen ›Das Tal des Glücks‹, auch mit Ilse Werner. Als das kleine Mädchen in seinem Dirndlkleid in die Schlucht fiel und dort in dem unwirtlichen Gebirge, über dem titanische Wolken aufzogen, von allen verlassen nach seiner Mutti wimmerte, biß Papa wütend auf seine Fingerknöchel. Auch die Matrosen in ihren schwarzen Jacken, die in der Reihe vor ihnen saßen, waren ergriffen und mucksmäuschenstill. Auch sie würden mit Mann und Maus untergehen, fern von ihrer Mutti, im kalten Wasser.

Im Café ›Groeninghe‹ hielten Amadeus und Aristoteles, die blonden, ängstlichen Kinder von Marnix de Puydt, sich bei der Hand. Ihr betrunkener Vater lag auf der grünen Plüschbank unter dem lebensgroßen und naturgetreu gemalten Porträt von Untersturmführer Tollenaere, um das ein schwarzes Band gebunden worden war, ein trauerndes Echo der Lavallière aus grauem Satin, die de Puydt um den Hals trug. Tollenaere hatte seine heldische Pflicht erfüllt, daran war nichts zu deuteln, es war ein Kinnhaken in das Gesicht der belgischen Lauheit und ein Nackenschlag für die ganze flämische Gemeinschaft. Denn gewinnt Moskau, so ist das Abendland verloren. Der leidenschaftliche bebrillte Advokat hatte die Bedrohung unserer Religion, unserer Kultur, unserer Wirtschaft nicht einfach untätig mitansehen können. Für Altar und Herd. Sie hatten den vereisten Boden mit Dynamit aufreißen müssen, um seinen Sarg hinabzulassen, im Schatten der orthodoxen Kapelle von Podborowje. Sogar Radio London, scheint es, hat fair reagiert und seinen Märtyrertod anerkannt.

»Europa, Europa, das gibt es nicht!« sagte Marnix de Puydt.

»Marnix«, sagte Papa, der den Dichter, wenn er nüchtern war, immer mit Herr anredete, »Marnix, du bist besoffen!«

»Staf Seynaeve, Europa ist immer ein zusammengewürfelter Haufen von Ländern gewesen, die in erster Linie für ihre Landesinteressen kämpfen werden, für ihre Spaghetti, für ihr *Pale Ale*, für ihren Goethe.«

»Trotzdem gibt es in der Vorstellung vieler ein vereintes Europa«, sagte ein Lehrer.

»Gewiß«, rief de Puydt, »und das gab es für Karl den Großen, für Napoleon, es ist auch ein naheliegendes Konzept, Europa läßt sich leicht überblicken und regieren, aber der Haken dabei ist, daß die Dinge nun einmal, die Dinge nun einmal . . . einen Scotch, Noël!«

»Du hast schon mehr als deine Ration intus«, sagte Leevaert.

»Und zwei *citron-pressés* für meine Nachkommenschaft!«

»Mit viel Zucker«, rief Aristoteles.

»Diese Kleinkrämermanie, alles groß zu machen! Groß-Gent, Groß-Antwerpen, die Groß-Niederlande. Das ist übrigens nichts Neues, meine Herren. Die älteren unter euch werden sich erinnern, daß diese Witzbolde Pierre Nothomb, Carton de Wiart – und wer noch? – im Krieg Vierzehn-Achtzehn Groß-Belgien schaffen wollten, mit Niederländisch-Limburg und dem Groß-und nochmal-Großherzogtum Luxemburg dazu. Und wen gab es noch? Ach ja, de Broqueville, der damals Kriegsminister war! Während unsere Landser in den Schützengräben massakriert wurden, haben diese Herren das bei Dom Pérignon und zwischen Huren in einem Pariser Serail ausgeheckt. Groß-Belgien! Und nach den Hirngespinsten dieser Adligen 1917 sollte Palästina mit seinen heiligen Stätten unter die Vormundschaft dieses Groß-Belgien gestellt werden. Im Namen unserer tapferen Kreuzritter, Godfried von Bouillon, Boudewijn Hapken, oder war es Boudewijn der Zweite?«

»Boudewijn der Erste und der Zweite«, sagte Louis. »Boudewijn Hapken war Graf von Flandern, kein Kreuzritter.«

»Wer war dann Boudewijn, der Kaiser von Konstantinopel, den die Bulgaren enthauptet und dessen Schädel sie horizontal aufgeklappt haben?«

Die blonden Zwillinge jauchzten.

Marnix de Puydt fuhr übermütig fort: »Und in den sie Wein geschüttet und dessen rohes Gehirn sie aufgegessen haben?«

»Kinder, seid still!« rief Noël der Wirt.

»Das wird Boudewijn der Erste gewesen sein«, sagte Louis. »In Adrianopel.«

»Ich dachte: Hapken, wegen der Axt in seinem Kopf . . .«

»Gehirn in Wein gedünstet, das dürfte nicht übel schmecken«, sagte ein Landvermesser. »Aber roh, nein, das wäre nichts für mich.«

»Diese heiligen Stätten den Belgiern zu überlassen, das ist gar keine so schlechte Idee«, sagte Herr Groothuis.

»Belgische Nichtsnutze«, sagte Papa.

»Denn man kann sie doch nicht den Juden überlassen, diese heiligen Stätten, an denen sie Unseren Herrn gekreuzigt haben.«

»Um ein Haar hätte Belgien diese heiligen Stätten bekommen«, sagte Marnix de Puydt, »denn maßgebliche Personen hatten dabei ihre Hand im Spiel.«

»Kardinal Mercier«, sagte Leevaert.

»Kardinal Mercier«, sagte Papa.

»Der ist eigens nach Paris gereist, um bei Clemenceau dafür zu plädieren.«

»... dem Tiger!« sagte Papa.

»Und Clemenceau hatte sogar ein Ohr dafür.«

»Und warum hat es nicht geklappt?« fragte ein Blumenzüchter. De Puydt schüttelte den Kopf. »Das weiß ich nicht.«

»Weil Clemenceau schließlich nicht zum Präsidenten gewählt wurde«, sagte Leevaert. »Aus reiner Verkalktheit hat er sich grollend auf seinen Landsitz zurückgezogen, es war ihm egal.«

»Damit war es um Groß-Belgien geschehen«, rief Papa triumphierend.

»Trotzdem war es keine schlechte Idee«, sagte Herr Groothuis. »Belgien hätte Geschäfte machen können.«

»Wir hätten in Palästina Urlaub machen können.«

»Ja, für den halben Preis mit dem ›Bund für kinderreiche Familien‹.«

»Noël, noch einmal das gleiche.«

»In der Sonne des Heiligen Landes, mit einem guten Pernod.«

»Ach, der Mensch träumt immer vom Paradies.«

»Das Paradies«, sagte Marnix de Puydt träge, »hat viel zu kurz gedauert. Nach den Berechnungen des *sommo poeta* von Florenz nicht länger als sechs Stunden.«

Man war sich darüber einig, daß das zu kurz war.

»Was hast du, Staf? Du siehst so blaß aus«, fragte Herr Groothuis.

»Er hat einen Bandwurm von dem vielen Schweinehack, das er gegessen hat.«

»Ja. Von seinem Bruder Robert.«

»Nehmt keine Notiz von mir«, sagte Papa. »Ich weiß nicht, was mit mir los ist.«

In Rußland hinter der Winterlinie erfror man in den Igelstellungen, also drängte man sich im Café ›Groeninghe‹ um den bullernden Kanonenofen, in den Noël eifrig Eierkohlen schmiß.

Feldgraue Gestalten warfen begierige Blicke hinein. Amadeus und Aristoteles rührten sich nicht vom Fleck. Der Nachmittag verging mit Geschichten und Bier und Zoten (was man in Walle ›schwarze Schule‹ nannte). De Puydt gab eine weitschweifige verworrene Geschichte über den berühmten britischen Gelehrten zum besten, der Bücher über die griechische Bildhauerei geschrieben hatte – so dick wie meine Faust –, und der, natürlich noch unberührt, in seiner Hochzeitsnacht zum ersten Mal eine Frau, seine Frau, nackt sah. »Diese Frau hatte, wie es sein mußte, einen Schlitz, und über diesem Schlitz wuchs Haar, wie kann es auch anders sein? Aber der Kulturhistoriker John Ruskin hatte das in den Büchern mit Reproduktionen der griechischen Kunst noch nie gesehen, denn die Griechen fanden den Schlitz am saubersten und schönsten glattgeschoren. Ruskin guckt, guckt noch einmal und rennt wie ein Windhund aus dem Schlafzimmer. Er hat niemals mit seiner Frau geschlafen, die doch eine anziehende und gutgebaute Dame war, und während seines unglücklichen Lebens hat er das keinem zu erzählen gewagt; er ist später nervenkrank geworden, denn er hat sein Leben lang geglaubt, daß er mit einer Mißgeburt verheiratet sei, irgendeinem behaarten Affenweibchen.«

»Was man nicht alles erlebt!«

»Und das bei einem Kulturhistoriker!«

»Dieser Trottel!«

»Ich habe einen *chef-de-bureau*«, sagte Herr Groothius, »der hat sich und seine Frau völlig kahlrasiert.«

»Es muß einen Haufen Arbeit machen, das zu pflegen.«

»Ja, denn man kriegt Stoppeln, und das juckt.«

»Und wenn man sich aneinander reibt . . .«

»Meine Herren«, sagte Leevaert, »hier sind Kinder unter uns!«

Louis fühlte eine kalte Wut in sich aufsteigen, aber Leevaert meinte die Zwillinge de Puydt.

»Och, meine Jungens kennen das Leben, nicht wahr, meine Kleinen?«

»Ja, Papa«, sagten Amadeus und Aristoteles einstimmig.

»Aris ist richtig arisch, mit seinen blauen Augen.«

»Warum, glaubt ihr, habe ich sie wohl so genannt? Als Verbindung zwischen Hellas und Germania, Hölderlins Traum.«

Louis hoffte, daß Simone vorbeikommen und ihn zwischen den Fettpflanzen am Fenster entdecken würde, wie er hier als ernstzunehmende Person saß – so würde es zumindest von draußen erscheinen, wenn sie ihre Nase an die Scheibe drückte und er mit seinem Glas Limonade mit dem Wiskyglas von Marnix de Puydt, der in Verschuerens Großem Wörterbuch abgebildet ist, anstieß. Sie würde vor Ehrfurcht erschaudern, bis in ihre Lenden, wo Haar wachsen mußte, sepiabraunes oder kohlschwarzes. Sollte plötzlich eine englische Bombe fallen und Simone einen Meter hochwirbeln und in einen Graben schleudern, würde eine Windhose aus Flammen nur ihr Kleid und ihre Unterwäsche verbrennen: Dann sähe er es, dieses haarige Dreieck, und danach könnte das Dach des Cafés ›Groeninghe‹ einstürzen, dann dürfte der Schutt seinen entzückten Blick begraben.

Unter Louis' Füßen, wo sich die Küche befand, war es still. Manchmal schlich Papa aus der Werkstatt, um ihn zu ertappen. Vorige Woche hatte er einen totenstillen Papa hinter der Verandatür angetroffen, sprungbereit (auf wen? auf was?) wie ein Panther.

Louis lauschte im Treppenhaus. Draußen auf der Straße plapperten drei, vier Nachbarinnen über Lebensmittelmarken, ihre Holzsohlen klapperten und schlurften. Aus der Werkstatt erklang das Dröhnen und Zischen der Maschinen (zehntausend Flugblätter mit einer rauchenden zerstörten Häuserreihe, einer Mutter, die ihr verwundetes Kind an die Brust drückt, der Text in flammenden gotischen Buchstaben: »Churchill, du Bestie, warum tust du uns das an?«).

Im Schlafzimmer seiner Eltern roch es säuerlich schwül. Als er auf ihr Bett fiel, die warme Backe an der kühlen Überdecke, wirbelte gegen die schwache Wintersonne Staub auf. Er pulte mit dem Zeigefinger in einem Riß des Deckenbezugs. Er lag auf Mamas Seite. In den Ferien, früher, hatte er seine Eltern abends oft gedämpft, unverständlich und friedlich plaudern gehört, sie ließen manchmal absichtlich die Tür offen, um ihn wissen zu lassen, daß sie da waren; dann fühlte er sich geborgen, so daß er nichts von den nächtlichen Mieseriken zu befürchten brauchte. Ab und zu, mitten in der Nacht, eine leise Klage, ein Piepsen, Papa, der aus der Tiefe seines Herzens seufzte. In letzter Zeit sprachen sie nicht mehr im Bett. Papa lag längst darin, während sie unten noch herumwurstelte, das Kratzen ihrer Streichhölzer, das Rascheln von Zeitschriften. Manchmal, wenn er mit angestrengtem Grinsen lauschte, bildete Louis sich ein, das Saugen an ihrer Zigarette hören zu können und das Knurren ihres Magens.

Louis schaute in den Spiegel ihres Toilettentisches, auf dem *Crème Mimi*, eine Tube *Rose d' Automne* und *Tokalon*-Puder lagen. Er änderte sich, fast unmerklich. (Beides notwendige Dinge: das Unmerkliche und die Veränderung.) Spion. Panther Seynaeve. Sehr nahe: Poren, ihre Nase, sein schmaler Mund. Verändert? Vergiß es schnell, Sterngucker. Denn ich sehe nichts anderes und nichts Besonderes. Während mir das Abscheulichste passiert ist, das einem Mann, nun ja, einem Jungen zustoßen kann.

Wenn ich das Haegedoorn erzählen würde, bräche er in schallendes Gelächter aus, genau wie vor zwei Tagen. Ist denn endlich die Strafe, die Buße eingetroffen, bin ich nicht nur unrein, weil ich das sechste Gebot übertrete, manchmal zweimal am Tag, sondern nun auch noch verdammt? Gehöre ich zu denen, die sie die Verdammten dieser Erde nennen?

Die Nachbarinnen vor dem Hauseingang begannen zu kreischen, die Holzsohlen klapperten. Die Luftalarmsirene von Walle war kaputt, denn unangekündigt waren Bomber zu hören, in der Gegend des Rattenbergs Abwehrgeschütze. Louis drückte seinen Zeigefinger an seine Schläfe – in einem endgültigen Augenblick wäre es vorbei. In seinem Gesicht war nichts von einem Kainszeichen festzustellen, nichts von dem, was bei Jules Verne und Jack London als Gelassenheit beschrieben wird, wie sie an dem Gesicht eines U-Boot-Kapitäns oder eines Goldsuchers abzulesen ist. Dennoch hat das Schicksal mich geschlagen, jeder NSJV-Junge weiß das und stimmt ein Hyänengelächter an.

Vielleicht weiß Mama es schon. Unerträglich. Sie wußte es, natürlich, aber sie sagte nichts darüber, nicht einmal zu sich, in ihrem tiefsten Innern vor Scham über ihren einzigen Sohn jammernd.

Vor zwei Tagen.

Beim Fechten. Zweistimmig ›Kempenland‹ gesungen. Theorie. Über die jüdisch-amerikanische Epidemie, die zu uns herübergeweht ist, wodurch unser musikalischer Geschmack entartet ist, während wir seit dem Mittelalter das Harmonische unserer Musik in den Klängen der Natur selbst gesucht haben. Dann Turnen, Boxen, und dann der verdammte Augenblick. Unter der Dusche. Es gab schon seit Wochen kein warmes Wasser mehr. Eiskalte Tropfen und plötzlich ein eisiger starker Strahl. Abgehärtet müssen wir sein, also stieß ich mich von der etwas weniger kalten Wand aus viereckigen Kacheln zwischen körnigen Zementrillen ab und trat in die Mitte unter die Eisgeißeln, denn was ist das, verglichen mit unseren Jungens an der Winterlinie, mit Wolffett eingerieben, vor Charkow, Wjasma, Orel, Schlüsselburg? Da schlüpfte Bosmans herein und warf sein Handtuch über den Haken an der Wand und sperrte die Augen auf und zeigte auf Louis' Unterleib, hielt sich wie ein Mädchen die Hand vor den Mund und bekam einen Schluckauf vom Lachen. Warum? Der schmächtige schwindsüchtige Bosmans packte Louis beim Arm und schmiß ihn mit einer erstaunlich heftigen Schleuderbewegung in die Türöffnung, wo der Trupp, sieben an der Zahl, aufblickte.

»Seht, seht euch nur«, schrie Bosmans, »seine Pfeife an!« Er riß Louis' Hand weg, die das verschrumpelte Rüsselchen bedeckte, das der Wind der ewigen Gletscher eingefroren hatte.

»Eine Schiedsrichterpfeife.«

»Ein Regenwurm.«

»Ein Streichholz.«

»Damit kannst du keine Mädels bedienen, Seynaeve.«

»Scharführer, komm und sieh dir das an!«

Genevoix, der breitbeinig dastand, die nassen Bergschuhe in den Zementboden gestemmt, sagte, daß so etwas natürlich sei.

Alle grölten. »Bei mir«, sagte Genevoix, »ist das unter der Dusche auch so, ich kann ihn manchmal nur mit Mühe finden.«

Hyänengelächter. Was der Scharführer behauptete, war so Baron-von-Münchhausen-lügenhaft, daß sie vor lauter Spaß übereinander herfielen. (Ich bin in meinen klammen Sachen geflüchtet, durch Walle. Mit Schüttelfieber.)

»Jetzt reicht's, dieser Junge kann nichts dazu«, hatte Genevoix noch gesagt.

Das ist der Fluch des Granits. Aller Priester. Deswegen heiraten sie nicht. Wegen des zwerghaften Anhängsels, das sie bei der Geburt mitbekommen haben. Deswegen opfern Priester ihren kümmerlich verstümmelten Körper Gott. Deswegen ist auch Schmutzfink Sef verflucht, der vor dem Krieg, als man in Belgien noch öffentlich Karneval feiern durfte, als spanischer Tänzer verkleidet herumlief. Wir sind eine gebrandmarkte Rasse wie die Juden, die dort auch beschnitten, verletzt worden sind.

Louis entdeckte nichts Neues im Spiegel. Wenn ich auch noch so forsch in meiner Uniform durch die Stadt stolziere, ich bin wie der Schmutzfink Sef.

Er legte Mamas Onyx-Ohrringe an und schmierte sich Lippenstift auf seinen Mund. Im Kleiderschrank, dem Parfum entströmte, fand er in der Ecke, neben der rosa Gummibirne mit dem zitzenförmigen Bakelitende, wie ein glänzendes haariges Tier den kaputtgeschnittenen Pelzmantel. Er zog ihn an. Saß zehn Minuten vor dem Spiegel, harter Pelz scheuerte über seinen Nacken, wenn er den Kopf bewegte. Er wackelte mit dem Kopf, ein Junge mit offenhängendem ordinärem scharlachrotem Mund, der nicht nur verdammt war, sondern außerdem lächerlich.

Morgens nach der Messe, auf dem Schulweg, blieb er im Eingang der Bank stehen. Es herrschte Glatteis, die Radfahrer fuhren sehr langsam, mit gesenkten Köpfen.

Seynaeve, du Narr, was tust du hier?

Seynaeve, Mensch, ich kann nicht anders.

Wieso? Kannst du es nicht lassen?

Nein. Ich muß sie sehen.

Du kannst sie nicht sehen, denn sie schläft noch.

Egal. Dann sehe ich wenigstens das Fenster, hinter dem sie schläft.

Du weißt nicht einmal, welches Fenster.

Das dort, denn ich habe da mal Licht gesehen, einen Streifen im Verdunkelungspapier, als ihr Vater in seinem blöden weißen Kittel im Laden stand.

Und wenn es das Zimmer ihres Vaters war?

Nein. Er würde das Licht nie brennen lassen. Denn es ist bekannt, daß die Paelincks geizig sind.

Die Sonne ging auf, er hatte Hunger, er ging durch die Zwevegemstraat und sprach nicht mehr mit diesem nörgelnden, lästigen und destruktiven zweiten Seynaeve. Auf Höhe des Beestenmarkts hatten sich Leute versammelt und keiften und klatschten und zeigten mit dem Finger. Ein Fallschirmspringer war nachts gegen die Fassade der Akkermans-Mühle geprallt, ein dunkelroter Arm und ein Stück Bauch in Khaki hingen da noch, zerfetzte Lumpen, Leder und Metall und Fleischklumpen, aufgespießt auf ein Stück Dachrinne. Weißer Dampf stieg aus dem Mund der Zuschauer.

»Recht so. Jedem das Seine.«

»Wie holen sie die Überreste runter? Mit einer Leiter kommt man da nicht ran.«

»Vielleicht die Feuerwehr.«

»Das fällt von selbst runter.«

»Er sieht wie ein junger Kerl aus.«

»Könnte ein Neger sein.«

»Jedenfalls ein Amerikaner, in diesem hellen Khaki.«

»Du weißt das ja so gut.«

»Ich? Nein, nein, ich weiß von nichts. Ich habe das nur so gesagt.«

»Er wird nichts gespürt haben.«

»Doch, er hat gespürt, daß sein Fallschirm sich nicht öffnet.«

»Das dauert höchstens eine halbe Minute.«

»Eine halbe Minute kann lang sein.«

»Miriam, stell dir vor, der wäre gegen dein Fenster geflogen.«

»Georgine, hör auf. Ich wage gar nicht daran zu denken!«

»Mach heute abend lieber dein Fenster zu, Miriam.«

»Hör auf, sag ich. Ich werde noch davon träumen, daß so einer durch meine Scheibe saust.«

»Mitten auf dein Bett, Miriam.«

Als Louis durch den Park ging, strömten alle Bäume plötzlich einen aufdringlichen scharfen Geruch aus. Als watete er durch einen greifbaren Dunst. Es ist die Luft, nichts anderes als die Luft, dachte er, und seine Knie gaben nach, er sackte mit einem wollüstig trägen Gefühl zusammen, sank noch tiefer, unbegreiflich weit und tief, er wurde zugedeckt, eine Decke aus roter Watte, sanft einschläfernd, sein Ohr lag auf samtenen Brennesseln, auf einem großen gekochten Blumenkohl, seine Backe auf einem Pferdefell, das weich und flüssig wurde, er hörte, wie die marmorne Königin Astrid auf Schuhen mit Holzsohlen kam, sie neigte sich zu ihm.

Er wurde von Passanten nach Hause gebracht, er hörte sie etwas über Vitamine sagen. Mama saß neben ihm, ganz nahe bei dem Seynaeve, der wehrlos und matt in seinem eigenen Bett lag. Sie sagte: »Du hast mir vielleicht einen Schreck eingejagt, ich dachte, du wärst verunglückt, aber es ist nichts, nur eine Ohnmacht, es ist nichts, das kommt öfter vor.« Er raffte all seine Kraft zusammen und ergriff ihre Hand, küßte den Rücken der trockenen parfümierten Haut im schwarzen Spitzenhandschuh. Er war ein Ritter, der auf dem Groeninghe-Feld aus reiner Angst glaubt, von einem feindlichen Pfeil getroffen und in Ohnmacht gefallen zu sein, der aber dann, von seiner bangen Einbildung geheilt, seine ›*Houzee*! Alles Welsche ist Falsche! Schlagt sie tot!‹-schreienden Kampfgefährten erblickte und wieder aufs Schlachtfeld eilen will. Ich will. Er schwang sein Bein zur Seite und stieg aus dem Bett. »Siehst du?« sagte Mama. »Siehst du? Es war nichts. Gott sei Dank. Aber was sind das für Pickel in deinem Nacken? Genau wie bei einer Blutvergiftung. Wie ich sie von diesem gefärbten Pelzmantel bekommen habe.«

Er verpaßte die Messe. Er wurde vom Mathematiklehrer aus der Klasse geschickt. Seine Verdrossenheit ähnelte der von Papa. »Zwei Griesgrame«, sagte Mama, »und ich tue mein Bestes, um es zu Hause gemütlich zu haben.«

»Ich auch?«

»Du auch.«

Der Strom fiel immer häufiger aus. Sie aßen, ohne Radio, bei Kerzenlicht weiße Bohnen in Tomatensauce. Mama erzählte von Bibi Zwo, dem neuen Hund von Doktor Lausengier, einem Dackel, der jeden Tag zwei Kilometer für seine Gesundheit laufen mußte.

»Kann er seinen Hund nicht selbst ausführen?« fragte Papa.

»Ich muß tun, was er verlangt, er ist mein Chef. Und er hat keine Zeit, an der Leie spazierenzugehen.«

»Was tut er denn die ganze Zeit? Die Arbeit tun doch andere für ihn.«

»Er ist doch seinen Vorgesetzten in Leipzig gegenüber verantwortlich.«

»Er verbringt seine Zeit damit, französische Zeitungen zu lesen«, sagte Papa.

»Woher weißt du das?«

»Das geht dich nichts an. Ich sage nur, daß er morgens damit anfängt, Zeitung zu lesen. Das weiß ich. In erster Linie seine französischen Zeitungen.«

»Stimmt nicht«, sagte Louis. »Er fängt den Tag mit zwei Schnitten Toast an.«

»Ja?« Mamas gequältes Lächeln erschien, zum erstenmal seit Wochen.

»Woher weißt du das?« rief Papa.

»Ich weiß alles.«

»Ja? Wirklich? Alles?« Mama füllte seinen Teller bis zum Rand.

»Toast mit drei Tassen Tee.«

»Tee!« erschrak Papa. »Wie die Engländer!«

»Dann raucht er eine Zigarette. Und dann erst liest er die wichtigsten Blätter der Weltpresse. Über die in- und ausländische Politik.«

»Das würde ich auch tun«, sagte Papa, »wenn ich Zeit dazu hätte.«

»Um zehn Uhr kommt die Post. Aber die hat Mama schon vorsortiert, und sie bringt ihm nur die Briefe, deren Inhalt er persönlich kennen muß.«

»Du bist sicher eine Fliege in unserem Büro?«

»Und weiter?« fragte Papa.

»Er liest diese Post. Darunter viele Bittgesuche. Es kostet einige Mühe, zu entscheiden, wem geholfen werden soll. Denn es ist viel Spreu unter dem Weizen.«

Meine Eltern hängen an meinen Lippen. Vor allem Mama.

»Es sind viele Briefe von einfachen Leuten vom Lande, die sich Sorgen um ihren Jungen machen. Bitte, Herr Lausengier, man hat uns gesagt, daß unser Willem im Begriff ist, mit beiliegendem Zeugnis nach Deutschland geschickt zu werden, er ist doch so ein guter Schweißer und tut sein Bestes, fragen Sie mal Frau Seynaeve.«

Mama gab ein kurzes Miauen von sich und zündete sich an ihrer Kippe eine neue Zigarette an.

»Oder: Herr Lausengier, unser Gerard hat einen Finger verloren an einer Maschine. Wer bezahlt das?«

Louis hatte das halb aus flämisch, halb auf deutsch erzählt.

»Hör mit diesem Nachmach-Deutsch auf! Das ist nicht witzig«, sagte Papa. »Das tun alle Anglophilen.«

»Weiter, Louis, weiter«, sagte Mama mit funkelnden Augen.

»Dann ruft er den Dorfpfarrer der Betroffenen an, um festzustellen, ob es sich nicht um einen Betrug handelt und ob diese Familie in dem Amtsbezirk gut angeschrieben ist, denn man weiß nie, die Leute sind in Kriegszeiten schlau und betrügerisch. Um elf Uhr ist dann eine Audienz, und er empfängt die Werkmeister. Das Mittagessen wird in Gesellschaft von Frau Seynaeve eingenommen, ein Ei, Fisch, Fleisch, Bier und, wenn keine Klagen von der Kommandantur vorliegen, eine halbe Flasche Bordeaux. Dann fährt das Auto vor, und er begibt sich zur Bastion der französischsprechenden Bürgerschaft von Walle, dem ›Flandria‹, wo er sein geliebtes Tennis spielt. Obwohl er eine einmalige Geschicklichkeit besitzt, fällt er gelegentlich auf die Knie und beschmutzt seine Tennishose. Er ist auch sehr gelenkig, er kann seinen Fuß in den Nacken legen. Dann leckt er am Eis einer vorbeikommenden Dame, aber erst, wenn er ...«

»Was meinst du damit: wenn er was?«

»Laß ihn doch weitererzählen, Staf!«

»Ich hatte vergessen, daß er, bevor er das Eis ißt, erst eine erfrischende Dusche genommen hat. Nicht zu kalt. Vor allem nicht zu kalt.«

Die Kerzen flackerten. Louis aß ein paar kalte Bohnen. Er hatte die Lust an der Geschichte verloren, aber Mama wartete gespannt in dem sanften Licht- und Schattenspiel.

»Er war mit dem Tennis fertig«, sagte Papa.

»Dann fährt er wieder ins Büro; er sitzt neben dem Chauffeur, denn er ist leutselig zum Personal. Und er nimmt die Arbeit erst wieder nach einem Scherz mit Frau Seynaeve auf. Er legt eine Patience vor dem Abendessen. Das fängt immer mit Suppe an. Er ist versessen auf Suppe. Dann wird in seinem Appartement der Bridgetisch aufgestellt, und es kommen hochstehende Personen aus der belgischen Finanzwelt. Er bedauert es, nicht oft genug auf Jagd gehen zu können, denn in seiner Heimat unterließ er es nie, in seine Jagdstiefel zu schlüpfen und mit Förstern in den Wald zu ziehen, um manchmal in einer Hütte am Weg mit Genuß eine Tasse Kaffee zu trinken.«

»Du hast gesagt, daß er Tee trinkt!« rief Papa triumphierend.

»Auf der Jagd trinkt er Kaffee, einfach aus dem kochenden Kessel über dem Kaminfeuer, während er mit den Bewohnern der Hütte plaudert, natürlich mit der nötigen Distanz.«

Mama begann den Tisch abzuräumen. »Jetzt ist es genug.«

»Liest er viele Bücher?« fragte Papa.

»Nein. Das hat er früher reichlich getan, behauptet er.«

»Genug. Ja. Genug«, sagte Mama.

»Er scheint ein interessanter Mann zu sein«, sagte Papa. –

Zu seinem Ärger fragte Haegedoorn ihn nicht einmal auf dem Schulhof, warum er nicht mehr zu den NSJV-Treffen komme. Auch kam niemand vom Fähnlein zu ihm nach Hause, um eine Erklärung dafür zu verlangen. Sie hielten ihn wahrscheinlich für eine das sinkende Schiff verlassende Ratte, denn gegenwärtig kämpfte Europa an der Oberwolga und in Nordafrika, und die Plutokraten bombardierten immer häufiger Paris, Berlin und Walle.

Er ging wieder regelmäßig zur Messe, empfing fast täglich in seinem Mund den Gott der Barmherzigkeit (an den man glauben muß, sonst kann man sich gleich an einem Balken aufhängen), als er eines Morgens durch die halboffene Tür der Sakristei einen Blick von einem unrasierten kleinen jungen Mann in schäbiger Kleidung erhaschte, der heftig mit einem Arm fuchtelte und eindringlich auf keinen anderen als den Granit einredete. Ein Zweifel war ausgeschlossen, der hochgewachsene, schwerbebrillte Granit stand, unerklärlich, unvorstellbar, kilometerweit von seinem Collège entfernt in der Sakristei der Sankt Rochus-Kirche.

»Ich habe Sie heute morgen in der Sankt Rochus-Kirche gesehen«, sagte Louis in der Pause.

»Mich? Nein. Das ist unmöglich.«

»Ich habe Sie erkannt.«

»Du verwechselst mich mit einem anderen Priester mit Glatze.«

»Sie lügen, Ehrwürden.«

»Nein. Doch.« Louis' Mentor und Feind und Führer und geistlicher Vater wurde ein bleicher Mann, dessen Unterlippe herabhing wie die eines Jungen mit geschminkten Lippen in einem Spiegel.

»Ich kann es dir erklären, Louis. Aber nicht jetzt. Ich bitte dich, im Namen des Herrn, vergiß, daß du mich dort gesehen hast. Ich flehe dich an, es niemandem zu sagen.«

(Was tat er da, zehn Schritte vom Altar entfernt? In der Sakristei? Eine schwarze Messe lesen?)

»Kann ich auf dich rechnen, Louis?«

»Ich schwöre es, Ehrwürden.«

»Ich werde dich belohnen dafür.«

»Das ist nicht nötig, Ehrwürden«, und zum ersten Mal war es Louis, der den anderen, ihn, stehenließ.

»Dieser Junge ist langsam nur noch ein Schatten seiner selbst, Constance. Sieh ihn dir nur an, weiß wie eine Rübe. Er kriegt nicht genug zu essen, Constance, das muß ich dir ins Gesicht sagen.«

»Er ißt wie ein Scheunendrescher.«

»Aber was? Nonnenpupse!«

»Nein, Fleisch. Und in der Schule bekommt er Milch und Vitamine und Kommißbrot.«

»Hat er vielleicht einen Bandwurm von diesem Fleisch?«

»Das Fleisch von unserem Robert riecht oft schon ein bißchen. Wir können nicht gerade behaupten, daß Robert seine Familie vorzieht.«

»Es scheint, daß er Kummer hat. Ist es Kummer, Louis, mein Kleiner?«

»Ich wüßte nicht warum, Omama«, sagte Louis.

»Meiner Meinung nach ist er verliebt.«

»Aber, Hélène, nie denkst du an etwas anderes. Nein, er leidet an irgend etwas, Constance.«

»Es liegt am Wachstum.«

»Ja, man sieht es an seinen Händen und Füßen. Er wird eine lange Latte werden.«

»Ja, er schießt in die Höhe.«

»Apropos schießen, sie haben den Bürgermeister von Vernisse niedergeschossen.«

»Vernisse, wo liegt das?«

»In die Leber. Das ist nicht mehr zu reparieren.«

»Es sind die Wallonen, die sich in unser Gebiet einschleichen. In Wallonien dürfen sie morden und brennen, soviel sie wollen, da wimmelt es von Fremden und Kommunisten.«

»Sie kriegen Geld aus Moskau, um die Front in Rußland etwas zu entlasten.«

»Und der Ulli von unserer Mona, der nach – wohin war es doch gleich? – Somalien geschickt wird. Sie heult den ganzen Tag. Mit Cécile auf ihrem Schoß. Das kann doch für ein Kind nicht gut sein.«

»Vielleicht ist es besser, daß sie möglichst früh lernt, was Liebeskummer ist.«

Omama verschluckte sich fast vor Lachen. »Aber, Constance! Wie du das sagst. Wie auf einem Friedhof oder vor einem Gericht.« Omama beruhigte sich, zupfte an ihren Schals. »Liebeskummer tut zwar weh, aber er ist das Salz des Lebens.«

»Mir ist ein Salzhering lieber«, sagte Tante Hélène.

Der bäurische Wachtposten vor dem Frontreparaturbetrieb ERLA war kein *Vlaamse Wachter*, sondern er trug eine dunkelgraue Uniform im Luftwaffenschnitt. Er schien absichtlich in die andere Richtung zu schauen, als Louis durch das Tor ging. Wahrscheinlich, nein, bestimmt hatte Mama den Lümmel von seinem Kommen unterrichtet, das Gewehr in den Händen des Burschen war sicher ein Spielzeug ohne Patronen. Die echten Gewehre wurden nicht hier im unbedeutenden Walle mit seinen paar Türmchen, seinen Arbeitersiedlungen, seinen Villen mit Vorgärten abgefeuert. Europas Schicksal wird woanders entschieden.

Junge Leute in grauen Overalls beugten sich über surrende, dröhnende Maschinen.

Diesmal hatte Mama etwas deutlich beschrieben, er fand den Gang und die dritte Tür links mit dem Schild ›Dr. Lausengier‹.

»Herein«, sagte Mamas hellwache Stimme. Sie sprang hinter ihrer Schreibmaschine hervor, in der selben wirbelnden Bewegung brachte sie ihr Haar in Ordnung und drückte ihren Zigarettenstummel aus. Dann streckte sie die Hand aus, als wollte sie, wie bei einer ersten Begegnung, Louis die Hand drücken, aber sie streichelte seine Wange. (Sie spielte Mutter, damit die weißhaarige dünne

Dame, die, eine Büroklammer zwischen den Lippen, an einem kleineren Schreibtisch saß, es sehen konnte.)

Das Büro war hell, hatte große Fenster, durch die man die Schlosser in dem Gebäude auf der anderen Seite beobachten konnte, helle Möbel, das Bild des Führers, das größtenteils von einer Palme verdeckt wurde, einen Kalender mit einer Alpenansicht, Schubfächerschränke aus Metall mit Dutzenden von Kakteen darauf. Ihr Paradies, in dem sie sich lieber aufhielt als zu Hause. Die dünne Dame nahm einen Prospekt und verschwand.

»Willst du eine Tasse Kaffee?«

»Nein.«

»Du, es ist kein Malzkaffee.«

»Nein, danke.«

»Du wirst doch nicht unartig sein, he?«

»Nein, Mama.«

»Es ist echter Kaffee. Ich darf ein paar Löffel davon nehmen, er ist im Tresor eingeschlossen. Und natürlich schmuggele ich ein bißchen davon zu Janine in die Küche. Denn hier muß man sich mit dem Personal gutstellen.«

Sie setzte sich auf die Fensterbank. Neben ihr erschien im Fensterrahmen, hinten im Garten, der lange Mann, der im ›Flandria‹ tschüß zu ihm gesagt hatte. Die Hände auf dem Rücken, redete er mit sich selbst, wahrscheinlich sprach er protestantische deutsche Stoßgebete. Er blieb stehen, trommelte mit seinen Handkanten auf seine Hüften, sackte etwas in die Knie, reckte sich wieder und sprach zu einem braunen Dackel mit einer feuchten schwarzen Schnauze, der unter einem Strauch herumscharrte. Er winkte Mama.

Aus der Nähe hatte er eine körnige Haut und ein forschendes, etwas dünkelhaftes Gesicht.

»Heil Hitler«, sagte Louis.

Mama sagte, daß dies nun ihr Sohn sei. Entschuldigend und stolz zugleich.

»So?« sagte der Mann, und dann auf Hochflämisch: »Guten Tag, wie geht es dir?«

»Gut.«

»So?« sagte der Mann. Auf deutsch behauptete er, daß die Ähnlichkeit mit Mama verblüffend sei, doch doch, man sehe das besonders am Mund. Zu seiner Freude stellte Louis fest, daß dieser Lausengier nicht im geringsten vermutete, daß der Wachtposten mit dem Wimpel auf dem Kies vorm ›Flandria‹ derselbe war wie der höfliche und übertrieben breit lächelnde Sohn von Mama, der vor ihm stand. Deshalb wurde Lausengier nicht in den richtigen Krieg geschickt, zu blind, zu dumm, ohne Gedächtnis. Und trotzdem Doktor. Wahrscheinlich ein sturer Büffler. Gewesen. Seitdem alles Gelernte vergessen. Tennis spielen, das ja, aber dabei auch noch ausrutschen, Ziegelrot auf der von den *Dietse Meisjesscharen* gewaschenen und gebügelten schneeweißen Hose.

»So.« Lausengier leerte den halbvollen Aschenbecher auf Mamas Schreibtisch in einen Papierkorb aus grauem Metall. Er fragte, wie es in der *Hajott* sei. Also doch. Wütend stammelnd, weil er wieder einmal einen Erwachsenen unterschätzt hatte – meine Arroganz macht *mich* stockblind, paß auf, du Idiot! –, sagte Louis, daß er das nicht wisse. Denn es gebe keine *Hajott* in Flandern. Obwohl die Rede davon sei, sie demnächst hier zu gründen.

»So?« Es war ihm völlig egal. Louis sagte, daß er übrigens überhaupt keiner Jugendorganisation mehr angehöre. Mama schaltete sich ein und behauptete, daß sie es habe kommen sehen, daß sie es gleich gefühlt habe, daß Louis es bei einer Gruppe nicht aushalten werde, dafür sei er viel zu einzelgängerisch.

»Ach«, sagte Lausengier. »Aber wie entwickeln wir denn dann die gesunden männlichen Tugenden?« Louis hielt seine Miene eisern in Schach, dir nie anmerken lassen, daß du den beiläufigen Scherz verstanden hast.

»Und was tun wir mit den notwendigen Einweihungsriten, mit dem Vertrauen zu den Führern?«

»Henny«, sagte Mama. Der Doktor ließ das Gold in seinem Mund sehen. Er hatte ungewöhnlich breite Handgelenke mit goldenen Löckchen, an denen Bibi Zwo leckte.

»Er wird es schon schaffen«, sagte er, als wäre Louis nicht dabei, und begrüßte dann einen schmalen jungen Mann in einem verschlissenen Anzug, der hereingekommen war, ohne anzuklopfen. Vielleicht, weil er nur einen Arm hatte. Der junge Mann gab Louis seine einzige Hand, er sah ruhiger, selbstbewußter aus als damals, als er in der Sakristei der Sankt Rochus-Kirche so heftig auf den Granit eingeredet hatte. Bibi Zwo begann, die Ohren halb gespitzt, zu knurren. Lausengier sagte, es sei sehr nett von Monsieur Donkers, vorbeizukommen.

»Es dauert nur ein Viertelstündchen«, sagte Mama zu Louis, sie gab Donkers ein fast leere Mappe.

»Zehn Minuten«, sagte Donkers mit ostflämischem Akzent, sein Arm zog Louis freundlich mit. Lausengier zwinkerte.

In einem kleinen Sprechzimmer mit Vorschriften und Parolen an den Wänden sagte Donkers: »Setz dich. Ganz ruhig. Ich beiß dich nicht.«

Ein Plakat zeigte in strengen Dolf Zeebroeck-Linien einen geduckt vorstürmenden SS-Mann, auf seinem linken Ärmel ›Flandern-Korps‹, der sein Maschinengewehr auf einen unsichtbar bleibenden, behaarten, stinkenden, in Iltisfelle gehüllten asiatischen zahnlosen dunkelhäutigen Partisan richtete. Über dem Helm des Soldaten flatterte eine Fahne, die ein entschlossener, die Kiefermuskeln spannender Mann in mittelalterlicher Tracht trug, wahrscheinlich Til Eulenspiegel, der Geist Flanderns. Donkers folgte mit dem Finger den Zeilen auf den zwei schlampig getippten Seiten in der Mappe und nickte beifällig. »*Je vois. Je vois*.«

»Ich habe nichts verbrochen«, sagte Louis.

»Natürlich nicht. Es geht hier nicht um Verbrechen.«

Das Zimmer hatte Gitter vor den Fenstern, und es gab nur eine Tür. Es war eine Zelle für widerspenstige Arbeiter oder gefangene Heckenschützen.

»Die Hauptbeschwerde sind Schwindelanfälle, nicht wahr?«

»Nein«, sagte Louis zögernd. »Das eigentlich nicht.«

»Aber das hat deine Mutter angegeben.«

»Ich hatte nur einen. Aber da lag es an dem Geruch, der in den Bäumen hing.«

»*Oui. Oui*.«

»Eine Art Schwefelgeruch.«

»*Je vois. Je vois*. Darüber mache ich mir keine besonderen Sorgen. Natürlich auch nicht über deine nächtlichen und sonstigen Pollutionen. Du bist ein großer Junge, also schon ein bißchen ein Mann. Und wir sind Männer *entre nous*.«

Hätte Louis seinen Dolch bei sich gehabt und ihn nicht auf seinem Nachttisch liegen lassen, hätte er ihn gezogen, den Einarmigen unter dem Tisch niederknien lassen, sich im Sturmschritt den Weg durch die Angestellten und Arbeiter gebahnt, an dem verblüfften Bauerntölpel in grauer Uniform am Tor vorbei, die Eisenbahnschienen entlang, in die kalten Äcker.

»Du brauchst dich nicht zu schämen, daß du von Mädchen träumst und dein Körper darauf reagiert. *Bon. Voyons un peu*.« Er stand auf, und darum erhob sich auch Louis, fröstelnd, als regnete es gegen seine Beine.

»Zieh mal deine Hose runter.«

Louis glaubte nicht recht gehört zu haben. Er fühlte, wie seine Untermensch-Unterlippe herabhing.

»Jetzt?«

»Ja, jetzt.«

Ungläubig machte Louis seine Hosenträger los.

»Es geht nur darum, daß wir deine Mutter beruhigen, nicht, daß sie nicht zuviel über dich nachgrübeln muß.«

Hochrot zog er mit einem rasanten Ruck seine Hose und seine Unterhose herunter. Oh, dafür sollte sie büßen, Constance Seynaeve-Bossuyt, für ihr Netz aus Petzerei und Verrat, denn es war nun deutlich bewiesen, daß sie hinter Louis' Rücken Kontakt mit Haegedoorn oder Bosmans oder Genevoix aufgenommen hatte. Genevoix, der war es. Der hatte Mama Schuhe versprochen. Ohne Marken oder Schwarzgeld, heimlich. »*Voyons, voyons*«, sagte der Einarmige und zog die Vorhaut zurück, betastete und knetete die Hoden und klopfte Louis auf die Schulter.

»*Pas de problèmes*. Alles perfekt. Und bestimmt normal, ich weiß nicht, was für ein Problem deine Mama da sieht. Also, ein bißchen gründlicher waschen, *jeune homme. Un peu d'hygiène quand même*.« Louis hörte ihn nicht mehr, das Blut pochte wie wild in seinen Schläfen.

»Na, das ging aber schnell«, sagte Mama. Louis wagte sie nicht anzusehen: Diese verachtenswerte schöne Frau, die ihn so skrupellos gekränkt hatte, kränkte ihn weiter mit ihrem honigsüßen Lächeln.

»*Aucun problème*«, sagte Donkers und gab ihr die schlappe Mappe zurück.

Den Fremden ausgeliefert, die nun miteinander Französisch sprachen (Lausengier etwas akzentuierter und nachdrücklicher bei den Konsonanten als die beiden anderen), saß Louis auf Mamas Bürostuhl. Auf dem Gang telefonierte ein Deutscher, er sagte zwölfmal »Jawohl« und zweimal »Jawohl, Ortsgruppenleiter«, es klang sklavisch und grob zwischen den nahen, spielerisch hingeworfenen französischen Insinuationen, Redewendungen, Wortspielen. Als könnte ich sie, gottverdammt, nicht verstehen! »*Une insulte au mariage* ... (Wer beleidigte? Er, Louis?) *Et à la génération et la travail et l'épargne ... gâchant l'énergie* ...« Ungestraft, mit Mama als hauptsächlicher Helfershelferin – was sage ich? –, als Anstifterin, sprachen sie über seine Sünde, die Sünde, die nur ihn etwas anging, dachte er. Hier, unter frivolem Geschwätz, wurde seine Sünde auf Mamas Schreibtisch zwischen Mappen, Aschenbechern, Federhaltern, Telefon, Atlas und Kaffeetassen ausgebreitet. Louis in seinen schweißdurchtränkten Sachen, mit juckendem Gesicht, hörte Eulenspiegel sagen, daß dies mit Blut gerächt werden müsse. »Jawohl«, sagte Louis wie der Telefonierende. Er würde sie vernichten, die Angebetete, die dort mit ihren Mitverschwörern schlüpfriges Französisch plapperte, Schlangen wimmelten aus ihren Haaren.

Louis lächelte ihr zu. Immer nur lächeln.

Erst zog er mit Lineal und Bleistift einen fingerbreiten Rahmen um das Foto, dann schwärzte er diesen mit Tusche. Weil er den stumpfen dicken Pinsel benutzte, mit dem Papa vor dem Krieg eine goldene Sauce auf die feuerroten Seitenkanten der Jahrgänge von *Ons Volk* auftrug, die er einband, war das Trauerschwarz nun mit goldenen Tupfen gesprenkelt. Was ihm passend erschien.

»Nein«, sagte Heydrich, »es muß Silber und Schwarz sein, das sind die Farben des politischen Soldaten.« – Schnauze«, sagte Louis. – »Du kommst übrigens recht spät mit deiner Trauer um mich. Monate zu spät! Aber ich verstehe es, für euch Flamen hat das Gedenken an Reimond Tollenaere den Vorrang. Darum habt ihr mich hier monatelang ungeehrt hängen lassen.« – »Tollenaere gehört zum Lager meines Vaters, zu dem der Groß-Niederlande. Flamen haben den Vorzug.« – »Auf dem Schlachtfeld macht der Kriegsgott keinen Unterschied zwischen den Dienstgraden. Denn im Tod werden wir alle eins. Trotzdem war Tollenaere nur Untersturmführer.« - »Er ist auf dem Schlachtfeld gestorben, du nicht.« – »Paß auf, du malst auch die Tapete mit. Ein bißchen sorgfältiger bitte. Einem Helden gegenüber.« – »Jawohl, Obergruppenführer!«

Dann schwieg der tote Protektor. Zwei Männer, die Pfadfinderdudelsackpfeifen bei sich hatten – oder Schiedsrichterpfeifen? Nein. – und die von der britischen Regierung von Schottland aus geschickt wurden, verbargen in einer Vorstadt von Prag ihre Handgranaten und Maschinenpistolen unter ihren Mänteln. Der geniale Verwalter, Fechter, Geiger und Protektor richtete seine Pistole auf sie, eine Handgranate explodierte, in Rauch und Staub schoß er auf seine Angreifer, die feige hinter eine Straßenbahn flüchteten, er sackte zusammen, seine Milz war kaputt, er starb eine Woche später, der Mann mit dem eisernen Herzen.

»Rache«, sagte der tote Protektor. »Wenn du meine Mörder findest, zahle ich deinem Vater und deiner Mutter eine Million Kronen. Dann seid ihr aus dem Gröbsten raus.« – »Schnauze«, sagte Louis vor sich hin.

In der Dämmerung, kurz vor der fatalen Sekunde, nach der nur noch Soldaten auf die Straße durften – oder Kulis, Tintenkulis, mit Passierscheinen –, ging Louis mit einem Backstein unter seinem Mantel zum Schuhgeschäft Genevoix, fand da aber einen Rolladen aus Metall vor der Scheibe vor. Ihm fiel nichts Besseres ein, als zu klingeln und wegzurennen. Der Backstein zerbrach auf dem Trottoir.

Lauseklingler. Pfui!

Anderntags durfte er Torhüter der Collège-Elf sein, weil sich Hendriks Mutter erhängt hatte, einen Zettel hinterlassend: »Niemand liebt mich und Boldero.« Boldero war ihr siamesischer Kater, den sie vorher mit einem Vorschlaghammer zermalmt hatte.

Das Collège gewann auf der ganzen Linie, die Fachschule wurde umzingelt, zurückgedrängt, niedergeschossen, Drei zu Null, als plötzlich, von jedem deutlich abseits gesehen, ein Schlingel von einem Schreinerlehrling durchbrach und einen himmelhohen Schuß abfeuerte. Louis sah den Ball wie eine Melone, die aus einem Flugzeug fällt, auf sich zukommen, er breitete die Arme aus und blieb stehen, als sähe er zum erstenmal, außerhalb jedes Raums, einen Ball, ein verwittertes ledernes rundes Element (Umfang ungefähr siebzig Zentimeter, Gewicht fast ein halbes Kilo), das in dem Maße, wie es sich näherte, unwahrscheinlicher wurde, fremder, nicht von dieser Welt, unantastbar. Aber er, Louis, war kaum da und doch da, acht Meter vor seinem Tor, er wollte, wie in einer Umarmung des Unbekannten, dem rätselhaften Gegenstand entgegenfliegen, doch der prallte einen Meter vor ihm auf und landete in einem Bogen, dessen Vollendung Louis erstarren ließ, über seinen Kopf hinweg im Netz.

Und dann brach sein Entsetzen aus und das wilde Gejohle von zweiundzwanzig Spielern und einem Dutzend Zuschauern.

Der ehrenwerte Herr Landegem, der Griechischlehrer und Schiedsrichter, der im Prinzip neutral sein mußte, rief: »Was machst du da, Seynaeve?«, ehe er zur Mittellinie lief. Er schien eine Ohrfeige austeilen zu wollen. »Wir führten mit Drei zu Null, ich dachte, es müßte etwas Leben in die Bude kommen«, sagte Louis. Als er etwas später einen Abstoß machen mußte, verlor er seinen Schuh – oder genauer, den von Hendrik, der größere Plattfüße hatte

– unter höhnischem Gejohle. Was war das für ein Tag! Zudem. Als er sich umzog, merkte er, daß er sich in die Hose gemacht hatte. Rache.

Theo van Paemel brachte eine Flasche Genever mit, die ihm von einem Bekannten zugesteckt worden war, und bat Mama, sie Herrn Lausengier zu geben. »Er weiß schon warum. Und sag ihm, daß er keine Bange haben soll. Er kann sie beruhigt trinken, es ist kein Methylalkohol, von dem man blind wird.« – »Und du, Staf, solltest besser auf das aufpassen, was du sagst. Die Deutschen haben es nicht gern, daß du überall herausposaunst, daß du beim Sicherheitsdienst bist.«

»Ich posaune überhaupt nichts heraus«, rief Papa.

»Wir haben Zeugen. Du sagst solche Sachen beim Friseur Felix.«

»Ich? Ich kann höchstens gesagt haben: ›als Mitglied des VNV finde ich dies und das!‹«

»Aber du bist gar kein Mitglied des VNV.«

»Gewissermaßen doch!«

»Staf, halt dich kusch. Das ist für jeden das Sicherste.«

»Wenn ein Mensch nicht einmal mehr argumentieren darf.«

Was der Pate wohl zuließ und wogegen das Bistum nichts hatte, war, daß Papa als Freiwilliger zur Ersten Hilfe bei Unfällen lief, sobald die Alarmsirene ihr letztes tierisches Stöhnen verebben ließ. Weil er lieber nicht mit dem Blut der unschuldigen Wallener konfrontiert wurde, die unter den Bomben fielen, regelte Papa den Verkehr mit einer Armbinde und einem weißen Blindenstock. Er brüllte die Leute an, und die Leute keiften wie Fischweiber zurück: »Dreckiges VNV-Schwein!« Dann zeigte Papa mit den theatralischen Gebärden, mit denen er als chinesischer Höfling, Tiroler Bauer oder Beirichter solche Bühnenerfolge erzielt hatte, zu den Sternen, zwischen denen die fliegenden Festungen des Todes lauerten, und rief: »Sind das VNV-Schweine?« Was das kopflose Volk zum Nachdenken brachte, das dann Verwünschungen gen Himmel ausstieß, der voller Mörder war.

Er kam meistens gegen Morgen nach Hause und sank in seinen Sessel. Jedesmal sagte er dann: »Jetzt weiß ich erst, wie schwer es die Polizei hat.«

An diesem Morgen konnte Mama ausschlafen, weil am Abend und in der Nacht zuvor der Geburtstag von Doktor Knigge bei

Herrn Groothuis gefeiert worden war. Louis schenkte den hellbraunen Malzkaffee ein. Papa atmete schwer. Er hatte Schutt weggeräumt.

Louis sagte, während er die Ohren nach einem eventuellen Geräusch aus Mamas Schlafzimmer spitzte: »Tust du das, um den Leuten zu helfen oder weil du findest, daß sonst die Zeit zu langsam vergeht und du doch nur ruhelos herumlaufen und warten würdest, bis Mama nach Hause kommt? Ich glaube, du nimmst es ihr übel, daß sie bis morgens wegbleibt, oder? Ich kann nichts Unrechtes dabei finden, es ist doch besser, daß sie etwas *verzet* sucht.«

»*Verzet*«, sagte Papa. »*Verzet*, ob du damit nun Zerstreuung oder Widerstand meinst, nimm dieses Wort nicht mehr in den Mund. Und auch nicht ›*weerstand*‹ oder ›Weiße Brigade‹.«

»Warum nicht? Es ist doch sonst niemand im Haus.«

»Das ist egal. Die Wände haben Ohren.«

»Nun gut. Dann sage ich: Es ist doch normal, daß sie etwas Amüsement sucht, sie muß schließlich schwer arbeiten, oder etwa nicht? Ich bin dort gewesen und habe es gesehen, sie ist die ganze Zeit auf Trab, Fakturen hier, Korrespondenz da. Sie ist dort gern gesehen, sie nennen sie sogar die ›Madonna des ERLA‹, weil sie verletzte Fräser und Schweißer in der *infirmerie* versorgt. Nein, die einzigen, die dort nonchalant und lax sind, sind die Deutschen selbst, das habe ich mit meinen eigenen Augen feststellen können. Und das liegt daran, daß es die falschen Deutschen sind, denn sie sind kerngesund und doch nicht an der Front wie richtige Soldaten. Es gibt also einen Grund, warum sie ins Hinterland verbannt worden sind. Meiner Meinung nach, aber ich kann mich irren, liegt es daran, daß sie die gewünschte Moral nicht haben, daß die Kommandeure an der Front solchen Typen nicht trauen. Als ich dort war, habe ich sie untereinander Französisch sprechen hören, sag selbst, tut man so etwas, mitten im Krieg die Sprache unseres Erzfeindes sprechen?«

»Französisch?«

»Ja. Weil sie sich Dinge erzählen, die das Tageslicht scheuen.« (Das ist die Sprache seiner *Lord Lister*-Romane, die versteht er am besten!) »Weil sie meinen, sie könnten so in aller Ruhe den ganzen Blödsinn äußern, der sie beschäftigt. Also ich verstand recht gut, was sie sagten, und es war nicht gerade das Anständigste. Nein, ich glaube, daß dort Nattern am Busen des Deutschen Reichs gezüchtet werden. Denn mit ihrem ungermanischen frivolen Gerede unterminieren sie die Anstrengungen ihres Heers. Statt sich um die Risse und Löcher in ihren Flugzeugen, um die Sprünge in ihren Propellern zu kümmern, schwätzen sie auf Französisch über *l'amour romantique*. Was die ahnungslosen Piloten das Leben kosten kann und hohe Kosten mit sich bringt, denn eine Messerschmitt zu ersetzen, das geht in die Hunderttausende von Francs.«

»*L'amour romantique*?« fragte Papa, wie erwartet.

»Unter anderem.«

»Und was sagten sie noch auf französisch?«

»Das erzähle ich dir lieber das nächste Mal. Du solltest jetzt besser ins Bett gehen.«

»Nein, nein.«

»Doch. Denn so müde, wie du bist, könntest du falsche Folgerungen aus Verhaltensweisen ziehen, die unter ihnen vielleicht nur ein kindliches Spiel sind, in das wir, als Außenstehende, keinen Einblick haben.«

»Was für ein Spiel?« sagte Papa verstört.

»Hör zu. Im Licht dessen, was ich dort als unbefangener Zuschauer wahrgenommen habe, muß ich feststellen, daß in dieser Werkstätte Leute auf verantwortlichen Posten sitzen, auf die sie nicht hingehören.«

»Red nicht um den heißen Brei herum.«

»Papa, diese Deutschen werden nicht vom Atlantischen Gedanken beseelt – vor allem das nicht. Sie verkehren auch mit französischsprechenden Doktoren, die mit plutokratischen Grundsätzen die Moral der Arbeiter unterminieren, und mit Priestern, die ebensowenig taugen, denn in ihrem Unterricht wird nie der Akzent auf das Völkische gelegt, im Gegenteil, diese Priester verkünden weiter leere Philosophien über den jüdisch-christlichen Glauben, der unser Volk dumm hält. (Granit, Granit, vergib mir, denn ich weiß nicht, was ich tue!)

Während unsere Jungs täglich die größten Opfer bringen – denk nur an die beiden Söhne der Kohlenhandlung hier um die Ecke, die von Granaten getroffen wurden –, während wir alle zusammen vereint unsere Eigenart als Flamen unerschütterlich bewahren müßten, geht an diesem kritischen Punkt etwas vor, das eigentlich rücksichtslos eliminiert werden müßte wie ein fauler Apfel.«

»Wer soll das tun?«

»Du nicht. Natürlich nicht. Ich auch nicht, aber du bestimmt nicht. Weil du verblendet bist. Wissentlich und willentlich weigerst du dich, zu sehen, daß deine Frau in den Büros des ERLA ...«

»Sprich weiter.«

»Daß sie dort Opfer und Sklavin ihrer Triebe ist.« (Ging er nicht zu weit? Sein Vater schüttelte den Kopf, hörte aber weiter zu.) »Du kennst sie besser als ich, du weißt, wie sie ist. Und daß du das zuläßt, mußt du selbst wissen. Nur sollst du später nicht sagen können: ›Mein Kind war auf dem laufenden und hat es mir nicht, von Mann zu Mann, ins Gesicht gesagt!‹«

Louis redete schneller, denn er meinte den nackten Fuß seiner Mutter gehört zu haben, die aus dem Bett stieg, der Parkettboden knarrte.

»Warum sorgt sie nicht für ihren Haushalt? Es gibt so viele Frauen, die arbeiten und die nach ihrer Arbeit versuchen, für ihre Familie zu sorgen. Sie dagegen kichert, wenn sich dieser Lausengier auf französisch über die Frauen in Flandern lustig macht, die er als *›des pondeuses soumises‹* bezeichnet (eine Wendung, die Louis von Herrn Tierenteyn bei einer Bridgepartie im ›Patria‹ aufgefangen hatte). »*Pondeuses,* gluckenhafte Frauen. Womit er die Normen, Begriffe und Leitmotive unserer Rasse bewußt lächerlich machen wollte. Daß Mama das duldete, ich konnte es nicht fassen! Mich erfüllte ein Gefühl des Ekels.«

Erkannte Papa, daß letzteres wörtlich aus ›Die Diamantenmorde‹ stammte, einem kürzlich erschienenen *Lord Lister*? Nein, Papa zuckte mit den Achseln. Die Augen fielen ihm zu. Er rieb sich den Schädel, der schwarz von dem Ruß war, der aus den zerstörten Häusern herabgefallen war.

»Es wird irgendein Spiel gewesen sein, allerdings hörte ich diesen Lausengier sagen: *›Je te veux.‹*«

»Zu wem?«

»*Je te veux, Constance, à outrance.*« Louis war stolz-erstaunt darüber, daß der Reim ihm einfach einfiel.

»Was bedeutet das: *à outrance*?«

»Bis daß der Tod uns scheidet oder so etwas.«

»Ich ermorde sie«, sagte Papa; aber als Mama um halb zwölf nach unten kam, war er zu müde zum Morden, er schlief in seinem Sessel, den Rücken an der Wand, mit offen gurgelndem Mund, und schlug im Schlaf nach den herumschwirrenden Mieseriken, die sich in seinen von meiner Propagandaabteilung verwirrten Hirnlappen vermehrten. Mama hatte ihre Augenbrauen gezupft. Mit einem Wattebausch, der nach der Apotheke Paelinck roch, betupfte sie den Bogen über ihren Lidern, die dünnen Härchen.

Daß Louis den Geruch einordnen konnte, lag daran, daß in diesem Augenblick der Apotheker im Radio als keifender, pingeliger Dalle gegen den schwerfälligen Wanten wetterte.

Onkel Roberts Vollmondgesicht wirkte durch das angespannte Zuhören noch runder.

»Wanten, weißt du, wie du fünfzig Wallener in einen Kaninchenstall kriegen kannst?« – »Nein, Dalle.« – »Indem du ein Pommes-frites-Stäbchen hineinwirfst!« Onkel Roberts Bauchfalten wabbelten. »Wie kommen sie darauf? Wie kommen sie nur darauf?«

Monique, seine schmächtige Verlobte (auf jeden Topf paßt ein Deckel), wischte sich die Tränen ab. »Ein Pommes-frites-Stäbchen«, sagte sie keuchend. »Wie kommen sie nur darauf?«

Monique stammte aus einer wohlhabenden Bauernfamilie, die gegen ihren Umgang mit Onkel Robert war, natürlich deswegen, um keine Mitgift geben zu müssen; aber da ließe sich schon ein Dreh finden, und demnächst, in Kürze sogar würden ein paar von den zwanzig Kühen und fünfzig Schweinen von Moniques Zuhause den Weg schon in die Metzgerei von Onkel Robert finden, wenn er sich installiert hätte, denn so konnte es nicht weitergehen, in so einem Loch. Er hatte den Paten um ein Darlehen gebeten, aber der Pate benahm sich in letzter Zeit so bissig, er redete nur noch über ›diese unsicheren Zeiten‹. Der Pate hatte auch in den letzten Monaten keinen Fuß mehr in die ›Rotonde‹ gesetzt, denn dahin kamen zu viele ›Schwarze‹, er spielte nun ausschließlich im ›Patria‹ Bridge. Onkel Robert zufolge spürte der Pate, daß der Wind sich drehte.

»Er ist schon immer ein Wetterhahn gewesen«, sagte Mama heftig. Denn der Pate kam auch nicht mehr in den Oudenaardse Steenweg.

»Wanten, ich will dir zur Strafe einmal eine flämische Geschichte erzählen!« – »Ja, aber paß auf, he, ich bin ein Flame.« – »Das macht nichts, Wanten, dann werde ich sie eben dreimal erzählen!« Onkel Robert und Monique fielen sich in die Arme.

»Der ist aber nicht so gut«, sagte Papa. »Jetzt ist nicht der geeignete Augenblick, Flamen zum Narren zu halten.«

»Der war doch irre«, sagte Monique. »Ich werde ihn dir dreimal erzählen, sagt er! – Was für ein Glück, daß wir wieder einmal lachen können, was, Constance?« Onkel Robert lugte in den Topf auf dem Herd. »Dachte ich es mir doch. Daß ich gedünstete Rübchen roch. Wenn ich mir vorstelle, daß wir früher ein Büschel Rübchen so kauften wie eine Schachtel Streichhölzer. Und jetzt . . .«

Mama zog ihren Mantel an. »Bist du sicher, daß du nicht mitkommen willst?«

»Ja«, sagte Papa.

»Ich gehe in ein Konzert von Robert Stolz«, sagte Mama zu ihrem Bruder und dessen dürrer Verlobter. »Er dirigiert selbst, aber er scheint es nach seiner Magenoperation nicht mehr lange zu machen, also ist jetzt der Moment, um ihn noch einmal zu erleben.«

»Wie ich unseren Staf kenne«, sagte Onkel Robert, »würde er einnicken. Das geht mir auch so. Zehn Takte Geigen und Cellos, und ich bin hinüber. Außerdem würdest du die Musik mitspielen, Staf, nach all den Rübchen, die du gegessen hast. Denn Rübchen öffnen das Hinterstübchen!«

Monique prustete laut los, Onkel Robert lachte mit, die Hochzeit war in Sicht, schallendes Gelächter, inniges Gekicher.

Weshalb Papa nicht mit ins Konzert wollte, wurde klar, als es eine Stunde später klingelte und Raspe in die Küche kam. Louis erkannte ihn nur mit Mühe. Der Mann mit der ordinären Visage, der an seinem Hosenschlitz herumgefummelt hatte und von Papa aus der Werkstatt gejagt worden war, saß im Salon, wo Papa den Kamin angemacht hatte, sobald Onkel Robert mit seiner Monique gegangen war. Raspe war ein grauer Mann mit einem harten, scharfgeschnittenen Gesicht, das von den Schneestürmen der Steppe geschliffen worden war. Er hatte einen viel zu weiten gestreiften Sonntagsanzug an, unter dem seine Soldatenstiefel steckten. Seine Uniform sei gewaschen und gebügelt worden, sagte er, da er morgen nach Vindernisse müsse, wo eines Waffenbruders gedacht werde, der vorigen Monat gefallen sei, das Gesicht gen Osten. Er habe den ganzen Nachmittag bei Kameraden eine Schallplatte von ›Siegfrieds Tod‹ gesucht, doch in diesem rückständigen Nest Vindernisse sei die natürlich nicht aufzutreiben, und das sei das Wenigste, was er für seinen Kampfgefährten tun könne. Das Heldentodlied.

»Ich habe die Hölle gesehen, Staf«, sagte Raspe.

Papa schenkte ihm *Elixir d'Anvers* ein, aus der letzten gehamsterten Flasche.

»Ich sage die ganze Zeit zu mir, ›Pieter Raspe, du bist zu Hause‹, aber es gelingt mir nicht. Ich bin dort.«

Raspe drehte sich ungeschickt eine Zigarette in einer eingedellten Blechschachtel, seine rechte Hand steckte in einem wollenen Fausthandschuh, aus dem drei dunkelblaue Finger ragten.

»Wenn ich an diese Demokraten denke, die hier auf ihren faulen

Ärschen sitzen und Ausschau halten, woher der Wind weht, damit sie ihre Geschäfte machen können.«

»Ich war oft im Begriff, mich zu melden«, sagte Papa, »aber mit meiner linken Niere . . .«

»Ich habe nicht dich damit gemeint, Staf, das weißt du genau.«

Raspe saugte den weißen Rauch tief in seine Lunge. Nicht wie Mama, die in kurzen nervösen Zügen paffte. Raspe ißt die dichte weiße Luft.

»Es wird nie etwas aus unserem Flandern werden, solange wir nicht alle dem Tod ins Auge zu blicken wagen. Solange wir diesem ängstlichen risikolosen System der Eigeninteressen die Oberhand überlassen. Man muß einsehen, daß man als Flame die deutschen Brüder nicht allein kämpfen lassen kann. Und wenn ich ›Brüder‹ sage, kostet mich das keine Mühe mehr. Anfangs wohl. In den ersten Monaten als Rekrut habe ich oft geheult. Staf, ich mache daraus kein Hehl. Hast du schon einmal einen Appell mitgemacht, den ein deutscher Unteroffizier während der Ausbildung abnimmt? Ein Stäubchen im Gewehrlauf, und du fliegst sofort in den Bau. Die zerbrechen dich, Staf. Du glaubst, daß du jemand bist, etwas bedeutest, und sie zerbrechen dich, bis du nach einiger Zeit ein anderer bist, jemand, der sich voll einsetzt.«

Mit seiner linken Pranke ergriff er brüsk die goldgelbe Flasche. »Dort, bei uns, nützen keine Tricks. Entweder bist du ein Kamerad in jeder Situation, oder du bist eine Niete, ein Scheißer, der versucht, am Leben zu bleiben, und dann bleibst du nicht mehr lange am Leben.«

»Wie ist das Essen da draußen?« fragte Papa.

»Dort gibt es nichts. Außer Läusen. Wenn der Furagewagen ein paar Tage ausbleibt . . .«

»Was dann?« fragte Louis.

Er hatte seine Frage zu gierig gestellt. Raspe grinste ihn an. »Louis, mein Junge, wenn du kein Ideal hast, kein Ideal, das dir durch Mark und Bein geht, kannst du nachts kein Auge zumachen vor Entsetzen. Wir erfrieren dort, wir fliegen dort in die Luft, wir sind dort gezwungen, aus Menschen Kleinholz zu machen, aber wir haben unser Ideal. Wir gehen wahrscheinlich daran kaputt, wir sind ja nicht blind, aber der Führer braucht uns, und wir ihn.«

Louis fühlte seine Augen brennen. »Ich würde Ihnen gern folgen.«

»Lern du erst deine Lektionen«, sagte Papa.

»Ja«, sagte Raspe müde. »Das kannst du besser hier in Belgien tun, deine Lektionen lernen. Wenn du noch immer glaubst, daß du der Welt mit Taktik und Schlauheit und Wissen zu Leibe rücken mußt. Und es ist wahr, daß du mit all diesen Tricks das kriegen kannst, was du willst. Das ist wahr für dich. Nicht mehr für uns. Wir gehen mit offenen Augen auf das Ziel zu.«

Viel später, als die Flasche *Elixir* schon längst leer war und zwei Fliegen darin summten, als Papa bereits öfter ostentativ auf die Uhr gesehen hatte, als die ehernen Namen Kertsch, Woronesch, Dnjepropetrowsk sich schon wiederholten und Louis in sein Algebrabuch schaute, sagte Papa: »Wem eine Lektion erteilt werden muß, das sind diese Profitmacher, die, während du dir die Beine ausreißt für ein vereinigtes Europa und für die Geschichte, hier ungestraft ihre eigenen Rassenbrüder in den Dreck ziehen.«

»Wen meinst du damit, Staf?«

»So manchen.«

»Jetzt weiß ich schon viel mehr.« Der Sarkasmus des Ostfrontritters entging seinem früheren Meister.

»So manchen, mehr kann ich jetzt nicht sagen.«

»Dann sag nichts, Staf.«

»So mancher, der die Aufgabe hat, die Heimatfront aufrechtzuhalten, um nicht zu sagen: zu verstärken . . .«

»Was tun sie? Schmuggeln sie ein bißchen Speck? Fällen sie schwarz ein paar Bäumchen?«

Raspe betrachtete den toten Kamin, den Papa vor einer Stunde hatte ausgehen lassen. Wenn Raspe in seiner Uniform mit den Auszeichnungen gekommen wäre, hätte Papa bestimmt mehr Scheite von dem Stapel im Keller geholt.

»Wir setzen uns lieber in die Küche«, sagte Papa. »Ich kann dir eine Schmalzstulle geben. Oder hast du keinen Hunger?«

»Ich habe immer Hunger. Hab ich mir so angewöhnt.«

»Es ist besser, mit einem leeren Magen zu kämpfen«, sagte Louis zu seinem Vater, »wegen eventueller Bauchschüsse.«

Die Füße in Soldatenstiefeln auf einem Stuhl, sagte Raspe: »Ich habe noch nicht einmal meine Mutter gesehen. Ich bin gestern in Wachteren angekommen, die Leute haben mich kaum gegrüßt. Nicht daß ich finde, daß sie mich empfangen müßten, wie es sich gehört, das verstehe ich, ich bin der verlorene Sohn, ein Idealist, aber trotzdem. Meine Mutter ist bei ihrer Schwester Emilie in Vichte. Ich stand vor einer geschlossenen Tür. Ich hätte natürlich über die Hofmauer klettern, notfalls eine Scheibe einschlagen können, ich wollte es tun, dumm genug, daß ich nach so langer Zeit meinen Sonntagsanzug mit einer bunten Krawatte anziehen wollte, aber dann dachte ich: Für wen? Wofür?

Denn wenn ich in ein Café von Wachteren komme, ist die Chance groß, daß ich diesen Schlappschwänzen, die nur schmuggeln und an Profit denken, den Schädel einschlage. Ich bin also zu dem Haus eines Kameraden in Waregem gegangen, aber seine Eltern fingen an zu weinen, und das habe ich nie ertragen können, und da dachte ich: Ich besuche mal Staf, der mich mein Leben lang am ›Heidelberger‹ getriezt hat, vielleicht kriege ich dort eine Schmalzstulle. Es schmeckt mir, Staf«, er legte das Brot wie ein Kleinod auf das Wachstuch des Küchentisches, »aber es schmeckt mir nicht genug.« Die Nägel seiner Sohlen klirrten auf dem Boden. Sein Kopf berührte fast die Lampe. Auch Papa stand auf.

»Wenn ich etwas für dich tun kann, Staf...«

»Es gibt einige deutsche Beamte ...«, sagte Papa.

»Vom ERLA. Die Direktoren des ERLA!« rief Louis.

»Was tun sie?« fragte Raspe.

»Sie kriegen große Summen von den Eltern der Jungen, die an der Reihe sind. Sie werden mit Geschenken überschüttet, manchmal ganze Schinken auf einmal, damit sie diese Jungen nicht auf die Transportliste setzen. Louis ist mein Zeuge.«

»Willst du damit sagen, daß diese Herren die Produktion sabotieren?«

»Sabotieren ist ein starkes Wort«, sagte Papa.

»Sie sabotieren«, sagte Louis, »unter dem Einfluß eines Priesters und eines frankophilen Doktors. Unter dem Druck der Weißen Brigade.«

»Aber wir können das natürlich nicht beweisen«, sagte Papa hastig. »Und außerdem sind es hohe Tiere.«

»Hohe Tiere«, wiederholte Raspe. »Wir haben letzten Monat gemeinsam noch einen Hauptsturmführer kleingekriegt. Ganz klein. Du wirst seinem Namen in keinem einzigen Bericht mehr begegnen.«

Er stupste mit seiner erfrorenen verstümmelten Hand gegen Louis' Schlüsselbein. »Lern deine Lektionen«, sagte er.

»Wo gehst du hin? Wo schläfst du?«

»Staf, aber Staf. Die Flämische Legion weiß sich schon zu helfen. Ich würde mich wundern, wenn ich in der nächsten halben Stunde nicht Krebs oder Truthahn esse, und müßte ich auch die Küche des Hotels ›De Zwaan‹ kurz und klein schießen.«

Als Papa in die Küche zurückkam, machte er trotz der Kälte das Fenster einen Spalt auf, um den Qualm von Raspes Zigaretten und dessen Geruch von Tod und Ehre und Treue zu vertreiben. »Du hast einen Helden gesehen«, sagte er. »Merk dir das fürs ganze Leben.« Er knabberte an der halben Schmalzstulle, die der Held hatte liegen lassen. »Wenn du nicht wärst, würde ich den Gedanken ins Auge fassen, auch dorthin zu gehen, zur Krim, nach Orel, Djepnostrok ... Aber dann als Chauffeur, beim NSKK. Dann sieht man mehr von dem Land, den Seen, den Gebirgen und den verschiedenen Völkern ...«

Louis wurde wach durch leise streitende Stimmen und Papas Faust, die auf ein Kopfkissen schlug. Nicht so wie früher, wenn er im Bett weinte und Papa, der fürchterliche Menschenfresser, hereinstürzte und brüllte: »Schlaf gefälligst, verstanden?« und mit dem Schwung eines Holzfällers sechsmal rhythmisch dicht neben seinem erstarrten Gesicht auf das Kopfkissen einhieb. Die Stimmen waren gedämpft, die von Papa eher kläglich, die von Mama herausfordernd. Louis kannte den Ausdruck auf ihrem Gesicht, der dazu paßte, eine in sich gekehrte, dickköpfige Lust. Er spürt sie manchmal über sein eigenes Gesicht huschen, wie ein Wölkchen.

Etwas später wurde er nochmals wach. Raspe steckte einen seiner blauen, fast schwarzen, steinharten Finger in sein Ohr und flüsterte in das andere, daß er von der in der Schule verteilten Milch Maul- und Klauenseuche bekäme, und daß er, Raspe, Butter aus der Ukraine hierher schmuggeln werde, ganz für ihn allein. Darüber erschrak Louis so, daß er aus dem Bett sprang. Er schob das steife Verdunkelungspapier beiseite: Hinter den tiefgrauen Dächern dampfte ein gelblicher, heller werdender Himmel, etwas säuselte, er hörte Papas gedehntes Schnarchen und beide Hunde, die, weit voneinander entfernt, Signale tauschten. Simone schlief und träumte von einem jungen, begabten Geiger.

In der Küche leckte Louis am Rand der Flasche mit *Elixir*, ein Anflug von Sirupartigem war noch vorhanden. Der Boden einer Flasche heißt: die Seele der Flasche.

Er kroch ins Bett zurück, und fast sofort saß er auf dem weißen quietschenden Karussell des Spielplatzes, das sich knarrend zu drehen begann; Louis winkte den Hottentotten, den Schmugglern, den

Mongolen in gewaltigen Bärenpelzen zu und kippte vom Karussell, denn eine Schwester bremste ihn ab; er lag auf den unregelmäßigen Pflastersteinen des Spielplatzes zwischen träge kullernden Murmeln. »Komm«, sagte eine haarige Stimme, »Mund auf!« Eine unreife harte saure Birne wurde in seinen Mund gestopft, er schluckte einzelne Brocken, dann das Gehäuse und den Stiel herunter. Aber es war überhaupt nicht das Karussell des Internats, auf dem er herumgekreist war, sondern ein hundertmal vergrößertes Spielzeug aus grellfarbig gelackten Blechflugzeugen, die schräg an dünnen Metallkabeln hingen und surrten; es entstanden rostige Löcher in den Flügeln, die Propeller schmolzen, Louis bekam aus Nervosität einen Lachanfall. »Spring!«, er ließ die krachende, berstende Kiste los, sein Fallschirm entfaltete sich und wurde ein gebauschtes helles Bett, in das er sank, ohne den Boden zu erreichen, und im Sinken hörte er: »Komm«, dicht vor seiner Nase blähte sich eine Bahn des Fallschirms und wurde eine bernsteinfarben geschminkte Brust. Die Brust wölbte sich zu einem Waffenrock, dessen Knöpfe abgesprungen waren, der aber weiterhin um einen Leib ohne Kopf und Beine prangte und an dem lauter Orden steckten: Louis erkannte das Ritterkreuz, die Schwerter, das Eichenlaub, den Pour le Mérite, die Brustwarze ist der weichste Schnuller, süß und nach Mandelmilch duftend, Louis erkannte – wie kann es je ein ›Früher‹ gegeben haben, an das er sich erinnert? – die Brust von Reichsmarschall Hermann Wilhelm Göring wieder, eine fette Bäuerin (aber unbefleckt empfangen), in eine immer bleicher, schließlich schneeweiß werdende Uniform gepreßt. »Komm, Sündensklave Mensch«, sagt der Reichsmarschall und beugt sich mit seinem wabbelnden Kinn vor, bis der geflochtene Sturmriemen seiner Mütze Louis' Scheitel berührt.

Auf den Weiden hinter dem Collège ratterten Maschinengewehre. Übungen. Gebrüllte Befehle, Gejauchze.

Die Schüler schrieben ab und zu etwas auf. Nicht mehr als unbedingt nötig. Nur um dem Granit den Eindruck zu vermitteln, daß sie zuhörten. Denn der Granit sollte, munkelte man, in ein Erholungsheim für Priester abgeschoben werden. Man konnte sein Gemurmel nicht mehr als Unterricht bezeichnen. Die heutige Stunde über die Erbsünde war erneut ausschließlich für Louis bestimmt: An der Erbsünde darf nicht gezweifelt werden, wenn es mitunter auch schwer ist, hinzunehmen, daß uns eine erbliche moralische

Krankheit auferlegt ist. Adam und Eva haben nun einmal von der verbotenen Frucht gegessen und dadurch von da an jeden Neugeborenen angesteckt.

Nun ist daran doch ein Haken. Denn die Geschichte von der verbotenen Frucht und der Schlange et cetera ist neunhundert Jahre vor Christus entstanden. Als Israel aus dem Norden von den Syrern bedroht wurde. Als der Kern Israels selbst von innen her durch einen Wurm bedroht wurde, nämlich durch den noch immer herrschenden Fruchtbarkeitsritus des Baal. Ja? Deshalb wurde diese Geschichte, um das Volk Israel durch eine bildhafte Propagandaerfindung im Zaume zu halten, in Umlauf gesetzt. Denn die Geschichte mit der Schlange, die begriff das Volk sehr gut, die Schlange war das Symbol des kanaanitischen Götzendienstes. – »Versteht ihr?«

Ein paar Schüler in den vorderen Reihen nickten zerstreut.

»Ja, aber was sollen wir dann anfangen«, murmelte der Granit und vermied es, Louis anzusehen, »mit dem heiligen Paulus, der in seinem Römerbrief behauptet, daß die Sünde durch einen Menschen auf die Welt gekommen sei, womit er Adam meint? Was sollen wir dann mit dem heiligen Augustinus anfangen, der sagt, daß alles Elend auf der Welt seine Wurzeln in dieser einen Tat habe?«

Ja, was sollen wir damit anfangen? Es läutete. Während die anderen nach draußen stürmten, kramte der Granit in den Falten seines Talars und drückte Louis schnell einen Zettel, nein, eine Reihe Lebensmittelmarken in die Hand.

»Die sind für dich. Für keinen anderen, kapiert?«

»Liebster Liebling Louis, Du hast warscheinlisch schon oft gedacht Wo is meine Bekka in lezter Zeit, aber Liebling ik konnte nischt eer schreiben denn seit ik bei mein Tante Alicia in Baudroux-sur-Mere bin is was entsezlisches passiert denn mein Papa dies Trottel is DUMM gewesen in Deutschland und hat sisch dort gestreitet mit seine deutsche Schefs und is in ein deutsche KNAST geflogen ohne Pardon und Mitleid und niemand weis wo und für wieviel Jahre weil er ein MESSER bei sisch hatte aber er hat immer ein Messer bei sisch gehabt weil es so handlisch is das weist Du doch, ik muss vor weinen aufhören, wart, liebster Louis, Du mein Herz, ich weis das Du misch im Herz trägst aber das Du nischt drüber redest und ik auch nischt drum schreib ik denn vielleischt sehn wir uns nie mehr in dies Leben denn meine Tante Alicia sagt das ik im Krieg hier bleiben muss aber ik will weg von hier vielleischt nach Deutschland um mein Vater zu suchen denn niemand weis wo er genau in Ketten ligt. Nach Tante Alicia is es weil er was gegen die Regirung oder den Fürer gesagt hat gegen sein Willen aber nach mir is es weil mein Papa wie ein Zigeuner aussiet oder wie ein Egipter und die sehn wie Juden aus und die Deutschen wollen nischt mit so welsche Leute in der Fabrick zusammen arbeiten neben andern. Ik bin so traurisch all die Tage surtout abens aber an ein schöne Tag werden wir zusammen glücklisch sein, Du darfst auch nach andere FRAUEN kucken wenn Du misch nur weiter im Herz trägst. Liebster Louis, ik muss jetzt auf die Kinder von Maitre Laveyron aufpassen, es sein Mistkinder aber es bringt was ein und Tante Alicia sagt das jeder Franc zu mein Unterhalt beiträgt. Bis zum Ende von mein Leben bleib ik Dir treu. DEINE LIEBSTE Rebekka Cosijns, Rue Arsene Houssaye 3, in der Stad Baudroux-sur-Mere. Von mein Bruderlieb hör ik nie was. Er muss im Kloster der Redentoristen bleiben. Surtout die Gänge aufwischen. Das ligt im Kempenland. Und wie gehts Deiner liebe Mutter, Madame Senave? Is sie uns noch böse?

Küskens und Küskens. UND TREUE.«

Genevoix, der Scharführer, der nun auch die Schützenschnur trug, der täppische Haegedoorn, der nun aufs Atheneum ging, Bosmans, der Blutarme – sie taten so, als bemerkten sie Louis nicht. Sie standen stramm, der Augenblick war feierlich, aber einer von ihnen hätte doch einen flüchtigen Seitenblick auf ihren früheren Kameraden werfen können, der neben seinem Vater stand, bei den Prominenten wie Marnix de Puydt, Doktor Leevaert, Herrn Groothuis *cum suis*.

Bosmans heulte, als ein dicker krötenähnlicher Junge mit einer schweren Brille mit sonorer Stimme rezitierte: »Hier liegen sie, wie Samen im Sand, Hoffnung auf Ernte, o Vaterland.« Bosmans mußte sich überlegen, in welchem geeigneten Moment er sich sein nasses Gesicht abwischen konnte.

Wie eine Entweihung hatte Louis bei der Trauerfeier für Staf de Clercq, den Führer seines Volkes, an Leberkrebs gestorben, die Gitarre von Django Reinhart mit dem Orchester von Stan Brenders gehört, Swing Einundvierzig: heute morgen im Radio, als Mama sich weigerte, mitzukommen.

»Was soll ich da?«

»Unserem Führer huldigen«, sagte Papa, »der verdammt noch mal sein ganzes Leben lang für uns gekämpft hat, für uns.«

»Für dich vielleicht. Nicht für mich.«

»Wie kannst du es wagen, Constance?«

»Du kennst ihn nicht einmal. Du bist ihm nie begegnet.«

»Ich? Was? Siebenunddreißig, als wir bei der Ijzer-Wallfahrt gegen die belgischen Gendarmen gekämpft haben, habe ich ihn persönlich noch kurz vor den Pferden zurückgerissen, wie er leibte und lebte!«

Mama rümpfte die Nase und befestigte den schwarzen Stoffstreifen, den sie aus einem Unterrock geschnitten hatte, mit Sicherheitsnadeln an Louis' Ärmel.

Vor dem Eingang des Stadttheaters, an den vielen Flaggen und Wimpeln entlang, marschierten Louis' frühere Kampfgefährten mit vorgestrecktem Kinn und im Gleichschritt gehobenen Kniescheiben. Der Apotheker Paelinck stellte sich mit seiner Tochter, beide in Trauer, neben Papa und sagte, daß man sich aus den nichtigsten Gründen geweigert habe, ihn das Gedicht vortragen zu lassen. »Und sie wählen doch tatsächlich einen Jungen aus, der keine Stimme hat. Konnten Sie ihn verstehen, Herr Seynaeve? Der verschluckte doch alle Konsonanten.«

»Ich kann darüber nicht urteilen«, sagte Papa, »denn ich kenne den Text auswendig.«

»Diese Stimme hatte doch keine Spur von Lebendigkeit.«

Sie schlenderten nebeneinander, mitten auf der Straße, zum Grote Markt. Am Belfort hing der Löwe auf Halbmast. Paelinck sagte, daß das Ausscheiden von Staf de Clercq eine Katastrophe sei, »denn wen kriegen wir nun als Führer. Doch nicht etwa Doktor Elias? Wir brauchen keinen Gelehrten, sondern einen Täter.« (Töter, Missetäter.) »Wir lassen uns von DEVLag einwickeln! *Unitair België* wird wieder hochkommen, denn wir alle werden, als Belgier, durch einen direkten Anschluß an Deutschland geschluckt werden!«

Simone hielt ihre trauernden Augen auf die Pflastersteine gesenkt.

»Nein, Herr Seynaeve, wir müssen bei jemandem, der sein Testament vollstreckt, äußerst kritisch sein.«

»Das war nichts Außergewöhnliches«, sagte Papa, »und daran können Sie sehen, wie dieser Mann gelebt hat. Un-ei-gen-nüt-zig. Zehntausend Francs für sein Patenkind. Eine Grabstelle für seine Frau gekauft, damit sie auf dem Friedhof von Kester neben ihm liegt. Und hundert Messen für sein Seelenheil.«

»Ich meinte sein politisches Testament, Herr Seynaeve.«
»Oh, Pardon.«
Louis verlangsamte seine Schritte, Simone blieb an seiner Seite.
»Ich habe dich eine ganze Zeit nicht gesehen.«
»Ich dich auch nicht«, sagte er. »Hättest du mich denn sehen wollen?«
»Warum nicht.«
»Die Musik war eindrucksvoll. Beethoven ist immer eindrucksvoll.«
»Ich fand sie ziemlich schwer.«
»Das war doch passend.«
»Ich bin nicht so für Klassik.«
»Ich auch nicht. Meistens nicht.«
»Du bist nicht in Uniform.«
»Ich hatte ... Meinungsverschiedenheiten.« (Das klang gewichtig und rätselhaft.)
»Ich sehe dich lieber so. In deinen Knickerbockers.«
»Ich auch. Ich meine: ich sehe dich auch lieber so als in dieser blöden Tracht der *Dietse Meisjesscharen*.«
»Sie steht mir nicht.«
Die Rücken vor ihnen, der ihres Vaters und der seines Vaters. Ihre eigenen Rücken wurden von dem trauernden Walle bewundert. Er hörte sich selbst singen: »Gibst du mir ein Foto von dir?«
»Sei doch mal ein bißchen seriös!«
Unter ihrem grauen, beinah ängstlichen Blick sang er weiter: »Ist es auch noch so klein, mit dem Motto darunter: Nur für dich will ich sein.«
»Das ist von den Ramblers.«
»Ja. Und es sagt genau das, was ich ...«
»Ja?«
»Für dich empfinde.«
»Das ist nicht der richtige Augenblick«, sagte sie und ging schneller, holte ihren Vater ein, der gerade die Vororte von Stalingrad beschrieb. In der Ferne saßen Amadeus und Aristoteles auf einer Caféterrasse und warteten in der Herbstsonne brav auf ihren Vater. Gleich darauf rannten sie ihm entgegen. De Puydt sagte: »Staf, kannst du diesmal für meine beiden Bengel hier zahlen? Ich habe in der Eile, als ich meinen schwarzen Anzug anzog, vergessen, Geld einzustecken. Und wir gehen zum ›Groeninghe‹, dort sind wir mehr unter uns.«

Unterwegs sagte er: »Staf, du bist doch recht *reçu* bei der Gestapo, könntest du mir einen Gefallen tun, als altem Kameraden.«

»Aber, Marnix, du weißt doch, daß du mich um alles bitten kannst.«

»Mir ist zu Ohren gekommen, daß in diesen Kreisen verleumderisches Gerede über mich in Umlauf ist. Daß sogar Anzeige erstattet werden soll. Nur weil ich Whisky trinke.«

»Komm, komm, Marnix«, sagte Paelinck.

»Kann ich etwas dazu, daß mein Gaumen nun einmal auf Whisky versessen ist!«

»Was kann denn an einem Gläschen Whisky falsch sein?« rief Paelinck, als stünde er auf einem Podium. Die Zwillinge de Puydt hüpften an Simones Händen.

»Ich glaube, sie denken, daß Whisky . . .« begann Papa.

». . . das Getränk des Feindes ist!« rief Paelinck verächtlich. »Wie engstirnig können doch die Leute sein! Denkt euch, ich durfte kürzlich nicht im Theater auftreten, weil der Arrondissementreferent für Bildungswesen fand, daß die Leute meine Stimme als Dalle erkennen und deswegen lachen würden. Als ob ich nur eine Stimme hätte! Als ob ich gottverdammt nicht Richard den Dritten für das ›Landjuweel‹ gespielt hätte!«

»Ich könnte das noch verstehen, wenn ich dadurch tatsächlich die britische Wirtschaft unterstützen würde«, sagte de Puydt, »aber der Whisky, den ich bekomme, ist meistens bei uns hergestellt worden. Sag das deinen deutschen Kumpels, Staf.«

Auf Höhe der Büste von Guido Gezelle sagte er: »Vor einiger Zeit habe ich kanadischen Whisky probiert, aus irgendeinem notgelandeten kanadischen Flugzeug organisiert. Ich muß ehrlich gestehen, daß er mir nicht geschmeckt hat, dieser Mais und dieses Malz, nein, gebt mit einen richtigen Scotch, bei dem sich einem nicht der Kopf dreht, die Zunge nicht klebt, die Zähne nicht klappern, die Därme sich nicht aufblähen und die Adern schön offen bleiben . . .«

Sie standen alle zusammengedrängt vor dem Café ›Groeninghe‹, aus dem ein Trauermarsch erklang.

»Staf, versuch einmal, mein Dossier einzusehen, damit ich wenigstens weiß, was die Gestapo gegen mich hat. Und wenn du kannst, dann lege doch ein gutes Wort für mich ein. Im Augenblick brauche ich nämlich meine Ruhe, denn ich arbeite gerade an einem Werk, das überwältigend sein wird.«

»Wie steht es mit dem ›Tod des Descartes‹, Herr de Puydt?« fragte Louis, um Simone zu blenden.

De Puydts aufgedunsenes weibisches Gesicht drückte Verwirrung aus. Er erkannte Louis nicht. »Descartes? Wie kommst du darauf, Junge? Das ist nicht mein Ressort. Nein, die Komödie nimmt mich ganz in Anspruch.«

»Doch kein französisches Vaudeville?« fragte Papa.

»Ich könnte kein Vaudeville schreiben, nicht einmal, wenn ich es wollte. Nein, es wird beträchtlich geistvoller, leicht, aber doch gehaltvoll. Die Oberfläche, die Grazie, aber darunter das Gebein, das Gerüst des Todes, etwas in der Art der Kantate ›*Soft notes and gently raised*‹ von Purcell, diese Flöten und dies Continuo, wenn du mir folgen kannst.«

»Du hast recht«, sagte Papa. »Es darf erhebend sein, aber nicht zu schwer. Für einen gewöhnlichen Sterblichen, will ich damit sagen.« Er schien plötzlich eine düstere Laune zu bekommen, er wollte auch nicht mit ins Café ›Groeninghe‹. »Nein, ganz ernst, Marnix, an einem Tag wie diesem und nach so einer Zeremonie könnte ich kein Glas herunterkriegen.«

»Ich muß nach Hause«, sagte Louis.

»Ich nicht«, sagte Simone.

»Ich komme dich mal besuchen. Wenn es dir recht ist.«

»Warum nicht?« sagte sie. Er streckte die Hand aus, aber sie hatte sich schon umgedreht und trat in das Café, Aristoteles und Amadeus vor sich her schubsend. Durch das Bleiglasfenster sah man die mollige Gestalt von de Puydt auf eine Bank plumpsen, in den Rahmen gefaßt wie in einer Museumssammlung flämischer Köpfe.

Papa schleppte sich wie ein alter Mann heimwärts.

»Werden sie ein Denkmal für Staf de Clercq aufstellen?«

»Dafür hat der VNV kein Geld.«

»Dann eine Gedenktafel, an seinem Haus?

»Das wäre eine Schande. Nur eine Gedenktafel. Für jemanden, der sein Leben geopfert hat. Das flämische Volk ist undankbar.« Er war mit seinen Gedanken woanders. Sie kamen am ›Flandria‹ vorbei, der Tennisplatz lag verlassen da.

»Verstehst du deine Mutter? Daß sie einem so großen Toten gegenüber nicht einmal Höflichkeit aufbringen will? Sie hat kein Herz. Mein ganzes Leben hat sie mich in der Kälte stehenlassen. Ihr ganzes Leben lang war es ihr zuviel, etwas Mitgefühl zu zeigen. Sie weiß nicht, was ein Mann braucht. Wenn man bedenkt, was für Opfer ich gebracht habe, Geld, Geschenke, nichts ist mir zuviel gewesen, ich lag ihr zu Füßen, und was habe ich zurückbekommen? Kälte. Das liegt daran, daß sie bei sich zu Hause keine Zuneigung erfahren hat. Sie ist to-tal verzogen! Meerke hat ihr nie beigebracht, wie sie mit einem Mann umgehen muß. Weißt du, daß sie, am Anfang unserer Ehe, wenn wir Bekannte besuchten, nicht aufs Klo gehen wollte? So wahr ich hier gehe. Sie hielt es zurück.«

Er blieb stehen. »So wahr ich hier stehe. Du glaubst mir nicht, was? Frag sie doch selbst! Ich will dir noch mehr erzählen, du bist groß genug: Wir waren auf Besuch zum Jubiläum des Vikars, es war eher ein Empfang, und da hat sie es auch einen Nachmittag lang angehalten, und wir kommen nach Hause, und sie kann überhaupt nicht mehr aufs Klo, ihre Blase war verkrampft, der Doktor mußte mit einer Sonde kommen. Was hast du? Du siehst so weiß aus . . .«

»*Louis*, kannst du misch nischt abholen? Es ist hir so greulisch. Tante Alicia sagt das es besser is das ihr Bruder mein VATER nie widergefunden wird in dem KNAST in Deutschland, denn das er früer wie sie klein waren schon ein Taugenix war der nix taugte, das hat sie disen Abent gesagt weil sie böse auf mich war weil ik ein von die Kinder von Maitre Laveyron aufs Maul geschlagen hab was er verdint hat, der Gaston Laveyron, der absischtlisch sein Teler falen läst um zu sagen das ik es war. Wenn du misch nischt abholst lauf ik weg von hier wenns sein muß unter ein Zug. Liebster, Liebster, Liebster, denkste noch an deine Rebekka Cosijns? Mit der Tram bis Lille, dann nimmste den Bumelzug nach Charleroi, die virte Halte ist Baudroux-sur-Mere und dann fragen im Café La Fleur en Papier Doré, visavi von Bahnhof.«

Es schneite. Louis kam aus der Schule, als er vor der Tür der Cosijns zwei deutsche Soldaten erblickte; der kleinere stand mit dem Stiefel auf der Schwelle und hatte offenbar gerade geklingelt. Der andere, der einen sehr kleinen Kopf und einen langen Hals auf einem anomal breiten Oberkörper hatte, lehnte sich an die Fassade und pfiff ›Nur nicht aus Liebe weinen‹. Als der kleinere Deutsche Louis kommen sah, drehte er sich ganz um und rief: »Wen haben wir denn da?«

Es war Schmutzfink Sef. Louis wollte schleunigst wegrennen, denn sich mit einer deutschen Uniform zu verkleiden, wie beim Karneval, dafür konnte man füsiliert werden. Wer in der Nähe eines solchen betrügerischen Saboteurs erwischt wurde, konnte nach der Genfer Konvention als Mitschuldiger behandelt werden. Oder nach irgendeiner anderen Konvention.

»Das ist Louis«, sagte Schmutzfink Sef zu dem anderen, der ebenfalls unrechtmäßig vermummt war. Dennoch war Louis stolz, daß Schmutzfink Sef seinen Namen behalten hatte.

»Sind sie nicht zu Hause?«

»Bekka ist bei ihrer Tante in Wallonien, und Tetje ist in einem Kloster.«

»In einem Kloster?« Schmutzfink Sef lachte herzlich. Es schneite. Im Schaufenster der Bäckerei, in dem sich vor Jahren Gebäck getürmt hatte und das von braunkrustigen Milchbrötchen und Schokoladentorte und Eclairs und Nonenpupsen und Butterkuchen und Spekulatius übergequollen war, stand eine Zwergpalme. Die Wehrmachtuniform des Schmutzfinks Sef schien maßgeschneidert zu sein, trotzdem blieb es Karneval.

»Ich wollte Odiel Tetje zeigen, ich habe ihm so viel von ihm erzählt, und jetzt sitzt er im Kloster. Dann eben ein andermal, Odiel. Komm, wir gehen zum ›Graaf van Heule‹.« Der Befehl galt auch Louis.

Louis war noch nie im ›Graaf van Heule‹ gewesen, weil Papa behauptete, dort hinge noch der Geruch von Jennys Großvater, von dem ganz Walle wisse, daß er an Gelbfieber gestorben sei, was der selige Doktor Devilder den Inspektoren für Volksgesundheit nie gemeldet habe. Natürlich roch es dort nach einem uralten fiebrigen Mann.

Odiel setzte seine Mütze ab, sein Kopf wurde noch kleiner. Wenn man die Wahl hätte, dann doch lieber den Wasserkopf von Guido Gezelle. Sie tranken *Hengstenbier*, denn davon hatte Schmutzfink Sef so oft in El Ageila geträumt, am Golf von Sydra, von wo sie hatten fliehen müssen, denn es wurde dort zu heiß. »Wieviel Grad, Odiel? Odiel, wieviel Grad hat wohl Montgomery?«

»Den Grad eines Generalleutnants«, sagte Odiel mit einer Jungenstimme.

Schmutzfink Sef bestellte eine zweite Runde. Louis wußte genau, daß er nicht zahlen würde. Jenny ahnte das auch, wagte aber natürlich nicht, ihren erblich belasteten Fiebermund aufzumachen. Odiel wollte eigentlich lieber ein Mineralwasser.

»Dieser Bursche kann sich einfach nicht amüsieren«, sagte

Schmutzfink Sef. »Ob du's glaubst oder nicht, seit wir in der Heimat sind, redet er davon, wieder wegzugehen. Die Wüste ist das einzige, was ihn interessiert.«

»Hast du in Nordafrika die Fremdenlegion gesehen?«

»Odiel, haben wir die Fremdenlegion gesehen?«

Odiel nickte.

»Meistens nur ihre Köpfe«, sagte Schmutzfink Sef. »Die Tunesier haben damit Fußball gespielt.«

Jenny fragte, ob sie ein Glas mittrinken dürfte. Sie durfte.

»Was haben wir nicht gesehen«, sagte Schmutzfink Sef. »In Tripoli. Zwei Bomber nur, und alles flog in die Luft, der ganze Hafen, Torpedojäger, Frachter, unser Schiff tanzte wie eine Negerin.«

»Eine Negerin auf dem Karneval«, sagte Louis, der betrunken wurde. Es war angenehm, er war abwechselnd klar und benebelt.

»Karneval, das ist lange her!« Der scheue Mann, der sich bei den Lehmgruben herumgetrieben hatte, war völlig verschwunden. Wie auch Raspe hatten die Ausbildung und die Feuertaufe ihn in einen anderen Mann verwandelt. Könnte ich mich auch in so etwas Selbstsicheres, Gebräuntes verwandeln?

»Sef, du hast immer gerne gut gelebt«, sagte Jenny.

»Madame«, sagte Odiel, »so jemand wie Josef gibt's nicht noch mal.«

»Wenn ich es mir zu Herzen genommen hätte, Jungs, dann läge ich längst im Sand«, sagte Schmutzfink Sef.

»Aber mit dem macht man vielleicht was mit, Madame«, sagte Odiel wie eine besorgte Hausfrau. Er trug zwei goldene Armbanduhren, die Zifferblätter nach innen (wenn man am Maschinengewehr liegt, braucht man so die Hand nicht umzudrehen), und eine breite Silberkette an seinem rechten Handgelenk.

»So jemand sieht man seine Schwächen gerne nach«, sagte Jenny.

»Welche Schwächen?«

»Komm, Sef, gib zu, daß du ein Windhund bist.«

»Ganz richtig, Madame.«

»Du, Odiel, halt die Schnauze! Oder wir fangen von deinen Schwächen an! Aber das wollen wir nicht, Jenny, gib uns noch eins. Es ist hier zwar nicht heiß, aber ich bin trotzdem ausgetrocknet wie ein Kaktus. Die haben wir auch gesehen, was, Odiel, Kakteen?«

»Mehr als genug.«

»Wir haben oft gesagt, dieser Kaktus würde sich später in unserem Salon in Ostende gut machen, aber schlepp sowas erst mal mit!

Obwohl die vom Afrikakorps sie nach Hause schickten, in Spezialkisten. Ob sie selbst in ihre Heimat zurückgekehrt sind, ist eine andere Frage. Es sollte mich wundern.«

»Und wurmen«, sagte Odiel.

»Aber seid ihr denn nicht im Afrikakorps?«

»Aber, Louis«, sagte Odiel.

»Sie haben doch keine Tropenhelme auf«, sagte Jenny. Es schneite.

»Unsere schönste Zeit hatten wir in Griechenland«, sagte Odiel, die ungewöhnlich viereckigen breiten Schultern zurückgebogen, schritt er in einer weißen Tunika zwischen jonischen Säulen einher, auf dem weinroten weinschwarzen Meer saß Aristoteles in einer Trireme.

»Hast du da nicht Schecks gefälscht?« sagte Schmutzfink Sef.

»Das hören wir aber nicht gern«, sagte Jenny.

»Für hundertachtzigtausend Francs«, sagte Schmutzfink Sef zärtlich.

»Ich habe es genauso für dich wie für mich getan.«

»Mein Schmetterling«, sagte Schmutzfink Sef.

Sie hatten sich in Griechenland flugs aus dem Staub gemacht, ihre Organisation-Todt-Uniform ausgezogen und waren in Ägypten gelandet und danach in Tunesien, und von dieser Vagabondage war noch etwas zu merken: Beide konnten sich im nächsten Augenblick eine völlig neue Maskerade ausdenken, sich mit Mütze und Waffenrock und Koppelriemen in Zoowächter oder Straßenbahnschaffner verwandeln. Im nächsten Augenblick konnte auch die Feldpolizei im ›Graaf van Heule‹ auftauchen. Waren ihre Pistolen geladen? Die Verdunkelung begann um sechzehn Uhr vierzig. Die ersten Arbeiter des ERLA kamen bereits aus ihren von Mama bewachten Käfigen in das Lokal und hörten zu.

Louis spielte mit dem Gedanken, die zwei unsicheren Verwandlungskünstler mit nach Hause zu nehmen, um seine Eltern zu überraschen. Aber er vergaß es, er bekam ein Glas von einem ERLA-Burschen spendiert, der sagte, daß Louis' Mutter aufblühte wie eine Blume, es war beleidigend und provozierend gemeint, aber vielleicht auch versöhnlich und kameradschaftlich; das Bier gluckste in Louis' Eingeweiden, ein prächtiges Gefühl der Müdigkeit überkam ihn träge aus allen Ecken des Lokals, die halbsamtenen Vorhänge näherten sich ihm, hüllten ihn sanft ein, die Stimme des Schmutzfinks Sef, die in der letzten Stunde schneidender geworden war, drang nur mühsam zu ihm durch, wie durch eine Schneewehe.

»... und ich gehe, nachdem die RAF uns gerade mit Sprengbomben eingedeckt hat und ich gerade für den Oberst gekocht habe, denn mein Oberst mochte keine Konserven, hastig mit einem Oberleutnant nach draußen, noch mit meiner Schürze um, und dieser Oberleutnant sagt: ›Komm, dalli, setz dich hinter mich aufs Motorrad.‹ Ich halte mich an ihm fest, mit sechzig Sachen durch den Sand, und plötzlich hält er, obwohl keine Palme zu sehen ist, und sagt: ›Gib mit dein ganzes Geld!‹ Ich gebe es ihm, und er saust davon, nie mehr gesehen, ich sage zu mir: ›Sef, du bist geliefert‹, und bin drei Wochen weggeblieben, was ich durchgemacht habe, kann ich nicht beschreiben. Odiel sagt: ›Nun los, erzähl mir schon, was diese Neger mit dir angestellt haben.‹ Ich sage: ›Kleiner, ich kann nicht, aber ich habe viele Tränen in meine Schürze vergossen ...‹«

»... Sie kennen kein Pardon: Ein SS-Mann, der einen anderen anfaßt, sogar angezogen, oder ihm gar einen Kuß gibt, darauf steht prompt die Kugel ...«

»... wir werden uns hier niederlassen, mein Odiel und ich, nicht zu weit vom Markt ...«

»Du machst doch kein Café auf?« fragte Jenny und fragte, ob sie noch ein Glas mittrinken dürfte. »Trink nur eins mit«, sagte Louis.

»Nein, einen Stoff- und Gardinenladen.«

»Hier, in Walle?«

»Aber nein doch, Kind. In Ostende. Am Meer. Wo die Matrosen sind.«

»Dddas llletezte Mmal, dddaß ich dich ggesehn hhab«, sagte Louis, »war im Schwimmbad, du hast gesungen: *Go down, Moses.*« Schmutzfink Sef sang es sofort wieder, die Arbeiter des ERLA applaudierten.

Jenny rief: »Du Idiot, gleich kommen die Deutschen wieder rein, und ich mußte diese Woche schon einmal zur Kommandantur.«

Odiel sagte: »Weibsbild, Josef darf so laut singen, wie er will.«

»*Swing low, sweet chario-ot.*«

»Weibsbild, wir halten vor niemandem den Mund!«

»Bravo!« riefen die ERLA-Arbeiter.

»*Ole man river*« verfolgte Louis bis weit in die Straße, bis zum Eingang seines Hauses, das buchstäblich schneeweiß war.

Mama hustete unten im Flur. Zuviel geraucht. Sie sagte mit belegter Stimme, sie habe nur einen Spaziergang gemacht. »Darf ich auch das nicht mehr, darf ich vielleicht noch atmen?«

»Warum hast du heute abend keinen Hering gegessen?« rief Papa. »Na, sag es.«

»Immer nur Hering.«

»Ach, das ist dir wohl nicht fein genug! Es muß Entrecôte im Hotel ›De Zwaan‹ sein!«

»Ich hatte keinen Hunger.«

»Weil du nicht gewollt hast, daß dein Atem nach Fisch riecht!« brüllte Papa.

Das Licht ging in Louis' Zimmer an, sie plumpste auf sein Bett. In ihrem tief dekolletierten Kleid mit schwarzen Pailletten sah sie erhitzt aus, ihr scharlachroter Mund öffnete und schloß sich, als sänge sie ein fernes Lied mit.

Sie war auf Louis' Füße gefallen, doch es tat nicht weh.

»Er ist verrückt, verrückt«, sagte sie, und in Hemdsärmeln stürmte der Verrückte herein und schrie: »Sag es, sag es nur deinem Sohn, daß du mir mit dem Besatzer Hörner aufsetzt!«

»Er ist kein Besatzer, er ist ein ehrlicher Mensch.«

»Hörst du, daß sie es zugibt!«

»Ich gebe nur zu, daß er mir gegenüber charmant und aufmerksam ist.«

»Und ich nicht?«

»Nein, du nicht.«

Papa zeigte auf sie, die weiten schwarzen Ärmel seines Talars flatterten, sein Advokatenbeffchen richtete sich auf, der Gerichtssaal hielt den Atem an, das Bett eines Collège-Schülers verwandelte sich in eine Anklagebank. Die geschminkte, erregte Angeklagte hatte den Schluckauf.

»Sie leugnet weiter, sie beißt sich lieber die Zunge ab als die Wahrheit zu sagen und nichts als die Wahrheit, aber, Constance, du stinkst förmlich nach der Wahrheit!«

Mama lehnte sich an die Stäbe des Bettes, das quietschte. Sie ließ sich nach vorne fallen und landete auf Louis, schlang den Arm um seinen Hals. Die Wahrheit stank nach Wein und *poudre de riz*. Ihre Wärme drang durch das Seidenkleid bis zu ihm.

Der Mann, weder Vater noch Gatte, rüttelte an den Stäben des Bettes, als wollte er die Frau und den Jungen herauskippen. Dann stand er hochrot unter der Lampe, die seinem schütteren blonden Haar eine platinfarbene Aureole verlieh.

»Constance, sieh mir in die Augen ...«

»Nein.« (Trotziger Backfisch Mama.)

»Sieh mir in die Augen, sage ich!«

Sie schmiegte ihr Haar an Louis' Hals, blies kurz durch die Nase, wie Pferde auf der Weide es tun, wenn der Abendnebel aufsteigt.

»Ich kann nicht, Staf.«

»Komm aus diesem Bett. Der Junge hat seinen Schlaf nötig.«

Ihr eines aufgesperrtes Auge, mit den Äderchen, mit den stacheligen schwarzverklebten Wimpern, wie das jenes auf dem Rücken liegenden Fohlens auf der Weide.

»Ich werde dich schon bedienen, Constance, du sollst alles erfahren.«

»Wenn du das nur einmal könntest, mich bedienen.« Sie schnaubte es heraus, Hufe stampften durch das dumpfe Gras. Was wollte sie denn? Daß er sie tötete? Warum und wie wollte sie, so hämisch lachend, bedient werden? Warum stieß Papa nun diesen schroffen Schrei aus und griff sie beim Haar und zog sie hoch, wobei er »Au!« rief, denn er stieß mit dem Knie an den Eisenrand des Bettes?

Mama mit ihrem schmerzlichen Grinsen wurde von Louis weggerissen, sie bekam einen Tritt und einen Stoß, die Tür ihres Schlafzimmers knallte zu, Papa strauchelte die Treppe hinunter, sie ließ aus ihrem Bett einen lallenden Singsang hören.

Papa saß auf dem Sofa im Vorderzimmer und biß in ein faustgroßes Stück Brotpudding, das er rasch aus seinem geheimen Vorratsschrank in der Werkstatt geholt haben mußte.

»Bei eurem ganzen Theater kann ich nicht schlafen«, sagte Louis. »Wollen wir eine Partie Dame spielen?«

»Mir ist nicht danach zumute.«

»Denk nicht drüber nach.«

»Mein ganzes Leben«, sagte Papa und kaute, schluckte, biß zu. »Mein ganzes Leben seit dem Tag, an dem wir geheiratet haben . . .«

»Es liegt alles an dem Tod meines Brüderchens«, sagte Louis.

»Ja, ergreif nur Partei für sie.« Und als der Pudding alle war und er seine Fingerspitzen ableckte: »Sie will es nicht zugeben und sie braucht es auch nicht zuzugeben, denn es ist allgemein bekannt im ERLA, in ganz Walle! Sie ist gesehen worden! Sie ist gehört worden! Weißt du, wie er sie nennt?«

»Nein.« (Nicht: Wer?)

»*Flämmchen, mein Flämmchen*. Bitte!«

»Meine kleine Flämin?«

»Aber nein doch! Madame ist eine Flamme! Bitte!«

Er ging in die Küche, ich folge wie ein Hund, er nahm die rote Schachtel aus dünner Pappe mit Würfelzucker, holte ein Glas Wasser vom Hahn und wollte zu lutschen anfangen. Louis sagte: »Wollen wir Zuckerstangen backen?«

»Keine schlechte Idee.«

Der Zucker brodelte in der Pfanne und klebte fest, dunkelbraun. Papa probierte. »Noch ein Tröpfchen Essig.« Die dampfende klebrige Masse wurde in das blaue Spülbecken gegossen. Als das Zeug heller und härter wurde, rollte Papa es zwischen seinen druckergeschwärzten Händen zu einer Wurst und schnitt diese in zwei gleich große gekrümmte Stücke. Sie aßen die viel zu heiße und saure Süßigkeit, Papa las dabei einen Karl May.

Das Ticken des Weckers und das Krachen und Knirschen des zerkauten Zuckers, Stiefel auf dem Kopfsteinpflaster vor der Haustür, und aus dem Schlafzimmer oben ab und zu der Fetzen eines Singsangs, der dann verstummte. Old Shatterhand und sein Blutsbruder Winnetou schlichen durch die Prärie, die Silberbüchse hielt die Sioux und Kiowas in Schach, ein Tomahawk sauste durch die Luft, Dutzende von Bisons zertrampelten und erstickten den Ehebruch in ihren Staubwolken.

Der Granit kam ab und zu ein paar Tage nicht ins Collège, der Mathematiklehrer sagte, daß er sich dann bei einer adligen Familie ausruhe. (Sind wir übrigens in dieser neuen Zeit nicht alle adlig? Auch Arbeit adelt, und hat nicht Tante Nora, der neuen Mode der Ahnenforschung folgend, mit einer graphischen Darstellung unseres Stammbaums voller Wurzeln, Kronen und Verästelungen bewiesen, daß die Seynaeves schon im Siebzehnten Jahrhundert in Wevelgem auftauchen, *vide* das dortige Gemeindearchiv, und mit etwas Glück und vor allem mit der Zeit gelangen wir bis in die Protokolle der Gilden und Zünfte?)

Als er an diesem Montag zurückkehrte, fehlten dem Granit zwei Schneidezähne. Während der Studienstunde, leises Kritzeln, Hüsteln und Papierrascheln, las der Granit auf seinem Thron in dem großen kühlen Studiensaal in einem Buch mit dem Titel *Ergophobie* und gab es dann Louis für seine Eltern mit. Louis blätterte darin, es lag unter seiner Schulmappe auf seinen Knien, als er trotz der Kälte in dem kleinen Park der Liebfrauenkirche saß.

Eine Untersuchung in zweitausend öffentlichen Heimen in New York zeigte, daß die meisten Kinder nicht einfach faul oder arbeitsscheu waren, sondern ein angeborenes Gebrechen hatten, eine krankhafte Neigung. Ich, Kind der Wolkenkratzer und Mamas, kann also nichts dazu, daß ich arbeitsscheu bin. Zwei Faktoren sind daran Schuld, Anlage und Milieu. Aha, der Stammbaum spricht! Und die Erfahrung Dr. Hanselmanns, des Leiters des pädagogischen Seminars in Zürich, hat diesen gelehrt, daß die Hauptschuld bei den ungünstigen Milieueinflüssen liegt. Das Milieu des adligen und nun immer schludriger murmelnden Siegelringträgers Granit hat diese Auswirkung natürlich nicht!

Das Buch war nicht für Louis' Eltern bestimmt, der Granit wußte verteufelt gut, daß weder Papa noch Mama es je lesen würden. Ich, das faule Kind, soll darin schnüffeln, meine Neigung im richtigen Licht sehen, ich muß als noch nicht stubenreines Kätzchen mit der Nase in meine sündige Pisse gestoßen werden.

»Wenn das faule Kind so eine Zeitlang früher versäumte Wohltaten (u. a. schöpferisches Spiel) hat genießen dürfen, dann wird es Vertrauen, Achtung und eine gewisse Zuneigung denen gegenüber empfinden, die ihm das ermöglicht haben.« Verstanden, Doktor Granit! Früher versäumte Wohltaten, ich kenne keine anderen.

Und deines Erachtens werden die Kinder dann wieder zu genießen sein. *Voyons, voyons*, wie dein Doktorkollege *Docteur* Hosenrunter, mit dem du unter einer Decke steckst, sagen würde.

Aber, aber.

Er wagte nicht das Buch wegzuschmeißen. Weißt du was, Seynaeve? – Was, Seynaeve? – Also, Seynaeve, mir ist seltsam zumute.

Irgendwie bin ich teilweise verantwortlich für den Verfall des Granits. Er hat mich, das faule Kind, auserwählt. Er gibt mir Zeichen, die ich nicht verstehe. Warum spricht er immer häufiger von der Würde des Menschen, die bedroht oder mit den Füßen getreten wird? Warum intrigiert er mit immer denselben drei vier Typen von der *Retorica*? Sie ziehen sich manchmal in die Turnhalle zurück, und als ich neulich zufällig vorbeikam, sie *ertappte,* jagten sie mich mit einer Arroganz weg, als stänke ich. Bekka fehlt mir. Ich werde ihr Lesen und Schreiben beibringen. Ich habe schreckliche Lust auf Schokolade. Man sollte den Vitaminen keinen Schokoladengeschmack geben, das macht irgendwie Lust. Lust auf Simone, aber ich kann in diesem blöden karierten Hemd von Onkel Florent (aus England, das unerklärlicherweise vom Führer in Ruhe gelassen wird) nicht hingehen. Ich will auch nicht zu Onkel Robert gehen, obwohl ich dort ein bißchen Gehacktes kriegen würde, aber dann müßte ich mir dieses schmalzige Gefasel über seine Monique anhören, die er heiratet, wenn es mit dem Darlehen von Kanonikus Voordekkers klappt. Ich will auch nicht zu Tante Nora, die mich doch immer nur fragt, wie es mit der Liebe steht. *Dies irae, dies illa*. Zu allen Zeiten ist der Tod eine Lösung. Vor ein paar Tagen war ein Bündel Zwanzig-Francs-Scheine in Mutters Handtasche. Sie würde nichts merken.

Resolut trat er in das Café ›Groeninghe‹ und sagte: »Noël, gib mir ein Glas von deinem Lagerbier. Und bitte nicht zuviel Schaum.«

Stalingrad.

Daß Äthiopien Deutschland den Krieg erklärt hat. Auch Brasilien.

Daß die oberste Führung der *Rijkswacht* ausgewechselt werden muß, denn es gibt in ihr Majore und Kommandanten, die nicht ihre Pflicht tun, anglophiler sind als Churchill, die ihr möglichstes tun, um Saboteure durch die Maschen schlüpfen zu lassen.

Stalingrad.

Daß die Fußballmannschaft des VNV nicht viel taugt. Politik und Sport dürfen nicht vermischt werden.

Stalingrad.

Daß man manchmal am hellichten Tag in den Straßen unseres eigenen Walle Radio London hören kann, ich sage nicht wo, jeder muß selbst wissen, welche Verantwortung er auf sich nimmt, aber es macht einen wütend, wenn man weiß, daß sie das Gesindel aus der Toontjesstraat einsetzen, um unsere Rapsfelder zu vernichten, angeblich weil das Öl der Wehrmacht nützen könnte.

»König Albert«, sagte Marnix de Puydt, der als Fürst der westflämischen Literatur oft am Hof empfangen wurde, »König Albert war so kurzsichtig, aber auch so ungeschickt, daß er bei offiziellen Banketts nie aß, weil er Angst hatte, etwas verkehrt auszulöffeln oder aufzuspießen. Daß man seine Erscheinung als ritterlich und nobel schilderte, weil er sein fürstliches Haupt so würdig aufrecht hielt, lag nur daran, daß er keine zwanzig Zentimeter weit sehen konnte. Sobald er nach einem solchen Bankett mit seiner Gemahlin und ein paar abgebrühten Lakaien allein war, stürzte er sich auf die eigens für ihn angefertigte Meißener Terrine und schlürfte ohne Löffel und Serviette glücklich einen Liter Zwiebelsuppe. Seinen größten Spaß hatte er freilich an Zügen. In den unwahrscheinlichsten Augenblicken wollte er, wenn es seiner königlichen Krone danach war, im königlichen Zug nach, sagen wir, Genf fahren. Wodurch unverzüglich alle internationalen Zugverbindungen und Anschlüsse geändert, umgedreht, angepaßt werden mußten. Majestät fuhr mit seiner Schweizer Uhr ab, zusammen mit einem speziell für ihn in großen Buchstaben kalligraphierten Fahrplan dicht vor dem Pincenez, und so blieb er lange sitzen, denn unter ihm in dem königsroten Samt war auch eine *lunette* angebracht worden, und dann passierte es, daß bei Kilometer Zweiundvierzig Albert der Erste eigenhändig die Notbremse zog. Der Burggraf Chefmaschinist des Zuges machte seine Aufwartung. Der Fürst sagte: ›Lümmel, nach meinem speziell für mich entworfenen Chronographen haben Sie eine Minute und soundso viele Sekunden Verspätung!‹ Zitternd stammelte der Vicomte, daß die Erhitzung der Räder, daß die Viadukte, daß Imponderabilien, daß der Zeitplan, daß es schließlich nicht seine Schuld sei. ›Was? Ich als König habe auch für meine eventuellen Irrtümer die Verantwortung zu tragen . . .‹«

»Mensch, Puydt, so sagt das ein König nicht. So reden nur Minister.«

»Puydt, erzähl weiter.«

»Die Zuginkunabel wurde konsultiert, Ingenieure und Sekretärinnen stellten schwitzend neue Tabellen auf. *En avant,* sagte der Alpinist, und wieder stieß der Zug sein triumphierendes Dampfsignal aus. Bis zum nächsten Halt. Bis zur nächsten Séance mit dem pergamentenen Gesetzbuch der vorgesehenen, vertrödelten, vertanen, genau wie der europäische Verkehr durcheinandergeratenen und wieder in Ordnung gebrachten Zeit. In Genf duschte der König, während der Zug rechtsum kehrtmachte. Mit Ach und Krach und Halt und Weiter donnerte der Zug zurück nach Brüssel. Hundsmüde, aber befriedigt betrat *le Roi Chevalier* kerzengerader und träger denn je seinen Palast, wo seine Gemahlin in einem demokratisch pluralistischen Quartett Geige spielte, dessen drei männlichen Mitglieder je ein flaches goldenes Zigarettenetui mit ihrem Monogramm in der Tasche trugen.«

»Noël, einen Whisky für unseren Marnix!«

»Langsam, Leevaert, ein guter Mensch trinkt immer langsam«, sagte ein schon glasig glotzender Marnix de Puydt und schlief ein, sein wackelnder flämischer Kopf suchte und fand die Schulter von Leevaert, der unbehaglich sein Glas an die Lippen setzte. Das Schnarchen aus de Puydts Mund wurde ein Brummen, das anschwoll und unheilvoll grollte und sich einige Stunden später über die Stadt Walle ausbreitete, die Bomber hatten den Auftrag, den

Bahnhof von Walle zu zerstören, und dafür hatte man in Covent Garden, England, ein Quadrat gezeichnet, innerhalb dessen alles dem Erdboden gleichgemacht werden durfte, und im Südwesten dieses Quadrats lag das Internat von Haarbeke, dessen Turm zerstört wurde, dessen weißes Karussell bis zur Dachrinne durch die Luft flog, ein tödlicher Salto mortale. Drei Schwestern und sieben Kinder starben, darunter Aristoteles, der Seraph.

Die eine Hälfte des Internats war verschwunden, die andere nicht wiederzuerkennen. Da war der Spielplatz, Löcher, Krater, weil dort ein entsetzlich stinkender Meteorit wie ein Mohrenkopf zerplatzt war, ein aufgerissenes Klavier voll unreifer kleiner Birnen lag da, Dorfbewohner scharrten und schabten zwischen verbeulten bombenhülsenähnlichen Milchkannen herum.

»Schwester Eve Marie und Schwester Marie Ange beteten in der Kapelle um besonders starke Willenskraft. Ich bin noch böse geworden. ›Schwestern, eure Willenskraft sollte erst einmal praktisch darauf gerichtet sein, für Unseren Lieben Herrn am Leben zu bleiben!‹ Aber sie hörten nicht auf mich!« Schwester Econome sank auf einen Betonklotz, dessen eine Seite Marmor imitierte. »Das Bildnis Unserer Lieben Schmerzensreichen Frau ist stehen geblieben. Wenn ich nicht so traurig wäre, würde ich das als Wunder bezeichnen.«

Der Pate bekreuzigte sich. Papa auch gleich.

»Die Jungen, die im Weinkeller saßen, sind gerettet worden, ich habe sie gezählt.«

Schwester Econome glich Unserer Lieben Schmerzensreichen Frau, glitzernde, in Öl getauchte Perlen rollten von ihren blutroten Augenrändern.

»Unser Lieber Herr ist grausam.«

»Und Schwester Sankt Gerolf?« fragte Louis.

»Keine Schramme.«

»Und Schwester Imelda?«

»War bei ihrem Bruder in Avelgem.«

Baekelandt kam, eine Hacke schwenkend, vorbei und sagte barsch, daß nächste Woche die Maurer kämen. »Aber diesmal müssen die Mauern doppelt so dick und aus Eisenbeton sein.«

»Baekelmans, siehst du denn nicht, daß wir beschäftigt sind.«

»Doch, Schwester Econome, aber es gibt hier in Haarbeke zu viele, die zufrieden sind, daß das Kloster kaputt ist. Wir müssen ihnen zeigen, daß wie den Kopf nicht hängen lasssen! Eisenbeton, sage ich!«

Der Pate zog die beiden Zipfel seiner Weste nach unten, rieb sich den Schädel, fragte nach Details über das Begräbnis, er wollte weg, und Schwester Econome, die alles merkte, schritt in Richtung des Sprechzimmers, das nicht mehr existierte. »Das ist ungerecht, Herr Seynaeve.«

»Wir müssen beten, Schwester«, sagte der Pate mit gesenktem Kopf, als wäre er schon eine Weile mit einem passenden Gebet beschäftigt.

»Können wir etwas für Sie tun, Schwester, egal was?«

»Ich wüßte nicht.«

»Sagen Sie es ruhig, Schwester.«

»Wenn wir auf den Dachboden gekrochen wären, dorthin, unter die Balken . . . das Dach ist stehengeblieben . . . Oder in den Kuhstall von Baekelmans. Aber wer hat das voraussehen können? Und meine Papiere, meine ganze Administration, Jahre meines Lebens, alles ist dahin.«

»Churchill«, sagte Papa. »Churchill!«

»Louis, mein Kleiner, bring dein Herz Jesus dar, morgens und abends.«

»Ja, Schwester Econome.«

Papa und der Pate gingen zum Parochiesaal, in dem Schwester Adam und Schwester Engel aufgebahrt waren. Louis durfte nicht mit, weil er sie doch nicht mehr wiedererkennen würde. Er versuchte den genauen Standort des Birnbaums wiederzufinden und stellte sich darauf. Ich bin ein Schwein, denn ich möchte springen, tanzen, jauchzen in dieser zerstörten Burg, in diesem gesprengten Schloß.

Wie eine Riesenpuppe, eine Nonne darstellend, die jemand an einer Schießbude auf einer Kirmes gewonnen, mit einer Fahrradpumpe aufgeblasen und dann ins Wohnzimmer gesetzt hat: so saß Schwester Sankt Gerolf fremd neben dem Ofen, anderthalb Meter von Omama entfernt. Sie hatte eine blaugetönte Brille auf, deren Bügel etwas schief unter ihre Haube geschoben worden waren. Von ihren Mundwinkeln bis zu ihrem Kragen verlief ein weißer Streifen getrockneten Breis. Tante Hélène sagte zu ihr wie zu einem Baby, daß Louis da sei, der Enkel von Herrn Seynaeve, aber sie reagierte nicht.

»Sie ist brav«, sagte Omama, die durch Schwester Sankt Gerolfs Anwesenheit viel von ihrer Schwerfälligkeit verloren hatte. Als wollte sie weniger plump und träge als die Nonne sein, rutschte sie, ja wippte sie fast in ihrem Korbsessel herum.

»Sie ist sehr folgsam und hört auf das, was wir ihr sagen.«

»Sie tut nichts anderes als zuhören«, sagte Tante Hélène.

»›Es ist ein Werk der Barmherzigkeit‹, hat er gesagt«, brummte Omama. »Ich fragte: ›Was für ein Werk der Barmherzigkeit?‹ Aber er ging. Zu seiner Geliebten. Oder zu einer seiner Geliebten. Oder zu Mona. Ich habe mich über dieses Werk schon verrückt gegrübelt. Erst dachte ich, daß es ›die Obdachlosen Beherbergen‹ ist, aber ich glaube, daß es ›die Kranken Pflegen‹ ist. Denn sie ist mehr krank als obdachlos, glaube ich, oder? Sobald das Kloster wieder aufgebaut ist, kann sie ein noch schöneres Obdach kriegen als zuvor.«

»Das ist keine Kunst, mit dem Geld vom Staat.«

»Hélène, das meiste Geld kommt von der Bank von Roeselare, und die hängt vom Bistum ab.«

Die Nonne wirkte wie eine jüngere und kräftigere Schwester der monströsen Nonne, die in der Vergangenheit des Internats so leidenschaftlich angebetet worden war.

»Ja. Wir haben sie auf dem Hals. Aber wir haben sie gern. Wir waschen sie alle zwei Tage von oben bis unten.«

»Wir?« sagte Tante Hélène scharf.

»Eine Redewendung. Sie kriegt auch die besten Bissen von Robert.«

»Leber«, sagte Schwester Sankt Gerolf.

»Und Koteletts«, sagte Omama und betrachtete stolz ihre Schwester in Not, die gesprochen hatte. »Aber sie weiß nichts. Im Kloster halten sie die Schwestern dumm. Ich verstehe, daß sie sich auf die Religion konzentrieren müssen, aber sie gehen doch zu weit. Sie wußte zum Beispiel nicht einmal, daß unser König voriges Jahr wieder geheiratet hat.«

»Eine Prinzessin«, sagte Schwester Sankt Gerolf.

»Und wie heißt sie? Siehst du, sie hat es schon wieder vergessen.«

Die Nonne suchte in den vier Ecken des Zimmers.

»Prinzessin Liliane«, brüllte Omama.

Schwester Sankt Gerolf zog ihren Rosenkranz zwischen den Falten hervor, seine schwarzen Edelsteine hoben und senkten sich in ihren Händen.

»Er bringt sie hierher. Ein Werk der Barmherzigkeit, sagte er. Ohne mich zu fragen. Nur um im Kloster den barmherzigen Samariter zu spielen.«

»Mutter, du bist doch zufrieden, jemand um dich zu haben, gib's zu.«

»Ergreif nur Partei für deinen Vater, wie Mona. Aber sie ist brav. Ich versuche, ihr Patience beizubringen, aber es geht nicht in ihren Kopf. Oder sie findet es vielleicht schade, daß sie in dieser Zeit nicht ihr Brevier lesen oder ihr Vaterunser beten kann.«

»Aber, Omama, sie kann nicht lesen.«

»Warum nicht, Louis?«

»Sie ist blind.«

»O diese Gaunerin! Dann hatte sie die ganze Zeit so getan, als ob sie lesen könnte.«

»Ich bin operiert worden«, sagte Schwester Sankt Gerolf, »ich habe die Augen eines Toten bekommen.«

»Was? Und davon sagen Sie uns nichts!«

Unter vielem Bohren und eindringlichen Fragen und verwunderten Ausrufen erzählte Schwester Sankt Gerolf, daß sie, als ihr Vater gestorben sei, so geweint habe, daß sie davon blind geworden sei, aber nach Jahren der Hingabe und Entsagung habe der Herr Jesus ihr die Augen ihres toten Vaters zurückgegeben; sie sehe nicht viel, aber mehr als genug. »Gott hat mich operiert.«

Louis ging durch den Gestank der Senkgrube und die hintere Küche zum Klo. Dort holte er das Foto von Simone und zeigt es der Schwester.

»Hier, das ist für dich. Du hast mich doch darum gebeten.«

»Du siehst hübsch darauf aus.«

»Ich habe es abgeschnitten, bei den Beinen. Ich hatte meine häßlichsten Schuhe an.«

»In Wirklichkeit bist du viel hübscher.«

»Das sagen alle.«

»Ich meine es ehrlich.«

»Du darfst das Foto keinem zeigen. Mein Haar sitzt nicht gut, es war nicht gewaschen.«

Er drückte das Foto an die Lippen. Man muß die Menschen gern haben, mit ihren Schwächen.

Der verwitterte, bleiche, vermoderte Kopf in der Haube fauchte Louis wie eine Katze an, es war ihre Art zu lachen.

»Sie war unzufrieden, daß du weggegangen bist«, sagte Omama. »Du wirst hier logieren müssen.«

Die Katze beruhigte sich und sagte aus ihrem Katzenkopf eine auswendig gelernte Lektion auf: »Sie behaupten, daß wir kränklich seien, weil wir der Welt entfliehen, daß wir zu häßlich, zu dumm oder zu töricht seien, um einen Kerl zu bekommen – sie irren sich.« Dann hielt sie ihren Kopf schief, hakte einen Finger neben dem Bügel ihrer Brille unter ihre Haube und rüttelte wütend.

»Sie leidet an Ohrensausen. Ich sage: ›Schwester, das kommt von dem Luftangriff.‹ ›Nein‹, sagt sie, ›es ist Unser Lieber Herr, der nach mir fiept.‹«

»Pfeift«, sagte Louis, und Omama erkannte die Pedanterie ihres Mannes, als er halsstarrig fortfuhr: »Fiepen ist Jägerjargon.«

»Sie hat zu hohen Blutdruck«, sagte Tante Hélène. »Sie darf kein Salz essen.«

»Sie irren sich«, sagte Schwester Sankt Gerolf. »Unsere Berufung ist nicht von dieser Welt.«

»Na, na, was ist denn falsch an dieser Welt, Schwester Gerolf?« rief Omama.

»Alles.«

»Was wissen Sie denn von der Welt, Schwester Gerolf?«

»Ich wollte noch etwas von der Welt sehen, ehe ich sie verließ. Die Gebäude des Vatikan, Assissi, aber es war zu spät. Jesus hatte mich schon an der Angel.«

»Sie hat noch nie so viel auf einmal geredet«, flüsterte Tante Hélène, »das liegt daran, daß du hier bist.«

Erkannte die durch den Luftangriff entweihte, auferstandene, zum Menschen wach bombardierte Schwester Louis? Als den Räuber des Kleinods auf ihrem Nachttisch? Vlieghe lag auf dem Tisch, blasse Popobacken, ein Märtyrer.

»Mit euch Frauen ist das nicht so einfach. Vor allem nicht bei Müttern. Weil sie, ohne Kinder zu sein, Kinder für ihre Kinder sein müssen.«

»Sie haben leicht reden«, sagte Omama, »alles, was Sie zu tun brauchten, war, an Ihren Jesus zu denken, sonst lag das Butterbrot für Sie bereit, und nicht selten mit Ardenner Schinken belegt.«

»Es ist schwer, Sie gern zu haben«, sagte die blasse Stimme. »Aber auch schwer, Sie nicht gern zu haben.«

Omama streckte ihr bebendes Kinn vor wie Karel Sijs im Ring, vorigen Monat in der Wochenschau. »Sagen Sie mal, Sie sind hier nicht mehr in Ihrem Kloster.«

»Im Kloster hätte ich Sie nicht lieber als die anderen, denn dort darf es keine besondere Freundschaft geben.«

»Und damit, Louis, muß ich nun vorlieb nehmen.« Omama

lehnte sich vergnügt zurück. »*Allez*, beten Sie noch ein bißchen für uns, damit wir nicht zu lange im Fegefeuer schmoren müssen.«

»Wenn ...«, sagte Schwester Sankt Gerolf, warf mit routinierter Gebärde ihren Rosenkranz in die Luft und fing die herabfallenden jettschwarzen Regentropfen auf, »wenn Sie mir mehr von der Prinzessin erzählen.«

»Von welcher Prinzessin?«

»Liliane.«

»Wie viele Ave-Marias bekomme ich dafür?«

»Ein Rosenhütchen.«

»Das ist fünfmal zehn. Wieviel ist das?«

Louis verstand es nicht, die Antwort ging unter, weil in diesem Augenblick Tante Hélène sagte: »So treiben das die beiden den ganzen Tag.«

Die beiden abgetakelten Kriegsgöttinnen mit den gleichen fetten krummen Schultern hielten einen Waffenstillstand ein, denn Omama erzählte. Tante Hélène füllte mühsam ein Kreuzworträtsel aus, verkehrt, denn ›alte Belgier‹ mußten ›Nervier‹ sein und nicht diese hanebüchenen ›Gallier‹.

Liliane, die Tochter des Gouverneurs von Westflandern, wurde dem englischen König im Buckingham Palast vorgestellt, und auf dem Hofball in Wien, wo der Führer herkommt, hat sie getanzt und sich etwas später beim Skilaufen ihr Bein gebrochen. Schwester Sankt Gerolf wußte nicht, was Skilaufen ist, Tante Hélène erklärte es ihr: »Ihr Jesus lief wohl so ähnlich übers Wasser«, sagte Omama und plapperte weiter. Zum ersten Mal hatte Liliane unseren König in Nieuwpoort gesehen, und es schlug wie der Blitz ein, das Herz pochte ihr bis in die Kehle und pochte weiter, so daß sie, drei Jahre später, als der Ministerpräsident Pierlot nach der Kapitulation unseren König so infam angegriffen hat, vor Wut fast einen Herzanfall bekam. Sie hatte ihr ganzes Sinnen und Trachten so auf den königlichen Witwer gerichtet – denn wenn Liliane sich etwas in den Kopf setzt, bleibt sie nicht auf ihrem faulen Arsch sitzen –, daß sie einen Brief an seine Mutter schrieb.

»Elisabeth, Majestät, habt Ihr am Hof keine Arbeit für mich?« und eines ergibt das andere, eine Dejeuner in Laeken, eine *Teaparty* – »Was?« Tante Hélène hatte keine Lust, das exotische Wort zu erklären –, ein Ausflug im offenen Mercedes nach Knokke, und *voilà*, Kardinal van Roey hat von allen Kanzeln in allen belgischen Kirchen verlesen lassen, am Tag nach Sankt Nikolaus, daß er vor drei Monaten in der Kapelle von Laeken die Ehre und das Vergnügen gehabt habe, die Ehe einzusegnen und daß von nun an Liliane Prinzessin de Réthy heiße. Aber sollte ein Kind kommen, werde es nie in seinem Leben die Krone aufsetzen dürfen. Und kaum hatten die Pfarrer das verlesen, da griffen die Japaner die Amerikaner an. Wo? In Pier Arbur, im unergründlichen Fernen Osten.

»Ja, so geht es halt zu. *Allez*, jetzt können Sie mit ihrem Vaterunser anfangen.«

In der Werkstatt verlieh eine blaßgelbe Sonne den preußischblau gestrichenen Fenstern nach den Gesetzen einer obskuren Farbenlehre einen grünen Glanz. Louis tat etwas, das strikt verboten war, er drehte gepfeffert teure blanko Quart-Seiten weißen Papiers durch die Tintenrollen der Pedalmaschine. Weil er das Papier vorher erst zerknüllt und dann glattgestrichen hatte, drang die Tinte in das ungleich aufsaugende Papier, und einmal durchgezogen, entstanden Blätter mit Nerven, unheilvollen Himmeln, Salamandern, Zwerggestalten und fliehenden Müttern. Als die Klingel an der Haustür läutete und er Papa aus der Veranda schlurfen hörte, sprang Louis federnd wie Mowgli, lautlos wie Winnetou und katzenhaft wie Sabu hinter einige Papierballen.

»*Tiens*, du solltest Eintritt für deinen Anblick verlangen«, sagte Papa. »Ich dachte, daß du längst nach Spanien geflüchtet wärst.«

»Die Zeiten sind ernst, Staf«, sagte Theo van Paemels gereizte Stimme.

Sie standen bei der Tiegeldruckpresse. Von der Veranda her rief ein Reporter, daß *Standard Lüttich* jetzt mit Zwei zu Null führe.

»Staf, wir sind doch verschworene Kameraden, nicht?«.

»Aber. Mensch, was zum Teufel hast du wieder angestellt?«

»Staf, ein Wespennest, sag ich dir. Staf, das ist Dynamit!«

»Ich weiß nicht, was du meinst«, sagte Papa.

»Und ob du es weißt! Es ist dein Geselle, Pieter-Raphael Raspe, der Anzeige erstattet hat.«

»Ich weiß von nichts.«

»Dein Raspe, und ich hoffe, daß er mit seinen Eiern an einem russischen Bajonett hängenbleibt, hat ein ganzes Dossier eingereicht.«

»Da staune ich aber. Ich werde mit ihm darüber reden.«

»Aber er ist längst wieder bei der Légion unter von Mannstein am Donez! Die ganze ERLA-Direktion hängt mit drin! Staf, wie hast du das in Gottes Namen nur tun können?«

»Ich verstehe überhaupt nichts, ich höre zum ersten Mal davon.«

»Und diese Geschichte mit Jantje Piroen, hast du davon auch nichts gewußt?«

Der betäubende Geruch von Papier, der aus den Ballen aufstieg, der von Druckerschwärze und Maschinenöl. Fast so köstlich wie der Geruch des Zeugs, mit dem Mama den Lack von ihren Fingernägeln entfernte. Es war Mamas Schuld, das mit Jantje Piroen. *Crime par négligence*. Jantje Piroen war einer aus der Toontjesstraat, plebeisch, aber seriös, sein Vater hatte bei den Roten in Spanien gekämpft, aber Jantje selbst interessierte sich nicht für Politik. »Oh, niemals, Madame Seynaeve, was denken Sie denn? Ich werde mein Bestes tun, Madame Seynaeve, Sie werden keine Klagen über mich hören.« Und als Schlosser im ERLA tat er sein Allerbestes, war zuvorkommend, hielt Mama die Tür auf, bis er nach acht Wochen zum ERLA-Mutterbetrieb in Leipzig fahren mußte, einer der fatalen Hundert pro Monat. Er kam ins Büro, um von der Madonna des ERLA seinen gequetschten Daumen behandeln zu lassen, und fragte: »Madame Seynaeve, wie steht es? Ich sehe, daß ich auf der Transportliste stehe.«

Mama sah von der Liste auf. »Ja, Jantje, du bist dabei, na und?« – »Aber, Madame Seynaeve, Sie wissen doch Bescheid?« Mama untersuchte den geschwollenen violetten Daumen. »Ich weiß nur, Jantje, daß du das hier absichtlich getan hast.« – »Aber Madame, Sie haben doch mit Madame Kerskens darüber gesprochen?« – »Madame Kerskens von Gegenüber, ja, da du es erwähnst, sie erkundigt sich manchmal nach dir, und ich sage, daß es dir bestens geht.« – »Und das ist alles?« rief Jantje verzweifelt. Es stellte sich heraus, daß Madame Kerskens, die ihnen gegenüber wohnte, von Maître Vrielynck (dem notorischen Freimaurer und hartherzigen Sohn des Sprachgelehrten Vrielynck, der seinen Vater hatte jämmerlich verkümmern lassen) den Auftrag erhalten hatte, Mama zu beschwatzen, ob Jantje Piroen nicht zurückgestellt werden könnte. Denn Jantje Piroen war in seiner höchsten Not zu dem als rot bekannten Rechtsanwalt Vrielynck gerannt, und der hatte behauptet, daß er Mama gut kenne und ein gutes Wort für ihn einlegen wolle, denn so etwas täte sie häufiger gegen Bezahlung. Und ob Jantje Piroen ihm dafür zweitausend Francs geben wolle, die er, abzüglich seiner Kommission von zehn Prozent, Madame Seynaeve aushändigen werde. Mama erzählte das, in ihrer Verwirrung, Lausengier. Dieser brüllte, wütend wie Wotan, daß das ERLA und die Wehrmacht kompromittiert seien. Prozeß: Schicke Typen, parfümierte elegante Ritter in Uniform, marschierten herein. »Heil, Heil, Heil!« Mama auch »Heil!« Madame Kerskens von gegenüber auch »Heil!«, aber die bekam einen Lachanfall und flog hinaus. Mama hört sich die ganze Latte der Beschuldigungen an und blickt sich um und sieht Maître Vrielynck, der ihr mit verzerrtem Gesicht Zeichen macht. Der mit seinem roten Bart mit weißen Büscheln, als hätte ein sabbernder Greis mit Rotkohl gekleckert. Sie muß schwören und schwört, die Wahrheit, nichts als die Wahrheit, die Papa so teuer ist, zu sagen, und blickt sich um und sieht Maître Vrielynck zusammengesunken dasitzen, so jämmerlich, daß ihr die Tränen kommen, und sie sagt: »Es tut mir leid, Maître, Pardon, aber ich mußte die Wahrheit sagen.« Und Lausengier vergeht auch vor Elend, weil er sein Flämmchen schluchzen sieht. Der Rechtsanwalt geht in die Berufung. Bei den turmhohen Dossiers und den mitschuldigen Freimaurern in der Administration wird es eine Weile dauern, bis diese Berufung verhandelt wird. Jantje Piroen entscheidet sich fürs Gefängnis und sitzt, zusammen mit Saboteuren, Arbeitsscheuen und Mördern. Mama redet jede Woche davon, ihn bald besuchen zu wollen.

»Es ist nicht mehr wie in der goldenen Zeit der ersten Tage«, sagte Theo van Paemel bei der Tiegeldruckpresse. »Staf, du hättest es mit deinem Affentheater nicht schlechter treffen können. Denn mit dem alten von Falkenhausen ließ sich reden, bei dem hatte alles Hand und Fuß, wir konnten nach seinen Anweisungen unsere Maßnahmen treffen.«

Papa mußte nun am Rad seiner Schneidemaschine drehen und so tun, als hätte er keine Minute zu verlieren. Louis atmete mit aufgesperrtem Mund.

»Er ist ein Chinese, von Falkenhausen ist jahrelang bei Tschiang Kai-schek in China gewesen. Kein Possenreißer, sondern ein seriöser Christ, der sich um seine Untergebenen kümmerte, aber nun wird er ausrangiert. Denn sie sind dahinter gekommen, daß er alle Anordnungen gegen die Freimaurer in den Papierkorb geworfen hat.«

»Ach, gehört er auch der Loge an?«

»Natürlich.«

»Sie sitzen überall«, sagte Papa grimmig.

»Dazu kommt, daß der Adel nicht mehr so gern gesehen wird. Monokel und Krönchen auf dem Briefpapier, das ist *passé*. Und es ist vielleicht auch besser, all die Herren von Soundso mit ihren frankophilen Verwandten, die ständig nur zusammenhocken und intrigieren. Für diese Typen gibt es nämlich keinen Krieg, keine Landesgrenzen, die sind nicht zu trennen, das große Geld und das blaue Blut. Obwohl der Alte gerecht ist. Er drückt beim Schwarzmarkt, wenn es sich um kleine Leute handelt, die Augen zu, wir nennen das den grauen Markt, und macht dafür mehr Jagd auf die großen Schieber in Metall.«

Eine Handbreit von Louis entfernt, der einen Krampf in den Waden bekam, eilte eine Reihe roter Ameisen vorbei und kreuzte eine andere, ebenso gerade Kolonne, es herrschte reger Verkehr um ein Dutzend zerknüllter Toffeepapierchen, auf denen kein Staub lag. Der heimliche Nascher Papa, dieser Egoist.

»Raspe muß Tag und Nacht an seinem Dossier gearbeitet haben. Oder Hilfe gehabt haben. Von wem, Staf?«

»Nicht von mir.«

»Oder vielleicht Groothuis?«

»Niemals. Der macht sich die Hände nicht schmutzig.«

»Es geht um Korruption, Staf, du Narr! Das Einkaufsbüro des Vierjahresplans wird darin genannt. Das Dossier kommt in die Hände von Jungclaus!«

»Jungclaus!« rief Papa, und dann: »Wer ist das?«

Van Paemels Stimme klang einen Bruchteil träger, tiefer, geladener. »Wenn du nicht weißt, wer Jungclaus ist, Mensch, dann solltest du lieber nicht die Nase in unsere Angelegenheiten stecken!«

Und plötzlich wurde ohne jegliches vorwarnendes Geräusch ein Papierballen weggerissen. Unheilvoll erregt, seinen Damenrevolver in der Hand, mit dem unerschütterlich lichtlosen Blick eines Kabeljaus stand van Paemel bereitbeinig über Louis. Er hob den Fuß, als wollte er Louis zertreten.

»Was tust du denn hier?«

»Uns für den *Intelligence Service* bespitzeln«, sagte van Paemel grinsend. »Oder für die *Sûreté Générale*.«

»Ich bin eingeschlafen.«

»Schläfst du immer in der Werkstatt?«

»Nie.«

»Ich habe auch nichts von dem gehört, was Sie gesagt haben«, sagte Louis.

»Ich weiß nicht, was ich mit diesem Burschen anfangen soll. Er lernt nicht, er treibt keinen Sport. Er liest den ganzen Tag Bücher.«

»Wenn er mein Sohn wäre, wüßte ich schon, wie ich mit ihm fertig werde.«

»Der Prinzipal des Collège sagte mir, sie hätten sowas seit Jahren nicht erlebt. Ein Jahr bei den Besten und das Jahr darauf bei den Allerletzten.«

»Er sollte vielleicht einmal auf andere Gedanken kommen, in den Ferien. Warum schickst du ihn nicht mit der Kinderlandverschikkung fort?«

»Ich habe schon oft daran gedacht«, sagte Papa, der noch nie von diesem Schicksalswort gehört hatte.

Die Sonntagsmesse um elf Uhr in Unserer Liebfrauenkirche, wo sich die Bürgerschaft von Walle traf und die Damen die letzten Kreationen ihrer Hüte und Kleider und Schuhe bewundern ließen, hatte viel von ihrem Charme eingebüßt, denn Marnix de Puydt, der dort die Orgel spielte und manchmal verspielt mitten in die gesetzten Orgelklänge eine schwungvolle Walzermelodie einflocht, wurde durch einen Musiklehrer ersetzt, der sich strikt an Bach hielt – auch schön, so ein Choralvorspiel oder ein Präludium, aber man vermißte das *imprévu*.

In der Nacht der Katastrophe im Kloster von Haarbeke hatte Amadeus zum ersten Mal seit Jahren ins Bett gepißt, in den folgenden Tagen wollte er nicht mehr essen oder trinken, und dann ist er ausgerückt, man hat ihn erst eine Woche später wiedergefunden, kilometerweit von seinem Elternhaus entfernt. Er lag mit dem Mund in einer seichten Pfütze Lehmwasser, ein Schwarm Feldmäuse kroch über seinen Bauch.

Tante Nora, die sich auf die Rückkehr von Onkel Léon gefreut hatte, war außer sich. Ihr Mann hatte in Deutschland bestimmt ein anderes Liebchen aufgegabelt, denn als er nach Hause kam, hatte er seiner Frau und seiner durch ihre Schilddrüse aus dem Gleichgewicht gebrachten Tochter kaum einen Blick gegönnt, hatte ein bißchen mit dem Kaninchen Valentine gespielt und war dann in seinen Dame-Klub gegangen.

Tante Nora brachte ein zigarettenpäckchengroßes Stück von der Torte, die sie eigens für ihn gebacken hatte. Die Torte war steinhart, aber Papa fand sie schmackhaft.

»Es liegt auch daran, daß du dich nicht um ihn kümmerst, *enfin*, Nora, nicht so kümmerst, wie es ein Mann gern hat«, sagte Tante Mona, und den ganzen Nachmittag wurde Tante Nora von Cécile, die Schminkunterricht in der Ballettschule bekam, und auch von Mama und Tante Mona bearbeitet. Ihre Augenbrauen wurden epiliert, Crèmes aufgetragen, ihr Haar gelockt, toupiert, getönt, gelackt, gelegt, ihre Ellbogen aufpoliert, Halskette und Ohrringe arrangiert, ihr Busen eingeschnürt, gehoben, bis die Betrübte fix und fertig war und zu ihrem Léon geschickt wurde. »Bald werden wir Genaueres wissen, und wenn es jetzt nicht klappt, tja, dann soll sie anfangen, an Scheidung zu denken.«

»Aber wo findet sie nochmal jemanden mit einem so hübschen Einkommen und doppelten Lebensmittelmarken?«

Schwester Sankt Gerolf, die in einer ersten Welle der Gefräßigkeit alles verputzte, was man ihr vorsetzte, und die dann aus heiterem Himmel zu fasten begann, bat Omama nie mehr um Geschichten. Ihr Sessel wurde in eine Ecke nahe der Veranda gestellt, weil sie dort, so Omama, Aussicht auf den Garten hatte und man leichter an den Wäscheschrank konnte. Die Nonne saß mit dem Rücken zur Küche da und betete laut. Omama saß mit Blick auf ihren Rücken da und erzählte laut.

»O anbetungswürdiges Herz, wie leidest du nun. Du leidest das grausamste Leid, das es geben kann, das Leid, das den Millionen und Abermillionen Sünden des ganzen Menschengeschlechts entspricht.«

». . . und er schmeißt seine Weste in eine Ecke, natürlich erst, nachdem er das Geld herausgenommen hat, denn Monsieur hat kein Portemonnaie wie andere Leute, Monsieur findet das kleinbürgerlich, und er sagt, daß seine Weste in die Reinigung müsse, denn Hélène wäscht ihm nicht gut genug, nur Mona, sein Augapfel, kann gut genug waschen, aber damit belästigt er seine teure Mona nicht, sie könnte sich ihre molligen Händchen schmutzig machen, nun gut, ich hebe die Weste in der Ecke auf, denn sie so herumliegen zu lassen, das gehört sich nicht, angenommen, es kommt jemand, man kann nie wissen, und ich rieche etwas, ich sage mir: ›Es ist kein Parfum, es ist kein *poudre de riz*, es ist kein Rasierwasser, laß mal überlegen, es war der Duft einer Rose, keiner Pfingstrose, keiner Bakkarat, nein, mit so kleinen Knospen, ist das nicht eine Weinrose? Und ich rieche noch genauer, und es kommt bestimmt aus dem Knopfloch, was heißt, daß er bis zur Haustür mit einer Rose in seinem

Knopfloch herumgelaufen ist, die er von irgendeiner Rose von Jericho bekommen und dann rasch in die Gosse geschmissen hat ...«

»... nie genug gepriesene Liebe, o Liebenswürdiger, du liebst deinen himmlischen Vater mit unendlicher Liebe, und diese Liebe überflutet dein Herz mit endlosem Glück, aber es zerbrach zugleich beim Anblick der unzähligen Sünden gegen die unsägliche Güte deines Vaters ...«

»... und er kommt zu dem Empfang, denn er muß einen Vortrag über die Sitten und Gebräuche im Kongo halten. Was versteht er davon? Höchstens, ob seine Anteile an der *Kasai* steigen oder nicht, und daran hat er sich auch die Finger verbrannt, trotz der Ratschläge seines Vetters, des Missionars. Nun gut, er kommt herein, und der Rektor sagt: ›Herr Seynaeve, wir haben das Glück, heute abend eine gute Bekannte von Ihnen begrüßen zu dürfen.‹ – ›Von mir?‹ heuchelt er. Und wer stand da? Seine Geliebte. Ja, die aus Koekelare, die in einer Gummifabrik arbeitet als – was ist sie doch gleich? – Sekretärin? Naja, wir kennen das, *secrétaire de direction*, mehr brauche ich nicht zu sagen, und weißt du, was er tat, dieser Feigling? Er tat so, als sähe er sie nicht, als erkenne er sie nicht, er sagte: ›Pardon, Sie irren sich, ich kenne diese Person nicht‹, wie Petrus in diesem Hof in Palästina. Weil er gesehen hatte, daß der Kanonikus da war, von der Bank von Roeselare, und für kein Gold der Welt sollte der was von einem Seitensprung erfahren, und sie, sie erschrak wahnsinnig, wurde rot wie die untergehende Sonne, denn was für ein Abgang *en public*, dieses arme Mädchen wird bestimmt erklärt haben: ›Den werten Redner, der heute abend über den Kongo sprechen soll, kenne ich, ja, ich sage noch mehr, er ist mein Geliebter und unser Verhältnis ist unmoralisch, denn seine Frau lebt noch‹, und sie hat ihre *sacoche* gepackt und wollte, so wurde mir erzählt, ihm mit dieser *sacoche* auf seinen Glatzkopf schlagen, aber da hat Madame Kerskens sie zurückgehalten, diese Närrin ist dann weggerannt, die Arme, sie tut mir wirklich leid, auch wenn sie seine Geliebte ist ...«

»... da jauchzt dein Herz bei der Aussicht auf so viele Seelen, die durch dein Leiden für ewig gerettet werden sollen. Und die Rettung einer einzigen Seele wird deiner Liebe reichlich genügen, denn dein Herz ist erfüllt von Zärtlichkeit für die Menschen ...«

Die Kampfhandlungen an der tunesischen Kriegsfront stehen im Zeichen einer systematischen Stellungsverbesserung. Jaja, Maria.

Im östlichen Kaukasus haben sich unsere Truppen im Rahmen der beweglichen Kriegsführung systematisch vom Feind abgesetzt.

Schweig lieber, wir wissen mehr als genug!

Trotz heftiger Gegenwehr konnten die Verteidiger von Stalingrad es nicht verhindern, daß der Feind vom Westen her eindrang, was zu einer Rückverlegung der eigenen Stellungen um mehrere Kilometer zwang. Das riecht angebrannt, Fernand!

»Süßes Herz, mach, daß ich dich mehr und mehr liebe.«

Erste Qualität, so meinte Onkel Robert, war das Kilo Schweinehack, das er Papa für Omama mitgegeben hatte (unter Lebensgefahr, denn in dem Maße, wie es im zerbröckelten Sizilien und im tauenden Rußland angebrannt zu riechen beginnt, werden die Deutschen und die Kontrolleure lästiger, und man muß, um in Ruhe als Metzger arbeiten zu können, diesem oder jenem schon einige Päckchen zukommen lassen). Denn die Nachbarn, die schwer zufriedenzustellenden Offiziere im ›Flandria‹ und vor allem er selbst und seine Gattin Monique hatten davon gegessen und nichts daran gefunden.

Nach Tante Noras Meinung wurde oft Gehacktes mit minderwertigem Fett vermischt. »Ich behaupte nicht, daß du das tust, Robert, ich sage nur, daß es auf dem Markt viel Gehacktes gibt, das nicht ganz in Ordnung ist.« Sie behauptete auch, daß das, was Mama und Mona sich aufs Gesicht geschmiert hatten, keine Crème von Payot war, denn sie hatten Pickel davon bekommen.

Papa hatte dieses Gehackte nicht auf einmal an die ganze Familie verteilen wollen, sondern gedacht, daß sie, gefräßig wie sie eben waren, hoch erfreut gewesen wären, wenn er drei Tage später noch ein halbes Kilo mitgebracht hätte; so hatte er dieses halbe Kilo zu ihrem Besten in der Werkstatt versteckt. »Ihr müßt an morgen denken, liebe Leute!«

»Warum in der Werkstatt? Und nicht in unserem Keller?« fragte Mama.

»Weil im Keller Ratten sind. Und weil der da (sein unrasiertes rosa Doppelkinn richtete sich auf Louis) die Finger nicht davon lassen würde.«

»Und wo ist dieses halbe Kilo nun geblieben?«

»Ich habe es wegwerfen müssen. Es war schon eine Made drin.«

»Eine Made, was macht das, Staf?«

»Einen Hasen läßt man doch auch drei Tage hängen.«

»Neger graben das Elefantenfleisch ein.«

»Ein Roquefort mit einer Made – es gibt nichts Besseres.«

»Eine Made hat Proteine, und davon bekommen wir alle zu wenig.«

»In Stalingrad würden sie um ein bißchen Gehacktes einen Tango tanzen!«

»Ich habe davon probiert«, sagte Papa, »es hatte schon einen Beigeschmack.«

»Du hast unrecht, Staf«, sagte der Pate. »Wir müssen unsere Einstellung zur Nahrung überdenken. Was früher als ungeeignet für den Verzehr galt, könnte sich jetzt als das Nahrhafteste herausstellen.«

Omama streckte ihm hinter seinem Rücken die Zunge heraus.

»Denkt nur an den seligen Firmin, den Bulgaren, der seine Nase rümpfte, wenn wir jeder ein Dutzend Schnecken mit Petersilienbutter aßen.«

»Den seligen?« fragte Mama. »Woher weißt du das?«

»Ach, Constance, niemand hat ihn mehr gesehen.«

In der leeren Ecke, in der Schwester Sankt Gerolf in letzter Zeit, das Gesicht zur Wand, gesessen und zu dem süßheiligen Herzen gebetet hatte, stand nun ein Kleiderständer.

An diesem Morgen war Tante Hélène als erste aufgestanden. Sie schaltete das Radio für das Programm ›Gut geschlafen?‹ an, meistens Mandolinenmusik, und las im *Reich der Frau*, wie man zu Hause Seife macht; sie redete mehr mit sich selbst als mit der unbeweglichen Gestalt, als sie sagte: »Und jetzt wollen wir das Süppchen von gestern aufwärmen«, und plötzlich auf den Fliesen sah, daß Schwester Sankt Gerolf Durchfall bekommen hatte, und dann, daß sie blau war und Gehacktes in ihren Schoß gekotzt hatte.

»Wie ist sie da nur drangekommen? Ich hatte das Fleisch doch auf das oberste Brett hinter das Bild von Pater Damiaan gelegt.«

»Wenn ein Mensch Hunger hat, ist er zu allem fähig.«

»Ein Mensch ist imstande, sein eigenes Kind verhungern zu lassen und für sich selbst Karamellen in der Werkstatt zu verstecken«, sagte Louis.

»Gleich rutscht mir die Hand aus«, sagte Papa träge.

»Es ist so schade, doppelt schade, weil sie vor zwei Tagen sagte, daß ihr Fasten vorüber sei, denn es liege nicht in der Absicht Unseres Herrn, daß wir uns selbst vernachlässigen.«

Tante Mona, Tante Nora, Onkel Robert und Louis gingen hinter dem Sarg her. Frauen putzten weiter Fenster, Radfahrer pfiffen, Eisenbahnarbeiter zankten sich, die Stadt Walle drehte sich nicht um. Kein Herzog rief wie beim Begräbnis von Louis Quartorze: »Quakt, Frösche, nachdem die Sonne untergegangen ist!« Papa wollte eine passende Todesanzeige drucken, aber er hatte keine Daten, Schwester Sankt Gerolf hatte keinen Personalausweis bei sich gehabt.

»Einfach in die Grube, ohne Kind und Kegel«, sagte Omama und wühlte in ihrem *réticule* mit dem silbernen Verschluß, der zwei ineinander geschlungene Schlangen darstellte. Sie drückte Louis einen Zwanzig-Francs-Schein in die Hand. »Geh zur Bäckerin und kauf Nonnenpupse. Das ist das einzige, was wir zu ihrem Gedenken tun können.«

Stumm aßen alle das lockere, helle Schaumgebäck, das auf der Zunge schmolz. Louis leckte die letzten Krümel aus der Papiertüte, der milchweiße Staub flog in seine Nasenlöcher. »Irgendwie schmeckt man, daß sie aus dem Eiweiß von Hühnern gemacht sind, die mit Fischabfällen gefüttert wurden«, sagte Papa.

»Das ist jetzt egal», sagte Omama.

»Du kannst es mir sagen, Constance, ich werde nicht böse, ich verspreche dir, daß ich ruhig bleibe, ich werde nicht aufbrausen, aber sprich es aus, Gott zuliebe. Wo war es, das erste Mal, du brauchst mir keine Details zu nennen, aber wo war es? – Ich verstehe, daß du es mir nicht erzählen willst, weil es delikat ist, aber wo war es, sag mir das wenigstens.«

Papa brüllte: »Was hat er getan?«

Die Federn ihres Bettes quietschten. Mama drehte sich um.

»Bitte, Constance, wir sind doch Kameraden.«

»Als du bei der Ijzerwallfahrt warst«, sagte Mama heiser.

Die Ratte in ihrem Labyrinth, der tückische Kriecher Theo van Paemel hatte Wort gehalten. Die Erweiterte Kinderlandverschikkung würde den abtrünnigen Seynaeve junior ins seenreiche Strelenau nach Mecklenburg bringen. Dort erwarteten ihn Sport und Volkstanz, Basteln und Laienspiel, Naturleben und Waffendienst. Papa mußte ein Formular unterschreiben, daß Louis keine ausgefallenen Krankheiten hatte. Louis ärgerte sich über die geschäftsmäßige Eile, mit der seine Mutter schon eine Woche vor der Abreise seinen Koffer packte.

»Ich fahre in den Fernen Osten.«

»Deutschland ist nicht der Ferne Osten«, sagte Simone, »der ist da, wo die Chinesen wohnen.«

»Doch, sieh dir nur die Karte an, es liegt von unserem Land aus fern im Osten.«

»Du mußt mir mein Foto zurückgeben.«

»Geschenkt ist geschenkt.«

»Wenn du meinst. Ich muß rein. Sirup machen.«

»Gegen Husten?«

»Nein, zur Stärkung. Ein Rezept meines Vaters.«

»Wirst du an mich denken?«

»Wann?«

»Heute abend.«

»Ja.«

»Wirklich?«

»Ehe ich einschlafe, denke ich immer an das, was ich an diesem Tag erlebt habe.«

»Ich werde dich eine ganze Zeit nicht mehr sehen.«

»Vier Wochen gehen schnell um. Dein Haar ist zu lang.«

»Ich werde es schneiden lassen.«

»Bei Friseur Felix.«

»Nein, Mama macht das«, sagte Louis und schämte sich. Simone hatte eine fast durchsichtige Bluse an, man sah den Büstenhalter. Er gab ihr einen Kuß auf die Wange.

»Gut. Es ist schon gut«, sagte sie, und ihre Melancholie schien ihm passend. Er nahm ihre Hand und kitzelte die Innenseite, weil Haegedoorn gesagt hatte, daß Frauen das unwiderstehlich fänden. Sie merkte es gar nicht. Die Klingel der Apotheke läutete wie die Glocke, mit der begüterte Familien in Mecklenburger Villen ihren Butler rufen, der sich dann als verkleideter Lord Lister entpuppt, der für Frauen wegen seines stahlharten Blicks unwiderstehlich ist.

Sechster Tag. Wie still es hier ist. Nachts höre ich manchmal trappelnde Pferdehufe. Die Rübenfelder sind unüberschaubar. Es ist oft nebelig. Der Dialekt, den sie hier sprechen, ähnelt dem Flämischen. Sie sagen ›vertellen‹ und nicht ›erzählen‹. Die meisten Männer laufen gebeugt herum. Als suchten sie etwas auf dem Boden. Der

Mann, bei dem ich einquartiert bin, heißt Gustav Vierbücher. Aber er kann nicht gut lesen. Er ist für den Wehrdienst zu klein. Er steckt oft einen Eisenstab in den Boden und betrachtet dann die Spitze. Sucht er Erdöl? Seine Frau heißt Emma wie die Frau von Göring, deren dicke Gestalt sie hat. Sie schubst mich oft und sagt, daß ich mich beeilen soll. Es regnet sehr viel. Wenn ich mich gut benehme, sagt Emma, darf ich die Figur einer Tänzerin aus der SS-Porzellanmanufaktur von München als Geschenk für meine Mutter mitnehmen. Sie haben hier seltsame Öfen, die gekachelt und in eine Ecke eingemauert sind. Sie schlafen unter einem Federsack, der viel zu warm ist. Es gibt hier auch viele Insekten von merkwürdiger Form und Farbe, die durch die Zimmer summen. Maurice hätte hier die schönste Zeit seines Lebens gehabt, weil er sie hätte studieren können. Ich habe nachts oft geweint, aber ich lerne mich zu beherrschen.

Siebter Tag. Ich werde jede Nacht von Gustav geweckt, der fünf-, sechsmal in einen Zinnapf pißt. Er seufzt und stöhnt dabei. Gestern sagte Emma, daß ich undankbar sei. Weil ich die rosa Suppe nicht mochte, die, laut Packung, aus Erdbeeren hergestellt war.

Achter Tag. Gustav und Emma schicken mich zum Gemeindehaus, wo die Jüngsten der HJ Sprechchöre aufsagen, Figuren aussägen und Holzflugzeuge bauen lernen. Ich habe heute abend ein flämisches Gedicht aufgesagt, erst richtig, aber als ich es wiederholen mußte, habe ich lauter Unsinn gequasselt. Sie haben den Unterschied nicht bemerkt. Später eine Art Sonnenwendfeier mit Lagerfeuer. Was nicht verboten ist. Denn hier fliegen keine alliierten Flugzeuge drüber.

Zwölfter Tag. Ich helfe Emma im Haushalt und Gustav beim Füttern, aber auch wenn nichts zu tun ist und Emma strickt und Gustav beim Ofen schläft, kann sie es nicht leiden, wenn ich im *Simplicissimus* (zehn Jahrgänge) lese. Sie sagt, daß ich Glück hätte, kein deutscher Junge zu sein, sonst würde man anders mit mir umgehen.

Fünfzehnter Tag. Emma sagt, daß ich schmutzig wie ein Jude sei. Daß ich wie die Juden nicht oft genug das Unterzeug wechsle. Ich glaube festzustellen, daß Gustav täglich mehr zusammenschrumpft und demnächst nicht mehr über den Tisch gucken kann.

Sechzehnter Tag. Ich habe der HJ *Ouwe Taaie, jippie-jippiejee* beigebracht. Sie halten es für ein flämisches Volkslied.

Achtzehnter Tag. Ich habe auf diesem flachen Land einen Wald entdeckt. Ich werde morgen hingehen.

Neunzehnter Tag. Was für eine Geschichte. Ich werde sie aufschreiben, um später darüber lachen zu können. Ich ging zum Wald, der weit in der Ferne lag. Stundenlang. Er war wie eine Fata Morgana. Ich versuchte schnurstracks hinzugelangen, ich kletterte durch Dornenhecken und watete durch Bäche. Stundenlang. Dann wurde ich müde und schlief in einem Maisfeld ein. Nach ungefähr einer Stunde machte ich mich wieder auf den Weg, aber an einem gewissen Punkt konnte ich nicht weiter, weil ich mich in einem Sumpfgebiet befand. Ich setzte mich auf eine kleine Insel. Mücken, Libellen und Bremsen griffen mich an. Auch ein paar Wasserratten schwammen näher heran. Ich machte kehrt, aber als ich an der Stelle im Maisfeld, wo ich geschlafen hatte, vorbeikam, sprangen drei Bauern auf mich zu. Ich konnte ihr Gebrüll nicht verstehen, ihre Sprache klang nicht nach Deutsch. Allerdings verstand ich das Wort ›Fallschirmjäger‹. In meinem Alter! Einer von ihnen hatte eine Sense bei sich, wie Freund Hein. Ich wurde zu einem Bauernhof gebracht. Der jüngste Bauer, der lahm war, war wohl so eine Art Feldwächter. Er brachte mich nach Hause und verbot mir noch, das Dorf zu verlassen.

Zweiundzwanzigster Tag. Die Tage sind sehr lang. Ich fand den Abendstern, das Siebengestirn, die beiden Wagen. Natürlich auch die Milchstraße. Gustav der Zwerg schaut mir immer auf die Finger, wenn ich Karikaturen von Churchill, Roosevelt und Stalin zeichne und koloriere. Er kapiert nicht, wie ich das mache.

Dreiundzwanzigster Tag. Was ist denn jetzt schon wieder? Ich hörte: ›Der Wind hat mir ein Lied erzählt‹ im Radio, und ich sagte zu Emma, daß Zarah Leander ein Holzbein hätte. Sie erschrak so darüber, daß sie kreischend auf die Straße lief und die Leute aus dem Dorf zusammentrommelte. Darunter waren zwei Hinkebeine, einer mit nur einer Lunge, scheint es, und der Parteisekretär, der sicherlich hundertfünfzig Kilo wog. Sie begannen alle durcheinanderzuschreien und zu schimpfen und wollten mich lynchen. Der Sekretär, der auch als Lagermannschaftsführer fungiert, packte mich beim Hemdkragen, der prompt zerriß. Er stellte mir Fragen wie bei einem Verhör. Unter anderem, was für einen Vater ich hätte, bei der Erziehung. Ich antwortete, daß mein Vater in meinem Land bei der Gestapo sei. Das machte großen Eindruck. Wenn Papa es wüßte, würde er voll Stolz platzen. Sie belästigten mich noch eine

Weile und zogen dann ab. Und das Schönste dabei: Emma war noch nie so freundlich zu mir. Sie hat sogar Krapfen gebacken, aber die waren zu pappig, und Gustav hat sie alle aufgegessen.

Siebenundzwanzigster Tag. Gustav und Emma sagen, daß sie es schlimm finden, daß ich weggehe, weil sie sich an mich gewöhnt haben. ›Du bist für uns wie ein Sohn‹ sagten sie. Ich erwiderte, daß ich nie ein guter Sohn sein könnte, nicht einmal für meine Eltern. Emma fing an zu weinen. Darum habe ich sie ›Mutti‹ genannt. Gustav sagte: ›Und ich?‹ Darum habe ich ›Vati‹ zu ihm gesagt. Morgen darf ich die Porzellantänzerin mitnehmen, und Gustav bringt mich auf dem Gepäckträger seines Fahrrads zum Bahnhof. *Goodbye*, Strelenau.

Schlaftrunken stand Louis am Zugfenster, das nicht geöffnet werden durfte, nicht einmal, um den glücklichen Eltern in der Ferne zu winken, denn es konnte einem im letzten Moment ein Stückchen Schlacke in die Augen fliegen. Doch dann, wie befohlen das Hakenkreuzfähnchen schwenkend, fuhr er auf dem Trittbrett im Dampf des Zuges in Antwerpen ein, überwältigt von den Schreien und Rufen im heimischen Antwerpener Flämisch, und sah auf einmal Mama, die, wie versprochen, auf dem Bahnsteig stand. Wie klein sie ist, werde ich heute abend in mein Notizbuch schreiben, sie reicht dem ›Flämischen Wächter‹ neben ihr nicht einmal bis zur Schulter, und sie hat ihr Haar dunkelrot gefärbt.

Mama versuchte ihn in die Höhe zu heben, küßte ihn wild auf die Backen, den Hals und drückte ihn an ihre Brust. Er ließ sein Fähnchen fallen, aber niemand merkte es. Obwohl das von Natur aus nicht möglich war, glich Mama Papas Schwester Nora, sie war ungeschminkt und hatte rosa Flecke auf den Wangen, als hätte sie mit dem kaputten Pelzmantel darübergerieben. Sie hatte irgend etwas, denn sie hüpfte, summte und kicherte, hakte sich bei dem jungen ›Flämischen Wächter‹ ein, der, hintergründig lächelnd, Louis' Koffer entgegennahm.

Dann fuhren sie im Zug nach Walle, stundenlang durch die schwarze Landschaft, im dichten Qualm des vollgestopften Coupés, unter dem Gebrabbel und Fluchen der Kartenspieler, das sich nur abschwächte, wenn die Kontrolleure vorbeikamen.

»Oskar ist so freundlich gewesen mitzukommen, um aufzupassen, daß mir nichts passiert, daß ich meine Fahrkarte nicht verliere oder auf den falschen Zug warte. Er hat gut auf mich aufgepaßt.«

Der Schlingel murmelte verlegen, daß dies seine Pflicht sei.

Der Zug hielt mitten in den Rapsfeldern. Das einzige Licht stammte von brennenden Streichhölzern, die die hohlen Gesichter der Kartenspieler beleuchteten. In der Ferne die Strahlen der Suchscheinwerfer. Der alte Mann, der sich an Louis' Seite preßte, rülpste die ganze Zeit, es hörte nicht auf, eine Bauernkrankheit. Schimpfende Männer, die Laternen schwenkten, untersuchten das zischende, dampfende Untergestell ihres Waggons. Kettenhunde auf den fernen Bauernhöfen. Plötzliches heftiges Rauschen in unsichtbaren Baumkronen. Das war Belgien, und unermeßlich weit weg, fast nicht mehr vorhanden, lag Mecklenburg, ein flacher, unberührter Planet, durch dessen Rübenfelder hier und da ein Verstümmelter irrte. Belgien war ganz nah, vollgestopft mit blökenden, stinkenden und verängstigten Leuten. Louis zeichnete Churchill auf eine beschlagene Scheibe, drei Halbkreise für die Kinne, ein kleiner Kreis für die Mopsnase, die Hängelippe mit Zigarre, eine hochgewölbte Stirn mit sechs Haaren an der Seite und darunter die Fliege.

Mama fragte zum dritten Mal, wie das Essen und Schlafen gewesen sei. Ob er auch alle Sachen wieder mitgebracht habe, seine zwei Paar Schuhe und seinen Pyjama. Wie die Leute gewesen seien. Niedergeschlagen durch die Verluste?

»Einmal sind sie hinter mir her gewesen, mit einer Sense.«

»Aber, mein Junge.« Doch sie fragte nicht weiter warum, wann, wie.

Männer und Frauen wurden aus dem Zug geholt, sie mußten ihre Koffer und Bündel auf den Bahndamm stellen. Einer der Schmuggler murrte, da ging ein ›Reisewächter‹ rasch auf ihn zu, packte seine Nase und drückte sie kräftig zusammen. Louis sah, daß dem Mann die Tränen in die Augen traten.

Der Zug ruckelte weiter, der alte Mann neben Louis erzählte heiser und hastig eine Reihe von Witzen.

»Es liegt daran, daß ich dich habe, Louis ...« sagte Mama zur Scheibe.

»Wenn ich dich nicht hätte, mein Junge, ach, dann wüßte ich schon ...«

»Ich hatte Schokolade für dich gekauft, mit Nüssen, aus der Schweiz, um sie dir am Bahnhof zu geben, zehn Minuten lag sie auf dem Tisch, und dann war er damit auf und davon.«

»Meerke hat sich alle Zähne ziehen lassen. Onkel Omer ist verrückt geworden, er sitzt bei den Brüdern von Sankt Vincent.«

»Es ist, als wärest du jahrelang fort gewesen.«

Es war Vorgeplänkel. Irgend etwas ist mit ihr passiert, mit dieser paffenden ungeschminkten Frau mir gegenüber. Sie paßt in diesen chaotischen Zug, der immer weiter wegfährt von diesem nebligen Reich, das flach ist wie ein Pfannkuchen, wo Sprechchöre dröhnen, wo Regelmäßigkeit und Ordnung unter Hinkebeinen herrschen, wo ich das einzige Unordentliche war. Wir müssen jetzt auf der Höhe von Waregem sein, wo eine der Geliebten des Paten wohnt, eine Lehrerin, die Tante Mona einmal verprügelt hat. Warum fällt mir das alles ein? Weil es wie bei Mama etwas mit einem Seitensprung zu tun hat, mit etwas, das man nochmal spielen muß, weil das Spiel das erste Mal nicht geklappt hat.

»Es ist ihm gelungen, deinem Vater. Mich kleinzukriegen.«

»Psst!« machte Louis wie zu einem Kleinen.

»*Uns* kleinzukriegen. Er kann sich die Hände reiben, sich stolz an die Brust klopften, ich gratuliere!«

»Psst. Sei still!«

»Das macht nichts. Oskar darf alles hören.« Oskar tat so, als schliefe er, als wollte er nichts hören, nicht das Gefasel, das sie dann, gehetzt wie der alte Mann mit seinen blöden Witzen eben, von sich gab, ehe sie in der Kleinstadt ihres Kummers, in der Nachtluft des Ortes ihrer Niederlage ankommen würde.

»Er hat es mit seinem Kumpel Theo arrangiert, der überall seine dreckigen Finger im Spiel hat. Denn was haben sie Henny vorwerfen können? Nichts und wieder nichts, und trotzdem hat er sich rechtfertigen müssen, ein Mann von seinem Kaliber, den von Falkenhausen persönlich eingestellt hat und der von den strengsten Militärärzten wegen einer chronischen Magenschleimhautentzündung für dienstuntauglich erklärt worden war. Was? Ein so moralischer Mann soll Geld genommen haben, um Söhne von reichen Eltern vom Transport zurückstellen zu lassen? Er soll etwas gegen das Regime gesagt haben? Was genau hat er im Restaurant des Hotels ›De Zwaan‹ gesagt? Er streitet es nicht ab, im Gegenteil, während ich ihn doch so angefleht habe, es zu leugnen, ›Liebling, streite es ab, sag, daß du so etwas nie in deinem Leben gesagt hast.‹

›Flämmchen‹, sagte er, ›wenn ich meinem eigenen Volk gegenüber nicht die Wahrheit sagen darf! Es ist kein Sondergericht!‹«

»Und was hat er gestanden, Mama?« fragte Louis.

»Daß er gesagt hat: ›Der totale Sieg bringt den totalen Untergang mit sich.‹ Und das stammt nicht einmal von ihm, sondern von irgendeinem großen deutschen Gelehrten, du mußt ihn kennen, du steckst ja deine Nase ständig in irgendwelche Bücher.«

»*Bon*, und weiter?«

»Daß er unangenehm aufgefallen ist, weil er in der Öffentlichkeit zuviel Sekt getrunken hat. (*Sekt*, *Sekt*, Mama, wie früher als Kind Vierzehn-Achtzehn *Jetzt*, *Jetzt* am Klavier.) Aber dieser Mann durfte ja wegen seines Magens gar keinen Sekt trinken, und selbst wenn er kübelweise Sekt getrunken hätte, das darf er doch von seinem eigenen Geld, das er von seiner Familie geerbt hat.«

»Ist er nicht mehr in Walle?«

Sie rieb sich das Gesicht, der Zug fuhr langsamer.

»Kriegsverwendungsfähig«, sagte sie matt.

»Wo ist er hin?«

»Zu einer Flakbatterie. Aber ich sage dir nicht wo. Er will mir schreiben. Aber ich sage dir nicht, wohin er diesen Brief schickt. Du wärst fähig, es deinem Vater zu verraten.«

»Ich, Mama?«

Papa kam in einem belgischen Armee-Pullover über seinem Pyjama blinzelnd die Treppe herunter. »So, sieh mal an.«

»Haben wir dich geweckt, Papa?«

»Nein, natürlich nicht. Ich habe natürlich auf dich gewartet. Ich habe im Textbuch des *Judas* von Cyriel Verschaeve gelesen, denn es ist im Gespräch, daß ich einen der Sanhedriten spielen soll, und da muß ich natürlich einmal das ganze Textbuch durchnehmen. Aber es ist schwere Kost!«

Mama gähnte. »Morgen nicht zu früh, Louis.«

»Muß er nicht in die Schule?« fistelte Papa. Mama zog ihren Mantel aus und sank auf das Sofa, auf dem Decken und ein mit Lippenstift beschmiertes Kopfkissen lagen. Sie schlüpfte aus ihren Schuhen und zog sich eine Decke über den Kopf. »Mach das Licht aus«, rief sie, schon halb schlafend. Papa sagte: Komm.« In der Küche meinte er dann: »Ist es dir gut ergangen? Wir sprechen morgen in aller Ruhe darüber. Aber nicht zu früh.«

Herr Tierenteyn war mit führenden Anglophilen als Geisel verhaftet worden, weil irgendein Wirrkopf im Dunkeln einen Gefreiten mit einem Metzgermesser in den Rücken gestochen hatte. Und so was nennt sich Mitglied der Weißen Brigade.

Es hätte uns nicht gewundert, wenn Erich, der Sohn eines Versicherungsvertreters und Freier von Tante Hélène, unmittelbar oder mittelbar in solche Geschichten verwickelt gewesen wäre. Er hörte jeden Tag Radio London, er erzählte, daß die Kohleproduktion im Ruhrgebiet abnehme, wodurch die Waffenindustrie natürlich auch zurückgehe. Daß die deutsche Reichsschuld bei zweihundertfünfzig Milliarden liege, daß also ihre Schulden in wenigen Monaten höher seien als ihr ganzes Kapital. Dieser Junge konnte rechnen, aber er wagte es nicht, den patriarchalen Paten um Hélènes Hand zu bitten. Er hatte Angst vor dem Alten, weil dieser ihn ausgeschimpft hatte, als er hereingekommen und bei noch offener Haustür, also für ganz Walle sichtbar, das V-Zeichen mit zwei Fingern gemacht hatte. »Es war zum Piepen, Herr Seynaeve!« – »Was? Was gibt es da zu lachen und dumm zu glotzen«, sagte der Pate und vergaß in seiner Wut sein Hochflämisch.

Erich behauptete auch, daß seines Erachtens Onkel Florent über Radio London etwas von sich habe hören lassen. »›Hören Sie sich genau an, was ich empfangen habe: Bumbumbumbum. Die Blume, sein Gruß am End‹. Was kann das anderes bedeuten als Blume, auf Lateinisch *flor*, Gruß, auf Lateinisch *ave*, und dann die Lautverschiebung von *d* zu *t*, also *ent*. In der richtigen Reihenfolge ergibt das: Florent Seynaeve!«

»Aber, meine Lieben!« rief Omama. »Mein Herz!«

»Er kann in drei Minuten Kreuzworträtsel lösen«, sagte Tante Hélène.

»Auch Kryptogramme.«

»Aber was will Florent uns sagen?« sagte Omama. »Daß er es übers Radio sagt. Das muß ja ein Vermögen kosten.«

»Daß er am Leben ist, Mutter. Ist das nicht genug?«

»Es ist genug«, sagte sie. »Obwohl dieses Latein wohl kaum von unserem Florent ist.«

»Vielleicht hat ein Offizier bei der BBC es für ihn verfaßt, Mutter.«

Omama weinte leise. »Sogar wenn es nicht mehr unser Florent ist, ich bin glücklich.«

»Ich, der ich buchstäblich alles für sie tue«, sagte Papa. »Und was kriege ich dafür? Einen Schlag ins Gesicht. Und das tut weh, glaub mir, mein Junge. Ich verzehre mich, um mir etwas auszudenken, damit sie wieder normal und gesund wird, wie eine Frau in ihrem Haushalt es sein muß, und auf einmal finde ich auch etwas. Vielleicht weißt du, daß wir *Judas* nicht im Stadttheater spielen werden, weil *Monsieur le directeur* Alfred Lagasse findet, daß unsere Leute keine Verse sprechen können und daß *Judas* zu hoch für einen Durchschnitts-Wallener ist, wo wir doch alle wissen, daß Monsieur vor Angst in die Hosen scheißt, weil sich der Wind gewissermaßen zugunsten der Germanen dreht, und daß er keinen Schwarzen Priester und berühmten Flamen mehr in seinem Theater ehren will. Nun gut, ich sage zu der Gruppe: ›Warum spielen wir nicht Heijermans' ›In Hoffnung auf Segen‹? Das hat immer Erfolg, ich habe gerade das Textbuch gelesen, es ist großartig, wenn auch holländisch, aber es gibt darin auch flämische Schiffer, und ich will nur die Rolle eines Fischers haben‹, und dann dachte ich plötzlich: ›Warum sollte Mama nicht einfach die Rolle einer Fischersfrau spielen, sie kann sowohl traurig als auch charmant sein, ich spreche mit der Gruppe darüber, und jeder ist einverstanden, außer wem? Außer deiner Mutter. Ich sage: ›Es wird dir guttun; wenn du spielst, wirst du eine andere und vergißt deine Probleme.‹

›Hau bloß ab‹ sagt sie. Und weißt du, was dann passiert ist? Jemand von der Kommandantur kam, und dieser Kerl sagte: ›Nur gut, daß wir Sie kennen, Herr Seynaeve, sonst würden wir Sie einlochen.‹ Es war herausgekommen, daß Heijermans ein Jude ist! Wer denkt denn an so was? Bei einem seriösen flämischen Namen wie Heijermans, fast wie Heymans, der in Stockholm den Nobelpreis bekommen hat.«

»Wofür?« fragte Louis.

»Etwas in der Chemie, oder war es der Stoffwechsel? Aber das Schönste kommt noch! Ich erzähle mein Mißgeschick deiner Mutter, und sie fällt vor Lachen um. Wie eine Irre hat sie sich eine Viertelstunde vor Lachen geschüttelt, weil ich um ein Haar verhaftet worden wäre.

Meines Erachtens, ich habe lange darüber nachgedacht, ist deine Mutter in den Wechseljahren. Es ist zwar ein bißchen früh, das gebe ich zu, aber anders kann ich es mir nicht erklären.«

Der Granit fragte: »Wie war es?« und meinte: dort im Feindesland. Er sah immer weniger wie ein Lehrer aus, in seinem schlotternden Talar, ausgemergelt wie Pater de Foucauld, ausgedörrt in der Wüste und untröstlich.

»Haben die Durchschnittsbürger es dort schwierig? Wo wohnten die flämischen Jungen? Ich dachte, sie säßen in Lagern, und nur die

Kleinen bis zehn Jahre sind bei Pflegeeltern untergebracht? Wie waren die Leute im Dorf?«

»Wie bei uns«, sagte Louis.

»Kannst du das nicht näher beschreiben?«

»Nein.«

»Werden sie zum Beispiel unterdrückt? Mehr als die Belgier? Ja? Nun gut. Hat der Bauer, bei dem du gewohnt hast, Hitler bewundert?«

»Er betete ihn an.«

»Eben.«

»Es wird immer Führer geben, Ehrwürden.«

»Ja. Diese mimetische Sehnsucht. Die Liebesumarmung durch Führer. Man will bewundern, hingerissen sein von Märchen, von diesem einzig seligmachenden Mythos. Weil in dieser Hypnose die Wirklichkeit entgleitet und die Angst sich löst. Ja. Du kannst jetzt gehen.«

An diesem Nachmittag sprach der Granit über die Römer, die sich durch ihr Pflichtgefühl gezwungen fühlten, den Staat umzustürzen. Wie konsequent und halsstarrig sie waren! Wie unerbittlich sie waren, um sich in den Stand zu setzen, den Tyrannen zu töten, ihn lächerlich und unmenschlich zu machen! Ich als einziger weiß, daß er von Hitler spricht. Jedenfalls in dieser Klasse. Die jungen Burschen von der *Retorica* hätten das sofort durchschaut. Sie sind die Leibwächter des Granits, bei ihnen gibt er seine Einsilbigkeit auf, er wird sein Gemurmel über den Geist von Europa und über das Prometheusverlangen an sie besser los. Wenn man aus einer besseren Familie kommt oder Aristokrat ist wie der Granit, fällt es einem leichter, an einen Gott zu glauben, der das Unirdische verkörpert, der über der Menschheit schwebt und nur Wille und Energie ist, und was noch? O ja, Schönheit. Etwas geht im Collège vor, jetzt, nach meinen norddeutschen Ferien ist das deutlich, und die treibende Kraft ist der Granit, der angeschlagen und verwegen zugleich ist.

Der Granit sagte, ohne dabei seine zerbrechliche, müde gewordene Kraft zu verlieren: »Grüße vor allem deine liebe Mutter.«

Louis' Mutter fing den bedeutsamen Blick des Apothekers Paelinck auf, der Etiketts und Prospekte für einen blutvermehrenden, lebenskraftstärkenden Sankt-Martin-Sirup nach eigener Formel drucken lassen wollte. Kanonikus de Londerzeele hatte das Problem der Namensgebung erörtert: Sankt Martin durfte auf dem Etikett in dem Augenblick abgebildet werden, in dem er als junger Soldat seinen Mantel entzweihieb und ihn dem armen Tattergreis reichte. Sah Papa denn nicht, während er sich über Raster und Klischees beugte, daß der Apotheker Mama einen Blick wie einen Kuß zuwarf und daß sie fragend aufsah, ja mehr, bettelnd?

»Wie war es in Deutschland, Louis? Großartig, was?«

»Ja, Herr Paelinck. Und merkwürdig ...«

»Das dachte ich mir schon. Für uns ist es merkwürdig, daß sie wie ein Mann hinter ihrem Führer stehen. Es ist ein großes Land, darum denken sie auch in großen Zusammenhängen. Wir Belgier oder Flamen sind ein kleines Volk und können auch nur in kleinen Bezügen denken, weil wir nicht zählen und mit einer Bewegung vom Tisch gefegt werden können.«

Mama runzelte ihre struppig nachgewachsenen Augenbrauen. »Staf, zeig doch mal Herrn Paelinck die Figur der Tänzerin, die Louis mitgebracht hat.«

»Ich dachte, sie gefällt dir nicht, weil du sie nicht im Wohnzimmer haben wolltest ...«

»Ich möchte Herrn Paelincks Meinung darüber hören.«

»Na schön, kommen Sie mit in die Werkstatt, Herr Paelinck.«

»Nein, Staf, hol sie her. Der Herr trinkt gerade Kaffee.«

Als Papa aus der Tür war, legte Mama ihren Zeigefinger auf die Lippen, streichelte Louis' Haar und stellte sich dicht vor den Apotheker, der ihr ein braunes Fläschchen mit rosa Pillen gab. »Psst, Louis, psst«, sagte der Pillendreher, der dann die Porzellantänzerin zu jugendstilhaft fand. »Das geht heutzutage nicht mehr. Auch in der Kunst können wir nicht bei dem stehenbleiben, was gestern modern war. Allerdings müssen wir immer von der Vergangenheit lernen. Wenn wir nur unsere Eigenheit bewahren können. Und das habe ich gegen den deutsch-flämischen Bund, daß er unsere flämische Seele durch das pangermanische Heidentum brechen will.«

Es war Schwester Imelda, die in Louis' Zimmer saß, denn obwohl ihr Gesicht durch eine bimssteinähnliche Masse ohne jegliche Kontur ersetzt worden war, erkannte er ihren bäurischen Busen und ihren Mistgestank. Sie spreizte die Knie, und aus ihren schwarzen Falten zog sie andächtig ein gehäutetes Kaninchen, oder war es eine Katze, leider konnte er den Kopf nicht genau sehen; sie streichelte das blutverschmierte nackte Ding, dessen Pupillen nicht schlitzförmig, sondern rund wie rosa Pillen waren.

Die Sirene, das Abwehrgeschütz und Papas Geschrei weckten ihn. Papa schrie immer, die wackere Wacht in der Nacht, obwohl er wußte, daß weder Louis noch Mama ihm in den Schutzkeller voller zitternder und betender Nachbarn folgen würden.

Durch das Dachbodenfenster fing er noch einen Blick von Mamas geblümtem Peignoir auf. Hatte sie denn, kurz bevor sie in den Schutzkeller flüchtete, noch auf ihn gewartet? Den Bruchteil einer Sekunde? Hatte sie zur Hausfassade zurückgeblickt?

Die Stadt ging in Flammen auf und in Rußwolken, das Donnern und Dröhnen war überwältigend. Louis schrie, so laut er konnte, das Bumbumbumbum des englischen Radios mit. Blitze, Meteore, die explodierten, Lava überströmte Walle, der Turm von Sankt Rochus kippte langsam und fiel um. Aus dem Ausguck auf dem Dachboden seiner schäbigen elterlichen Wohnung sieht der Dorftyrann ein Stück Europa verfallen, es ist kein überwältigenderes Jauchzen seines ganzen Körpers möglich: *Rache*.

Als es verebbte, auf seiner Haut und am Himmel, und während das gefräßige Geräusch der Flammen, das himmelhohe Stöhnen die Luft erfüllte, ging er auf Zehenspitzen, obwohl das überhaupt nicht nötig war, zum Nachttisch an Mamas Seite des Bettes. In der Glut des Stadtbrandes kramte er in ihrer Krokodilledertasche und fand ein Notizbuch, in das für jeden Tag der letzten zwei Wochen Eintragungen gemacht waren, einen Kamm mit roten Haarbüscheln, eine Puderdose aus Perlmutt, Tuben, ein fast leeres Flakon mit *Eau de toilette Vendôme*, einen Augenbrauenstift, einen Lippenstift, Streichhölzer, sechs zerbrochene Zigaretten, ein Taschentuch, das raschelte, als er es auseinanderzog, Haarklemmen, Sicherheitsnadeln, eine Zeichnung des Hotels ›*Het Gouden Lam*‹ in Waregem, zwei Personen mit Frühstück, eine unbeschriebene Ansichtskarte aus München, eine Karte aus Stettin, die einen griechischen Helden darstellte, der, den Ellbogen auf dem Knie, vor einer Frau mit drachenförmigem Unterleib grübelte. In runden, fast typographisch geordneten Buchstaben stand Mamas Name auf der Karte, ohne Straße oder Stadt oder Briefmarke, und daneben, fast unleserlich – durch Tränen verwischt – standen Wörter wie ›zunächst beschlossen‹, ›stümperhaft‹ und die Unterschrift ›Dein Henny‹, außerdem noch der Grundriß eines Häuschens. Das Fläschchen mit den rosa Pillen war nicht darin, Louis' Fingernägel kratzten über Staub.

»Es sind Beruhigungspillen«, sagte Mama. »Wenn ich sie nicht nehme, könnte ich die Wand hochgehen. Ich hoffe, dir passiert das später nicht, daß du so meschugge herumläufst, weil jemand nicht da ist. Aber wie ich dich kenne, wird dir so etwas nie passieren. Du, du bist aalglatt, und du hast recht. Ich wollte nur, daß ich so geboren worden wäre, aber das Blut der Bossuyts kann nicht lügen, unser Omer ist daran auch kaputtgegangen.

Wie lange dauert es, ein Krankenschwesterndiplom zu bekommen? Ein paar Jahre? Oder nehmen sie es nicht so genau? Mona meint, die Klinikausbildung dauert ungefähr vier Monate, und du mußt dich für die Dauer des Krieges verpflichten. Aber dadurch hast du noch kein Diplom. Und das Schlimmste ist, daß du nicht rauchen darfst. Trotzdem melde ich mich beim Roten Kreuz an, aber ich werde meine Bedingungen stellen und dafür sorgen, daß sie mich in ein rückständiges Entbindungsheim stecken. Nein, ich will nach Rußland, im Sommer muß es schön da sein. Ja, wenn du es wissen willst, es geht darum, ihn wiederzusehen. Er liegt am Don, aber ich sage nicht wo. Denn er kämpft in den vordersten Linien, so ist er eben, man kann ihn sich kaum auf dem faulen Arsch hinter einem Schreibtisch in Norwegen vorstellen. Nein, Louis, ich sage dir nicht, wo er ist. Du *mußt* mir helfen. Ich bin groß genug, um mir Landkarten zu kaufen und Passanten nach dem Weg zu fragen. Denkst du ein bißchen an deine Mutter, wenn sie in der Kälte herumläuft, von einem eiskalten Zug zum anderen?«

»Dort ist Sommer.«

»Aber so kurz. Der Sommer ist da so kurz.«

Aber sie ging nicht weg, denn sie war zu faul, zu ängstlich und zu lax, um ihrem Ideal durch Wind und Wetter zu folgen. Und weil sie nicht wegging und unglücklich war, gab sie ihrem einzigen Sohn die Schuld. »Was soll in Gottes Namen aus dir werden? Du machst deine Hausaufgaben nicht, du interessierst dich nicht für den Krieg in Rußland, du hast keine Freunde, die zu uns kommen, ich höre dich nie von Mädchen sprechen wie andere Jungen in deinem Alter . . .«

»Unser Louis ist ein Spätzünder«, sagte Tante Nora. »Und wehe, wehe, wenn ein Spätzünder zündet, gibt es kein Halten mehr.«

»Seht euch nur Victor Hugo an«, sagte Eric, Hélènes offizieller Verlobter, »er war unberührt, als er mit Fünfundzwanzig heiratete, und von da an konnte er keine Frau in Ruhe lassen.«

»Unser Louis? Der läßt sich nicht von Frauenzimmern überrumpeln, was, Kleiner?« sagte Tante Mona, die, Wunder über Wunder, etwas von ihrem früheren Ulli gehört hat: Er liegt in einem Hospital in Kairo und denkt nur an eines – an sie. Es gibt also doch noch echte Treue.

»Louis wird nie ein Frauenheld werden«, sagte Tante Hélène.

»Das weiß ich noch nicht«, sagte Mama.

»Victor Hugo aß jeden Morgen zwei Apfelsinen samt Schale. Und als er tot war, haben sie in einer Geheimschublade seines Schreibtischs ein *carnet* mit den Namen der Dienstmädchen gefunden, die er vernascht hat, einschließlich der Trinkgelder.«

»Aber, Eric!«

»Meines Erachtens gehört Louis zum Genre von Thijs Glorieus.«

»Der Familie Glorieus aus dem Papestraatje, die mit den Korsetts.«

»Nein, Mona, die aus dem Buch von Walschap, das ich dir geliehen habe.«

»Na, *merci.* Du hast gesagt, daß es gepfeffert sei. Ich bin an andere Kost gewöhnt. Vielleicht ein paar Passagen, aber die machen den Braten nicht fett. Nicht, daß es nicht gut geschrieben wäre, es ist lebensecht, aber es handelt sich mehr um die Gefühle der Menschen im allgemeinen.«

(Wenn man eine sechsmal geküßt und ihren Büstenhalter zweimal ausgezogen hat, darf man sie dann als seine Geliebte betrachten? Das letzte Mal habe ich sogar Simones Rock hochgehoben, aber sie schlug mir auf die Hand. Nun ja, es war Vollmond.)

»Du interessierst dich für nichts. Du kannst doch dein Leben nicht mit Bücherlesen verbringen. Was willst du eigentlich? Deine Noten sind unter aller Kanone, und du bist doch nicht dumm. Du mußt ein Ziel in deinem Leben haben, auf das du zustrebst, an dem du dich orientierst, das mußt du suchen und finden. Alles andere taugt nichts, tagein, tagaus, grau und flau. Gibt es denn wirklich nichts, womit du dich beschäftigen kannst? Du zeichnest doch so hübsch, warum machst du nicht mehr daraus?«

»Wie Onkel Léon, Mama? Soll das mein Vorbild sein?«

»Léon hat herrliche Aquarelle gemalt, sie werden fortbestehen und noch bei vielen Leuten im Haus hängen, wenn er schon längst tot ist. Das ist Kunst.«

»Und wenn alle Häuser verbrannt und dem Boden gleichgemacht sind?«

»Alle?«

»Ja. Wo bleibt dann Onkel Léon mit seiner Kunst?«

»Das wird nie passieren. Das ist unmöglich. Die Leute sind nicht so beschränkt. Sie schmeißen Bomben, das ja, aber mit Maßen.«

Eines der Häuser, die noch stehen geblieben waren, war das von Dolf Zeebroeck, das modernste Haus in Walle, vom Meister selbst entworfen, eine Kopie des Genter Gravensteen mit seinen Zinnen und Türmchen aus eigelb glasierten Klinkern, aber natürlich mit dem heutigen Komfort, mit Badezimmer und zwei Klos, das braucht man bei sechs Kindern, aber das Haus läßt sich schwer beheizen.

Einer der sechs, ein blonder schielender Knirps, versperrte den Eingang, als sich die neugotische Tür öffnete. Mißtrauisch betrachtete er Louis' Mappe, die voller Bleistifte und Papiere in verschiedenen Größen und Farben aus Papas Werkstatt war. »Wirst du erwartet? Ja? Wann? Wie lange? Nicht länger als eine halbe Stunde. Denn Vava muß mit, nach draußen, um Kartoffeln zu holen.«

Über der Wendeltreppe, breit genug, um einen schwertfechtenden geharnischten Ritter durchzulassen, hingen Hunderte von Schwarzweißdrucken von bis weit über die Grenzen bekannten Berühmtheiten, gemalt in schwungvollem Stil. Dolf Zeebroeck, der Schöpfer von allem, war, gehüllt in eine Mönchskutte, an einem immensen Zeichentisch bei der Arbeit. Sein weißes Stachelhaar, seine rote Stupsnase mit den großen Poren und der pockennarbigen Haut waren eines flämischen Kopfes würdig, darüber konnte es keinen Zweifel geben. Er trug ein breites Kupferarmband mit arabischen Schriftzeichen an seinem Handgelenk, was beim Zeichnen hinderlich sein mußte. Das Zimmer war sehr sauber und roch nach Krankenhaus. Ein antikes Kruzifix starrte mitleidig auf Louis herab, so wie Dolf Zeebroeck Louis musterte, als wollte er sich dessen jämmerliche Gesichtszüge für immer einprägen, seine erbärmlichen Proportionen skizzieren, ihn auf einen Blick zeichnen.

Die Arbeit, mit der er gerade beschäftigt war, stellte einen Normannen dar, der mit heftig geschwungener Streitaxt einem anderen Normannen zu Leibe rückte, die Waffenröcke flatterten, die Wolken zogen wie rasend vorbei.

»Siehst du diesen Kaktus? Also setz dich hin und zeichne ihn. Du darfst ihn interpretieren, wie du willst. Na ja, wenn es nur kein Picasso wird, haha.« Louis lachte mit. »Nein, nein«, stotterte er.

Der Kaktus hatte drei Knubbel, graue Wolle hing an seinen Stacheln, der Topf war aus rotem Ton. Ich muß mir alles, was kein Kaktus ist, aus dem Sinn schlagen, muß die völlige Aufmerksamkeit aufbringen, mit der die Meister sich auf die Welt einstellen. Louis versuchte den Kaktus so zu sehen wie Dolf Zeebroeck gerade eben, ihn aufsaugend, den Blick in Verstand verwandelnd. Er verlor den Kaktus keinen Moment aus den Augen, während er sein Zeichengerät ausbreitete.

Als er die Umrisse der Pflanze und des Blumentopfs skizziert hatte, sagte der Meister: »Die Umrisse deines Kaktus' sind zu groß im Verhältnis zum Blatt, das ist keine gute Verteilung, siehst du das nicht?« Hastig radierte Louis die Skizze aus. Der Meister schraffierte weiter schwarzglänzende Normannengewänder aus. Louis brachte mit seinem *Conté 8* Schatten an.

»Zeichnen, habe ich gesagt, nicht schmieren. Die Linie, junger Mann, die Linie.«

Wieder der Radiergummi. Dann fing es an, einem Kaktus ähnlich zu sehen, ja, sogar dem, der vor ihm stand, besonders als Louis die Augen etwas zusammenkniff, wie man das oft in einer Galerie sieht. Nur der Blumentopf bekam nicht die richtige Farbe, denn er hatte keinen Buntstift von solchem Rot.

»Nein, nein«, sagte Dolf Zeebroeck, einen Pinsel quer im Mund. »In den ersten Stunden wird nicht koloriert.« Er grapschte das Papier, zerknüllte es und warf es treffsicher in den Papierkorb unter dem Gekreuzigten.

Nach einer Viertelstunde stand ein neuer, schwarzweißer Kaktus da. Die Stacheln mit ihren schrägen Schatten, die wolligen Büschel, der Lichteinfall auf dem Tisch, der die Form eines Zeppelins hatte, die Aureolen um die Stacheln – Louis lehnte sich zurück.

»Und er sah, daß es gut war«, sagte Zeebroeck.

»Es ist etwas zu schwarz, aber das kann ich immer noch wegwischen.«

»Was willst du wegwischen?«

»Das, was zu dunkel ist.«

Zeebroeck steckte seine Pfeife an. »Es überzeugt nicht«, sagte er nicht unfreundlich. »Du hast dich bei den Details aufgehalten, hier, diese Bläschen, diese Pünktchen. Aber, Mensch, die Linie, die Linie.«

»Soll ich denn keine Einzelheiten zeichnen?«

»Nur im Dienst der Linie!« (Natürlich! Die sture, langgestreckte, schwarze Linie seiner eigenen Zeichnungen, Holzschnitte, Scheiben in Bleiverglasung!)

»Ich hätte ihn auch in Ihrem Stil zeichnen können, Herr Zeebroeck.«

»Mein Junge, ich habe mich vierzig Jahre lang jeden Tag, auch sonntags, wie ein Büffel mit der Linie abgerackert, und du solltest ...«

Louis nahm ein neues Blatt, aber der schielende kleine Junge kam herein. »Vava, es wird schon dunkel. Und du hast versprochen...«

»Eine Minute, Godfried!«

»Keine Minute! Jetzt! Versprochen ist versprochen!« Das Kind schlug sich mit der flachen Hand auf die Backe. Als unterdrückte es damit seinen zügellosen Jähzorn.

»Na gut ...« seufzte Zeebroeck. »Das macht dann fünfundvierzig Francs.« Louis zahlte. Mama hatte mit dreißig Francs gerechnet. Und für eine ganze Stunde.

Godfried betrachtete den Kaktus.

»Es ist wieder ein Picasso, Vava.«

Der Meister kniff in seine rote Stupsnase. »Er muß noch lernen.« Er bemerkte Louis' Zerknirschung und rieb mit dem Pfeifenkopf über den Papierkaktus.

»Das kommt dabei raus, wenn du fragmentarisch arbeitest, dann starrst du dich blind wegen eines Fliegendrecks. Das Wesentliche entgeht dir.«

»Welches Wesentliche?« rief Louis. »Wenn alle Teile stimmen, kommt dann das Wesentliche nicht von selbst zum Vorschein?«

»Aber, Männeken«, sagte der pockennarbige Mönch.

»Es ist wieder ein Picasso, Vava.«

»Männeken, als erstes hätte dir auffallen müssen, daß du unmittelbar zeichnen mußt! Komm, denk einmal nach, betrachte die Pflanze, die Stacheln, wie stehen die Stacheln dieses Kaktusses, übrigens bei jedem Kaktus?« Ihm dämmerte etwas, das aber nicht deutlich wurde. Der dämonische Meister saugte an seiner Pfeife.

»Er weiß es nicht, Vava.«

»Siehst du denn nicht, daß die Stacheln *regelmäßig* verteilt sind, daß der Abstand zwischen ihnen immer derselbe ist, daß es ein Muster gibt?«

»Ein Muster«, sagte Godfried. Zeebroeck zog seine Kutte über seinen Kopf. Darunter hatte er einen Arbeitsoverall an, den er aufknöpfte.

O meine blöde ohnmächtige rückständige kurzsichtige Dummheit!

»Vielen Dank, Herr Zeebroeck.« Völlig durcheinander ging Louis die Wendeltreppe hinunter und ließ die Haustür offen. Er sah keinen Zusammenhang, das war wahr. Aus irgendeinem Grund fand er diesen Beweis für sein Unvermögen, die Struktur der Dinge selbst zu sehen, ungemein enttäuschend. Er fluchte auf dem ganzen Heimweg. Andere konnten aus den zufälligen Dingen und Tatsachen, die um sie herum waren, zusammenhängende und logische Einsichten gewinnen, auf der Stelle, aber er nicht, und wenn er auch sein Bestes tat. Und das für fünfundvierzig Francs! Nicht einmal eine halbe Stunde! Bei den Trümmern der Sankt Rochus-Kirche merkte er, daß er seine Mappe mit den Buntstiften vergessen hatte. Aber nie und nimmer mehr würde er zu dem modernen Grafenschloß zurückgehen, wo die Wahrheit ihm wie eine Ohrfeige verabreicht worden war.

Als er nach Hause kam, kam Vandam, auf dessen Schultern nun die einst florierende Druckerei Seynaeve ruhte, aus der Tür. Im Gang roch es noch nach dem Terpentin, mit dem sich Vandam die Hände saubergemacht hatte. Es war niemand da. Vandam schwänzte.

Weil Louis gestern noch seinen Vater mit verdächtig dicker Backe gesehen hatte, suchte er nach Toffees in der Werkstatt. In Papas Büro fand er zwischen Rechnungen und Bankauszügen Krümel eines frischen Kuchens. Er suchte hinter Säcken mit Schnipseln und in Kartons voller Öllappen, er versuchte sich die Verhaltensweise seines Vaters vorzustellen: Ehe er, nach dem Mittagessen, in seinem Büro ein Nickerchen machte, ging Papa von der Schneidemaschine an den verstaubten Überresten einer Rotationsmaschine vorbei zu seinem Büro – und wann und wo wühlte er nach seinem stets ergänzten Vorrat honigsüßer, mit Nüssen und Nougatstückchen gefüllter Toffees? In einem wackeligen Schränkchen, das um das Spülbecken gezimmert worden war, lag ein sorgfältig geschichteter Stapel Bücher von Zane Grey und John Knittel, die überhaupt nicht dahin gehörten, triumphierend stöberte Louis zwei angebrochene Rollen Sandplätzchen und eine halbe Tafel Fondantschokolade auf, da vibrierte es in seinem Innern, Erwin Rommel, der Wüstenfuchs, entbot Louis den Feldmarschallgruß. Louis brach einen Würfel Schokolade ab, klaute vier Toffees und ein Sandplätzchen und wollte mit seiner Beute aus Tobruk nach Nordostcyrenaica flüchten, als er hinter dem ordentlichen Bücherstapel zusammengerollte Zeitschriften entdeckte. *Cine-Revue*, *Le Rire* vom März 1924, *Lustige Blätter* und einen abgegriffenen dünnen Band *Les aventures d'une Cocodette*, Papas Vorrat unzüchtiger Bücher. Die *Cocodette* war halbnackt, hatte einen orangefarbenen Sommerhut auf, graue Strümpfe an und überaus hohe Absätze. Sie terrorisierte auf jeder Seite, auch wenn sie ohne Höschen schaukelte, einen dicken, glatzköpfigen Trottel in einem dreiteiligen gestreiften Anzug. Auf einem Bild ritt sie auf dem Mann, der völlig durcheinander zu sein schien, denn die Zigarre flog ihm gerade aus dem Mund. Außerdem stolzierte sie blasiert mit molligem bloßem Popo herum, der meistens von den gierigen Händen eines kahlen Advokaten oder Industriellen betatscht wurde. Da, in einem bestimmten Augenblick sah die Traumfrau Louis ins Gesicht, sie hob herausfordernd verspielt die Linien ihrer Augenbrauen, sie ermutigte ihn, flüsterte, daß er mit dem unsinnigen, juckenden, nach Befreiung drängenden süßsanften Reiben gegen den Jutesack voll gekräuselter Papierschnipsel weitermachen solle, und stieß dann ein heiseres Lachen aus, als er ejakulierte und gegen den rauhen, prallen Sack sank.

Papa hielt die Uhr, ein Wunder, an die Gühbirne über dem Spülbecken, in dem Louis die Töpfe schrubbte. »Du kannst darauf das Datum ablesen, du kannst auf ihr die Zeiger anhalten, wenn du einen Wettlauf stoppen willst, du kannst damit schwimmen, obwohl ich das vorläufig lassen würde, zur Sicherheit. Nun, was sagst du dazu?«

»Vielen Dank, Papa.«

»Ist das alles?«

»Ich danke dir aus tiefstem Herzen, Papa.«

»Das ist schon besser.«

Es war die Uhr, die der gefangene Herr Tierenteyn seiner alten Mutter, die über fünfundachtzig war und keinerlei Wehwehchen hatte, weil sie jeden Morgen einen Löffel Bierhefe aß, für Papa mitgegeben hatte. Durch Fürsprache von Papa sollte Herr Tierenteyn, im Falle einer Sabotage, erst als allerletzter in der Reihe der Geiseln an den Pfahl gebunden werden. Papa wurmte diese Unterstellung. Doch bisher hatte er, in der Nachbarschaft und bei Friseur Felix, die Legende seiner Zugehörigkeit zur Gestapo keineswegs abgestritten, ganz im Gegenteil – wenn man davon anfing, nickte er etwas abwesend und sagte: »Jaja, wir könnten so viel sagen, aber wir dürfen nicht«, wodurch er einmal mehr die Schweigepflicht heraufbeschwor, die er, unter Androhung einer fürchterlichen Körperstrafe, einhalten mußte.

»Eigentlich dürfte ich dir diese Uhr erst geben, wenn du achtzehn geworden bist. Denn du verdienst sie nicht. Noch nicht. Dein Zeugnis. Dein Benehmen. Deine Schlampigkeit. Daß du deine Mappe einfach verlierst! Genau wie deine Mutter mit ihren Schlüsseln. Aber ich kaufe dir keine neue. Du kannst deine Bücher und Hefte in einem Karton tragen. Zu meiner Zeit hatten wir auch keine Ledermappe.«

»Es ist die Uhr von jemandem, der hingerichtet werden wird«, sagte Louis zu Simone. »Ich darf dir nicht verraten, wer es ist. Aber seine letzten Worte im Gefängnis waren: ›Gib diese Uhr, die meine letzten Sekunden anzeigt, Louis, meinem Bridgepartner in der 'Rotonde'.‹«

»Mein Großvater hat auch so eine.«

»Ist es nicht rührend, daß dieser alte Mann bis zuletzt an mich denkt? Er ist wie Sokrates, der, ehe er den Giftbecher trank, sagte, er schulde dem und dem noch einen Hahn . . .« Er streckte sein breites, männliches, aber noch unbehaartes Handgelenk unter dem Dach hervor, unter das sie sich gestellt hatten. Der Regen prasselte auf das Kleinod.

»Warum tust du das?«

»Sie ist wasserdicht.«

Sie nahm seine Hand von ihrer Hüfte.

»In dem Augenblick, in dem die Salve losgeht, müßte diese Uhr stehenbleiben. Die Zeit. Die Zeit ist um. Und die Dinge sind so treulos.«

»Warum sagst du das?« fragte sie plötzlich heftig.

»Was?«

»Das mit der Treulosigkeit. Meinst du mich damit?«

»Natürlich nicht, Simone.«

»Hast du etwas gehört?«

»Wovon?«

»Von mir? Von mir und Jacques van de Sompel?«

»Nein.«

»Doch. Du wagst nur nicht, es mir ins Gesicht zu sagen!«

Van de Sompel war der einzige Sohn eines Holzhändlers, der oft auf die Feste von Herrn Groothuis kam, bei denen die Frauen in Champagner badeten. Es fiel Louis ein, daß er kürzlich van de Sompel in der Apotheke gesehen hatte.

In der Dämmerung, mit den Tropfen auf ihren Haaren, Augenbrauen und Wimpern sah Simone verletzlich und rührend aus. Er wollte für sie sorgen, sie vor van de Sompels Angriffen schützen. Immer und ewig.

»Ich kann nichts dazu. Ich habe euch alle beide gern«, sagte Simone. Er hätte ihr am liebsten die Haare ausgerissen.

»Ich habe mit meiner Mutter darüber geredet, sie findet es sonderbar, aber auch normal.«

»Was denn nun? Sonderbar oder normal?« sagte er gequält.

»Ich habe dich gern wie jemanden aus meiner Familie. Ich habe von klein auf einen Bruder haben wollen, frag nur meine Mutter. Und dazu kommt, daß du noch zu jung bist.«

»Und er?« (Papa im Ehebett, jämmerlich, ein Untermensch.)

»Er ist mehr . . .«

»Was denn mehr?«

»Mehr ein Mann. Du kannst nichts dazu, Louis, aber du weißt nicht, was einem Mädchen gefällt.«

»Aber du sagst mir nie, was dir gefällt.«

»Das soll ein Mädchen auch nicht sagen. Das muß ein Mann fühlen.«

»Wie lange geht das schon?«

»Noch nicht so lange. Ein oder zwei Monate. Aber ich habe dich auch gern.«

»*Merci.*«

Das tropfennasse Gesicht, das ihm entglitt, das einem anderen und dazu noch so einem Lümmel wie van de Sompel hingegeben war, er verschlang es, er nahm es in sich auf, es war das Schlimmste und das Schönste, was ihm passieren konnte. *Rache*, miaute er.

»Wenn Jacques mich berührt und seine Finger hierhin legt . . .«, die Schlampe streichelte ihre linke Brust, »ist es so, als drehte sich mir alles, als fiele ich um. Und bei dir . . .« Das Unglaubliche geschah, sie nahm mit ihren nassen Fingern seine Hand und drückte sie an die weiche volle Stelle, er spürte den Büstenhalter nicht und klapperte mit den Zähnen. »Siehst du, es richtet sich nicht auf, mein Knöspchen, es wird nicht hart. Bei ihm in einer Sekunde.« (Ich kann es mit der Uhr der Geisel stoppen!) Er zog seine Hand mit einem so heftigen Ruck zurück, daß sie gegen die Wand prallte und der Nagel seines Zeigefingers einriß.

»Du bist mir böse. Ich dachte mir schon, daß du es nicht sportlich aufnehmen würdest.«

»Doch, tue ich doch.« (Er stand im Tor, der Ball senkte sich wie ein träger vollkommener Meteor, er griff nach ihm, der Ball sprang hoch und flog über seine flehenden Hände hinweg.)

»Wir gingen an der Leie spazieren, und Jacques sagte: ›Warum legen wir uns nicht ein bißchen ins Gras?‹ Es war so warm, und wir legten uns ins Gras. Er sagte: ›Du hast aber eine schöne Brosche‹, und er berührte die Brosche, und dann streichelte er meinen Hals, und da spürte ich, daß er es ist, für den Rest meines Lebens, für immer.«

»Luder!« Sie hörte es nicht oder verstand: »Puder«.

Der Regen ließ nach.

»Er bringt mich immer zum Lachen. Bei dir muß ich nie lachen.«

Aber das war ihre Schuld. Er hatte die Melancholie, die von ihr ausging wie ein Mundgeruch, übernommen, aus Liebe hatte er sich, um ihr zu gleichen, in einem Morast verträumter grundloser Traurigkeit gesuhlt. Ich hätte nie für sie zerfließen dürfen.

»Aber was tut er denn, um dich zum Lachen zu bringen?«

»Er benimmt sich albern.«

»Und darüber mußt du lachen?«

»Oder er erzählt Witze.«

»Was für Witze? Ich kenne Hunderte von Witzen.«

»Du hast mir noch nie einen erzählt. Du redest immer von Sokrates oder von Guido Gezelle. Das ist zwar lehrreich, aber nicht besonders witzig.« Sie kicherte: »Gerade gestern.«

»Hat er albern getan?« (Wahrscheinlich mit seinen Fingern unter ihrem Rock herumgefummelt, bis sie lachte.)

»Nein. Einen guten Witz erzählt.«

»Welchen?«

»Ich sage: ›Jacques, es ist doch grausam mit diesen beiden Eisenbahnern, die von der deutschen Patrouille in Varsenare erschossen worden sind.‹ ›Kennst du den vom Pfarrer in Varsenare?‹ sagt er. Ich sage: ›Nein, Jacques.‹ ›Es war einmal ein Bauer in Varsenare‹, sagte er, ›der schon zwölf Jahre verheiratet war, aber es kam kein Kind. Eines Tages kommt er überraschend vom Feld nach Hause, und was sieht er in seinem Schlafzimmer? Seine Frau mit den Beinen in der Luft und zwischen ihren Beinen den Kopf des Pfarrers von Varsenare. Er läuft sofort nach draußen und schreit auf der Straße: ›Leute, Leute, kommt her und seht euch das an! Kein Wunder, daß ich keine Kinder habe, kaum habe ich sie gemacht, frißt der Pfarrer von Varsenare sie auf!‹« Ihr schallendes Gelächter endete in einem

Seufzer. Aus den Lippen, die er geküßt hatte, aus diesem Gesicht, das er für unberührt und in einen unbestimmten Kummer gehüllt gehalten hatte, kam dieses obszöne Gerede, sie war schmutzig wie eine Hure von Babylon.

»Du kannst nicht mitlachen, ich sehe schon.«

»Weiß dein Vater davon?«

»Von Jacques? Ja. Er darf zu uns nach Hause kommen.«

»Nein. Von diesen schmutzigen Witzen.«

»Ach du lieber Himmel, nein. Er würde mich erschlagen. Er denkt, daß ich noch zehn bin.«

Louis schaute auf seine Uhr, der Sekundenzeiger stand. Ihm wurde klar, daß er während ihrer Geschichte unentwegt an der Aufziehschraube gedreht und den Widerstand nicht gespürt hatte, so sehr hatte er in seiner beschämten Erregung ihren Verrat, ihren ungeheuerlichen geilen Genuß ohne ihn wegdrehen wollen. Aber dann hatte er selbst die Zeit der Geisel angehalten! Herr Tierenteyn rief *»Vive la Belgique!«*, er bäumte sich auf und stürzte nach vorne, während die Soldaten nachluden. Das stählerne Zuschnappen der Zeit.

Im ›Groeninghe‹ arbeiteten sich Papa und Louis mit Ellbogen und Knien zur Theke, wo Noël zu beschäftigt war, um Guten Tag zu sagen. Bei der Toilettentür versteckte sich de Puydt hinter einer Fettpflanze oder roch daran. Als das Gedränge etwas abflaute, sagte Noël: »Man sollte meinen, daß man, wenn man sich in solch einem Zustand befindet wie er, nicht unter Leute gehen dürfte, daß man sich lieber in seinem Loch verkriecht und um die Zeit trauert, die man vergeudet, aber andererseits . . .«

Papa blieb mit dem Rücken zu dem besoffen trauernden de Puydt stehen.

»Ich kriege kein Wort aus ihm heraus«, sagte Noël. »Die ganze Zeit muß ich den Gästen erklären, daß er nicht unhöflich sein möchte, sondern einfach nur nicht antworten will, wenn man ihn etwas fragt.«

»Sagt er überhaupt nichts?«

»Nein, er sieht einen an und sieht durch einen hindurch.«

»Wie bestellt er dann seinen Whisky?«

»Er hebt sein Glas hoch.«

De Puydt war geschrumpft, sein früher fast weiblich wallendes Haar klebte platt an seinem Schädel. Er rührte mit dem Zeigefinger in einem Aschenbecher, auf dem Peter Benoit abgebildet war.

»Solange ich ihn im Auge behalten kann, bin ich beruhigt«, sagte Noël. »Solange er unter meinem Dach ist, halte ich die Hand über ihn. Aber wenn er sich draußen vor eine Trambahn werfen will . . .«

»Ja, dann . . .« sagte Papa.

»Und Herr Leevaert, sein Busenfreund?«

»Der hat es mit dem Magen.«

»Wer bezahlt denn dann die Rechnung von Marnix?« fragte Papa.

»Darüber mache ich mir keine Sorgen«, sagte Noël.

»Du verdienst ja genug an uns«, sagte ein Soldat der Waffen-SS.

»Nein, ich schicke Groothuis die Rechnung.«

»Am Abend meines ersten Urlaubstages«, sagte der SS-Mann, »gehe ich zu ihm dort in seine Ecke, ich sage: ›Na, Puydt, wie geht's?‹, denn ich tat so, als wüßte ich nichts, verstehst du? Denn manchmal ist es besser, sich dumm zu stellen, und, gottverdammt, er schüttet mir ein Glas Mineralwasser ins Gesicht.

Wenn es *Pale Ale* gewesen wäre, läge er jetzt im Hospital. Denn unser Scharführer braucht nur ein Fleckchen zu sehen, und schon brüllt er wie eine Seekuh. Und meine Frau ist nicht da . . . ich sehe mich schon meine Uniform waschen.«

»So einen schönen flämischen Menschen zugrunde gehen zu sehen«, sagte Papa. »Der Engländer hat schon viel auf dem Gewissen, aber das . . . Und er sagt nie ein Wort?«

Noël dachte nach. »Das letzte Mal, daß ich eins hörte, sagte er zu Leevaert, der über Stalingrad quasselte: ›Wörter sind die Kleider der Gedanken.‹ Das habe ich behalten.«

»Das hieße also, daß er keine Gedanken mehr hat. Das kann ich mir nicht vorstellen«, sagte Papa.

»Keine Worte, sondern Taten, da ist was dran«, sagte der SS-Mann.

Es kam eine Sondermeldung, die Sechste Armee saß in der Klemme, das war nichts Neues.

»Daß ich hier mit einem Glas in der Hand meine Zeit verplempere, während meine Kameraden dort . . .« sagte der SS-Mann.

»Was hält dich zurück? Bis zum Bahnhof sind es zehn Minuten zu Fuß«, sagte Noël, so unwirsch, wie ihn noch nie jemand gehört hatte.

In Bastegem ging eine Reihe Kinder in blauen, meist zu kurzen Kitteln an einem Seil, das eine freundlich errötende Nonne festhielt. Die Kinder mit grauen gerunzelten Gesichtern wankten, schwankten, rempelten sich an. Eines streckte Louis die Zunge heraus, ein anderes hatte ein schwarzes Mal auf der Stirn, das Aschermittwochskreuz, das nicht abgewaschen worden war.

Ein Reiher stolzierte dicht an braunroten Kühen vorbei. Louis glaubte, Bauer Iwein Liekens hinter einer verblichenen Gardine verschwinden zu sehen. Auf seinem Hof stand eine unbewachte Panzerkanone. Und da war wieder die Villa ›Zonnewende‹, zwischen Dahlien.

Meerke sagte, daß Louis' Haar, das er mit einer hohen, dick pomadisierten Tolle nach vorne gekämmt hatte, doch recht albern sei. »Er sieht wie die Frauenzimmer vor zwanzig Jahren aus, genau wie, na, ihr wißt schon, ich will keinen Namen nennen ...«

»Nein, lieber nicht«, sagte Tante Violet.

»Nenn ruhig ihren Namen. Zieh mal wieder alte Kühe aus der Gracht«, sagte Onkel Armand.

»Das fällt dir jetzt ein, weil du mit alten Kühen umgegangen bist«, sagte Tante Violet.

»Umgehst«, sagte Meerke.

»Angelique ist nur drei Jahre älter als ich«, sagte Onkel Armand in seinem grauen Flanellanzug, ein korrekter Inspektor, den die Bauern im ganzen Umkreis fürchteten, denn er nahm nur selten Brot oder Butter oder Schwarzfleisch an. Meerke hatte ihm eine Witwe aufgeschwatzt, Angelique, was sie jetzt sehr bedauerte, denn während der Arbeit des Einfädelns, Abkartens und Verkuppelns hatte niemand ihr zu sagen gewagt, daß Angelique einen Liter Jenever pro Tag brauchte, sonst bekam sie Kopfschmerzen. Dazu hatten Angelique und ihre Familie bei ihrem Alter gelogen. Nun hatte Meerkes Lieblingssohn eine alte Säuferin am Hals, und er besuchte noch öfter als früher das ›Picardy‹, während seine Frau allein ›*O, je suis swing, zazou, zazou*‹ lallte.

»Um die Bauern festzunageln, muß man ein noch größerer Dreckskerl sein als sie selbst. Erst dann kriegt man sie zu fassen bei ihren Fälschungen, Unterschlagungen und ihrem Schwarzschlachten. Um gerecht zu sein, muß man ein Schwein sein können. Und wenn ich ab und zu unterwegs in ein Lokal gehe, so nur, weil ich einzig und allein dort erfahre, was die Bauern alles anstellen. Denn wenn sie voll sind, erzählen sie alles.«

»So kann man alles drehen und wenden«, sagte Tante Violet.

»Du bist ungerecht«, sagte Onkel Armand. »Und du bist die letzte, die sich beschweren kann. Habe ich etwa kein Kupfersulfat für deinen Hof mitgebracht, keine Sardinen, keinen Honig?«

»Doch, weil du in den Honigwochen bist.« Sie lachte ihren Bruder charmant an.

Tante Violet war wesentlich aufgeweckter als früher, sie sah auch gepflegter aus in ihrem mausgrauen Deux-pièces.

»Honig?« sagte Louis und bekam zwei Schnitten damit. Er wollte ganz langsam kauen, aber er schluckte sie blitzschnell hinunter.

»Ich muß weg«, sagte Onkel Armand und befestigte seine Fahrradklammern.

»Richte Angelique meine Grüße aus.«

»Ich werde es nicht vergessen, Mutter.«

»Oder gehst du nicht nach Hause?«

»Kümmer dich nicht darum, Mutter.« Er klopfte behutsam auf ihren zarten zerbrechlichen Rücken. Als er wegfuhr, lief sie zum Fenster, blickte ihm nach und begann zu husten, ganz lange. »Ich mache mir immer Sorgen um diesen Jungen. Sie sind imstande, ihn mit ihren Dreschflegeln vom Rad zu schlagen.«

»Er geht nicht nach Hause«, sagte Tante Violet.

»Nein. Und ich war so beruhigt, daß er geheiratet hatte und nicht an meinen Rockzipfeln hängen bleiben würde. Und ich dachte: sie kommt aus einer guten Familie, sie hat eine gute Erziehung gehabt! Denn sie kann herrlich singen, das Ave Maria von Gounod, eine Stimme wie eine Glocke, und andere klassische Lieder. Aber wenn sie betrunken ist, geht es Swing hier und *zazou* und Charles Trenet da. Andererseits kann sie nichts dafür, daß sie trinkt, sie hat das zu Hause gelernt, ihre Mutter stammt aus der Gegend von Roubaix, also Rotwein zum Mittagessen und zum Abendessen und auch ohne Essen. Angelique hat recht schnell gemerkt, mit was für einem Kerl sie verheiratet war. Sie waren noch keine zwei Tage in ihrem Haus, als Neuvermählte, da schleppt er einen Kackstuhl an, einen großen Ledersessel mit eingearbeitetem Nachttopf, den er auf einer Auktion für sechzig Francs gekauft hatte. ›Aber Armand‹, sagte Angelique, ›wir haben doch verabredet, daß wir nicht gleich Kinder haben wollen, in so schlechten Zeiten!‹ – ›Wer redet hier von Kindern‹, sagt er, ›der ist für mich!‹ – ›Wieso für dich?‹ – ›Nun ja, wenn ich alt bin!‹« Meerke hustete vor Lachen, räusperte sich, schlug sich auf die dünnen Knie unter dem schwarzen Bombasin. Louis wagte nicht, ihr auf den Rücken zu klopfen. Er ging in den Garten und erblickte zu seiner Verblüffung, ganz in der Nähe, auf der fliesenbelegten kleinen Terrasse im ersten Stock einen weißblonden jungen Mann in einer Khakibadehose, der seine knochigen weißen Schultern mit einer fettigen Substanz einrieb. Louis schlüpfte sofort hinter den Schuppen. Der junge Mann fiel nach vorne, landete auf seinen Händen und ließ sich dann träge zu Boden sinken. Louis schlich an der Rückseite des Schuppens, am Kohlenverschlag vorbei, zur Küche.

»Das ist Gerhardt«, sagte Meerke. »Der bravste Offizier, den du dir vorstellen kannst. Seine Eltern sind beide Lehrer in Werdau in Sachsen und haben mir auf französisch geschrieben, um sich zu bedanken, daß hier so gut für ihn gesorgt wird. Natürlich sind die Kleinkrämer im Dorf neidisch, weil sie glauben, daß wir daran verdienen oder Nahrungsmittel dafür kriegen. Scheißgerede. Wie am Anfang bei unserem armen Omer. Was sie da nicht alles ausgekramt haben, aber das hat sich ja nun etwas gelegt.«

»Wie geht es Onkel Omer?«

»Louis, ich habe nur ein Herz, und das ist schon in viele Stückchen zerbrochen.«

»Darf er nicht ab und zu nach Hause kommen?«

»Omer ist da, wo er ist, gut aufgehoben«, sagte sie kurz angebunden.

Gerhardt hatte einen grasgrünen Morgenrock angezogen. Aus der Nähe hatte er einen schmalen, grausamen Mund. Außerdem hatte er keine Ohrläppchen, Schwester Sapristi zufolge ein Kennzeichen des Teufels.

Meerke sagte, daß Fräulein Violet um sieben Uhr zurück sei. Es war Gerhardt egal, er hievte sich an der Küchenwand hoch und kletterte wieder auf die Terrasse. »Violet ist ganz vernarrt in Gerhardt«, sagte Meerke gierig, ihre Augen glänzten wie Kaffeebohnen. »Und er, er ist natürlich höflich, auf seine deutsche Art, aber er macht sich nichts aus ihr. Bei dieser Figur. Wie wärst du selbst, Louis, als Mann?«

Weil Meerke ein so gemeines Weib war, sagte Louis, als Tante Violet keuchend am Tisch niederplumpste und nach Gerhardt fragte, daß er sofort bemerkt habe, daß sie auffallend schlanker geworden sei.

»Ja, sie hat wirklich abgenommen. Sie ist nur noch Haut und Knochen«, sagte Meerke hämisch.

»Ist das wahr? Ist das wirklich wahr? Das dachte ich auch schon«, sagte Tante Violet. »Ich fragte mich: soll ich es wagen, mich auf die Waage in der Turnhalle zu stellen? Es kommt von den Nerven. Durch diesen Pastor Mertens, der uns verarscht.«

Diese herausfordernde, dreiste Fröhlichkeit von Tante Violet hatte natürlich etwas mit der Anwesenheit des blonden Offiziers im Haus zu tun. Früher hätte sie das Wort ›verarschen‹ nie benutzt.

»Pastor Mertens hat sich nun öffentlich gegen uns gestellt, Louis. Gegen Meerke, aber noch mehr gegen mich.«

»Es ist deine eigene Schuld, Violet. Einen Deutschen zu umarmen, wenn Madame Vervaecke vom ›Bund Liberaler Frauen‹ daneben steht!«

»Mutter, ich bin volljährig. Und außerdem war es eine Umarmung in Ehren. Wie Bruder und Schwester. Und wenn Pastor Mertens seine Pfarrkinder gegen uns aufhetzt, so nur wegen unserer flämischen Gesinnung. Ich habe das deutlich dem ehrwürdigen Herrn Vikar erklärt, aber der hält natürlich seinen Schirm über den Kopf seines Untergebenen.

Wenn er in meiner Klasse Religionsunterricht gibt, Louis, und ich husten muß, behauptet er, daß ich dadurch meine Kinder hinter seinem Rücken darauf aufmerksam machen will, daß er eine Dummheit gesagt hat. Wenn er in der Kirche predigt, behauptet er, daß ich Grimassen ziehe, um ihn aus dem Konzept zu bringen. Wenn er nicht aufhört, mich zu schikanieren, gehe ich mit Gerhardt schnurstracks zur Kommandantur in Gent.«

»Aber die Kommandantur interessiert sich nicht dafür, Tante!«

»Nein? Auch nicht, wenn ich erzähle, daß er Radio London hört? Daß er aus den Jungen Pfadfinder machen will? Er ist immer gegen die flämische Idee gewesen. Schon lange vor dem Krieg! Felix Baert, einen Bauern mit fünf Kindern, hat er im Jahre Sechsunddreißig von seinem Hof vertreiben lassen, von einem Hof, der Eigentum des Bistums war, weil Felix die Löwenfahne herausgehängt hatte. Herrn Godderis, dem Sekretär der ›Flämischen Veteranen‹, hat er seinen Broterwerb zu nehmen versucht, indem er ihn beim Ministerium bezichtigte, ein *Dinaso* zu sein. Herrn Beulens, weil der den Gesang beim Goldenen Sporenfest auf dem Klavier begleitet hatte . . .«

»Du darfst dich nicht so aufregen, Tante.«

»Mir hat er die Kongregationskarte abgenommen!« rief sie.

»Violet, du bist doch nie mehr zur Kongregation gegangen.«

Tante Violet aß vier Teller Buttermilchbrei mit Apfelscheiben.

»Er hat mich aus dem Chor, aus der Kongregation und vom Dritten Orden ausgeschlossen. Und wenn er das Heilige Sakrament ausgebreitet hat, sieht er mich mit Augen wie Karfunkeln an. Und das Schlimmste, Louis, er beschuldigt mich, Arm in Arm mit Onkel Firmin über die Kirmes gegangen zu sein!«

»Bei wem beschuldigt er dich?«

»Er läßt das ganz beiläufig in der Versammlung des Roten Kreuzes fallen, bei der viele Flämischgesinnte anwesend sind.«

»Aber du darfst doch mit dem Mann deiner Schwester Arm in Arm gehen.«

»Nicht mit einem Juden! Aber das Schlimmste ist – verstehst du das oder willst du es nicht verstehen? –, daß es nicht wahr ist! Im Gegenteil, Meerke kann das bezeugen. Sie und ich haben alles in Bewegung gesetzt, um zu verhindern, daß unsere Berenice einen Juden heiratet. Meerke hat sich geweigert, ihre Unterschrift zu geben, als sie dann doch geheiratet haben. Wir alle, die ganze Familie hat versucht, im Guten und im Bösen, mit Drohungen und gutgemeinten Ratschlägen, Berenice von diesem Juden fernzuhalten. Das Elternhaus wurde ihr untersagt, jahrelang.«

»Sie durfte keinen Fuß hier hereinsetzen«, sagte Meerke.

»Und warum ist sie hier wieder reingekommen? Weil Herr Alex Morrens, der unseren armen Omer in den Kabinen von *Bastegem Excelsior* belästigt und einen Kinnhaken bekommen hat, überall herumerzählte . . .«

»Warum hat Herr Morrens Onkel Omer belästigt?«

»Violet«, sagte Meerke und hustete kurz.

»Weil er . . . hm . . . eine Geldangelegenheit, glaube ich.« (Glaubt sie? Lügt sie!) »Jedenfalls verbreitete er überall, daß Berenice und Firmin gesetzlich geschieden seien und daß er persönlich Berenice um drei Uhr morgens mit einem anderen Kerl aus dem ›Cocorico‹ habe kommen sehen, sternhagelbesoffen. Und um dieses Lästermaul Lügen zu strafen . . .« Tante Violet hob ihren molligen Finger, ihre Stimme schwoll an, als wollte sie die Jungen in der letzten Reihe erreichen, ». . . und um die Schande von uns abzuwenden, fanden wir es ratsamer, sie wieder ins Haus zu lassen, und deshalb, nur deshalb habe ich beschlossen, mich *en plein public* auf der Kirmes in Gesellschaft meiner Schwester und ihres rechtmäßigen Mannes sehen zu lassen. Aber Arm in Arm? Ich bitte dich! Mit diesem Firmin, der uns sein Leben lang ein Klotz am Bein gewesen ist.«

»Noch immer«, sagte Meerke. »Manchmal läuft es mir kalt über den Rücken, wenn ich daran denke, daß er hier plötzlich vor unserer Nase stehen könnte.«

»Oder daß er von den Deutschen verhaftet wird und wir alle auf der Kommandantur über seine antideutsche Propaganda verhört werden.«

»Ihr könntet ihn doch verstecken. Auf dem Dachboden oder im Keller«, sagte Louis.

»Wie einen Hund!« rief Meerke.

»Und Gerhardt?« übertönte Tante Violet sie. »Er riecht einen Juden kilometerweit. Er würde ihm an die Kehle springen!«

Meerke strickte. Der Abend, der Abend mit den jauchzenden Dorfkindern in der Ferne, der Zug, der vorbeidonnert, Qualm in unserem Garten hinterlassend, so daß die entwurzelten Birn- und Kirschbäume schweben, die sprühenden morellenroten Funken der Kohlen der Lokomotive, Meerke, die hustet, Tante Violet, die an einer Schweinehaxe knabbert und lutscht.

Weil in der Souterrainkammer keine Vorhänge hingen, wurde Louis von den ersten Sonnenstrahlen geweckt. Auf bloßen Füßen lief er durch das nasse Gras wie der antike Gott, der seine Kraft aus der Erde bezog.

Aber nach einem Dutzend Tanzschritten wurde es zu kalt. Übrigens konnten winzige Tierchen einem zwischen den Zehen hängenbleiben und dort nisten und Eier legen, die keimen und sich den Weg durchs Fleisch bahnen und sich im Rückenmark einnisten. Quer über ein Feld voll von Millionen wimmelnder Mieserike rannte er nach drinnen und trocknete sich fieberhaft die Füße mit dem Küchenhandtuch ab.

Es gab keinen Honig mehr aus Onkel Armands Honigwochen, die gierigen Frauen hatten keinen Tropfen übriggelassen, auch keinen Krümel Weißbrot. Von dem klitschigen Schwarzbrot rollte er eine Wurst zwischen seinen Handflächen, das Zeug füllte seinen Mund ganz aus, träge glitt der Brei in seine Kehle. Er sah in dem Rasierspiegel der Küche ein teigweißes Gesicht mit roten Ohrläppchen. Der Hahn krähte. Heute wollte er Raf besuchen. Wenn sie größer wären und es keinen Krieg mehr gäbe, könnten sie zusammen jagen. Vielleicht Wild, aber einmal doch auf den Weiden: Feuer, Knall, genau in die braunroten geschwollenen Bäuche der Kühe. Ein Bauer kommt fluchend angerannt. Das gröbste Schrot klatscht in sein Schwarzhändlerbauerngesicht, sein Kopf spritzt auseinander. Nächstes Jahr sehe ich wie Achtzehn aus und melde mich zur Flämischen Legion.

Aus Tante Violets Handtasche (ihrem *sacoche*) klaute er sechs

Fünf-Francs-Stücke, lief gebückt wie Rigoletto zur Souterrainkammer und schlief sofort wieder ein.

Eine Rechnung der Brüder von Sankt Vincent lag auf Meerkes Schoß. »Omer kostet ein Vermögen«, sagte sie traurig. »Woher soll ich das Geld nur nehmen? Zumal ich glaube, daß das schöne Geld doch nichts nützt. Nicht daß ich es unserem Omer nicht gönne, aber er wird nicht mehr gesund. Unser Lieber Herr hat ihn geschlagen. Er kriegt dort nur weiße Bohnen, und wir müssen uns dafür dusselig zahlen. Sein Haar fällt aus. In seinem Alter. Er sagt ein Stoßgebet nach dem anderen auf. Und er sitzt den ganzen Tag mit dem Kopf zwischen den Knien da. Der Bruder sagt, daß er das Gefühl hat, daß das gut für seine Durchblutung ist. Ich hatte ihm ein großartiges Buch mitgebracht, *Der Ritter vom Schloß Laarne*, aber er will es nicht lesen, denn wenn darin ein junges Edelfräulein aus dem Mittelalter vorkommt, das auf einem Zelter reitet, bringt ihn das auf seltsame Gedanken, sagt er. Er hat die Brüder gebeten, ihm die Hände festzubinden, wenn es Abend wird, aber damit fangen sie erst gar nicht an, sagen sie, denn wenn die anderen das sehen würden, dann würden sie alle festgebunden werden wollen.«

Tante Violet war mit der Messe schon spät dran, aber sie briet doch erst noch ein Entenei, während sie die Rechnung durchsah.

»Armand muß mitbezahlen«, sagte sie. »Und sei es auch nur die Wäsche.«

»Er will nicht.«

»Er muß, Mutter. Sei es auch nur aus christlicher Reue für das, was er seinem Bruder angetan hat.«

»Er hat ihm nichts angetan. Es war auch kein Zufall. Es saß schon von Kindheit an in Omer. Er hat es von seinem Großvater, der hatte seine fünf Sinne auch nicht beisammen.«

»Eueueu«, rief Tante Violet, während sie die Bratpfanne schüttelte, »die Messe hat schon angefangen!«

Sie hörten Gesang, es klang wie das *Tantum ergo,* das Küster Ceulemans sang, mit dem Spitznamen Geiß, weil er eine Stimme wie eine gequälte, ausgehungerte ungemolkene Geiß hatte. Sie sahen, wie der Küster auf der Straße eine ausgebrochene Kuh verfolgte und versuchte, sie psalmodierend zu besänftigen. Es war eine weiß-schwarze, also holländische Kuh. Die heiligen Kühe in Indien. Wenn man sie schlachten würde, käme kein einziger Inder vor Hunger um. Die Nomaden in Afrika sind schlauer, sie öffnen der

Kuh eine Ader, zapfen das Blut ab, machen daraus Blutpfannkuchen und verkleben die Ader wieder mit Schlamm. Um das Wiederkäusystem und die Verdauung der Kuh zu studieren, schneidet man eine kleine rechteckige Luke in ihren Besuch, setzt ein Fensterchen ein wie bei einem Dauerbrandofen, und man sieht wissenschaftlich, wie sich das Gras zersetzt.

Louis nieste und zog sein Taschentuch heraus, die gestohlenen Silberlinge rollten über den Boden und klirrten. Schuld wallte wie ein blutdurchtränktes Handtuch über sein Gesicht. Eine einzelne Münze rollte in zierlichem Bogen weiter.

»Das habe ich gespart«, sagte Louis hastig.

»Das hast du aus meinem *sacoche*«, sagte Tante Violet eisig. »Ich habe es heute morgen sofort bemerkt. Hältst du mich etwa für blöde? Auf die Knie!«

»Undank ist der Welt Lohn«, rief Meerke.

»Auf den Knien in die Ecke«, sagte die fette Lehrerin. Er legte die Stirn an die Tapete.

»So habe ich einen Kummer nach dem anderen«, hustete Meerke.

»Du kannst von Glück reden, daß du nicht mein Kind bist!« Die Vorstellung, daß Tante Violet je ein Kind haben sollte, ganz zu schweigen davon, daß er es wäre, ließ Louis zum soundsovielten Mal innerlich schallend lachen. Ihr geübtes pädagogisches Auge bemerkte es, sie schlug ihm mit aller Wucht auf die Backe. »Schweinehund!« rief sie und hob die Münzen auf, suchte auch unter dem Tisch nach ihnen und richtete sich dann stöhnend auf.

»Der ganze Kummer von Flandern, das bist du«, sagte Meerke und schnappte heiser schnarchend nach Luft. Da hörte er mit seinen eigenen Schlappohren Tante Violet vor sich hin fluchen. »Gottverdammt, du Dreckskerl, wühlst in meinem *sacoche* und schnüffelst in meinen Fotos und Briefen herum!«

(Ihr *sacoche*! Wieder mußte er innerlich grinsen, denn Vlieghe sagte es ganz nahe in der fernen monotonen begrabenen muffigstinkenden Zeit jenes anderen Frauenhauses in Haarbeke, »du hast in ihrem *sacoche* gewühlt«, und er meinte damit die Handtasche aus Haut und Haar zwischen den Frauenbeinen.)

Seine Backe glühte. Wenn Raf nur nicht unversehens hereinkommt.

Nach einer Stunde durfte er seine Ecke verlassen und mußte den vier Männern in Badehose, unter ihnen Gerhardt, die im Garten Karten spielten, Bier bringen. »Danke, Junge. Herzlichen Dank.«

Als Tante Violet aus ihrer Schule heimkam, fragte sie die Offiziere, ob sie einen Schnaps wollten. Nur wenn sie den im Badeanzug brächte, sagte ein Dicker, der ein Vlies grauer Locken auf dem Rükken hatte. »Aber, Ulrich«, sagte sie errötend. Als sie mit Jenever zurückkam, hatte sie eine kurzärmlige Bluse angezogen, ihre fetten Unterarme wabbelten, als sie die Andeutung eines Knickses machte. Gerhardt legte achtlos eine Hand auf ihren Hintern. Tante Violet blieb wie versteinert stehen und spähte zur Hecke, als hockte der furchterregende Pastor Mertens hinter dem dichten Blätterwerk. Danach sangen die vier Sonnenanbeter: »Sie hat die Treu gebrochen, mein Ringlein sprang entzwei.« Der dicke Ulrich äugte durch seinen Feldstecher in Richtung England.

Hatte sich durch die Pulverdämpfe des Krieges irgendeine Wolke mieserikartiger Bazillen über das Dorf Bastegem und seine Bewohner gesenkt?

So wie Tante Violet sich in eine unflätig fluchende, Ohrfeigen austeilende Maid verwandelt hatte, Onkel Armand von einem Windhund zu einem gerechten Schinder der Landwirte herangewachsen war, Onkel Omer ein haarloser Irrer geworden war, der eine Zeitlang mit einer Kuhglocke durch die Bastegemer Straßen lief und den Dorfbewohnern zubrüllte: »Geht doch bitte zur Messe«, woraufhin Pastor Mertens persönlich den Gendarm benachrichtigt hatte, so daß der vor Liebeskummer wie eine faule Tomate weichgewordene Tropf nun bei den gepfeffert teuren Brüdern der Liebe von Sankt Vincent weilte, wo er gelegentlich seine Mitpatienten besprang ›wie eine Kuh die andere‹, sagte Onkel Armand – so hatte auch Raf de Bock sich verwandelt – in was? – in einen *Tänzer.* Er nahm Ballettunterricht in Gent.

Sie gingen zusammen durch die Allee, Raf mit federnden Schritten, was Louis zumindest übertrieben fand.

»Wenn ich an der *barre* stehe, bin ich ein anderer Mensch, ich wiege keine zwanzig Kilo mehr.« Er hielt seine Arme halb gestreckt vor sich, die Fingerspitzen berührten sich, er hob ein Bein, schwang es nach hinten und breitete die Arme aus. *»Arabesque!«* rief er. *»Assemblé!«* und sank ins Gras. Er bezahlte seine Stunden mit dem, was er von den Bauern bekam, denen er seine Tanzschritte vorführte. Zwanzig Francs für zehn Minuten. *»Bourrée!«* Die Bauern konnten gar nicht genug von ihm kriegen, es fand meistens auf dem Feld statt, wo die Bäuerin es nicht sehen konnte. Auch Küsters Geiß zahlte.

»Wenn es nach Geiß ginge, müßte ich den ganzen Nachmittag tanzen. Der ist ganz verrückt danach.«

Jules Verdonck war an der Hobelbank damit beschäftigt, einen kleinen ovalen Fensterrahmen glatt zu schmirgeln. Er schien Louis nicht wiederzuerkennen.

»Habt ihr zwei nichts anderes zu tun, als einen Mann, der sein Brot verdienen muß, zu belästigen?«

»O Jules, du bist mir ein Witzbold!« Raf warf eine Handvoll Hobelspäne in die Luft, er tat so, als feilte er seine Fingernägel mit einer großen Feile, er drehte am Rad einer Maschine, die wie eine Probepresse in Papas Werkstatt aussah.

»Laß die Finger davon!« schnauzte Jules.

»Bist du heute mit dem linken Fuß zuerst aufgestanden, Jules? Du bist doch sonst die Freundlichkeit in Person. Liegt es daran, daß ich unseren Louis mitgebracht habe? Ist es das?«

Grinsend entblößte Jules sein scharlachrotes Zahnfleisch. »Jetzt auf einmal kommen sie, die Herren aus der Stadt! Weil ihr Magen vor Hunger knurrt. Stimmt's oder nicht? Jetzt rennen sie uns die Bauernhöfe ein. Und nicht wegen unserer schönen Augen. Stimmt's oder nicht?«

»Ist er zu Hause?« fragte Raf.

Jules starrte Louis an, aus wilden blassen Augen unter Brauen, die zwei vergilbten Schnurrbärten glichen. »Du ... du wirst es noch büßen.«

»Warum?«

»Weißt du das nicht selbst?«

»Nein.«

»Du glaubst doch nicht etwa, daß für dich persönlich eine Ausnahme gemacht wird. Du wirst es noch büßen, wie all die anderen Ketzer.«

Aus einem Haufen von verstaubten Werkzeugen nahm Raf eine Zange und kniff damit in Louis' Ärmel.

»Ist er zu Hause?« fragte er nochmals.

»Guck doch nach draußen!« rief Jules. »Ist es dunkel?«

»Nein.«

»Dann ist er also zu Hause!«

»Schläft er?«

»Dieser Mensch kann wegen des Kummers, den er sich um die ganze Welt macht, nicht schlafen.«

»Wie Jesus von Nazareth.« Raf bekreuzigte sich feierlich mit der Zange.

»Er studiert.« Jules schmirgelte das junge helle Holz weiter. »Er fragt nach dir, fast täglich.«

»Ei, ei.« Raf zwinkerte mit seinen nach oben gebogenen dichten Wimpern.

»Mach es nicht zu lang«, sagte Jules.

Sie gingen in dem Nebenschuppen über eine wackelige Treppe zu einer Plattform. Raf trommelte an die Tür, drei kurze, zwei lange Schläge. Essiggeruch wehte ihnen entgegen, noch ehe sich die Tür öffnete und ein Mann die Arme ausbreitete. Louis wollte plötzlich lieber wegrennen, aber Raf hatte das vorausgesehen und hielt ihn am Arm fest. Der Mann hatte einen schwarzen Wollmantel um wie Zorro. Um den Kopf hatte er eine Art Turban aus rotem Satin geschlungen, sein rechtes Ohr lugte darunter hervor, es war blutgerändert und verkrustet. Sein Gesicht, eine elfenbeinweiße Maske, die mit einem Gummiband befestigt war, glänzte. Ein vollendeter, zu einem Schaufensterlächeln geformter rosa Mund ließ einen dunklen Schlitz frei, aus dem ein Zischen drang. Auf der faltenlosen schöngewölbten Stirn bildeten zwei elegant gemalte Striche die Augenbrauen, und in den Augenschlitzen funkelten schwarze Perlen mit grellroten Rändern. Der Mann hielt sich kerzengerade. Seine bloßen Füße waren weiß wie die Hand, die auf Rafs Schulter ruhte. »Mein Lieber«, sagte die rauhe Stimme.

»Herzensdieb«, sagte Raf und genoß Louis' Verwirrung. Der schwarze Mann nannte Louis' Vor- und Nachnamen, es war wie eine Einladung. (Ich bin in der Probe eines historischen Stücks, Lode Monsieur Chichi Lagasse wird sogleich in eine perlende Arie ausbrechen, dieser vermummte Ritter vom Schloß Laarne wird sich im letzten Akt als der Prinz aus Rafs Träumen entpuppen. Mein Lieber.)

»Ich bin Konrad.«

In dem Zimmer setzte sich der Mann auf einen Melkschemel, stand jedoch gleich wieder auf, bot Louis den Schemel an und lehnte sich an die gekalkte Wand neben einen Kanonenofen und ein Regal voller Steine, Sandrosen, Pokale mit bunten Pulvern und, Wunder über Wunder, einer Reihe hölzerner Plakatlettern der altmodischen Type ›Hidalgo‹. Über allem der Geruch von Essig, Arznei und ein Anflug von Stroh.

»Wie geht es deiner Tante?«

»Gut«, sagte Louis.

»Aber du hast zwei Tanten. Wie konntest du wissen, welche ich meine?«

»Ich dachte, du meinst Tante Violet.«

»Violet interessiert mich nicht, oder genauer, sie interessiert mich wohl, aber ich weiß zuviel von ihr, wenn nicht sogar alles. Nein, was ich hören wollte, mein Liebster, war, ob es irgend etwas Neues von Berenice gibt.«

Er hält mich zum Narren. Mein Liebster. Kommt er aus einer Gegend, wo man das bei passender und unpassender Gelegenheit sagt, auch zu Unbekannten? Das unirdische Gesicht mit den glatten Wangen bewegte sich, es ging zum vergitterten Fenster, schaute kurz hinaus und beugte sich über Raf, der auf den Tisch trommelte, welcher mit Steinen, Büchern, Papieren voller Tabellen und Berechnungen, einer Karte des Himmels und seiner Sternbilder, einem Paar gehäkelter schwarzer Handschuhe und vier Bleistiften mit bleichen und zerkauten Enden bedeckt war.

»Wir glauben, daß Berenice in Frankreich, in der freien Zone, ist. Wir haben nichts mehr von ihr gehört.«

»Und von ihm?«

»Auch nicht.«

»Eine merkwürdige Frau, Berenice Bossuyt. Als ich sie kannte, lange vor deiner Zeit, hatte sie nicht ihresgleichen in Gottesfurcht und Entsagung.«

Raf nahm einen zackigen, unförmigen Stein und drehte ihn zwischen den Fingern. »Wenn du raten kannst, was das ist, Louis, *mon ami*, dann bist du ein Schlaumeier. Dann könntest du für den Klub der Auserkorenen in Betracht kommen.«

»Ein Stein, irgendein Stein aus der Wüste.«

Raf sagte, es sei Kacke. Konrads geschlechtslose unberührbare Maske nickte, wodurch das Kopftuch nach hinten rutschte und ein rosa Schädel mit Rostflecken sichtbar wurde. Konrad hatte einmal schwere Brandwunden abbekommen. Er zupfte das Tuch mit gezierter Geste zurecht.

»Aber Louis hat auch recht. Es war Kot, und nun ist es ein Stein.«

»Konrad ist versessen auf Kacke. Er vermischt seine eigene mit Ziegenkot.«

Louis konnte ein Lachen nicht unterdrücken. »Mit Ziegenkot?«

»Ja, und mit Hafer, Honigessig, Butter und Nußöl.«

»Er würde es auch trinken.«

»Mit Weißwein. Sehr wirksam gegen Gelbsucht.«

Das Zimmer war vom dunklen Sirren und Summen der Mieserike erfüllt.

»Konrad hat einen echten Diamanten. Wenn er stirbt, kriege ich ihn, es steht in seinem Testament, und das liegt bei Notar Baelens.«

»Was unseren lieben Feund bewegt . . .« (All das Lieb, Lieber, Liebster. Ist Konrad ein Jude? Juden sind auch immer so widerlich vertraulich miteinander.) ». . . ist Habgier. Aber nach meinem Tod wird Raphael durch den Diamanten verwandelt. Denn dann wird er gefeit sein gegen den Teufel.«

»Und gegen giftige Pilze«, sagte Raf. »Und gegen schlechte Muscheln.«

»Seine Schwächen werden sich in ihr Gegenteil verwandeln. Seine krankhafte Wollust wird sich selbst aufheben.«

»Ausgerechnet du redest von krankhafter Wollust.«

»Die gilt nur dir, *amore*.«

»Wir haben einmal im Dunkeln Pastor Mertens gesehen, der zum Schrankenwärter unterwegs war, um ihm die Letzte Ölung zu geben. Konrad erschrak zu Tode, er verschluckte sich, raste wie eine toll gewordene Kuh durch die Felder und verhedderte sich im Eisendraht der Zäune.«

Durch das Fenster war das Dorf zu sehen, Häuschen neben Häuschen wie die Dominosteine im Spielsaal von Haarbeke. Ich muß auch ein Testament machen, so schnell wie möglich. Wird man dreizehn große Kerzen um meinen Sarg stellen? Es ist eine Unglückszahl.

»Was ist, mein Engel?«

»Nichts«, sagte Louis.

»Du darfst nicht an den Tod denken. Keine Angst haben. Ich bin nicht ansteckend.«

»Dein Körper jedenfalls nicht«, sagte Raf fröhlich.

»Wie geht es den Teutonen bei dir zu Hause?«

»Gut, glaube ich.«

»Sie zeigen sich auf eurer Terrasse der Bevölkerung. Das ist unklug von Violet und ihrer Mutter.«

»Könnte Violet sie nicht dazu angeregt haben, sich auszuziehen und die Sonne anzubeten?«

»Überhaupt nicht. Der Boden der Terrasse war kaputt, es regnete durch, die Deutschen selbst haben vorgeschlagen, ihn zu reparieren. Sie haben das Leck mit ihren Brennern zugeschweißt, und weil es an diesem Tag erstickend heiß war, haben sie ihre Sachen ausgezogen, um besser arbeiten zu können. Und an den nächsten Tagen auch.«

»Weil sie Sonnenanbeter sind«, sagte Konrad scharf durch den Mundschlitz, »werden sie durch eine schwarze Sonne ausgerottet werden.«

Die Mieserike surrten und kamen näher. »Warum?«

»Sie tragen die Sonne auf ihren Fahnen und sündigen wie die Muselmanen.« Es reimte sich.

Raf und Louis gingen am Schleusenhaus vorbei, an dessen Fassade ein Aushang mit Zigeunergesichtern klebte, die gesucht wurden. Bekkas Vater war nicht darunter. Gerard, der Schleusenmeister, begrüßte sie: »Aha, unsere beiden bonvivants!«

(Vor einer Woche hatte Louis Rüben aus dem kleinen Feld hinter dem Schleusenhaus gezogen. Es war verabredet worden, daß er zwanzig ziehen durfte, er zog noch fünf mehr. Als er in das Schleusenhaus ging, um die Rüben in der Küche zu waschen, traf er niemanden an. Aus dem vorderen Zimmer, in das eigentlich nie jemand kam, hörte er eine rauhe Männerstimme sagen: »Ganz Europa ist ein Schlachthaus geworden, Gerard, Völkerwanderungen geradewegs ins Schlachthaus, es kann keinen Gott geben, wir halten unsere Augen auf die Strömung des Wassers gerichtet, sonst würden wir auf der ganzen Fahrt flennen, Gerard.«

Die Tür schwang auf, und Gerard erschrak offensichtlich, als er Louis sah.

»Ha«, sagte er. Hinter ihm saß ein hohläugiger Schiffer. »Los«, sagte Gerard hastig, »geh jetzt rasch nach Hause. Ich habe Besuch von meinem Cousin.« Jaja, so nennt man das.)

Raf ging dicht am Wasser entlang, an der türkisfarbenen Entengrütze, aus der Gasblasen aufstiegen; unter ihr die Leichen vom Mai Vierzig, von Vierzehn-Achtzehn, der Spanischen Meuterei, der Leibeigenen und Lehnsmänner. Raf drehte sich affig auf einem Bein. *Bourrée*! Wenn er in die Leie fällt, muß ich ihm dann nachspringen? In diesen grünen Dreck tauchen?

Sie gingen nebeneinander oben auf der Böschung. In der Ferne ein Kahn, der Neuigkeiten aus Europa brachte.

»Dein Freund mit der Maske und Jules drucken Dinge, die das Tageslicht scheuen.«

»Das könnte sein.«

»Und woher kriegen sie das Papier?«

»Weiß ich nicht.«

Aber Raf konnte es nicht lassen, so zu tun, als sei er der Mittelpunkt der höchst gefährlichen Verschwörungen. »Sie kriegen das Papier von Geiß, dem Küster.«

»Und woher kriegt Geiß es?«

»Von Pastor Mertens.«

»Und der? Vom Bistum?«

Raf zuckte die Schultern.

»Warum erzählst du mir das? Und dein Freund . . .« (Lieber falle ich tot um, als seinen Namen auszusprechen.) »Warum sagt er mir, einem Unbekannten, der vielleicht gleich zur Gestapo geht, daß die Deutschen ausgerottet werden?«

Raf zog mit Daumen und Zeigefinger seine unteren Lider herab und drückte mit dem Zeigefinger der anderen Hand seine Nasenspitze nach oben. So sah sein Freund unter der glattgelackten Kunststoffhaut aus.

»Du bist kein Unbekannter, Liebster.«

Holst stand breitbeinig beim Tor, hinter ihm die Koniferen, die jahrhundertealten Eichen, die flache, graue, von Unkraut durchsetzte Wiese. Er hatte einen braunen Manchesteranzug und Holzschuhe an.

»Du bist nicht in Uniform«, sagte Raf.

»Ich habe Urlaub«, sagte Holst.

»Du solltest dich einmal um deine Wiese kümmern.«

»Ich bin schon dabei«, sagte Holst entschuldigend wie zu einem Offizier.

»Du solltest einen Haufen Kaninchen züchten.«

»Dann kann ich Tag und Nacht auf meiner Wiese Wache halten. Bei diesem Gesindel im Dorf heutzutage. Die klauen einem die Hose vom Arsch.«

»Wie lange hast du Urlaub?«

»Das geht dich nichts an.«

»Du kriegst in letzter Zeit soviel frei.«

»Das geht niemand was an. Warum fragst du das?«

»Es fällt auf, das ist alles.«

Holst schloß das Tor hinter ihnen und spähte zu den Weiden und den Feldern, wo hinter Heuhaufen Mitglieder der Weißen Brigade und ihre kommunistischen Volkskommissare lauerten, Maschinengewehre im Anschlag.

Als ich ein Apostel war, kam Holst mir wie ein Riese vor; er ist höchstens ein Meter achtzig, gut zehn Zentimeter über der geforderten Größe für die SS, aber vor der Mauer des Internats wirkte er, sagen wir, wie zwei Meter; dieser Holst hat nichts mehr mit dem Engel zu tun, den ich in meinem schmalen, schlechtriechenden Bett im Internat anrief, anbetete, an den ich mein lautloses Gefasel richtete: Komm mich holen, Engel, der du den Auftrag erfüllst, Knecht meines tyrannischen Paten zu sein, komm mich holen, ich werde meinerseits dein Paladin sein, erlöse mich, ich werde deinen Koffer durch die Taiga, den Erg, die Llanos, alle Wüsten und Ebenen der Kreuzworträtsel tragen.

In der Küche – Wände mit viereckigen, weißen Kacheln, dunkelgrüne Schränke, Kupferhähne, Spülbecken voller Geschirr – hingen zwei Schinken.

Raf konnte den Blick nicht von ihnen abwenden. Heute nacht würde er hier einbrechen. Sie tranken bittere Zichorienbrühe. Holst sagte linkisch: »Louis, hör zu. Hör gut zu. Du mußt deinem Paten sagen, daß ich ihm schon zweimal geschrieben habe, daß aber diese Briefe vielleicht nicht angekommen sind. Sage ihm, daß ich weiß, wie sehr es ihm mißfällt, aber daß ich doch zur ›Flämischen Wacht‹ gegangen bin aus Gründen, die in den Briefen stehen. Aber daß ich auch sehr gut weiß, daß es unklug ist.«

»Ja, sie fangen in letzter Zeit an, auf euch zu schießen.«

»Wer sagt das?«

»Das habe ich gehört.«

»Von wem?«

»Von einem ›Flämischen Wächter‹ im Zug.«

»Seine Name? Welche Einheit?«

»Oskar nannten sie ihn.«

»Und er sagt das einfach in aller Öffentlichkeit? Dazu gibt es Befehle.«

Neben dem größten Küchenschrank voll Porzellan standen auf einem Scheuerlappen zwei zusammengesackte, schwarze verstaubte Stiefel. Jemand hatte sie dort vor langer Zeit hingestellt und dann vergessen. Trostlose Relikte.

»Bist du noch immer in der Kaserne ›Coucke en Goethals‹?«

»Das geht dich nichts an«, sagte Holst mechanisch und holte eine waldgrüne Flasche aus dem Schrank, schüttelte sie, so daß schwarze Zweiglein und Sprößchen und Flocken herumwirbelten. Als sie sich wieder gesetzt hatten, schenkte er ein. Es war bitter und zugleich süß und sehr stark.

»Sag deinem Paten . . .«

»Sag ihm, daß Holst einfach ein Landesverräter ist, und damit basta«, sagte Raf.

». . . daß ich nicht anders konnte.«

»Ein Mensch ist verantwortlich für das, was er ist, und damit basta.«

»Du hast kein Recht, so zu reden, du nicht!« sagte Holst.

»*Allez, allez,* Holst, du hast dich einziehen lassen, weil Madame Laura dich darum gebeten hat, basta und Amen.«

»Nie im Leben!«

»Wenn sie dich nicht darum gebeten hat, hast du dir eben vorgemacht, daß sie darum bitten wollte. Oder es einfach nur gut fand. Du hast dir in den Kopf gesetzt, daß sie dich lieber in einer blauen Uniform sieht, mit einem Bajonett von fünfunddreißig Millimetern und diesem blöden holländischen Helm, denn als plumpen Bauerntölpel, der den Waldhüter spielt.«

Holst starrte die blauen Bodenfliesen an. »Du hast kein Recht, so zu reden, du nicht.« Er schob die Flasche Raf hin, der trank.

»Hast du deine Wiese besprüht?« fragte Raf. »Nein? Es sieht aber ganz danach aus. Wirklich nicht? Nicht mit diesem Zeug gegen Coloradokäfer?«

»Vor ungefähr vier Wochen ist ein englischer Flieger darübergeflogen«, sagte Holst. »Es könnte sein, daß er etwas versprüht hat. Es scheint, daß sie mit ihrem Dreck die ganze Ernte vergiften.«

Im Labyrinth der *belle dame sans merci*. Hinter Holstens massivem Rücken her über die nicht gut aneinandergefügten, breiten gebeizten Bohlen des Gangs im ersten Stock. Raf flatterte mit den Händen, er ahmte eine Fledermaus nach. Die kürzlich taubeneiweiß gestrichene Tür. Aus dem abgeschlossenen Dachboden senkte sich ein Geruch, als wüchse dort ein Wintergarten, ein Dschungel bis an die Ziegel.

Ihr Zimmer? Der Raum erinnerte Louis an die Turnhalle des Atheneum, in der einmal eine Vorführung von Fahnenschwingern stattgefunden hatte: das gleiche honiggelbe Parkett, die hohen Doppelfenster mit Drehstangenverschluß, das weibliche Beige der kahlen Wände und gelackten Türen.

Seltsam verloren stand am Kamin ein eisernes Feldbett mit einem grauen Kopfkissen, auf dem ein Damenschuh aus Satin lag. Ja, gewöhnlich schlief sie hier, sagte Holst. Neben den Beinen des Betts lagen zusammengeknüllt, von einem wütenden Giganten hingeschmissen, eine blaue Uniform, ein Brotbeutel, Gamaschen und zwei zerknüllte Taschentücher. In einem Aluminiumrahmen ein Farbfoto von zwei eingehakten jungen Damen mit großen weißen Hüten.

»Ist das ihre Schwester?« fragte Raf. »Beatrix?«

»Laß die Pfoten davon!«

»So. Das ist also Beatrix«, sagte Raf und stellte den Rahmen wieder zurück an dieselbe Stelle. »Weißt du, Louis, Beatrix ist die Maitresse des Standartenführers Hebbel und wohnt im Augenblick in ihrem Appartement in Paris, *vingt-quatre, rue Saint André des Arts*, stimmt's, Holst? Und ohne ihre liebe Schwester Beatrix wäre Madame Laura, trotz all ihrer Beziehungen, längst mit ihren Siebensachen aus ihrem Haus in der Avenue Louise geworfen worden. Weil sie es manchmal zu bunt treibt, stimmt's, Holst?«

»Die Zeit wird kommen«, sagte Holst täppisch, »da du ein bißchen zu gut auf dem laufenden gewesen bist.«

»Aber ich *bin* auf dem laufenden, stimmt's, Holst?« Raf stieß ein kindisch stolzes Lachen aus. Er saß auf dem quietschenden Feldbett, steckte die Hand in den Damenschuh aus grünem Satin und bewegte die von einem Hund kaputtgebissene Spitze.

»Sie treibt es nicht zu bunt. Es ist nur so, daß sie unglücklich ist. Dann tut ein Mensch manchmal seltsame Dinge.«

»Da sagst du etwas Wahres, Holst.«

»Sie ist zu gutgläubig.«

»Wie wir alle, Holst, wie wir alle.«

»Sie war glücklich, die Geschäfte gingen gut, ihre Mädchen arbeiteten fleißig, die Kunden zahlten pünktlich, der Champagner floß, Moritz kam jeden Tag in seinem Mercedes, und dann auf einmal . . . ach, Jungs, der Krieg, der blöde Krieg.«

»Wo ist Moritz jetzt?«

»Im Soldatenhimmel.«

»Ich habe nichts davon gehört.«

»Er liegt in seinem eigenen Garten begraben. In einem Städtchen im Schwarzwald. Sondererlaubnis des Führers. Er ist nach seinem Tod zum Hauptsturmführer ernannt worden. Denn auch eine Trambahn in Lüttich wird als Schlachtfeld betrachtet. Seine Ordonnanz ist befördert worden. Laura hat es geahnt, in der letzten Woche, als wir in Lüttich waren, wollte sie nicht, daß Moritz abends das Haus verläßt. Ich sehe sie noch vor mir, sie hielt ihn an einem Knopf fest, aber er hörte nicht auf sie, natürlich nicht, er war gerade erst mit zwei Löchern in seiner Wade aus Bjelgorod zurück. Und an diesem Tag tigerte sie hin und her, trank ein Glas Champagner nach dem anderen. ›Ich weiß nicht, was ich habe, es juckt und kribbelt. Können es die Nerven sein? Ich habe nicht den geringsten Grund. Sollte Moritz eine andere Geliebte haben? Wie weit ist es von Lüttich nach Brüssel, bei diesem Wetter?‹ Es klingelt, und sie wird bleich wie der Tod. ›Mach nicht auf‹, sagt sie, ›bitte. Nein, sag, daß ich nicht zu Hause bin. Nein, ich gehe doch selbst‹, und der Standortarzt stand vor der Tür und erzählte es, das von Moritz und seiner Ordonnanz: wie sie zu einem Winzerfest fuhren und die Weiße Brigade gewußt haben mußte, daß der Mercedes in der Garage stehenblieb und der Ministerialrat die Trambahn nehmen würde. ›Das weiß ich‹, sagte sie, bleich wie der Tod, ›er nimmt oft die Trambahn, denn er ist gern unter Belgiern, er findet Belgier pittoresk, und wo ist er jetzt, warum ist er nicht mitgekommen?‹ ›Sie haben mich nicht verstanden, Frau Laura, die Trambahn ist explodiert, vier Lütticher und auch der Schaffner sind tot, neben Moritz und Ruwein, seiner Ordonnanz.‹ Da fing sie an zu schreien, das Gebiß fiel ihr aus dem Mund und sie konnte ihren Mund nicht mehr zumachen, sie konnte nur noch schreien, bis der Standortarzt ihr eine Spritze gab. Zwei Tage danach stand das Mädchen von der Reinigung mit Moritz' Ausgehuniform vor der Tür. Zum Glück habe ich sie verstecken können, ehe Laura sie sah. Und weil seine Frau im Schwarzwald den Auftrag gegeben hatte, haben sie alles zurückgefordert, was er bei Madame Laura hatte liegen lassen: Seine Juwelen, Kleidungsstücke, Koffer, Zigarrenkisten, Bücher, und in ihrer Benommenheit hat sie sie alles wegschleppen lassen, sogar seine Unterwäsche und seine Socken, und das einzige, was sie noch von ihm hat, ist das da.«

»Was?«

Raf zog den geräumigen Kleiderschrank auf. Eine feldgraue Uniform hing fleckenlos und sorgfältig gebügelt wie eine elegante Vogelscheuche im Schrank. Da das Schiffchen mit den drei Tressen unter den silbernen Eichenblättern darüberhing und am Saum der Hosenbeine zwei blitzblank polierte *molières* standen, schien der Mann in der Uniform durch einen alles pulverisierten, von den Engländern ins Zimmer lancierten Geheimstrahl, der Anzugstoff heil ließ, aufgelöst worden zu sein. Ein weißes Hemd mit langen Kragenspitzen, eine schwarze, fest geknotete Krawatte, das Eichenlaub mit den drei Streifen auf dem Revers, das Ritterkreuz, das Sportabzeichen, ein Hakenkreuz auf einem Porzellanknopf, all das vergegenwärtigte den Mann Moritz, während er abwesend war. Raf gab den Sachen, die daraufhin wackelten einen schnellen Schubs, der Koppelriemen mit dem Adler fiel auf den hohlen hölzernen Schrankboden.

Holst packte Raf bei der Kehle. »Du hast keinen Respekt, du nicht!« Raf riß sich mit einer tänzelnden Bewegung los.

»Reg dich ab, Holst.«

Holst bekam feuchte Augen, sein Gesicht schwitzte. »Ja. Du hast recht. Aber weißt du ... Ich kann es dir nie rechtmachen, auch Konrad nicht. Immer haltet ihr mich zum Narren, ihr zwei.«

»Weil du ein Narr bist«, rief Raf. »Vernarrt in diese Hündin Madame Laura!« Und er ging aus dem Zimmer. Louis folgte ihm, dann auch Holst.

In der Küche sagte Raf nach einem Schluck aus der waldgrünen Flasche, daß Holst mehr unter Menschen kommen müsse, daß es eines Mannes unwürdig sei, sich hier allein um Madame Laura zu grämen.

»Ich gehe ab und zu ins ›Picardy‹.«

»Das sind keine Menschen«, sagte Raf. »Und dann, Vögeln, was hast du schon davon?« Louis blickte auf. War Vögeln nicht das, womit die meisten Menschen angeblich Tag und Nacht in Gedanken beschäftigt waren, kam daher nicht der große Kummer, und ab und zu ein bißchen Freude?

»Du vielleicht nichts«, sagte Holst.

»Nein, ich nicht«, sagte Raf.

»Nicht jeder kann Erfüllung im Tanz finden«, sagte Holst.

Auf dem Rückweg war Raf still. Als sie Meerkes Haus erreichten, sagte er: »Du hast nun selbst gesehen, was Frauen Männern antun können. Er sagte vorhin zwar, daß Madame Laura schrie, aber ich glaube ihm kein Wort. Madame Laura weint nicht. Nie. Nicht einmal, wenn man sie mit einer Peitsche schlägt.«

Sie hörten Hector den Truthahn. Raf sagte, und Louis erkannte die ölige Pedanterie von Konrads Stimme wieder: »Wenn du vögelst, Louis, und du bist erschöpft und kannst nicht mehr, dann mußt du Hector so lange ansehen, bis er seinen Hals dreimal hat anschwellen lassen, und du kommst wieder auf Touren.«

Der komische Kauz neben ihm war zwar ziemlich schwachsinnig, aber Louis war doch stolz darauf, zur vögelnden Menschheit gerechnet zu werden.

»Ich werde daran denken, wenn es soweit ist«, sagte er.

Raf zog aus einer Innentasche ein Buch mit einem blauen Ledereinband und Goldprägung. »Hier, das ist für dich.« Der Titel lautete *Die häßliche Herzogin Margarete Maultasch*, der Verfasser, nie von ihm gehört, hieß Lion Feuchtwanger. »Ein Geschenk von deinem Kameraden Raf, den du nicht gernhaben willst, der es dir aber nicht übel nimmt.«

Er hatte es aus der Küche geklaut. »Holst liest es doch nicht, nicht solche Bücher.«

»Merci.«

Rafs Hand hielt die seine fest. »Ich muß jetzt zu Bauer Liekens. Eine Viertelstunde *le grand écart*. Schreib mir mal eine Karte.« Und dann ging Louis' Führer zu maskierten Zauberern und zu Frauen mit breiten weißen Hüten. Er wollte Raf hinterherrennen. »Geh noch nicht weg«, aber der Teufel des kalten Hochmuts (wie er in dieser Nacht in sein Heft schrieb) hinderte ihn daran; Louis Seynaeve erbittet nichts, von niemandem.

An diesem Abend versuchte er, eingedenk Rafs nonchalanter femininer kapriziöser Verhörtechnik, mehr über Madame Laura zu erfahren – und zwar von Meerke, Tante Violet und Jeanne Renesse, einer fidelen Nachbarin, die an Aderverkalkung litt und darum dauernd Knoblauch aß. Zwar waren die drei zu sehr in ihr Whist-Spiel vertieft, um ausführlich zu lästern, aber er erfuhr immerhin, daß Madame in der Avenue Louise in Brüssel ein verrufenes Etablissement führte, wo die schicke Clique des ganzen Landes ihr Geld ließ, deutsche Offiziere ebenso wie Schwarzhändler oder anglophile Industrielle, daß sie Millionärin war, und daß sie Holst, ihren Knecht und Waldhüter, zum Sklaven ihrer unzüchtigen Bedürfnisse gemacht hatte.

»Eins ist sicher«, sagte die krege Jeanne Renesse, »sie ist älter als wir denken.«

»Sie pflegt sich natürlich«, sagte Meerke.

Tante Violet, grünlich aufgedunsen im Petroleumlicht, sagte: »Sie reibt sich täglich das Gesicht mit Salbe gegen Hämorrhoiden ein, das zieht die Haut zusammen.« So redeten sie wahrscheinlich auch über Mama, wenn Louis nicht dabei war. Mama, die ebenso wie Madame Laura von einem deutschen Krieger verlassen worden war, die mit verheultem Gesicht ihre Verzweiflung herausschrie, wenn niemand es sah.

»Ich habe gehört, daß sie falsche Zähne hat«, sagte er.

»Das würde mich nicht wundern«, sagte Meerke.

»Sie ist von Kopf bis Fuß falsch«, sagte Tante Violet.

Obwohl es lebensgefährlich war, weil die Souterrainkammer keine Vorhänge hatte, zündete er eine Christbaumkerze an und las über die häßliche Herzogin. Dann verschwammen die Buchstaben, und nach einer äußerst kurzen, heftigen Sünde sank Louis in Schlaf, während Madame Lauras undeutliches Gesicht ihn unter ihrem weißen Sommerhut hervor anschaute, sie sperrte vor lauter Liebe den Mund auf und Louis murmelte: »Warte nur, du Flittchen, warte nur.« – »Komm nur«, sagte sie und wurde rot wie der Kamm des Truthahns Hector. Über ihre Schultern fielen, ohne daß sie es merkte, feldgraue Schneeflocken, Schnipsel einer zerschnittenen Uniform, während eine Trambahnglocke läutete, es war die Glocke des Altars, vor dem ich mit Vlieghe zur Kommunion niederkniete.

»Wir könnten ins Kino gehen, aber es gibt nichts«, sagte Papa. »›Reitet für Deutschland‹ mit Willy Birgel ist bestimmt interessant, ein Mann, der zum Ruhme seines Vaterlands reitet; man lernt daraus, daß man sich auf allen Gebieten verdient machen kann, aber mir ist nicht nach Pferden zumute. Im ›Vooruit‹ spielen sie *Janssens en Peeters* im Antwerpener Dialekt, davon verstehen wir kein einziges Wort.«

»Im ›Cameo‹ spielen sie . . .« begann Louis.

»Louis, bitte!«

»Etoile d'Amour.«

»Ganz richtig, ein französisches Vaudeville. Die Franzosen können keinen Film machen in dem es nicht um *l'amour toujours* und Frauen in ihrer Lingerie geht.

Daß die Flamen von Walle das in ihrer eigenen Stadt zulassen, ist eine Schande. Vor dem Krieg bewarfen wir bei dekadenten Filmen die Leinwand mit Tintenfässern, das waren seriösere Zeiten.«

Louis beschloß, an einem dieser Tage in eine Nachmittagsvorstellung des ›Cameo‹ zu gehen. Wenn es nur dekadent war. Wie die Dekadenz der Juden und Plutokraten, die in Amerika auf Parties zur Unterstützung der Kriegsanstrengungen Geld spendeten, indem sie krummnasig, mit fetten Zigarren in den Händen einer Tänzerin mit einem briefmarkengroßen amerikanischen Fähnchen um den wollüstigen Unterleib Dollars zuwarfen. Ohne den schamlos sich darbietenden Frauen, die miteinander im Schlamm rangen, oder einer Reihe Tänzerinnen mit schwarzen Strümpfen und

Strumpfbändern, die in die geilen Schenkel einschnitten, und all dieses schamlose Vieh vermehrte sich, spreizte die Beine nach Saxophonmusik, die dröhnte, dröhnte wie das Blut in seinen Schläfen und in dem Stachel, der in seiner Unterhose unerträglich juckte und größer wurde.

»Oder ›Der Schimmelreiter‹«, sagte Papa. »Allerdings, soviel sagt mir das wahrscheinlich auch nicht, etwas aus der klassischen Zeit Achtzehnhundert soundso viel. Es wäre etwas für deinen Paten, der ist für Klassik, aber ich nehme ihn nicht mehr mit ins Kino, er faselt nur und fragt die ganze Zeit, weil er nicht folgen kann. Im Kino versteht er die einfachsten Dinge nicht. Wenn eine Frau auftritt, kann er nie behalten, ob es die Ehefrau, die Tochter oder die Mutter ist. Und dann fragt er: ›Warum weint sie so? Vor zwei Minuten hat sie noch gelacht!‹ Aber das geht vielen großen Geistern so. Sobald sie ihr Spezialgebiet verlassen, sind sie große Kinder. Sie suchen hinter allem etwas. Hunderte von Komplikationen bei Sachen, mit denen wir nicht die geringste Mühe haben. Nein, ich glaube, ich gehe zu der Versammlung im Café ›Groeninghe‹, und du, du solltest besser dein Latein oder deine Mathematik lernen.«

Im ›Cameo‹ stand an diesem Abend Ginette Leclerc, eine Kindfrau mit Ponys bis kurz über die Augenbrauen, minutenlang in ihrer Unterwäsche mit schwarzen Strümpfen da, ein Arbeiter mit einem Rattenkopf tröstete sie, während er ihre Hüfte in dem von schwarzen Rüschen gesäumten Unterrock streichelte, Louis streichelte mit und dann über seine eigene Hose. Bei einer endlosen Verfolgungsjagd in der Pariser Metro, während schrille französische Stimmen von den endlosen weißen Tunnelwänden widerhallten, schaute er von der ersten Balkonreihe nach unten und erkannte deutlich, wenn auch schwächer als das grelle Schwarzweiß auf der Leinwand, den kahlwerdenden Kopf seines Vaters, der unbeweglich dasaß, den Hut auf den Knien; nur seine Hand bewegte sich, die mechanisch Toffees aus einer Tüte in seinen unsichtbaren Mund steckte.

Kurz vor dem Ende, das doch nur auf die Versöhnung der beiden französischen Nichtse hinauslaufen würde, rannte Louis nach Hause.

»Wie war es?« fragte er seinen Vater.

»Was?«

»In der Versammlung?«

»Ach, immer der gleiche Streit zwischen dem VNV und DEVLag. Wie kann es so je zu einer Einheit kommen? Jeder verteidigt seine eigenen Interessen. Das ist die Misere in Flandern, uns belastet das Erbe all dieser Jahre demokratischer Machenschaften.«

Es herrschte ungewöhnliche Aufregung auf dem Schulhof, der Granit gestikulierte, von anderen Lehrern umringt, und Louis dachte: »Es ist soweit, der Granit hat die Grenze überschritten, er ist verrückt geworden, das war vorauszusehen«; aber es stellte sich heraus, daß zwei Jungen aus der *Retorica* verhaftet worden waren. Sie gingen mit gesenkten Köpfen, beide kauten Kaugummi. Vier Männer mit Hüten (ein vertrauter weicher Hut darunter) hielten sie an den Armen fest. Sie gingen an den debattierenden Schülern vorbei zum Tor.

»Ceusters ist jüdischer Abstammung, sagen sie.«

»Sie hatten einen Radiosender in ihrem Pult.«

»Oder sie müssen in Deutschland arbeiten. Ich habe mir schon immer gedacht, daß de Coene älter aussieht.«

»Die werden was erleben. Die Gestapo haut nicht daneben.«

»Man darf ruhig den Helden spielen, aber wenn man dafür büßen muß, soll man nicht jammern.«

»Sie haben Kreide in ihren Taschen gefunden, es wird untersucht, ob es dieselbe Kreide ist, mit der Hammer und Sichel an die Wände gemalt wurden.«

»Wenn sie noch mehr festnehmen, muß das Collège schließen, hurra!«

»Und unser Diplom, du Idiot?«

Theo van Paemel hielt die Tür des Wagens auf, in den die Jungen hineingeschubst wurden. Van Paemel setzte sich neben den Chauffeur.

Der Granit war aschgrau. Schuld lastete auf seinen schmalen, hängenden Schultern und höhlte sein Gesicht aus.

»Ehrwürden.«

»Sprich mich nicht an«, schnauzte der Priester. »Geh weg.«

Es wurden Vitamine mit Zitronengeschmack verteilt. Louis schluckte sie alle auf einmal herunter, doch der Hunger nagte weiter.

In den Ausführungen des Granits wurden durch seine Müdigkeit im Religionsunterricht bisher nie vernommene Dialektklänge und -ausdrücke vernehmbar. Es klang irgendwie Ostendisch, und er, der Seelenhirte, wurde ein Fischer, nicht von Seelen wie mir als Apostel Petrus, sondern von Weißlingen, gebratenen Heringen, Sprotten und Rochen sauereingelegt. Louis lief das Wasser im Mund zusammen.

»Wenn man die Kirche liebt, dann muß man Verzicht leisten, das ist impliziert. Verzicht leisten, nicht nur für sie, ihr zuliebe, sondern *durch* sie.«

»Dann schmeiß doch deine Haube über die Hecke«, murmelte Bernardeau neben Louis.

Der Granit, *Sœur* Granit, rannte, mit seiner Eulenbrille in eine flatternde Haube gepreßt, wie eine langgestreckte Fledermaus in seinem Gewand zu einer Dornenhecke, dort riß er sich die Haube herunter, sein befreiter, vertraut kahler Kopf erschien, und er schmiß den schwarzen Stoff über die Hecke.

»Ich bin vor allem Priester. Wieso ich dazu auserwählt wurde, ist ein Geheimnis der Gnade. Wie manche weltliche Berufungen läßt sich das nicht verstandesmäßig erklären. Einige Berufungen zeigen sich auch unter euch, bei Jungen, die an einem Tag wie heute zu Männern geworden sind und dafür büßen müssen. Bedenkt, daß Gott, dessen Wege unergründlich sind, manchmal diejenigen, die ihm am teuersten sind, wegen ihres unerschrockenen Verlangens nach Recht und Wahrheit ausliefert ...

(Sag es, wag es, schrei es heraus!)

... an die dunklen Mächte.«

(Feigling! Namen! Instanzen!)

Der Granit hatte auf dem Schulhof, als die Jungen abgeführt wurden, ein segnendes Kreuz in ihre Richtung gemacht. Louis hatte nicht sehen können, ob die beiden darauf reagierten, ob sie vielleicht das Signal eines alliierten Codes empfangen hatten, denn in diesem Augenblick hatte er sich hinter dem Rücken des Chemielehrers versteckt, weil er Angst hatte, daß der allsehende Theo van Paemel mit seinem weichen Hut ihn entdecken könnte.

»So daß wir uns heute mehr denn je die Nase zuhalten müssen, nicht nur vor unserer eigenen *acidia* und Trägheit, sondern auch, um unsere Toten zu begraben, und das sind die Toten im Herzen Europas.« (So etwas ähnliches hatte der hohläugige Schiffer im Vorderzimmer des Schleusenhauses gesagt.)

Wie sah der in Walle niedergeschmetterte Engel Holst nun wieder aus! Es war kurios, peinlich, ergreifend. So wie die Kreuzfahrer von der Dame ihrer Gedanken und Gedichte einen meist grünen Schal mitbekamen, den sie während der Jahre, in denen sie die Türken aus dem Heiligen Land zu vertreiben versuchten, nie wuschen, hatte Holst einen rosa Skipullover von Madame Laura angezogen, den sie ihm wahrscheinlich für die Reinigung mitgegeben hatte. Unter der blauen Hose seiner ›Flämische Wacht‹-Uniform lugten flache Radrennfahrerschuhe hervor, die viel zu klein sein mußten.

Er setzte sich an den kalten Ofen, ein Päckchen auf dem Schoß. Louis sagte, daß seine Eltern nicht zu Hause seien.

»Ich habe Zeit. Mach nur brav deine Schularbeiten weiter.« Er las etwas in *Volk en Staat,* warf dann aber die Zeitung auf den Ofen und starrte vor sich hin.

Sie spielten *manille.* Louis verlor sechs Francs.

»Du kriegst dauernd schlechte Karten«, sagte Holst großmütig. »Ach ja, als du das letzte Mal bei mir warst, hast du da nicht aus Versehen ein historisches Buch über eine Herzogin mitgenommen?«

Sofort errötete Louis tief. Holst merkte es. »Naja, du darfst es behalten, ich brauche es nicht. Ich will dir nur sagen, daß du, wenn dich jemand danach fragt, auf keinen Fall sagen darfst, daß du es von mir bekommen hast.«

»Natürlich nicht.«

»Ich kann sonst schrecklich reinrasseln.«

»Ich sage nichts.«

»Hast du es schon ausgelesen?«

»Noch nicht. Beinahe.«

»Weiß du, was du tun mußt? Schreib vorn deinen Namen hinein. Und wenn sie etwas fragen, dann sag, daß du das Buch in einem Mülleimer auf der Straße gefunden hast.«

Er zeigte Louis die Titelseite von *Volk en Staat.* »Sieh dir das an, sieh dir das nur an.« Ein unglaublich schlanker Arier in einer schwarzen Uniform schlug von Panik ergriffene dicknasige Zwerge auseinander, die Judensterne flatterten wie Schmetterlinge herum.

»Es ist schlecht«, sagte Holst.

»Ja. Und albern. Doof.«

»Sehr schlecht gezeichnet«, sagte Holst, »die Epauletten sitzen verkehrt, und man sieht nicht einmal, welchen Rang dieser Kamerad hat.«

Er gab Louis das Päckchen. »Das ist für deine Mutter. Vergiß nicht, zu sagen, daß es von Madame Laura ist, mit ihren Empfehlungen.«

»Vielen Dank.«

»Fandst du diesen historischen Roman spannend?«

»Sehr. Er ist sehr gut geschrieben.«

»Willst du noch ein paar?«

»Ja. Gern. Von Feuchtwanger?«

»Und von anderen. Ich kann sie vielleicht noch auftreiben. Spottbillig. Aber du darfst mit niemandem, absolut niemandem darüber reden. Sonst kann es mich den Kopf kosten.«

Er zog seinen Lodenmantel an. Doch noch eine Reliquie des in die Luft gesprengten Moritz?

Das Päckchen enthielt eine lange Mettwurst. Louis las in *Volk en Staat* über die Wallonische Legion, die aus der Umzingelung von Tscherkassy ausgebrochen war, um ein Haar wäre es ein zweites Stalingrad geworden. Inzwischen aß er von der Wurst. Weder Papa noch Mama erschienen, er trank ein Glas Wasser nach dem andern. Als er die halbe Wurst aufgegessen hatte, schien das Geschenk von Madame Laura plötzlich so armselig, daß er auch die letzte Hälfte der weichen Masse herunterschlang. Er warf das Packpapier hinter Papas Schneidemaschine.

Mama fragte weder nach Papa noch nach der Schule oder nach den Hausaufgaben. Sie setzte sich auf den Korbstuhl, der durch Holstens Betongewicht eingedellt war, aber das merkte sie nicht; sie starrte den Stuhl neben Louis an, auf dem sein Brüderchen saß, das in all den Jahren mitgewachsen war, ein nie weinendes, nie (auch nicht lautlos) jammerndes, nie (weder Wurst noch Brot) essendes, reines und zärtliches Kind.

Weder Ceusters noch de Coene erschienen wieder in der Schule, die Jungen, die in einem Tag Männer geworden waren. Warum hatte, wenn Ceusters wirklich jüdisch war, das niemand eher gemerkt?

Wie konnte man das erkennen? Louis konnte ziemlich schnell erraten, aus welcher Gegend jemand kam, und das nicht nur an seiner Mundart. Die aus Aalst sind zum Beispiel hämische, mißtrauische aber gelassene Schwarzseher; die aus Ostende sind weltklug und nennen einen sofort Freund, während sie einem die Taschen leeren, denn sie haben von Kindesbeinen an gelernt, Touristen auszunehmen, aber man kann ihnen nicht böse sein, weil sie immer fröhlich sind; die aus Deine sind schwerfällig und herzlich und lachen am lautesten über ihre eigenen Witze; und die aus unserer Gegend, aus Walle, sind aufbrausend und energisch und nervös, weil wir so nahe bei Frankreich wohnen, und die aus . . . Monoton begann Unsere Liebfrauenglocke zu läuten, es stürmte, manchmal klang die

Glocke schwächer. Tante Mona briet Kartoffeln. Keine abgekochten, mehligen und angebrannten Krusten, sondern rohe, wegen der Vitamine.

»Diese Glocke geht mir auf die Nerven, Louis, ich werde verrückt davon. Der liegt sicher gut unter der Erde, wenn sie so lange läuten.«

Cécile deckte den Tisch. »Es ist bestimmt kein Arbeiter, für den sie sich so anstrengen.«

»Louis, laß die Finger von den Kartoffeln«, rief Tante Mona. »Warte gefälligst, bis sie auf deinem Teller liegen.«

Die verbliebenen Freischärler der Gruppe, aus der Ceusters und de Coene verhaftet worden waren, kletterten, um sie zu rächen, in den Turm Unserer Liebfrauenkirche. Vorher hatte einer von ihnen dem Küster einen mit amerikanischem Gift getränkten Kopierstift gegeben, denn sie hatten spioniert und festgestellt, daß der gute Mann seinen Kopierstift in den Mund zu stecken pflegte.

Die Glocke spielte ein Lamento für ihre Freunde, Helden, die nun wegen Feindbegünstigung im Gefängnis saßen. Louis schob ein benzingetränktes Papierknäuel unter einen langsam vorbeifahrenden Mark III-Tank und steckte ihn in Brand. Deutsches Todesgeschrei nach Mutti hallte durch die Straße, und der Pate, der im Eingang der Bank stand, gaffte verdutzt in die Flammen.

Aber später am Abend sagte Mama, daß ein Ehrengottesdienst für Odiel gehalten worden sei, den kleinköpfigen Freund von Schmutzfink Sef, der bei der Landung der Alliierten in Salerno gefallen sei, um die hinterhältigen Maccaroni zu schützen, die inzwischen zu ihrer ewigen Schande Deutschland den Krieg erklärt hätten. Es gibt keine Freunde und keine Verbündeten in dieser so jugendfrischen und doch so verdorbenen Welt, schrieb Louis in sein Heft. Und ersetzte ›jugendfrischen‹ durch ›wunderbaren‹.

Papa und Louis saßen in einem Zug voller lärmender Uniformierter. Papa hatte Louis noch in letzter Minute befohlen, seine weißen Socken auszuziehen, es könnte Scherereien damit geben. Brüssel sollte sich heute ganz in den Händen der Flamen befinden, und das Tragen von weißen Socken, wie sie die Anglophilen hatten, wäre an so einem Tag eine Provokation. »Aber es sind doch Tennissocken!« »Das ist egal«, schnauzte Papa, als wüßte er, daß sie von dem vertriebenen Lausengier stammten. »Treib es damit nicht zu weit, mit diesen Socken«, hatte Mama geflüstert.

»Gott, wie sehr wünschte ich mir, daß einer dieser Brüsseler *kiekefretters* ein *tricolore drapeau* heraushängen würde, du würdest was erleben, unsere Mannen wären nicht zu zügeln. Ein Orden mit einem belgischen Band, und sie brennen Brüssel samt dem Palais de Justice und allem nieder. Die werden unsere Macht zu spüren bekommen.«

»Unsere Macht? Du gehörst keiner Macht an.«

»Ein Mensch braucht kein Mitglied einer Organisation zu sein, um sich als Flame zu fühlen. Kannst du nicht einmal etwas allgemeiner denken? Wenn du vorhast, mir dauernd zu widersprechen, dann steig in Brüssel Süd aus. Du findest deinen Weg schon nach Hause. Hast du deinen Paß bei dir?«

»Meinen Personalausweis. Der Paß ist fürs Ausland.«

Papa sagte kein Wort mehr. Die Burschen in kurzen Hosen, die mit zusammengerollten Fahnen und Wimpeln im Gang vorbeikamen, erweckten seinen Kummer, denn ich war aus ihren Reihen ausgestoßen worden; ich, sein einziger Sohn und seine Hoffnung würde verkümmern ohne das begeisterte Feuer des Lebens ringsum, das nur bestehen kann, wenn es ein Zusammengehörigkeitsgefühl gibt.

In dem Umzug, der am Kleine Zavel in Brüssel begann, durften Louis und sein Vater ganz hinten, weit entfernt von den Trommeln und Flöten und Uniformierten, hinter dichten Reihen von Herren in Sonntagsanzügen mitmarschieren. Die Bürger, die sie umringten, irritierten Papa; es scheint eine Versammlung von Parlamentariern zu sein, brummte er, und seine eisenbeschlagenen Absätze knallten auf die Pflastersteine. Er kannte die Liedertexte nicht, sein lautes ›Lalala‹ ging im allgemeinen Grölen unter.

Nach einer Stunde war Papa müde und von der Sonne verbrannt, er zog sein Taschentuch mit vier Knoten in den Zipfeln über seinen Schädel wie Seidenpapier, das man um eine Apfelsine wickelt.

»Alle schauen zu dir, Papa.«

»Soll ich etwa bei lebendigem Leibe verbrennen?«

»Gleich denkt ein Schwarze-Brigade-Mann, daß du das tust, um die Leute auf den Arm zu nehmen.«

Sofort steckte Papa das Taschentuch ein. Er stellte sich zwischen die Brüsseler aufs Trottoir und entbot den olympischen Gruß. Die hinteren Reihen hatten sich gelichtet und trotteten weiter, wie hinter einem Sarg her.

Dann stellte sich heraus, daß Papa seine Lebensmittelmarken

vergessen hatte. Mit denen von Louis konnten sie gerade noch zwei große Sandwiches mit Marmelade bekommen. »Siehst du, wie anglisiert wir schon sind, Send-wit-sches.« Aber sein Ärger war künstlich, er war schon zu müde.

»Ich sterbe vor Hunger«, sagte Louis.

»Der Mensch ißt viel zuviel. Noch nie sind die Belgier so kerngesund gewesen wie jetzt, wo sie den Gürtel enger schnallen müssen. Es gibt Völker, die nur Dreck essen und den auch noch schmackhaft finden. Obwohl . . . wir könnten zum Beestenmarkt gehen, wo sie Pferdeblutwurst ohne Marken verkaufen. Aber wo ist der Beestenmarkt?«

»Wir können doch nach dem Weg fragen.«

»Auch noch diese Brüsseler *kiekefretters*!«

In einem kleinen Park mit Hunderten von verschiedenen Blumenarten und Kräutern, wo der tote einäugige Maurice de Potter sich gebückt hatte, um die Ackerminze zu finden oder das Mauerlöwenmaul oder die gemeine Küchenschelle, setzten sie sich auf eine Bank. Louis lauerte, ob er seinen Vater dabei ertappen könnte, wie er heimlich von der Tafel Nußschokolade in seiner Tasche aß. Die wenigen Brüsseler, die vorbeikamen, sprachen Französisch.

»Es wird Zeit, daß Brüssel einmal gründlich gesäubert wird. Seit dem Mittelalter hat Brüssel uns Flamen gehört. Seit der Zeit der Herzöge, also seit an dem Ersten und dem Zweiten und den übrigen.«

»Die Herzöge sprachen Französisch, Papa.«

»Wer sagt das? Bringen sie euch das im Collège bei? Und ich habe in dieser Woche noch selbst was darüber gelesen! Über die Schlacht von Woeringen und über Jan den Ersten, der bei einem Turnier vom Pferd stürzte. Du, du kennst deine Geschichte nicht! Keine Rede davon, daß sie Französisch sprachen. Und Jan der Zweite, der die Lakenhalle in Löwen erbauen ließ. Er gab den Arbeitern die Befehle sicher auf französisch?«

»Jan der Zweite sprach Englisch.«

»Das ist doch die Höhe! Du bringst mich noch dazu, daß ich aus der Haut fahre!«

»Er ist in England aufgewachsen. Sein Schwiegervater war der König von England.«

»Ich rede nicht mehr mit dir«, sagte Papa, und dann:

»Wir könnten einer dieser Tauben den Hals umdrehen und mit trockenen Zweigen ein Feuerchen machen, wie in der guten Zeit, als ich mit Cosijns in Frankreich auf der Walze war.«

Die Vögel des Heiligen Geistes mit dem Olivenzweig im Schnabel saßen auf dem First und in der Dachrinne des Hotel d'Angleterre.

»Was hält uns davon ab? Komm. Wir tun so, als wohnten wir im Hotel, wir nehmen den Aufzug, kriechen aufs Dach . . .«

»Ich darf nicht daran denken. Seit ich im Jahre Sechsunddreißig wegen deiner Mutter die Felsen bei den Grotten von Han hinaufklettern mußte . . . Außerdem sind diese Tauben schon so oft von den Brüsselern, die sie nicht riechen können, vergiftet worden, daß sie immun geworden sind. Bis zum Rand voll Arsen. Sogar wenn sie einen ganzen Abend in der Pfanne schmoren, genügt ein Bissen und man muß daran glauben, mit Beulen und Geschwüren . . .«

Männer der Schwarzen Brigade radelten singend vorbei. Es begann zu dämmern, eine rosa Glut am Himmel verwandelte die Basilika in eine tiefblaue Moschee. Papa wachte mit einem Ruck auf und fächelte sich mit seinem Hut das schwitzende Gesicht trocken.

»Komm, kämm dich. Es ist Zeit. Und denk daran: kein Sterbenswörtchen über das, was immer wir hier erleben werden, zu niemanden, sonst gibt es Kalamitäten.«

Je näher Papa der Avenue Louise kam, desto zaudernder trödelte er, desto nervöser schlängelte er sich zwischen Radfahrern und knallvollen Straßenbahnen hindurch.

»Schau geradeaus«, zischte Papa, als sie an einem Patrizierhaus vorbeikamen, vor dem Militärlastwagen und ein gepanzertes Kettenfahrzeug standen. Während Papa dieses Gebäude im Auge behielt, gingen sie zu der nächsten Kreuzung, und da setzte sich Papa plötzlich in Trab, in eine Nebenstraße, während er seinen Hut festhielt. Vor einer schmalen Tür blieb er keuchend stehen, zupfte Louis' Krawatte zurecht und musterte ihn. »Von jetzt an schweigst du wie ein Grab.«

Ein Brigadier der Schwarzen machte die Tür auf und schaute auf seine Uhr.

»Sie kommen zu früh.«

»Holst hat gesagt, um acht Uhr«, log Papa.

»Holst kann viel sagen. Ich habe Dienst.«

»Wir werden um acht Uhr erwartet, *Meneer*.«

»Meneer?«

»Kamerad, meine ich.«

Sie wurden von einem sommersprossigen schmalen Brüsseler in ihr Appartement geführt; er sagte, Madame werde gleich kommen und sie dürften nicht rauchen. Dabei standen zwei Aschenbecher aus Milchglas in Entenform voller Zigarettenstummel und Filterkippen auf dem Tisch. Der Kopf einer blinden ägyptischen Göttin aus Bronze. Ein Schränkchen, das einen Wolkenkratzer darstellte, die Türen waren Etagen mit Fenstern in Pastellfarben. Ein Wandschirm, auf dem Gazellen und Flamingos gemeinsam aus den goldenen Wellen eines Sees tranken. Ein Spiegel mit kristallenen Vogelfedern. Eine Decke aus Fuchspelz auf einem aprikosenfarbenen Diwan. Papa bewunderte eine Emaildose mit Blumen.

»Die ist mindestens hundert Jahre alt. Oder mehr. Aus der Zeit Napoleons.«

Plötzlich stand Madame Laura im Zimmer und nahm die Dose aus Papas Händen.

»Siebzehnhundertvierundvierzig, Louis Quinze«, sagte sie mit dem Lächeln einer bronzenen ägyptischen Göttin.

»Ich dachte Louis Quartorze«, sagte Papa.

»Nein. Louis Quartorze konnte Tabak nicht leiden. Niemand durfte in seiner Umgebung schnupfen. Er selbst lutschte dauernd Pastillen gegen seinen schlechten Mundgeruch.«

»Das habe ich auch schon gehört«, sagte Papa.

Sie trug einen Peignoir mit schwarzen und goldenen Motiven, die zu den Möbeln paßten: stilisierte Schwalben und Chrysanthemen. Aus den weiten, ungleich geschnittenen Ärmeln ragten volle weiße Arme ohne ein einziges Schmuckstück. Ich muß Mama von ihrer Frisur erzählen, schräg nach einer Seite gekämmt mit einer Welle, die die Hälfte ihres Auges bedeckt. Die Haut ihrer breiten Wangen war straff gespannt. Hämorrhoidensalbe. Sie sah Papa nicht an.

»Ich habe alles über dich gehört.«

»Von Holst?« fragte Louis.

»Er sagt, daß du nicht nur Bücher liest, sondern auch alles behältst.« Weil er schon wieder ausgelacht wurde, weil er fühlte, wie er scharlachrot wurde, weil er das verdeckt spöttische Vorgeplänkel im Keim ersticken wollte, ließ er seine Unterlippe hängen, schielte etwas und lispelte: »Am liebsten lese ich Ukkie und Wappie. Oder Fix und Foxi. Aber am liebsten Ukkie und Wappie.«

Papa wußte nicht, wie ihm geschah. Er hatte einen Dorfidioten in diese schicke Brüsseler Wohnung mitgenommen, er hüstelte wütend.

Madame Laura kniff ihre wolkengrauen Augen zu Schlitzen zusammen, als störe sie der Tabakqualm. »So, Ukkie und Wappie. Und was tun Ukkie und Wappie?«

»Sie treiben Schabernack. Wie alle Indianerjungen. Und jedesmal, wenn Wappie erschrickt, ruft er: ›Potz Blitz!‹«

»Sie sind hier sehr hübsch eingerichtet, Madame Laura«, sagte Papa tonlos.

»Potz Blitz«, wiederholte die Frau, die Raf und Holst und Onkel Armand und Moritz wild machte. Sie lachte, überrumpelnd und ansteckend. »Potz Blitz«, rief sie, und Tante Violet haßte sie, und Louis wünschte, die breiten vollen Lippen würden sein Gesicht berühren.

Der schmale Brüsseler Bursche, der ein wallonischer Legionär sein konnte, schenkte Portwein in viereckige, funkelnde Gläser. Papa fummelte an seinen Manschettenknöpfen herum. »Vielleicht könnten wir jetzt über unsere Geschäfte reden, Madame Laura. Und ich falle mit meiner Frage sozusagen gleich mit der Tür ins Haus: Was sollen denn die Bücher pro Stück kosten? Ich muß sie mir natürlich ansehen, um sie schätzen zu können ...«

»Ich mache keine Geschäfte, Monsieur.«

»Oh, ich dachte, irre ich mich? Ich meinte ...«

Louis ließ seine Mongoloidenmaske fallen. Sie bemerkte es. Er sah ihre Zungenspitze.

»Ich tue es ausschließlich – und ich weiß, welches Risiko ich dabei eingehe – um Ihrem Sohn eine Freude zu machen. Holst hat mich auf den .... hm ... Lesehunger von Louis hingewiesen. Ich halte es für meine Pflicht, ihn etwas anderes lesen zu lassen als das, was der Jugend aufgedrängt wird, die Dorfgeschichten von de Fee aus Lier, von de Stijn aus Ingooigem ...«

»Von Cyriel aus Alveringem«, rief Louis dreist.

»Den kenne ich nicht.« Kokett schlug sie die Beine übereinander.

»Cyriel Verschaeve«, sagte Papa gedämpft.

»Noch einen Portwein, Herr Seynaeve?« Plötzlich kam unter ihrer verschleierten Stimme der rauhe Klang einer Bardame zum Vorschein (– werde ich in mein Heft schreiben, das Mama, die in meinem Zimmer herumschnüffelt, vielleicht in diesem Augenblick liest, nein, Mama kümmert sich einen Dreck um mein schwieriges Leben). Ich habe noch nie eine Bardame aus der Nähe gesehen. Das ist also eine. Nachher muß ich aufschreiben, daß sie die Augen einer Katze hat. Oder ist das banal? Doch es ist so. Sie blitzen richtig.

»Nein, *merci,* keinen Portwein mehr, *merci,* Madame Laura. Der eine steigt mir schon zu Kopf.«

»Kommen Sie, ein so großer, kräftiger Mann wie Sie.«

Sie nippten an ihren Gläsern.

»Ich selbst habe kürzlich viel Spaß an ein paar Büchern von Huxley gehabt, Louis. Ich kann sie dir empfehlen, es liegen sicher zwanzig Exemplare von *Point contre Point* aus der grünen Serie *Feux Croisés* hier herum.«

Der Legionär, der in Tscherkassy die Asiaten auf seine Stellung hatte zustürmen sehen, kam und sagte, daß der Friseur im Salon warte.

»Louis, du mußt mir versprechen, daß du bald wiederkommst.«

»Ich verspreche es Ihnen«, sagte er und versuchte herauszufinden, ob der Legionär ihr nicht vielleicht heimlich zuzwinkerte.

»Oder vielleicht sehe ich dich in Bastegem. Denn bald heirate ich André Holst. Vielleicht hast du Zeit, zum Empfang zu kommen. Die Trauung findet im engsten Kreis statt, aber der Empfang ist für alle meine Freunde.« Louis verließ sie, die am siebenten Tag von Gott für ihn, Louis, geschaffen worden war. Ihre grauen umschatteten Augen folgten ihm mit spöttischen Kummer, wenn es so etwas gibt, so daß er den Kopf abwandte; und weil sie glaubte, daß er wie ein Pfandleiher oder Antiquitätenhändler die Louis Quinze-Schnupftabakdose anschielte, sagte sie: »Es ist natürlich eine Kopie.« Ihr ansteckendes Lachen. »Wenn sie echt wäre, dann wäre ich Millionärin.«

Der Brigadier von der Haustür (ein Concierge eigentlich, denn er trug keine Waffen) führte sie durch leere Gänge und über Treppen zu einem Keller, in dem Berge von Steinkohlen lagen.

»Das reicht für ein paar Winter«, flüsterte Papa. Sie kletterten über die Aufschüttung. »Wenn man das ganze Haus heizen will, mit all diesen hohen Zimmern ...« sagte der Concierge. »Und sie achten auf jedes Kilo.«

Er stemmte die Schulter gegen eine Tür. »*Voilà.* Sie wissen, was verabredet worden ist. Halten sie sich in Gottes Namen kusch. Ganz still.« Zwei sklavische stumme Hunde nickten.

»Nicht husten!«

»Nein, nein«, sagte Papa. Er fiel der Länge nach über einen Stapel Bücher und riß Louis mit sich. Sie hörten den Schlüssel.

Die Tür wurde abgeschlossen. Der Raum lag im fahlen Schein, der durch ein Kellerfenster hereinfiel.

Ein wahnsinniger überarbeiteter Bibliothekar hatte tagelang Hunderte, Tausende von Büchern durch den Raum geschleudert. Der Fußboden bestand aus einem Haufen kreuz und quer gestapelter Bücher, die hereingeschmissen oder mit einer Riesenschaufel wie Kohlen durch das Kellerfenster hereingeschippt worden waren. Aber das war eigentlich nicht möglich, denn an einer Wand waren sie bis zur Decke aufgetürmt, der stapelnde Gefangene war dann geflüchtet und die Büchertürme waren eingestürzt. Papa rappelte sich auf und setzte sich auf einen Haufen wörterbuchartiger roter Lederbände, Heinrich Heines Gesammelte Werke, und knipste eine Taschenlampe an.

Louis mußte alle in Leder gebundenen und illustrierten Bücher auf einen Stapel legen. Gesammelte Werke mußte er nach Nummern ordnen. »Wenn sie nicht komplett sind, sind sie keinen Franc wert. Und am liebsten französische Bücher, dafür habe ich mehr Kunden, es ist zwar menschenunwürdig, aber wo das Geld sitzt, liest man Französisch.«

Es stellte sich heraus, daß die Franzosen keine teuren in Leder gebundenen Bücher herausgaben. Leider fehlten bei *Le Règne Animal* von Cuvier Band vier und sieben. Die Tiere waren akribisch mit der Hand gezeichnet. »Komplett, sage ich!« Papa riß ein paar Bilder heraus, einen Ameisenbär, einen Pinguin, eine Boa constrictor. »Für deine Mutter, sie ist versessen auf wilde Tiere.«

»Henri Barbusse«, las Louis vor. »Auf *Japon impérial*.«

»Keine weichen Einbände, sage ich.«

Nach einigen Stunden sah Papa, daß es genug war, zwei hohe Stapel, er machte sich ein Nest zwischen den Büchern und zog die Knie an. Als er schnarchte, angelte Louis die Taschenlampe aus seiner Manteltasche und las in *Point contre Point*, es drehte sich um geistreiche und langweilige Engländer. Dann las er im *Querschnitt*, einer Zeitschrift mit Texten, die den Gedichten von Paul van Ostaijen ähnelten. In ›Drei Kameraden‹ von Remarque: Die drei Kameraden warfen auf der Kirmes Ringe über einen Holzpflock und gewannen alle Preise, denn sie hatten Vierzehn-Achtzehn in den Schützengräben nichts anderes getan. Der Budenbesitzer raste, aber sie spielten weiter, und der arme Tropf mußte eine Puppe nach der anderen herausrücken. Als einer der drei Kameraden neben seiner Geliebten aufwachte, putzte er sich schnell die Zähne, um einen frischen Atem zu haben, wenn sie erwachte. Louis las in *L'Enfer* von Barbusse über ein Hotelzimmer, in dem ein Loch in die Wand gebohrt worden war, so daß man alles im Nebenzimmer sehen konnte, auch das schwarze behaarte Dreieck. Er las schneller, griff sich hier und da Absätze aus *Struensee* von Robert Neumann heraus, auch aus *De oude Waereld* von Israel Querido, er bekam Kopfweh von dem zu schnellen, zu gierigen Lesen und sah sich dann die Bilder an, die nackten dicken Frauen mit rötlichen Schamhaaren und striemigen Popos. Grosz. »Dicke Frauen haben natürlich verrückte Bedürfnisse und perverse Angewohnheiten . . .«

Seine Augen fielen zu. Seine Augen zuckten auf. Ein anhaltendes Geschrei. Drei, vier schrille und schroffe Stimmen brüllten abgehackt, deutsche Befehle imitierend, mechanisch, gedrillt, keinen Widerspruch duldend. »Na, wird's – Dreckskerl – du schweigst – gesteh es sofort – weiter – am zwölften Januar um zwei Uhr nachts.«

»Gottverdammt«, sagte Papa leise. »Der kriegt's aber.«

»Es ist im Raum nebenan.«

»Aber nein, auf der anderen Seite des Innenhofs.«

Es konnte Holst sein, der gequält wurde, weil er sie hereingeschmuggelt hatte in diesen verbotenen Bereich, in dieses aufregende Paradies dekadenter jüdischer Propaganda.

»Es ist Holst.«

»Du Spinner«, sagte Papa. »›Flämische Wächter‹ tun so etwas nicht. Es ist nicht ihre Abteilung. Hörst du denn nicht, daß es Limburger sind?«

In der Wasserleitung gurgelte und rauschte es, Eisentüren knallten zu. Ein Mann kreischte wie eine Frau, in Gejammer endend: »Mein Gott, mein Gott, mein Gott.« Der Granit sagte: »Gott kommt nur, wenn seine Geschöpfe ihn rufen.« Dann stapften Stiefel die Eisentreppen hinauf und hinunter, und ein Lastwagen brummte los.

»Sie haben ihn erschlagen.«

»Halt den Mund.«

»Aus Versehen. Sie wußten es nicht. Aber er hat eine schwache Konstitution. Und ein falscher Schlag auf seine Schläfen . . .«

»Aber nein. Sie gönnen ihm Ruhe. Er hat gestanden, Namen und Adressen.«

»Sie sind stark, vier gegen einen!«

»Das ist kein Boxkampf. Und es geht auch nicht anders. Sie können nicht dauernd unschuldige Flamen hinterrücks ermorden und Bomben unter Züge legen. Wir müssen dahinterkommen.«

»Angenommen, daß sie den Falschen vor sich haben und daß er keine Ahnung hat.«

»Dann hätten sie ihn nicht festgenommen. Und sollte ein Irrtum vorliegen und sie erkennen, daß er nichts getan hat, dann lassen sie ihn mit einer Entschuldigung laufen.«

»Und wie erkennen sie das?«

»Sie sind Experten. Sie gehen dafür auf spezielle Universitäten. Und hör mit deiner dummen Fragerei auf.«

In der nächsten Viertelstunde ließ Papa einen Furz nach dem anderen.»Das kommt von den Nerven. Und außerdem: ein Mensch soll mindestens sieben Fürze am Tag lassen. Sonst muß er zum Arzt.«

In einem der Bücher, die Louis beiseite gelegt hatte, *Die Puppe*, war das gleiche Foto, das er zu Hause in seiner Mappe mit Zeitungsausschnitten, Karikaturen und Illustrationen hatte. Es befand sich unten rechts auf einer Doppelseite, die den Unterschied zwischen klassischer und jüdischer Kunst illustrierte. Das Foto war haarscharf und koloriert. In einem Wald voll Herbstlaub stand eine nackte Gestalt, die, obwohl fleischig und üppig wie eine Frau, eine Puppe darstellte, man sah die Gelenke an Knie und Schenkel und Ellenbogen. Die Puppe hatte weder Gesicht noch Schultern, weil ihrem Nabel erneut, aber umgekehrt, ein Bauch und volle Schenkel und Beine entwuchsen, die denen unten glichen. Unten und oben endete die Puppe in Füßen mit weißen hochgerollten Socken und schwarzen Lackschuhen. Neben den unteren Füßen, die auseinanderstanden wie die Charlie Chaplins, lag auf dem goldenen Laubbett ein zerknülltes gestreiftes Kleid. Der hellumbrabraune Fleck, der sich zwischen den Schenkeln wölbt und der sich auch spalten kann für ein *entrechat,* bleibt verschwommen, im ersten Tageslicht vom Kellerfenster her konnte Louis ihn nicht gut erkennen. Etwas weiter im Wald steht hinter zwei Birken ein Mann, ebenfalls ohne Kopf, die Hände in den Taschen. In seinem dunklen Mantel lehnt er sich mit dem Bauch an einen Baumstamm. Obwohl er die Puppe niemals sehen kann – denn er würde, hätte er einen Kopf, eine Birke vor Augen haben – ist er doch ein Späher, ein Mitschuldiger an der Missetat, die offenbar stattgefunden hat. Seine Gestalt ähnelt der von Holst, aber *ich* bin es, der die nach der Sektion hastig zu einem monströsen Ganzen zusammengesetzten Torsi und Unterleiber betrachtet, ich mit meinem überflüssigen Kopf, mit meinem obskuren, krampfhaft aufgerichteten Ding, das gegen die Birkenrinde drückt.

Papa nahm ihm das Buch aus der Hand. »Sie haben recht, daß sie diesen Schund verbrennen.«

»Gib her!« keifte Louis, und Papa gab ihm das Buch zurück.

Der Concierge kam sie befreien und brachte zwei nagelneue Vulkanfiberkoffer mit. »Es stinkt hier«, sagte er tadelnd.

»Ich dachte schon, Sie würden nicht mehr kommen«, sagte Papa wie ein glücklicher Liebhaber.

»Gewöhnlich wird hier sonntags nicht gearbeitet, aber das heute war ein Eilfall, Sie haben es vielleicht gehört.«

»Vage«, sagte Papa.

»Haben sie ihn erschossen?« fragte Louis. Der Concierge schnauzte: »Sie haben nichts gehört, absolut nichts, verstanden?«

»Das brauchen Sie uns nicht zweimal zu sagen«, sagte Papa.

Die Koffer waren bleischwer, der Zug hatte Stunden Verspätung.

Sie luden die Bücher im Wohnzimmer aus. »Wir werden sie morgen alphabetisch ordnen«, sagte Papa. »Ich gehe jetzt ins Bett.«

Louis träumte von zwei pastellfarbenen Gürteltieren, die in paradiesischen Sträuchern herumschnupperten und dann ungeschickt ein Holzschafott bestiegen, das unter dem Belfort von Walle errichtet worden war, ein wackeliges Bretterwerk mit Flaggen und Blumenkränzen, auf dem Ceusters und de Coene standen, Kaugummi kauend und geschmückt mit dem Liliengürtel der Pfadfinder. Trommeln wirbelten leise. Eine Ouvertüre. Er wollte hin zu ihnen, denn sie warfen ihm flehende Blicke zu. Mama sagte: »Na gut, geh nur, du darfst ihnen helfen. Aber erst mußt du dich kämmen, komm, laß mich das machen.«

Louis konnte nichts dagegen tun, er legte seinen Kopf auf ihre Knie wie auf einen Hackklotz. Unter ihrem Kleid mit Pfauenaugen holte sie eine glühende Brennschere hervor. »Mama, ich werde zu spät kommen. Hör doch, die Trommeln wirbeln schon lauter! Bitte! Laß doch!« aber sie drehte sein Haar weiter ein, die Brillantine zischte.

Sie erhaschten keinen Blick mehr von Madame Laura, die inzwischen verheiratet war. In aller Stille, so berichtete Berwouts, der Concierge. Fünf Wochen lang gingen sie jeden Samstag Bücher holen, übernachteten aber nicht mehr in Brüssel. Die Vulkanfiberkoffer gingen allmählich kaputt.

Louis streichelte die bunten Rücken der Bücher, die in seinem Schlafzimmer standen. Er las die meisten Bücher diagonal, *Point contre Point* ließ er nach der Hälfte liegen, aber von Georg Hermanns *Jetje Gebert en Henriette Jacoby* las er jede Zeile. »Was ist denn jetzt schon wieder los?« fragte Papa, als er ihn auf der Veranda mit tränenüberströmtem Gesicht antraf.

»Die Juden: überall stehen sie im Weg, und ständig werden sie verjagt, das ist ungerecht.«

»Steht das in diesem Buch?«

»Nein. Aber man fühlt es.«

»Juden können das gut formulieren.«

»Aber was sie sagen, ist wahr.«

»Du mußt die Wahrheit eines Juden immer mit einem Körnchen Salz aufnehmen.«

»Und deine etwa nicht?«

»Du brauchst deshalb ja nicht zu flennen.«

Louis war überzeugt davon, daß dies nicht sein Vater war. Ich bin auch nicht das Kind von Mama. Sie wissen es selbst nicht, daß ich, als ich in der Entbindungsklinik in den Windeln lag, mit einem anderen Kind verwechselt worden bin. Nur der Pate weiß es und hält darüber den Mund oder hat es nur seinem Liebling, Tante Mona, verraten, sie benimmt sich immer so komisch zu mir.

»Und die Buren in Südafrika, die von den Engländern in Konzentrationslagern ausgehungert und gefoltert wurden? Die Iren, die Inder, die von den Engländern ermordet wurden? Und unsere Jungens in den Schützengraben Vierzehn-Achtzehn? Darüber redet keiner. Dafür hast du keine Träne übrig. Es muß immer Sündenböcke geben, und diesmal sind es eben die Juden.«

»Warum, Papa?«

»Weil es immer Sündenböcke geben muß, kapierst du das nicht? So ist das Leben. Es ist hart, wenn man es selbst sein muß, aber es gibt so etwas wie Glück und Unglück im Leben.«

»Die meisten Gesetze basieren auf Ungerechtigkeit, die ganze Staatsordnung«, sagte der Pate.

»Und der Sündenbock war ein Lamm«, sagte der Granit.

»Nein! Nein!« rief Louis dickköpfig.

Der Granit sprach an diesem Tag träger denn je. »Wie ungerecht unsere Gemeinschaft sein kann, seht euch nur um, und dennoch ist sie unsere eventuelle Rettung. Ich werde es nicht mehr erleben, aber sie kann gerettet werden. Gleichheit und Gerechtigkeit, diese Begriffe, die genau von denen verkündet werden, die sie jeden Tag mit Füßen treten, können nur aus der Gemeinschaft kommen, aus dem Volk, aber welchem Volk? Dem Gottes? Welchen Gottes? Dessen, der den Blick für den anderen hat. Welch eine Art Offenbarung brauchen wir denn, ehe wir erkennen, daß in den Werken des Menschen etwas Göttliches ist? Keine Offenbarung? Nein? Doch? Nein. Das Bestialische, das uns befällt, Jungs, die Greuel ohnegleichen, von denen man nichts wissen will, ich gebe zu, darin ist kein Funken des Lichtes wahrzunehmen, das ich Gott nenne, und von dem ich glaubte, daß es jeden Mensch erhellt. Und wo kann denn dieser Gott sein, der, wie Paulus sagt, unerkannt bleiben wird, wenn wir wollen, daß es ihn gibt? In der Erniedrigung vor uns selbst.«

»In Ceusters und de Coene«, sagte Louis laut. Die dösende Klasse spitzte die Ohren. Der Granit sagte: »Ja.« Er schwieg eine Weile. Als wäre er in eine andere Stunde vor eine andere Klasse versetzt worden, begann er eine lange Geschichte über Moses und daß es amüsant sei – wobei er gezwungen lächelte, als ob er in Gedanken woanders war –, daß Michelangelo den Propheten mit Hörnern dargestellt habe, irregeleitet durch einen Übersetzungsfehler in der Bibel, nämlich *cornuta* statt *coronata*.

Im Lehrerzimmer gab der Granit Louis zwei Kisten Zigarren für Papa mit. Es war ein so unwahrscheinliches Geschenk, daß Louis dachte: Jetzt geht es erst richtig schief mit ihm. Weiß der Prinzipal darüber Bescheid? Nein. Ich spüre es.

Der Granit sank tiefer in den Ledersessel, in dem Generationen von Priestern gesessen hatten. Er wirkte hilflos.

»Es gibt keinen Schüler, der mir soviel Kummer bereitet hat wie du. Vielleicht bete ich deshalb am meisten für dich. Zieh keine so abweisende Schnute. Ich bin dein Freund gewesen. Obwohl du verletzt bist, wenn du auch die Art deiner Verletzungen nicht kennst.«

»Sprechen Sie von sich«, sagte Louis.

»Hör zu, du Rotznase. Ich mache es nicht mehr lange. Ich kann es dir nicht erklären.« Seine Bullaugenbrille beschlug. Als er sie absetzte und mit einem schmuddeligen Taschentuch sauberrieb, wirkte er wehrloser denn je.

»Louis.«

»Ja, Ehrwürden.«

»Lerne Griechisch. Täglich.«

»Ist das alles?«

»Vor deiner Kälte habe ich Angst. Aber ich habe Mitleid mit dir. Geh jetzt.«

An der Tür sagte Louis: »Ich habe es genau verstanden. Die anderen sind der Schlüssel.«

Der Granit segnete ihn flüchtig, als verjagte er etwas. »Ich werde für dich beten. Geh jetzt. Und schnell.«

Zwei Tage danach wurde der Granit nach Deutschland verschleppt, niemand wußte wohin. Louis sprach nun frei mit ihm.

»Ehrwürden . . .«

»Nenn mich nicht Ehrwürden.«

»Vater . . .«

»Ich war bei deiner Empfängnis nicht anwesend.«

»Herr . . .«

»Auch wenn ich ein Herr bin, möchte ich nicht als solcher angeredet werden.«

»Evariste de Launay de Kerchove . . .«

»Sage: Granit.«

»Granit.«

»Was ist denn, du Narr?«

»Ich lerne Griechisch. Täglich. Das Wort für ›zusammen, für die anderen‹ heißt *koinomia*.«

»Die Betonung auf der zweiten Silbe.«

»*Koinómia.*«

»So ist es richtig. *Geh jetzt. Und schnell.*«

Der Granit ging und Bekka kam zurück. Sie tat so, als hätte sie nie einen Brief geschrieben. Ungeduldig aß sie Butterbrote mit Blaubeermarmelade, folgte Louis auf den Dachboden und wühlte mit ihm in den zwei Kisten von *De Leiezonen,* Papas Theatertruppe vor dem Krieg, und zog Lappen, Bänder, Handschuhe hervor, Samtmäntel, Dominomasken, Hüte mit weißen Wollfedern. Louis setzte ihr die Mütze des Briefträgers aus *Lenz in Herentals,* einer Operette, auf. Sie zog die Schaftstiefel eines Musketiers an, die bis zur Hälfte ihrer Schenkel reichten. Sie hob ihr Kleid, um den Effekt zu sehen, der Briefträgermantel fiel ihr bis zu den Knöcheln. Louis zwängte sich in ein orangefarbenes Kleid mit Volants und setzte sich einen breiten weißen Sommerhut auf. In dem verstaubten Spiegel war er eine schlanke Mama von früher oder eine armselige Madame Laura. Er versteckte sich hinter einem Wandschirm, auf den Hunderte von Zigarrenbinden geklebt worden waren. Bekka streckte ihren rechten Arm aus. »Sieg Heil!« sagte sie zu einem riesigen Saal voll Geladener in Gala. »Ich bin der Obergruppenführer, und ich bin hier in Böhmen, um mich auszuruhen. Der Himmel ist bedeckt, aber das macht uns nichts aus, wir haben andere Wasser durchschwommen.

Ich weiß nicht, was mit mir geschehen wird, aber das werden wir schon sehen, meine Damen und Herren.«

Sie setzte sich und zog den Uniformmantel über ihre braunen kräftigen Schenkel. Sie trank aus dem Kupferbecher des *Judas* von Verschaeve, mit dem Papa als schweigender Rabbi so viel Erfolg gehabt hatte, und rülpste. »Ich fühle mich hier wohl, die Böhmen hören auf das, was ich sage, und die ›Ägypter‹ auch. Wenn sie sich nicht kusch halten, kriegen sie im Lager eine Tracht Prügel.« Sie sprang auf, nahm einem Zenturio ein kurzes Holzschwert ab und schwenkte es. »Habt ihr verstanden, Brüder aus Böhmen? Aber was höre ich da? Das Telefon? Hallo, oh, du bist es, Führer! Also, Führer, ich bin gut angekommen, das Wetter ist ein bißchen unbeständig, aber sonst ist alles in Ordnung. Heil! Wir werden diese Zigeuner schon kleinkriegen. Heil, Führer, du wirst zufrieden sein.«

Sie warf das Telefon weit über das Dach der wiederaufgebauten Gendarmerie, blieb vor dem Wandschirm stehen und klopfte daran. »Ist da jemand?« Sie ging davon, Staub wirbelte auf. »Ich gehe wieder in mein Schloß Harkany (Hradcany, er hatte es ihr doch so gut vorgesagt) mit zwei Telefonen und zwei Badezimmern und esse etwas Blumenkohl, aus dem übrigens die Kinder kommen. Wer sind Sie? Reden Sie, zum Donnerwetter, reden Sie, Madame! Wer sind Sie?« Louis duckte sich tief und hielt mit Spitzenhandschuhen seinen Hut fest. »Eine arme Bäuerin aus der Gegend, hochedler Herr Obergruppenführer.«

»O du verdammtes Lügenmaul!« schrie Bekka und schlug mit der flachen Klinge ihres Schwertes auf den weißen Hut. »Au! Au! Ich habe doch nichts getan«, rief der Partisan, der als Bäuerin verkleidet war, die wiederum als Louis verkleidet war.

»Halt die Klappe! Auf die Knie!« Das Schwert traf seinen Hals.

»Bitte, mein Herr, ich bin zu alt, und wenn ich einmal niederknie, kann ich nicht mehr aufstehen! Bitte! Bitte!«

Bekka trat gegen seine Rippen, bis er auf dem Bretterboden lag, in den breiten, zerfaserten Rissen steckten graue Körner. Die Briefträgerin schwang ihr Schwert im Kreis. »Heb deinen Böhmenkopf keinen Zentimeter, sonst fliegt er runter.«

»Aber ...«

»Kein Aber. Du hast kein Recht zu reden, du bist kein Mensch, sondern der Abschaum der Menschheit, mit deinen schwarzen Augen und deiner kleinen Gestalt ...«

Sie hielt inne, weil sie an ihren Vater dachte, der in einem Arbeitslager saß, oder weil unten etwas zu hören gewesen war. Bekka marschierte im Stechschritt nach dem Takt einer Fanfare. »Halt!« Er holte eine Maschinenpistole unter seinem Kleid hervor. Sie hob die Hände und murmelte: »Kamerad!«

»Ich und dein Kamerad. Niemals. *Never*.« Er richtete sich zu seiner ganzen männlichen Größe auf. »Deine Stunde hat geschlagen, Reinhard Tristan Eugen. Ich bin aus einem Trainingslager in Schottland zu dieser Stunde der Rache hierher geflogen!«

Sie schaute wild umher, gestand sich dann aber ein, daß es keinen Fluchtweg gab und bereitete sich auf ihren Tod vor, indem sie zu beten begann. Aus einem Weidenkorb nahm er einen der melonengroßen Globen, die der Pate vor dem Krieg verkauft hatte. »Sprich dein letztes Gebet. Denn diese Granate ist in das Blut der Unschuldigen getaucht worden.«

»Gnade.« Bekka zitterte. Plötzlich zog es auf dem Dachboden. Er warf die Granate und ließ sich auf einen Haufen klammer, muffiger Kostüme fallen. Sie stand mit dem Globus in der Hand da und zeigte auf die einzelnen Farben. »Alaska, Grönland«, sagte sie.

»Du bist tot!« rief Louis.

»Nein.«

»Aber tödlich verwundet. Mit Eisen- und Glassplittern in der Leber. Man benachrichtigt telefonisch den Führer an der Ostfront, daß sie dich gerade operieren.«

»Nein«, sagte sie dickköpfig, unartig, weiblich. Er schlug ihr den Globus aus der Hand. Der eingedellte Planet rollte bis an die Treppe zum Abgrund.

»Die Granate ist nicht explodiert«, sagte Louis. »Amerikanischer Schund. Der Schlagbolzen ist nicht eingedrückt, das ändert unsere Pläne.«

Er, die Bäuerin, würgte den Reichsprotektor, das magere Mädchen. Sie wehrte sich auch nicht, als er weiter würgte, und als sie endlich reglos innig starb und röchelte und er ihr Kleid hochschob, sagte er, er werde sie in geweihter Erde begraben. Louis summte das *Dies irae,* während er an dem Gummiband ihres bis zur Durchsichtigkeit verschlissenen Schlüpfers herumfummelte.

»Nicht anfassen«, sagte die Tote schwach.

»Klappe.« Er zog den Schlüpfer nach unten. Alle Violen, Cellos, Harfen, Posaunen der Riesenorchesterklänge aus *Die goldene Stadt.* Endlich, nach all diesem rätselhaften Hunger nun sein erster Blick auf den goldenen Schnee zwischen ihren Schenkeln; es war zu dunkel und er schleppte die Tote mit den zusammengepreßten Beinen zum Licht ans Fenster. Da lief eine dicke Ratte die Treppe hinauf.

»Mach weiter, mach weiter«, sagte Cécile, die bis zur Brust in der Treppenluke sichtbar war. »Tu so, als ob ich nicht da wäre«. Bekka schlug mit routinierter Bewegung ihr Kleid über die Beine. Sie war erleichtert, da das Theater, in dem sie für ein paar Butterbrote mit Blaubeermarmelade mitgewirkt hatte, vorzeitig abgebrochen wurde.

Sie hockten zu dritt um den antiken Fotoapparat, der Mamas Priesteronkel, Pater Wiemeersch, gehört hatte und mit dem er, sein Leben wagend, wilde Tiere und Negerstämme in ihrer natürlichen Umgebung für die Kollektion des Bistums geknipst hatte.

Cécile fand, daß Louis blöde aussah mit seinen Knickerbockern unter dem Rock.

Louis wollte erklären, daß dies genau die Absicht war: Erstens liefen so die Frauen auf dem Land jenseits unserer Ostgrenzen herum. Zweitens wurde dadurch angedeutet, daß es sich um eine Frauenverkleidung handelte – aber er ließ es sein. Cécile war eine dumme Gans. Er hatte sie selbst gesehen, die Frauen, die aus Polen und Rußland kamen: dumpf und unförmig, in Joppen, mit Kopftüchern und Soldatenhosen unter ihren Röcken, an den Häusern mit den niedrigen Strohdächern vorbeitrottend, in denen ihre Herren wohnten, Frauen in Arbeitsblusen mit Puffärmeln und verstümmelte behinderte Männer mit Lederschürzen, die alte runde SA-Mütze auf dem Kopf; sie flochten aus Zweigen und Gerten und Blättern Hakenkreuze für die Ostfront.

Cécile war so doof, daß sie, lange nachdem deutlich war, daß ihre Patience aufging, noch pflichtbewußt, bedächtig und stumpfsinnig die Karten bis zur allerletzten untereinander legte. Sie sagte, daß sie zu Hause vor die Tür gesetzt worden sei. Nein, nicht für immer.

»Mama saß auf dem Schoß von Pat«, sagte sie. Louis grinste Bekka an.

Pat statt Pate. Ich werde den Paten nachher auch so anreden. Pat!

»Pat hat mir Geld gegeben, damit ich ins Kino gehe. Er hat nicht daran gedacht, daß mittwochs keine Vorstellung ist. Er lebt mit seiner ganzen Gelehrtheit in einer anderen Welt. Er sagt, er sei viel zu gut für diese Welt. Und das ist wahr. Vorige Woche hat er den ganzen Abend nur traurig dagesessen.«

»Warum?« fragte Louis erstaunt.

Sie überhörte ihn und sagte ausschließlich zu Bekka, wie eine Miniatur-Tante Mona: »Wegen ihrer Gebärmutter. Es hat drei Stunden gedauert. Aber es ist gut verlaufen.«

»Heutzutage ist das kein Problem mehr«, sagte die alte weise Hexe Bekka Cosijns.

»Wenn es sauber gemacht wird.«

»Eine Ausschabung.«

Dann redeten sie über Krebs. Wie Frauen. Wie alle Frauen außer Mama. Die hatte nichts Gebärmütterliches.

Louis roch Céciles Atem. »Du, gottverdammt«, rief er, »du hast unten von unserer Blaubeermarmelade genascht.«

»Nur einen Löffel«, sagte sie, fand zwischen den bunten muffigen Kostümen ein Tutu und hielt es in die Höhe.

»Das muß für eine Dicke gewesen sein.« Sie warf es über Louis' Kopf und fing an zu tanzen, ein Zickzack alberner Sprünge.

»Genau wie Shirley Temple«, sagte Louis.

»Du Blödian! Shirley Temple kann nur steppen.«

Bekka, sah er, ging ganz in Céciles Tanzerei auf, mit beweglichen Schultern und Knien folgte sie dem Gehopse und Gedrehe. Die anderen, die anderen, sagte der Granit. Alle anderen tanzen, außer mir. Sogar meine Träume, wenn ich mich morgens an sie erinnere, versickern, versinken. Nach unten. Wie auf den Bildern in *Selection*. Die groben, klotzigen Klumpfüße im Schlamm. Ist es das, was Entartete tun: einen in ihr Bild hineinzuziehen, einen nach ihrem Bild zu verzerren? Ehe man sich's versieht, ist man so einer. War das Heilige, Sakrale, die Exaltation des Mutes und der Energie, die in den Statuen von Kolbe, Thorak, Breker verherrlicht wurde, für diejenigen, die daran glaubten? Ja. Gehörte er (noch) dazu? Nein.

Mit Blei in den Waden, wie festgeschraubt am Bretterboden mußte Louis erkennen, während Cécile trippelte und hüpfte, daß er vom internationalen Judentum infiziert war, es war in sein Gehirn eingedrungen, heimlich und unaufhaltsam. Wenn es überhaupt welche gibt, zu denen ich gehöre, gehören möchte, so sind es die zersplitterten Kubisten, Expressionisten, alle diese Isten. Die Helden mit Schwert und Fackel sind Schmalz und werden schmelzen.

Bekka applaudierte, und Cécile blieb auf einem Bein stehen, den Oberkörper nach vorne gestreckt, wollte fliegen, würde vielleicht im nächsten Augenblick abheben wie auf den vielen Fotos, die der Pate von ihr gemacht hatte, die in dem Fächer im Wohnzimmer steckten und in seinem Portefeuille, über seinem Herzen.

Mama wütete. »Du kriegst doch genug zu essen! Mehr als alle anderen Kinder in der Straße!«

Louis war im Begriff zu erklären, daß er einer alten Frau, die auf der Straße vor Hunger fast umgefallen war, ein paar Butterbrote mit Blaubeermarmelade gegeben hatte, als sich herausstellte, daß es um Wurst ging. Um die Mettwurst, die Holst gebracht hatte.

»Du bist nicht nur gierig und denkst nur an dich selbst, sondern du hast mich auch in eine peinliche Situation gebracht. Du hättest es mir wenigstens beichten können, aber nein, wie ein Dieb in der Nacht ...«

»Das ist der Tod«, sagte Louis.

»Was ist der Tod?«

»Der Tod kommt wie ein Dieb in der Nacht.«

»Du also auch!« rief sie. Sie zog wütend an ihrer Zigarette. »Das wird Folgen haben. Und keine kleinen! Lucien van Capellen, dieser Name sagt dir sicher nichts, oder? Nein, natürlich nicht, um meine Arbeit im ERLA, die ich nur tue, um für euch sorgen zu können, scherst du dich einen Dreck!«

»Lucien van Capellen«, sagte Louis nachdenklich, ohne nachzudenken.

»Der Sohn des Gutsherrn. Seine Eltern haben uns allein aus Dankbarkeit zwei Kilo Wurst bringen lassen!«

»Höchstens ein Kilo!«

»Zwei Kilo«, schrie Mama. »Lucien van Capellen lügt nicht. Wie du den ganzen Tag. Er fragte mich: ›Madame Seynaeve, hat sie geschmeckt, die Wurst?‹ Ich sage: ›Welche Wurst?‹ Ich hatte keine Ahnung. Und er: ›Ach so ist das. So verstehen Sie das‹, und kehrte mir den Rücken, ich stand sprachlos da! Nach dieser Geschichte mit Jantje Piroen glauben die Jungen, daß ich krumme Sachen mache und daß ich eine Frau bin, die man becircen kann.«

»Es war nicht einmal ein dreiviertel Kilo.«

»Und wer hat dann das andere Kilo aufgegessen?«

»Holst.«

Sie beruhigte sich im Nu. Wie kochende Milch, wenn man das Gas abdreht. So würden das die Expressionisten ausdrücken.

»Holst, das könnte sein.«

»Auf dem Weg hierher«, sagte Louis. »Holst, dieser Hüne, hat immer Hunger.«

»Das Dumme daran ist, daß Lucien van Capellen der Weißen Brigade angehört.«

»Laß ihn doch einlochen, dann bist du ihn los!«
Sie erschrak. Über dieses rücksichtslose Biest. Und er wunderte sich über den Ekel, den er wie in einem Buch in ihrem Gesicht lesen konnte.

Papa half Schwerverwundete in einen Lastwagen laden. Die Mauern loderten, Rußwolken senkten sich auf schreiende Menschen, meistens Soldaten. Etwas war an der Sirene kaputt. Obwohl die Bomber schon über eine Stunde verschwunden waren, stieß sie immer noch ab und zu kurzatmige jammernde Klagelaute aus. Alle Soldaten, auch die nicht verwundeten, schrieen und irrten hilflos in den Ruinen umher. Zwei Kirchen waren getroffen worden, hieß es, und auch vom Bahnhof war nicht mehr viel übrig. Die Soldaten trugen kurze Khakihosen, die meisten waren auf dem Weg nach Hause gewesen.

Papa schwitzte und keuchte, aber ohne die Hast der Seynaeves; er stützte hier Soldaten mit fast zärtlichen Gebärden, beruhigte dort eine Rot-Kreuz-Helferin, die spasmatisch um sich schlug. Einige der Soldaten waren unter einen kaputten Waggon gekrochen, ein Leutnant brüllte herum und suchte sie mit seiner Taschenlampe.

Plötzlich hörte Louis, der in einem Lastwagen einen sterbenden Soldaten in den Armen hielt, Papa fluchen. Er hatte sich den Fuß an einer zerfetzten Straßenbahnschiene verletzt, rackerte dann aber weiter, streichelte und beschwichtigte die Verwundeten.

Der Sterbende war jung. Er röchelte etwas von Blumen. Er stank, seine Eingeweide quollen hier und da aus seinem Mantel, wurden aber durch seinen Koppelriemen zusammengehalten. Dem Soldaten neben Louis fehlte das Kinn, wie mit einem Rasiermesser abgeschnitten. Zwischen seinen Fingern hingen Fasern wie von einem blutigen weißen Spitzbart. Der Sterbende sagte deutlich: »Benjamino«, und lauschte nach etwas ganz in der Nähe. Er wollte sich aufrichten, Louis hielt ihn zurück und leierte mechanisch: »Ruhe, Ruhe, bitte, Ruhe, Ruhe.«

Louis fuhr sechsmal mit dem Lastwagen zwischen Bahnhof und Lazarett hin und her, bis er zwischen den verstümmelten Soldaten in Schlaf sank, woraufhin der Chauffeur ihn nicht mehr mitnehmen wollte.

Papa saß unter einer dicken Schicht schwarzen und grauen Staubs im Schutt, die Sonne ging auf und verjagte den Qualm.

»Mein großer Zeh ist gebrochen«, sagte Papa, »ich kann nicht mehr damit auftreten. Aber wenn ich diese Jungen sehe, die nach so langer Zeit so gerne in ihre Heimat wollten, muß ich den Mund halten. Aber es tut weh.«

Er streckte die Hand nach seinem Sohn aus, und sein Sohn, der sah, wie grau und alt er war, zog ihn hoch, ein Freund in der Not, durch dick und dünn.

»Aber Staf, man könnte meinen, daß du humpelst!« rief Onkel Robert.

»Mein Knöchel ist kaputt«, sagte Papa und sank mit gestrecktem rechtem Bein nieder.

»Eben war es noch dein großer Zeh«, sagte Louis.

»Ich kann es nicht mehr fühlen, alles in meinem Fuß ist kaputt. Vielleicht wächst er von selbst wieder zusammen.«

Als sie hereingekommen waren und er Onkel Robert und Tante Monique in ihren blutbefleckten weißen Metzgerkitteln gesehen hatte, hatte Louis einen Augenblick gedacht, daß sie von sich aus, unspektakulär und bescheiden, aus ihrem Haus ein Privatlazarett gemacht hatten, daß sie in dieser monströs zerrissenen Nacht das menschliche Leid lindern halfen, aber das war nicht der Fall. Onkel Robert schenkte Balegemer Jenever ein, Louis bekam ein viertel Gläschen mit einem Zuckerwürfel von Tante Monique. In der Garage hackten zwei Lehrlinge nervös in meterhohe Fleischstücke, die wie junge Birken barsten, Onkel Robert rieb sich die blutigen Hände. Er hatte mit seiner Frau und seinen Gehilfen drei Pferde aus dem bombardierten Zug weggeschleppt, und nicht einmal hatte seine ziemlich vergammelte *camionette* gestreikt. »Und ihr habt ja das Bahnhofsgelände gesehen!«

»Ich bin doch müde«, sagte Tante Monique, »von diesem ganzen Geruckel und Geschuckel.«

»Ich hatte noch ein Auge auf ein paar Fohlen geworfen, aber die Feldpolizei hat uns entdeckt. Wenn sie nicht so mit den Leuten beschäftigt gewesen wären, die Kohlen klauten, hätten sie mich erwischt. Nach meiner Schätzung sind zehntausend Kilo weggeschleppt worden. Angenommen, daß es hundert Leute waren und jeder einen Zwanzig-Kilo-Sack hat, und sie laufen dreimal hin und her . . .« Er rechnete, bekam es aber nicht raus.

»Aber die Leute waren nicht gut organisiert.«

Papa nickte erschöpft.

»Man müßte das mit fünf Burschen und zwei kleinen Camions

organisieren und sofort bereit stehen, wenn der Alarm gegeben wird . . . Aber man weiß ja nie, ob sie noch einmal ein Kohlenlager treffen . . .« Onkel Robert brachte zwei große Stücke Pferdefleisch.

»Was schulde ich dir?« fragte Papa.

»Aber, Bruderherz, wovon redest du! Wir sind doch auf der Welt, um uns gegenseitig Freude zu machen. *Allez*, noch einen Tropfen. Wir leben nur einmal.«

»Nein, du nicht, Louis«, sagte Papa. Louis bekam ein Glas Ziegenmilch. Er fragte sich, ob die Ziege noch am Leben war, in diesem Schlachthaus.

»Nachher kommt unser Vater auch sein Fleisch holen.«

»Ißt er nun Pferdefleisch?« sagte Papa plötzlich hellwach. »Jetzt auf einmal?«

»Nein, nein, für ihn muß es Entrecote sein.«

»Ich dachte es mir schon«, sagte Papa. Denn der Pate hatte eine Heidenangst vor Pferden und behauptete, daß Pferde hysterisch seien, weil sie alles neun- bis zwölfmal größer sehen, so daß ein Schmetterling auf dem Weg zur Ente wird; und auch, weil eine Stute von Herrn Tierenteyn, Gott sei seiner füsilierten Seele gnädig, einmal aus reiner Eifersucht mit ihrem Herrn durchgegangen war.

»Er genießt sein Entrecote so«, sagte Onkel Robert verträumt. »Vor allem das Fleisch am Knochen, er kann da so genüßlich herumknabbern, es ist eine Freude, ihm dabei zuzusehen. Wenn ich ihn so schnabulieren sehe, sage ich mir: ›George Bernard Shaw kann sagen was er will und nur Nüsse und Gemüse essen, der Mensch ist doch ein Fleischfresser.‹«

Louis übergab sich auf dem Klo. Die Lehrlinge, die in das Fettgewebe schnitten und darin herumschabten, lachten ihn aus. »Der ist stark, was, dieser Jenever aus Balegem?« Auf dem Boden lagen Pferdezähne.

Auf dem Heimweg mußten sie ihre Sondererlaubnis vorzeigen, offenbar traute die Patrouille älterer Deutscher ihren Armbinden nicht. Ein vorbeiradelnder Gendarm stellte sich zu ihnen.

»Ich dachte, daß du mit den Deutschen auf gutem Fuß stehst, Staf.«

»Ach«, sagte Papa todmüde. »Die müssen auch nur ihre Pflicht tun. Und das Reglement ist für alle gleich.«

»Da ist was dran«, sagte der Gendarm und radelte weiter.

»Der höchste Prozentsatz an Selbstmorden findet man bei den Gendarmen«, sagte Papa. »Mir dämmert allmählich, warum.«

»Warum?«

»Niemand kann sie leiden.«

Das Haus im Oudenaardse Steenweg schien kilometerweit weg zu liegen. Die Sirene hörte mit ihrem lächerlich heulenden Aufmucken nicht auf.

»Dieser Robert sieht allmählich ordinär aus!« sagte Papa. »So dick zu werden. Er ist immer dick gewesen, aber jetzt schlägt er über die Stränge. Er ißt auch immer sein Fleisch und seine Kartoffeln, ja sogar seine Butterbrote mit Mayonnaise. ›Wenn es nur schmeckt‹, sagt er, und trinkt die Sauce wie Suppe. Meiner Meinung nach liegt es an seiner Frau, daß er so abrutscht. Ein Mann ändert sich durch seine Frau, wir haben das schon öfter gesehen. Es würde mich wundern, wenn die beiden Kinder bekommen.«

Mama briet die Pferdeschnitzel. Papa zeigte seinen Fuß, der tatsächlich verstaucht zu sein schien und ganz blau war. Als der Apotheker Paelinck hinzugezogen wurde und er Papas Fuß in die Hand nahm, sagte er: »Es ist jedenfalls nicht so schlimm wie bei Jantje Piroen.«

Was war denn mit Jantje Piroen? Es war eine Bombe auf das Gefängnis gefallen, und der arme Tropf aus der Toontjesstraat, der kein Geld hatte, um in Berufung zu gehen, und die Zelle vorgezogen hatte, war getroffen worden. »Seine beiden Beine sind ab, er wird zwar durchkommen, aber es wird Zeit und Geld kosten«, sagte der Apotheker, und: »Staf, meine Diagnose lautet, daß du deine Füße künftig besser waschen mußt.« Denn das Blau stammte von der schlechten Farbe der Socken Papas.

Als Paelinck gegangen war, sagte Mama honigsüß: »Soll ich Wasser aufsetzen, damit du dir die Füße waschen kannst?«

»Warum kaufst du auch immer so billige Socken!« schrie Papa.

»Ein seriöser Mensch wäscht seine Füße zweimal in der Woche«, sagte Mama.

»Wasch du doch dein Arschloch!« rief Papa mit sich überschlagender Stimme und knallte die Tür zu. Mama lauschte seinen flüchtenden Schritten auf der Straße. »Idiot«, murmelte sie.

Obwohl die Alliierten Walle nun auch am Tag überflogen und die Schüler des Collège oft in den Keller rennen mußten, weigerten sich die Priester hartnäckig, die Schule zu schließen. Wir mußten alle ran, zusammen mit Xenophons zehntausend Griechen in Kleinasien.

Louis ging durch den Park zur Schule. Er verlangsamte seine Schritte und blieb stehen.

Er sah Marnix de Puydt neben einem eisernen Papierkorb, mit eingeknicktem Zwerchfell und bloßen goldbehaarten Füßen, die aus grauem Flanell hervorlugten und im Kies lagen.

(»Nicht anfassen«, sagt der Turnlehrer, »denn man weiß nie, ob nicht innerlich etwas gebrochen ist.«)

Louis betrachtete ihn. De Puydt lag mit dem Ohr auf seinem Hut, sein Bauch hob und senkte sich heftig, der Mann kämpfte sich förmlich ab im Schlaf.

»Herr de Puydt.«

Den Mann wie ein Samariter hochhieven? Flüchten? Wenn er nicht mehr erwacht, bin ich dann bis ans Ende der Tage ein Mörder?

Die molligen Hände von de Puydt fuchtelten in der Luft herum und fanden den verschnörkelten gußeisernen Fuß der Bank neben sich, er zog sich an der Bank in die Höhe, faßte festen Fuß, seine Wurstzehen krümmten sich auf dem Kies.

»Herr de Puydt.«

»Es ist merkwürdig«, sagte der flämische Kopf.

»Sie sind eingeschlafen.«

»Ja. Aber ich bin ganz allein aufgestanden. Es ist merkwürdig. Ich dachte, Marnix, was hältst du davon, dich kurz auszuruhen? Und schon lag ich im Gras, und es ist merkwürdig, ich hörte mich selbst in den Worten unseres göttlichen Priesters, unseres Phönix auf seinem Sterbelager sagen – ein Beweis dafür, daß ich mich selbst am Rande eines selbstgesuchten Komas mit diesem Unvergleichlichen vergleiche –, ich höre mich selbst sagen, du wirst es mir nicht glauben, mit einer Stimme, die bestimmt nicht meine eigene war: ›Ich hörte so gerne die Vögelein scharren.‹ Nun ist mir eine gewisse Entdoppelung allerdings nie fremd gewesen, aber wer bist du eigentlich?«

»Louis Seynaeve. Der Sohn des Druckers.«

»Gut in Schulaufsätzen. Stimmt's oder nicht?«

»Ziemlich gut«, sagte Louis verblüfft. Er setzte sich neben de Puydt.

»Talent für Aufsätze. Ich weiß es von . . .«

»Meinem Paten!« rief Louis. Er bekam eine Gänsehaut. De Puydt nickte bedächtig. Es ist unglaublich, hinter meinem Rücken bläst mein Pate ungeniert die Lobestrompete. Für mich. Oder lieber: für seinen Enkel, der die Eigenschaften seines Großvaters geerbt hat, Talent überschlägt eine Generation. Erst dann drang zu ihm durch, daß de Puydt gesprochen hatte, das heißt, eine Reihe bekannter rhetorischer Phrasen von sich gegeben hatte. Schwieg er denn nur im Café ›Groeninghe‹? Sprach er nun, weil dieser Collège-Schüler neben ihm, noch nicht trocken hinter den Ohren, kein ernstzunehmender Gesprächspartner war?

»Wo sind wir?«

»Im Park, Herr de Puydt.«

»Ach ja, im Königin Astrid-Park.«

»Nein. Im Gulden Sporenpark.«

»*Tiens*«, sagte de Puydt.

»Haben Sie sich weh getan?«

»O weh«, sagte de Puydt und schwieg. Hinter den Eichen, in der Gegend des Rathauses war das vertraute ruhige Geräusch marschierender Soldaten zu hören. Sie sangen: ». . . einen neuen Marsch probier'n.« Ein großes Repertoire hatten sie in der ganzen Zeit nicht entwickelt.

»Wie heißt du?«

»Louis Seynaeve.«

»Louis, Louis, wie der große heilige König, der die Sainte Chapelle für die Dornenkrone hat bauen lassen. Louis, hör zu.«

»Ja, Herr de Puydt.«

»Ich habe alles falsch gemacht. Alles falsch. Und es ist mein eigener Fehler, nicht der von irgend jemand anderem. Es gibt keine mildernden Umstände.«

Er stand auf dem Kies. Louis auch. Er nahm Louis' Arm und setzte sich in Bewegung. Louis schämte sich tief. Mit de Puydt als Verlobtem am Arm ging er durch die Leiestraat bis zum Grote Markt, und oben auf dem Belfort saß sein toter Freund Maurice de Potter und richtete seinen Feldstecher auf ihn und den dicken verschwitzten Dichter an seinem Arm, und was für schwankende Pflanzen waren sie? Bärenklau und Engelwurz. Oder zwei purpurrote Sumpfdisteln mit seltsamen Knäueln als Köpfe? Ich habe Maurices Heft mit allen Namen, und alles, was ich für meinen toten Freund tun kann, ist, Pflanzen und Blumen benennen zu lernen, nicht nur ihre Namen zu kennen.

De Puydt sank auf einen Korbstuhl vor ›Het Wapen van Gent‹ und rief: »Zwei *Pale Ales*« in Richtung des Gefallenendenkmals.

Der Wirt brachte die Getränke schnell, aber unwirsch.

»Louis, ich hatte Talent . . .«

»Sie haben Talent, Herr de Puydt.«

»Ach, Junge.«

»Doch, doch, Herr de Puydt.«

»Ich hatte mehr: Elan, ein Ziel. Und Stolz und Ungeduld und Zerstörungsdrang. Ich hatte, Louis, die Triebkraft der Eigensinnigen, der Wühlsüchtigen, wie man übrigens dem Sinn nach den Nachfolger von Saint Louis nannte, Louis le Hutin, und dann, ja, dann . . . Ich hätte in meinen Werken singen können, natürlich nicht so fabelhaft präzise chopinesk lyrisch wie van Ostaijen, aber viel hätte nicht daran gefehlt. Aber ich habe mich verkauft.«

»Über den Mond gleitet der lange Fluß . . .« sagte Louis.

»Über den langen Fluß gleitet als Mutter der Mond. Ach, Junge.« Er verstummte. Louis, der Wühlsüchtige? Louis, die Wühlmaus?

»Mein Großvater sagt, daß das, was van Ostaijen schreibt, infantil, aber doch Kunst sei.«

»Dein Großvater kann mir den Buckel runterrutschen«, sagte de Puydt. »Mein Leben lang habe ich auf alle deine Großväter gehört. Unter anderem auf Großvater Herman Teirlinck. ›Marnix‹, sagte er, ›du und ich haben das Unglück, in einem kleinen Land geboren zu sein, hier ist kein Platz für Dichter, die Walze von Belgien wird uns in den Makadam pressen, sorg dafür, Marnix, daß du vor allem erst einmal dein Schäfchen ins trockene bringst, ich jedenfalls werde dafür sorgen – was hältst du von dem Posten eines Bibliotheksinspektors?‹ Ich sage: ›Herman, wenn ich nur nicht in eine Loge eintreten muß.‹ – ›Was bist du doch für ein komischer Kauz, Marnix, wer redet denn davon?‹ – Zwei *Pale Ales* habe ich bestellt!« Er rief es zum Grote Markt.

»Sie haben sie schon intus«, sagte der Wirt tadelnd zu Louis. Als er, wieder mürrisch, das Bier brachte, rieb er Daumen und Zeigefinger gegeneinander und sah Louis fragend an. Louis zuckte mit den Achseln. Im Café schimpfte der Wirt laut vor seiner Frau, daß es immer dasselbe sei und daß de Puydt von hier bis Waregem in der Kreide stehe und daß es das letzte Mal sei. De Puydt hörte es nicht. ». . . und dann hatte ich Maria am Hals, und so kam es, daß ich meine innere Burg in Schutt und Asche gelegt habe, daß ich der Nachtigall in meinem Innersten die Flügel gestutzt habe, daß ich ihren perlenden Gesang zum Schweigen gebracht habe. Ich habe damals, mein Junge, im Ministerium gearbeitet. Gewiß, derjenige, der neben dir sitzt, hat sich in Brüssel abgemüht, um das Los seiner Konfratres in der Kunst zu verbessern, und er hat dabei seine Seele in ein Korsett aus Watte gehüllt. Und wo bleiben die zwei *Pale Ales*?«

»Wer bezahlt das denn?« fragte die Wirtin, die das Bier brachte. De Puydt schlug mit voller Wucht auf die Marmorplatte des Tisches. Louis wäre am liebsten über den weiten, leeren Grote Markt davongelaufen.

»Wer? Ich! Ich, Mitglied der Deutsch-Flämischen Arbeitsgemeinschaft!«

»Ich habe verstanden, Herr de Puydt!« sagte die Wirtin. »Es ist in Ordnung.«

»Apropos«, sagte Louis, »kürzlich habe ich ein paar interessante Bücher über den Expressionismus gelesen. Von Hermann Bahr unter anderen.«

De Puydts dösige Augen versuchten Louis zu fixieren.

»Und das hat mich veranlaßt, mich in das zu vertiefen, was im allgemeinen entartete Kunst genannt wird.« Die umständlichen Wendungen gingen Louis glatt vom Mund, es war viel leichter, als er dachte. Mumm, darum ging es. Und ein paar *Pale Ales.*

»›Erfolg‹ von Feuchtwanger, ›Joseph und seine Brüder‹ von Mann, dem Vater natürlich.«

»Wieso dem Vater?«

»Dem Vater des anderen.«

»Von wem, Heinrich?«

»Nein, das ist sein Bruder, Klaus ist sein Sohn. Und ›Christian Wahnschaffe‹ von Wassermann.« All diese *Manns.* Er fand schnell einen Nicht-Mann. »Und *Point contre Point* von Huxley.«

»Ich habe früher auch viel gelesen«, sagte de Puydt, der Weichling, der Trunkenbold, der nicht einmal die erstaunliche Bildung eines noch zur Schule gehenden Jungen erkannte. Ich stehe auf und lasse ihn in seiner Blödheit sitzen. »Viel gelesen«, sagte de Puydt dumpf. Und erkundigte sich nicht danach, woher Louis, als einziger in Walle, die drei *Manns,* die exotischen und vor allem verbotenen Namen kannte.

»Ich habe Bücher aus der Höhle des Deutschen Adlers in der Avenue Louise in Brüssel geklaut«, sagte Louis. »Während sie von bewaffneten Schildwachen bewacht wurden. Ich habe diese Bücher vor dem Einstampfen oder Verbrennen bewahrt.«

»Verbrennen«, sagte de Puydt. »Wenn ich die gesammelten Werke von Herman Teirlinck nur verbrennen könnte. Wie Diego de Landa den Kodex der Azteken.«

Louis rief übermütig: *»Patron,* bitte zwei *Pale Ales*!« Als niemand kam, ging er nach drinnen. Der Wirt und seine Frau spielten, beide gleichermaßen grimmig, Dame. Louis sagte: »Ich habe kein Geld bei mir, aber morgen bringe ich es bestimmt. Vielleicht noch heute abend. Ich bin der Enkel von Herrn Seynaeve, der jeden Tag im ›Patria‹ Bridge spielt.«

»Warum trinkt ihr dann nicht im ›Patria‹?« fragte die Wirtin. »Herr de Puydt steht von hier bis Waregem in der Kreide«, sagte der Wirt, kam aber doch hinter dem Tisch hervor. »Das sind die letzten. Und wenn ich dich heute abend nicht mit deinem Geld sehe, hat die Sache noch ein Nachspiel. Und zwar ein gesalzenes.«

Louis brachte die allerletzten Biere auf die Terrasse. De Puydt lag, nach hinten gelehnt, erneut im Koma. Eine lärmende Gruppe der Organisation Todt kam vorbei, aber Doktor Louis Seynaeve wehrte mit seinem resoluten und vornehmen Auftreten ihre Pöbeleien ab, die zwar menschlich verständlich waren (denn sich bei dreißig Grad unter Null aus der Eishölle von Smolensk zu befreien, das geht einem schon unter die Haut), doch seinen Patienten nicht stören durften. Der Geruch des *Pale Ale* drang zu de Puydt. Er nieste. »Aha.« Er trank gierig. Sagte dann: »Ich habe alles . . .«

». . . falsch gemacht«, sagte Louis.

Er nickte. ›Mein Motor ist verschlissen, der Akku leer. Die immense Kraft der Mittelmäßigkeit, das Mastodon der Dummheit hat mich zermalmt. Ich habe . . . ich habe . . . oft gedacht: Allein, ohne Bindungen, schaffe ich es, vielleicht kann ein Mensch auch allein Tango tanzen.«

Die Passanten (tote russische Partisanen auf einer Schneefläche) blieben wie angefroren auf dem Grote Markt stehen, als sie de Puydts schallenden Gesang hörten. Vom Stummsein bis zu diesem unverständlichen Grölen war immerhin ein Fortschritt, der Weg zum Licht war beschritten.

»Es war eher ein Paso doble«, sagte de Puydt und trank Louis' Glas aus. »Geh jetzt«, sagte de Puydt, »du hast deinen Dienst getan, dafür die Erkenntlichkeit meines verschlissenen Herzens. Laß mich hier verweilen.«

»Kann ich nichts mehr für Sie tun, Herr de Puydt?«

De Puydt war ganz in Anspruch genommen von einer großen rothaarigen Krankenschwester, die in ihrer blau-weiß gestreiften Uniform vorbeischritt, den Blick zum Atlantikwall gerichtet, wo sie erwartet wurde.

»*Voilà*«, sagte de Puydt. »Worauf wartest du? Wie sie geht! Wie einer dieser großen Vögel, die man *Demoiselles de Numidie* nennt. Worauf wartest du?«

Um de Puydt einen Gefallen zu tun, ging Louis hinter ihr her, bog dann aber, als er aus dem Gesichtsfeld des Dichters war, in eine Nebenstraße ab.

Louis stopfte seine Schulmappe mit verbotenen Büchern voll. Auf der Straße schwenkte er die Mappe, als wöge sie nur zwei Kilo, um die vorbeikommenden Deutschen irrezuführen. Wie ein volksfeindliches Element schlenderte er verwegen mit den Werken des Bolschewisten Ehrenburg und der jüdischen Gebrüder Zweig dahin, wofür man schwer bestraft werden konnte. Schwerer als für geschmuggelte Butter zum Beispiel. Wurde man füsiliert oder galt das nur für Soldaten?

Tante Nora wartete vor der Tür und ließ ihn hinein. (»Sie trauert«, hatte Papa gesagt. »Laß sie nur lesen, bis sie schielt. Es ist gut für ihre Moral, auch wenn es jüdische und demokratische Propaganda ist.«)

»Ich habe dieses Buch über die Medici fast ausgelesen. Das ist mir vielleicht eine schöne Familie«, sagte Tante Nora. »Nicht, daß es nicht interessant war, im Gegenteil, man lernt etwas daraus, über das Hofhalten in dieser Zeit. Und viele Details über den Adel, was sie aßen und welche Gewänder sie trugen. Obwohl diese Adligen nichts anders zu tun hatten, als sich, wenn es im Palast dunkel wurde, gegenseitig zu kitzeln, einschließlich der Kardinäle. Es ist lehrreich, das wohl, aber auf dem Gebiet der Liebe ist es nicht gerade toll, und schließlich soll doch ein Buch, man kann es drehen und wenden wie man will, von Liebe handeln, nein, gib mir etwas von Vicki Baum oder von Gerard Walschap.«

Sie ging in die Küche. Louis malte sich aus, wie er gleich, während sie beschäftigt war, oder nachher, wenn sie aufs Klo mußte (was unvermeidlich war, denn Frauen gehen sechsmal so oft wie Männer), zum Büfettschrank schleichen, die goldfarbene bleiverglaste Tür, damit sie nicht quietschte, behutsam mit leichtem Gegendruck öffnen und in der Blechbüchse mit dem Bild der seligen Königin Astrid nach den dicht in einer Reihe liegenden Spekulatius grapschen würde. Er klaute die ganze Büchse und schob sie unter seine Jacke, denn er hörte die Klospülung. Oder nicht? War Tante Nora so geizig wie der Millionär Groothuis, von dem Mama behauptete, daß er jeden Morgen, ehe er in seine Fabrik ging, seiner Familie und seinem Personal die Anweisung gab, nur einmal zu spülen? Wie dem auch sei, schräg, seitlings schlüpfte der diebische Geheimagent Louis Seynaeve nach draußen und winkte und sang vor sich hin »Auf Wiedersehen«, während er verstohlen die Blechbüchse voll zarter Spekulatius, die einem das Wasser im Mund zusammenlaufen ließen, an seiner linken Seite dem Adlerblick der Schwester seines Vaters entzog.

Im Zimmer herumlungernd fiel ihm ein, daß Tante Nora soeben zwar nicht achtlos, denn sie blickte ihm weiter ins Gesicht, aber auch nicht absichtlich, denn es schien ihr selbstverständlich zu sein – kurz vor der Küchentür ihren Rock hochgehoben und ihren Strumpf am Strumpfband zurechtgezupft hatte. Selbstverständlich, als wäre sie allein zu Hause, mit höchstens einem Schatten oder einer Erinnerung im Zimmer, und das war eben er, Louis, der Schatten eines Neffen. Sie blieb lange weg. Kam mit Kaffee zurück. Natürlich keinem echten, der wurde nur für andere Besucher, geschätztere, verhätscheltere Familienmitglieder hervorgeholt.

Sie hatte wahrscheinlich den Fuß eines solchen bernsteinfarbenen Strumpfes als Kaffeebeutel benutzt, wie er sich straff um ihr Bein spannte. Der Kaffee schmeckte nach ihrem Bein. Sie inspizierte die neue Ladung Bücher. Feuchtwanger, Zangwill. »Sind keine scharfen dabei?« fragte sie.

»Scharfe Bücher?«

»Stell dich doch nicht so an, du weißt doch, was ich meine. Ein Junge in deinem Alter fühlt doch, daß sich irgend etwas regt, wenn er ein scharfes Buch liest, oder nicht? Du brauchst dich nicht zu schämen, deine Tante kennt das Leben, durch und durch.«

Er mußte jedenfalls ein paar Spekulatius für Mama übriglassen. Für eine Mama, die nun zu Hause rastlos hin und her lief, aus Todesangst, daß ihm etwas zugestoßen sei. Für eine Mama, die echte, die nun pausenlos Zigaretten rauchte, Patience legte und nicht einmal wußte, daß es ihn gab.

»Ist kein Walschap dabei?« fragte Tante Nora. »Der schreibt zumindest über das Leben, wie es ist.«

Was wollte denn Tante Nora mit diesem ›Leben‹? Oder meinte sie damit vielleicht das, was Männer und Frauen miteinander treiben? (»Sie haben den Nachmittag zusammen *gelebt*, der Pfarrer mit seiner Haushälterin, der Küster mit seiner Ziege.«)

»Walschap sagt die Dinge so unumwunden. Er redet nicht um

den heißen Brei herum. Und er hat recht. Wir alle sollten unsere Gedanken ohne Scheu aussprechen. Aber nun ja, das ist nicht immer passend.«

Sie spreizte leicht die Beine, rieb über die bernsteinfarben glänzenden Kniescheiben, starrte ihn weiter an und entdeckte etwas an ihm, das soeben noch nicht vorhanden gewesen war.

»Bald mußt du dich rasieren.«

»Ich habe mich schon rasiert«, sagte Louis. »Dreimal.«

Ein schwarzes Kaninchen mit schiefergrauem Schwanz hüpfte ins Zimmer. Es war mager und zitterte. Tante Nora sagte: »*Allez*, Valentientje, raus mit dir. Spiel wieder auf dem Hof.« Das Kaninchen gehorchte, ernst und mit angelegten Ohren.

»Sie wird die Liebe nie gekannt haben. Nächste Woche kommt sie in den Topf.«

»Muß sie nicht erst noch etwas dicker werden, Tante?«

»Darauf können wir nicht warten, mein Junge.« Sie blickte dem Kaninchen nach, das auf der Terrasse herumtrödelte. »Es sei denn, daß du es mitnehmen willst, nach Hause.«

»Darf ich das?« Louis glaubte es nicht.

»Wenn du mich einlädst, wenn es in den Topf kommt.«

»Wann? Doch nicht schon nächste Woche?«

»Du mußt selbst wissen, wann. Du bist groß genug.« Sie redete weiter, ihre Stimme hatte einen heiseren, dringlichen Klang bekommen, der die Wörter vernuschelte. Sie fummelte an ihrem Rocksaum und streichelte noch immer ihre Kniescheiben. (Die Schädel zweier sehr kleiner asiatischer Kinder.) Sie sagte etwas, das mit »Einverstanden?« endete.

»Womit?«

Sie lachte und zeigte ihre kleinen Zähne, altrosa Zahnfleisch. »Soll ich es dich noch einmal fragen? Du kleiner Schelm, du Rührmich-nicht-an? Dann sage ich es noch einmal: Wenn du das Kaninchen bekommst, kriege ich einen Kuß von dir. Einverstanden?«

»Aber gewiß, Tante!« (Ich werde zu Hause Kartoffelschalen für das Kaninchen kochen. Aber wie bringe ich das Mama bei, die die Kartoffeln immer mit der Schale kocht, damit ich alle Vitamine bekomme, die ich in diesen schlimmen Zeiten brauche? Onkel Robert behauptet, daß die Tiere demnächst Papier fressen müssen. Er als Metzger muß das wissen.)

Er wollte aufstehen, um den versprochenen Kuß zu geben, aber sie streckte einen anklagenden Zeigefinger gegen ihn aus. »Bleib sitzen!« Das klang unerklärlich barsch. Er trank den Rest seines Kaffees hastig schlürfend aus. Das Kaninchen auf der Terrasse spitzte die Ohren. Es mußte sterben, vielleicht nicht in den nächsten vierzehn Tagen, aber jedenfalls noch in diesem Jahr.

Tante Nora, die Papa nicht ähnlich sah – sie war schmächtiger, flinker und oft viel fröhlicher, jedenfalls was Onkel Léon betraf –, schaute ihn weiter an ohne zu erröten. An ihrem Hals war ein roter Fleck in der Form einer Karte von Frankreich erschienen. Ihre rechte Hand mit zwei Trauringen knetete ihr rechtes Knie.

Jeden Augenblick konnte die Alarmsirene wieder losheulen. Dann würde er mit ihr in den Keller müssen. Oder würde sie ihn beim ersten Ton aus den Augen lassen und wimmernd auf den Flur rennen und von dort aus die Treppe hinunter in den Keller? In diesem Fall könnte er, bei den Explosionen um ihn herum und über ihm, in aller Seelenruhe die Blechbüchse aufmachen und sich mit den Spekulatius vollstopfen, die zwischen seinen Zähnen hängenbleiben würden. Vielleicht lagen in diesem Schrank auch die Aktien der *Union Minière,* von denen Papa dauernd sprach und die, falls die Anglo-Amerikaner den Krieg gewinnen sollten, ein Vermögen wert waren. Nein, das war ja bei Tante Mona, und die Aktien gehörten dem Paten.

»Ich sage, daß du sitzen bleiben sollst, hörst du nicht?« Dabei hatte er sich nicht gerührt. Louis senkte die Augen, las in *De Dag* über den Heldenkampf der Sechsten Armee an der Wolga, während Tante Nora eine Pille aus einem Röhrchen nahm, es mit Kaffee herunterspülte, an den Klinken der Fenster rüttelte und schließlich das dunkelblaue Rouleau herunterzog. Er konnte die Buchstaben nicht mehr erkennen, ein blauer Glanz fiel auf Tante Noras enganliegendes Kleid, sie hob die Ellbogen und zog dann Klammern aus ihrem Haar, das in Wellen und Locken über ihre Schultern fiel, wie bei Genoveva von Brabant.

Tante Nora ging zum Kamin und drehte dort das Foto von Onkel Léon in dem Aluminiumrahmen um neunzig Grad herum, in Richtung Hannover, wo Onkel Léon, wenn auch vom Arbeitseinsatz ordnungsmäßig erfaßt, an einer Dame hängengeblieben war, die, obwohl sie aus einer feinen Familie stammte, doch lockere Sitten zu haben schien.

Tante Nora schaltete das Radio an, ein Kinderchor sang lateinisch, sie schaltete das Radio wieder aus. Aus dem Büfettschrank holte sie zwei dottergelbe Kerzen, drehte sie in hölzerne Kerzenhalter, die in Hannover mit grellen Blumen bemalt worden waren, und zündete sie an.

»*Voilà*«, sagte sie munter. Sie ließ sich in einen Sessel neben dem Ofen fallen. Louis spürte sein Herz, das hüpfte, er fühlte das Blut in seinen Ohren, er schluckte.

»Du darfst nicht denken«, sagte die im Kerzenschein schimmernde Frau, »daß ich nicht weiß, was du in deinem Zimmer im Oudenaardse Weg anstellst, wenn du in diesen scharfen Büchern liest. Gott sieht dich, und ich auch. Na, hast du die Sprache verloren? Du könntest wenigstens zugeben: Ja, Tante, so ist es, ich gestehe meine Sünden ein.«

Die Uhr auf dem Kaminsims tickte. Ein Motorrad draußen. Dann eine alte Frau, die schrie, daß jemand zum Essen kommen sollte, es klang vertraut wie der Ruf des Mannes mit dem Muschelkarren.

»Komm her«, sagte Tante Nora, »hier ist noch ein Kaninchen.«

Wo? Nicht auf ihrem Schoß, wo ihre Hände lagen. Unter dem Büfett? Zwischen den Löwenklauen der Ofenbeine aus Nickel?

»Und dieses Kaninchen hat Hunger«, sagte die heisere Stimme, »mach schnell, es muß etwas zu fressen bekommen.«

Seit sie die Kerzen angezündet hatte für diese schwarze Messe, war Tante Nora wahnsinnig geworden. Sie hatte eine künstliche dunkelblaue Nacht geschaffen und redete irre. Papa würde sagen, daß wahrscheinlich Vollmond sei, dann sind alle Frauen, auch Professorinnen, Äbtissinnen oder ›Dietse Meisjes‹-Führerinnen völlig von Sinnen, nicht mit der Zange anzufassen.

»Hörst du nicht?« Die Stimme zerrte Louis mit Krallen aus seinem knarrenden Sessel.

»Ja«, sagte die Stimme zufrieden. »Ja, hier.«

Er bekam unbändigen Hunger. Er stand vor ihr, einer genüßlich schnurrenden Frau, die soeben noch seine Tante Nora gewesen war. Sie berührte mit dem Knöchel seine Wade, ein Zeichen, daß etwas aus ›Menschen im Hotel‹ von Vicki Baum oder aus *Trouwen* von Gerard Walschap nachgespielt werden sollte, aber welche Szene?

Sie zog so fest an seiner Jacke, daß er nach vorne fiel, seine Hand dämpfte den Sturz auf die Samtlehne des Sessels.

Als er sich losreißen wollte (wie vor nicht allzu langer Zeit auf dem reifbedeckten Spielplatz des Internats, als er ausrutschte und an den schwarzen Röcken einer solchen Zauberin, einer solchen Nonne, einer solchen Schwarze-Messe-Leserin hing) packte sie seine Krawatte und zerrte daran, bis er wieder zu ihr hin fiel. Sie nahm seinen Kopf zwischen ihre Hände und drückte seine Backen zusammen, so daß seine Lippen sich vorstülpten. Jetzt kommt der Kuß. Versprochen ist versprochen. Aus solcher Nähe waren ihre Augen blutunterlaufen. Sie lächelte wie zu einem Kind. Es machte ihn wütend. Er preßte seinen Mund auf ihren. Sie wendete den Kopf ab, sein Kuß traf ihren Backenknochen. Sie nahm sein linkes Ohr zwischen Daumen und Zeigefinger und zupfte daran. »Benimm dich manierlich! Ich kommandiere hier. Du glaubst doch nicht etwa, daß du mich küssen darfst, wenn du Lust dazu hast.«

»Ich dachte, daß ... (daß ich meine Schuld begleichen müßte und danach nach Hause gehen dürfte). Sie roch nach Mamas symmetrisch gefalteter und gestapelter Unterwäsche in der zweiten Schublade des Spiegelschranks in ihrem Schlafzimmer, nach *poudre de riz*. (Ich könnte weglaufen, denn es ist etwas Schlaffes, Laxes, etwas von Hingabe in ihrem Körper. Aber warum sollte ich das wollen? Wenn das so weitergeht, werde ich etwas erleben wie das, was in Papas versteckten scharfen Büchern steht. Viele Zeilen enden mit drei Pünktchen ...)

»Ich dachte, ich dachte – *nicht räsonieren!«* sagte Tante Nora. »Hast du das nicht in der Schule gelernt, von Albert Rodenbach?«

»*Albrecht*«, sagte Louis.

»Du weißt es wieder einmal besser«, sagte sie hochnäsig. »Und wie heißt es weiter, weißt du das auch, du Besserwisser?«

»*Wehr dich heftig und ende als Soldat.*«

»Genau. Ganz richtig«, sagte sie. *»Allez,* wehr dich heftig.« Sie drehte sich um und zog ihn in der Wendung mit. Seine Schultern wurden nach unten gedrückt. Sie lag auf ihm. Neben ihrem gewellten Haar sah er ihren Schuh mit dem flachen Absatz in der Luft hin und her wippen. Sie küßte zweimal seine Nase, leicht und feucht, und rieb dann mit einem Finger darüber. »Mit deiner roten Nase siehst du genau wie der Clown Gastonske aus dem Zirkus Minard aus.«

»Gastonske ist der mit dem weißen Puder auf dem Gesicht, in einem silbernen Kostüm. Der mit der roten Nase heißt Titi.«

»Schluß mit dem Geschwätz«, sagte sie. Ein bitterer Zug erschien um ihren Mund, der dünner und breiter geworden war. Sie hatte ihren eigenen Mund verschmiert, als sie den Lippenstift auf seine Nase geküßt hatte.

Mit einer entschlossenen, aber nicht unfreundlichen Gebärde legte sie seine Hand zwischen ihre Schenkel. Dann preßte sie ihre Beine zusammen. Sie hatte unter ihrem Kleid nichts an. Während sie in der Küche so lange Kaffee machte, hatte sie ihren Schlüpfer ausgezogen und ihn in die Schublade zu den Messern und Gabeln gestopft. »Mensch, wo führt das hin?« sagte Louis lautlos mit Papas Stimme, sarkastisch und ängstlich zugleich.

Als sich seine Finger ohne seinen Willen bewegten, fühlte er trokkenes Gras. Das überraschte ihn, weil die Jungen in der Schule immer von der Nässe der Frauen da unten gesprochen hatten: denn wenn Frauen vor Lachen pinkeln müssen, können sie ja den Hahn nicht abdrehen wie Männer. Oder meinten die Jungen etwas anderes? War die Nässe das Blut, das dort Tag und Nacht herauströpfelte, obwohl sie nicht krank waren? Ich muß möglichst schnell dahinterkommen.

Tante Nora versuchte ihren Unterleib aufzurichten, doch als er zur Seite rückte, um ihr Platz zu machen, zog ihn rasch wieder auf sich herab.

Ihre Hand mit den zwei Trauringen tastete in seiner Hose umher und fand, was sie suchte. »Nun, nun, was ist das für ein Spiel?« sagte sie. Louis wollte nicht auf eine so kindische Frage antworten, aber ihm kam erneut der Text vor Augen – unten links, in dem Buch ›Flucht in den Norden‹ von Klaus Mann –, der ihm den Atem genommen hatte, als er ihn zum ersten Mal las, und den er vorige Woche mindestens zehnmal wiedergelesen hatte. Er sagte: »Tante Nora, dies ist *mein ragendes Geschlecht.*«

So wie er erwartet hatte, erschrak sie und zog ihre Hand zurück wie von einem heißen Ofen.

»Du, Kleiner, du willst mich wohl zum Narren halten.«

Er protestierte und stöhnte ein wenig jämmerlich, denn sie bedeckte sein Gesicht mit der Hand, an der sie die beiden Trauringe trug.

Onkel Léon hatte auf dem Bahnhof feierlich seinen Ring auf ihren Mittelfinger geschoben, als er das letzte Mal nach Deutschland abreiste. Sie hatte aus Rührung geweint, sie, die sich bis dahin so tapfer gehalten hatte. Erst jetzt, nachdem deutlich geworden war, daß Onkel Léon freiwillig an dieser hannoverschen Nutte aus gutem Haus hängengeblieben war, hatte sie jene Geste als vorsätzliches Verbrechen erkannt.

»Nein«, sagte sie. Nein. Kein Wort mehr. Von jetzt an, Kleiner, will ich kein Wort mehr von dir hören, sonst kriegst du eins mit der Leine von Victor übergezogen.

Der Dackel Victor war aus Kummer dahingesiecht, als Onkel Léon nicht zurückkam. Nach Tante Noras Version. Papa dagegen erzählte, daß sie, die wußte, wie exklusiv Victors Zuneigung ihrem verräterischen Mann galt, das Tier mit einem Schnürsenkel ihres Mannes erdrosselt und dann ganz alleine aufgegessen habe. Papa behauptete, daß er sowohl einen Schnürsenkel als auch abgenagte Hundeknochen hinten in Tante Noras Gärtchen gefunden habe.

»Zieh die Hose aus«, sagte Tante Nora. Sie konnte nicht verhindern, daß es zärtlich klang, deshalb schnauzte sie sofort: »Und beeil dich gefälligst!«

»Auch meine Jacke?«

»Auch deine Jacke. Und deine Schuhe und Socken.«

Die anglo-amerikanischen Bomber kamen nicht angeflogen. Keine Nachbarin klingelte, keine Sicherheitspolizei. Das Kaninchen Valentientje klopfte nicht mit seiner Pelzpfote an die gläserne Gartentür. Die eine gelbe Kerze brannte schneller als die andere.

»Wie anständig«, sagte sie. »Und sieh nur, er hat noch sein *klakske* an.«

Was bedeutete das schon wieder? Klakske. Ich will nicht mehr mit ihr sprechen. Ich bin gerade erst aus dem Ural zurück, ich habe meine Kameraden von der Flämischen SS neben mir im Schnee fallen sehen. Wenn ein flämischer SS-Offizier sich auf schlüpfrigem Boden befindet, beschreibt er seine arrogante Wut und seine Verwirrung in der Sprache der Front. *»Wie meinen gnädige Frau?«* fragte Louis.

»Aha. Er redet wieder sein Deutsch! Nun, was ist das deutsche Wort für die Vorhaut eines Pimmels? Ein Hitlerjugend*klakske*?« Sie lachte schallend. »Nun, du Besserwisser, was nützen dir nun diese vielen jüdischen Bücher, die nicht für dein Alter bestimmt sind?« Mit spitzen Fingern ergriff sie seine Vorhaut und zupfte daran. Ihre plötzliche Angriffslust verhieß nichts Gutes. Hitlerjugend*klakske*. Wovon in Gottes Namen sprach sie? Es gibt so unsagbar viel, was ich nie lernen werde.

Guido Gezelle schlenderte vorbei, er hatte einen Wasserkopf und flüsterte völkische Reime vor sich hin. Nur von einer Backsteinwand von uns getrennt, bleibt er vor der Fassade dieses Hauses der Unzucht stehen. Das Wort ›Unzucht‹, das buchstäbliche Gegenteil von der Zucht, die in den Reihen der ›Großniederländischen Blaufußfähnlein‹ herrschte, herrschen sollte, erregte Louis. Tante Nora starrte das nun tatsächlich *ragende Geschlecht* so andächtig an, daß sie schielte. »Oh, sind wir soweit«, sagte sie triumphierend, ließ ihn los und hob ihr Kleid hoch.

Es sah aus wie auf den Zeichnungen, die der kleine Herman Polet mit vielen schwarzen und roten Bleistiftstrichen machte und die er einem manchmal blitzschnell in der Klasse zeigte, zwischen zwei Seiten seines Atlas'. Herman Polet verkaufte diese Zeichnungen oder tauschte sie gegen Vitaminbonbons mit Schokoladengeschmack, nach denen er förmlich gierte. Ich muß morgen vor dem Unterricht Herman Polet gratulieren. Er hat es gut getroffen. Obwohl hier nun weniger Haar zu sehen ist. Es sind auch nicht diese gruseligen gekrümmten Bleistiftwürmer, die kurz unterhalb des Nabels anfangen. Der Nabel von Tante Nora war übrigens unsichtbar, er blieb in einer sahnigen Falte verborgen. Louis hätte die Illustration vor seiner Nase gern in aller Ruhe betrachtet, zumal das Bild, die Spalte sich von selbst bewegte, eine ein- und ausatmende Tiefseepflanze, die einen Meeresgeruch verbreitete. (Mama pulte andächtig Krabben auf einer Caféterrasse am Deich von Blankenberge.

Sie schnauzte mich an, weil ich, wie immer zu ungeduldig, die Krabben mit Schale und zehn Beinen und allem aufaß. Blankenberge ist nun durch Kanonen und Stacheldraht unerreichbar abgeschnitten, damit wir vor der Invasion geschützt sind.)

Tante Nora öffnete die Spalte mit ihren Trauringfingern. Sie sagte leise und ein bißchen verloren in dem dunkel werdenden Zimmer: »*Allez*, wehr dich heftig.«

Louis lag warm und festgeklemmt da. Sie bewegte sich kaum, eine ruhig wogende federnde Daunendecke, die seinen Hals berührte.

»Ja, mein Kleiner – daß ich dich die ganze Zeit gern hatte, seit du ein Knirps warst mit deinen dicken krummen Beinchen im Oudenaardse Weg – daß du nun in meinem Haus – in dem ich so allein bin und oft an dich denke – daß du nun hier bist – nein, bitte nicht so schnell – wir haben alle Zeit der Welt, mein Engel – ich kann es nicht glauben – ich dachte, nie mehr, nie mehr würde – denn sie sind alle gegen mich, diese Kerle – ich bin für sie Luft – du hast keine Vorstellung davon, wie das ist, Kleiner – bitte nicht spritzen – halt dich zurück, sonst ist es gleich vorbei – ich will nichts, nichts, als daß du es in meinem Nest warm hast – fühlst du es, mein Soldatchen?«

Soldatchen. Louis erstarrte. Wenn auch die Anspielung auf Albrecht Rodenbachs idiotische Zeile unbesonnen und unwillkürlich, nicht böse gemeint, vielleicht sogar schmeichelhaft diesem Geschwätz entschlüpft war, so traf sie ihn doch. Zinnsoldatchen, Bleisoldatchen, Schokoladensoldatchen. Er sah sie flüstern, mit zusammengekniffenen, zerknautschten Lidern, er drang stärker in sie und sagte: »Du dumme, dumme Gans.«

Die blutunterlaufenen Augen. Die bleichen Finger, die sein *jawohl, ragendes Geschlecht, du Ungeheuer,* hielten, es noch fester hineindrückten.

»Du bist meine Tante«, sagte er.

»Halt den Mund«, stöhnte sie.

»Für wen hältst du mich?« sagte er. Noch nie, nicht in dem Haus seiner Eltern oder seines Großvaters, nicht in der Schule oder auf dem Schulweg, und bestimmt nicht in all den Jahren im Internat hatte er ein so siegreiches Gefühl gehabt: daß er schamlos, furchtlos rufen konnte, was er wollte. Er richtete sich auf. »Glaubst du etwa, daß du es mit deinem Kaninchen zu tun hast, mit jemandem, der nichts davon versteht, ich vögle mehr, als du denkst, frage nur Bekka Cosijns, und glaubst du etwa, ich geniere mich, es weiterzuerzählen, und zwar ...« Er wollte in diesem Strom aufschießender Wut sagen: ... meiner Mutter. Aber das würde er nie wagen, er wollte auch Mama nicht in dieses Zimmer holen, das nach *poudre de riz,* nach Meer und Kerzenwachs roch, und er sagte: »... den Leuten aus deiner Straße, damit sie dahinterkommen, was für eine du bist?«

Sie sah den Petzer an, den Schinder, den Soldaten, der halb auf ihr lag wie auf einem hastig aufgeschlagenen Feldbett.

»O du Dreckskerl«, sagte Tante Nora. Sie schlang den Arm um seinen Nacken, und wie auf der Achterbahn der Weltausstellung neigte sich ihr Zweiergefährt aus Haut und Fleisch und Haar und Stoff, sie ließ Louis weiter kippen, sie koppelte ab, sie stemmte ihre Beine hoch und hielt sich an ihm fest, bis in einer wunderbaren weichen fließenden Bewegung ihr Gespann wieder verschmolz, nur umgekehrt jetzt, sie oben, keuchend durch den Kraftakt, sie war das nicht gewohnt, sie atmete heftig.

Wann hört so etwas auf? Es muß ein verabredetes Zeichen geben, auf das hin die Ringer auseinander gehen, ein Schlußsignal, eine Alarmsirene, aber wann genau, das muß ich feststellen, darauf muß ich achten.

»Hast du mich ein wenig gern?« Ihr gewelltes Haar bedeckte ihr Gesicht, sie wog nicht viel, das Gewicht eines Fohlens, nein, eines Bernhardinerhundes.

»Aber natürlich, Tante.«

»*Merci*«, sagte sie und leckte an seinem Ohr, was bitter schmekken mußte.

Sie flüsterte.

»Du weißt noch nicht viel – du tust so, als hättest du Erfahrung, aber du bist ein Betrüger – außerdem wirst du nie wissen, was eine Frau ist – nicht nur ich, sondern auch die anderen Frauen – beweg dich nicht – du bist kein Kaninchen – obwohl ich manchmal wünschte, daß du ein Rammler wärst, rein und raus und *après nous le déluge* – aber ich habe dich gern, und das kannst du nicht vertragen – es ist normal für einen Kerl – aber inzwischen sitz ich da, und ich muß sehen wie ich dich kriege – sag nicht, daß ich närrisch oder albern bin – weil ich dich gerne habe – ich will auf dir reiten bis zum Ende der Zeiten – laß mich, sonst bekommst du einen Kuß – ich weiß, ich bin dumm, dich gerne zu haben – laß mich, laß mich doch schwätzen – es tut dir doch nicht weh – du hast recht, ich bin nur da zum Pinkeln und zum Schwätzen – aber ich bin dir doch nicht lästig gefallen – o Kleiner, warum bist du weggelaufen – mit deinen Lügen – und ich dachte, daß du dort in Deutschland ab und zu an mich denken würdest, und gottverdammt, du betrügst mich mit dieser anderen – du bist ein noch größerer Dreckskerl als deine Mutter sagt – aber ich mach mir nichts draus – denn du bist jetzt bei mir, und ich bin bei dir, und wir liegen aufeinander, sind aneinander festgewachsen – du kannst nicht mehr weg, fühlst du es – du kommst nicht mehr los – ich werde es dich gottverdammt einmal lehren, Drecksack – schmutziger Lump, fühlst du es – es kommt, aber warte, o nein, nicht so schnell.«

Louis wartete, wie erbeten. Er wartete schon eine ganze Weile, denn sie war es, die dieses Stöhnen, dieses Stoßen immer wieder unterbrach. Das Kaninchen Valentientje saß auf seinen Hinterpfoten und versuchte eine Dahlie zu erreichen, es gab nicht auf.

Keine Sirene zu hören. Die RAF ist nicht pünktlich. Die Kerzenflamme erfaßt das Tageblatt *De Dag*, die Zeitung gerät in Brand, der Teppich qualmt.

»Ja, wieder rauf auf unseren Wagen – *allez*, Kutscher, hühhott – du hast mich gern, du kannst es, ich fühle es, nicht aufhören – ah, das kann nicht so weitergehen, das kann kein Mensch aushalten.«

Ihr zerknautschtes Gesicht und ihre Lippen, die wie geschwollen waren. Daß ich jetzt mit einem Teil von mir im Körper eines anderen bin, das ist wunderbar, wie bringt jemand das Vertrauen auf, die schamlose Hingabe, so etwas zu tun, zu wagen? Mein Bauch zuckt und knurrt. Eine Blechbüchse voll penibel geschichteter Spekulatius. Im dritten Jahr des Zweiten Weltkriegs auf diesem Planeten hat der kühne Hitlerjunge Louis Seynaeve den ersten Geschlechtsverkehr mit einer Frau. Er wird als erster im germanischen Reich ausgezeichnet mit dem Eisernen Kreuz – es steht auf der Titelseite von *Volk en Staat,* neben dem Foto des untergegangenen U-Boots ›Heidelberg‹, dessen verwegene, unrasierte Besatzung in die Luft geflogen, zerrissen und verschlungen worden ist. Léon Degrelle, der General, lädt ihn ein, die Ehrenkompanie mit ihm abzuschreiten.

Dann wurde das Signal doch gegeben, aber nicht von Louis. Tante Nora fing es auf. Sie bäumte sich. Sie stöhnte. »Wunderbar – es ist doch das Einfachste – es kommt – fühlst du es nicht? – nichts als rammeln, ich will dich nicht kennen – oh, sag bitte nichts – innen bin ich ganz verrückt – oh ...«

Sie drückte ihr Kinn gegen seine Augenhöhle. Er sah wimmelnde Lichtflecken. Sie biß in seine Unterlippe, er schmeckte Blut. Sie rieb ihre Wange an seiner, und er dachte einen Augenblick, daß sie schlecht rasiert sei. Dann sprang sie von ihm los und fiel mit ihrem Ellbogen quer über seine Kehle. »Tante!« rief er. Sie sank der Länge nach am Sessel entlang auf den Teppich, der nicht qualmte. Sie weinte. Die Nachbarn drängten fast bis zur Backsteinfassade vor, die erbebte, aber die Wand selbst schluchzte und stöhnte, sie wollte sich nicht beruhigen, die Klagemauer in Jerusalem.

Tante Nora kniete nieder und knöpfte seine Hose zu. Was noch aufrecht stehengeblieben war, hatte sie wie eine Puppe in sein Hemd gewickelt. Sie wischte ihre Tränen mit dem Ärmel ab. Er blinzelte mit seinem linken Auge und konnte wieder damit sehen.

»Ich bin schlecht«, sagte sie. Er wollte das bejahen, aber sie sagte: »Denn ich habe dich nicht gut bedient. Ich habe nur an mich selbst gedacht.«

Louis glaubte, daß dies der Augenblick sei, die Büchse mit Spekulatius zu verlangen. Aber er tat es nicht, es hätte zu sehr nach ›Gibst du mir, geb ich dir‹ ausgesehen. Morgen wollte er Herman Polet zu der Ähnlichkeit gratulieren. Er wollte sagen: »Polet, stell dir vor, sie kniete auf mir und nahm meine Pfeife in sich auf.«

»Sicher deine Schiedsrichterpfeife«, würde Herman Polet sagen, den Atlas unterm Arm.

Ruhig ging dann die Frau durch das Zimmer, knipste das Licht an, suchte nach den Nadeln, steckte ihr Haar wieder hoch und wurde wieder ungefähr die Schwester seines Vaters, die leise sagte: »Das bleibt unter uns, ja, Kleiner? Einverstanden?«

Kleiner. Onkel Léon in Liliputgestalt. Sie reichte ihm die Schulmappe. Er bekam auch noch sechs Zigaretten für Mama mit.

»Vierzehn-Achtzehn«, behauptete Tante Mona, »ist Hitler von einer unseligen verirrten Kugel getroffen worden. Und da haben sie ihm ein Ei amputieren müssen.«

»Meiner Meinung nach ist dieses Ei bei dem kleinen Adolf nicht nach unten gewachsen und sitzt noch in seinem Bauch.«

»Daher ist er so cholerisch, der Führer.«

»So etwas wirkt sich auf das Gemüt aus.«

»Darum ist er auch nicht verheiratet.«

»Wie die Priester. So können sie sich ganz ihrem Amt und ihrem Ideal widmen.«

»Daher ist er so gegen die Engländer.«

»Aber, Mona, er ist nie gegen die Engländer gewesen. Die Engländer haben was gegen ihn. Von Ribbentrop hat Churchill seine Hand gereicht, aber der hat hineingespuckt.«

»Was ist denn mit dir los, Louis, du läuft so gehetzt herum?«

»Er meutert«, sagte Cécile schnippisch.

»Du Klatschbase, du dumme Gans!« rief Louis.

»Es liegt am Wachsen. Er wird so eine lange Latte wie sein Großvater.«

»Das ist normal. Ein Mann ist durchschnittlich zwölf Zentimeter größer als eine Frau.«

»Ich kriege gegenwärtig nur sein Schimpfen und Schnauzen zu hören«, sagte Mama. »Ich kann doch nichts dazu, daß er dauernd Hunger hat.«

»Er hat einen Bandwurm«, sagte Cécile und entwich knapp Louis' Krallen.

Tante Berenice saß in der Küche. Streng, ohne ihr seliges Lächeln des Glaubens an die Wiederauferstehung. »Staf Seynaeve, du kannst heute abend zufrieden ins Bett gehen. Du hast vom Teufel das bekommen, was du immer haben wolltest. Am liebsten wollte ich, daß du vor meinen Augen tot umfällst, aber meine Religion verbietet mir solche Gedanken. Trotzdem biete ich dir nicht meine andere Wange dar.«

Mama schenkte ein merkwürdiges Gebräu aus Lindenblüten ein, die Tante Berenice mitgebracht hatte. Holländer scheinen das regelmäßig zu trinken.

»Aber was kann ich denn dazu, daß sie Firmin festgenommen haben? Er hätte eben keinen falschen Paß vorzeigen dürfen.«

»Hätte er seinen eigenen Namen angeben sollen, Debeljanov?«

»Was deine Paßfälschung angeht, so gibt es ein Gesetz. Ein Gesetz dagegen.«

»Dieses Gesetz stammt nicht von Gott.«

»Das muß ich zugeben«, sagte Papa. »Es ist ein Gesetz der Belgier.«

»Ist dein Herz so versteinert, daß du Firmin im Gefängnis von Lüttich verfaulen läßt?«

»Was soll ich denn tun?«

»Bei der Gestapo ein gutes Wort für ihn einlegen. Du bist doch dort gut Kind im Haus.«

»Das ist übertrieben, Berenice.«

»Wenn die Deutschen so gerechte Richter sind, wie du glaubst, werden sie auf dich hören, auch wenn du dich für einen Juden einsetzt, der kein Jude ist, sondern ein Bulgare. Die Deutschen werden es respektieren, daß du dich für deine Familie einsetzt.«

»Angeheiratete Familie.«

»Er kann nichts tun. Er kennt niemand von der Gestapo«, sagte Mama sachlich.

»O nein? Kenne ich nicht etwa Rathaus?«

»Du hast ihm einmal auf diesem Fest der DEVLag die Hand gegeben. Du hast gesagt: ›Angenehm‹, und dieser Mann verstand nicht, was du gemeint hast.«

»Und du, Constance, kannst du nichts tun?«

»Vielleicht«, sagte Mama. »Ich kann dir nichts versprechen, Berenice, aber ich werde mein möglichstes tun. Vielleicht Herrn Groothuis einschalten.«

»Ach nein, laß Herrn Groothuis aus dem Spiel«, rief Papa.

»Dann Doktor Knigge. Der ist ein ziemlich mitfühlender Mensch.«

»Gott wird es dir lohnen, Constance.«

Als Tante Berenice gegangen war, goß Papa sofort den Lindenblütentee ins Spülbecken. »Mit ihrem Gott hier und ihrem Gott da. Soll sie doch bei ihrem Gott anrufen, damit Er bei der Gestapo ein gutes Wort einlegt.«

»Es ist eine Tatsache, daß die Juden bei Zeitungen, Kinos und in Banken stark vertreten sind, zusammen mit den Freimaurern«, sagte der Pate. »Und dafür müssen sie jetzt die Rechnung zahlen.«

»Es ist ein Zeichen dafür, daß sie schlauer waren als die Belgier, Vater«, sagte Mama.

»Und daß es eine ganze Weile dauern wird, ehe sie wieder in die Völkergemeinschaft aufgenommen werden.«

»Aber das wollen sie nicht«, rief Papa. »Sie wollen zusammenhalten mit ihrer Anmaßung, das auserwählte Volk zu sein, und mit ihren merkwürdigen Sitten und Gebräuchen.«

»Und du mit deiner Zusammengehörigkeit aller Flamen?« sagte Mama.

»Constance, das läßt sich nicht vergleichen.«

»Warum nicht?«

»Dummes Geschwätz«, sagte Papa, »und inzwischen nehmen sie einen flämischen kleinen Finger und eine Hand und einen Arm und den ganzen Körper. Und es steht in ihren eigenen Zehn Geboten, daß sie sich die Frauen anderer Rassen nehmen sollen, das wird von ihren Rabbis gelehrt. Aber worüber reden wir eigentlich? Es gibt höchstens zehn Juden in ganz Walle!«

»Wieso ist Firmin hier in Walle festgenommen worden?« fragte der Pate.

»Er war mit Berenice auf dem Weg hierher«, sagte Mama betrübt.

»Was wir tun müßten«, sagte Papa, »in diesen schlimmen Zeiten, in denen jeder an sich selbst denkt und seine Mitmenschen vergißt, wäre, die Solidarität in dieser Gegend wieder zu pflegen. Wir sitzen alle im selben Boot, nichts oder wenig zu essen und diese Bomber über unserem Kopf – wir müßten uns alle zusammentun, um unsere Zeit auf Erden möglichst angenehm zu gestalten. Und darum habe ich hier einen Probedruck der Einladung für einen schönen Bunten Abend in dieser Gegend. Es gibt zuviel Materialismus unter den Menschen, dagegen muß etwas unternommen werden. Hier oben in der Garamond seht ihr: ›Fortbestand durch eigene Hand‹. Daran muß sich noch jemand beteiligen, der bekannt ist: Ich dachte an Herrn Groothuis; seine Teppiche sind zwar nicht zu bezahlen, aber er will doch etwas Reklame machen, die er sowieso von der Steuer absetzen kann.« Er las auf Hochflämisch vor: »Großes Winterfest im Saal ›Groeninghe‹, veranstaltet von der örtlichen Bevölkerung unter der Leitung von Staf Seynaeve. Programm. Erstens: Das Gebet für Flandern. Das kennt zwar niemand, aber ich werde es drukken, und für drei Francs pro Stück können sie es mitsprechen. Zweitens: Ein Wort des Vorsitzenden. Ich sage, daß es mich freut, daß wir hier alle zusammen an einem Strang ziehen, einerlei was wir vom Krieg und seinen möglichen Folgen halten. Drittens: Eine tolle Posse in einem Akt, die muß ich noch aus dem Possenbuch auswählen. Zum Beispiel: ›Dries, der trottelige Gendarm‹. Viertens, und das habe ich schon gedruckt, Vater, ohne dich um Erlaubnis zu fragen: ›Außergewöhnlicher Vortrag des berühmten und uns allen wohlbekannten Redners Hubert Seynaeve über die seltische Kultur‹.«

»Keltische, Staf.«

»Keltische Kultur. In acht Punkt steht darunter: ›Zum ersten Mal in Walle. Überaus lehrreich und unterhaltsam‹.«

»Weiter Staf.«

»Fünftens: Ein Spottlied. ›Auf unseren Bürgervater‹. Dafür sorgt Apotheker Paelinck. Eine Reihe kleiner Stiche über das Grundstück, das der Bürgermeister im Hoogeland gekauft hat. Aber nicht zu gesalzen, denn der Bürgermeister ist in letzter Zeit ziemlich leicht gekränkt. Danach fünfzehn Minuten Pause mit angenehmer Grammophonmusik.«

»Jazz«, sagte Louis.

»Louis, bitte! Hilf mal ein bißchen mit!«

»Du und ich im Mondenschein auf einer kleinen Bank allein«, sang Louis. Mama sang mit. Sie wiegten die Köpfe zusammen, eng nebeneinander stehend. Papa wartete, bis seine entartete Familie fertig war. »Nach der Pause von Mona Vercauteren Bindestrich Seynaeve das Lied: ›Ich will nur eine Mutter‹.«

»Cécile könnte zu dem Lied von Mona tanzen.«

»Das wäre großartig. Und passend. Ja. Dann Auftritt des lokalen Duos ›De Zonnekloppers‹ mit einer heiteren Nummer. Und dann das Schlußwort des ehrwürdigen Herrn Proost von der Marineartillerie. Gutgeheizter Saal. Etwas Außergewöhnliches. Einlaß ab Punkt Vier Uhr Dreißig und so weiter, und so weiter. Verantwortlicher Verleger: Staf Seynaeve.«

»Ihr Name steht dreimal drauf«, sagte Mimi die Bäckerin.

»Es ist vielleicht ein bißchen altmodisch«, sagte Madame Kerskens von Gegenüber.

»Ich dachte erst noch an Fahnenschwingen, aber für unsere Gegend ist das fast zu flämisch«, überlegte Papa.

Der Pate sagte ölig: »Und du, Constance, was tust du auf diesem Familienfest?«

Mama gönnte ihm nur einen vernichtenden Blick aus ihren grauen goldgesprenkelten Augen. »Ich?« sagte sie. »Ich könnte mit nacktem Hintern tanzen.«

»Constance«, sagte Papa. »Können wir denn nie seriös miteinander reden?«

Tante Nora sagte: »Na, Louis, sagst du mir nicht mehr Guten Tag?«

»Guten Tag, Tante Nora.«

»Constance, du hast abgenommen. Ich spare mir für unsere Nicole das Essen vom Mund ab und werde doch immer dicker. Louis, mit deiner letzten Bücherlieferung hast du mir aber was aufgebrummt. Über Bauernaufstände im Jahre 1700. Und das andere, von dem Kerl, der sich in einen Käfer verwandelt. Er wird wach, Constance, und er hat Fühler wie ein Käfer. Man muß heutzutage wirklich auf alles gefaßt sein.

Sieh mich nicht so an, Louis. Habe ich was an mir? Benimmt er sich immer so komisch, Constance? Wenn ich hier nicht willkommen bin, Louis, brauchst du es mir nur zu sagen.«

»Marnix hat Lokalverbot im ›Groeninghe‹, sagte Leevaert.

»Redet er wieder?«

»Unaufhörlich. Man kann ihm natürlich keinen Maulkorb anlegen, aber es wäre manchmal das Beste. Vorige Woche unterhielt er sich an der Theke mit Noël; übrigens eine vorbildliche Diskussion über das Thema Zufall, ich selbst habe sie am Tag darauf meinen Schülern wiedergegeben, aber Noël merkte nicht, daß Marnix dabei die ganze Zeit an die Theke pißte, ohne mit der Wimper zu zucken.

Und in Unsere Liebfrauenkirche darf er auch nicht mehr. Er hat sich mit dem neuen Pfarrer gestritten, der böse geworden ist, weil Marnix letzten Sonntag während der Messe *Mon légionnaire* von Edith Piaf spielte. Alle Frauen schluchzten, und der Pfarrer dachte erst, daß es an seiner Predigt liegt. Ich sage: ›Herr Pastor, jeder verarbeitet die Trauer auf seine Art.‹ ›Er kommt mir nicht mehr in die Kirche‹, sagte er.«

»Trauer«, sagte Mama. »Trauer, Louis, wird dein Vater nie verstehen. Dazu ist er zu roh, ja, Rohes mag er: rohe Muscheln und rohes Gehacktes.«

Schmutzfink Sef, in Zivil, schien geschrumpft zu sein.

»Ich wollte unbedingt die Welt sehen. Also ich habe sie gesehen. Jetzt bleibe ich zu Hause, basta.«

»Werden die von deinem Regiment nicht kommen, um dich zu holen?«

»Ich werde nicht auf sie warten. Ich habe genug gesehen. Ich habe mich schief genug gelacht. Rede mir nicht von Italien. Wir sind dort mit hundert Sachen abgehauen. Wir hatten nur einen Trost, nämlich, daß wir diese Scheißer von Makkaronis zurückgelassen haben. Aber gelacht haben wir. Wir hatten mal sechs Neuseeländer gefangengenommen. Einen Durst hatten diese Kerle. Sie hielten es ohne ihre Coca Cola nicht lange aus.

›What's your name?‹ sagt einer, der Gynäkologe war. Ich sage: ›Sef. Schmutzfink Sef, *dirty Sef*‹, und jedesmal, wenn sie mich sahen, sangen sie: *›Dirty Seffie from Bizerte, fucks the captain, makes me flirty, o, he's very purty, Dirty Seffie.‹* Und ich, du kennst mich ja, romantisch wie ich bin, ich habe noch für sie in Pumps und in meinem Deux-pièces an dem Abend getanzt, als sie draufgingen, alle sechs fertiggemacht wurden, wir konnten sie nicht mitschleppen. Unser Leutnant kroch in den *Honey* . . .«

»Den *Honey?*«

»Einen M-3-Tank, den wir erobert hatten, und er fuhr sie zu Brei. Dreizehn Tonnen über diese sechs Kerle. Ich habe zuviel gesehen, ich bleibe zu Hause.«

»Doktor Knigge fragt mich, ob ich ihn nach Paris begleite«, sagte Mama. »Ich möchte gern, aber das kann ich deinem Vater nicht antun. Er nennt mich schon die ganze Zeit Hure. Allerdings nur in Wut. Aber immerhin. Nein, wenn es nur Lille wäre oder Reims mit der Kathedrale. Aber Paris? Nein, das würde mir dein Vater nie vergeben. Weil wir dort auf unserer Hochzeitsreise waren.«

»Das mußt du doch verstehen, Constance, daß mein Bruder schöne Erinnerungen daran bewahren will«, sagte Tante Mona.

»Und meine Erinnerungen? Den ganzen Tag auf den Beinen, die Sacré Cœur, die ganzen Treppen rauf, das Grab von Napoleon und so? Und irgendwann mußte ich dann einfach heimfahren, Staf hatte zwar für zwei Wochen vorausbezahlt, aber nach zwei Tagen mußte ich zurück, denn in dem Hotel hatten sie nur so ein französisches WC mit einem Loch im Boden, und sowas kann ich doch nicht benutzen, ich bin in vier verschiedene Cafés gegangen, aber es war überall das gleiche: ein Porzellanloch im Boden, und ich konnte nicht, nicht beim besten Willen auf der Welt, ich bekam Krämpfe. ›Aber, Constancechen‹, sagte er, ›in Frankreich ist das nun einmal so.‹ Ich sage: ›Das ist mir egal, ich kann nicht, ich bin nicht so erzogen worden.‹«

»Aber er konnte wohl?«

»Danach habe ich ihn nicht gefragt.«

»Nein, zu jener Zeit fragte man jemanden, mit dem man neuvermählt war, so etwas nicht.«

»Und als wir in Walle zurück waren, konnte ich auch nicht. Rhabarber, Backpflaumen, nichts nützte etwas.«

»In meiner Brautnacht«, sagte Tante Mona, »bin ich in den Kleiderschrank gekrochen und habe die Tür abgeschlossen. Und Ward hämmerte dagegen und fluchte. Morgens hat er das Schloß mit einem Meißel herausgebrochen.«

»Und mich gemacht«, sagte Cécile und lutschte an ihrem Daumen, wie sie es schon seit Jahren tat, einerlei wieviel Jodtinktur ihre Mutter ihr auf den Finger tröpfelte.

»Churchill«, sagte der Englischlehrer, »kommt erst jetzt zu seinem Recht, die alte Bulldogge. Sein Vorfahre Marlborough wurde bereits von dem Dichter Addison verglichen mit, schreibt es auf, ja auch du, Seynaeve, schreib auf: ›*an angel guiding the whirlwind*‹. Dies bei der Schlacht von Blenheim.«

»Seynaeve«, sagte er, und es ist eher Papas Name als der von Louis, den er so widerlich ausspricht. »Ich soll dich von dem ehrwürdigen Herrn de Launay grüßen. Er bat mich, sein Zimmer auszuräumen und seine Besitztümer unter seinen Bekannten zu verteilen.«

»Wo ist er?«

»In einem Lager. Mehr kann ich dir darüber nicht mitteilen.«

»Aber Sie wissen wo?«

»Je weniger jemand wie du weiß, Seynaeve, desto besser. Dies hier ist für dich bestimmt.« Er überreichte ihm ein gelbes zerlesenes schlaffes Buch. Louis roch im Korridor daran. Muffig. Und nach Leim. Die Soutane des Granits mit einem Hauch Rasierseife? Nein. Ausgesprochen. *L'Anthologie Grecque*, Editions Garnier Frères, Paris.

In der Titelseite steckte ein gefalteter Zettel mit Notizen in der bedächtigen, schrägen und runden Handschrift des Granits. »Laßt uns fliehen, unselige (unglückliche) Liebende (Geliebte), solange der Pfeil noch nicht auf der Sehne liegt (ist). Alsbald, ich bin davon der Bote (Prophet), wird ein großer Brand (Feuersbrunst) aufbrechen. Philodemus. (Marcus Argentarius? Bassus?) Die Bibliothek von Philodemus: halb verkohlt unter der Lava in der Villa der Pisonen, Herculaneum.«

Auf dem Schutzblatt stand in rotem Bleistift: *Koinônia.*

Zusammen. Zusammengehörig. »Lern Griechisch. Täglich. Geh jetzt. Und schnell.«

»Keine Reserven mehr, die Deutschen? Aber, Jungs, seht euch diese Burschen an. Denen sitzt das Schießpulver unter der Haut! Was für neue Uniformen sind das? Noch nie gesehen, ganz aus Leder.

Wir kommen, sagt zwar das englische Radio. Aber wenn sie landen und die Totenköpfe auf den Mützen dieser Burschen sehen, reißen sie aus wie Känguruhs, die Tommies. Sie werden vor Angst in ihre flachen Helme kacken!«

Raspes Hand war amputiert worden. »Erst dachten sie, daß ich es absichtlich getan hätte, weil es meine kräftigsten Finger sind, daß ich sie absichtlich erfrieren ließ. Ich komme aus Wachteren. Da haben sie alle ihr Mäntelchen nach dem Wind gehängt. Ich kann es ihnen zwar erklären, aber sie wollen es nicht verstehen, sie warten, bis die Regierung aus London zurückkommt, sagen sie. Ich sage: ›Aber Leute, was habt ihr je vom belgischen Staat bekommen? Beleidigungen. Leute, was haben wir zu verlieren? Falls der Engländer siegt, das heißt der Russe, welche Chancen hat dann noch Flandern?‹ Sie lachen. Ich sage: ›Vaterland und Arbeit.‹ Sie lachen. Ich sage: ›Leute, was ist Belgien? Höchstens ein Haufen Goldreserven und das politische Gesindel, das es beherrscht und untereinander aufteilt. Was ist das im Vergleich zu unserem Volkstum . . .‹«

»Unser Volk dumm?«

»Ach, lach nur. Leute, unser Volk müßte unter dem Sonnenzeichen in ein Ganzes eingegliedert werden. Von Lille bis Polen *ein* Land.«

Aber nachdem er mehrere Gläser von Tante Hélènes Erbsengebräu getrunken hatte (drei Stunden kochen, kalt werden lassen, filtern, ein großes Bündel Salbeiblätter hinzufügen und gären lassen), sagte Raspe: »Die Deutschen haben uns zum Narren gehalten. Was kümmert sie unser Idealismus? Flämische Legion, ein schönes Wort, aber wir werden letzlich doch von Preußen und Bayern kommandiert. Wir kommen da nicht mehr raus. Man hat seinen Treueid geleistet. Ja, mit meiner Hand, die ich nicht mehr habe.«

»Louis, findest du nicht, daß dein Vater sehr oft zu Madame Kerskens von Gegenüber geht? Er schneidet dort die Rosen, er mäht das Gras, ich glaube, daß er sogar ihre Schuhe putzt, ich kann die Schuhcreme nicht mehr finden. Natürlich weißt du wieder nichts davon, du Jesuitenbengel. Nicht, daß es mir etwas ausmacht. Laß ihn nur sein Vergnügen woanders suchen, bei mir wird er es nicht mehr finden. Aber du müßtest ihm einmal zwischen Tür und Angel eröffnen, daß seine Madame Kerskens von Gegenüber regelmäßig bei Herrn Groothuis in Champagner badet, wenn er seine Feste gibt. Herr Groothuis steht zwar auf der falschen Seite, aber trotzdem holt er Frauen für die anderen Industriellen in sein Haus. So wie er immer auf zwei Pferde setzt. Denn nach dem Krieg werden die Leute auch wieder Textilien und Teppiche brauchen.

Na, Louis, erzählst du ihm das über Madame Kerskens? Du kannst das doch so gut, Klatschen und Petzen. Darin bist du eine Kanone.«

»Sehr geehrter Herr Seynaeve,
mit größtem Interesse habe ich Ihre drei eingesandten Gedichte gelesen, und nach meiner bescheidenen Meinung besitzen Sie ein ausgesprochenes Talent. Es kommt allerdings nicht ganz zu seinem Recht wegen Ihrer freien Versform, die meines Erachtens bereits ihre Zeit in Flandern gehabt hat. Ein gründliches Studium der klassischen Formenlehre, wie man sie in *Het literaire Kunstwerk* von W. Kramer und in *Ritme en Metrum* von A. Verwey antrifft, könnte Ihnen nichts schaden. Ich vermute auf Grund des überempfindsamen und wehmütigen Tons in Ihrem sicherlich nicht unverdienstvollen Werk, daß Sie noch ziemlich jung sind. Daher wünsche ich Ihnen viel Erfolg und Willenskraft, denn Sie repräsentieren die Zukunft unseres Volkes.

Mit ›Dietse‹ Gruß J. Willemijns, lic.,
Kunst- und Literaturredaktion von *Volk en Staat*.

PS. Irre ich mich, wenn ich annehme, daß Ihr Gedicht ›Eine Wolke‹ von Hölderlins ›Es hängt ein ehern Gewölbe‹ inspiriert worden ist?«

»Sie irren sich gewaltig! schrie Louis gegen seine Zimmerwände. Das Echo seiner Stimme wich draußen der Hupe des Eisverkäufers. An dessen Wagen mit dem spindeldürren Pony standen bereits Taugenichtse und leckten an ihren Eistüten. Hölderlins Plagiator rannte nach unten.

»Der Atlantikwall«, sagte Apotheker Paelinck, »hat bedenkliche Löcher. Und das kommt daher, du weißt, daß ich meine Worte sorgfältig abwäge, daß die Deutschen so dumm gewesen sind, die Holländer dort zur Arbeit einzusetzen. Ich bin für die Großniederlande, das ist bekannt, aber mit diesen Holländern, das ist ein schwerer Irrtum. Denk mal nach. Ein Holländer ist in erster Linie ein *commerçant*, das heißt, daß jeder, vom Werkmeister bis zum einfachsten Maurer, an einer Sache verdienen will. Bei einem Bunker zum Beispiel, der eine Verkleidung von zwei Metern haben soll, sparen sie ein paar Zentimeter, und auf der ganzen Länge des Atlantikwalls stecken die Holländer dementsprechend viele Gulden in die eigene Tasche. Sie verdienen am Beton, am Stahl, an den Schrauben, an den Bohlen. Die Deutschen, die da sitzen, sind stockblind, weil die meisten dort auf Genesungsurlaub sind, oder es sind solche Anfänger, daß sie, wenn sie Landminen legen müssen, über ihre eigenen Füße und den Draht stolpern und in die Luft fliegen.«

»Deine Ohren? Was ist mit ihnen?« sagte Tante Hélène, die Louis' Haar viel zu kurz geschnitten hatte.

»Sie stehen so ab.«

»Aber das ist Mode. Wie bei Clark Gable. Frauen haben das gern. Außerdem haben alle Seynaeves solche Ohren. Sieh dir nur deinen Paten an. Aber der läßt die Ohren jetzt hängen. Mona gönnt ihm keine Minute Ruhe, sie ist eifersüchtiger, als wenn sie seine Frau wäre.«

»Tante Hélène, ist Cécile ein Kind des Paten?«

»Bist du verrückt? Wer erzählt denn das? Louis, du darfst nicht auf solches Gerede hören! Obwohl . . .«

»Obwohl was?«

»Cécile sieht jedenfalls einem Seynaeve ähnlicher als Ward. Sie hat nichts von Wards dicken Lippen und seinen Froschaugen. Aber das besagt nichts.«

»Nein. Auch ich sehe meinem Vater nicht ähnlich.«
»Mehr als du glaubst.«
»Ich? Du lügst. Du hältst mich zum Narren!«
»Du kannst dich nicht damit abfinden, daß du ein Seynaeve bist.«
»Du lügst! Und wie du lügst!«

Eine verhärmte Frau klingelte.

»Madame Seynaeve, ich habe gewartet, bis ich Ihren Mann weggehen sah. Ich weiß, daß Sie mehr als genug am Hals haben, weil Sie so engagiert für die Jungen des ERLA sorgen, und vielleicht sagen Sie mir: › Madame, fangen Sie nicht davon an, dafür ist mein Mann zuständig.‹ Aber Sie haben kein Telefon, und ich habe schon drei Karten an diese Adresse geschickt, Ihr Mann hat sie bestimmt in den Papierkorb geworfen. Es ist häßlich, das zu sagen, aber Ihr Mann, Madame Seynaeve, ist ein Taugenichts. Das letzte Mal habe ich ihn auf einer Versammlung der Drucker gesehen, und dort tat er so, als würde er mich nicht kennen, das ist mir wochenlang peinlich gewesen, so ein Affront in Gegenwart seiner Kollegen. Ich erzähle das nur, damit Sie vielleicht auf dem laufenden über das sind, was meinem Mann zugestoßen ist, einem guten Mann, aber vom Pech verfolgt, er hat eine Gehirnblutung gehabt, und bisher war er lieb und normal, aber ab und zu kriegt er doch seinen Rappel, wenn er über irgend etwas nachgrübelt. Er ist ein Gefühlsmensch, Madame, sofort Feuer und Flamme und um die anderen besorgt, und dann muß ich ihn wohl oder übel im Keller einsperren, wo niemand ihn hören kann, seine Schwester Ottilie hatte das auch, die hörte in ihrem Kopf immer Glas klirren und lief auf der Suche nach den Scherben mit Handbesen und Kehrblech herum. *Enfin,* Madame Seynaeve, ich habe mich damit abgefunden, mein Mann wird nicht wieder gesund, wir holen ihn nicht mehr aus dem Keller, denn ich wage es nicht, ihn ins Irrenhaus zu stecken, dort mißhandeln sie die Leute absichtlich mit ihren neuen Medikamenten, weil sie glauben, daß es nicht das Gehirn ist, dem etwas fehlt, sondern die Leber oder die Galle, *enfin,* um es kurz zu machen, Madame Seynaeve, ich habe die Papiere meines Mannes mit dem Notar durchgesehen und dabei diesen Schuldschein über hunderttausend Francs von Ihnen gefunden, was tun wir damit, Madame? Ich mit meinen vier Kindern muß alles zusammenkratzen, was ich kann.«
»Hunderttausend Francs«, sagte Mama.
»Sagen Sie bitte nicht, daß Sie nichts davon wissen.«

»Aber ich weiß davon ...«

»Sagen Sie bitte nicht, daß Sie mir die erst nach dem Krieg zurückzahlen!«

»Beruhigen Sie sich, Madame.«

»Wenn ich sie nicht bekomme, stecke ich Ihr Haus an!«

»Madame ...«

»Ihr Mann verdient haufenweise Geld. Er bekommt doppelt soviel Papier wie die anderen Drucker, weil er ausschließlich für DEVLag arbeitet, das hat er auf der Versammlung selbst gesagt.«

»Madame, mein Mann ...«

»... hat noch einiges mit mir zu regeln«, schnaubte die verhärmte Frau.

»Eine Tasse Kaffee, Madame?«

»Echten? O ja, gerne. Sie sind eine gute Frau, Madame Seynaeve.«

»Du hast recht, Staf, ich habe diesen Schuldschein mit deinem Namen unterschrieben und ich hätte mit dir darüber reden müssen«, sagte der Pate. »Aber du hättest dich auch fragen können, warum ich das Geld von diesem Drucker geliehen habe.«

»Ich frage es mich, Vater.«

»Weil ich lieber kein offizielles Geld leihe. Und wofür brauchte ich dieses Geld? Genau, um es dir zu schenken, damit du dein Haus kaufen konntest.«

»Schenken? Aber die Miete, die wir dir zahlen, Vater, ist viel höher als die Zinsen, die du dem Drucker zahlst«, sagte Mama katzenfreundlich.

»Constance, laß Vater ausreden.«

»Es ist ganz einfach«, sagte der Pate. »Wenn wir diese Hunderttausend zurückzahlen müssen, dann tun wir das eben. Wir verkaufen das Haus, es gibt dafür genug Interessenten mit Schwarzgeld.«

»Und was machen wir mit dem Gewinn?«

»Welchem Gewinn, Constance?« fragte der Pate.

»Mit dem, was über hunderttausend Francs ist ...«

»Du meinst, daß du deinen Anteil davon haben willst? In einem ehrlichen Verhältnis? Darüber läßt sich diskutieren.«

Sie diskutierten darüber. Als der Pate weg war, warf Papa die Frage auf, ob sie von dem Gewinn vielleicht einen DKW mit einem Holzvergaser kaufen sollten.

»Du bist noch dümmer als ich dachte, Staf.«

»Oder einen schönen Pelzmantel für dich.«

»Ich brauche nichts von dir. Sorge lieber für den Haushalt und für Louis.«

»Wir sind eine Zeitlang wieder aus dem Gröbsten raus«, sagte Papa.

»Dein Vater trug seinen Trauring nicht . . .«

»Vielleicht paßt er ihm nicht mehr, er magert ja zusehends ab.«

»Durch sein schlechtes Gewissen.«

»Constance, wann hören diese Stänkereien endlich auf!«

»Wenn ich tot bin«, sagte Mama. »Am liebsten möglichst bald.«

»Sie sind in der Normandie gelandet, genau an der Stelle, wo Feldmarschall Rommel sie erwartete, und bei diesem schönen Wetter und der Windstille werden die Fallschirmjäger wie die Tauben abgeschossen.«

»Wenn der germanische Siegeswille auflodert, wird Roosevelt vor Schreck aus seinem Rollstuhl fallen.«

»Es sind hauptsächlich Neger, die gelandet sind, die müssen immer in vorderster Linie die Kastanien aus dem Feuer holen, die armen Kerle, all das schwarze Fleisch, das im Stacheldraht von Europa hängenbleibt.«

»Es geht um Sein oder Nichtsein von Europa.«

»Pierlot selbst sagt es in London: ›Noch ist die Zeit für den entscheidenen Kampf nicht gekommen.‹ Das heißt, daß sie erst einen Versuch wagen, wie in Dieppe. ›Leid und Entbehrung werden noch größer werden‹, sagt Pierlot. Und daß wir Mut, Disziplin und Vertrauen haben müßten. Wie kann er das wagen, während Nacht für Nacht diese Mörder am Himmel von Walle zum Bombardieren kommen? Kardinal van Roey selbst – und wenn es einen gibt, der weiß, wie der Hase läuft, dann ist er es – hat in einem Hirtenbrief von allen Kanzeln protestiert, daß dies unmenschlich sei.«

»Für uns ist es eine Katastrophe«, sagte Tante Monique. »Die Fleischpreise sind in zwei Tagen um 30 Prozent gefallen.«

»Die Butterpreise auch.«

»Es ist doch grausam, daß das eigene Geschäft so abhängig von einer Landung in der Normandie ist. Aber Robert nimmt es sich nicht zu Herzen. ›Von mir aus kann der Preis noch um die Hälfte fallen‹, sagt er, ›ich schlafe deswegen keine Stunde weniger. Man lebt nur einmal!‹«

»Nachdem die Russen in ihrem Gebiet mit Millionen von Toten

gute Arbeit geleistet haben, ja, da sind nun die Engländer und Amerikaner dran. Und sie kommen!«

Der Ku-Klux-Klan, der in weißen spitzen Hauben mit Augenlöchern darin Neger hängt und röstet. Die Tambourmajorinnen mit silbernen, von Federbüschen gekrönten Tschakos und schamlos drallen Schenkeln, die die *Stars and Stripes* schwenken, die Go-go-Tänzerinnen mit Diamanten auf den Brustwarzen und in V-Form rasierten Schamhaaren: *Victory*, der aus Sing-Sing geholte Al Capone, Legs Diamond, die Comanchen und Sioux und Apachen und John Wayne, sie kommen und werfen falsche Dollars herab und Phosphorbomben, sie kommen, um unseren Sint Maartenstoren, unseren romanischen und gotischen Stolz, unsere Gravenstenen und Minnewaters zu vernichten und unseren gregorianischen Gesang zum Schweigen zu bringen.

So wie sie Rom dem Erdboden gleichgemacht haben, nein, *beinahe* nur, denn der Papst hat natürlich ein Abkommen geschlossen, gleich und gleich gesellt sich gern, er hat Rom von einem britischen General einnehmen lassen, dessen Familienname Alexander war, wie Alexander der Große, der Eroberer.

Sobald das Haus im Oudennaardse Steenweg ihnen nicht mehr gehörte (obwohl es noch nicht defintiv an den Neffen des Kanonikus van Londerzeele verkauft war), vernachlässigte Mama den Haushalt mehr denn je. Wenn Papa nicht abwusch, blieben die verkrusteten Tellerstapel stehen. Mama sagte, sie habe keine Zeit mehr, nachdem die Überstunden im ERLA gewöhnliche Arbeitsstunden geworden seien.

Dennoch stand sie in der Küche, starrte aber nur lange Zeit vor sich hin und sagte, daß sie sich als Hilfsschwester melden wolle, erst einen Monat Kartoffeln schälen und gebrochene Beine in Schwerin pflegen und dann in ein Feldlazarett im Osten, der auf der Karte immer näher rückte. Oder sie sprach davon, sich an einer Laterne aufzuhängen.

»Warte damit, bis ein Weihnachtsbaum auf dem Grote Markt in Gent steht und die Amerikaner hier sind«, sagte Louis, »dann kann ganz Walle dich hängen sehen.«

»Lach nur«, sagte sie. »Wart's ab.«

Herman Polet, der später auf der Universität in Gent Jura studieren und erst dann, das Diplom in der Tasche, Schwertschlucker und

Feuerfresser werden will, sagt: »Das sind Groschen-Gedichte, sie haben keine Tiefe, alles dreht sich um deinen Kummer, wer macht sich schon was draus, wenn du Lust hast, dich aufzuhängen, weil du keine Geliebte hast.«

»Ich habe eine Geliebte.«

»Wen denn?«

»Das sage ich nicht.«

»Führ doch deine Mutter an der Nase herum.«

»Ich habe ihr versprochen, daß ich ihren Namen nicht verraten werde.«

»Wie alt ist sie?«

»Einen Monat jünger als ich.«

»Blond oder schwarz?«

»Schwarz, mit preußischblauem Schimmer.«

»Sicher nur, wenn eine blaue Lampe darauf scheint?«

»Abends macht sie ihren Haarknoten auf.«

»Aha, sie ist bei den ›Dietse Meisjesscharen‹!«

»Nein, in ihrer Familie tragen sie alle ihr Haar zu einem Knoten hochgesteckt. Ihre Mutter auch, die ist Pianistin. Aber wenn ich sie abends sehe, löst sie ihr Haar, und es fällt über ihre nackten Schultern.«

»Bis zu ihrem Loch?«

»Nein. Quatsch.«

»Du brauchst nicht rot zu werden, Seynaeve. Hat sie ein großes Loch?«

»Polet, das geht dich nichts an.«

»Erzähl weiter. Nach dem Haar kommen die Augen.«

»Mandelförmig mit Wimpern, die, wenn das Licht von oben kommt, ihre Wangen streicheln.«

»Schielt sie ein ganz klein wenig?«

»Natürlich nicht.«

»Schade.«

»Wieso?«

»Weil schielende Frauen, wenn sie kommen, gerade gucken. Was für eine Farbe haben ihre Augen?«

»Schwarz.«

»Banal.«

»Goldgesprenkelt.«

»Gestrichelt, gesprenkelt: hör doch auf, Seynaeve. Benutzt sie Parfüm? Welche Marke?«

»Das weiß ich nicht.«

»Tja, aber stinkt sie oder nicht?«

»Warte. Ich weiß es doch ... *Imprudence.*«

»Das gibt es nicht.«

»Ich werde dir morgen das Fläschchen zeigen.«

»Was tut sie abends unter dieser blauen Lampe?«

»Sie redet nicht viel. Sie liest. Sie kann ziemlich gut Schach spielen. Sie ist versessen auf die Natur und auf Tiere. Darum hat sie auch immer einen Hund bei sich.«

»Sicher einen Straßenköter?«

»Nein. Einen Borsoi.«

»O du gottverdammter Lügner. Borsoi, sagt er. Dabei hat er noch nie in seinem Leben einen Borsoi gesehen. Du bist entlarvt, Seynaeve, denn ›Borsoi‹ kommt in einer Anthologie holländischer Gedichte vor. Du hast geglaubt, daß du in Walle als einziger auf dem laufenden bist, zufällig sind wir hier nicht alle Dummköpfe. Borsoi!«

»Das ist ein russischer Hund, Polet. Er wird bei der Wolfsjagd benutzt. Sie hat ihn von einem älteren Mann geschenkt bekommen, der in sie verliebt war und sie nicht kriegen konnte und darum an die Ostfront gegangen ist.«

»Wo sein Pimmel erforen ist. Warum wollte sie ihn nicht?«

»Weil sie in mich verliebt ist, Polet.«

»Sagt sie das?«

»Sie sucht mich tagsüber in der Stadt, sagt sie, obwohl sie weiß, daß ich in der Schule bin. Wenn die Amerikaner über Walle fliegen, stirbt sie tausend Tode, sagt sie, weil sie mich unter den Trümmern liegen sieht.«

»Kommt sie aus einer reichen Familie?«

»Ich glaube schon. Sie will mir eine ganz teure Uhr kaufen.«

»Aber die nimmst du sicher nicht an, weil du uns auf dem Collège nicht neidisch machen willst?«

»Nein. Weil ich nicht von ihrem Geld abhängig sein will.«

»Hat sie X-Beine?«

»Ein bißchen, glaube ich. Ja.«

»Aha! Und ihre Spalte? Ist sie naß?«

»Bitte, Polet, benimm dich!«

»Du warst doch schon dran?«

»Was dachtest du denn?«

»Aha, und sie, was hat sie bei dir gemacht?«

»Beim letzten Mal lag sie auf den Knien und packte meinen Pimmel, wickelte mein Hemd darum und steckte ihn wieder in die Hose zurück.«

»Diese Frauen heutzutage ...« sagte Herman Polet.

Louis spielte mit Onkel Léon Dame. Sie hockten zusammen auf dem Teppich, Onkel Léon konnte sich noch nicht an sein Haus gewöhnen. Auf dem Teppich voller Brandlöcher, der Deutschland nun war, hatte er immer im Schneidersitz auf dem Bretterboden seiner Baracke gesessen. Je mehr Bomben auf Deutschland fallen, desto leidenschaftlicher singt man dort in den Kellern voll Wasser und Schutt: »Die Fahne hoch, die Reihen fest geschlossen.«

Tante Nora tat ausgelassen, sie, die die Karbatsche verdiente, weil sie mit einem noch sehr Minderjährigen Unzucht getrieben hatte. »Onkel Léon, ich habe deine Frau bestiegen.« So sagt man das doch?

»Du nimmst dir das doch aber nicht zu Herzen, oder?« sagte Onkel Léon bitter.

»Warum sollte ich?« sagte Tante Nora kokett.

»Du hast nichts anbrennen lassen, was?«

»Was hättest du an meiner Stelle getan?«

»Und ich reib mir in Deutschland die Eier wund!«

»Du darfst nicht übertreiben, Léon.« Sie streichelte seinen Kopf.

Die großen Toten, Staf de Clercq, van Severen und Tollenaere gerahmt auf holzschnittartigen schwarz-weißen Paneelen. Kleiner, aber noch immer in doppelter Lebensgröße, hing in einem schwarzen Samtrahmen das Foto des Hilfsrechnungsführers Victor Degelijn mit einem holländischen Helm an der Wand, das Löwenzeichen noch gerade auf seinem linken Ärmel sichtbar, auf einer Schulterklappe die silberne Nummer 44. Ein schwaches ungläubiges Lächeln um den Mund: ›Bin ich nun wirklich so riesig für meine überlebenden Kameraden?‹ Die Brusttasche seines Mantels bauschte sich, darin steckte sein Soldbuch. Trompeten und Trommeln, vertraute Trauerklänge. Vic Degelijns Witwe lehnte sich an die Schulter eines Hauptmanns des Heeres. Die angetretenen ›Flämischen Wächter‹ waren vorwiegend in Feldgrau und sangen: »Das Deutsche Volk erwacht nach Jahren, zerbrochen ist das Joch der Sklaverei.« Papa wischte sich die Tränen ab.

Die deutschen Offiziere standen weniger stramm als die flämischen, als die Botschaft des Freiherrn von Brentano verlesen wurde, in der er schwor, daß die Hinterbliebenen unterstützt würden. Von Vic Degelijn, der vor dem Kohlenlager in Haarsten Wache gehalten hatte, hatte man, nach der anglo-amerikanischen Bombe, die Überreste in einem Schubkarren eingesammelt. Papa schluchzte. (Was ist eigentlich im letzten Jahr mit mir geschehen? Vor einem Jahr wäre ich bestimmt auch sehr gerührt gewesen; nun ist aber Vic Degelijn einer der vielen, die ich überhaupt nicht kenne. Es ist ein so tapferer Tod, aber vielleicht kommt später eine Zeit, in der ich das absurd finden werde.)

»Ihr ›Dietse‹ Gaue, reicht einander die Hand, die ›Wacht‹ marschiert« – »In Reih' und Glied, vorwärts marsch, *Houzee!*«

Ein NSJV-Junge mit einer geflammten, an seiner Taille baumelnden Trommel löste sich aus der Gruppe, die darauf wartete, den Soldaten mit dem Sarg zu folgen, er salutierte vor Papa und Louis, schlug die Hacken zusammen und sagte: »*Houzee,* Seynaeve!«

»*Houzee*!« sagte Papa zu dem gebräunten rotblonden Jungen mit vorstehenden Zähnen und haselnußbraunen (mandelförmigen) glänzenden Augen (bläulich-milchiges Weiß, meine große Liebe), es war Vlieghe. An seiner Brust das HJ-Leistungsabzeichen.

»Sieh an!« sagte Louis. »Hoi.« (Ivo Liekens mit dem Kuhdreckarsch eines Bauerntölpels: *»Hoi.«*) Er grub seine Fingernägel in die Handfläche, bis es wehtat. Und hörte denselben zurückgebliebenen Bauerntölpel Ivo Liekens jovial mit seiner eigenen Stimme sagen: »Vlieghe, Mensch, du kannst dich sehen lassen und auch noch Geld dafür verlangen!«

Trompeten schmetterten, die Reihen formierten sich. »Ich sehe dich nachher«, sagte Vlieghe in dem irgendwie verklärten und zugleich hastigen Ton des rosigen Schulkindes von einst. Er zog den Riemen seiner Trommel fester. Mit ihm stapften hundert eiserne Füße davon. Ein stupides tierisches Geräusch.

Papa ging träge zwischen Leevaert und Paelinck (dessen Tochter – wie hieß sie doch gleich? Simone – eine Brille trug, ich habe dieses Mädchen schon einmal gesehen, aber du kannst mich totschlagen, ich weiß nicht wo, sie sieht verkümmert aus, ihr fehlt Liebe, ihr fehlt ein Zuchthengst, der sie auf dem Bretterboden deckt, Simone, ja, so heißt sie, Simon aus Bethanien, der Aussätzige, und ich bin das neungürtelige Tier, gepanzert gegen alles, was von ihr kommt, mit meinen Schuppen und Krallen schlurfe ich von ihr weg zum Friedhof).

Auf dem Friedhof sagte der Hauptfeldwebel, die Mutter der Kompanie, der Spieß, daß die Dekadenz überwunden werden müsse, daß unser geistiges Leben zu einem neuen Anfang umgeformt werden müsse, denn stets erhöben sich brennende Fragen: Was bedeuten wir in der Geschichte? Worin besteht die Identität und das Wesen des Menschen? Müssen wir nicht mit unserem Willen selbst eine Wahrheit schaffen?

Der Zettel in den groben Händen des Mannes zitterte. »Die Wüste«, las der Mann von seinem Zettel ab, »breitet sich um uns aus, aber die Götter werden in diese Wüste zurückkehren, Sieg Heil ...«

Dann blickte der Spieß erleichtert auf und sagte: »Amen.«

Als die Mannschaften sich zerstreuten, sagte Vlieghe (einst das Füchschen): »Gottverdammt, Seynaeve, die Welt ist klein.«

»Ja.«

»Und doch ...«

»Ja, so ist das.«

»Wer hätte das gedacht?«

»Ich nicht.«

»Ich auch nicht.«

Papa schätzte nach Papierformat und Druck den Preis der Todesanzeige, auf der die Hagelrune stand, die bedeutet: Kenne Gott, und Gott kennt dich.

Auge in Auge mit Vlieghe, der flucht und sagt: »Ja, wo ist die Zeit geblieben, Louis?«

Als wir, unberührt und unverdorben, aufeinander angewiesen waren, ich jedenfalls auf dich.

»Weißt du noch, Schwester Sapristi, was, Seynaeve, *nom de Dieu*!«

»Ich weiß es noch.«

Der Fähnleinjunge Vlieghe hatte eine kurze Hose an. Seine weißen Socken, die er vorschriftsmäßig über den grauen Strümpfen und über die Bergstiefel gerollt trug, waren voll brauner Spritzer.

»Wir haben auf vieles verzichtet, was, wir zwei im Internat, parbleu.«

»Aber wir haben auch unseren Spaß gehabt.«

»Das ist verdammt wahr. Auch wenn es nur verschimmelte Schokolade war.«

»Ja. Jaja.«

»Und im Winter blau vor Kälte.«

»Und im Sommer diese Hitze.«

»Zeichnest du immer noch so hübsch?«

»Ich?« (Er verwechselt mich mit einem anderen! Mit Dondeyne! Mit Goossens, der der Apostel Bartholomäus war!)

»Nun ja, du hast doch immer diese Häuser gezeichnet, meistens Schlösser, mit Bäumen und Pflanzen, alles ganz genau, mit Frauen auf einem Kanapee. Weißt du das nicht mehr? Die Frauen hatten immer einen großen weißen Hut auf.«

»Kann sein.«

»Du gehst aufs Collège, oder?«

»Ich bin einmal sitzengeblieben.«

Papa hüstelte kurz. Wie Schwester Koedde in den dunkeln Gängen.

»Mußt du gehen?« (Vlieghe reagierte auf das Signal, wie früher.)

»Ich glaube schon.«

»Ich auch«, sagte Vlieghe sofort. »Guck dir die da an. Sieht die nicht wirklich Klasse aus? Die gehört mir.«

Ein pummeliges Mädchen mit Zöpfen. Ihre Bluse mit Perlmuttknöpfen spannte über den flachen Brüsten.

»Ich habe ihr vorgestern Ohrringe für fast 100 Francs geschenkt. Die hatte ich von unserem Scharführer gewonnen. Beim Whistspielen. Wir spielen hoch. Er ist der Sohn des Arztes.«

»Sie trägt deine Ohrringe aber nicht.« (Verdrossen und neidisch.)

»In Uniform ist das verboten«, sagte Vlieghe. »Du, du weißt natürlich nichts davon. Du stehst wahrscheinlich irgendwie auf der anglophilen oder weißen Seite. Ich erkenne sowas sofort am Auftreten.«

»Ich? Wie kommst du denn darauf?«

»Seynaeve, du kannst mir nichts vormachen. Das hast du nie gekonnt. Ich habe dich immer durchschaut.«

Das Mädchen kam näher.

»Das ist sie, ein tüchtiges ›Dietsmeisje‹. In zwei Monaten wird sie, wenn die Amerikaner noch nicht hier sind, Scharführerin.«

»Houzee!« sagte sie fröhlich.

»Ich dachte, es hieße ›Heil Flandern‹«, sagte Louis.

»Wir sind Großniederländer«, sagte Vlieghes Mädchen.

»Es ist von größter Bedeutung, daß wir uns nun entscheiden, ob wir unsere Eigenheit als Flamen und Großniederländer bewahren können, oder ob wir uns in das Deutsche Reich eingliedern lassen wollen«, rezitierte Vlieghe unter ihrem wohlwollenden Blick. Und dann, während er den Arm um ihre Taille schlang, als sie gerade mit einer kleinen Bürste über ihren faltenlosen Rock strich: »*Allez*, ich weiß, wo ich dich finden kann. Alles Gute. *Houzee*!«

»*Houzee*!« sagte Papa.

»Halt ihn steif, Vlieghe«, sagte Louis, »so verabschieden sich die Buren auf den ausgedehnten Feldern Südafrikas voneinander.«

Nachdem Rommel gefallen ist, an den Folgen seines Unglücks auf der Route National Nummer Hundertneunundsiebzig bei Caen, bis zum letzten Atemzug auf seinem Sterbelager Auge in Auge mit dem Schöpfer, den Marschallstab umklammernd, nähern sich die Amerikaner rasend schnell.

Die Weißen werden kühner, man betrachte sich nur die Mauern der Gendarmerie, man sieht den Backstein nicht mehr vor lauter Hetzparolen gegen die Neue Ordnung. Die Weißen rauchen süßscharfe Spezialzigaretten, die zusammen mit ihren Waffen per Fallschirm auf dem Fußballplatz von *Stade Walle* abgeworfen werden.

General Frißner hat der Sechsten Armee befohlen, sich hinter den Prut zurückzuziehen.

Madame Kerskens von Gegenüber wäscht und bügelt ihre belgische Fahne.

In ganz Europa muß das Heer sich auf Verteidigungsaktionen beschränken.

»Wir müssen allmählich Angst vor unserem eigenen Volk bekommen«, sagte Papa. »Wir haben doch seit Kriegsbeginn nichts anders getan, als der Bevölkerung zu helfen. Bis zum letzten Franc haben wir unser Geld in ›Die Liebesgabe für den Soldaten‹ gesteckt. Und meine Frau, die, jetzt noch, heute noch, versucht, die Jungens vor dem Transport nach Deutschland zu bewahren ...«

»Die Leute mögen sie nicht«, sagte Theo van Paemel. »Mit ihrer Hochnäsigkeit. Und diesem Gehabe von Rühr-mich-nicht-an-sonst-beiße-ich.«

»Das liegt daran, daß sie Constance nicht kennen.«

»Staf, ich spreche nur aus, wie es ist. Du bist gefährdet.«

»Gefährdet!« rief Papa.

»Wenn du willst, kann ich dir jederzeit meine Luger geben, mit Waffenschein. Zu deinem Schutz.«

»Nie im Leben«, sagte Papa. »Gegen mein eigenes Volk?« Er zog Louis' Hitlerjugenddolch aus der Hosentasche seines Overalls. »Hiermit ...« Louis riß seinen Besitz dem Vater aus der Hand. Die Klinge roch nach sauren Äpfeln.

»Du kannst dich genausogut auf ein Amulett des heiligen Christophorus verlassen«, sagte Theo von Paemel.

»Spotte nicht darüber, Theo. Man hat schon von Kugeln gehört, die von so einem Amulett abgeprallt sind.«

»Mensch, Staf, ich sage es dir ins Gesicht. Deine Stunde hat geschlagen. Sie warten mit dem Hackebeil auf dich und deine Familie.«

Als Mama nach Hause kam, sagte Papa: »Constance, die Leute aus unserer Gegend mögen dich nicht. Es ist häßlich, es ist undankbar, es ist nicht deine Schuld, aber wir müssen die Folgen ins Auge fassen.«

Mit dem Paten hielt die Sippe Seynaeve Rat. Die Alarmsirene heulte schriller denn je, seit kurzem mit einem neuartigen Kummerton.

»Meine Mutter sagt, ich muß alle meine Einklebealben, meine Adler und Simplicissimushefte verbrennen«, sagte Louis, und Bekka meinte, daß das wohl das vernünftigste sei. Sie schlenderten den Weg entlang, knabberten Kornähren, es war kein Bauer zu sehen. Drei silberne Flugzeuge kreisten suchend am Himmel, tauchten aber nicht herab. Zwei magere Kühe liefen mit ihnen den Stacheldraht entlang. Kühe fraßen Ratten. Schweine fraßen sich gegenseitig auf. Und die Kinder werden die Rinde der Bäume essen.

»Ich werde dich eine ganze Zeit nicht mehr sehen«, sagte er.

»Wer weiß.«

»Ich darf niemandem sagen, wohin wir ziehen. Aber dir kann ich es sagen.«

»Ich möchte es aber lieber nicht wissen.«

»Interessiert es dich nicht, wohin ich gehe?«

»Je weniger ein Mensch weiß, desto besser.«

»Du bist die einzige, die mir fehlen wird.«

»Ein oder zwei Tage lang.«

»Nein, mein Leben lang. – Ist dir auch so warm?«

»Mir? Nein. Ich muß nach Hause.«

(Jetzt, wo ich weggehe, treffe ich mich mit ihr. Als sie die ganze Zeit da war, habe ich sie nicht gesehen. Ist das ein Gesetz? Sie ist großäugig [wie ein Reh? In: *Breviarium der Vlaamse lyriek*?] mager, mit gebräunten Beinen und verschrammten Knien, und ich werde sie später in den Trümmerhaufen nicht mehr sehen, die Russen kommen bis zur Nordsee, die Amerikaner werden Frankreich und Italien geschenkt bekommen, weil das Klima dort wie das in Kalifornien ist, die Russen in Walle, wir müssen uns gegenseitig mit erhobener Faust grüßen, Schnitzel von Elchen und Bären, Wodka, Mongolen.)

»Ich werde dir ab und zu einen Brief schreiben. Aber du darfst nicht auf die Fehler sehen.«

»An welche Adresse?«

»Die kriege ich bis dahin schon raus.«

»Villa Kernamout, Dorpsstraat, 8, Glijkenisse«, sagte Louis.

Die Flugzeuge hatten eine wunderschön gebogene weiße Linie am Himmel zurückgelassen. Das Abwehrgeschütz an der Leie beschoß das auseinandertreibende Gebilde.

»Ein großer Brand wird Europa heimsuchen«, sagte Louis.

»Und unser König? Er ist nach Deutschland transportiert worden. Das einzige, was er mitnehmen durfte, war seine Krone. Sie wiegt zwölf Kilo.«

»Ins Schloß Hirschstein.«

Ein Bauer radelte vorbei und jagte sie mit wilden Schreien weg. »Runter von meinem Land. Das hier gehört mir bis zum Leijerwaard!«

Sie saßen am grauen Wasser sahen auf die Lichtflecken und die blubbernden und platzenden Luftblasen. »Jetzt oder nie«, dachte der Kreuzfahrer, der in die Türkei und nach Jerusalem aufbrach, wo man ihm, zehn zu eins, den Schädel spalten und sein in Wein getunktes Gehirn aufessen würde; hastig knöpfte er seine Hose auf.

»Guck mal!«

»Steck das schnell weg«, sagte sie leise.

»*Ick segh adieu*«, las er träumerisch von einer Seite voller verschnörkelter gotischer Buchstaben.

Sie klemmte ihr Kleid zwischen die Knie und schnipste mit dem Daumennagel gegen den rosa Stengel, wie ein Kleiner im Internat, der nicht gut Murmeln spielen kann.

»Das tun die *infirmières,* wenn sie einen verwundeten Soldaten waschen müssen und dieses Ding ihnen im Weg ist«, sagte sie und schnipste fester, es tat nicht weh und änderte nichts am Zustand. »*Allez,* steck es schnell wieder weg.«

»Laß mich mal bei dir gucken.«

»Bist du auf den Kopf gefallen?«

»Komm schon.«

»Was gibt es da zu sehen?«

(Viel. Alles!) Ein teuflischer ungeduldiger Zorn breitete sich in seinem Körper aus.

Er knöpfte seine Hose zu.

»Schmollst du wieder einmal?«

»Einmal bitte ich dich um was!«

»Aber es ist eine so blöde Bitte.«

»Dann eben nicht. – Ich würde dir meinen Feldstecher schenken.«

»Und was soll ich mit deinem Feldstecher?«

»Du kannst ihn Tetje geben.«

»Wann kriege ich ihn?«

»Heute abend, wenn du willst.« Die träge Hitze vom Wasser her schlug ihm ins Gesicht. Sie zog ihr Kleid hoch, setzte sich auf eine Popobacke und streifte ihren Schlüpfer herunter.

»Aber so sehe ich nichts.«

»Ach, was bist du lästig.« Sie zog ihren Schlüpfer über ihre Knöchel und die verdreckten Schuhe. »*Voilà,* bist du jetzt zufrieden?«

»Spreiz die Beine.« Sie tat es so brüsk, daß er erschrak. Es war verdammt wenig zu sehen, eine Falte dunkler als ihre Schenkel, an der sich Haare kräuselten, aber sein Herz pochte, sein Mund war knochentrocken.

»Nein, nicht anfassen.«

Sie wollte aufstehen. »Noch eine Minute!«

»Was ist denn jetzt schon wieder, du Idiot?«

»Du kriegst noch meinen schottischen Schal dazu.« (Tante Hélène hatte gesagt: »Louis, dieser Schal ist aus der Mode. Du siehst damit wie ein Schuljunge vor dem Krieg aus.«) Er starrte weiter hin. Dafür schlugen sich die Männer nun die Schädel ein, für diese kleine langweilige Falte, die nichts mit dem Ding zu tun hatte, das unerträglich ungeduldig gegen den rauhen Stoff seiner Hose scheuerte, denn in seinem Ärger hatte er seine Unterhose nur halb hochgezogen; er befreite den Lump wieder aus seiner Hose.

»Oh, du kleines Schwein«, sagte Bekka zärtlich. Sie legte zwei Finger auf ihre Spalte, spreizte die Finger und zog die dunklen Lippen auseinander, der rosa Schlitz wurde sichtbar und ein glänzender fleischiger Krater.

»Sag brav guten Tag. Nein, nicht reinstecken, nur sein Köpfchen dran halten.« Sie hob ihre Pobacken. Die beiden Teile begrüßten und berührten sich. Erstaunlich leicht glitt das eine Teil in das andere.

»Aber nur einen Moment«, sagte die Jungfrau seiner Träume, und er gehorchte, Ritter Roland, immer bereit, meine Ehre ist Treue, und zog sich zurück, aber sie drückte mit aller Kraft ihren Unterleib nach vorne, die elastische geölte Höhle ließ ihn nicht los. Die Sonne versengte das Feld. Möwenschreie, so weit her von der Küste und den Dünen, und die See brandete weiter, bis er auf ihren bebenden Körper und ihr meersalziges Haar sank.

Sie flüsterte: »Wer bin ich?«

»Bekka«, sagte er zehn- oder zwölfmal.

›Kernamout‹ war ein englisches Landhaus mit Erkern, zwei Veranden und einem Rasen, den der Bauer aus der Nachbarschaft, der ihn pflegte, ›pelluse‹ nannte. Es gehörte der Familie Goethals, die in Südfrankreich saß und dankbar war, daß Mama ihren Sohn Henri bis zu den letzten Tagen des ERLA beschützt und bemuttert hatte. Ein seltsamer Friede herrschte in ›Kernamout‹, nachdem Papa sich in einem Hof in der Gegend von Veurne versteckt hatte, wo die Butter noch immer nach den Leichen von Vierzehn-Achtzehn schmeckte und wo noch echte, bescheidene flämische Christen wohnten, barmherzige Samariter.

Auf knarrenden Karren zogen die Deutschen ab und schleppten Ackerbaumaschinen, Kochtöpfe, Büroschränke und Schreibmaschinen mit, die alten Gäule gähnten unentwegt.

Louis durfte sich nicht zeigen, weil er zu groß war, wie siebzehn oder achtzehn aussah, fand Mama. Manchmal lag er zwischen den Blumenkohlköpfen und dem Rhabarber und spähte wie ein Heckenschütze der Weißen Brigade zu den knarrenden Karren und den enttäuschten Deutschen auf den Lafetten. Er hörte Mama munter mit Angelique, der Frau von Onkel Armand schwatzen, die abends aus Deinze hergeradelt kam, mit Neuigkeiten und Essen. Tante Angelique machte sich Sorgen, weil Onkel Armand bis zuletzt sein Amt als Kontrolleur ausüben wollte, er hatte noch vorige Woche einen Bauern festnehmen lassen, der seine Schweine vernachlässigt hatte, die Tiere streckten im Gestank der Schweinepest die Beine in die Luft, denn der Bauer hatte tagelang besoffen den Einmarsch der Alliierten in unser Vaterland gefeiert. Kichernd und sternhagelvoll wurde er von den Gendarmen abgeführt, auf dem Dorfplatz rief er: »Ihr könnt mich alle am Arsch lecken, vor allem Armand Bossuyt. Es lebe die Unabhängigkeitsfront!«

Bei ihrer letzten Begegnung in Walle hatte der Pate erklärt, daß

Louis sich am besten bei den Hieronymianer-Brüdern in Waffelgem eintragen lassen sollte, um das Druckerhandwerk zu lernen. »Laß uns doch kein Blatt vor den Mund nehmen, Louis wird keinerlei Erfolg bei einem Studium haben, er ist schon zweimal sitzengeblieben, er ist mit seinen Gedanken immer woanders, er hat nicht den geringsten praktischen Verstand, er ist kein *commerçant* (die schlimmste Beschimpfung in Westflandern), dort kann er zumindest die Grundlagen lernen, um später das Geschäft seines Vaters zu übernehmen.«

»Geschäft!« rief Mama. »Die paar vergammelten Druckmaschinen!«

»Constance, halt dich da heraus«, waren Papas letzte Worte.

Mama hatte sich geirrt, sie, die den sogenannten praktischen Verstand wohl hatte. Louis und sie erschienen fünf Tage vor dem Beginn des Schuljahres im Stift der Druckenden Brüder in Waffelgem.

Der Bruder Vorsteher, ein runder Mann mit weißen Locken, strich zögernd über seinen Talar. Seine Verbundenheit mit der Familie Seynaeve stehe außer Frage, sagte er. Und gewiß die mit unserem Patriarchen, murmelte er, mit dem ich manche Flasche Burgunder geleert habe. Für einen anderen Schüler, wer immer es auch sein möge, täte er es nicht, aber für Louis könne eine Ausnahme gemacht werden. Er dürfe ruhig die wenigen Tage im Stift bleiben. Mama küßte dem Bruder Vorsteher die Hand, als wäre er ein Erzbischof mit Siegelring.

Bruder Alfons, ein verschlissenes Männchen, nahm Louis unter seine Fittiche, backte Pfannkuchen für ihn und gab ihm die *Histoire de la Typographie Belge* zu lesen.

Wenn Louis durch die leeren Klassenzimmer irrte, begegnete er unweigerlich dem Bruder. Louis schrieb: »Langeweile hält mich hier gefangen / Ich trage in mir mein Verlangen / seh nirgends Heil in meinem Leben / Wonach soll ich denn noch streben? / Ich soll die Zukunft mir erwerben / dieweil die Brüder, von hier fortgegangen / im Osten reihenweise sterben.«

Es war nicht modern genug. Kein van Ostaijen, kein Victor Brunclair.

»Langweile, graue Gänge / Elendes Leben allzumal / Im Ostbrand der Gestank von Stahl / O weh, Todesgesänge!«

In Kapitälchen, zwölf Punkt ohne Striche?

»Es sind schlimme Zeiten«, sagte Bruder Alfons.

»Ja, Bruder.«

»Besonders für einen Jungen wie dich.«

Was meinte der Greis damit? Daß es heiß ist und daß ein Junge wie ich lieber mit seinen Kameraden schwimmen gehen sollte? Oder daß es Hochsaison für einen jungen Burschen ist, der mit Mädchen schmusen will? Oder daß ich, von meinen Eltern im Stich gelassen, hier allein verkümmere? Oder daß ich in diesen schlimmen Zeiten von der Gemeinschaft ausgestoßen worden bin, weil mein Vater sich wegen seiner flämischen Illusionen wie ein Verbrecher versteckt?

In diesem Augenblick fuhr ein Auto mit jungen Männern in weißen Overalls, Maschinenpistolen schwenkend, auf den Schulhof.

»Aber das ist ja Bernard!« rief Bruder Alfons freudig, rannte zu dem bremsenden Auto und half dem Chauffeur beim Aussteigen. »Also, Bernard, mein Junge!«

Der breitschultrige Bursche mit einer FFI-Armbinde überquerte um sich spähend den Schulhof. Bruder Alfons rief, daß ein Trappistenbier bereit stehe, eigens für so einen Tag aufbewahrt. Musternd stellte sich Bernard vor Louis, der zwei gespreizte Finger in die Höhe streckte.

»Wer hätte das gedacht?« gackerte Bruder Alfons. »Ich glaubte, du wärst in den Ardennen.«

»Den flämischen Ardennen!«

»Auf dem Kluisberg! Dort haben wir vier aus ihrem Loch ausgeräuchert.«

»Also, ihr Kerle!« sagte Bruder Alfons glücklich.

Der älteste dieses Trupps der Weißen Brigade, der einen weißangestrichenen belgischen Helm trug, fragte, während er seine Maschinenpistole wie ein Kind in den Armen wiegte: »Bist du kein Verwandter des Bürgermeisters von Dentergem?«

»Nein«, sagte Louis und errötete.

»Ich wollte mal nachschauen, Bruder Alfons, ob du mit deinem weichen Herz keinen Schwarzen im Kloster versteckt hast«, sagte Bernard.

»Ich, Bernard? Ich bin ein Patriot. Immer schon gewesen.«

»Das eine schließt das andere nicht aus. Und wir haben hier in den Klassen ›Der Flämische Löwe‹ singen hören.«

»Und ›Kempenland‹.«

»Wir werden mal herumschnüffeln.« Sie überquerten den Schulhof, mit vorgehaltenem Gewehr und im Zickzack, als wären sie im Begriff, den Marktplatz einer belagerten Stadt einzunehmen.

Eine Stunde später klaute Louis ein Fahrrad aus dem Schuppen des Stifts und fuhr, manchmal strampelnd wie Marcel Kind, manchmal schnell spurtend wie Poeske Scherens, dann mit schrecklich lahmen Waden, gehetzt an olivgrünen Tanks mit Tommies und verlassenen Abwehrgeschützen vorbei. Bei Aalter durchquerte er ein Gebiet mit verkohlten Bäumen, qualmenden Häuserreihen und dem monotonen Kanonendonner hinter dem Horizont. Es war dunkel, als er Tante Monas Haus in Walle erreichte. Der Pate mit seiner Schlafmütze aus Kattun giftete, Louis sei wohl verrückt. Cécile hatte ein weißes Kleid an und einen Schal mit der belgischen Trikolore. Tante Mona gab ihm Butterbrote mit Kalbskopf in Tomatensauce.

»Bist du tatsächlich auf diesem lächerlichen Stahlroß quer durch die Linien gefahren?« fragte Cécile.

»Was hast du unterwegs gesehen?« fragte der Pate.

»Ich habe nicht hingeguckt.«

»Dieser Junge hat Stroh im Kopf!« rief der Pate und steckte sein Gebiß in den Mund.

»Tommies«, sagte Louis. »Viele Tommies in Tanks.«

»Das sind keine Tommies«, sagte Cécile. »Das sind Polen, als Tommies verkleidet.«

»Polen und Neger«, sagte Tante Mona.

»Wo ist mein Vater?«

»Das wissen wir nicht.«

»Er ist irgendwo bei Veurne!« rief Louis verzweifelt. »Mama hat die Adresse von Theo von Paemel bekommen, aber sie hat sie verloren.«

»Aber was willst du von deinem Vater?«

»Ihm sagen, daß sie ihn suchen. Daß er vor allem nicht nach Glijkenisse zurückkommen darf.«

»Das weiß er doch selbst. Jedes kleine Kind weiß das. Sie suchen jeden.«

»Wo ist mein Vater?«

»Beruhig dich, Louis. Setz dich. Dorthin.«

»Louis«, sagte der Pate sabbernd, »es ist nur zu deinem Vorteil, nicht zu wissen, wo dein Vater ist. So wie die Weißen mit Schaum vor dem Mund herumlaufen, würden sie dich foltern, bis du ihnen sagst, wo er ist.«

»Mit brennenden englischen Zigaretten an deinen Brustwarzen«, sagte Cécile.

»Du willst doch nicht, daß sie deinen Vater an die Wand stellen? Es ist bewunderswert, daß du so besorgt um deinen Vater bist, ich hätte es, ehrlich gestanden, nicht von dir erwartet, aber du hast Stroh im Kopf.«

»Du bist immer gegen mich gewesen, Pate«, schrie Louis.

»Mona, gib dem Jungen etwas von dem übriggebliebenen Reisbrei.«

»Hier«, sagte Tante Mona. »Es ist *riz condé* mit kandierten Früchten. Siehst du, dein Pate spart sich für dich das Essen vom Munde ab.«

Beim Essen beruhigte er sich. Der Pate fragte, wie es seiner Mutter gehe. Louis log, daß sie viel weine, weil Papa ihr so fehle. Der Pate nickte zufrieden.

Onkel Léon war, weil die Leute in diesen Tagen die Zwangsverpflichtung zum Arbeitsdienst mit Sympathie für das Dritte Reich verwechselten, mit seiner liederlichen Frau Nora zu seinem Bruder nach Wallonien gefahren. Onkel Robert saß, obwohl er viele Hungerleider in Walle gefüttert hatte, in seinem Landhaus bei Tournai, wo sie ihn nur als Rentner kannten.

Louis mußte früh zu Bett. Auf dem Dachboden, im Feldbett, betrachtete er die neue Zeitung, die *Volksgazet,* voll blöder Karikaturen des Führers (ungekonnt und nicht im mindesten ähnlich) in Gestalt einer Schlange, die durch alliierte Stiefel zertreten wurde. In Waffelgem suchten ihn Bruder Vorsteher und Bruder Alfons, sich aneinander klammernd, in den nebligen Weiden. Huhu, huhu, Louis!, immer ängstlicher, weil sie einen Schüler noch vor Schulbeginn verloren hatten, sie verirrten sich im weißen Nebel, als Generalmajor Christoph Graf Stolberg zu Stolberg auftauchte, sie vor Angst in ihre Röcke schissen und wimmerten, daß sie Hieronymianer-Brüder seien. Gewiß, sagte der Offizier, der Schmutzfink Sef ähnlich sah, und knallte sie dann wortlos ab.

Mama sah ihn kaum an, als er in die Auffahrt einbog und sein Fahrrad auf den Rasen schmiß. Mit ihrer Zigarette im Mundwinkel stocherte sie im Maul einer Katze, die ihrer Meinung nach etwas Verkehrtes gefressen hatte. Louis sagte, er wolle unter keinen Umständen nach Waffelgem zurück und er könne das Druckerhandwerk viel besser in Gent lernen, auf einer Fachschule.

»Gent«, sagte sie. »Dein Vater hat sein Handwerk auch in Gent gelernt, und sieh dir an, was aus ihm geworden ist.«

Dann warf sie lächelnd die Katze von sich. »Pack deinen Koffer.«

»Warum?«

»Wir fahren nach Bastegem, zu Meerke. Komme, was kommen muß. Diese Villa geht mir auf die Nerven.«

Sie radelten nebeneinander her, die Koffer baumelten an der Lenkstange; manchmal legte sie die Hand auf seine Schulter. Als sie auf der Brücke von Drongen nur mühsam vorankam, schob er sie am Sattel. »Laß die Finger von meinem Loch!« rief sie und lachte schallend. Mit flatternden Haaren und glühend roten Wangen fuhr sie im Freilauf an den Kanadiern vorbei, die hinter ihr her pfiffen. Sie stieß ein Indianergeheul aus, das sie erwiderten.

In Bastegem hatte Pastor Mertens die Leitung des organisierten Widerstands übernommen. Tante Violet wußte aus zuverlässiger Quelle, daß er morgen oder übermorgen mit Handschellen kommen würde, um sie zu verhaften. Alle Rolläden des Hauses ›Zonnewende‹ waren heruntergelassen, an der Haustür hatte Onkel Armand einen Querbalken angebracht, kurz bevor er so strohdumm gewesen war, im ›Picardy‹ die Befreiung in Anführungszeichen zu feiern. Seine treueste Freundin und Beischläferin, die Wirtin Antoinette hatte, während sie ihn besoffen machte, ihren Sohn Alfred heimlich zu Pastor Mertens geschickt. Nun saß Onkel Armand mit den anderen Landesverrätern von Bastegem eingesperrt in der Milchfabrik.

»Sie hätten Armand einen Orden verleihen müssen«, schrie Tante Violet. »Schließlich hat er die Versorgung der Bevölkerung gerettet, indem er diesen dreckigen Schwarzmarkt-Bauern Einhalt gebot!«

»Du mit deinen Deutschen«, sagte Meerke.

»Ist es meine Schuld, daß sie hier einquartiert wurden?«

»Du bist viel zu familiär zu ihnen gewesen.«

»Wenn du nicht meine Mutter wärst, würde ich dir eins aufs Maul hauen!«

»Das scheint dir Spaß zu machen, Constance«, sagte Meerke wie zu einer vierzehnjährigen Mama, lange vor dem Krieg.

Mama lächelte weiter.

»Und wenn sie aus Walle den Befehl bekommen, dich zu verhaften?«

»Sie können mit mir tun, was sie wollen«, sagte Mama und dachte an einen Lausengier, der durch endlose Schneewüsten rannte und dabei »Konstanz, Konstanz« rief.

Durch das Garagenfenster konnte man Onkel Omer auf einem Strohhaufen liegen sehen. Im Internat der Brüder der Liebe hatte er sich bei einem Fußballspiel mit einem anderen Irren über ein Abseits gestritten, der ihm dann mit einem Tritt eine Gehirnerschütterung beigebracht hatte. In der Krankenabteilung hatten die Ärzte ihn, in der Euphorie der Befreiung, für geheilt erklärt. Geheilt war aber vielleicht übertrieben. Jedenfalls aß er nicht mehr seinen eigenen Kot. Er durfte unter zwei Bedingungen nach Hause: daß er nicht frei im Dorf herumlief, und daß er seinen Bruder Armand möglichst wenig, am besten gar nicht traf, denn dies konnte wieder so einen Schock hervorrufen wie den, der ihn ins Irrenhaus gebracht hatte.

Onkel Omer machte sich nichts daraus, daß er in der Garage eingesperrt war.

»Onkel, ich bin es, Louis.«

»Onkel, ich bin es, Omer«, war die Antwort.

»Louis, der Sohn von Staf.«

»Mit seinem Stab in der Hand zieht der heilige Josef durchs Land.«

»Aber, Onkel . . .«

»Die Ranunkel ist giftig.«

»Lieber Maurice, mein Freund«, schrieb Louis in ein Heft mit dem Etikett ›An M. de Potter‹. »An einen Toten zu schreiben ist bei weitem das leichteste für einen Schriftstellerlehrling, der demnächst Druckerlehrling wird, wenn die Nachwehen des Alptraums der Besetzung etwas verebbt sind. Denn wir haben die ganze Zeit in einem Alptraum gelebt, wußtest Du das, alter Kumpel? So steht es in den neuen Zeitungen.

Es scheint nun, so die neuen Zeitungen weiter, daß dieser Alptraum, wenn die Nazi-Bestie zermalmt ist, sich ganz auflösen wird. Wir gehen einem Traum der Gleichheit, Brüderlichkeit und Freiheit entgegen. Ja, mit denselben Leuten.

Hast Du, von dort oben, auch gemerkt, daß es mit Belgien, dem Begriff Belgien, aufwärts geht? Weißt Du noch, wie wir die Karte von Belgien in unserem Schulatlas immer mit einem gebeugten Tattergreis verglichen haben, die Provinz Luxemburg mit seinem abgestumpften Bein, ich meine: mit dem Stumpf seines Beines, unsere Provinz Westflandern mit seinem Kopf im Profil, dann unsere Nordseeküste als Rand einer Mütze auf seinem Kopf?

Es handelt sich also darum, sich erneut an dieses, unser neues Vaterland zu gewöhnen. Es fällt mir schwer, überall Belgien statt Flandern zu lesen. Sonst habe ich Dir heute nur zu berichten, daß ich ein Auge auf ein Mädchen geworfen habe, das mir, glaube ich, wohlgesinnt werden könnte und das hierher zum Putzen kommt. Ehe Du Deine paradiesische Nase über den Gestank des Abwaschwassers und des Salmiakgeists rümpfst, bedenke, daß auch Goethe, der bei dir da oben in der Abteilung ›Titanen‹ untergebracht ist, mit einer gesellschaftlich niedriger gestellten Person verheiratet war. Schicke mir deine Erleuchtung darüber. Wäre die Hingabe nicht eine bessere Garantie für das gegenseitige Verständnis in diesem irdischen Dasein als die Leidenschaft? Obwohl ich darauf warte, von letzterer verwöhnt zu werden, denn allmählich habe ich die Jugend, pardon, das Alter dazu. Laß mich von da oben nicht aus den Augen. Und segne mich. Ich halte Dich auf dem laufenden. Dein Freund und Bruder in Jesu Christo, letzteres schreibe ich nur, weil Er vielleicht in Deiner Korrespondenz herumschnüffelt. Dein Kumpel und überall gesuchter sexueller Monomane Louis.«

Onkel Omer lag auf den Knien und spielte mit einem Käfer. Seine Finger spazierten herum, wurden zu Gittern, der Käfer drehte sich im Kreis. Der vorbeidonnernde Güterzug ließ Omer aufblicken.

»Guten Tag, Onkel Omer.«

»Guten Tag, Onkel Omer. Hast du *Chicklet*?«

»Nein, Onkel Omer, heute nicht.« Gestern auch nicht, morgen auch nicht. Onkel Omer schluckte den Kaugummi herunter. Er richtete sich auf, bis zu dem Fenster mit den Tupfen getrockneter Regentropfen.

»Du konntest nicht herein, he, heute nacht, mit deinen Kameraden, um mich festzunehmen.«

»Heute nacht schlief ich in meinem Bett, Onkel.«

»Onkel Ranunkel, ich habe dich gehört, Geschrei und Getrommel.«

»Das galt nicht dir.«

»Nein. Bist du sicher?«

»Es galt Tante Violet, deiner Schwester.«

Er hielt den Kopf schräg, lauschte wieder dem nächtlichen Krawall der Dorfbewohner, die sich vor Meerkes Haus zusammenscharten, sobald es dunkel wurde, manchmal wurden sie von dem Gendarm und ein paar kanadischen MPs verjagt. Die gelben Steine der Fassade von ›Zonnewende‹ waren mit Hakenkreuzen beschmiert, einige verkehrt herum gezeichnet, der demnach verbogene Hammer des Donnergottes Thor behütete das Haus nicht mehr vor Brand und Blitz.

»Halten sie mich für Violet?« fragte Onkel Omer und zwinkerte. Er drückte die Nase an die Scheibe, die hellen Mädchenaugen, die von Mama, ließen Louis nicht los. Er leckte an dem Glas, das durchsichtiger wurde und glänzte.

»Die Japaner kriegen was auf ihren japanischen Arsch.« Das wußte er aus dem Radio.

»Die Deutschen auch.«

Onkel Omer zeigte zum Obstgarten, in dem ein kobaltblau gestrichener Küchenstuhl unter einem Birnbaum stand. »Darauf setzen sie mich und binden mich fest und dann hopplahopp, pappalapapp, tschingderabum knallen sie mich ab wie eine Taube.«

»Warum sollten sie das tun, Onkel?«

»Dafür gibt es tausend Darums«, sagte er.

»Nenn mir eins.«

»Weil ich Violet bin«, rief er triumphierend.

Die Anklage gegen Tante Violet wiegt doppelt schwer, die hat nicht nur mit den Hunnen geheult, sondern auch gegen die guten Sitten verstoßen. Ein Dutzend Bastegemer hat eine Zeugenaussage gemacht, daß sie splitternackt auf der Terrasse vor jungen *boches* getanzt hat, von denen sich einige angeekelt abgewendet haben. Der stellvertretende Gerichtsbeamte lehnt beide Beschuldigungen ab. Pastor Mertens wettert von der Kanzel gegen das schmerzliche belgische Übel der Korruption, die auch in Justizkreisen wuchere. Denn der stellvertretende Gerichtsbeamte tanzt nach der Pfeife des nun überaus wichtigen, in Brüssel weilenden Kommandanten Konrad. Und Konrad hat Tante Violet gerettet, weil er der flehenden Bitte von Tante Berenice, der Heiligen, nachgegeben hat. »So einfach ist das«, sagte Raf.

»Aber«, fragte Louis, »heißt das, daß Konrad in den Ministerien in Brüssel mit dieser Maske herumläuft?«

Wie ein Kondor war ein Flugzeug gelandet, das Condor hieß. Diesmal stieg kein Minister aus, der wie die meisten belgischen Regierungsmitglieder das Flugzeug benutzte, um mit Industriellen in die Bretagne zu schweben, wobei nicht wenige Kisten Whisky und

Zigarren und Nylonstrümpfe geschmuggelt wurden – nein, ein gebräunter junger Mann, ein blonder Ephebe in einem weißen Anzug schritt über das Rollfeld, er hatte zu lange Arme, jedenfalls nach griechischem Kanon, und trug eine Zaubertasche aus türkisblauem Leder mit seinen Initialen. In dieser Tasche befanden sich erstaunliche elektrische Instrumente, die unmenschlich präzise Strahlen entwickeln konnten, mit denen der junge Arzt, in den Fußstapfen seines Vaters, eines Spezialisten für Brandwunden, und seines Großvaters, der die *gueules cassées* im lichterlosen Hôtel des Invalides zu Paris behandelt hatte, Konrad geheilt hatte. Konrad trug noch, aber ausschließlich aus Eitelkeit, eine dunkelblau getönte Brille, sonst sah man kaum noch eine Narbe. Es sei denn bei Sonnenschein oder unter starken Studiolampen.

Raf hatte mit dem jungen Wunderchirurgen und Konrad das verblüffende Resultat im ›Maxim's‹ in Gent gefeiert. Der Arzt war betrunken gewesen und hatte einer Bauchtänzerin versprochen, ihre Brüste in die einer Sechzehnjährigen zu verwandeln, und einer anderen, ihre Blinddarmnarbe verschwinden zu lassen. Er hatte auch behauptet, daß es einer seiner Vorfahren gewesen sei, der Tycho Brahe, dem dänischen Astronomen, eine goldene Nase mit Zement ins Gesicht geklebt habe, als Ersatz für die, die er bei einem Duell mit einem Paßberg verloren habe.

Raf wohnte nun im Haus des Rektors, der nach Argentinien geflohen war. Am Tag bevor die Polen in Bastegem einzogen, hatte das befreite Volk den Löwen mit seinen Krallen und das Deltazeichen, die, in Quader gehauen, die Fassade zierten, in Stücke geschlagen, aber auch die elektrische Leitung und die Wasserrohre. Die Unabhängigkeitsfront versammelte sich in dem Haus, und Raf wohnte dort ohne den Komfort, den Helden rechtmäßig für sich fordern konnten.

»Du wußtest doch, daß ich bei der Weißen Brigade war, nicht Louis?«

»Natürlich.«

Holst stand am Tor. Ob Krieg oder Frieden, er stand in seiner Holzfällerkluft am Tor. Louis drückte die riesige trockene Hand. Raf: »Guten Tag, Kumpel.«

Auf einem Gemälde schien Madame Laura in einem weißen Pelzmantel eine Bulldogge erwürgen zu wollen, die außer Puste einen Kerzenleuchter im Hintergrund anglotzte. Laura hatte einen flachen chinesischen Hut auf, an dem ein toter Kolibri steckte, und schaute Louis mit spöttischer Erwartung an. Die Bulldogge hatte ein rosa Band mit dem Ritterkreuz um.

»Auf uns«, sagte Raf.

»Auf uns«, sagte Holst.

Louis traten Tränen in die Augen, weil er den bitterkalten Champagner zu gierig trank. Er versuchte eine säuerliche Aufwallung aus seinem Magen zu unterdrücken, er wollte nicht, daß die beiden sahen, daß er zum ersten Mal Champagner trank. »Champagner aus Biergläsern, das hat etwas Schickes«, sagte Raf. »Und Veuve Cliquot, das ist eine gute Wahl, Holst, sehr passend.«

Louis' fragendes Gesicht amüsierte Raf. »Holst als Witwer, Kleiner. Nicht wahr, Holst?«

»Trink aus«, sagte Holst. »Der Keller ist noch voll davon.«

»Wie steht es mit dem Minister?«

»Gut. Er kommt nächste Woche mit seinem Presseattaché, seinem Kabinettschef und ein paar anderen Leuten. Um zu jagen.«

»Was geschieht mit dem Appartement in der Avenue Louise?«

»Was soll damit geschehen?«

»Wenn Madame Laura nicht mehr darin wohnt.«

»Wer sagt denn, daß sie nicht mehr darin wohnen wird?« rief Holst.

»Ja, warum sollte sie nicht mehr darin wohnen?« sagte Louis fast ebenso heftig. Ich werde betrunken. Mein Magen blubbert. Sternhagelbesoffen. Gleich den geblümten Teppich vollkotzen. Niemals.

»Wenn Madame Laura nicht wiedergefunden wird, und dafür spricht vieles, scheint es mir nur redlich zu sein, daß Notar Baelens, pardon, ich meine, Seine Exzellenz der Minister Baelens sein rechtmäßiges Eigentum in der Avenue Louise höflich aber entschlossen zurückfordert.«

»Sie wird sich schon aus der Affäre ziehen«, sagte Holst.

»Das ist sicher«, sagte Raf. »So sicher wie Gold.«

Raf spaltete sich und glitt auseinander, wie die Kopie eines Flugblatts, das in Papas Werkstatt aus der Maschine kam. Louis packte Rafs Kopie und zerknüllte sie, warf sie in den Papierkorb unter der Schneidemaschine und fand den Burschen heil auf dem Sofa wieder. Holst füllte ihre Gläser. »Es gibt davon noch kistenweise. Ich kann auch einen Schuß Cointreau hineintun, wenn ihr das lieber habt.«

Louis' Nacken paßte genau, wie nach Maß, in die Wölbung des Sofas, wie war das nur möglich? Louis Quinze hatte seinem Möbelmacher den Auftrag gegeben, ein schwitzendes brummendes Haupt vorbildlich dem Samtrand eines Sofas anzupassen.

»Wo ist Madame Laura?« fragte Louis.

»Er weiß nichts«, sagte Raf hastig. »Er fragt das nicht, um dir Ungelegenheiten zu machen, Holst.«

»Er kann alles wissen«, sagte Holst. »Sie ist in Brüssel geblieben, das ist alles.«

»Gesund und wohl in ihrer Haut?« fragte Raf.

»Natürlich.«

»Demnach kann sie morgen oder übermorgen vor unserer Nase stehen?«

»Warum nicht?«

»Aber was hältst du von diesen Leuten, die der Polizei erklärt haben, sie in Bastegem gesehen zu haben, wie üblich in Weiß, auf einem Fahrrad in der Nähe des Sanatoriums?«

»Wer behauptet das? Ein paar Besoffene.«

»Vermaercke, der Möbelfabrikant, d'Haenens, Roger und der Briefträger.«

»Auf einem Fahrrad!« krähte Louis. »Madame Laura auf einem Fahrrad! Warum nicht auf einem Tandem!«

»Der Untersuchungsrichter selbst hat gesagt, daß das nur Gerede ist.«

»Die Menschen sind schlecht«, sagte Raf und trank vorsichtig, gemessen, wie es sich gehört, nicht in gierigen Zügen wie Louis. »Sie sind mies und neugierig. Aus nichts machen sie einen Roman. Meiner Meinung nach sind sie beleidigt, weil du sie so heimlich geheiratet hast. Wie König Leopold seine Liliane.«

»Sie sollten . . .« Holst rülpste. »Sie sollten lieber ein bißchen Mitleid mit jemandem zeigen, der geheiratet hat und innerhalb eines Jahres seine Frau verliert.«

»Mitleid heuzutage«, sagte Raf nachdenklich. »Apropos, das letzte Mal, als du deine Frau gesehen hast, lief sie doch Rollschuh, oder?«

»Ja. Sie lief Rollschuh, ich habe es wirklich gesehen.«

»Tat sie das, um ein bißchen Bewegung zu haben?«

»Sie lief seit ihrem zehnten Lebensjahr Rollschuh.«

»Ach daher hatte sie so muskulöse Schenkel«, sagte Raf.

(Eine Frau, schön wie die Morgenröte / Keine Träne für all ihre Nöte / vergießt er, der mit ihr so verbunden/ Wer hat sie dermaßen geschunden? / Tamtam, tamtam auf der Totenallee / einer anderen

Welt in der Ferne / Sie ist für immer dahin, o weh / und zieht ihre Bahn wie die Sterne.)

Louis war überzeugt davon, daß Madame Laura tot war.

In den Zelten der Amerikaner, die in den Weiden beim Schleusenhaus aufgeschlagen worden waren, hieß Louis *Lew*. Sie fragten ihn, ob er mit ihnen nach Deutschland ziehen wolle, in etwa drei Wochen. Robertson, ein Elektriker aus Iowa, versprach Louis, daß er von jedem Deutschen, den er abknallen würde, das rechte Ohr haben könnte. Denn Louis hatte ihnen erzählt, daß sein Daddy von der Gestapo verhaftet worden sei und noch immer in einem Gefängnis in *the Black Forest* schmachte. Er wurde mit *chewinggum* und Mars und Lucky Strike-Zigaretten überschüttet. *»No kiddin', Lew!«* Manchmal fuhr er mit ihnen in einem Jeep mit, starren Blicks an den Dorfbewohnern vorbei, ein unerschütterlicher flott amerikanisch sprechender Führer. Er kannte die Texte von *›Don't fence me in‹*, *›I walk alone‹*, *›I'm gonna buy a paper doll that I can call my own‹*, schwermütige Lieder, die so klangen, als würden sie in zu langsamer Geschwindigkeit abgespielt.

Es wurde auch überdeutlich, daß diese weichen Klänge, der Geruch von Lucky Strike und Motorenöl, der nagelneue Glanz der Maschinenpistolen und die tanzenden federnden gleichmütigen kindlichen katzenhaften Filmsoldaten das Dritte Reich kleinkriegen würden, das deutsche Leder und der deutsche Stahl waren zu straff und hart, sie würden brechen unter der puren Menge des unablässig anrollenden Nachschubs an lässigem und bequemen Material.

In dem fernen ländlichen Dorf bei Veurne wagte sich Papa, aus Übermut oder Langeweile, ab und zu in das Dorfwirtshaus. Er wurde nicht erkannt, saß in seiner Ecke, trank sein Bier und zügelte seine redefreudige Seele. Ein Weiße-Brigade-Mann, der allen Schwarzen die greulichsten Folterungen wünschte, hob eines Abends das Glas auf die Exekution sämtlicher *Dinasos*. »Aber, mein Herr«, sagte Papa, »nehmen Sie es mir nicht übel, aber während des Krieges gab es *Dinasos* nicht mehr.«

»Was? Was sagen Sie da?« Papa erklärte, daß die *Dinasos*, die an der Wiederauferstehung Flanderns mitarbeiten wollten, zum VNV übergelaufen waren, daß aber viele sich abseits gehalten hatten, verwirrt und orientierungslos durch den Tod ihres Führers, der sich, ein lieber Herr, 1940 für Belgien und seinen König ausgesprochen hatte. Der Widerständler zog Papa am Ohr hoch und schüttete ihm Bier über sein schütteres Haar. Papa riß sich los! »Kommen Sie mit nach draußen, wenn Sie den Mut dazu haben!«

»Na gut«, sagte der Held. »Sie gehen hier raus, aber nur zwischen vier Brettern.«

Schwarz und Weiß stritten sich, die Umstehenden trennten sie und stießen sie wieder aufeinander zu. Polizisten in Zivil. Personalausweise. Unter Gejohle wurde Papa zum Kommissariat geschleppt und von dort aus zu dem Schlößchen ›Flandria‹ in Walle, einem ehemaligen Nest der Gestapo.

»Seine eigene Schuld«, sagte Louis.

»Wie kannst du es wagen?« rief Tante Violet.

»Wer seinen Vater nicht ehrt, wird durch seinen Sohn verhöhnt werden«, sagte Tante Angelique.

»Wie kannst du nur so grausam sein?« sagte das Mädchen Anna, das im Haushalt half und Bekka Cosijns ähnlich sah, in Blond.

»Stafs Vater wird vielleicht eingreifen, er hat einen ziemlich langen Arm«, sagte Tante Berenice.

»Er ist krank«, sagte Mama.

»Es scheint, daß es mit ihm schnell abwärts geht«, sagte Meerke gierig. »Daß er sich nicht mehr rasiert und wäscht.«

»Mona nimmt es sich sehr zu Herzen.«

»Herr Kanonikus van Louderzeele ist zu Tode erschrocken, als er ihn sah.«

»Es fing beim Bridgespielen an, er konnte nicht mehr zählen.«

»Ja, er hat seine Karten hingelegt und gesagt: ›Meine Herren, ich bekomme Löcher im Kopf, wie ein Schweizer Käse.‹«

»Es scheint, daß er tagelang von seinem Vater erzählt.«

Louis' Urgroßvater war ein würdevoller Advokat mit wallendem weißem Bart gewesen. Meerke hatte ihn noch gekannt. Mama natürlich auch, aber die hüllte sich in amerikanischen Zigarettenrauch und hörte kaum zu. Lausengier, nimm sie dir.

». . . und seine zwei Töchter, Rosalie und Myriam, also deine Großtanten, Louis, wollten nicht mehr in Roeselare wohnen bleiben. Sie haben diesem Mann in den Ohren gelegen. Papachen hier, Papachen da, warum ziehen wir nicht aus dieser Bauernstadt weg? Nachdem du jetzt Pension bekommst, könnten wir doch viel besser in Brügge wohnen, damit du noch etwas Vergnügen auf deine alten Tage hast, in einem Appartement am Minnewater, denn so ein großes kaltes Haus hier ist nicht zu unterhalten. Und er sagte: ›Nun gut, aber meine Tauben müssen mit.‹ Seine Tauben kamen mit, aber es war doch eigenartig, eine nach der anderen wurde krank, Krämpfe und dann Krebs. Er hat viel Kummer gehabt, dein Urgroßvater, Louis, er war so stolz auf seinen langen weißen Bart, den er immer wusch und sauberhielt, seine Töchter ließ er mit der Schere daran rumpfuschen, bis er nur noch ein viereckiges Bärtchen übrigbehielt, das leicht zu pflegen war, so daß sie es nur noch zu kämmen brauchten, und einen Monat danach wurde auch das zu einem albernen Spitzbart gestutzt, und als dieser Mann seinen Kopf zur Ruhe bettete, war er glattrasiert, ich habe ihn auf seinem Sterbelager gesehen, er war ein anderer, ich habe ihn nicht mehr erkannt.«

»Lieber Maurice, hier bin ich wieder, die Feder in der Hand. Mein Vater ist eingesperrt worden. Im Gefangenenlager ›Flandria‹, wo jetzt die Weiße Brigade Tennisstunden bekommt. Weil er seinem Gastgeber nicht dauernd zur Last fallen wollte, begab er sich zum Wirtshaus des Polderdorfes. Er betrat die generös nach Chestersoldatenkäse duftende Schankstube wie ein wandelnder Baum und flößte den Gästen Respekt ein. Ein von Spinnweben bedeckter Wirt kam zu ihm und krächzte: ›Was kann ich für Sie tun, Fremder?‹ Ein von einem zehnjährigen Mädchen mit einer Kerze jämmerlich versengter Papagei wiederholte in seinem verdreckten Käfig die Frage des Wirts, und mein Vater antwortete dem plappernden Kakadu: ›Ein Bier mit wenig Schaum und ein hartgekochtes Ei.‹ Letzteres erweckte die Lachlust der Dorfbewohner, die, nur von den Kaminflammen beleuchtet, sich gegenseitig in den Armen lagen und nun ihre von Trunk und Unkeuschheit erhitzten Gesichter meinem Vater zuwandten. Er strafte den Knäuel finsterer Landleute mit einem strengen Blick. Es verdroß ihn, daß ein hartgekochtes Ei, ein in Pariser Cafés fast überall auf der Theke zu findendes Objekt, zum Gegenstand ihres Spottes wurde. Mein Vater, ein in segensreicheren Zeiten starker Mann, jovialer Gatte, aufgeräumter Nachbar, großzügiger *commerçant,* fühlte sich von seinem eigenen Volk bedroht. Er dachte auch, und das erweiterte das Feld seiner Trübsal, an seinen Sohn, der, wie er spürte, in diesem Augenblick woanders . . .«

Kam Mama die Treppe herauf? Louis versteckte sein Heft unter dem Stapel *Lustige Blätter, Memoires d'une Cocodette, De Gazet van Antwerpen.* Unten klapperte jemand mit Pfannen und Töpfen. Anna? Er schaute in den Spiegel, kämmte sich, setzte die Miene von Mussolini auf, stemmte die Hände in die Hüften, streckte das Kinn vor, hob die Augenbrauen, kräuselte die Unterlippe, ›*Lavoratori!*‹

Auf seinem Bett sah er Anna liegen, sie zog die Knie an und sagte zärtlich: ›Oh, du kleines Schwein!‹, er zog sein so wenig männliches Glied heraus, knüpfte eine Schnur darum und band die Schnur nervös an die Türklinke. Sollte Mama unversehens hereinkommen – was sie nie tat, was scherte es sie, was er trieb? Daß er überhaupt da war? –, dann würde sie – was sie nie tun würde, denn Mama bewegte sich nie abrupt –, dann würde sie die Tür mit einem so heftigen Ruck aufreißen, daß das Ding ihm ausgerissen würde, sie würde bestürzt seinen Schwanz zwischen Tür und Türpfosten baumeln sehen und mit aufgesperrtem Mund die Blutflecken auf ihrem weißen Madame Laura-Kleid. Er wartete, wie ein an die Tür gebundenes Kalb. Er sang leise: *»A doll that other fellows cannot steal, and with your flirty flirty eyes ...«* Aber niemand kam. Niemand kam je.

»Hi, Lew!«

Das war er. Die Amerikaner pokerten im Mief dampfender Klamotten, der wie Dunst im Zelt hing. Es war der Geburtstag von Lucille Ball. Es nieselte. Sie toasteten auf Lucille Ball und wurden bald betrunken und übermütig. Übermorgen sollten sie aufbrechen, zu den Russen oder jedenfalls in Stellungen den Russen gegenüber.

Sie schwärmten ins Dorf aus, was verboten war, sie kletterten mühelos über den Stacheldraht und wateten durch die Sümpfe bei der Oude Leie. Nur Gene, der Koch, der bügelte, und Djeedie blieben zurück. Djeedie hörte die Nachrichten über den Krieg, während er träge über sein längliches trauriges jüdisches Gesicht strich. Gene räumte auf. Er wollte eine Zeitung, in die Tomaten und Zwiebeln gewickelt waren, wegwerfen, als Louis darunter die Seite ›Kunst und Literatur‹ sah. Er las ein Gedicht von Johan Daisne, kursiv gedruckt. Es reimte sich.

»Guck, das ist von mir«, sagte er zu Gene. »Das habe ich geschrieben.«

»*No kiddin'*!« Gene zeigte auf den Namen des Autors und fragte, ob das sein Name sei. »*Jo-Ann Deenie*?«

»Mein Künstlername.«

»Oh, ein anderer Name. Für die Steuern! Schriftsteller sind reich, he?«

»Das wird nicht gut bezahlt«, sagte Louis. »Darum habe ich es umsonst getan. Weil sie mich darum gebeten haben. Ich habe es an *einem* Abend geschrieben. Es kam mir einfach so in den Sinn.«

»Wenn ich schreiben könnte«, sagte der Koch, »würde ich meinen eigenen Namen benutzen. Gene Murphy. Damit jeder, all meine Freunde wissen, daß ich es bin.«

»Bei der Zeitung glauben sie, daß ich älter bin. Wenn sie wüßten, daß ich noch zur Schule gehe, würden sie es nicht abdrucken. Aber dieser Künstlername ist eigentlich auch mein richtiger Name. D'Apostroph Aisne. Ich stamme aus der Gegend von Aisne in Frankreich. Meine fernen Verwandten haben dort ein Schloß.«

»*No kiddin'*. Und was steht in diesem Gedicht?«

Louis las es vor, im Englischen reimte es sich nicht, es ging viel verloren. *»In one town I was a child / in two towns lives she that loves me / in three I walked to work / what death, äh, äh, äh, rings at church?«*

»Tolls«, sagte Djeedie. *»For whom the bell tolls.«*

»Genau«, rief Louis. »Vielen Dank.«

»In welchem Stil ist das Schloß deiner Familie gebaut?« fragte Djeedie. »Hat es vielleicht Türme aus dem Siebzehnten Jahrhundert?«

»Mann, richtig geraten!«

»Hat Ludwig der Achtzehnte nicht während der Hundert Tage darin logiert?«

»Das könnte sein.«

»Und man hat darin viele Herzöge ermordet, nicht wahr?«

»Das war damals üblich.«

»Hat die Terrasse nicht einen Ausblick auf die Kathedrale und das Tal?«

»Sie sind dort gewesen«, sagte Louis.

Djeedie roch an seinen Händen, glättete dann wieder die Falten auf seinem langen, melancholischen Gesicht. Er hatte blaßblaue Wangen wie ein jüdischer Gangster nach einem Nachmittagsverhör durch das FBI. Djeedie machte den Drill nie mit und erschien auch nicht beim Appell, was von den anderen als Selbstverständlichkeit hingenommen wurde. Er war *special security agent* des *Counter Intelligence Corps.*

Djeedie zog die Zeltklappe auf, die Sümpfe lagen in der Ferne unter einer Silberschicht von Regenwolken. Er schüttelte Louis die Hand, fünf-, sechsmal. »Im Namen des Zwölften Infanterie-Regiments ist es mir eine Ehre, einen jungen Dichter dieses *fuckin' land* zu treffen.«

»*Thank you, Sir.*«

»*Take care*.« Er krempelte seine weite, unförmige Hose hoch und ging; seine eckigen Schultern, sein breiter magerer Rücken trugen gelassen und geduldig alle Lügen der Welt. Louis wollte ihm nachrennen, um Verzeihung bitten: Wenn ich Louis *the Imposter* bin, ist es nicht nur meine Schuld. Seit zarter Jugend, *in the town where I was a child,* habe ich nichts als Verlogenheit gesehen, *please.*

»Ich habe ihn noch nie so lange reden hören«, sagte Gene. »Das liegt daran, daß du ein Schriftsteller bist. Er schreibt auch dauernd in sein *diary.* Und natürlich auch daran, daß deine Familie ein Schloß hat.«

Onkel Omer begann Farbe zu bekommen und vernünftiger zu reden. Manchmal, wenn er sich in der Wanne, die in der Küche stand, gewaschen hatte, durfte er mit am Tisch sitzen, aber er hielt es nie lange aus und verschwand bald wieder in seiner Garage, Mama Kußhände zuwerfend.

»Du darfst ihn nicht ermutigen, Constance«, sagte Tante Violet. Obwohl Meerke für ihre Augen ein Kilo Möhren am Tag aß und nie Alkohol trank, keinen Tropfen Wein oder Bier, sah sie immer häufiger vorbeiflitzende schwarze Flecken. Wahrscheinlich zu hoher Blutdruck.

In *Het Laatste Nieuws* wurde ein Wettbewerb für eine Novelle ausgeschrieben, die unmittelbar oder mittelbar mit dem Krieg zu tun hatte. Den Einsendungen mußte ein Führungszeugnis und ein Kennwort beigefügt werden, denn der Autor sollte, bis die dazugehörigen versiegelten Kuverts geöffnet wurden, unbekannt bleiben. Louis dachte stundenlang über ein Kennwort nach, fand aber nichts, das geheimnisvoll, eigenartig und anziehend genug war, damit sein Text ungelesen mit einem Preis ausgezeichnet würde. Weil *Het Laatste Nieuws* oft Feuilletons von Abraham Hans, Meerkes Lieblingsautor brachte, holte er aus der Bastegemer Bücherei einen Stapel historischer Werke dieses ziemlich liberalen flämischen Kopfes, zum Ärger von Tante Violet, die das als Hochverrat betrachtete, weil sie dort von der grauen Eminenz Pastor Mertens als Herrscherin über die Bücher entthront worden war.

Die Druckerausbildung seines Enkels sollte vom Paten finanziert werden, das Fiat darüber ließ auf sich warten. Mama ärgerte sich über Louis' Faulenzerei zu Hause. »Lesen und essen und herumliegen und nörgeln, damit muß Schluß sein, ich habe die ›Provinciale Handelsschool‹ in Gent angerufen, du sprichst doch so gerne Englisch mit deinen Amerikanern, du kannst dort ein Diplom als Stenotypist und für Fremdsprachen machen, das kommt einem immer zugute, auch als Drucker; nein, ich komme nicht mit nach Gent, nein, ich komme nicht mit zum Bahnhof, kannst du noch immer nicht auf deinen eigenen Beinen stehen?«

In dem grimmigrauen Prachtbau der Handelsschule gingen lauter elegante Leute, Lehrer und Schüler, ein und aus. Der Junge aus Haarbeke, Walle, Bastegem in seinem zu warmen Mantel, den Mama aus einer amerikanischen Armeedecke geschneidert hatte, zusammen mit Onkel Omer, dessen Pestilenzgestank nach nassem Stroh und Kot in den Mantel eingedrungen war, obwohl Mama das abstritt – dieser Junge traute sich nicht hinein. Er würde stottern und vor Scham ersticken. Man würde innerhalb einer Minute den Landesverrat seines Vaters von seinem Bauerngesicht ablesen. Louis wartete, bis keine Menschenseele mehr auf der Straße zu sehen war, näherte sich der Fassade und schaute durch einen breiten Sprung in der Mattglasscheibe. Jungen und Mädchen saßen vorgebeugt in einem Klassenzimmer und schrieben Zahlen auf.

Louis schlenderte die Graslei, die Korenlei entlang, die historischen Stätten Europas, mit romanischen, gotischen, Renaissance- und Wer-weiß-was-noch-für-Fassaden, mit steinernen Koggen und Ankern und Girlanden und Barockbögen. Die Genter hatten Samtgewänder an, führten Windhunde an der Leine und trugen Falken auf ihren geharnischten Fäusten. Louis kaufte zweihundert Gramm Käse, den er verzehren wollte wie ein Page, der auf der Terrasse des ›Hof van Egmont‹ auf seine Dame wartet, als er ein buntes Plakat von *Song of the North* erblickte.

Die Platzanweiserin leuchtete ihm mit der Taschenlampe ins Gesicht, während sie bissig sagte, daß das Trinkgeld nicht im Eintrittsgeld enthalten sei. In seiner verflixten verschwitzten Hast gab er ihr ein Fünf-Francs-Stück statt eines Francs, und dann versetzte ihn der erste amerikanische Farbfilm in Entsetzen und Bestürzung. Die Farben waren ungeheuer grell, die Helden und Heldinnen hatten einen ockergelben Teint, das blau-rot karierte Holzfällerhemd von George Brent schrie schmerzlicher gen Himmel als die Dame, die er hochgehen ließ. Offenbar wollte George Brent die widerspenstige Tochter eines Ranchers kriegen, die Geigen kündigten es an, als Louis den Käse aus dem Papier wickelte und Stückchen des feuchten säuerlichen Klumpens in sich hineinstopfte. Er wischte seine fettigen Finger an dem Samtsitz ab und verfolgte das kindische amerikanische Märchen weiter, als zwei Studenten neben ihm auf gentisch zu fluchen begannen. Sie hatten es eindeutig auf ihn abgesehen. Als er unbeirrt vor sich hin starrte, standen sie auf und setzten sich drei Reihen hinter ihn, immer noch murrend. Unwirtliche Stadt Gent. Schon seit dem Mittelalter: reine Angeberei. Kamen auch zur Goldsporenschlacht zu spät.

Da stand plötzlich ein kahler Mann in der Reihe vor Louis auf, ebenfalls gentische Verwünschungen ausstoßend, und setzte sich auch nach hinten. Mit der vagen Vermutung, daß er etwas Schreckliches begangen hatte, schlief Louis ein, behaglich warm, der Käse war ein Stück Torf auf einem gemütlich rotglühenden Öfchen im Kinosessel, der Granit las ein Buch und ließ ostentativ (nicht um zu prahlen oder zu protzen, sondern um irrezuführen, etwas vorzuspiegeln, *ostentatio*) das Titelblatt sehen: ›Ist Faulheit eine Untugend oder eine Krankheit?‹ Im Käseladen zeigte Louis auf sahniges Zeug, »Herve?« rief die Verkäuferin, und er nickte, wieder gehetzt (es gibt auch deutsche Käse, die wie Herve aussehen, der Name lag ihm auf der bitteren Zungenspitze – Limburger? – und Schweizer Käse, in die man Ziegenkötel tut, die sich zu blauen Sternchen oder Spinnweben auflösen, jetzt rieche ich es – bin ich erkältet?), der Gestank wird stärker, wächst in Windeseile zu einer wuchernden Pflanze heran, die Leute in den bequemen Kinosesseln schlagen wütend danach, Käse und Salmiakgeist schweben durch den Saal, die Leute drängen in schweigenden Reihen zum Ausgang. George Brents riesiges Gesicht mit verpickelten Backen und gespaltenen Lippen merkt auch etwas, während er im Begriff ist, die bröckelnde Kalkmaske seiner sterbenden Mutter zu küssen, oh, seine Mutter murmelt mit ihrem allerletzten Atemzug Verwünschungen, und der Sohn, George Brent, sperrt die Nasenlöcher auf, die Haare in seiner Nase zittern, er stößt sich von den knochigen Schultern ab und flüchtet, auch er, in einen Stall, springt auf einen Schimmel und reitet in die Prärie, die Leiche seiner Mutter richtet sich auf und niest, wodurch das Licht aufflammt. Die beiden Platzanweiserinnen fletschen die Zähne wie bissige Doggen.

Louis stand auf der Straße, es war dunkel, Trambahnen klingelten, und er stank weiter auf dem langen Weg zum Bahnhof, denn er wagte sich nicht auf die Trambahn und starb vor Durst, alles durch den Herve-Käse, immerhin ein belgisches Produkt, um das die Franzosen uns beneiden.

Tante Violett kam niedergeschlagen aus Brüssel zurück. Ihre verzweifelten Versuche, Kommandant Konrad im Ministerium zu sprechen, waren fehlgeschlagen. Minister Baelens stand dazwischen, der seine Anweisungen gegeben hatte, sie nicht vorzulassen. Und Baelens hatte seinerseits Anweisungen von Pastor Mertens erhalten, Katholiken unter sich. Traurig ging sie nach oben, um ihr Sonntagskleid auszuziehen.

Sogleich flüsterte Meerke: »Seitdem er geheilt ist, nimmt er natürlich keine Notiz mehr von ihr.«

»Hat er denn früher Notiz von ihr genommen?«

»Sobald er in Bastegem angekommen ist. Sie und Berenice haben sich wie Hühner auf ihn gestürzt. Denk einmal nach, ein Mann, dem eine Frau aus Liebe Vitriol ins Gesicht geschüttet hat und der dadurch Unseren Lieben Herrn entdeckt hat! Je mehr Pickel und Blasen er bekam, desto mehr verehrte er Gott und seine Heiligen! Und dann, als er seine eigene Kirche gegründet hat, sozusagen die der Hugenotten, mit denen er von fern verwandt ist, konnte er auf Berenice zählen, für die die Katholiken natürlich nicht gut genug sind. Und weil er mit Berenice anbändelte, konnte es Violet, die ihr Leben lang eifersüchtig auf ihre Schwester gewesen ist, natürlich auch nicht lassen, sie mußte und wollte die Aufmerksamkeit dieses Verunstalteten auf sich lenken.«

Sie schüttelte den Kopf, als bekäme sie einen elektrischen Schlag, sie sah wohl wieder einen vorbeiflitzenden schwarzen Schmetterling.

»Ein Glück«, sagte Louis, »denn wenn Tante Violet und Konrad ein Kind bekommen hätten, wäre es ein richtiger Affe geworden.«

Wie erwartet stieß Meerke einen Schrei aus. »Aber, Louis, was wagst du da zu denken! Du versaust Tag für Tag mehr. Hast du denn kein bißchen Ehrgefühl?«

Eine zweite Reisende – Flandern sandte seine Töchter aus – kam nach Hause. Mama, die ihren Mann im ›Flandria‹ besucht hatte, wo sie einst ihren Flandern dienenden Schildwache-Sohn gequält hatte.

»Dein Vater hat den Mut verloren. Sie wissen nicht, wann sein Prozeß stattfinden kann. Es gibt Berge von Dossiers. Andererseits ist es besser so, denn sie füsilieren am laufenden Band. Wer das Unglück hat, jetzt vorgeführt zu werden, bekommt die Todesstrafe. Und schließlich all diese Zeugen. Es sind noch Anklagen von vor dem Krieg dabei. Drei, vier Zeugenaussagen, daß eine Hitlerpuppe auf unserem Kaminsims stand. Friseur Felix hat geschworen, daß er in der Jackentasche deines Vaters Handschellen gesehen hat und eine Kneifzange, um die Weiße Brigade-Leute zu foltern. Nun hat Herr Groothuis Omama versprochen, sein Bestes für deinen Vater zu tun. Aber was ist das Beste von Herrn Groothuis wert? Wer hätte je gedacht, daß Groothuis während des ganzen Krieges mit London telefoniert hat?«

»Nach England telefoniert?«

»Oder telegraphiert. Oder eine geheime Telefonleitung unter dem Meer. Ich habe nicht richtig zugehört. Aber während des ganzen Krieges hat er Anweisungen von de Smet de Naeyer aus der Regierung in London erhalten. Unglaublich, wie weit er gehen konnte.«

»Wie geht es Stafs Vater?« fragte Meerke.

»Er ist sehr schwach, ab und zu schielt er, sagt Mona.«

Mit einer seligen ruhigen Gebärde nahm Meerke ihr Strickzeug.

»Böhnchen kommt um sein Löhnchen. Stafs Vater ist immer hoffärtig gewesen. Weißt du noch, Constance, wie er bei deinem Hochzeitsessen diese Rede über die Hochzeit zu Kana hielt, als ob wir in einer Schulklasse säßen. Und dann stocherte er an seinem Fleisch herum. Ich sage: ›Ist etwas damit nicht in Ordnung, Herr Seynaeve?‹ und er sagt unverfroren: ›Ich habe den Eindruck, daß wir hier Pferdefleisch vorgesetzt bekommen‹. Im ›Pomme d'Or‹! Staf muß ihm zu Hause gesagt haben, daß wir so arm und geizig sind, daß wir meistens Pferdefleisch essen.«

»Wir aßen früher doch nicht schlecht«, sagte Tante Violet in ihrem Negligé. Sie roch nach Sunlicht-Seife.

»Viel Speck.«

»Gemüse aus dem Garten.«

»Abends ab und zu einen eingelegten Hering.«

»Und sonntags *bouilli*. Mit Karotten.«

»Samstags erst die Brühe davon.«

»Oder Kutteln.«

»Was ist das, Kutteln?«

»Eßbare Eingeweide, mein Junge.«

»Und Reisbrei.«

»Wir gingen mit unseren Holzschuhen zur Schule.«

Die drei Frauen, drei Witwen, seufzten fast gleichzeitig. Louis summte: *»Fludie fludie floi floi.«* Cab Calloway.

»Weißt du noch, Constance, als du für die Schule einen Ranzen brauchtest und ich ein Kuhfell von Liekens bekommen hatte? Ich brachte es zu Edgar, dem seligen Schuhmacher. Und dieser Trottel verstand es verkehrt, er drehte das Kuhfell falsch herum, mit den Haaren nach außen.«

»Ich habe täglich darüber geweint. Die anderen Kinder riefen mir nach: ›Na du blödes Kalb!‹«

»With a love that's true, always«, Kalb.

»Jeden Samstag in die Wanne in der Küche«, sagte Tante Violet. »Und einmal stand der Schulmeister plötzlich da. Er sah mich, ich war damals ungefähr sieben. ›Genau wie von Rubens‹, sagte er.«

»Und dann dalli, dalli im Nachthemd ins Bett, denn es fror damals Stein und Bein«, sagte Mama im Qualm ihrer Lucky Strike.

»I'll be loving you, always. With a love that's true, always.«

»Einmal kam ich aus der Schule, und es regnete. Aber ich wollte natürlich nicht in meinem Kittel nach Hause gehen, weil die Jungen von der Fachschule mich hätten sehen können. Und mein Sommerkleid, ich hatte damals nur eins, ist pitschnaß geworden. Ich hing es zu Hause an den Ofen, um es zu trocknen, und ich paßte nicht auf, es wurde ganz versengt. Papa schlug mich grün und blau. Wir haben viel Prügel von unserem Papa bekommen.«

»Er meinte es gut, Constance. Aber er war jähzornig«, sagte Meerke.

»Ihm zerrann alles zwischen den Fingern. Wenn ich ihn nicht im Zaum gehalten hätte, wären wir vom Gerichtsvollzieher aus unserem Haus gesetzt worden. Jede Woche habe ich etwas zurückgelegt. Jede Woche brachte ich, wenn ich meinen Scheck abholte, etwas auf die Sparkasse. Ich kaufte für die ganze Woche ein, und dann kam euer Vater mit einem Kumpel nach Hause, sie sangen *Die Perlenfischer,* tranken das ganze Bier aus und aßen das ganze Essen für die Woche auf. Dann gab es die ganze Woche nur Hering. Seine Kumpel waren meistens Fischer. Er amüsierte sich, wenn sie über so einen verrückten Motor erzählten, der mitten auf dem Meer, an der ›Grünen Bank‹ explodierte, und wie die Russen das Schiff abschleppen mußten und die Besatzung auslachten, denn sie zogen die dummen Belgier schnurstracks durch das Meer nach Rußland. ›Gib den Leuten noch ein *Pereltje*‹, rief er dann, mein Basiel. ›*Allez*, noch ein *Pereltje*‹. Ich schenkte dieses *Pereltje* ein, als säßen sie in einer Kneipe. Und sie sangen *Die Perlenfischer* zweistimmig, was sage ich, sechsstimmig. Filbert war auch dabei, ein Blinder, der immer von seinem Hund Floris anfing, den er verhungern ließ. Ich sage: ›Aber Filbert, warum hast du mich nicht nach Abfällen für Floris gefragt?‹ ›Ach, Amelie‹, sagt er zu mir, ›ich bitte schon um soviel Essen für mich.‹ Ich sage: ›Na und?‹ ›Nein‹, sagt er, ›man kann nicht auf zwei Hochzeiten tanzen.‹ Ich sage, und es entschlüpft mir, ehe ich mich's versah: ›Warum denn nicht? Wenn man es sich richtig einteilt!‹ Alle lachten, aber ich bekam eine Ohrfeige von Basiel, daß ich noch am Tag danach Sterne sah. Jetzt sehe ich auch Sterne, aber es sind andere, schwarze.

Und eigentlich sind es keine Sterne, sondern schwarze Motten.«

Louis schilderte seinen Spaziergang durch die Gras- und Korenlei, die Gildehäuser, die Renaissancefassaden, die barocke Zierlichkeit, die Freitreppen und Giebel und das goldene Schiff über einem First. »Ein Traum! Das Mittelalter selbst!«

»Du Trottel«, sagte Raf. »Da ist alles zusammengewürfelt worden, sämtliche Stile, für die Weltausstellung am Anfang dieses Jahrhunderts, für Touristen, die von Tuten und Blasen keine Ahnung hatten!«

Der Pate, der verärgert und forschend um das Karussell geht, das sich langsam dreht, während kein Apostel, Hottentotte oder Kleiner zu sehen ist. Der tadellose Prince-of-Wales-Anzug mit der Hose, so gebügelt, als wäre er mit Eisendraht verstärkt. Die taubengraue Krawatte mit dem breiten Knoten und der Perle ist fest angezogen, der Adamsapfel ist eingeklemmt, ach, wie wütend schluckt der Pate! Dennoch späht er nach den verborgenen Kindern hinter der Grotte von Bernadette, mit dem Blick eines Landvogts, und Papa folgt neben ihm seinem Beispiel, wie kann er das, während er gefesselt und weit weg von seinem Vater und Meister auf Stroh liegt? Goldene Falten hat mein Großvater, der auch mein Taufpate ist. Die Adern seiner Schläfen sind goldene Würmer. Kerzengerade geht er, das hat er längst vor Vierzehn-Achtzehn gelernt. Winterliches Licht.

Der Pate bleibt stehen. Er hört zu. Sein Sohn spricht und sagt: »Ich habe keine Courage mehr.« »Aber wo ist dein Sohn?« fragt der Pate und nennt meine drei Vornamen und vergißt den vielsagendsten, den vierten, den des Renegaten-Apostels Petrus. Papa betrachtet die Schnürsenkel seines Vaters, bleibt demütig in dem hellgrauen gleichmäßigen Schatten des Paten stehen. Der Pate schiebt zwei Finger in seine Westentasche und zieht ein Paßfoto heraus. »Ist er das?« Papa schaut sich das Foto eines Jungen mit abstehenden Ohren an und nickt. Der Pate betupft sich mit einem schneeweißen Taschentuch die Ohren, eine Seynaeve-Gebärde.

»Du willst fliehen?« sagt er. »Nach Irland.«

»Nach Argentinien«, sagt Papa.

»Nach Irland«, sagt der Pate nachdrücklich. Sein Maßanzug kommt aus Irland, dem Land der Missionare und Märtyrer. Mama hat seinen Anzug gebügelt und vorher Wasser darauf gesprengt, Weihwasser für den Frieden Christi im Reich Christi, die Nonnen singen zu einer Orgel oder einem Harmonium.

»Warum solltest du fliehen müssen, Staf?«

»Weil ich zum Tode verurteilt werde.«

»Wer sagt das, Kind?«

»Friseur Felix.«

»Wer fällt das Urteil?«

»Die Juden.«

»Sie haben ganz recht«, sagt der Pate.

»Ja, Vater.«

»Die Juden sind wieder da. Und ist das gut?«

»Ja, Vater, es ist gut, daß Minister Gutt das Geld von den Belgiern verlangt, er hat recht. Gutt ist gerecht.«

»Dann geh nur, Staf.«

»Nein! Ich werde zum Tode verurteilt!«

Zwei Gestalten im Gespräch zwischen den Trümmern und den Kratern einer Straße in Haarbeke, zwischen den zerbombten Torten, Butterkuchen und Meccano-Dosen.

»Es steht geschrieben, Staf, daß man einen Mann nur zum Tode verurteilen kann, wenn siebzig Weise des Sanhedrin einstimmig für diese Strafe stimmen.«

»Siebzig!« Das Echo erreicht den Musiksaal, in dem Schwester Engel das Klavier abstaubt, sie begräbt ihr Gesicht im Schleier ihrer Haube.

»Aber Vater, es werden bestimmt siebzig gegen mich sein!«

Der Pate grinst. »Staf, dann brauchst du nichts zu befürchten, denn dann ist die Verurteilung nicht gültig, weil das jüdische Buch sagt: ›Jede Einstimmigkeit ist verdächtig.‹«

»Sie haben recht«, sagt Papa. Der Pate zieht aus seiner Westentasche einen goldenen Zahnstocher, den er für viele Jahre Treue zum Vatikan vom päpstlichen Nuntius geschenkt bekommen hat, und pult damit in dem Mörtel der Schloßmauer, er holt die silberne Kugel heraus, die ich mit meiner Silberbüchse einst auf Papas Auto von früher, auf Holst am Steuer abgefeuert habe. Oder ist es eine Murmel?

Das Gezische und Geratter des Bummelzuges und ein monotones gedämpftes Gedonner, dasselbe, das ihn betäubt hatte, weckte Louis. Mit einer Übelkeit im Magen. Ihm gegenüber saßen, beide eine Pfeife im Mund, zwei Handelsreisende, Ordner auf den Knien. Die Landschaft, flach und grün, flitzte vorbei. Er saß in einem Zug, und zum ersten Mal merkte er, daß ein Zug eine Schachtel mit soundso viel Metern Höhe und Länge, soundso viel Breite, ein zerbrechliches, nichtiges und vor allem einfaches Ding auf Rädern war. Unbeweglich sitzen bleiben. Ich kann die Decke dieses Zuges berühren, hätte ich nie gedacht. Soeben war ich auf dem Spielplatz, im Schatten meines Großvaters, der nun im Sterben liegt.

Louis richtete sich mühsam auf und hielt sich an dem Riemen fest, mit dem man das Fenster hochziehen konnte. Er suchte im Gepäcknetz, konnte sich aber nicht mehr erinnern, was er bei sich hatte. Er zerrte an dem Riemen, aber das Fenster war eingerostet oder eingekittet. Er erinnerte sich, daß er die Tür öffnen wollte. Er zog mit aller Kraft an der Klinke. (»Nein, Dummerchen, die Tür nach außen stoßen.«) Er stieß. (»Nein, Dummerchen, erst die Klinke nach unten drücken.«)

Der jüngere Handelsreisende legte seinen Ordner neben sich. Louis dachte, daß er ihm helfen wollte, aber der Mann zupfte nur an seinem Ärmel. »Laß das, Kleiner«, aber Raf befahl: »Dummkopf, nach unten drücken«, es zog heftig im Coupé. Der Handelsreisende zerrte an seinem Ärmel und Kragen. Telegraphenmaste flitzten vorbei, die Hinterhäuser, die Gärtchen und die Stoßgebete der beiden pfeiferauchenden Handelsreisenden verlangsamten sich.

Die Buchstaben ›Bastegem‹ in weißen Kieselsteinen zwischen den Blumen und Pflanzen, die ein Dichter kennen muß. Der Bahnhofsvorsteher in Hosenträgern, Bakels, sagte zu einem Bauern, daß die Deutschen zurückgekommen seien. Aus den Ardennen, die sie erneut ganz besetzt hätten, rückten sie auf Antwerpen zu.

Ich muß das nächste Mal in Gent ein Reimwörterbuch kaufen.

Zum Beispiel für eine Elegie auf den Paten.

»Bis zum letzten Augenblick, bis in die Sakristei haben seine Kameraden ...«

»Das ist ein Wort der Schwarzen, Mona.«

»... haben seine Freunde, laß mich ausreden, sich gestritten.

Denn seine Freunde wollten, daß an seinem Sarg ›Der Flämische Löwe‹ gespielt wird!«

»Was stellen die sich denn vor? Dazu ist wirklich nicht der geeignete Augenblick, mit von Runstedt in den Ardennen!«

»Aber der Herr Dekan wollte es nicht, er sagte, eine Menge Flamen säßen noch im Gefängnis. Oder sind schon wieder draußen. Sie sind imstande, in der Kirche ›Der Flämische Löwe‹ mitzusingen. Und ›Kempenland‹. Ehe man sich's versieht, singen sie ›Wir fahren gegen Engeland‹.«

»Das Bistum hat recht. Ehrlich gestanden, es ist nicht der geeignete Augenblick dazu.«

»Aber sie wollten nicht in der Kirche singen. Nur an seinem Grab.«

»Was haben sie denn an seinem Grab gespielt? Doch nicht etwa die *Brabançonne*?«

»Sie haben sich schließlich geeinigt. Auf ›*Naar Wind en Zijd*‹. Das wurde während des Krieges nicht so oft gespielt, und es ist recht flämisch.«

»Die REXisten spielten es doch?

»Ich fand den Sarg so klein. Oder bilde ich mir das ein?«

»Er ist zusammengeschrumpft, das ja, aber nicht mehr als andere auch.«

»Er war ganz blau, wie eine Pflaume.«

»Als er noch lebte!«

»Natürlich, du Dummerchen. Danach war er weiß, wie alle.«

»Zuletzt wurde er ein wenig lila. Die Schwestern sahen es und steckten die Köpfe zusammen, sie wagten nicht viel zu sagen, denn er hörte alles, sie zuckten nicht mit der Wimper, wenn sie ›Herr Seynaeve‹ sagten.«

»Sein Kopf war ganz zusammengeschrumpft, ich bin darüber sehr erschrocken, man denkt ja nicht an so etwas!«

»Das letzte, was er gegessen hat, war ein Schwämmchen. Er biß hinein, Schwester Gudule wollte es ihm aus den Zähnen ziehen, aber es war schon zu spät, er hatte es heruntergeschluckt.«

»Wieso? Trug er noch sein Gebiß, Mona?«

»Ja. Ich wollte, daß er bis zum letzten Augenblick anständig aussah, wenn jemand ihn besuchte.«

»Und dann dieses Röcheln. Ich weiß, daß es natürlich ist, aber es genierte mich doch.«

»Die Oberschwester nahm meine Hand. ›Madame‹, sagte sie, ›er ist bei Unserem Lieben Herrn.‹«

»Es war das Beste für ihn.«

»Ja. Denn er begann gehörig durchzudrehen. Und wurde immer so wütend. Beim geringsten Anlaß kläffte er wie ein Hund.«

»Wenn er wiederkehrt, wie die Inder glauben, wird er bestimmt ein Mecheler Schäferhund.«

»Ja. Oder er wird ein Mops werden, wie der von Nora.«

»Du hast so fürchterlich getobt, Mona.«

»Ich konnte nichts dazu.«

»Die Ärzte so anzuschnauzen und anzuschreien. Ich habe mich richtig geschämt.«

»Es war ihre Schuld.«

»Wieso? Sie haben ihn doch nicht falsch behandelt.«

»Sie hätten ihm Affenhormone spritzen müssen. Ich hatte schon voriges Jahr darum gebeten.«

»Aber ist das nicht vom Staat aus verboten?«

»Vom Staat aus nicht, aber wohl vom Bistum.«

»Wobei er päpstlicher als der Papst war. Ich sehe ihn noch zur Kommunion gehen. Mir wird ganz schwach, wenn ich daran denke. Mit seinen geschlossenen Augen. Ich dachte noch: ›Ach du lieber Gott, er rempelt die Leute an!‹ Man sah, daß dieser Mensch in diesem Augenblick kein Stückchen gebackenes Weizenmehl auf der Zunge hatte, sondern Unseren Lieben Herrn selbst!«

»Ungesäuertes Weizenmehl, Mona.«

»Jaja.«

»Ja. So ist das Leben.«

»Alles, was lebt, stirbt. Auch die Sterne.«

»Ich habe meinen *voile* nicht getragen. Ich dachte erst noch an eine schwarze Sonnenbrille, aber du kennst ja die Leute von Walle, die hätten sich nur wieder aufgeregt.«

»Und Staf, den sie für das Begräbnis seines eigenen Vaters nicht aus dem Gefängnis freilassen wollten.«

»Pardon, pardon. Staf wollte es nicht. ›Ich zeige mich nicht in Walle zwischen zwei Gendarmen, auch nicht zwischen Gendarmen in Zivil‹, sagt er. Und: ›Mein Vater wollte dieses schicke Begräbnis mit einer Elf-Uhr-Messe in Unserer Liebfrauenkirche nicht, er wollte in Noordende begraben werden, in dieser armseligen Kirche, ohne allen Aufwand!‹«

»Konnten wir das zulassen, als seine Familie? Unserer Mutter gegenüber? In Noordende, kilometerweit entfernt, nur weil Antoinette Passchiers dort wohnt?«

»Wir hätten ihn ebensogut in Schorisse begraben können, wo diese Mylene wohnt, sie war auch seine Geliebte. Und es liegt näher.«

»Ja. Wenn man die Landstraße von Waregem nimmt.«

»Jedenfalls wollte er nicht in Unsere Liebfrauenkirche, das hat er oft genug gesagt. ›Zuviel der Ehre‹, sagte er.«

»Und doch ist es so gekommen. Durch Kanonikus de Londerzeele.«

»Wir konnten ihm nur schwer folgen in allem, was er wollte! Angenommen, er hätte gewollt, daß wir ihn in den Mülleimer schmeißen.«

»Ich sage nur, was Staf mir gesagt hat, Mona.«

»Der hat nie die Wahrheit gesagt.«

»Es scheint, daß Antoinette Passchiers unbedingt zum Begräbnis kommen wollte, aber ihr Mann hat es ihr ausgeredet.«

»Sie hätte sich selbst auf den Sarg geworfen, du kennst sie ja.«

»Steht sie im Testament?«

»Wir werden dem einen Riegel vorschieben. Es gibt drei-vierfünf Testamente, und alle sind rechtmäßig.«

»Apropos, offensichtlich war auch die Wirtin des ›Titanic‹ in der Kirche. Aber ich kenne sie kaum, und unter all den Leuten habe ich sie nicht erkannt. Eine dicke Blondine, ziemlich *voyant*, heißt es.«

»Manche Leute haben kein Ehrgefühl.«

»Sie soll in den letzten Monaten an die fünfzigtausend Francs von ihm lockergemacht haben. Ganz zu schweigen von dem Gold.«

»Welchem Gold?«

»Das Gold, das er zuletzt, als es ihm nicht mehr gutging, ins ›Titanic‹ schleppte. Mit seinen zwei Koffern, er lief damit ganz gekrümmt.«

»Koffer voll Gold?«

»Nein, nicht ganz. Diese Blondine vom ›Titanic‹ und zwei andere, eine *Française* und eine aus Martinique mußten sich ausziehen, und dann schüttete er seine beiden Koffer voll Erde auf den Boden, und sie mußten mit nacktem Arsch seine Napoleons und die Goldmünzen herauswühlen.«

»Wie hoch steht das Gold gegenwärtig, Mona?«

»Wie immer. Schau doch in der Zeitung nach!«

»Es war ja nur eine Frage.«

»Er hat mir viel Kummer gemacht.«

»Und seiner Frau auch. Erst zuletzt zeigte er bißchen Respekt vor ihr. Als es schon zu spät war.«

»Ich hatte soviel Mitleid mit ihr, als sie da in diesem Wagen in der Kirche saß, mit ihren Chrysanthemen im Arm.«

»Und niemand hat die Blumen aus dem braunen Packpapier gewickelt, ich habe mich so geniert.«

»Zuletzt hat er Buße getan. ›Ich habe gesündigt‹, sagte er ›und nun, da ich vor dem Thron stehen soll, ist mir klar, daß ich Rechenschaft ablegen muß. Ich habe nicht auf Monseigneur de Beaulieu gehört, der sagte, als er aus Katanga zurückgekommen war: ›Wir müssen wie die alten Neger sein, die, wenn sie spüren, daß sie sterben werden, ihre Kinder und Enkelkinder zu sich rufen und ihnen alles, aber auch alles erzählen, von dem sie glauben, es weitergeben zu müssen.‹ Und jetzt, da ich alles erzählen müßte, weiß ich nicht, was ich weitergeben könnte. Ich bin kein gutes Vorbild gewesen.‹ Ich sage: ›Väterchen, da fällt dir vielleicht doch noch etwas ein.‹ ›Ich glaube nicht‹, sagte er. Und am nächsten Tag hat er die ›Compagnie‹ angerufen, damit sie ein Telefon in seinem Grab anbringt, falls ihm doch noch etwas einfallen sollte. Der Vizedirektor kam und sagte: ›Das geht schon in Ordnung, Herr Seynaeve, wir werden dafür sorgen, wir werden eine Leitung legen lassen, Sie brauchen nicht einmal die Gespräche zu bezahlen, sondern nur die Grundgebühr.‹«

»Ach du lieber Gott, ich mach mir in die Hose.«

»Sie brauchen die Gespräche nicht zu bezahlen!«

»Gib mir dein Taschentuch, Mona.«

». . . nur die Grundgebühr!«

»Ja, es ist zum Lachen, aber zuletzt habe ich einfach zuviel Kummer gehabt.«

»Und ich vielleicht!«

»Und unsere Mutter schien zuletzt auch einen Schlag vor den Kopf bekommen zu haben. Sie ging mit mir zum Hospital. Ich merkte gleich am Gang, daß etwas nicht stimmte. Schwester Andrea, die sonst so höflich war, so à la ›Setzen Sie sich, Madame, schönes Wetter heute, nicht, Madame‹, rümpfte die Nase, sie sagte mir kaum guten Tag und die anderen Schwestern auch nicht, ich frage mich, was ist denn hier los? Ich habe doch keinen Hundedreck an den Schuhen, ein Mensch denkt viel, und was glaubst du? Er hat das ganze Hospital zusammengebrüllt. Nun sind sie daran gewöhnt, die Schwestern, sie werden dafür bezahlt. Aber er schrie alles auf französisch, er, der immer sagte: ›alles für Flandern, Flandern für Christus!‹ und das Schlimmste war, daß er dabei die unanständigsten Ausdrücke benutzte wie *minette* und *soixante-neuf* – die reinste Kloake!

Und die Oberschwester sagte: ›Herr Seynaeve, sagen Sie das wenigstens nicht so laut!‹ ›*Je vais t'enculer*‹, rief er. Sie haben ihm eine Pille geben müssen, die die Zunge lähmt. Jetzt kommt das Schönste. Unsere Mutter beginnt, statt sich still zu verhalten und so zu tun, als ob sie nichts sieht oder hört, dort im Hospital zu lachen, aber wie, sie war nicht zu bremsen, sie lachte schallend wie ein unschuldiges Kind. Ich habe sie sofort zum Auto bringen müssen, zusammen mit Cécile, aber sie brüllte vor Lachen und rief auf dem ganzen Weg zum Auto: ›*Il va m'enculer*‹!«

»Was einem so alles passieren kann...«

»Unser Staf sah im Lager nicht ungesund aus«, sagte Leevaert, Doktor der Germanistik, der nun für Inserate in *Het Volk* warb, ohne natürlich offiziell eingetragen zu sein. »Ich hätte mich eigentlich in aller Form von ihm verabschieden müssen, aber Sie wissen ja, wie das geht, Madame Seynaeve, die Direktion wartet bis zum letzten Augenblick, einem die Freilassung mitzuteilen, und der Gefangene hat dann nichts anderes mehr im Kopf, als schnellstens zu seinem geliebten Zuhause zurückzukehren. Sie machen uns dort zu Egoisten, Madame Seynaeve.«

Mama nickte, und Tante Violet sagte: »Das ist ganz normal, Herr Leevaert, Sie brauchen sich deswegen nicht zu entschuldigen.«

»Hauptsache ist, daß wir jetzt wissen, daß er nicht traurig ist«, sagte Meerke.

»Das ist er wohl, wie wir alle, aber mit Maßen. Nein, der einzige, den ich habe umarmen können, ist mein Busenfreund de Puydt. Weil ich auf die erste Trambahn warten mußte, habe ich im Sprechzimmer des ›Flandria‹ noch ein *quatre-mains* mit ihm gespielt, ein einfaches Stückchen von César Franck. Offengestanden, ich mußte eine Träne dabei vergießen. Mein Freund nicht, der hat keine Tränen mehr. Und nun folge ich Gottes Wegen und bettele um etwas Publizität. Zum Glück sind unsere Kameraden, die wieder oben sind, solidarisch. Aber ich setze meine Hoffnung auf mein Buch. Und auf die Kameraden, die mir helfen werden.«

Louis erschrak: »Ihr Buch, Herr Leevaert?«

»Meinen Roman, den ich im ›Flandria‹ geschrieben habe. Er wird dreißig Francs kosten, aber wer jetzt subskribiert, bekommt ihn für fünfundzwanzig. Und wenn man zehn abnimmt, Madame Seynaeve, lasse ich noch einmal zwei Francs nach. Und was sind schon zehn Exemplare, wenn man seinen Freunden ein schönes Neujahrsgeschenk machen möchte? Denn jedes Buch signiere ich und widme ich demjenigen, dessen Namen mir angegeben wird.«

»Wovon handelt es?« fragte Mama.

»Von einer Frau, die sich das Leben nehmen will.«

»Das lesen die Leute gern«, sagte Mama. »Das ist ein gutes Thema.«

Louis hätte ihr an die Kehle springen können. Wie konnte sie ernsthaft auf so etwas eingehen? Wie konnte dieser versumpfte versoffene Lehrer ein Buch schreiben? Und ausgerechnet über einen Selbstmord. Und nur deshalb, weil er sich im Gefangenenlager ›Flandria‹ gelangweilt hatte?

»Die Hauptperson ist eine Frau, die ich in verschiedenen wichtigen Phasen ihres Daseins schildere. Der es vorherbestimmt ist, durch die schwersten Prüfungen hindurch doch, im letzten Kapitel, das Licht zu erblicken.«

»Stirbt sie am Schluß?« fragte Tante Violet.

»Nein. Sie lernt das Leben, das sie von der gräßlichsten Seite erfahren hat, trotz allem mit seinem Für und Wider zu akzeptieren. Wie wir das alle tun müssen.«

»Wenn es nur nicht auf den Index gesetzt wird«, sagte Meerke besorgt.

»Madame Bossuyt, Sie gehen, mit Verlaub, nicht mit der Zeit. Ob es auf den Index gesetzt wird oder nicht, da schere ich mich, um es derb auszudrücken, einen Dreck drum.«

»Ja, aber dann können die Bibliotheken es nicht anschaffen«, sagte Tante Violet, die verjagte Bibliothekarin.

»Die katholischen Bibliotheken nicht.«

»Die öffentlichen trauen sich auch nicht, wenn es ein bißchen heikel ist.«

»Als Schriftsteller kann man sich darüber nicht den Kopf zerbrechen, Madame Violet . . .«

»Fräulein.«

»Fräulein Violet. Alles was ich weiß ist, daß es ein Plädoyer für ein reineres Innenleben ist, und dabei kann ich kein Blatt vor den Mund nehmen. Meine Personen sind aus Fleisch und Blut, die können fallen und wieder aufstehen.«

»Wie heißt Ihr Buch, Herr Leevaert?«

»›Jenny‹. Mit dem Untertitel: ›Ein Schicksal‹.«

»Ich schreibe auch gerade an einer Erzählung«, sagte Louis. »Ich beabsichtige, sie eventuell zum Preisausschreiben von *Het Laatste Nieuws* einzusenden.«

»Das ist eine erfreuliche Neuigkeit«, sagte Leevaert. Tante Violet genoß jeden Bissen ihres Butterbrots mit Gehacktem, Meerkes Stricknadeln hatten sich keinen Moment verlangsamt, Mama lutschte weiter den kaffeedurchtränkten Zuckerwürfel, ihre Zähne werden erbsengroße Löcher bekommen.

»Meine Erzählung, oder genauer meine Novelle wird ›Der Kummer‹ heißen.«

»Ach, Kleiner, was verstehst du schon von Kummer?« sagte Tante Violet. »Du wirst noch Augen machen.«

»Warum ein so trauriger Titel, Louis?« sagte Meerke. »Die Leute wollen sich entspannen.«

Mama ging zum Ofen, und während sie Kaffee einschenkte (denn sie wollte es ihrem Sohn nicht ins Gesicht sagen), meinte sie: »Das einzige, wofür Louis gute Noten bekam, waren Aufsatz und Sprache.«

»Die Sprache ist wichtig«, sagte Leevaert und zündete sich eine Pfeife an, und wahrhaftig, er fing bereits an, ein flämischer Kopf zu werden, mit drei Kinnen. »Aber das Wichtigste bleibt, was man an Wesentlichem über den Menschen, die Gesellschaft, das Verhältnis zu Gott ausdrückt. Und dazu braucht man, nimm es mir nicht übel, Louis, eine gewisse Erfahrung. Vor seinem vierzigsten Jahr kann man die ...«

»Und Rimbaud?« sagte Louis wütend.

»Hände weg von Rimbaud!« rief Leevaert so heftig, daß Meerke fast ihr Strickzeug fallen ließ.

»Ein Gläschen *Elixir d'Anvers*, Herr Leevaert?« fragte Tante Violet.

»Wenn Sie mittrinken, Fräulein.« Leevaert entlockte seiner Pfeife feuchte zischende Geräusche. »Rimbaud war ein Wunder. So jemand kommt nur alle Jahrhunderte einmal vor. Das ist so spontan, so aus dem Nichts geboren, so ...«

»In meinem Alter fing er damit an, Victor Hugo und Alfred de Musset nachzuahmen.«

Die Pfeife wurde mit einem Ruck aus dem Mund gerissen. »Wer behauptet das?«

»Das habe ich gelesen.«

»Wo steht das?«

»Mann«, sagt Louis barsch, »in den *Nouvelles Littéraires.*«

Leevaert holte tief Atem. Nahm das Gläschen. Kostete. Stellte das Gläschen hin. »Sie können es nicht vertragen«, sagte er mutlos. »Sie müssen und werden jede Größe herabziehen, jedes Genie, das sie nicht verstehen, das sie nicht einmal ahnen: sie müssen versuchen, es kleinzukriegen, es auf ihr eigenes jämmerliches Niveau zurückzuholen.«

In der Garage sang Onkel Omer, wie meistens, wenn es Abend wurde: »Ich sag dir kein Lebwohl, mein Bruder, bald sehen wir uns wieder«, und wie immer stimmte der achtjährige Truthahn Hector mit ein.

Leevaert hatte drei Teller Karotteneintopf intus, seine Pfeife qualmte wieder. »Es ist so einfach«, sagte er, »und ich habe das oft meinen Schülern erklärt, wenn sie meinten, daß sie, wenn sie ein paar gute Aufsätze geschrieben haben, automatisch wüßten, was Sprache ist ...«

»Ich hatte nur die Kleinen aus der vierten und fünften Klasse«, sagte Tante Violet.

»... man kann nämlich viele Richtungen einschlagen, nicht wahr, Fräulein Violet ...«

»Gewiß«, sagte sie unsicher.

»Du mußt jetzt aufpassen, Louis«, sagte Meerke.

»Louis, du kannst zum Beispiel ein Gefühl ausdrücken. Verstehst du? Du kannst dir auch vorstellen, daß du dich an mich wendest oder etwa an deine liebe Mama ...«

Mama, *don't fence me in*. Mama hustete.

»... und daß du diesen anderen erreichen willst, erreichen kannst. Stimmt's? Nun kannst du auch etwas einfach so hinsagen, ohne daß es etwas oder fast nichts bedeutet. Zum Beispiel: ›Hallo‹, wenn du telefonierst. Aber du kannst auch, und das ist für uns das Interessanteste, Louis, ein dichterisches Gefühl hervorrufen.«

»Ach, du kannst so viel, wenn du dir Mühe gibst«, sagte Meerke.

»Es ist so einfach«, sagte Leevaert.

»Man kann auch Wörter benutzen, um *nicht* verstanden zu werden«, sagte Louis.

Mama lächelte ihn an. »Ja«, sagte sie. »Ja, genau.«

»Und Esperanto«, sagte Meerke. »Der Papst ist so dafür. Um das Evangelium rasch und leicht zu verbreiten.«

Weil es sich senkt, dröhnt das Flugzeug. (Wie die Güterzüge hinter dem Garten.) Der Passagierraum ist eine hölzerne zitternde olivgrüne Kiste. Durch die runden Luken ist nur Nebel zu sehen. Die Fallschirmjäger mit ihren gesunden Zähnen, die *Wrigley's Peppermint* kauen, haben keine Angst. Einer von ihnen sieht dem kleinen Doktor Donkers ähnlich, dem Frankophilen und Spion im ERLA, darum nickt er, im Gegensatz zu den anderen, die sie mit brennenden Blicken anglotzen, Mama ermutigend zu, denn diese Frau in dem maisgelben Sommerkleid aus Kattun mit einem beigen Schal, mit ihrem dunkelrot gefärbten Haar, mit dem Zigarettenstummel in ihrem linken Mundwinkel, ist Mama. Eine schrille Hupe ertönt. Unter den spöttischen Blicken der Männer sucht sie, murmelnd und fluchend, ihren Fallschirm.

Durch das runde Guckloch neben ihr sind nun Wolken zu sehen, und wenn man sich vorbeugt, eine deutsche Stadt, eine graue Masse von Häuschen, tauende Schneehaufen, das Flugzeug flitzt darüber hinweg, kein Auto, kein Fahrrad, kein Mensch ist zu sehen, graues Kerzenwachs liegt über den eingestürzten Häusern, das Flugzeug bleibt wie eine Mücke am Himmel hängen. Brüllend stürzen die Fallschirmjäger sich aus den offenen Türen, dann flattert auch das Kleid meiner Mutter hoch, sie preßt das Kleid gegen ihren Unterleib, ihre Schenkel und Beine in den beige-seidenen Strümpfen zappeln, sie jauchzt, der Pilot streckt zwei gespreizte Finger in die Luft und verschwindet in der aufgehenden Sonne, er heißt Harry, nach *Harry fliegt* (einer Farbserie, holzfreies Papier). »Die Kiste hat es geschafft!« rief Harry, und es war seine Totenkiste. *Remember*, Maurice?

Meine Mutter landet auf einer Weide aus Asche und Kreidestaub in dem Augenblick, als der kleine Donkers gegen eine rußgeschwärzte Fabrikmauer klatscht. Aus den Mauerlöchern, den Kellern und den Bombenkratern sind jammernde Stimmen zu hören, ein regelmäßiges Hämmern wie von einem Herzen, das Knallen von Pferdepeitschen. Mama kennt offenbar ihren Weg, sie folgt ihm, ohne zu zögern, gerufen von dem Gott der Liebe. Die raschelnden Vierfüßler an ihren Stöckelabsätzen können sie nicht einschüchtern. Hört man eine Stimme, die nach all den Jahren der Sehnsucht dünner, knabenhafter, magerer geworden ist, »Konstanz, Konstanz!« rufen? Die Schuhe in den Händen, kommt sie erschöpft zu einem kleinen Platz am Hafen, umstanden von gotischen Fassaden. »Ist das die Leibnizstraße in Braunschweig?« fragt sie.

»Nein«, antwortet jemand im blauen Nebel.

»Wer sind Sie?« – »Ich möchte mich nicht zu erkennen geben, die Zeiten sind einfach zu gefährlich.«

»Ich suche . . .« – »Ich weiß, wen Sie nach dieser langen Zeit suchen, für wen Sie endlich Ihren Mann verlassen haben, der in einer Zelle sitzt, und Ihren Sohn, der sich selbst befleckt.« – »Dann bringen Sie mich zu ihm.« – »Geben Sie mir Ihre Hand.« – »Nicht kitzeln.« – »Ich habe nur Gutes mit Ihnen vor.« – »Das habe ich schon oft gehört.« – »Fürchten Sie sich nicht.« – »Ich werde Sie reichlich belohnen, bringen Sie mich zu ihm. Ist er gesund? Ist er verletzt? Auch wenn ihm Arme und Beine und das Kinn abgeschossen worden wären, würde ich . . . ich wollte, es wäre so, dann könnte ich ihn noch mehr lieben.«

»Er ist so, wie er ist«, sagt die schüchterne schleppende Stimme im Nebel und führt Mama in eine Spelunke, in der eine Theke, eine Kasse und leere Regale stehen. Sie wartet. In den Vororten haben die amerikanischen Fallschirmjäger eine Brücke besetzt. Tanks ganz in der Nähe. Abwehrgeschütze.

Ein Mann in einer beschneiten Ölhaut steht in dem Loch, wo früher eine Tür mit einer Ladenklingel war. Er schlurft mit den Füßen, als schleife er eine Kanonenkugel hinter sich her. »Mein Liebster«, ruft Mama. Lausengier sucht sie mit einer tastenden Hand, setzt eine Staubbrille auf und erkennt sie, glaubt seinen feuchten, vielfach vergrößerten Augen hinter den gewölbten Gläsern des Granits nicht, er schüttelt den Kopf mit den beschneiten Haaren. »So lange, so lange her«, murmelt er.

»So lebenslange«, sagt sie und will ihn umarmen, aber er wendet sich, ungläubig grinsend, ab und stampft mit seinen Stiefeln auf die Fliesen, denn er will seinen Traum, seinen einzigen Besitz, nicht sehen und ihm nicht unter die Augen treten. Dann wagt er es doch und schaut in die Hölle ihrer Augen.

»Wie geht's Ihrem Sohn?« fragte er. »Dem Louis.«

»Meinem Sohn? *Never mind*«, sagt sie und fährt fort, daß sie ihn zu ihrer Mutter, ihren Brüdern und Schwestern in ein Dorf an der Leie mitnehmen wolle, und weint. Er trocknet ihre Tränen mit einem schmutzigen olivgrünen Taschentuch.

»*Never mind*«, sagt sie.

Der Tag beginnt wie immer. Mama fragt Tante Violet, ob Louis sich die Zähne geputzt habe. »Hast du es gesehen, Violet?« »Louis, gib mir die Milch.« »Ich habe bei diesem Krach im Garten kein

Auge zugemacht. Dreh in Gottes Namen dieses blöde Radio etwas leiser.«

Vor dem Tor der *Molens*, wo die Schwarzen interniert waren, standen zwei Männer der Weißen Brigade mit ihren Maschinenpistolen ziemlich lasch herum, ohne das stolze und herausfordernde Air der ersten Tage der Befreiung. Trotzdem überquerte Louis beim Lokal ›Picardy‹ kurz vor den heranbrausenden Autos die gefährlichste Autostraße von Belgien. Man konnte nie wissen. Die Wachen konnten ihn aus purer Langeweile beim Vorbeigehen unversehens beim Kragen packen und hineinzerren. Die Hundehütte neben dem Tor, in die man in den ersten Tagen den Kaplan von Ravenhout gesperrt hatte, war auf Befehl von Pastor Mertens abgerissen worden.

Auf Höhe der burgartigen Villa, die ein Steuerbeamter hatte errichten lassen, nachdem er fünf Millionen in der Lotterie gewonnen hatte, bremste ein Fahrrad hinter ihm.

»Na, kennst du mich nicht mehr?«

Sie fuhr neben ihm her, blond unter einem Strohhut, grellrote Lippen, Krähenfüße an den Augenrändern. Nie gesehen.

»Du erkennst mich nicht.«

»Ich weiß nicht recht«, sagte er.

»Michèle! Ich bin eine Freundin von Thérèse, die um ein Haar deinen Onkel Omer geheiratet hätte.«

»Ach, ja. Jetzt, wo Sie es sagen.«

»Wo gehst du hin?«

»Zeitungen kaufen. Die *Nouvelles Littéraires*.«

»*Tu veux qu'on parle français*?«

»Nein. Nein. Ich meine, ich kann es zwar, aber . . .«

»Hast du es eilig?«

Sie fuhr langsam und legte die Hand auf seine Schulter.

»Das ist die gefährlichste Straße von Belgien«, sagte er.

»Hör zu. Hast du ein bißchen Zeit?«

»Wofür?«

»Ich suche jemand, der meinen Keller aufräumt. Wenn du etwas nebenher verdienen willst.«

»Ich kann nachher kommen, wenn ich meine Zeitungen . . .« (Also, Raf, wie sie da weiterfuhr, mit diesem strammen Hintern auf dem Sattel, nein, Raf, sie hat wirklich was vorzuweisen, es ist, es ist, es gibt dafür kein Wort im ganzen dicken Van Dale, wie von Rubens und Memling zugleich, dieses Untergeschoß, ich sagte es ihr auf französisch: »*Voilà un édifice bien royal*.«)

Der fensterlose Keller lag voller Reisig, kaputten Möbeln, einem verrosteten Roller, Kaninchendreck. Er arbeitete sich hindurch, besorgte eine Schubkarre und warf alles auf einen Haufen hinter eine Hecke. Sie rief ihn hinein, in ihre eleganten Wohngemächer. Er mußte sie Michèle nennen. Ihr Mann, ein Arzt, war voriges Jahr gestorben. Sie schenkte ihm ein Glas Bier ein, sie selbst trank einen Martini, zwei Martinis.

»Willst du dir nicht die Hände waschen?«

Sie setzte sich auf den Rand der mit Delfter Kacheln eingefaßten Badewanne, während er ein Stück Lux-Toilettenseife aus seiner Verpackung wickelte, neun Filmdivas von zehn benutzen Lux, um erfolgreich der Hitze der Studioscheinwerfer zu widerstehen, und sich die Hände kräftiger und länger schrubbte als je zuvor, sie dann nur leicht am Badehandtuch abtrocknete, um es nicht zu naß zu machen.

»Mußt du nicht?« Sie nickte zum Klo hin.

Das Blut schoß ihm ins Gesicht.

»Du arbeitest schon über drei Stunden und hast nicht einmal gepißt. Wie du siehst, habe ich dich beobachtet.«

Dies ordinäre, schmutzige Arbeiterwort aus ihrem schönen Mund überraschte ihn, es war abstoßend und erregend zugleich.

Er lachte wie ein Arbeiter am Kneipentresen. Es erstaunte ihn nicht mehr, als sie mit ihren ochsenblutroten Fingernägeln über seinen Hosenschlitz strich, an den Knöpfen herumfummelte und mit einem ungehaltenen Gesichtsausdruck reagierte, als er sie sanft zurückstieß. »Du willst es lieber selbst machen, wie ein erwachsener Kerl, mir soll's recht sein.«

Aber er würde vielleicht nicht können, sie mußte kurzsichtig sein, daher die Krähenfüße, denn er hatte in diesen drei Stunden schnell hinter den Schuppen gepißt, sogar zweimal, und was wollte diese Person? Was gab es da zu sehen? (sagte Bekka in den Lehmgruben). Und wir sind doch keine Tiere, es gibt unsterbliche Götter und Menschen, die wie Tiere sterben, aber dazwischen gibt es auch eine Kategorie von Menschen, denen Göttlichkeit innewohnt: zum Beispiel diejenigen, die die Gabe der Sprache von den Göttern mitbekommen haben, oder nicht? Entschlossen knöpfte er seinen Hosenschlitz zu und hüstelte wie eine Nonne.

»Schämst du dich? Ich hab so was schon erlebt.«

»Das kann ich mir vorstellen«, sagte Louis, »Sie als Frau eines Arztes . . .«

»Witwe«, sagte sie schroff.

»Pardon.«

»Kein Pardon.«

Sie tippte mit ihrem Zeigefinger an seine linke Brustwarze. (»An mein unverwüstliches Herz, Madame Michèle!«)

»Du traust dich nicht«, sagte sie. »Ich aber.«

Vor den Augen aller verblüfften Götter des Olymps hob sie ihr Kleid hoch, sie hatte nichts darunter an, sie setzte sich und ein Strahl prasselte aus ihr heraus.

»*Voilà*«, sagte sie.

Sie blieb sitzen. (»Ich muß mich doch nicht auf ihren Schoß setzen!«)

Sie hob ihren Unterarm und verdeckte ihre Augen. Auf der Klobrille glitt ihr Unterleib nach vorne und ihre Knie gingen auseinander: die Lippen dort unten standen ein wenig vor und waren mit Tropfen benetzt, sie öffneten sich und ein Gaumen in einer Höhlung erschien, ein zweiter Mund. Ihre Waden waren straff gespannt, erst jetzt sah er, daß sie auf den Zehenspitzen stand und ihren Hintern von der vanillefarbig lackierten Brille gelöst hatte. Eine Akrobatin, die krampfhaft auf Applaus wartete.

»Reicht's? Genug gesehen?«

»Ja«, sagte Louis. »Jaja. Vielen Dank«, sagte er blöde wie ein Bauer.

»Komm mit.«

Das Schlafzimmer war wie das eines überaus ordentlichen Dienstmädchens. Michèle schaute flüchtig in den Spiegel des Kleiderschranks und schüttelte ihre blonde Mähne.

»Leg dich doch hin.« Sie zog die billardgrünen Vorhänge zu und zog ihn in dem dunklen Raum ohne Wände und Möbel aus. In allen scharfen Büchern sprang ein tollkühner Mann, rasend vor Begierde, auf eine erst widerstrebende und dann winselnde Frau. Aber diese Frauen, erst Tante Nora und jetzt diese Arztwitwe, vernaschten ihn! Strahlte er so viel Unterwürfigkeit aus? Die hier küßte sein aufgerichtetes Glied und zog ihn ungeduldig zu sich, bis er in ihr war, und flüsterte, daß er lieb sei und daß er süß sei und daß er völlig unwissend sei, und es war feuchter, wärmer und angenehmer, als wenn er es mit der Hand machte. Machte er jetzt Kinder? Zwillinge, Aristoteles und Amadeus? Douglas, Genes Kamerad, rasierte sich im Zelt, während Djeedie auf einem Feldbett wie diesem in seinem khakifarbenen Unterzeug las, und Douglas drehte sich um: »Lew, das einzige, was du tun mußt, ist gegenhalten, wie sie sich auch bäumen und betteln, immer gegenhalten, darum sind alle Frauen so verrückt nach mir, ich brauche immer länger als sie, *that's fuckin' all*.«

Sie streckte ihre braungebrannten Beine in die Luft. Sie fluchte, als er aus ihr glitt, griff nach ihm und das Wogen und Stoßen fing wieder an, sie legte ihre Hände um seinen Po und zog ihn an sich. Er schob seine Hand unter ihren Büstenhalter, fühlte ihre breite platte Brust, die, Raf, so flach war wie ein Pfannkuchen. Sie biß in seinen Arm und kniff mit aller Kraft in seine Hand.

Dann sagte sie nichts mehr, eine regungslose Scheintote. Er zog sich zurück. Seine Hoden schmerzten. Gegenhalten, Douglas hatte leicht reden, länger brauchen: der Schmerz dauerte länger.

Sie knöpfte ihr Kleid zu, blieb auf dem Rücken liegen und schluchzte, mit der Heftigkeit des sommerlichen Regenschauers gestern, jäh und lange, dann vergrub sie ihr Gesicht unter dem Kopfkissen.

Das Buch, das Djeedie auf seinem Feldbett gelesen hat, hieß *Harmonium*, ich habe hineingeschaut. *A man and a woman are one. A man and a woman and a blackbird are one*.

»Was habe ich falsch gemacht, Michèle?«

Sie richtete sich mit verheultem Gesicht auf und hielt die Hände vor ihrer Brust verschränkt. »Jetzt weißt du es, jetzt weißt du es. Du bist ein so lieber Junge, daß du nichts darüber sagen willst . . .«.

»Ich hätte dir so gern einen Gefallen getan . . .« sagte sie.

»Aber es liegt an Renéchen. Er kann auch nichts dazu. Aber trotzdem . . .« sagte sie.

»Sie waren wirklich prall und schön voll. Ich war so stolz auf sie . . .« sagte sie.

»Renéchen hat sie kaputtgemacht. Sie haben sich nie davon erholt. Wenn ich ihm die Flasche gegeben hätte. Aber das durfte ich nicht, dabei hätte es mein Mann als Arzt doch wissen müssen. Ich schäme mich so. Du sagst ja nichts. Du denkst jetzt sicher, sie hat mich betrogen mit ihrem ausgestopften *soutien-gorge*. Ich kann doch nichts dazu.«

»Aber nein«, sagte er.

»Das meinst du nicht wirklich.«

»Doch.«

»Du bist lieb.«

»Schweig jetzt.« Er zog sich an.

»Siehst du, daß du mir böse bist!«

(»Oh, Apoll, ist das der Frauen Maßstab?/Sie will nun immer weiter tadeln/Mein Sack durchbohrt von ihren Nadeln/Die Stiche kriegten meine Hoden ab!«)

Sie wärmte Kakao auf, brachte Sirupwaffeln und legte eine Platte der Andrews Sisters auf, *Chattanooga Choo Choo*. Auf dem Büfett, auf dem Kaminsims zwischen Mika-Rosen und auch auf einigen niedrigen Tischchen standen Fotos eines versonnen dreinblickenden jungen Mannes; einige zeigten ihn in Badehose, während er schelmisch einen Bodybuilder imitierte.

»Ist er das?«

»Ja. Sie werden nächsten Monat eine Gedenktafel an seinem Geburtshaus anbringen. Der Gouverneur wird eine Rede halten. Es wird sogar in Erwägung gezogen, eine Straße nach ihm zu benennen. Sie möchten gern, daß Renéchen der Zeremonie beiwohnt, aber ich bin dagegen, er ist noch so klein. Da ist so eine blöde Kusine von mir, die es ihm eingeredet hat. Renéchen, dein Papa war ein Held und deshalb haben sie ihn füsiliert. Zum Glück verstand er nicht, was das ist. Er fragte danach: ›Mama, was heißt das: füsiliert?‹ Ich habe gesagt, daß es dasselbe sei wie operiert.«

Als er ›Zonnewende‹ in der Ferne erblickte, hinter den Eisenbahnschienen, merkte er, daß er seine *Nouvelles Littéraires* hatte liegenlassen und daß Michèle ihm kein Geld gegeben hatte. Aber er würde sie wiedersehen, der Schmerz in seinem Unterleib verzog sich. *Chattanooga Choochoo, won't you choochoo me home*. Ich habe einen *Schatz*. Nein, das ist zu bäurisch. Eine *Geliebte*, zu gewichtig, zuviel à la Iwanows Liebesroman, eine *Liebste*, zu sehr *Breviarium van de Vlaamse lyriek*. Ich habe eine Mätresse, das ist es.

»Du Spinner, du meinst eine Matratze.«

Meerke, Tante Violet und Mama machten in der Küche Marmelade ein. Meerke, sparsam wie immer, wollte die Gehäuse der Äpfel mitkochen. Tante Violet fand das wie bei armen Leuten. »Nein, es ist wegen des Geschmacks, Violet!« Mama sagte, daß, wenn der Zukker sich einmal aufgelöst habe, der Pulp viel länger auskochen müsse. Louis' Aufgabe war es, das Zellophanpapier über den Gläsern anzufeuchten, aber nicht zuviel. So verging seine Zeit auf Erden.

Mama nörgelte immer häufiger, daß er wieder zur Schule gehen müsse. Verstand Jack London etwas von Trigonometrie, und was wußte van Ostaijen von Chemie?

»Du mußt ein Diplom machen«, sagte Meerke. »Dann kannst du etwas im Staatsdienst werden, mit festem Urlaub und geregelter Pension.«

»Du träumst«, sagte Mama. »Woran denkst du?«

»Ans Nichtstun«, sagte Tante Violet.

»Nein«, sagte Mama. »Er grübelt darüber nach, was er mit dem Geld von dem Preisausschreiben in *Het Laatste Nieuws* anfangen und wieviel er davon seiner armen Mutter geben soll.«

»Und seiner Tante, die nachts an seinem Bettchen gesessen hat, als er Keuchhusten hatte.«

»Fünftausend Francs. Sind die steuerfrei?« fragte Meerke.

»Ich kann nie gewinnen. Es gibt bestimmt hundert Einsendungen.«

»Wenn es nur ergreifend ist«, sagte Meerke. »Ergreifend oder historisch. Ist deine Geschichte historisch?«

»Nein.«

»Handelt sie von der Schule in Haarbeke?« fragte Mama leichthin, auf Samtpfötchen, und Louis sah sie in ihren Pantoffeln mit Pompons durch sein Zimmer gehen, sie fand *Les Mémoires d'une Cocodette*, sie fand das Heft unter dem Kleiderschrank und fand das Bündel aneinandergehefteter Zeitungsausschnitte, die Quelle seiner Inspiration.

»Von einem Internat?« rief Meerke. »Das ist nur interessant für Kinder, die auf einem Internat gewesen sind.«

»Ist ein Buch über Detektive nur interessant für Detektive?«

»Reg dich doch nicht so auf! Ich darf doch sagen, was ich denke.«

»Oder«, sagte Mama, »oder belauert er uns hier mit seinen gemeinen Augen und spitzt seine Hasenohren und schreibt auf, was wir tun und denken?«

»Um unsere Familie lächerlich zu machen«, sagte Tante Violet.

»Das würde unser Louis nie tun, nicht, Louis?« sagte Meerke.

»Was gibt es in Gottes Namen schon Interessantes über euch zu berichten?« sagte unser Louis.

»Na, was wir im Krieg alles durchgemacht haben«, sagte Mama.

»Was denn?«

»Unseren Kummer. Deine Geschichte heißt doch ›Der Kummer‹?«

»Das einzige, was du durchgemacht hast, ist, für Essen und Kleidung und Kohlen gesorgt zu haben.«

»Undank ist der Welt Lohn«, sagte Mama.

»Du solltest dich schämen«, sagte die Exlehrerin Violet Bossuyt. »Während dein Vater wegen seines Idealismus' gefangensitzt.«

»Dieses Buch von Herrn Leevaert möchte ich gern lesen«, sagte Mama. »Und zwar möglichst bald.«

»Es kann nicht besonders sein, wenn er nicht einmal einen Verleger dafür findet und es selbst drucken lassen muß. Jeder kann ein Buch drucken lassen.«

»Er hat seine bürgerlichen Rechte verloren. Kein einziger Verleger will so etwas unter seinem Firmennamen publizieren«, sagte Tante Violet.

»Und wieviel Honorar kriegt er dafür? Jetzt?«, fragte Meerke.

Der eifersüchtige Louis in die Enge getrieben. Er zuckte mit den Schultern. »Wenn du dich für eine Frau interessierst, die Jenny heißt und Selbstmord begeht, kannst du genausogut ›Das Reich der Frau‹ lesen.«

»Begeht Jenny Selbstmord?«

»Das hat Herr Leevaert verschwiegen.«

»Am Ende des Buches!«

»Sie sollte am Ende das Licht erblicken«, rief Meerke.

»Nein, nein nein. Er hat deutlich gesagt, daß es von einer Frau handelt, die das Leben verläßt.«

Stille. Die drei Frauen sahen sich an. Tante Violet bekam einen Schluckauf und hickte, es war wie ein Signal: die drei Hexen an dem Kessel herrlich duftenden dampfenden Apfelpulps grinsten und kicherten. Mama hörte als erste damit auf. »Louis, mein Junge, das Leben, das ist etwas anderes. Herr Leevaert wollte damit sagen, daß Jenny das *schlechte* Leben verläßt.«

»Wie diese Frauen im ›Picardy‹«, sagte Tante Violet.

»Laß Armand aus dem Spiel«, schnauzte Meerke ihre aufgedunsene Tochter an. Louis spannte die Gummibänder um die Gläser mit warmer Marmelade. Die Ardennenschlacht war verloren, die Deutschen waren nicht einmal in die Nähe von Antwerpen gelangt. Warum flogen die V2 in so hohem Bogen über Bastegem hinweg? Warum schlugen sie nicht ein in diesen Haushalt der albernen Jungfrauen! Die Küche muß in die Luft fliegen!

»Seht nur, seht doch nur«, kicherte Tante Violet. »Er könnte uns vor Wut auffressen!«

»Nur einen Happen von dir, und ich wäre vergiftet.«

»He, sei gefälligst ein bißchen höflicher«, sagte sie. »Du vergißt, daß ich dich noch gewickelt und dir den Arsch gewischt habe.«

Harmonium. The river is moving. The blackbird must be flying.

»Es scheint, daß Goebbels sich selbst vergiftet hat, mit Magda und seinen zwölf Kindern. Erst dachten sie, daß er gekämpft hat, bis er keine Kugeln mehr hatte, nur noch sein Bajonett, aber sie haben ihn untersucht.«

»Zwölf? Ich dachte sechs.«

»Seine adoptierten Kinder werden wohl auch dabei gewesen sein. Oder Bastarde, über die niemand spricht.«

»Was hat er denn geschluckt?«

»Das haben sie im Radio nicht gesagt.«

»Sicher ein Pulver in die Milch geschüttet.«

»Und Magda sah dabei zu.«

»Oder sie hat es selbst getan.«

»Sie waren alle nur halb verkohlt.«

»Dann haben sie nicht genügend Benzin genommen.«

Adieu, stolze Krieger, verzweifelter Griff nach dem Heldentum. Adieu, Leder- und Eisenrüstungen, Totenkopfmützen. Adieu, Goebbels' strahlender Glanz am Weihnachtsabend einundvierzig: »Unser schönes Reich, so weiß, so weiß, so weiß und wunderschön«. Adieu, grausames Reich, eingeschläfert durch drei plappernde Hausfrauen am Herd.

So wie sich Mickey und Minnie in den Zeichentrickfilmen, die im Gemeindesaal von Haarbeke gezeigt wurden, durch sternförmige Explosionen bewegten, so tanzten in den dicken schwarzen Linien, die ihre Silhouetten umgrenzten, drei Männchen, ein fettes, ein dürres und ein kleines. Sie hüpften in einem Wald herum, der von einem Sturm geschüttelt wurde, im Märchenreich von Schneewittchen. Der fette *fieldmarshall* mit all seinen Orden, der spindeldürre *traitor* Rudolf Heß mit einem Schuhcremestrich als Augenbrauen und der *Head of the Ministry*, der skelettöse Zwerg mit seinen bis zu den Knöcheln reichenden Armen rannten, rannten, schlugen schlangenartige Zweige und tintenfischarmige Bäume beiseite und spielten Nachlaufen, Goebbels war der Flinkste. Dann floß Farbe in die Zeichnung.

Khaki färbte die Uniformjacke von Heß ein, und der Zwerg, feldgrau in der imposanten Gegenwart des Marschalls, hörte plötzlich mit dem Spiel auf, es passierte etwas auf dem Tennisplatz des Schlößchens ›Flandria‹: etwas ergoß sich aus den Umkleidekabinen, strudelte hinaus, und ehe es einen Drachen oder eine Hexe bilden konnte, war es Franklin Delano Roosevelt in seinem Rollstuhl, mit mächtiger Kinnlade und Chlorodontlächeln und Zigarettenspitze. Auf seinen breiten Schultern saß ein Rabbiner. Die drei flüchteten in Panik, Goebbels überholte den schwerfällig humpelnden Heß, und Göring versteckte sich in einem fensterlosen Keller voller Gerümpel. Schließlich erreichte Goebbels auf seinen ultrakurzen Beinen, in seiner Galauniform mit Satinstreifen, die Reichskanzlei und erblickte entsetzt seinen toten Führer am Boden. Er salutierte und sagte: »Unsere Vergeltungswaffen sind ein großer Furz in der Flasche, Führer, wir sind zu spät damit gekommen, wir hätten früher aufstehen sollen.« Aus der Kleidung des Führers stieg ein phosphorisierender Qualm, hellgrün wie junger Hafer. Goebbels flüsterte: »Wer warst du nun, mein Führer, Christus oder Johannes?« Die Frage blieb unbeantwortet, Goebbels legte sich hin, schlang seine langen Arme wie bei einer Turnübung um seine Schultern, zog die Beine an, und so zusammengekauert betrachtete er seinen orthopädischen Schuh, der Feuer gefaßt hatte. »Aufstehen«, sagte Magda.

»Ich glaube, daß ich es überstanden habe«, sagte Onkel Omer, ein höflicher, harmloser Mann, der in einem fleckenlosen Pyjama am Tisch saß. »Daß ich mich von nun an täglich rasieren und versuchen werde, die Zeitung zu lesen.«

Meerke war glücklich. »Das liegt daran, daß der Krieg aus ist. Der hat deine Moral untergraben.«

»Schöne Lieder währen nicht lange«, sagte Tante Violet.

»Wenn es einigermaßen läuft«, sagte Onkel Omer, »würde ich es wagen, mich nach einer Arbeit umzusehen.«

»Als was?« sagte Tante Violet.

»Er hat doch studiert«, sagte Meerke.

»Damals, als die Tiere noch sprachen.«

»Laß dir Zeit, Omer«, sagte Mama. »Du darfst nichts überstürzen.«

»Ich habe dich gern, Constance.«

»Ich dich auch, Omer.«

Meerke löffelte Buttermilchbrei mit Apfelscheiben und betrachtete dabei den Tisch, ihre Augen füllten sich plötzlich mit Tränen, sie mußte sich zurücklehnen.

»Jetzt fehlt nur noch unser Armand.«

Onkel Omer nickte.

»Möchtest du unseren Armand nicht wiedersehen, Omer?«

»Doch, Mutter.«

»Wirklich? Von ganzem Herzen?«

Onkel Omer war in Gedanken vertieft.

»Du hast ein Herz aus Honigkuchen«, sagte Meerke.

»Mein Papa fehlt auch noch«, sagte Louis.

»Natürlich, Kleiner, aber ich dachte im Augenblick an unsere Familie, an die Bossuyts.«

Niemand sagte ein Wort über Tante Berenice.

Im blauen Salon, neben dem Eßzimmer, stand Holst mitten auf einem Perserteppich wie auf einer Insel und wartete. Er steckte einen Revolver in die Tasche.

»Bist du allein?«

»Das siehst du doch«, sagte Louis.

»Wartet niemand anderer draußen? Hast du niemanden gesehen?«

»Nein, sieh doch selbst nach.«

»Ich würde sie sowieso nicht sehen. Sie hocken meistens hinter dem Rhododendron.«

Auf dem marmornen Kaminsims lag neben der Porzellanfigur eines schottischen Dudelsackpfeifers ein Browning.

In der großen Küche, in der Holst dunkles Bier in Kristallbecher schenkte, lehnte eine Doppelflinte hinter der Tür an der Wand. Holst sagte, daß Alex Morrens mit den Junioren von *Bastegem Excelsior* eine Weiße Brigade-Einheit gebildet habe, die das Haus umzingele. Er kenne Morrens' Motive nicht. Es könne gut sein, daß Morrens finde, daß er, Holst, als ›Flämischer Wächter‹ mit Hilfe des Kommandanten Konrad der gerichtlichen Verfolgung allzu leicht entronnen sei. Oder daß Morrens meine, daß er, Holst, für das Verschwinden seiner rechtmäßigen Frau verantwortlich sei. Die jungen Fußballer legten, sobald sie seinen Schatten sähen, ihre Jagdgewehre an, aber es sei noch kein Schuß gefallen.

»Sie warten«, sagte Holst. Worauf, das wußte er auch nicht. Bis er vielleicht aus der Tür ging. Darum war er nicht zum Begräbnis des Paten gegangen. Die Frau des Krämers brachte ihm Brot und Konservenbüchsen. Ansonsten war der Keller bis zum Rand voll mit Burgunder, Champagner und Cointreau.

»Den Abwasch und die Wäsche mache ich selbst. Wie schon immer.«

»Aber was wollen sie?«

»Ach«, sagte Holst. »Die große Säuberung.« Der Granit stand neben Holst, ebenso verwahrlost und unrasiert, und sagte: » . . . die theokratische Diktatur Savonarolas . . . die Kinder schleppten unter seinem Einfluß Zierat, Juwelen und die Spitzenkragen der Damen auf die Straße . . . die Keime der Ketzerei.«

»Ihre Kleider und ihren Schmuck«, sagte Louis. »Hat Madame Laura die nicht mitgenommen?«

»Nein«, sagte Holst mißtrauisch. »Dafür habe ich gesorgt.«

»Aber du hast doch eine Ahnung, wohin sie Hals über Kopf gegangen sein kann? Nach Amerika, mit einem Amerikaner?«

»Hals über Kopf«, stammelte Holst und wiederholte: »Hals über Kopf . . .«

Louis drehte am Knopf des Radios. Ein Kinderchor sang mit schrillen Stimmen *Miserere,* zehnmal hintereinander und durcheinander, die Klage wogte, zerstreute sich in Klangfetzen, die sich wie wunderbar wieder zusammenfügten, ein Internat voller Engel.

Tante Violet war zum soundso vielten Mal aus Brüssel zurückgekommen.

»Das fünfte Mal«, sagte Meerke.

In ihrem grauen Deux-pièces, mit einem etwas helleren Tirolerhut, einem frivolen geblümten Seidenschal, der ihr Doppelkinn versteckte, auf Krankenschwesterschuhen mit stumpfer Spitze und biederen Blockabsätzen schlurfte sie herein, knallte ihre Schlangenledertasche auf Meerkes Korbsessel und trampelte nach oben.

»Ohne einen Mucks«, sagte Meerke. »Seit sie nicht mehr unterrichtet, hat sie keine Manieren mehr.«

»Sie ißt zuviel, weil sie keinen Mann findet, und sie findet keinen Mann, weil sie zuviel ißt«, sagte Meerke. »Ein Glück, daß dieser Scharlatan jetzt nach Frankreich oder sonstwohin abgereist ist. Niemand darf seine Adresse nennen. Es scheint, daß Violet sich auf dem Amt einen tollen Auftritt geleistet hat.«

»Wegen ihres Hugenotten?«

»Sag doch: Protestanten.«

»Die Hugenotten sind Protestanten, Meerke.«

»Warum nennen sie sich dann Hugenotten? Im Ministerium wissen sie nicht, wo er ist, aber die Geschenke von Violet Bossuyt, die Manschettenknöpfe, dieses seidene Hemd, das Abonnement für die Beilage des *Winkler Prins*, wohin sie die schicken sollen, das wissen sie wohl. Nun müssen wir zugeben, daß er edel gehandelt hat, dieser Konrad, ein echter Sankt Franziskus, nichts war ihm zuviel, tagein tagaus fuhr er mit seinem Jeep durchs Land, um bei Politikern und Kriegsrichtern Gnadengesuche zu befürworten, er hat viele Schwarze gerettet, das muß einmal gesagt werden.«

Sie legte ihre Wolle beiseite und schaute aus dem Fenster zur Garage, wo ihr Liebling Onkel Omer lag oder hin und her tigerte. Sie ergriff wieder ihre Stricknadeln.

»Hugenotte«, sagte sie verächtlich. »Ein Glück, daß er geflüchtet ist. Sonst wäre er im Kittchen gelandet und sie würde ihm täglich Bananen und Nüsse und frische Unterwäsche bringen.«

»Wieso geflüchtet, Meerke?«

»Ach, mein Junge, schweigen wir lieber darüber. Das Leben ist nun mal so.« Aber sie kam natürlich darauf zurück, die Klatschprophetin, und nach langem Zögern sagte sie, daß Konrad auch während des Krieges, bei Jules dem Schreiner untergetaucht, immer seine Heckenpredigen gehalten habe, meistens nachts und in Scheunen. Während des ganzen Krieges habe er Bauern und Bäuerinnen gesegnet und ihnen befohlen, Buchweizen zu essen. Aber nun habe ihn seine ketzerische Lehre eingeholt, denn ein Jeep mit polnischen Soldaten habe die Tochter von Vissenaken auf einem Landweg gefunden, blutend, das Kind noch an der Nabelschnur. Sie habe eigentlich nicht in dem Jeep mitfahren wollen, sei aber zu schwach gewesen, sich zu wehren. Denn das sei eine der teuflischen hugenottischen Vorschriften: Wenn sie krank seien, dürften sie keinen Arzt rufen. Wenn sie fühlten, daß sie ein Kind bekämen, müßten sie der Natur ihren freien Lauf lassen, bis sie nicht mehr könnten, und sich hinlegen, das Gesicht zur Sonne oder zu den Sternen gerichtet.

»Und war dieses Kind der Tochter von Vissenaken ...«

»Es ist am Leben geblieben. Aber das macht keinen Unterschied vor dem Gericht. Unser Lieber Herr muß seine Anzahl haben und jeder darf seine eigene Religion haben, das steht im Gesetz, aber das ist nun wirklich zuviel.«

»War dieses Kind von ihm, von Konrad?«

»Wie soll man das je wissen, mein Junge? – Er hat viele Bäuerinnen in ihrer Scheune gesegnet, und nicht nur mit hugenottischem Weihwasser. Und deine Tante bekam eines Tages Fieberblasen auf ihren Lippen, eine nach der anderen. Meiner Meinung nach hat sie das von ihm bekommen. Sie hat Creme drauf geschmiert, und es ist weggegangen, das wohl, aber ich habe doch hinter ihrem Rücken Pastor Mertens aufgesucht, um es ihm zu erzählen. – Ich sage jetzt zwar, daß er nach Frankreich geflüchtet ist, aber er redete auch oft über die Schweiz, über Zwingli in der Schweiz. Pastor Mertens wird sicher wissen, wo das liegt.«

Er streifte in immer engeren Kreisen um Michèles Haus herum, wagte aber nicht zu klingeln. Denn wenn er klingelte, würde sie sicher nicht aufmachen. Und wenn sie aufmachte, würde sie fragen: »Mein Junge, was kann ich für dich tun?« Übrigens war sie es, die sich wegen ihres Busens schämte, also war sie es, die auf ihrem Rad vor ›Zonnewende‹ schmachten mußte. Es ärgerte ihn, daß er eine zweite Nummer der *Nouvelles Littéraires* hatte kaufen müssen. Raf war nicht zu Hause. Er hatte keine Lust, zu Holst zu gehen und ihn zu stören, während er wahrscheinlich vor einem von einer Christbaumkerze beleuchteten Foto von Madame Laura kniete.

Bei der Auffahrt, zwischen den Dahlien, hörte er Mama einen Brief von Papa vorlesen, ihre vertraute sanfte Stimme. In der hinteren Küche trat er gegen eine Reihe von Holzschuhen, die Vorleserin verstummte abrupt. Ungläubig sah er Tante Violet, Meerke und Anna am Tisch sitzen. Auf dem Wachstuch vor ihnen standen Kaffeetassen und ein ockergelber Sandkuchen, die Frauen schauten Mama an, die stehend sein Heft, das in verblichenes braunes Leinen gebundene längliche Kassenbuch, in der Hand hielt. Sie klappte es mit lautem Knall zu.

»Setz dich, Louis«, sagte Meerke. »Ein Stückchen Kuchen? Annas Mutter hat ihn gebacken.«

Er sprang auf seine Mutter zu, die aber wich zurück und hielt das Heft weit von ihm ab: sie würde es wie einen Basketball Tante Violet und die es Anna zuwerfen, sie waren eine Frauenmannschaft. Das Unglück war passiert. Aber diese Frauen, über die er herrschte und die er Raf gegenüber seinen ›Harem‹ genannt hatte, schienen das ungeheuerliche Ausmaß ihrer Übertretung nicht zu erkennen.

Er hieb in den Sandkuchen und stopfte sich den Mund voll.

»Was du geschrieben hast, ist schrecklich schön«, sagte Meerke.

Tante Violet nickte. »Wir haben uns hier schon eine Viertelstunde köstlich amüsiert, vor allem Anna. Aber sie versteht manche Ausdrücke nicht.«

»Es handelt von uns, ich wußte es«, sagte Mama und klemmte sich das Heft unter die Achsel.

»Es handelt überhaupt nicht von euch«, sagte Louis. Die Hälfte des Kuchens war alle, Tante Violet schnitt sich hastig ein bröckeliges Stück ab.

Mama lehnte ihren in die Breite gegangenen Hintern gegen das Spülbecken, hielt sich das Heft vor die Nase und las daraus mit gestelztem Timbre vor:

»Es herrschte ein Element großer Selbstsucht unter allen Bewohnern der protzigen Villa.«

»Protzig«, sagte Anna, »das ist nun so ein Wort, ich habe es noch nie gehört, ist das Holländisch?«

»Das heißt: prätentiös«, sagte Tante Violet. »Und halt jetzt den Mund.«

»Jeder hüllte sich zufrieden ein wie in eine Bananenschale und kümmerte sich keinen Pfifferling darum, was sich in der Außenwelt abspielte; jeder war allein darauf bedacht, sich mit allem zu umgeben, was die *mode en luxe* zu bieten hatte. Das verhielt sich besonders so bei einer Frau, die ihre mütterlichen Pflichten versäumte und im Begriff war, der schlimmsten Unsittlichkeit zu verfallen.«

»Unerbittlichkeit!« rief Louis.

»Das liegt daran, daß du so undeutlich schreibst«, rief Mama lauter. Sie fuhr fort. »Sie verbrachte nämlich ihr Leben in der Sonne ihres eigenen Egoismus und dachte darum nicht an die Schatten, die durch ihre Selbstsucht auf ihre Nächsten fielen, die ihre Selbstverherrlichung an jedem Tag, den der Herr schuf, ertragen mußten . . .«

»Woher hat er nur diese Sätze und diese Wörter?« sagte Meerke.

»Er kann ihnen einen so schönen Dreh geben«, sagte Anna.

»Aber er spricht schlecht von mir«, sagte Mama.

»*Mode en luxe*, das ist übertrieben«, sagte Tante Violet, »es geht uns nichts ab, aber *mode en luxe*, Louis . . . was ist denn?«

Er konnte es nicht unterdrücken. Er hatte gedacht, daß er ebenso distanziert wie sie las diesen Kelch bis zur Neige leeren könnte. Er schämte sich tief, daß Anna es bemerkte, aber er sah die Küche und die Verräterin wie hinter einem Schleier, er schmeckte das Salz der Tränen.

»Du mußt dir das nicht so zu Herzen nehmen.«

»Wir alle finden es schön.«

»Louis«, sagte Mama. Wie zu dem Dackel Bibi Zwo.

Nun wußte er, warum er weinte. Weil bei Mamas gefühlloser Vorlesung so unwiderruflich deutlich geworden war, daß es talentloser, wertloser Unsinn war, den sie vorlas.

»Ich weiß nicht, ob die Leute so etwas gerne lesen«, sagte Meerke. »Denn *wir* wissen, daß es von dir ist, wir kennen dich.«

»Lesen Sie noch ein Stückchen weiter, Madame Constance«, sagte Anna.

»Nein, das reicht!«

»Stell dich nicht so kindisch an, Louis. Die Leute von *Het Laatste Nieuws* werden es auch lesen, warum also wir nicht?«

»Lies den Schluß vor, Constance, damit wir uns ein Bild vom Ganzen machen können.«

Mama blätterte die Seiten um. ». . . fast ohne jegliche Anstrengung orgelte die Melodie aus der Kehle von Madame Horforêt, und dann erstarb die letzte Note, rein und klar wie der Klang klirrenden Kristalls. Sie sank erschöpft, aber selig aufs Kanapee. Monsieur Horforêt, dessen Gemüt voller Sonnenschein gewesen war, fragte sich, welche Befehle von ihren Lippen ergehen würden und ob er ihr blindlings gehorchen sollte.«

»Ist das der Schluß?« fragte Meerke.

»Mehr steht nicht da.«

»Ein komischer Schluß«, sagte Anna.

»Eine Anmerkung«, sagte Tante Violet. »Die Note erstarb, und sie sank aufs Kanapee. Wer? Die Note?«

»Aber nein doch. Mademoiselle Violet. Natürlich die Frau«, sagte Anna.

»Ich sank aufs Kanapee«, sagte Mama. »Ich.« Sie glitt vom Spülbecken und lehnte keuchend ihren unter der Schürze aus Baumwollmusselin wogenden Busen an den Tisch, legte ihr vom *poudre de riz Tokalon* mattiertes Gesicht auf das Wachstuch und öffnete weit ihre grauen spöttischen Augen, in denen einst goldene Flecken gefunkelt hatten. »So lag ich erschöpft, aber selig da.«

Sie richtete sich auf. »Du wirst den Preis von *Het Laatste Nieuws* gewinnen. Wollen wir wetten?«

»Bestimmt, wenn alles so schön geschrieben ist«, sagte Meerke.

»Diese Frau, diese Madame Horforêt, erinnert mich an die Herzogin von Windsor«, sagte Tante Violet. »Auch so eine Egoistin.«

Der Kuchen war alle. Louis zerdrückte die Krümel mit seinem feuchten Zeigefinger und aß sie. Der Kuchen war trocken, er blieb ihm im Hals stecken. Er mußte niesen. Er versuchte es zu unterdrücken. Tränen, Niesen, Samenerguß unterdrücken. *Immer nur lächeln*. Auf die Knie seiner Manchesterhose fielen zwei dicke Tropfen, Blut lief in seinen Mund. Meerke sah es als erste und rief: »Mein Junge!«

Er fing Annas angeekelten und ängstlichen Blick auf. Meerke drückte ein nasses Handtuch gegen seine Nase. »Laß mich das machen«, sagte Mama. Sie kniff seine Nase mit zwei warmen Fingern zu und hielt seinen zurückgebeugten Kopf an ihre Brust. »Warte«, sagte sie. »Bleib still, es ist nichts.«

Aus ihrer Schürzentasche zog sie eines ihrer lächerlichen hauchdünnen Taschentücher. Es wurde rot. Dann wusch sie mit dem nassen Taschentuch seine Wangen und seine Lippen. Er biß in das Taschentuch. Seine Seynaeve-Nase entlang schielend, sah er ihren fast unbeweglichen, grausamen Blick, der sich in ihn bohrte, während sie murmelte und ihn an sich drückte. Seit Jahren war er ihr nicht so nahe gewesen.

»Frau Seynaeve«, sagte er wie einer der Simulanten in der *infirmerie* des ERLA, die sich verstümmelten, um bei ihr zu sein. Unabhängig von seinem Willen hob sich seine Hand und kroch wie ein befreites ruhiges fleischiges Tier über ihre Schulter, ihren Hals und ihr Kinn.

»Bleib so«, sagte sie.

Seine Finger streichelten ihre Wange. Er sah die neugierigen Weiber um sich herum und schloß die Augen, rieb seinen Nacken an der Brust seiner Mutter, ich darf das nie vergessen, Mama.

»Ruhe«, sagte sie, aber sie meinte die anderen Frauen, die anfingen, die Küche aufzuräumen. Er kniff weiter seine Augen zu. Sie drehte ihren Oberkörper, so daß seine Hand herabglitt, und dann war er wieder ein Kind wie alle anderen oder wie Ivo Liekens, von dem es hieß, er habe bis zu seinem vierten Lebensjahr an der Brust seiner Mutter gelegen, oder wie jene Kinder am Orinoco, auf deren Schultern die Mütter eine geflochtene Grasmatte voll Termiten legen, um sie abzuhärten: Sie schob ihn sanft und sehr träge weg von ihrer samtenen duftenden Wärme. »Leg dich jetzt auf dein Bett«, sagte sie.

Er nahm sein Heft mit nach oben. Mit hoch erhobenem Kopf zerriß er es, wie auf der Kirmes in Walle der stärkste Mann von Flandern Telefonbücher. Er verbrannte das Heft in seinem Kanonenofen, stocherte in den sorgfältig geschriebenen Zeilen herum, in der blauen Flamme und dem weißen Rauch.

Er wachte mit einer Kruste in den Nasenlöchern auf. Er popelte. Fing ein neues Heft an. Es war gar nicht so dumm von Mama, als sie fragte, ob seine Geschichte vom Internat in Haarbeke handele. Gehetzt wie Papa, kalt wie der Pate (und jetzt erst recht, grinste Louis) schrieb er: »Dondeyne hatte eines der sieben Verbotenen Bücher unter seinem Kittel versteckt und mich mitgelockt.« Er strich das Wörtchen ›mich‹ und ersetzte es durch ›Louis‹.

Theo van Paemel zog eine Grimasse, als er mit beiden Händen seine Wade packte und sie ein wenig von sich weg streckte. »So ein schlimmes Bein ist nichts zum Lachen, zumal ich die ganze Zeit auf den Beinen bin, hierhin und dorthin, ich weiß nicht mehr, wo mir der Kopf steht, aber ich mußte herkommen, Sie wissen, wie ich Sie immer respektiert habe, Constance.«

Er erzählte, daß er erst kürzlich aus Holland zurückgekommen sei. Der SD habe da fürchterlich herumgewütet, und er habe dort alle erdenkbare Mühe gehabt, seine Position zu erklären. »Denn die Holländer haben von Tuten und Blasen keine Ahnung, Constance. Sie interessieren sich überhaupt nicht für Belgien. Sie waren bei den REXisten, sagten sie und meinten damit das Einsatzkommando der Westflamen. Eine große Schnauze über die Kollaboration der Flamen, ohne zu wissen, wie die verschiedenen Organisationen hießen. *Enfin.* Ich sage: ›Ja, ich war beim SD, offiziell, Sie können in meinem Dossier nachschauen.‹ Sie wollten mir sofort Handschellen anlegen. Ich sage: ›Holla, rufen Sie erst einmal diese Nummer hier an.‹ Sie wollten nicht. Ich sage: ›Holla, Männekens‹, und ich habe zwei drei Namen fallenlassen. Und nachdem sie telefoniert hatten, hieß es ›Entschuldigen Sie bitte!‹ und ›*Sorry*!‹ *Enfin*. Weswegen ich gekommen bin. Zufällig bin ich vorgestern auf einer Versammlung unserer Liga gewesen, die im August Vierzig gegründet wurde, denn wir waren die ersten, Constance, die gegen die Nazis vorgegangen sind, wir haben nicht auf Radio London gewartet. Und was höre ich? Daß unser Kamerad, der Polizeikommissar van Dieken, am Tag zuvor mit John Wallaert van Outryve unterwegs war, das ist normal, van Dieken und Wallaert sind verschworene Kameraden, zwei schöne Subjekte, die sich da gefunden haben. Und ab und zu, etwa zweimal in der Woche, klappern sie alle Frauen der Schwarzen ab, die sitzen. Man riecht schon von weitem, worum es geht: Saufen und Schmieren, vom Rest ganz zu schweigen. Sie verstehen schon, all diese Frauen glauben, daß sie, wenn sie sich gut mit dem Militärrichter stellen . . . Ach ja, noch ein Tröpfchen. Obwohl mir das der Arzt wegen meines Beins strikt verboten hat . . . Also jetzt kommt das Schönste, Constance. Dieser saubere Baron – leck mich – Wallaert van Outryve ist erst morgens nach Hause gekommen, und was findet er da vor? Seine ganze Familie, seine Mutter, seine Schwester, die Mutter seiner Frau, die ganze Sippschaft, denn in dieser Nacht hatte seine Frau ein Kind bekommen, und er legte sich mit seinem besoffenen Kopf auf den Boden und weinte vor Freude.

Enfin, worum es geht, Constance, und weswegen ich komme, ist, daß dieser Wallaert, ein geiler Bock wie kein zweiter, um es gewählt auszudrücken, empfänglich für weibliche Schönheit ist. So daß es vielleicht keine schlechte Idee ist, ihn einmal persönlich aufzusuchen, selbstverständlich in allen Ehren.«

Mama nickte. Louis nickte. Van Paemel war der Geschickte.

»Aber, Herr van Paemel, wenn Sie so gegen die Deutschen gewesen sind, warum haben Sie dann Ceusters und van Coene vom Collège durch den SD abholen lassen?«

Theo van Paemel drehte das leere Gläschen zwischen seinen Fingern. Louis schenkte ein.

»Ich bin gegen jeden«, sagte er. »Weil jeder mich braucht.« Und Mama nickte, als verstünde sie das.

»Man muß lernen, weiter zu blicken, als die Nase lang ist«, sagte van Paemel. »Darum warte ich jetzt eine Weile, ehe ich nach Walle zurückkehre. Die meisten Leute *denken*, daß sie mich als Handlanger der Deutschen gesehen haben.«

»Aber, Herr van Paemel, sie *haben* Sie doch gesehen.«

»Als was? Ich weiß manchmal selbst nicht mehr, wo mir der Kopf steht, war ich beim SD oder bei der Sûreté Générale, wie können die Leute es dann wissen?«

Eine dunkelblonde Frau, die sich ihr Haar nun kastanienbraun gefärbt hat, mit einem Schimmer Rot darin, und die sich gut gehalten hat trotz ihrer siebenunddreißig Jahre – obwohl sie durch ein heimliches Unbehagen, das Melancholie heißt, gezeichnet ist – trat entschlossen in das Büro des Vertreters des belgischen Gerichts.

(Wenn du jetzt in mein Heft guckst, Mama, dann mach, daß du wegkommst.)

Eine Dame mittleren Alters, meine Mutter, ging flott in das Zimmer des Auditors.

(Mama, mach, daß du wegkommst, sage ich dir!)

Im Schatten des Belfort, auf der Höhe eines der zwei Embleme von Gent, nämlich des ›Mammelokker‹ – des Säuglings –, eines ausgemergelten Greises, dem in seiner Gefängniszelle die Tochter die üppige Brust gibt, hatte auf der zweiten Etage eines imposanten Gebäudes aus dem Neunzehnten Jahrhundert das Militärgericht seine Dienststelle. Frau S., Kettenraucherin, keuchte nach dem ziemlich kurzen Treppensteigen, stieß eine Polstertür auf und trat in den sonnendurchfluteten Raum, in dem der Auditor auf sie wartete.

Der Mann war nicht nur von niederem Adel, sondern auch als Person unansehnlich. Wie kleine Naturen auf wichtigen Posten es zu tun pflegen, beugte er sich zunächst geraume Zeit mit wichtigtuerischer Miene über seine Papiere. Frau S. dachte nicht daran, ihre Anwesenheit zu betonen. Allerdings errötete sie vor Ärger. Denn sie hätte in diesem Augenblick nicht weglaufen können, weil sie auf der ersten Etage hinter dem Rücken des Gendarmen vorbeigeschlichen war. Wenn sie jetzt, verfolgt von dem Auditor, dem sie gern eine schallende Ohrfeige gegeben hätte, diesem Gendarm in die Hände fiele, würde dieser glauben, er hätte es mit einer Schwarzen Charlotte Corday zu tun. Frau S. war lieber feige und hüstelte.

Der Auditor sagte: »Madame, Ihre Sache steht nicht gut.«

»Die Sache meines Mannes.«

Der Auditor grinste überlegen und setzte seine Brille zurecht. »Natürlich habe ich bisher nur einen flüchtigen Blick in das Dossier werfen können, aber was ich darin entdeckt habe, ist so beschaffen, daß ich Sie ernsthaft bitten muß, Ihre insistierende Haltung abzumildern. Sie haben Fürsprecher, führende Politiker haben, zweifellos unter dem Druck des Bistums Westflandern, für sie günstige Erklärungen abgegeben, nichtsdestoweniger ...«

»Sogar bei einer flüchtigen Durchsicht müssen Ihre Juristenaugen festgestellt haben, daß die Bezichtigungen ...«

Er hob beschwörend aber linkisch sein Handgelenk mit der goldenen Armbanduhr, wie ein Verkehrspolizist an seinem ersten Diensttag in einem ruhigen Viertel. »Die Anschuldigungen sind zahlreich. Sie müssen alle gründlich überprüft werden.«

Hinter einem fernöstlichen straffgespannten seidenen Paravent, auf dem Kraniche und Hisbiskusblüten auf einer schimmernden Fläche festgehalten waren, hörte Frau S. das Räuspern einer Kehle, das sie für ein Zeichen des Einverständnisses hielt, und das Rücken eines Stuhls.

»Sie sind ungeduldig, Madame. An Ihrer Stelle wäre ich das auch. Aber das elementare Fair play gebietet, daß jeder gleichberechtigt ist. Sehen Sie nur selbst.« Er zeigte mit einer Gebärde, die später vor Gericht dazu dienen würde, den Kopf eines Landesverräters zu fordern, auf seine Akten. »Wir sind erst beim Buchstaben D.«

Unwillkürlich streckte Frau S. eine zögernde Hand in Richtung eines hohen Dossierstapels aus.

»Sie können damit wohl kaum andeuten wollen, daß ich die Reihenfolge des Alphabets durcheinanderbringen soll.«

Die Frau zündete sich, ohne um Erlaubnis zu bitten, eine Lucky Strike an.

»Und eine Beschleunigung der Untersuchung ginge auf Kosten der Sorgfältigkeit. Zum Glück verfügen wir über kompetentes Personal, aber unsere Zeit auf Erden ist begrenzt, Frau S.«

»Sie haben also keine Zeit?«

»Madame, ich arbeite hier Tag und Nacht, ohne daß die Überstunden bezahlt werden, wie es zum Beispiel Usus ist im Privatsektor, in dem Ihr Gatte tätig war.«

»Wann waren Sie heute morgen hier, Herr Auditor?«

Hinter dem fernöstlichen Wandschirm erklang ein warnendes und zugleich amüsiertes Hüsteln.

»Madame, es steht Ihnen nicht zu, mich zu verhören. Ich fürchte, Sie verwechseln unsere Rollen.«

»Wann sind Sie aus der Falle gekommen?« sagte Frau S. mit pochendem Herzen. »Und wann sind Sie *hinein* gekommen?«

»Madame . . .«

»Natürlich haben Sie keine Zeit, ein Dossier zu überprüfen, wenn Sie nächtelang herumsumpfen, die Frauen von Flandern belästigen und sich mit Ihren Kumpanen auf Kosten der Gefangenen vollaufen lassen.«

Das eingeschüchterte Gesicht des Auditors zeigte die vor Schmerz gefurchten menschlichen Züge, die man auf den Sohlen von Füßen sieht, deren Zehen Hühneraugen haben.

»Er hat sich zu Tode erschrocken!« Mama fegte im Triumph jubelnd den Aschenbecher mit dem Ärmel vom Küchentisch. »Macht nichts«, schrie sie. »Ich bezahle dir fünf neue.«

»Du solltest lieber aufhören zu rauchen, dann brauchen wir hier im Haus keine Aschenbecher mehr«, sagte Tante Violet.

»Erzähl weiter«, sagte Meerke.

»Ich war aufgedreht wie eine Uhr. Ich konnte mich nicht mehr bremsen und hab fast gebrüllt: ›Sie Dreckskerl, Sie schwängern Ihr Fischweib, und dann besaufen Sie sich!‹ ›Aber Madame‹ piepste er, ›denken Sie in Gottes Namen an meine Position und die Umstände.‹ Ich sage: ›Sie, Sie hätten an Ihre Frau denken sollen, als sie in anderen Umständen war!‹ ›Aber ich habe ihr doch Ferien in Nizza versprochen. Fragen Sie sie nur selbst!‹«

Es war in der unmittelbaren Umgebung von Frau S. bekannt, daß, wenn sie einmal im donnernden Zug ihrer Wut saß, dieser kaum noch zu bremsen war. Das hängt mit der Tatsache zusammen, daß sie in solchen Fällen eine Migräne heraufziehen fühlte (etwas, das im Tierreich oft vorkommt, *vide* die Studien der Veterinärschule von Pennsylvania über die Beziehung zwischen Unzufriedenheit und Kopfweh bei Rindern).

Frau S. fegte mit ihrer cholerischen linken Hand über den Stapel Dossiers, die Dossiers ließen ihre Umschläge und die Umschläge ließen ihre Papiere los, zwischen denen Nummern von *Paris-Hollywood* lagen, und diese flogen, ehe sie landeten, durch das ganze Büro. Frau S. stürzte sich auf den Paravent und gab ihm einen Stoß.

Später erklärte sie, daß sie in diesem Augenblick der Verblendung die Vorstellung hatte, während sie auf die durch Schlaflosigkeit und Alkohol verwüsteten Gesichtszüge des Auditors losging, die völlige Panik ausdrückten –, daß sich hinter dem Wandschirm eine der unglücklichen Frauen befand, mit der der Wüstling in der Nacht zuvor eine Sause gemacht hatte: die Ehefrau oder die Schwester oder die Tochter eines bekannten Kollaborateurs, also eine ihrer *Schwestern.* Nicht daß sie diese Schwester vor irgendeiner Unehre retten wollte. Es war eher weibliche Neugier und eben dieser blinde Trieb, die ausbrechende Wut (so wie es in Neuseeland eine Gegend gibt, wo die Erdkruste so dünn ist, daß ein Dampfstrahl aufsteigt, wenn man seinen Spazierstock in den Boden steckt. Frau S. hatte eine dünne Haut, und Herr Auditor Wallaert van Outryve war der Spazierstock).

Der Wandschirm wankte, kippte und knallte gegen die hustende Gestalt, die aufsprang und die seidenen Kraniche aufhielt. Es war ein Schreiber mit einem ungewöhnlich großen Kopf. Er richtete den Wandschirm auf, verbeugte sich und rettete sich mit einer Höflichkeitsfloskel, die unzitiert bleiben muß, weil er in diesem Augenblick einen Tintenkuli quer im Mund hatte.

»Darf ich Ihnen meinen Freund Daniel Villiers de Rodebeke vorstellen, der momentan mein Praktikant ist, aber in sehr naher Zukunft mein Associé wird.«

Der Tintenkuli fand seinen Weg hinter das Ohr des Praktikanten.

»Ich habe nichts, aber auch gar nichts gehört«, sagte der Wasserkopf.

»Ich auch nicht«, sagte der Auditor, und in diesem Augenblick sah er aus wie jemand, der normalerweise ein Hörgerät nötig hat.

»Ich frage ihn: ›Was?‹« sagte Mama. ›Muß ich Ihnen die Ohren waschen?‹ – ›Oh, bitte nicht, Madame!‹ stottert er. ›Ich wollte Ihnen damit nur sagen, daß das, was in diesem Büro gesagt worden ist, nicht nach draußen dringen darf.‹ Ich sage: ›Was? Ich soll mich genieren! Ich rufe heute noch die *Gazet van Antwerpen* an.‹ – ›Madame‹, sagt dieser Scharlatan Villiers de Rodebeke, ›könnte natürlich bei uns eine Erklärung einreichen, daß sie krank ist, mit dem Attest eines seriösen Arztes.‹ – ›Das wäre gut‹, sagt der andere, ›wirklich, das wäre schon ganz was anderes.‹

»Villiers de Rodebeke, den müßte ich kennen«, sagte Tante Violet, »ist das nicht der Zweig, der in Lootenhulle wohnt, im Weißen Schloß?«

»Auf alle Fälle muß ich jetzt wegen des Attests so schnell wie möglich zu Doktor Vandenabeele.«

»Sag, daß du etwas an den Nieren hast. Daß sie blockiert sind. Das läßt sich nicht nachprüfen«, sagte Tante Violet.

»Oder daß ich Kalkmangel habe«, sagte Mama. Das war an Louis gerichtet. Sie sah ihn an, seine Zähne, seine Fingernägel – er hatte schon in ihrem Bauch allen Kalk aufgebraucht.

Eines schönen Nachmittags klingelte Tante Berenice an der Haustür der ›Zonnewende‹, an der sonst niemand klingelte.

»Ich wagte nicht, durch die Hintertür direkt hereinzukommen«, sagte sie.

»Ich habe mich zu Tode erschrocken«, sagte Meerke, »ich dachte, es wäre ein Telegramm.«

»Darf ich hereinkommen, Mutter.«

»Aber, Berenice!«

»Erst wollte ich eine Karte schreiben, aber ich dachte: angenommen, sie antwortet nicht.«

»Da bist du einfach gekommen.«

»Louis, du hast dich verändert.«

»Wieso, Tante?«

»Das sage ich dir morgen. Ich muß darüber nachdenken. Du kennst mich ja, ich muß mir die Dinge immer erst durch den Kopf gehen lassen.«

In der Küche stellte sie ihren Koffer ab, lehnte ihren Schirm in der Ecke schräg an die Wand, raffte ihr Kleid ein Stück hoch und kniete nieder. Mit gesenktem Kopf sagte sie: »Mutter, ich bitte dich um Verzeihung.«

Meerke machte ihr mit dem Daumen ein Kreuz auf die Stirn. Tante Berenice sprang auf und zog ihren Mantel aus. »Gut«, sagte sie. »Ist hier noch Geschirr abzuwaschen?« und ging in die hintere Küche.

»Sie hat sich überhaupt nicht verändert«, sagte Meerke. »Ich bin froh, daß sie da ist: sie kann unseren Omer pflegen. Die beiden waren als Kinder unzertrennlich.«

Aber Omer weigerte sich, zur Garagentür oder ans Fenster zu kommen. Tante Berenice rief mit Kinderstimme: »O Mèrke, o Mèrke«, und sie preßte ihr Gesicht an die Scheibe. Aber wahrscheinlich dachte er, daß diese Fremde ihn für Meerke hielt. Er hatte einen seiner schlechteren Tage.

»Ist heute ein guter oder ein schlechter Tag, Onkel Omer?«

»Ein guter Tag, Louis. Gestern war ein schlechter Tag.«

»Deine Schwester Berenice ist angekommen.«

»Ich habe sie gut gekannt. Gut gekannt.«

»Sie hat dich gerufen.«

»Das ist schade, denn gestern war ein schlechter Tag.«

»Das war vor drei Tagen.«

»Das ist ein Zeichen dafür, daß sie nicht richtig rufen kann. Hector kann immer rufen. Warum sie nicht?«

»Sie kommt heute abend wieder.«

»Wir werden sehen.«

»Kommst du zum Kartenspielen ins Haus, Onkel Omer?«

»Nein, ich glaube, daß ich heute einmal drin bleibe.«

»Aber du kommst schon seit einer Woche nicht mehr nach draußen.«

»Die schlechten Tage zählen bei der Woche nicht mit. Bruder Benjamin hat das auch nicht verstanden. ›Alle Tage sind gleich‹, sagte er, und Peng, mit dem Gummiknüppel eins auf den Kopf. ›Es ist kein Gummiknüppel‹, sagte Bruder Benjamin, ›es ist ein Morgenstern.‹ Und Peng, eins auf den Kopf. ›Ich sehe ungern traurige Gesichter, du hast ein Dach über dem Kopf und gut zu essen, und wenn es nötig ist, wischen wir dir den Arsch ab; das wenigste, was du tun kannst, ist, kein so trauriges Gesicht zu machen, wenn ich vorbeikomme‹, und Peng, eins mit dem Morgenstern. ›Mit dem Morgenstern fängt das Leben täglich von neuem an‹, sagte er, ›*allez*, steht alle auf, Leben Morgenstern Leben Morgenstern!‹. Und Bruder Benjamin sang das Morgenlied am lautesten von allen. Manchmal waren wir glücklich. Was meinst du, Louis, waren wir glücklich? Du hast recht, das darf ich nicht fragen, ich muß selbst wissen, was mir zukommt. Ich werde nie mehr so glücklich sein wie früher, manchmal verzieht sich mein Mund und ich höre ein Röcheln und spüre eine Kröte in meinem Mund, die hinaus will, aber ein Lachen ist es sogar am besten Tag nicht, und der kommt erst, wenn kein Tag mehr ist, sondern Nacht.

Konrad sagte: ›Sieh mir in die Augen, dann mußt du lachen‹, und sie sagen, daß ich gelacht habe, aber wenn man es selbst nicht weiß, Louis, habe ich dann wirklich gelacht? Und sogar wenn ich gelacht hätte, heißt das, daß ich glücklich war? ›Sieh mir in die Augen‹, sagte Konrad, das ist leicht gesagt, wenn er weiß, daß man in seinen Augen ertrinkt und daß sie einen einsaugen in das Dunkel, und ehe man sich's versieht, ist man verschwunden und geht baden, Louis, nein, nicht Baden bei Wien in Deutschland.«

»Es liegt wieder in Österreich, Onkel.«

»Das ist gut. Gut, gut, sehr gut. Aber warum ist es gut? Erklär mir das.«

»Ein andermal, Onkel.«

»Das sagt Konrad auch. Ein andermal, Onkel. Oder: Omer. Ich glaube, daß er meistens Omer zu mir gesagt hat.«

»Es wird dunkel, Onkel.«

»Das kommt durch die Frauen. Hast du mich je ein schlechtes Wort über die Frauen sagen hören, Louis? Du hast recht, das darf ich nicht fragen. Sie haben mich ordentlich traktiert, die Frauen, denn sonst hätte ich richtig studiert, ich hatte einen guten Kopf zum Denken.«

»Es wird alles wie früher sein, Onkel.«

»Wir werden sehen, wir werden sehen.«

»Es ist dunkel, ich muß essen gehen.«

»›Du mußt nicht so nervös sein‹, sagt Thérèse, ›nur weil ich mit deinem Bruder in aller Freundschaft tanzen gegangen bin.‹ Ich sage: ›Thérèse, ich bin doch nicht blind.‹ ›Und‹, sagt sie, ›wenn ich es nun mal mit deinem Bruder tun würde?‹ Ich sage: ›Aber, Thérèse!‹ ›Angenommen‹, sagt sie ›*supposons*.‹ Ich sage: ›Aber, Mädel.‹ ›Man kann ja nie wissen‹, sagt sie, ›man kann es nicht kommandieren, es ist Amor, der schießt, und man steht zufällig im Weg.‹ Schwester Claudine in der *infirmerie* sagte das auch, wenn sie meinen Kopf in ihrer Zange festhielt. ›Es ist Amor, Amor, Amor‹, sagte sie, ›der dich zu mir gebracht hat. Lieg still, denk ein bißchen an die chinesische *minette*, dann geht es vorüber‹, aber es ging nicht vorüber, wenn ich an die chinesische *minette* dachte, begann ich zu zappeln und zu zittern, je mehr ich daran dachte, desto ...«

»Was ist das, eine chinesische *minette*, Onkel?«

»Ich dachte, es ist dunkel und du bist beim Essen.«

»Was ist eine chinesische *minette*?«

»Wer einen Unschuldigen verdirbt, muß mit einem Mühlstein um den Hals ertränkt werden. Auch wenn er sieben Leben hätte, sieben Mühlsteine.«

»Du weißt selbst nicht, was das ist, eine chinesische *minette*.«

»Und ob ich das weiß. Und ob ich das weiß ...«

»Ich werde dir zehn Zigaretten bringen.«

»Mit Streichhölzern?«

»Nein, ich werde dir jedesmal Feuer geben.«

»In Violets Zimmer in der Keksbüchse mit Königin Astrid drauf, da findest du es. Nimm das Foto, das mit Thérèse, auf dem sie mir zuwinkt. Sie winkt mir, man sieht es deutlich, in dem Augenblick, als ich auf dem Weg zu meinem Examen in den Zug steige.«

»Onkel Omer, du bittest mich schon zum hundertsten Mal darum. Du weißt doch, daß du dieses Foto nicht haben darfst. Es ist schlecht für dich.«

»Versprich mir aber, daß du darüber nachdenken wirst, es gelegentlich zu stibitzen. An einem Tag wie heute.«

»Versprochen.«

»Schwöre es beim Haupt deiner trübseligen Mutter.«

»Ich schwöre es.«

»Warum schwörst du es?«

»Weil du mir verraten mußt, was eine chinesische *minette* ist.«

»Thérèse hat nie die chinesische *minette* gemacht. Nie, nie, *jamais*.«

»Nein, es war Schwester ... Schwester ... eine Nonne ...«

»Schwester Claudine war keine Nonne. Du mußt noch viel lernen.«

»Also eine Krankenschwester. Onkel, ich werde dir zehn Zigaretten bringen.«

»*Bon. Expliquation*. Die chinesische *minette* ist, wie allgemein bekannt, wenn man einer Frau einen Luftballon reinsteckt.«

»Ist das alles? Ein *capote anglaise* reinstecken?«

»Louis, verstehst du kein Flämisch? Muß ich es in reinem Hochflämisch sagen? Einen Luftballon, einerlei welcher Farbe. Das ist alles. Nein, Pardon, das ist nicht alles, wenn du ihn reingesteckt hast, mußt du ihn aufblasen. Ich habe für Schwester Claudine bestimmt für hundert Francs Luftballons in der Kinderabteilung des Grand Bazar gekauft. ›Es ist für ein Fest‹, log ich. Und dann blasen. *Voilà*.«

»Und dann?«

»Nach einer Weile bläst man nicht mehr so fest. Nach ein oder zwei Wochen. Dann ist der Reiz des Neuen vorüber. Dein Herz ist nicht mehr bei der Sache. Aber du mußt weitermachen. Weil sie dich so nett darum bittet. Du bist nicht aus Stein. Und dann blasen. Meine Augen quollen hervor, ich fühlte die Adern platzen, und ich bekam selbst einen Kopf wie ein Ballon, aber so wie die Blase in einem Fußball, und mein Bruder, der mich in dieser Woche besuchte, weil sie dachten, daß ich im Sterben läge, ja, genau der Bruder, ich will seinen Namen nicht nennen, sagt: ›Was ist mit dir los? Du hast einen so dicken Kopf bekommen, du müßtest eine Zeitlang in die Schweiz fahren, hier bekommst du nicht genügend Sauerstoff.‹ Denn er hatte mich gern, mein Bruder.

Thérèse sagte: ›Und wenn ich es mit deinem Bruder tun würde?‹

Der Psychiater, Bruder Ildefons, sagte, Thérèse und mein Bruder seien schuld, daß ich, daß ich, daß ich . . . aber das ist nicht wahr, er muß noch viel lernen, du auch, es war bei der Trambahnhaltestelle in Hooregem, im Café ›Halverwege‹. Da ist es passiert, da und nirgendwo sonst. ›*Supposons*‹, sagt sie, und ich fühlte mich unbehaglich, das ist wahr, ich selbst bin nach draußen gegangen, zur Trambahnhaltestelle. Ich war nicht wütend, einfach nur traurig. Sie kommt eine halbe Stunde später. Ich sage: ›Hast du im Café ›Halverwege‹ gezahlt?‹ ›Ja‹, sagt sie. Wir warten auf die Trambahn, und dann kommt dann kommt dann steht Blanche vom Café ›Halverwege‹ bei der Trambahnhaltestelle und ruft Thérèse zu: ›Du dreckiges Luder, du schmutziges Weibsbild, für wen hältst du dich denn?‹ Und ich denke, daß Thérèse doch nicht gezahlt hat, und Blanche schreit: ›Mach das bei dir zu Hause, üb das auf deinem eigenen Klo!‹ und Blanche schmeißt ein Päckchen nach Thérèse, aber es landet auf meinem weißen Hemd, hier, hier, und ich fange es auf, dieses Päckchen, und es war ein Lappen mit Blut dran, und ich hatte das Blut an meinen Händen und an meinem weißen Hemd. Ich höre Thérèse noch sagen: ›Das ist doch natürlich‹, und in meiner meiner meiner Nervosität stoße ich einen Schrei aus, und weil ich mich selbst schreien hörte und dachte: Was schreit denn dieser Kerl so? steckte ich diesen Lappen in den Mund. Thérèse zerrt ihn wieder heraus, und die Leute, die an der Haltestelle auf die Bahn warteten, sagen, daß ich sicher zehn-, zwanzigmal gesagt habe, daß es natürlich natürlich lich lich sei, als ob ich nichts anderes im Sinn hätte, aber ich hatte überhaupt nichts im Sinn, und dann legte ich meinen leeren Kopf zwischen den Löwenzahn, in aller Ruhe.«

»Es-sen!« rief Tante Violet.

Onkel Omer half mit, den Waschzuber aus der Garage zu schleppen. »Ho, ho«, rief er.

»Paß auf, daß du dich nicht verhebst«, sagte Tante Berenice.

»Ich passe immer auf, Madame«, sagt er. »Achten Sie mal darauf.«

In der bleichen Sonne wusch Mama ihre und Louis' Wäsche. Sie schlug die nassen Sachen wie mit einem Peitschenknall aus, der drei-, viermal aus den Wäldern um das Sanatorium widerhallte. Dann stand plötzlich ein unbeweglicher Mann da in einem Regenmantel, der ihm viel zu weit war, und mit einem Hut, den er bis zu den Augenbrauen herabgezogen hatte, und betrachtete die schwitzende, geschäftige Frau. Er hatte einen viereckigen Korb bei sich, an dem ein Paar karierter Pantoffeln hing.

Mama zog ihre roten Arme aus dem Seifenwasser und rieb sie an der Schürze trocken. Papa kam zögernd näher. Zwischen seinen dünnen Augenbrauen hatte er eine Falte, die bisher noch nie jemand gesehen hatte.

»Ja, Constance«, sagte er und machte eine Bewegung, als wollte er sie umarmen. Sie kam näher. »Also doch«, sagte sie.

»Ja, Constance.«

»Ich bin gerade beim Waschen.«

»Guten Tag, Papa.«

»Oh, da bist du ja.« Sie drückten sich die Hände, Louis nahm seinem Vater den Korb ab. Der Junge suchte nach Spuren, die die Gefangenschaft zurückgelassen hatte, und fand einen störrischen, etwas verblödeten Mann mit schlotternder Hose und schlafwandlerischen Gebärden, die für andere Dimensionen, eine andere Umgebung, eine andere Luft berechnet zu sein schienen. Und wie kleine Zähne er hatte . . .

»Sie sagten, ich könne gehen«, sagte Papa.

»Das sagten sie. Aber ja. Wir werden sehen. Wir werden sehen«, sagte Omer, der sich dann abwandte und die Tauben rief. Sie strichen dicht neben Papa nieder, der mit ängstlicher Geste nach ihnen schlug. Da stürzte Tante Berenice aus der Küche. Jubelnd rief sie: »Staf! Staf!«, küßte ihn auf beide Backen und hakte sich bei ihm ein. Mama nahm seinen anderen Arm. Wie ein Kranker, mehr gehoben als gezogen, ließ Papa sich in die Küche führen. Meerke sagte, er sehe gut aus, ob er vielleicht an der frischen Luft gearbeitet habe?

»Ich werde dem Baron eine Karte schreiben, um ihm zu danken«, sagte Mama. »Und eine Flasche Bourgogne mitschicken.«

Papa setzte sich in Meerkes Sessel und weigerte sich, den Mantel auszuziehen; er hatte wohl in seinen verschlissenen Taschen Schätze bei sich, die er im geeigneten Augenblick, ein verspäteter Nikolaus, hervorzaubern wollte.

»Ich habe dort so schlechte Pommes frites bekommen«, sagte er. »Ihr wißt schon, diese schlaffen, dicken. Sie waren auch immer lauwarm.«

»*Allez*, Constance, brate schnell Pommes frites für deinen Mann«, rief Meerke. »Mit Schweinskopf.«

»Nachher«, sagte sie, die Ursache und Schuld und zugleich Folge und Sühne war. »Nachher, wir müssen uns erst etwas an ihn gewöhnen. Findest du nicht, Staf?«

»Aber dieser Mensch kommt vor Hunger um!«

Es wurden Eier mit Speck gebraten. Alle schauten zu. Je mehr er aß, desto sichtbarer blühte er auf, desto kräftiger und selbstsicherer wurde er. Nicht nur durch das Essen, sondern auch durch ihre Anwesenheit. Die Seynaeves und Bossuyts fütterten ihn, schon bald würde er wieder in neuer Gestalt über Louis' Harem herrschen. Denn er hat Hausarrest. Aber kahler war er geworden.

»Gibt es etwas Süßes?«

»Ein Butterbrot mit Konfitüre, Staf? Oder . . .« Meerke kletterte auf einen Stuhl und holte vom obersten Brett des Küchenschranks ein großes Stück *frangipane,* das sie vor Tante Violet versteckt hatte.

»Iß nicht zuviel davon, Staf, wir essen um sieben Uhr«, sagte Mama.

»Man schmeckt, daß es mit reiner Butter gemacht ist«, sagte er und schlang es runter.

»Natürlich ist *essence d'amandes* drin«, sagte Tante Berenice.

»*Frangipane*«, sagte Papa. »Das ist lange her.«

»Iß nicht so viel, Staf. Iß nicht so schnell.«

»Denk an die Opfer, Staf, an all die Juden, die nach Antwerpen zurückgekehrt sind«, sagte Tante Berenice. Er sperrte den Mund voll *frangipane* auf.

»Fang nicht schon wieder davon an, Berenice!« keifte Meerke.

»Mutter, ich meinte damit doch nur, daß es zu seinem besten ist, wenn er nicht zuviel auf einmal ißt. Wie die Juden in Antwerpen, die aus den Lagern kamen. Sie wurden gewarnt, alle, aber ihre Familie hat sie vollgestopft, und eine ganze Menge sind gestorben, durch das Zuviel auf einmal.«

»Ich denke lieber nicht an die Juden«, sagte Papa. »Aber ich muß es wohl tun. Im Krieg sind wir dumm gewesen, wir sind offensichtlich blind gewesen.«

»Sprecht doch mal von etwas anderem«, sagte Meerke mit ihrem letzten Tortendreieck auf dem Weg zum Küchenschrank.

Papa veränderte sich zusehends. Der gebrochene Mann im Regenmantel verschwand, der Mann im Korbsessel wurde vertraut. Sogar dann noch, als er Schmerzen im Magen bekam, der früher wie aus Beton war, sogar als er sagte, daß er im Lager so gelitten habe, daß er jede Nacht, *enfin* fast jede Nacht, zu Unserem Lieben Herrn gebetet habe, und daß er nun aus eigener Erfahrung wisse, daß es Solidarität unter Menschen gebe und daß manche Gefangene Heilige gewesen seien. Er nannte ihre Namen und guten Werke, merkte aber, daß nach dem dritten oder vierten Namen im Heiligenkalender die Aufmerksamkeit der Frauen erschlaffte, und sagte: »Vielleicht beruhigt das letzte Stückchen *frangipane* meinen Magen.«

Er bekam es und schmatzte. »Es ist lange her. Man schmeckt, daß es nicht aus dem Laden kommt.«

»Es ist die Torte des heiligen Franziskus«, sagte Tante Berenice.

»Es kommt von Brot, *pane,* und *frangi*, Franziskus«, sagte Louis sofort. (Denn ich, ich, Tante, bin der König derartiger stumpfsinniger, alberner Phrasen, Bauernalmanachweisheiten und Binsenwahrheiten, die mein verstorbener Pate mir trotz allem wie ein Negerhäuptling vererbt hat.)

»Er aß es schrecklich gern«, sagte Tante Berenice, als läge Franziskus im Wohnzimmer im Sterben. »Noch auf seinem Totenbett bat er darum, und weil er zu schwach war und nichts mehr herunterbekommen konnte, haben die anderen Patres und seine Freunde, ob sie Lust hatten oder nicht, pausenlos *frangipane* gegessen, damit er es sehen konnte.«

»*Tiens*«, sagte Papa. »Noch etwas, das ich nicht wußte.«

Djeedie kam mit einem Karton Militärkonserven vorbei, um sie gegen frisches Gemüse aus dem Garten zu tauschen. Der Geruch der Pommes frites schien ihn zu stören.

»*My Daddy*.«

»*Hi*.«

»Er ist Jude«, sagte Papa. »Stimmt's oder nicht? Ich erkenne sie sofort. Monsieur, ich muß mich persönlich und in aller Aufrichtigkeit bei Ihnen entschuldigen. Louis, übersetz das.«

Djeedies blaurasierte längliche Kiefer hoben und senkten sich. »Persönlich und im Namen der Flamen. Ich habe Ihnen und Ihren Rassegenossen großes Unrecht getan. Übersetz.«

Rassengenossen. Wie kann man das übersetzen? *Racefellows?*

Djeedie sah, daß Louis verzweifelt überlegte und morgen ein Niederländisch-Englisches Wörterbuch kaufen würde, er sagte »*congeners*«. Noch nie gehört. Louis wiederholte es mehrmals, es blieb ihm fremd.

»*Verstanden*?« sagte Papa. »O pardon – *compris*?«

»*Yeah, yeah*«, sagte Djeedie.

In dieser Nacht heiratete Louis Michèle. An dem mit schneeweißem Leinen gedeckten Tisch im Schatten eines Apfelbaums saßen sie zwischen aufgeregten Hochzeitsgästen. Vor Papa stand eine goldene Schüssel mit einer goldbraun gebratenen Ente. Er lauerte lüstern darauf. Djeedies dunkle Gestalt saß auf einem Schimmel, er ritt träge vorbei, und als er links von der Leinwand verschwand, sagte Michèle, vor Erregung stotternd wie Onkel Omer: »*Le con le con le congénère*.« Louis war schockiert, er fand seine Braut mit ihrem weißen Hut ordinär, er wandte sich von ihr ab, und in der funkelnden Schüssel lag nun das abgeknabberte Gerippe der Ente. Papa betrachtete es mit hervorquellenden Augen und lippenlosem aufgesperrtem Mund. »Erbarmen«, sagte Tante Berenice, und so saß Papa eine Weile tot da, eine Serviette unter seinem von Entenfett glänzenden Kinn, aber aus seinem toten Gesicht erklang ein kindliches Gejammer, es erfüllte Louis' Zimmer, Michèle rannte mit flatterndem Brautschleier – wo war der weiße Hut? – zu den volkstanzenden Hochzeitsgästen, Papa jammerte, Mama beruhigte ihn, Papa stöhnte, Mama sagte sehr deutlich: »Ich habe es dir doch gesagt, Staf«, woraufhin er fast so griesgrämig wie früher erwiderte: »Es kommt von den Pommes frites, sage ich!« Dann war es still in Mamas Zimmer. Nur ihr schweres Keuchen, und danach schnappte sie die ganze Zeit nach Luft.

»Was es nicht alles gab«, sagte Papa, als sie im vorderen Zimmer beisammen saßen. »Da war eine sehr dünne und bescheidene Frau in einem Khakimantel, den sie von einem Kanadier bekommen hatte. Sie mußte täglich die Mülleimer nach draußen bringen. Die männlichen Gefangenen, die keine andere Frau zu Gesicht bekamen, riefen ihr zweideutige Angebote zu, unterbrochen von den Wärtern und den Wolfshunden. Sie hatte im Juni dreiundvierzig die sechs Mitglieder der Weißen Brigade verpetzt, die ihr Haus angezündet hatten, in dem dann ihr Mann und ihr sechzehnjähriger Sohn umkamen. Sie hatte keinen einzigen Zahn mehr im Mund. Wir sammelten für ein Gebiß, aber es kam längst nicht genügend Geld zusammen.

Da war ein Augenarzt, der in Langemarck Kriminologie studiert hatte und seine Tage im ›Flandria‹ in dem Büro des Direktors damit verbrachte, eine effektvollere Organisation des Gefangenenlagers zu entwerfen und graphisch darzustellen. Er war zum Tode verurteilt worden, aber wir haben keinen fröhlicheren Gefangenen gekannt. Er holte oft ein Notizbuch heraus, in dem, numeriert und mit Abkürzungen, die sonst niemand entziffern konnte, Hunderte von Witzen standen. Er war bei Dreivierteln seiner Sammlung angelangt, als er vor den belgischen Gewehren stand. Wir brüllten im Chor: ›*Levet Scone*!‹, weil er das jeden Morgen lachend beim Waschen an der Pumpe gesagt hatte.

Da war Wanten von dem Radioprogramm ›Wanten en Dalle‹, und wer an seine rauhe, alberne Brummstimme gedacht hatte, die immer von der tobenden alten Hexe Dalle unterbrochen wurde, war überrascht von dem gebildeten Ingenieur mit weißen Schläfen, der nicht einen der Witze aus dem Radio behalten hatte. ›Ich lese sie immer von einem Zettel ab.‹ Meistens schnüffelte er in einem Atlas herum und berechnete, wie viele Kilometer Walle von Neuguinea oder Valparaiso trennen.

Da war Milou van Dentergem, der NSKK-Mann, der sogar noch im Schlaf seine Fingerknöchel knacken ließ.

Da war Ambrosius, dessen Brille sie kaputtgetreten hatten, und der bis zum Tag seiner Erschießung keine neue mehr aufsetzen wollte. ›Ich habe euch alle schon genau genug gesehen.‹

Da war van Rossum, der die Mönchskutte von Dolf Zeebroeck bekommen hatte, als der nach Hause durfte, und sie nie auszog. ›Ihr könnt euch nicht vorstellen, wie angenehm das ist, ohne Unterhose. Erst jetzt verstehe ich die Patres.‹

Da war Roel der Hammel, der so hieß, weil er mit seinem Kopf Türen und Wände rammte, wenn ein Flugzeug über uns hinweg flog.

Jos Muziek, der endlos ›*Kempenland, an de Dietse Kroon*‹ sang und sonst kein Wort sagte, außer ab und zu *lalala*.

Sootje, der mit seinem Pony sprach, als säße er noch auf seinem Eiskarren.

Da war Poeske, nach dem vielfachen Sprintweltmeister Poeske Scherens benannt, weil er bei der Flandernrundfahrt einmal eine Etappe gewonnen hatte: Der behauptete, schon Stücke von Russen gegessen zu haben. ›Welche denn?‹ ›Dreimal dürft ihr raten! Mit Zwiebelchen und Zitrone, es schmeckt nach Kalbsfleisch.‹

Da war Piet de Kemel, der wegen seines Lumbago auf dem Boden schlief und gegen den man nachts nach dem Pissen manchmal versehentlich trat,

da war Maurice de Konte, der Gedichte schrieb, immer über Jakobäa von Bayern, die, so meinte er, zu ihrer Zeit eine läufige Hündin war,

und sie alle bevölkerten Meerkes Haus und feierten dort die Sonnenwende, alle Bekannten von Papa, über die er beträchtlich mehr erzählen konnte als über seine Frau und seinen Sohn, und die ihn manchmal fast zum Lachen brachten. ›Ach, wir hätten uns manchmal den Schädel einschlagen und eine Stunde später in den Armen liegen können.‹«

»Und Dalle, Papa?«

»Welcher Dalle?«

»Der Apotheker Paelinck.«

»Dieser Mensch hat sehr gelitten. Denn was niemand wußte: daß er spezielle Pillen aus seinem Laden schluckte, und rückblickend erklärt das viel, er war immer Feuer und Flamme, weißt du noch, Constance? Diese Rezitationsabende und seine Arbeit im Radio und in seiner Apotheke, wie hat er das alles schaffen können? Sie sind dann dahintergekommen, daß Simone die Pillen hereinschmuggelte, und sie haben ihn in Einzelhaft gequält, man hörte ihn meilenweit schreien.«

»Und Simone?« fragte Mama.

»Das weiß ich nicht. Sie hatte etwas mit einem Kanadier, glaube ich.«

Eines Abends, als die Familie sich längst mit dem Gedanken abgefunden hatte, daß sie noch Wochen dauern könnte, diese Erinnerungsseligkeit aus Gefasel und Geschmunzel über die Kameraden mit ihren seltsamen Leiden, erzählte Papa von Jaak dem Kalb, einem Elektriker, der einen zweiten Magen hatte, so daß er wiederkäute. Doch plötzlich verstummte Papa, nahm die Zigarette aus Mamas Mund und zog daran. Er schaute vor sich hin. Niemand, nicht einmal Tante Berenice, fragte, was mit Jaak dem Kalb passiert sei. Daraufhin ging Papa früh zu Bett, mit seinem Gefolge von Freunden, seinen einzigen Verwandten, und fing nie wieder davon an.

»Zugegeben«, sagte Papa, »Hitler hat schändlich gehandelt, er hat sein Ideal total verraten, indem er die Juden umbrachte, das ist unmenschlich, wenn man sich die Fotos ansieht, dreht sich einem das Herz im Leibe um; aber daß es so viele waren, das kann man mir nicht weismachen, hunderttausend vielleicht, ja sogar zweihunderttausend, ich peile nur über den Daumen, und unter denen waren totsicher viele Verbrecher und Typen, die den Staat umstürzen wollten. Dagegen muß man als Staat doch etwas tun, es ging um Leben und Tod, seht euch doch die anderen Staaten an, wenn sie bedroht werden, seht euch uns an, wenn . . .«

Wenn. Kein Wenn. Die Juden kehrten wieder zurück, der Geruch der ihnen angetanen Pestilenz senkte sich auf Bastegem, und ein Umzug, angeführt von einem etwa dreißigjährigen Mann mit einer belgischen Flagge und der vollständigen Juniorenelf von *Bastegem Excelsior*, mit den Herren Morrens und Pastor Mertens an der Spitze, demonstrierte gegen die vorzeitige Freilassung der Schwarzen. Der Zug blieb stehen und marschierte im Takt des ›Toreador‹ aus ›Carmen‹ auf der Stelle und rief Drohungen gegen die mit vielen Hakenkreuzen beschmierte Fassade. Goossens der Gendarm forderte sie auf, weiterzugehen, er kam abends zur ›Zonnewende‹, in Zivil, ein Mann, der Constance als kleines Mädchen mit einem Kalbfellranzen gekannt hatte und darum Papa den Rat gab, sich ganz still zu verhalten, sozusagen noch nicht einmal in den Gemüsegarten zu gehen, geschweige denn Bastegem zu verlassen.

»Es ist vor allem Herr Morrens, Sie kennen ihn, er haßt alle Schwarzen.«

»Sogenannten Schwarzen«, sagte Papa, der Renegat.

»Er will das Dorf säubern. Denn er will im Frühling Bürgermeister werden.«

»Aber ich habe ihm doch noch nie auch nur einen Strohhalm in den Weg gelegt!«

»Es richtet sich nicht gegen dich, Staf. Er hat etwas gegen die Nazis. So hat jeder etwas.«

»Morrens hat etwas gegen mich«, sagte Tante Violet ruhig.

»Wann hören die Menschen endlich auf, sich gegenseitig an die Kehle zu gehen?« sagte der Gendarm.

»Es ist allein gegen mich gerichtet«, sagte Tante Violet noch ruhiger. »Morrens hat nicht nur vor der Kommission gegen mich ausgesagt, sondern er hat auch mit Pastor Mertens Lügen und Verleumdungen über mein Privatleben verbreitet. Wären die Zeiten ruhiger, dann würde ich ihn verklagen.«

»Denk an die Kosten«, sagte Meerke.

»Manche Menschen können andere nicht ausstehen, und sie können dafür nicht mal eine Erklärung geben«, sagte der Gendarm. »Meiner Meinung nach war das so mit Hitler und den Juden. Ehrlich gesagt, wenn ich tief in mein Herz blicke, geht es mir auch so. Ich gehe noch weiter: Wenn ich Doktor Vandenabeele auf der Straße sehe, einen Mann, der mich nie untersucht, geschweige denn operiert hat, nun, dann schaue ich zur anderen Seite. Ich lasse es mir natürlich nicht anmerken, schließlich hat man eine gewisse Erziehung, aber ich kann diesen Kerl weder sehen noch riechen, und wenn ich mich frage, warum ...«

»... bleiben Sie sich die Antwort schuldig«, sagte Louis.

»Ja. Erklär mir das mal. Ich reg mich auf, wenn ich ihn nur sehe. Liegt das nun daran, daß er aus der Gegend von Oudenaardse stammt, wo meine Frau geboren ist? Vielleicht ist es das.«

Er war erst beim Gartentor, als Papa schon nach Argentinien emigrieren wollte: Herr Byttebier hatte dort mit Geld von Herrn Groothuis eine Holzhandlung gegründet. Dieser Zweig der Seynaeves sollte dort eine neue Zukunft auf spanisch aufbauen. Oder auf portugiesisch? Louis schlug es gleich in Tante Violets Larousse nach – es war Spanisch, was leichter ist; wenn man sein französisches Vokabular kennt, dann hängt man hier und da ein o an, und sie verstehen einen. Das Fleisch in Argentinien ist sehr billig und schmackhaft, und es sind schon viele Kameraden dort. Sogar Mama ließ sich an diesem Abend mitreißen. »Hier ist doch nur Kummer zu erwarten«, sagte sie.

»Der ganze Kummer von Flandern«, sagte Papa.

»Ich hätte mich beinah mit Morrens verlobt«, sagte Tante Violet. »Ich war 18 Jahre, und er schrieb mir Briefe.«

»Schon wieder die alte Leier«, sagte Meerke.

»Schöne Briefe. Zwar aus einem Briefsteller, aber doch mit einer eigenen Note.«

»Ich erinnere mich nicht daran, Violet«, sagte Mama.

»Ich auch nicht«, sagte Tante Berenice.

»Es war auch zu kurz. Kürzer geht es nicht. Denn am ersten Tag, ich sage sogar, am allerersten Tag, an dem er mich nach Hause brachte, gingen wir an der Leie spazieren, und er erzählte mir, daß er, bevor er in den Textilhandel seines Papas eintreten würde, eine Weltreise machen wolle. *Macao, l'enfer du jeu,* Sansibar, das Kap der Guten Hoffnung, und in der Hitze seiner Inbesitznahme legt er die Hand um meine Taille, und ich, verliebt wie ich nun einmal war, tue das gleiche, und *die da*« – ihr kugelrundes weißes Kinn in Richtung der rechtschaffenen Mutter, die ihr Leben lang die Männer von ihr weggescheucht hat – »sieht uns, und sie sagt: ›Violet, das lasse ich nicht zu, ein Junge, den du zum ersten Mal siehst und der so etwas tut, taugt nichts, der kann nicht viel wert sein.‹ Und wie das damals so war, man war gehorsam und christlich und hörte auf seine Mutter. Ich habe ihm einen Brief geschrieben, daß es besser für uns beide sei, wenn er nicht mehr käme. Er hat das nie verwinden können, nie, denn er hat danach die verkehrte Richtung eingeschlagen.«

»Die Frage ist nur«, sagte Papa, »wie kommen wir nach Argentinien?«

»Mit dem Schiff.«

»Nein. Über wen, über welche Kanäle kommen wir an so eine Schiffspassage ran? Ich kann mich jetzt nicht auf die Straße wagen. Ich müßte mich bei meinen Kameraden informieren, aber die werden bespitzelt.«

»Ich mach das schon für dich, Staf«, sagte Tante Berenice leise. »Gib mir die Adressen, und ich gehe bei deinen Kameraden vorbei.«

Louis sah Papa denken: Jaja, alle Adressen, und dann direkt zum Militärgericht. Weil ihr Bulgare verschwunden ist.

»Es hat keine Eile«, sagte Papa träge. »Wir müssen erst ein Sprachlehrbuch kaufen, damit wir uns ein bißchen verständlich machen können, wenn wir dort ankommen.«

»Das verstehe ich.« Tante Berenice hüllt sich wieder in ihre Wolke der Entsagung und räumt den Tisch ab.

Omama saß entweder tiefer zusammengesunken oder beträchtlich geschrumpft in ihrem Korbsessel. Aus ihren schwarzen Schals und ihrem Morgenrock stieg der Geruch von nassen Blättern auf. Über ihre Hängebacken rannen Tränen. Oh, Louis, was wirst du für ein hübscher Bursche! Sicher laufen dir schon alle Frauenzimmer nach? Nehmt keine Notiz von mir, ich bin noch nicht gewaschen. Hélène sollte kommen, aber in der *Sarma* ist Ausverkauf, sie ist dort hängengeblieben, Louis, mein Herzensdieb, ich hab dich lieb.« Sie griff nach Louis' Hand und drückte vier fünf Schlabberküsse auf sein Handgelenk, dann hob sie ihren rosigen Hundekopf und all ihre Runzeln senkten sich. »Taugenichts«, sagte sie.

Papa schaute gekränkt in den *Standaard*. Sie sagte sofort: »Dir scheint es auch besserzugehen, Gustave. Die frische Luft muß dir gutgetan haben. Du siehst erholt aus.« Papa sah seiner Mutter ähnlicher denn je, nicht so sehr im Gesicht als vielmehr in der Reaktion auf etwas: so machte er jetzt die eifersüchtigen schmalen Lippen. Ich muß Mama auch ähnlich sehen, weil ich sie in meiner zartesten Jugend nachgeäfft habe, ich lag an ihrer Brust, ich biß hinein, sie war wütend wegen des Schmerzes, den ich ihr zufügte, und rümpfte die Nase, das sah ich und ahmte sie nach. Und deshalb ...

»Ich werde ihn nie wiedersehen«, rief Omama. »Ich wußte es schon am Tag seiner Abreise.« Papa nahm den zerknitterten schmutzigen getippten Zettel. War es eines der vielen, in Banktresoren über ganz Westflandern verstreuten Testamente des Paten?

»Auf französisch«, sagte Papa sauer. Auf französisch meldeten die englischen Behörden, daß Sergeant Florent-Marie-Pierre Seynaeve Neunzehnhundertzweiundvierzig gestorben sei.

»Er muß dort keinen einzigen Freund gehabt haben, in Glauschesterschier, denn niemand hat uns je ein Wort über ihn gesagt.«

Pietà ohne Leichnam in den Armen.

»Vielleicht hat er dort geheiratet.«

»Das würde in der Nachricht stehen«, sagte Papa.

»Und die sterbliche Hülle?« sagte sie vorsichtig.

»Wir müssen etwas unternehmen. Robert könnte sich darum kümmern. Ich kann nicht, bei meinem Hausarrest. Ich darf nicht einmal hier sein.«

»Ob er wohl eine Pension bekommt? Er hat doch für den englischen Staat gearbeitet.«

»Die Engländer, Mutter, die Engländer.«

»Ziehen sie ihre Hand von Florent zurück?«

»Der Engländer kennt nur das, was englisch ist. Das hat man oft bei Inselbewohnern.«

»Ein Glück im Unglück ist, daß sein Vater es nie erfahren hat. Er hat seine Kinder alle gleich gerngehabt, aber Florent war sein Sorgenkind. Könnte Robert nicht dafür sorgen, daß sie Florent aus England überführen, damit er neben seinem Vater liegen kann? Wozu haben wir denn sonst ein Familiengrab?«

Einmal Chrysanthemen für alle beide, alle beide gemeinsam unter einer Grabplatte, beide zugleich die Beute der feuchten Tierchen darunter.

»Ich wage es kaum auszusprechen, aber mir fällt ein Stein vom Herzen. Ein Mensch hofft und sehnt sich und hört weiter das englische Radio. *L'espérance*, Louis, *l'espérance*, sie ist etwas Grausames, sie tut weh, sie vergeht nicht.«

Espérance, so hieß die treue und bissige Haushälterin eines Pfarrers in einem flämischen Bauernroman. Espérance Braemscheute.

Papa sagte, daß er und Louis den Vier-Uhr-Zug bekommen müßten. Um Viertel nach vier saß er neben seinem Sohn auf einem Barhocker an der Theke des Cafés ›Groeninghe‹, das nun ›Chez Max‹ hieß. Wo die Fotos von Staf de Clercq und Raymond Tollenaere gehangen hatten, war die Tapete etwas dunkler. Noëls Frau sagte, daß es ihrem Mann im Lager Lokeren gut gehe, daß sie es aber besser bei einer Molle belassen sollten, »denn Sie wissen ja, wie die Leute heutzutage sind. Mein Blutdruck ist viel zu hoch, Herr Seynaeve, ich sage es geradeheraus, mir wäre es lieber, wenn Sie nicht mehr herkämen, ich kann auch nichts dazu. Jedenfalls vorläufig nicht.«

»Wir dürfen der Straße nicht nachgeben«, sagte Papa heftig, »wir müssen . . .«

». . . jeder vor seiner eigenen Tür kehren«, sagte sie.

Am Rathaus hingen belgische und französische Trikoloren. Die Läden waren voller Schokolade, Wein, Ananas, Entrecôtes und gehäuteter Kaninchen.

»Ihr Blutdruck«, brummte Papa. »Als ob ich keinen hohen Blutdruck hätte. Ich habe die ganze Zeit Ohrensausen.«

Louis suchte Bekka in jeder Straße, sie war nirgendwo zu entdekken.

L'Espérance ist, wenn man eine Weltreise macht, eine Insel bei Madagaskar.

Neben den belgischen und französischen Fahnen wurde die kanadische gehißt, die mit dem grünen Ahornblatt, und als sie hing, jubelte das Volk von Walle, denn endlich war die Fassade des *stedehuus* und des *scepenhuus* aus Brabanter Quadern mit verzierten Nischen aus valencynschem Stein, als Tabernakel, in denen einst bemalte und vergoldete Heilige standen, wieder so geschmückt, wie es sich ziemte. An der Südostecke des Gebäudes stand, wie an den meisten Amtshäusern und Markthallen seit Sechzehnhundert, die Jungfrau Maria, die Krone auf dem Kopf, das Zepter in der Hand, das Kindchen auf dem Arm, die Füße auf den Löwen von Flandern gestützt.

Es war Sonntag. Der Gottesfrieden, der gebot, die Feindseligkeiten und Räubereien von Samstagabend bis Montagmorgen, und später aus Ehrfurcht vor den Tagen, an denen Christus seine letzten Leiden vollbrachte, von Mittwochabend bis Montagmorgen einzustellen, wurde in Walle nicht eingehalten.

Das Volk johlte, als der dritte Lastwagen auf den Grote Markt fuhr. »Es war Viertel nach elf, ich habe auf die Uhr des Belfort geschaut«, sagte Mimi die Bäckerin, »und weil die anderen Camions ziemlich voll waren und *er* allein auf diesem stand, zwischen zwei Weißen, glaubte das Volk, daß er mit einem Camion ganz für sich wohl ein wichtiger berüchtigter Schwarzer sein mußte. Es waren natürlich Leute aus der Toontjesstraat darunter, aber auch angesehene Bürger aus dem Doornikschen Viertel, ich will sie nicht beim Namen nennen, aber ich habe sie mit meinen Augen fotografiert, und er, er blieb einfach stehen, die Hände in der Luft, bis sie ihn von dem Camion zerrten wie einen Sack Kartoffeln, sogar die beiden Weißen waren verängstigt, sie sagten: ›*Allez, allez*‹, aber sie rührten sich nicht. Und da erkannte ihn Georgette, die Schwester von Jantje Piroen, sie rief: ›Aber gottverdammt, das ist doch Schmutzfink Sef‹, und das ganze Volk rief: ›Schmutzfink Sef! Seht nur, Schmutzfink Sef höchstpersönlich! Gestapo, Gestapo!‹ und Jenny von ›De Graaf van Heule‹ springt zu ihm und versetzt ihm einen Schlag in den

Nacken und ruft: ›Du wirst keine amerikanischen Lieder mehr in meinem Etablissement singen, nur damit die Gestapo mich festnimmt?!‹ ›Gestapo‹ schrien sie, man konnte es meilenweit hören. Und da war ein Clown, der sagte: ›Er wollte doch so gern eine Frau sein, nun denn, laßt uns sein Haar abschneiden wie bei den Frauen.‹ ›Eine gute Idee‹, riefen sie und lachten wie im Zirkus. Dieser Kerl mit der Schere fing mit dem Schneiden an, aber das hatte nicht denselben Effekt wie bei einer Frau, denn sein Haar war nach deutscher Vorschrift kurz, und ich dachte noch, vielleicht kommt er billig davon, muß die Brabançonne singen und bekommt eine Tracht Prügel, aber er zitterte so sehr, Herr Seynaeve, und dieser Kerl mit der Schere zitterte auch, so daß die Schere direkt ins rechte Auge von Schmutzfink Sef ausrutschte, und dieser Kerl mit der Schere ruft: ›Es ist nicht meine Schuld, er hat nicht stillgehalten!‹ und die aus der Toontjesstraat fragten: ›Nun, Schmutzfink Sef, bist du jetzt zufrieden? Nein?‹ Herr Seynaeve, er starrte mit seinem kaputten Auge, aus dem das Blut lief, vor sich hin. Er hatte schöne Augen, weißt du das noch, Louis? Er pflegte sie mit Tropfen und färbte seine Wimpern. ›Zufrieden?‹ fragten sie. Er wirft den Kopf zurück und nickt. Er nickt und er nickt mit dem ganzen Blut in seinem Gesicht weiter, als wollte er sagen: Mit mir ist es doch aus, ihr Wallener könnt mich alle am Arsch lecken. Und natürlich wurden sie wild vor Wut. Sie haben ihn heruntergerissen und zehn oder zwanzig haben ihn getreten, bis sie müde waren. Unter ihnen war auch Jenny. Da sind die Männer von der Weißen Brigade aus dem Tor gekommen und haben ihn hineingeschleift und dann ins Hospital gebracht, mit einer geplatzten Lunge und einer kaputten Milz, denn in die hat sich eine Rippe gebohrt.

Und nun glaube ich, Herr Seynaeve, Sie werden mir doch sagen, was sie davon halten, daß er, als sie ihn fragten ›Bist du jetzt zufrieden?‹ eigentlich mit ›Nein‹ antworten wollte, wie sie es erwarteten, aber daß er, weil er in der letzten Zeit in Griechenland war, vor und nach Afrika, in seiner Nervosität auf griechisch geantwortet hat, nämlich umgekehrt wie bei uns, *nickend*. Denn er war ganz vernarrt in Griechenland, er hat mir noch wunderschöne Fotos von der Landschaft und den Felsgebirgen dort mitgebracht. Was halten Sie davon, Herr Seynaeve?«

Weil der Ausflug von Louis und Papa nach Walle von den Junioren des *Bastegem Excelsior*, die auch den Bahnhof kontrollierten, verraten worden war, sagte der Gendarm, der das treu meldete, daß Papa nun bestimmt das Dorf verlassen müsse. »Du darfst ihnen keinen Vorwand liefern, hier alles kurz und klein zu schlagen. Und du solltest auch ein bißchen an meine Verantwortung als Gendarm denken.«

Papa wollte nicht weg. »Ich kann doch diese vier Frauen hier nicht allein lassen.«

»Louis ist doch da«, sagte Mama.

»Das weiß ich, aber ... Muß ich wirklich verduften?«

Es wurde beschlossen, daß er bei Jules dem Schreiner wohnen sollte, ja, in der Kammer, die wahrscheinlich noch nach der Salbe auf dem eiternden Gesichts roch.

»Von einem Gefängnis ins andere«, sagte Papa.

»Übertreib nicht, Staf!«

»Wo ich doch anfing, mich hier wieder einzuleben.«

»Staf, denk an deine Kameraden im ›Flandria‹.«

»Du hast recht, Constance«, sagte Papa zerstreut und nahm einen Stapel *Lord Listers* und *Nick Carters* unter den Arm.

»Louis, du darfst keinem sagen, wo ich bin, auch wenn sie dir die Zunge herausreißen.«

Die wichtigste Mittelsperson und Botin wurde Tante Angelique, die schwangere Frau von Onkel Armand, die viele gemeine Anspielungen über die Art zu hören bekam, auf die das Kind oder Halbkind im Gefängnis gezeugt worden war. Jedesmal errötete sie heftig und sagte: »Es hat viel Geld gekostet.«

Sie meldete, daß Papa oft mit dem Schreiner *manille* spiele, daß er die dortige Probepresse in Ordnung gebracht habe, daß es für Papa etwas beschwerlich sei, wenn er aufs Klo müsse, denn der Schreiner sitze meistens darauf, daß Mama versuchen solle, das Textheft der Operette ›Der fidele Bauer‹ zwischen seinen Papieren zu finden. »*Enfin,* er klagt nicht, Constance, bei meinem Armand verhält es sich anders, ach, liebe Leute, was sind doch die Männer wehleidig! Armand tut nichts anderes als klagen.«

»Das ist ein Zeichen dafür, daß er Grund dazu hat«, sagte Meerke bissig.

»Wenn man nichts verbrochen hat und trotzdem verfolgt wird, ist man empfindlicher, als wenn man schuldig ist«, sagte Tante Violet.

»Es ist gut für die Leute, daß er etwas verbrochen hat«, sagte Mama.

Tante Angelique scheuerte ihren Bauch an der Tischkante, das Kind spürte die Bewegungen. »*Hi,* Lew«, sagte es und zwinkerte.

»Armand hat einen Zettel von seinem früheren Chef, van Belleghem, erhalten, auf dem stand nur: ›Armand, denk an deine Kinder!‹ Der Direktor ließ mich rufen: ›Madame‹, sagt er, ›ist das eine Geheimschrift? Heißt das: Armand, denk an bestimmte Geldbeträge oder Goldbarren, die du versteckt hast? Sie haben alles Interesse daran, es uns zu sagen oder genauer, es mir zu sagen, denn er könnte sonst böse in die Klemme geraten; sein Fall, der normalerweise nächsten Monat an die Reihe käme, könnte ein Jahr zurückgestellt werden, sagen Sie es mir ruhig, dann bleibt es strikt unter uns dreien.‹ Ich sage: ›Herr Direktor, ich weiß von nichts, aber ich werde versuchen, es herauszubekommen.‹ Und ich habe kein Auge zumachen können, ich dachte an die Kinder, sollte Armand ein ausschweifendes Leben geführt haben, das Wort ist nicht zu stark, sollte er uneheliche Kinder haben? Die Mannsbilder sind gerissen und hinterlistig, aber das ist doch etwas anderes.«

Der Sonnenzeiger zeigte die Mittagsstunde an: die Sonne stand genau im Süden, der Schatten des Stabs fiel in Richtung Holst, der auf den Stufen der Freitreppe saß. Über seinem Kopf, unter dem Dachgesims flitzten Schwalben hin und her.

»Er hat sich schon heute morgen seinen Pimmel gerieben«, sagte Raf, »man sieht es ihm an.« Und Louis sah es auch, er erkannte sie, die Angst vor dem Verlust der Seele, dem unermeßlichen Verlust in einem riesigen Wald des Verlangens, so viel weiter und finsterer als der Wald um das Haus der verschwundenen Madame Laura, der mit Trauer bekränzten Geliebten.

»Sie sind mir auf den Fersen«, sagte Holst und ließ sie herein. Die Junioren von *Bastegem Excelsior* waren abgezogen, aber der Gendarm hatte ihn gewarnt, daß er sich demnächst beim Auditor melden müsse, der Befehl sei schon unterwegs. Die Doppelflinte stand hinter der Tür, treu glänzend. Sie tranken Wein aus Kelchen, die mit Lorbeerblättern aus Blattgold verziert waren.

»Die Keller sind immer noch voll«, sagte Holst. »Wo bleibt Konrad?«

»Er wird vielleicht bald kommen«, sagte Raf.

»Vielleicht, vielleicht!«

»Wenn er es versprochen hat, tut er's auch.«

»Wenn er nicht kommt, bin ich geliefert. Mertens und Morrens haben mich angezeigt; ich soll bei der Landung in Dieppe einen englischen Soldaten auf einem dieser französischen Inselchen gefangengehalten haben.«

»Das hast du garantiert getan«, sagte Raf.

»Ich streite es nicht ab. Es steht in meinem Dossier, und ich habe es unterschrieben. In Dieppe sind fünf deutsche Infanteriesoldaten und ein Gefreiter von den Engländern gefangengenommen worden. Über eine halbe Stunde haben sie mit auf dem Rücken gefesselten Händen in ihrem Hemd auf dem Boden gelegen. Sie waren mit den Seilen aneinandergebunden, so daß sie ihre Uniformjacken nicht mehr anziehen konnten. Für einen Deutschen ist dies das Schlimmste, es geht gegen sein militärisches Ehrgefühl. Da fingen sie an zu singen ›Denn wir fahren gegen Engeland‹, und deshalb sind die Engländer nervös geworden und haben die Deutschen mit Bajonetten erstochen. Danach haben uns unsere Vorgesetzten gesagt: ›Männer, wenn ihr noch einen Engländer gefangennehmt, halten wir uns nicht mehr an die Konventionen, sondern . . .‹«

». . . schneiden ihm die Kehle durch«, sagte Louis. »Auge um Auge.«

»Nein. Nein. ›Dann binden wir ihm ein Seil um seine Hände und Füße.‹ Und genau das habe ich getan.«

»Was hattest du dort in Dieppe überhaupt zu suchen, Holst?«

Holst zuckte mit den Achseln und schenkte ein. Santenay, Domaine des Hautes Cornières. Schmeckt nach Mandeln.

»Wo bleibt Konrad?«

Konrad studiere, sagte Raf, in Kappel in der Schweiz, wo Zwingli gefallen sei. Er studiere so eifrig, daß er ihn, Raf, nach zwei Wochen weggeschickt habe, zu zweit in dem Appartement könne er sich nicht konzentrieren.

»Die Frage ist, wo bleibt Madame Laura?« sagte Louis. Sein Gesicht glühte durch den Santenay, der nach Mandeln und Erdbeeren zugleich schmeckte. Louis wurde der Auditor Wallaert van Outryve und dann Lord Lister und schnauzte: »Wo?«

»Sie muß hier irgendwo in einem Schrank sitzen«, sagte Raf.

»Wieso?«

»Sitzen?« fragte Holst.

»Oder stehen oder liegen. *Supposons*«, sagte Raf. (Thérèse zu Onkel Omer!) »Sie macht den großen schweren Schrank in ihrem Schlafzimmer oder in einem der anderen Zimmer auf, sie schaut, ob ihre Perücke richtig sitzt, und was sieht sie? Auf ihrem Unterrock sieht sie einen Fleck, wir wollen uns nicht damit aufhalten, was für ein Fleck es ist. ›Eu,‹ ruft sie, denn so kann sie nicht zu ihrem Beschützer und Financier, zum Notar und Minister Baelens gehen, sie zieht den Unterrock aus, aber weil du, Holst, seit Wochen nicht mehr die Wäsche gewaschen hast, das ist bekannt, das ist notiert, sucht sie in einem Häufchen Unterwäsche tief unten im Schrank eine anderes Wäschestück, die Tür fällt hinter ihr zu, sie kann nicht mehr hinaus, sie klopft, sie ruft zwei Tage lang . . .«

»Und wo war *ich*?«

»Das muß ich noch herausfinden.«

»Ich dachte, daß alles notiert wurde?« Das gegerbte Waldhütergesicht war listig und aufmerksam.

»Vielleicht warst du zu Hause.«

»Vielleicht, vielleicht!«

»Du läßt sie suchen, sie liegt dort in ihren eigenen Exkrementen, die Holzwürmer kommen aus dem Schrank und krabbeln über ihre Kleider.«

»Und sterben in ihrem gelobten Land«, rief Louis erhitzt.

»Sie hat nie eine Perücke getragen«, sagte Holst.

»O doch! Sie eine Perücke und du ein Bruchband!«

Der Hüne ging zum Spülbecken und begann mit Stahlwolle die Reste angebrannter Bohnen aus einem Topf zu schrubben.

»Wir dürfen doch mal lachen«, sagte Raf. »Nein? Nimm es nicht so tragisch. Ich werde dafür sorgen, daß Konrad kommt. *Allez*, Holst, nicht schmollen, nicht murren. Wir dürfen doch mal lachen.«

»Wie steht es mit seinem Gesicht?« fragte Holst unwillig.

»Es ist ein Wunder, wie schön alles verheilt ist und weiter verschwindet. Manchmal sieht er aus wie Robert Telloor in der *Kameliendame*.«

»Ich müßte mal kommen, um diese alten Bretter und das Gerümpel hinter der Hecke zu verbrennen.«

»Es hat keine Eile«, sagte Michèle.

»Nein. Ich habe auch noch viel zu tun.«

»Aber wenn du Zeit hast . . .«

»Wann?«

»Na, wenn du Zeit hast.«

Michèle war braungebrannt. Sie sei mit Thérèse am Meer gewesen, sagte sie. In dem Appartement ihrer Schwiegermutter in Knokke, um dort ihren Geburtstag zu feiern. Renéchen habe einen

Zwerg aus Ton gemacht, aber es könne auch ein Pilz sein, jedenfalls rot mit Äuglein. Louis wagte kaum Michèles Lippen anzusehen, dieses um neunzig Grad gedrehte Spiegelbild jener Lippen, die sie nun unter einem Plisséekleid verbarg. Auch auf ihre Brüste schaute er nicht.

»In Gent spielen sie *Hollywood Canteen* mit den Andrews Sisters«, sagte er.

»Den habe ich schon gesehen, vor Monaten.«

»Denkst du manchmal an mich?«

»Nicht gerade täglich.«

»Wann darf ich kommen, um das Zeug zu verbrennen?«

Sie mußte nachdenken. Mittwoch ging nicht, denn da kam ihre Putzfrau, am Tag darauf war eine Versammlung des Davidsfonds, am Wochenende fuhr sie wieder nach Knokke, das hatte sie versprochen.

»Im Laufe der nächsten Woche. Ende nächster Woche.«

»Wenn ich kann«, sagte er lustlos.

Sie grüßte Pastor Mertens, der vorbeikam und die Stirn runzelte. »Ich muß nach Hause«, sagte Michèle daraufhin, »ich erwarte einen Anruf.« Sie sprang auf ihr Fahrrad.

»Au revoir, mon petit prince.«

»Au revoir.« (Matratze, Matratze).

Louis sprach einen Briefträger auf dem Koornmarkt an, wo früher die Trambahn gehalten hatte. Er verstand den silbenverschluckenden Dialekt nicht, aber der Briefträger zeigte ihm den Weg, die Gebroeders Milbaustraat war ganz in der Nähe, links, »gleich genüber von die Kathrale«. Er ging an dem Denkmal der Gebrüder van Eyck, dem Gerard der Teufel-Stein, der Kathedrale vorbei, in der sich das Lamm Gottes von den Ansichtskarten befinden mußte, und klingelte beim Läuten der Glocken. Ein hagerer bebrillter Mann, der gerade auf dem Klo gewesen war, denn man hörte das Rauschen der Spülung noch, gab ihm eine feuchte Hand.

»Der Notar ist nicht da«, sagte er und ging voran, durch einen Gang, der mit mattgrüner Seide aus der Zeit der Kaiserin Maria-Theresia bespannt war, die den Jesuitenorden verboten hat, oder aus der Zeit des Feldherrn Belisarius, der als Bettler gestorben ist.

Im Notarzimmer mit wandhohen Schubladen- und Aktenschränken setzte sich Vlieghes Vater hinter den Schreibtisch, offensichtlich nicht sein üblicher Platz. Der Schreibtisch war leer bis auf eine Schreibgarnitur aus Marmor, ohne Tinte, und einen Löscher. (Mussolinis Schreibtisch war auch immer leer: wo viel Papier liegt, wird nicht gearbeitet.) Das Glockenspiel spielte: »Sag, Nönnchen, willst du tanzen?« Die dunkelgrünen Butzenscheiben des Fensters warfen ein gespenstisches Licht auf Vlieghes Vater, den Mann in dem Sessel des Notars.

»Der Notar ist in der Normandie«, sagte er. »Du siehst genauso aus, wie mein Sohn dich oft beschrieben hat. Du siehst wie ein ehrlicher Junge aus.«

»Einigermaßen«, sagte Louis blöd.

»Setz dich. Ich habe dir geschrieben ...« (Auf dem Briefpapier des Notars: »Sehr geehrter Herr, in einer Angelegenheit persönlicher und wichtiger Art möchte ich Sie gern in den Mittagsstunden im Büro von Notar Montjoie treffen. Adhemar Vlieghe, Sekretär.« Und Louis hatte die hirnverbrannte Idee gehabt, daß man den Schatz des Schlosses Aisne endlich nach Jahrhunderten unter die Erben verteilen würde und er durch seine Lüge bei Djeedie für Johan Daisne gehalten würde.)

»Erst wollte ich dir Gerards Tod schriftlich mitteilen. Aber ich fühlte mich verpflichtet, es dir persönlich zu sagen, so schmerzlich es für mich auch ist. Aber du siehst mir wie ein ehrlicher Junge aus, und darum ...«

»Tot«, sagte Louis.

»Ich würde dir Kaffee anbieten, aber die Küche ist abgeschlossen, der Notar segelt in der Normandie. Vielleicht ist Limonade im Schreibtisch von Gisèle ...«

»Vielen Dank. Er ist tot?« (Im Jugendbataillon der Grenadierdivision ›Langemarck‹, an der Oder? Als Flak-Helfer an einem Abwehrgeschütz bis zum bitteren Ende? Wann? Ich habe monatelang nicht an ihn gedacht. ›Nicht gerade täglich.‹ Als die Deutschen und Ukrainer in Wehrmachtsuniform mit Bettzeug und Hausrat auf den Lafetten abzogen, dachte ich, daß er darunter sei. Wenn ich ein Mädchen wäre, würde ich jetzt in Tränen ausbrechen. Taschentuch, Rotz und Wasser.)

Der Mann zog eine klemmende Schublade des Schreibtisches auf, holte einen Bogen Briefpapier des Notars Montjoie heraus und zeichnete darauf mechanisch eine Reihe kleeblattförmiger Blumen.

»Ich rede mir selbst ein, daß er, trotz allem, einen friedlichen schnellen Tod gehabt hat.« Sein Adamsapfel hob und senkte sich über dem schäbigen, zu weiten Hemdkragen, die Brillengläser wurden trüber. »Er bat mich, am Morgen seines Todestages, dir einen Brief zu geben, den ich hier habe.« Er hob sich leicht vom Sitz und fand in seiner Gesäßtasche ein hellblaues Kuvert, auf dem in roten Buchstaben AIRMAIL stand.

Der Mann putzte seine Brillengläser mit dem Taschentuch, unter den zusammengekniffenen Augen hatte er ockerfarbene Ringe. »Alle seine Lehrer stimmten darin überein, daß er sehr begabt war.«

»Ich wußte nichts davon, gar nichts«, sagte Louis. »Wenn ich es gewußt hätte ...«

»Er ist vor elf Tagen begraben worden.«

»... wäre ich bestimmt gekommen.«

»Wir werden nie wissen, was wir tun sollen, wir Erzieher. Wir wissen es erst, wenn es zu spät ist. Ist man streng, ist es nicht gut. Ist man lax, ist es nicht gut. Man denkt: ›Wenn ich nur das Schlimmste verhindern kann ...‹ Er war in deinem Alter.«

»Sag, Nönnchen, willst du tanzen?« Die Fettpflanze unter dem Gemälde mit Kühen, die durch die Leie oder die Schelde wateten, bekam nicht genug oder zuviel Wasser. Wasser tropfte langsam in den Heizungsröhren. Wie der Zwerg Gustav Vierbücher in Mecklenburg, der nur mühsam pinkeln konnte.

»Er hat bis zum letzten Tag auf seinem Banjo gespielt. Und ich sage noch: ›Hör doch um Gottes Willen damit auf!‹«

»Wie ist er gestorben? Woran? Wodurch?«

»Er hat Selbstmord begangen«, sagte Vlieghe Senior, förmlich wie ein Polizist.

»In deinem Alter, Louis«, sagte er leise.

Was will dieser heruntergekommene Mann von mir? Warum spricht er mit mir wie zu Seinesgleichen, wie zu jemandem, der unbeteiligt über Vlieghe reden kann, den rosigen Vlieghe, den ich früher ›meine Liebe‹, nannte, das weiß ich noch genau?

Der Mann stand auf und ging hinaus. Währenddessen lag Vlieghe vor dem Haupttor des Internats, einen rauchenden Revolver in der Hand. Schwester Adam sagte: »Er erfriert hier, komm Louis, hilf mir.« Zu zweit schleiften sie den rückgratlosen Jungen zur Grotte der Bernadette Soubirous. Die Heilige Jungfrau in ihrem verblichenen blauen Mantel mit Sternen darauf sagte: »Apostel Petrus, heiße Tränen sollst du vergießen!«

Mit seinen verweinten Augen sah Louis Vlieghes Vater mit einer prallen Schulmappe aus Kunstleder hereinkommen, er zog daraus ein graues Wollknäuel hervor, das zu einem Pullover wurde, der an seinem Ausschnitt eine Reihe eingestrickter Ar-Runen hatte, Ar ist die Sonne. Arier. Ar-beit: Beute der Sonne. Der Ar-Spruch lautet: »Ehre das Licht.«

Louis legte den Pullover träge auf seine Knie.

»Seine Mutter hat diesen Pullover gestrickt. Sie wird nie darüber hinweg kommen. Sie muß sich nun ganz Ward widmen, der zum Glück noch zu jung ist, um zu begreifen, was mit seinem Bruder passiert ist.«

»Sag, Nönnchen, willst du tanzen?« Wie lange noch! Hört das nie auf?

»Es ist die Schuld der Priester!« rief Herr Vlieghe plötzlich. »Darum habe ich dich gebeten herzukommen. Weil ich nicht will, daß noch ein einziges Kind Opfer der Priester wird.«

Er zeichnete in fliegender Eile eine Reihe Blumen.

»Gerard ist einmal und nicht zweimal bei einer Frau von schlechtem Ruf gewesen. Einmal und nicht öfter. Und bei dieser Frau hat er sich die Krankheit geholt, die unsere Priester die Frauenkrankheit nennen.«

»Hat er sich deshalb ...?«

Herr Vlieghe nickte.

»Es gibt Heilmittel dagegen, man kann in so einem Fall noch einiges tun, ehe es zu spät ist, es ist eine Krankheit wie jede andere, aber unser Junge – unser Junge scheint das nicht gewußt zu haben! Wer weiß, was die Priester ihm eingeflüstert haben? Gehirnerweichung, Rückenmarkschwund oder wer weiß was?«

Benommen ging Louis auf der Graslei an den pseudo-antiken Neppfassaden der Weltausstellung und an dem neppgotischen Postamt vorbei. Benommen durch das Klingeln der Trambahnen, das Autogehupe, die einkaufenden Leute und die quälend träge Stimme von Vlieghes Vater. Plötzlich kam ihm in den Sinn, daß der Pullover, den er zwischen Achsel und Ellbogen geklemmt hatte, vielleicht aus jenem Haus der Unzucht stammte, in dem Vlieghe durch eine Frau gekreuzigt worden war; nein, noch wahrscheinlicher ist, daß es die Frau eines Schwarzen gewesen ist, eine dieser Schwestern, Mütter oder Töchter eines gefangenen Schwarzen, die aus Rache Auditoren und Polizeikommissare anstecken, und jetzt will Vlieghe mich noch aus seinem Sarg heraus anstecken und über diesen Pullover seine Pest verbreiten, die Wolle mit den Ar-Runen ist voller Mieserike, wimmelnder unsichtbarer gefräßiger Bazillen.

Mit einem wütenden Schrei schmiß Louis den Pullover in die Gosse, trat, trampelte mit beiden Füßen darauf herum, rannte fort, verminderte sein Tempo und beruhigte sich bei dem Denkmal von Lieven Bauwens, dem Erfinder des Webstuhls.

Die bedächtig ausgesprochenen Sätze von Vater Vlieghe tauchten wieder vor ihm auf. Weg damit. Er riß das AIRMAIL-Kuvert auf. Der Text ließ keinen Rand. Der sparsame Vlieghe mit dem fuchsroten Haar.

»Freund Louis, mit diesen Worten spreche ich aus dem Grab zu dem, der mich zu meinen Lebzeiten im Stich gelassen hat. Aber ich nehme es Dir nicht übel, das hast Du gedurft. In den Minuten, die ich noch lebe, kann ich Dir nichts übelnehmen. Hast Du je daran gedacht, wie sehr ich Dich geliebt habe? Mich hast Du nicht davon anfangen hören, nie, denn ich finde, daß der, der geliebt wird, das selbst erfahren und erkennen muß. Wenn nicht, *tant pis, mon chéri.* Aber jetzt muß ich Dir sagen, wie sehr ich Dich geliebt habe, denn wann sonst? Es bleibt mir nichts anderes übrig. Auch kein Wann. Sogleich beginne ich mit der Heilung meines Körpers. Oder dem Tod meines Körpers. Eine harte Nuß, teurer L., ich denke, es wird schon klappen. Schließlich wollte ich Arzt und Chirurg werden. Das kann ich nun ausprobieren. Aber trotzdem bin ich mir nicht ganz sicher. Man kann nie wissen. Im Fall meiner Rettung bekommst Du diesen Brief nicht zu lesen. Im anderen Fall, Pünktchen, Pünktchen, Pünktchen. Dann bin ich nicht mehr auf dieser Erde. Es klingt töricht, und ich muß darüber lachen, obwohl ich keinen Funken Humor habe, das hast Du selbst vor Jahren im Remter gesagt. Aber ich will nicht länger faseln. Ich dachte, daß Flanderns Wiederauferstehung, sogar unter der deutschen Knute, mein Ideal gewesen wäre, aber in meinen letzten Minuten, Pünktchen, Pünktchen, Pünktchen, weiß ich es nicht mehr. *Levet Scone,* teurer Kumpel, Dein Vliegje. PS. Ich stecke mir unser Amulett, den Würfel, in den Mund, damit ich darauf beißen kann, wenn es zu schlimm wird. Weißt Du noch, unser Amulett, Apostel Petrus? Möge unser Amulett mir beistehen, damit dieser Brief nie abgeschickt zu werden braucht, so daß kein Hahn danach kräht. *Dein Vliegje.*«

Louis ging an dem Gerard der Teufel-Stein, dem Gebäude des Bistums vorbei, die Leie oder die Schelde oder einen Kanal entlang, in dem ein kaputtes Schiff lag. Die Schnipsel des Briefes fielen auf die geteerten Planken. Zu spät. Nie gewußt. Ich schrieb an den toten Maurice, der tote Vlieghe schreibt an mich. Diese sinnlosen

Wiederholungen, dieser Kummer um etwas, das es nie gab, einfach weil ich es nie bemerkte.

Die ganze Zeit über murmelt die Stimme des Vaters, fern wie ein schlecht eingestelltes Radio London, daß Gerard ein Rasiermesser genommen habe, das seinem Großvater gehörte, und einen Schnitt in sein *scrotum* gemacht habe, er, der Medizin habe studieren wollen. Die Testikel fallenzulassen sei ihm nicht gelungen, er habe einen Baumwollfaden in Jod getränkt und ihn abgebunden, den infizierten Teil unten, und dann haber er ihn abgeschnitten und die Hoden noch im Klo heruntergespült, »wo denn sonst? Sie waren nicht mehr zu finden, und dann ist er bis zum Ende liegengeblieben, bis zum Ende, das sanfter gekommen ist, als man es sich vorstellen würde, denn unserem Hausarzt zufolge ruft das Verbluten eine gewisse Euphorie hervor; er lag mit seinem Banjo in den Armen da, mehr kann ich dir nicht sagen, Louis. Und mit einem abgegriffenen alten Bleiwürfel zwischen seinen Backenzähnen.«

»Ich weiß nicht, ob es dir auch so geht, aber ich erkenne die Menschen nicht wieder. Im Krieg waren sie anders. Wie anders? Ja, wie soll ich das erklären? Sie hatten ein gewisses Ideal. Ich spreche jetzt natürlich nicht für oder gegen Hitler. Es gab die Idee, daß wir alle am selben Strang ziehen, einander mit Margarine und Eierkohlen und ab und zu einem Stückchen Wurst aushelfen. Und wenn man daran auch noch etwas verdiente, um so besser natürlich, aber es ging doch darum, seinem Mitmenschen ein wenig unter die Arme zu greifen, und jetzt, ich weiß nicht. Nimm Pier, der sein Leben lang ein ehrlicher Klempner gewesen ist, immer hilfsbereit, wenn etwas kaputt war, und höflich: ›Wenn es noch immer nicht in Ordnung ist, sagen Sie es mir, Mademoiselle‹, und jetzt? Jetzt hat er das Knie an meinem Klo repariert. Er war noch nicht am Gartentor, als es schon wieder leckte. Ich frage ihn nun schon seit einer Woche: ›Pier, wann darf ich dich erwarten?‹ Und was sagt er? ›Madame Violet‹ (dabei weiß er genau, daß es ›Mademoiselle‹ heißt) ›ich kann mich doch nicht zerreißen.‹«

»Oh, das ist aber ein schöner Hut, Angelique!«

»Es ist eine *cloche*. Aber erst als ich nach Hause kam, sah ich, daß er nur zur Hälfte gefüttert ist. Diese Halsabschneider. Königin Elisabeth hatte in *De Volksgazet* dasselbe Modell auf. Aber ihr Hut wird wohl ganz gefüttert sein.«

»Dieses Weiß steht dir bei deiner Haarfarbe gut.«

»Es ist eher ein gedecktes Weiß.«

»Sicher wird er schnell schmutzig?«

»Ich reinige ihn mit Azeton ... Aber ich wasche mir immer gründlich die Hände, ehe ich ihn aufsetze.«

»Du kannst ihn auch mit trockenem Brot saubermachen. Das tue ich immer mit meinem beigefarbenen Hut.«

»Wer hätte je daran zu denken gewagt? Daß wir Brot für unsere Hüte benutzen würden?«

»Wie Verbauwen diese Appartementhäuser aus dem Boden stampft, eines nach dem anderen. Das ist leicht, wenn man einen Bruder im Kabinett hat. Die Deutschen haben gesagt: ›Verbauwen, legen Sie uns mal Ihre Buchhaltung vor. Nein, nicht die, sondern die andere, die in der Kassette unter Ihrem Bett liegt. Was sehen wir da? Aktionärin Madame Louise Schellekes, die Frau Ihres Bruders? *Allez,* ein paar Jahre ins Arbeitslager.«

»Gestern mußte ich noch meine Bahn bekommen, und ich kaufe in der Eile ein Horoskop und *Het Volk.* Ich komme nach Hause, ich setze mich an den Ofen, ich schlage die Zeitung auf, da haben sie mir doch verflixt noch mal die Nummer von Vorgestern in die Hand gedrückt. Heute morgen gehe ich hin, um mich zu beschweren: ›Nein, Monsieur, kann ich mir nicht vorstellen‹, sagt er. ›Da könnte doch jeder kommen: die Zeitung lesen und sie dann am nächsten Tag zurückbringen.‹«

»Die Juden tun sich wieder zusammen. Sie werden gehässig. Und sie haben absolut recht. Wie würde man sich selbst denn verhalten, wenn einem das angetan worden wäre? Und in solchem Ausmaß! Jetzt werden die Maßstäbe umgedreht, das ist nur gerecht. Sie rächen sich an jedem Nichtjuden, jetzt sind sie an der Reihe, jetzt wollen sie oben sein und dazu muß man die anderen zur Schnecke machen, das ist normal. Es gibt keine Gerechtigkeit auf der Welt. Das wäre zu schön.«

»Gehst du wählen?«

»Als Belgier muß ich wohl. Sonst bekomme ich eine Geldbuße von 200 Francs aufgebrummt.«

»Ich wähle zum ersten Mal in meinem Leben die Sozialisten. Weil van Acker die Jungen, die zum Arbeiten nach Deutschland gegangen sind, nicht verfolgen will. Ich weiß zwar, daß er das tut, weil es ihm ein paar hunderttausend Wähler einbringt, aber die Geste zählt.«

»Ich weiß nicht, wen ich wählen soll. Entweder muß man Typen wählen, die man nicht kennt, die behaupten, sie hätten während der Besatzung ihre patriotische Pflicht getan, was ein gewöhnlicher Sterblicher nicht sehen konnte, oder man kennt sie noch von vor Vierzig, und es sind all diese Typen, die mit vollen Hosen nach London verduftet sind. Und wenn sie es nicht sind, ist es ihr Onkel oder ihr Schwager.«

»Sie hängen alle zusammen: Gewerkschaftler, Delegierter, Aktionär, Militär. Um Zeitungen zu verkaufen, geben sie denen einen politischen Anstrich, aber das ist doch alles von vorneherein abgekartet und arrangiert. Wir rücken ein bißchen nach links und dann ein bißchen nach rechts, ein Tango, und inzwischen schieben wir die Schuld anderen zu.«

»Und dieses Radio heutzutage. Die kümmern sich einen Dreck um die Hörer! Im Krieg fing eine Platte leise an, ganz sanft. Jetzt schmeißen sie mit den Platten in einer Art und Weise herum, daß sie kratzen, in den Rillen hängenbleiben und mitten an den schönsten Stellen plötzlich abreißen ...«

»Unser König wartet mit seiner Rückkehr.«

»Er wartet, bis die Küste frei ist, wie die Seeräuber das ausdrücken.«

»Er wird vor den Augen des Volkes seinen Bruder, den Regenten, auf die Wangen küssen, links und rechts, und ihm dann einen tüchtigen Arschtritt versetzen.«

»Es klebt zuviel Blut an den Händen des Regenten.«

»Und seine Hände waren schon ganz abgegriffen von der Herumfummelei an den Weibsbildern in den Bars von Ostende.«

»Ja, sie konnten nicht mal mehr eine Feder festhalten, um ein Gnadengesuch zu unterschreiben.«

»Dieser Mensch hatte Angst, etwas Falsches zu tun.«

»Wer? Charles Théodore Henri Antoine Meinard, dieses Ekel von einem Grafen von Flandern? Zu faul und ewig sternhagelbesoffen!«

»Das ist normal. Dieser Mensch hat sein Leben lang gehört: ›Ach,

Leopold, o Majestät, Sire, Unser König Leopold der Dritte!‹ und ›Charles, wer ist das? Ach so, sein Bruder!‹ Also nun darf er als Regent König und ein wenig Herr über Leben und Tod spielen, das ist nun mal so.«

»Dann ist es auch normal, daß die Toten aus ihren Gräbern auferstehen, um ihn zur Rechenschaft zu ziehen. Etwas anderes ist nicht möglich. Sonst herrscht der Antichrist auf Erden.«

»Ich treffe Goeminne. Das heißt, er fährt in einem funkelnagelneuen Buick an mir vorbei. Ich sage: ›Die Geschäfte gehen wohl gut, Maurice. So ein Auto für einen Maurer!‹ ›Entschuldigen Sie mal‹, sagt er. ›Und die ganzen Reparaturen?‹«

Wir plaudern ein bißchen, und er erzählt mir von einer Terrasse, die er reparieren mußte, weil es durchregnete . . . Während er mit seinem Brenner herumhantierte, sah er, daß diese Leute in ihrem Zimmer drei vier Gemälde hängen und chinesisches Porzellan aufgestellt hatten, *enfin*, daß sie viel betuchter waren als er gedacht hatte. ›Ich bin aufs Dach gekrochen‹, sagte er, ›und habe in die Dachbedeckung vier fünf Schnitte mit meinem Messer gemacht. Ich sage zu der Dame: ›Madame, Ihre Terrasse leckt, das stimmt, aber das liegt an Ihrer Dachrinne.‹ ›So?‹ sagt sie. ›Dann muß die auch repariert werden.‹ Ich habe ein paar Flicken für fünfzig Francs drauf gepappt, und sie hat dafür siebenhundertfünfzig Francs geblecht. Wenn sie solche Gemälde in ihrem Schlafzimmer haben, müssen sie dafür bluten.«

Ich sage: ›Goeminne, es gibt Leute, die die Bretter ihres Sargs nicht wert sind.‹ Er antwortete: ›Meinst du mich damit?‹ Ich sage: ›Ich spreche ganz allgemein. Wem der Schuh halt paßt.‹«

Überall hingen Plakate für ein bevorstehendes Volksfest. Dolf Zeebroeck hatte die Krabbenfischer gemalt, wie sie hoch zu Roß ihre Netze hinter sich her zogen, und in den wolkigen unheilschwangeren Himmel hatte er geschrieben: »Unsere Fischer, die Ritter der See.«

Leevaert und sein Assistent Louis saßen nebeneinander auf einer Bank, vor ihren Füßen lag der Strand. Mit gedämpftem Getucker liefen die Fischerboote vom dunstigen Meer her ein. Hinter ihrer Bank kamen zwei Damen, Arm in Arm, auf Rollschuhen vorbei. Das Licht auf den Wellen: Silberpapier.

Leevaert hatte heute einmal die vierbändigen Gesammelten Werke von Ruusbroeck verkauft, einmal die ›Enzyklopädie für den Heimhandwerker‹, dreimal ›Jenny, ein Schicksal‹, darunter zwei Exemplare mit Signatur und Widmung, und das hieß: 40 Francs extra.

Louis hatte die schweren ledergebundenen Probeexemplare des halben Fonds geschleppt. Er hatte Tante Violet versprochen, frische Krabben aus Ostende mitzubringen, er fragte sich, wann er die wohl kaufen könnte; sie mußten noch drei Interessenten besuchen, von denen einer garantiert ein Kollaborateur war; er konnte dort nicht mit nach Krabben riechenden Händen hereinkommen, doch die Tüte Krabben würde er bestimmt nicht unangerührt lassen können. Und es wurde schon dunkel.

Überwiegend französisches Geplapper auf dem Deich. Das Postboot lief ein, mit bereits eingeschalteten Lichtern. Leevaert stand auf und machte ein paar Turnbewegungen. »Auf, an die Arbeit!«

»Madame«, sagte Leevaert, »wir kommen mit den herzlichsten Grüßen von Doktor Raemdonk (oder dem Notar oder Kanonikus oder Rechtsanwalt oder Professor), der Ihnen seine *hommages par personne interposée* (oder wenn es sich offensichtlich um eine flämischgesinnte Familie handelte: ›durch meine Wenigkeit‹) ausrichten läßt.« Dann folgten Komplimente über das moderne und doch klassische Interieur in einstudierten Wendungen mit einem Anflug des Küstendialekts. Monsieur war meistens nicht zu Hause. »Louis, zeig Madame mal ›Die Schule von Sint-Martens-Latem‹. Und stell das Buch doch am besten dort auf die Etagère. Madame, allein schon der Rücken, aus Kalbsleder, und das Buch kostet nur hundertachtzig Francs . . .« Oder: »›Die Geschichte des Westens‹ von einem Professorenteam unter Leitung von Professor Weynants, von dem Sie sicher schon gehört haben, von der Universität Löwen. Fast vergriffen. Einige Einzelbände nur noch in Antiquariaten zu horrenden Preisen. Und höchst interessant. Liest sich wie ein Roman. Und wie oft denkt man nicht: ›Aber die Schlacht in Poelkapelle, das noch keinen Bogenschuß von hier entfernt ist, wann war die doch gleich? Welcher General ist dabei gefallen?‹«

Dann war es wirklich dunkel. Leevaert hatte noch eine ›Jenny, ein Schicksal‹ verhökern können. Der Käufer hatte gesagt: »Ach ja, signieren Sie es«, und: »Ich nehme es, weil ich Junggeselle bin, verstehen Sie, mehr sage ich nicht.«

Leevaert steuerte nun resolut auf eine Avenue mit Nebenstraßen voll roterleuchteter Bars zu. Plötzlich blieb er vor einer von einer Laterne schwach erleuchteten schwarzlackierten Vitrine mit Fotos von Frauen in Unterwäsche stehen. Louis hielt einige Meter Distanz. Leevaert beugte sich vor, er leckte fast an der Scheibe. Louis wand sich vor Scham. Matrosen kamen vorbei und sangen »Heihoheiho«, das Lied der sieben Zwerge. Das Licht in der Vitrine flammte auf, die weinroten Buchstaben ›L'Escale‹ erleuchteten Leevaert, der »Aha«, rief, seine Brille aufsetzte und sich noch weiter vorbeugte.

»Wir öffnen erst um zehn Uhr, Kumpel«, sagte ein stämmiger Mann, der seine Portiersmütze wie das Schiffchen eines Offiziers der Schwarzen Brigade trug.

»Kumpel«, sagte Leevaert, »hier hat doch früher Chouchou gearbeitet, Mieke Lauwers?«

»Das muß vor meiner Zeit gewesen sein«, sagte der Portier. »Ich sehe sie auch nicht mehr unter den Photos.«

»Man kann sich heuzutage auf die Mädchen nicht mehr verlassen. Aber vielleicht ist das besser so. So bekommt man immer neues Fleisch herein.«

Die Orient-Bar war eine Miniaturmoschee mit runden Fenstern, die hinter verschnörkelten schmiedeeisernen Gittern rötlich glühten. Leevaert ging hinein wie in einen Krämerladen. Das würde ich nie wagen. »*Bonsoir, mon petit chou*«, sagte Leevaert und küßte die gepuderte Wange einer platinblonden üppigen Dame im Abendkleid. Louis nahm ihre schwielige Hand und küßte die Innenseite.

»*Olàlà*, ein Mann von Welt«, rief sie. Auf einem Podium stand ein Klavier, und auf dem geschlossenen Deckel schlief Marnix de Puydt, den Kopf auf seinem Vorderarm, die kindlich dicken Lippen geöffnet. Lichtstreifen von Autoscheinwerfern flitzten durch die Bar.

»*Le maître dort*«, sagte die Dame.

»Zwei *coupes*«, sagte Leevaert. »Und für dich, Margot?«

»Ich nehme einen Cointreau«, sagte Margot.

»Das hat noch keinem geschadet«, sagte Leevaert. Drei Industrielle erklärten zwei Ostender Mädchen, die als Tiroler Bäuerinnen verkleidet waren, daß morgen entweder ›Champs Elysées‹ oder ›Narcissus Vijf‹ oder das Wunderpferd Clopinette gewinnen würde. Der Champagner perlte. Der schlafende de Puydt stellte seine Mandarinfüße in Schnabelschuhen nebeneinander, eine Schuhspitze wippte im Takt seiner Finger auf und ab, die auf dem Deckel des Klaviers klimperten, wie einst Hölderlin auf einem Cembalo ohne Saiten. Eines der Ostender Mädchen sah mit seinem kurzgeschnittenen flachsblonden Haar und einer Halskette aus Kupfermünzen wie Prince Valiant aus. Sie saß auf dem Schoß des Champs Elysées-Manns, der sie kniff, kitzelte, betatschte und küßte. Sie sagte, daß das einzige, was ihre Mutter noch am Leben halte, die Hoffnung auf neue Muscheln sei, sie seien für nächste Woche angekündigt worden. »Laß uns inzwischen deine Muschel kosten«, rief Champs Elysées. Louis mußte nach der dritten *coupe,* die Margot ihm spendierte, dringend pissen, wagte es aber nicht. Er vermutete, daß die Polstertür neben der Bar die Toilette war, aber niemand ging hinein. De Puydt richtete sich auf. »Was wollen die Hetären und die Herren hören? Mein Repertoire ist begrenzt, aber eklektisch.«

»›Mein Flandern habe ich von Herzen lieb‹«, rief Louis.

»Reiß dich zusammen«, zischte Leevaert.

»Wenn der Junge das nun einmal gerne hört«, sagte Margot, die Hand auf Louis' Schoß, wo sich zum Glück nichts rührte. Wenn ich aufstehe und zu der Polstertür renne, stolpere ich totsicher. Wenn ich dann auf Prince Valiant falle, hat sie kein Höschen an.

Margot fragte, ob er zum Logieren bleibe, ihr Appartement sei ganz in der Nähe. Ob er bei ihr wohnen wolle, alles was er tun müsse, sei täglich ein paar Besorgungen zu machen.

»Mein toter Pate sagt: ›Du bist kein *commerçant,* Louis.‹«

»Darüber muß ich erst mal eine Nacht schlafen«, sagte er.

»Dann aber bei mir«, sagte Margot.

»Margot«, sagte Louis plump, »Sie sind nicht seriös. Sie reden von Kost und Logis, aber was bekomme ich am Monatsende auf die Hand?«

Das Wunder geschah. Sie starrte ihn verblüfft an, war einen Augenblick völlig geistesabwesend, küßte ihn dann auf den Mund und sagte: »Du, du bist ja doch ein kleiner *commerçant*.«

»Ich werde Ihnen jetzt etwas vorspielen«, sagte de Puydt, »in einer leicht synkopierten Version, es ist das *Requiem in C* von dem jüngsten Sohn.« Er spielte und erinnerte an den Vater des Paten, dessen Bart ab war. Obwohl es keine Fotos von ihm gab. In diesem Zustand. Stumpfsinnig. Sterbend machst du dich gut auf einem Foto. »Und jetzt, für Margot«, sagte de Puydt nach einer Ewigkeit, in der die Bar, die von Nutten, Tablettensüchtigen, Vandalen, Ketzern und diversen Typen gerammelt voll war, in ein Loch der Stille gefallen war, »jetzt spiele ich für sie, von demselben jüngsten Sohn, diesem Renegaten, der aus Habgier katholisch wurde, das innige *Salve Regina in Es*.«

Und es war innig. Widerlich innig. »Spiel etwas aus ›Das Land des Lächelns‹«, schrie Louis.

»Nein«, sagte Margot, »nein, nein, und nochmal nein.« Sie roch nach Meer. Selbst dann noch, als sie später am Meer entlang gingen, zu viert, eingehakt und schwankend. »Ich hab dich gern, Männeken, du wirst es erleben.«

»Wo kann man denn hier noch eine Erfrischung bekommen?« sagte Leevaert. Das Meer mit weißen Falten, Schaumkronen.

»Im ›Banco‹.«

»Nur wenn sie dort nett zu uns sind«, sagte de Puydt.

Ausgelassen erreichten sie das Lokal, in dem die Croupiers des Kasinos Kalbskopf mit Tomatensauce aßen.

»Die Menschen werden wieder fett«, sagte de Puydt. »Seht euch das nur an. Mit uns ist überhaupt nichts, absolut nichts passiert. Wir haben uns alles nur eingebildet. *Je voudrais que vous raisonassiez de ce que je vous dis là.*«

»Fett oder nicht, sie müssen mich so nehmen, wie ich bin«, sagte Margot. »Findest du nicht, Männeken?«

»Die Russen stehen vor der Tür«, sagte Leevaert, »gib mir noch ein *Pale Ale.*« Fahlbraune Fäden einer Zwiebelsuppe hingen aus seinen Mundwinkeln. Die Croupiers spielten Poker in paradiesischer Stille. Die Aschenbecher waren bis zum Rande mit Mieseriken gefüllt.

»Freuen Sie sich nicht, mich zu sehen?« fragte Louis.

»Nein«, sagte de Puydt.

»Kennen Sie mich nicht mehr, Herr de Puydt?«

Der Mann streckte die Brust raus, warf seine Locken zurück, trommelte mit den Fingern auf den Tischrand, auf weiße und schwarze Tasten.

Margot sagte: »Morgen wasche ich dein Hemd, ich habe eine Waschmaschine«, sie zog am Zipfel von Louis' Hemdkragen. Kalter Schweiß rann ihm in die Augen. Ich habe zwei Einäugige als Paladine. Maurice de Potter und Schmutzfink Sef. Pieter de Coninck, der Zunftmeister der Weber, hatte zwei Augen. Daß man ihn als Einäugigen malt, liegt daran, daß ein dummer oder kurzsichtiger italienischer Mönch ihn beim Abschreiben oder Schreiben der Chronik mit einem anderen Pieter, Pieter Flotte, verwechselt hat. *Voilà.* Und jetzt du!

»Dieser Abend und die Flammenrose in Haarbeke«, sagte de Puydt und richtete sich dabei ausschließlich an Louis.

»Ja«, sagte Louis. »Ja, ich weiß.«

»An diesem Abend lag ich in meinem Bett in Walle. Meine Frau, die jetzt hundertzehn Kilo wiegt, lag neben mir im Bett, ich las Montaigne und ›Das Reich der Frau‹, und ich dachte, daß ich allein auf der Erde sein wollte, daß ich allein sein müßte, um meine freudlose Kunst zu behüten, um das schwache Feuer meiner Kunst zu bewahren, ganz allein, und dann Louis, habe ich gedacht: Wenn die neben mir, wenn sie doch alle in meinem Haushalt mir aus Augen und Ohren verschwinden würden, oh, wenn sie alle auf einmal, in einer einzigen Befreiung in die Luft fliegen würden.«

»Alle«, sagte Louis, fragte Louis.

»Alle, Frau und Kind und Dienstmädchen und Katze und Kind und Ziege, damit ich morgens allein und befreit meinem Herzklopfen lauschen kann oder den Spatzen.«

»Auch die Kinder?«.

»Auch die«, sagte de Puydt. »Vor allem die. Diese Inszenierung von Unschuld. ›Gott im Himmel‹, habe ich gesagt, gebetet, laß sie alle beide in die Luft fliegen, damit ich eine Minute Ruhe habe, damit ich ein Mal die Vöglein singen hören kann.‹

Und er hat mich an diesem Abend erhört: im selben Augenblick setzten die Bomber zum Sturzflug an und tauchten auf Haarbeke herab.«

»Ja . . .«, sagte Louis.

»Und mein armer Sprößling in Haarbeke ist in seinem Bettchen in die Luft geflogen und verbrannt, mit seinem Pyjama, seinen Maiskeksen von der Winterhilfe, seinem Tieratlas, seinen Murmeln . . .«

Louis sprang auf, er stieß Margots Hand zurück, zog de Puydt an den Haaren und gab ihm mit aller Wucht eine Ohrfeige, von der die Spiegelwände des ›Banco‹ widerhallten.

»Olàlà«, sagte ein Croupier mit schmalen Schultern.

Ein Fischer mit einer orangefarbenen Joppe, Schwaden von Zigarettenrauch um den Kopf, kam breitbeinig näher.

»Aber mein Junge«, sagte Margot. De Puydt betastete seinen Kopf, grinste und steckte seine Zungenspitze in seine Backe, die sich obszön wölbte.

»Er meint es nicht so«, rief Leevaert. »Wirklich nicht.« Und setzte sich, Schenkel an Schenkel, neben de Puydt.

»Verzeihen Sie mir«, sagte Louis (das ›Pardon‹ schon auf den Lippen, als der Gedanke ihn durchfuhr, daß er einen flämischen Kopf geschlagen hatte).

»Denn er weiß nicht, was er tut!« rief Leevaert lauter.

»Es tut mir leid«, sagte Louis. De Puydt trank Leevaerts *Pale Ale* aus, seine Wange hatte sich gerötet. Die Croupiers spielten weiter.

»Schämst du dich nicht?« sagte Margot. Louis nickte, knabberte an einer Bierwurst. De Puydt sagte zu dem Fischer: »Zu unserer Zeit spendierte man nach so einem Mißverständnis eine Runde. Stimmt's oder nicht?«

»*Tournée générale*«, rief Louis, aber der Wirt hörte es nicht oder wollte es nicht hören oder nahm es nicht ernst. De Puydts Hand klimperte wieder am Tischrand, Partita, Chaconne. Er sagte: »Louis Seynaeve.«

»Ja.«

»Du kannst es nicht ertragen, daß ich aus der Tiefe zu dir rufe.«

»Das ist zu tiefsinnig für mich«, sagte Margot, sie setzte sich an die andere Seite von de Puydt und leckte über seine Wange. »Ich werde heute nacht lieb zu dir sein, Marnix, du wirst was erleben.«

De Puydt blickte Louis weiter herausfordernd an.

»Ich gebe eine Runde«, sagte der Fischer an ihrem Tisch, »für alle, außer für dieses Mondkalb da.«

Das Mondkalb sagte: »Was jetzt, Herr de Puydt? Sagen Sie es.«

»*Il faudrait que je cessasse de vivre*«, sagte der Mann klimpernd.

Louis und Tante Violet verglichen die gelben Postkarten, die sie am selben Morgen von Holst aus dem Gefängnis ›De Nieuwe Wandeling‹ in Gent erhalten hatten. Bei Louis lautete der Text: »Glaub nicht alles, was sie Dir sagen. A. Holst«, bei Tante Violet: »Ich sitze in ›De Nieuwe Wandeling‹. A. Holst.« Auf beiden Karten standen die beiden Zeilen ganz oben, die Buchstaben waren eine Spur schräger bei Tante Violet, die sagte: »›De Wandeling‹, ist das nun ein Name für ein Gefängnis? Der ist doch gewählt, um diese Leute zu verspotten, denn herumwandern können sie doch nicht.«

»Doch, Tante. Jeden Tag, im Kreis, die Hände auf dem Rücken.«

»Er hat mich immer gern gehabt«, sagte Tante Violet.

»Jeder hat dich gern«, sagte Meerke, wütend darüber, daß sie keine Post bekommen hatte.

»Ich behaupte ja gar nicht, daß er ein Kavalier gewesen ist. Ich rede von ihm als Mensch.«

Die Bevölkerung von Bastegem hatte erraten, daß aus diesem oder jenem dunklen Grund, wohl aber auf höheren Befehl, der Schutz von Holst zurückgezogen worden war, und hatte, wortlos jubelnd, wortreich zaudernd, bei der polizeilichen Untersuchung bezeugt, daß er über seinem Stand geheiratet hatte, nur um auf das Dorf herabsehen zu können, auf das Dorf, das ihn früher mißachtet hatte.

Ob er imstande wäre, Madame Laura, seiner Ehefrau, etwas anzutun?

»Das, Herr Richter, wäre übertrieben, aber es gab eben diesen sozialen Unterschied zwischen ihnen.«

»Madame Laura stammte doch auch aus kleinen Verhältnissen.«

»Aber das Geld, Herr Richter, das macht einen Unterschied.«

Während Holst auf Entenjagd gewesen war (»Mit wem? Man geht doch nicht allein auf Entenjagd.« – »Er doch, Herr Richter.«), war in dem Haus mit den vielen Zimmern eingebrochen worden.

»Von wem?«

»Man sagt, nun ja, man sagt, daß es die Junioren von *Bastegem Excelsior* gewesen sein sollen.«

»Wer?«

»Ich war nicht dabei, Herr Richter.«

»Jemand hat die Fensterscheibe der Küche eingeschlagen, um ins Haus zu gelangen, aber Holst kam plötzlich zurück. Wer war das?«

»Wer? Ja, wer?«

»De Keyser, der Schlosser, sagt, daß er danach zusammen mit einem Gerichtsinspektor die Haustür aufgemacht hat.«

»Wenn de Keyser das sagt, wird es wohl stimmen.«

»Wer war der Gerichtsinspektor?«

»Das müssen Sie de Keyser fragen, nicht mich.«

»Aber de Keyser sagt, daß er diesen Gerichtsinspektor nicht kennt. Und wir kennen ihn auch nicht.«

»Daran können wir nichts ändern, Herr Richter.«

Das Gericht hatte bei den Eisenbahngleisen einen Damenschuh aus seegrünem Satin gefunden, mit Spuren geronnenen Blutes am Absatz. Niemandem in Bastegem, außer Madame Laura, wäre es in den Sinn gekommen, solch einen Schuh zu tragen. Man kann nur mit Mühe darin gehen.

Das Gericht hatte die Kokosmatte vor der Eingangstür des Schlößchens untersucht. Auch dort Blutspuren.

Die amtshalber im Haus beschlagnahmten Gegenstände waren zwei Messer: ein großes Brotmesser und ein Küchenmesser.

Was hören wir noch? Was wird noch bezeugt?

Daß der das Haus des Opfers besuchende de Bock, Rafael, dem

Kellereingang gegenüber, zirka fünfzig Zentimeter von der Trennungswand entfernt, zwei tiefe Kerben bemerkt hat, und etwas Kalk, der auf die Wandleiste gefallen war.

Daß Goossens, Antoon, Gendarm, auf seiner Nachtrunde einen Streit und, deutlich erkennbar, die Stimme von Madame Laura, ich meine Vendenghinste, Laura, gehört hat.

Daß de Brauwere, Arthémise-Arlette, aus dem Mund des Angeklagten gehört hat, daß Madame Laura nicht mehr ins Gras pinkeln würde, wie sie es immer so gerne tat. Nach dem Grund dafür befragt, habe der Angeklagte erklärt, das sei nun einmal so, basta und Amen. De Brauwere, Arthémise-Arlette, gibt zu, daß dies nach einer großen Zecherei im Nebenzimmer der Bar des Lokals ›Picardy‹ gesagt worden sei, eines zwar nicht als Freudenhaus bekannten Etablissements, aber immerhin von üblem Ruf. Nach Durchsicht bestätigt und unterschrieben.

»Wenn er nur einen guten Rechtsanwalt nimmt«, sagte Meerke. »Denn es muß schlüssigere Beweise geben. Es muß eine Leiche da sein. Ohne Leiche kann er nicht beschuldigt werden.«

»Ich glaube nie und nimmer, daß er ein Brotmesser benutzt hat«, sagte Mama. »Er hat sie erwürgt. Mit seinen Pranken.«

»Erwürgt. Dann zerstückelt. Und dann in ungelöschten Kalk geworfen«, sagte Louis.

»Nein«, sagte Mama. »Das ist nicht seine Art. Dazu ist er viel zu romantisch.«

Raf hatte auch eine Karte aus dem Gefängnis erhalten. »Wo bleibt Konrad? Bitte.«

Die bereits fast einsilbige Arlette de Brauwere, die mit dem Gerichtsbeamten und Hilfskommissar des Staatsanwalts des Königs spricht, erklärt, daß sie Flämisch reden wolle, und sagt, daß sie das Geld, die Summe von viertausend Francs, die Holst, André, das letzte Mal im Etablissement ›Picardy‹ habe anschreiben lassen, dem Staat vermache, weil sie kein Geld haben wolle, das aus einem Mord stamme.

In der Fassade sind links neben der Tür zwei Fenster, auf denen ›Picardy‹ steht. Die Fenster haben Vorhänge, die in der Mitte zurückgezogen sind. Die Fassade ist rot gestrichen. Im rechten Fenster sitzen, für die Passanten gut sichtbar, zwei junge Damen. Die Eingangstür führt in ein kleines Vestibül, in dem links eine Tür den

Zugang zur eigentlichen Bar ermöglicht. Am Ende des Vestibüls, gegenüber dem Eingang, ist eine weitere Tür, die zum Treppenhaus führt. Am Ende des Treppenhauses liegt die Toilette. Im Treppenhaus führt dann eine letzte Tür in ein zweites Zimmer, das an die eigentliche Bar angrenzt.

Die Bar ist von dem zweiten Zimmer, das wie ein Salon möbliert ist, durch eine Wand mit Durchbruch abgetrennt, der durch einen undurchsichtigen Vorhang abgeschlossen werden kann. Dieser Vorhang ist bei unserem Eintritt zurückgezogen. Die Bar besteht aus einer Theke, drei kleinen Tischen und acht Sesseln oder *tabourets.*

Es ist dort nicht allzu hell, wir konstatieren die Abwesenheit von Lampen, die Beleuchtung ist indirekt. Das zweite Zimmer hat ein Fenster zu einem überdachten Hof hin, und es herrscht ein schummriges Licht. Vor dem Fenster steht ein Diwan. Weiterhin ist der Raum mit drei Tischen und vier Klubsesseln möbliert. Das Fenster hat dunkle Vorhänge und undurchsichtige Draperien. Eine Preisliste hängt nicht aus.

Auf die ihr gestellte Frage erklärt die Eigentümerin, Frau de Lentdekker, Antoinette, daß die Taverne nach einer Gegend in Italien benannt wurde, daß aber dabei auch die Erwägung eine Rolle gespielt habe, daß sie im Jahre Neunzehnhundertneununddreißig in Brüssel Professor Piccard getroffen habe, der ihr ein Modell von der Metallkugel gezeigt habe, mit der er den Meeresboden erkundete, das Bathyskaph.

Ebenfalls auf eine Frage hin erklärte Merkès, Josiane, daß der Angeklagte während des Geschlechtsverkehrs einen lauten Schrei ausgestoßen habe. Nach dem Grund dafür gefragt, habe der Angeklagte geantwortet, daß er seine Frau umgebracht habe. Doch das habe Merkès, Josiane, nicht ernst genommen, da sie den Angeklagten von vorangegangenen Besuchen her sehr gut kannte, bei denen sie seinen sanften und schüchternen Charakter zu schätzen gelernt habe.

Wir stellen Merkès, Josiane, und den Angeklagten einander gegenüber. Letzterer wiederholt in Gegenwart des Fräuleins seine Aussage, daß er sie als Serviererin des ›Picardy‹ kenne, daß aber kein Geschlechtsverkehr zwischen ihnen stattgefunden habe, weil er nicht in der gewünschten und notwendigen Stimmung gewesen sei, und weil er sich nicht zu Frauen ihres Gewerbes hingezogen fühle. Merkès, Josiane, kann allerdings gewisse Besonderheiten am Körper des Angeklagten aufzählen und ist imstande, diese ungefähr zu beschreiben. Auffallend ist die Narbe einer Blinddarmoperation in Form eines halbrunden Hakens im Fleisch.

Der Angeklagte bezichtigt daraufhin Merkès, Josiane, daß sie an diesem Abend buchstäblich alles getan habe, um seine Aufmerksamkeit auf sich zu lenken. Als Beispiel dafür nennt er, daß sie zweimal so über einen Klubsessel gegrätscht sei, daß dabei ihr Geschlechtsteil sichtbar wurde. Außerdem behauptet er, daß im ›Picardy‹ Zigaretten ohne Steuerbanderole verkauft würden.

»Holst kann nicht einmal einen guten Rechtsanwalt nehmen. Denn er hat keinen Franc mehr.«

»Er kann doch das Schlößchen verkaufen.«

»Ach, du dumme Gans, das ist doch auf ihren Namen eingetragen.«

»Oder notfalls die Möbel.«

»Aber die hat bereits Minister Baelens beschlagnahmen lassen. Der war schnell dabei. Er hat alle Fakturen auf seinen Namen ausstellen lassen. Bis zu denen für ihre Schuhe und Schürzen.«

»Madame Laura trug doch keine Schürzen!«

»Doch. Wenn sie für ein zwei drei Tage nach Brüssel kam, tat sie nichts lieber, als die Fußböden zu schrubben und das Parkett zu bohnern.«

»Um auf andere Gedanken zu kommen«, sagte Tante Violet. »Pastor Mertens macht das auch. Wenn es warm ist, wäscht er in seiner Badehose die große Wäsche.«

Raf bezeugte, er wisse, daß Madame Laura, obwohl sie Holst feierlich versprochen hatte, ihm treu zu sein, wieder intime Beziehungen mit Minister Baelens angeknüpft hatte. Ihre erotischen Gefühle wurden nämlich ausschließlich durch ältere Männer geweckt, die ein gewisses gesellschaftliches Prestige hatten und Tatkraft ausstrahlten. Ihr Äußeres spielte keine Rolle, wenn sie nur vermögend und energisch waren, um die Fünfzig, in dreiteiligen Maßanzügen mit goldenen Armbanduhren, und mit selbstbewußten Stimmen, gewohnt, Befehle zu erteilen. Baelens, gerötet und fett, Industrieller, Notar und Minister, entsprach diesem Ideal. Anfangs hatte sie ihren Ehebruch verschwiegen und behauptet, mit Baelens rein freundschaftlich zu verkehren. Daraufhin hatte Holst ein Volkslied angestimmt: »Und für einen Franc oder zehn, für einen Franc oder zehn ließ sie, ließ sie ihre Freundschaft sehn.« Lachend hatte sie da ihre Untreue gestanden.

Raf bezeugte, daß Holst ihm in vollem Vertrauen erzählt hatte, wie das Verbrechen geschehen war.

»Aber er hat es sicher ein bißchen aufgebauscht«, sagte Meerke.

»Das tut jeder«, sagte Mama.

Der Abend senkt sich über die Sonnenuhr, die Rhododendronbüsche und die Hecken. Im Salon liegt eine Frau totenbleich auf dem Sofa. Sie hebt ihr Knie. Ihr Seidenstrumpf hat eine Laufmasche. Ihr weißes Fleisch zwischen Strumpfband, Strumpf und Höschen wird sichtbar. Die Frau bemerkt, daß sie Zellulitis hat, sie strömt einen Verwesungsgestank aus, wie ihn Rothaarige angeblich verbreiten, wenn es regnet. Ein Hüne in Holzfällerkleidung kann die Augen nicht von ihr abwenden. Er lehnt sich an den Kamin. Die Frau zieht ihr Knie an und betrachtet die kaputte Spitze ihres Satinschuhs. Der Mann nimmt seine Doppelflinte und reibt mit einem ölgetränkten Lappen über den Lauf.

»Warum ist diese Fremdheit zwischen uns entstanden?« fragt er. »Erklär mir das, Laura. Vielleicht läßt sich daran noch etwas ändern.«

»Wir können wie Bruder und Schwester zusammenleben«, schlägt sie vor.

»Sowas sagen Holst und Madame Laura nicht«, meint Mama. »Holst würde so etwas nie über die Lippen kriegen.«

»Warum denn nicht?« fragte Onkel Omer. Er strahlte, denn er hatte in der Küche im Zuber ein Bad genommen und einen frischgebügelten gestreiften Pyjama an.

»Meiner Meinung nach hat Raf das von seinen Eltern gehört«, sagte Meerke.

»Nun, Laura?«

Die Frau streckt ihm die Zunge heraus. Der Mann erinnert sich, daß dies die Jungen in der Schule auch taten, weil er in Lumpen herumlief, nicht sprechen konnte oder wollte, die weggeworfenen Butterbrote sammelte und aufaß. Er legt seine Flinte hin und schlägt mit seiner Handkante gegen ihre Schläfe. Sie ist sofort bewußtlos, ihre Perücke fällt auf den Teppich. Mit einer grauen Seidenkrawatte des Notars bindet er ihre Handgelenke an das Rohr der Zentralheizung. Sie kommt fünf Minuten später wieder zu sich, als er sie mit einer Gießkanne begießt. Sie sagt, daß dies überhaupt nichts zwischen ihnen ändere, denn was er auch täte, ihre Seele sei frei.

»Gott sei ihrer Seele gnädig«, murmelte Tante Berenice.

Holst geht zur Tür, öffnet sie ganz leise und beobachtet einen Dachs, der stehen bleibt und die Ohren spitzt, kurzsichtig umherschaut. Madame Laura schreit um Hilfe. Holst stürzt sich auf sie und stopft ihr den ölgetränkten Lappen in den Mund. Er sagt hastig: »Was soll ich mit dir tun? Ich kann nicht mit dir reden, das habe ich nicht gelernt, das hast du in dem Augenblick auch gewußt, als du eingewilligt hast, meine Frau zu werden. Was soll ich tun? Einen Kursus mitmachen, um zu lernen, das zu sagen, was ich auf dem Herzen habe? Es liegt an mir, ich weiß es, aber kannst du mir nicht helfen? Nicke, wenn du einverstanden bist. Nicke!« Weil er gesprochen hat ohne Atem zu holen, bekommt er einen Schluckauf, den er nicht unterdrücken kann.

»Liegt es am Krieg, daß wir kein vernünftiges Wort mehr sagen können, ohne gleich das Gegenteil davon zu denken? Und daß wir uns ständig selbst ins Wort fallen?

Was soll ich denn tun? Mit dir schlafen? Und dann? Was habe ich dir dann zu sagen?«

Er geht zum Tisch, nimmt aus einer Schüssel voll Obst, das er für sie gekauft hat, eine Apfelsine und ißt sie, ohne Atem zu holen, mit der Schale auf.

»Wir könnten hier schön und gemütlich leben. Es fällt dir vielleicht schwer, jemanden oder etwas anderes außer dir gernzuhaben. Aber soll ich mein ganzes Leben lang nach dir jaulen wie ein Hund?«

Raf bezeugte, daß der Mann dann Mitleid mit ihr bekam, weil sie zu kotzen versuchte; daß er Angst hatte, sie könnte, bleich wie sie war, wieder etwas an den Lungen bekommen wie mit vierzehn Jahren, so daß er den säuerlich und modrig riechenden Lappen aus ihrem Mund zog und sie um Verzeihung bat; daß sie ihn anschrie, es könne kein Pardon geben, nie, kein Pardon, bind mich los, du Hund. Und dann sagte er: »Ich befreie dich, Laura, du bist frei«, und mit seinem Schluckauf ging er in die Küche, holte das Brotmesser aus der Schublade, legte es wieder hin, nahm das Fleischmesser zwischen die Zähne und kehrte zu ihren Beleidigungen zurück.

Holst machte eine Gebärde, als wollte er seinen Manchestermantel ausziehen. Er bekam die Erlaubnis vom Unterstaatsanwalt. Er machte die Haltung vor, in der seine Frau am Zentralheizungskörper gesessen hatte. Das Messer, das ihm gezeigt wurde, erkannte er als das, mit dem er seine Frau getötet hatte. Er ließ sich, das

Fleischmesser in der Hand, fotografieren. Danach führte er vor, wie er die Krawatte durchgeschnitten hatte, wie er seine Frau unter den Armen gepackt und die Treppe hinuntergeschleift hatte.

Der Unterstaatsanwalt fragte ihn, ob er friere, da er am ganzen Leibe zittere. Er verneinte das. Man reichte ihm das Fleischmesser. Er demonstrierte, wie er unter dem Kinn seiner Frau mehrere Schnitte angebracht hatte. Vor seinem Abgang fragte der Angeklagte, ob er seinen Umhang mitnehmen dürfe. Das wurde ihm erlaubt. Daraufhin wurde das elektrische Licht des Hauses ausgeknipst, die Haustür abgeschlossen und versiegelt.

Madame Laura liegt, angekleidet, auf dem Rücken. Ihre Perücke liegt ungefähr 50 cm von ihr entfernt. Ihr Kopf zeigt in die Richtung des Kirchturms von Bastegem.

Sie ist normal gebaut, 170 cm groß. Die Fingernägel sind zyanotisch. Erkennbar eine Ecchymose am unteren linken Lid und auf der Höhe des linken Jochbeins. Die linke Ohrmuschel weist schnittwundenähnliche Quetschungen auf. Die Kehle ist in einer Weise durchschnitten, daß der Kopf halb vom Körper getrennt ist. Die spärlich behaarte Kopfhaut weist vier schnittwundenähnliche Verletzungen auf. Der Kehlschnitt liegt zwischen dem Zungenbein und dem Schilddrüsenknorpel. Die Speiseröhre ist durchschnitten, ebenso wie die großen Halsvenen und die Verästelung der großen Halsschlagader. Die Mundhöhle liegt frei. Das Gehirn ist gequetscht. Die Lungen liegen frei in der Brust. Die großen Atemwege enthalten mit Blut vermischten Schleim. Die Bauchhöhle ist trocken. Die Därme glänzen. Die Milz wiegt 100 g. Beide Nieren wiegen zusammen 220 g. Die Quetschungen am rechten und am linken Handgelenk lassen auf heftige Bewegungen während der Fesselung schließen. Das linke Bein liegt auf einem Korb mit Quitten. Das rechte Bein liegt auf einem blutgetränkten Scheuerlappen, die linke Hand liegt in einem Hundenapf.

»Omer, du siehst, was passiert, wenn du nicht aufpaßt«, sagte Meerke streng.

»Laß Omer in Ruhe«, sagte Tante Violet.

»Gott sei ihrer Seele gnädig«, sagte Tante Berenice leise.

»Es gibt keinen Gott, und Maria ist seine Mutter«, rief Omer.

»Du schlägst wieder über die Stränge«, sagte Meerke.

»Sag nicht so was, Bruder«, murmelte Tante Berenice leise.

»Wo gehst du hin, Louis?«

»Nach oben, Mama.«

»Bist du mit deiner Geschichte noch nicht fertig? Wann bekommen wir sie zu lesen?«

»Ich muß noch zehn Seiten schreiben.«

»In zwei bis drei Tagen?«

»Ich muß sie noch ins reine übertragen«, sagte Louis unwirsch.

Louis stellte sein Fahrrad an die Wand des Schuppens und nahm die Kasserolle mit dem Eintopf herunter. Jules las in ›Snoeks Almanach des Jahres Zweiundzwanzig‹ und fragte wie üblich: »Welchen Weg hast du genommen?«

»Erst zum Haus von Doktor Vandenabeele, dann den Seitenweg an der Schwester von Liekens vorbei, dann die Straße nach Klasteren und jetzt durch den kleinen Hain bei der Kapelle.«

»Du lügst schon wieder. Genau wie er.«

»Ich habe niemanden, wirklich niemanden gesehen, Jules.« Er hatte, ganz flüchtig, einen der Junioren bei der Kapelle gesehen, aber der konnte bloß gewildert haben.

»Sag deiner Mutter, daß sie deinen Vater abholen soll«, sagte Jules, auch zum soundsovielten Mal.

»Ich werde es ihr ausrichten.«

»Ich bin zwar ein bißchen verrückt, aber nicht völlig. Ich dachte, er sei ein gebildeter Mensch, aber ich habe mich weidlich geirrt. Ich höre eine Predigt im Radio. Er sagt: ›Stell das ab!‹ Ich sage: ›Staf, nur die Religion kann uns retten.‹ ›Erzähl das meinen Richtern‹, sagt er!«

Papa verschlang den Eintopf, zu ungeduldig, um ihn aufzuwärmen.

»Sind zuviel Nieren drin.«

»Mama dachte, daß du das gerne hättest, viel Nieren.«

»Was weiß die schon, was ich gerne habe?« Sein rechtes Auge war tiefer gerutscht als das linke. Einen dritten Einäugigen kann ich nicht gebrauchen.

Papa wischte mit dem Ärmel über seinen Mund und erteilte Aufträge. Ich soll Mama sagen, daß er es hier nicht mehr aushält. »Aber so, daß es sich ernst anhört. Etwas theatralisch!«

Dann Mama beim Auditor sondieren lassen, wie es eigentlich mit dem Hausarrest stehe, ob der nicht allmählich unter den Tisch fallen könne. »Sie geht doch oft zum Auditor? Sie geht doch zwei- dreimal in der Woche zu seinem Büro? Dieser Auditor würde doch alles für sie tun? Sie steht doch auf gutem Fuß mit diesem Auditor? Sie gehen doch zusammen aus? Du darfst ihr nicht in die Quere kommen. Man hat sie mit ihm in einer Konditorei in der Maricolenstraat gesehen.«

Dann sollte er *Pallieter* von Felix Timmermans, ›Durchs wilde Kurdistan‹ und ›Durch das Land der Skipetaren‹ von Karl May aus der Bibliothek holen.

»Ich darf von Tante Violet aus nicht zur Bibliothek gehen.«

»Was hast du noch zu Hause?«

»Jetje Gilbert en Henriette Jacobi, es ist großartig, man muß dabei weinen.«

»Bitte, Louis, bitte!«

Dann sollte er, wenn er nächste Woche nach Walle fahren würde, Omama um ein halbes Kilo eingelegte Heringe und ein Foto des Paten im Quartformat bitten. Auch zum Grab des Paten gehen und dort jäten, »denn ich bin sicher, daß dort völlige Wildnis herrscht.«

»Es stinkt hier.«

»Dabei habe ich heute morgen das Fenster aufgemacht.«

»Du wäschst dich nicht, Papa.«

»Täglich. Fast täglich. Frag nur Jules. Was tut Mama?«

»Sie wartet.«

»Bis ich wieder zu Hause bin?«

»Natürlich.«

»Aber was tut sie den ganzen Tag? Stricken, nähen? Nein, sie hat zwei linke Hände. Natürlich schwätzen. Über ihren Kerl. Kaffee trinken, Törtchen essen und ihren Kerl hinter seinem Rücken zum Narren halten. Geht sie abends viel aus?«

»Nie.«

»Ja, aber du gehst früh zu Bett, du kannst nicht wissen, was sie nachts treibt. Es scheint, daß der Küster, dieser Ziegenbock, jetzt um ein Uhr nachts auf seinem Rad regelmäßig zur Villa ›Zonnewende‹ kommt? Und daß dann das Radio noch an ist?«

Er kratzte mit einer tintenschwarzen Fingerspitze eine Fleischfaser vom Boden der Kasserolle. Lutschte mit seltsamem Entzücken daran. »Aber ich darf nicht klagen. Bestimmt nicht. Für mich ist die ganze Woche ein Fest, nachdem ich weiß, daß Churchill aus der Regierung geflogen ist. Was sagte er? Daß die englischen Sozialisten Gestapo-Männer wären! Er ist im Eimer, dieser Herr We-Ce von *Marlborouh s'en va-t-en guerre!* Die Engländer sind längst nicht so dumm, wie sie mit ihren Melonen aussehen!«

Tante Berenice, die Wohlerzogene, senkte, während ihre Mutter sprach, die Augen, wie sie es im Pensionat gelernt hatte oder zu Haus bei Onkel Firmin, bei den Mormonen, Bogomilen, oder wie hießen die noch? Tante hatte nie mehr davon gesprochen, von ihrer Sekte. Nur von Gott. Sie hatte rote Hände vom Spargelschälen.

Mama knetete Semmelbrösel zu Klößchen, durch die schrägen Kerben ihrer Fingernägel entstand jedesmal ein rundes Chinesengesicht mit einer kleinen Kerbe als Schmollmund, den Mama dann auf dem Tischwachstuch mit dem Cordobaleder-Muster platt drückte. In Brügge, in der Blütezeit der Gilden und Zünfte gab es vierhundert Cordobaleder-Handwerker. Oder dreihundert?

»Es ist wirklich nur zu deinem Besten, Berenice. Es wäre für uns alle besser, wenn du weggehen würdest. Sage nichts, dann sagst du nichts Böses«, meinte Meerke.

»Dann halt auch du den Mund«, sagte Louis.

»Du bist an dem Komplott doch auch beteiligt.«

»Welchem Komplott?« fragte Tante Berenice.

»Nenn es, wie du willst.«

»Ich habe doch nur meine Pflicht getan«, murmelte Tante Berenice vor sich hin, in ihren Augen blitzte ein rebellischer Funke, doch dann erschrak sie über ihren Hochmut und setzte sich neben Mama.

»Ein Werk der Barmherzigkeit«, sagte Mama.

»Die Kranken pflegen«, sagte Louis.

»Omer ist dadurch nicht gesünder geworden. Im Gegenteil. Aber wir wollen nicht daran rühren.«

»Was hast du denn dagegen, daß sie ihren Bruder pflegt?«

»Pflegt? Also, Constance!«

»Was kannst du dagegen haben, daß sie ein paar Stunden mit ihrem Bruder plaudert?«

»Sie reden stundenlang kein Wort und schauen sich nur in die Augen.«

»Doch, wir reden schon«, sagte Tante Berenice mit dem Lächeln einer Verdammten.

»Worüber?«

»Über alles.«

»Sicher über Gott und seine bulgarischen Heiligen.«

»Das ist gemein, Mutter.«

»Berenice, du lügst, bis du schwarz wirst.«

»Oder ich lese ihm aus der Zeitung vor. Ich suche ihm die Artikel raus.«

»Und du hast dich bestimmt nie auf seinen Schoß gesetzt?«

Mama sah, wie ihre Schwester errötete und in ihrem weißen Kittel zusammenzuckte, doch sie zeigte kein Mitleid.

»Er ist unglücklich«, sagte Tante Berenice.

»Weil du ihm den Kopf verdrehst.«

»Sein Kopf war schon verdreht, als er hierher kam«, sagte Mama.

»Eine total verdrehte Sache, was Mama?«

»Halt den Mund, Louis. Red' mir nicht immer dazwischen ... Ach, du hängst mir zum Hals raus!«

Tante Berenice schälte die Spargel, nicht zu dick, aber auch nicht zu dünn. Die Spargelzeit ging zu Ende, sie waren schon etwas bitter.

»Wenn du meinst, daß ich weggehen soll, brauchst du es nur zu sagen, Mutter.«

Meerke antwortete nicht. »Was meinst du, Constance?«

»Daß Mutter übergeschnappt ist«, sagte Mama resolut. Louis zündete ein Streichholz für ihre Zigarette an.

»Ich will keine Mißverständnisse«, sagte Tante Berenice. Sie begann die Spargel zusammenzubinden. »Ich werde meinen Koffer packen.«

»Aber nicht doch!« rief Mama. »Nimm dir bloß nicht so zu Herzen, was sie sagt.«

»Mutter hat recht«, sagte die Demütige. »Ich sehe, daß ich hier nur Zwietracht säe.«

»Ach, Berenice, hör gefälligst mit diesen Bibelworten auf!«

Sie fuhr fort, die Spargel zusammenzubinden. Mama betrachtete die ruhigen Finger und sagte: »Sei einmal ein Mensch wie jeder andere und wehr dich!«

Tante Berenice wandte sich von ihrer Schwester ab. Aus ihren graublauen Augen rannen plötzlich Tränen wie bei einem Kleinen, durchsichtige Perlen, die über ihre Wangen kullerten. »Er ist so unglücklich.«

Onkel Omer merkte ihr Verschwinden erst Stunden später. Er schrie und trat den Truthahn. Er riß Blumenkohl aus dem Beet und trampelte mit beiden Füßen darauf herum. Die ganze lange Nacht über rief er nach ihr, bis Mama zu ihm ging.

In Walle schneite es. Die Flocken waren so dicht wie an jenem Tag in Wien, bei der Beerdigung Mozarts.

Es regnete in Walle monatelang hintereinander, wodurch Hungersnot entstand und ansteckende Krankheiten ausbrechen. Das Getreide verfaulte auf den Äckern. Unschuldige Kinder wurden mit Dreschflegeln erschlagen, weil sie pausenlos husteten.

Es war ein rätselhafter, überheißer Sommer in Walle; die Bomber zogen über den Himmel, aber es war so heiß, daß die Leute nicht in die Luftschutzkeller gehen wollten. Reifen, Balken, eine halbe Lokomotive lagen in der brennenden Konditorei. Auf der Leie lagen flache Kähne, in die Soldaten mit Gewehrkolben Leute trieben. Dann schossen sie Löcher in die Kähne. Am Ufer band man einen Priester, der sich weigerte, einen Eid gegen das Königstum abzulegen, vor eine Kanone, die man dann abfeuerte.

Die Sonne schien schwach in Walle, als Louis an der Liebfrauenkirche vorbeiging. Ein mildes Licht lag über dem Grote Markt. Aus der Kirche wankte ein französischer republikanischer Offizier mit den Armen voll goldener Becher und Schalen und den heiligen Gefäßen mit der geweihten Hostie. Der Wirt des Cafés ›Patria‹, der dies sah, rannte auf den Besetzer zu und stürzte sich wie rasend auf ihn. Ehe der Franzose seinen Säbel ziehen konnte, war der Flame bereits davongelaufen, in Richtung von Het Hooghe, bejubelt von allen Wallenern, die zu dieser Zeit einen Umzug veranstalteten für die Forderung: »Wir wollen das Grundgesetz!« Das war am Dreiundzwanzigsten Pluvoise, im dritten Jahr der Republik. Auf dem Grote Markt, dem Rathaus gegenüber, wo man früher die Guillotine errichtet hatte, stand Schmutzfink Sef auf einem Camion, die Hände in der Luft.

Louis stand vor dem großen Portal der Sankt-Martins-Kirche und las, wie meistens, wenn er während des Krieges zum Collège ging, die Inschrift auf der blauen Steinplatte, die dort in die Mauer eingelassen worden war. »H. L. B. Joos Mattelaer. Verweilt etwas, ihr, die ihr hier vorbeigeht, betet für die Seele von Al-met-Raet, dreht diese Buchstaben anders rum, dann lest ihr Mattelaer. Kennt ihr ihn nicht? So ratet drum.«

Omama hatte keine eingelegten Heringe auf Lager. Sie wollte auch nicht mit zum Grab des Paten: »Das würde mir zu sehr ans Herz gehen.« Doch sie zeigte auf das Medaillon auf ihrer Brust, in dem auf rotem Samt eine weiße Haarlocke des Paten lag. »Ich bin noch letzte Woche mit drei Rosen dort gewesen, für die siebenunddreißig Jahre Glück, die ich mit ihm erlebt habe, es gab keinen braveren Menschen auf Erden.«

»Aber, Omama, als er noch lebte...«

»Dein Großvater hatte auch weniger gute Seiten, wie jeder, doch das Wichtigste ist, daß er bis zuletzt für seinen Haushalt gesorgt hat.«

»Das Wichtigste ist, daß er in der Grube liegt,« sagte Tante Hélène. »Und der Deckel fest zu ist.« Sie war dick, in ein Kostüm gepreßt, eine Dame aus Walle, die jeden Nachmittag *éclairs* und *boules de Berlins* in der Patisserie Merecy aß.

»Ich will eine Platte von Sidney Bechet kaufen«, sagte Louis. »Kommst du mit, um sie auszusuchen?«

»Nein, Louis«, sagte sie matt.

»Hörst du Sidney Bechet nicht gern?«

»Mir ist alles egal«, sagte sie. »Muß ich noch etwas mitbringen, Mutter?«

»Aber, Hélène, ich habe dir doch den Einkaufszettel gegeben!«

»Ich glaube, daß sie in anderen Umständen ist«, sagte Omama, nachdem sie durch das Kellerfenster geschaut hatte. »Sie hat es mit diesem abgeleckten Butterbrot von Erik auch nicht gerade gut getroffen. Was ist nur mit meinen Töchtern los? Aber für Hélène finde ich es traurig, sie hat etwas Besseres verdient. Was sieht sie bloß in diesem Erik, ich kann es mir nicht vorstellen, aber vielleicht, daß *les extrèmes se touchent. Enfin,* vorige Woche war ich bei ihr eingeladen, ich sage zu mir, das kann doch nicht wahr sein, aber es war wahr, es gab wieder Ochsenzunge mit weißer Sauce und Champignons. Wenn es keine Ochsenzunge ist, ist es Huhn mit weißer Sauce. Und zum Dessert gab es wieder Vanillecrème.«

»Vanille, das ist *aphrodisiaque*«, sagte Louis. (Marxix de Puydt wollte nichts anderes mehr essen, in den Wochen nach dem Tod von Aristoteles. Weil es das letzte war, was sein Kind gegessen hatte.)

»Davon habe ich noch nie etwas gemerkt«, gluckste Omama. Sie bekam vor Lachen einen Hustenanfall, ihre Hängebacken bebten. Louis klopfte ihr sanft auf den Rücken. Sie lehnte sich zurück, seine Hand wurde zwischen ihr und dem Sessel eingeklemmt, in Panik riß er seine Hand zurück. »In all den Jahren«, rief sie, »habe ich Vanillecrème gegessen und nie etwas davon gemerkt! Mein Junge, schenk mir ein Gläschen Grand Marnier ein, er wird mir zwar nicht bekommen, aber das ist mir egal.«

Sie spielten zusammen *manille.* »*Manille* und Vanille«, kicherte Omama. Sie gewann die ganze Zeit und forderte, triumphierend kreischend, sofortige Bezahlung. Louis machte Kaffee für sie. Über ihrem Sessel hing der Pate in einem verschnörkelten Goldrahmen. Ich bin unter euch. Omama folgte Louis' Blick.

»Ein Heiliger«, sagte sie. »Denkst du auch manchmal an ihn? Wie schön konnte er doch in seinem Hochflämisch argumentieren! In seiner guten Zeit ging er zweimal am Tag zur Kommunion. Um halb sechs in der Messe des Kaplans und um neun Uhr beim Hochamt. Hélène behauptet, daß er es nur tat, um den Leuten von Walle zu zeigen, wie gottesfürchtig er war. Ich sage: ›Kind, es kommt auf die Intention an.‹«

Der Kaffee schmeckte ihr nicht. Ach, natürlich, er hatte die Prise Salz nicht hineingetan.

»Du mußt noch viel lernen, mein kleiner Louis.«

Sie verputzte fünfzehn Mandelkekse.

»Nora und Léon sprechen nicht mehr miteinander. Sie stellen sich stumm. Nora ist dabei nicht wohl zumute, sie braucht Zuspruch. Es ist die Schuld von Vervaecke, dem Briefträger, du kennst ihn doch noch? Er weint immer noch täglich, weil er sein Examen im Großen Seminar von Roeselare nicht geschafft hat und wohl absichtlich die Schwester der Frau geheiratet hat, in die er verliebt war, weil er, wie dein Pate behauptete, seinen fleischlichen Gelüsten nicht nachgeben wollte, und diese Schwester war häßlich wie die Nacht und krank, sie spuckte Galle, die so grün war wie diese Gurke dort. *Enfin,* ich sag *war,* sie lebt noch. Wenn man das Leben nennen kann.«

»War es die Schuld von Vervaecke?« sagte Louis.

»Ja. Dieser Schafskopf Vervaecke kommt herein, während Nora in der *Sarma* Besorgungen macht. Und er zieht aus seiner Briefträgertasche ein Sparbuch. ›*Tiens*‹, sagt Léon, ›was ist das?‹ – ›Oh, das ist das Sparbuch Ihrer Frau‹, sagt dieser Depp. So hat Léon erfahren, daß seine Frau hinter seinem Rücken für sich selbst spart. Was gesetzlich verboten ist, nur das Familienoberhaupt darf sparen.«

»Sie sparte vielleicht für sein Begräbnis, für den Fall, daß ihm etwas zustößt.«

»Unsere Nora!« brüllte Omama und beruhigte sich sofort wieder, eine Sommerwolke, die vorbeigezogen war. »Nein, es war für einen neuen Kamin aus Schiefer, antik flämisch, viertausend Francs. Sie hat so einen bei einem Advokaten gesehen. ›Seit zwanzig Jahren‹, sagt sie, ›starre ich jetzt denselben Kamin an. Das ist zu lange.‹ Sie will auch einen neuen Lüster mit solchen gedrechselten braunen Armen haben, wie ein Wagenrad, auch in mittelalterlichem Stil.

›Ein und den selben Lüster‹, sagt sie, ›kann man höchstens fünf sechs Jahre ertragen.‹«

»Und wegen dieses Sparbuchs sprechen sie nicht mehr miteinander?«

»Aber nein, Louis, das ist erst das Hors-d'œuvre der Geschichte. Du weißt, daß Léon diese schönen Landschaften und Stilleben mit Holzfasern in allen Farben und Sorten kleben kann. Das hat er in Deutschland gelernt. Erst waren es Aquarelle, jetzt ist es Holz. Der Himmel zum Beispiel aus Kirschbaumholz, die Leie aus geflammtem Teakholz. Großartig. Nun gibt es eine Madame in der Straße, ich will sie Madame X nennen, denn du bist ein Plappermaul, und sie bestellt bei Léon ein Tableau aus geklebtem Holz und gibt ihm ein Foto, das er nachkleben soll, eine Ansicht des Saint-Bernard-Turms, mit einer Ecke der Papestraat, weil ihre Eltern dort ein Geschäft für Kinderkleidung gehabt hatten. Léon, der sich ein paar Centimes dazuverdienen will, macht es, und es ist ein Meisterwerk, der Herr Dechant will auch so eines für seinen Salon. *Bon.* Diese Madame X, übrigens ein schönes Frauenzimmer, sagt: ›Léon, könntest du dieses Meisterwerk am Mittwochabend gegen neun Uhr bringen, dann ist mein Mann, für dessen Geburtstag es eine *surprise* ist, bei seinem Kartenabend. Ich lehne die Tür an, denn ich bin vielleicht im Garten.‹«

»Um neun Uhr abends im Garten, Omama?«

»Nur Geduld. Du wirst es schon hören.«

»Und die Madame bittet: ›Bring mir dieses Meisterwerk.‹ Aber sie hat es doch noch nicht gesehen!«

»Also, erzählst du oder erzähle ich? Du wirst es schon hören. Léon kommt hin, er findet die Tür angelehnt vor, er geht hinein, das Licht im Gang brennt. Er ruft: ›Ist da jemand?‹ ›Oh, Léon‹, sagt sie am Ende des Gangs, ›geh in den Salon und setz dich. Dort stehen Cognac und Cointreau.‹

Im Salon schaut Léon sich um, wo sein Tableau am besten hängen könnte. Und sie kommt herein in einem Negligé. ›Martha‹, sagt Léon, ›hier wäre ich mit meinem Kunstwerk.‹ ›Stell es dort auf den Stuhl‹, sagt sie. Er stellt es auf den Stuhl, und sie öffnet ihr Negligé, und darunter, Louis, ist sie splitternackt, und sie legt sich auf den Diwan.

›Aber, aber‹, sagt Léon, ›ich bin hier mit meinem Tableau, und für so etwas habe ich keine Zeit!‹ ›Wieso denn nicht?‹ sagt sie. ›Nein, Martha‹, sag Léon, ›ich sage es dir rund heraus, ich lasse mich lieber nicht mit jemandem aus diesem Viertel ein, daraus entsteht nur Malheur.‹ ›So?‹ sagt sie. ›Und wenn ich woanders wohnen würde, im Sint-Ignatiusdreef, wäre es dann möglich?‹ ›Dann könnte ich es in Erwägung ziehen‹, sagt Léon, und sie, also Madame X, fängt schrecklich an zu weinen: ›Léon, Léon, Léon!‹«

Omama stieß mit verkrampftem Gesicht einen ungeheuren Pfauenschrei aus, die träge Straße erwachte.

»Léon, Léon, Léon! Mein Mann hat mich seit sechs Wochen nicht mehr angerührt, er schläft allein, weil er vor seinem Examen als Werkzeugingenieur steht, und deine Frau, meine beste Freundin Nora, hat mir gesagt, daß du der größte Schürzenjäger des Viertels bist, Léon, mir fiel nichts Besseres ein, ich dachte mir: ›Wenn das so ist, kann ich keinen Besseren darum bitten als Léon.‹«

Sie seufzte tief, seine schwerfällige Großmutter, mit vor geiler Wahrheit glänzenden Jungmädchenaugen, die Lippen zwischen den Runzeln an den Mundwinkeln hochgezogen, grinsend über die seltsamen Sprünge und Kapriolen der Menschen. Auch eine Art Gesang gegen den Tod. Ein anderer Gesang als der von Vlieghe mit seinem blutigen Banjo in den Armen.

»Ich weiß, wer die Madame ist, Omama.«

»Du?«

»Martha Kerskens, die früher uns gegenüber wohnte und die in das Zwevegemse Viertel umgezogen ist.«

»Wie kommst du darauf?«

»Du hast selbst gesagt: Martha.«

»Martha. Das habe ich nie gesagt.«

»Und ihr Mann studiert schon seit einiger Zeit, um Ingenieur zu werden.«

»Es ist jemand ganz anderer«, sagte Omama. »Es sei denn, daß du es von Mona gehört hast.«

»Ich habe Tante Mona seit einer Ewigkeit nicht mehr gesehen.«

»Das ist auch besser so. Sie hockt auf einem ganzen Bündel Aktien von ihrem Vater. Aber sie will sie nicht herausrücken. ›Ich muß seinen letzten Willen ausführen‹, sagt sie. ›Ich will diese Aktien gern hervorholen und sie offiziell unter meinen Geschwistern verteilen, sofort, aber was bleibt dann noch übrig, bei dem Honorar des Notars, der Erbschaftssteuer und den sonstigen Unkosten? Also bewahre ich sie lieber in meinem Tresor auf.‹ Ich sage: ›Du bewahrst sie auf, Mona, und kassierst jeden Monat die Zinsen von der Bank.‹ ›Sechs Monate‹, sagt sie, ›dann kann niemand mehr ein Anrecht auf ein Stück vom Kuchen geltend machen.‹ Womit sie natürlich Antoinette Passchiers meinte.«

Tante Hélène kam mit zwei prallen Taschen zurück. Louis half ihr beim Putzen und Schneiden des Gemüses. Omama schälte die Kartoffeln. Es gab Rindfleisch, Kalbsnacken, Hammelschulter, Schweineschwänze und mageren Speck dazu. »Nicht so ein Eintopf, wie deine Mutter ihn macht, Louis, dieses fade Gericht aus ihrer Gegend. Das nenne ich nicht Eintopf, das nenne ich Suppe oder *pot-au-feu.* In einem seriösen Eintopf muß die Gabel steckenbleiben. Du hättest lieber morgen kommen sollen, Louis, dann schmeckt er viel besser.«

Louis sagte, daß er gehen müsse, zum Friedhof.

»Das Grab läuft nicht davon«, sagte Omama grinsend. »Und der Kerl, der darin liegt, auch nicht.«

Sogleich überkam sie ein Anflug tiefer Trauer.

»Ich mache nun hier so einen großen Eintopf, und für wen? Morgen wird Hélène ein bißchen davon Nora bringen, das ist alles. Obwohl sie ihn mag, lasse ich Mona nichts zukommen, oder es müßte Rattengift darin sein, Robert ißt kein Fleisch mehr, und Monique mit ihrer Prätention findet, daß Eintopf etwas fürs gemeine Volk ist. Und du läufst auch davon, Louis. Ich werde mir einfach vorstellen, daß Florent mir gegenüber am Tisch sitzt. Der weit weg in englischem Boden liegt. Ich sehe mir jeden Morgen, wenn ich aufstehe, das Foto auf seiner Todesanzeige an!«

Louis trat aus dem Brüsseler Südbahnhof; im ersten Taxi der Reihe, dem kleinsten Wagen, las der Chauffeur *Le Soir,* aber als er Louis, das Bäuerchen vom Lande sah, sprach er Brüsseler Flämisch und ließ ihn vorn einsteigen. Entsagung stimmt die Götter günstig, darum saß Louis zusammengekauert, die Knie angezogen, den Ellbogen an der Tür. *»Born looser«*, sagte Djeedie. »*No*, Djeedie.« Djeedie, nun auch im Labyrinth von Europa verschwunden. Oder zurück in Amerika. »Hat eine Psychiaterin geheiratet oder wollte sie heiraten«, sagte Gene. Die Erinnerung an den *blackbird* verblaßte bereits. *Blackbird,* steh mir bei.

Der Chauffeur murmelte unentwegt vor sich hin, ». . . o nein, keine Vorfahrt, nein, Herr Omnibus, ach, ich hätte die Agneessensstraat nehmen sollen. Madame drängt sich vor, aus dem Weg, dumme Zicke, der Arenberg und dann die rue Saint Jacques, rue Jacqmain, *voilà,* das ging doch recht schnell.«

In dem riesigen Gebäude brannten alle Lichter schon um vier Uhr, an einem sonnigen Tag. Ein Angestellter hinter einer Glasscheibe sagte ihm, daß er eigentlich zum Schalter nebenan gehen müsse, daß dieser Schalter aber geschlossen sei. »Für einen Wettbewerb? Was für ein Wettbewerb?«

»Für die beste Geschichte über den Krieg oder über etwas, das mit dem Krieg zu tun hat, die Einsendefrist läuft übermorgen ab, ich . . .«

»André, weißt du etwas von einem Erzähl-Wettbewerb?«

»Eine Erzählung?« André telefonierte, zusammengekauert hinter seinem Schreibtisch, nickte sechs sieben Mal, während er Louis musterte. »Im ersten Stock.«

»Dachte ich mir doch«, sagte der Angestellte.

Mit pochendem Herzen wartete Louis in einem dumpfen kleinen Zimmer gegenüber der waldgrüngestrichenen Büste eines flämischen Kopfes mit Bart und *lavallière.* Ein Mann mit einer Fliege kam und sagte, daß er der Sekretär der Jury sei, was er für Louis tun könne? »Ich bin gekommen, um meine Erzählung abzuliefern.« (Meinen Text, geheftet, numeriert, mein Lebenswerk, Herzblut, mein Waisenkind. Mama hat einem Ex-Hauptmann der Schwarzen Brigade viel Geld dafür gezahlt, daß er es mit drei Durchschlägen abtippte.) »Wie finden Sie es?« – »Wenn ich tippe, lese ich nicht.« – »Aber Ihr allgemeiner Eindruck?«

»Nicht mein Geschmack.«

Der Kummer, von Louis Seynaeve, las der Mann mit einer Baßstimme, als kündigte er ein Hörspiel im Radio an. »Aber Junge, wie kommst du denn darauf? Das entspricht überhaupt nicht dem Reglement.«

»Das Datum . . .« (Mama hat den Streifen, den Zeitungsausschnitt mit dem Reglement, weggeworfen. Aber ich erinnere mich an das Datum. Und an die Adresse von *Het Laatste Nieuws.* Und daran, daß es drei getippte Exemplare sein mußten.)

»Ihr Name steht ja drauf. Das ist nicht erlaubt!«

»Es ist nicht mein Name«, sagte Louis. »Es ist der Name meines Bruders.«

»Kann denn Ihr Bruder das Reglement nicht lesen? Jede Einsendung muß per Post geschickt werden. Das Datum des Poststempels gilt. *Wir* haben uns dieses Reglement nicht ausgedacht. Und Sie bringen den Text her unter dem Namen des Autors, Ihres Bruders, während es unter einem Kennwort eingereicht werden muß. Wir dürfen den Autor nicht kennen, sonst sind wir doch befangen. Ich habe so etwas noch nie durchgehen lassen.«

Louis' Herz puckerte in seinem Brustkorb. Ich kriege eine *crise.*

»Der Autor«, sagte er, »konnte das Reglement nicht lesen, weil er tot ist.«

Der Sekretär zeigte auf einen alten Ledersessel mit Kupferknöpfen. Louis setzte sich hin. »Das wirft ein Problem auf.«

»Mein Bruder ist in einem Konzentrationslager gestorben«, sagte Louis. »Er war ein Intellektueller, der im Untergrund gearbeitet hat, ohne je die Früchte seiner illegalen Arbeit genießen zu können.«

»Handelt sein Text von seinen Erlebnissen?«

»Seinen eigenen Erlebnissen, ja, natürlich.«

»Daran wäre *Het Laatste Nieuws* bestimmt interessiert.«

»Es handelt nicht direkt von dem Konzentrationslager. Es ist ein bißchen . . .«

»Von welchem Konzentrationslager?«

». . . verfremdet. Hm, Neuengamme.« (Dafür werde ich gestraft. Bis aufs Blut. Mit Krebs. Fängt in den Därmen an. Breitet sich dann aus.)

»Das ist ein wichtiges Thema. Das belgische Volk muß die Tatsachen kennenlernen. Aus erster Quelle.«

»Er hat mir den Text gegeben, bevor er abtransportiert wurde. ›Paß gut darauf auf, Louis‹, sagte er.«

»Ich dachte, daß *er* Louis hieß.«

»Er bat mich, seinen Namen anzunehmen. Um nach seinem Tod sein Lebenswerk zu retten und fortzusetzen. Ich heiße Maurice.«

»Das muß sich irgendwie machen lassen. Als Sekretär der Jury habe ich natürlich kein Stimmrecht. Ich kann also in gewissem Sinne nicht befangen sein. Ich glaube, daß ich es verantworten kann, zu behaupten, daß das Manuskript mit der Post gekommen ist.«

Er wog das Kuvert auf der Handfläche. »Ungefähr zwanzig Francs. Stecken Sie das Kuvert in den Briefkasten um die Ecke, dann trifft es hier morgen, dem Reglement entsprechend, ein. Kein Hahn kräht danach. Ich würde die Briefmarken gern aus meiner eigenen Tasche bezahlen. Ein Widerstandskämpfer muß auch, wenn nicht sogar erst recht, seine Chance bekommen, aber ich muß am Monatsende auch an meine Haushaltskasse denken. Ich habe drei Töchter, das geht ins Geld.«

»Vielen Dank, Monsieur.«

»Sicher stehen entsetzliche Dinge darin?«

»Es handelt mehr von seiner Jugend.«

»*Der Kummer*, das ist ein guter Titel. Andererseits . . . Es fehlt da etwas. Es klingt . . . es klingt . . . ein bißchen nichtssagend. Jeder hat Kummer. Warum nennen Sie es nicht *Der Kummer um mein Vaterland*. Ich mache hier oft die Titel für unser Hausorgan und . . .«

»Ich weiß nicht, ob mein Bruder das gut finden würde.«

»Oder einfach, ganz schlicht *Der Kummer von Flandern*. Auf englisch: *The Sorrow of Belgium*. Wenn Sie mit diesem Titel den Preis gewinnen, können Sie gelegentlich an mich denken.« Es war ein Scherz. Es war kein Scherz.

»Ich möchte das Geld Louis' Mutter geben«, sagte Louis. »Sie spart für einen Gedenkstein.«

»O ja!« rief der Sekretär. »Verdammt! Das Kennwort. Denken Sie an das Kennwort. Präzise wiederholt in dem Brief mit Ihrem Curriculum.«

»*Kol nidrei*«, sagte Louis. Die Klagemauer von Jerusalem stöhnte in ihrer ganzen Länge.

»Ist das Griechisch?«

»Hebräisch.«

»Natürlich, natürlich. Ich wurde etwas irregeführt durch den Namen Seynaeve. Seynaeve, Sneyssens, es klingt so flämisch. Natürlich. Das erklärt auch seine Arbeit im Widerstand. Ihr Juden wart in erster Linie gegen die Nazis. Daß ich nicht sofort daran gedacht habe. Entschuldigen Sie.«

»Sehen Sie es denn nicht?« fragte Louis und zeigte dem Mann sein ausgeprägt westflämisches Profil, das er von Papa und dem Paten geerbt hatte.

»Jetzt, wo Sie es sagen. Ich meine, jetzt, da Sie es zeigen. Wie hieß das Motto doch gleich? Kool nitree? Ich werde es bis zu den Beratungen der Jury behalten.«

Louis buchstabierte es langsam und ekelte sich vor dem Jungen, der vor Jahren vor der Klasse von Daels, dem Niederländischlehrer, gedemütigt wurde, der behauptete, er habe seinen Aufsatz über den Frühling in der Stadt nicht selbst geschrieben, und der sich nun auf unschöne Art revanchierte. Aber er steckte das Kuvert mit dem Kennwort und dem dazugehörigen Brief in den Briefkasten um die Ecke.

Onkel Omer lehnte sich breitbeinig an einen Apfelbaum und rieb seinen Unterleib am Stamm. Obwohl niemand anders zu Hause war, rannte Louis gehetzt zu seinem Onkel.

»Tu das nicht, Onkel!«

»Warum nicht?« (Warum, warum nicht, die stumpfsinnigste aller Fragen.)

»Deine Mutter könnte es sehen.«

Das Geschubbere hörte auf. Eine hohle Stille. Louis nahm die zitternde Hand und führte Onkel Omer zum Haus. Onkel Omer machte mit Surr-surr-surr und kreisenden Armen einen Doppeldecker nach, als er plötzlich ein Winseln ausstieß, zur Garage rannte und die Tür hinter sich abschloß. Da kam Onkel Armand auf seinem Motorrad die Dahlien entlang gefahren. Er setzte seine Schutzbrille ab, die Druckstellen auf seinem Gesicht hinterließ, er legte den Zeigefinger auf die Lippen und ging auf Zehenspitzen zur Garage, schaute mit besorgter Neugier durch das schmutzige Fenster. Louis sah, neben ihm, daß Onkel Omer mit Kopf und Oberkörper unter vier oder fünf der englischen Armeedecken gekrochen war. Seine nackten Waden unter den hochgezogenen Hosenbeinen waren wehrlos und papierweiß.

»Sieh dir das an«, flüsterte Onkel Armand, »sieh dir das nur an.« Er schlug den Kalk von seinen Schultern und ging zur hinteren Küche. Louis sagte, daß die Frauen bei der Näherin seien. »Drei dicke Bäuerinnen unter einem Regenschirm«, sagte Onkel Armand. Er kramte im Küchenschrank, ein Sohn allein im mütterlichen Haus, fand Spekulatius und biß von ihnen mit langen gelblichen Zähnen ab.

Ein monotones Gejammer erklang aus der Garage, es dauerte länger als gewöhnlich, vielleicht weil Onkel Omer immer noch auf die Gesellschaft von Hector wartete, der aufgegessen worden war, zur Hälfte von Papa.

»Wir müßten eine Frau für Omer auftreiben«, sagte Onkel Armand. »Vielleicht eine der drei aus dem ›Sirocco‹. Aber ich habe kein Geld. Vielleicht könnte ich ihm auf meinem Soziussitz dorthin bringen, so gegen zwei drei Uhr, wenn gerade nicht so viel los ist. Es würde ihn beruhigen.«

»Oder das Gegenteil bewirken.«

»Da hast du recht, Louis. Und ich habe sowieso kein Geld.« Onkel Armand kicherte vor sich hin. Auf seiner bloßen Brust klebte Packpapier. Im Gefängnis hatte er sich etwas an den Bronchien geholt.

»Das Gegenteil«, sagte er. »Da hast du recht. Geben wir ihm lieber eine Milchflasche.«

Papa und Louis warfen mit einer kleinen Bleischeibe nach einem Korken, auf dem Ein-Franc-Stücke lagen. Die Münzen spritzten hoch, Papa stieß einen Tarzanschrei aus. Mama rief aus dem Fenster ihres Zimmers: »Ist jetzt Schluß, großes Kind?«

»Das gilt dir«, sagte Papa.

»Quatschkopf«, sagte Louis. Sie gingen ins Haus.

»Wenn ich wieder in Walle bin, veranstalte ich einen Vortragsabend nur mit flämischen Gedichten über Tote. Marnix de Puydt kann dazu Klavier spielen. Zu Ehren meines Kameraden Serruys, der im Lager an einer Art Typhus gestorben ist. Ich habe es heute morgen erfahren.«

»Wer war das, Serruys?«

»Der Mann, der Wanten spielte, ein Ingenieur. Apotheker Paelinck müßte sein Repertoire hervorholen und wieder Dalle spielen. Gedichte von Guido Gezelle, Cyriel Verschaeve, Rodenbach und dazwischen die fröhliche Note, wie früher, die Possen von Wanten und Dalle.«

»Wer wird denn Wanten spielen?«

»Ich natürlich«, sagte Papa. »Ich kann die Witze auswendig. Und ich lerne schnell.«

»Essen«, brüllte Tante Violet.

»Wenn wir nun zusammen nach Argentinien gingen? Die Byttebiers haben dort eine Holzhandlung. Als einfacher Lagermeister verdient man dort mehr als sein Brot. Und das Leben ist billig. Bei all dem Fleisch direkt aus der Pampa.«

»Und Mama?«

»Die könnte auch mitkommen«, sagte Papa zögernd. »Wenn du darauf bestehst.«

Onkel Robert ißt kein Fleisch mehr. Er kann es nicht mehr sehen oder riechen. Er darf auch nicht zuviel Eier oder Schokolade essen, wegen seiner Leber, des Organs des Menschen, das am schwierigsten zu reparieren ist.

»Eine Zigarre, Louis? *Allez*, nur zu, du hast doch deine Knickerbockers an, du kannst also ruhig Durchfall kriegen. Es sind starke Zigarren, aber man muß nicht davon husten.«

Vlaanderen die Leu, eine Marke der Schwarzen.

»Dein Onkel Robert«, sagt Tante Mona, »weiß nicht, was er mit seinem Geld anfangen soll. Minister Gutt hat nicht viel bei Robert holen können, er hat es vorausgeahnt und sein ganzes Geld in Häuser und Land gesteckt. Natürlich unter verschiedenen Namen. Aber das Schönste ist, er hat ganz heimlich in seinem Louis-Seize-Schlafzimmer einen Spiegel an der Decke anbringen lassen, verstehst du, Louis?, um zu sehen, wie sie's zusammen machen, du verstehst. *Bon,* am ersten Abend legen sie sich hin, Robert und sein ausgedörrter Hering Monique, und da erst merken sie, daß sie beide eigentlich eine Brille tragen und daß sie also, während sie dabei sind, du verstehst schon, daß sie, wenn sie etwas sehen wollen, ihre Brille aufbehalten müssen. Ich habe mich totgelacht!«

»Mit deiner Tante Mona«, sagte Onkel Robert, »habe ich, obwohl sie Vaters letzte Centimes abgestaubt hat, doch Mitleid dafür, daß ihr das mit ihrer Cécile passiert ist. Was, du weißt das nicht? Cécile ist in anderen Umständen. Mit fünfzehn Jahren und von einem sechzehnjährigen *danseur* geschwängert. Das jüngste Elternpaar von Belgien. Monique und ich haben uns schief und krumm gelacht, denn es ist nach einer Aufführung des Flämischen Balletts im Stadttheater passiert; dieser Junge stammt aus der Gegend von Denderleeuw, und er hat sie nach Hause gebracht, *enfin* nach Hause, sie sind schon schmusend und knutschend bis zur Gendarmerie gekommen, und da ist es passiert, an der Mauer der Gendarmerie, im Stehen. Ich sage: ›Mona, sie hätten keinen besseren Ort finden können, genau gegenüber liegt die Entbindungsanstalt.‹ Wir haben uns vor Lachen gebogen, Monique und ich.«

»Ich habe nur vor einem Angst«, sagte Tante Mona, »nämlich, daß dieses Kind meine dünnen Knöchel und Halswirbel bekommt, die haben mir mein Leben lang Beschwerden verursacht. Aber sonst, laß Robert nur lachen.«

»Oh, das ist modern, Mona. Die jungen Leute fangen heutzutage früh damit an.«

»Romeo und Julia, wie alt waren die? Auch erst ungefähr fünfzehn.«

»Ich werde diesen beiden jungen Brautleuten Vaters Zimmer vermieten, und dann ist jeder zufrieden. Und wer nicht zufrieden ist, soll zum anderen Ufer der Leie gucken.«

»Sicher hören wir demnächst auch, daß Louis an ein Verhältnis denkt, oder, Louis?«

»Unser Louis ist nicht für Frauen«, sagte Mama, katzenfreundlich und bitter zugleich, die schlanken Finger mit scharlachrot lackierten Nägeln in ihrem Schoß, in dem ich einst notgedrungen lag.

»Wir haben Omer wieder zu den Brüdern der Liebe bringen müssen. Aber da war kein Platz. Nun sitzt er in der Abtei Sankt Bernard. Es ging nicht mehr. Die Nachbarn beschwerten sich schon über dieses nächtliche Geschrei nach Berenice. Und er stach sich den ganzen Tag mit Stricknadeln. Er darf im Klostergarten arbeiten. Es ist keine gewöhnliche Abtei, die Abtei Sankt Bernard. Der frühere Ministerpräsident von China sitzt auch dort. Ja, in einer Kutte. Nein, natürlich nicht als Patient, ein Ministerpräsident. Er ist mit einer Belgierin verheiratet gewesen. War das nicht eine Gräfin Kervijn de Roozebeke? Fu hieß er, oder Tu, ich weiß es nicht mehr, und jetzt heißt er Petrus Celestinus, und die Novizen haben ihn schrecklich gern, weil er so viel von fernöstlichen Dingen erzählen kann. Sie haben zwar eine ganz andere Kopfform als wir. Aber er ist ein charmanter Mann. Ich habe mich mit ihm im Sprechzimmer unterhalten, als Omer ins Bad gesteckt wurde, denn wenn Besuch kommt, werden sie immer erst gewaschen. Wir haben über Kirchenangelegenheiten gesprochen. Er wußte alles vom Vatikan. Fu. Oder Tu. Das hat man so bei Bekehrten, sie sind viel fanatischer als wir. Gelacht haben wir auch. Denn er erzählte, daß Papst Leo der Soundsovielte immer gegen die Sünde des Spielens predige, aber selbst nächtelang Schach spiele. Und Papst Pius, ich glaube Pius der Neunte, war ein famoser Billardspieler.«

»Und für einen Francs oder zehn ließ sie ihre Freundschaft sehn.« Bekka in den Lehmgruben.

Papa will eine neue, eine funkelnagelneue Druckerei aufmachen. In Leupegem. Mama will nicht. »Ich lasse mich nicht in Leupegem begraben, Staf.« – »Du bleibst lieber in der großen Metropole Bastegem?« – »Hier sind meine Geschwister.« – »Und deine Mutter.« – »Was ist denn mit meiner Mutter?« – »Eine richtige Schreckschraube, das ist sie.«

»Warum?«

»Darum.«

Papa kommt herein, von der Sonne in Blankenberge verbrannt. Er wollte absolut die See sehen.

»Ich habe einen fürchterlichen Sonnenbrand, Constance.«

»Schmier Magarine darauf.«

»Ich habe Krebsscheren mitgebracht, ganz frisch.«

»Ich koche sie heute abend nicht mehr. Und laß mich in Ruhe. Ich höre Radio.«

»Aber sie sind schon gekocht. Wir können sie kalt essen, mit Mayonnaise.«

Papa schlägt auf dem Küchentisch mit einem Hammer auf die Krebsscheren. Die letzten Fibrillen ihres Fleisches sollen sie hergeben, die Krebse, ihr letztes Bindegewebe.

»Staf, läßt du das endlich sein?«

Denn Mama ach, hört das Radio nicht mehr deutlich.

(»Stell doch einen anderen Sender ein, Constance.«

»Ich kann nicht, Violet, nicht jetzt.«)

Die deutsche Frau im Radio hört man nie nach Luft schnappen, und nie hat sie einen Schluckauf, nie: »Kreis Donaueschingen, Haas, Habermann, Hahlen, Heber, Heck, Oberleutnant Herbst, Heussler, Hieber, Hirsch . . .

In einer Nacht im Monat Januar des Jahres Neunzehnhundertzweiundvierzig, ich wiederhole: Am dritten September Neunzehnhundertzweiundvierzig . . .«

Papa legt in der Küche die Krebsscheren auf ein dreifach gefaltetes Handtuch und das Handtuch auf den Fußboden und schlägt leise drauf, zu schwach für die Schalen, zu laut für sie, die schreit: »Läßt du das endlich sein? Nun hör schon auf!«

Beim M von Mahler, Maschler, Mattheus kommt sie mit ihrem eigenen Meergeruch herein. Und schimpft über den Krebsgeruch.

Und über ihren gerade erst aufgewischten Fußboden! Und diese Schalen? Was tun wir mit diesen Schalen? (Zermalmen, zerstampfen, wie man das mit menschlichen Gebeinen nach der überhasteten Einäscherung tut, um dann den Staub als Dünger über die Felder um die Spielzeugfabriken zu streuen.)

»Willst du nicht mal probieren, Constance? Sie sind ganz frisch!«

»Nein, vielen Dank.«

Papa aß zu schnell von dem Krebsfleisch, Seynaevegehetzt. Und zuviel, Mundvoll auf Mundvoll. Ohne Pause schluckend und kauend, und die deutsche Frau im Radio macht auch keine Pause, nur Mama ist eine unübersehbare lange Pause. Und Papa, prall und drall vom Krebsfleisch, rülpst und schnieft auf der Veranda.

»Ein einfaches Häuschen. Es darf notfalls ein Strohdach haben«, sagt er. »In einer Gemeinde wie Leupegem findet man so etwas noch. Man könnte es selbst anstreichen. Abends am Kachelofen, mit einem lehrreichen Buch . . .«

Tante Violet schaltet auf *American Forces Network* um. Das darf sie. Das Alphabet der Kriegsopfer wird auf morgen verschoben, zur gleichen Zeit.

Kein Wort über die Würmer in Madame Laura in diesem Quittenkeller. Dennoch müssen sie zu hören gewesen sein. Eier, Larven. Wenn es im Quittenkeller warm ist, sind sie in einem Tag ausgebrütet. Die Eier werden meistens tagsüber gelegt, im Sonnenschein. Die Würmer fressen wie toll, hastiger als Generationen von Seynaeves.

Der Sekretär der Jury sagt: »Ein niederträchtiges, überaus niederträchtiges Manöver. Wir finden keine Worte dafür. Es gibt Gebiete, die man nicht, nie . . .

Mit einem Wort, die Jury und ich fanden Ihr Vorgehen minderwertig. Aber nun gut, Sie sind noch jung und darum . . .

Abgesehen von der Moral, Schwamm drüber.

Schließlich geht es um . . .

Aber zu lang, viel zu lang, es ist, parbleu, ein . . .

Heutzutage nennt man das Roman, gewiß.

Aber zu unübersichtlich für unsere gewöhnlichen . . .

Auch zu *crû.* Unsere Durchschnittsleser . . .

Der Herr Johan Vergijsen vom *Mercurius* wird Sie . . . Ja, von der Zeitschrift *Mercurius.*«

Le jour de gloire est arrivé. Ich bekam noch den Zug. Stierliebhaber *Iwein die Kuh* rief mir, eine Heugabel schwingend, »du Drecksschwarzer« nach.

Keine Junioren am Bahnhof zu sehen.

Und dann, das Omen. Der Zugführer pfiff verhängnisvoll. Er gab dem Lokomotivführer das Abfahrtssignal, als die Frau mit dem Turban noch aussteigen wollte, ja schon beim Aussteigen war und auf den Schotter fiel, sich dann aufrappelte, indem sie sich an den Hosenträgern des Stationsvorstehers Bakels hochzog. Bakels umarmte sie. Ernüchtert schlug die Frau mit dem Turban zu. Der Zugführer verlor seine Mütze, während er jammerte, daß er die vorgeschriebene Zeit eingehalten habe, und die betrage fünfzig Sekunden.

Ließ mich rasieren, zum ersten Mal in meinem frühreifen frühfaulenden Leben.

Djeedie: »Wenn du es dir für dein restliches Leben leichtmachen und dich nie rasieren willst, mußt du deine ersten Barthaare abbrennen.« Ein Scherz oder keiner?

(Bissiger Dalle: »Was ist der Höhepunkt der Vaterlandsliebe, Wanten?«

Schwerfälliger Wanten: »Das weiß ich nicht.«

Furie Dalle: »Mit einem roten Arsch gelbe Kacke auf einen schwarzen Stein scheißen!«)

(»Was ist der Höhepunkt der Liebe zu Flandern?«

»Das weiß ich nicht.«

»Mit einem französischen Brot unter dem Arm vor Hunger sterben!«)

Johan Vergijsen vom *Mercurius* trank Portwein. »Haben Sie je mein ›Warten auf Gwendolyn‹ gelesen? Mal hineingeschaut?«

»Früher.«

»So? Früher? Sicher in der Volksschule!«

»Nein, im Collège.«

»*Im* Collège? In der Bibliothek des Collège?«

»Ich meine, in der Zeit, als ich ins Collège ging.«

»Schrieben Sie schon damals?«

»Ja, Gedichte.«

»So? Soso. Ein flämischer Rimbaud.«

»Hände weg von Rimbaud!« Manche Gäste des Lokals ›Canterbury‹ blickten, die Serviette unter das Kinn geknüpft oder die Krebsschürze mit einem aufgedruckten Riesenkrebs vor dem Bauch, flüchtig auf, ein Mann im Frack mit einer goldenen Kette um den Hals wie ein Feldpolizist richtete sich verärgert auf. Johan Vergijsen, der Ambassadeur der kulturellen Zeitschrift *Mercurius,* wäre am liebsten unter den Tisch gekrochen.

»In der Ambassade«, sagte er hastig, um neues Kriegsgeschrei im Keim zu ersticken, »habe ich eine Zweikilodose Kaviar von Gromyko geschenkt bekommen. Als Vorsitzender des PEN-Clubs.« Und flüsternd fuhr er fort: »Ich mag keinen Kaviar, aber wenn Sie möchten, mein Appartement ist zehn Minuten zu Fuß von hier entfernt. Nein, ich mag ihn nicht, es geht mir so wie mit Champagner, nein, mir ist Zider lieber. Oder mit Austern, da sind mir Muscheln lieber.

Nun hat die Redaktion des *Mercurius* beschlossen, nun ja, die Redaktion des *Mercurius* will Ihr Werk annehmen. Aber verzeihen Sie unser Mißtrauen. Lesen Sie Englisch? Ja? Das dachte ich mir schon.

Nun glauben einige unter uns ... *Nicht* der Unterzeichner, *nicht* unser Vorsitzender, denn der hat eine irrsinnig feine Nase ...

Denn es ist so viel, mein Lieber, so viel! Und vor allem für die Massen, nicht wahr? Die *Signets, Zephyrs, Penguins, Coronets.* Es wäre ein leichtes, eine Passage, was, ein ganzes Buch zu plündern. Der Meistbelesene unter uns ließe sich da reinlegen.

Aber auch ich habe eine feine Nase für solche Dinge. Und da ich Sie nun so vor mir sehe ...«

Theo van Paemels Bein ist beinahe *futsch.* Eine eitrige Knochenmarkentzündung. »Es ist ganz einfach, Louis, in der Markhöhle und der Beinhaut häuft sich Eiter an und das Bein geht kaputt, geht zugrunde, es ist ganz einfach.

Ich kann nicht mehr auf die Jagd gehen. Weder auf Tiere noch auf Menschen. Aber ich mache kein Problem daraus. Ich habe noch ein paar schöne Jahre vor mir. Und es tut mir auch gut, daß ich den Sektor wechsele. Sie haben mich in die Abteilung Kultur versetzt. Ja, Louis, ich bin Berater im Kultusministerium, Abteilung Kultur. Ich bin immer für die schönen Künste gewesen, du kennst mich. Und Kultur, das ist ein weiter Begriff.

Apropos, sag deinem Vater, daß er nicht mehr zu den Versammlungen des Joost van den Vondel-Kreises gehen soll, dort sitzen mehr Leute von uns, als er denkt. Und im Augenblick ist nicht der geeignete Moment, nachdem Moskau am Ruder ist.«

Am ländlichen Bahnhof angekommen. Wartete.

Las die Zeitung im Bummelzug. Las ›Gasgefahr‹, ›Gasmasken‹, ›Gasbilanz‹. Roch Gas. Schmeckte Gas.

Wartete zehn Minuten, in denen ein etwa sechzehnjähriges Mädchen die ganze Zeit über den Graben sprang, von links nach rechts, von rechts nach links. Dann kam Claessens angefahren, in einem weißen Mercedes Baujahr 1939, mit schwarzen Ledersitzen.

»Claessens, Julien. Ich soll Arnold Parmentier vertreten, er richtet Ihnen die herzlichsten Grüße aus. Er ist der herzlichste Mann der Welt, aber wenn *Mercurius* seine Tage hat, ist Arnold weg. Zu seinem Segelklub. Ich muß die Honneurs machen. Ich habe Ihren Beitrag in den Druckfahnen gelesen. Vielversprechend.«

Mercurius und Omer Bossuyt haben ihre guten und schlechten Tage.

Diarrhöe. Wie ein Fünfzigjähriger steige ich die Steinstufen der Freitreppe zu der Tagung des *Mercurius* hinauf. Das Haus von Parmentier, sagt Claessens, während ich den Po zusammenkneife, den Brechreiz unterdrücke, wurde Fünfzehnhundertzwei von Bauern belagert. Aber Bina van Zanten und Wilma van Kanten haben die Belagerung abgewehrt.

Joviale Stute, Frau Parmentier, mit dem Pferdegesicht eines Menschen, der täglich Pferde reitet. Neben ihr Johan Vergijsen. La Parmentière wiehert.

»Wir sind überaus zufrieden, neues Blut beim *Mercurius* zu sehen.«

Hände schütteln mit den flämischen Köpfen. Darmalarm, eiserner Wille. Beim *apéritif maison* Huldigung für Arnald Parmentier, der jährlich sein Haus, sein Museum, seinen Landsitz für die Tagung des *Mercurius* zur Verfügung stellt, Parmentier der Mäzen, auch in Kriegszeiten ohne Furcht in die Bresche unserer Kultur springend, jetzt leider durch Familienangelegenheiten verhindert.

Alle auf die Terrasse für das Gruppenfoto, ja, der junge Seynaeve, der Benjamin, vorn. Hockend.

Das Musikkorps ›Sankt Meropius‹ bläst einen Tusch. Drei als Krabbenfischerinnen verkleidete Mädchen singen: »Aus Liebe komm ich täglich her / und fische dann vor deiner Tür / Es sehnt mein Herz sich immer mehr / nach deinem, und ich schmelz dafür.«

Finde sofort im Gang ein gutes Zimmer. Himmlisch. Ein Butler wartete vor der Tür, bringt mich hin, an der linken Seite von Frau Fernandel Parmentier.

Rede von jemandem mit weißem Schnauzbart und weißen Koteletten und Masern, *Mercurius* persönlich, Gründer und Autor von ›Das Tal der Entwurzelten‹. Über den inneren Widerstand der flämischen Intelligentia, die Aufopferung vieler, die Schande einiger. Aber der Geist hat, wie immer, gesiegt.

Der totale Sieg fordert das Unglück heraus.

»Nein, keinen Wein zu Spargel. Es verdirbt den . . .«

»Madame.«

»Ja, *cher auteur.*«

»Sind wir nicht zusammen im ›Picardy‹ gewesen?«

»Ich glaube . . . nein . . . ich kenne Aisne recht gut . . . Château Thierry, Soissons . . .«

»Madame, haben wir uns nicht mal im ›Picardy‹ getroffen?«

»Nein.«

»Wollen Sie mich nicht beim Vornamen nennen?«

»...«

»Und Madame, zu Spargel trinkt man doch Wein, einen Champagner *nature*.«

»Fernand, hol schnell einen *coteaux de champagne* von Moët.«

Der Butler ging und kam zurück. Die Mähre an meiner Seite wieherte.

Die flämischen Köpfe mit Texten in *Zuid en Noord, De Gouden Lier, Vlaamsche Weelde, De Zilveren Fluit, Morgenrood* sperrten den Mund auf, flüsterten, schluckten.

»Madame.«

»Ja, Herr Seynaeve.«

Er sprach und sagte, sich zum Saal wendend: »Darf ich so frei sein, Ihnen meine Komplimente über Ihr exquisites Service zu machen?«

»Ja. O ja. Gewiß. Es ist. Mein Mann. Hat es erbeutet, erobert, meine ich. Als er bei der Brigade Piron war und gegen die letzten des Volkssturms gekämpft hat. Es ist nicht vollständig, oder doch. Es ist das vollständigste Service, das es von Bückelburgerbauer gibt.« Im Salon wich sie nicht von meiner Seite, obwohl sie zwischen den Gästen herumschwebte, herumschwirrte, herumflatterte, den *connaisseurs*.

»Die Misere, mein Teurer, ist, daß unsere Autoren einfach die exakten Wissenschaften ne-gli-gie-ren. Ich bin überzeugt davon, daß dieser brave Vanhool, mein bester Kumpel in der Académie und Autor von per-fek-ten Balladen, nicht einmal weiß, was eine Primzahl ist.«

»Wie gut Louis die anale Phase getroffen hat.«

»Ich habe auch einen Sohn, der schreibt. Der hat noch früher angefangen als Sie. Ich habe, glaube ich, etwas in meiner Tasche aus der Zeit, als er zwölf war ...«

»Die Verwendung der Kommata ist manchmal recht bizarr. Das Komma ist doch für das Atemholen da ...«

»Aber als er siebzehn war, hat er damit aufgehört. Ich habe deswegen viel Kummer gehabt, den Kummer von Flandern, hahaha.«

»Und die Hyperbel, mein Teurer. Zu verschwenderisch. Und zu weit hergeholt. Das habe ich notiert, warten Sie, ja, auf Seite Zweihundertdreizehn: ›Das Fernrohr der Liebe‹, auf Seite Dreihundert soundsoviel: ›Der Wald des Verlangens‹. *Allez, allez.*«

»Ihre Vision der Geschichte, nein, nein, nein. Die ideale Geschichte eines Volkes muß auch seine Träume beinhalten. Nein, wirklich.«

»Aber, Karel, die Geschichte ist das Gedächtnis eines Volkes. Es genügt, dieses Gedächtnis umzuformen und ...«

»Ich huste schon die ganze Woche. Ich nehme Sirup, und der nützt absolut nichts. Diesen Sirup von Paelinck, der nach Chartreuse schmeckt.«

»Was habe ich gelacht, als diese Knirpse da am Ende den anderen Jungen gepackt haben, das mit dem Würfel. Mir ist das auch mal passiert, ich glaube, es war im Jahre Sechsundzwanzig, ich ging damals aufs Collège und ...«

»Ich habe während der Besatzung nie Angst gehabt. Nicht einmal, als mein Name in der *Brüsseler Zeitung* stand.«

»Marcel, kommst du mit nach Siam? Mit dem PEN-Club? Um zu sehen, ob es stimmt, was sie über chinesische Frauen sagen? Du nimmst doch nicht etwa deine Frau wieder mit, oder?«

»Dieser Neue im Ministerium scheint ein harter Arbeiter zu sein, Van Haere, van Maele, van Paemel oder so etwas.«

»Es ist natürlich autobiographisch. Das spürt man. Es gibt solche Dinge. Denn als ich im Collège Saint Amand war, fühlte ich mich auch, ich gestehe es unumwunden, hingezogen zu ...«

Ich sah ihn im venetianischen Rokoko-Spiegel. Sein Kopf war halb so groß wie meiner.

Ich winkte ihm. Er war kräftig, dunkelblond, hatte eine dicke Nase, einen schmalen Mund und rotumränderte Augen. Er kam. Ich war betrunken und auch wieder nicht.

»Warum schaust du mich so an? Bin ich schwarz?«

»Nein«, sagte er mürrisch. Mit Kortrijker Akzent.

»Was tust du hier?«

»Ich muß mich für meinen Onkel bereithalten, falls er etwas braucht.«

»Wer ist dein Onkel?«

»Julien Claessens.«

»Der Deckhengst von Mary Mähre Maria Parmentier?«

Ich stammelte nur noch.

»Was tust du mit dem Geld?« fragte er.

»Welchem Geld?«

»Das *Mercurius* für den Abdruck deines Romans zahlt.«

»Es ist eine Novelle.«

»*Kaas* von Elsschot ist kürzer. Und du bekommst achtzig Francs pro Seite.«

Er aß die Schale leer. *Cake,* Mandelplätzchen, Makronen, Nougat, Pralinen. Dann die Zuckerwürfel neben der kupfernen Kaffeekanne.

»Das ist ungerecht.«

»Was?«

»Von mir drucken sie nichts im *Mercurius* ab. Und ich bin ein Jahr älter als du.«

»Warum sollten sie etwas von dir abdrucken?«

»Weil ich ein Dichter unserer Zeit bin.«

Ich klatschte in die Hände. Das Parmentier-Museum schaltete sein Licht und seinen Ton aus.

»Brüder! Ich habe die Ehre, Ihnen einen Dichter unserer Zeit vorzustellen.«

Er erschrak nicht, errötete nicht, machte sich nicht in die Hose wie jemand, den ich kenne. Er wandte sich nach allen Seiten und verbeugte sich. Er zog ein erst vor kurzem gefaltetes Folioblatt hervor und las es mit unvermindertem Kortrijker Akzent vor, ich schreibe es hier ab:

»Gepriesen sei der Würger der Nachtigall, gepriesen seien alle weiblichen Säugetiere, die Höhlentiere und Nebenflüsse,

die Nissen und Zewegem.

Gepriesen seien die unentbehrlichen Bedürfnisse und die Gezeiten und die mit Gas gefüllten Häute und die bernsteinfarbenen Fliegen.

Gepriesen seien die dem Dreck Entwöhnten

und sie, die die Dinge nicht so kennen, wie sie sind, sondern wie sie zu sein scheinen.

Gepriesen sei die Pflanze und Tarzan, der an dieser Pflanze hängt.

Gepriesen sei ich.«

Er verneigte sich bei spärlichem Beifall. Er überreichte mir das Blatt. »Verlier es nicht.«

Die flämischen Köpfe plapperten leise, bis einer rief: »Gepriesen sei der Hagedorn und das Nashorn.«

Claessens, sein Onkel, sagte, ohne seinen Neffen dabei anzusehen: »Herr Seynaeve, wenn Sie irgendwann nach Hause gehen wollen, stehe ich Ihnen zur Verfügung.«

»Du wirst nicht viel verpassen«, sagte der Neffe. »Gleich gehen sie in die Familienkapelle und dann in den Parochiesaal, um die ›Tineke van Heule‹ für dieses Jahr zu wählen.

»Sie brauchen mir nur einen Wink zu geben, wenn Sie . . .«, sagte der Onkel, und ich antwortete: »Du kannst mich am Arsch lecken.«

Der Neffe begleitete mich zum Bahnhof.

»Es war ein schönes Gedicht. Bravo.«

»Ich schreibe so an die drei am Tag«, sagte er.

»Das ist schnell!«

»Es ist meine Technik. Ich setze alle Umschreibungen eines Kreuzworträtsels irgendwie hintereinander, kreuz und quer.«

»Aus *De Standaard*?«

»Auch.«

Er sagte nichts mehr. Ich also auch nicht. Zusammen sangen wir *»Tout va très bien, ma-da-me la marquise«*, den *fox comique* von Ray Ventura und seinen *Collégiens.* Wir hörten das Saxophon und den Paukenschlag. Wir sahen eine Möwe, die hinkte.

Wir werden sehen. Wir werden sehen. Doch.

Inhaltsverzeichnis

Verlagsgemeinschaft Ernst Klett Verlag –
J. G. Cotta'sche Buchhandlung
Die Originalausgabe
erschien 1983 unter dem Titel
»Het verdriet van België«
im Verlag De Bezige Bij, Amsterdam

Printed in Germany
Umschlaggestaltung: Heinz Edelmann
Satz: Maschinensetzerei Hans Janß, Pfungstadt
Druck und buchbinderische Verarbeitung:
Kösel, Kempten
ISBN 3-608-95364-7

Zweite Auflage, 1986

